贺祥麟

书信散文集

Hexianglin shuxin sanwenji

贺祥麟——著
贺黄河 陈葆珍——编

GUANGXI NORMAL UNIVERSITY PRESS
广西师范大学出版社
·桂林·

图书在版编目（CIP）数据

贺祥麟书信散文集 / 贺祥麟著；贺黄河，陈葆珍编．
桂林：广西师范大学出版社，2016.11
ISBN 978-7-5495-8690-5

Ⅰ．①贺… Ⅱ．①贺…②贺…③陈… Ⅲ．①中国文
学—当代文学—作品综合集 Ⅳ．①I217.2

中国版本图书馆 CIP 数据核字（2016）第 196360 号

广西师范大学出版社出版发行
（广西桂林市中华路 22 号　邮政编码：541001
网址：http://www.bbtpress.com）
出版人：张艺兵
全国新华书店经销
长沙鸿发印务实业有限公司印刷
（湖南省长沙县黄花镇黄垅村黄花工业园 3 号　邮政编码：410137）
开本：720 mm ×1 010 mm　1/16
印张：48.25　　插页：6　　字数：900 千字
2016 年 11 月第 1 版　　2016 年 11 月第 1 次印刷
定价：198.00 元

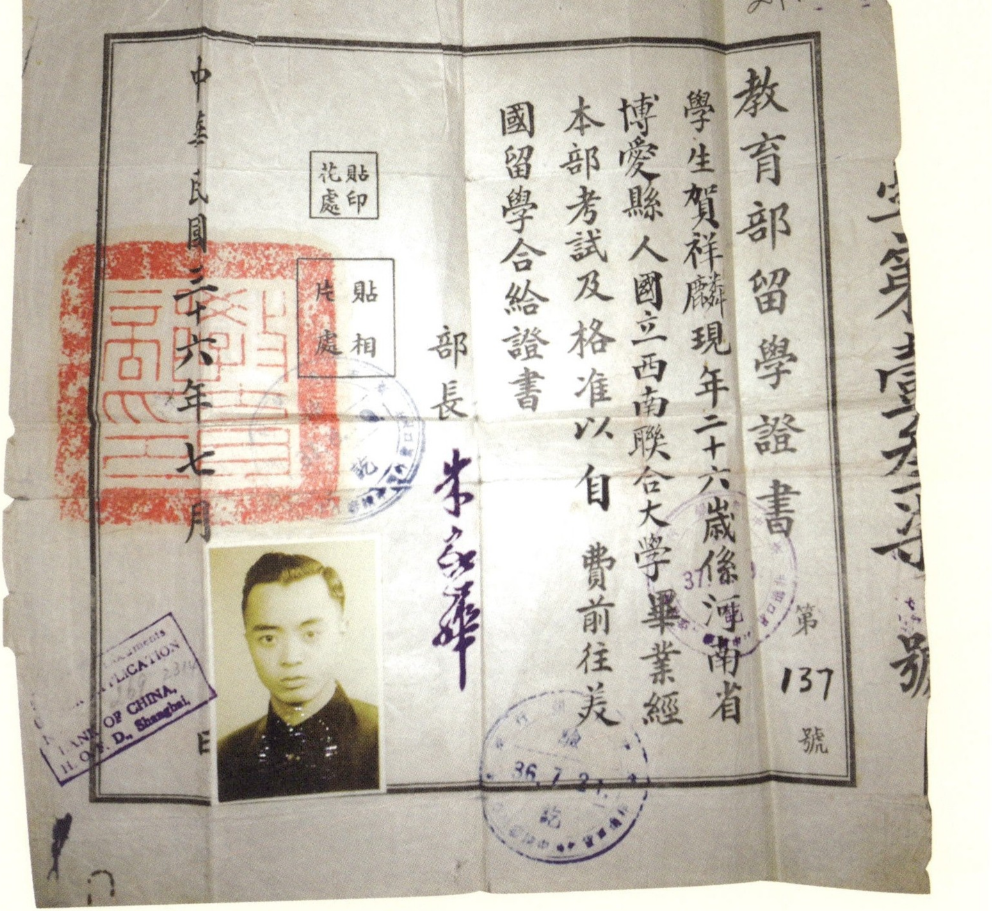

1947年7月21日，国民政府教育部颁发给贺老的教育部留学证书

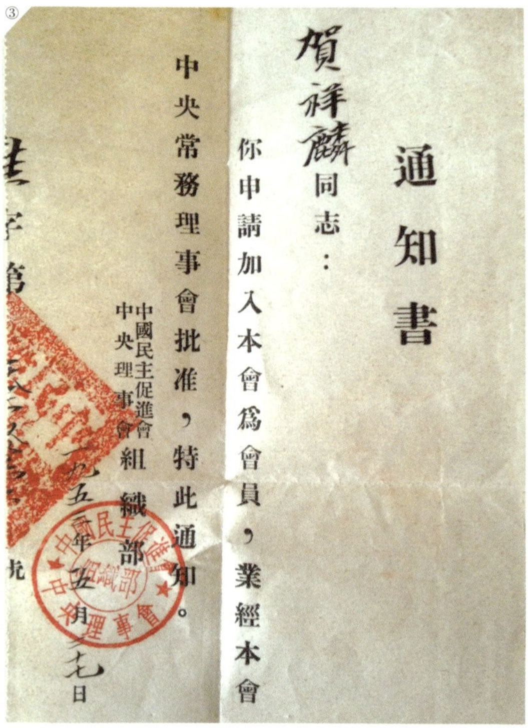

通知書

賀祥麟同志：

你申請加入本會爲會員，業經本會中央常務理事會批准，特此通知。

中國民主促進會
中央理事會組織部

一九五三年五月廿七日

① 1950年2月，贺老从美国回国前与西南联合大学同学朱光亚（左）在旧金山唐人街合影

② 1952年，贺老在桂林原广西大学操场

③ 1953年5月27日，中国民主促进会批准贺老入会的通知书

④ 1986年，贺老在西南联合大学原教室旧址前

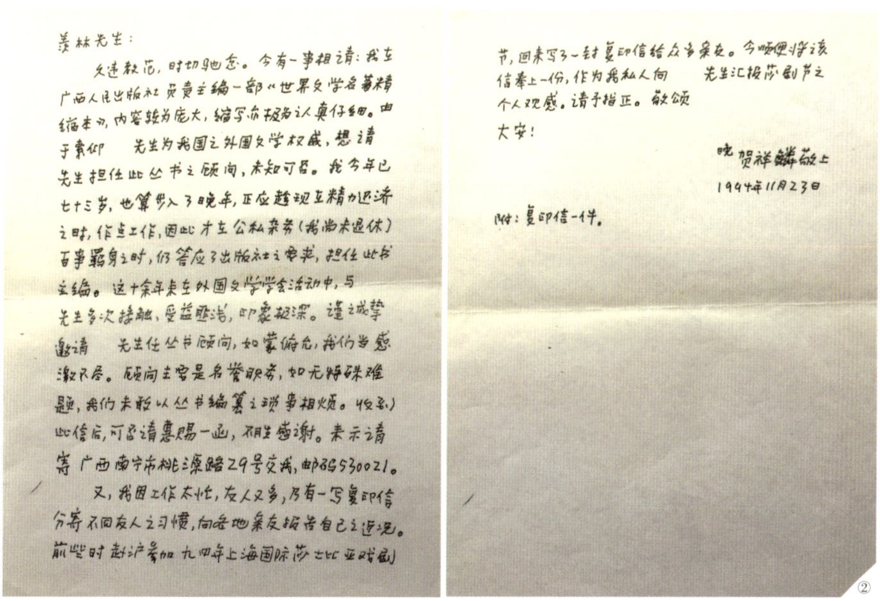

羡林先生：

久违教范，时切驰念。今有一事相请：我在广西人民出版社负责主编一部《世界文学名著精缩本》，内容较为庞大，编写亦极为认真仔细。由于素仰　先生为我国之外国文学权威，想请先生担任此丛书之顾问，未知可否。我今年已七十三岁，也算步入了晚年，正应趁现在精力还济之时，作点工作，因此才在公私杂务（我尚未退休）百事羁身之时，仍答应了出版社之要求，担任此书主编。这十余年来在外国文学学会活动中，与先生多次接触，受益匪浅，印象极深。谨诚挚邀请　先生任丛书顾问，如蒙俯允，我们当感激不尽。顾问主要是名誉职务，如无特殊难题，我们未敢以丛书编纂之琐事相烦。收到此信后，可否请惠赐一函，不胜感谢。来示请寄广西南宁市桃源路29号交我，邮码530021。

又，我因工作太忙，友人又多，乃有一写复印信分寄不同友人之习惯，向各地亲友报告自己之近况。前些时赴沪参加九四年上海国际莎士比亚戏剧节，回来写了一封复印信给众多亲友。今顺便将该信奉上一份，作为我私人向　先生汇报莎剧节之个人观感。请予指正。敬颂

大安！

晚　贺祥麟敬上

1994年11月23日

附：复印信一件。

① 贺老与季美林教授（左）的合影

② 贺老写给季美林教授的信

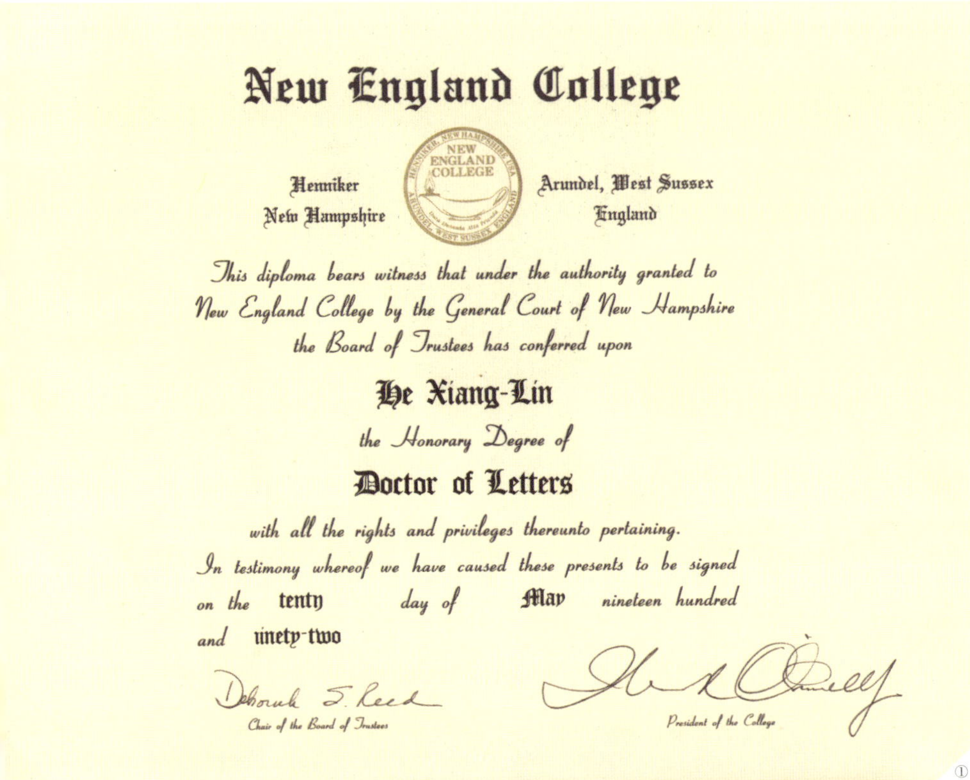

New England College

Henniker
New Hampshire

Arundel, West Sussex
England

This diploma bears witness that under the authority granted to New England College by the General Court of New Hampshire the Board of Trustees has conferred upon

He Xiang-Lin

the Honorary Degree of

Doctor of Letters

with all the rights and privileges thereunto pertaining.
In testimony whereof we have caused these presents to be signed on the tenty day of May nineteen hundred and ninety-two

Chair of the Board of Trustees

President of the College

①

②

① 1992年5月10日，美国新英格兰学院授予贺老的名誉文学博士学位证书

② 1992年5月10日，贺老接受美国新英格兰学院院长奥康奈尔（左）授予名誉文学博士学位

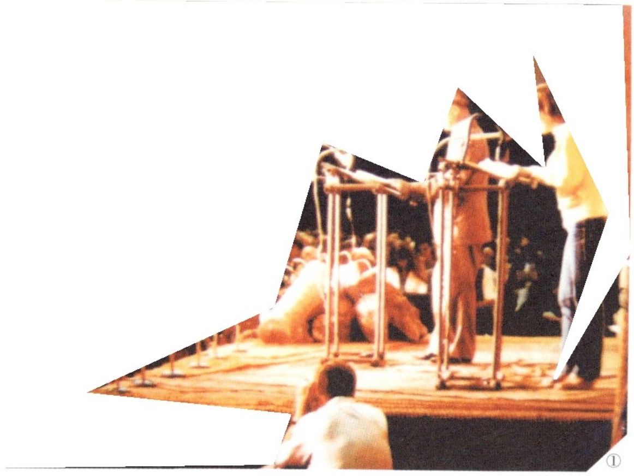

① 1983年6月，贺老（右二）在荷兰鹿特丹“国际诗歌节”上朗诵自己的诗歌

② 1987年8月，贺老（右一）在著名作家美籍华人聂华苓（中）家中

③ 1995年9月，贺老（左一）与广西师范大学出版社一行等人在美国参观访问

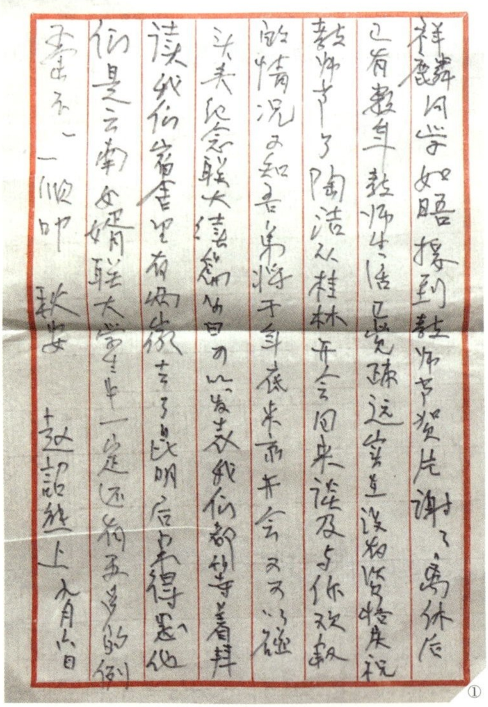

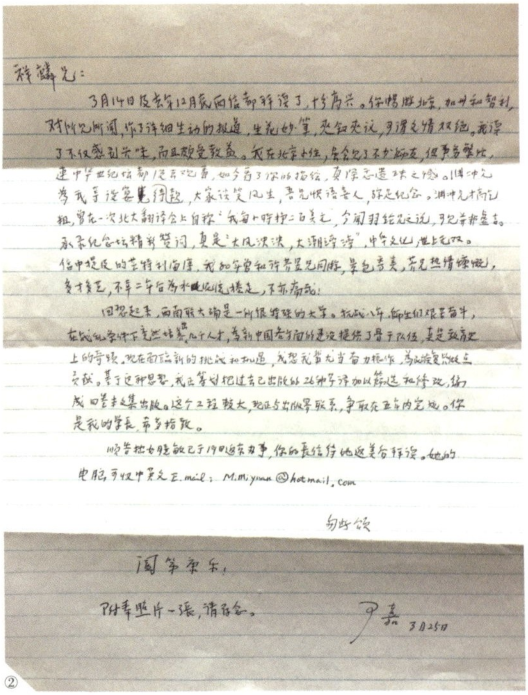

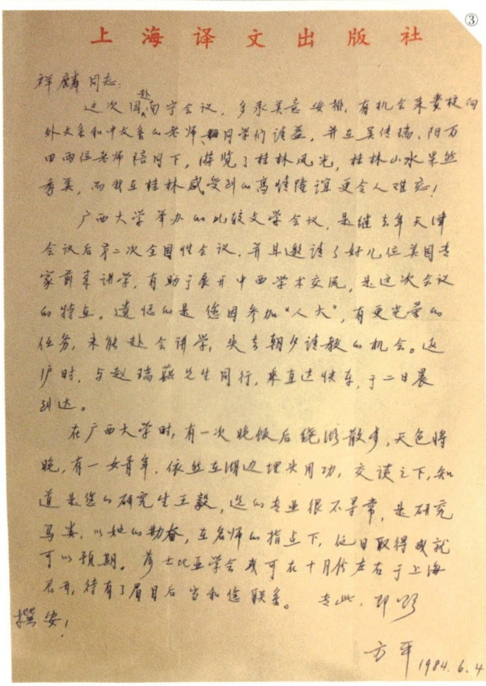

上海译文出版社

祥麟同志：

这次因赴宁开会，多承关意安排，有机会来贵校向外文系和中文系的老师、同学们请益，并在吴纯、阳方和西征老师陪同下，游览了桂林风光，桂林山水果然秀美，而我在桂林感受到的高情厚谊更令人难忘！

广西大学举办的比较文学会议，是继去年天津会议后第二次全国性会议，并且邀请了好几位美国专家前来讲学，有助于展开中西学术交流，是这次会议的特点。遗憾的是适因参加“人大”，有更完整的任务，未能赴会讲学，失去朝夕请教的机会。返沪时，与赵瑞蕻先生同行，乘直达快车，于二日晨到达。

在广西大学时，有一次晚饭后绕湖散步，天色将晚，有一女青年，依然在湖边埋头用功，交谈之下，知道是您的研究生王毅，选的专业很不寻常，是研究马莱。以她的勤奋，在名师的指点下，他日取得成就可以预期。莎士比亚学会我可在十月份左右于上海召开，待有了眉目后当和您联系。专此，即颂

撰安！

方平

1984.6.4

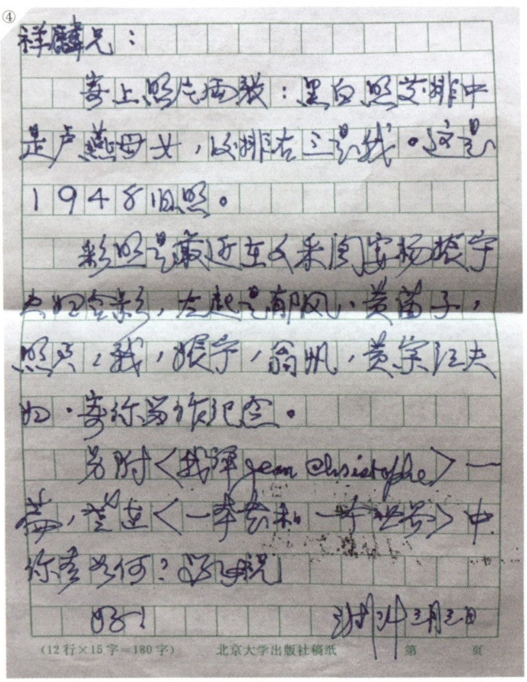

祥麟兄：

寄上照片两张：黑白照前排中是卢燕母女，后排左三是我。这是1948的照。

彩照是最近在文采阁宴杨振宁夫妇合影，左起是商陶风、黄苗子，照片是我，振宁，翁帆，黄宗江夫妇。寄你留作纪念。

另附《我译Jean Christophe》一篇，登在《一本书和一个世界》中，你看如何？即祝

好！

渊冲 三月三日

(12行×15字＝180字) 北京大学出版社稿纸 第 页

① 西南联合大学老师赵诏熊写给学生贺老的信

② 西南联合大学老师陈嘉写给学生贺老的信

③ 著名莎士比亚研究专家方平写给贺老的信

④ 西南联合大学同学许渊冲写给贺老的信

① 1986年，贺老与西南联合大学同学李国香（左）在广西师范大学王城校区合影

② 1996年10月18日，李汀（右）与贺老在南宁参加大众电视金鹰奖颁奖典礼时合影

③ 2004年，贺老与学生陈葆珍（左）在南宁

①

②

③

① 2004年，贺老夫妇与儿子儿媳（左一右一）及孙子们（右二右三）在一起

② 2004年，贺老夫妇与女儿（右一）及外孙（左一）在一起

③ 2004年，贺老与妻子黄希和（右）在智利

凡　例

一、凡有“＊”号之文，标题均为作者自定。

二、文中凡无“编者按”三字的按语、注语，均为作者自按、自注。

三、编选过程中，对个别书信作了少量删节，特此说明。

目　录

1947年

～

2011年

1947 年

*一个自费留学生的控诉①

这些日子，报纸上曾不断地刊登关于自费留学生的消息。为了抗议当局一再加诸于自费留学生的不合理的待遇和苛扰，各地舆论界都曾经为同学们申过冤、叫过屈，作过慷慨的声援。可惜竟没有一个自费生愿意站出来，把同学们切身感受到的苦痛公诸社会。基于这个理由，我以教育部第二届一千多名自费留学生中一员的资格，把我们所受到的历次不公正的待遇诉之舆论。我们所诚挚期望于当局和社会的，绝不仅仅是空泛的同情和头痛医头、脚痛医脚的援助，而是希望在检讨并明了了对我们的各项无理措施后，痛下决心，修正错误，免得把目前同学们所遭受的痛苦，再延续给我们的学弟学妹，甚至我们的子女们。

我无意在这里议论当局的留学生政策是否合理，我也不想在理论上作任何的阐扬和贬褒，我只就事论事，从一个角度去忠实地反映出全面的事实来。让大家看到我们这一千多人是怎样在一个朝令夕改、举棋不定的政策下，在机关与机关间叠床架屋、重重混乱与重复下，受着不应有的人为折磨，虚耗了不少精力、财力，最后只落得一场空。

先说说我自己的悲痛故事。去年 10 月底，公、自费留学生考试同时发了榜，我怀着无限兴奋的心情发现自费留学生的榜上有自己的名字。

11 月初，我以闪电的速度一口气完成了好几件事：向美国大使馆索取大学申请书（University Application From），填好后，到照相馆加洗照片贴上；持申请书到医院检查体

① 编者注：此文以“梦克”笔名发表于 1947 年 3 月 7 日沪版《大公报》第 2 版。作者曾指出，“当时为了增强效果”而用了一些“别人的情况”。

格，照 X 光透视，医生在申请书后的健康证明书上签字；同时到学校找教授写介绍信，11 月 15 日以航空快信把一切证件寄到美国一位在某大学任教授的朋友处。承那位朋友的热情帮助，在美国各校为复员军人所拥挤塞满时，能于两个月零五天的最短期中，回了我一封信，信内附来该校注册主任准许我在 6 月 16 日以前入学的批准书。

这种愉快是无可比拟的，我已是一千多同学中的幸运儿。在绝大多数同学还没有开始申请学校时，我已因特殊的幸运，申请获得了入学证。

然而，紧接着就是筹款的难题。我是南京一个小机关的低级公务员，家园在抗战胜利两个月后被炮火连根毁尽。父母由故乡带了两个弟弟从万里外跑来。沉重的生活负担已使我无喘息余暇。即使是为了自己的前途，即使是把双肩上荷负父母的生活费交给年方弱冠的大弟弟，自己哪有能力挪出第一次所需的 400 万元来？（以 3350 比 1 计，半年生活费 900 美金加上船票、车费约 300 美元，共约法币 390 万元。）

我几乎是以垂死挣扎的奋勇向各方面筹款，八九个患难中结识的朋友每人捐给我十几万至 20 万，这都是他们一个月辛苦之所得的血汗钱；又请一位过去相处甚久的中学老师替我募了些；再加上我一个多月的薪水及半个月借支，总算凑够了数目。

在筹款中我并没有浪费过一刻时光，1 月 20 日，我收到美国大学入学许可书，次日我就到教育部办手续。从上呈文、呈验证件到接到批示共四天。在我们这个公文传输如蜗牛爬步的国度里，我承认教育部这次办得并不算慢。教育部的批示是："呈件均悉准予出国除分电外交部核发出国留学护照及中国银行准予核结外汇外仰即迳洽。"

不管在机关请假的困难，领到教育部的批示的次日，我立即跑到外交部去。外交部的护照科告诉我公事未到，不能办理，但总算给了我一张表格嘱我去找铺保。天哪，一个像我这样的穷苦卑微的学生、小公务员，到哪里去找铺保？最后我只有硬着头皮找本机关上司以公家的名义保。也许是平日给他的印象尚好的原因，竟能获准。于是我把表格送到了外交部。

同时，我又赶往中国银行去，跑到国外汇兑科，迎上笑脸问一位职员我是不是可以请外汇。他问我有没有外国大学许可证。我说有。他又问有没有护照，我懦怯地说还没有领到，是不是可以先请外汇。他说绝对不可以。我又问他是不是可以先把表格带回去填好，省得将来再耽误时间。他直截了当地说不行。我只好怅然而返。

一个星期后，我带了漂亮的蓝色护照和一切证件，兴冲冲地跑到中国银行。又换了一位职员逐一验我的证件：留学及格证、教育部的公文、美校许可证和护照。正当我满意自己的证件齐备时，他劈头又问了我一句："有没有预订船票单？"什么？我疑惑自己的耳朵，他在我外汇尚未申请时向我要预订船票单。也许是看出我的惶惑，他告诉我可以向上海美国轮船公司要,没有预订船票单不能决定应该请多少旅费。我反问他,难道你们贵行不知道上海到旧金山的票值?他说这是规定,没有办法。我只好问他,那么生活费900美金总已成定案,可以单独先请吧?他的答复只是万无通融余地的“不”。说鉴于“规定”,生活费必须和旅费同时申请。我颓然地走出中行高巍的大门。

多亏我在上海有朋友,一封航快寄给那位好友,四天后收到了回信。寄来了一份船票预订单,那位友人为这差不多整整跑了一天,最后还代我交了10万元订金才算拿到了订票单。

我写假条找上司批了,请准了假,又卷土重来进中行之门。他们查验过一切证件,满意了。外汇科一位先生给了我四大张共八页印着密麻麻小字的英文表格。侥幸我的英文尚能勉强应付,否则若是一个普通中国人到这样一个国营机关请外汇,拿到这四份没有一个中文的表格时,真不知将生何种感喟。

站在柜台旁,我填了足足50分钟,填好后问那位职员应该随缴些什么证件?他说必须把教育部批示及美校入学证附上呈验,余件可带回。手续办完,我松了一口气,又赶回办公处。

大约十天以后,我收到中国银行一封挂号信,满怀了绝大希望拆开时,一读信,把我气得差点说不出话来。信上说我的申请书转呈上海央行后,因为没有随缴护照,手续不合,原件退回。那天是1947年2月16日。

次日,报端头号大字刊载着皇皇的“经济紧急措施方案”,官价外汇一夜间从3350元改为12000元换美金1元。这使我一切希望根本幻灭,我的一切血与汗所交织的辛劳与奔走,已被彻底摧毁。

不久,宋院长又以一纸公文分致外交部及中央银行停发护照及停止学生申请外汇。然而,这两道伟大的命令,已不能对我加以任何的伤害,我早在外汇涨到12000元时根绝了一切希望。

我不想再列举更多的悲痛辛酸的故事,我不愿再详细说什么人从重庆一个私人公司里辞了职来南京办出国手续,路上外汇涨了价,如今失业在京,流落在马路上。我也不愿说什么人卖了先人的祖业,凑齐了300多万,一夜里他的钱贬值了三倍半。我也没有资格去质问为什么教育部噤若寒蝉,不敢上一纸公文到行政院去替学生争一点应享的权利。自然,作为一个寒伧贫苦的小公务员,更不应该去问中央银行为什么既收到教部代电,还要和穷学生为难,要他们“申请”外汇,要他们船票预订单,要拿四大张八大页(最近又增到八大张十六大页)的英文表格折磨他们。教育部既验过证件,为什么外交部又验同样的证件?护照领过,至少已表示外交部已复验过各项证件,为什么银行还要再验一遍？

2月25日南京全体自费生请愿时，教育部和财政部给我们的只是空无边际的“非常同情”，行政院的一位大人物给我们的答复尤其直截了当：“不要以为你们来几十个人可以吓住我，你们再来多些人也无用。买得起12000元的就买，买不起的，活该。”还有一两句话这里不便写，就这几句已使我们死心塌地丢掉书本，一心去当小公务员了。

已请准美国大学入学证和即可请准的大多数同学的入学证，不是规定6月中旬入学就是9月下旬入学。目前外交部护照科和中央银行外汇管理委员会的大门已向他们紧闭。这一千人的入学资格等于已经作废，即使行政院再立刻解除禁令，能够买得起12000元比1的外汇的，恐怕百不得一。我们这一千多人牺牲于紧急或不紧急的这样那样的措施中固无足惜，但一想起如今小学、中学、大学生程度一天天低落，想起明日祖国的文化和此后我国学术界的凋零枯萎来，我们真是不寒而慄，眼眶里不禁涌出湿热的泪水来。

我控诉，我把自己的一腔愤怒控诉于全国舆论的公断。

1947年3月7日

1949 年

*1. 自传第二次补充材料

最近,我由西大教职员宿舍东区四号楼搬到科学馆楼上,搬家之前清理抽屉,无意中又找到一篇我在美国时写的另一篇文章的剪报,今附在后面,作为自传的补充材料。

这篇文章的题目是《从党报谈“气节”说起》(当时一般人称国民党反动派的报为“党报”),用的笔名是我自幼最常用的笔名:梦克。当时的写作时间为1949年初,登于1949年1月25日纽约的中文进步报纸《华侨日报》新生副刊中。

这篇文章现在看来也不觉得怎么样,但在当时美国反动派势力嚣张时,尤其是一般中国学生和华侨思想模糊时,是起了一定作用的。特别是像这样猛烈地抓住了反动派最弱点痛击,即使是在《华侨日报》上,这样的文章也不多。一般留美学生政治觉悟不够高,而思想进步的学生也不一定能够写出这样热情的、激动的对国民党反动派如此无情鞭挞的文章。

原文剪报已附于另一份材料内,故此处只有抄原文如下:

从党报谈“气节”说起

梦克

由于七十多位深明大义的留美国民党党员的宣言脱党,《美洲日报》的党员老爷曾写了一篇谈论“气节”的文章,痛骂了这些人的变节。笔者偶尔在友人处见了这篇妙文,真觉得这些党官们的可耻可怜,为了几文臭钱就不惜出卖灵魂,在光天化日下,昧着良心说些遮天蔽日的谎话。

党官们谈气节,妓女谈贞操,其效果只有使听者捧腹喷饭而已。不过,既然,这些家伙真装模作样一本正经地要谈气节和贞操，笔者也愿意拿出一面照妖镜来，请党官们显现原形，看看他们的“气节”如何。

好吧，先从抗战时说起。抗战八年，蒋介石的反动政府和他的党里降敌、变节、下水、“曲线救国”的人就不知凡几。党报的大人先生们！你们的副总裁，国民党里的第二号大人物汪精卫就是出卖了全民族的、叛变了抗战阵营的大汉奸。这还不稀奇，更奇怪的是你们的中央委员，“中统”里有名的大特务吴开先不止降了敌，而且，胜利后还以“地下工作者”资格出现，荣任了上海市的社会局长。军人当中臭名远扬的唐生明、叶蓬固以及奉所谓“最高当局”授意投降的庞炳勋。这铁一样的事实，岂是你们文化特务的狗腿子所能抹煞的？难道这就是蒋介石和他的警犬们所表扬的“气节”？

真是太侮辱中国人了！

如果这些劣迹昭彰的人还不够拿来堵住你们党官们的嘴，让我们再把这面照妖镜移到你们党报圈里来，说起来连我们都替你们不好意思。全国党报的头子、南京《中央日报》的总主笔、法西斯经典《中国之命运》的执笔人陶希圣就是跟汪精卫一同跑到南京降过敌的大汉奸！这就是你们党报报人的“气节”！

请问，为什么像陶希圣这样的罪大恶极的妓女文人，会在降过敌后又回来替你们的总裁写法西斯经典？为什么这样一个没有气节、没有人格的大汉奸会在党报里居高位、居要津，爬得比你们《美洲日报》的小喽啰们还要高得多？

在党报编辑室里闭门造车的党老爷们！请问你们，为什么你们不去南京或台湾去向陶希圣要气节，为什么你们不去解放军俘虏收容所里向郑“司令长官”洞国、向王“总司令”耀武要气节，却摆起一副刽子手相，向这些手无寸铁的受了你们胁逼入党的书生要气节？

所谓“气节”，是革命者对反动者的迫害临难不苟的气节。不久以前，在上海被特务处死的电力工人王孝和从容就义、骂贼而死才是真正的气节。受了良心和正义感驱使，宣言脱离反动集团不仅不是变节，而是弃暗投明，是最果敢可佩的义举。

当然，只要祖国人民革命的圣火一天烧不到纽约，这些党官们是可以任性狂吠而不顾明天的。但是我常常想，假如这些可怜而又可恶的小人物们如果不是在美国，而是在济南或者开封的党报里做官，而又“不幸”给解放军捉住时，他们会怎样说。有一点是可以断言而无误的，是那时他们是绝对不会有“气节”的。他们会跪下哀求，会鼻涕一把、泪一把地哭诉。会学从王克敏、殷汝耕到梅思平、周佛海这些汉奸们，来一套“自白书”，不是说“出于无奈”，就是说“为了生活”，他们会“悔过”，会请求“庭上开恩”，会无赖地打滚、装疯装痴及一切意想不到而又做得出的丑剧。不相信吗？咱们走着瞧。总有一天，这些人会受到法律裁判的。使笔者担心的是，那时候人民法庭一定要依法惩办这些人的罪恶，一定要让他们上绞架，一定要坚持成全他们的“气节”。虽然，那时候他们所最不要的，正是他们此刻所挂在嘴边的“气节”。

（本文刊于 1949 年 1 月 25 日纽约《华侨日报》）

2. 给美国某大学《车轮》学报的信①

美国某大学《车轮》学报：

写此信的目的，并不是为了抗议，而是为了纠正贵刊 1 月 20 日刊登山姆·卡森先生文章中的一些不实之处。②

在卡森先生访问我后，我告诉他我意欲在报纸付印前检查一下文章中有关我的一段。

按约定时间我去找他，但他没有露面。

接着，我就给他打电话，并被告知，第二天早上在同一地方跟他见面。

当次日早晨我见到卡森先生时，我加重语气地告诉他说我要修改一下他写的和我谈话的那一段。理由很简单：当一个记者只从一个人的谈话里随便乱抽一两句来用，常常会给人一个不忠实的描绘，如果不是歪曲的话。

了解我的意图后，卡森先生答应我马上作修改。我非常满意地离开了。

然而三天多之后，当我读到印出来的文章时，我感到极为惊讶的是卡森先生的原文居然只字未改。

因此，我被迫不得不发此更正函，对卡森先生的不实观点做出更正。我希望借此机会，向在艾莫黎大学读书的同学们，讲一下有关中国的真相。我的同胞们盼望的不仅仅是废除他们那卑鄙的独裁者以及其党羽组织，而且还要毫不留情、彻底地推翻那个支持了中国的统治集团多年的半封建、半殖民地社会。如果美国人民 1776 年的革命是公正合理的，那么，目前中国人民为反对暴政、反对恐怖统治以及经济和社会剥削的革命，也是公正合理的。

为了举一个具体的例子，我必须说一些有关中国土地问题的事情。中国农民渴望“土改”不是为了活得更好，而是为了要活命。由于身受地主和政府极端的残酷剥削，中国农民过着牛马不如的生活。

1929—1930 年发生的大饥荒，仅仅华北两个省就死去很多人。面对如此巨大的灾

---

① 编者注：本文原为英文信，刊于 1949 年 1 月 27 日美国 *The Emory Wheel*“读者来信”栏，由贺祥麟教授之子贺黄河翻译。

② 按：如文所述，文章未改之处不是记者卡森的过错，而是由于编辑之疏忽。卡森把更改后的文章交付后，直到星期二下午较晚时才被送到印刷所。而由他所写的报道已印好了头两页。

难，我认为任何一个有良知的人都会起来反抗的。这就是引起目前社会动荡的几个重要的原因之一。

这就说明为什么中国人民一点也不“担心”现在的局面。事实恰恰相反，他们欣喜若狂，为即将到来的真正和平、民主和世世代代的繁荣昌盛而欢呼。

如蒙惠允，请把此信刊印在下一期的《车轮》学报里。

你忠诚的

贺祥麟

1949年1月27日

*3. 电梯吟[①]

在空中营高屋，
我们是室内的旅行者。

汽车沿着公路走，
火车沿着铁轨走，
船在水上走，
而我们攀着铁索走。

门关了——
我们自成一个小社会。
不要问我来自何方，
我和你一样来去匆匆。
我听见你的脉搏在跳动，
旅行者的心原息息相通。

而我们并不孤独，
几千根线，
连着我们这根铁绳，

① 注：这首诗写于1949年，当时我在美国 Emory 大学半工半读，每日课余开电梯三小时，乃成此诗。

有些人像蜗牛，
头上顶了触角，
沿着线在地上爬。

有些人，线连线，
两端互相交送笑声。
夜里面星星满天，
野坟里有鬼火在眨眼。
十万条细线，
系着十万只玻璃的眼，
拐弯抹角。

条条通我们这边。
朝上走，朝下走，
有谁能在这里停息。
当我们离开这间小屋时，
就有更多的人进来。
接着我们上上下下跑。
因为地球一天在动，
旅行就不会终止。

(1949年)

*4. 海外歌祖国

朋友，你可曾看见大海卷着船，
苍穹下涌起一片没边的波澜？
或者，飓风夹了胡桃大的雨点，
一树的黄叶吹得四面飞散？
你听过风暴的夜里天边送来的号角，
那清脆激烈、震人心弦

为风雨所打不断的
黎明之呼唤？

昨夜，我从沉睡里惊醒，
是这些彩色，这些杂乱的光和声
吹破了我玫瑰花镶边的梦。
而远方，海之那一边，
有一个理想
在火焰里长了骨肉
具了形。

雷替暴雨开路，
血给黎明催生。
啊，拿自己的鲜血
来养育黎明的人们。

为你们，我献出
这一曲不出色的歌。
活着的，或已安息了的
你们将一样在此世界上不朽。

何须立碑记功，
碑石已矗立于万人心中。
史诗写不了你们，
是你们写下了史诗。

啊，大勇者！
在此我向你们遥遥致敬，
献一束鲜花
——异国荒原上的延命菊，
插上你们的坟茔。

啊！祖国里新的人群！
你在机器旁里工作的工人，
你在自己土地上耕耘的农民，
你持枪捍卫人民的士兵们，
你学生，你勤劳的学者，

你哺乳给婴儿吸吮的母亲，
你沐浴着阳光。

健康地阔笑的孩子们，
为你们我在异国
升起这面艳丽的五星旗！

啊！你来自东方的海鸥，
你羽翼雪亮
翅膀闪着银光的光明使者，
给我带来了
古国里新的欢歌。
我知道在天边，
在海的那一岸，
风暴过去，
满天雨后的晴明。
我知道是谁挥舞巨笔
面对了太阳
在天上画了一条
七色的彩虹。

此刻天已大明
朝阳在云顶飞升。

（1949 年 11 月）

*5. 一九四九年圣诞节书信

谁说节日是孩子们的专利品，
我们不一样为节日而欢欣？
像沙漠里的旅客盼望绿洲，
我们，为忙碌所缠绕的人，
在梦着假期之来临。
快乐的时光！
即使只是一天，或者一刻。
为什么我们不能暂时歇一下脚，
把忧苦片刻忘净？

你我都幻想过新年里冬日的雪，
让一片银白来装点世界，
孩提时谁没有打过雪仗，
把破碎的脚迹印满一街？
可是，南国里今年却没有这些，
冰雪、霰、满街泥泞的化雪天，
水晶样的冰柱挂满了屋檐，
都有如传奇里的情节一样荒诞，
这里从不曾看见。

但南方的佳节并不缺少新鲜，
圣诞树上的彩灯也一样花艳。
除夕夜，桃树大街上，①
成群人吹着喇叭迎新年。
忙人们也闲了，
排了一列队伍，弯弯如长蛇，

① 桃树大街为美国 Atlanta 城最主要的街道名。

耐心地等在电影院门前。
校园里还在过秋天，
落叶在晨风里上下回旋。
在这温暖地带，
脑子并不曾为记忆
镶起四季分明的花边。
你的、我的、他的，
各人的多少零碎场面，
都揉和在一团，
每个人相互替大家，
织造成一组有机的、
共同的生活诗篇。

愉快的圣诞！
灾祸已成过去，
今天还有谁
在为昨日之愁苦纠缠？
我们是年轻的选手，
去跑新的马拉松接力赛，
年轻力壮之一代啊，
生命之青春强烈如火焰，
无数道光芒四方迸溅。
朋友，祝你有一个
愉快的圣诞
和欢乐的新年！

（1949 年 12 月）

1950年

*1. 给一位友人

向你欢呼，
年轻的魂灵！
岁月没有能使你老，
像砂滤了水它使你更清澈晶莹。
何必把人嵌入历史，
我们只要这一点友情，
一把火，一刻记忆。
黑夜里一点闪闪萤光，
一点淳厚的至诚，
你说，这就是“永恒”。

更勇敢些，朋友，
看你在雷雨里也一样挺劲。
我说，朋友，在这茫茫的人海里，
你不是一枝芦苇、一叶浮萍，
天上有彩云，
你是那云顶的山鹰。

啊，我没有诗人的生花妙笔
去给你一曲生的赞颂，

我只有这个拙朴的低吟
应和着这一片春之声共鸣。
岁月不居，友谊长存，
向你呼唤，你年轻的魂灵！

（1950年初）

2. 修打字机

1950年4月18日　星期二　晴

午饭后到英语系蒋先生处拿我借给他的打字机，谁知他已把打字机用坏了。我不高兴，因为我自己用了两年多，从来不曾有过任何毛病，同时在桂林不一定有人会修。

我用一整下午的时间在房里检查机件。我只找到一颗螺丝松了，把它扭紧，字母盘子整齐了，但带子仍然不动。想起宗太太家前天有人在打字，托一位林同学找那位同学（姓徐），又由他转找另一位家在南非的同学，从下午六点多修到晚上九点，已经好像没太多希望。最后，机械系的林君突然发现毛病，一指出来，另外两位也赞同，很快修好。说是再不当心，弹簧要断了，一断可就麻烦大啦。这些年轻人真可爱，热心、朴质、纯洁，我很喜欢他们。

明天头一次上课，本来想今天预备功课的，结果时间全给修打字机占去，有些慌。晚上熄灯后睡在床上想明天头两堂“文学批评”该讲些什么。

3. 第一次教书

1950 年 4 月 19 日　星期三　晴、雨

昨夜未睡好，早晨 4 点钟就醒来，再也睡不着，快六点时起床，今天卖豆浆的也刚好来得迟，我因为要赶上 7 点钟的课，没吃东西就走了。到了师范学院，还有十分钟才上课。

"文学批评"班上共六位同学，另外一位助教旁听。第一次教书有些慌，又怕我会不好意思，那才更惨。还好，不知今天为什么并没有不好意思，但心中仍有些慌，尤其是几乎没有什么准备，一上来用英语说了几句家常话，就开始讲正文。因为有个同学提议我讲些历史，而我一点准备都没有，只好临时急就章，把我一时记得的（连想的工夫都没有，因为一停下来就不行了），先讲亚里士多德的诗论，论悲剧，又随便按年序说了不少批评家的名字和著作，然后谈到近代的文艺批评，以及我们应采取的辩证法观点和马克思主义的文艺观点，谈得十分零乱，讲完这个又转到文艺批评的种类，最后讲我这两天打好的一张埃德加 · 爱伦 · 坡的"创作的哲学"，一直用英文讲，偶尔把字翻译成中文写在黑板上。

三个男生和三个女生程度都不大好，一个女生还要我用中文讲，结果别的学生不赞成。我答应讲慢些，同时，随时用中文补充。下课了，我说："让我们休息十分钟。"没吃早饭，肚子有点饿。看见卖发糕的，很想买，既怕学生看了不好看，而我的全部财产仅剩 50 元人民币，当然买不成发糕。上第二堂课时，不知怎的添了五六个人，一个小教室坐满了人。

教完课回来太累了（不是教书累，而是昨晚没有睡），同时又因为没有吃东西，乃倒在床上睡，一点也睡不着。11 点去吃午饭，吃完在师范学院逛。昨天原准备给学生打的讲义因打字机坏而未打，那么怎么上课呢？乃决定今天我念罗勃森的一篇演讲，一边念一边翻译。不料，去茅厕，讲词一本丢入茅厕，这可急坏了我。怎么办呢？立刻捞上来，幸而没掉进茅坑中，如掉下去，则无可救药。但即使在沟中边上也染了一点"黄金"，我连忙把封面全撕去，里面洁白如故，只有一点边上了粘了一点"黄金"，我撕去了边，一切完好。又怕手上染了粪（其实没有），去一座楼下找到一个缸子洗了手，时候还早，坐在附近草地一块石头上等上课。

上课的学生 11 人,稍谈了两句有关教材的话,我就开始念和译罗勃森的演讲,看见后面的门没有关,我就把门关起。等第二堂门又开了,我又关起。后来,才发现是一位女生带着儿子来上课。她把孩子放在室外,孩子哭了,她要出去哄孩子。我觉得我关门对不起她。我不知道她开着门是为了看孩子。

这一班二三年级的学生程度差极了,比我想象的还要差得多。不止英文差,普通常识也差得很。念到普希金,许多人不知道他。念到歌德,许多人举不出他的作品。最后有人说了《奥德赛》,我又好气又好笑。许多人不止文学常识差,就是对新哲学、新知识和国际情形都了解得很少。当我翻译出罗勃森那样动人的、激昂慷慨、誓死反对美帝的演词,他们都像是无动于衷。

我希望以后和他们的接触中,能发现今天的观察是错误的。

下午 4 点钟,英语系的蒋先生来找我,从和他谈话中,我知道带孩子念书的女生情形苦极了。每月就靠助学金的 60 斤米维持,没有东西给孩子吃,只给他酸菜配饭吃。我听了十分感动,而且惭愧,以后想有机会帮她和她丈夫的忙才好。

走到小饭馆吃晚饭,大雨来了,倾盆而下。好大的雷雨,晚风驾着骤雨,坐在饭馆最里面也挡不住吹进来的大雨。有人提议上板门,老板娘说不能上,因为上一次上了,大风就连门也吹倒了。于是,我们就只好在"外面下大雨,里面下小雨"的情形下吃饭。吃完等了许久雨才停,回宿舍不久,雨又倾盆而来,房门口漏了一大片水。

1952年

1. 在广西大学教书

国香：

高兴地收到你的信。我一直怀疑你是否仍在兰大附中，后来在此间问过一位曾在兰大教过书的先生，他说附中没有了，我就想到你必到北京或江南去做事了，却不料收到你这封信！而且你在兰大教维吾尔文！朋友，我百思而想不出你在哪里学得这套本领，会精通这个偏僻的文字！

你对我的诗的批评是过奖了，我自己对它有很客观的估价：它的政治水平是够了，但艺术水平有很多地方还太粗糙。原因是我的文学修养还不够高，写时凭一股奔腾的热情一气写好，后来又没有好好修改，结构也不够严密，我希望能得到你的一些具体的指出缺点的批评来，那对我此后写作是有大帮助的。

你的友人戈扬君可惜我从来没有机会认识，在1947年我曾在报上看见过他写的纪念闻一多的诗，写得非常好，像燃烧着的火。最近他是否仍在写诗？在新疆那样各民族杂处的地方，一定可以吸收许多兄弟民族语言的精华，也一定可以有很丰富的生活实践，不知他有新作品写出来么？如有，请你抄寄些给我，好不好？

来信问我在西大教什么？教外文系的课——不是我最爱教的课。因为我想教中文系的课，但是没有机会。我很忙，没有功夫写作分量重的东西，也没有足够的生活经历。你知道大学里的生活多么远离工农兵大众的生活。当然，念书也一样没有时间，这一年来就是在赶工作，写了许多临时"赶任务"的作品，鸡零狗碎，但却是必要的。因为：正如最近一期《文艺报》上一篇周文的论文中说的，在革命急需、工作急需时就一定要"赶任务"。鲁迅过去是这样的，爱伦堡今天也是这样的，大作家都是如此，我们这些刚开始学步的文艺学徒,自然更该如此。

常来信,这封信我因为忙,又是耽误了几天才回复你的。你问我要的诗,日内寄出给你。此致

敬礼!

祥麟

1952 年 4 月 8 日夜

又:最近收到屠尔康来信,他是看到报上我的书的广告后写信请人民出版社转信给我的。他来信很短,只说在外国语专校英语组,是念书呢,还是教书?我这两天太忙,没有工夫给他信,只好等两天再说。

2. 谈英语教学

尔康：

收到你的信，我真想不到你会请人民出版社代转信而居然转到了。谢谢你的好意，告诉了我国香兄的地址。妙的是他在兰州书店看到我的一册诗集而早写了信给我，他已结了婚。这一点真惭愧，我比他大几岁的人到今天还在打"光棍"。

你怎么会到外专去了的？你在南大什么时候毕业的？在外专要好久才毕业，将来到哪里工作？近来生活如何？来信请告我。暑假中我可能到北京玩，如去时一定去看你。下次来信能不能把你们英文组的课程告诉我一些，以及你们教学的新方法。因为我现在教英文，很愿意学你们校中的先进经验。此致

敬礼！

祥麟

1952 年 4 月 14 日夜

又：除了以前外专出的三本英文教本外，你们还有其他辅助读物吗？教师是不是有教研小组？依你看什么教学方法最有效？都请你告诉我，俾便介绍给我系师生。

国香在兰大教维吾尔文，真是使我惊诧不已，叹为观止。他什么时候学会这门文字的？以前听说他在翻译一本土耳其文字典。也许维吾尔文和土耳其文差不多。不过，我总是以为他搞语文非常适合，他的英文、法文都非常好，又极用功，中文也非常好（在校时我看过他的诗，后来又看过他翻译的十四行诗），如果他能好好念哲学、政治经济学，把理论搞好，他是一定会有成就的。

忙极了，不多写。来信寄到"桂林广西大学"即可。

1954年

1. 赠诗

1954年6月23日　星期五　晴

做饭，洗衣服，给五弟写信，再加上一大早起来打讲义，又上了两堂课，忙得不亦乐乎。今天洗的衣服最多，差不多有二十件，分了三批才洗完。

晚上想写首诗赠给四年级这次毕业的六位同学，写得快，写得不好，还得修改，先抄在下面：

从人民中来，
走向人民中去，
年轻的朋友们啊
你们今天所走向的
是一个更宽广的世界。

这些日子，我
以和你们一样快乐的心情
去谛听你们所欢唱的
嘹亮的歌曲，
多美好的歌啊！
你们在解放的欢乐里
唱着最高音的解放的歌。

我说，年轻的伙伴们啊
你们并没有毕业，

作为毛泽东的学生啊，
你我都是幼稚的初级生。

朋友们，到军中去！
到农村去，到工厂去！
不论走到哪里，
我们的旗帜只有一面：
红色的旗，
劳动者的旗，

人民的旗啊！
去吧，朋友们！
在红旗所指的方向，
就是我们的方向。

2. 关于诗歌的教学①

诗歌部分开场白

一、引言

今天我们开始进入一个新的单元：诗。

提起诗来，过去高语班同学们差不多都异口同声地说："诗在中学里最难教。我们平常对诗感到最没有办法。"是的，这是事实，不但在我们同学间，就是在一般的中学语文教师中(譬如说，桂林市各中学的语文教师)，也有同样的感觉。

这是一种现象，而且是一种很普遍的现象。

但是，我却同时看到另一种现象：我们的青年同学们，尤其是爱好文学的青年们，在各种文学样式中特别喜欢、特别发生兴趣的正是诗。青年同学们好读诗，好朗诵诗，而且还有不少人好写诗。华中工学院的同学们是学工的，他们却组织了诗朗诵会，利用文娱时间来朗诵诗。仅就我所知道的他们就有好几位同学好写诗，而且写得还有一定水平。就拿上学期和这一学期来说，不论华中工学院或我们学校，在开晚会、迎新会时常常有朗诵诗的节目。

那么，好了，我们不禁要问：究竟为什么青年学生这样喜欢诗，甚至被诗迷恋了；而另外一方面，我们语文教师，却反而觉得"诗不容易懂""没有办法"和"诗最难教"呢？这个问题是值得我们深入研究的。

如果我的体会是不错的话，我认为对我们语文教师来说，这里面有两个问题：首先，我们是否有一颗诗人澎湃的热情和天真无邪的心的问题。同学们之所以喜欢诗，是因为青年本身就具有诗的气质。因为诗人和青年在气质上有许多共同之处——他们都热情洋溢，对新鲜事物都有高度敏感性，都具有一个燃烧到白热化的"童心"。关于这一点，我想到用艾青同志在《文艺学习》刊登的一篇《诗与感情》文章里所写的：

> ……年轻人看世界比较单纯，他们常常更多的是根据自己的直觉来判断各种事物。当一个人的经验愈多，就常常以比较清醒的反复思考对待事物。因此，那

① 此文原为讲课稿。

种好像出于直觉的庞大的写诗的冲动，就愈来愈少了。而只有那些始终保持着新锐的感觉而有点近乎天真的热情的人们，借用古话来说，就是保持着“赤子之心”的人们，即使到了老年，也能写出抒情气息很浓的诗篇。

艾青这一段话是正确、中肯的，用在写诗固然是对的，用在解释一些人爱不爱好诗至少在一定程度上也是正确的。那么，我们是不是可以这样来问问自己：我是不是对于今天的新社会、新生活有着强烈的热爱和激情呢？我是不是对新事物有高度的敏感呢？当我看电影、看话剧、读小说，看到故事里的主人公的幸福或苦难，我是不是能够和他们一同喜怒哀乐，是不是具有一个伟大、真挚的同情心呢？

所有这些，都是衡量一个人有没有诗的气质、有没有诗人的感情的尺度。而能不能真正爱好诗、欣赏诗，首先就决定于我们是否能在一定程度上具有这种感情。

另外一个问题，就是我们对于诗的特点的理解和掌握以及究竟怎样学诗的具体问题。但这个问题必须和上一个问题联系起来看。因为如果一个完全没有或很少有诗人感情的人，即使掌握了诗的特点和怎样学诗的方法，他既不可能真正理解诗，也就没有可能真正学好诗，这一点我们特别强调。因为，这是做好一个语文系学生和将来的文学教师的先决条件。

二、诗的特点

诗一般说来有两种：抒情诗和叙事诗，但即使是叙事诗，也必须有抒情的成分，因为诗不是说理，诗是诗人透过自己的感情来反映生活的。

我们并不想在这里给诗下一个定义，这是吃力不讨好的。可是，为了便于同学们学习和理解诗，我们是不是可以这样说：诗是文学的一种样式，它是用一种美丽悦耳、适于诵读的语言来表现人对生活的看法，来表现人的崇高的思想感情和想象，它的语言必须和谐而有节奏，它主要用感情和丰富的幻想来鼓舞、激发和感染别人。

我们在这里所讲的诗主要是指抒情诗（因为叙事诗比较少，同时叙事诗里也有抒情的成分），抒情诗是什么呢？用最简单的话来概括一下：抒情诗是诗人通过他个人对于世界的感受来反映生活。季菲耶夫曾说：“抒情诗的本质是诗人藉个性的状态（他的感受——思想感情）来反映人生。”也就是这个意思。

那么，什么是诗的特点呢？

（一）强烈的感情

我们把诗歌的感情放在第一位，因为我们认为诗之所以异于散文，主要还不在于诗是韵文、散文是文章，而在于诗首先必须具有强烈的感情，诗是诗人拿自己内心的像火一样燃烧着的感情、最真诚的一往情深的感情去拥抱人们的感情。所以艾青曾说："写诗要在情绪饱满的时候才能动手,无论在快乐或痛苦都要在这种或那种情绪浸透你的心胸的时候。"(《诗与感情》)但这里需要注重的就是强烈的感情并不是也决不是人在狂怒或狂喜时的喧嚣或喊叫,而是把自己的强烈的、深刻的、丰富的感情用最适当的语言,让它自然地流露出来。人的种种不同种类、不同程度的感情可以用各种不同的方法表达出来,这就是我们必须能深深地、细致入微地去体会诗里的感情。

让我们先看田间的一首叫作《坚壁》的街头诗:

狗强盗,
你曾问我么:
"枪,弹药
埋在哪里?"

来,我告诉你:
"枪,弹药
统埋在我的心里!"

这首诗一共只有短短的七行,可是它却充分写出了诗人对敌人的切齿仇恨,写出了我们人民的英雄气概来。这些句子都极端平常,但它却是一首好诗,因为它充分表达了诗人对反对派的刻骨仇恨和极度的蔑视,这是感情的最直接的抒发。正像叙事诗《王贵与李香香》中香香说的那样:

有遭一日遂了我心愿,
小刀子扎你没深浅!

对于敌人,我们在诗里常常像这样以直接的控诉来表达我们的血海深仇所鼓起的一腔愤怒和仇恨。譬如聂鲁达在他的《广场上的死者》就这样以裁判者和控诉者的姿态出现:

我以这些死者的名字发言:
要求惩罚!
我要求惩罚
那些使鲜血溅泼在祖国土地上的人们。

我要求惩罚
那些指挥这次罪行的人们!

我要求惩罚
那卖国贼他从这些尸首身上爬上独裁者的座位。

在这些诗句里,如果我们不能深刻体会反对派屠杀人们的罪恶的极端可恨,如果我们不能和作者一样在心胸充满着强烈的悲愤,我们将不能体会这几句诗的感情和它们的分量之沉重。

可是,在另外一方面,诗人常常将自己最真挚、赤诚的感情用一种比较含蓄的语言表达出来,但它激动读者心胸的力量决不更小。例如希克梅特在《卓娅》有一段这样写丹娘:

丹娘,
你那孩子般的前额是多么宽阔而开朗啊,
它是安详的像月亮一样发着光,
你的脸是多么的灵秀
你那孩子似的脖子是多么的柔嫩,
这脖子上不该是绳套绞索。
它的上面应该是项链,
你是多么纯洁啊,丹娘!

这里,作者是以极端悲楚、爱怜的心情在望着丹娘的像片,以这样一个可爱的孩子,怎么能够、怎么可能被纳粹匪徒绞死呢?是的,这样柔嫩的脖子上,的的确确应该戴上美丽的项链,但纳粹匪徒却这样残酷地、毒辣地拿着粗大的绞索给她套上了。愈是爱丹娘,就愈增加我们对纳粹匪徒的仇恨。

再看艾青的《吹号者》:

现在他开始了,
站在蓝得透明的天空下面,
他开始以原野给他的清新的呼吸,
吹送到号角里去,
——也夹带着纤细的血丝,
使号角由于感激,
以清新的声音还给原野,
——他以对于丰美的黎明的倾慕,
吹起了起身号,

那声音流荡得多么辽远啊!

在这一节诗里,诗人是以非常细微的衷心爱着吹号者,爱着“蓝得透明的天空”的早晨,爱着原野,并且把这种真挚的感情渗透到诗里的。

这样的诗给我们以清新、活泼的气息,给我们以在一夜安睡中骤然起身跑到黎明时的野外,面向着一片旷野呼吸着早晨第一口新鲜空气的气息。这气息不是从别的地方来的,而是通过我们的感情和作者的共鸣,使我们也有同样的真实感受而来的。

但我们必须强调一点,就是说我们所指的诗的感情或诗人的感情决不是也永远不可能是脱离诗的其他因素,特别是思想性诗的形象而孤立的。请看田间的一首美丽、热情的小诗《炉火正旺》:

窗外,
雪,
在飘落……

这是午夜,
天快亮了。
天快亮了,
现在
碧蓝的火焰,
像一只鸟,
高旋于炉上。

我也像火焰,
跃起,跃起,
在红火之中,
迎接着黎明,
我投了一票。
我投了一票,
我站在炉边,
我微笑,
(我是在这里,
献出了生命,
作一块煤炭,

让火焰燃烧。)
人民说:
"天愈冷
就愈要火哟!"

天快亮了,
拂晓的攻击,
也快到了。

这正是时候,
一炉红火,
在雪夜里,
熊熊地
照耀着山道。

窗外:雪
雪在飘落……

诗人火样的热情在这里是产生一颗温暖的爱祖国、爱人民的心,而这个热情又是藉了这样美丽的诗的形象表达出来的。我们都会见过通红通红的炉火,那火焰是什么颜色呢?是"通红"的呢还是"碧蓝"的呢?如果我们是一个仔细的观察者,我们会知道它不是通红而刚好相反(正如诗人所写的)是碧蓝的。我们有没有想到那"火焰像一只鸟,高旋于炉上"呢?田间抗日战争时在陕甘宁边区参议会投票,他能投这样的一票,感到很兴奋、很温暖,感觉到自己也像火焰一样"跃起,跃起,在红火之中",这不是很形象化么?这不是把当时自己心里扑扑跳着的愉快、高亢的心情生动地描绘了出来么?回想一下,当我们在普选投有生以来第一张票时,我们有没有这样的感情呢?如果有(我们应该有)的话,我们能不能这样形象化地把它表达出来呢?

所以说,只有当奔腾的、汹涌的热情是从高度思想性的泉源喷出来时,只有当这个跳动着的像拍岸的巨浪击打着的热情找到了美丽的形象作为喷泉时,只有当感情用诗的气氛、诗的情调、诗的语言固定下来时,才有了真正的诗。

这就是说,感情不能孤立,而必须和诗的其他因素融合在一起。这很自然地谈到了诗的其他特点。

(二)丰富的想象、生动的形象

想象是内容,形象是形式,内容是本质,但本质必须藉形式表达出来。所以我们讲诗的想象,就必须讲诗的形象。

首先,应该说明的是,如果诗没有想象和形象,那么,不管它怎么格律严谨,不管它的韵律怎样工整,不管它多么有音乐性,它至少不是生动的诗,甚至于不是诗。许多人写的被人讥为"分行的散文",恐怕很大的一部分就是指这一类"诗"。而相反地,如果只有想象和形象,而没有内容、没有思想、没有真正的感情,仍然也不是诗。譬如说,我们举一首张打油的打油诗《咏雪》为例:

江上一笼统,
井上一窟窿,
黄狗身上白,
白狗身上肿。

这首"诗"的想象和形象都很够了,但是却不是诗,充其量只算是"打油诗"。为什么呢?因为它的幻想和形象是悬空架着的,是没有内容没有思想感情来支撑的,因此,是没有基础的。

高尔基说:"想象——这是创造形象的文学技术当中最本质的一个。"关于想象和形象,我们先举希克梅特《北京的鸽子》这首只有四句的短诗为例:

我的鸽子比母亲的奶汁还白,
为了你作巢,北京
给你最好的地方:
在鲜红的大柱上。

我们看,诗人的想象有多强,这诗里的形象有多生动。这四句诗写的是什么呢?毫无疑问,写的是中国孕育了和平,中国是和平之家。但诗人却不直接写和平,而写和平的象征者——鸽子。诗人又不写全中国,而写代表中国的北京。不写北京的一切房子给鸽子作巢,而写最富有中国色彩、中国作风、中国气派的大红柱子,这个"鲜红的柱子"不仅在幻想上是丰富的,是独具匠心的,而且在形象上也是美丽的。大红柱子的红色和和平鸽的白色衬起来,更是相得益彰:一个更红得可爱;一个更白得可爱。还有,为什么作者不说:"我的鸽子比冬天原野上的皑皑白雪还白"而说"比母亲的奶汁还白"呢?这就牵涉到一个更深远的思想性和诗人的感情问题。拿白雪比鸽子思想性较弱,因它没有特殊意义。而"母亲的奶汁"代表的决不只是"白",而是有更深更厚的意义。代表了母爱,代表了纯洁的生命的浆汁。这样用"母亲的奶汁",不但形象化,而且还有更强的思想性、更深厚的感情。

仅仅是四句诗，一分析起来会发觉内容如此丰富，这说明诗比我们表面上粗浅看到的要深刻得多。问题是我们在读诗时怎样发掘这些宝藏。

再看《王贵与李香香》中，诗人李季对李香香的形象化的描写：

山丹丹开花红姣姣，
香香人材长得好，
一对大眼水汪汪，
就像那露水珠在草上淌。

不但拿“露水珠”而且拿“露水珠在草上淌”来比香香的一对大眼，这不是非常生动地写出了香香一对晶莹的、乌黑的眼睛么？

和上面一节谈“感情”时强调感情不能孤立一样，在这一节谈“想象”和“形象”时，我们也要强调想象和形象在诗里不能孤立。现举一个曾经燃烧了我心胸、升华了我的激情的幻想丰富的一段诗——这首诗是苏联诗人约·阿丽盖尔的长诗《卓娅》中的一段，他这样写卓娅：

你已经完全冷却了，而我却被哀痛所烧透，
母性还没有闯入你的心，还没有在你的心中沸腾，
婴儿温暖的小嘴还没有触动你的干瘪的奶头，
你躺在雪地里。

啊，为我们你曾献出了这么多，
为的是把纯洁的、美丽的面孔高傲地向后仰起，
为的是英雄的甲胄，
为了沉重的生锈的铁衣，
为了成为一个勇猛战士的神圣的幸福，
站起来吧，作为我们可爱的人，真理与力量的象征，
为的是我们的忠诚，也是崇高的如你的牺牲一样，
经过你被白雪掩埋的坟墓——
战士们，
边宣誓，
边前进
向着西方，向着西方！

这一段诗虽然只十几行，却蕴含了极端丰富的内容——就像生活本身一样丰富，

即使是我们对这一段诗的译文,有些地方还不能令人满意,但我们依然可以从这里看出诗里浸透诗人的热情,诗人所写的卓娅对生活和对战斗的崇高理想和信念,而这些是藉什么表达出来的呢?藉了有魔力的形象化的语言。卓娅还太小,还没有成年,还没有享受过她有充分权利享受的人的幸福,然而她却像一朵还没有来得及开花的蓓蕾,给人摧折了一样被敌人屠杀了——她死非其时被敌人绞死了。诗人怎样表达他这种难过、这种无比惋惜的心情呢?诗人写着:"母性还没有闯入你的心,还没有在你的心中沸腾,婴儿的温暖的小嘴还没有触动你的干瘪的奶头。"我们看诗人把母性的幸福写得多么具体,用了多么形象化的语言,多么丰富的想象!是的,卓娅为我们曾献出了这么多,可是,她为的是什么呢?"为的是把纯洁的、美丽的面孔高傲地向后仰起"。这是什么意思呢?这就是说,为了使她"纯洁的、美丽的面孔"不是受屈辱而是可以高傲地仰起来面向着全世界,面向着凶恶的狰狞的敌人。诗人不说为了我们的战士们、英雄们,而说"为了英雄的甲胄,为了沉重的生锈的铁衣",为什么呢?因为如果一个人能够(像卓娅那样)热爱英雄的甲胄,热爱战士们的沉重生锈的铁衣,那么,她会更加热爱英雄们战士们本人,我们古人不是说过"爱屋及乌"么,就是这个意思。战士这里的爱更深、更厚、更深沉感人,这一切都说明了什么是诗的想象与形象。但是,让我们这样假设一句,如果没有像诗人那样"被哀痛所烧透"了的心,如果没有像这首诗里这样高的思想性,而让诗人的想象和美丽的形象孤立起来,那么,所谓"诗的形象",除了是一堆闪烁发光而却是杂乱无章没有意义的词汇堆砌外,还能是什么呢?

这就说明无论是想象或诗的形象都必须是有内涵的,绝对不能孤立开来的。

(三)诗的语言

在18世纪的欧洲(特别是英国)的"新古典主义"派的学者们认为,诗的词汇必须是和散文不同的另一种词汇,他们把这个叫作诗的词汇,或诗的用语(Poetic Diction)。这个意见是不正确的。早在19世纪初就给当时浪漫主义诗人用实际行动、也用理论把它打垮了。如美国19世纪资产阶级民主诗人惠特曼在诗里就大胆采用了人民大众的日常用语。

应该认识到诗歌的语言应该是从人民大众的日常用语中汲取提炼了的语言,这就是我们所说的"精炼的语言"。因此,如果说诗的语言和散文的语言有不同的话,那就是诗的语言是精炼了的,在理论上应该是千锤百炼了的语言。

为了解释我们刚才所说的,让我们举未央的《祖国,我回来了!》最后一节作例子:

> 车过鸭绿江,
> 好像飞一样,

祖国,我回来了!
祖国,我的亲娘,
但当我欢喜的眼泪,
滴在你怀里的时候,
我的心儿,
却又飞到了朝鲜前方!

在这里,我们很怀疑有什么人能从这几句诗中抽出或增加一个字,而能够不损原诗的完整性。这就是我们说的“千锤百炼的语言”。

那么,是不是诗的语言除了更紧凑、更简洁和更精炼外,没有别的地方和散文的语言有什么不同?不,还有一个很大的根本区别于散文的不同,就是诗的语言单独每行来看,可能和散文完全一样,但如果把一首诗、一节诗或者几句诗结合起来,它们当中却有有机的在声音上的联系,这就是我们所说的诗的节奏性和音乐性。

诗之所以异于散文,其中一个很大特点便是诗必须易于朗诵、是诗的语言的节奏性和音乐性。英国当代进步学者乔治·汤姆生在他的《马克思主义与诗歌》中曾谈到爱尔兰的农民们怎样对待诗。他说:“对于他们,诗歌不是和书本有什么关系的,大多数农民不识字,诗歌是活在他们嘴上的。它是大众的财产,人人都知道,人人都爱好。在日常谈话中,诗歌像泉水一样常常冒出来。”汤姆生这段话很值得我们注意,因为诗歌原来起源于劳动,几千年来一直和广大劳动人民发生着不可分割的血缘关系。汤姆生又说在爱尔兰的农民中,“当有什么重要事情发生的时候,人们就创作一些诗来庆祝”。其实,这在我们的工人、农民、战士中,不正是普遍存在着这样的情形么?当我们的志愿军战士在朝鲜前线一个胜利的战斗刚结束,战士们不是立刻编了顺口溜和快板诗来庆祝么?又如,士兵诗人毕革非、农民诗人王老九在解放战争中就编了许多诗去鼓舞战士们的战斗情绪,鼓舞农民们的斗争情绪,而为广大群众所爱好。陕北的农民们甚至也编了快板诗来歌颂王老九,并且同他一同唱:

王老九,硬骨头,
编得一口顺嘴溜,
要是住了口,
大伙发忧愁。

正是因为诗是必须易于朗诵的,所以它必须具有节奏性和音乐性,说节奏性和音乐性,并不是说诗一定要押韵,那是另外一个问题。

节奏性是指诗的语言必须具高低的和时间的间歇上的规律性,使人读起来不但铿锵有声，而且抑扬起伏，使语言发出的声音像波浪一样地前进着。

音乐性就是读起来和谐悦耳，使人敏锐地感到诗里丰富的内容和着充沛的感情而前进的，是动听的、感人肺腑的声音。

我国的古诗和许多外国诗都有着相当严格的格律，这对诗的节奏是有帮助的。古诗大家是熟悉的，无需举例，今举一节外国诗为例，看看它的格律多么严格，读起来多么和谐。(举例——编者按：作者在此没有写明所举的例子)。

在我国"五四"以后的自由体诗中，一般说，对格律不太注意。但是，如果仔细研究，会发现有的写得较工整的诗，还是在一定程度上注意格律的。举臧克家的《罪恶的黑手》第一节为例：

在这都市的道旁，
划出一块大的空场，
在这空场的中心，
正在建一座大的教堂。

这四句诗中，除了1、2、4行押韵我们暂且不谈外，在句子中第1、3行每行三个音尺或音步(Foot)，第2、4行每行四个音尺。如果我们一定要照外国诗那样把每一音尺来分"格"，那么，所有两个字一个音尺的音尺全是"扬抑"格。我们不敢肯定诗人在写诗时想到这些格律，但是由于诗人特别注意诗的节奏性和音乐性，诗句就自然而然地合乎了格律。这一节诗读起来特别和谐，特别顺口，而且容易记忆。这就是因为诗的节奏和谐而紧密的缘故。

当然，在今天的自由体诗中绝大多数是没有这种格律的。但是，至少它们里面也有像艾青所说的(假如我没记错的话)"自然的旋律"，今以柯仲平的《悼星海》为例：

星海！星海！
你的短歌——手榴弹，
你的大合唱，
暴风雨一般。
你的民族交响乐，
如中国的长江大海。
你，中国人民的超等歌手，
你，聂耳后的一大天才。

这里的三个"你的"两个"你"(而且下面顿一顿)，还有"大合唱"对"交响乐"，"长江大海”对“超等歌手”和“一大天才”等一连三个字、四个字合起来的词,都大大地增加了诗的节奏性,读起来使我们感到有一种“自然的旋律”在里面。

还有一个问题要谈的,就是诗应不应该押韵?不能否认我们的旧体诗在这方面有卓越的成就,不能否认在许多场合下,有韵诗比无韵诗更容易朗诵,更容易记忆和背诵。这里举一个例子,是白莽译的匈牙利诗人彼得斐的《自由和爱情》:

生命诚可贵,
爱情价更高,
若为自由故,
两者皆可抛。

白莽的译文是有韵的,而孙用以无韵的自由体把同样的一首诗翻译为:

我一生最宝贵的
是自由和爱情,
为了爱情,
我牺牲我的生命,
为了自由,
我可将爱情牺牲。

其实,孙用同志的译诗“情”“命”“牲”还是押韵的,但他译得要比白莽的差得多,为什么呢?因为白莽的翻译不但韵律严格,便于记忆和朗诵,只要念一两遍就会背了,句子显得完整而有力。“若为自由故,两者皆可抛”比“为了自由,我可将爱情牺牲”有力得多。

我们举这两个例子,不是说有韵一定比无韵的好,而只是说在许多情形下,有韵的诗和格律严格的诗更好。而在另一情形下,照我个人的见解,因为我们的新诗还在青年时代,许多问题还待探索和解决,我们应该在各方面都努力,而无韵的自由体诗,到现在还不失为一条可走的道路——这也是符合毛主席所提出的“百花齐放,推陈出新”的原则,特别是因为我们的语言有许多是单音字,押韵常常容易单调,不像印欧语系的诗的语言那样多变化,因而押韵常常会束缚了我们诗的发展。在这个意义上来说,自由体的诗是有它的发展前途的。尤其是因为我们是处在这样一个充满声、光、电、热、暴风骤雨的时代,在为时代大声歌唱这一点上,自由体的无韵诗比有韵诗有着更大的方便,更强的战斗性。所以,马雅可夫斯基曾说:“我们必须做的是:立刻把公民的全部权利给与新的语言——以咆哮的语言代替叠句,以战鼓的节奏代替摇篮曲。”

三、关于诗的教学问题

今天，我们生长在一个诗的时代。我们的自由幸福的人民正在党和毛主席的亲切而正确的领导下，用自己的力量和智慧在铸造他们梦想了许久的新社会和生活，正在用自己的英雄行为写活的史诗。年轻一代尤其充满了诗人的幻想和热情，要创造一个更奇灿、壮丽的未来。那么，问题是，作为语文教师，我们应该怎样在诗的教学中使同学不但理解诗，爱好诗，而且更进一步培养他们诗的气质和诗人的感情呢？

如果想搞好诗的教学，最根本的问题是究竟我们是否在一定程度上具有诗人的思想感情，具有了诗人的想象力，并且在一定程度上掌握了诗的特点。如果不能做到这一点，而想学一套"怎样教诗"的方法去教诗，也是不可能的，充其量只能把诗像一个生物学者解剖动物那样去解剖分析，做一个"教诗匠"而已。

因此，在进行谈到下面关于诗的教学的具体问题之前，我们应该先假定每个教诗的中学语文教师（我的意思是指今天我们的全班同学）都已达到上面的要求。再说一遍，教师在一定程度上（注意，我们只是说"在一定程度上"）具有了诗人的感情和想象力，并且在一定程度上掌握了诗的特点，是搞好诗的教学的先决条件。

下面所谈的问题都是在有了这个前题下而谈的。

记得丁玲同志在最近一期的《中国青年》上写给一位练习创作的青年的一封信中劝告青年在读文学作品时，不要先分析批判，而要先欣赏，要尽量先欣赏作品。她这句话很正确，而对读诗和教诗尤其重要。

我们就想从这一点谈起，谈教诗的备课和教学的过程。

（一）首先体会欣赏作品，然后分析作品

一个教师教课是否好，首先决定于他对课文是否体会得深刻，这对散文如此，对诗尤其如此。这是因为诗的内容较一般散文更深刻，诗的语言不仅是精炼的，常常是含蓄的，因为诗的形象比散文丰富得多，这些都要用较多的时间和脑力去体会和玩味才能逐渐体会出来。最明显的例子就是高中语文课本第六册加里宁的《论爱国主义教育》中所引的马雅可夫斯基的那一段诗，诗中有些句子比较难体会，甚至听说中学有些老师完全看不懂这首诗，如果教师连诗本身的句子和它的含义都不懂，那怎么谈得上去教学生呢？如果我们做教师的不懂这样的句子，不懂马雅可夫斯基为什么说他的诗像这样：

> 俨如罗马时代的奴隶们
> 所建造的水渠，

直到我们这时日
才通泻于人间。

如果,看不懂作者这样的比喻,那么,教师怎么可以谈到和作者感情打成一片,更怎样谈到在课堂上再现作者的感情呢?

因此,首先就要把课文弄通,并在此基础上一遍又一遍地欣赏作品,体会作者的思想感情。如对上面所谈的马雅可夫斯基的四句诗,就要在反复钻研中懂得它的意思是:诗人用他丰富的想象力拿空间来比喻时间,好像有一条长河,从源头流起一直流到我们所在的地方,这长河就是时间的长河,“直到我们这时日,才通泻于人间”指什么呢?这“人间”是指我们这一代人。这样,我们就可以懂得为什么罗马时代的奴隶们所修建的沟渠到今天才通泻于人间——因为罗马时代的奴隶们所修建的沟渠本来是从罗马时代就一直有水流的。但是这一两千年来,我们这一代人还没有出生,因此它通泻的是别人的“人间”,而别人的“人间”对我们来说只是历史,早已成陈迹。我们所说的“人间”,只有我们今天所看得到、摸得着的现在的人类社会。那么,这不是说古罗马时代奴隶们所修建的沟渠到今天才通泻于人间了么?懂得了这一点,就可以体会到马雅可夫斯基所说的是他的诗将穿过悠久的岁月(像罗马时代奴隶们所修建的沟渠到今天才通泻于人间一样)而通泻到我们以后几百年甚至几千年的“人间”。

从上面所举的例子可以看到懂得诗句的含义并不容易,而进一步体会作者的思想感情更不容易,必须一遍又一遍地钻研作品才行。例如,高中语文课本第五册艾青的《幸福的国土》中的《新城市》除了写今天这个新城市的成长外,还含有歌唱明天的生活将更好,明天这个城市将建设得更好的意思。诗人这个从今天看到明天,因这种预见而引起的欢快感情,如果我们不细心体会就不容易看出来。要做到这一点,教师必须钻进诗里去,自己变成诗里所描写的事件的直接参与者。搞通了课文而且一二十遍地反复钻研、欣赏了课文,对课文有了深刻体会后,再进行分析作品。分析时可以看每首诗的不同情形,从时代背景、主题思想、诗人的感情、诗的想象、诗的形象、诗的语言等方面进行分析。

(二)怎样朗诵诗

朗诵,在诗歌教学中应该而且必须是它的主要环节之一。如果教师在教课前作好准备工作,上课时能朗诵好,就可以收到更大的教学效果。成功的朗诵,对同学们的感染和启发,往往比理解分析诗歌时,给同学们的收获会大得多。

诗人强烈的感情必须通过朗诵直接传达出来,我们必须强调朗诵,让它在诗歌教学中占该占的重要位置。

怎样练习朗诵，怎样进行课堂朗诵？我的粗浅体会是，诗的朗诵应注意：首先，深刻体会作者的思想感情，在这以后，一面练习朗诵一面继续深入体会。

在练习朗诵时，先做到能够和作者的感情共鸣，且能进一步通过朗诵，把作者的感情传达出来。有些表面上看是"普普通通"的句子，实际上却蕴含着极深刻的、丰富的感情，就必须细细体会。如闻一多在昆明一次晚会中朗诵田间诗中的两句，就是以极真挚的热情朗诵出来的：

啊，祖国，
啊，人民！

这仅六个字，表面上看平淡极了，但里面却蕴含着无穷的深情。这是一个爱国者对祖国、对人民充满了无限深厚的爱、向往、渴望的呼喊，如果感情不深，就不容易朗诵得好。

要多练习。练习时在诗上划线或划符号以至加注解，表明什么地方该怎样念。朗诵时音调和态度都要自然，呼吸匀称，不缓不急。换气时在"气群"与"气群"间的停顿处换。"气群"是指在朗诵时，必须一口气说出才能正确地表达意思的、换气的最小单位。如高中语文课本第二册何其芳的《我们最伟大的节日》第二节的"多少年代，多少中国人民"共九个字，但实际上只有两个"气群"。

咬字要清楚。要做到使同学们不看课文而正确无误地知道你朗诵的每个字。在我们南方必须注意的一个问题，就是必须用普通话朗诵。朗诵时要把握诗的气氛和诗的情调，随着作者感情起伏而在声音和表情中把诗的气氛和情调适当地表达出来。要有抑扬顿挫，把诗的音乐性、节奏性朗诵出来。句与句间，特别是行与行，节与节间要分开，遇到一节朗诵完后，要停得稍久一些。一般人朗诵诗常常失之过快。朗诵得慢一些——当然，所谓"慢一些"，还是指"不要快了"。太慢了也不好。总之，要快慢适度，怎样"适度"，将来我会在朗诵中给大家示范。

课堂朗诵前一定要对课文很熟，不要一直看书朗诵。要尽量多看同学。只在记不住时才看书。若做不到背诵全诗，至少也要每看一次书可记住三四句。要有表情。要适当地在表情上（当然更要在声音上和语气上）表现自己的喜怒哀乐。但必须注意的是，朗诵诗不是演戏剧，表情不能夸张，要用自己的声音朗诵。

在朗诵的最后一部分，我想谈谈朗诵时的重读与强调的问题。朗诵时，我们对诗里的一个或几个字因要特别强调，以唤起听众注意，这就必须对这些字重读，这可以使词与词的关系分明，使全句的意思清楚。根据洪深所说的，重读应注意三个原则：

1.在某一时刻，事物的要求听者的最大的注意的，必须重（zhòng）读。如："这些都是无益的消耗，一晚消耗那样多，真是何苦呢？”“消耗”、“那样”、“何苦”为重读。

2.同等重要的字应该予同等的重读。如“鸡鸣狗盗”。又如：“鸡鸣狗盗之出其门，此士之所以不至也”。其中要重读的有“鸡鸣狗盗”、“出其门”、“士”、“不至”。

3.多个重要的字连成一串，要轻重相间地读。如：“寻寻觅觅，冷冷清清，凄凄惨惨戚戚”，可以这样读：“寻寻（重读）觅觅，冷冷（重读）清清，凄凄（重读）惨惨戚戚（重读）”。①

当然，这是一般性的原则，事实上只要是连字成句，就一定有重读，如何决定重读，要看具体情形来定。

（三）关于诗朗诵的课堂教学

这部分讲得简单一些，因为关于课堂教学前的准备工作和朗诵已讲了许多了。由于中学同学一般对于诗的理解和欣赏能力不够，在这方面训练也不够，故在讲授课文前花时间讲时代背景、解释课文大意、中心思想，使他们对诗有一个初步理解，有些必要理解的材料，也可以简略注一下，这可替教学制造诗的气氛，这样，下一步进行诗的朗诵就方便得多了。

然后，就进行朗诵。朗诵由教师朗诵，最好让同学们不看课文，静听教师朗诵，注意教师声音抑扬顿挫、感情起伏、适度的表情、偶然的手势。朗诵后，布置作业—课后同学们练习朗诵，下次上课时由同学们朗诵。

教师应该在朗诵中使同学们受到鼓舞和激动，让他们与作者一样具有诗中那种强烈的感情。朗诵完后可以进行串讲，由于诗与散文大不相同，比较难于理解和体会，在中学对诗的逐段甚至逐句的串讲是必要的。在同学们对诗的句子意思完全理解后，可以进行综合分析。综合分析的项目和内容主要看每首诗以及每班同学的具体情况而定，不过，一般来说，可以从主题思想、人物、组织结构、诗的感情、诗的想象和诗的形象以及诗的语言等来谈。在综合分析时要避免偏高偏深的倾向，要深入浅出，用显浅易懂的语言把诗的思想性、艺术性分析好。

关于课堂教学我们就讲到这里，就这个报告来说，我们的意思是给大家一个启示。因为怎样学习诗、欣赏诗和教诗，是没有一成不变的方法的，问题是每个人在实践中怎样发挥自己的智慧和创造性，把诗学好和教好。

1954年7月4日晚上8时写完

1954年7月5日上午加课讲完

① 见《戏的念词与诗的朗诵》。

1955 年

1. 到广西师院执教

国香：

四五年没有给你写信了，不知你是否仍在兰州大学？是不是仍在教你的维吾尔文？甚念。我由原广西大学改留在广西师范学院，并由原来的英文系改在中文系教书。

有一件事情想问你，就是我在新中国成立前（不论在国内还是国外）给你写的信你还有么？请你好好找一找，找到后全部寄给我，因为我需要一些证明材料。

因为不知你是否尚在兰大，故不多写。此致

敬礼！

祥麟

1955 年 8 月 22 日

又：请代问候你爱人；

邱从乙现在南京大学外文系。

2. 对诗人的评价

国香：

你的来信带给我极大的愉快，特别使我高兴的是知道你工作得很好，在对于兄弟民族的语言研究上有成绩，有创造性的成绩。朋友，我们说“为人民服务”，怎样才叫真正为人民服务呢？我以为单靠热情是不够的，必须有真正的行动表现出来，必须拿出真实的东西来，拿出成绩来。因此，朋友，同志，让我在这里对你作衷心的祝贺，祝贺你的《维文文法初稿》出版，并且预祝你的《维文翻译之理论与实践》即将诞生！

想不到你已经是两个孩子的爸爸了，那么让我再祝贺你和你的爱人，在你的《维文翻译之理论与实践》诞生的同时，或者甚至于还要早些，能有第三个孩子诞生。这是值得你骄傲的，特别是对于像我这样一个到现在连女朋友都还谈不上有的人。

关于我这几年的情况，除上封信已告诉过的以外，我可以简单多说一点：在国外念书的情形你知道，回国后，几年来用了饱满的热情，可以说非常努力地去搞工作，但工作却没有搞好。相反地，在很多方面搞得一团糟。直到不久以前，我才得到一个很浅显但却不容易体会的道理：就是单靠狂热（在这方面我是特别丰富的）不但不能做好工作，反而会把工作搞坏。举个例子，有一个学期，我接受了一个突击式的任务，教一个班的同学一门很重要的课，在给谈恋爱屡次碰壁的昏头昏脑中，我仍然尽我的一切努力像一根钉子钉住了屁股一样坐在椅子上，写了二十四五万字的讲稿，这不可谓不“狂热”，当时自以为写得很“好”，并且教学效果也“不坏”。可是，结果呐？后来一检查，只有四个字可以形容它——“错误百出”。实际上却是散布了资产阶级唯心论的毒素！这件事给我的教训极大，说明单是口头喊学习马列主义是不行的，必须认真地、脚踏实地好好去学才行，我说的那些讲稿大部分编成册子出版了（在本校出的），除了给我留下一个惨痛的教训外，只有当废纸包花生了。

你在书肆买的 *The Great Tradition* 不知是不是英国诗、散文的选集？我没有见过这本书。不过，我们这里的图书馆英文书很多，你那边不易看到，所以，还是你留着吧。我倒想送你一本书，不知你有没有？就是弥尔顿的诗全集 *The Complete Poetical Works of John Milton*，里面有他从 19 岁起一直到逝世所写的全部诗。书里在弥尔顿传记每个时期或一些重要的诗（如：*Lycidas*，*Paradise Lost*，*Paradise Regained*，*Samson Agonist* 及十四行诗)前都有简单的介绍,当然主要是 *Paradise Regained* 这一首。如果你没有,请来信告诉我,我当立刻寄给你。这本书是我在 1948 年所读的一门课中的教本,每页都有详细的注解。我相信你会喜欢的。

至于弥尔顿的诗,我不知你的看法如何,在我是这样看的:以前对他的认识不正确,认为他的诗主要都是以宗教为题,不若 19 世纪浪漫主义诗人和我们接近,因此觉得不够味。但我学过两次后(我念了两门弥尔顿),我感到不能那么看了。他的诗气魄浩大,有 Grandeur,特别是 Paradise Lost,不愧为伟大史诗。他本人也不愧为英国三大诗人之一。下次来信,请务必告诉我,以便把书寄赠你。

另外,W.H.Auden 的诗你喜不喜欢?他在抗日战争时曾来过中国,并且当年还写了一本 *Journey to a War* 的诗文集。如果记得不错,他好像还参加过西班牙当年的反法西斯战争。1936 年和 Thomas Mann 的女儿结了婚。后来,特别是最近几年来,他离开了进步的道路,纯粹写资产阶级的远离生活、远离人民大众的诗了。我有一本他的诗集,如果你喜欢他的诗时,来信给我,当寄给你。

最后,让我特别感谢你寄来的我的 21 封旧信,这对我的帮助是无限的。我曾写信向一些友人要旧信,但不是根本没有注意,就是早把信散失了,只有严怀煦保存了 5 封(我给他也写过几十封,但他都掉了)。现在看到那些信,觉得实在是当时生活、心情、思想感情的一面镜子,多少早已忘却的事,都一一浮现。让我再说一遍:很感激你这样细心地珍藏着那些信。我将来或者把原信寄还给你,或者至少也抄一封底稿给你的。

代我问候你的爱人,还有你们的孩子深和汀。

祥麟

1955 年 10 月 4 日

又:买树榛兄请代问候,告诉他,我没有而且也不会忘记他。如果需要证明的话,我可以谈好些我们在大学时记得的有关他的事情。例如:我在叙永时常和李金锡一同开他的玩笑,不知他还记得么?

3. 关怀与勉励

国香：

收到你16日的信，知道你下个月将应科学院邀请赴京参加民族语文科学讨论会，不胜雀跃。在我所认识的友人中，我认为你无论在语言或文学上都是最有希望的一个，特别让我替你骄傲的是你除了中、英文外，另外对几种语文都搞得很有成绩。愿你百尺竿头，更进一步，脚踏实地地努力下去（在昆明时我是深知你的苦学精神的），为祖国、为人民、为党作出更大更多的贡献来。

我送你的《弥尔顿诗全集》和《奥登诗选集》，已于前天分两包挂号寄出。那部《弥尔顿诗全集》的优点（我以为）是在每首诗前都有详细的说明，每页下面的注解也都很详尽。许多我读过的诗我都划过红线，我当时划线主要为了准备考试，因此，不一定是从一个文学欣赏者的角度出发。但愿你在读时不要受我的学究式或蠹鱼式划线的影响才好。至于《奥登诗选集》，他的250多首较好的诗都选进去了。你所喜欢的十四行诗也在里面（我特别读了你介绍的第四首），我想你会喜欢的。

你所需要的那部语音学我没有，在收到你的信后，我已写一信给严怀煦，要他把他的语音学找出直接寄给你。我猜想他很可能有这本书（虽然我不敢肯定），如果他有的话，他一定会寄给你的。

至于你向我索取的我的讲稿，正如我所说的它是“错误百出”的，因此还是不寄吧。或者，等我将来对它做必要的修改后，再寄给你。

最后，请你代我问问树榛，问他知道杨恒英（西南联大经济系同学，和买同班）现在何处么？如他知道，请把杨的通讯处告知我。祝

好！

祥麟

1955年10月25日

*4. “从容赴死”及其他

硕良同志：

方才收到《出版广角》第六期，一口气读了里面大部分文章，感到内容精彩、佳作甚多。如有关《新三字经》一文、方平的《〈新莎士比亚〉：我的梦想》《杨茨和〈呼啸山庄〉》以及《我与王蒙》诸文，皆属上乘之作。

《死亡中诞生的信仰》一文，总的来说也写得不错。但有一个问题，文章前三段提到的“从容赴死”（一段六行）、“慷慨赴义”（二段一行）和“慷慨赴难”（三段四行）概念含混不清，而且，把中国传统成语用错、用乱了，很不恰当。“慷慨赴死易，从容就义难”指的是一个战士随大家一同高唱战歌、奔赴战场，以至牺牲自己容易，这是“慷慨赴死易”；而一个人为了理想，直面敌人屠刀，从容被敌人处死，则十分困难，这是“从容就义难”。“慷慨赴死”与“从容就义”既有共同之处，又是两个不同概念，不能混淆。它们都是在中国语文中长期形成的固定成语，不能随意改动或乱用。因此，“慷慨赴义”就不能用，这是生硬自造，歪曲了原成语的意思。“赴义”指被敌人处死，应叫作“就义”、不叫“赴义”，而且必须谈笑风生，从容而死才叫“从容就义”，不能乱改成“慷慨就义”或“慷慨赴难”。苏格拉底之死、耶稣之死，都是“从容就义”，谭嗣同（戊戌政变六君子之一）之自己主动选择死亡，也是一样，这些都不能叫“慷慨赴难”。因为，“慷慨”有慷慨激昂、轰轰烈烈的意味。苏格拉底等人之死，均不是轰轰烈烈，而是平静地、愉快地自己主动选择了死亡。苏格拉底被人给以毒药，吃了后仍谈笑自若，怎能叫“慷慨赴难”呢？

问题出在哪里？我认为主要是现在有些中青年作者中国传统文化、中国古典文学的修养不够，因此有时出错。文章第二段末尾说“苏格拉底和耶稣选择死亡的原因，却显得抽象，难以理喻”，这一说法不对，苏格拉底在监狱里，他的学生劝他逃走，他坚决拒绝，认为自己应该守法，应以自己行动实践平日他对学生宣传的信仰，这怎能说是“显得抽象，难以理喻”呢？耶稣也一样，不赘述。事实上文章下一段也承认苏格拉底和耶稣皆为自己的信仰而选择了死亡，作者在文章第四段里已事实上否认了他自己在文章第二段末尾所谓“显得抽象，难以理喻”之说法。我工作极忙，此信在百忙中匆匆写就，如有错误之处，请指正。顺颂

撰安！

贺祥麟

1995年11月24日

1959年

*从“日瓦戈医生”到“第三只眼”

幕落了，西方冷战骑士们为“日瓦戈医生”所作的一片叫嚣声平息了。这出戏演得颇不高明。导演、演员、“观众”之间关系有点像基督教的圣父、圣子和圣灵一样——“三位一体”。除去帕斯捷尔纳克算是一位热心的义务演员外，这出戏全都是西方反动派自导、自演，还有自看的。如今戏散了，万籁俱寂，只剩下帕斯捷尔纳克这位未亡人包着一块油漆斑驳的牌位，在舞台的一角啜泣，牌位上写了一行依稀可辨的小字：“先夫资本主义之灵位”。

没有人奇怪这出戏何以如此不叫座，也没有人奇怪这出戏何以没有演好——这早已是人们意料中的事了。奇怪的是为什么国际反动派这次会出动了这么大的人力，去上演一出注定要失败的丑剧。

帝国主义统治集团的全部人马都出动了：张三、李四、王二麻子出动了；华尔街的头号总管也出动了。先是《纽约时报》的电喇叭叽里呱啦地乱叫一通，接着是一些像美国“每月书会”那样的“文学团体”抱了七弦琴，哼哼唧唧地给帕斯捷尔纳克唱起情歌“小夜曲”来。瑞典科学院几位八九十岁的老头子也不甘落后，赶紧捧出一项“诺贝尔文学奖金”的桂冠献给那位鲍里斯·帕斯捷尔纳克先生。还有一个叫作霍华德·法斯特的叛徒也不知从哪里爬了出来，跑到“自由欧洲电台”，对着麦克风狂吠了一阵子——附带说一句，这个“自由欧洲电台”的全部成员，正是法斯特在几年前还对之进行无情声讨的白匪和逃亡反革命分子。而今天，曾几何时，法斯特和这些人如胶似漆地粘在一起、互吐衷情了。“自由欧洲电台”开始长篇连播“日瓦戈医生”了。美国国务卿杜勒斯也发言了，据说连他也“很喜欢”这部作品。最奇怪的是在比利时首都布鲁塞尔开幕的“世界博览会”上居然出现了“日瓦戈医生”的俄文本！人们说苏联从来也没有出版过这部作品呀！那么，这神秘的俄文本是从哪里来的呢？是哪一国、哪一个出版商出的呢？——经了解的结果，原来是美国国务卿约翰·杜勒斯之弟、特务头子艾伦·杜勒斯和他的“中央情报局”的“杰作”！

请看，一个美国的希姆莱，竟是当代资本主义世界的“文艺”鉴赏家和守护神、20世纪的“缪斯”！

上面说的“日瓦戈医生”事件是去年西方“文艺界”两件大事之一；另有一件，其“精彩”程度较之前者有过之而无不及：就是曾经轰动西方文坛的“自传”体长篇小说“第三只眼”的出版。

说来真是失敬得很，“第三只眼”的内容是写中国（西藏地方）的，可我们知道这一部“大作”的人竟不多，有必要在此对小说略加介绍。

“第三只眼”是一部“畅销书”，书刚一出版，西方评论家们又敲锣、又打鼓、又吹号，呜啦呜啦地唱起来：“超过以往关于西藏的一切书”，“必然轰动西方”，等等一切。一点也不错，果然立刻轰动了西方——书出版不到一年，就被翻译成14种文字在所有主要资本主义国家发行。

奥妙何在？曰，原因之一在于这部书有它的“噱头”。首先是书名“第三只眼”嘛，单这个书名就足够吸引人了——人人都只有两只眼睛，这部书所写的却是“第三只眼”！其次，内容有“魔力”。小说写的是中国的西藏，而且是“第一手的内幕消息”！作者呢？又是“西藏喇嘛”，这部书又是他的自传。这一切，哪能不吸引成千上万个好奇的西方读者呢？

让我们且打开书，看看这部“作品”的内容。在这部“自传”体的小说里，作者“西藏喇嘛”自称是西藏人。从小生长在西藏，七岁时给动过一次“魔法手术”，前额骨给打了开来（怎么打开的呢？据我猜想，大概是像打开小汽车后面行李箱的盖子那样容易，只那么用力一掀，就行了），放进去了这么一个小小的碟子，就使他从此能知过去、未来，有了“神仙眼”——他称之为“第三只眼”。

以下，读者身不由已，整个给他带进了新的“镜花缘”里。书里所谈的无一不是有名、有姓、有时、有地、好像是真的、但同时却完全是荒诞不经的事。

自然，有些事不用看书我们也能猜得到他一定会说的，例如，新中国成立以前他如何逃到了国外呀，或者说为了他在国内亲属的安全，写书没有用真名发表呀，等等。一点也不差，这些他都说了，而且还给自己起了个笔名叫作“老桑·乐巴”。“自传”就是用这个“笔名”发表的。

写得有声有色、历历如绘。就是这部书，给这位“老桑·乐巴”先生带来了大批的稿费和版税，出版合同从各国雪片飞来，使他应接不暇。有了钱，他在英国买了一所精致的别墅，住了下来。并且——亲爱的读者，你猜猜看他下一步干什么事呢？即便绞尽脑汁，你再也不会猜到，他在英国正式挂了牌子，当起中医来了！——为什么不可以呢？他在书里早说自己“精通中医”，而且又有“第三只眼睛”，能知过去未来的呀！

喜剧的“高潮”到来了！碰巧英国有些华侨青年，对这位“西藏喇嘛”的来历颇有怀疑，就雇了一个私人侦探去侦察一下究竟。结果“西洋镜”给戳穿了：原来这个所谓“西藏喇嘛”既非喇嘛，又和西藏根本不沾一点边，他压根儿也没到过西藏。他的真名叫西里尔·亨利·霍布金斯。据说因为失业太久了，无以为生，才异想天开，想出这个“妙法”来，骗了成千成万的人。

自然，我们决不想在这位霍布金斯先生身上多费笔墨，然而，人们却不能不问，这样的书——这样荒谬透顶的一切一切，怎么可能发生的呢？怎么在资本主义世界会一点阻碍都没有遇到的呢？难道真有什么邪魔鬼怪，把西方出版公司那么精明能干的大老板、大经理、代理人的心窍全都迷住了，使他们一个又一个在看到这位高鼻子、蓝眼睛、黄头发、白皮肤的“西藏人”时，就连一点怀疑都没有，还给他出书？

猛然间，我想到列宁同志很久以前所说的一句话：资产阶级反对布尔什维克的斗争有时会变成一个玩笑！

我恍然大悟了。对，列宁同志这句话说得深刻、透彻、精辟，正中要害。社会主义阵营和国际工人阶级今天已经强大到这样的程度，使得资产阶级对我们的某些疯狂进攻常常只能成为一个玩笑而已。

“蚍蜉撼树谈何易”，大树依然固若泰山，蚍蜉已经累得精疲力竭、奄奄一息了。这不是“玩笑”又是什么？如此说来，“日瓦戈医生”也罢，“第三只眼”也罢，或者叛徒法斯特的供词“赤裸裸的上帝”也罢，就都只能以丑剧的面貌出现了。

马克思说得好，喜剧之所以产生，是因为人类要愉快地和他的过去告别。际此旧世界的丧钟已敲响之时，我们只有愉快地向这位死者告别了，我们只有兴高采烈地来“欢送”一切给旧世界制度帮忙、帮闲的政客、文人和一切旧社会的破铜烂铁、丸散膏丹。对他们说：你们滚去吧，滚去吧！在我们的世界里，永远没有你们的位置了！

（此文刊于《作品》1959 年 4 月号）

1962年

*1. 巴黎“第一名胜”

大凡世界各国,都有自己的名胜古迹和游览胜地。这些地方,有的是青山绿水、风光绮丽;有的是人造“奇迹”,巧夺天工。博物馆、展览会固能启迪智慧,增长见闻;历史文物也足以使人认识过去,温故而知新。

即以古迹一项而论,我国的万里长城、埃及的金字塔、巴比伦的空中花园、意大利的比萨斜塔、希腊的古代剧场、印度的“泰姬·马哈”陵都是驰名全球的古代建筑,千百年来,名震遐迩。若说自然奇景,除我国的名山大川多得不可胜计外,非洲有图格拉大瀑布,百丈飞瀑,一泻千里;格陵兰的冰河、北美洲科罗拉多河大峡谷,亦莫不雄伟壮丽,令人惊叹不已。

法国是一个幅员广阔的国家,其首都巴黎又是欧洲著名的古都之一,这方面当然也绝不后人。为了招徕远方游客,争取外汇,增加税收,法国政府在游览方面下了一番功夫。政府里专门设立了游览总署,负责这方面工作。早些日子,署长若望·圣蒂尼先生特别下了一道命令,要他的下属在巴黎诸名胜中选出六处地方,作为“巴黎六景”,用名贵画页及说明精印专书,在世界各国广为宣传。据法国一家资产阶级报纸报道,这个装潢极为华贵的导游手折“将致力于描写一些对外国人具有巨大魅力的巴黎诸名胜”。

经过慎重的讨论研究,署长的几位部下终于在今年7月中旬将六处名胜选定。“六景”中第二景以下按次序排列是:爱菲尔铁塔、凯旋门、卢浮宫、法兰西喜剧院和巴黎博物馆。这些名胜在世人眼中早有定评,没有什么可说的,唯独第一景颇为稀罕,它是一个保证难倒所有“老巴黎”的怪地方,而且有一个谁也没有听说过的怪名称:“疯马”。“疯马”，这是啥玩艺儿呀？

对不起，连游览总署署长本人也不知道。署长先生工作一向认真负责，他问了自己的部下还不算，又郑重其事地派了一个调查组去专门探询“疯马”的究竟。读者诸君，你猜是怎么一回事，信不信由你，原来所谓“疯马”者，压根儿和游览胜地毫不沾边，乃是一个专演淫秽“舞蹈”的黄色舞团名字。调查组一到，“疯马”老板艾兰·贝纳丁亲自接待，把舞团全班人马十二舞女一一当面介绍。老板说，“疯马”之所以“名贵”，是因为在“十分钟内面对着一百五十位观众”脱光衣服，是一件“崇高而困难的艺术”。

“山不在高，有庙则灵”；经商之道，赚钱则成。从资产阶级生意经的最高原则出发，“疯马”老板把脱衣舞、大腿戏说得如此“崇高”，自然并不奇怪。妙的是堂堂法国政府的调查组到那里逛了一下，竟也为“疯马”的“崇高而困难的艺术”所倾倒，回去后立即向署长郑重推荐介绍。于是，“疯马”真的凌驾乎爱菲尔铁塔和卢浮宫等一切古迹之上，名正言顺地成了“巴黎第一名胜”。

本来嘛，资产阶级之腐朽透顶已经不是什么新闻了，《共产党宣言》早在一百多年前就曾对资本主义社会的罪恶口诛笔伐，做过深刻的揭露与鞭挞。然则，谁又想到在现实生活中，就连人们最丰富的想象力，比起资产阶级堕落无耻的实际情况来，仍然是瞠乎其后，自叹不如。“疯马”之出现，且被列为“巴黎的第一名胜”，又是新的一例。

写到这里，我忽然想起一个有趣的问题来：究竟为了什么法国资产阶级统治者衮衮诸公一定要把他们的巴黎“第一名胜”叫作“疯马”，而不叫作更恰当更真实得多的“疯人”呢？

敬请读者诸君，代为回答这一个问题。

1962年8月19日

*2. 神之死亡的悲剧

被恩格斯称为“悲剧之父”的埃斯库罗斯，是希腊三大悲剧家的第一人（其余二人为索福克勒斯和欧里庇得斯）。这位悲剧诗人对希腊戏剧做出了卓越的贡献：他奠定了古代希腊戏剧的基础；他赋予戏剧以崇高的思想内容和奔放的激情；他从不“超然物外”，作品里一向以富有鲜明的倾向性见称；他为希腊戏剧创造了完备的艺术形式和高尚的风格。

埃斯库罗斯毕生写了约 90 个剧本，流传下来的仅 7 部。《普罗米修斯》是其中之一。剧中的题材是普罗米修斯的受难和反抗。根据古希腊神话，天神宙斯与人类为敌，要毁灭人类。普罗米修斯同情人类，从天上盗火给他们，并把天上各种科学知识传授给人，使之能战胜困难，获得生存。事为宙斯所知，普罗米修斯被锁在高加索山上，白天使兀鹰啄食其心肝，晚上心肝还原，次日又啄。剧本开始时，火神赫淮斯托斯奉宙斯之命，将普罗米修斯捆在山上。以后，另一受宙斯迫害的女子埃娥（人民文学出版社译本作“伊娥”）来看他，他预言宙斯将来必被推翻。宙斯很怕这个预言，派信使神赫尔默斯来探询究竟。普罗米修斯坚决拒绝说出，信使百般威胁他，都无用处。于是，狂风大作，雷电交加，大地开裂，普罗米修斯被宙斯打下地狱深渊，剧本结束。

这样说来，《普罗米修斯》是表现巨人普罗米修斯敢于反抗神而受难的悲剧。不，如果这样看，便降低了作品的深刻思想内容。剧本强调的不是普罗米修斯的受难，而是他的反抗；不是他的痛苦，而是他的坚强。从表面上看，宙斯是君临众神、主宰一切的统治者；从实质上看，他却最虚弱——普罗米修斯说得好：“让他统治这短短的时辰吧，因为，他在天上为王的日子不会长久。”普罗米修斯被锁着，且即将被打入地下，却一无所畏；宙斯雄居主神宝座，却惶惶然不可终日。对比鲜明，发人深思。

应该说，《普罗米修斯》是神必然死亡的悲剧，悲剧里宙斯并未出场，但丑恶形象在剧中却被刻划得清清楚楚，毫不含糊，真可谓如见其人，如闻其声。宙斯残暴凶恶，他迫害普罗米修斯，他把青年女子埃娥，他把泰坦（人民文学出版社译本作“提坦”）族男女打入地下，他引起众人之愤。剧本里歌队说他“性情暴戾又心狠”。不只是宙斯，剧中还有好几个神皆为我们憎恶：河神怯懦可鄙；信使神奴性十足；威力神一面凶相，只不过是宙斯的一名走狗，凶则凶矣，却又软弱无比。以宙斯言，他身为众神之王，有那样赫赫权力，竟不能挽救自己即将覆亡的命运，甚至连命运“秘密”都不知道，结果只好用尽心机，妄图迫使普罗米修斯说出。宙斯既非全知，更非全能，不能救自己于危亡，也不能夺普罗米修斯之志，这里面谁伟大，谁渺小，不是很清楚了么？揭露神的罪恶，鞭挞神的罪恶，歌颂普罗米修斯的反抗精神，预示神的必然灭亡，这些在埃斯库罗斯这个悲剧中极为突出。

诗人埃斯库罗斯在悲剧中塑造了一个敢于为人类幸福进步牺牲自己，坚强不屈的巨人普罗米修斯的形象，普罗米修斯爱憎分明，他在剧中对宙斯的使臣赫尔墨斯说："一句话告诉你，我憎恨所有的神。"说得这样斩钉截铁、义正词严！诗人在两千四百多年前的奴隶社会就能对神——还不只对神，也对当时的雅典僭主——有这样的看法，确实不简单。马克思给普罗米修以极高的估价，说他是“哲学史上最崇高的胜者兼殉道者”。普罗米修斯所代表的不只是敢于蔑视神并与之斗争的英雄，而且也是牺牲自己反抗人间压迫者、反抗强梁专横、反抗旧的偏狭自私观念的战士。

（本文刊于 1962 年 8 月 31 日《广西日报》）

*3. 邮政局长、宪兵与大海

如果我记得不错，是一年多以前吧，美国发生了一件小小的事：德克萨斯州有一市镇，名叫"莫斯科"。这不奇怪，根据常识判断，准是多年前那里人民为了怀念俄罗斯人民的英雄城市"莫斯科"，才对自己新建的城市赐以佳名。

奇怪的是去年年初，这个地方的邮政局长范契尔纠集了一小撮人，上书联合国要它通知苏联首都更名。理由是苏联首都名字"听起来声音太像德克萨斯州的莫斯科——一个百分之百的美国城市"。有人问范契尔，德克萨斯州的莫斯科由何得名，邮政局长大人不假思索地回答说："当然，来自田纳西州的莫斯科！"

说真的，我当时读这则新闻，心里又好气又好笑。我想，可能是全智全能的上帝一时疏忽，造出了这种集狂妄、愚蠢之大成的、不知天高地厚的疯子。斯人也，而有斯疾也，送精神病院都是白搭。由他去吧，由他去吧！以后，事情一忙，我便把这件小事淡忘了。

最近，不知怎的又想起这件事来。心里蓦地一惊。不！这类事情是淡忘不得的。试看今天美帝国主义在加勒比海，进行战争挑衅，其狂暴态度以及它提出的一系列无理要求和那个邮政局长的狂妄恶毒，又多么神形酷似！明明是美国侵略了古巴，用一切卑污和粗暴手段想扼杀这个年轻的社会主义国家，它却贼喊捉贼地叫嚷说"古巴侵略"；明明是美国用导弹、飞机、军舰、大炮等各种武器包围了古巴，正准备入侵古巴，肯尼迪之流却反咬一口，蛮不讲理地要求撤除古巴的"进攻性武器"；导弹撤除了，船只"视察"了，侵略者犹以为未足，又来了所谓"就地视察"和撤除伊尔 28 式轰炸机之要求——这种黑白倒置、蛮横无理的情形，和前面说的要莫斯科改名的狂妄要求，其精神又何其一致！

侵略者的贪欲没有底，其胃口也越来越大了。今天允许侵略者随便到自己房里来"视察"，明天他就会要求让他骑在你脖子上拉屎。是可忍也，又孰不可忍！古人说得好，"三军可以夺帅也，匹夫不可夺志也"！古巴总理卡斯特罗同志电视演说里提出的五项要求和致吴丹的信，义正词严，正气凛然，抵得上擎天一柱。古巴举国上下坚持这五项要求，与侵略者针锋相对、寸步不让，正是革命者高风亮节、有骨气、有胆识、有魄力、敢于斗争、敢于胜利的最可贵之处。伟大的中国人民、伟大的全世界革命人民都在以全力支持古巴这个堂堂正正的革命立场。“古巴——西”[①],“洋基——诺”[②]的吼声震天撼地。历史将用铁的事实证明,在这一场严重斗争中的胜利者是古巴和全世界人民,而美帝国主义者的结局,只能是可耻的失败。

斯大林逝世前不久,曾谆谆告诫我们说,美帝国主义在二次世界大战后,已代替日、德、意法西斯成了自封的“世界宪兵”,必须认真来对待它。最近,这个“世界宪兵”的狰狞嘴脸是愈加暴露了。但是,面对着全世界人民风起云涌、无限壮丽的革命巨浪,这个“宪兵”又能怎样呢?我想起了高尔基写的一首不大为人所知的诗,诗里说:

一个世界宪兵在大海前站着,
凝视着海水的碧波千顷,
那海水呀,哗啦哗啦地拍打个不停,
宪兵老爷狂怒着,捏紧了拳头,
因为他想下令叫海水不许发声,却又不能。

真的,我们倒要看看,究竟是大海给宪兵吓住,从此寂然无声了呢,还是宪兵被今天的加勒比海连人带枪席卷而去,在滔天的巨浪里葬身鱼腹?我们将拭目以观之。

1962 年 11 月 15 日

(本文刊于 1962 年 11 月 23 日之《羊城晚报》)

---

① 编者按:西(si),西班牙语“是”的意思。

② 编者按:诺(no),西班牙语“不”的意思。洋基,指美国人。

1964年

*1. 观看纸老虎现形记

最近,我参观了在北京展出的被我空军击落的美帝国主义军用无人驾驶高空侦察机的残骸。

春天的北京,风和日丽,一片阳光,照得人心里暖呼呼的。一路上,参观的人络绎不绝,都争先恐后去看纸老虎现原形。解放军、工人、农民、机关干部、学生、居民,还有挎了照相机准备拍照的外宾,都来了,把革命军事博物馆前的广场挤得水泄不通。

中国人民革命军事博物馆里面一片空地上,用绳子围了一个大圆圈,圈子里面直挺挺躺着一个丑恶不堪的、狼狈不堪的美帝军用无人驾驶飞机残骸。由于强大的中国人民的铁拳揍得狠,这架无人驾驶飞机说是飞机,却已是“不具机形”,头被打得稀烂,身上七扭八歪,遍体鳞伤,活像一条被打烂了的毒蛇或蝎子的尸体。尸体后面,还陈列着美国侵略者准备给无人驾驶飞机在完成它的肮脏任务后用的降落伞。侵略者何曾想到,他们的“法宝”被揍了下来,倒栽葱、嘴啃地,降落伞只能成为与纸老虎一同陪葬的尸衣。

美帝国主义在设计和制造这种飞机时是煞费苦心的:它比一般飞机的体积小得多。这样的飞机在地上都只这么大的一点,飞到18000米以上的高空怎能看得见呢?但是,中国人民智勇双全、本领高强,不怕你美国鬼子再“鬼”,中国人民都能制你死命。美国飞贼来了,它高飞,我们高打;它低飞,我们低打。它来一架,我们打一架;它来两架,我们就打一双。

事实一次又一次地告诉了中国人民和全世界人民,美帝国主义是决不甘心它的失败的,它是坚决与中国人民和全世界革命人民为敌的。美帝国主义既凶恶又虚弱,它只是一只张牙舞爪、虚张声势的纸老虎，中国人民是敢于伏虎的武松。魔高一尺，道高一丈。区区美国纸老虎在强大的中国人民和全世界革命人民面前，花招使尽，黔驴技穷；前无去路，后有追兵；革命风雷，震耳欲聋；四面楚歌，胆战心惊；刺刀一戳，纸老虎现了原形！

不信请看，我首都革命军事博物馆的这次展出，广场之上，男男女女，青年人、老年人、脸上挂着朝霞的“红领巾”，人们都以鄙夷的目光围观着地上躺着的这个无头断腿的美国毒虫的残骸，奚落它，嘲弄它！

1964年4月4日寄自北京

2. 在中央社会主义学院学习

1964年10月27日　星期二　晴

晚饭后与胡一声同往魏公村买《关于正确处理人民内部矛盾的问题》单行本，顺便我把早些日子给贺康、贺平、黄河等买的各种儿童读物寄出。邮局工作人员代我包、代我捆扎，态度也和蔼可亲。比之桂林某些邮局工作人员之服务态度好得不成比例。

贺康今日写了封信来，信内谈到我十分关心的问题：黄河在家表现如何，是否还是那么顽皮。贺康的信说：“表弟身体很好，您走后头两个星期回来还是很顽皮，赖地，闹得很，国庆节回来转变好了些。国庆节后回来更好了，吃饭也多，不吃零食，胖了一些。这个星期因为白喉流行很厉害，托儿所不让小孩回家，也不让家长去看，更不让送东西吃。表妹也很好，长得白胖，很乖。”又说：“表弟经常问爸爸去北京了，什么时候回来，他非常想念您。”三岁的孩子怎么会“非常想念”我呢？可见，这一句是贺康大大的夸张了。

晚上7点半我们“小小组”第一次过民主生活。今天阮璞刚好搬到楼上去了，他的房间空了出来，乃在他原来的房里开会。他的房子和我的寝室中间有门可通，会议室的开门和整理房间工作乃由我来做。

1965年

1. 再述在中央社会主义学院学习

（一）

1965年1月29日　星期五　晴

早上8时20分，留校学员分乘两辆大汽车去玻璃厂参观荣宝斋。到了该店，先参观门市部。各种木板水印字画及原画陈列在门市部，真是琳琅满目，美不胜收。旋一同进到里面客厅听一女同志介绍情况。这位同志介绍得很仔细。她说，荣宝斋于1894年开设，距今已70年。开设初期，只卖文房四宝，后来才搞木板水印，也只是印信笺而已。新中国成立前该店只剩下四个工人，风雨飘摇，濒于倒闭。新中国成立后党和人民政府大力扶植，才有了这样大的发展。新中国成立初，也仍然只印信笺，后来印一点画。手工生产慢，价钱也高。当时有人提议印四条屏，也有人主张印年画，经过研究，认为四条屏用处不大，年画虽用处大，但这应该归普通印刷厂用机器生产。荣宝斋靠木刻水印怎么能和机器比印年画呢？木板水印是艺术作品，应该有自己的特点，应该印制艺术品。这样乃决定印独幅画，并确定主要为对外销售。这样一来，国外纷纷来订货，供不应求，就开始招收学徒，几十年来有一百多工人学徒在此学习。产品在国外销售甚大，有49国。很多外宾来到北京，都一定要参观荣宝斋。它的产品品种几十年来也有很大增长，从信笺到中幅、大幅之轴都有。作品中现代、古代的都有。有些名画，是请老工人到故宫博物馆和东北的博物馆临摹的。

荣宝斋木版水印作品的生产程序分三部分：一为勾描，二为刻版，三为印刷。勾描，就是把一张画解剖分析，看看需要多少版。这一部分的工作者都是画家，他们先要照原画临摹,临摹要求与原作没有多大区别,要忠于原作(也有人说也要有木版画艺术的独特风格),勾描后分版,每一部分一个版。同一样东西有时不止一个版。如树有深色浅色,就要分开。第二部分为刻版工作。刻版时,印刷同志都要互相研究,一张画有的几十个版,有的几百个版。要套得恰好,差一点都不行。木版用梨木,少数用黄杨木,两种木皆坚硬。写意及粗线条用梨木,眉毛等细线条则用黄杨木。刻时用人工,刻刀都是自己研究特制的。锯木、刨木则用电。第三部是印刷,印的同志也得有艺术才能。因为印等于在木板上画,怎样下笔、横竖、颜色浓淡都要自己掌握。例如一片叶子,这边深,那边浅,都要表现出来。工人同志们想了许多巧办法把一幅画印好。荣宝斋复制的美术作品细致真实到一般人辨认不出它是复制品,而以为是原作。有的国际友人拿放大镜想找出印刷的纹路,怎么也找不出来。还有的国际友人在海外把复制品当原作以高价买来,到了荣宝斋才知道是投机商人骗了他们。这些,都说明荣宝斋复制艺术品制作之好,已到了“乱真”的程度。

那位介绍的同志还说,荣宝斋除工厂外,有两个门市部。除了卖产品,还寄售画家的作品,另外也卖文房四宝。产品70%外销,30%内销。尽管是内销服从外销,从今年起,他们已开始选了一些现代内容的国画刻印复制,这些画都很新鲜,寓于时代气息。

客厅里悬挂了不少齐白石的花鸟草虫画原画及木刻水印画。店里特别给我们拿了一些名贵产品让大家看。我们都看了唐代周昉《簪花仕女图》的木刻水印画。这幅画制了300多个版,售价600元。据说周总理出国时常买这样的复制画赠送亚非民族独立国家领导人。

我们进去里面院子参观,前面说的三个工序都看了。总的印象是,这里的工人都是艺术家,都进行着极富创造性的劳动。如果说有哪个工厂一点也不像工厂时,那就是荣宝斋这个“工厂”了。荣宝斋的“工厂”不但根本无烟囱、无“厂房”和“车间”,而且整个“工厂”都设在北京传统的四合院中。每个“车间“(实际是部门)都小巧玲珑,都是很精致的小房子,明窗净儿,一尘不染。勾描那部分是在很小的房间里,一间小屋里只放了三张办公桌,满桌铺的供勾描用的绘图纸薄纸。刻板“车间”是一个长方形的小房子,对窗户并排坐了五六个青年男女,全部都在聚精会神地雕刻着,他们全神贯注、目不转睛地精雕细镂。印刷“车间”比较大一些,但也大不了许多,七八个人都在忙印刷,都是手工操作,既无巨大的印刷机,又无震耳欲聋的机器声,只有很轻微的刷纸和翻纸声。

之后,我们又去另一地方参观了裱画及修整古旧字画“车间”。工人们修整古旧字画的那股子耐心和细致入微的工作,使我钦敬不已。这样一点点刮、一点点修、一点点补,一次又一次描画填色,没有最大的耐心是不行的。

总之,这是一次饶有兴味的参观。荣宝斋的工人同志们和全体工作人员为宣传祖国文化作了不少工作,对加强我国与各国人民友谊、文化交流作了不少工作。祝他们工作更好,祝他们为新的、祖国的社会主义文艺和文化事业作出贡献!

出来,步行到玻璃厂东面我们汽车停车处,在一家文具店买了五刀稿纸,11时许返校。

（二）

1965年2月14日　星期日　晴

今天上午总算把上学期学习情况汇报写完,将近16000字,太长了。最初只打算写大约5000字的,谁知要汇报的东西多,自己不善于精简材料,乃写得如此之长。

快11时的时候,周、冯二人回来了,他们过桂林时,母亲、希和,还有两个孩子都到车站去见他们。母亲把妹妹托人由成都带往桂林的香肠给我带了些来,且已蒸好。还带了两罐豆腐乳。希和也带了些春节糖果之类的东西,且有一信。信上说黄河比以前长大了,能把自己的书和玩具与其他孩子一同玩,别的孩子都喜欢他。去年国庆节他指挥他同班的孩子们唱歌并获奖,他代表全班领奖。这个孩子,如果好好教育,政治思想好,另外把他的大脾气改掉,就能成为好孩子,成为无产阶级革命的接班人。

2. 谈思想改造

国香:

真想不到这么久没回你信,歉疚万分。之所以如此,因循是主要原因。除此之外,学习忙和身体不好也有关系。

这一学期领导抓得很紧,学员们也都认真学习,努力准备发言,热烈讨论。因而平常很少有空。身体方面,我虽是北方人,几十年没有在北方住,实际上成了南方人。乍来北方,不知冬天受冻后之厉害。冬天穿衣少,又整日坐在房里学习或开会,没有运动,乃生了脚凉、腿凉病。初夏之时,足登棉鞋,穿两双袜子,仍感脚冷得很。找中医针灸了数日,未见效验。回信太迟了,请谅。

近来工作生活均好?甚念。

我们的学习估计于7月底结束，结束后可能要住一段医院才回去，也可能立刻回去，要等医生决定。下学期一开学，我就去农村参加“四清”运动，至少去参加一期，从开始搞到结束。这很好，在社会主义学院学习了一期，初步改造了一些资产阶级思想，回去参加“四清”，再在实际斗争中锻炼改造自己，除了做好工作，对今后自己的思想改造也会大有帮助。

你嘱我买法文本斯汤达的《红与黑》，尚未买到。这样的书得碰巧，除了去东安市场旧书店找，我还想以后再替你到外文书店问问有卖新的没有。如买到，当随时寄上。其他书你如需要，也请来信告知。

你有机会到农村参加“四清”么？做为老同学，我希望你努力争取去。我们过去受的资产阶级教育，不可能没有资产阶级思想观点和资产阶级学术观点，这些，不到工农群众中参加实际斗争是很难彻底肃清的。当然，如果工作需要，离不开，那是另一回事。从我们自己来说，应努力争取去。对么？

来京因学习繁忙，我很少写东西。过去一些未完成的稿子我没有带来，也没必要续写。因为那些稿子还是在学校里“闭门造车”写的，实际上还是脱离当前革命斗争的，没有什么价值。你在工作岗位上写了什么科研论文没有？如果写了固好，没有写也不要紧。你是搞语言的（我不知道你是否也搞维吾尔文学？）语言科学中的阶级斗争反映虽然不如文学那样直接尖锐，但如不联系实际，科研的价值也不一定大。此外，更重要的是，一切应服从工作需要。在学校工作，教学工作应在首位，科研也是为教学服务的。我不了解民族学院是否和普通学校一样，以上只是“信口开河”，乱说一通，说错了，请指正。

还有一件小事，我那本小书《“日子过得好哇”俱乐部》，自己一本都没有了，想留一本，未知可否将你那里的那本寄给我？请你找一找，找到了寄给我，好不好？（去年文艺界有关单位问我要，我都没法找到）。

来信寄北京西郊中央社会主义学院交我收，即可。祝
好！

祥麟

1965年6月21日

1972年

评英国十九世纪小说家 Scott

国香：

6月初我去荔浦县工作前曾给你一信，想必早已收到。荔浦回来后，7月25日，我曾托一位由桂(林)去兰(州)的中学生陈灿同学给你带去一些白糖和一小罐豆腐乳，并有短信一封，估计你最近可收到。

前几天，由邮局寄给你一本 Scott 的长篇小说 *The Abbot*，收到后盼来信告诉我。由于忙，说给你寄书的，一拖再拖，真是不该。

Scott 是英国19世纪资产阶级小说家中的一个"巨匠"，其名著 *Ivanhoe* 想你早已读过。此书清末林琴南曾有节译本《撒克逊劫后英雄略》。尽管林本人不懂英文，与人合作翻译，又是节译，但因林古典文学造诣甚深，译得十分出色。不知你读过否？

Scott 的小说我读过几部，粗浅的体会是：(1)他是资产阶级作家，写的历史小说离不开封建贵族、中世纪城堡、骑士和洋"佳人"，这方面当然有问题，但评价一个历史人物、作家，也不能离开当时的时代拿今天无产阶级革命文学的要求来要求他；(2)Scott 对人民群众有一定的同情，他在历史小说中写了不少所谓"下层社会"的风习、生活、人物，在一定程度上也写了群众；(3)他的历史知识极广博，写15、16世纪的生活，信手拈来，毫不费力；(4)他的小说几乎每部都是故事性极强，有吸引力，人物也刻划得栩栩如生。给你寄去的这部 *The Abbot*，我只作为故事粗略读过一遍，内容忘得差不多了，只记得是写16世纪苏格兰的，以浓郁的浪漫主义色彩渲染环境，刻画了女主人公 Catherine Seyton，表现了当时英国(主要是苏格兰)的政治斗争。其实，这些都是废话，你看了就知道了，无需我在此画蛇添足。先给你寄这本去，过些时候再给你寄两本。总想选一些思想性上没有较大问题的书给你。

我下学期在我们系的“短训班”(中学师资短期训练班)工作,课程是现代文选。目前仍在赶编教材,把已选的文章进行分析,估计一星期后我们要搬到“短训班”去。该处是我国为越南南方修建的学校原址,房子设备都十分好,距城20里路。每星期六傍晚回来,星期一去,吃住均在那里。来信可仍寄中文系(即一向的通讯处),系里会转给我的。

上次托陈灿带的东西太少了,白糖只带了两斤。但没有办法,因是托人带,又那么远,中间她要在柳州、贵阳、成都下三次车,和人家又不熟,这样麻烦人家,已使我不安。糖在我这里是不定量的,只要有购货证(每人都有)可每次买一斤,买多少次不限。这在全国,除京、沪两个直辖市外,还没有听说,其余各地好像都是每月限购二两的。豆腐乳是桂林特产,一向行销海外的,比北方的好吃得多,你吃了就知道了。我曾写一信(只三言两语)请陈灿到兰州后,在信内加上她的住址,代为转邮。你收到信后就按地址去找她。不知你已去了吗?如未去,请快些去。

买树榛兄现在何处工作?请代我问候他。祝

好!

祥麟

1972年8月6日

1979年

1. 评李汀《画中的眼睛》

国香兄：

先后两信都收到。前一封信(即其中李汀的小说那一封)收到时，我正准备去南宁出差，诸事繁忙，未能及时作复，甚歉。后一封是今天刚收到的(我已由邕出差回来)，得悉李汀暑假旅行计划，特别是知道他即将来桂林，心里十分高兴。我工作再忙，对老兄的这样一位才华四溢、令人喜爱的孩子，一定要认真接待，使他这次桂林之行异常满意才好。估计大多数游览胜地我不一定有时间陪他去玩，因为我 8 月份改稿任务极重，出版社催我们教研室甚急，必须于 8 月底之前完成；但不管多忙，至少我可以给他妥为安排，如可能时，当设法为他找一导游。可惜我的男孩去四川了，否则他是理想的导游和旅伴。

《画中的眼睛》已读过，你的孩子应该是中文系的学生，否则，怎么能写出这样的短篇小说？作品构思好、内容好，有一定的艺术水平。读过之后，我深为作品中悲剧性的故事感动。作品反映了现实，接触了问题，对读者有教育意义。在人物塑造上，刻划小丫子这个女孩子是比较成功的。写小丫子最后画的那幅画，只画了一对忧伤的眼睛，寓意深刻，很有特色。不足之处，可能是作品深度还嫌不够，在写那位美术教师的悲剧上，线条粗了一些，缺少细致的描绘。另外对“四人帮”极左路线的揭发和控诉还不够深。尽管如此，从一位在大学学历史的青年这一具体情况来看，能写出这样的作品已是难能可贵。等李汀来时，我当将自己的看法与他面谈，我的看法极不成熟，仅供参考。广西有一两个文艺刊物，我当代为介绍，但最后决定还得看编辑意见。

我们拟办的那个《译文与评价》的刊物，由于临时预料不到的原因，目前暂时搁浅。

最主要之困难为经费。当初广西四院校已基本同意每校出几千元,把刊物办起来,我们且已上报自治区革委“文教办”批了。谁知各院校经费突然紧张起来(今年全国很多单位均如此),都说无力承担了。于是,我们最近开了个会,决定刊物暂时不出——所谓“暂时”,各人理解不同,有些同志意见是两三年内不出,我的意见是今年不出,明年再设法出。究竟如何,至少要等明年才决定。

已译好的稿子,不要紧,只要质量高(这个“质量”是指原文的学术水平,至于你的译文水平我一向有充分的信心),我当为介绍到广西人民出版社即将刊行的综合性文艺刊物《叠彩》(此名称是由桂林山水一著名风景“叠彩山”而来),或湖北出的《外国文学研究》(季刊)。只是,既然我们的刊物缓办了,向别的刊物介绍,总没有那么方便。因此,请适当放慢今后翻译的速度,免得译出了无处刊载。未知你以为如何?

李汀是否已经动身了?如尚未动身,或如已动身你能与他旅途联系时,请告诉他来桂林时,请不要到系里找我。因为假期我不去系里(我系距城十里,非常不方便。连公共汽车都不通,只有步行前往,去了又肯定扑空),而迳来我家找我——我家在本月底或8月1、2日即将迁至我院后门口新居。他到我院后门,在后门口城墙外东侧一院子里有一刚盖好之新宿舍,我家即将迁至该宿舍二楼。最好在来之前打一个电报给我。电报可打至系里,即:“广西师院中文系”交我。系里会随时送来给我。我收到电报后,会去火车站接他。匆匆,即颂

近好!

弟祥麟

1979年7月26日

又:9月5日—15日,我们拟在桂林召开有二十几所兄弟院校参加的外国文学学术讨论会,届时请你来参加,能来么?请回我一信,俾便发邀请函。会议旅馆问题尚未解决,自治区尚未批复。一俟批下来,我们即发邀请函。

2. 对有志青年的期望

李汀同志：

欣接来信暨附寄之相片。得悉你已结束此次万里行程，平安返兰（州），十分高兴。你的信写得很热情、诚恳，使我异常感动。信中对我的一些过誉，我觉得甚是惭愧。这次你来桂林，正是我们准备搬家，书籍已包扎好，房里东西横七竖八乱作一团，再加上我工作一直很忙，影响了对你的接待。我知道自己做得很不够，心里总感到不安。好在我们大家都不是外人，你会谅解我们的。

从我和你这几天接触，我感到你具有有志青年的许多优点，不仅热情、爽朗，更重要的是事业心、向上心强，和那些被林彪、“四人帮”用软刀子割头、精神萎顿、思想混乱、整日追逐声色犬马、既无远大理想、又无高尚情操的青年很不相同。青年时代，是人生的黄金时代，它能为一个人一生打好扎实基础，又决定一生的前途。希望你珍惜这稍纵即逝的“寸金难买寸光阴”的青年时代，摒弃一切杂念，甚至在一段时间内不考虑恋爱、婚姻等问题，拼命学习，努力工作，又红又专，把自己培养成建设社会主义、实现四化的优秀人才，为祖国四个现代化做出贡献。

你记得我院的那位钟老师么？他是一位在自己的专业上造诣很深的太平天国历史专家，对于你在大学四年中必须把历史学好，他的意见和我的不谋而合。学好了历史，即使准备将来终生从事文学事业，对你的文学创作也只有帮助，没有任何害处。

最近，我收到我40年代在美国读书时我那一系（英语语文系）系主任来信，这位老学者给我的印象特深：为人笃实、诚恳，治学态度严谨、学问渊博，对英国文学、古代罗马文学都有很深的研究。这样多才多艺学问渊博的学者，在我国，我们上一代人还有，例如：郭沫若、茅盾、闻一多、叶圣陶、钱钟书等人，而在我们这一代（即现在50岁、60岁的人）就很少，可以说是绝无仅有。原因很多，其中之一是几十年来我们没有好好念书。今天粉碎“四人帮”以后，特别是党的十一届三中全会后，全国决定了工作重点转移，转向搞四个现代化，你现在适逢其会，能有这样的好机会、社会条件和美好前景，一定要千方百计全力以赴地充实自己，搞好学习。

你爸爸来信已收到多日了，由于知道他已去新疆，我便没有马上回他信。最近工作又特忙，看样子要过些时才能写信给他。如他回来时，请代为转告：我于上月下旬已请有关同志专门发了一邀请函给西北民族学院维语教研室，指名请你爸爸来参加9月7日—17日在桂林召开的外国文学学术报告会。如果能来，我仍然诚挚地希望他来开会。来了，既可参加会议，又能畅游桂林，还能和我促膝相谈、畅叙别情，一举三得，岂不甚好！

你爸爸的那篇翻译稿，我已与我院学报同志们谈了，看看他们要不要。你的那篇小说构思、技巧、内容均好，我正在征求一位同志意见，他看完后，我准备于最近寄给《广西文艺》。前些时，我已写信告诉一位编辑同志，他说很欢迎外地稿件，一有消息，当告诉你。

你爸爸及全家都请问候。祝

好！

贺祥麟

1979年9月3日

3. 胸怀大志的两父子

李汀同志：

收到来信，知道你近来情况，十分高兴。此次我动身来邕前夕，又收到你寄来的葡萄干，对你的盛情，我非常感谢及感动，但同时又甚为不安。你的经济并不富裕，而我则是工资较高的，怎能这样要你一再破费呢？桂林本有一些土特产，如柚子之类，现在正是上市季节，质量也较高（广西的"沙田柚"驰名全国），只是火车托运不知是否可以。如铁路接受托运时，等回桂林后当给你父子们托运一些过去。

你那篇稿子我寄给《邕江文艺》后，尚无回音，此次来南宁后，我曾多次打电话问，均未找到负责处理该稿的那位同志，我已转告编辑部其他同志，请他们快些处理。如有佳音，当随时告诉你。

最近我由桂来邕开政协会议，会议已至尾声，开完此会之后，我准备还要与此间外国文学学会同志们一同再开个短会，然后便回桂林。

不论从和你的接触或从你两三次来信中，我都感到你是个有志的青年，不愿虚度年华、碌碌无为，决心学好本领，为祖国四个现代化建设作出贡献。这样的好同志、好青年，在经过林彪、"四人帮"的十年肆虐，在青年一代思想、心灵造成不少严重伤害后，是使人感到特别难能可贵的。

你爸爸自幼勤奋学习，各方面的基础都很扎实，中、英文和维吾尔文造诣尤深，不仅是你学习的榜样，就连我们当年同窗的朋友都十分敬佩。昨天，我在此见到陕西人民出版社两位同志，他们很希望我能去西安一次。我想，为什么不可以稍微多走一点，到兰州看看国香兄和你们兄弟们呢？当然，到现在为止，这只是一个美好的梦想而已。如今后有机会，我一定努力争取去西北一行。

近来一切都好？祝

不断进步！

贺祥麟

1979年12月26日

1980 年

1. 推荐作品

国香兄：

来信收到已甚久，工作太忙，一拖便如此之久才回信，请谅。

李汀同志之电影文学剧本《奔流吧，元江》我早已看过了。感觉写得不错，而且是写对越自卫反击战的，十分难得。剧本最近在与专家谈过后，寄往广西人民出版社试试。该社出版有大型刊物《叠彩》，不知能用否？

你最近在翻译方面成绩很大，必能做出更大的贡献。有什么新的译作发表，请告诉我，以便找来一读。日内暇时，当给你寄一些英文小说之类的书，有一本是我原有之旧书，还有一本是刚收到美国友人寄赠的 Mark Twain 的 *Letters from the Earth* 一书。

全国民族研究会第四次会议如在广西开，请你务必来桂林一行。在广州开，也应经过桂林。我诚恳地邀请你来。

我工作一直甚忙，刚完成一篇论文。下学期上课任务很重，今日起已开始备课。"暑假"对我们是不存在的，不同之处，仅仅是在于不用去系里罢了，暂且在家工作。余下次谈。祝

好！

弟祥麟

1980 年 7 月 27 日

又：信封上的通讯处是我现在的住处，去年 9 月我已搬了家。寄信到家中比系里快。

2. 谈赴南斯拉夫开会的际遇

妹妹：

我于10月13日晚9时20分由北京乘飞机飞往南斯拉夫。母亲和五妗也到机场送行，主要是趁此机会参观首都国际机场新建的大楼。

连中途休息加油，飞机共飞了16个小时，安全抵达贝尔格莱德的当地时间才早上7时。中途在一个地方Dubai(音“都巴伊”，后来我查了我国出版的地图，译为“迪拜”，在阿拉伯半岛东北端，属于阿拉伯酋长国)停留，地方虽小，其候机大楼之富丽堂皇，实为罕见。这些国家盛产石油。他们都赚够了钱，所以很现代化。大楼里有一条“街”，两旁各种店铺，都是所谓“Duty Free Shop”(免关税商店)。我们因经济关系，同机几十个中国人只是看看而已，什么也没买。由于向西飞行，夜晚特长，直至北京时间14日上午11时，东方天边才有微曦，算是天明了。

由京起飞，文化部、南驻我国大使馆均有人去送行，作协一位同志专车陪我与母亲、五妗去机场。到贝尔格莱德，我大使馆有同志来接。我当即到大使馆，由使馆文化处给我联系上塞尔维亚作协。作协派了一位女士雇了一辆车送我到旅馆。这旅馆正在贝尔格莱德市中心，附近都是闹市，车水马龙，往来不绝。我是提前来的，原先订的我国民航应为15日动身，旋因两伊战争，我国民航中途在德黑兰加油已不可能，只能改道沙特阿拉伯。而沙特一向是帮蒋的，不同意过境，我民航这一航线只有暂停，我只有提前改乘南斯拉夫的飞机。

早来也有好处，准备了发言稿，也逛了马路。据我两三天来所见所闻，南斯拉夫三十几年来所取得的进步实在空前。据说50年代时很落后，和我国相似。今天搞得这样好，人民生活水平提高，街上的商店之漂亮，人们衣、食、用水平之高，也和我所见的当时的美国大城市一样。贝尔格莱德大概很少有一家是没有汽车的，平均八人有一辆汽车，据说全国家用电器化已经实现。和人家的巨大进步相比，我们实在惭愧。

南斯拉夫人民对我国人民很友好，我甚为感动。来此后，昨天《文学报》一位主编请我到南斯拉夫俱乐部吃饭，十分亲切。由于我国只派我一人出席会议，开会之前(明天才开会)，用航空术语来说，我总在“单飞”。我在此语言一点也不困难。因这里的人很多会说英语。但到商店，就不同了。今天我去买牛奶，商标上写的字都用塞尔维亚文，这我不认识。店员不懂英文，只一个劲儿说“Paviaka”，我问他：“Milk？”他回答说：“Paviaka，Milko。”我摇摇纸盒觉得里面在响，以为是牛奶了。买了打开一看，谁知是酸奶。

你去桂林治病，很好。我们十分欢迎。和平寒假去桂，太好了。康如能来，当然更好了。毛线衣不要给我打，我已在这次出国买了一套毛线衣裤。11月开会，切勿再给我寄钱，我有钱用。你要看病，应留钱用。文心全家均同此。祝

好！

哥哥祥麟

1980年10月16日于贝尔格莱德

又：我何时回国，尚不肯定。但总会在10月26日或11月2日这两天中的一天，因为班机只有这两天有。母亲和五妗已游了北京大多数名胜，我想送她们回河南，然后自己再回桂。

*3. 安装电话之烦恼

安装电话,当然是件好事,但却给我带来了烦恼。

记得电讯局几个月前派一工人前来,我见他工作十分辛苦,便想送他点什么小东西。以示慰问,而且聊表谢忱。送什么呢?我一向为人耿直,过去几十年来,从未因求人而送过礼物。现在既然是“聊表”一下寸心,更何况我从来反对不正之风,乃决定送他两只苹果,它是我不远千里由故乡刚刚带回来的。离开故乡时,一位亲友把故乡拔尖又拔尖的苹果送了我几只,如今只剩下两只。我便怀了虔诚之心把这两个十分宝贵的水果全赠给他。没想到他的态度十分淡漠,说不要,“我家就是卖苹果的!”后来,还是我们再三劝说,他总算收下了。不过,令人遗憾的是,不知有什么事使他不快,他在接通一个电话后,竟把连接在电话与墙壁间的大捆电线丢在地下走了。

面对地上一捆电线,怎么办呢?我们只好勉强把它搭在墙上,用个钉子固定下来。不料,这种临时措施根本不能持久,不久,电话线一大团便由墙上掉了下来,地上仍然是一堆电话线,不可收拾。最后,我只有去电讯局,找到了一位副局长,承他热心帮助,专门又派一位工人来到我家,把电线全部在墙上钉好,剪去多余部分,使得我家的客厅恢复旧观。

问题并没有结束。从电话装好后起,便不断有人打电话来问邮政编码。“喂,请问广东湛江邮政编码是多少?”乍听之下,我呆若木鸡,清醒过来后,我问对方怎么会问邮政编码问到私人家中来。他说他是在邮局牌上看的,我再问他看的号码如何,结果竟与我家号码丝毫不差。一个回过了,下一个又来问,没完没了,常常是一个午睡时间先后三次有人打电话来问邮政编码,经过三次解释和折腾,我已全无睡意,午睡便被“报销”了。

1981年

*1. 贺祥麟同志赴南访问圆满完成任务

——中国作家协会对外联络部的表扬通告

去年10月,文化部和中国作家协会共同委派作协广西分会副主席、广西师范学院中文系教授贺祥麟同志赴南斯拉夫参加塞尔维亚共和国“十月作家会议”,10月13日离京,26日回国。他出色地完成了全部出访任务。

根据文化部有关同志提供的贺祥麟同志出国工作的表现,我们认为该同志有如下几点值得表扬:1.出访前作了充分的准备工作,尤其是参加会议的发言稿写得好,有说服力,起到应有的宣传效果,并且目前已译成英文;2.回国后认真及时地向文化部和作协汇报工作,并提供了出席会议有关朋友的名单及有关材料,访南总结写得明确、详细;3.有外交活动能力,广交朋友,使朋友了解我们的工作也做得好;4.出访期生活节俭,尽可能地为国家节省外汇,给他的正式生活费都有节余,回国后缴文化部1800多第拉尔。不用公费用自己的钱买出国赠送朋友的小纪念品。出国前后在北京停留期间,他为了少花公家的钱,不住旅馆而搬到亲戚家中住。根据工作需要,可以坐出租汽车的,他都乘公共汽车。他说:“国家穷,派我去不容易,能节省的地方,我尽量节省。”5.组织纪律性强。

总之,贺祥麟同志对南斯拉夫的访问是成功的访问。他谦虚谨慎,平易近人,严格要求自己,尽量为国家节省外汇,值得学习。

中国作家协会对外联络部

1981年2月28日

(原文刊于中国作家协会编的1981年2月28日《外事活动简报》)

*2. 崇高的英雄主义精神

——记南斯拉夫克拉古耶伐次市“巨大教训”纪念活动

放在我面前的，是一幅漂亮的彩色照片：在一个“V”字形的巨大花岗石纪念碑前，一群南斯拉夫男女青年容光焕发，衣着整洁，笑盈盈地在一块长着青草的坡地上漫步。这画面是多么美丽，这气氛是多么宁静，这些年轻人又是多么幸福！然而，有谁会想到三十几年前，这里曾经发生过一件震惊世界的血腥惨案：德国纳粹在这附近一次就杀死了7000多名南斯拉夫人，殷红的鲜血渗透了这一带350公顷的土地。

上述纪念碑，在距贝尔格莱德140公里的克拉古耶伐次市近郊。第二次世界大战时，德国法西斯侵占了南斯拉夫后，克拉古耶伐次地区共产党委员会响应铁托同志号召，组织党团员成立了游击队，给侵略军以沉重打击。为了镇压塞尔维亚人民游击战争，1941年10月10日，占领军头子竟下了这样一道灭绝人性的命令：德国侵略军每死1人，当地群众必须以100人偿命；侵略军每伤1人，塞尔维亚人民必须以50人偿命。不久，在一次战斗中，游击队打死了纳粹50人，打伤40人。根据上述比例，侵略者决定杀害当地群众7000人。

10月19日晨，德军包围了克拉古耶伐次市，在这个仅有20000人的小城中，逮捕了男性居民10000名，甚至连正在学校上课的五年级至八年级的学童也不能幸免。10月21日晨7时至下午1时，屠杀了包括少年儿童在内的当地群众7000余人。塞尔维亚群众面对死亡，表现了伟大的革命气节和可歌可泣的英雄主义精神。这，正如一位南斯拉夫诗人通过诗歌里一个即将与全班孩子一同英勇就义的教师之口所慷慨陈辞的那样：

> 我这个班正等待着枪声轰鸣，
> 全班人人无言，鸦雀无声。
> 个个孩子都能把功课熟练背诵，
> 最后的光辉迸发自他们童稚的眼睛。
> 无人不及格，在这考验中，
> 因为我们是祖国的儿子，

这个国家，就连刚会走路的儿童
也知道应该如何面对死神。
和孩子们一同“上路”，
我真高兴，
这样的事，你们是否仍感到吃惊？
我，作为孩子们的老师，
岂能弃他们而去，不与之患难与共？
假若真是这样，孩子们明天
难道不会用手指着我，
我心哪能安宁？
这一切，你们（按：指纳粹匪徒）全都不懂。
只有我们这些“野蛮人”，
才有此深情。
一个教师又怎能为人师表，
如果他只有自己的备课本，
而不能以身作则，身体力行。
开枪吧！我告诉你们，
我此刻也在讲课，
在倾诉我的心声！

这首诗生动地表现了当年克拉古耶伐次市死难者极其伟大、崇高的英雄主义精神，令人感动良深。

南斯拉夫解放以后，为了纪念死难同胞，这个城市每年 10 月 21 日举行一次叫作“巨大的教训”的纪念活动。

去年 10 月 21 日上午，我和一同参加“克拉古耶伐次市十月国际作家会议”的各国作家们一起，赶往该市参加这一活动。纪念会就在当年烈士牺牲的场所——“V”字形纪念碑前举行。山坡上人山人海，来自各地的群众都到这里参加悼念活动。许多花圈放在地上，群众席地而坐。全部悼念活动是一次大规模的集体诗朗诵。这里，一位老诗人以低沉语调悲愤满腔地控诉纳粹罪行；那里，几位青少年集体朗诵，颂扬死难烈士的革命精神永垂不朽。整个场面，雄伟壮观，激动人心。每年，这样的纪念活动一次少则几千人，多则七八万人，另外还有贝尔格莱德电视台特地来拍摄电视，向全国播送，观众当有五百万人之多。正是通过这样的纪念活动，南斯拉夫广大的工人、农民、知识分子、青少年不断地受了极其深刻的教育，他们将永远不忘这“巨大的教训”；他们将努力建设祖国、保卫祖国，使这样的悲剧不再重演。

看着这动人的场面，听着那朗诵诗歌的激昂声调，我忍不住对同行的几位西欧作家说：参加了今天的纪念会，我们的“巨大的教训”是什么？那便是，必须及早制止侵略者，像克拉古耶伐次当年这样的悲剧，今后永远也不许发生！

是的，让我们人人刻骨镂心，永远记住这“巨大的教训”吧！

1982年

1. 迎接老友赴桂

国香兄：

欣接来信，得知老兄即来桂林，真是天外飞来之喜讯，使我兴奋莫名。我们不久之后，便能在漓江之滨，重叙30年前之旧谊，这是多么大的欢乐！我，还有我的一家老小，包括我年已八旬之老母，都将热诚欢迎你！

行期定时，请预先来一电报，将老兄到桂日期、时间、火车（或飞机）班次写明，俾便去车站（如为飞机，则为桂林新民航站）相迎。这方面请千万别客气，因为你对桂林不熟，下车之后如无人接，难免迷失方向，走冤枉路。更何况咱们情深谊长，去车站接兄，是我义不容辞之事。

如老兄乘火车来，最好在贵阳换"80次"由昆明开沪之快车，可以直达桂林。这趟火车人极拥挤，老兄宜买软席卧铺，只要有单位证明，估计到贵阳车站不难买到。电报不要发至系里，我不常去那，辗转递送，可能误事。请将电报直接发至我家，即："凤北路21号北区十舍"交我。电报如能说明你的车厢号码，那就更好了，我可以到列车车厢门口迎接；如果没有车厢号码，为稳妥计，我便只好在车站旅客出口检票处等候。

去年12月中旬至本月初，我曾赴北京、南京、上海等地出差20余日，刚回到桂林便又赶往南宁开了十几天会。离校一个半月，工作堆积如山，目前我正在拼命赶工作。

令郎李汀为一有志青年，对学业及文学创作又极端努力，前途未可限量。希望他百尺竿头，更进一步，为祖国和人民做出更大的贡献。兰州至桂林，不知有无飞机，如能乘飞机来更好，可免去旅途换车及舟车劳累之苦。未知兄是否能够直接乘飞机来？

此信是我百忙之中匆匆赶写的，余面谈。祝

好！

弟祥麟

1982年1月28日

2. 西南联大

时光如流，一转眼，我在抗日战争胜利那年由西南联大毕业已51年了。世事沧桑，变化之大，难以想象。这些年来，我无论走到祖国或世界哪个角落，都始终怀念着在那被人们尊称为“中国办学史上的奇迹”的西南联大念书的日子。

一、外文系群星灿烂

我是联大外国语言文学系的学生，当时系名简称外文系。外文系决不是全校师资力量最强的系，更何况“余生也晚”，我1940年才入大学，而且是在联大叙永分校（在四川南部）读完一年级才去昆明的，等我到昆明时，系里有几位硕学鸿儒均已离校他往：原系主任叶公超“学而优则仕”，去国民党政府任外交官了；燕卜荪回英国了；朱光潜赴武汉大学任教；钱钟书则前往湖南国立师范学院任教。即使这样，外文系教师队伍仍然是群星灿烂，花团锦簇。例如：吴宓、陈嘉、莫泮芹、谢文通、赵诏熊、袁家骅、卞之琳、白恩（英国人）、温德（美国人）等教授，都是英国语言文学界第一流的教授。德文教授为冯至，俄文教师为全国俄语界顶尖权威刘泽荣；而作为第二外语的法文课程，竟分了五个组，由五位法语界著名学者闻家驷、林嫦、陈定民、吴达元、李赋宁任教，同学推选一组去听课。

这是何等强大的教师阵容！限于篇幅，我这里只能写一点吴宓先生的片断。吴先生是我国比较文学先行者、外国文学专家、《红楼梦》专家，早年留学美国时与陈寅恪、汤用彤并称“哈佛三杰”。他除欧洲文学外，在我国古典文学上也造诣很高，曾与梅光迪等人一同创办《学衡》杂志，提倡“国学”研究。1941年秋我一到昆明，升入二年级，便选了吴先生所教的欧洲文学史。外文系专业课悉用英语讲授，吴先生博闻强记，不论是荷马史诗或但丁的《神曲》，均能以英语大段大段地倒背如流。他是一位浪漫主义者，上课必带教鞭，讲到得意之处，不仅眉飞色舞，而且挥动教鞭，以强化自己的喜怒哀乐。“五四”之后，他与胡适论战，有一次他与胡适在一会上相遇，胡适问他：“你们学衡派，有何新阴谋？”吴宓立即用文言文回敬：“欲杀胡适耳！”这当然是笑话，但也可由此看出他对胡适等取消文言文意见之大。他这一情绪，直至40年代初仍迄未稍衰。有次上课，谈及他捍卫文言文之决心时，一边挥舞教鞭，仿佛正与“敌人”战斗，一边怒气冲冲地说：“As long as Wu Mi lives, wen yan wen will never die!”（只要吴宓尚活一天，文言文决不会死亡！）愤怒之情，溢于言表。

当时先生虽已48岁，但童心未泯，讲课讲到一些作品中的恋爱情节时竟满面通红，十分害羞。吴先生毕生婚姻及恋爱遍历坎坷，青年时苦追著名才女毛彦文，而同时追毛者为曾任国务总理和财务总长的熊希龄，吴先生一介书生，两袖清风，如何能与熊希龄这样的大官抗衡，结果毛彦文终于嫁给了熊，使吴受到极大的精神打击。我们在联大念书时，常去图书馆借阅中华书局出版的16开本《吴宓诗集》，为先生失恋时所写的那些诗句而感慨万端。例如，他写过这样的诗句：“吴宓苦爱□□□，三洲人士共惊闻。”书中□□□三个框框为原有的，不难看出是“毛彦文”三字。又如另一首题为《吴宓先生之烦恼》的诗，写他的失恋，其中两句是“面包酸又苦，其味如猪肝”。我当时除了十分同情先生，也对两句诗的内容大惑不解：猪肝一向为美味食品，如何以它来形容“面包酸又苦”？

上面所说的群星灿烂，还应该补充一点，即当时西南联大外文系不仅教授、副教授阵容强大，即使是青年助教也个个才华横溢，令人钦敬。新中国成立后好几位英美文学界第一流的学者，30年代末都是刚毕业不久的西南联大助教，例如王佐良、查良铮、杨周翰、李赋宁诸先生。这几位青年教师当时均已崭露头角，英文好，法文好，中文亦极好，既能在英美文学上颇有建树，也能进行中文文学创作，可谓文武双全，左右开弓。

二、中文系大师云集

西南联大中文系的教师队伍，比外文系还强得多，故曰：“大师云集”。清华大学校长、西南联大常委梅贻琦有句名言：“大学，大学，非大楼之谓也，乃大师之谓也。”试看中文系老师如罗常培、罗庸、余冠英、浦江清、朱自清、闻一多、刘文典、李广田、杨振声、魏建功、沈从文、陈梦家等，哪一个不是大师级的学者？但由于种种原因（例如沈从文是由于学历不够），沈、陈两人当时还只是讲师，王瑶可能连讲师都不是，可见该系师资力量之特强。可是，就连这样强的师资，若论“单打”，还比不上历史系的陈寅恪教授，因为西南联大教师的职称，有比正教授还高的一级，叫作“讲座”，全校只陈寅恪和刘文典二位，这两人中陈又更强一些。若说陈寅恪的学问，且不说他在中国中古史、佛教经典和唐代诗歌等方面成就之大，仅就他精通语言之多这一项来说，便足以吓倒许多人了。他通晓汉、英、法、拉丁、希腊文、蒙古文、满文、西夏文、梵文等多种语言文字。至少在中国学者中，可以说是前无古人。前面说过的吴宓先生，他毕生只佩服两人，便是陈、刘二位。

对中文系教授，仍然因为限于篇幅，我只想谈谈闻一多先生。他早年留学美国，先习美术，又习文学，是新月派著名诗人，在学术方面，对《周易》《诗经》《庄子》和《楚辞》有深刻研究。他在西南联大每次作学术报告，都是人山人海，连窗户外都站满听众。他多年潜心学术，不问外事，后来，由于国民党政府极度腐朽，引起他强烈不满，苦闷之极，乃闭门苦思一星期，经过剧烈思想斗争，终于拍案而起，决定献身民主运动，与国民党反动派做殊死搏斗。正如陈嘉先生对我说的："闻先生完全变了，变成另外一个人。他像狮子一样勇猛，任是什么，不能使他回心转意。"

闻先生是一位典型的爱国者。抗日战争一开始，他即宣布从此蓄须明志，抗战一日不胜利，他决不剃胡子，从此成了大胡子。1945 年 8 月，抗战终于胜利，西南联大全校师生集会庆祝，我看见主席台上坐着的闻先生，简直使人不敢认了：他胡须尽剃，突然年轻了十几岁，容光焕发，神采奕奕，顿时全场一片欢呼，向他致敬。

三、奇人、怪事与狂语

西南联大教授中，奇人辈出，加上文人相轻及其他各种原因——包括教学从严，其他方面则宽松自由，致使教授中不乏各种奇人，或举止不凡，或为人狷狂，其怪事狂语，在学生中广为流传。最突出者，为有一次日本飞机来炸昆明，刘××在躲警报时遇到沈××。刘学富五车，本来就非常自大，而沈学历又低，更使他看不起。刘竟向沈说："沈××，我来躲警报是为了保存中国文化，你来躲警报，又是为了什么？"这一问使沈先生极为尴尬，一时无言以对。

历史系教授皮××先生爱骂人，而且骂得很刻薄，则是千真万确的，因为件件皆我自己耳闻目睹，不可能错。皮先生是我毕生遇到的最佳教师之一，教课之好，可谓无以复加。1941—1942 年我选了他一年的西洋通史课，受益之大，难以备述。我们用的课本是海斯与孟氏合著的《世界历史》，当时联大图书馆有此书原文及中译本多册，为必读书，我们天天去图书馆抢来读。白天轮不到自己，就先登记，晚上借回来读，次日一早必须归还。晚上也不是一个人读到底，而是三班倒，轮到谁谁就读。皮先生工作之认真负责和讲课之好，即使在西南联大，也属罕见。他总是每次提前十几分钟到教室，凭自己记忆，不用任何蓝本，用各种颜色的粉笔在黑板上画一张极为工整的地图，供当天教学之用。上课铃一响，他便开始讲课，内容扎实深刻，条理分明，逻辑性很强，而语言又清晰易懂(虽然有湖南腔)，疾徐有致。他掌握时间极为精确，一到50分钟，便戛然而止，说“现在下课”，这时正好下课铃响。但他有一大毛病，便是爱骂人。开始上课的10分钟，他往往不讲课而专门骂人，主要是骂本校他所不满意的人或事。骂完之后，剩下40分钟他保证完全讲课，不再占用同学任何时间。

既然有这样的奇先生，学生之中，当然也不免有奇人怪事。外文系有位同学，品学兼优，但生活作风散漫，又极不重视高分。他对一些不感兴趣的课程，只求及格。有一门课，他上学期考得61分，下学期则为59分，两学期总平均刚好60分。对此，他欢欣若狂，对我说：“你看，我充分利用了自己的分，一分也没浪费！”更典型一事，有天早晨第一堂为法文课，他睡过了头，预备铃响时才把他惊醒，10分钟要穿好衣服还要跑到教室，很不容易。慌乱之间，裤子穿错，把有扣子那边穿到背后，他居然也不再变换，就这样跑去课堂。事有奇巧，那一堂课正碰上老师要他上讲台写黑板，写好之后，他怕老师发现他裤子反穿，乃倒退着走，一边还不停地向老师点头哈腰，弄得法文教授莫名其妙，而同学们则窃笑不已。

四、奇迹从何而来

西南联大前后只存在了八年，却培养出两位诺贝尔奖获得者及一大批院士，它当年的学生，很多是今天我国各门学科的带头人，我国“核武器之父”邓稼先便是联大毕业生。至于各行各业社会中坚，西南联大学生更是不计其数。能有如此巨大的成就，不能不算是我国教育史上的一大奇迹。

奇迹从何而来？原因当然很多，但首先一条便是联大师资力量极强，名师出高徒，信然。此外，主持校务之常务委员梅贻琦(联大共有3位最高领导即常委，为北大校长蒋梦麟、清华校长梅贻琦及南开校长张伯苓)，继承了清华大学光荣传统，有一整套完整的规章制度和办法。例如，对学生要求极严，学年考试中凡三分之一学科不及格者必须留级，二分之一学科不及格者，一律勒令退学，决不宽贷。国民党政府规定各大学“三民主义”为必修课，此课程不及格，不许毕业。但在梅校长领导下，西南联大从来不开设“三民主义”课，而毕业生成绩单上却照例写有这一科目，每人的成绩均为“及格”，以此办法应付国民党政府的教育部，师生皆大欢喜。

教师对学生严格要求，我这里且举一极端例子。法文教授吴达元是外文系对学生最严的老师。他用的教材是美国出版的法文课本，用英文来讲解法文。教材中练习极多，上课要回答吴先生的不停提问，下了课还要做一大堆作业，谁要答错了，便遭到严厉斥责。同学们又爱他，又怕他，有的在课堂上被他点名提问，一站起来，便心慌意乱，甚至发抖。有一男同学某次被提问，答不出来，旁边的女同学悄悄将答案告诉他，被吴先生发现，立即严词苛责："你想帮他，难道你能嫁给他，跟他一辈子？"气得该女同学下课痛哭了一场。有次上课，吴先生要我把一句英文译成法语，我译错一个字，他立即不客气地质问："你说你喝咖啡用盘子，你这是哪国吃法？"对于这种有点过分的严厉，据说新中国成立后吴先生在北大遇见过去西南联大同学时，已承认不对，说不该对学生那样严到不近情理。但事物总是一分为二的，由于吴先生的严格要求，我们同学中出了一大批法语人才，目前被台湾翻译界认为祖国大陆大师级翻译家、北大教授许渊冲当年即出自吴先生门下。

西南联大教育宗旨中重要一条，为在通才的基础上培养专才，即先要求学生有广博的文化基础，然后才谈到成为某一学科的专家。基于这一认识，学校规定外文系学生必须选修大一国文和中国文学史，而文、法二学院（即所谓文科）学生每人均须选修大一英文，并必须在政治学、社会学、法律学及经济学这四门社会科学中选修两门，还必须在数学、物理、化学、生物、地质、气象等七门自然科学课程中选修一门。

学校很重视培养学生的独立思考和独立工作能力。这甚至在考试题目上也体现了出来。我在一年级时，选了李继侗先生教的生物学。一次考试之前，我拼命背诵人体的血液循环图。到考试时，果然有这方面的题目，但却不是要学生简单背书，而是要求彻底掌握血液循环知识，并能灵活运用。题目是："一位医生在病人左臂进行静脉注射，请问这药水共经过哪些血管及器官，才能流到他的右腿？"足见西南联大对培养学生独立工作能力之重视。1946年北大、清华、南开三校分开，各自分别在北京及天津复校，西南联大自此完成其历史使命，不复存在。但联大的声誉和精神则是长存的，国外至今还有人研究西南联大历史。美国学者易社强跑遍昆明、北京、天津等许多城市，进行广泛调查研究，写出了一部研究西南联大的专著，被西南联大校友会郑重授予"名誉校友"称号。

*3. 男儿志在四方

首先,得声明一句,我这篇谈话题目“男儿志在四方”,决无重男轻女,故意贬低女同志的意思。我只是顺手拈来古人一句成语,用旧瓶装新酒,用“男儿志在四方”来表示一个人(不管是男是女),都应该有远大志向,不做目光如豆、只为眼前安乐打算的庸人的意思。“男儿”就是英雄,既包括男英雄也包括女英雄。如果哪位女同学感到“男儿”一词不妥,想改的话,也可以改成“女儿志在四方”,反正意思都一样。

一、给时代勾画个轮廓

现在是 20 世纪 80 年代,我们所生长的这个时代,究竟是个什么时代? 这个问题,若是在 50 年代或 60 年代初,不管答得是否准确,在当时还是比较容易回答的。当时我们都不假思索地说,这是一个“东风压倒西风”的时代,是“敌人一天天烂下去,我们一天天好起来”的时代。经过“文化大革命”十年浩劫,大家的看法不一致了。

我们看时代也和看其他事物一样,必须看本质、看主流、看全面、看大方向、大问题,而不能见木不见林,把支流当主流。

那么,我们所处的时代是个什么时代呢? “仁者见仁,智者见智”,各人的看法不一定相同,我谈谈自己的看法。

给我们的时代勾画个轮廓,只能粗枝大叶地勾画,不能精雕细琢的描绘,我想用三句话来概括它,即:(1)社会主义制度的诞生和发展;(2)民族独立、民族解放运动的风起云涌;(3)科学技术的极大发展。这三点,前面两点我不想多谈,因为大家在政治历史课中早已学过,但为了说明问题,又不能不稍谈一点。

社会主义的诞生和发展,民族独立、民族解放运动的蓬勃开展,这二者都是历史的必然趋势。尽管社会主义是人类过去社会从不曾有过的新鲜事物,加上旧社会的各种影响,不可避免地会有各种各样的缺点、错误、问题甚至会遇到严重的挫折(像我们的“文化大革命”那样),但是,历史潮流,不可抗拒,这是不依人们的意志为转移的。我们必须承认它、相信它、拥护它、热爱它,并且用自己的实际行动与努力去促成它的成长壮大。

关于第三点,即科学技术的极大发展,要我这个搞文学的,并且从小经常数理化不及格的人在诸位面前谈,未免班门弄斧,不自量力。但是,由于这个问题实在太重要了,不谈不行。再说,我有些外文资料,大家可能不知道,所以还是想稍谈一点,向大家请教。

70年代初期,美国有个新闻记者Alvin Toffler写了一本书,叫作《未来震荡》(*Future Shock*)几年内行销了几百万册,单是头八个月就再版了15次之多,影响大极了。这本书谈的就是当代科学技术,日新月异,完全改变了我们的时代。书的作者认为我们今天从科技角度看,正处在时代的“日期变换线”(International Date line)上。“日期变换线”旧译作“国际子午线”,是地图书上的名词。大家知道,在世界地图上以英国伦敦格林威治天文台为起点,向东向西各有经度180度,把世界分为两个半球。从美国旧金山坐船坐飞机到上海,途经“国际日期变换线”时,由于是从西半球到了东半球,日期要跳一下,即原来是星期一的,一过了线就是星期二了。作者意思是说,我们这个时代,是人类历史上的“日期变换线”,这个变化实在太大了,我们思想上要做好“跳一天”的准备。谁要是没有这个准备,谁的思想就会出问题,就会得上一种病,叫作“未来震荡”。这不是耸人听闻,故作“惊人之论”,而事实是,今天,人类科学技术进步之大、之快,已远远超过我们祖先最大胆的幻想不知多少了。《水浒传》里神行太保戴宗日行800里,被认为是奇迹。800里才只400公里,今天,喷气式飞机一小时就能飞上千公里,比一整天才走八百里快上几十倍!我国古代神话里有所谓“千里眼”“顺风耳”之说,今天的无线电传真、人造卫星摄影技术,比之古代神话里的“千里眼”,今天的无线电话、收音机,比之古代神话的“顺风耳”,又远了多少倍、快了多少倍!

人类科学技术的发展是以物理学上说的“加速度”来进行的,即愈到后来,就发展得愈快。有人作过一个很有趣的统计,假如一个人一辈子是60年的话,那么,过去人类发展的五万年间,一辈子排来,一共是800个“辈子”。这800个辈子中,人类有整整650辈子是在洞穴里度过的。就是说,这650辈子的人类,全是茹毛饮血,过着跟野兽差不多的生活,只是到了最近70辈子,由于文字的发明,人类才可能把这一代人的思想更有效地传给下一代人。只是到了最近这60辈子,人类才第一次掌握了印刷术,有了印刷而不是抄写的书籍。只是到了最近四辈子,人类才有了准确的量时工具——钟表。今天,我们每人日常用具绝大部分都是咱们这一辈子(就是第800辈子)发明、发展、创造出来的!

讲到咱们这个第800辈子,必须指出,这是人类科技史上空前伟大、发展空前迅速的一辈子。今天有十二三个国家的粮食,是靠本国总劳动力中15%的人生产出来的。拿美国作例子,美国用了不到6%的劳动力从事农业劳动,生产的粮食除全国两亿人吃饭外，还多生产了够一亿六千万人吃的粮食，而这个不到6%的数字还在不断缩小。今天，在农业人口不到15%的国家里，在瑞典、英国、比利时、加拿大、荷兰等国，"白领阶层"的人数（指行政管理人员、教师、科学家、工程人员、医生等脑力劳动者），远远超过"蓝领阶层"的人数（指工人和其他从事体力劳动者）。人类从懂得种地起，从事农业劳动，迄今已一万年了，而工业化才只有一二百年历史，但是今天一些工业先进国家，人类已经到了所谓"超级工业化"的新时代。

再从另一角度看近代人类科技发展之快：公元前6000年时，人类长途旅行最快的工具是骆驼，每小时走12公里。这以后，公元前1600年，马车发明了，每小时速度30公里，这个速度保持了3500年。到了1784年，英国出现了载人众多的邮车，每小时15公里。蒸汽机发明后，1825年出现了第一辆火车，时速仅20公里。直到1880年火车最快的时速才提至150公里。但是，请注意。这是人类用了几百万年的时间才达到的速度。这以后由于科技的不断发展，情况大不相同了：仅仅58年后，即1938年时，飞机的速度已达到每小时600公里，即19世纪80年代火车最快速度的四倍。又过了20年，这一速度又增加了一倍，即时速1200公里。到了20世纪60年代，载人火箭时速高达6000公里，而宇宙飞船每小时速度竟是27000公里！要是用图表来表示人类交通工具速度之增长，最近这30年的速度是一直上升，升到了图表难以表达的图外去了！

为什么会有这一伟大的进步？原因很简单：因为科技发展都是在原有成果基础上进行的，基础越大、越好，进步越快。这和物理学上运动的加速度一样，靠了已有的科技成果，我们便能取得更大的成果。

再举一个例子：技术发明创造，一般经过三个阶段：（1）理论设计；（2）试制；（3）大规模生产用于社会上。这一过程完成后，又在此基础上，产生新的理论，然后又有新产品试制、投产。这一套循环下去，永无止境。到了我们这一辈子，上述每个环节愈缩愈短，即从理论到大规模生产越来越快。以美国为例，20世纪20年代以前新产品（包括吸尘器、电冰箱）从设计到大规模生产平均需要三四十年，而到了40年代至50年代，包括电视机和洗衣、烘干联合机，只需八年时间。

人类知识的积累也一样，积累知识靠书籍。远古时候，人类没有文字，更没有书，积累和传播知识很困难。文字发明后，好得多了，但由于没有活字印刷术，知识传播效果不大，也很慢。我国毕升发明了活字印刷后，16世纪传到了欧洲，公元1500年以前，欧洲每年最多只出版1000种书（乔叟《坎城的故事》里描写一个大学生，书架上有20本书，就是了不起的学者了！）在此情况下，一个图书馆若要有10万种书，就需要整100年时间才能印出来。而1950年时（即450年后），欧洲一年可出版12万种书，过去一个世纪才能出版完的书，现在只要十个月就可以了。十年以后，即1960年时，出版能力大大提高，过去一个世纪的工作，只要七个半月便能完成了。又五年后，即1965年，欧洲一天能生产1000种书，即一年可出版36万种书了！今天，单从科技论文和资料来说，全世界每年大约出版6000万页科技论文和文献，这对类积累知识能有多大帮助！这里，我们还只提了书籍出版，没提电子计算机保存资料、分析资料、计算数字；没谈微缩胶片；没谈报纸杂志、电视、电影、广播等方面对知识扩大所发挥的作用。

总之，这就是我们的时代，科学技术日新月异，并且在以难以想象的加速度不断发展着。今天，不论哪个国家，科技不发达，经济就不容易发展，生产不容易发达，人民生活提高就慢，国防也就同样难有保障，就要落后，甚至挨打。

面对这一情况，同学们，你准备做些什么呢？你应该做些什么来报答祖国的培养，党的教育、人民的殷切希望呢？你有没有感到自己担子很重、压力很大，需要发愤图强，把自己的青春知识献出来，造福人民、为祖国"四化"添砖加瓦呢？

二、历史的轨迹

"轨迹"是个数学名词，意思是在给定的条件下，动点所描出的图形。我借用这个名词，说"历史的轨迹"，指的是历史走过的道路。作为一个中国青年，我们生长在今天的祖国，不能不知道祖国走过的道路。作为一个大学生、大学毕业生，我们甚至还不能不知道一些外国的事情。

今天，我们生长在新社会、新中国。首先，应该知道，我们的社会主义祖国是在什么情况下建立的。德国大诗人歌德有句话：理论是枯燥的，只有生命的绿树长青。这话有对的一面，也有错的一面。这里，我不想从理论上探讨有关社会主义、资本主义等问题，我只想从我个人经历，谈点自己的亲身感受。

我们常常拿"水深火热"来形容旧中国时，人民群众的苦难生活，但是，究竟怎样"水深火热"，今天二十几岁的青年是难以想象的。30年代初期，由于国民党的腐朽，只管自己贪污发财，不顾人民死活。群众饥肠辘辘，只能吃草根树皮，吃完了吃观音土，观音土吃了肚子肿胀死去，少数人甚至易子而食，简直是惨绝人寰！

我的故乡在河南，我童年时故乡经常闹蝗灾，蝗虫一来，遮天蔽日，黑压压像一大块乌云飞过来，半小时后，全部庄稼给吃得精光。故乡我家门口临公路，年年看见逃荒的人成群结队，卖孩子，大街上农民挑个担子，箩筐里放了一个三四岁的孩子，插一把草，表示是出卖的。几块钱就可以买一个孩子。抗日战争时我已是青年了，在重庆念中学。当时国民党政府的首都在重庆，重庆街头，酷暑时候，经常有人力车夫因天气太热,跑得太快太累,突然倒毙在街头死去的。七八岁衣服破烂不堪的孩子,跟着客人进饭馆替客人打扇子,为了乞讨几个钱吃饭。乞丐满街都是,还有“告地状”的。另一方面,国民党达官贵人和一些大老板们,吃的是山珍海味,一饭千金,有的国民党“要人”,为了过腐朽糜烂的生活,甚至经常打荷尔蒙,真可以说腐朽透顶。

这是经济上的贫富悬殊情况。政治上呢?先说贪污腐化。当时有副对联,叫作“无官不贪,有吏皆污”;另一幅更尖锐,叫作“自古未闻粪有税,而今只剩屁无捐”。国民党抓壮丁,有钱来可以拿钱赎,逃避兵役;没钱的被抓去就活该受罪。重庆街头,经常可以看见国民党兵押了一大队壮丁在街上走,为了防止壮丁逃跑,都用绳子捆起膀子,连成一串,连晚上睡觉都是这样捆成一串的。有次三伏天,壮丁被关在一间密不透风,连窗户都没有的房子里,第二天发现死了几十个人。还有一次日本飞机轰炸重庆,群众躲进防空洞,由于天气太热,里面空气不够,群众想开门出去,大门由国民党宪兵在外面紧锁,结果一次闷死了成百上千人,造成所谓“重庆大隧道”惨案,震惊中外。

对于革命者及进步人士的迫害、屠杀之残酷,更骇人听闻。例如:(1)开封初中情况;(2)李崑年被勒死案;(3)平江惨案;(4)西安学生被装入麻袋淹死;(5)单是南京雨花台一处,革命人民被杀害于该处者多达几万人。我于抗日战争时在昆明西南联大念书,我的老师我国著名文学家、诗人闻一多死于国民党特务的无声手枪下,我们的同学被国民党军屠杀,当时,国民党的云南警备司令关麟征有句“名言”:“你有开会的自由,我有开枪的自由。”爱国有罪,爱国者被枪杀,反动派对内镇压革命群众,对外屈膝投降,先是和日本勾搭,奉行不抵抗政策,“何梅协定”“塘沽协定”,东北沦丧,热河不守,冀东成立伪“反共政府”,华北不能驻军,平津告急,整个抗日战争前夕,华北之大,竟至摆不下一张书桌。同学们根本无法念书。抗日战争“惨胜”日本后,国民党一面派大兵、大员随美国飞机、军舰到沦陷区“劫收”,伪法币已经贬值得很厉害了,然而,国民党丧心病狂,竟硬性规定一元为法币可换汪伪“储蓄券”二百元,一夜之间,把华中人民弄得个个倾家荡产,民穷财尽。另一方面,国民党却对美国极尽奴颜婢膝卖国投降之能事。北大女学生在北京街头被美国水兵皮尔逊强奸案件发生后,全国哗然,群众纷纷示威抗议。美军为了平息中国人民的怒火,假装判了皮尔逊二十年徒刑,然后把罪犯送往美国,宣布无罪开释了!国民党在1947年和美国签了一个“中美商约”,可以说极尽拍卖祖国资源及主权之大成。用句当时报上的话,叫作“从陆地出卖到海洋,从地上出卖到天空”。

再谈一点当时学生的生活。抗日战争时我在昆明读书,通货膨胀,物价飞涨,同学们无以为生,只好到外面兼事。当时昆明据说从商店店员到放空袭警报的,都是我们的同学。老师穷得无法过活,有的在中学兼课,有的卖东西。闻一多先生上午在联大上课,下午在中学上课,晚上雕刻图章,苦不堪言。华罗庚的《堆垒素数论》是在肥皂箱上写成的,因为没有桌子。

当时,听课主要靠记笔记,参考书有限,实在分不过来,但又不能不看。于是,大家到图书馆"抢"书。图书馆每次开馆前几十分钟,甚至一小时前,我们到图书馆大门口排队,馆门一开,大家以跑百米速度去书库借书。借到了便飞快地看,一边看一边猛记笔记。我的《世界通史》《欧洲文学史》《欧洲戏剧》等课程,就是靠"抢书"念出来的!抢不到书的,就去登记晚上关馆时借阅一夜,然后连夜看,自己开夜车不算,还借给别人继续开,一直到第二天早上10点多还书为止。

当时我们的伙食太差,餐餐是连油都很少的、又粗又长的无缝钢管老wōng菜!有时也有豆腐,是放久发臭了的。离饭厅几十步,老远就能闻到臭味!饭呢,我们往往连砂带稗子一起吃下。在那种情形下我的身体极差,差到陌生人见到我第一句话总是:"你有什么病吗?"但最苦的还不是饭菜差,而是每天只有两餐。尽管精神和物质生活这样苦不堪言,但是,总的来说,我们还是拼命读书的。今天全国许多大学、科研机构的著名学者和骨干,就是在那样的环境中培养出来的,甚至诺贝尔奖金的获得者杨振宁、李政道,也是在那样的环境培养出来的。

同学们,拿今天大家的学习优良条件来和我们当时来比比,你们有什么感想呢?今天的条件,不是比当时优越几倍、几十倍么?在如此不可比拟的优越条件下,我们应该怎样做呢?我们每个人实际上又做得怎样呢?我想,这些问题是值得我们每个同学深思的。

上面我简略描绘了抗日战争以前、抗战时以及抗日战争胜利后,国统区政治、经济社会等各方面情况,总之,是每况愈下。到了抗日战争胜利后,尽管是胜利了,中国人民的苦难生活却远没有结束。相反地,由于国民党坚决反共、反人民,准备内战,加紧镇压人民,人民生活更苦了。当时物价飞涨,而且天天在涨。抗日战争以前一个人一个月的伙食费四元伪币便够了,到了1947年,要20万元才够,涨了五万倍!当时城市里工厂关门,商业倒闭,国民党疯狂镇压人民,人民无法生活;农村里农业凋零,地主还乡团每攻占一个地方,到处屠杀革命群众。念书,没书可念;工作,没有前途。政治气候使人窒息,使人忧郁欲绝。在此情况下,我对国民党倒行逆施、祸国殃民种种罪行极度愤懑,但另一方面又没有勇气(主要怕路上被抓),也没有门路跑到解放区去,于是,为了逃避现实,也为了到外国念点书,便自费留学到了美国。

下面我谈谈自己在国外的情形,但又不限于谈个人,而是谈我在美国资本主义社会的所见所闻。

首先,应该承认美国当时的生活水平是高的,实际上美国当时生活水平是全世界最高的。汽车、电冰箱、家用电话、暖气等在一般中等人家家庭基本上都有了,电视机发明不久,不少家庭有了,但还没有普及。这个高的生活水平的取得是有原因的:一是美国工农业发达,物产丰富,特别是工业基础好,工艺技术在全世界是第一流的,收入多,人们的平均生活水平就高了;二是美国不像大多数欧洲、亚洲国家受了战争的惨祸,而是相反地发了两次世界大战之财。当时世界很多国家的人向美国跑,当时的美国货也是一流的,今天的情况已不是这样,或至少不完全是这样。其次美国的民主即资产阶级民主,从表面看确实是有的,但是仔细一看,深入一看,不对了。美国不但在许多方面没有民主,而且,当时美国在政治上极反动,在很大程度上法西斯化。这一方面,我的感觉特别深刻,下面略谈一些关于所谓"美国民主"的实际情况。

1.政治上的法西斯化,应当说40年代末至50年代初期,是美国历史上最反动的一个时期,有点像我国林彪、"四人帮"肆虐的时期,不同的是林彪、"四人帮"是极左;美国当时是极右。另外,在程度上,美国的反动派还赶不上"四人帮"的猖狂。第二次世界大战后,美国统治阶级害了严重的"恐黄症",以参议员麦克锡为首的反动派、极右分子,掀起了席卷全国的反共运动。当时美国国会通过了麦克锡法案,不但逮捕审讯美共中央12个委员,把他们定罪判刑。审讯好莱坞著名演员、导演四人,而且专门成立了一个所谓"非美活动调查委员会",在全国范围内迫害进步人士。后来,这一反动活动愈演愈烈,竟至要全国政府工作人员、教师进行"忠诚宣誓",誓词中说:"我不是共产党,不是同路人,不同情共产党"等等。凡拒绝宣誓的,要一律解雇。进步人士、共产党员、共产党同情者在政府机关、学校甚至去私人商店都找不到工作。我有一个朋友,是我所在学校物理系研究院毕业的硕士,只因为他思想进步,毕业后找不到任何工作,只好自己开了个破汽车到处卖袜子。美国国务院进行了"清洗运动",作过蒋介石顾问的拉铁摩尔,自由主义分子费正清都被清洗了出去,甚至被毛主席严厉批判过的国务卿艾其逊都被认为是"亲共分子",受到了攻击迫害。美国国防部长福莱斯特本人在这种弥漫全国的反共、恐共歇斯底里狂潮中神经失常,被送到海军部医院治疗。住院期间,有一天,从窗口看见街上一辆救火车开过,大惊失色,大叫一声:"红色坦克来了!"跳楼自杀身亡。我另一位同学,一位挪威学生 Mef Cristesen 根本谈不上进步,只因为是新闻记者,喜欢到处看看,竟被人认为是"间谍",护照到期后,移民局拒绝给他延长签证,使他不得不离开美国。我自己也有过一些不愉快的经历,例如,有一次一个"工人团体"办的业余学校,举行了一个中国问题讲谈会,请我去讲话。讲话之前,主持人先问我发言内容，然后说："Mr. Ho, We certainly don't want your misrepresented, misinterpreted view on China。"（贺先生，我们肯定不需要你表达你的关于中国的错误看法。——编者译）还有一位中国女学生，当地电台组织她去讲中国问题。讲的内容竟是由一个反共的荷兰驻国民党政府大使夫人给她拟好的稿子，要她污蔑中国人民。她拒绝了，那个老太婆威胁说："你敢这样大胆，你就是共产党，我要去报告校长！"这样的事还有很多，不一一讲了。等我离美返国后，特别是朝鲜战争爆发后，美国的麦克锡主义更加猖獗，竟至发展到把两位物理学家罗森堡夫妇判处死刑，最后把他们送上电刑椅子上，活活电死了。

2.种族歧视和种族迫害（口讲）。……[①]

3.精神文化和社会生活，这是一个很复杂的问题。资本主义上升时代以及后来在它的一些优秀人物中，确实也创造出一些优秀的文学作品，优美的音乐、雕塑、舞蹈等，但是，更为普遍的却是资本主义文化的贫乏没落、腐朽。这是一个奇怪的却又千真万确的事实。当代资本主义最发达的一些国家，通过科学技术，创造了很高的物质文明，但精神上却十分庸俗、贫乏，找不到出路，腐朽的生活方式到处可见。拿我当年亲眼所见的情况来说，贫富不均（New York 的 Harlem 区贫民窟，芝加哥、亚特兰大闹市区的黑人区，华盛顿的贫民窟，令人震惊），少年犯罪的猖獗，性行为的紊乱（No virgin），同性恋的普遍，青少年吸毒（大麻叶、海洛因）之严重，盗窃、抢劫案件之惊心动魄（今天愈甚，华盛顿晚上九点以后妇女不敢上街）。

今天，纽约、旧金山等大城市抢劫之流行，一般人不敢多带钱上街，（张素初不久前大白天在广场被劫，加拿大前几年美展名画被盗等等）中年酗酒之严重，老年人之孤苦伶仃，无家可归，自杀之严重，拿美国今天这些问题严重之程度和40年代末50年代初我在美时比，我们那时简直可以算"黄金时代"，即使这样，当时这些问题也够严重了。人们没有理想，没有前途，绝大多数人终生只为一个目标而奋斗，赚钱。为了刺激经济，美国很多行业搞分期付款，家具、汽车、房子，都可以分期付款，短则几年，多则二三十年付完，中间万一生了病、失了业付不起，汽车、房子就被老板收回。没有了！美国经济畸形"繁荣"就是建立在全国人人借债、分期付款基础上的。极大的生产规模、极大的物质财富、极大的贫富不均、极大的浪费、极大的精神苦闷和灵魂空虚，现代资本主义就是建立在这一系列难以解决的矛盾上的。我在美国的时候，《纽约时报》平常每天出三四十版（一般的报纸也是每天二十几版），星期日连副刊每天一百多版，今天更多了，星期天《纽约时报》每次出版的重量为五磅重，你说有多少版呢？但是这些版面

① 编者按：此处原稿从略。

多数是巨幅广告，整页的广告，这不是很浪费么？很多家庭妇女，看报纸只看广告，甚至只看时装和纽约超级市场广告，人们根本不关心任何政治，不关心国家和世界大事！当时，美国的粮食三分之一是浪费掉了，倒进垃圾箱了。连汽车也浪费（指当时，现在汽油紧张，不敢浪费了）。1948—1949 年经济萧条，怕人去吃马铃薯，染上有毒的蓝色倒入沟中。当时世界上许多国家在闹饥荒，人民在挨饿，就连美国也有大批失业者填不饱肚子，而农场主却又把大量粮食倒进沟中埋掉，这能说不是犯罪行为么？我们读政治经济学，看到革命导师说资本主义的种种难以克服的矛盾，感到难以理解，可是我在美国亲眼一看，就感到一清二楚，千真万确！

我想稍谈一点自己当时的生活，以及为什么坚决要回到祖国来。我在美国两年半，由于经济困难，只好半工半读，在学校一面念书，一面做工，在学校厨房洗盘子，以后由于工作太重太累，改到附近医院开电梯。每天白天上课，下午 5 点到晚上 9 点做工，晚上 9 点半到凌晨 2 点开夜车预习、复习功课。为了省钱，有时还在房里自己做饭。生活紧张极了，简直像打仗！哪有我们同学今天这样安定、悠闲的念书环境和条件呢？生活如此忙碌，文娱活动谈不到，偶尔开开收音机，不习惯美国资本主义文化，听得索然无味，干脆关了不听。有时也有很好的古典音乐，但听到最精彩处时，Ivory Soap 的广告来了，尖声怪叫，使人啼笑皆非，大为扫兴，于是干脆关了机。以后，学习更忙，就很少再听了。对美国资本主义文化，我格格不入，十分厌烦；和美国学生之间谈天，两种不同文化，兴趣爱好不同，无法谈下去，而最无法忍受的，还是当时美国弥漫一时的反动政治气氛，使人感到窒息。报纸杂志，一片反共叫嚣，对中国国内情况的报道，绝大多数都是歪曲的。共产党人，在报刊上被丑化为头上生角的妖怪，“非美活动调查委员会”到处审讯进步人士，这一切使人郁闷欲绝。在美国 FBI 的威胁下，即使像我这样一个只有一点正义感、自己不是共产党员的中国学生也深深警惕；另外，还有 KMT（国民党）的威胁，弄得不好，会给遣送去台湾。正在这时，随着中国人民的胜利，1949 年 10 月 1 日，毛主席在北京天安门上升起了第一面五星红旗，新中国成立了！祖国强大起来了！海外孤儿再不是孤儿了！海外的中国人也扬眉吐气了！我的硕士学位也正好获得了。在此情况下，我是继续留在美国受洋罪呢？还是回到新生祖国为人民服务呢？这是一加一等于二这样明白的问题。当时我们都这样说，没有钱，买不起船票，就是爬也得爬回祖国去！当时，我有个弟弟在台湾，写信邀我去台湾，我回绝了。美国国务院还规定，如果中国学生实在要回祖国，可以由学校证明，供给旅费（实际上只有车、船票，没零用钱），我便申请了，和许多同学一道回到了祖国。

从旧中国到美国资本主义社会，又从美国的资本主义社会到我们的社会主义社会,大家都知道,50 年代是我们建国后的“黄金时代”。当时,党风好,社会风气好,我们感到能为人民服务、能为祖国社会主义服务就是最大的幸福。

在国外时,写信和国内友人联系,朋友给我在桂林原广西大学找到了工作,我高兴极了,当时我既未想到“桂林山水甲天下”风景秀丽,是个好地方;也未想到桂林是个小地方太偏僻、太闭塞,广西是少数民族地区,一切比较落后,远不如北京、上海等大城市舒服。我只想到新中国成立了,人民幸福了,人民当家做了主人,我应该把自己的一切献给社会主义祖国,只要能回国,去哪里都一样。

事实证明我选对了,回国是正确的,人不是动物,不能先讲个人享受,生活舒服,更不能“有奶便是娘”。人是应该有点理想的,有点精神的,“一箪食,一瓢饮,在陋巷,人不甚其忧,回也不改其乐”。孔子徒弟颜回两千年前都能做到的事,难道今天我们有共产主义思想武装的人还做不到吗?有人曾对我说:“你当年要是不回来,今天一定是著名学者,成就很大了。”我不同意这种说法,马上答复他:“不对,假如我不回来,首先,50 年代美国麦克锡主义迫害进步人士那一关我跑不了,我肯定被美国关入监狱,服刑满后,会被驱逐出境的,决不会有更好的命运。”这是事实。其实,即使不是这样,即使真的成为著名学者,离开自己的祖国,在国外仰人鼻息,听外国反动派、外国报纸在朝鲜战争、越南战争中一天到晚骂自己的祖国,骂自己的人民,那个味道好受么?“人生自古谁无死,留取丹心照汗青”,文天祥这句话讲得极好,一个人应该有理想、有抱负、有原则,坚持不懈,俯仰无愧。这个理想,对我们每一个人来说,就是共产主义理想;这个抱负,就是全心全意为人民服务,就是热爱社会主义祖国,为祖国的“四化”做贡献;这个原则,就是党的四项基本原则。坚持了这些,祖国才会繁荣,人民才会幸福,个人才有真正的前途。以那次我在荷兰受欢迎情况为例,说明只有祖国强大,祖国政策对头,才能使在外的中国人扬眉吐气。

三、男儿志在四方

人不能没有志气,没有志气的人就和没有灵魂的人一样,只不过是行尸走肉,是丝毫没有价值的。所谓“志”,就是一个人毕生为之奋斗的崇高目标。有了它,再大的困难也能克服,创造人间奇迹,以自己的辉煌业绩照耀人间;没有它,即使物质生活再舒适,客观条件再好,也只是碌碌无为,以一个庸人身分结束一生。

古代希腊奴隶主阶级、中国历史上几千年的封建阶级、欧美的资产阶级,虽然都是剥削阶级,在他们上升时代,在一些先进人物身上,仍然是雄心勃勃,有志气的。古希腊著名哲学家苏格拉底为了实践自己平日的教导宁可被处死,也不逃避现实,为后人所赞美。我国历史上这样的人物更多,文天祥的《正气歌》里谈了不少。文天祥生于宋末,元世祖威胁利诱,希望他投降,许以高官厚禄,他不为所动,坚贞不屈,终于从容就义。死前他被囚于今天北京之"文丞相胡同",写下了《正气歌》,"天地有正气……"。再如,单以近代、现代史而论,自从清末出了资产阶级革命家孙中山先生以来,也曾有不少杰出人物。例如,清末的林觉民,跟随孙中山搞民主革命,参加黄花岗七十二烈士之广州起义,受伤被捕,不屈而死,死前在狱中写了《与妻书》,不久即牺牲,年仅 25 岁。(见《与妻书》,《历代文选》下册,第 340 页)。至于国外资产阶级一些先进人物,也同样有不少动人事例。16 世纪波兰著名天文学家哥白尼坚持真理,敢于与天主教关于上帝造物、太阳围绕地球转等谬论对抗,提出地球自传公转学说,对人类科学作出重大贡献。英国 18 世纪资产阶级革命家 Tom Paine 移民美国后,积极参加美国独立战争,以后法国革命爆发,他又到了法国,投入革命运动。晚年回到美国,受尽反动派辱骂,郁郁而终。但是他对自己的理想理念始终坚信,没任何动摇,赢得了后世的尊敬。15 世纪时,法国农村姑娘圣女贞德(Jeanne D' arc),看见英军侵略法国,祖国危急,她才十五六岁,一个字也不认识,竟能挺身而出,带领法国人民,奋起抗敌,解了 Orleans 之围,拯救祖国,最后被英军俘虏,宁死不屈,被敌人活活用火烧死。20 世纪初,英国有一著名探险家 Scott,邀了另外两个探险家一同去南极探险,遇大风雪,回不来了,三人互相帮助,一个个争着牺牲自己,成全别人。结果三个人都死在南极,为人类探险南极写下了光辉的一页。

我上面只是随便举一些人物为例。说明一个人应该有志气、有理想,应该不是为了个人生活舒适温暖,而是为了祖国独立自由,为了人类进步幸福。我仅仅举了一些资产阶级先进人物为例,目的在于说明,如果剥削阶级先进人物都能做到这些,我们今天以共产主义武装自己的青年,更应该有志气、有理想、有抱负。至于无产阶级先进人物就更多了,我国革命史上多少先烈为了中国人民的解放事业,抛头颅、洒热血,像李大钊、刘胡兰、董存瑞、黄继光、邱少云等一系列革命先烈,哪个不是为了我们今天的幸福生活而献出了自己的生命?

诚然,经过了"文化大革命"十年浩劫,我们的事业遭受了很大摧残,我们的党风和社会风气受到破坏,青年一代的宝贵青春不但给耽误了,更严重的是有些人由于种种原因,在不同程度上精神受到挫折,甚至有人失去了理想。但是,难道不正是我们的党自己挖掉了林彪、"四人帮"这样的脓疮,承认了错误,医治了创伤,目前正在恢复健康么?粉碎"四人帮"才八年,我们已经取得了多么伟大的进步!今天,党中央领导是坚强的,路线是十分正确、很得人心的。党正领导全国人民搞好"四化",建设祖国。我们祖国难道不是前程似锦,光芒万丈?当然,无庸讳言,我们还有不少问题,还有不少旧的创伤待医治,但是,困难、问题、旧的创伤等等,只能使我们下定决心,把它解决,而不是使人望之生畏,甚至失去信心。“文化大革命”在广西所遗留的老大难问题不正在被解决么?

我感到很遗憾,有一些同志对我们的困难、问题看得太大,远远超过了实际情况,对我们的前途看不清楚,相反地,这些同志由于年纪太轻,思想上片面性较大,不知旧社会之苦,不知今日新社会之甜,也不知今天资本主义社会的黑暗和痛苦,我们一些同志,把今天的幸福视为当然。生了病去看病,因为有公费医疗;毕了业就分配工作,因为有组织上负责安排。他们却没有想到,在旧中国我们念大学时,毕业即失业。毕业后暑假一两个月找不到工作很平常。一到开学时,学校就出布告,限定日期搬出学校,天下之大,竟然找不到一个自己栖身之地!他们不知道在旧社会生了病,穷人只有等死。不但一般劳动人民如此,大学教授又何能例外!闻名全国的大文学家、学者,清华大学教授朱自清不是在贫病交加中被折磨死的?广西师范的前身,旧广西大学新中国成立前的数学系主任不是有病无钱医,最后死了么?“忘记过去,就意味着背叛。”列宁这句话语重心长,到今天仍值得我们认真记取。那么,资本主义社会今天呢?种族歧视消除了么?贫富不均消除了么?“笑贫不笑娼”的可怕现象消除了么?事业和疾病的威胁消除了么?狐鼠昼行,人间种种不平现象消除了么?百万富翁花天酒地,一掷千金,穷苦人无立锥之地的尖锐对比情况消除了么?少年犯罪、青年酗酒吸毒,老年人孤苦伶仃现象消除了么?一样也没有消除!资本主义社会,人与人之间的冷漠关系,骇人听闻。西德一个老人,在房里死了七年才被现。英国当代著名女诗人 Silva Plaith 自杀两次,一次服安眠药遇救,第二次她又打开煤气管子,趴在地上死了。死时才 31 岁!她这样的名作家,钱很多,生活很舒适,物质上样样都有,却偏要自杀,为什么?可见人不单是为个人享受而活的,而是必须有精神、有理想、有方向、有前途,没有了这些,便无法生活。“人为万物之灵”,人之不同于一般动物,其中很重要的一点便在这里。

同志们!我们的祖国是伟大的祖国。几千年来,它经历了多少灾难,但是不管是敌人侵略,封建社会历代统治者的剥削压迫人民,叛国者的出卖,或者是巨大自然灾害的为患,伟大的祖国都在经历了严酷的考验后生存了下来,这在历史上是极为罕见的。欧洲那么一块地方,由于历史原因,被分成几十个国家,伟大的祖国,几百万甚至有时多达 1000 多万平方公里,始终维持一个国家。从秦朝以来,一直存在着,有时统一,有时分裂。但任何时候,祖国也没有今天这样强大和统一(除目前台湾尚未统一外)。祖国是世界上最早的文明古国之一,我们的祖先曾创造了世界最先进的精神和物质文明。唐朝时期,很多国家的学者、僧人来我国学习;元朝时候,马可波罗从意大利来到大都(北京),看到了中国商业之繁荣,手工业之发展,文化之灿烂,物质文明之先进,曾经叹为观止,写下了著名的《游记》,称赞中国遍地黄金,钦佩得五体投地。只是到了清朝中叶以后,由于清廷腐败,帝国主义侵略,我国才变得十分落后,成为列强的侵略对象。到了民国成立,先是军阀连年混战,后来是国民党反动腐朽,才出现了新中国成立前旧中国那副烂摊子。要不是共产党领导人民起来闹革命,推翻了三座大山,建立了新中国,哪有今天强大的社会主义祖国。

是的,建国30多年中,我们在取得伟大成绩的同时也经历了极“左”思潮的干扰和破坏,经历了林彪、“四人帮”的十年浩劫,国家大伤了元气,人民吃够了苦头,然而,“四人帮”不是被粉碎了么?极“左”思潮不是终于受到了批判么?伟大祖国的航船不是再一次拨正了航向,正在向21世纪完成“四化”的航程上破浪前进么?祖国现在还不够富裕,人民生活还不够提高,这是事实。可是,要做到国家富裕,人民生活提高,靠什么呢?没有共产党的领导,没有马列主义毛泽东思想的指引能行么?难道能不靠中国人民,包括我们每个人的努力,而去依靠外国帮忙吗?就拿资本主义一些先进国家来说,他们今天的物质文明没有一个不是经过艰苦奋斗取得的。美国当初一片荒芜,欧洲去的移民花了极大的努力,经过多少年代才有今天,这些努力还包括我们中国去的华侨,没有这些人连续的艰苦奋斗,就没有今天的建设成就和生活水平。荷兰也一样,其土地不少是填海得来的,“现在可暂时休战了”。当然,外援是有作用的,但主要还得靠自己。西谚说“天助自助”,不能自助,不能自己发愤图强埋头苦干的人是决不会得到“天助”的。

正如上面一开始我给大家说的那样,今天,从全世界科学技术之进步来说,人类历史到了一个转折点。从我们祖国历史来说,我们也同样到了一个历史转折点。为了改变祖国落后面貌,为了创造子孙万代的幸福,我们必须争分夺秒,以比别人十倍的努力,拼命去干。责任落在我们身上,希望也寄托在我们大家身上。

同学们!你们是年轻的一代,是时间上横跨两个世纪的人,你们的责任更加重大。今天,大家都将毕业,走上工作岗位,这是个人历史上值得大书特书的一件事。每个人历史要靠每人自己去谱写。五六十年代初期、中期,我国大学毕业生的优良传统是四个大字:“服从分配”,或者十个大字:“到祖国最需要的地方去”。“男儿志在四方”,古有明训,不要老看到自己城市的家门口,也不要只想到高等学校和城市,要看得远一些,看到祖国的前途、人民的希望,看到个人对祖国应尽的责任,要有大志,志在四方。只要是革命需要,即使是最偏僻、最边远、最艰苦的地方,我们也应该高高兴兴地去,去干一番既平凡又伟大的事业，去用自己年轻的、充满青春活力的生命写一首散文诗，写一首感人深深的抒情诗，甚至写一首波澜壮阔、气势雄浑的史诗。80级钟振明同学决心到河池地区工作，我看了他写的材料，十分感动。

我在青年时代，曾唱过田汉同志写的著名歌曲《毕业歌》，歌词中有"我们今天是桃李芬芳，明天是社会的栋梁，今天是弦歌在一堂，明朝要掀起民族自救的巨浪！"多么激动人心的！多么雄伟的凌云壮志！"三千里河东入海，五千仞岳上摩天"，这正是中国人顶天立地气概的表现。青年是一个人的黄金时代，应该为祖国、为人民在这样的年华大显身手干出一番事业来！我们中文"毕业"这个词又对又不对，对的方面是指在学校这个"业"完毕了，告一段落；不对的一面是，从为党、为人民工作一辈子来说，不是"毕业"而是"始业"。英、法文里"毕业典礼"一词就很有意思，叫作"Commencement"，意思是"开始"。同学们，你们的事业就要开始了，过去，我们是师生，今后，我们同为党的事业而奋斗，就是战友了。我向大家致以最热烈的、衷心的祝贺，祝贺每一位同志、每一位新战友，志在四方，鹏程万里。

最后，在这讲话快结束时，我念一段大家可能不一定读过的文章。文章的作者也可能有许多人不知道是梁启超。梁启超这个人的思想我们不赞成，不欣赏，因为他在清末是维新派，后来成了保皇党，成了时代的落伍者。但是，他是个大学问家、大文章家，他有篇文章《少年中国说》，写得很好，富有积极思想、乐观情绪和进取精神，文笔又一泻千里、淋漓酣畅，特别是有几段，写得非常精彩。他说：

> 少年智则国智，少年富则国富，少年强则国强，少年独立则国独立，少年自由则国自由，少年进步则国进步，少年胜于欧洲，则国胜于欧洲，少年雄于地球，则国雄于地球。红日初升，其道大光；河出伏流，一泻汪洋。潜龙腾渊，鳞爪飞扬；乳虎啸谷，百兽震惶；鹰隼试翼，风尘吸张。奇花初胎，矞矞皇皇；干将发硎，有作其芒。天戴其苍，地履其黄，纵有千古，横有八荒，前途似海，来日方长。美哉我少年中国，与天不老；壮哉我中国少年，与国无疆。

愿大家的革命精神与天不老，祝大家的凌云壮志与国无疆！让我重复一遍，男儿志在四方。我说祖国的未来、人类的希望都寄托在你们新一代的身上！

1982年6月29日下午4：30

1983年

1. 上缴出国之结余公款

院领导：

我上月赴荷参加鹿特丹市“国际诗歌节”，由于开会后，荷方发给每个与会者零用费六百五十荷盾，便节约了我们自己之外汇，今将结余之美元750元（教卫办原发给800元）及荷币3元半以及外汇1元6角4分（外汇无分币，4分为人民币）缴还给组织上，请转交区教卫办。账目清单亦一并附上。

此次在荷，我买了一个在当地最廉价之照相机，因1980年去南斯拉夫，今年初赴港开会，均未带照相机，甚为不便。这次又没有带，我想到此次用的是荷方发的零用钱，买照相机不至和我国规定的不得以公款购物相抵触，且为工作需要，乃买了。照相机现上缴，请组织处理。此致

敬礼！

贺祥麟

1983年7月5日

附：赴荷参加“国际诗歌节”账目清单

区教卫办发给外汇800美元

到荷后，荷方会议发给零用费650荷盾

支出：

美元方面：

1.在北京首都机场缴纳机场费时，我国规定不许带人民币，已无人民币，急待登机，乃在

机场银行兑换了6美元,得外汇券人民币11.64元,缴纳机场费10元,余1元6角4分,此次连同外汇兑换证明一同缴组织上;

2.按国家规定,个人自购外汇美元15元,此款个人购物,不报账,应缴之人民币当交我院财务科;

3.另外,刚到荷兰时,会议未发零用钱,我兑换了29美元外汇,以一美元换2.8荷盾计,29美元应折合81.2荷盾,此款转入下面在荷开支的账目中。

荷盾方面:

荷方发给之650荷盾与上面所述已兑换之81.2荷盾,共为731.2荷盾。

支出情况如下:

1.火车及电车费(在荷两次去海牙,一次由海牙去莱顿,一次去阿姆斯特丹,均为双程)另外,还有电车费。——63.00盾

2.洗衣费——35盾

3.电话费(每次打电话皆收费,包括在房间打)——14盾

4.给台湾我舅舅打长途电话(桂林市对台办支持)——33.50盾

5.给智利我弟弟打长途电话(桂林市对台办支持)——33盾

6.照相机——159盾

7.预留给广西留学生杨雁代冲洗加印照片费——25盾

8.美元换荷币手续费(每次皆收手续费)——10盾

9.在阿姆斯特丹及鹿特丹二市参观美术馆门票费——25盾

10.吃饭及饮料费——330.20盾(包括一次与荷兰友人一同吃很简单之便饭,由我付钱)——330.20盾

以上支出,共计727.7荷盾。731.2荷盾—727.7荷盾,尚余3.50荷盾

共结余外汇及外汇券:

1.美元　750元(缴回美钞)

2.荷盾　3.50盾((缴回两枚银币,一为2.5盾,一为1盾)

3.外汇券　1.60元

人民币　0.04元(因外汇券无分币)

照相机现上缴组织处理。

贺祥麟

1983年7月5日

2. 参加国际诗歌节

国香兄：

先后两信都收到，只因俗务太多，百事羁身，迄今未能有时间坐下来给老友写一封信，真是罪过罪过，务请原谅。

令郎李岗少年英俊，大有可为，前途正未可限量。此次来桂一切均好，但由于在郑州时碰上一件小小不幸的事件，被自行车撞了一下。本来不算什么，但因旅途劳累，碰上桂林今年罕见的盛夏酷暑，腿上创伤及炎症未能痊愈，影响了听课及生活。考虑再三，只有提前返陇。今晚即由桂乘车经筑（贵阳）赴昆。几天来我们几次交谈，成了忘年之交。临别依依，令人难舍。但愿今后我们有机会赴西北一行，与你们父子一家人再见面。对此，我不仅寄予希望，而且坚信一定会成为现实。

老兄那份重要译稿，我在邕见到了那位编辑，和他细谈了。完全出乎我的预料，他竟因现在出版社的稿子堆积如山，婉谢了我。湖南方面，我前些日子先后介绍其他友人的两部稿子，都遭到了“闭门羹”之待遇，甚为不快。因此，暂时不想把老兄稿子往该社送。我想托友人找广东人民出版社设法，如有佳音，当随时奉告。事有奇巧，昨天晚上到友人家，在港洗的照片刚刚寄到，这样，正好请李岗带给老兄（连同底片）。

我在京开人大会只开了 6 天，便匆匆赴荷兰，在荷逗留凡 11 日，去时经 Frankfurt—on—the—Main，即歌德之故乡。虽只在候机大楼停了 4 个小时，也总算到了这位伟大诗人的故乡。回来时经巴黎，也只是在候机大楼逗留了一下而已。鹿特丹极美，像个大公园，到处是花。该城在二战时被纳粹飞机炸毁大半，想不到恢复得如此好。Poetry International Festival 开会极成功。由于我是唯一参加之中国人，而且是诗歌节开始迄今 14 年来第一个与会之中国人，受到极大的、十分热烈友好之欢迎，这说明“荣誉来自祖国”，也属于祖国，不是祖国强大和我们各项政策深入人心，在世界赢得崇高之威信，哪有这样友好热烈之欢迎？等将来写了文章发表时，当寄兄一份，向老友详细叙述经过。附带说一句，今年二月香江之行，我已写了一文，登在刚刚出版的《漓江》上，请李岗带回一份，请兄看看，并予指正。

家母赴郑已数月，即将返回桂林，顺此附告。暇时来信。全家都请代问候。祝好！

弟祥麟上

1983 年 7 月 15 日

*3. 忘不了你，鹿特丹

由法兰克福换上“荷航”班机，只45分钟，飞机便徐徐降落在阿姆斯特丹机场。

荷兰的确是个有趣的、独具特色的国家，先不说别的，单是首都便有两个：名义首都是阿姆斯特丹，是皇宫所在地；实际首都是海牙，是政府机关和各国使馆之所在地。

还没出候机大楼，友人马丁·慕易夫人康妮便迎了上来和我热情握手，她还带了一位名叫约普的修长青年来替我们开车，我们便奔驰在广阔的低地平原上。

一、参加“国际诗歌节”

我是应鹿特丹市“艺术委员会”邀请来参加每年在该市举行的“国际诗歌节”活动的。这个诗歌节自1970年开始，已是第十四届了。十几个钟头飞机上的颠簸，连续的失眠，时差的捉弄（到鹿特丹时已是北京时间晚上8点半了，而当地时间才只下午2点半）使我十分困倦。然而，诗歌节已于当天（12日）中午开幕，责任感使我婉谢了主人劝我休息的雅意，我只在旅馆洗了个脸，便与康妮和约普一同驱车前往公园。按照惯例，诗歌节开幕式在鹿特丹市公园举行，各国诗人和来自荷兰各地的几万群众欢聚在露天会场上，共庆佳节。

公园里人山人海，摩肩接踵，成人、孩子，有的全家都来了，还有散布在附近的许多饮食摊子，如不是扩音器里传出舞台上朗诵诗歌的铿锵之声，你会以为这是一个博览会。我在休息棚见到了马丁·慕易先生和比利时诗人赫尔曼·科尼克等老朋友，旧友重逢，分外亲热；也由慕易先生介绍认识了一些新朋友。

当天下午的节目，以巴勒斯坦歌舞开始，接着是荷兰、挪威、美国、南非（进步诗人）、西班牙、日本等国诗人的诗朗诵，最后以土耳其的音乐及歌舞结束。第二次世界大战以后三十多年来，由于外国人涌入荷兰，鹿特丹市就有17种外国裔的少数民族。不少外国移民和他们的孩子也参加了公园的这一集会，给诗歌节增添了更多的国际气氛。

13—18日为各国诗人们之间正式会议活动。近年来，我曾参加过几次国际文学会议，当然是各有特点。但如从对工作的严肃认真角度来说，则以此次为最。每天上午，大会或小会讨论荷兰当代著名诗人莱姆可·坎佩特的诗，逐首逐行甚至逐字进行研究探讨,然后,各人把坎佩特的诗译为本国文字。紧张的工作,既严肃又生动活泼的讨论。通过这几次讨论,我愈加认识到译诗之难:很多地方,大家对原文理解甚为不同,同一首诗经过不同人的翻译,虽不是互相间“面目全非”,至少也是相差很远的。例如,坎佩特《诗是一种行动》的第二节,原诗佛来米文只有三行,我的翻译是:

诗是未来,它想到
下星期,想到远方的国度
想到你,当你老了时

同是这节诗,英国诗人克莱格·莱茵则把三行改译为四行。直译为中文是:

诗是下星期
以及再下一星期
诗是即将发生的事情
是你,当你老了时

另一位英国诗人阿德里安·密彻尔的译文更富于创造性,其汉译是:

诗是后天,它梦想着
下星期三,在一个遥远的国家
和你在一起,而你是八十九岁半

如果不这样对比,你怎么知道这短短一节诗,人们会如此不同的理解呢?大家讨论了又讨论,互相纠正,互相补充,人人心平气和,没有顶牛,自然更不会有面红耳赤的气氛。诗人们一面喝咖啡,一面侃侃而谈。碰到了谁说了一两句清新隽永的幽默言谈,顷刻间四座粲然,满室生辉。我想,要是某些国际会议能像这样召开,既严肃讨论又友好相处,岂不很好么?

坎佩特又一首题为《一九四三年一月》的诗,是写纳粹占领时期荷兰人民的灾难及斗争的,诗从一个孩子的角度描述了主人公“我”的父亲在集中营被杀害。这个孩子怀着对德国法西斯之深仇大恨,在森林里的兔子洞前布下陷阱,等待侵略者失足。还有一首诗,叫作《永恒的斯大林格勒》,讨论到这首诗时,有人感慨系之地说:“现在,斯大林格勒这一名城也给改了名字,成为伏尔加格勒。”另一位外国诗人提出:“今天青年连斯大林格勒这一地方名都不知道了,我们要不要为它加一个注解呢?”

每天下午是有关诗歌的学术讨论会,总题目是“诗与历史”。每天指定三个人先作大会发言,然后全体与会者一同讨论。我排在第一天下午发言。我发言的大意是:诗是文学,历史是科学,二者不同。诗可以写历史,但其表现方法和形式与历史著作不同,它常用“以小见大”的办法,从它所描绘的某些小事反映出时代。一首出类拔萃的名诗,除了可以反映时代和历史外,若干年后,它本身也成为历史或至少是文学史的一部分。我还说,历史著作根据的是“冰凉的事实”,而诗则特别强调火热的激情和丰富的想象。一位外国诗人对此提出疑问,说写历史著作也要热情。我一方面同意他的意见,另一方面也指出,写历史和写诗毕竟不同,历史家的热情仍应严格从事实出发,对人物、事件进行讴歌或谴责。

会议上,有不少精彩的发言,被南非反对当局迫害流亡在国外的南非进步诗人科斯莫科·皮尔特尔斯,用诗的语言、火热的感情愤怒地控诉了南非种族主义者。他认为诗是战斗者的武器:“诗应该帮助把今天已成为地狱的南非,变成一个将来有可能成为的人间天堂。”美国一位印第安族诗人说:“我们是诗人,诗人不能生活在象牙之塔里。”

每天晚上是诗歌朗诵会,从晚上8时起一直开到午夜。参加者除各国诗人外,还有来自鹿特丹以及荷兰其他地方的群众数百人。诗人用本国语言朗诵,同时由荷兰朋友们朗诵该诗的佛来米语译文。所有原诗及译文皆事先精印成册,在会场外面出售。给我印象最深刻的是,非洲当代著名进步诗人布赖顿·布赖顿巴哈的朗诵。他自己是白种人,因为反对种族歧视,被南非反动当局投入监狱,关了七年,至今在巴黎流亡,有家难归。他和其他几位非洲诗人合作,由他朗诵,其他人配乐伴奏。他在诗里愤怒地控诉南非反动当局,歌颂欧、亚、非人民之间的友谊。全场500人倾听他的朗诵,伴奏的鼓声使人振奋,笛声如泣如诉。已至午夜,听众却无一离场。还有许多诗人朗诵得非常好,有不少诗内容深刻,意境亦高,受到听众热烈欢迎。我先后三次在会上朗诵自己的诗,听众出于对中国人民的真情挚谊,每次我朗诵完,都是“掌声如雷,经久不息”,给我很大鼓励,使我至为感动。

本届诗歌节参加者包括中国在内,共有法国、英国、比利时、西班牙、葡萄牙、意大利、土耳其、美国、日本、印尼、挪威、波兰、民主德国及荷兰等国共约四十人。诗歌节期间,鹿特丹市内到处张贴诗歌节的招贴;报纸、电台也广为宣传。晚上,当地群众蜂涌到“狄·多伦”大厦去听诗歌朗诵,一连一星期,群众的热情和参加人数都未减少,这在今天某些国家文学艺术日益商业化、诗歌甚不吃香的情况下,是难能可贵的。

二、风光绮丽友情醇

鹿特丹风光绮丽,市容明净。除了繁华闹市外,还有许多宽敞、幽静、优雅的街道,像公园那样美丽。荷兰人好像不喜欢摩天大厦,鹿特丹全城高层建筑不多,大多是六七层以下甚至只有二三层的建筑。1940 年 5 月,德国法西斯飞机差不多把鹿特丹夷为平地,全城变为一片废墟。在此以前,希特勒先派军队入侵荷兰,英雄的尼德兰人民奋起抵抗。纳粹派伞兵从天而降,结果是全被歼灭。侵略者恼羞成怒,悍然出动大批轰炸机,把鹿特丹中心全部炸毁,接着,又送来“哀的美顿书”,妄图逼迫荷兰人民不战而降。荷兰人民宁死不屈,在鹿特丹市里和侵略者短兵相接,进行殊死战斗。就这样,荷兰一个英雄小国英勇抗击了德国法西斯侵略军这一庞然大物,写下了第二次世界大战史上极其悲壮、光辉的一页。43 年后的今天,我漫步在新的鹿特丹街头,当年战争的惨重创伤,已一点也找不到了。相反地,到处是各式各样漂亮的建筑,芳草绿苗,鸟语花香,正如我的一首诗里所写的;

尼德兰人有一盏
亚拉丁的魔灯,
它能使钢铁发芽
水泥长成绿树。
一下子当年的废墟
变成千万座
马丁·慕易们的新居。

使我印象特别深刻的,还不仅是鹿特丹奇迹般地医治了战争的创伤,而是它像是传说中在火里诞生的凤凰,变得愈益美丽。在鹿特丹,许多房子除了建筑材料讲究外,更重要的是在形式上都独具匠心,可以说是一件件艺术品。我住的“中央旅馆”在市中心,按理说应是车水马龙、喧嚣不堪了,实则不然。街上行人不多,汽车轻轻驶过,很少鸣喇叭。附近还有个商场,漫步其间,给人以悠闲舒坦之感。荷兰全国人口为 1400 万,总面积为 37300 平方公里,每平方公里平均为 375 人(如把江河湖泊等不能住人的 3300 多平方公里的水域不计,则每平方公里为 421 人),是世界上人口密度最大的国家之一。但奇怪的是,我在鹿特丹、海牙、阿姆斯特丹等大小城市街上多次巡礼,总感到街道宽敞,行人较少。

在鹿特丹,我乘游艇参观了世界上最大的港口鹿特丹港,令人难忘;也去看了市内美术博物馆,在许多古典艺术大师的名画前流连忘返;我也和各国诗人一同乘汽车奔驰在田野;古色古香极富民族特色的风车,千百年来荷兰人民勤劳勇敢智慧的结晶及见证者海堤,在大片牧场上悠游岁月的成群的奶牛和绵羊,以及充满诗情画意的田园风光,这一切都给我以深刻印象。但印象最深的,还是荷兰人民一代又一代向海洋开战,前仆后继、艰苦卓绝的战斗精神。荷兰有一半的国土比海面要低得多,自古以来,海水成了低地国家人民的最大“敌人”。海神波赛顿喜怒无常，发起怒来，尼德兰的大片沃土被淹，人畜死亡，庐舍尽荡。然而荷兰人民并未被吓倒，他们干脆向波赛顿发出战书，多少世纪以来，他们筑堤、填海，逼得大海步步退让，开拓出新的国土来。今天，尼德兰人不用再怕大海的狂怒与咆哮了，相反地，他们却驯服了它，让海洋为自己服务，把鹿特丹建成每年吞吐量近 3 亿吨的世界第一大港，荷兰的商船跑遍了世界各大洋。

风光绮丽友情醇，不能不谈我在鹿特丹和各国诗人以及荷兰朋友们间的醇厚情谊，可能因为我是“国际诗歌节”举办以来第一个来自中国的参加者，所以受到了大会和全体与会者特别热情的欢迎。我不会游泳，但却在这一片友情的海洋里上下漂浮，自由自在地游弋着。我和各国诗人以及会议工作人员促膝谈心，共话友情。有次吃饭时，一位诗人郑重地走到我跟前说：“要分别了，我们送给你一本书。”我一看，是剑桥版的《爱情诗选》，翻开封面，我完全没想到，扉页上竟是各国诗人密密麻麻的签名及祝词：“赠给我们的中国朋友，作为他来鹿特丹的纪念”，“遇见了您真好，给您的祖国和人民以真正的和平”，“给您，也给您的伟大人民以友谊和和平”（这是那位坐过七年牢的南非进步诗人布赖顿巴哈写的），“善良的祝愿”，“来自巴黎的爱”，“而且还有来自挪威的爱”等。一位荷兰著名诗人用佛来米文和英文写下了他的心声：“感谢您和我们在一起，希望能再见到您。”

会后，慕易夫妇特地把我从旅馆接到他们在郊区的家里住，并要他们的儿子陪我到阿姆斯特丹参观访问。一位意大利女诗人薇薇安·拉马克赠诗给我，临别时还把她在博物馆买的伦勃朗名画画片赠给我。

还有荷兰普通人民的友情。我曾到鹿特丹郊区“绿村”小镇一个普通居民的家里做客。女主人玛丽用她自己和她儿子阿里安的名义当场写了一首诗赠我，其中有：

北方、南方、东方、西方，
我和我的儿子阿里安一同
给您和全中国人民
以良好的祝愿。
我们（阿里安和我）希望，
当您再来荷兰时
在我们的“绿村”里，
再次和您见面。……

这位荷兰普通妇女不是诗人，不一定精于诗艺，但在这首质朴无华的小诗里，她表现的情感却是异常真诚的。有一次,我在街上露天餐馆吃饭,一位荷兰诗人和他的朋友父女也在吃饭。那个年方12岁的女孩子羞涩地用英语和我谈着。临别时,她把自己的一幅蜡笔画赠给我,上面竟是一匹扬蹄疾驰的骏马!

一个多月后,我回到山青水秀的祖国南方城市桂林,仰视窗外苍郁挺拔的独秀峰,我依然不能忘记那风光明丽的像梦幻一样美的鹿特丹以及那里的新老朋友们。

祝尼德兰低地平原上的风车运转不息!

祝中荷人民的友谊之花开得越发美丽!

1983年8月7日于独秀峰下

(本文刊于《报告文学》1984年第1期)

4. 交流

国香兄、李岗:

二位8月上旬的信早已收到,只因我工作太忙,积欠友人之信多得不可胜数,回信便耽搁了,务请原谅,务请原谅!方才又收到李岗8月30日信,我感到再不回信便是罪过,乃决心摒弃其他各项工作,先回此信。

国香兄有关莎翁的那一译文,不知我以前说过没有,我早就交给林焕平教授(老左联会员、现任我校中文系系主任),由他写一恳切之信,另外由我写一介绍,请现任上海宣传部长、林焕平同志之好友设法在上海译文出版社试试,看能否在上海出版。迄今仍未收到上海方面回信,估计他们研究此事要一段时间。根据我看国香兄译稿的内容,我有一点感受,即内容太专、太深,读者面太窄,不敢肯定有无把握被采用。总之我当尽自己最大努力,如果此书稿万一不行,我也动员广西友人无论如何也把国香兄其他译稿在《漓江译丛》发表。请"耐心等待",如有佳音,当随时奉告。

寄来的照片收到了,照得不错。不但人像照得好,背景两棵大树,郁郁苍苍,衬托得也很好。

我工作之忙,一如既往。单是荷兰之行,我就写了36000字(书面向组织汇报20000字,另外,两篇文章16000字。当然书面汇报材料是"内部发行",不能刊登在刊物上的)。两篇文章如发表,当寄赠你们。

李岗本学期教精读课,这是一个极好的锻炼提高机会,"教学相长",我相信你一定能在工作中不断提高,取得更大进步的。

国香兄近来如何? 翻译方面,我建议今后多译长篇小说。只要选了好作品,译出来就比论文容易发表得多,未知以为然否?

我本学期教两门课,其中一门是新课,分量不轻。行政工作极琐屑,忙不完的事,外事活动亦多,再加上市内、校内会议,就忙得不可开交。各地友人来信极多,包括美、南、日、荷等外国的信,简直穷于应付,力不从心。10 月下旬我还要赴京开会,10 月上、中旬,我胞弟由智利回来探亲(近 40 年未见过面),11 月北京另有一会,此外,这半年还要评职称,由系到校、到自治区,逐层我都要参加。由此可见,我确实忙得晕头转向,不知该如何是好。此外(又是"此外")出版社规定 11 月份以前必须完成一部小书的书稿,这么多的工作,非"三头六臂",是不易完成的。

我们一家都好。兰州是个宝地,更何况有你们一家在,我只要有机会,一定努力争取前往。

余再谈。祝

好!

祥麟

1983 年 9 月 3 日

又:李汀同志还有国香兄的另一位公子(我不知道名字)均请问候。

5. 繁重的行政工作

国香兄：

来信已收到多日，最初是想等贵州人民出版社一位编辑同志来桂后，与他谈了兄的稿子有个结果之后再回信的，后来该编辑因事未来，我又有一大堆杂务不停地冲击着，耽误下来，直至今日，致歉，致歉，请兄原谅。

从来信中，得知老兄近来做学问及著作翻译硕果丰盛，令我由衷地欢欣钦敬；反观我自己，终日碌碌，一无所成，十分惭愧。担任系行政工作时，单是一位老师来找我谈他的住房问题，前后就多达40余次，其他找我调工作的（有的调进，有的调出），要求进修、旁听、参加自学考试的，托买书的，嘱代看稿子的，请求加工资的，落实政策的，希望我介绍稿子发表的，要求介绍参加学术团体的，夫妻吵架要离婚的，要我在某短训班、进修班开学典礼讲话的，约写各种场合应景文章的，请代译说明书的，托我打封英文信回国外来信的，以及我得参加各项会议，迎来送往，请吃便饭，被人请吃饭，评选文章，回复各种来信……说不完的杂务。在此情况下，还谈什么学术研究？最近刚把系行政辞了职，好了一些（只是“一些”），来找的人比以前少了些，但仍然极忙。在此情况下，长时间未给老兄回信，我想兄会原谅我的。

老兄稿子，我虽做了努力，只是现在出版社利润观念较重。翻译作品，不是著名的外国小说，就较困难。下月我将赴烟台参加全国外国文学学会年会，届时拟将老兄译稿带去，遇到出版社的人，就向他们推荐。但不敢说有一定把握。

老兄近来一切均好？汀、岗二位均好？暇时来信。祝

健康！

弟祥麟

1983年9月8日

1984年

1. 烟台会议

国香兄如晤：

我已经结束了几千里的长途旅行，于10月29日回到桂林。此次赴烟台开会往返途中见到许多亲友，承诸亲友热情款待，使我终生感铭，莫可名状。本应一一专函致谢，只因工作堆积如山，力不从心，乃决定用打印函形式，给您此信，不周之处，尚请鉴谅。但打印函也有一好处，即我可以写得稍长一些，较详细地谈点自己之旅行经历，和亲友倾诉胸怀，共同分享我这二十余日旅行及开会之心得体会和感受。

我于10月7日乘火车离桂赴沪，抵沪后即赴苏州，在姑苏逗留二日，又回到上海，然后搭“长力”轮驶青岛，在青岛只留一夜，便乘长途汽车去烟台。14日中午抵烟，次日即参加中国外国文学学会第二届年预备会议。15日正式开会，21日大会闭幕。23日乘火车离烟台，次日上午抵济南。25日离济，26日到达郑州，29日一早回到桂林。

一

这次外国文学学会年会主要任务有二：一是如何用马列主义评价外国文学，特别是当代外国文学问题；二是交流工作经验，介绍各国文学现状。

会议参加者共170人。其中有不少是我国外国文学界老一辈著名专家，也有来自各地的外国文学学会负责人及外国文学教师。

会议开得十分成功，真正贯彻了“双百”方针，进行了深入的学术讨论，符合中央领导同志提出的“大鼓劲、大团结、大繁荣”的精神。我做外国文学教学研究工作30余年（不包括新中国成立前的学生时代），“文革”以前直至“四人帮”被粉碎时，从未参加过外国文学学术会议,事实上也没有这样的集会。1978年以来,单是全国性的中国外国文学学会会议,我就在广州、成都、西安、烟台参加过四次。可以说,外国文学工作者队伍一年比一年壮大,会议一次比一次开得好。一滴水可以反映太阳的光辉,几次外国文学学会也同样反映了在党的十一届三中全会以来祖国文学艺术和文化事业之欣欣向荣,新的一代蓬勃成长;中年外国文学工作者愈益成熟,成为我们工作的中流砥柱;老一代专家学者“老骥伏枥,志在千里,烈士暮年,壮心未已”,为祖国学术和教育事业做出了杰出的贡献。

我想特别提及我们的老师陈嘉先生。陈先生现已76岁高龄,几年来主持南大外国文学研究所工作成绩卓著,还给研究生上课,课余时间争分夺秒,编写了四卷英文版的《英国文学史》,已由商务印书馆出了两卷,另两卷也将很快出版。这一部巨著影响很大,反映很好,现在陈先生正在美国访问及教学,为中美学术交流,做了新的贡献。像陈先生这样的外国文学教学和研究工作的老前辈,为党的事业鞠躬尽瘁,使我们受到极大的教育和鼓舞。

另一方面,由于自然规律的不可抗拒,此次会议也有一件事令我不无震动,即:前几次会议中,有几位老前辈每次在会上和我们一同亲切交谈讨论,给我们谆谆教诲,会外与我们一起促膝谈心,这次会议再也见不到他们了。著名诗人和翻译家梁宗岱先生,我在川大读书时的老师、我国著名学者周煦良先生,以及翻译家、学者李健吾先生均已不幸逝世,与我们永远别离。还有几位老前辈身体虚弱、行动不便,也未能参加这次年会。逝者虽已离去,但他们的光辉业绩却是长存的,他们的音容笑貌和亲切言谈,一直在我的心里。对于因年老体弱未能参加此次会议的前辈和长者,我衷心祝愿他们健康长寿。

我还想提及一位使我十分感动和尊敬的绿原同志,他是我国的著名诗人、学者,抗日战争时便活跃在我国文坛,写了不少好诗,50年代初期,被冤案牵连,多年来蒙受不白之冤。我和他并不认识,但互相知道。此次会上见到了他,才知道他不但早已平了反,而且现任人民文学出版社副总编辑。他是复旦大学外文系毕业生,英文、德文造诣均深。这次会上,我和他多次恳谈,发现他不但业务上宝刀不老,专业知识愈益精进,为人热情诚挚,更难得的是他有一颗对党对人民数十年坚贞不渝的赤诚的心。他工作勤奋,认真负责,具有卓识远见,为党的出版事业勤恳工作。他与我谈工作、谈学习、谈外国文学、谈对当前祖国大好形势的认识,却唯独不提他自己当年的冤案。这表现出多高的思想境界、多宽广的胸怀、多高的人格修养啊!从他身上,我看出在党的教育培养下,我国老一代知识分子的优秀思想和优秀的道德品质。

兴之所至，欲罢不能，我想再提及另一位老先生，中山大学外文系教授兼主任戴镏龄同志。戴先生早年留学英国，30年代已在武汉教书，1956年入党。我是这几年才与他认识的。几次外国文学学会一同开会，加上几年来的通信和工作联系，我们比较熟。这次烟台会议，我和他同住一房，有机会对他进一步认识和了解。从戴先生来说，可能把我作为他一位平辈朋友。但从我来说，我因自己上大学时，戴先生已是武汉大学著名教授，而且当时（抗日战争中），他所在的武大与我所在的四川大，一个在乐山、一个在峨嵋，二地相距仅一百里，我在武大的同学是他的学生，因此，我心里是把戴先生当成自己的老师和前辈的。过去，我只知道他在英国文学研究上功夫很深，英文水平很高，却根本不知道他在中国古典文学方面同样精通。这次开会和戴先生同房，每天与他谈天说地，上下古今，无所不谈。我才发现戴先生在我国古典文学和历史方面均有很深造诣，博闻强记，学识渊博。他对古诗古词，甚至一些偏僻的作品，都是倒背如流，极为谙熟的。戴先生对历史掌故、名人轶事等均极熟识，出口成章，语多诙谐，一语甫出，四座粲然。但在做人和治学态度上，又十分严肃认真，原则性强。总之，我认为他是一位难得的良师益友，值得我好好学习。

二

感谢会议的组织者，为我们在会议之外还安排了一些参观访问活动。其中最难忘的，是去附近牟平县（属烟台市辖）参观西关大队。这个队共350户，1100人，有良田450亩，还有200亩菜园。新中国成立前由于受官僚地主剥削压迫，群众生活困苦不堪，群众中讨饭的占一半人口。新中国成立后农民翻身了，但由于人多地少，加上极“左”思潮不断干扰，1960年集体财产还一点没有，到1971年每人每年平均收入仍不足百元。

十一届三中全会后，情况大不相同，政府政策对头，把经济搞活了。这个队在搞好农业的同时，还大抓副业生产（特别是工业），陆续办了农机配件厂、木材加工厂、面粉加工厂、玩具厂、电子仪器厂、服装厂、商场、石油机械配件厂、建筑公司、饭店、农场、园艺场等各种企业，生产上去了，群众生活也大大提高。1979年纯收入63万元，人均300余元；1980年纯收入102万元，人均500元；1981年纯收入202万元，人均1000元；1982年纯收入250万元；1983年以后收入更多。但为了扩大公共积累，社员每人收入仍固定1000元。今年全队纯收入估计可达700万元。

我们看了社里给社员新盖的房子，每家一楼一底两层“小洋房”，建筑质量极高，外面是彩色花瓷砖镶嵌，每家颜色不同。每座房子建筑面积为200平方米，除卫生间及厨房,每家有七间房子,室内一律装了暖气。每座房子收费2.5万至3万元,分期付款,三至五年还清。全队群众14吋彩电已全部普及,家里装有私人电话的有200户,有电冰箱的90户。

大队所有企业工作人员均强调工作态度,服务行业要求所有营业员、服务员见到顾客必须面带笑容,个别人说我天生就不会笑,领导说:“不会笑你就去喂猪吧。”大队办了中等专业学校,毕业后国家承认学历,但不包分配。学员如果为本大队子弟,不交学费;如非大队子弟,则每人每年交学费500元,毕业后凡自愿在西关大队工作者,已收之学杂各费全部退回。最近这个大队又拨了50万元,买了两只大轮船,进行渔业生产。全大队所有工作人员,上至党总支书,下至服务员、营业员和幼儿园保育员,每人都有笔挺的呢西绒工作服,和城市高级宾馆的服务员穿着一样好。

这个大队还建了一个公园,叫“西关公园”。里面鲜花盛开,万紫千红,还有珍禽异兽多种,以及游泳池、旋转木马等,供社员和孩子们玩赏。

我们参观了不少地方,参观幼儿园时,我们走进每个教室,孩子们都齐声欢呼:“爷爷好!奶奶好!”老师拉手风琴,幼儿载歌载舞,十分可爱。离去时,连小班的幼童都向我们不停招手,喊着:“爷爷再见!奶奶再见!”出来,我对和我一同参观的女青年说:“孩子们喊‘奶奶好’、‘奶奶再见’时,你答应了么?”她笑了起来。

会议期间,我们还去蓬莱县参观了名胜蓬莱阁,在那里正碰上电影《戚继光》在拍摄。看到穿了古代服装的“明朝”兵勇,我感到很高兴。甲午海战,清廷腐朽已极,清朝海军就在烟台附近的刘公岛海上一败涂地,全军覆没。今天祖国早已把过去的耻辱洗刷净尽,以巨人姿态,屹立在东方。抚今思昔,对我们这个时代、对我们伟大祖国的自豪感油然而生。

这次烟台会议,我们住在华侨宾馆。过去曾读过一文,赞扬在烟台这一宾馆观赏风景之妙,因自己未亲历其境,不解其故。这次去了才知果然如此,名不虚传。宾馆就在海边,傍高坡而筑,居高临下,俯视大海,景色之佳,从未曾有。我这多年以来,屡次看过大海,太平洋、大西洋两大洋东西两岸海滨,我都去过。海上风光,领略了不少,唯独此次最佳。极目远望,万顷碧波,其间点缀以十几艘轮船和一些礁石,益增大海之魅力。

古今中外,多少作家诗人写过海洋,例如希腊之荷马,古罗马之维吉尔,英国之莎士比亚、毛姆、康拉德等人,又如我国之冰心、徐志摩都写过它。英国19世纪大画家特尔纳以画海洋而著名。大海百看不厌,它给诗人艺术家以灵感,也给我以美的享受。还不止于此,它使人心胸开阔,意气风发,可以驱除烦恼,净化人的感情。大海给人以伟大感、神迷感、美感，给人以冥思幻想。在烟台期间，我好几天一大早爬上宾馆六楼之巅，在大厦顶上的平台观看日出——世界上最壮丽的自然景色。1954年我曾登衡山，在山顶一片寒风中，披了大棉衣，兴致勃勃地观看日出。这次又一连几天在黄海之滨观看日出。地平线上先是一片红色微晕出现在天边，然后便看见一个红色火球逐渐升起，最初是一点点，突然，它一跃而起，烧红了一片朝暾，五彩缤纷，极为壮美。人们一起欢呼："太阳出来了！"太阳出来了，黑暗留在后面。这时，我便开始在楼顶跑步，进行身体锻炼。回忆烟台这几天生活，确实充满诗情画意，令人眷恋。

三

此刻，我坐在自己的斗室之内，窗外是桂林著名文物王城之城墙，独秀峰雄峙其内。二十余日的旅行虽已结束，但旅途生活仍像电影画面那样历历如绘，亲戚朋友之深情挚谊，更浓若醇酒，芳香馥郁，萦绕心中。

我不能忘记在苏州驾军夫妇家里与树生、渊兄，一同重温旧谊，受到驾军、金风那样赤诚的款待以及在苏州的一切一切；不能忘记在上海和元弼老兄一家的欢聚，在渊兄家里受到渊兄夫妇的盛情接待，还有和渊兄一同漫步在淮海路和公园的亲切情景；不能忘记在济南小滕家里，和小滕共叙别情、和小滕夫人一见如故的美好回忆，小滕风采不减当年，妙语惊人，趵达泉泉清水冽，景色极佳；不能忘记在郑州，海长舅和全家对我的殷切关怀和照顾，黑妞、正晶对我的一片真情，像我们这样的表兄妹，互相间如此情同手足，是十分难得、弥足珍贵的，还有小文和我的忘年之交予庆对我的大力相助，以及亮亮的敦厚真诚，所有这一切，都使我终生难忘。

我从内心深处感谢这一路上我匆匆访问过的每一位亲友，我将永远把大家对我的真情挚谊铭记于心。亲友们为我不辞辛劳，花了极大的努力购买车票、船票，迎来送往，并赐以佳肴美酒，以及对我无微不至的关怀，这里面倾注了多少心血和劳动，体现了多么深厚的情意，使我感动至极，非语言所能形容。另外，鲍融陪渊兄送我赴青岛，且把我一直送到轮船舷梯，同样使我万分感动。对上述所有亲友，我再一次表示由衷的感谢。

这次旅程，唯一憾事为在郑州未见到九姨和二哥、二嫂。我全未想到事情会如此不巧。我到郑州时，适遇九姨赴沪，二哥二嫂前往杭州，我未能与三位欢聚，至以为憾。所幸我见了九姨全家其他所有亲戚，也见到小万和小乐。安庆、肇庆、予庆和景菊四对夫妇和孩子们都很好，使我异常高兴。张锋同志"新官上任"三把火（其实何止三把！）烧得旺旺的，朝气蓬勃，意气风发，体现了锐不可当的改革之风。小万学有专长，小乐天真烂漫,一代青年,茁壮成长,前途正未可限量。就连莎莎,这次也大有进步。以前我每次到郑州,她都因为年龄太小,过于羞怯,不敢和我接近。此次大不相同,她能遵照景菊的意思,招呼我,接近我,事情虽小,却使我引以为快。

有感于诸亲好友对我的一片挚谊,无以为报,乃于百忙之中,写此长信,记述开会及旅途经历,抒发感怀,披沥心声,把它献给亲友,聊表寸心,谨以至诚。敬祝
安好!

弟祥麟上

1984年11月11日

又:上面的打印信,本来是专写给我此次赴烟台开会一路所遇的亲友的,为了使老兄了解我的近况,故给吾兄寄上一份。此次赴烟,对介绍老兄之大作,也颇有收获。一位编辑同志已经把老兄翻译之莎评及《非洲黑人诗选》拿去,经过我与他恳谈,他似表示可以出《非洲黑人诗选》。但书中选了些牙买加以及其他并非非洲国家黑人的诗,他拟删去,书名仍用《非洲黑人诗选》,此事尚未最后确定,要等他来信后才算正式确定,但好像兴趣不大,但同意拿回去看看,研究研究。另一更大出版社的负责同志,则表示要考虑莎评一书(他只听我口头介绍,尚未看到稿子),我说等前面那位编辑看完而决定不用时,当即寄给他,老兄所托之事,我已耽误两年,迄未交涉成功,现总算有了希望。如有佳音,当随时奉告。几位令郎请代问候。

弟祥又及

11日晚

*2. 莱姆可·坎佩特诗二首

（荷）莱姆可·坎佩特　贺祥麟译

译者前言：当代著名荷兰诗人莱姆可·坎佩特（Remco campert）是今天荷兰最有影响的诗人之一。他属于20世纪50年代崛起的实验派诗人，又称“五十年代派”。这一派诗人提倡在诗歌上创新，对青年一代影响甚大，而坎佩特又是其中之最突出者。他现任荷兰《诗季刊》主编。笔者去年（1983年）6月在荷兰参加鹿特丹市“国际诗歌节”，会上曾多次讨论他的诗歌。下面所译他的二首诗，都是在“诗歌节”会上推荐并经译者于译毕后逐句与诗人核对定稿的。

（一）诗是一种行为

诗是一种
确认之行为。我确认
我活着，而且决不孤零

诗是未来，它想到
下星期，想到远方的国度
想到你，当你老了时

诗是呼吸，它推动
我的脚，有时迟疑地推着我走
在那催我行动之大地上

伏尔泰生过天花，但他用大量饮料
治好了自己（包括二百品脱的柠檬汁）：
这就是诗

再比如那波浪，它在岩石上
破碎，却不是老被打碎，
它破了，又升起，就在那儿形成了
　　诗

写下的每个字,都是
青春常在,都是
对衰老死亡之否定

即使死胜利了,死也只是
一次诗朗诵后大厅里的寂静
死推我们经过太平门走向那美丽之夜

(二)永恒的斯大林格勒

我在森林里行走
灰色的天空,日子寂然无声
雪落下来却又没有落
鸟扑打双翅却又没双翅
斧头砍下去却无树可砍
一切一切都无半丝痕迹
只有从哪里燃烧的火里
传来一点微微烟味

树林里黄昏降临
雪花的盏盏小灯给点着了
是回家时候
但我却在一团冷漠的茫然中
继续前行
我走向冰封之溪流
跨过了它
我爬过带刺的铁丝网
站在无人地带
就在那里,在枯死的灌木丛中
我成了自己的目标。

*3. 忏悔词无处可送

我有两位同学，一男一女，在大学时互相热恋，终成眷属，可惜好景不长。随着年事增长，妻子生儿育女，失去昔日的风采；丈夫见异思迁，另有新欢，爱上一位年轻貌美的女大学生。

长话短说，男的和妻子离了婚，远走高飞，到几千里外一个单位工作，并和女学生结了婚，已是30年前的事了。人事沧桑，我与这位男同学相隔千里，各人忙着自己的事，连信也没通过，这位朋友际遇如何？家庭幸福吗？他的工作顺利吗？"文革"中受到冲击没有？对这些我都一无所知。但对他前妻的悲惨遭遇，由于我们同在一单位工作，我却是了如指掌。离婚对她打击沉重，她想不开，加上自尊心很强，她强颜欢笑地对孩子们说："你们的爸爸因工作需要，调到某地去了。爸爸对我，对你们都很好，常有信来，还寄钱来。"寄钱来确是事实，因根据离婚协议及法院判决，男方应负责孩子部分的生活费。她甚至不怕麻烦，一家家去走访亲友、熟人，祈求他们代为保密，千万不要泄露已经离婚的"秘密"。

这位女同志性格内向，眼泪往肚里吞，表面上一切照旧，但内心创痛难以言表。这样长期压抑自己的辛酸苦楚，日积月累，她的神经有多强，能支持多久呢？"史无前例"的日子，她被学生剃了"阴阳头"，游校示众，于是，她那已经脆弱不堪的神经再经受不住打击，患了严重的精神分裂症。当时，我在"牛棚"，没机会见到她，只知道她得了"神经病"。后来见到她时，她已是"面目全非"，成了"另一个人"。她身体瘦弱、目光钝滞，口里念念有词，不停地一个人自言自语，完全是活生生的一个"祥林嫂"。前几年，我搬了家，和她离得远了，便很少再见到她。一个月前，听说她突然患脑出血，病重在医院。我因要赶往外地开会，没有去看她。

我到了几千里外一个城市，去参加一个学术会议。有一次在电梯上见到一位老者，面目安详，动作缓慢，似曾相识，为什么此人如此面熟？我思想像闪电般活跃着，再仔细一看，啊，是他，三十年前的老同学。三十年的风霜，无法改变他年轻时的脸型，我叫了起来，"你不是某某吗？"他先是一惊，紧接着马上认出了我，"你就是某某，对不对？"我们热烈地握手，畅谈别绪，他要我到他房里谈心，我如实地把他的前妻这些年来坎坷的经历、悲惨遭遇一一告诉他，他面带愧容，他那表面安详的面孔，掩盖不了内心的痛苦,对我说这些年来,一想到此事,就万分难过,对不起当年的妻子,虽然大错已铸,无法改正,他仍然努力在可能范围内对她加以照顾。“老兄,我远隔千里给我们的小儿子介绍一位女朋友,就是希望她能嫁到广西以后,能照顾一下婆婆,代我赎点罪过。”他说,这女子是他教的研究生,思想业务均好,可是,由于某种原因,事与愿违。

听了这些,我默然。我想起了一句古语:“往者已矣,来者可追。”然而,在这个问题上,又有什么“来者可追”呢?

“老兄,我郑重求你帮我做一件事,回去以后,请代我向她忏悔。对她说,我一辈子犯了这一大错误,实在对不起她,请代我向她诚恳认错,把我的原话逐字逐句传达给她。”

“可是,她现在病重住院,神志不清,我又怎样完成这一任务呢?”

“要是她仍然在昏迷中,不省人事,也请你在床前一句句说出我的话。”

“好。不折不扣地完全照你的吩咐去办。”

会议完后,我们分了手,即使是几千里的旅程,几次中途转车,我也一直把老同学的嘱托牢记在心,怀着虔诚的心情,准备到家以后,立刻赶往医院探望病人,履行我在老同学面前承诺的重大使命。然而,我万万没想到,一回到自己的单位,便听到一个令人震惊的消息:她死了!

我收下了他内心的沉痛和情意真诚的忏悔词,带了几千里路,准备郑重地把它转交给她,但这忏悔词无处可送,无人可收,我该怎办?我不想责备当年的负心者,说实话,他的真诚忏悔感动了我,使我看到只要一个人能认识错误,是值得同情的。

一般人只看到作为国家专政工具的法庭,知道它能对犯罪者进行惩罚,维持法律尊严,维护社会秩序,却不一定能看到除此之外,还有一个道德法庭,良心法庭,它对罪行、过失审判,是同样严厉的。

往者已矣,来者可追;逝者已矣,生者可追。愿读者能从此文得到启示,吸取经验教训。把自己的爱情与家庭生活处理得更好些。

1985年

*1. 日记三则[①]

(一)

1985年3月26日　星期二

下午3时,全国人大六届三次会议预备会在人民大会堂召开。会前,在大厅里遇见徐迟同志,我们阔别一载,这次又在京见面,都很高兴。徐老说他这次会议之后,拟留京一段时间,搜集材料,写一位已故著名科学家传记。徐老已届70高龄,不但宝刀不老,而且壮心未已,值得我认真学习。

(二)

1985年3月29日　星期五

今天小组讨论,中心内容可以用两个字概括:"改革"。大家对一年来改革的巨大成绩作了正确的估价,又对存在问题进行了认真分析。我是个乐观主义者,对"广西先翻身"这一目标的实现有充分的信心。赵明坚代表是自治区妇联主任,她说话"三句不离本行",提出在改革中必须注意保护妇女、儿童的合法权益,有的企业搞了承包制,便取消了妇女的喂奶时间。她的发言很值得我们注意,任何工作,都必须全面考虑。

① 编者按:人大会议期间,许多代表用日记记下了与会期间的感受和所见所闻。征得贺祥麟代表同意,现在此摘登他的三则日记。

（三）

1985 年 4 月 5 日　星期五

今天我去西单商场购物，商场里顾客如潮，货架上琳琅满目。我想买件的卡上衣，却没有适合我的身材的。我问有没有里面带毛或带绒的皮鞋，答曰没有；我去文具部买好的成叠的白色书写纸，售货员问我要多少张，我说“五百张”。她说没有这么多，再仔细一看，柜台里仅有的一点存货，也是水渍了的次品，张张都有黄色斑痕。想买贺年卡，一问又是“没有”，而且，所有这些售货员在答复我无货时，都只是简单的“没有”，连个“对不起”也没说，好像“没有”是天经地义的。毫不足怪，更不用说进一步解释何以“没有”，以及何时才会有。我觉得西单商场应该“六十尺竿头，更上多层”（不是“百尺竿头，更上一层”），拿出点首都商业机构应有的风格和气派，用最好的服务，献给首都和来自全国、全世界各地的顾客。

（原刊于 1985 年 4 月 9 日《工人日报》）

*2. 一个教师节的感怀

——迎第一个教师节

教育工作是崇高的职业，我还在少年儿童时期就对教师有着极大的崇敬。记得自己小时候，不论是在小学或初中，看见对面老师走来，我都恭恭敬敬站在一边，等老师来时，向老师行一个九十度鞠躬礼。当时我年幼无知，腼腆而且胆小，对老师是敬、爱、畏三种感情交织在一起的。直到大学时，虽然对老师不那么怕了，总觉得老师高不可攀，又都是全国知名学者，而我自己则是自惭知识浅薄鄙陋，因而，仍然是虽然敬爱，却不大敢接近的。只是后来到国外读研究院，由于美国教师比较随便，对我这个外国留学生又特别好，我才和老师交往亲密，更感到老师之和蔼可亲了。不管怎样，我在孩提时代养成的尊师爱师感情，则成了自己的“第二天性”。直到我成年以后，数十年来，只要老师不是道德有问题或反动，我总是深深地、深深地敬爱着他们的。我对自己的老师、毕生服膺于一个口号：“一日吾师，一世吾师”，任何时候与老师见面，我都是“执弟子礼甚恭”的。

也许正是这种感情，使我把教育工作作为自己终生的职业。至今我还清楚记得，1950 年 4 月我在原广西大学外文系第一次上课的情形。新社会教师备课比新中国成立前旧学校认真得多，旧大学上课前教师大都不认真备课，即或偶尔有人备课，讳莫如深，不敢对人说。因为当时认为备课正说明老师“业务差”，“如果老师有真才实学，要备什么课呢？”这当然会影响到教学质量，但因我读书的那所大学，在全国是第一流的，我们的老师大多数是国内外知名学者，硕学鸿儒，教学质量还是很高的。新中国成立后强调教师备课，保证了教学质量。最初，我在外文系，只备课不写讲稿；后来，转到中文系，在组织号召下，我开始写了讲稿，才像哥伦布发现新大陆那样，“发现”了讲稿写与不写，大不相同。有了仔细写成的讲稿，教学质量便能大大提高，从此，我养成坚持写讲稿的习惯。30 多年来，共写了几百万字的讲稿，使自己的教学水平不断得到提高。多年以来，自己上课没有“砸过锅”，除了其他各种原因外，与坚持写讲稿、写好给同志们提意见修改是分不开的。

35 年来从事教育工作，这在一个人的生命经历中，是段很长的时间。如果说中文里常说的“天下”，指的就是中国，那我勉强可以说是“桃李满天下”的（新中国成立初期广西大学和广西师院毕业生都是全国统一分配的，不限于广西一省）。多年以来，我深自体会到教师工作之崇高，自己作为教师责任之重大、以及教师和学生间情谊之真挚。当然，实事求是地说，我认为由于极“左”思潮长期作祟，（特别是）十年浩劫的影响，再加上每年级每班学生过多，总的来说，解放后师生关系比起旧学校来确是有所削弱的。但我仍然无数次遇到学生对老师真情挚谊，使我极为感动。即使在“文革”最混乱时，当时是1968年“八·二〇”后的一个月，我正在“牛棚”，经常参加“陪斗会”。就在那时，有位过去的学生不顾个人安危，亲自到我家拜访我。他穿了一身军服，我在慌乱中以为是“军宣队”来找我交代问题的。不料他竟称我“老师”，问寒问暖，使我受宠若惊，迷迷糊糊不知该怎么办。我只好问他：“同志，你是军宣队吗？”他笑了，说：“老师，您不认识我吗？我是×××呀！”，这才使我恍然大悟，感激涕零。另外，一年以前，还有一位学生从几百里外特地跑来看我，捧了个热水瓶来，瓶上用黄漆写着：“敬送某某老师，学生某某敬赠”，事情虽小，却是令人毕生难忘的。

我已将近64岁了，正在向古稀之年迈进。我愿毕生从事教育工作，为党的教育事业奉献终生。我的身体尚称顽健，如果工作需要而组织又同意的话，我想至少还要再在教育战线奋斗十五六年，干到80岁。我愿为广西培养更多的外国文学人才，为振兴广西作出一点贡献。

际此第一个教师节到来之时，谨书感怀如上，敬请同志们指正。

（原刊于1985年9月10日《广西师大》第六版）

*3. 发生在西单商场的风波

我常常这样想,将来,等我们商业机构“吃大锅饭”的现象消失以后,再过若干年,我们的子孙翻阅今天的报刊资料,将很奇怪,甚至不相信某些售货员会以如此傲慢、冷漠、蛮不讲理态度对待顾客。我在桂林住,凡是到商场购物,每隔几次,总会受一次气,有时气得浑身打哆嗦。这,不去说了。北京是我国首都,新中国成立初期到60年代中期,售货员对工作之负责,对顾客之热情友好,给了我深刻印象。这美好印象一直保留下来。我从未想到经过了“史无前例”的日子后,首都商业人员这一优良传统同样遭到了很大的破坏。

前不久到北京开会,经过多次亲身“体验生活”,就证实了这一点。突出一例,便是我在西单商场的遭遇。5月的一个早晨,我去这个商场买上衣。我跑到“的卡”部,请一位青年售货员拿件合我身的上衣。他把衣服给了我,我问他能试衣吗。这位青年回答声音太低,我没听清,误以为可以。刚穿上衣服才扣了第一个扣子,他看见了,立刻命令我脱下。

“您不是说可以试衣的吗?”

“谁说可以试的,脱下来!”

“对不起,我听错了。那么,这件衣服我买下来。”

“脱下! 马上给我脱下!”

我以为他不相信我真要买此衣服,便掏出20元钱递给他,以为这样便了结了。谁知他又说:“买了。也得先脱下!”

这把我气得差不多要哭了。买了衣服还不准穿,有此规矩吗? 没办法,在这位售货员的威逼下,我只有脱下这件衣服。

“我买了这件衣服,为什么还不许穿?”

“你买了,得先开了票,去付钱,然后拿票来给我才行。”

我知道在这样一位售货员面前,任何辩论都是多余的。为了表示守信,我准备不管合不合穿,我买下了。在旁的顾客说:“同志,他这样蛮横无理,您还买他的衣服吗?”另外,还有许多顾客在旁七嘴八舌,议论纷纷,一致认为这衣服我决不能买。舆论的教育与压力,使我改了主意,决定不买衣服,准备下楼,再去其他商店。不料才走了两步,又一位好心的顾客拦住了我,说:“同志,您这就走了吗? 难道不去把他号码记下,反映给他领导就算了吗?”

在群众敦促下,我便去找商场一位负责人反映了情况。

事情并没有结束,回到旅馆后,此事不知怎么传到《北京日报》记者那里。而且,这位同志也真神通广大,他竟了解到就在那两天我们广西代表团除我以外,还有两位代表购物同样也受了气。一天下午,记者专程来向我们三人采访,次日一早,消息便登在《北京日报》第一版上。“小事”一下子成了“大事”。当天上午北京市委指示第一商业局立即处理这个问题。下午,商业局长便带了西单商场经理、王府井百货大楼经理以及各有关部门负责人来向我们道歉。商业局长对我说,他们一定要从严惩处肇事的售货员。我恳请他千万不能这样。我说:“售货员固然有责任,但根源不在他,而在吃大锅饭,不能全怪他个人。如果你们体制不改革,不同时提高商业人员的思想觉悟和文明礼貌水平,惩罚一两个人是没有用的。”

事情仍没有结束。不久,《人民日报》也登了这则消息。报纸读者纷纷写了信给我们,说我们做了件好事,感谢我们。连锁反应不断发生,有些读者还在报上写文章,希望北京市商业体制改革加速进行。

某些售货员服务态度差,这不是一个孤立问题,不能“头痛医头,脚痛医脚”,必须进行综合治理。我们的一些企业,长期以来吃“大锅饭”,搞平均主义,干好干坏一个样,严重地压抑了人们的积极性,也损害了社会主义商业的声誉。人大六届二次会议的中心议题便是改革,我们的商业机构要从体制上进行改革,彻底废除吃“大锅饭”,树立崭新的社会风貌,服务态度问题,才能得到真正的解决。我相信,只要我们认真去做,坚持下去,总有一天会把像西单商场这样的购物事件永远送进历史博物馆里去。

*4. 一封友人来信

我有一位友人，年逾七旬，家住上海，在某工科大学任教。最近，他有一信给我说：

今年大暑天，弟曾去华北旅行一大圈。首先到太原，在太原住了半个多月。感到市区建设很好，大街宽阔整洁，供应也不错，气候特别凉快。三天一浴足够了，堪称避暑胜地。

第二站是北京，以游览为主，兼访极少数亲友。感到故宫、北海等老地方，不如以前清静，街上人挤，新辟游览处，景象甚好。

第三站是天津，印象极好。市容改建美观，新辟马路很多，宽敞美目。马路公园多如抗战时杭州之茶馆，洋楼格式多样，粉刷鲜艳。母校南开中学，去过二次，进大门即觉气象一新。最近三年每届毕业生，只一人没考上高校，听了很高兴。校内有微机教室，在中学尚不多见。

第四站是唐山，震后重建工作，开展很好，一大片一大片新建筑，异觉动人。

第五站是泰山，修建美观，步行上下山，欣赏山景，呼吸负离子，听瀑布和鸟语，都是乐事。

第六站是曲阜，孔府、孔林、孔庙修饰整洁，景象似乎并不十分悦目，森林也不如昔日茂盛闭天。

第七站是南京，去看望106岁的老岳父，后便抵回家中，已是九月中旬了。

这封信看来平常，实则不然。试想，一位70多岁的老人，旅程万里，驻足七处，这平常么？再看这位老教授是学工科的，但他在写信时，行文流水、潇洒自如、文笔清丽、语气亲切、思路敏捷、概括力强，这就不简单了。还有，他这短短几百字，很自然地反映了我国各地真实风貌，到处生机盎然，一派祥和兴旺之气。所以说，此信既平常又不平常。

另有件事也颇值一提，即我与他的友谊同样有很不平常之处。我与他非亲非故，只是前几年我由杭州乘火车返桂，偶然与他同一火车包厢。只此一缘，以后竟成莫逆之交。几年以来，除互通鱼雁外，他每年中秋节前，必千里迢迢寄盒上海月饼给我。我每一次赴沪出差，也都去拜访他一家。老先生为人善良，我们互相以诚相见，双方心明若镜，情深如醇酒，这样的友谊，可谓难得矣。

一滴水能映出太阳的光辉，我们这两个普通人之间的友情，恰恰反映出今天祖国社会的一片新鲜气象。旅途上二人萍水相逢，竟成良友。回忆“四人帮”肆虐之时，人们相互间守口如瓶，防意若城，一言不慎，被人打了“小报告”，便会有祸从而天降，谨小慎微尚来不及，更遑论舟车之上“乱交朋友”乎？抚今忆昔，恍若隔世。一封友人来信，引起我这么多的感想。

1986年

1. 参加人大会议及学术活动

国香兄：

首先得请老兄原谅，赐寄给我孩子的两本文学史以及老兄来信，收到久矣，只因诸事繁忙，迄未作复，真是歉疚万分，祈恕罪。老兄对小儿等关怀备至，使我极为感动。书看过后，当挂号奉还。

几个月来，我经常在各地出差，东奔西跑，席不暇暖。去岁十月底去广州转深圳，11月初在深圳开会，旋即赴沪转苏州，由苏州又直接去南宁，一个会连一个会。曾来京开民进中央全会，回桂不久，春节一过便又去昆明，去昆明滞留凡20日，为主持一部文学史的编写工作。3月4日由昆明飞桂，五日由桂林赴南宁，6日赴百色，8日赴德保，12日又回百色，13日去南宁，14日由邕乘车北上，过桂林而不下车，直奔郑州。16日凌晨一时半抵郑，连夜不停，坐河南大学之校车，直往开封。17日至19日在该校讲了三次课，21日离郑，22日一早又来到北京。就是这样旋风式的工作，虽说是“仆仆风尘”，也无劳累困顿之感，因为比起在校工作之紧张来，这样的旅行和开会，毕竟轻松多矣。

在昆时工作极忙，我是那部文学史的定稿人和主编。20天时间读了50万字稿子，且作了修改及补充，使全书基本定稿。即使那样忙，我仍利用空隙去大街小巷寻找当年自己的“影子”（抗日战争时，我在昆明五年，竟未去过石林，竟未尝过“过桥米线”），而且还有幸见到了来自西伯利亚之大批海鸥，这是昆明人民百年不遇的奇观。成百上千海鸥由西伯利亚而来，白天翱翔于翠湖、大观楼海面之上空；入夜则宿于滇池，一住几十天不走，与昆明市民互相间极为友好，可谓“有凤来仪”，诚盛事也！昆明之行，可谈者极多，只是限于时间，无法一一告老兄，歉甚！憾甚！

此次来京，是开人大会议。我们白天开会，晚上看电影及其他演出，我个人则正好利用晚上时间，清偿积欠各方友人之信债。另外，由于在桂太忙，天天突击工作，上学期学生之论文，迄今尚未改完，仍利用会议余暇，改改论文及试卷。若非开会，还不知何时能回复老兄之信。

纸短情长，余再谈。祝

好！

弟祥麟上

1986 年 3 月 25 日

又：现在之住址：北京海淀区五棵松北 8 号炮兵招待所交广西代表团。

2. 昆明、百色、开封、北京之行

国香兄如晤并转李汀世兄：

约两年前，我曾给各地师友、亲戚家人写过一封打印的长信，效果甚好。这样做有一大优点，可以在"长篇大论"中畅抒胸怀，和众多亲友同时长谈，倾吐衷肠、节约寸阴，收事半功倍之效。我欠师友亲戚家人的信至多，两个月来自己在滇、桂、豫三省和首都北京作旋风式旅行，见闻不少，却又不可能一一作书函奉告，乃再次用此形式，写成一信，打印后分寄诸位师友故旧。不只是"还债"，更重要的是借此机会向我亲爱的老师、同学、亲友、家人汇报自己近况，诉说衷情，交流心声。

一

我的"旋风式旅行"，第一站便是昆明。昆明是我年轻时的游学之地。一提及它，自己心里就温暖如春，对之一往情深。我是今年 2 月 12 日（农历正月初四）离桂西行的。火车疾驰在桂、黔、滇崇山峻岭中，横贯祖国西南腹地，给人以崇高感，感到祖国山河壮丽，钟灵毓秀。14 日清晨抵昆明，一下车便见到云大杜东枝、云南师大刘文孝二老师，不久又见到小女贺岚（她是先我三四日而来，又先我返桂的）。我们一同驱车至云大招待所，从此开始我在昆明20日的紧张繁忙、永难相忘的一段生活。

此次云南之行，是与九院校同志们一同编写《西方十九世纪现实主义文学》一书，并为此书定稿的。感谢兄弟院校的老师们，三年来大家通力协作、共同奋斗，写出了初稿、二稿，质量一次比一次高，为在昆定稿打下坚实的基础。还有出版社的老方同志，为人笃实质朴、工作认真负责，和我们在云大招待所并肩战斗，给了我们很大的帮助。这部将近50万言的文学史之所以能在较短的时间内定稿，而且在内容上有创新，学术上有突破，是与编写组以及本书稿责任编辑老方同志等所有朋友的努力分不开的。我在这里再次向大家表示由衷的感谢。并诚恳希望今后有机会与同志们继续合作，一同征服新的“高峰”。

用文学术语来说，在昆明拼命工作的日日夜夜，是扎扎实实的“现实主义”。但昆明之行，对我来说，却又是极富浪漫主义情趣的。昆明是全国闻名的“春城”，然而偏偏又在这四时如春的地方，我竟遇见了罕见的瑞雪，看片片雪花飞落在40年前自己走过、今日又故地重游的大街小巷，能不说是罗曼蒂克么？更奇的是今年春节前后，有成百上千只海鸥不远万里由西伯利亚翩然飞来，居住在滇池之畔、翠湖之滨。请想想吧，当年我们飘洋过海、航行于太平洋上，见到几只海鸥翱翔于自己所乘的轮船上空，就欢欣得手舞足蹈，兴奋莫名，如今在祖国内陆1800米的高原，却看见几百只海鸥，这百年之奇观，令我衷心振奋不已！为了欢迎这些远方来客，昆明市人民政府特别制定了保护条例，而春城市民又真正够友好，纷纷用面包等食物抛向空中，以飨“贵宾”。

我自认为是个至少在精神上永远保持着童心的“孩子”，记得三年前曾和外甥女晓文(当时她只12岁)比喝汽水，看谁一口气把一瓶汽水喝完，不料中途出了“事故”，甥舅二人都因喝得太猛，加上看到对方“艰苦奋斗”的狼狈相，一下子忍不住笑了，汽水从鼻里冒了出来，喝得难以为继。竞赛终于以双方一同败北而告终。这次在昆明仍然童心未泯，自然不能忘情于海鸥，乃偕小女与东枝、文孝、刘铮(苏州大学宜老师)三位同志专程去翠湖访问它们。我把片片面包用力向空中抛，这些“客人”却从容不迫、徐疾有致地在上面盘旋，飞到面包片面前，用嘴顺势一接，并不停息，继续盘旋飞行，真是潇洒，姿态妙曼，令人羡慕、令人神往。我想难道这就是古人所说的“羽化而登仙”么？

抗日战争时我在昆明多年，是个“老昆明”了。可是，说来惭愧，由于当年生活之艰苦和我的年幼无知，对昆明许多迷人之处，却全无所知。一不知昆明气候之好；二不知春城花木之茂；三不知“过桥米线”为何物。这次旧地重游，看到昆明春色之美，繁花似锦，大有叹为观止之慨。至于“过桥米线”，直至不久之前，我还想当然地以为就是用火锅在桌上烫米粉吃。此次一实践，方知大谬不然。这米线竟是用一大碗置于桌上的滚汤来烫的，而且，连生肉也一样，在碗里略烫即食，其味鲜美。

另有件事也值得一提，即我40年代时在昆数年，加上前几年匆匆赴昆开会一次，竟从未去过石林。2月18日，与众友人同游石林，才像哥伦布发现新大陆那样，“发现”了这个地方不仅怪石成林，尤为想不到的是，石林里面竟有如此多的曲径和小道，地方如此之大，风景如此之美，诱力如此之深。如此异石怪道，若蜘蛛、若迷宫，奇异怪诞，不可思议。我因走路过速，不知何时成了离群孤雁，自己在乱石中跌跌撞撞，道路迷失，心慌意乱，好不容易找到一条通道，仓皇遁出，“心有余悸”。这，也是一个难忘的插曲吧！

最使我神往的，还是母校西南联大的故址（现为云南师大的校园）。那些日子经常回响在我耳畔的，是西南联大的校歌（上阙）：

> 万里长征，辞却了五朝宫阙。暂驻足衡山湘水，又成离别。绝徼（按：“绝徼”指边防重镇，即昆明。——祥麟）移栽桢干质，九州遍洒黎元血。尽笳吹弦颂在山城，情弥切。

多悲壮的歌词，多么引人遐思！为了寻找当年自己在联大留下的“影子”，我曾数次去母校旧址，徘徊留恋，不忍离去。然而，40年的变化毕竟太大了，当年联大门前那条泥土路，如今变成漂亮的柏油马路。北区校舍全部变成一些单位的职工宿舍。“新校舍”里云南师大新盖的高楼巨厦，可以说是鳞次栉比，当年联大大门口至后门口那条笔直的校道尚依稀可辨外，其余已鲜有旧痕。就连校园西南角特地保留下来的那间皮屋顶教堂，也因年久失修，风雨剥蚀，和我念书时的模样相差甚远矣。感谢文孝兄，他和杜东枝老师二人工作之细致都是第一流的，就在我离昆飞桂的那天早上，他还特地邀我到云南师大的“西南联大纪念馆”等处摄影留念。我们还瞻仰了闻一多先生衣冠冢。闻先生为我国一代学者、诗人及卓越的民主战士，高风亮节，仰之弥高。每次去联大旧址，我都无限依恋。就在这里，母校曾培养出多少民主战士和杰出学生，为祖国争了光，为人类做出了贡献。

虽说时光流逝，物换星移，我在昆明依然寻觅到自己的不少“影子”。如我常常利用附近小食店吃饭之便，徜徉在文林街、文化巷、青云路、龙翔街、凤翥街街头。四十余年前和宾阳、振中、怀煦、树声等老同学在茶馆一面喝茶，一面读书的亲切情景，立刻浮现于眼前。翠湖湖水，碧波荡漾，沿着湖畔林荫小道漫步，顷刻间便勾起我青年时多少往事，耐人寻味。

昆明啊，昆明，见到你使我留恋忘返；离开你却又千缕情思和你相连。我已在自己记忆之海里留下最美的一个角落来奉献给你，我对你一往情深，多少依恋，多少眷念！

二

尽管我依依不舍，但因工作羁身，急需赶往百色参加全国人大广西代表的视察组，遂于昆明任务刚刚完成，便飞桂林转往南宁及百色。3 月 4 日上午 10 时许，波音 737 飞机由昆明巫家坝机场腾空而起，只一小时，便到桂林。在家匆匆读了各地友人几十封来信，又赶办了一些必须完成的工作，5 日一早乘火车赴邕。6 日乘右江民族师专的汽车至百色。8 日上午为师专中、外两系分别讲课。8 日下午赶往德保县，在德保县除参加视察外，还给各单位干部作了个报告。12 日由百色返南宁往郑州，20 日离郑北上，赶赴北京参加六届四次人大会议。每到一处，日程都排得满满的。所幸我的身体尚称顽健，因而不论再紧张繁忙，均无不适应之处。

百色、德保之行，终生难忘。我是 1950 年回国到桂林的。在广西壮族自治区工作 36 载，却始终无机会到壮族同胞聚居处、老革命根据地百色去一次，不仅深以为憾，而且内疚于心，总感到对不起壮族人民。此次能一偿夙愿，首先应感谢百色右江民族师专副校长李怀仁同志。他去年邀我给师专讲课，我说我很想去，也应该去，但自己百事缠身，无时间、无机会前往，奈何？他提醒了我，何不趁每年人大视察之便，去百色视察，顺便讲课，一举而两得焉！我便立刻愉快地答应了，决定今年不管工作多忙，都要去百色参加视察。不料，今年全国人大改了办法，规定各代表在本地区就近视察。我只好赶写一信给自治区人大常委，请求给我去百色视察的机会。幸蒙允诺，乃得成行。

百色是广西经济发展相对迟缓的一个地区。过去，我对这整个地带的印象（只是凭道听途说），是民贫地瘠，穷山恶水，十分落后。这次一去，才知印象之错误。

由南宁乘汽车到百色市，300 公里的旅途，一路上尽是坡度很小的丘陵地，山在远处，近处则是基本上平整的大片“坝子”（借用一句四川话）。县与县间，全都是漂亮的柏油马路。看两边的田野景色，与湖南、湖北的丘陵地无甚差异，土壤好像比美国的田纳西州（田纳西土地较为贫瘠）要富饶得多。群众衣着，漂亮入时，就连由百色到德保的山间公路上，自行车不断，红男绿女，到处可见。妇女烫发的，比比皆是。至于百色市，我怎么也料想不到，竟是那样繁华。高楼大厦，随处都有，比起桂林市也差不了多少。

德保是个小县，过去我对它可以说是毫无所知，只是模模糊糊认为这是个异常偏僻、苦寒的地方。现在一看，不对了。县城比我多年前去过的“大县”金州县县城还要漂亮。经济繁荣、百业兴隆，照相馆里还可以照彩色照片。右江民族师范黄俭校长陪我去县人大常委，在门口巧遇一位秘书同志，30 余岁，穿的竟是一身笔挺的西服！这个县城中心，还有九曲桥、羊角山、独秀峰等名胜多处。或小桥流水、或异峰突起，风光绮丽，景色宜人。这真是"百闻不如一见"，既纠正我的错误印象，也使我看到新中国成立后在党的领导下，经过百色地区各族人民的努力，千百年来素以贫困闻名的这一地方，已发生了极大的变化，有了极大的进步！

但是，比起广西大多数地区来，百色仍然是较为贫困的。我们这次视察的主要内容，就是要看看这里人民是怎样发展山区生产，脱贫致富的。我看到这一带物产丰富、矿藏极多，工农业生产取得很大进步的同时，我们特地选了一些穷困山村去视察，也确实看到了仍有一些地方壮、傜族群众生活困难，"脱贫"的任务还十分艰巨。只此一端，也说明过去极"左"思潮的危害性，如果我们早就把发展生产、提高人民生活放在头等重要的地位，我们去的那个村庄便决不会贫困到那个程度。

百色地区有几个县地处边防前线，我们这个视察组曾至靖西县最前哨视察，我因在昆买不到直飞南宁的飞机票，晚到了两天，未能到前线访问，深以为憾。据同志们说，越南地区霸权主义者曾调一炮兵旅至边境，威胁和骚扰我们。我英勇解放军炮兵部队积极反击，给来犯者以重创。我见到了炮兵团团长，请他向最可爱的炮兵战士们转致我们的最崇高的敬意。

百色之行，收获极丰。其最大者，为对老根据地和这里的少数民族（主要是壮、傜族）同胞有了第一手的感性认识，建立了极其深厚的感情。我曾说如果现在自己年轻30岁，我愿来此工作终生。现在虽然做不到这一步了，至少我也将争取今后再来、再多来百色地区，像此次一样，为右江师专及地方干部讲课，更重要的是同时向他们学习。一言以蔽之，我热爱百色、热爱这里的土地和人民。百色之行，让我终生难忘。

至于开封之行，也极有价值，极有意义。我是河南人，童年在开封读书。从广义上说，开封也算是我的故乡了。本来，我已答应去石家庄和河南两所学校讲课，欠"债"应还，理所当然。但因时间有限，一次不能几所学校全去，考虑再三，决定百色师专讲课之后，迳赴郑州转往开封。原因有二：其一，我是河南人，去河南大学讲课就是服务桑梓，义不容辞；其二，我是河大正式聘请的兼职教师，有义务先到河大去。

在河大共讲课三次，一座很大的梯形教室坐满了人，还有同学没有座位的，一直站着听讲。这使我既感且愧，怕自己讲得不好，辜负了河大同志们的热切期望。最使我惶惑不安的是，河大中文系老师过分热情，在我看来简直是开了我一个大玩笑，他们为我讲课写的海报标题"特大喜讯"。我一看到这四个字，几乎给吓昏了。每次走过，低头疾行，目不斜视，从此，再不敢看那几张令人望之生畏的海报。我只是一个平凡又平凡的普通教师，何德何能，怎能当得起这吓人的四个字呢？但愿我讲的那点"卑之无甚高论”的东西,内容尚无错误,不至于“误人子弟”,这就很好了。我诚挚地希望河大中文、外文系同志们能给我提宝贵的意见,使我以后讲得能较好一些。

开封为古代汴京,名胜古迹不少。3 月 18 日,牛庸懋、张中义陪我在极度匆忙中用半天时间游览了禹王台、繁塔(“繁”字此处读 pó,但开封人却读为“薄”)、相国寺、潘杨二湖及龙廷等处。

繁塔虽不高,却极为壮观,雄浑古朴,给人以庄严、悠远之感。尽管石级既高且陡,我仍然一气呵成,“脸不变色心不跳”,一口气跑了上去。相国寺是我童年时常游之地,最近不仅全部修葺一新,尤为难得者,乃增加了众神听经塑像群,千姿百态,在全国可谓首屈一指。龙廷是北宋时朝廷之所在地,近来又新增加了蜡像馆,自宋太祖赵匡胤至被金人掳去受尽羞辱的宋徽宗,以及诸如司马光、王安石等名臣的蜡像,无不俱在。另外还有群臣侍宴,宫女歌舞等群相。个个衣着华丽,栩栩如生。据说香港“宋城”里也有蜡像馆。可惜 1983 年我访问时,只因工作太忙,任何名胜都未曾去,无法将二者加以比较。

三

此次到北京,为的是参加六届四次人大会议。3 月 20 日开预备会议,25 日大会正式开幕,至 4 月 12 日结束。这次会议最主要任务是审议“七五”计划(草案)和赵总理的有关报告。“七五”计划(草案),既宏伟又实在,规定了我国今后五年建设的蓝图,是我国向四个现代化进军的一个伟大的里程碑,举世瞩目,头等重要。赵总理报告认真总结了我国“六五”计划期间各方面取得的丰功伟绩,展示了今后的光辉前景,体现了改革开放政策的正确性。给人以莫大的鼓舞和充足的信心。

大会情况,报纸已逐日详细报道,兹不赘述。我只想从一些侧面,谈点自己的观感。3 月 25 日下午 3 时,党和国家领导人步入人民大会堂主席台,胡耀邦同志和彭真同志神采奕奕,在前排主席台就座,整个大厅灯火通明,光辉夺目。彭真委员长宣布开会,唱国歌。多年以来,我们开会一直是“奏国歌”,此次改为“唱国歌”。大厅里一片嘹亮磅礴的《义勇军进行曲》歌声,我一开始唱便激情澎湃,有若长江大河,心里热浪翻滚。想起抗日战争时全民奋战之伟大景象,也想到今天我们伟大的社会主义祖国之兴旺繁荣,思绪万千,豪情满怀,激动之深,非笔墨所能形容。这时,我只有一个愿望:愿我们的党领导全国人民尽快实现“四化”,为了这一伟大事业,我愿献出自己的一切。

这次大会还有一点对我最特别宝贵的,即:我因有可能今年 8 月出国,到国外讲学及研究一年。下次大会届时我是否能回来参加,完全无法肯定。因此,这次大会我便愈感到宝贵。我真想把大会的点点滴滴都印在脑里，作为永久的纪念。大会给我以鼓舞，也给我以鞭策。今后不管自己走到哪里，只要一想起这次及前三次在人民大会堂的情况，我都能从中吸取精神力量，为党、为人民、为我们社会主义祖国勤勤恳恳工作至最后一息。

这次会议期间，我觉得天安门广场格外壮丽。我到过一些国家的著名广场，最壮观的还是我们的天安门广场。大会期间，天安门广场城楼及广场上的红旗飘扬，不仅给人以节日感，它更给人以庄严感、神圣感以及伟大的民族自豪感。就拿天安门城楼说，它古老雄浑，遍历沧桑。今天，它已成了我们社会主义祖国以及首都北京的象征，成为我们国徽图案的主要构成部分。会议期间，来自全国各地的旅客群众（可能还有少数的北京市民）涌到广场上来，为的是从外面看看大会的盛况！最近几次大会又恰好碰上外国元首来访，东西长安街的上空悬了一排排五色缤纷的小旗，迎风飞舞，漂亮极了。路灯灯柱上又先后交叉悬挂了我国与摩洛哥、新西兰、南斯拉夫等国国旗，益增节日气氛及喜庆色彩。多好啊！这样的时代、这样的祖国、这样的首都，这样的天安门和东西长安街宽阔大道，再过 30 年、50 年，祖国会怎样繁荣昌盛呢？愿大家都能活得更久一些，看到 21 世纪的祖国新貌！

这次会议签到，有一大改进，值得一提。过去历届大会，都是用签到簿一张张撕下来签名报到的。这次不同了，用的是“报到卡”。卡片上有号码机印的各人编号，把卡片在报到机上一放，机器立刻用电子仪器登记并记录了。卡片自动退出，机器上便闪闪发光，以碧绿或红色显示各人号码。另外一架总计算机荧光屏上不停在更换数字，显示已报到的代表总数。再不用将一张张报到卡用人来数了。此事虽小，但足以说明祖国在前进，在逐步走向现代化。

我们白天开会，晚上为文娱及休息时间。可是我的工作太忙，必须尽量利用时间来“赶活”。因此，我极少参加晚会，努力利用晚上时间工作：看同学们的论文（英文），写发言提纲，回复各种公私函件，记日记等。也想看点书，只是始终分不出多少时间。

人大会议还为我提供了一个十分难得的访师会友机会。过去每次来京开会，我都利用晚上或星期日，去拜访来京后住在不同地方的全国人大代表或政协中的故旧。这次情况变了，我们广西代表团住在远离市区的西郊五棵松一招待所内，交通不便，无法专程去拜访友人。我利用开会之机在人民大会堂“找人”。以往几次会议，我与徐迟同志约好于每次开会前，在人民大会堂内部大厅正门口相会。然而奇怪，这次我等了多次始终未见到他，难道这次他未来参加会议吗？迄今尚未敢肯定。尽管如此，我这次会议用“找人”（其实是“碰人”）办法见到了大学时的老师陈嘉先生，还见到季羡林先生，甚至竟找到全国政协委员王佐良先生，并代我系办的刊物请他为我们题词。当然还见到许多老朋友，和这些师友会面，共话别后，是一极大的乐趣。附带说一句，陈嘉先生对我说，他的英文本《英国文学史》后两本早已付梓，可能于今年正式问世，届时商务印书馆还准备出一部精装合订本。陈先生是我国的知名学者，他的思想品质、道德文章以及在英美文学和语言方面的高深造诣，是我们一辈子也学不完的。看到陈先生老当益壮，精力充沛，我从心底不胜欢欣。我衷心祝贺陈先生以及我的其他许多老师健康长寿，为祖国学术做出更大的贡献！

四

该谈些“纯粹”的私事了。这两个多月来，我先是“南下”（由桂赴昆），继而“西行”（由桂赴百色），最后是“北上”。“北上”之中，还包括在天津一日这段短小的小插曲。不论到哪里，都是沐浴在一片友谊的温暖中，就在此刻，脑海里仍是一幕幕友谊的画面不断涌现，向我袭来，像电影画面那样色彩艳丽，清晰可见。

东枝、文孝兄对我关怀备至，任何细微末节，我自己想不到的，他们都为我设想到和准备好了。2 月 20 日为农历正月十五，晚 9 时，文孝兄欣然邀我和云南师大张林老师及中国科学院一位同志同往大观路吃汤圆；27 日，东枝、文孝二兄又邀我们到圆通公园看花。事情虽小，却反映出他们工作之细致入微。直至我离昆之前，即将乘车去巫家坝机场，文孝兄还抓紧时间，邀我去西南联大旧址照相，使我终于有机会在母校旧址留下了极为宝贵的纪念。

百色之行，怀仁同志亲自乘车赴南宁接我，后来，黄俭校长除了派车送我去德保和返南宁外，还亲自陪我作德保、南宁两次长途旅行，情长谊深，感人肺腑。

河南大学牛庸懋、张中义二兄往返郑、汴二地接送我，三更半夜，陪我由郑州驰往开封。中义兄更陪我骑自行车在开封走大街、串小巷，寻访半世纪前我的母校校址和旧居。

所有这些接待，一言以蔽之，叫作“热情洋溢，无懈可击”。我的感激感动，是言语所无法表达的，谨此再次致谢。

近几年来，党的各项政策英明正确，我们不但各项事业兴旺发达，连人与人之间的关系也大不相同：祖国的天，是明朗的天；祖国的大地，一片祥和之气。人与人间相互信任友好。亲戚朋友，感情之深，又若家人。老朋友固不待言，即使是新朋友，也很快成为“老朋友”。中国作协的宝慈同志夫妇便是这样。几年前我们因工作关系而认识，现在却成了无话不谈的挚友。至于亲戚家人，更不用说，二哥、二嫂、九婶、九姨、十姨、海长舅、刘辉姨丈、定中和希同表姐夫妇，这几家人这几年与我的往来频繁亲密，远远超过了过去几十年的总和。特别应该郑重提及的，是我和表妹和平一家的真挚情谊。由于大家不在一起，加上年龄相差太远，新中国成立前我从未见过和平，新中国成立后30年间与她从无任何来往，但自1980年在郑第一次见到她夫妇后，双方竟成了推心置腹的至亲好友。之所以如此，我认为主要是由于和平和正晶的为人正直无私，待人真诚，我们大家有共同的思想感情和基础，肝胆相照，以诚相待。就连他们的孩子小文，也成了我的“忘年之交”。

我是3月20日到北京的，一到招待所安顿下来，当天下午，我即赶往北京大学拜访自己大学时的老师赵诏熊先生、师母林筠因先生和去年不幸病逝的陈定民先生的夫人郑坤常先生。几年来，我只要来京，每次都争取去拜访两位老师与师母。对老师，我服膺于自己创造出的一句格言：“一日为师，一世为师”，毕恭毕敬，以弟子的身份侍奉老师。诏熊老师学识渊博，且很健谈，听先生教诲，如坐春风。他老先生是我学习西欧戏剧的启蒙老师，任何时候每一念及此，我都感恩戴德，永不敢忘。“师者所以传道、授业、解惑者也”，这句话在赵先生是当之无愧的。定民师之法语造诣，早有定评，数十年来他不但在教育岗位上克尽厥职，教育了多少学子，而且在外交战线上卓有贡献（新中国成立初期任新华社驻巴黎代表，当时中法尚未建交，两国间一切正式事务，多经陈先生办理），还为毛主席、周总理、陈毅外长长期担任兼职翻译。去岁先生猝然仙逝，我在痛悼之余，曾发唁电给师母致哀。此次在京见到师母尊体安泰，生活已安定，且在外面兼了工作，始略有放心之感。

在天津我见了宾阳兄夫妇和宜变兄夫妇。宾阳为我45年之老友，自1980年起，我曾五次去探望他。这次再见到他，见老友精神尚佳，深以为慰。宏仪大嫂几十年与宾阳同甘共苦，相亲相爱，是位难得的贤内助。宜变兄是我国英美文学界知名学者，专业水平很高，对学术常有精辟独到的见解。他虽年近古稀，仍“老骥伏枥，志在千里”，工作极为认真负责，在南开大学培养了一大批水平很高的研究生，而且，宜变兄胸怀坦荡，为人忠厚，有赤子之心，尤属难能可贵。

另有两位中年友人，也值得郑重提及。4月11日晚，国家民委在民族文化宫举行晚会，庆祝壮族“三月三”歌节，请了全国人大广西代表、全国政协广西委员及在京壮族人士，共六百人，欢度“三月三”。期间，广西代表团工作人员黄若珍同志对我说，有位过去学生特来看我。一见面，原来是师院61级女生杨桂枝（现名杨帆）和她爱人魏平同志。我与桂枝同志一别十余载，此次竟在民族文化宫见到她夫妇二人，欢欣逾恒。这对夫妇是蒙族，对我极为亲热诚挚，曾专门邀我次日去看《威尼斯商人》一剧演出。

今年4月,我国同时在京沪二地举办莎士比亚戏剧节,盛况空前,为我国文化界一件大事。我虽早收到上海邀请,但因来京参加人大会,分身乏术,未能前往,深以为憾。此次承魏平、桂枝夫妇邀我看《威尼斯商人》,另外还赠我《奥瑟罗》之票,使我能连看两个莎剧的演出,弥补了我未赴沪参加盛况之憾,衷心感谢,难以言状。观剧时,我还见到他们的幼女杨柳,并与三人一同到他们府上小坐,诚快事也。

写到这里,不能不略谈观剧情况。《威》为中国青年艺术剧院所演,导演及演员水平甚高,有不少创新之处。最妙的是舞台一角出现一个肉肆,肉店老板割肉之声,启发了夏洛克要割安东尼奥身上一磅肉的狂想。莎士比亚时代,舞台上并无布幕分割不同场景。此次演出,又还了原,不用布幕,而用现代化机器和灯光,场景变换迅速便捷,既节约了时间,又保全了全剧的连贯性。

但有一点使我未敢苟同者,即正演时,舞台上突然出现元朝时一位穿古装的中国高利贷者和夏洛克谈起话来。记得1950年初,我在旧金山看《凯撒大帝》,叛乱一方竟穿了莫索里尼法西斯军服,令我震骇。如今,这次演出又发展了一步,舞台上出现原剧所无的中国古代放印子钱的人,虽然只是夏洛克梦中所见,但总是去原剧太远,以我的水平,是不敢接受的。至于《奥瑟罗》,则益使人不敢相信,竟是用京剧演唱。看到苔丝德蒙娜在唱京戏,使我想到的却是崔莺莺。而奥瑟罗本人,又酷似《野猪林》里的花和尚鲁智深,给人以非驴非马之感。尽管如此,我们仍应承认,若从京剧角度来说,几个主要演员的演出水平是很高的。尤其以奥瑟罗最突出,可以说是“唱做均佳”,博得了观众阵阵掌声。此外,京剧有一很大优势,即善于通过独唱、独白及细腻之表现,表达人物内心世界。在这一点上,奥瑟罗这一角色表演是十分成功的。他的多次独唱,深入细致,千迴百转,抒情气氛浓郁,予人以强烈的悲剧感。

在京我还见到一些很可爱的老前辈、学长及友人。例如杨宪益先生,是我国当代第一流的翻译家和学者,感谢他为我买了十几部外文出版社出版的精彩书刊。在杨先生的家,我看到壁上悬挂的黄永玉同志以酒瓶模样画的一幅老虎画,题词是“画虎不成反类酒”,寓意相关(因为杨先生酷嗜饮酒),妙不可言。又如光明日报记者李汀世兄(好友李国香之公子)携其女友小贺(甘肃歌舞剧团《丝路花雨》主角)两度来造访,情意感人。限于篇幅,恕不一一备述。

此刻,我正坐在首都西郊一隅,在一片雪亮的日光灯下,振笔疾书,寄语我散处祖国东南西北各方之师友及亲人。回忆日前一个晚上,我与广西代表团一友人乘车横贯首都东西郊,在灯火辉煌的大街上疾驰。北京的夜景真美,美得像一首抒情诗;真醇,醇得像一杯浓郁沁心的红葡萄酒。我有心思若潮涌;我有心思如水流。我深感能生活在今日一片艳阳天之下的社会主义祖国,是我们莫大的幸福。此时此刻,我不禁又想起当年抗日战争在昆明时我经常引吭高歌的西南联大校歌后半阙:“千秋耻,终当雪,中兴业,须人杰。便一成三户,壮怀难折。多难殷忧兴国运,动心忍性希前哲。待驱除仇寇复神京,还燕碣!”四十余年前我唱这首歌时,祖国的大好山河半壁被日本帝国主义占领,当时哪敢想像自己有朝一日能在不仅胜利了的,而且是在革命烈火里新生的祖国故都和新都北京街头驭风疾驰?历史又翻了一页,在今天欢乐和幸福的日子里,我愿追随全国人民,追随我亲爱的师友同志们,在党的领导下,与大家一同高歌猛进,为“四化”出力。

此信已写了万言,我仍感到纸短情长,言不尽意。今将两个多月来自己的工作、生活情况汇报如上。如有不当之处,尚请诸亲好友不吝指正。此致

敬礼!

祥麟谨上

1986年4月14日于北京

又:上述打印函为回复过去积欠自己的老师、学长、亲友等众多信件而作。昨日返桂,家中又堆了几十封新的来信。我愧无三头六臂,难以对积欠之信一一作复。只得以此打印函统一回信。不周之处,务祈海涵。

祥麟又及

1986年4月17日于桂林

*3. 海外来鸿

我收到到国外友人来信甚多，其中不乏内容精彩、文情并茂，读了令人深受启发者。最近，家人为我转来一位新中国成立前游学海外，在彼邦已定居数十年的华人教授来书，便属于这一类。现抄录如下：

××教授座右：

去年与内子××携眷返国观光，于岁暮途经桂林时，得蒙盛意安排招待，隆情厚谊，不胜铭感！惜匆匆又别，甚憾。于今又获寄来李骆公书赠之墨宝，更使陋室生辉。骆公书法古健奇崛、盘旋飞舞、曲雅绝伦，其书风磅礴而洒脱，高古而清新……一切有劳锦注，真不知何以报也。骆公处自当令书致谢。在兹佳节之时，祖国正呈大地春回、鸟语花香之景，春探南国，能不依依。专此敬复，并颂年禧！

弟某某拜上

我抄录这封万里来鸿，意思并不在于借花敬佛，颂扬李骆公同志之书法。骆公的书艺，早已名震遐迩，无需我再多置一词，我要说的是，通过上述一信，我们对祖国伟大文化传统和精神文明，应有更深一步认识。书法是中国文化重要一环，是一门可以毕生孜孜以求、永无止境的艺术。物质产品有价格，而艺术珍品则是无价之宝，不能以金钱或其他物质价值来衡量。记得这位友人夫妇二人携眷访桂林时，他们在花桥展览馆看到骆公的书法和篆刻，一下便着了迷，赞不绝口，问我可否代为仰求，敬烦艺术家给他们写点什么。我向骆公同志一说，李老当即慨诺，问我要写何内容。我说，这对贤伉俪，男的是海外某大学的汉语教授，女的是好莱坞著名的华裔演员、"电影明星"，由于她工作性质不同，经常到世界各地拍片，一去数月，夫妻难得团聚，因此，就写苏东坡《水调歌头》的名句"但愿人长久，千里共婵娟"吧。写好裱起来，悬诸壁上，可以抚慰二人万里相隔而弥笃之情思，起点"精神鼓舞"作用。不数日，骆公墨宝一挥而就，我便用航空信将它寄出。如今，这苏轼名句、骆公书法艺术瑰宝已悬在他们府上，成为夫妇二人的爱情象征、互爱互敬的格言，也成为联结海内外炎黄子孙、学者、艺术家之间友谊的信物了。

如上所述，世上有许多东西是决不能以物质财富来衡量的。这对夫妇回国参观访问，看到祖国“大地春回、鸟语花香”之盛世，一派生机勃勃；看到十亿人民万众一心建设“四化”；也看到了海峡两岸、大洋两岸炎黄子孙间的兄弟情谊、骨肉相连、肝胆相照，才写出这样暖烘烘、热腾腾、感人良深的信。正因为这样，我觉得不能也不应该把它私藏在自己的囊箧，于是，在旅行的百忙中，怀着不平静的心情，匆匆草成此文。

（原刊于 1986 年 5 月 28 日《南宁晚报》）

*4. 口试的启示

几年来，我招过多次研究生，口试（复试）对某些学得不扎实、知识面窄小的学生来说，是个大难关。记得有一回，外省有位学生连初试卷子做得也不理想，我们复试本没有他。谁知他来了封“抗议书”，大意是：“你们这些‘考官’，就是重文凭，不重真才实学。我是自学成才的，造诣很深，将来可以作‘罗曼·罗兰式的教授’。希望贵校不要像其他学校那样卡我了，给我个复试机会。”面对这位未来的“罗曼·罗兰式的教授”，我们肃然起敬，不敢埋没人才，乃驰函相告，让他复试。口试时，我拿出一大叠卡片，每张上写了一个英文名词术语，都是外国文学专业必须掌握的文化基础知识或典故，让他任抽十张解答。这一考，大出他和我的预料，他竟连文字都看不懂，更不用说解答了。

最近还有一例，某学生报考世界文学研究班，第一志愿为全国某著名大学，分数门门都是 70 分，只因该校名额已满，考卷转到第二志愿的我校来。我又用上述办法口试他。使我吃惊的是，十几道题目他竟一题也答不对。这便引起我的深思，为什么在某“名牌”大学初试成绩不错的学生，到我校参加复试，竟“全军覆没”，惨败至此？原来，那个学校的试题，全是些内容空泛、大而无当的议论题目，考生只要稍作准备，到时候每题发挥一下，总能回答出一些。这样的试题，不宜掌握标准，更难以了解学生的真实水平。稍有不慎，便会录取一些“高分低能”的学生，是十分危险的。

我不是说不需要议论题目，而是说还要一些真能测验学生知识面是否广博的知识考题，即“小题目”，把二者结合起来。而且，所谓“议论题”，也不应是简单背诵教科书就能答出的，而应是一些能培养学生独立思辩能力，发挥其独创精神的思考题。

这些年来，国外教育家、学者对我国不少学校（包括大、中、小学）对学生只强调死记硬背(当然,对最基本知识的背诵是必要的,如乘法表,不背诵又怎样行?),而忽略了培养学生的独立工作能力,颇有议论,值得我们猛省。

记得我自己读大学时,选修过一门由全国某著名学者任教的"生物学",他要求我们彻底理解人的血液循环规律,考试时出的题目是:"假若一位医生在你的左腕静脉注射一针药水,这些药水经过哪些道路到达你的右腿?"这是多么精彩、多么令人拍案叫绝的题目!如果不把人体大小血管及心脏结构背得滚瓜烂熟,并能彻底理解,能答出它吗?后来,我在国外读研究生,有门"十七世纪英国文学",考试时有一道题目是:"前不久,英国发掘出土文物,其中有十七世纪作家手稿,请从下面所引手稿原文,判断是哪位作家著作,并对自己论点加以详细论证。"事隔38年,我对这一试题仍记忆犹新。

祖国"四化"需要第一流的学者及其他各方面的人才,作教师的,怎样教好学生,为祖国培养出德智体全面发展的人才,是个重大课题。我们面临的问题甚多,上面所谈者仅是其中之一,但只要我们认真重视,问题再多再难,也是可以解决的。愿广大师生同心协力,共负重任,祖国教育有厚望焉!

1986年6月5日

1987 年

*憾事、快事、苦事

我走出书店大门,便到十字街全市最大的一家文具店去买信封,我过去多次在彼遇到一些不快事情,不知是“条件反射”还是怎么,对那堂而皇之的门面,心里有点忐忑不安,视为畏途。不料这回不同往昔,一位出售信封的年轻女营业员不仅态度亲切和蔼,笑容可掬,还主动为我介绍商品。使我在感激之余,一次买了 30 个信封。

买完顺便向右面柜台一走,见有我正需要买的大照相簿,便想购买。售货员是位中年妇女,面色冰冷,凛然不可侵犯。我立刻警告自己,必须小心谨慎,千万不要得罪了她,弄得不欢而归。

“同志,请您把大照相簿拿给我看看。”她拿了给我,那是本封面上有各种风景漂亮的照相簿。“同志,还有另外哪种图样的,我也想看看,好吗?”她又拿了给我,封面上是两只猫。我把这两种封面加以比较,还是喜欢前者,但前者是放在最上面的,被人翻阅多次。我想换本新的,我仰视售货员一脸不快之色,心里很不踏实。不知何故,一下回想起半世纪前,我在家乡念初小时拿起板子打我手心的老师的形象,惶恐之感,油然而生。是问呢,还是不问呢?经过思想斗争,我终于鼓足勇气,请她再拿本封面上有风景画的给我。不料,她一脸愠容,突然间抽走我最初看的那本,说:“没有别的了!”我再无勇气要求更换,只好买下那本我并不喜欢的双猫相册。附带说一句,这期间旁边还有一位顾客向她买东西,她对那一顾客的态度比我更差。“榜样的力量是无穷的”,有那个榜样在,我感到自己还算比较幸运,哪敢再提“非分”的要求自讨没趣。

事情虽小,而且表面看来风平浪静(虽然营业员脸上乌云密布),并未有任何争吵之事发生,但仍然使我百感交集。我们是社会主义国家,又是文明古国、礼仪之邦,而桂林又是举世闻名的旅游城市，文具店的领导人怎能听任某些营业员用那种严峻、冷漠的态度，败坏桂林以及祖国的商业人员声誉呢？如果有个别少数人不适于站柜台，调动一下，换个工作岗位不行吗？我在国外，购货常常觉得是一件乐事，而在这个文具店这一柜台，买东西竟成为苦事，这，能说是与我们社会主义商业相称吗？

憾事、快事、苦事，这三件酸甜苦辣的事，都发生在桂林的一个下午，一条街上，都与我国、我区、桂林市的商业有关。心有所感，不得不言。写了出来，决不只是为了抒发个人感触，更重要的是希望提请有关部门以至全社会注意，把我们的商店办得更好一些。

愿党的十三大和煦之风吹遍全国，吹遍桂林市的各行各业，改革开放，有厚望焉！

（原刊于 1987 年 11 月 24 日《桂林日报》）

1988 年

1. 买书

国香:

老兄给小岚的信,我也读了。睹信思人,深感老兄对我孩子的关心,使我极为感动。同时也深感惭愧,回国已数月,却因种种原因,一拖再拖,未给老兄写信,真是不可原谅。

去年 7 月起,我在美国由南而北,又由东而西,游离漂泊,悠悠晃晃,与内子共骑了一匹"灰狗"(Greyhound Bus),巡行了纽约、宾州、爱荷华城、洛杉矶诸地,东家住几天,西家住半月,最后腾空而起,飞往香港,经广州回到桂林来。

刚一到家,除亲朋酬酢外,工作堆积如山,积欠国外友人的信达几十封(迄今尚未还完),国内至亲好友,更无论矣。当时想给老兄一信,是"心有余而力不足"。后来,想等我从美国邮局寄回之几包书到达后,再写信。谁知一连数月,书还未到达。后来,还是我去邮局、海关催问,才终于找了出来——尽管至今仍有两小包未收到。四个月来,外出开会不断;近两月来,成了"专职"的开会干部。基本上是去南宁开一系列的马拉松式的长会。总之,诸多因素,使我耽误了给老兄的信,谨此郑重致歉。

在美时,将老兄开列的书单一一书籍查访。经请教专家及我自己查询,莎士比亚的 Glossary 从无此书。一般 Glossary 均为附在莎翁全集后面,内容极简单,无甚用处。有一部莎士比亚集注(Variorum Edition of Shakespeare)则为庞然大物,十几巨册,规模不减于大英百科全书。此书大而无当,且无法携带,售价也极贵,约七百甚至上千美元,我们难以购买,买了也很难运回。估计老兄要的也决非此物。其他各书,则一一查访各出版社,很不容易。我曾持单去新书店问,他们摇头。后来。只得到旧书店找。

Winston—Salem 之旧书店小得可怜,要买什么书,均找不到。结果只好到附近一城市 Greensboro,找到一很大的旧书店,总算找到一本老兄要的书:波德莱尔的《恶之花》,英、法文对照本。此书虽名为旧书,而且确实纸已经有些变黄,但又像新书——全书无卷页、无破损,且未写一个字。我猜想是书主人买了后从未摸过,从未读过,或者直接由出版社、新书店转至旧书店的。此后,在洛杉矶我又去了一家新书店及一家旧书店,亦均未能觅得老兄所需之书。这仅仅一本《恶之花》,又如何向老兄交代呢? 于是,写信便又拖了下来。

收到老兄致小女信后,我决定现在赶回此信给兄,同时寄出上述 *Les Fleurs du Mal* 之法文、英文对照本,此外再将一本 *Literary Terms* 的工具书寄赠给兄,不知兄是否需要,收到后,请回一信。

突厥文字典、辞典,我问了多家书店和出版社,均未找到。这样的书,按理说,美国不会没有,可能哪家出版社过去出过,现在尚未再版,尚需进一步查询。

老兄还需要哪一类书? 请来信告我,我将在自己的藏书中找出同类后寄兄。只能按类别分,不能限定某人专著。因为限定某书,便很困难了。另外,如有真正急需的某一本书,也可来信告我,我当再写信托美国朋友代购或复印。

几个月来,弟工作之忙,无以复加。忙的都是杂务,如开会、出差与国外联系工作等,很少时间从事专业进修或写作。计划于今年 2 月完成《聂华苓传》,迄今尚未动笔。在美时,曾凑一两篇论文,暇时当寄给老兄斧正。

来信请寄凤北路 21 号十舍交我。

令郎请代问候,他们均已开始腾飞,愿他们鹏程万里! 祝

好!

弟祥麟

1988 年 3 月 31 日

又:书两本与此信同时挂号寄出。

沈师光、吴敏刚均在京,兄还记得她们否? 师光近有信来,我尚未回复她。

*2. 振兴中华，振兴广西，献身翻译事业

——在广西译协成立大会上的发言[①]

在自治区党委的关怀指导下，全国译协和广西科干局、广西社联的帮助下，也在全区翻译工作者的支持下，经过长期酝酿，广西译协成立大会终于在今天召开了。本来，自1982年6月全国译协成立后，我国各省、市、自治区的译协都先后纷纷筹备及成立，桂林市译协也于1986年6月成立，广西译协几经全国译协敦促帮助，早该成立了。但因种种原因，这个"难产儿"在母腹中怀胎数年，一直未能诞生，羁延至今。使它成为除西藏、台湾外，全国最后一个成立的省级翻译工作者协会。对此，我们深感歉疚和不安，谨向全区广大翻译工作者致歉，并且决心以今后努力工作、办好广西译协的实际行动，来弥补过去延迟成立机构所造成的损失，快马加鞭，缩小与先进省(区)市翻译工作的差距。为振兴中华、振兴广西而献身我们的翻译事业。

一

翻译是在操不同语言的人们中间进行互相交往、思想交流、互相学习的必不可少的中介手段。不可能想象，如果没有翻译，人类自有历史后，迄今几千年来，会创造出如此伟大、灿烂的文化，会在建设物质和精神文明上达到这样的高峰。人类的文化愈发达，科学技术以至整个社会愈进步，就愈加需要发展翻译事业。

今天，20世纪80年代，随着高速喷气式飞机的出现和不断改进，随着包括无线电、电传、电视、新闻广播、人造卫星等通信工具的不断发展，人们的洲际旅行朝发夕至，几万里以外发生的事件，信息可以迅速传到世界各地。可以说，地球已经越变越小，人类间各种交往越来越频繁，翻译工作的重要也就愈益增加。我国要实现"四化"，尽快地把国民经济、文化科学等搞上去，使中华人民共和国能跻身于世界先进国家之林，在很大程度上也要靠翻译工作。一方面，我们要了解各国情况，学习当代世界最先进的科学技术，吸收和借鉴各国优秀文化，建设自己高度的物质与精神文明，这必然需要翻

① 编者注：贺祥麟时为广西翻译工作者协会会长。

译;另一方面,我国各民族间需要互相沟通交际,我们还应该将中国的灿烂文化,中国的过去与现在向国外介绍,进行对外宣传,这同样也需要借助于翻译。

仅以诗歌来说,18 世纪德国伟大诗人,被认为是西方的四个最伟大诗人之一的歌德,就受过中国文化的影响;现当代英国诗人奥登,美国诗人金斯伯格、施奈德等人,都曾受过中国文化的巨大影响。唐诗、宋词、元曲在国外文学界被广泛阅读欣赏。一部叫作《葵晔集》的从诗经开始直至毛主席和柳亚子的英文中国诗选,读者成千上万。这些,哪一样不是通过翻译传播了中国文化,产生了深远的影响?

我国的翻译工作,源远流长,有着几千年的光荣历史。根据《礼记·王制》记载,早在周朝(前 11 世纪—前 256 年)时,就设有翻译东南西北各方少数民族语言的官员:“五方之民,言语不通,嗜欲不同。达其志,通其欲,东方曰寄,南方曰象,西方曰狄鞮,北方曰译。”就是说,翻译这一职务,就是 3000 年前在我国便已设立。后来称翻译人员为“象寄之才”,即来源于此。春秋时左丘明的《国语》中,已开始称翻译人员为“舌人”,这一名词直到新中国成立前非正式场合,还是翻译人员的别称。秦汉以后,对这一工作愈加重视,特别是汉朝派张骞通西域,明朝郑和七次下西洋,翻译人员在中外政治、文化、商业交流中,更建立了不朽的功勋。

我不想在这里系统地追述我国的翻译史,但是,必须指出,中华民族是一个最善于创造又善于吸收其他民族优秀文化的民族。中国古代、近代、现代能创造和发明现在这样一种灿烂辉煌的文化与文明,并且用自己的文化影响东西方许多国家和人民,在很大程度上得力于翻译工作。印度佛教传入中国又由中国传到日本、朝鲜、越南等许多东方国家,佛经的翻译应居首功。明末,中国学者徐光启等人与利玛窦、汤若望等西方传教士合作,大量翻译介绍西方自然科学,对促进我国自然科学的发展,改革中国历书、历法,起了伟大的作用。到了清末民初,以至“五四”新文化运动,多少优秀的翻译家和先进知识分子,为介绍西方文化,提倡科学与民主,反对封建主义,启迪人民智慧和后来引进与推广马克思主义做出了杰出的贡献。我国最早的马克思主义者、无产阶级革命家、新中国成立前大多数先进知识分子,除了少数懂外语者,可以直接从外文著作学习马列主义外,绝大部分人是通过翻译的经典著作掌握马列主义的。

纵观我国历史,可以这样说,凡是闭关自守、夜郎自大,不重视中外各方面的交流,国家和社会的发展就缓慢;相反地,凡是持开放政策,强调对外交流,注意吸收外国优秀文化科学,我国的政治、经济、文化就能得到发展。而这里面翻译工作的作用,是不言自喻的。今天,我们要实现祖国的四个现代化,更必须重视翻译工作。让它大放光彩,为实现“四化”这一宏伟目标而服务。

二

由于翻译工作种类繁多,译协成员的范围也当然十分宽广,它包括下面各方面的专业或业余的翻译工作者:社会科学、文学艺术、科学技术、民族语言、外事、新闻和对外宣传,翻译理论和翻译教学。

过去,社会上一些人受到传统思想和偏见的影响,一谈到翻译工作者,他们想到的往往是社会科学和文学艺术的翻译家,对科技翻译不予重视,对口译(例如外事翻译)和民族语言翻译甚至很少想到,这是错误的看法,不符合客观实际,更不利于团结一切翻译工作者为我们共同的事业而奋斗。

六年前全国译协成立时,特别强调了翻译工作,必须包括上述各个方面。1986 年中国译协第一次全国代表会议开会时,通过了协会章程,在"总则"里着重指出:"本会广泛团结全国各民族翻译工作者,包括台湾省、港澳地区和海外同胞中的翻译工作者。不断扩大和加强翻译界之间的联系和合作,繁荣翻译事业。"本着这一精神,广西译协就应该团结全广西各民族的翻译工作者,不断扩大和加强全区翻译工作者之间的、以及和全国译协和各省、市、自治区兄弟译协间的联系,振兴中华,振兴广西,做好我们的翻译工作。

新中国成立以来,特别是党的十一届三中全会以来,尽管广西从整个说,翻译队伍不算大,但比之新中国成立以前及成立初期,已有了很大发展。十年以来,我们在文学翻译及科教翻译方面取得了不少成绩,其中有的译著在全国也产生了较大的影响。从个人来说,广西大学教授、西大前任校长侯德彭同志在工作极度繁忙中,多年来先后共翻译自然科学著作二百万字,不少被科学出版社出版。这个成绩在任何省市都是十分突出的。民族语言翻译,新中国成立以后,广西在壮汉文互译方面,也做出了卓越的贡献。正是由于大量壮族民间文学被译成汉文,才使得壮族文学史的研究工作得以顺利进行,于 1986 年正式出版了我国第一部《壮族文学史》,获得了国内外的好评。

桂林是我国 24 个文化名城之一,又是以山水闻名于世的旅游城市。每年接待来自世界各地的各方面人士和旅客几十万人。桂林有外事和旅游翻译工作者数百人,在广西翻译界是一支不小的力量。这些年来,以桂林为主同时包括广西其他城市在内的外事和旅游翻译工作者,不论在加强中外人民友谊、促进中外文化和人员交流,或者在繁荣广西的旅游事业方面,都做了很大的贡献。

文字翻译,尤其是学术、科技、文学艺术作品的翻译与出版社是"共生"的,互相依靠、互相扶持,共同繁荣与发展。我们应该感谢漓江出版社和广西民族出版社多年来为出版各种译著所作出的卓越贡献。漓江出版社出版了《漓江译丛》和《获诺贝尔文学奖作家丛书》几十种，还出版了《国际诗坛》和《青年外国文学》两种杂志，传播了外国优秀文学，为广西广大翻译工作者提供了发表译文的园地，在国内外都享有盛誉。他们人手少、干的事多，出版的译文质量高，受到我国出版界、翻译界、外国文学界和广大读者的一致赞扬。广西民族出版社多年来出版了不少民族语言翻译作品，也同样做出了自己的贡献。

应该看到，社会科学翻译、翻译教学和翻译理论研究是我们工作中力量较为薄弱的环节，由于种种原因，广西科学译著出得不多，人员也少。这一情况，与广西文化科学发展的需要很不相称，我们必须培养这方面的人才，尽快克服这方面的不足。翻译科学和翻译理论，虽然在我区高等学校都开了有关课程，但是，人们对这些课程的重视还不够，有些教师本人的翻译实践尚不够多，因此，课程质量有待进一步提高。我们必须加强翻译教学，加强对翻译理论的研究，要培养大批优秀的翻译人才，提高现有翻译人员的业务水平，必须搞好翻译教学，重视翻译理论。我们希望不仅是高等学校有关教师，而且全区广大翻译工作者都关心这件事，为培养更多的翻译人才，提高我们的翻译实践能力和翻译理论水平而努力。

三

翻译人员要做好自己的工作，必须认真提高自己的政治思想水平和业务水平。在政治上，我们必须努力学习马克思主义，坚持四项基本原则，提高自己的社会主义觉悟和道德水平，具有献身精神，为党和人民事业奋斗终生。只有这样，我们才能有明确的政治方向，才能具有崇高的思想品质，以抵制资产阶级思想。

近年来，社会上确有一股不正之风，有些人醉心于追求个人物质利益和生活享受，损公济私，追名逐利，一切向钱看，见利忘义，见钱眼开。这股歪风邪气，如果任其蔓延下去，不仅将极大地损害我们的事业，甚至会动摇我们的国本。任何一个人，如果没有灵魂，只不过是一具行尸走肉，十分可鄙；任何一个社会，如果不讲精神文明，它就会衰退没落，其后果将不堪设想。

在这问题上，我们必须动员全体人民，大声疾呼，人人与不正之风和丑恶现象做斗争。要树立良好的社会风气，就要全党全民坚持正确政治方向，人人从自己做起。我诚挚希望我们广西译协成立后，译协有良好的会风，每个同志有良好的思想和生活作风，这是我们事业兴旺发达的根本保证，应该人人身体力行，决不能等闲视之。一个翻译工作者，不论是搞哪种翻译，也不论是笔译或口译，先要自己思想好，站得正、坐得正，才能做好工作。在这个问题上，不论怎样强调，也不为过火。

另一方面，在搞好思想的同时，我们必须不断提高自己的业务水平。思想好了，业务水平不高，同样无法做好工作。正像陈毅同志说的那样，这好比一个战士，赤胆忠心，一心为祖国和人民，但如果枪法不准，又怎样射击敌人？下面我想着重谈谈翻译工作者的业务修养问题。

我认为，一个优秀的翻译工作者，在业务上必须具备这几个条件：一是本国或本民族语文好；二是外语或兄弟民族的语文好；三是专业知识好；第四也是一般人容易忽略的，即：要有比较广博的文化知识，要有雄厚的文化背景。以上四点中，前三点的重要性大家都知道，缺少其中一项，就不可能做好翻译工作。而第四点，常常为大家忽视，不重视其重要性。应该再三强调，搞文字翻译，不论是社会科学、自然科学或文学艺术翻译，除了专业知识外，还必须有深厚的文化科学综合知识。现代科学，分工愈来愈细，而一门科学与其他门类的科学有着千丝万缕的联系，因此，一个翻译家如果没有比较广博的文化背景知识，他便很难翻译好专业著作。从社会科学、文学艺术翻译而论，所谓“文化背景知识”就是东西方的历史、地理、社会、政治、经济、宗教、文学、艺术等方面的综合知识。例如，有人把“Trinity College”按读音硬译为“特里尼蒂学院”，却不知道“Trinity”一词为宗教名词，是指基督教圣父、圣子和圣灵三位一体，这个学院应译为“三一学院”，是英国剑桥大学的一所著名学院。如果有人看到“Lord Haw—Haw”不知如何翻译，就因为译者对第二次世界大战历史不熟悉之故。他不知道二次世界大战时，有个英国人背叛祖国，投降意大利法西斯，在意电台为敌人宣传，英国人给他起了个诨名叫“好好爵士”。再如，有人把“Port Arthur”误译为“阿瑟港”，却不知道正确译文是旅顺港。我国军港旅顺，清末被西方称为“Port Arthur”。这些都说明了没有比较深厚的文化背景，不可能做好翻译工作。至于外事和旅游翻译，也同样需要广博的文化知识。在桂林做导游，带领外宾参观“桂海碑林”，看到“元祐党籍碑”，如果不熟悉宋朝历史，便无法说清楚这块碑的来源。

要想成为一个优秀的翻译人员，在业务上一定要严格要求自己，练笔练口，能忠实流畅地译出原文或原话来。如果是笔译，特别是文学翻译，还需要译文典雅，既能传原作之神，又有自己独特风格。我国清代翻译大师严复提出的“信达雅”，至今仍是我们进行文字翻译的标准。历史上我国曾出过不少杰出的大翻译家，古代的有玄奘法师、徐光启，近代的有严复和林纾，还有广西的马君武，现代有傅雷。这些翻译界泰斗，都是学识渊博、造诣很深的大学问家大翻译家，其中绝大多数同时还是当时的文章大师。这些人除了林纾是个很特殊的例子之外，其余诸人，无一不是精通中文和外文。桂林的马君武先生,一方面翻译出版了卢梭的《民约论》、拜伦的《哀希腊》、英国19世纪初诗人胡德的《缝衣歌》等社会科学和文学名著,另一方面,还译了达尔文《物种原始》,甚至《代数学》、《平面几何学》等大量自然科学专著。马君武可算得上能文能武、左右开弓、博学多才的翻译大师。他译的《哀希腊》至今仍脍炙人口,为人们传诵不辍。上述这些翻译家,在一定意义上,都很像被革命导师恩格斯所赞扬的欧洲文艺复兴时期的代表人物,个个都是“在思维能力、热情和性格方面,在多才多艺和学识渊博方面的巨人”,足资楷模。同样值得我们学习的,是他们严谨的工作态度,(其中林纾因情况特殊,属于例外)。玄奘翻译佛经是“先把原文读熟了,嚼烂了,然后用适当的汉文表达出来”。他常常“三更暂眠,五更复起”,坐在灯下圈点第二天要译的佛经原文,真正吃透了原文,才开始译。严复为了要译书,曾专门查过汉魏六朝翻译佛经的方法,向前人学习。傅雷译巴尔扎克小说,翻译时一遍又一遍改,直至满意为止,出版以后,每次再版,又要重新核对原文修改,精益求精。我国翻译界前辈的这种一丝不苟的工作态度,为我们树立了光辉典范,我们应该认真学习。

最后,我想再谈点翻译人员的业务学习和专业训练问题,世界许多国家都有专门的翻译学院或翻译系,负责训练合格的翻译工作者。这类学校美国有十几个,苏联也有几个,英国有巴思大学和设在伦敦的语言学院,日本有国立科技翻译学院,加拿大有五所大学负责训练翻译人员。我国北外、上外、广外、西安外语学院、四川外语学院等院校都是训练这方面人才的。其他还有许多学校外语系也兼有这一任务。

从广西现有的翻译工作者说,可以说大多数都没有受过系统而严格的专业训练,因此,更应该强调学习。一个优秀的翻译工作者,除上面我们谈过的思想和业务条件必须具备外,还应该思想机敏、头脑清楚、反应迅速,具有很强的逻辑思维能力;还必须经常阅读国内外书籍报刊,了解我国和有关国家的政治、经济、社会、文化等各方面的历史和现状。没有这些,他便不可能愉快胜任自己的工作。

汉语属于汉藏语系,句法结构和印欧语系完全不同,如果不精通中外两种语言,没有很强的综合分析能力,不能迅速思考判断,至少便不可能作好国际会议的翻译。国际会议,要求同声翻译,演讲者一边讲话,翻译人员就得同时把对方讲的立刻译出,这不但需要很好的专业训练,还需要高度思想集中,需要有像电子计算机一样闪电般迅速的思考速度,需要灵活机动、出口成章,这是很不容易的。维也纳大学翻译学院有句名言:“理想的翻译家应该懂得一切事物的一切方面,这是任何人都做不到的。那么,他就应当努力对尽可能多的事物了解得尽可能深广。”这要求当然很高,可是不这样又怎么能培养出第一流翻译人才呢?所以,根本问题还在于加强学习,通过在职自学、脱产进修，以及在工作实践中提高自己，把自己培养成一个高水平的翻译工作者。

同志们！如前所说，翻译是中外各种交流必不可少的中介，是使我国尽量实现四化的重要手段之一，它是伟大的、豪迈的事业。在此广西译协成立之时，看祖国和人类的光辉前程，我们无限振奋、万分鼓舞；想到我们翻译工作任重道远，我们心潮翻飞、思绪滚滚。让我们在党的十三大路线指引下，振作精神，磨砺斗志，明确方向，下定决心，坚持四项基本原则，不断提高自己的思想和业务水平，献身翻译事业，为振兴中华、振兴广西而奋斗不息！

1988 年 4 月 10 日

*3. 破镜难再圆，何若换新镜？

——谈美国的离婚与再婚

中国成语里，有句话很独特，也非常有趣，叫作“破镜重圆”，用以形容夫妻感情破裂后又奇迹和好。“破镜”，当然是个比喻，这比喻形象生动，且十分贴切，表示镜子已摔成两半，不能再用。而“破镜重圆”则代表了成语创造者和使用者的一种美好愿望，希望这对当年曾经恩恩爱爱的、有着甜蜜回忆的男女，经过一系列惊风骇浪式的争吵、猜疑、怨恨甚至扭打后，雨过天晴、风和日丽、爱神终于战胜了“不和”女神，“怨偶”成了“佳偶”，夫妻前嫌尽释，重新过着举案齐眉、相敬如宾的幸福生活。几千年来，我国的这一成语，表现了中国人对于某些破裂家庭的良好祝愿，成了中国人传统人生哲学的一部分，根深蒂固，不可动摇。也正因为如此，中国社会舆论一向对离婚（即“破镜不圆”）抱怀疑和谴责态度。

在封建社会，男子在家庭中居于绝对统治地位，那时候没有离婚，只有“出妻”，不管什么理由，只要丈夫大笔一挥，一纸“休书”，便可立即将妻子逐出家门。妻子背着“被休”的耻辱十字架，受着全社会的歧视，忍辱负重，郁郁从终。即使在新社会，男女平等早被写入宪法，婚姻法内明确规定妇女有离婚权，但由于封建主义重男轻女思想幽灵仍然盘踞在某些人的头脑之中，离婚妇女有时仍备受歧视。笔者有一女学生，其妹在广西一小城市，只因离了婚，竟到处受人白眼，甚至连评选先进工作者都轮不到她。打击最大时，她曾想自寻短见，现在则想干脆出国，以抹掉深深烙在她额上的无形印记——“离婚妇女”。

美国历史太短，压根儿没经过封建社会阶段，它的文化又主要来自欧洲，遍翻其文学历史著作以及成语辞典，找不到“破镜重圆”一语。当然，破镜若能重圆，是件天大好事，但在人们实际生活中，有几对夫妇能做到这一步呢？他们宁取离婚一途。离婚在美国，不仅平常、容易，甚至普遍。既有离婚于前，便极可能有再婚于后。好比镜子被打破了，干脆上街另购一新镜。笔者前些时在美一年，遇到许多这样的例子。笔者在美的好友中，有三对夫妇是再婚者，他们幸福美满新的家庭生活，使我大开眼界，彻底改变了自己年轻时读《古诗十九首》所形成的“将新来比故，新人不如故”的对离婚再婚之怀疑思想。

三对夫妻的第一对，男的是教授，女的是护士，年龄皆40左右，二人均为与前面配偶离异后再婚者。夫妻情谊甚笃，给人的感觉是“少年夫妻”，新婚宴尔。教授是研究中国近代史的，对清末民初历史比我还熟。妻子受了他的影响，对我国极友好，自称为“赤脚医生”，我曾奇怪他们贤伉俪如此心心相印，感情这样深，是不是因为双方过去都尝过夫妻不睦之苦，现在找到了理想情侣，便格外相爱，要在壮年补回当年失去的青春，充分品尝一下迟到的爱情？

第二对，丈夫是专攻美国文学的专家和教授，妻子是他的学生，正在另一大学教书，同时撰写自己的博士论文。男的与原妻结婚后，双方矛盾百出，经常冲突，最后双方同意离婚，留下两个十几岁的男孩，轮流在父母两家居住。每周在男方家住三日，在女方家住四日。“君子绝交，不出恶言”。他们离婚而不“绝交”，更无“恶言”，靠了两孩子作媒介，仍然互通消息，甚至还经常见面。他重新结婚后，现在的妻子伊丽莎白对他又是崇拜、又是热爱，这已是他们间莫大的幸福了。更难得的是，继子与继母间的关系很好。美国人有个风俗，如爸爸再婚时，孩子已长大，继母与继子与其说像母子关系，不如说更像朋友关系。两个孩子都称她为“伊丽莎白”，非常亲切。这一家人住在我楼上，一年中间，我只看见他们一家人团结友爱，亲密无间，从未听过这一家人有任何的龃龉。家务劳动，夫妻一起干。丈夫除了干重活、累活、粗活（例如搬运东西，开汽车，种菜）外，连做饭、做菜都帮着妻子干。学术方面，妻子有问题还经常请教丈夫，二人还一同著书立说，一台电脑，两人轮流操作使用。我曾多次乘了他们的汽车与这对夫妇北上华盛顿、纽约，南下亚特兰大城，或一同驱车去弗吉尼亚州深山老林里游览。妻子坐在他旁边，我与两个小孩子无数次交谈。一谈起伊丽莎白，孩子都是一片深情和对自己亲妈妈或好朋友一样亲热。每次见到他们家这一派团结祥和之气，我便一边感动，一边“抱怨”美国，为什么没有大学工会，或街道居民委员会，像我国那样，发给这家人一张“五好家庭”的奖状，以表彰先进？

第三对夫妻更为突出，他们的感人故事，多得我可以写一本书。这是一个“国际家庭”。丈夫为美国白种人，现年80岁，妻子为在中国大陆生长，在台湾工作多年后移居美国的美籍华人，现年60余岁。这对夫妻不同种族，不同文化背景，年龄相差十五六岁，而两人又各自有自己的子女，子女的配偶又各种各样，有美国白人、美籍华人、德国人、英国人。就是这样一个“国际大家庭”，全家和睦相处，亲逾骨肉。关键在两位老夫妻，他们的文化素养、思想和道德水平均很高，各自有一段极为辛酸的前次婚姻历史，乃能互敬互谅，互相关心和亲爱。男的原配已病故，为白种妇女，生前有精神病，且极多疑及有心计。他的经历和《简·爱》里男主人公罗切斯特很相似，也有一个疯妻子，也被妻子放了一把大火，烧去了家园。这位老先生，备受原妻折磨，精神苦痛，难以描述。他现在的夫人和前夫，关系也极为恶劣。离婚以后，终于和老先生结婚，共同组织幸福的家庭。二人均习文学，志趣一样，事业相同，携手在文学事业上并肩战斗，取得很大的成就。笔者曾暂居他们家，目睹这对恩爱夫妻相亲相爱的细节，感动之余，暗地在心里赠给他们一个雅号，曰“模范夫妻”。二人对对方的子女以至孙辈，均与自己儿孙完全一样，无限关怀，无比热爱，赢得了所有后辈对他们的由衷敬爱。夫妻二人一个爽朗豪放，一个贤惠热情，性格上互相补充，生活上互相体贴，工作上互相支持，同心协力，建造了这一个美满家庭和二人的共同事业。丈夫年近八旬，繁重的劳力劳动之余，还在盛夏酷暑中，赤膊挖土推车，修整园林，大汗淋淋，了无倦容。夫人每日笔耕，一部部小说不断问世，还一日三餐，亲自操持。有时为了满足不同家人的不同嗜好，得做中餐、西餐两种伙食。二人学问渊博，文思旺盛，又均极富幽默感，闲暇时候，夫妻与客人一同谈天说地，交流心声，伉俪间常常开些“有益无害”的玩笑，妙语惊人，四座粲然。记得有一次在吃饭时，妻子的小外孙女夸奖外婆的菜做得好，做外公的马上故意装出一脸严肃神情，喉咙变粗，一本正经地对小女孩说：“唔，不要忘记，等一回我要送上账单，向你收费！”全家和客人都乐不可支，一起哈哈大笑起来。平凡的幸福，朴质无华的欢乐，在这一家，俯拾皆是，这使我想起一首外国小诗：

> 最甜蜜的鸟傍地筑巢，
> 最可爱的花出身不高，
> 追求幸福应该俯首，
> 如我们知道其价值多少。①

---

① 见《韦氏百科全书辞典》，1981年，第879页。

笔者交游不多,见识不广,仅就上述三例来说,这三家人在幸福的"再婚家庭"中应有其典型意义,给我们以很大的启发。有一本书谈及美国人的离婚问题时说:"美国人愈来愈多地转向离婚,以解决婚姻问题。"①据统计,美国离婚率在不断上升,1958 年在每 1000 人中离婚者为 2.1 人,1963 年上升为 2.3 人,1968 年为 2.9 人。而 1978 年则为 7.8 人。这个离婚率表面看来不算特别高,实则不然。因为美国社会和我国不同,他们成年人中相当一部分人为了逃税(结婚者所缴纳的税比未婚者高得多)以及为了方便或其他各种原因,男女不结婚而长期同居。考虑及这一情况,这离婚率就很高了。事实上,美国的离婚率居世界各国之首位。

我决不无条件地赞成离婚,但若乾坤二方感情已完全破裂,"镜子"已成粉碎时,硬要把一块块碎片用"502 胶水"粘合,能粘合起来乎?笔者还认识一对美籍华人夫妇,二人结婚几十年来一直感情很坏,而且愈来愈坏,只因中国人传统观念影响以及各种复杂原因,没有离婚。这一家子,有如坐在火山口上,经常爆发巨大火焰,烈焰遮天蔽日,弄得山摇地动,全家惊怖。孩子们为了逃避灾难,干脆远走高飞,视省亲为畏途。客人们至他们家访问,仿佛是身旁到处布下定时炸弹,任何片言只语,一不小心,能激起这对夫妻互相抓住机会,向对方轰击。牵一发而动全局,引起一系列大爆炸。男女主人间唇枪舌剑,或冷讽热嘲,或辱骂相加。河东狮吼,屋瓦震动,客人在座,尴尬之极,恨不得学《封神演义》中之土行孙,从地里遁去,逃此无妄之灾。这样的家庭生活,是何等痛苦!

破镜难再圆,何如换新镜?以上美国三对再婚佳偶与一对大半生怨偶的生动事例,不是正面经验、反面教训,泾渭分明,足以深深启发教育世人吗?

① 乔埃尔·恰隆著《社会学》,艾林与培根出版公司,1986 年,第 479 页。

*4. 深情的怀念

——怀念我会名誉主席叶圣陶同志

农历除夕之夜，我国文坛、政坛、文化界、教育界一颗灿烂的星辰陨落了。哲人其萎，薄海同悲，海内海外，成千上万人都在哀悼叶圣陶同志的逝世。

圣老的学问、道德与文章，人所共仰，足为后世风范。他对我这一代人影响之大是今天青年人所难以想象者。早在30年代初，我还是个充满稚气的童子时，便读了他的童话集《稻草人》，被带入故事里的神奇世界，受到很大的教育与熏陶。当时，我正在河南一个大城市读初中，圣老在上海开明书店任编辑，他不但负责许多启迪人们智慧的好书的编辑和出版工作，使我这个少年读者读到不少精彩图书，还主编了《中学生》杂志，极大开阔了我的视野，帮助我学好语文(当时叫国文)、历史、英文等课程。为我后来的学习深造打下了扎实基础。

《中学生》杂志是30年代时专为中学生创办的一个大型刊物，我在初中三年连续订阅。杂志内容丰富、印刷精美，除了每期都刊登各种文章外，新年时候，另外附上用上等宣纸精印的名人字画，可以裱褙为卷轴，悬于墙上观赏。丰子恺先生曾作过一幅彩色的国画《朝暾》，一轮红日，在东方天空初放光芒，雄伟壮丽，给我这个并无艺术细胞的孩子以莫大的精神鼓舞和享受。同样使我终生不忘的，是有一年元月号杂志(估计为1935或1936年)夏丏尊先生为读者写了一条幅，写的是他自己的一首旧体诗：

击楫澄清志未伸，
时艰依旧岁华新。
闻鸡起舞莫长叹，
忧患还须惜好春。

当时，日本帝国主义已占我东北，华北形势岌岌可危，国民党政府奉行“不抵抗”政策，全国人民对日益严重的国难，心情激愤沉痛，就连我这一个十四五岁的孩子，也感到祖国危机，救国无门，报国无路，一块大石压在心上，不知如何是好。就在这时，圣老主编的《中学生》发表这首夏先生的诗与墨宝，诉说了亿万人民的满腔悲愤，又教导小读者们在逆境里保持乐观情绪，爱惜春光、磨砺意志、努力学习，为抗日救亡积蓄力量。

隔了五十年，直到今天，我仍然清晰记得这首诗全文，可见《中学生》杂志对我教育之大。就是这个杂志，卓有成效地教育中学生读者，用精神食粮哺育了不知多少青少年，同时也培养造就了一批很高水平的青年作家。其中最著名的有科学小品作家顾均正，残废者科普作家高士其，才华横溢的青年夫妇作家、我国优秀记者徐盈和子冈，都是当时这一刊物的作者。

三四十年代，我国最大的几家出版社和书店（当时的出版社均经营书店），按次序是商务印书馆、中华书局和世界书局。圣老任编辑的开明书店比这三家都小，但对于我和许多像我一样的青少年来说，影响最大的则是开明书店。巴金的《家》、《春》、《秋》等长篇小说，矛盾的《子夜》、《三人行》、《腐蚀》，高尔基《母亲》等书，皆为这家出版社出版。这些书一出版，都是洛阳纸贵，风靡一时，在青年读者中引起强烈反响。《开明活页文选》，甚至林语堂的《开明英文读本》（虽说林语堂在政治上不可取，他编的这套初中英语课本和《开明英文法》，很不错，被许多中学选为教材），都对提高当时中学生的古文水平和英语水平，起了不少作用。圣老所参与领导的开明书店，为我国文化教育事业做出了贡献。

后来，我慢慢长大了，接触了圣老的长篇小说《倪焕之》。这部小说塑造了小学教师倪焕之的形象，写出了他平凡而又感人的经历，批判了改良主义，赞美了进步力量，成为“五四”以后中国现代文学宝库中的一颗明星。直到五十年代，我在原广西师范学院工作时，我还把它作为教材，教育新中国的大学生。我几次在备课中重新阅读这一作品，总在小说里看到圣老年轻时的英姿，受到莫大的感染和鼓舞。

从我读过圣老的诸多文学创作中，我感到圣老除了思想深刻、德行高超、学识渊博以外，他在中国古典文学、现代文学写作上造诣也很高，不愧为中国现当代文学的一位文学大师。圣老文笔简洁朴实，语言精练有力，行文如高山流水，娓娓动听，确有其独特风格。《倪焕之》里白话文写得十分漂亮，固不待言，作品里人物通讯所用的文言文，尤为典雅练达，功底很深。30 年代时，开明书店和《中学生》杂志社几位大文章家，如圣老、丰子恺、夏丏尊先生均以他们第一流的文笔，为我国文学界、读者界树立了典范。为发展中国新文化运动的优良文风做出了贡献。这种文风，实际上继承了我国自司马迁以后，经过唐宋八大家、明清散文小品以至“五四”新文学的优良传统，加以发扬光大，是弥足珍贵的民族文化遗产。50 年代末以后直至“文革”中间，每次我读到那些在极“左”思潮下的“大长空假绝”文章，看到许多人写文章吹牛皮、说假话，用空洞的华而不实的“豪言壮语”盗名欺世，毒害读者，败坏祖国语言和优良文风，便想起当年署名为“叶绍钧”的圣老清丽笃实的散文，对比之下，感慨万千。

新中国成立以后，多年以来，从一定意义上说，我实际是在不同程度上在圣老的领导下工作的，圣老先后担任过教育部副部长和人民教育出版社社长和总编辑，我一直在大学里教书，受到教育部的间接领导，又长期在师范学院中文系工作，为大学、中学生教授语文课。用的就是圣老领导和参与编辑的中学语文课本。至于自50年代初自己参加了民进，圣老多年担任该会中央领导，我当然是在圣老参与了的会中央领导下工作的。粉碎“四人帮”以后，我几次出席会中央会议，能亲自见到圣老，恭聆圣老的讲话，又特别感到亲切振奋，如坐春风。

上面我絮絮地讲了这么多，只在于说明这件事，即：一个像我这样与圣老无任何私交的普通知识分子，从小学起，几十年来，直接、间接受过圣老多少教育。对圣老这样一位知识界、文化界、教育界的老前辈和我会中央领导人，不只是我个人，而是我这一代人，是衷心景仰爱戴，仰之弥高，奉为良师的。我们这一代人、几代人从圣老那里，无论在做人或做学问上，都是受益良多。如今，圣老遽尔别我们而去，又怎能不令人无限哀痛和深切怀念呢？

这里，我想顺便提一件小事：前几年，有一次我招收“世界文学”专业研究生，出题目对学生进行文化背景测验。试题之一，问叶绍钧是什么人。令我震惊的是，在一二十名考生中，除一人外竟无人答对此题。为什么这么多的外语系大学毕业生，绝大多数居然对圣老当年所用的名字都不知道？为什么这些青年对于圣老这位以自己心血哺育青少年的著名作家竟如此陌生？这能说不是极“左”思潮、文化蒙昧主义长期肆虐的恶果？面对这一现象，我感到揪心的痛苦。

今天，在此悼念圣老病逝的悲痛日子里，我以为纪念圣老，我们必须继承他的遗志，在党的十三大路线指引下，坚持四项基本原则，坚持改革开放，狠抓对青少年的政治思想教育和文化教育，造就千百万既有崇高道德品质、又有坚实基础知识和专业知识的又红又专的接班人，任重道远，我们的担子极重，我们的任务艰巨又光荣。只要我们拼命工作，坚持下去，就一定能胜利完成这伟大的使命。

圣老在九天之上鼓舞我们、激励我们。我们应以圣老为榜样，踏踏实实，做好对年轻一代的教育工作。

（原刊于1988年5月6日《广西民进》第2期）

5. 旅美生活及体会

树声、渊兄、立仪、驾军、金凤、振中、怀煦、国香、宾阳诸兄：

诸位老兄先后来信均收到，只宾阳兄自去岁8月31日我专函致宾阳、宏仪兄嫂，至今10月间，一直杳如黄鹤，无任何音讯。愿所有老友（特别是宾阳兄）吉星高照，身体康泰，阖第平安，诸事顺遂！

来美瞬已10月，此次旅美，至今已成尾声。自今日作此书起整一个月后（7月中旬），我将偕内子希和一同离此北上，赴北方纽约市、新罕普什尔州、缅因州、宾州一行，然后由东而西，经爱荷华到西海岸，于8月中、下旬由西部海岸飞港转往桂林。

过去10个月中，包括最近一段时间，凡诸兄嘱托之事，都尽自己能力所及，一一去办，但因个人力量有限，有些事情办得并不理想（如代国香兄及其他许多朋友买书）。衷心惶愧，无以复加。未办完、未办成之事，我仍在努力中，有的书买不到，如图书馆有而页数又不太多者或可以复印，为国香兄带回。语云："为人谋而不忠乎？"长期以来，我一直以此语鞭策自己，不敢稍有怠慢。怎奈自己时间及精力均有限，因而所办各事，未能尽如人意，不周之处，务请诸兄鉴谅海涵。

树声兄6月10日大札，与兄风格一样，娓娓动听、感人至深。去年医生误诊，不仅使兄全家震动，即使所有友好，亦无不忧心如焚，食不甘味、夜不成寐，所幸后来真相大白，一场虚惊，终于平复。令嫒桂熙，发愤为雄，一心向学，壮志可嘉。我与桂熙，也算忘年之交，如能对她今后求学方面予以臂助，自当全力以赴，务期促成此事。请树声兄释念，并请代为向桂熙致意。

立仪兄大作，我略拜读一遍，感到文章扎实、内容丰富，为一有分量之作。刚好我在此有位美国友人为专攻中国近代史者，今日收到立仪兄来信及文章后，我当即打电话给该友人，请他先看文章，然后再考虑如何代为介绍发表。一俟有回音时，当随时将结果奉告。

振中兄之书稿前言，当遵嘱交友人代为过目及提意见。驾军那本译稿，是我倡议请驾军译者，又经树声兄抱病多次代为校阅，其间倾注了两位很多心血！我返国后，一定努力争取能使译稿有机会问世。

来美将近一年以来，有一重要经验或教训，即：我国青年、中年人想出国留学深造者极多,而此事极难进行(当然,成绩出类拔萃优秀者不在此例)。我曾帮助不少中、青年学者申请,大都碰了钉子,以失败告终。原因甚多,而最主要者厥为我国中、青年申请者甚多,而成绩又多半不佳,结果可想而知。固然美国学校也有凭关系推荐并成功者,但这只是极少数,且必须推荐者确实很有影响。我只是普通教师一人,哪有如此本领。前些日子,我的一位好友,40 年代与我一同来美,后来在美国定居,几十年来一直在美国大学任教之胡兄(现已退休),为我国著名学者之公子,他曾专程开车来看我,告诉我说由于托他者太多,而申请入学者本人英语及专业成绩不佳,不仅使他屡次碰壁,面色无光,而且也使国内申请入学者之名声大受影响,别人“望之生畏”。北方有的学校,甚至公然提出,“限制中国学生入学”之怪论。前些时,我所在的威克森林大学聘请我国一位老学者来此讲学,他对我说,此校商学院院长曾将十几份我国国内学生入学申请书及成绩单给他,请他选一最优秀者,只取一人。由于我国人才众多,申请者确有一二人成绩突出优秀,这一二人(至少其最佳一人)当然可以录取。至于一般中等水平者甚至很差者,则可谓绝对没有希望。可见一切仍决定于申请者本人水平,靠“介绍”,靠熟人关系,一般是无可能的。

振中兄来信叫我退居二线,减少活动,转向著书立说,使我极为感动。但是,能做到么?我远在万里之外的美国深山老林之中,可以说,连“三线”“四线”也说不上,但一年来托我办各种千奇百怪事者(如代为求职,代为购物,代为宣传书法、照相、国画,甚至代为宣传专治阳痿包好者),少说也有几百件,我能推辞么?年龄大了,工作效率大不如前,在此情况下,每天要以大量时间忙别人委托之杂务,此种滋味,一言难尽。严格说来,这也是“文革”及多年极“左”思潮恶果之后遗症,多年锁国闭门,一旦门户开放,积了多少年之事都向少数通往国外之渠道流,都挤到在国外之少数人身上了。正因为如此,我这两个月来,虽未教课,却整天瞎忙,科研无法进行。

以上信笔写来,欲罢不能。此信已太长,余再谈。即颂

安好!

弟祥麟

1988 年 6 月 17 日

6. 与徐迟交流近况

徐老：

武昌来鸿，佳音频传。读了您 8 月 29 日惠书，我有一个绝对非您能想到之感觉，即："燕雀安知鸿鹄之大志？"您是鲲鹏展翅，一飞辄九万里；我是地地道道的燕雀，整日在忙百般琐事、千种杂务，忙得不可开交，忙得头昏眼花、天旋地转。虽不是为"柴米油盐酱醋茶"等生活七事而奔波，却也比之高明无多，相去不远矣。

来信所说，《江南小镇自传》总结您过去几十年生活，从一个方面反映时代，应属传世之作；而在此以后，以全球为目标，胸怀祖国，放眼世界，上下四千年，纵横八万里。写全世界，写东方文化传统，写黄河、长江、恒河、莱茵河、密西西比、亚马孙、伏尔加河、北美五大湖、地中海、里海、黑海、太平洋、大西洋、印度洋、北冰洋、亚洲、非洲、欧洲、南北美洲、大洋洲、南极洲以至月球、火星、太阳，写 20 世纪和 21 世纪，这是多浩大的气魄，多重要的主题！来信短短三百字，却使我很受启发，很受震动，获益之大，非笔墨所能形容。苍天有知，当假以您高寿和健康，使您这一宏图大略得以实现。我当为您馨香祝祷，祝您成功！

感动、震动之余，我感到时乎不再，不能再长期蹉跎岁月，得逐步（只是逐步）考虑并进行"战略转移"，真正搞点学问，搞点著作，做出一点贡献，留下一鳞半爪，以不虚此生，无负于人类、祖国、人民和我们的时代。这些日子，我的工作愈益琐屑，忙乱不堪。简直成了个 nondescript 的人，整天做 nondescript 的事。

一位外国友人，致力于中美文化经济交流事业，想在广西办合资企业，大至搞汽车工业、开矿，小至搞水果加工，甚至组织美国青少年来华自行车旅行团（biking expedition），由我在他与广西壮族自治区、桂林市以及敝校间，替双方联系。他每来一信，总有七八页密密麻麻的打字稿，另外还有接二连三的电报。每次收到他的信，我先请一青年朋友代译为汉文，然后我将原信及中文译文去街上复印七八份至 15 份，分寄南宁、桂林以及湖南各方面人士。收到各方面回音后，我又得以英文长信回复，有时还要发电报、电传、甚至传真电报（FAX）。我一介穷书生，既无经济能力，又无秘书，自己连个电话也没有（向学校申请装电话已三年，迄未成功。最近听说装一个电话要缴三千元，连自己也不好意思再催学校了）。事必躬亲，去找人，脚踏"风火三轮"；送封信，也得自己去邮局。为了给国外打一长途电话，我枯坐市邮电局大厅等了四五小时；后来，借用林焕平同志家电话，从下午 6 时等到次日凌晨 2 时——我把铺盖搬到林家客厅，点了麝香睡觉。任何一件大小事，均得自己出马。虽然不是"求爷爷告奶奶"，但总得自己以"微笑外交"亲自出马。此种甘苦，难以备述。您也许认为我这"甘苦"二字应改为"艰苦"才更符合实际。不，这里面也有一点点"甘"，即感到自己在为广西四化，贡献区区微力，有点精神安慰。

女儿要结婚，需要置办一些东西，为父母者责无旁贷，理应给以物资支援。我给她一个活期存折，她到十里外的储蓄所取钱，只因我的图章遗失和其他七凑八合之各种原因，她先后去了五次，均告失败。第一次找错了地方，第二次没带证明，这三次责任都在我们，无话可说。第四次，我亲自写了证明（以敝校名义）亲自去校办公室盖章，银行的人看了证明，硬说"没有衔头"，不行。徐老你能相信，我即使水平再低，开证明不写对方衔头么？（我写的是"兹证明……此致某储蓄所"，营业员说，写在后面不算，要写在前面）。第五次我又恭恭敬敬代系里起草一证明，称对方用的是"全衔"："中国工商银行桂林市分行××储蓄所负责同志"，下面详细证明我图章遗失，绝对无懈可击。不料，男营业员虽已同意，女营业员说："不行，写得太多了，不需要这么多。"又拒绝了。我气得失眠，吃了安药眠也睡不着。次日，一气之下，愤而写了一文交给了报纸，复印了文章、证明，我亲自到他们银行找他们行长。行长通情达理，说我第一次写的证明已完全合格，不需要写第二次。他要我把存折交办公室主任，由主任代我去取，估计日内当可顺利取出。

西方有"荒诞派"戏剧，其实，"荒诞派"剧作材料，我身边到处都有，俯拾皆是。上述这件令人啼笑皆非的小事，是极为生动一例。此信已太重，下次我当把自己那篇给报社写的申诉文复印稿为老兄奉上，聊博一粲。

您这次云游鄂、湘二省诸多水利设施，城市及名胜，收获必多。葛洲坝文章及沿途见闻均应该写，愿不久后能读到大作。

小音进入表演艺术家行列，可喜可贺。从年龄说，她还是在人生旅途的春末夏初之时，努力学习，勤奋练艺，前途正未可限量。在艺术之宫中，她已升堂入室，只要自己努力，缪斯自会对她加意扶持，希望她刻苦自励，在音乐艺术上做出优异成绩与贡献！

您工作极忙，此信我因心有所感，不能不言，写得长了些。如无事情，请勿专门回信，以免用去您的宝贵光阴。祝

好！

祥麟上

1988 年 9 月 5 日

又：号外，号外，“特大喜讯”！此信写好后，方才银行办公室主任带了储蓄所负责人亲自光临寒舍，把我存折上的本、利全部以现金付给我。为我省去取款马拉松拉锯战之不少时间与精力。

1989年

*1. 有理说不清

一天我骑自行车去我区主管教育单位接洽公务，走到院子内办公大楼前，考虑单车该放在何处时，旋见门口停放了一辆摩托车，我想，此处既可放摩托车，则小小自行车更不会不能放。为了不影响交通，我特意把车子放在摩托车里面，靠近好多花盆，不碍任何人的事。

上楼办完事出来，真使我吃一惊，单车不翼而飞了，而那辆堂哉皇哉的摩托车仍赫然在焉。我乃去问大门口那位挂着红臂章的中年门卫，他说车子是他拿的，因为我违反规定，不该把单车放在大楼前。我说，禁止停放单车，应有牌子写明，否则，我怎知道？我问他，既然小小单车都不能放，为何大大的摩托车就可以放，岂不更“阻碍交通”吗？他说：“上级规定，单车不能放，摩托车可以！”正在此时，一友人走过，代我解释。只见他满脸春风，一派祥和之气，笑着为我求情代我道歉。我呢，由于自己“公关学”没有学好，加上自己受了委屈，只知据理力争，却怎么也笑不出来。更不用说“低头认罪”了。我说：“古人说‘不知不罪’，你们有规定，不用牌子标明，外人怎么知道？”他说：“你是哪单位的？你来找谁？”我说：“我是广西师大的，来找某同志（某同志为该单位领导）。”友人又补了一句：“他是广西师大×教授。”不料，这句话又说错了，红臂章的同志说：“教授又怎样？教授也不行！”

事情已闹僵，我别无选择，只好去找单位领导。领导说，不要紧，他代我去找车子。我总认为领导亲自出面，总能“化干戈为玉帛”，谁知不然。领导回来，不谈还车子，而说送我回去。我问：“单车呢？是扣了吗？”“没问题，你把钥匙给我，一切由我解决。你还是坐汽车走吧，车子已准备好了。”于是，我只好坐上汽车回来，留下自行车在那里

“关禁闭”,代我受罚。

当然,这是一场很小的单车风波,可事情虽小,总还是个是非问题。虽然红臂章同志照规定办事没错,只是有禁令而不张贴出来,别人如何知道?不告而罪,讲得通吗?

此刻,我那辆“犯了错误”的自行车仍在“关禁闭”,后果如何,尚不可知。但我想到生活中常常碰到此类“秀才遇着兵,有理说不清”的时候,你又有什么办法呢?

(原刊于1989年5月13日《南宁晚报》第3版)

2. 祝贺英语讲习班胜利开班

大学英语教学与四、六年级考试讲习班今天在山明水秀的桂林市开班了。在此,我谨向全班师生热情祝贺,祝贺讲习班胜利开班,并预祝讲习班教学成功!

由于这几十年来国际上英语教学本身的不断进步和现代视听科技设备的不断发展,今天,大家学习英语的条件,比之我们小时候,不知好了多少。像今天这样的讲习班,在我十几岁的年代,甚至在新中国成立后的五六十年代,都是不可想象的。

我们小时候学英语,完全是“先生讲,学生听”,老师怎样念,学生就怎样读,依样画葫芦。特别是口语,老师发的音是“四川英语”或“广东英语”的音,学生照着学,错了还不知道。

新中国成立以后,这一情况有了很大的改善,特别是十一届三中全会以后这十年来,我们在英语教学、英语测试方面取得的成绩更为显著。从大学英语即所谓公共英语教学来说,在全世界非英语国家中,尽管我们的起步较晚,我们取得的成就却比许多国家和地区大。不少美国学者都曾对我说,中国学生英语的口语和发音,要比日本学生、东南亚学生的口语好,发音准确得多。

我们的问题,在于校与校间、地区与地区间发展很不平衡。名大学比一般大学水平高,城市比农村高得多。另外,在“听说读写”四会中,我国学生的写作能力较弱。写作能力较弱,归根结底,还是阅读能力不强,阅读得少,作文练习也做得少。不管是哪方面的不足,都需要赶上去。我们这个讲习班,正是为此而开办的。我相信同志们在这一星期的学习中,会有较大的收获,会对英语教学和四、六级考试目标更明确,认识更统一,在英语教学和应考方法上也会受到启发,得益不少的。

今天,我想趁这个开幕式自己发言的机会,简单谈三个问题,供同志们参考。

一是英语教学和学习的重要性。

英语在世界语言中,属于印欧语系的日耳曼语分支,是世界各国一切语言中使用地区最广、国家最多的语言,是国际上最通行的语言。可以这样说,掌握了英语,走到世界任何国家,生活和旅行、交际,不会有语言上的困难。更重要的是,由于英国文化的悠久,英国经济科技的发达,学好英语,就可能为自己打开英国以至整个西方文化中优秀部分的巨大宝库,就能进一步掌握世界先进科学技术。一个生活在20世纪、21世纪的中国人,不论他学什么专业,如果不懂外语,他便不可能视野广阔,甚至不可能在自己专业上有真正突出的成就。我们之所以再三再四、不厌其烦地强调大学公共英语的重要性,原因就在这里。可以这样说,一个国家科技是否发达,在一定程度上与大学英语有关。这一问题,非常清楚,不多说了。

第二个问题是学英语的目的问题。

英语是语言工具,学好英语本身不是目的,而是手段,我们不能为学英语而学英语。那么,我们学英语的目的是什么呢?前几天,我在一个会上遇到一位新西兰籍的英语教师,他曾感慨万端地把中国学生当前学英语的目的归纳为三个:1.通过学习英语,获得国外科技资料和知识;2.学好英语,可以到旅游或外贸部门工作,待遇高,赚钱多,生活优裕;3.学英语,为了通过托福考试,可以出国留学。

这位新西兰朋友这三句话,基本上概括了我国绝大部分青年目前学英语的目的。这三个目的,全部是实用主义的,不能说错,但却是很不够的。这些青年忽略了学英语的两个很重要目标:一是学习英美文学;二是扩大自己的知识面。英美优秀文学作品是人类文化宝库中很重要一部分,最好的英语语言或者英语的精华,就是英美文学名著。我们学英语怎么能够只有实用主义观点,而不去学习、欣赏英美文学名著呢?拿散文说,英国散文自16、17世纪以来,每个时期都有伟大的散文家,其作品思想深刻、艺术性强,读之铿锵有声,令人击节赞赏。拿诗歌说,英国是诗歌王国,自14世纪的乔叟,经过莎士比亚到19世纪浪漫主义一直到现代的T.S.艾略特,可以说是人才辈出,群星灿烂。小说方面,远的不说,自英国维多利亚时期直到当代英美小说,是个百花争艳、奇葩竞放的大海洋。所有这一切,都是英语语言艺术精华的精华。我们学英语,怎么能鼠目寸光,只图实用,而不学这些呢?至于扩大知识面的问题,我想放在下一条来谈。

第三个问题,通过学习英语,丰富我们的文化背景、扩大知识面问题。

学习英语的另一个目的,是用英语阅读各种书刊,扩大自己的知识面。各科知识是互相沟通、互相促进补充的。不论哪一个人选的是哪一专业,都必须扩大自己的知识面和雄厚的文化背景。绝不能只学自己的本专业的知识。高等学校培养的人才,应该首先是通才,然后才是专才。即:首先要知识面广,学问渊博,然后在这基础上才谈得到更进一步,成为一门专业的专家。"为学要如金字塔,要能广大要能高。"金字塔之所以能那样高,原因是基础大。越是建高楼,越要打好地基,在沙上建大楼,正如在半空中营高屋一样,是不可能的。因为,没有雄厚坚实的基础。英语学好后,要博览群书,多看各种英语书籍和报纸。这样做,一举两得,既扩大了知识面又提高自己的英语阅读和欣赏水平。

限于时间,以上三个问题我只能简单地把问题提出来,不能详细阐述。总之,学英语眼光要远大,既要看到自己的专业,又不能只看到自己的专业。要看到"上下几千年,纵横几万里",看到祖国、看到全世界、看到21世纪。今年是1989年,再过十年半,我们就要进入21世纪了。新的一个世纪的曙光已经沿着地平线上,呼之欲出,已经像火车一样轰轰隆隆向我们开来。今天在场的人,绝大多数将是21世纪的公民,我们拿什么来迎接新的世纪、新的年代,拿什么献给未来呢?我说,学习,学习,再学习,拿学好马列主义、学好英语、学好专业,掌握广博雄厚的科学文化知识与技能,奉献给我们伟大的祖国和未来。

祝讲习班成功,祝同志们学习好,工作好,身体好!

1989年7月31日下午

3. 西南联大 50 周年校庆

国香兄：

忽接老兄天外惠书，快何如之！多年来老兄潜心著述，在学问研究上屡有建树，令人钦敬。《维吾尔文学史》之即将出版，在我国少数民族文学史上为一大事，在兄个人学术研究中为一里程碑，纪念碑式的巨著，可喜可贺。弟当照兄所嘱，复印征订单多份，分别交广西民委、广西民族学院、敝校、广西南宁师院等单位，请他们预订。

几年来，弟忙于各种杂务，碌碌无为，甚是惭愧。前些时总算出版了 11 院校教师合著，由弟主编之《西方现实主义文学》一书，也许明年还可出一弟个人之外国文学论文集。我辈在当时极"左"路线下参加了几十年政治运动，半生宝贵年华，付之落花流水，言之心痛。如能专心致志进行学术工作，即使是一条笨牛，也会有较大之成就。往者已矣，来者可追，愿与兄共勉，今后能有一些喜人之成绩创造出来。

联大 50 周年校庆纪念，兄未参加，为一重大失误。来信所述之所虑，全属杞忧。盖联大一向以民主作风突出称著，去年校庆会上，不论大小人物，一律平等，会议无主席团、无"主席台"，士农工商校友和不管多大的"官"，完全平起平坐。全坐在台下，只有发言者，才临时上台。食宿住行，全部一样待遇，无任何特殊人物的特殊化。老朋友相见，为直呼姓名全称，这样民主之会，我这几十年来在国内尚未见过。像这样之盛会，我认为母校在校庆中，应属"空前绝后"，以前固然没有，以后（假如十年后即使能开 60 周年校庆纪念会）也不会有。盖校友年龄均在 60 岁以上，最老者已达耄耋之年。十年之后，必有一部分老成凋谢，哲人其萎，即使身体尚健，好容易去年来参加一次，下次也不一定有时间再来。另外，这次校庆，云南省拨了巨款支援，下次能否再拨，也在未知之数。总之，老兄未去，为一很大之失策。弟曾写过两篇文章谈联大及与此次校庆有关之事，暇时当复印了，寄给老兄。

小岚已结婚，且将于 9 月生产。她结婚时，我们出于不打扰一切至亲好友之善意，未通知外地任何人。后来，竟因俗务缠身，忘了告诉老兄，罪过罪过，请谅。

校庆会上所见友人相当多。由于我是 1940 年在叙永分校入学者，与兄不同年级，故我们之友人各不相同。弟之一些好友，如何扬、秦光荣、沈师光（女）等人，兄可能会不认识。当年老师，除叙永分校体育老师黄中孚教授外，去参加的甚少。说来难以令人相信,冯至、王佐良、李赋宁、杨国翰等先生,虽已是当今全国第一流学者,多因所在单位不能报销旅费,而未参加盛会。只此一端,也可以说明我国知识分子工资太低、太低。印度比我们还穷,教师待遇也不高。但印度副教授年薪也有八九万美元,比我国同级教师高十倍还不止。

这两天我们正集中学习,我忙得头昏眼花,尚未把兄之信给小岚看,日内当把信给她,嘱她暇时回兄一禀。

最后,祝兄大展宏图,把计划中拟写之另外两部大作,尽快完成。暇时请来信。祝好!

弟祥麟上

1989 年 8 月 31 日

又:令郎请代问候。来信请寄弟家中,邮政编号为 541001 号,下次来信,请告以老兄邮政编码。

*4. 谈书刊中的一些知识性错误

近来,阅读书刊,经常遇到一些语文、历史或文化知识上的错误,例子多得不胜枚举,姑举数则如下:

我曾先后读过两篇报告文学,都把 20 多岁的男青年形容为"豆蔻年华"。作者根本不知道这一成语出自杜牧《赠别》一诗:"娉娉袅袅十三余,豆蔻梢头二月初。"所谓"豆蔻年华",是指十三四岁的少年女孩,决不能用来指 15 岁以上的女青年,更不用说是男青年了。还有篇文章,写的是蒋经国病故前的情况,文曰:"弥留之际,蒋经国不顾疾病缠身,坚持每周上班三天以上,隔周才去一趟医院。""弥留"是指病人重病将死,沉疴不起,在此情况下,蒋经国又何能"坚持每周上班三天以上,隔周才去一趟医院"?另一短文《江西瑞昌出土一枚明代典史印》,说江西瑞昌发现一个明代古墓,内有一印。印上的字是"天台县典史李关防",作者竟由此推论出"此印应系明代本县人李关防在浙江天台县任典史时所用",这里已把"关防"这一"长方形官印"误为人名,闹了个不大不小的笑话。

有部传记文学作品,书名我忘了,写新中国成立前国民党高级将领张治中将军与蒋介石谈话,口口声声自称"文白"。"文白"是张治中的"字"或"号",旧时读书人或官员除本名外,常常另有一"字"或"号",其下属或朋友称呼他时不用其名,而用其号,以示尊敬。但与上级谈话,只能用本名自称,决不能用自己的"号"。因此,张治中对蒋介石讲话,只能自称"治中",根本不能用"文白"。那篇传记文学作品这样写,给人的第一印象就是不真实。作为对旧社会礼仪风俗太不了解,乃闹出这种笑话。

类似情况,也屡次出现在我们的某些翻译作品中。光明日报去年出版了美国脱马斯·A·哈里森的《我好!你好!》一书,书里竟将联合国秘书长吴丹(U Thant)的名字生吞活剥,译为"U·塞尔特",令人"丈二和尚摸不着头脑",译者即使不知吴丹其人,对这样重要人物为什么不去查查有关资料,弄清楚正式中文的译名呢?

以上各例,说明我们的某些作者、研究人员、译者和编辑文化素质差,远远不能适应工作要求。这不是一个小问题,理应引起全社会特别是文化出版界的严重关注,以免以讹传讹,后患无穷。

(原刊于 1989 年 11 月 14 日《南宁晚报》第 3 版)

*5. 真实的传奇

我不知道这个故事该属于哪种艺术范畴:是悲剧还是喜剧?我只知道它是真实的。除当事人姓名外,我一丝一毫也没有杜撰;它又是极富传奇性的,可能比文学家借助于想象所编织成的传奇还要传奇。生活里的酸甜苦辣,它无不具备,从这个意义上说,它不单是我们这个时代的侧面的忠实反映,而且还是这一侧面的高度凝聚与集中。

友人某君,姑名之曰李嘉,是我大学时的同窗,为人笃实纯朴,即使到今天耳顺之年,依然生性憨厚,童心未泯。解放初期,他才20多岁,在江南一城市中学里教英语,是他这这一学科的首席教师,深受领导重视和同学们欢迎。1957年来了反右运动,他一下给卷入十二级飓风里,成了“右派分子”,被开除公职,流落街头。这当然是大不幸,可他在不幸中有大幸,正在山穷水尽走投无路之时,巧遇一位乐于助人的老太太收留了他。老太太说:“我不懂什么右派不右派,反正我看你是好人,喊我干妈吧,你跟我母子一块过。”这样,他就成了老太太的义子,母子三人,相依为命。老太太还给他找了个职业,让他在一家饭馆做堂倌(服务员),负责洗盘子。

老太太为什么能如此急公好义,救他于绝境呢?这里面又有一段往事。原来,几十年前,老太太还是个十八九岁的姑娘时,父亲昏庸之极,竟将她许配给一个患麻疯症之富家子弟为妻,逼她出嫁。为了逃此大难,她仓皇出走,从农村跑了几十里,逃婚至县城。当时是30年代初期,封建制度统治整个中国社会,一个单身弱女子跑到县城,不要说没有钱了,即使有钱也无法独自住旅馆或到饭馆吃饭。她在大街小巷流浪了一整天,左思右想,无计可施,唯一“出路”就是投河自尽。正在剧烈思想斗争准备纵身一跃了此终生时,一个给人家帮工的保姆救了她。问明情由,把她带到主人家任女佣。几十年后,当年的这位姑娘成了老太太,见到李嘉和自己年轻时遭遇相似,顿生恻隐之心,乃慷慨相助,救他于危难。

老太太待李嘉之好和自己的亲生儿子一样,关心他的温饱和生活,为他做饭做菜,缝补衣服,问寒问暖,关怀爱护,无微不至,他对义母义弟同样亲如骨肉。总之,他那一二十年里,在那个中途组成的家庭里,充分享受了“天伦之乐”。“四人帮”被粉碎后,李嘉的错划右派得到了改正,所可惜者为老太太终因年事过高,在这冤案得改正前溘然长逝,没有来得及分享甘苦与共的义子的幸福生活。这是我这位友人以后抱恨终天的事。

按照常规,主人公既然在遍历坎坷后得到美好归宿,故事应该结束了。却又不然,李嘉年近花甲,一直没有结婚,他本人固不待言,就连我们这些朋友也无不替他着急,长此以往,老年时的孤苦伶仃,将何以堪？正当我们在为他忧心时,忽然,由江南传来他结婚的佳音。我特地利用一次出差机会,前往探视并祝贺这对贤伉俪。

我怀着激动的心情听了他们俩对我诉说的又一段新的传奇。新娘四十余岁,前夫不幸病逝,留下三个孩子,最大的已 20 岁,最小的也十二三岁了,中间是个女孩子,要补英语,找到了李老师。老师的思想品质、业务水平以及高度认真负责的精神感动了这一家人,久而久之,李嘉成了他们全家老小的“忘年交”友人。经过中间人撮合,提出双方结婚之议,两位对此都很满意,女方三个孩子更是完全赞同,认为妈妈能找到这样一位伴侣,太幸福了。但是,女方的亲友家人都不这样看,当时“四人帮”粉碎不太久,某些人头脑里的极“左”思潮还有很大的残余,他们坚决反对。人们提出一连串问号向她逼来:“你出身这样好,怎么能和‘右派’(尽管已被改正了身份的)结婚?”“你是党员,又是保密单位的保密员,和他结婚,不怕政治上受影响吗?”等等。她请示本单位组织,组织上经过调查研究后,态度很明朗:“李老师的情况我们了解了,没问题,跟他结婚与否,由你自己决定。”于是,不顾几乎所有家人和亲友反对,她毅然与李嘉结了婚。

至今,我仍然不能忘记她一面流着热泪,一面对我诉说她结婚时受到的冷遇情况,家人除自己的孩子外,无一人来参加婚礼,朋友中有人来的,大多应付一下,其中最热情的也只是说:“你看,新郎相貌并没有我想象中那么老嘛!”真好像是相貌不显老,成了我这位朋友唯一的优点了。

究竟这对夫妻结婚是否幸福美满,事实已作了解答。几年来我多次去探望他们,有两回还住在他们家,除畅叙别情外,也算是对这样组合的家庭作了调查研究。我的结论是:在我所接触到的所有朋友的家庭中,这一家的团结友爱、亲密无间是第一流的。用句老话来说,叫作“夫唱妇随,举案齐眉”“父慈子孝,兄友弟恭”,是个出类拔萃的幸福家庭。丈夫一回家,妻子问寒问暖,无限关心;孩子对继父生活上多方照料,不遗余力。我那个朋友呢,是个书呆子,生活能力不强,但他对妻子儿女却真诚地爱护关心,感人良深。如果说一定要找这一家与一般“自然结合”家庭之不同,唯一独特之点便是无论妻子或儿女,对李嘉都不称其名为“爹爹”,而称之曰“老师”。乍听时我感到奇怪,后来,仔细观察,看到女主人和三个孩子左一个“老师”,右一个“老师”叫得那样自然、那样甜美、那样一往情深时,我便释然了。有什么奇怪呢？早在结婚前他们就这样喊了,久而久之,已成习惯,无须更改。莎士比亚曾说过:“什么叫名字,那个被称作玫瑰花的,不叫它玫瑰花,不是一样香吗?”重要的不是称谓,而是实质。我曾多次看见女主人当着我和孩子的面，帮我朋友洗脸，和他依偎亲热。我感到“不惯”，心想（只是在心里嘀咕）干吗当着孩子的面如此卿卿我我，如此亲热，为什么不“回避”一下呢？真没想到女主人有一次主动谈到这样的事，对我解释说：“我是有意当着孩子的面这样做的，为的是培养孩子们的习惯，要他们知道我跟‘老师’是夫妻，应当亲热。就像我当年对他们爸爸一样”。事情虽小，却体现了这位女主人的“用心良苦”，从各方面对孩子进行“家庭教育”，使之能一步步适应她的再婚。

还有一件事，尤为难能可贵。他们的大孩子工作了，每月发下工资，分文不留，全部“上缴”给“老师”，如有所需，再向“老师”要钱，女主人对我说了此事的原委。她说她长子为人极老实忠厚，工作后第一次领了工资，交给妈妈，妈妈说：“交给‘老师’吧，‘老师’管钱，你以后用钱时再找‘老师’要。”孩子听妈妈话，又极为敬爱“老师”，从此便养成习惯，一领得工资就全部“上缴”，由继父保管。古语说：“水能载舟，亦能覆舟。”钱也是一样，它是生活必需之物，如能正确对待，它可以解决生活中一些问题，但如一身铜钱臭，让金钱迷了心窍，它便能兴风作浪，败坏一个家庭或个人，成为罪恶之渊薮。这一家人在经济上能如此开诚布公，和衷共济，十分难得。

往事历历如绘，几年来，我每次去看这一家人，都为他们全家老小的和睦友爱、精诚团结精神而深受教育和感动。每天晚上，我睡在他们为我预先洗好、精心铺好的被褥间，心里一阵温暖，难以描述，心潮起伏，激动不已。萦怀在我心里的绝不止是这一家人对我这个老朋友、新朋友的真挚情谊，而是一些更为发人深省、令人沉思的问题。在整个人类历史中，有多少“自然组成”的家庭，夫妻反目、子女不和、骨肉间一派怨气，矛盾重重，盘根错节，“清官难断家务事”，无穷无尽的争吵，永不息止。可这一家人呢，人生的中途，双方萍水相逢，组成家庭却又如此乳水交融，一派祥和之气，弥漫全家。这是一个怎样的“奇迹”啊！“秘密”究竟何在？女主人有一天终于告诉了我，她说：“我们这家人，所以这样团结友爱，和睦相处，家庭生活这样幸福美满，唯一的原因就是，全家五个人个个没有私心，只要一个人在处理家庭生活上有一点点私心，就没有今天的幸福家庭了。”

此刻，尽管我在祖国南疆，日日夜夜在忙着自己各种各样纷至沓来的工作，只要稍有一点空隙，便不能不想到千里以外江南水乡的这一家朋友们。几十年来，我的友人遍历坎坷，今天终于过上头等幸福美满的家庭生活。那位女主人中年丧夫，哭过了长夜；她的孩子们父亲病逝，顿时成为孤儿。今天，一片艳阳天下，这鳏夫、这寡妇、这三个失怙的孤儿都重新得到了丈夫、爱妻、慈父的温暖，他们靠新社会新道德、靠每人的崇高思想品质和纯美的感情，同舟共济、和睦相处、互爱互助、互相信赖，建立了新的幸福家庭，创立了幸福的生活。

1990 年

*1. 理发记

人老了,除却心里依然熊熊燃烧的一团大火外,仿佛样样都在衰退。这几年来,我感到身体状况有所下降,身体某些“零件”磨损久了,经常出些小毛病,连头发也比年轻时长得慢多了。这倒有个好处,我可以两个月甚至两个半月去理一次发,尚不致太“有碍观瞻”,既省了钱,更节约了时间。日前,对镜自照,突然发现自己头发已太长,决心硬挤时间到理发店去。

孰料好事多磨,正碰上停电。我不谙世事,过去只知道停电会使冰箱无法工作,哪想到它居然还会影响理发。我骑着自行车,连去了几家理发店,均被飨以闭门羹。理发师一句话:“停电!”我便惶惶然给打发了出来,又不肯就此认输回家,乃决定去找未停电的地方。果然,那天下午有好几条街电路畅通,店铺里依旧灯火通明,顾客盈门。经过了几家个体户“发廊”,不敢贸然入内。我想,这“发廊”不是专门为少男少女、潇洒青年美容烫发之处吗?像我这样满头白雪的老人一般剪发,能进去吗?际此物价飞涨之时,进入高级美容院去,价钱是否太贵了?心里一嘀咕,勇气便直线下降,左右徘徊,竟不敢入。后来,总算见到一家虽说也是“发廊”,但装饰较为朴素的小店铺,我把心一横,好像当年“革命小将”背诵“下定决心,不怕牺牲,排除万难,去争取胜利”语录一样,一下子就冲了进去。

“有空理发吗?”我问得很技巧,知道这样问比“你们给老头子理发吗”对自己体面得多。

“八块钱一个人!”一位从上到下打扮得花枝招展的“现代化”女青年向我大吼着。

我一向不冷静,遇事易冲动,她这一句话伤了我的自尊心,也激怒了我。我说:“我不是问你几块钱一个人,而是问你有没有空!”

“有空!”

这已是背水为战,后退无路,我再无其他选择,只能说:“理!”

坐到转椅上,冷静下来,我开始意识到自己“上了当”。这一辈子我在国内最贵的一次理发是在广州,也不过三元。桂林目前价格,仅一元多,怎么一次竟去了八元呢?继而一想“一分价钱一分货”,八元虽太贵,其质量必高,几十年偶尔“豪华”美发一次,亦不为过,更何况“士可杀,不可辱”,这里面还有个赌气维持“尊严”的因素在。

果然大不相同,过去几十年我在国内外理发,千篇一律都是先剪发,后洗头,这次一开始便不一样,首先洗头。理发师在我头上不停地倾注各种各样说不清名目的洗发液,搓呀搓的,摆弄了很久,又给我用热水洗头。不知是洗发液质量确实很高、不同凡响呢,还是我的心理作用,总之,洗完头后,我感到心旷神怡,精神为之一爽。

不料,理发师就此把我撂在一边,不再管我。我坐在椅上耐心等候了好几分钟,仍不见动静,真忍不住了,便问:“什么时候理发呀?”

“稍等一下,我们是‘一条龙’理发!”

我又糊涂了。这“一条龙”不是工业上的先进操作方法,或者水陆联运外加代旅客介绍旅馆吗,怎么会利用到理发上来?又等了几分钟,直至一位男理发师送走了客人,把我叫到他椅子上来,我才恍然大悟:果然是“一条龙”!我像是工厂车间传送带上的半成品一样,被送到另一部门“加工”。小青年手脚麻利,三下五去二,只五六分钟,便将我的长发剪短。我期望还有下一道工序——再洗头,不料他说:“好了!”

我这个人真没出息,明明自己有理,却不敢问他何以不洗头,就把“一条龙”草草结束。我匆匆付了钱,准备离开这20世纪80年代现代派“发廊”,身后留下一大堆问号,没有来得及捡拾回去。

我怅然若失。倒不是惋惜这八元人民币落花流水春去也,消失得如此迅速,而是脑子里一片迷惘——用刚才在“发廊”里亲身体验的这段奇异经历,怎样去解释自己青年时在大学里学的资产阶级经济学的供求规律、边际效用和价值、价格等规律?或者,用马克思主义“初级阶段”理论,又怎样说明问题?我模模糊糊感觉到,自己好像不是生活在真实世界里,而是漫游在阿丽丝的奇境中,在梦里、在童话里,在尤纳斯库的荒诞派戏剧里。

还没有来得及走出“发廊”门,背后传来那位女洗头专家的银铃般笑声:“师傅,理得不错吧!欢迎您下次再来!”

我慌了,一到门外,急忙骑上自行车,一口气蹬到家里。我在书桌前坐了下来,不知为啥,心里七上八下,很不踏实,总觉得有件事尚未完成一样,是什么呢？竟想不出来,是我把提包忘在“发廊”里没带回吗？是少付或多付了钱吗？都不是。我真是痛恨自己脑子太不管用,何以总想不出少办了哪件事。

八元钱理一次发,人生难得有几回！我取镜自照,想欣赏一下自己这必然是精彩绝伦的“尊容”。这一看不打紧,把我吓了一大跳:我觉得自己发虽理了,胡子却依然是杂草丛生,老长老长,根本没有刮——“一条龙”最后一道工序并未完成,成了“半条龙”!

谢天谢地,我终于找到了自己心里不踏实的谜底。我真想再花八十元或一百元,去定做一块招牌送给这家发廊,悬于门前。曰:“拦路抢劫,愿者上钩”!

(原刊于1990年2月16日《人民政协报》)

2. 谈朱乃文百梅画展

洁琼主席惠鉴:

此次我会八届六次中常委扩大会议之后,广西区委会迅速召开全体会议传达贯彻会议精神。区委全会于7月18日在南宁召开,21日结束。同志们学习讨论了江总书记在全国统战工作会议上两次讲话及我会中常委扩大会议精神,受到很大鼓舞与激励。我们深信在会中央及中共广西壮族自治区党委领导下,今后,我会广西区委会工作,必将取得新的、更大的成绩。

我与黎辛和懿芬同志贤伉俪结识多年,友谊甚笃。上次在京开中常会后,我曾于百忙中赶往文化部宿舍探望他们。在谈话中,始识懿芬同志与您的姐妹关系,并悉她也是民进会员,乃愈感大家情谊之亲密。

今有一事相请:我会桂林市主委朱乃文同志为广西民进创始人之一,当年(1957年)杨东老入会之前,即由乃文同志和杨东老联系,朱之专业为绘画,早年毕业于广西艺专。多年来我会会务极端繁忙中仍挤出时间从事业余绘画。他擅长国画,曾多次在广西几个市及深圳、长沙等地举行画展,甚获好评。最近,由广西一些单位赞助,拟于今年秋季九、十月在桂林市举行个人百梅画展,我会广西区委会亦为赞助单位之一。他想请您为他题一“朱乃文百梅画展”词。不知您能否俯允他这一殷切请求,使画展益增光辉。如蒙惠诺,我们均将万分感谢。“朱乃文百梅画展”题词,请用毛笔横写,字的大小不拘，最好长一尺左右，以便放大或缩小。尊题词不论寄给我或迳寄我会桂林市委会均可。您工作如此繁忙，百事羁身，日理万机，在此情况下，我们以这样的琐事相烦，心里甚为不安。谨颂

大安！

贺祥麟

1990 年 7 月 23 日

又：我会中南片、西南片会议下次会议均想在桂林举行。为方便计，广西区委会建议以上二会于明年夏天在桂林联合召开。此事尚在酝酿中，若能如期在桂举行，我们想恭请您大驾光临，一以指导会议，二以视察广西民进工作，三来亦可畅游桂林及漓江风光，未悉尊意如何。好在时间尚早，会议日期，一俟确定之后，当再向您汇报。

通讯处：桂林市凤北路 21 号。

1991 年

1. 悼念亡友

李汀同志：

来信收到已多日，收到信后这几天，我的心一直很不平静。令尊从事学问，卓有建树，英年病逝，而且，如此突然，使我无限哀痛，而且，很想不通。老天瞎了眼，让多少庸人活着，甚至让不少蛀虫、坏人活着，而偏偏不让对祖国、对人民赤胆忠心、为党的教育事业做出重大贡献的令尊活下去，岂非太不公乎？莎士比亚在《李尔王》中有几句诗哀悼死者，怨恨上天之不公，是这样写的：

> Why should a dog, a house, a rat, have life and thou no breath at all? Thou' lt come no more, never, never, never, never, never!
>
> （为什么一条狗、一匹马、一只老鼠能有生命，而你却气息全无？你将永远不再活了。永不，永不，永不，永不，永不！）

感谢你信上告以令尊生前最后一天以及身后的详情。我认为令尊可能是疏忽了，未做"中风预测"检查。敝校每年对老年教师除全面检查身体外，还要做"中风预测"检查。如查到有中风危险，及早预防，当可避免。令尊仙逝后，你们兄弟的处理十分正确，不但分文不要抚恤金及爸爸遗留的那一点钱，反而每人再捐 1500 元，设立奖学金，这种高风亮节，弥足珍贵，且极令人钦佩，这实际上是纪念你们爸爸的最好方式。你们兄弟三人都已成人，而且在各自岗位上工作甚好，前程远大，这与国香对你们的教育不可分。可以说，国香把自己的优秀品质、灵魂，通过你们兄弟三人留了下来，如你们再能一代代传下去，则国香的精神便是永垂不朽的。

令尊一生刻苦自励，拼命工作，为我们同学、朋友树立了榜样，国香将永远活在我们大家心中。我与国香一样，均为一介书生，我也想捐一点钱，献给奖学金，聊表自己的寸心。当于日内写信给西北民族学院。

你在京工作，很好，今后我如去京，当争取去看你。令兄及令弟请代问候。即颂安好！

愚伯祥麟

1991年1月28日

2. 心中的伤痛

汀：

3月25日来信收到，在此之前几天，我接到西北民族学院函，谓捐款业已如数收讫，这便了却我一桩心愿。令尊奖学金基金会事，应由民族学院和你们兄弟三人一同商量处理，我无权也不应该过问。至于“鸣谢纪念证”，我认为不必要，我捐助这一点点钱，纯粹是为了纪念国香，同时也向你们兄弟们学习。目前社会上有些风气着实太坏，有你们这样的父子一家，如此正直，如此公而忘私，如此奋发有为和富于事业心，我作为国香近半世纪的友人，也引以为豪。过去有理想、有志气的读书人不但要“独善其身”还要进一步“兼善他人”。现在社会风气如此，“兼善他人”很不容易，但我们仍应以此为方向。这些年来，我在工作百忙千忙中，挤时间发表了不少短文，其中相当一部分是针对时弊而写者。以后有机会，有时间时，当复印几篇赠您一阅。

从来信中得悉你在电影文学创作上很有成就，使我无限欣慰。之所以有此成绩，当然首先是你自己之努力，但归根到底，应与令尊在你青少年时期对你之教育不可分。在这方面，我比国香做的差得多。我结婚晚，孩子出世晚，他们兄妹二人童年正碰上“文革”，我在“牛棚”，自顾不暇，哪有时间和力量教育孩子？不仅如此，还由于我的牵连，男孩在小学备受歧视，老师除教他“必须与你爸爸划清界限”外，对他一概不闻不问，甚至怕沾边。

在我们住的大院里，别人家的孩子把工人家的鸭子打死，他们硬赖是我儿子黄河所为，把他“游校示众”，当时他才七八岁，心灵受到巨创。女儿小岚四岁时（1968年）便被诬以“呼反动口号”（根本没有的事）“审查”了她半个月，威胁利诱，无所不用其极。小岚性格也真强硬,始终一言不发,什么也不回答,但精神则受到很大摧残。十年浩劫,我的两个孩子,正是长知识、形成性格的时期,却给白白耽误。环境、时代当然有关系,但我主观努力也没有尽到。"文革"初期几年忙于检讨"认罪",以后又忙于工作,根本很少时间管孩子。记得我在"牛棚"时,有段时间不许回家,我怕孩子无人教育,乃提出请求请假回去教育孩子。结果是由一个学生监督,当着学生面教育男孩。我教育完后,那个同学还要补上一句:"尽管你爸爸对人民犯了罪行,他刚才的话还是对的",糟蹋我至此!

得悉你爱人小贺将赴美学习,十分高兴。我可能于今年夏天赴美任教一年。现在在办手续。如能去成,而小贺又在犹他,我愿请她到东北部靠加拿大边境我的住处一玩,或者,我于明年归国途中去看她亦可。

令郎一岁半,与我的小外孙"年相仿,道相若"。我的小外孙姓张,名一叶(取一叶扁舟之意),现整一岁半。他也非常可爱,且极聪颖,健步如飞,虽还不完全会说话,却事事解大人意。我们大人谈话,他能完全听懂。他与我们同住,当年我对教育自己孩子未尽好自己的责任,今后对教育孙辈,当下一番功夫,以赎前愆。写的多了,余再谈。祝

好!

祥麟

1991年3月31日

又:昨日收到令弟李岗来信,日内暇时当回信给他。"鸣谢纪念证"请千万勿搞。捐款纪念老友为分内之事,聊表寸心,不足挂齿。

*3. 塞班岛的噩梦

在日本与印度尼西亚之间、菲律宾以东的太平洋中，有一个小不点的岛屿叫塞班。此岛在第二次世界大战时，曾因美、日两国军队在此打过一场硬仗而非常著名。今天，将近半个世纪后，年轻人甚至连它的名字都未听说过，翻开地图，你找不到它在何处。然而，有谁料到，近两年来，这个名不见经传的小岛竟成为我国少数青年谈论的“话题”。一些人把它描绘成为仿佛是蓬莱仙境的“福地”，爱之恋之，心向往之，梦寐求之。恨不得立刻插上翅膀，飞到那里，成为“塞班”人。

由于历史原因，塞班自从二战结束后即为美国所托管。据说该岛现有人口5万，一两年内即将并入美国版图，人口计划增至30万。姑不论这一说法是否属实，它一下子就吸引了我国“出国迷”的注意，拼命往塞班挤。于是，乃兴起了专门办塞班签证的“人贩子”。这些“人贩子”可也真够心黑手狠，原先只需300美元的签证费用，便一步步抬高到2000、3000、4000美元，最高的达到8000美元。有些青年或四出借贷，或倾家荡产，终于买到一张商务签证，带了一脑子的美丽幻想飞往该岛，以实现其“塞班梦”。

可惜事与愿违，冷酷无情的现实把这些人的美梦变成了噩梦。小岛是弹丸之地，没有工业，日用百货及食品，均靠外地进口。米珠薪桂，物价奇昂。持商务签证者不得做工，当地法律规定极严，使得商店老板即使想雇用廉价劳工，也因怕被罚，不敢雇用这些新到的“掘金者”，失业、思乡、生活窘困、不懂英语，再加上当地黑社会的威胁，诸多痛苦，难以备述。这些“洋插队”的青年日坐愁城，苦不堪言。回国吧，无勇气，“无面目见江东父老”，也不甘心；住下去吧，又四面碰壁，走投无路。他们真好像被倒悬在空中，上，上不去，下，下不来的“梁上君子”。有人写信给亲人，张张信纸，浸透了滚滚热泪；还有人打电话给家中，泣不成声。至于有些女青年被逼得出卖肉体，沦为“神女”的，其身心苦况，就更不必说。

我并不是一概反对青年人出国，但我认为中国青年应该立足于祖国、热爱祖国、胸怀壮志，在自己的国土上脚踏实地地干一番事业。为了在学业上充实提高自己，有条件的可以与国外联系好学校，出国深造，学成了再回国为人民服务。然而，如果不是这样，而是为了个人“掘金”，财迷心窍，赶浪头，一窝蜂盲目出国，则决不可取。

对于当事人来说，塞班岛的教训是沉痛的，塞班岛的噩梦令人心悸。“前车之覆，后车可鉴”，奉劝一些陶醉在盲目出国“美梦”里的青年朋友们，该清醒一下了。

4. 赴美讲学

母亲、希和、弟弟、小刘、小岚、小张、凤英、漓漓夫妇并请转妹妹、文心、健、康、平、灵夫妇：

我于7月14日夏时制(以下均用我国夏时制)6点40分由桂起飞,7点50分抵香港,当晚在香港启德机场候机大楼。15日上午10点50分由港乘西北航空公司飞机起飞,下午2点半抵东京。快6点时又起飞。由于向东飞,晚上10点半天即亮了,16日晨6点抵纽约,而当地时间则为美国东部夏令时间15日下午5点。在纽约入境,无任何检查(根据我箱子贴的标签,得悉箱子在东京已被查过),即顺利入境。友人小潘夫妇携女儿来接我,由小潘开车先去唐人街吃晚饭,再开往小潘住所居住。16—18日在纽约逗留,曾去拜访当年在西南联大时之老师黄中孚教授,并参观纽约大都会艺术博物馆。

黄先生今年83岁,像年轻人那样有精神,对我极为亲热。硬送(我不要也得收下)了许多衣物给我(包括衬衫、毛衣、皮鞋、帽子,大小毛巾以至鞋拔),我们师生一同在他家吃饭并谈天。师母现住在泰国,黄先生长公子不久前刚患癌症病逝。老年丧子,为人生一大悲剧。他一人独居,不论买菜、做饭、洗衣都自理。老年人在美国,生活十分孤独艰苦,由此可见。

19日晨6点(以下均为美国东部夏令时间)小潘开车送我去"灰狗"长途汽车总站,以便我搭车去汉尼科尔(Henniker)之新英格兰学院。之所以未乘飞机而坐长途汽车,是因为飞机票要140美元,加上我行李过重,连行李超重费,一共要近200美元,而汽车只40美元,而且买票以后一个月有效,任何一天可以去搭车,不必预先订座位。

7点开车,中途经波士顿等城市。快下午3点时,到达新罕布什尔(New Hampshire)首府康考德(Concord)市。新英格兰学院派专人来接我,开车走20分钟便到新英格兰学院。

新英格兰学院对我不仅十分热情友好,且考虑问题细致周到,滴水不漏。我一到康考德市下了车,来迎接我的人便走了上来,为我搬行李,且给我一大包文件,其中有该院教务长给我的欢迎信、学校地图、我的住房钥匙和住房号码锁编号(号码只本人知道,不知道者虽有钥匙也开不了门),食堂就餐卡片(凭卡片可免费吃饭)以及友人寄给我的信件。欢迎信上除了热烈欢迎我外,还告诉我应注意事项,给我介绍了一些朋友,并预告我哪天校长请我吃饭,明天副校长请我。我住进宿舍一小时后,教务长泰勒博士来看我,说是怕我没钱用,立即交给我一张400元的支票,供我使用。他还说,下星期一上班(美国星期六、日两天放假,我到达之日为星期五下午),我便可以到办公室找一位女秘书签订合同,然后便可领工资。教务长带我到主要办公室看了一下。当晚,我就在食堂吃饭。可惜我一点不饿,只随便取了一些菜、点心及一杯橘子汁,草草吃了。

今天上午10点半,校长奥康纳尔博士按时来访,他开车带我周游全校,一座一座建筑为我介绍,然后邀我去他家,见了校长夫人,我们三人一同到饭馆用午餐。

这是个小的大学,有两部分(即两个分校)。一在美国,即我工作之地方;另一在英国。美国分校仅900学生;英国分校人更少,只一二百人。美国大学教育正处在困难时期,经费紧张,生员缺乏,处境艰难。我现在住在学生宿舍中,一套房子三房一厅,共住三个人。我自己住一间,有一床、一书桌(办公桌),一个很大的五斗柜,另外还有两个壁橱(相当大)。房子西晒,无空调、无电扇,据说是因为夏天不热。但今夏例外,热极了。下午,房间像蒸笼一样热,坐着不动,汗流浃背,汗衫全部湿透。幸而一楼(我住在三楼)有公共休息室,明窗净几,可在内工作、看书(白天只有我来,其他人不来)。还有自动售货机出售各种冷饮,一瓶软罐头苹果汁仅六角钱,冰凉沁心,其味甚佳。我这封信即在楼下休息室一边喝苹果汁一边写的。

巫伯伯处,我还没打电话去。原因是我那套间一个电话三人共用,无法打直拨电话。要等我找到正式房子,搬了进去,才能打外地电话。昨给小岚之电话,为教务长把他的办公室电话借给我打的。因不便经常麻烦人家,只好暂时不打长途电话。此信暂写至此,余再谈。祝

好!

祥麟

1991年7月20日

5. 租房子

希和：

来此以后，我已给家里写了两封信，其中一封是给小岚的，并附生日卡一张，想已收到。

这些天，我一直在紧张备课。前两天已搬来新居。房东为一美国中年男子，独身，他住了一大栋房子，楼上楼下只他一人。现租一间房给我。我可以用他的会客室、厨房、小餐厅、冰箱、洗衣机、烘干机等，十分方便。他还有个大草坪，八九亩大，一片绿茵，四周大树环抱，风景很美。房子原来不是他的，他以前代一老人看房子，老人病故，无亲属，房子全送他了。

黄河寄来一信，今随此信转给你们。另外，他给丹沁照了张照片，你送照相馆拍一张，有了底片后，再用该底片加洗几张。美国加洗这样的照片太贵，连重拍恐怕至少也得十几美元，故寄给你重拍。

今晚，此校有位美国教授与一位上海女士结婚，请我去参加婚礼。因此，此信不能多写，就写至这里。

全家均同此，不另。祝

好！

祥麟

1991 年 8 月 15 日

6. 热情款待

希和：

一叶两岁生日快到了，今寄去生日卡片一张，聊表外公在万里之外的祝贺。当然，他太小了，生日卡不能给他玩，一玩便咬破或弄破，留作纪念可也。

最近，小岚寄来一叶照片多张，张张精彩。他神志自然生动、表情活泼天真，如见其人、如闻其声。我把这些照片或贴在墙上，或放于玻璃板下，并把其中一张（他骑玩具狗照的）寄赠给瑞弟。

这里风景甚美。我曾照了一些照片，等以后寄些回去，这一封不行，因为可能会过重。

母亲是否已赴蓉，如尚未去，此信给她看。小岚、小张同此，不另。

我现在每周上十一堂课，比之在桂的课重多了。好在最近身体不差，可以应付。这几天应酬特多，前两天与一些美国教授一同去几里外一家餐馆聚餐，吃意大利馅饼（实在不好吃），每人五元；昨晚，欢送国内宁波来的一位老师回国；今天应一位老师邀请去他家吃饭；后天，此校副院长再次请我吃饭。我不会做菜，这些人情债，只好欠着，将来再想办法还。余再谈，祝

好！

祥麟

1991年9月1日

7. 在新英格兰学院

母亲、希和、小岚、小张：

今日(9月9日)收到小张8月31日及小岚9月1日之来信,该信旅途只走了八天,可谓快矣。

此校上课已两周多,我每周各种课共十二节,这在国内大学算任务繁重,在此则为一般负担。我的课有些很容易教,故不费力。除上课外,每周按规定至少得坐十小时办公室,我的办公室原是到师大任教一年的那位女老师亚历山德拉教授之办公室,她布置得很漂亮,我则坐享其成。与她同时去桂林的那位美国妇女已回来,她有天特地来看我,还特别嘱我代她问候希和,希和与她曾在桂林街上相遇。

小岚如能来成,要带四五个碗来,这里没碗,极不方便。我借了房东两只碗,不慎打烂了一只。我赔了十美元,现仅有一只。盘子我多得很,宁波大学一位老师回国,她把她的许多大大小小的盘子、刀叉均给了我,根本用不完。另外,要为我带几贴狗皮膏或麝香膏药来,以备腰椎痛时贴用。我因过去(“文革”时)劳动不注意,腰椎受损,有时疼痛。工艺品可带点来送礼,其他则不用带。

这里,自然环境不错,十分幽静美丽,像个公园,我现在没有做其他锻炼,只每日饭后散步半小时。马路两旁都是树木,松鼠多得很,似比在温斯顿—塞拉姆时还多,它们到处乱跑,跳来跳去,活泼可爱。随信寄去校园风景一张,是我拍的,此地也是我每日散步的必经之地。这个学校副校长对我特别热情,她准备请他丈夫开车带我到波士顿玩,希望小岚能赶得上与我同去。波士顿为美国当年殖民时期文化古城,名胜古迹很多,又是一著名文化城,距此地甚近,开汽车两小时就到了。此外,我的房东也想开车与我同去波士顿吃中餐。

新英格兰学院有个特点,同广西师大一些学生有共同处,即:不用功,学习很不刻苦。当然,原因与师大不同,这里学生不刻苦,是因为家庭环境太好,能缴得起这么贵学费来此读书的皆富人子弟,他们不需要好好念书,反正一毕业,爸爸准能给自己安排好工作。我可以明显看出他们不如威克森林大学学生勤奋。

母亲何时赴蓉?希和一切均好?希望来信。余再谈。祝

好!

祥麟

1991年9月9日

8. 美国生活见闻

希和：

昨日(9月10日)给你发了一封传真,想已收到。

我在此工作很忙,一星期十二堂课(在师大外语系时,平常每周只有两到四节课),加上还要坐办公室备课,必然十分忙碌。另外,我们搞文科的,不能不看报纸,我订了《纽约时报》及《读者文摘》、《大西洋月刊》等报纸、杂志好几种,单是《纽约时报》,平日每天98版,星期日200版,怎么也看不完,只能看看要闻及重要文章而已。

这里校领导,对我非常友好、热情及重视。今天,我见到那位副院长,她说后天又请我吃饭,她与她丈夫一同请我,已是第四次了。我自己又不会做菜,无法回请人家。此外,她主动说,学校为我准备了经费,可外出参加学术会议。12月底美国现代语文学会,要开年会,我准备去参加。

母亲估计已赴成都了,家中情况如何,请来信告知。

我住的这一家房东,只一个人,我与他合住一栋大房子。此人非常勤快,每日早晨4点半起床,约锻炼一个小时,6点半开车到外地上班,下午5点回来。一回来不停地工作,不是开

动刈草机(他坐在车上)来回剪草,便是用水管浇灌花草,或用吸尘器楼上楼下每个房间吸尘。他的吸尘器与国内很不同,附有一大垃圾箱,吸得的灰尘全部储入,一年才倒一次。这里许多东西与国内的不一样,如我上次教课之黑板,是雪白油漆之“白板”,拿很粗的黑色笔写在“白板”上,擦时没有粉末及灰尘,比较卫生。

小岚、小张不另。全家都代为问候。祝

好!

祥麟

1991年9月11日

9. 托女儿办事

小岚：

本月 9 日，我寄一信回家，并附有新英格兰学院校园照片一张；14 日又寄一信给你妈，内有我在现住处门前草坪摄影一张，想均已收到。

有一件事，即我答应徐迟伯伯，给他寄三本 *National Geographic* 杂志（即全国地理杂志，美国出版的），却忘记了。此杂志封面均为黄色，印刷精美。一位美国老太太连续三年赠我。我们家很多，你收到后随便找三本寄去。你另外写封信给徐伯伯，告知此事。

奶奶与一叶坐在沙发上合影之相，照得非常好，我答应四叔送他一张。你去照相馆加晒了，直接寄给四叔。

希望你尽快把事办好。你妈妈、小张均同此，不另。

随此信再寄去一张我刚来时在餐馆吃饭之照片，那些人全是学生。此餐厅甚大，我们只照了小小一角。余再谈，此问

近好！

爸爸

1991 年 9 月 18 日

10. 日常生活

希和、小岚、小张：

小岚几次来信，包括由广州之来信均已收到。本来，星期日这里已有一位老师邀我与他们一家同去波士顿，我已答应，现有此更重要之约会，我只好不去波士顿了。

目前，此校正在期中考试时期，我教的课也都要考。备课、出题、阅卷，总之，平日十分忙碌。

我最近买了一部美国医学会出的家庭医药百科全书，两大册，16 开，共千余页。内容非常具体实用，只是书价贵了，共 36 美元。所谓“贵”，是按国内的标准，若是按这里的标准，则不仅不贵，甚至还便宜。科技书籍，这里每本都要四五十元以至七八十元，上下两册至少也要八九十元。我国商务印书馆出的平装本的汉语教科书，在国内只卖人民币 8 元 8 角，一到美国，就卖 22 美元一册。其他书亦大多如此。

希和可能已去西安、昆明旅游，此二城市风景美丽，西安古迹特多，很值得一去。

随此信寄上照片两张：一张为在校长家吃饭，坐在我旁边的是副校长之丈夫，副校长在桌子另一端，没有照上；另一张为后来有一次校长请客，此校几个外国教师在后院合照的。自左至右为一位日本大学副校长，来此校考察教育；一位非洲尼日利亚教授；一位台湾同胞副教授；最右边的那位好像是亚洲哪国的，我未问他，大家只是临时凑合摄一影留念。背影向摄影机之穿红色外套的，则是那位女副校长。

一叶最近如何？你们要注意他的身体，勿使他再生病。

奶奶在郑州过生日，十分热闹。正晶特地由广州赶回河南。他们在宾馆吃饭，邀了一些亲友参加。

师大近日如何？暇时来信告知。

问好！

爸爸祥麟

1991 年 10 月 17 日

又：信封上的邮票，为刚出的一套“空间探索”邮票，共十张。这里只二张，上面一张为月球，下面一张为海王星。

*11. 谈生命的最后一刻

人生在世,仅百年耳。这当中每人要经历无数事件与考验,千变万化,各不相同。但有个考验是共同的,而且是个很大的考验,即生命的最后一刻。“灰白色的死神,迈着公平的脚步,敲穷人的茅舍,和王宫的宫阙”。这是公元前1世纪时罗马诗人贺拉斯的名句,说明了死神的公允,它或迟或早都要去拜访世上每一个凡人,绝不会遗漏。

问题是,由于各人的世界观与生活经历不同,在生命弥留之际,怎样对待死亡,怎样向生活告别,却是千差万别,因人而异。

常常有在生活里气壮如牛的“巨人”,一旦面对死神,便瘫软下来,惊怖之极,顷刻间即萎缩成侏儒。至于拜金主义者、守财奴之辈,虽死已临头,仍念念不忘其命根子黄金。例如,巴尔扎克小说里的葛朗台,在病榻之上,气息奄奄,仍频频叮嘱女儿替他守护好一切,将来到天堂向他报账。最后,他看见身旁神父颈上挂的金十字架,“见钱眼开”,用力一扑,一命呜呼。这些小人物不值一谈,不去说了。

古今中外,有多少仁人志士,为了一个崇高理想,英勇献身,义无反顾。“人生自古谁无死,留取丹心照汗青”。文天祥被俘后,虽屡经敌人威逼利诱,始终坚持节操,不为所动,以身殉国,留下凛凛正气与百世美名。其《正气歌》里列举的英雄,大多是高风亮节,宁死不屈,为中华民族树立了楷模。至于无产阶级革命战士,如“左联”诸烈士,如刘胡兰、赵一曼、董存瑞、江竹筠等无数英烈,都是在敌人的屠刀下及炮火中,或慷慨赴死,或从容就义,为中国革命写下了英雄篇章,光辉业绩长留人间。

我这里着重谈的是另一种类型,这些人在和平宁静的环境里,卧于病榻之上,以大无畏精神直面死亡,走向永恒,他们相互间情况各异,但是,其执着于自己信念、迷恋于自己事业,热爱人类和生活则一。19世纪英国浪漫主义诗人拜伦,为了帮助希腊人民反对土耳其侵略,毅然告别家园,投笔从戎,到希腊军中,不幸罹疾,在发高烧呓语中犹不停高呼:“前进!前进!”去世之前,他最后一句话是:“我把自己的时间、资财和健康全部献给了它——现在,把生命也献给了它!希腊,希腊,我还能做些什么呢?”

波兰杰出的音乐家肖邦,晚年被迫去国。在外18年,无时无刻不在关心祖国的命运。去世之前,他预料波兰反动政府不会允许把自己的遗体运回祖国安葬,死前留给姐姐的遗言是:“至少把我的心脏带回去。”拜伦和肖邦的临终遗嘱都是金玉良言,铮铮有声、哲人风范、永垂青史。多么令人感动！

还有科学家居里夫人，毕生从事镭的研究，谈到死时，她首先想到的不是自己，而是未竟的工作。她说："在我病逝后，镭学研究所的命运，使我不安。"逝世那天，这位伟大女性萦环于心的只是她的镭学研究和她的专著，不停地说："各章分段都一样的……我一直在想着这部出版物。"

死神的形象决不美丽，然而，英国小说家和诗人哈代之死，却充满了浪漫主义诗情。这位以《苔丝》、《还乡》、《无名的裘德》等小说名震世界的大作家，其作品曾长期被错误地评价为"弥漫着悲观主义色彩"。可是，有几个人知道，哈代本质上是位热诚地拥抱人类、酷爱生活的人。他病笃了，弥留时向亲人提出要求，请为他朗诵三首诗：罗伯特·勃朗宁的《拉比·本·艾兹拉》、欧玛尔·海亚姆的《鲁拜集》里的四行诗和德拉·梅尔的《聆听者》。这三首诗，悉为充满人生哲理之名篇。若非出于对生活的热爱，安能在弥留时有此闲情逸趣去听诗歌朗诵么？

我还想谈一位皇帝的轶事。读历史，人人皆知奥古斯都其人。他是罗马帝国的第一位大帝，毕生除南征北战之外，尤致力于建设罗马城及提倡文化。古罗马著名诗人维吉尔·奥维德和贺拉斯等人，无不受过他的提携和关注。奥古斯都临终的一句话是与其妻告别的："永别了！利薇娅，勿忘我俩婚后的日子。"我无意全面评价这位罗马大帝一生政治上的功过，但至少是作为一个人，他这临终遗言却是颇有点人情味的。

各国古典文学作品谈死的不少，所可惜者，大多数人都从消极方面来看待它。弗朗西斯·培根则独树一帜，与众不同。他在一篇题为《论死》的小品文里，直截了当地指出："死和生一样自然。"此语表面平常，实际上却触及了（虽然是不自觉的）辩证唯物主义一条最根本的真理：有生必有死，死是生的必然归宿与结果。英国19世纪"玄学派"诗人约翰·多恩写过一首《死》的十四行诗，以傲岸态度向死神挑战，称之为"可怜的死神"，而且满怀豪情地说："死神，汝必死也！"其实，在此问题上真正谈得好的，我以为还是毛泽东同志为刘胡兰就义的题词："生的伟大，死的光荣"，短短八个字，昭示了只有全心全意为人民，正确对待生活，才能正确对待死亡。不要把自己看得过重，要把人民利益放在首位，才能做到死的光荣。正确的死亡观来自正确的人生观，平时正确对待自己生活，到了生命旅程之终点，到了"最后一刻"，必能泰然处之，心平气和地走向生命的彼岸，走向那真正的永恒。

*12. 从一位朋友的病逝谈起

前不久，一位远在祖国大西北的好友突然病逝，噩耗传来，我极度悲痛，五内俱裂。他是一位典型的中国知识分子，正直勤奋，拼命读书和工作，热爱自己的祖国和人民。我与他在大学为同窗，都攻读英国文学。他的英语造诣很深，自不待言；中国文学文化修养亦高；法语成绩是西南联合大学历来选修法语学生中成绩之最佳者。新中国成立后，由于工作需要，他改行搞维吾尔语言文学，终于成了我国第一流的维语学者。友人的健康状况一向很好，我认识他迄今50年来，极少生病。每天黎明5时起床，除中间三餐休息片刻外，他都像一根钉子钉在椅子上一样，一直工作至午夜，数十年如一日。就这样，他把自己培养成了一个卓越的维吾尔语文大学者。

苍天无眼，冥神无情，友人才66岁，便以脑出血猝然被夺去生命。我急忙发去唁电，用了“哲人其萎，令人哀恸”这样的话来描述我的哀痛。使我感动的，不仅是这位友人生前的高风亮节和他在学术上的巨大成就，而且还有他死后的哀荣以及其孩子对乃父的纪念方式。我收到他长子的信说：“这是学校（按：指友人的工作单位）有史以来最隆重的一次追悼会，挽幛和挽联、花圈置满礼堂……师生都在遗容前痛哭失声，表达了对父亲的深厚感情。”

友人逝世后，他的全部存款只1500元。这一点钱，加上抚恤金4000元，他的三位公子分文不取，反而每人又捐献1500元，共凑齐10000元，在该校设置了“×××维吾尔语言文学奖”，用以奖励维吾尔语言文学科研、教学及学习三方面之成绩最佳者。每两年发奖一次，奖给一二人。奖金额为800—1000元。此外，他们的家属还将友人全部的维吾尔语文藏书捐给了学校。

近年以来，我听过一些子女在自己父母死后，争抢遗产闹得不可开交的故事，和上述例子一比，一个卑劣庸俗，令人难耐；另一个山高水长，风格高尚，成为万人景仰之楷模。这二者之距离，又何止十万八千里！人固有一死，或重于泰山，或轻于鸿毛。我这位友人毕生刻苦自励、勤学苦读。在学术领域攀登了一个又一个高峰，鞠躬尽瘁，死而后已，把一切献给了党和人民。这真是高山仰止，景行行止，生命不息，奋斗不止，多高尚的人格，多伟大的精神！正是在他的言传身教之下，三个孩子，个个以乃父为师，勇于奉献，公而忘私，用最好的方式纪念了自己的父亲。他们这两代人事迹，都是极其感人的。振兴中华，弘扬民族文化，所需要的也正是这种精神。

翱翔吧，中华民族之魂！

1992年

*《当代美国英语词典》序

一

字典编纂工作,是一门重要的科学,也是一种精湛的艺术。英语语言词汇浩若烟海,要编写一本(第一本)英语词典,谈何容易?熟悉英国语言文学史的人,都知道早期编纂英语词典工作如何艰难。严格说,在18世纪中叶,英国大文学家塞缪尔·约翰逊(Samuel Johnson,1709—1784)出版他自己编的《词典》(the Dictionary)之前,世界上没有真正的英语词典,有的只是较为简单的词语汇编。不错,约翰逊之前有位叫作纳山尼尔·贝利(Nathaniel Bailey,生年不详,1742年卒)的人,也编辑了一部大约有60000词条的"词典",但其内容简单,释义粗糙,很不科学。例如,"臭虫"(bug)的释义为"一种尽人皆知的动物(an animal well know);"轮子"(wheel)被解释为"一种可作多种用途之圆形用具"(A round utensil for various uses)。这样的释义岂不叫人"丈二和尚,摸不着头脑"吗?约翰逊则不同,他是一位真正的"开拓者",而且,具有一定的科学精神,他从无数的文学著作中,搜集素材,选取例词及例句。他还特别注意到对日常用语进行解释,为一个又一个词语下定义。他规定每一词条必须包含这些项目,即:注音、划分音节、语源、词义诠释,以及由著名作家作品引用而来能说明词语的例句。约翰逊的这一创业,至今仍是一切英语词典沿用不辍的规范。这里面工程之大,自不待言,而他又非常贫困,他在经济极端窘迫的情况下,求告无门,没有任何贵族给以资助。他自己雇了七名抄写员,经过八年艰苦奋战,终于完成了英语语言史上第一部词典,使之成为1928年英国韦氏大词典问世前全世界最具权威性的英语词典。

但是,约翰逊毕竟不是一位严谨的词典编纂者,而是一位鼎鼎大名颇具浪漫主义气质的文学评论家。他为一些词语下的定义,既有一些学者专家为词语释义的准确性,又经常带有他个人的奇想偏见,成为文学史上只要一谈到他时便津津乐道的趣闻。例如,由于他对苏格兰人怀有偏见,便给"燕麦"(oats)下了个这样的定义:一种谷物,在英格兰一般作喂马之用,而在苏格兰,则是人吃的(a grain which in England is generally given to horses, but Scotland supports the people)。他对青春期(puberty)的解释是"生命中两性初次认识的时期"(the time of life in which the two sexes begin first to be acquainted)。而柳树(willow)的定义则是"一种树,(其枝)常为失恋者所戴"(a tree worn by forlorn lovers)。这些释义,如果用在极富个人特色的小品文中,也许还勉强可以,但现在却用在科学性很强的词典中,便明显地不适宜了。

二

我之所以用了上述这些篇幅来谈早期的英语词典,其目的在于说明英语词典之编纂,绝非易事。后来,由于各国英语词典愈出愈多,特别是近50年来,各种英语词典若雨后春笋,不断出版,不仅词典的内容愈来愈丰富,可谓百花竞艳,美不胜收,而且,编纂词典工作,比之过去,也相对容易多了。虽说如此,目前要编好一部真正是具有自己特色、胜过前人,深受读者欢迎的词典,仍然要花极大的努力才行。我个人收藏和使用英语词典,有二三十种。其中几部特别好的,可以说是各有各的特色,每一部都有它自己的用途。举个最较少为人知道的例子,美国读者文摘公司于1987年出版了一部《读者文摘插图本百科全书词典》,全书分两巨册,共1920页,可谓庞大巨物,洋洋大观。这部词典的特色极为显著,它在照顾整个西方文化背景的前提下,特别强调美国英语、强调美国科技与文化。除了搜集传统词典的各种词语外,它同时强调"百科全书性",即涉及知识面广,不管任何专业用语,只有需要的,一律收入。它强调内容之"新",编辑人员一边编辑词典,一边不断增添新的词条。这一工作,直到全书付印前一日,迄未停止过。甚至初版出版了,以后每印刷一次,都要再次加上新的内容。正因为如此,笔者所购该书的第四次印刷本(1992年3月印)中,就加进了1990年以至1991年的最新内容。此外,这部词典还有一最大之特点,即彩色插图丰富而精美。全书共有彩色插图2300幅,平均每页均有一幅。这些插图既生动地为有关词条作了形象的诠释,它们本身又是美丽的艺术作品,读者看了,可以益智、可以怡神,赏心悦目,美在其中。书价也并不太贵,连邮费大约仅40美元。"他山之石,可以攻玉",这样的词典,如果有条件时,我国也应该出版一些,以上所说,为纯粹的英语词典,即用英文来解释英语词条。

在我国,基于中国读者的实际需要,由于词典一般都用汉文来释义,或英汉双解,叫作"英汉词典"。20世纪30年代,笔者学习英语时,已开始用的是商务印书馆出版的

《英华合解辞汇》,以后则有世界书局的英文《四用字典》,这两部书以今天的标准看,固然有不足之处,但在当时则是风靡一时,学生们几乎人手一册,发挥了其巨大作用。当然,40年代时,还有所谓的《寸半英汉词典》,全书比巴掌还要小,却包含了两万多词条,对初学者来说也勉强够用了。

新中国成立以后,尤其是最近几十年来,我国的英汉词典从二三种到目前的几十种,越出越多,越出越好。商务印书馆出版的郑易里主编的英汉词典出版较早,在读者中很有威信。其后,上海译文出版社出版了《新英汉词典》,内容更新。同一出版社近年又陆续出版了张道真编著的《现代英语用法词典》五厚册,共5000多页,例句之多,蔚为壮观,对帮助读者用英语写作,作用很大。而我国英汉词典中内容最多,规模最大,最具有权威性的,则是国防工业出版社出版,由王同亿任主编译的《英汉辞典》。全书分三巨册,共6000多页,参加编辑者凡600余人,其中大部分为我国各个学术领域的知名专家和权威人士。这样的英汉词典,是我国学术界的骄傲。这样高水平、高质量的巨大英汉词典,据我所知,在全世界任何其他使用汉语的地区都还不曾出过。

现在,在一片英语词典、英汉词典的汪洋大海中,漓江出版社的《当代美国英语词典》又将问世了。有人会问:难道1000部还不够用,一定要出第1001部吗?我的答复是肯定的。各种不同的英语或英汉词典,皆有自己不同的特色与用途。这部《当代美国英语词典》之特色,在于"当代美国英语"六个字。美国英语源于英国英语,但是,正像婴儿离开母腹便开始自己茁壮成长那样,经过这几百年在北美洲新大陆的移植、生根与开花后,美国英语不仅已经独立生长,自成体系,而且,由于美国社会经济、文化、历史、科技等的发展,当代美国英语已成为整个英语语言中最强大的一个分支,其重要性已经远远超过英语的其他的分支。当前,我们举国上下,万众一心进行改革开放,为实现祖国四个现代化而努力,在此情况下,我们必须吸收人类一切优秀文化成果,掌握当代美国英语便是一项十分重要的任务。"工欲善其事,必先利其器",这样,出版一部《当代美国英语词典》,自然是非常自然而且必要的事。

本书编纂者蔡昌卓同志,好学沉思、工作勤奋、治学态度严谨,是一位很有前途也很有能力的中年学者。他花了极大的精力,用了几年时间,终于编成这一部《当代美国英语词典》。在此本书即将问世之时,我写了这篇随笔式的序言,敬献给广大读者,并祝贺这部词典的出版。

贺祥麟

1992年9月15日

1993年

1. 勉励与交流

李汀世兄:

收到来信及附寄之《维吾尔文学史》和其他资料,兴奋莫名。令尊国香兄的这一著作出版,为我国学术研究做出了巨大贡献,只可惜他去得太早,未及亲自看到此书的出版,令人唏嘘不已。您的来信及文章《父训》,情深意长。一方面固然说明令尊教育孩子之严,要求之高;另一方面则尤其说明你们父子感情之笃,足资楷模。总之,所有您这次寄来之信、书、文章及其他资料,都使我十分感动。你们兄弟三人均已成人、成材,而且在工作上都做出很大成绩——这里还包括您爱人小贺近年来在舞蹈方面之突出成就。这一切,令尊如泉下有知,必当获得极大安慰。

我于1991年7月赴美讲学,1992年完成任务,曾由我任教之学校美国英格兰学院授予名誉文学博士学位。去年5月中旬我去纽约,下旬飞智利,与我的男孩、媳妇和孙子一同欢度了一个假期。去年6月下旬我再返纽约,旋即飞香港,并于7月7日回到桂林。

回国半年多来,除了在系里给研究生上课外,还有诸多杂务和各种会议,一直在忙着。我已71岁,仍未退休。现因工作需要,最近即将赴南宁工作,主持民进广西区委会工作。由于广西师大挽留我,我的工资关系决定不变,仍在广西师大,但长期在邕(南宁)工作。今后工资仍由师大发给,而一切出差费则由民进报销。我二三日内即赴邕,今后来信请寄广西南宁桃园路29号民进广西区委会,邮政编码为530021。今随此信附上我的名片一张,其背面有我在南宁(及桂林)之通信处及电话号码。

我每年会去北京二三次,下次估计为3月下旬前往(尚不一定)。如去时,当打电

话给您,以便约时间相见。请代我问候小贺。令兄及令弟处,您如写信时,也请代为致意。匆此。顺祝

安好!

祥麟

1993年2月12日

*2. 培养民主党派接班人之我见

培养民主党派接班人的问题,过去几十年来一直存在着,但是,今天,这一问题比过去任何时候更加迫切和重要。这不仅因为当年从事民主革命以及建国初期民主党派老一代的各级领导人因为自然规律,或已经先后逝世,或纷纷退了下来,同时,更因为中国共产党领导的多党合作和政治协商制度已经成为我国根本的政治制度,而且,已经写入宪法。如果民主党派不解决好自己的接班人问题,那么,各民主党派又怎样能发挥好参政党的作用,我国党领导的多党合作和政治协商制度又怎样能巩固和发展呢?

由于种种原因,目前,各民主党派在选择接班人这一重要问题上,遇到了不少困难。尽管各党派都有一些非常优秀的接班人,但总的来说,(至少民进广西和各市组织均有这一情况)新的接班人和新中国成立初期老一代民主党派领导人比,难免要稍弱一些。譬如民进广西组织的创始人杨冬莼同志,他早在三四十年代,就是我国的著名教授、学者和政治活动家,威信很高,威望很重,知名度很大。又如胡明树同志是我国著名的作家,阳太阳同志是海内外知名的画家。这些同志不仅学术或文艺造诣很高,影响很大,而且,早在民主革命时期就在中国共产党领下,积极从事民主革命,立场坚定,斗争坚决,与党合作共事相处极好,对中国共产党有极深厚的感情。当然,我这样说决不意味着今天广西民进各级领导人对党和社会主义的感情差了,而是说他们至少在政治、学术、艺术的威望上,不如老一代的领导人,这是事实,我们必须承认。

面对这一情况,我们应该怎么办?我的看法是,必须重视认真发现和培养民主党派接班人这一工作,把它作为民主党派组织建设的一项战略任务来抓,具体怎样做?我以为首先应该是各民主党派自己认真注意发现人才,只有发现了,才能进一步加以培养。发现人才,可以在民主党派内部成员中找,也可以在社会上各单位无党派人士

中找。要把好政治关，选择真正拥护党、热爱社会主义祖国、坚持党的基本路线的人，这是先决条件。这一点达不到，不管业务多好，在专业上多有成就，都不能考虑。除了必须坚持党的基本路线等重大政治条件外，还要考虑到接班人必须胸怀宽广、思想水平高、善于团结同志，这方面同样不能迁就。我们曾有过这方面的教训，有个别市的领导，心胸狭窄，爱与人斗气，结果造成一系列不团结现象，影响不好，而且，事故不断，后患无穷。如果被发现之人乃无党派人士，则还必须请党委统战部与这个人所在单位组织上协商研究。所在单位党组织为了帮助民主党派物色和培养可能的接班人，同意不再吸收他(她)入党。过去有的单位，已发现民主党派准备吸收本单位某位无党派人士参加民主党派，便赶快吸收入党，这不利于民主党派选拔和培养接班人，希望以后遇到这样的问题，单位的党组织尊重和帮助民主党派。当然，另一方面，如果无党派人士已经是当地党组织的培养入党对象，民主党派也必须尊重党组织，不能再发展这个人。

其次，不论是党组织内部发现的人才，或者在无党派人士中发现了以后吸收他(她)加入民主党派的，都应该培养他们的参政议政能力。民主党派是参政党，其接班人如果参政议政能力不高，党派的参政作用便受到很大的影响。培养接班人的参政议政能力，比较好的办法，就是在他们担任党派最高领导职务前，推荐他们在当地参加人大、政协以至政府机关的工作，使之在参政议政实际工作中经受锻炼，得到提高。另外，党派内部如遇到棘手问题时，也可以邀请他们讨论或有意识去让他们处理，使之得到锻炼。

第三，要认真在政治思想、理论水平和文化素质等方面使这些人有所提高。政治是方向，党的路线、方针、政策是根本。必须使他们努力学习马克思主义和毛泽东思想，学习党的路线、方针、政策，学习时事，熟悉天下大事、国家大事。但是，我始终认为单纯的政治理论和时事学习是不够的，必须同时注意提高接班人的整个文化修养和文化素质。文化修养和政治素质当然是两个不同的概念。然而，必须看到二者是互相沟通的。政治素质不等于文化素质，但文化素质高、文化水平高，就会见多识广，心胸开阔，对马克思列宁主义的理解就会更深一些，对党的路线、方针、政策的掌握就会更好一些，思想道德水平(一般说来)就应该更高一些。这样的人工作起来，盲目性较少，犯错误的可能性要小一些。譬如，学中共党史，一个中国通史、世界通史知识丰富的人，学起来体会比文化低、知识面窄的人要容易，体会也更深刻。又譬如，学习社会主义市场经济，一个经济学、财政学知识丰富的人，就会学得比一般人更好一些。民主党派工作，需要接触社会上一些比较高层次的人物。如果党派工作者，特别是党派各级组织的领导人物，自己学疏才浅、知识不渊博，又怎样做好这一工作呢？

这样,就自然谈到第四点,即:要培养学识比较渊博的人做接班人。即将过去的20世纪是一个伟大的世纪,这个世纪诞生了社会主义国家,发生了两次世界大战,国际局势非常复杂。20世纪后半期,人类科技有三个重大发明,改变了世界面貌:一是喷气巨型客机的出现;二是电脑的发明;三是复印机和无线电传真的发明和普及。有了这三项伟大的发明,世界变“小”了,各方面学术人员和信息资料的交流,非常迅速便捷。在此情况下,新的科学发明、新的学科不断出现及扩大。如果没有比较渊博的综合知识和雄厚的文化背景,一个民主党派的领导人能做好自己的工作吗?

第五,就是要珍惜、重视和爱护自己党派接班人原有的专业。

民主党派领导人或接班人中,有相当一部分是“旗帜人物”,他们在自己的专业上有较大以至很大的成就。唯其成就大,才被选入民主党派领导层或接班人。有的甚至还得成为民主党派的专职领导干部。不论是专职或兼职的领导干部,我们都应该尊重、爱护和珍惜他们原有的专业。因为这些人之所以在社会上影响大,有号召力,除了他们的思想道德品质高,在很大程度上是由于他们的专业成就大。有的民主党派主要领导人,很怕自己的专职副手再去搞自己的专业,影响党派工作。我认为这是错误的看法。这些党派领导人之所以在社会上有影响,正因为他们在专业上成就突出。如果一旦他们做了专职干部,便抛弃了专业,那么,久而久之,他们在社会上除了吃老本,还有什么号召力呢?还怎样继续发挥影响呢?广西民进区委会有位副主任是一所高等学校的副教授,他现在是兼职,我们鼓励他努力从事学术研究,出更多、更大的成果;我们千方百计使他能加快成长,升为正教授,然后再调来任专职副主委。即使调来任专干后,我们仍然准备鼓励他在学校兼一点课,甚至带研究生。全国政协副主席、民盟中央名誉主席钱伟长教授,以80岁高龄至今仍在上课,仍在带12个研究生,我们应该向钱老学习。

总之,应该重视培养民主党派接班人问题。这是民主党派百年大计,是民主党派今后能否更加发展、更加兴旺发达,搞好参政议政、发挥参政党作用的头等大事。在这个问题上,我们要站在贯彻中共共产党领导的多党合作制这一高度上看问题,要胸怀宽广,登高远望,不但要看到现在,还要看到21世纪。21世纪这个新的、无比壮丽的太阳已经在地平线上浮现了。让我们张舞着双臂,向它奔去,奔向一个更新的时代和世纪,也奔向一个更新的中国和世界!

1993年4月19日晚于南宁

1993年4月21日上午修改完毕

1994 年

1. 代表广西师大出版社宴请贵宾

1994 年 1 月 6 日　星期四　晴

今日由化学评审组、英语评审组之代表(或组长)汇报他们组评审情况。大家认为,医学组 49 人申报正教授,该组 8 人表决后 5 票以上者 35 人,占 71%,四比四者 5 人,占 1.2%。两种合计 40 人,占 81.2%,比例太大,不应通过如此多人。除政工学科 4 人申请通过 3 人属于特殊情况(人少)不谈外,其余通过最多之组为中文及艺术组,通过人数中占申请正高者之 56.7%,都比医学组低得多。医学组被通过者的水平总的说,也不甚高,通过之比例如此大,不合理,必须削减。

下午 5 点半散会后,我与张葆全副校长一同步行至附近之大观楼酒家,以广西师大出版社名义,宴请杨候弟司长及陪他来之中央统战部二局副局长益西平措(藏族)。我校参加者有张校长、党玉敏社长,余鑫晖副总编,另外,教育出版社江淳及区社科院唐毓飞也参加了。这次吃饭在“大观园”二楼一单间,气氛亲切而热烈。卡拉 OK,江淳歌喉婉转,杨司长、毛副司长及益西平措皆善于歌唱,而益西平措跳舞尤佳。大家一边吃饭一边载歌载舞,十分愉快。老党介绍我唱西南联大校歌,我固辞无效,也只好应命。吃饭时,唱歌间歇,我与坐在我左面的杨候弟(也是藏族)谈天,他谈了他对宗教之认识以及他在一些外交场合之应付各种挑战情况,给我以深刻印象。分别时,客人乘车去与《瑶族卷》编写人见面,我与张、余、党等步行回招生考试服务中心。

2. 故乡之行

各位朋友：

近来，先后接到友人来信，只因我自己太忙，未能及时作覆，甚以为歉。为提高效率节约时间计，乃决定以复印方式统一回信，使友人知道我的近况。事非得已，尚乞鉴谅。

这一个多月来，我除了12月下旬曾返故乡一行，其余时间，基本上为天天开会，成了“开会专业户”。值得一提者，为12月23日至28日，我先是由京到郑州，接着便是由郑州回河南博爱县许良镇我的故乡。

可以这样说，人人都爱自己的故乡，而我尤甚，原因很简单：是由于我的浪漫主义气质特重，爱家乡之情特浓，更何况博爱县一向被称为“太行山下小江南”，它不仅十分富饶，而且民风淳朴、风景佳丽，使人不能不爱。

此次返乡，乃结伴同行。我找了舍弟瑞麟（台湾同胞）和表妹和平（姓韩，是我外祖父之孙女），另外还有在生活上照料我们的中青年小陈，四人一同前往。我们于24日由郑州乘一旅游车（即所谓“面包车”tourist van）由郑州回博爱，住在县城一漂亮宾馆中。次日，回老家许良镇。见到了好几位我儿时见过之远房族人——当年都是十几岁的孩子，甚至比我还小，不足十岁，而今都是六七十岁，满头白雪的老头子老太婆矣。26日在县城参观工厂，27日回郑州，28日在郑州探亲访友，29日乘火车离豫，赶回广西来。

此次返乡之行，感想颇多，值得谈的也颇多。限于时间，主要谈三件事：一是故乡进步之大，出我意料。儿时博爱县城为一古老的小城，街道古色古香，现代化工业根本没有。几十年没见，不同了，马路宽阔，配以漂亮灯柱，入夜灯火辉煌，非常热闹。而现代化工厂有50多个。如水泥厂、啤酒厂、棉纺织厂、精细化工厂等，产品质地精良，行销全国。这一切，在我童年时根本无法想象。精细化工厂生产的是国家级重大新产品聚乙烯吡咯烷酮，是制造多种涂料、颜料、洗涤剂、感光材料、彩色显象管、玻璃纤维、定型发乳、发胶、摩丝、面膜、浴液、香波等必需品。

二是我返乡的重要目的之一为寻找童年之“影子”。但是，这很难。因为故乡变化太大，我儿时镇上之房子，街道俱已不见，以前街心有一条小溪，更早已不见踪影。

三是我对故乡孕育了中华民族之伟大河流黄河一往情深，这次车过黄河，我特地下来，在桥上照了两张照片。当时，朔风凛冽，狂风怒号，吹得我摇摇晃晃，好像无法站稳。正是这些，愈增了我的浪漫主义遐思与冥想。我看见桥下黄水滚滚，奔流向东，自己的心潮澎湃，热浪翻飞，深感黄河伟大、中国伟大。由于我对黄河感情深厚，乃给小儿命名为“贺黄河”，不论汉字拼音或拉丁字拼音，皆为 HHH，在音韵学上叫作“双声”或曰“头韵”，即英文之 Alliteration 是也。这还不说，儿子既叫“黄河”，孙子呢，势必为“黄河”之支流，我便于数年前，孙子诞生后，以流经博爱县故乡的黄河两条支流——丹河与沁河，为孩子命名为“贺丹沁”，正为这个，此次我回乡特地去看丹河与沁河，“丹沁”外文为“Danchin”非常易读，随便哪国人，念起来都不可能读错。我的小孙子“丹沁”在智利一上街，满街人都老远招呼他“Danchin！ Danchin！”令人感动，也使我自豪。

说起黄河，这是中华民族的摇篮，也是中华民族的骄傲。我想起早年我国作曲界权威萧友梅先生为之谱曲的歌词：“黄河黄河，出自昆仑山，远从蒙古地，流入长城关。古来圣贤，生此河干。独立堤上，心思旷然。长城外，河套边，黄沙白草没人烟。思得十万兵，长驱西北边，饮酒乌梁海，策马乌拉山，誓不战胜终不还。君作铙吹，观我凯旋！”真是气势磅礴，掷地有声。这首歌是我在 30 年代在南京念初中时，我国著名音乐教师和画家周玲荪先生教我唱的。几十年（60 年了！）我一直能一字不差地吟唱，其影响之大，由此可知。

在故乡时，家乡的人天天设宴招待我们，吃的大多是家乡特产，例如：小车牛肉、小米粥、热“凉粉”汤、炒凉粉、绿豆丸子、绿豆面条、羌面条、武陟县油茶、“不翻饼”等等，地地道道的家乡菜，其味极美，百吃不厌。喝酒，不仅酒烈，而且按家乡风俗，先不讲价，每人痛饮三杯，然后全桌互敬，直至摇晃不已，天旋地转。但他们很讲道理，知我不会喝，乃由同行之青年小陈代我。宴会中也有一次极为特别的：炸蝉（知了）、炸蝎子、牛鞭等，都是我一听名字便吓昏了的。对这些“怪菜”，我一口不吃，大家也原谅了我。

总之，这次故乡之行，永生难忘。自 1937 年离开故乡博爱县以来，我朝朝暮暮，日思夜想，梦寐中都在思念故乡，这次终于一偿夙愿，真是难得。次信已写得不少，余再谈。顺颂

阖第安吉！

祥麟

1994 年 1 月 25 日

3. 参加学术会议及登山

佩珺、文心、健、康、平、灵、利民、建辉、明宇、小娟诸位：

最近，我于5月中旬去成都，参加全国美国文学研究会年会。会后又赴峨眉山一游。

全国美国文学研究会年会这次会议讨论之主题甚有意思，叫作“Minority discourse”，这一词语很难译。因为“Minority”意思是“少数”，包括美国人中的少数人和集团。如少数民族、少数人的宗教派别（如美国的伊斯兰教或佛教）、政治党派中之小党、女权主义者集团等等，无不包括在内。而“discourse”本为交谈之意，这里不是，而是指就一专题正式发表自己意见之长篇讲话或文章。我国语言学专家把它译为“话语”，以区别于“语言”（language）一词。于是，上述“Minority discourse”在学会年会上正式译名为“少数话语”。由于这一译名太古怪，也忠于“Minority discourse”，原词太捉弄人，会议发言者凡一提到它，无不干脆用英文原词，无人用其译名。

我在最后一天大会上也作了一个重要的发言，大意是美国人强调少数人有对的一面，这样可为少数民族、妇女、少数宗教者等争取合法权利，但是，现在的问题是美国一些“少数派”已走向极端。例如有的女权和黑人主义者公开否认包括莎士比亚在内的一切优秀文艺作品，认为这是“白种”男子的作品，不值得学。我说，这非常危险，这是少数人的虚无主义，否定美国文化主流的表现。发展下去，必然无主流无文化，甚至把美国变成四分五裂都有可能。

我的发言受到与会代表的谬奖。附带说一句，我自70年代末参加国内外各种学术会议后，十几年来，我的师辈（如陈嘉、杨周翰、冯至、周煦良等先生）纷纷谢世，我的同辈不少已经退休，剩下的寥寥无几。而这次会议尤为突出，我成了全体与会者之年龄最大者，我下面是一位63岁的老人，其余与会者皆为中青年。对于中青年之茁壮成长，我当然十分高兴，但对于老一辈物故或已再不参加学术活动，却使我非常难过。

上面是会议简况，下面谈谈游峨眉山的情况。

峨眉山是我国著名的佛教圣山，我于半世纪前有幸在彼住了一年余。1939年夏，我以高中二年级学生同等学力资格，考入四川大学。当时正值抗日战争时，四川大学在成都遭受日机轰炸，乃迁往峨眉山办学。校本部设在峨眉山最大的庙宇伏虎寺中。

刚到时，我临时住在伏虎寺"大雄宝殿"内位置极高全部悬空之一窄走廊上。我又在上铺，只要稍不慎，翻身出床外，我就有坠入地面粉身碎骨之虞。雾鼓、晨钟、木鱼阵阵，僧人诵经声喃喃，殿内香火缭绕，一片佛门福地景象。在那种神圣静谧的环境中，我潜心阅读曼殊大师的自传体小说《断鸿零雁记》。一边读一边流泪，这是多么罗曼蒂克的生活，多么荒唐与愉快！

后来，我搬了住处，住到正式寝室中。一年级念完，又念二年级。当时，朝鲜著名英国文学大学者金尤史和我国著名学者罗念生先生教我英文诗歌，还有诸如周煦良先生这样一批批第一流的专家在系里任教。课余之时，我与友人到山下报国寺喝茶。去山坡上清音阁散步，还与一位名叫张维的年轻人步行几十分钟去龙门洞钓鱼。听溪水汩汩、鸟语啾啾，一路古木参天，郁郁苍苍，其乐陶陶，令人流连忘返。

但我生活中也有不愉快的一面，即川大之法西斯统治。校长程天放是国民党党棍，以高压手段统治全校。他一做报告，开口闭口都是"本大学、本校长言出法随，决不宽贷"，还说"毁校即毁党"（骂川大即骂国民党），以此压制不同意见，恫吓学生。同学们为了报复，便在他出的布告"校长程天放"后面加个"屁"字。于是，"程天放"就成了"成天放屁"，令人捧腹！在他的白色恐怖下，我的好友、任何党派未参加过的李崑年，仅仅因为爱发牢骚，他便派特务追踪，用绳子活活勒死在乐山城内武汉大学中。也正是因为逃避白色恐怖，我才决心牺牲学业一年，重新参加统一招生考试，考入了西南联合大学。

再回头谈峨眉山，我在峨眉山住了一年多，日夜向往于登上山巅，去九老洞观猴，到接引殿览胜，最后上金顶，看佛光云海，在三千尺高空仰天长啸，壮怀激烈。却不料，只因经济奇窘，出不起仅仅五元钱的登山费（当时伙食为 12 元一个月），都始终无机会。

住在峨眉山麓而不能登山顶，这正如 1947—1950 年我在美国住了两年多的时间而没有机会去纽约一样遗憾，我想我一定得登上金顶。想不到这一夙愿，竟延至半个多世纪后的今年，我已从当年十八九岁的少不更事的青年成为一个白发苍苍的年逾古稀老人才实现了。而且，今日峨眉山，也远非昔比。过去登山，只靠两条腿走路，一步一个脚印，攀援向上。现在，又是登山公路，又是缆车。以前，上下山非要三日不可，现在，只需半天就够了。

今年 5 月 20 日晨，我与外甥女贺康（40 岁）一同乘汽车盘山急驰，8 点钟抵达雷洞坪。这以后 3 华里无路可走，只有徒步爬山，拾级而上。5 月本为盛夏酷暑之季节，雷洞坪海拔 2400 多米，山高天寒，再加上正下着密雨，在此情况下，以我这样年龄登山，为大不易事。我们虽穿了毛衣裤，仍不足御寒，乃在商店租了厚棉大衣，罩上雨披。山高路陡，密雨如注，再加上空气又稀薄，我气喘如牛，缓缓而行。实在太累时，停下来休息一会再走。一路上不知多少抬滑杆（一种轿子）者劝我坐上滑杆，我均谢绝了。这条路不经过九老洞，按理说，没有猴子，更何况大雨如注，猴子根本无大衣雨披，如何能出来？但我却在一处路旁见到不少猴子，它们毫不怕人，相反地屡次伸“手”向行人索取食物。有几只老猴子真了不起，腹下虽不像袋鼠有肉袋可以装子女，却仍带了小猴走。—小猴用爪子抓住母猴肚子，寸步不离。有只母猴简直是“母亲英雄”，肚子上和肩上各带了一只幼猴。仍然在雨里上蹿下跳，向游人索食。

终于走完这三里“苦难的历程”，至接引殿，我们改乘缆车直登金顶附近。下了缆车，还需要走一段路，经承云庵，乃到金顶。

啊！金顶，这海拔3077米之金顶。我用了50年才终于爬上来之金顶，我真想引吭高歌，唱一曲“金顶之歌”！我无限兴奋，为自己经过半个多世纪奋斗而终于实现了的梦想而高兴。

我极目远眺，四面白茫茫一片，云烟雾海，附近之千佛山、万佛顶，下面之观明岩，均一无所见。我后悔不该碰上这样一个风雨交加、寒风呼啸的下雨天来金顶。但这一后悔毕竟是瞬间的，我终于登上了金顶。我以73岁的高龄（所有当天游客中唯一超过70岁者），带了少年时的美好幻想，顽强战斗，冒疾风骤雨，拼了老命，达到了这辉煌的一刻。这时候的我，真是有点像登山运动员爬上珠穆朗玛峰那一刻的欢欣欲狂。也只有这一刻，我才多少体会到登山运动员胜利时的喜悦。

使我遗憾不已的是，由于路线不同及时间紧迫，我这次登山始终未去我青年时读书之伏虎寺。这当然是坏事，是憾事，但同时也是好事。人生难得几回搏，就让这个重游伏虎寺的志愿留下吧，我将再立壮志，准备在80岁以前重上峨眉山，去伏虎寺故地重游。

此信已写得太长，余下谈。顺颂

安好！

祥麟

1994年5月24日

*4. 唱一曲教师之歌

——为纪念第十届教师节而作

人类的灿烂文化,主要是靠书本和教师一代代传下来的。我们每一个人最基础的知识,主要不是靠父母,而是靠教师的谆谆教导而获得的。中国作为一个文明古国,能够将我们祖先几千年来创造的光辉文化不断继承与发展,并吸收外来文化精华,创造了这样伟大的文化传统,不能不归功于一代代教师的努力,精心培育,正因为如此,中国一向有尊师重教的优良传统,封建社会时,几千年当中,人们把老师提到与"天地君亲"并列的地位,这绝不是偶然的。我国唐代著名散文家韩愈讲过一句关于教师的名言:"古之学者必有师。师者,所以传道、授业、解惑也。"韩愈把"传道"(即思想道德教育)列为教师三项重要职责之首位,便强调了"教师先教人"和"要为经师,先为人师"这一根本原则。古希腊大学问家、许多学科的创始人亚里士多德说过:"吾爱我师,吾更爱真理。"这便把热爱老师和热爱真理两者间的正确关系阐述得十分贴切。我们热爱自己的老师是因为老师把包含真理的各种知识传授给我们,一旦老师讲错了,我们就义无反顾地倒向真理。我觉得,我们应该把韩愈和亚里士多德二人的这两句话同时掌握,同时奉为主臬,才是对待老师最正确态度。

尊师重教是我国几千年来的优秀传统。党中央一向重视教育,尊敬教师这一职业。唯其如此,十年前我国庄严地宣布每年9月10日为教师节,使教师千秋万世,受人尊重。毛泽东生前对自己的老师徐特立的由衷敬爱,给我们尊师重教树立了良好榜样。由于种种复杂原因,特别是"文革"时,"四人帮"对教师和知识分子的摧残迫害,在一段时间内,教师地位有所削弱,加上过去教师工资低,不能不影响到社会上的某些人,使他们对教师产生错误看法。是否重视教育,是否能以正确态度对待教师,关系到我国"四化"能否实现,甚至关系到中华民族优秀文化的存亡绝续,应当引起我们的严重关切和注意。是否心口如一地真正重视教育和教师,是一场在我国社会上还要进行若干年的重大斗争,我相信在党的正确领导下,加上全国人民的一致努力,这一问题必能逐步圆满解决。

我一向对自己老师,虽不是"奉若神明",至少也是衷心敬重,异常热爱。我自己立了一句格言:“一日吾师,终生吾师。”尽管是几十年前自己在中学或大学的老师,只要还健在而我又能找到的,我对他们一律恭恭敬敬地执弟子礼,不敢稍懈。我在西南联大时的一位老师,现在处耄耋之年,双目失明,在北大过着离休生活。我每次赴京,都要带点小礼物,去北大中关园校舍拜见老师和师母。我年轻时游学美国,当时的系主任英格里希博士,老年时孤苦伶仃,一人住在养老院里,前几年我曾先后三次不远千里,去亚特蓝大城郊一座森林里看他。他 96 岁时,我又第四次乘飞机专程去看他,想对他说,刚收到他寄给我的圣诞卡,十分感激。不料,打电话至养老院,对方说他在医院,我立刻打电话到医院,医院人员对我说:“对不起,他前几天刚刚不幸病逝。”当时,我简直像五雷轰顶,受到很大打击。老师呀,您去得何其匆匆,如今,人天阻隔,叫我去哪里找您呢?

“天地君亲师”这一提法,封建色彩太重,又把封建统治者的皇帝提高到吓人的程度,当然不对。但是,把老师与父母并列,我认为则是非常正确的。只要人类还存在,不论哪个国家,都必须尊师重教。在我国尤其如此。因为这是我国几千年来的优良传统,必须继承和发扬。

际此第十个教师节到来之时,仅引吭高歌,写成此文,为我国千千万万受人敬重的教师们唱一曲教师之歌。

(原刊于 1994 年 8 月《广西民进》)

5. 在上海参加莎士比亚戏剧节

贺康并转诸姊妹及贺灵：

久未通信，思念良殷。上次（5月份）我去峨眉山之后，6月份起，又先后去了郑州、北海及上海等地。在上海时很想去南京、苏州和南汇等地看看诸位老朋友，但因日程太紧，无法离沪而未果，真是可惜。

我曾满怀希望打电话给渊兄，谁知他去德国还未回。我说了半天，且把我的姓告诉接电话者（估计是渊兄之公子），不料他竟把我完全忘了，根本不知我是谁，我只好遗憾地挂断了电话。

上海之行，除访友不成外，其他方面可谓收获丰盛。我这次赴沪，为参加1944年国际莎士比亚戏剧节，自9月20日起至26日，六天里看了八场莎剧演出，其中六台为我国演的，两台为英国和德国剧团演出。

看这些戏，为极大的艺术享受。其中一些，艺术水平之高，令人叹为观止。最盛大的一次演出为26日晚观看之哈尔滨歌剧院演出之《特洛伊罗斯与克瑞西达》（Troilus and Cressida）舞台上布列了希腊与特洛伊两国间双方交战之壮观情景，荷马史诗里的名将阿伽门农（A gamemnon）帕力斯（Paris）、赫克托（Hector）和除了右脚脚后跟全身刀枪不入的阿喀琉斯（Achilles）等人均出现在舞台上，还有绝色美人海伦（Helen）与克瑞西达。场景壮丽，扣人心弦，演唱亦极佳。请想想看，哈尔滨歌剧院穷到山穷水尽地步，既要自费把156位演员及工作人员运至上海再回哈尔滨。他们哪来的钱？团长有魄力，卖了车作旅费，供给全团到沪作此千古绝唱，唱完回到哈尔滨据说剧团会解散（无钱维持下去），简直是一曲天鹅之歌（Swan song，传说天鹅死前要唱一支美丽的歌以辞世），多么悲壮！限于篇幅还有许多好戏，不一一叙述。

但演出也有值得商讨之处。由于受“现代派”思潮（Modernism）影响过深，有些莎剧在演出时被人随便乱改，弄得不伦不类，原剧面目全非。德国剧团演出之《罗密欧与朱丽叶》中，朱丽叶被描绘得像一个荡妇。上海人民剧院演出的《奥瑟罗》里，古人亚古（Iago）口里，居然唱起20世纪的祝酒歌，令人瞠目！还有，罗密欧在演出时突然跑下舞台，到观众席抢了一位观众的400元人民币，还用英语大叫“Four hundred dollars！”也许我太保守了，对这些大胆篡改原剧的行为不理解，不欣赏，也不赞成。

另一个问题也使我震惊。《Hamlet》被改编成越剧《王子复仇记》,著名青年演员赵志刚演哈姆莱特,演得很好,唱功俱佳。他文化水平不高,仅小学毕业。演出时竟把古帝王下的“罪己诏”中的“己”错念成“已经”的“已”,令我震骇!现在上海的女孩子对赵志刚已迷恋到狂热程度。他演完戏,每次都有几十个女孩子在等着看他,戏迷们还专门出了《赵迷报》来赞他。

三四天后,我将去杭州参加文学翻译会议,此信为星期天偷空赶写的。有空请来信,来信仍寄桃园路 29 号交我。顺颂
时绥!

祥麟

1994 年 10 月 30 日于南宁

*6. 丰硕的成果，可喜的收获

——介绍一部重要的国际法规和公约汇编

《国际经贸、政治、军事事务规则、公约大全》由广西民族出版社出版了,这在广西出版界是一件大事,在全国同类出版物中也十分难得。

这部书的难能可贵,首先在于它的“大全”。它收录了从 17 世纪末到 1993 年近 300 年间国际经贸、政治、军事等方面的事务规则和公约,材料翔实,内容充实齐全。全书共分上中下三卷,16 开,,精印为三巨册,共计 1106 万字。我们不能不钦佩本书编者李光文、杨柱才二同志和出版社的胆识、魄力与毅力,用了几年时间,搜集整理了浩如烟海的国际法、国际事务规则和公约,为我国出版界做了重大的贡献。本书由全国人大常委会副委员长、我国著名国际法学专家、北京大学教授雷洁琼任总顾问,更使得这一部皇皇巨册具有很大的权威性。据笔者所知,凡国际法则和公约中稍微重要资料,本书无不具备。可以这样说,这部巨著是我国出版国际法则和公约史上的一座纪念塔和里程碑,它有着重大的现实价值和历史意义。

这部书的难能可贵,还在于它的实用性。改革开放以后,随着我国涉外事务的极大扩充与发展,各行业、各单位、各部门迫切需要一部可供日常工作参考咨询的大型国际法则和公约汇编,特别是牵涉到一些方向性、政策性、法律性、知识性的具体问题时,

这部书的重要性更愈益鲜明。如前所述,本书是迄今我国出版的文件最齐全、内容最丰富并且富于权威性的规则与公约汇编。举凡国家间有关政治、军事、经济、文教、科技、工业、农业、贸易以至具体如保险、仲裁、投资、税收、海关、劳工、邮政、电信、外交、司法、人权、原子能等几十个方面的规则和公约、协定等,均分门别类,汇集于本书,查考方便,实用性和可操作性均很强。一书在手,有关国际法则和公约方面的各种问题,均迎刃而解。

这部书的难能可贵,同时也在于它能适应各种读者的需要和要求。当然,这是一部专业书,不是通俗小说,不可能也不要求它有像目前流行的武打小说和爱情小说同样众多的读者。但若从"国际法"这一角度来看,它又远远超过"国际法"的范围,将拥有一定数量的各方面的读者,从事国际交往、国际贸易的单位和人员固然需要它,党政机关领导干部和科研单位的研究人员同样也需要它。甚至最为普通的一般读者,为了拓宽自己的知识面,也可以对它有所涉猎。例如,本书中的《联合国宪章》就是极重要的国际文件,一般读者也应该看一看。再如,瑞士在18世纪成为永久中立国,国际上保证它在战争中不受侵犯,近200年来,欧洲多次战争,没有人敢冒天下之大不韪,对它进行侵略。这样重要的历史知识,难道一般读者就不需要吗?

际此《国际经贸、政治、军事事务规则、公约大全》出版问世之时,我郑重地把它向读者推荐介绍,并为它的诞生向编者和出版社祝贺!

1995年

1. 王佐良先生逝世

1995年2月22日　星期三　阴

上午10点开始，继续昨日之会，开主席会议讨论区政协今年工作要点，并终于基本定了稿。

我请区政协办公厅为我开了证明，以便27日师大运我书之卡车可以进入南宁市内。中午12点特快专递将证明寄给希和。

晚上与四弟夫妇、宁林、卢昂及宁之朋友一同去师院大酒店吃饭，由阿毛开卢昂单位之吉普车去。席间我打了电话邀请郑理珍来一起吃。

晚九时，小马开车我与四弟夫妇同去火车站接姚老师。她9点40分乘91次车到达。我们送她到医院。然后我与四弟回来，四弟住招待所。

由医院回来，我以为今日工作已毕，该浏览一些报刊了。当时为10点40分，我顺手拿起《文汇报读书目录》第521号(2月28日)阅读，不看犹可，看到一篇安迪写的短文《难忘牛津风度——悼王佐良先生》，我大惊失色，如被雷轰，根本不敢相信这是真的。今年2月1日，我刚给佐良先生和水夫先生各写了一封信，请他们担任《世界文学名著精缩本》的顾问，水夫先生回信来了，而且为《精缩本》题了字。佐良先生迄今没有回音，我一直在纳闷，也在等待，以为先生不久会有回信的，谁知当时先生已去世(安迪之悼文写于今年1月25日凌晨)，这是我绝对想不到者，也是我在理智与感情均无法接受者。

我认识佐良先生是在1941年初，当时我在西南联大叙永分校外文系念大学一年级，我参加了叙永分校地下党组织领导的“布谷”文艺壁报社，佐良先生也为《布谷》写稿。记得他写了一篇优秀散文《桥》，非常优美动人。

40 年后，在历次外国文学年会上我又见到他。我称他“老师”，他谦虚说不敢。因为他未直接授过我课。成都会议时，他对我一篇论文过于谬奖，说是整个会议最佳之论文，并说该文是他准备带回北京的唯一的论文。

以后，他又写信给我，说《外国文学》莎士比亚专号决定用该文。我回信说，《外国戏剧》已决定用此文，我不能一稿两投。他说，即使别的杂志登了，《外国文学》也仍然要登。终于该文在两个杂志都发表了，但我只领了一处稿费。另一处我退回了汇票。往事历历如绘，而先生已不在人世，呜呼！

2. 怀念西南联大的三位恩师

贺健、康、平、灵：

又一个教师节即将来临，此时，我正在桂林家中“开窗见山”，面对巍峨的独秀峰，向诸位师友作书，倾诉情怀。

教师，我认为在人类语言中最神圣的词语之一。没有自古以来千百代教师对青少年和儿童培养与教育，便不会有今天人类的文化灿烂与文明，当然更不会有我们每个人的心灵智慧与成长。如果允许我模仿丘吉尔在第二次世界大战中“不列颠之战”里，他对皇家空军的赞美词，来颂扬教师的话，我们也可以这样说：“从来没有这么多的人（指学生）欠这么少的人（指教师）这么大的债。”我们作为学生的，欠老师的“债”，是怎样也还不完的。

这封信里，我想谈谈我青年时代的三位恩师，以表示我对他们的崇敬、热爱与怀念。

第一位是如今还健在的北大英语系老教授赵诏熊先生。赵先生是我在戏剧方面的启蒙老师。他于抗战时任教于西南联大。1941—1942 年我选了他的“西洋戏剧”课。先生学问渊博、英语精湛，在英国文学特别是英国戏剧上造诣甚高。他是“老清华”，继承了清华大学的优良传统，讲课系统而深刻，对学生要求严格，除了课堂讲授外，还规定我们每学期必须在课外另行阅读不少英国戏剧剧本。原先，我对欧洲戏剧，除零星读了一点点像《俄狄浦斯王》、《熙德》（Le Cid）等少数剧本外，其余可谓一无所知。赵先生从中世纪街头宗教剧、道德剧演出讲起，要我们读一个个剧本。抗战时书籍奇缺，去图书馆排队“抢书”。就在这极端艰苦情况下，我把先生规定的课外必读书全部读完，而且印象极深。例如，如今50多年后，我不但记得 Thomas Dekker 的《西班牙悲剧》中的故事情节、人物以及著名段落的大意，而且还历历如绘地记得我在西南联大图书馆阅览室读此剧时的激动心情等细节。

一晃几十年过去了，改革开放以后，我基本上每次进京，都去北大中关园拜见老师和师母。老师极健谈，上下古今，无不谈及。老师和师母还经常赏我吃饭，边吃边谈，益增情趣。前两个月我曾邀沈师光学长一同拜见赵先生和师母，他俩老又邀我们去饭馆小酌。饭后，师光急于回家照料老母（年逾90），无时间送老师和师母回府。我便有意开她玩笑说：“现在您一边是忠于老师，得送老师回去；另一边是孝顺老母，忠孝不能两全，看您选哪一样吧？”这弄得老师和师母大笑不止。而师光明知我在说笑话，却仍然感到不好意思，难免尴尬。老同学就有这点好处，可以直呼对方的全名，可以开这样无伤大雅，却令她相当狼狈之玩笑。

另一位恩师是吴宓先生。吴先生是我国比较文学的先驱者、国学大师、“红学”权威。由于我青少年时十分腼腆，加上其他原因，当年我在西南联大学习时，竟然和吴先生以至和其他任何老师无任何私人来往。这里，所谓“其他各种原因”，请允许我举一个例子：陈嘉先生是我在联大叙永分校“大一英文”的专任老师。有一次课后我上前向陈先生请教问题，被同班同学赵景伦（后来成了张治中先生的女婿，现在在美国定居）看见，他乃喊我为“陈嘉孙”，从此，我就不敢找任何老师。

吴宓先生学贯中西，是我“欧洲文学史”的启蒙老师。先生不但学问、道德、文章均是后世楷模，而且有一颗永不衰老的赤子之心。他每次上课必带手杖去，一讲到精彩之处，便挥舞手杖。记得有一次，他在台上谈到许多人重白话文而轻文言文，立刻大动肝火，满腔义愤地说：“As long as Wu Mi lives wen yan wen will never die！”（只要吴宓还活一天，文言文便永远不会死！）

但吴先生本人，却十分悲惨。据说，“文革”后期，“四人帮”批林批孔时，西南师院“造反派”要他表态。他说，我同意批判林彪，但决不同意批判孔子。于是，“造反派”给他戴上一顶政治帽子，把他赶回陕西老家，当时他双目失明，故乡的一些流氓、地痞又把他的全部钱骗走，他在家乡少衣缺食，又无人照顾，终于被折磨而逝世。

“四人帮”被粉碎后，先生之故旧学生多人，联名上书要求为先生平反（我也参加签了名）。先生终于获得了平反。

最后一位老师，是我于40年代在美国艾莫黎大学（Emory University）读研究生时的英语系系主任英格利希教授（Prof，Thomas English），他的名字很有意思，意译就是“英语”或“英文”。他教我“弥尔顿”一课程，共上下两学期，是我这方面的启蒙老师。他不仅是一位卓越的学者，而且还是位诗人。

1986—1987年和1991—1992年我两次赴美任教，曾几次由北方专程去看他。1991年，圣诞节前，我在北方收到他寄给我之贺年片和贺年诗，我即乘飞机专门去看他。到了亚特兰大市，我先打电话到他所住的养老院找他，接电话者说他住院了。等我又打电话到医院，回答我的竟是：“他最近刚刚去世！”真是晴天霹雳，给我以沉重的打击！彼苍者天，为何如此残酷！老师的音容笑貌，一切如在目前，但已是人天异路，幽明阻隔，从此已成永别。

“学高为师，身正为范”，上述几位老师，不论做学问做人，均是我的不可企及的楷模。值得庆幸的是赵先生和师母林筠因先生不但至今还健在，而且，他们二老情深谊笃，相濡以沫，是一对非常幸福的伉俪。赵先生年逾90，仍每日坚持在中关园散步。他们二位（特别是赵先生），胸怀开阔、性格爽朗、待人宽厚、律己严格，在北大美丽的校园内过着悠闲、舒适的生活。际此又一个教师节来临，让我们这些弟子们诚挚地祝愿老师和师母健康长寿，生活幸福！

此信除奉上给老师、师母外，尚另复印多份，分别寄给联大外文系当年的同窗好友，我想大家一定会同意我上述意见，衷心祝愿老师、师母一切均好。

舅舅祥麟

1995年9月4日于桂林

又：来信仍寄南宁旧址，我明日（9月4日）赴美，10月1日回。

3. 谈美国之行

健、康、平、灵：

将近一个月来，我与几位朋友作了一次旋风式的美国之行。我们为代表广西师大出版社赴美洽谈业务者，除了访问美国一些出版机构和大学外，还访问了一些城市。我们去了西雅图、波特兰、波士顿、纽约、华盛顿、温斯顿塞莱姆（Winston-Salem）、旧金山及洛杉矶等城市，也去了这些城市附近的一些村庄，共20余日，虽是“跑马观花”（比“走马观花”还急），但总算收获丰盛，受益匪浅。

即以图书馆一项而言，华盛顿州立大学图书馆不仅规模宏大，连中文藏书都极为丰富，而且任何校外人都可以随意乘不同电梯到不同楼层之藏书室（书库）或阅览室翻阅架上的书，并可坐在附近慢慢阅读。我们在几个书库内上蹿下跳，任意翻阅架上的书。这样的“无为而治”、相信读者，一切以读者为第一要义的精神，十分难得。

路易克拉克学院（Lewis & Clark College）是个“小”大学，图书馆星期一至星期五全天24小时开放，星期六、星期日则为白天开放晚上休息。这真是“全心全意为读者”服务了。

国会图书馆规模宏大，建筑之美观、藏书之丰富（它是世界最大的图书馆），便更不用说。

我们还在北兴罗勒那州之威克森林大学（Wake Forest University）图书馆参观了其电脑联网系统，一机在手，可以查阅已参加联网国家或机构的一切资料。管理人员说他们可以通过电脑阅读我国北京大学的资料，并当面为我们表演。在波特兰市一家音像出版公司，总经理亲自为我们表演电脑操作。一盘小小的磁盘软件，储藏了一整套

26巨册百科全书中之几千万字及图片，随时可供翻阅。其中“中国”一条条目，不但有丰富文字资料及彩图，还可以奏出《义勇军进行曲》供人去听音乐。现代科技已发展到如此程度，那21世纪又将如何进步，实在难以想象。

说起电脑，便“欲罢不能”，今再举一例：据友人说，现在的海上巨轮，比当年（四五十年代）我旅美及归国时所乘坐的“戈登将军号”轮船大几十倍，全部装集装箱（或称“货柜”），全部以电脑驾驶。当年小客轮横渡太平洋至少要半个月，现在巨轮仅要五天。当年小客轮有船员数十人，现在仅八人足矣。

此外,我们在北卡州还参观了一个牛场。这个牛场主要出售良种牛,而不是奶牛场。全场有草地(牧场)1000英亩(每英亩相当于我国的六亩多),共养牛400余头,全部用电脑管理。电脑可立即查阅每头牛的详细资料。该场有一只公牛(种牛),重2700镑,售价5万美元。场里活藏一大罐公牛之精液,以电脑控制温度为华氏零下360度。每出售一小罐精液,内有公牛精子2.5万个,售20美元。老板特地送了我们一罐牛之精液,可惜我们无法把它保存在华氏零下360度。因此,那些精液只有浪费了。这样大的牧场,包括老板在内管理人员仅三人。

旧金山是我认为全美最漂亮的城市。全市由九个山头组成,有的街上下坡太陡,乃用电缆车。导游开车带我们参观市容,马路上上下下,房子高高低低,极富异国情趣。我们经过一些很漂亮的街道,两旁建筑之美无与伦比,每栋房子都可以称为艺术珍品。

大家知道美国华人开的中餐馆有一传统"怪"风习,每逢饭后,饭馆为大家送来大堆(其数目与客人数相同)烘烤之"小饺子",每个里面有一张幸运的小标签。不说迷信这一点,其实是一种助兴形式。我抽了一张:"To be eighty years young is more cheerful hopeful than forty years old。"满桌朋友见了,大为赞叹。因这句话说我"80岁仍然年轻,比40岁已经衰老的更加令人愉快及充满希望",说的情况与我实况一样,岂不令人惊叹。

在旧金山几次见到小女贺岚(31岁)。有一次,我乘出租车与她告别。司机说:"这是一位很漂亮的女士。"我当即答道:"因为她是我的女儿,她便必然漂亮无比。"全车人无不哄堂大笑。

在纽约的赫逊河上,我参观了巨大无比的航空母舰,我最大的感想是,我国必须有自己的航空母舰,否则,将无法保卫南海的许多群岛(西沙、南沙等)的领土与主权。舰上有各种类型的飞机,还有航空、航天影片,任人观看。此舰大厅里还有一尊罗斯福蜡像,十分逼真。我和友人们各自与他合照,等将来印好后,自当奉上一张。

美国保护森林的工作做得不错,任何人未经批准,不得砍伐树木。我在旧金山海湾区见到大片森林,古木参天,都是4000年以上的老树。附带说一句,森林附近的路上有两个人在捡垃圾,专捡人家扔下的空罐和纸片。友人告诉我,这是志愿捡垃圾者,为了环保,他们不辞劳苦,长途跋涉,收捡垃圾。我想这不是"洋雷锋"吗?

美国经济萧条好像仍未呈恢复现象,报上天天登有抢劫消息。但一路行走几个城市中,我未见一家装有防盗网的。威克森林大学Provost(此职务很难译成中文,姑且译为教务行政长,为全校拥有仅次于校长之最高权力者)对我说,美国当前最大之问题是贫者越贫、富者越富。一路我们见有一些乞丐,但不多。这些乞丐很怪,多为青年人或中年人,我怀疑他们是吸毒者,否则何以沦落到此地步?

要写的很多,此信只是浮光掠影,稍谈一点,难免挂一漏万,有闲请来信。顺颂时绥!

舅舅祥麟

1995年10月5日

4. 谈陕西之行

我刚由陕西回来,在西安开了个会,顺便去瞻仰了革命圣地延安。到了陕西,愈益感到陕西对中华民族贡献之伟大。陕西是中华民族的摇篮,我们的老祖宗轩辕黄帝之陵墓,即在西安以北之黄陵县。我这次曾拜谒黄帝陵,并在五千年前黄帝手植的一棵大柏树前摄影留念。这株轩辕古柏,苍劲雄伟,腰围七个成人手拉手尚抱不住,被国外林业专家誉为“世界柏树之父”。西安早在3000多年前的西周时即为全国之首都,前后断断续续共有13个朝代在此建都。西安在唐朝时人口已突破百万,为全世界第一个人口逾百万的城市,这样灿烂的古代文化,到哪里去找?

陕西另一伟大贡献,便是孕育了伟大的现代中国革命。革命圣地延安是中国共产党中央和八路军总部所在地,延安精神永放光芒。中国共产党以陕北为中心、根据地,领导中国人民,打败了日本帝国主义,又打败了国民党反动派,赫赫功勋,举世无双。

我在延安除参观枣园、杨家岭、王家坪等革命纪念地外,还到宝塔山,一口气登上著名的延安宝塔,仰天长啸,壮怀激烈。我到了当年中央领导同志多人先后住过的窑洞。每个洞里都有领导人用过的纺车,人人在大生产运动中纺纱种菜,丰衣足食,终于挫败了蒋介石对边区的封锁。讲解员是一位陕北姑娘,为我们娓娓动听地讲了许多革命故事,她还说,《东方红》歌曲原为陕北民间革命爱情小调,原歌词是:

骑白马,
挂洋枪,
三哥哥吃的是八路的粮。
有心回家看姑娘,
打鬼子呀顾不上!

说着，说着，她情不自禁地为大家唱起来，真是陕北民歌的原汁原味，她珠圆玉润、歌喉婉转，唱得极为悦耳动听，可谓“余音绕梁，三日不绝”。这使我想起英国19世纪浪漫主义诗人华兹华斯的那首《The Solitary Reaper》诗中最后一节：

I listened, motionless, and still
And, as I mounted up the hill,
The music in my heart I bore,
Long After it was heard no more.

中文大意为：

我听着，静静地，一动不动，
当后来我走上山坡时，
那已听不见的曼妙歌声，
却一直鼓荡在我的心中。

与我同行之许多南方人到了陕西，大家对当地饮食未能习惯，我刚相反，叫作“如鱼得水”。陕西之扯面、肉夹馍、荞麦面条、麻食（类似河南省博爱县之咸疙瘩）、四喜蒸饺（像烧卖，每只内分四块，包四种不同菜肴）、莲菜饼，样样都合我的口味。我尤其喜爱小米稀饭和延安的“红米甜酒”。我爱小米稀饭，一因它营养丰富，新中国成立前故乡妇女坐月子，不吃鸡、不吃肉（当然这与贫穷有关），单吃小米稀饭，足见其营养价值之高；二是因为它在战争年代哺育了革命（小米加步枪）；三是因为它是我童年无日不吃的粮食，一喝小米粥，便回忆起自己的童年，引起无穷遐思。对于我来说，最大享受便是喝小米粥，简直美妙绝伦，妙不可言！至于“红米甜酒”，即糯米甜酒，南京叫“酒酿”，四川叫“涝糟”，但甜酒和涝糟又有不同。“红米甜酒”（纯为酒液，已经把糯米去掉）必须喝热的，而“涝糟”则可以生吃。陕北的“红米甜酒”比河南开封的还要好，其味特醇，百饮不厌。此外，在西安与延安吃饭，每餐皆有好几盘北方的凉拌菜，南方同志吃了很不习惯，甚至拉肚子。我恰恰相反，吃得我如醉如痴，乐不思桂（广西）！

最后，我在西安买了两瓶麻油，喷香扑鼻，在延安买了两袋小米，黄灿灿的，胜似黄金。除了在陕西留下不可磨灭的美好记忆外，这便是最大的收获了。

1995年11月7日

1996年

1. 镂刻碑文

知炳书记赐鉴：

久疏笺候，未悉近来工作、生活均好否，至以为念。

今有一事相陈：顷接友人徐迟先生来信，说他曾写一篇全文600余字之散文《都乐洞记》，讴歌赞美柳州之都乐岩，发表于《人民日报》。后来该文由郁风女士用唐人刻经方式写成工整之碑文。写时计算尺寸，煞费苦心，按50厘米乘150厘米大小将碑设计为横放，下加石座，适合于站立观看之高度。

此事已数年，徐迟先生已通知柳州有关单位，未有反应，乃将此事搁置下来。徐为我国现当代著名诗人及作家，他的一些报告文学作品，一经发表，即传诵全国，一时洛阳纸贵，影响极大。而郁风女士亦为我国文艺界知名人士，在海内外均有影响。此文如能镂刻成碑，陈列于都乐岩风景区，必能成为新中国第一块勒石之妙文，为柳州市、特别是为柳州之文物增辉。未知可否请您关心一下这一善举，通知有关单位，请他们派人去徐迟先生府上（徐家在武昌，他目前暂时在北京）观看一下，如看了后，认为可行，即可与徐老商定徐老及郁风女士之润笔费，然后将写成碑文带回柳州刻石。

如您同意此事，请回我一信，我当与徐老联系，约好时间在武昌等候柳州同志前往相见。耑此不一。顺颂

大安！

贺祥麟敬上

1996年3月12日

*2. 对症下药，切实加强语文教学

近几年,在我国报刊、书籍和电视以至日常生活中,经常出现各种文化知识方面的错误,这不能不引起人们的深切关注。随便举几个例如下:有人为文,把 20 多岁的男青年,说成是“他风华正茂,正处在豆蔻年华之中”。殊不知,“豆蔻年华”只指十三四岁少女,根本不能用在男青年身上。又如有篇文章说某人勤劳奉公,“在弥留之际,仍坚持天天上班”。却不知道,“弥留”是指一个人在临死前只有一口气时,这样的人,又如何“坚持天天上班”呢?南方某高校举行运动会,横幅大标语竟是“庆祝我校运动会鸣金开战”。事实上,我国古代战争风俗是“击鼓开战”和“鸣金(即敲锣)收兵”。有篇文章说某“河南省地区黄河的河套地带”,这一句话至少有三处离奇的错误。首先,“河套”指在宁夏和内蒙古境内的黄河两次大转弯处,与河南根本不沾边;其次,古语说“黄河百害,唯富一套”,河套地带古来风调雨顺,绝少水灾;其三,“赤地千里”,指的是旱灾。大旱之时,土地龟裂,草木不生,乃成为一片“赤地”。但这文章说的是“水灾”,洪水一来,白浪滔天,连地面都看不见,何来“赤地千里”?又如,某大报给一位读者回信,竟把那位读者母亲称作“令尊大人”(正确称呼应为“令堂大人”)。还有,不少报刊上登载一些公司、工厂的广告,本应称为“本厂”、“我厂”或“我公司”的,却一律错误地自称为“该厂”。再如,我最近看一电视连续剧,剧中清朝的太监,居然在谈话中用起新中国成立后才从英文(to Kill two birds with one stone)译成“一双石鸟”这在清朝绝对没有的成语,我国一向译成汉语“一箭双雕”。更荒谬的是,有篇文章称某人的亲生女儿为“他的胞女”),殊不知“胞”原指胎儿之胞衣,凡同一父母生的子女即为“同胞”。因此,只能有“胞兄”、“胞弟”、“胞姊”、“胞妹”,而绝不可能有“胞女”。

至于报刊上出现的错别字,更是多得不胜枚举。最使我震惊的是,有本古代历史书,竟把“轩辕”误写为“斩辕”。身为炎黄子孙,居然不知道自己的老祖宗轩辕黄帝,竟把“轩”误写为“斩杀”的“斩”。这一严重错误,校对人员均未发现,怎不令人吃惊?

问题是十分严重的,它不仅关系到正确使用祖国语言文字使之不受侵害和污染,而且关系到中国文化能否继续存在和发展的问题。追本溯源,上述这些语言文字上的错误,几乎无一不能追溯到这些人在中小学时,没有打好文化知识基础这一根本性的原因上来。

中小学是一个人毕生受教育获得知识的基础。因此，我认为必须针对上述这些问题，对症下药，进一步加强小学的语文教学。加强的办法，最主要的便是教师应该负起责任，做好字词句的教学。

“字”是汉文的最基本单位。好像一个人的细胞一样，其重要性不言而喻。“词”则是汉语结构中的基本单位，把字与词或词组按一定方法和规律组织成汉语语言运用的基本单位，使之能表达一个完整意思，乃是句子。字词句是语言文字的基础，正确运用祖国的语言文字，首先便要学好字词句。小学语文教师必须在语文课中特别强调字词句的教学，这一工作做好了，学生才能进一步正确和深入理解各篇课文，才能正确运用语言文字，表达好自己的思想感情，乃至写好作文。

字词句的教学中，正字、正音和使学生准确理解词语的含义很重要，必须花很大力气去进行教学。特别应该注意的，是一些容易弄错的字或词，要在课堂上讲清楚。例如：“放假”的“假”与“真假”的“假”，字完全一样但音调不同，前者为去声，后者为上声。这一区别，在北方孩子看来非常容易区别，但某些南方孩子甚至成年人，都把“放假”的“假”读成“真假”的“假”。再如，“河堤”的“堤”，黄河流域以至整个北方的儿童，甚至未上学，从口语中便知读 dī（阴平），但两广人则十之八九误读为 tí（阳平）这是正音。而正字呢，如“面貌”，把“貌”的右边误写成“儿”。前几天，我看电视，一位歌星竟把“鬼鬼祟祟”一连几十次错唱为“崇”。我认为教师在教一个字时，除了为这个字正字正音外，还应该同时讲一讲这个字在书写或读音上容易混淆的其他字，这样便可收到事半功倍的效果。与此同时，要把字与词放在整句中教，使学生懂得字词的正确用法。

朗读也是语文教学的一个重要环节，它不仅能为学生正音，而且还可以使学生从正确的朗诵中正确理解课文。如果一位教师能示范朗诵好一篇或一段课文，除了正音以外，还能从朗诵的抑扬顿挫和语气强调上，从教师感情的表达上训练学生的语言表达能力，而且，通过朗诵感染儿童，使之在语言表达和思想上都受益匪浅。我不赞成过多采取全班一起朗诵的方法，因为这样做，教师很难发现个别学生的错误。我以为应该让学生一个个单独朗诵，然后由教师或其他学生来评价，这对学生的帮助会大得多。

对中高年级的学生，还应该十分重视简单的应用文教学。例如如何写信、写收条、写请假条等。近几年来，我吃惊地发现许多成年人居然不会正确地写封信。首先，这些人不懂礼貌，信封上对收信人只写名字，无任何称呼。不论对上或对下，对收信人总要有个称呼。如“×××老师”“×××教授”“×××老同志”“×××先生”“×××女士”“×××小朋友”等，直呼其名是对人不尊重，这点最起码的常识，我们许多成年人也不懂，可见他们小时候接受这方面的教育很不够。其次,有不少信封上对收信人的称谓莫名其妙地加上了一些括弧。例如,“×××(教授)启”“×××(同志)收”,这些地方为什么毫无理由地加上括弧,使我百思不得其解。纠正之法,除了教师在课堂上讲清楚书信的正确格式外,还应该让学生在课外多练习。

在学好字词句的基础上,中高年级学生应写好作文。我国传统教学强调背书,对一些短篇文学名著应该背诵。幼时记忆好,背会了的东西一辈子不会忘记,可以终生受用。此外,我始终认为单靠在课堂上学语文是不够的,特别是对高年级学生。应该鼓励他们多看课外读物,适当参加社会活动等。这样就能扩大学生的视野,增长他们的知识与智慧,并培养他们的文学欣赏能力。

(原刊于 1996 年 5 月《小学教学》杂志)

3. 生活片段

师光、羽纶、渊冲三位学长：

6月13日北大欢聚，令人神往。回来后又一直"瞎忙"，虽洗好照片，迄无时间写信及将照片投递，不周之处，尚祈海涵。

今随此信，将我们之合影两张寄上。其中四人照的那张，师光笑得很开心；渊冲兄笑得自然；羽纶兄则亦庄亦谐；只有小弟最板滞，呆若木鸡，不堪入目。另一张三人照，师光依然阔笑不止，意气风发；羽纶兄似在假寐，做庄周蝴蝶之梦；而渊冲兄好像对某印刷厂之拦路打劫行径仍有怨气，口诛笔伐之不足，又横加"指"责，凛然正气，溢于言表。小弟不敏，却捕捉了这一精彩瞬间，使之固为这一难忘的镜头，不亦快哉，不亦妙哉！

比之现在的中、青年，我们这老一代的知识分子之料理生活能力最差。而与同代人比，我们这方面尤差。南宁之大，竟无甜面酱可买，因而也无炸酱面可吃。6月在京开会完毕，我特地买了甜面酱回来，交给壮族老保姆。保姆来自广西最贫穷的壮族地区，连饺子都没见过或听过，更遑论炸酱面乎？几十年来，我只会吃炸酱面，可从不会做，这次无法可想，只有"瞎指挥"了。我对她说，把肉切碎，与甜面酱混合，再放"许多许多油"来炸。她将信将疑，我也全无把握。幸而天无绝人之路，正惶急中，恰好楼上一位北方女同志下来，我请教她，她说千万不要先把甜面酱与肉混合，那样一"炸"，甜面酱焦了，肉还没有熟。经她指点后，老保姆遂做成了"炸酱面"，但吃起来味道极怪。好在我一向对生活享受要求不高，便将就过去了。总算了却了吃"炸酱面"这一心愿。

此次在京，于书肆中购得新出版之我国第一本之《浮生六记》。《浮生六记》为我少年时最爱读之书，但"六记"一向只有"四记"（即《闺房记乐》、《闲情记趣》、《坎坷记愁》、《浪游记快》），其余两记早已散失，无人得知。前几年，竟有一位学界老前辈于无意中找到五六两卷佚稿（曰：《中山记历》、《养生记道》），交甘肃人民出版社出版。我认为这是我国学术界一件大事，对自己能买到《浮生六记》全集，尤为满意。

纸短情长，余下次谈。即颂

夏祺！

祥麟

1996年7月7日

*4. 桂东北之旅

健、康、平、灵：

前不久，具体说是7月底至8月11日，我去桂东北一些地方做三千里之行。旅途所停留的城市为南宁—荔浦—富川—钟山—贺县①—桂林—柳江—南宁，旅行的目的是为了工作，但顺便也游览了一些名胜。

例如，在贺县时，我们驱车奔赴位于粤、桂、湘三省交界处之深山老林。这林区占地很广，已被认定为国家公园。外行人以为这是一大片"原始森林"，我一看就肯定是传错了。试想此处漫山遍野的树，直径不足一尺，既无参天古木，又无二人合抱之巨树，哪会是"原始森林"？一问内行人，果然如此。1958年"大跃进"时，举国"大炼钢铁"，几万人来此砍树，把整个森林砍光了。现在之树均为这三四十年新种植者，既非"处女林"，又何来"原始"？尽管如此，这里仍是郁郁苍苍一望无际的森林之海。

我们在林间盘旋上山，抵达一叫作"奔马"的瀑布。瀑布高58米，当然比不上纽约州与加拿大交接处之Niagra Falls，甚至还比不上贵州之黄果树瀑布，然而，仍然十分壮观，使人有"疑是银河落九天"之感。

在森林游览和生活（我曾在大山里住了一夜），除了风景绝佳，还有一极大好处：即空气清新。我们住的是仿瑶族建筑风格而盖成的竹楼，不仅情趣古朴高雅，更难得者为空气特别干净，每立方厘米有负离子约三千个，最多处则有六万个。呼吸时，空气清新扑鼻，令人心旷神怡，浑身舒畅。难怪卢梭提出口号，要人类"回到自然"。也难怪一些古刹名寺设在深山密林中，高僧四大皆空，六根清净，每日"吸日月之精华"，健康而长寿。

在富川县，我们游览了一大水库，人工湖东西长达七八十公里。湖水碧绿，山清水秀，风景佳丽。此外，还去了始建于明朝弘治十三年（1500）之"明城"。

在钟山县，我们参观了一个巨大的岩洞——碧水岩。广西许多地方地质结构均为喀斯特地形（KARST Formation），奇山异洞，多得不可数计。其中最大的岩洞，动辄几公里长，几十公尺高。这些我去过很多，不以为奇。但这次"奇"就奇在瑶族的习俗上。

---

① 编者按：即八步，1997年改为贺州市。

岩洞口附近的村庄的瑶族青年,身穿彩色的瑶族服装在欢迎我们。入洞口走了几里,至一高巍的“大厅”,内设桌椅。瑶家姑娘为我们准备了我国瑶、侗族特有的“油茶”,我一连喝了四小碗。

接着是文艺表演,真没想到这穷乡僻壤瑶族山村姑娘和小伙子,能演出如此精彩的文艺节目,比专业剧团演出绝不逊色。文艺演出之中,还杂以作瑶族游戏。瑶族男青和我们客人混编成五个组,每组有个“新娘”。哪个背“新娘”的走得最快,即为胜利者。以后,又在暗中认“新娘”,谁认得准确,即可把自己的“新娘”接回来。

最后还有《刘三姐》大型歌舞表演。刘三姐与众多姑娘及三位秀才从山上翩然来临,进行赛歌(对歌)。60年代的《刘三姐》是专门嘲笑知识分子的,刘三姐聪明绝顶,把几个秀才弄得狼狈不堪。现在新编的《刘三姐》则否,姑娘们和秀才们互相友好相处,你问我答,不分胜负。我看过少数民族的文艺节目不少,此次为其中之最佳者。

8日在桂林,接我弟妹(舍弟瑞麟之妻)电话,惊悉舅父(家母之胞弟,年90岁)不幸在台病逝。噩耗传来,有如晴天霹雳,使我悲恸不已,五内俱裂。去桂市邮电局发唁电,不料我之电文中有“不啻”一词,邮局办事员说他的电脑中没有这个“怪”字,我只好改换为另一词。谁知他突然说有了有了,找到了这个字。我一看,原来他找到的是“啼哭”之“啼”字,与我所需要的“啻”字,压根儿不沾边。电脑操作者应为语文工作者,汉语汉字知识如此之差,文化水平如此低落,又何以当此重任,做好自己的工作?使人不免感触万端。

今日为8月12日,昨日我刚由桂东北旅行回来,15日又要去北海市。北海回来后,25日则要去内蒙古及甘肃。可谓风尘仆仆,席不暇暖。

还有一事必须提及和更正者,为上次信上所谈及丢失一箱书之事,最后在美国查询,才知书籍不是遗失,而是威克森林大学之女秘书工作失误,根本未将书寄出。盖敝友莫斯教授(Prof. Bill Moss)将一箱书包扎好了,交给秘书当天下午寄出。谁知那天下午她刚调动工作,临走时将此事交给新秘书办。新秘书碰上办公室搬家,匆忙中把一箱书搬至新办公室,从此便忘了此事。我得悉后,立即向南宁邮局道歉,请他们原谅。现在在此信更正,以示负责。顺祝

安好!

舅舅祥麟

1996年8月12日

5. 我的旅行生活

小岚：

如你所知，我自 7 月以来，这些日子一直在旅行中，可谓席不暇暖，马不停蹄。7 月 30 日离邕，先去荔浦、钟山，又去富川、钟山、贺县。再于 8 月 7 日由贺县去桂林，然后返回南宁。15 日又去北海。接着又去合浦、钦州和防城港市。回来在邕休息两天，26 日又去桂林，参观了两江国际机场（刚修好，为世界一流，全国第一）。又由桂林赴柳州，喝侗族特制之"油茶"，还观看了侗族、苗族姑娘的歌舞。9 月 1 日晚 10 点回到南宁。次日（9 月 2 日）一早便飞北京转往内蒙古之呼和浩特，在呼只三日，看了蒙古大草原，喝了蒙古族之奶茶，去蒙古包小坐，还骑了马。

5 日，由呼市乘火车去兰州，一路为一望无际之草原和荒漠，万里无涯，十分壮观。更有价值者，为火车一直沿黄河走，这是黄河之上游，也是自古以来著名的"河套"地带。黄河中游是中国古代文化的发源地，孕育了中华民族，一切炎黄子孙均对黄河有深厚感情，也正因为如此，我才给你哥哥命名为"黄河"。

6 日抵兰州，我与友人一同去了甘南藏族自治州，在夏河县瞻仰了喇嘛和黄教最大寺庙之一的拉卜楞寺。当然，还见了许多牦牛，吃了兰州之特产牛肉拉面等。夏河县海拔 3000 多公尺，我们住了一天一夜，心脏无异常，头不晕、气不闷，一切正常。可见我的身体还算不错。8 日，我在兰州为一叶买生日卡，竟无音乐卡，只好买了一个普通生日卡寄出。次日，我又到书店，终于买到一个音乐生日卡又寄给他。现在看，这两个生日卡，孩子无法收到。

9 日下午由兰州飞成都。次日去贺平家，见到奶奶和贺平一家。11 日四叔、四婶乘火车到了成都，我们与成都所有亲人观聚一堂。13 日我由成都返回南宁。

由上面之简略叙述，你当能知道我这一个半月来旅行生活之丰富多彩。在柳州，我观看并欣赏了侗族舞蹈，听他们吹着芦笛唱着采茶歌，舞姿妙曼、歌声悠扬。我们还与少数民族男女青年一同手拉手跳《多 ye 舞》，唱"Ya Lue Ye"歌。

在内蒙古，七八位蒙古族青年男女穿了民族服装，向我们敬酒，还唱了下面这首美妙的歌（用蒙古语唱），译文如下：

在我很小的时候，很小的时候，

有一只神奇的摇篮,神奇的摇篮,
那是一副雕花的马鞍,
哎嘿,它伴我度过金色的童年,金色的童年。
当阿爸教我,把我扶上了马背,
阿妈发出亲切的呼唤,
马背呀,给我草原的胸怀,
马背呀,给我牧民的勇敢。
雕花的马鞍,
神奇的摇篮!

在我长大成人的时候,成人的时候,
忘不了神奇的摇篮,
啊,那是一副雕花的马鞍,
啊,草原上代代相传,
代代相传。
哺育了多少民族的骄傲,
编织着多少理想的花环。
马背呀,马背呀,
难忘的摇篮!

这是多么富有诗意的一首蒙古民歌!从歌里,你可以知道蒙古族人民对马、对骑马、对牧民生活有着多么深厚的感情!中国少数民族人人都能歌善舞,这方面他们比汉族强得多。记得去年,我在外地开个学术会议,有一桌人是蒙古族同胞。我向他们敬酒,他们立刻全体用蒙语唱祝酒歌,热情洋溢,感人良深!

八姨定于本月17日到南宁,我将见到她。我们可能还在此参加世界广西同乡联谊会大会。我本是地道的河南人,来广西40多年,现竟成了“地道的”广西人。你与黄河当然更可以算是广西人,因为你们皆生于桂林,长于桂林!

此信写得长了,余再谈。此问
近好!

爸爸

1996年9月15日

6. 广西师大出版社建社十周年纪念活动

1996年11月18日　星期一　晴

广西师大出版社于今日上午9点起在桂山大酒店二楼“明华宫”宴会厅举行建社十周年纪念会。大厅内置许多大圆桌，与会众人皆围着一张张圆桌坐着。

会议由黄理彪主持。先由校党委书记黄介山致开幕词，然后，钟海清副校长宣读贺信，党玉敏社长汇报建社十年来工作情况。接着大家按下列次序发言：阳德华（桂林市委副书记）、伍杰（国家出版局原局长）、石加金、侯德彭、江广平（区党委宣传部副部长）、余瑾、袁道先（桂林岩溶研究所所长、院士、博士生导师）、徐志伟（复旦大学出版社社长）、王伟×（长沙市新华书店总经理）、广西民族印刷厂杨厂长、赵大悌（北京海淀区教师进修学校校长）和我。

广西师大出版社要我在发言中代表出版社向前面所有发言之来宾和领导表示谢意。我发言毕，顺便朗诵我写的散文诗《一往直前奔远方》。这以后，又临时增加钟文典发言。不知何故，林焕平老师竟未发言。侯德彭同志发言全无讲稿，且一再提及我与林老师在建社时之奔走努力，他之过誉使我不安。

今日参加师大出版社建社十周年纪念会者数百人。我们这一桌为中间第一桌。同桌者有黄介山、沈友益、阳建国（广西出版局现任局长）、江广平、余瑾、王桧林（北师大教授、历史学家、抗日战争史丛书主编。为人谦虚，坚不发言）、阳德华、赵大悌、林焕平、侯德彭、党玉敏、袁道先、陈光旨、钟文典、石家金、伍杰、汤杰（女，迟到）。

11点半散会，12点各人仍在原位上吃午饭。龙胜希望工程的四个女孩子向师大出版社赠送玻璃镜屏及唱侗族山歌，接着，还有桂山大酒店歌舞团表演各种节目。

下午3点，在中华路广西师大出版社三楼参观展览室，老党亲自为大家解说。我看到《光绪及宣统上谕汇编》（大致名称）、民国剪报资料外编这两套特大部头史料书，印象极为深刻。我校出版社能贴钱出这样卷帙浩繁之史料，不仅气魄大，而且还为我国和国际学术研究做出重大贡献。

参观之后，为小组讨论，我不想参加“领导组”，乃参加二楼新盖的会议室所在之“专家组”。同组共三十五六人：如李文杰（区出版局原副局长）、欧明广（广西出版协会副主席）、赵大悌、柳继锋、钱宗范、刘世英、毛毓松、钟文典、程福长、钟海清、陈琼、张家璠、罗知颂、王昶、党玉敏、余鑫晖、王桧林、薛万川、刘上扶、廖斌(区教委一位处长)、彭会资、莫孝君、刘坤(光明日报驻广西记者)等人。另外,肖星明(女)和杨华(女,徐州师院外语系毕业)也作为编辑人员出席此会。光明日报记者刘坤于会前找我谈天,蔡昌卓中途也来参加会。会后,他对我说他已考取南京大学博士研究生,专业未最后确定,但某导师希望他研究美国宗教。

晚上6点半,在留学生部吃饭。留学生部经师大出版社投资装修,已焕然一新。饭后,8点钟有晚会,我不参加,与钟文典一同步行至东华门,我去兰井巷看四弟,正巧文其扬和他夫人卢爱荣也在四弟家。他夫妇昨日刚回到桂林。9点多钟,我乘出租车返回桂山大酒店。

1997 年

1. 厦门年会开幕词

今天，全国高校外国文学教学研究会 1997 年厦门年会在厦门大学隆重召开，我们感到非常振奋和高兴。这次年会之所以能按计划如期召开，与厦门大学的支持和年会筹备组织的辛勤劳动不能分，我在此谨代表研究会对厦门大学和筹备组的同志们表示由衷的感谢!

时间过得真快，我会成立于 1985 年，到现在转瞬已 12 年了。回顾研究会成立 12 年的历史，我们充满自豪感。创业艰难，筚路蓝缕，守成不易。我会自成立后，一步一个脚印，不仅每次年会都按计划顺利召开，而且，每次开会后，都出一部外国文学论文集，记录历次年会的轨迹。这是很不简单的，需要多少人力财力，需要倾注多大的心血！我们的研究会是国家承认的唯一的全国高校教学研究团体，能够做到这样不事空谈、不流于形式、崇尚学术，用实际行动进行卓有成效的学术活动，非常难得。这与各届理事会的辛勤劳动、与全体会员的共同努力不能分。回顾过去，我们内心激动；展望未来，我们对我会前景充满信心。

高校外国文学教学研究是光荣豪迈的事业，是全国高校精神文明建设和课程建设的重要一环。据我所知，在全世界各国中，高等学校语言文学专业如此重视外国文学（即世界文学），普遍设立外国文学课程，中国是极少数国家之一。建国 40 多年来，我国高校文科的外国文学教学不断发展，取得了很大的成绩。用个形象化的说法，欧洲人常说，没有读过《荷马史诗》的人等于没见过大海洋。在我国开设了外国文学课程的学校里，同学们不管在内地或在海边，都见多识广，领略了《荷马史诗》这样的大海洋万里滔滔、碧波千里的浩渺景象。今天，我们大家又一同欢聚在厦门大学，看到了气魄浩大、气象万千的大自然真正的海洋,在海滨一同切磋研讨外国文学教学研究问题,更感到心旷神怡、心胸开阔,光荣豪迈之感,油然而生。

今年是我国历史上很不平凡的一年,香港回归祖国距今只有40天,下半年还要召开党的十五大。再有三年,我们便进入21世纪,而且同时还是人类自有公元以后第三个一千年。这千年难得的机遇给我们碰上了,是我们同时代人的莫大幸运。21世纪的祖国列车怎样轰轰隆隆开向未来呢?21世纪全国高校外国文学教学研究会又将怎样发展呢?我们真恨不得能有一个英国历史学家H.G.威尔斯在他的科幻小说里所描写的"时间机器",大家骑上时间旅行机,去遨游21世纪整100年的良辰美景,绮丽风光。但是,即使没有也不要紧,因为我们完全可以肯定,不论祖国或我们的研究会,都必然是今天胜过昨天,明天比今天更好。让我们用自己的实际行动谱写未来的凯歌。

这次年会的重要任务有二:1.讨论人文精神与外国文学的关系问题;2.换届改选。

人文精神是个重要问题。西方文学艺术自文艺复兴以来,贯串这一精神,它成为人类文明的一个重要支柱,它鼓舞人们前进不止,自强不息。改革开放以后,这一词语含义又扩大了,成为不仅西方而且全世界各国、全人类代代相传的一种精神。我1940年在四川大学外文系读完一年级后,举行"大一国文"统考,作文题目便是"人也者仁乎其类者也说",这"仁乎其类",应该说也是一种人文精神的表现。但同时,我国学术界大家对人文精神的看法还不相同,充满争论。正因为如此,我会去年深圳年会才决定把人文精神和外国文学关系作为这次厦门会议的主要讨论题目。希望大家各抒己见,认真讨论。在这次年会中把我国对人文精神的讨论提高到一个新的高度与水平。

最后,我祝这次年会开得充实,换届顺利。愿我们的研究会在过去巨大成绩的基础上,百尺竿头,更进一步。愿祖国的方舟乘风破浪,插上翅膀,鼓翼前进,驶向21世纪。"但愿人长久,千里共婵娟",愿"花好月圆人寿"。谨祝会议成功,换届顺利,同志们学术精进,身体健康,前程似锦!

1997年5月18日

2. 谈"寻根"与人文主义

黄河、国志、小岚:

昨日收到你妈妈来信并她给陈友清之信,我尚未来得及找陈友清。现在既然南宁尚无人,最近去了智利,你们妈妈在信上列出要买之物,均无法买,等过几天我再给她信。

近年来,全世界的人都在盛行"寻根",我们无须寻根。但至少你们应该知道自己之"根"的大概情形。此信即想谈谈这方面的事。

我们之故乡在河南省博爱县许良镇,最初到达故乡之贺家始祖名字不知,排行第七。他于明朝初年由山西省洪洞县迁至河南县(后改为沁阳县,1927 年沁阳一分为二,博爱独立成县)的水磨村(现还有此村,离许良镇不到一里)。我们称这位始祖为"一世"(即第 1 代)。到我和姑姑、四叔这一代为第 20 世,因此,黄河和小岚为 21 世、丹沁、汴沁为 22 世。你们大概学过一点生物学,知道"遗传基因"之说。基因为 19 世纪生物学家孟德尔和摩根发现,现已证明绝对科学。父母之基因一定遗传给子女,隐性虽看不见,在这一代不起作用,但能遗传到下一代才显示出来,这就造成了"隔代遗传",即这一代的遗传特点下一代好像没有,而孙子一代则又显示出来。

我的基因,好的方面有:1.贺家上几代尚未发现有生癌症者;2.眼力特好,一直到老都好,没有折磨许多老人之青光眼或白内障;3.奶奶长寿,下几代均可能长寿;4.反应迅速敏捷。坏的基因有:1.我祖母(即黄河小岚之曾祖母)左膝上有一小块圆形的牛皮癣,传至我们这一代则为四叔和五叔之皮肤不好以及我小腿皮肤粗糙,到黄河、小岚这一代可能为隐性,因此,你们的皮肤均无问题,但到丹沁、汴沁则又可能出现;2.性急,这方面谢天谢地,未遗传给黄河、小岚,但到丹沁可能又性急。

遗传学很有意思,我念大学时,学校规定文科之不同的词:1.人文主义,专指文艺复兴时的人文精神;2.人本主义,强调以人为"本",人主宰一切,此译名多见于新中国成立前之社会学、教育学、哲学及历史著作中;3.人道主义,这本是一褒义词,后来在极"左"思潮的影响下,基本上成了贬义词,与"资产阶级"甚至"反动"联系了起来,以至于在医院救死扶伤时,也必须在"人道主义"之前冠以定语"革命的"才敢使用。

改革开放以后,我们的学术界以"人文精神"代替了上述三个译名,而且逐渐还它一个本来的面貌。有人还把“人文精神”扩展为一切国家都有的共同精神，甚至说中国古代也有这种精神。这是一个“极端”，而另一个“极端”是至今仍有人认为人文精神是“反马克思主义”的，认为二者不能相容。我不想在理论上探讨此问题，只想举自己亲身经历的一件往事做例子，谈一点感想。

上个月我住院检查，吃惊地发现了我这个过去几十年一向视力极强的人竟生了白内障，视力近几个月严重衰退。就连去年检查，我的双目视力尚为1.2和1.0，而今右眼竟退化为0.5，看东西十分模糊。医生说，即使是一般的白内障，视力也不应退化得如此之快。震惊之余，我想起27年前的一段往事："文革"期间，我被打入“牛棚”，成了“牛鬼蛇神”。先是打扫厕所，后来被调往农场劳动。1970年又“高升”一步，由农场调到学校的化工厂。当时，我竟天真地认为这是“革命师生”对自己的“优待”，调我去化工厂干一些轻活，内心兴奋，难以名状。去了之后，我很快即发现，自己大错特错：化工厂产品的原料为“独居石”（内含大量的钍）及其他稀有金属，放射性强，对人体危害严重，钍之“半衰期”（即放射力减轻一半所需的时间）为一亿三千万年，其“顽固”可知。此事一般人不懂，我因青年时在国外“博览群书”，看了不少有关放射性元素之书，对此略有所知。但问题不在这里，而在于化工厂一边明知钍对人体危害，有意不找本系老师（包括化学系的“牛鬼蛇神”）干此工作，而找外系“犯错误”的人干，正像二战时的纳粹德国专找犹太人干危险活以及日本军阀专找中国劳工干危活重活一样，把我们当牺牲品；另一边却又讳莫如深，对我们只字不提钍的危害性。更有甚者，他们用最原始落后的设备给我们操作，而不给我们任何防护物品。我先负责用球磨机把“独居石”碾成细粉，而球磨机全无遮蔽，一开之后，满室浓重之放射性尘埃，被我大量吸入肺中，我完全无法躲藏。一星期后，我因体内积存放射性尘埃过多，连续腹泻不止，去医院检查，才知道并非大肠杆菌，我立刻便知道是吸食太多的放射性物质之故。以后，除了磨粉外，我还负责用大锅煮磨成细末之稀金属，煮开之后，一揭开锅放射元素随蒸汽直冲两眼。只一个月，我的视力即严重衰退，当时原为1.5头等视力之双眼，看东西竟模糊起来。我查了书，方知这叫作“放射性白内障”，比一般白内障厉害得多，无药可治。在化工厂进行惩罚性劳动的“牛鬼蛇神”共五人，除我之外，一人为著名作家秦似；一人为老“左联”战士林焕平教授；一人为历史系何副教授；另一人为政治系一位老师。这四人中，只有何老师略知放射性元素对人之危害，其余三人或完全不懂或纯然天真“一不怕苦，二不怕死”，对放射性元素全不在乎。那位何副教授知情后，发了点牢骚，说化工厂不该对我们隐瞒真相，而且不给我们任何劳动保护（如发口罩或太阳镜之类）。这一说不打紧，立刻被化工厂负责人化学系老师“亨大爷”严词批判，说贪生怕死，有资产阶级活命哲学等等。长话短说,现在谈结果:1986 年秦似患癌症死亡;又四年,何副教授亦患癌症病逝;政治系那位老师有严重眼疾;林焕平教授已双目失明。我算是最幸运的,现白内障又卷土重来。由于化工厂野蛮的“兽道主义”,我们五人均无例外地受了害。

这样看来,有一点人文精神,关心人、爱护人、尊重人,“己所不欲,勿施于人”,又有什么不好呢?

你们都在国外,你们的下一代,再下一代如在国外定居并生儿育女下去,你们便更应该使他们知道自己是中国人,并知道自己之“根”。人不能忘本,更不能忘根。正因为如此,我才在此信中谈了贺家由山西到河南之情况。

告诉你们妈妈,苏冰玉夫妇和他们之男孩小小(四岁半)昨晚由桂林(他们先由北海去桂林)来邕,住在我们家。小苏代买之珍珠项链五条,这次她不要钱,说是送你妈妈的。另外,日内我当把你妈妈之信交陈友清,并拟请她吃晚饭。

余再谈。祝

好!

贺祥麟

1997 年 5 月 30 日于南宁

3. 家书

黄河、小任、小岚:

近来,我差不多一直在旅行之中。6 月 2 日起去荔浦、贺州市(即八步)、昭平、金秀之后,6 月 10 日回到南宁。在邕住了四天。14 日离南宁赴广州参加广西师大中文系 55 级(1955 年入学)校友会。18 日离广州直奔北京,开民进之会。26 日离京来桂林。昨日抵桂(27 日)。你们妈妈也正在桂林学气功,我们大约 7 月 3 日返回南宁。

师大中文系 55 级学生中不少人为 1936 或 1937 年出生,现超过 60 岁,均已纷纷退休。真所谓“人生易老”“岁月不饶人”。当年我教的小伙子和姑娘,如今无一不是老头子或老太婆,令人感慨系之。

在北京时,我与自己在大学念书时之一位同班女同学各骑一自行车,拜访现已 90 多岁的当年在西南联大教我“西洋戏剧”之一位老教授。这位女同学已 77 岁,比我还大一岁,却在北京穿大街、溜小巷,在汽车和自行车中穿梭,跑得飞快,我费很大力气才赶得上她。我奇怪有哪位老人能比我骑车更快,后来一问才知道,她在 1937 年(当时 17 岁)在上海参加自行车比赛,获女子第一名,这样的“冠军”我如何能赶得上!小岚你应记得,你刚学会骑车,与我一同在王城大门口骑,那天傍晚,你很难赶得上我。现在你们都已长大成人了,爸爸又老了许多,骑车必然不如你们。这是自然规律,不可抗拒。

中文系有一男生,60 岁多一点,在广西民族学院任教,已退休。此人很有意思。他的人生共三大阶段:第一阶段为念书及工作,成了广西民族学院副教授;第二阶段他多年来继承父业,成了广西名中医,专治各种癌症,名气很大;第三阶段他在医病的同时,又开始研究佛学,最近十五年来,他先司禅宗(佛教之一派)十年,近五年又改司密宗(佛教之另一派),同时又苦读梵文(古印度文),能说一口流利的梵文。台湾一僧人来广西,见他能用梵文原文念大悲咒,佩服得五体投地,认为他是广西佛学界第一人。那位僧人返台后,给他汇来 28 万元(人民币)。他分文不取,把这钱全部捐给融水县一寺庙。我举他做例子,只在说明一个人不管学什么或爱好什么,要有事业心、要有理想、要有奉献精神。当然,要做到这一步,还得吃苦耐劳。

桂林近日天气酷热,坐在房内不动,仍挥汗如雨,但我仍工作如常。7 月 2 日还要给这里一个学校讲课,次日便返南宁。

此信即写至此,孩子们代为问候。

爸爸妈妈

1997 年 6 月 28 日

又:香港回归祖国在即,这一个月来,全国都在轰轰烈烈搞庆祝,你们在电视能否看到?在回归这天(6 月 30 日)7 月 1 日中央电视台将一直向全国人民报道回归盛况,播出接交情况。

4. 西南联大《野草》主办人

茂桐先生：

半个多世纪前，我是西南联大外文系学生，1940—1941 年在联大叙永分校就读，有幸选了你的经济学课程。1941 年，有一天上午在春秋祠隔壁大教室正上课，您突然点了我的名，让我站起来，把我淋头盖脑地痛骂了几十分钟。所骂的内容，我俱已忘却，只记得印象最深的两句："你天理何在？良心何在？"我当时蒙此不白之冤，如"丈二和尚摸不着头脑"，只因为人老实，又受"师道尊严"思想影响，一切自忍了下来，未作任何正当的抗辩。

事后，我才知道，起因是由于当时叙永分校地下党办的一个漫画壁报《野草》，曾为文批评了您。您勃然震怒，向某些右派学生调查，而那些学生非常低能，竟向您诬告说我是《野草》主办人之一，于是乃发生了上面所述之喜剧。事情发生后，为了保护主办《野草》的进步学生，我一直未对任何人说《野草》主持人是谁。

现在，57 年业已过去，一切已成为历史陈迹，我认为有义务澄清此事，使您知道我代人"受过"了半个多世纪。掠人之美，心中甚为不安。我在联大时，不是党员，但勉强可算一倾向进步的学生。我在叙永参加了《布谷》文学壁报社，该社前几年我才知道，是叙永分校地下党领导之一个文学团体。由于《布谷》同仁与《野草》主办人素有交往，我当时便知道《野草》之编辑是赵景伦（燕京大学神学院院长赵紫宸先生之公子，无党派，现在纽约任自由撰稿人）和黄伯申（地下党员）。前几年又获悉，当年《野草》真正主办人为地下党员徐京华。《野草》实为联大叙永分校地下党直接领导的一个地下刊物（壁报）。每次张贴，皆在半夜。国民党特务低能，始终不知道《野草》之真实情况。

先生在经济学上造诣甚高，学贯中西，但上述一事您始终不知。因此，事隔 50 多年后，我匆匆写成此信，以澄清事实，使您知道事情真相。顺颂

大安！

贺祥麟

1997 年 8 月 28 日

1998年

*1.《世界文学的艺术发展史》序

《世界文学的艺术发展史》即将付梓,我认为这一著作的出版,是对我国的外国文学研究之一大贡献,是一件值得庆幸的大事。过去多少年来,我大概曾为一二十部学术著作写过序言,但是,最令我内心振奋、激动不已的却是这一次。这不仅因为《世界文学的艺术发展史》学术功底雄厚、思想内容深刻、有独创性,同时,还因为这一著作在我国这几十年来编写及出版世界文学史的观点、内容和写法上,都与众不同,有较大的突破。长期以来,不论是外国文学史的写作、教学内容或教学方法上,都形成了当年一整套以苏联教科书为模型的老化僵化,大家对它都很有意见,却又很难对它大动手术的模式。这模式是什么呢? 本书的"绪论"中已详细谈了,为了避免重复,兹不赘述。

我们主张以马克思主义的观点来写文学史,政治可以也应该统帅艺术,但政治不应该成为"万能",来直接干预学术的具体内容。前些年,我曾和我国一位十分优秀的遗传学家谈话,我问他:"在生物遗传学里,孟德尔—摩根的遗传学理论,究竟是否正确呢?"他不加思索地回答:"当然是正确的!"我又问:"那么,米丘林的理论呢?"他回答说:"是错误的!"他还告诉我说:"遗传基因已经分离了出来,一切非常明显,无可争论。"我忍不住又多问了一句:"那为什么在苏联一连几十年,却把明明是正确的说成是'错误'而又把明明是错误的说成是'正确'的呢?"他回答极干脆:"因为政治介入了学术!"

多年以来,我们习惯于以社会学、政治经济学原理来分析文学作品,因而,出现了许多削足适履、生搬硬套、千人一面、千书一面的世界文学史及其教学内容与方法。在教学上,一讲到托尔斯泰,便是《复活》,而对我个人一向认为是全世界最伟大的长篇小说《战争与和平》,却往往一笔带过。这是多么大的不公正! 而中学或大学教师在分析作家或作品时，总是用“时代背景”、“组织结构”、“主题思想”、“人物性格”和“艺术特色”等一整套僵硬的程式来套上去，使原本极为生动的文学教学成了实验室里的“尸体解剖”。近年来，出现了一些新气息，有些世界文学史的作者力图改革，努力在文学史里添加了有关的文化背景、文学思潮与文化内涵，也确实取得了一些成绩，使读者或学生大开眼界，对作家作品有了较为深入的了解。然而，由于种种原因，从根本上加以改革，譬如说，在文学史上彻底打破“东方是东方，西方是西方”①，把世界文学史人为地分成东西方两大板块的做法，却始终没有改动。有之，则是刘文孝同志主编的这部《世界文学的艺术发展史》。这部文学史从文学本身的特点和规律出发，把世界文学融为一体，使读者在阅读本书中，能对东西方文学的发展有一整体观念，对人类几千年来的文学史有了更全面、更深入、更本质也更清楚的认识。

人们常说，荷马的两大史诗是一个浩瀚无垠的大海洋。“没有读过荷马，就等于没有见过海洋”。其实，何止荷马，莎士比亚、歌德、巴尔扎克、狄更斯、托尔斯泰、泰戈尔等伟大诗人和作家，哪一个不是巨大的“海洋”？世界文学有多少这样巨大的“海洋”？刘文孝等同志的一巨大功勋，就是把这许许多多的“海洋”一一沟通起来，使之互相连接，使读者能驾一叶扁舟，泛舟远航，探社会之宝藏，究人生之奥秘，开阔视野，陶冶性情，提高文艺欣赏趣味，砥砺自己学行，不但其乐融融，而且善莫大焉！

如果说，世界伟大作家的作品是个大海洋的话，那么，从某种意义上说，这部作品博大精深、见地独到、涉及面广，言前人之所未言地介绍和评论各国作家作品及文学思潮的文学史，便是一个小小的“海洋”。“麻雀虽小，肝胆俱全”，这小小的“海洋”或波涛汹涌，巨浪百丈高，蔚为奇观；或风和日丽，天朗气清，碧水千顷，平明似镜。而我呢，则是这小小“海洋”的一个“导游”——而且是笨拙的导游，在解说中挂一漏万，在所难免。这不要紧，因为导游只管带路和约略解说，真正领略海洋的千姿百态、奇丽风光，还靠“游客”即读者自己。现在，这本书就摆在读者面前，船已备好，缆已解开，帆已张起，请读者驾起你的轻舟远行吧，等待你的是前面一路上的明媚风光和无尽的宝藏。

最后，我愿以一个读者身份，向本书作者刘文孝等同志致谢，感谢他们为我们外国文学界以至出版界送来一部好书。

是为序。

贺祥麟

1998 年 1 月 14 日于成都旅邸

---

① 这里有一个典故，据说小亚细亚半岛极西部海上界处，人们立了一块碑，上书“东方是东方，西方是西方”，长期以来，此事被传为美谈。另外，英国诗人及小说家吉布林（Rudyard Kipling 1865—1926）有一首诗，谈到东方与西方，诗句为：“东方是东方，西方是西方，这对双胞胎将永不相见。”（Oh. East is East, and Went is Went, a never the twain shall meet.）吉布林再也没有想到，至 20 世纪末，东方与西方已经相见。例如，本书把东西方文学融为一体，便是证明。

*2. 向同学们汇报我的近况

折花逢驿使，寄语陇头人。
江南无所有，聊赠一枝春。
——陆凯《赠范晔诗》

去年(1997年)6月中旬羊城之会，令人难忘。我参加过多次各种不同之同学集会，其中，最热烈、最亲切、最丰富多彩，厥为去岁广州之盛会。昨晚，唐萍踪会长(全衔应为广西师范大学中文系55级同学会会长)由湖南临湘打来长途电话，嘱我"写篇随便什么题目的文章给同学们"。写什么呢？我想，我们大家天南海北，各在一方，不容易通消息一次，还是与诸君通一通气，谈谈我自己的近况为好。

刚过去的1997年，在我国是难忘的一年。香港回归，党的十五大召开，以及敬爱的邓小平同志辞别我们而去，都是20世纪中国之大事。我自己呢？也是一样，1997年是我生活里难忘的一年：这一年我东奔西跑、走南闯北、马不停蹄、席不暇暖，成了地地道道的"旅行家"。

这一年，我在广西本区，去了桂林12次、柳州10次、荔浦2次，贺州、昭平、金香、崇左、凭祥、横县各1次；在外省，我赴北京4次、广州2次，厦门、上海、南京、合肥、九华山、黄山、屯溪、黟县、歙县、乌鲁木齐、吐鲁番、喀什和成都各1次。这是国内，国外我去了南斯拉夫1次，瑞士的苏黎世2次。一年365天中，我在外地一共160天，占全年日子里的44%。

这样紧迫的生活，这样大的工作量，对于我这个76岁的老人，应该是一个小小的考验。因为我去这些地方旅行，毕竟都是工作，每到一地，大概都要开会，或参观访问，日程排得都很紧。即使免不了"游山玩水"吧，也得有充裕的体力才行。要爬山、要涉水、有时还要在大雨滂沱中浑身湿透，气喘如牛。

我天生浪漫主义气息很浓，是个地地道道的浪漫主义者、乐观主义者，最后还是个向80岁狂奔的"不服老主义者"。

往事历历如绘，去年一年中，我的生活里有多少五彩缤纷、生动鲜活的画面，在我记忆之海里上下翻滚：我曾乘车以每小时100多公里的速度，在新建成的桂柳高速公路上风驰电掣地“飞行”；我曾在黄浦江之畔登上“东方明珠”塔，海阔天空，俯视大上海市区的壮丽景色；我曾全身披挂、身穿斗篷式的雨衣，头戴淋浴帽，扎紧领口，把自己打扮得像个“防化兵”，冒着倾盆大雨，在黄山一片云雾里去游“西海”，雨太大了，水在路面上滚滚淌流，我的皮鞋像两只“巡洋舰”，在水上“船行”；我还在南斯拉夫硬挤时间于飞机起飞前，乘出租车去赶往诗人波帕的未亡人哈莎家，去看望这位老朋友，使她一见我都感动得热泪千行，不能自已。总之，这一年来，虽说是老牛拉破车，我仍然开足了马力，冲向前方。

一年来，作为一个知识分子，我还爬了不少格子，写了几篇长文，编了两本书稿。我试试自己的脑子，尽管在医院经过“磁共振”检查，证实自己的脑子有“轻度萎缩”，它仍勉强能工作如常，写文章的速度仍比较快。这大概与我多年来勤于锻炼、笔耕不辍有关，使脑子不至于生锈或发霉。例如，多年来我坚持记日记，出差在外，连开一整天会，友人来访与我谈到半夜，我仍坚持“今日事今日毕”，把当天日记全部详细写好，才去休息。

但是，另一方面，毕竟人老了，自然规律不可抗拒。记忆力衰退，自不待言，更荒谬者为有时开会恍恍惚惚，心不在焉，以至闹出笑话来。上月我又去成都，有天晚上偕我妹妹小外孙女出行，为了防止跌跤，我把左手搭在这孩子的肩上走。但后来不知怎样，迷迷糊糊中，竟把手搭在我不认识的中年妇女肩上。外孙女急了，说：“舅爷，您是咋个搞的，和一个不认识的人一起走？”我这才发现，大惊失色，狼狈不堪，连声向对方道歉。还有一次，也是在成都，我去一友人家访问。那天，进入友人客厅，并未脱鞋，告别时竟脱去自己的鞋子，又闹了一次笑话。

写得长了，最后，再谈一点自己最近的生活计划。我拟于2月中旬赴智利，去探望我的男孩一家，住2—3个月，然后回来。我将于今年“五四”去参加北大100周年校庆活动；秋天，广西师大中文系55级同学们在昆明聚会时，我当努力争取前往。与大家欢聚一堂，重温去年在广州没有做完的“旧梦”。

贺祥麟

1998年2月4日

*3. 在智利回答友人问

友人胡君,余初中时之同窗砚友也。于 20 世纪 40 年代负笈美国,获博士学位,旋任教于美国一著名大学 30 余年,直至退休。胡兄为我国某国学大师之公子。其家学渊源之深厚,自不待言。而为人尤风流倜傥、潇洒逸脱、智广才高、出语惊人。1998 年春余抵智利后,胡兄来函提问,问及智利风习多端,余复信一一答复,现将拙函披露如下,以飨读者。

××老兄:

拜读大札,不胜欢欣。老兄来信提及一些有关智利之风土人情问题,谨按您的提问次序,答复如下:

问题一,"智利人睡不睡午觉,一睡几个钟点?"

答曰:智利人一般不睡午觉,须知睡午觉为炎黄子孙之"国粹",是中国人优秀传统之一。拿我来说,之所以痴长至今 77 岁,而贱躯依然顽健,原因之一,即为每日必睡午觉。智利人为西方人,无此习惯。但即使是西方人,也有例外。据我所知,西方名人有午休习惯者,并不罕见,其中最著名者,厥为拿破仑及丘吉尔两人。拿破仑赫赫战功,百战百胜,后来远征俄罗斯,一败涂地,我怀疑是因为俄国冬季天寒地冻,气候太冷,与他睡不好午觉,精力不济有关。至于丘吉尔,其成就之大,世所共见:他在"二战"时,领导英国人民抗击德国法西斯,名垂青史,特别是"不列颠之战",英国皇家空军(R.A.F.)战果辉煌,诺曼底登陆,纳粹丧胆,此其一也;丘吉尔硕学鸿儒,满腹经纶,口若悬河,议论滔滔,除长于演说外,又工于油画,此其二也;再说,他以政治家身份,竟然能于晚年荣获诺贝尔文学奖,其文学才能之高,可想而见,此其三也。这些巨大成就,能说与他每日必午睡,常保持头脑高度清醒机敏无关系乎?记得有一次我曾对一位美国朋友说:"世界上有三大午睡家。您知道吗?"他说不知道。我便告诉他,第一个是拿破仑;第二个是丘吉尔。为了制造悬念,第三个我没有立刻说出。友人忍不住问:"那么,第三个呢?"我回答曰:"对不起,就是在下本人"。他听了笑得前仰后合,乐不可支。

问题二:"到智利后,老兄口味增加没有?"

答复是：没有增加，也没有减少，一切如常。很多中国人到了国外，吃不惯西餐，我则不然。青年时在美国留学，吃惯了西餐。所以到现在虽然自己年近80，中西餐都一样吃，这叫做“拿来主义”，是鲁迅发明的理论。只是自己毕竟年事已高，饭量有限，吃不了多少。在智利生活有一大好处，即水果特别多，饮料极佳。鄙人滴酒不沾，与“杯中物”完全无缘，但却酷嗜新鲜果汁。智利物华天宝，得天独厚。盛产水果，而且，价廉物美。春夏秋冬，四时鲜果不断，满坑满谷，柑橘、苹果、梨子、花红、草莓、猕猴桃、西瓜等常见水果之多，固无论矣。另外，还有许多我未曾见过之瓜果，例如以类似我国的哈密瓜之水果而论，即有许许多多种；还有仙人掌果子，我竟从未见过。以前，我主观认为仙人掌生于沙漠之中，如此缺水，能有什么好的果子。来到智利，才知道错了，仙人掌果子汁多味美，妙不可言。我不喜欢直接吃水果，嫌其咀嚼麻烦，是以均请洋保姆用果汁机榨为酱汁饮用。

问题三：“那儿婚姻是父母之命，还是小姐自己找？如何找法？是抛绣球，还是看电影或者上茶馆？”

答曰：问得好，问得好，且听小弟慢慢道来。首先，智利不是封建社会，而是非常开放之资本主义社会，因此男婚女嫁，悉为当事人自由恋爱，不存在“父母之命，媒妁之言”的问题。其次。此处有一奇怪现象，信不信由你，即女多男少。在智利华侨中，有一个荒诞不经的传说，说是由于南美洲气候、饮水或者其他不可知的原因，影响到生育，使得智利女子比男子多五、六倍。尽管许多华侨对此说深信不疑，我对它却始终不相信。果尔，则智利岂非成了《镜花缘》中的“女儿国”？为什么我平时上街或出游未感到“女子比男子多五、六倍”？然而，另一方面，也许智利的女性的数目确实比男子多一些。不管怎样，有个现象是肯定的，即：智利小姐“进攻”男性特别主动，极富“侵略性”。智利的两性关系，相当随便，街道上男女你拥我抱、长期接吻，难舍难分，可谓到处皆是，不足为奇。青年男女，只要互相心许，则不论花前月下，或者河岸海滩，甚至通衢闹市，都可以制造良辰美景，何需上茶馆（再说，智利根本没有茶馆）、抛绣球（很遗憾，时至今日，就连咱们中华文明古国，也没有绝色佳人向如意郎君抛绣球了）乎？此外，还有一个因素，必须考虑，就是智利穷人多，而在智利居住的外国人（这“外国人”也包括炎黄子孙）较为富裕，因此许多智利小姐都喜欢与外国人结婚，就连咱们来自祖国大陆的中国人，也成了“众矢之的”。随便举个例子，有个中国青年，为有妇之夫，只身来智利不久，即被一伙（共五位小姐）智利女郎穷追不舍，男的说自己在国内有妻子，女的说，“不要紧，她要是来了，我就走，不妨碍你们”。于是两人便同居了。在智利同居，非常方便，只要两人愿意即可。社会上认为这是正常不过的事。生了孩子也绝对没有问题，“私生子”满街走，多得很，非常“光荣”，更何况有法律明文规定保护非婚生子女，社会上乃绝无歧视“私生子”现象。此间有位台湾同胞，约40岁，是个百万富翁，工厂一共开了好几个，来智利10年，共有智利妻子、情妇4人。智利姑娘追求他时，说得很好，她说，“双方同居，既然不是夫妻，我当然无法来分你的财产”。这句话好像非常有理，女的风格似乎很高，除爱情外别无其他要求。但是且慢，只要她一生孩子，你就给套上了枷锁，绝对无法脱身。想走人马？可以，拿孩子的赡养费来！如果上法院，法院一向帮本国人说话，判你付出很高的赡养费。还不止于此，你只要和本地的妇女结婚或者同居，女方的兄弟甚至大姑姑、二姨妈全都来了，谁叫你是外国人，外国人有钱嘛！就是上述这位台胞，腰缠万贯，钱全被瓜分了。他的第四个妻子，一位智利女郎，金发碧眼，人长得十分漂亮，又是大学毕业，专业为电脑，却一句英语也不会说，且生性懒惰，不会照顾丈夫，致使这位台商天天自己煮方便面吃，狼狈不堪。“榜样的力量是无穷的”，这位台胞的“榜样”吓坏了此间所有中国男人，有个吉林来的小青年发誓说，一定要找中国女孩结婚，否则宁可终身不娶。

以上答复，未知老兄是否满意。如仍有问题要问，欢迎再来信提出。顺颂

大安！

弟祥麟敬上

1998年2月10日

*4. 冰川之旅

敬致诸亲好友：

这封信我想谈谈前不久我与我的男孩黄河(37岁)的智利南方之行,目的是智利的大冰川。

最初由于不了解情况,听了许多不正确的传闻。例如,听说是要去南极,或靠近南极之处,要乘飞机去等等。之所以听信这些不实之词,原因:一是智利是最靠近南极的国家。我主观认为既然靠近南极,去南极亦不会太远;二是认为既然去参观"万年冰川",必然是天寒地冻,一片冰天雪地,距南极不至于很远,否则冰川哪有不融化之理。等实际到了那里,才知错了。智利与别国相比,诚然与南极较近,但这只是"比较"而言。实际上我们去的地方,离南极还有两三千公里。我们是秋天(北半球此时是春天)去的,当地气候并非严寒刺骨,温度也不过十度以下(或左右),穿件厚棉衣即可。由此可见,不论何事,决不能轻信"传闻"而人云亦云信以为真,必须亲自去调查研究。耳听是虚,眼见是实。自己目睹之事,胜过滔滔雄辩。

我们之南方旅行始于4月15日,终于26日,连旅途舟车在内总共11日。最初是乘长途大汽车去,向南再向南。经过智利首都圣地亚哥南方著名城市,龚塞普松、德牧戈等大城市,到达蒙特港(Puerto Montt),行程共1135公里。

智利长途汽车,一般均可把座椅放平睡觉。在车内有卫生间,舒适方便。到蒙特港后,黄河又租了一辆小汽车,自己驾驶,去100多里外的一些风景区游览。先后住了两日旅馆,于18日上午才登上游轮,开始在海上航行及游览。

在海上旅行,前后共6日,说是在大海上航行,实际上轮船均航行于太平洋东岸,为智利的无数大大小小岛屿所包围的大小海湾内。天上白云蓝天、海里碧波万顷、岸上青山绿树,看不尽的风光,令人心旷神怡。

一开始过海上生活便勾起我年湮代远的回忆,使我回忆起1947年8月我由上海乘"戈德将军号"去旧金山,前去美国留学的一连半个月的旅海经历。那时,我是个26岁的小青年,第一次出国,充满浪漫主义幻想。因此,虽然当时我住的是三等舱,在水下面,密不通风,睡的是上下三层的绳索吊床,却感到新奇,遐思冥想连绵不断。

而现在这次旅行呢,生活舒适多了。我和黄河共住一室,席梦思、木衣柜,灯火通明，我们二人共用的卫生间一天 24 小时供应热水，甲板上帆布躺椅可以晒太阳、观海景，餐厅及酒吧间伙食一流，随时供应免费的各种酒类及饮料。这一切与当年相比，真是天渊之别。

可是真怪，新奇感没有了，浪漫主义幻想不见了，诗情画意稀释了，文思枯涩了，江郎才尽。此种情况，究竟缘何而来？是人老了思想僵化，感情钝滞，灵感烟消雾散，罗曼蒂克精神一命呜呼，驾鹤西去了呢？还是"曾经沧海难为水，除却巫山不是云"，见多识广，对一切视为当然，不以为奇呢？

闲话少说，书归正传。现在回头说我们此行最主要看的冰川。此冰川以"圣拉斐尔"命名，拉斐尔是基督教天使名，英文叫"Raphael"，弥尔顿的《失乐园》多次提到他，西班牙文拼法改成"Rafael"。这"冰川"（Glacier，西班牙文叫 Glaciar）一词，地质地理学正式定义是："一大群缓缓移动的冰块。当积雪压紧并再度结晶时，冰川乃在陆上形成"（A large mass of slowly moving ice. Glaciers are formed on land when snow is compacted and recrystal— lizes）。4 月 20 日，我们乘坐的游轮到达圣拉斐尔盐湖，在湖面上看到了这名震遐迩的圣拉斐尔冰川。

这个庞然大物的巨大冰块，左右宽 2 公里，上下高度为 70 米，其纵深则长得难以想象，为 15 公里！想想吧，它形成于三万年以前，这些年来它不停地融化，至今还有这么大，那当年的体积又该有多大？三万多年它被风吹雨淋和日晒，不断融化及崩裂，乃形成这一大盐湖，满湖里都是大小冰块，是谓"冰川"。说到"冰川"，你不能不佩服咱们老祖宗创造的汉语之妙。不管是什么科学名词或外来语，它很少直译其音而是用意译法，以三两个汉字高度概括其含义，使人一看就懂。因此，laser 不叫"莱塞"，而叫"激光"；camera 不叫"开麦粒"而叫"照相机"；train 不叫"特莱因"而叫"火车"；locomotive 不叫"洛克莫迪夫"，而叫"火车头"。同理，glacier 不叫"格莱西耶尔"，而叫"冰川"。

汉语是个大海洋，它胸怀宽广，能包容一切，消化一切，能改造一切外来语，使之成为"我的"，为我所用。日语就不行，它碰到外来术语，毫无办法，只好照拼其音，成为叽里咕噜的"洋话"。而还有些国家的语言，那就更差了。它当初连"旅行"这样一个普通的词都没有，只能把英文照搬过来使用，连本民族的语言也留着过去殖民地的伤痕。

坐大船远眺不过瘾，我们乃改乘小船。每人都穿上救生衣，下到救生小艇上。开动马达，游弋于盐湖上。此时也，但见湖水碧绿，水波微兴，四面八方到处漂流了大大小小的无数冰山冰块。我们乘一叶飞舟，穿行其间，真是"海阔凭鱼跃，天高任鸟飞"，好不自在，好不愉快！这大小冰山冰川，实际和水一样，它一厚了，便不是白色，而是浅蓝色，块块像水晶一般，通明发亮，玲珑剔透，太阳一照，蓝光四射，漂亮极了！

为了给旅客做个纪念，尝一尝鲜，小艇开到一座冰山前，由船员用斧头砍下了许多冰块，再一块块敲成冰碎，放在一杯杯威士忌酒中，供旅客品尝这三万年前形成的冰块。三万年前是个什么概念呢？比孔夫子还早二万八千年，比咱们中国人的老祖宗轩辕氏还早得多。那时，咱们更老的老祖宗大概还在"茹毛饮血"吧？今天，吃这样的冰块能不让人思古之情油然而生乎？

天空，不少海鸥在展翅翱翔，飘飘欲仙；湖上，海狮像顽童一样，出没在水中，俯仰自如。我曾在一处海上，看见有百余只海狮在岸上或海边嬉戏，非常可爱。海狮游泳，和人非常相似，它潜下水游着，不久便露出头来呼吸一下，然后又潜入水中。这里的海鸥、海狮，以及其他海生动物，全不怕人也不怕我们的大船小船。常说"人是万物之灵"，时至今日，这话又发展一步，叫作"人为万物之友"。真是这样，这句话在智利得到充分的印证。智利海上、陆上和空中，有多少野生动物，智利人均和他们和平共处，相安无事。由于人类对动物友好，他们便不怕人，不躲人，人与野生动物相邻友好，在这里堪称典范。

当然，事物总是有两面，也有坏消息。来智利之前，我早已听说由于空调及电冰箱等大量使用，同温层的氧气大量减少，造成南极的臭气空洞。这就无法阻止太阳紫外线对人的伤害，连动物也在所难免。智利最南部在天空臭气空洞之下，牛羊都瞎了眼。此次旅行我在一饭馆吃饭，听见老板说，再往南走，连兔子也因紫外线长期照射而眼生了白内障，双目失明。那里的人也基于同样原因，患皮肤癌者越来越多。可见，随着人类社会的不断前进，生活水平提高，有许多新问题需要解决。要真正做到"人为万物之友"还要有很长的一段路要走。

我这篇《南行记》，本还有许多东西可谈，如来回一路多次登小岛，参观渔村渔港，在温泉游泳池下水，船上盛大晚宴舞会等以及在船上结识了一些友人，只因限于篇幅，都不谈了。

这里只提一件小事：一路我们住了多次旅馆，不论大小旅馆，都有一个共同处，即我们说走就走。只要我们在柜台付了房租，结过账，一拍屁股就走，从来没有人叫我们停下来，等他们检查房间肯定我们没有"顺手牵羊"时，才放我们走。这就是人与人之间互相尊重和信赖。余再谈，此祝

安好！

祥麟

1998年5月8日

5. 东北之行

敬致诸亲好友：

昨天(8月16日)我自桂林返抵南宁。近一个月来，我大部分时间在旅行之中。7月13日离邕赴成都省亲，拜见家母；23日离蓉，经南宁去桂林；30乘火车去京；8月2日赴长春，旋即由长春南行，经通化赴吉林省抚松县仙人桥温泉；由温泉而登长白山，然后回长春；最后，由长春经北京、桂林，返回南宁。

这一个多月旅行，可谓再一次“大开眼界”，当然，也长了知识。首先，去东北旅行要带几千元的旅行费，夏日穿单衣，钱放在哪里？友人告诉我，不要紧，可买“防盗裤”，以策安全。鄙人孤陋寡闻，平日只知道有防盗门、防盗窗、防盗网，从未听说有“防盗裤”之说。离桂林前，抱了先问一下的心情去百货公司，不料一问就有。原来，所谓“防盗裤”者，就是一条普通内裤，其正前方缝有两个口袋，上有拉链，将钱放入袋中，锁紧拉链，不论装多少钱，均十分安全。唯一不便的是，有时更衣后，把裤内的钱忘得干干净净，丢入水中洗，把钱都弄湿了。

此次前往北京，目的为参加“全国高校外国文学研究会”常务理事会。我们这个小小学会，在国内文科学术会议中因一些现象而有名气，即：同仁等敬业精神强，会议学术空气特浓，不但能坚持每年开会，而且，与会者态度严肃认真，一丝不苟，每年会议之后必出版论文集一部，成为其他学者羡慕之对象。这次会议也一样，会议由长春开至抚松县，中途舟车劳顿自不必说，而盛夏酷暑，尤为难耐。但每次开会人人出席，讨论热烈，一般发言水平比较高。

长春和长白山之行，印象极佳，记忆深刻，令人难忘。东北我十几年前去过，但那次只去了旅顺大连，未入东北腹地。“白山黑水”都未看见。这次不同了，我坐火车、汽车奔驰在东北广阔的原野上，又去了一些大小城市和乡村，关东大平原。一片黑土，无比肥沃，是全国最富饶肥沃之土地。到处田野，一眼望去，尽是无边无际的庄稼，玉米长势之好，我去过的世界上任何地方没有见过。株株玉米比人还高，枝叶茂密，玉米棒大而结实，惹人喜爱。大豆高粱，还有千万株黄灿灿的向日葵；山岗上悉为密密麻麻的大森林，树木郁郁苍苍，一片碧绿，绿得流油。此时，也只有在此时，我才恍然大悟，第一次真正懂得了抗日战争时，我在《流亡三部曲》中无数次唱过的“那里有森林煤矿，还有那满山遍野的大豆高粱”的真正含义。回忆当年“九一八”时，如此广阔美丽的土地，100万平方公里，在蒋介石“不抵抗”政策下，只一个月，便全部沦丧于日本铁蹄之下。以后，关东军又进犯热河，接着是内蒙古“自治”，冀东殷汝耕成立汉奸政权，又接着是何梅协定，华北“特殊化”，祖国大好河山，一片片被日寇蚕食及鲸吞。一回忆起这段丧权辱国的历史，都令人义愤填膺。

长春是个非常美丽的城市，也许是我所去过的所有中外城市中，在市中心最繁华地区绿化最好的城市。我在长春，还去了著名的吉林省动植物园，去里面参观了我国最大的饲养东北虎基地，并抱了一只小虎照相。

长白山很美，我慕名而去游览，其顶上有天池，与朝鲜接壤。所可惜者，我竟因气喘太厉害，无法攀登，被友人劝阻，未能登上山顶。这是我过去几十年中，登山唯一失败之一次。真是“吾老矣，无能为力也矣”。

我们的会议开得很好，但有一大缺点：吉林某大学派了一位副校长去祝贺我们的开幕式，万万想不到，这位副校长是当代“华威先生”（张天翼一同名小说的主人翁），他刚到会，坐了五分钟便匆匆离去。我代表常务理事会致开幕词，他一字未听。我讲完了，该他讲话时，他仍未回。我们只好请该校中文系主任代他讲话。这时，他竟回来了，随便讲了几句话，又匆匆走了。一个“堂堂”的副校长对我们这个全国性的会议如此不重视，又如此失礼，令人震骇。后来，我问了知情者，才知此人不学无术，原为一辅导员，后升任校公室主任，最后靠人事关系，当上了“副校长”，而且，据说还成了该校“跨世纪的接班人”。呜呼！如此“跨世纪的接班人”！

动极思静。几年来我东奔西跑，席不暇暖，去了不少地方，现在应好好坐下来看点书。古今中外，弥不具备，准备老僧入定，潜心读书。另外，还买了一些电脑程序软盘，也想“六十岁学吹鼓手”，把电脑深入一步。此时也，南宁盛夏溽暑，静坐案前，挥汗如雨，这封信写于大汗淋漓中。即颂

夏祺！

祥麟

1998年8月18日

6. 不如意之事

敬致诸亲好友：

过去，给诸亲好友写信，多为谈高兴的事情，但生活中也常有不如意之事，故此，这封信我便想专门谈一些“败兴”或“扫兴”之事，以忠于生活。

先从一件小事谈起：我的薪水每月月初由广西师大自桂林通过银行汇来，今年七月快到月尾还未收到，刚好我有事回桂，便到敝校财务科查询。财务科人员找到汇款单存根后对我说：“我们早把钱汇去了，未收到不是我们的责任。”我复印了汇款单准备带回南宁再找银行查询，谁知，晚上我戴起老花镜仔细看，发现广西南宁改成江西南京。我又去找敝校财务处，经办此事的女青年看了汇票单复印件，修养极高，遇事不惊，她们根本不承认任何错误，更完全没有向我作任何道歉，只是轻描淡写地对我说：“不要紧，汇票送不到，会退回来的！”我心想，你们工作出现了如此严重的错误，居然不认错、不道歉，而且说得如此轻松。我顺便要求她们查查汇款单是否已退回。“不查不知道，一查吓一跳”，原来汇款单早已退回来几天了。她们竟完全不知、不问、不理。

直到我离开为止，整个财务处无一人承认错误，无一人向我道歉，使我震骇不已。我只好写信给专管财务的副校长，这一来才真正触动了财务处。他们又是学习、又是检讨，而且，处长和两女青年分别来信向我道歉。这叫作“亡羊补牢，未为晚也”。附带说一句，两位女青年的来信，信封格式错了，信里文字和标点符号都多处错误，我忍不住又回了她一信，把错误一一指出，并且还加一句分量不轻的话：“今天，不论在任何行业，如果语文水平和文化水平不高，便不可能做好工作！”

这就不能不回到我多年前屡次大声疾呼，反复强调的一件事：我国国民素质严重下降的问题。例子多得不胜枚举：最近，我住院检查身体，该院为广西全区名震遐迩的第一流医院。但是，就是在这所医院里，有天大早上，我被“轰”的一声巨响惊醒，以为哪里有什么炸弹爆炸，后来，才知道是该院氧气管道质量甚差，竟然“自行”爆炸，炸伤了护士小赖。再如，国际上惯例，洗脸间和浴室一向热水管在左，为红色；冷水管在右，为蓝色。这本是“常识以下的问题”，但偏偏我们的许多建筑工人和水管工人根本不懂，冷热水管不分左右，不分颜色，随意乱套，使得旅馆和医院卫生间一片混乱，借用《今古奇观》里的话，叫作“乔太守乱点鸳鸯谱”。

还有一事,更为离奇。几年前,某市一高校宾馆新建一大楼,落成后我刚好去参观。该楼公共卫生间,一间的中文牌子为“男厕”,英文却是“Ladies”;一间的中文牌子为“女厕”,英文却是“Gentleman’s”(男厕)。但是,外宾还没有到,所有炎黄子孙皆大摇大摆各人按中文牌子如厕,唯独我懂英文,给弄得惶恐不安。任何一间厕所我也无斗胆进去。事后,我百思不得其解,心想这样的错误何以发生,简直是匪夷所思。

如果上述事件都是“小事”不足为怪的话,那么,我愿再举一更为严重之事为例:友人某,将她家多年来经商积蓄的三十余万元托她家的一个“世交”和女友代存银行。这位“世交”见利忘义,存心不良,将款全部放债给一高利贷者,却到某银行友人处造了张假存单给她。款到期时,她到银行取钱,方知该存单竟是假的,一钱不值。她去找“世交”,那位“世交”说,30余万元已悉数与高利贷者共用,分文不剩。她准备去法院告状,“世交”早已放出空气说,最近根本没替她存过款,而是敝友欠她(指“世交”)多少万元,迄未归还。一个人可以堕落至如此寡廉鲜耻之地步,夫复何言!

过去,由于极“左”思潮以“极革命”的面貌出现,否认一切传统道德,说礼义廉耻是“封建道德”,“仁爱”是资产阶级伪善,把一切传统美德彻底否定,乃造成今日某些青年之道德沦丧,当时还把努力读书和钻研技术斥之为“白专道路”,大加鞑伐;把合理的规章制度诬蔑为“管卡压”,不屑一顾,乃造成许多年轻人对本行业的某些基本知识毫无所知,流毒所及,到今天已“积重难返”,很难改正。书籍报刊上错别字连篇,“无错不成书”“无错别字不成书法家”,这些痛心现象绝非耸人听闻,而是不争之事实。

我国数千年来之所以能巍然屹立在世界之东方,靠的是中华民族传统优秀文化。如果现在一些年轻人连这也不要了,中国又何以自立,何以走向21世纪?近年来,我们提出了“科教兴国”口号,这口号是正确的,但对科学与教育孰为第一位,孰为第二位的次序,却未摆对。应该是“科教兴国”。因为教育是根本,如果没有教育,又如何能有科学?所以,UNESCO(联合国教科文组织)摆的次序是:“教育、科学、文化”,而不是:“科学、教育、文化”。现在口头上谈教育重要性的人太多了,但在行动上真正重视教育的人却远远不够。这正如不少人一开口就是精神文明、物质文明“两个文明一起抓”,但一到具体实践,其中很多人并不真正重视精神文明。什么时候我们的这些可爱的同胞们才能真正做到言行一致,表里如一呢?我在等待着,如大旱之望云霓。

心有所感,不能不言。于是一写就是五页(信纸五页)。顺颂

时绥!

祥麟

1998年9月14日

*7. 悼先师赵诏熊教授

首先,我请您和我一同为最近辞世的我的老师、北京大学英语系资深教授赵诏熊先生默哀。

改革开放以后,多年来我一直和自己的三位老师有密切联系:南京大学教授陈嘉先生、美国艾莫黎(Emory)大学教授及诗人英格里希先生(Thomas English)及赵先生。陈、英二先生先后不幸于1986年和1991年病故。这样,赵先生便是这几年来我在世界上唯一健在的恩师。

赵先生是我在抗日战争时西南联大外文系“西洋戏剧”的启蒙老师。学问、道德、文章俱极高超,是他使我热爱上英国戏剧,进入了一个奇异无比的英国古典戏剧世界。近十余年,我差不多每次进京,都要以古代朝圣者的心情,去北大中关园公寓“朝拜”老师和师母。最近五六年,我还多次拉了沈师光学长与我一同前往。我与师光骑自行车一辆,从黄庄起穿大街、走小巷,两个年逾古稀,还在向八旬狂奔的当年同班同学,今天能结伴去拜见90余岁的老师和80余岁的师母,这是多大的幸福啊!

在老师家,我们师徒两代,一边饮咖啡,一边谈论人世间大事小事,上下古今,无所不谈,老师不仅学识渊博、谈锋甚健,而且非常机智幽默、妙语连珠。唯一遗憾者为我不是波士威尔(James Boswell 1740—1795),没有像他当年跟随约翰逊博士(Dr. Samuel Johnson 1709—1784)那样,把约翰逊的一言一行,每一句话都详细记下,终于写成了英国文学史中最伟大的一部传记。出于礼貌,我当时没有拿笔记下老师的许多精彩语录,事后在日记上补记,便很简单了。

今年8月初,老师因心脏病住院,后来听师母说,老师已装起搏器,病势缓解。我们都放了心。谁知不然,9月份引起多种并发症,终成不治。收到讣告时,我一看信封上“治丧委员会”落款,便惊呆了,甚至连信封也不敢拆开。后来,我给师母打电话,一边忍痛劝慰师母,一边自己泪下如雨。我知道,自己在世上最后一位恩师已去,往者已矣,来者不可追。今后,大地苍苍、人海茫茫,我到哪里去追寻自己50余年前的授业恩师呢?

1998年10月16日

8. 欲静不能

前不久还说我动极思静，决心老僧入定，面壁十年，摒弃各种干扰，静下来好好读一点书。孰事与愿违，9月上旬舍弟自台飞蓉省亲，我乃赶往成都与他一同拜见家母，共叙天伦之乐。接着便是二友人结婚，邀我任证婚人。我说“二友人”，因为新娘、新郎皆是我多年的朋友。看到他们之幸福生活，我从内心深处为他们祝福：“桃之夭夭，灼灼其华。之子于归，宜其室家。”《诗经》里的这几句名言约创作于周朝。比英国16世纪著名诗人斯宾塞（Edmund Spenser 1552—1599）所写的两首结婚曲还早近2000年，中国古代文化之悠久与灿烂于此可见。

我想坐下来安心读书，看样子今年还不可能。过几天（10月21日）便要去江西南昌开会，会名甚怪，叫作“中国英语比较研究会第三次学术研讨会”。江西人杰地灵，又富革命传统，“八一”建军于南昌，井冈山根据地名震天下，大文学家欧阳修和民族英雄文天祥都是江西人。江西我心仪已久，可惜坐火车经过多次，却从未下车去过任何城市。此次有机会前往，自然极好。南昌之后，下月有可能去昆明，再下一个月（12月）则要赴广州。如此说来，我这个“游牧民族”（或曰“盲流”）要干到何年何月方能退休呢？

过去，对自己身体，我常说：“贱体顽健”，现在看来，此说已不适用。上月中旬，我住院检查，被确诊有“二尖瓣关闭不全”症，且为“重度”。用句通俗话解释，即我心脏内之二尖瓣开时很好，大门洞开，血液畅通，但关闭不严，一关时“门”关不紧，血液倒流回去，必然供血不足。此病服药绝对无效，只有动手术更换二尖瓣。但心脏为要害部门，岂能随便动刀动枪？这样，我有了思想负担，心里不时浮现出T.S艾略特在他的《J.艾尔弗莱德·普鲁弗洛克的情歌》一诗内的那句话：“我看见那位永恒的侍者拿着我的上衣在窃笑（And I have seen the eternal Footman hold my coat ,and snicker）。”“永恒的侍者”指“死神”，他在耐心地等待我们，为我们服务。我想，你这“永恒的侍者”来得太早了吧，我才70多岁，全国还有六个省没去过呢，你何必如此热心，早来侍候呢？我一怒之间，把他斥走了。

1998年10月16日

9. 南昌、桂林、南宁见闻

我刚由南昌及桂林回来。南昌之行,令人神往。此次赴赣,为参加“中国英汉比较研究会第二届代表大会及第三届学术研讨会”而去的。10月24日上午,在南昌举行开幕式,我作了一个题为《读诗、欣赏诗和译诗》之发言,之后,会议便开始大会发言及小组讨论。以文会友,会内会外,我结识了来自全国各地之老、中、青年学者,也与一些旧友久别重逢。

江西自古以来人才辈出,北宋大文学家欧阳修、宋末民族英雄文天祥、清初画家八大山人朱耷、革命先烈方智敏、当代中国大学者陈寅恪,都是江西人。南昌是我国历史和文化名城,此次会议期间,我去了向往已久的滕王阁,也访问了八大山人纪念馆。

滕王阁位于赣江与抚河交会处,高耸入云,气象万千。然而,“江山之好,亦赖文章相助”,若非王勃千古不朽的名文《秋日登洪府滕王阁饯别序》,滕王阁便不可能如此名震遐迩。“勃三尺微命,一介书生。无路请缨,等终军之弱冠;有怀投笔,慕宗悫之长风。”爱国之情溢于言表。至于“落霞与孤鹜齐飞,秋水共长天一色”,更是脍炙人口,万家吟唱之名句,连绵不辍,永世流传。

由于种种原因,江西目前仍是全国贫困省之一。我参观了南昌市,深感南昌之街道建筑与市政建设与广西南宁相比,相差实在太大。据说,江西全省人均收入在全国排倒数第几名。征诸我在南昌之实地验证,此说应非虚构。例如,我看南昌街上放学后排队归家之幼儿园孩子,大都衣履破旧,有些像广西农村的幼儿。我当年在西南联大一班同学中,学富五车,多年来在南昌某大学任教授,并指导研究生,退休之后,目前每月收入仅700元。他夫人又因病于多年前退职,再无工资可领。以这区区700元供他们夫妇二人生活费,如何够用?再如,全国各地的塑料瓶装可乐均为每瓶6元,而南昌之百事可乐,仅售4元6角一瓶(质量一样),可见江西消费水平之低。

然而,令人非常鼓舞者为江西重视教育。南昌大学为一综合性大学,设有文、史、哲、经贸、政治、理工、艺术等学科,共有36个系,96个研究所,3个博士点、46个硕士点,每年经费3400万元。校长潘际銮为当年西南联大校友。在专业上成就很大,现为中国科学院院士。该校下设8个厂、16家公司,其中有全国明星企业。此外,该校还与法国设立中法教育中心,学生毕业后,可被授予法国硕士学位。还有与德国合建食品工业研究院。以上这些成绩，给人以深刻印象，我认为有不少省的重点大学，均不一定能与南昌大学相比。

我于10月29日由南昌抵桂林，在桂林停留将近三日。在桂林三日，有一使我十分沮丧之事。即：敝校一位年近八旬的退休老教授对我说，他的长子在自己单位各方面表现均好，单位拟发展他入党，乃派人到广西师大了解他父亲情况。真没想到，师大中文系于1957年给那位教授作的历史结论竟说该教授曾于1949年7月被我人民政府逮捕入狱，这是极为荒谬的海外奇谈。试问，广西1949年11月才解放的，7月时尚为国民党统治，何来"人民政府逮捕"之说？事实是，这位教授于1949年被国民党县政府以"共产党嫌疑"之"罪名"逮捕入狱，到了70年代，怎么突然变成被人民政府逮捕呢？若非由于他孩子入党需要了解乃父情况这样偶然事件，他将永远无法知道他自己档案上这重大错误，那么，他这一不白之"黑锅"，便要永远背下去。历史结论是一个极严肃的文件，要经过党委讨论才成立，不知为了什么，这位老教授的结论竟会错成这样。

昨天（11月1日）晚上。我参加了广西师大中文系55级同学在南宁的聚会，当年我的这些学生都为20来岁的小伙子、大姑娘，年正青青，春光无限。而今天，他们无一不是业已退休的60多岁之老头子、老太婆。"好时候，像水一般不断地流"，几十年时光的冲洗，冲去了他们青春美丽和少年豪情，冲来了大家的步履蹒跚和一脸皱纹。这个年级同学会会长品学兼优，古典文学造诣甚深，尤工于写旧诗词。他在校时原为年级团支部书记，1957年反右风暴刮倒了他，他被错划为右派。"文革"时由广西逃回自己故乡湖南，当了木匠。平反及退休以后，他在家乡办了一所私立高中，该校教学质量很高，远近驰名。今年湖南水灾严重，许多灾区少年缴纳不起学费，这位校长关心民瘼，当即宣布今年灾区学生学费全免。此外，他最近出版了一厚册书（350页），内中搜集了他几十年来所写的旧体诗500首。这是一位传奇性的人物，同学们对他佩服得五体投地。他领导的"广西师大中文系55级同学会"办得如此之好，以至于54级的学长主动申请参加不属于自己的这个同学会，另外还有56级、60级的小弟弟、小妹妹也纷纷要求破例参加。对于他近年来各方面取得的成绩我为他写了一句戏言，叫作"右派翻天"。

刚刚回到家里，待做的事很多。匆匆写成此信，分寄各地至亲好友。顺颂

安好！

祥麟

1998年11月2日

10. 谈国民素质

我自从去年和今年由广西政协退下来后，按理说我就成了俗话说的“孔夫子的徒弟——大闲(贤)人”了，但其实却不闲，我仍然像过去一样忙。一般说来，我过得很充实，有时又很辛苦。看书、写东西、摆弄电脑、逛书店、拜访朋友、在电脑上看电影，总之，生活充实。另外，我的生活质量也提高了一项。我自己开始喝电解的碱性水。此水认为是当前全世界最好的饮水，因为矿泉水有假的，质量有问题，而太空水把矿物质都过滤掉了，喝久了对人为害甚大，普通自来水更不用说，含氯太多，不卫生。电解水先把自来水过滤干净，又通过电把水里的病毒和细菌全部杀死，然后再分解为碱性和酸性两种水。碱性水供饮用，直接喝冷水，有益健康，还可以治高血压、心脏病、胃病、皮肤病等多种疾病。剩下的酸性水用来洗澡，可以滋润皮肤。唯一缺点是价格太贵，一台电解水器要3000多元。

“有时又很辛苦”，确实如此。例子很多，首先，自己把自己捆了起来，行动不便。我家装有防盗门、防盗网，我的自行车上装了两把锁，前后各一把，这便大大增加了麻烦。无论进门出门，或骑自行车开锁上锁，都极为不便。有次我出门寄信，随手一带，锁了二门，准备开大门。却发现自己忘记带钥匙，既出不了大门，又进不了二门，乃用力呼喊保姆及家人，怎奈附近正盖房子，打夯声、电钻声、金属敲打声之“交响乐”震耳欲聋，室内根本听不到我求救之声。我在大门与二门之间的三不管地带足足困了半个小时才获得解脱。到书店买书，一边看书，一边还得脸向门外，瞪眼看守车子。

其次，现在有些商品质量不高，使用时“事故频仍”。我家的一只“多功能电插座”，插了这盏灯，另一盏灯即自动熄灭，反之亦然。总之，“多功能”心不二用，只管一样。另一插座更妙，插头插入，台灯不亮，必须轻轻地把插头拔出一半，电灯才亮。

我在文具店买的透明胶纸，纸质太薄，一扯即断，断了后压根儿找不到纸头，试撕几次，每次皆然，最后只有“忍痛割爱”，把它丢入字纸篓中。

还有，我买了一瓶胶水，黏度不够，前些日子给国外友人寄信，用印好的通讯处标签贴在信封上，不料，寄出后中途标签外沿因胶水质劣而部分脱落，致使友人家门牌号码脱去，原信后由美国退回。

以上诸事虽小，却给我带来许多不便，这岂非“活得很辛苦”么？

这些事情，归根结底，无不与国民的素质低有关。从大处说当前我国所有消极现象，可以说，无一不与国民素质有关。不狠抓国民素质，不狠抓教育与精神文明建设，必然拖我国现代化和经济建设的后腿。目前，俄罗斯的政治经济情况都十分糟糕，可以说是一塌糊涂，但我敢断言，将来只要它一把事情理顺，它的国民素质高，必能赶上和超过我们，更何况俄罗斯地广人稀，资源丰富，物质条件比我们好。我一向是乐观主义者，热爱祖国、热爱党和人民，但是，“生年不满百，常怀千岁忧”，我们必须有忧患意识，亦即范仲淹说的“先天下之忧而忧，后天下之乐而乐”。国民素质不高，许多问题都难以解决，包括假冒伪劣商品这样的“小”问题。

我今年77岁，回顾前尘，我感到自己生在20世纪，非常幸运。因为，我经历了

人类和祖国历史上两个最伟大的战争，我目睹了抗日战争和解放战争的伟大胜利。正义战胜了邪恶，中国人民战胜了凶恶的敌人。我相信，21世纪将会比20世纪还要光明。我愿与大家一同兴高采烈地步入下一个世纪，此刻，我正在对着电脑荧屏，敲敲打打，像钢琴师弹琴那样弹着电脑无声的键盘。现在一张纸将尽，语短情长，言不尽意。祝

好！

祥麟

1998年12月9日

1999 年

1. 奔丧

其扬兄、爱荣嫂：

大札奉悉，迟覆为歉。之所以回信过迟，乃因先是家母病危，弟匆匆赶往成都侍奉，后来病情稍稳，祥乃由蓉返回南宁。上月 30 日先慈猝然见背，祥赶往奔丧。返邕后又因病住院，至今尚未出院，是以复函迟了，不周之处，务祈见谅。

先慈见背，我们本丧事从简原则，未敢惊动任何亲友，告别仪式于今年元旦下午在成都殡仪馆举行，只限家人参加，由弟宣读祭文，会后当即将遗体火化。弟为家母撰写之挽联为："毕生操劳，芬芳永留人间；一朝永诀，儿孙痛失怙恃。"先妣数十年来，茹苦含辛，照料我们三代儿孙，养育之恩，恩深似海，又道德高尚，在亲友及群众中享有很高威信，可谓有口皆碑。她享年九十有六，可谓高寿。晚年生活幸福，儿孙满堂。此次患病，除我们兄弟姐妹侍奉在侧外，小儿黄河也专门从智利赶回成都。此外，她走得十分安详，并无明显痛苦。这些均甚为难得。

弟于元月 3 日返回南宁，次日即住院检查。现诊断出之病为冠心病、高血压和二尖瓣关闭不全等症。虽说是"连中三元"，但毕竟为初期轻症。只要坚持服药，当无大碍。再说，七八十岁的人，如果百病俱无，说得过去吗？拟于下周出院，恢复正常生活。

二位贤伉俪近来一切都好？甚以为念。其扬兄请注意身体，多多保重，以颐养天年，安享生活之乐趣。爱荣大嫂也请勿操劳过度，应注意劳逸结合，细水长流，保持尊体安泰。余再谈。即颂
俪安！

弟祥麟敬上

1999 年 1 月 31 日

2. 这样过春节

敬致诸亲好友：

王子去求仙，丹成入九天。
洞中方七日，世上已千年。

兔年来到，春节刚过去不久，我虽未成仙，但今年春节我之脱离实际，对世事不解，似与上面一诗中之“王子”相差无几。那几天，我一直在潜心摆弄电脑和翻译东西，昏天黑地，不问外事。年三十那天，一位朋友对我说，今年春节放假约七天，我便以为大约七天以后才过春节。当晚打完字，下楼吃晚饭，一看桌上摆了八九样菜，精美异常。我大为吃惊，赶忙去查日历，才恍然大悟，原来，当晚即为除夕。

次日兔年来到，我仍醉心于电脑，噼噼啪啪，打字不停。打的是我50年前读研究生的一篇英文论文，因为多年来每次要找它时，均找不到，不如输入电脑，一劳永逸。我足不出户，一连打了三天。腰酸背痛，辛苦异常，终于大功告成，其愉快之情，诚非言语之所能形容者。

谁知乐极生悲，一不小心，按错一个指令，全文顷刻化为乌有，落花流水春去也。三天血汗付之东流，这更加证明了我一向对电脑的看法。即：一方面，它既是良师益友，它博闻强记，学贯中西，有问必答，态度和蔼可亲；又是“情妇”，她冷若冰霜，艳若桃花，年正青青，惹人喜爱。另一方面，它却是敌人、是魔鬼，是《圣经》里的那条蛇，两面三刀、居心险恶、欺软怕硬、诡计多端。它蛮不讲理，仗势欺人，您想，我用电脑打字“如临深渊，如履薄冰”，小心翼翼，生怕出错，岂知就在这时，可能是我不小心错碰了哪个键盘，它突然半路杀出来，屏幕上显示了这样的字眼，硬说我“非法操作”，弄乱了程序，要我立即停止，或去找代销商。我想我一向坚持四个基本原则，遵纪守法，何来“非法操作”？可是，我是“电脑盲”，既无力和它争吵，也吵不过它，真叫作“秀才遇着兵，有理讲不清”。尤其恶劣者是，它目无尊长，专门欺负老人。七八岁的儿童用起它来，左右逢源、得心应手；而我呢，“六十岁学吹鼓手”，手不快、脑不灵，愚钝无比，稍一不慎，便出错误。此次我在电脑前苦战三日，到头来只落得一败涂地，全军覆没。经过这一打击后，我意气消沉数日，春节之欢乐，便大为减色。

但也有另一面，而且也与电脑有关。春节期间，我从电脑里收到多份电子邮件，特别是其中有两份“活的贺年片”。其一，为我的男孩全家由智利发来者；另一则来自我的电脑导师广西教育学院的老师、友人骆文刚同志。所谓“活的贺年片”，屏幕上的贺卡，确实名不虚传。不仅五颜六色，漂亮之极，而且画面会转动还会奏乐。我的男孩黄河一家的贺年片上，中间为大幅彩色“年年如意”画片，两旁为一副春联。“年年如意”四字一直在转动，同时电脑奏优美的民族音乐。片上印有抬头及落款：“To：爸爸妈妈”，“恭贺新禧，在新年里请接受我们真挚的祝愿，谨祝新年快乐，康乐无比。黄河、国志（儿媳）。丹沁、沛沁（孙子）”。骆老师的贺年片中间为一巨大的“春”字，饰以朵朵梅花。音乐伴奏。且同样色彩艳丽及漂亮。两片还有一特点，即上面写明允许我免费发回一贺年片给他们。可惜我的电脑知识太差，心有余而力不足，不知如何发出。

当然，春节期间，我还接了众多家人和诸亲好友的拜年电话。儿孙们打来了远洋电话，情深意浓。我年逾古稀，自己年老体衰，即使病点儿也不要紧，只要儿女和孙辈身心康泰，生活愉快便好。

春节是我国传统最大节日，历代文人中写春节当不乏人。例如，“文革”时被“四人帮”大肆宣扬的王安石的“爆竹声中一岁除，春风送暖入屠苏。前门万户曈曈日，总把新桃换旧符”便是。明朝有位学者陈献章（1428—1500）也写过一首题为《元旦试笔》，诗曰：

> 天上风云庆会期，庙谟争遣草茅知。邻墙旋打娱宾酒，稚子齐歌乐岁诗。
> 老去又逢新岁月，春来更有好花枝。晚风何处江楼笛，吹到东溟月上时。

王安石的诗为应景诗，老生常谈。倒是陈献章的清新淡雅，有点个人体会，且诗意葱茏，应为我国古诗写元旦（春节）诗中之较好者。

还有一事，春节前我买了一部《诸子集成》（共八册），此书原为世界书局出版。当年，我在南京读初中，每次路过太平路世界书局时，便看到橱窗里摆的这一套书，知道书太深奥，自己看不懂，颇以为憾。最近此书由团结出版社重新用简体字横排出版，我欣然买来，也翻看了一些，深感我国诸子百家之博大精深，可惜自己已至垂暮之年，即看即忘。此之谓“少壮不努力，老大徒悲伤”也。我在高中时，原想将来入大学，要考中文系。堂兄对我说：“你喜欢新文学，应考外文系。中文系只念古书，不研究新文学。而外文系与新文学接近。”于是，我便念了外文系。现在看来，念外文系是正确的，但不念中文系却是错误的，应该两系都念。只多念两年就可以了。我这一套“宏论”，有“事后诸葛亮”之嫌，但对现在青少年仍有参考价值。以上为我今年春节生活及感想。祝好！

祥麟
1999年2月21日

3. 日常生活点滴

敬致诸亲好友：

最近，我“流年不利”，平地跌跤，且甚危险。2月22日早晨，我去邮局寄信，刚出大门，准备上自行车。我想，飞机起飞前要猛开油门，然后一跃而起，飞上蓝天，我便用力向前一冲，同时上车。谁知左脚一踩空，马上右脚鞋子飞上了天，车子冲出五步，我即倒下，头部和左手基本上同时着地，车子和人都重重地摔了一下，好不痛也！但这么个老大人当街出丑，甚不光彩，为了使自己不成为街上之“一景”，我忍住了痛，先走回穿鞋，再骑上车飞奔向前。

事过之后，我才“后怕”。我想，今日可谓万幸，若不是早上汽车和自行车少，若不是我在慢车道上，只要后边来辆汽车，来不及刹车，后果便不堪设想。但另一方面，我却又特别“自豪”，认为我50年来，每日喝牛奶一杯，乃不缺钙，因而多次重跌，从无骨折之事。

此次跌过后，由于我工作忙，加上漫不经心，虽也感到额上微痛，我连早上洗脸也未看过额头伤在何处，即使友人问起，我也姑漫应之，未予注意。直到前天理发，在椅子上长时间面对镜子，我才大惊失色地发现我左眼皮上有一个约一寸长的伤痕，与眼平行，距眼睛只一二厘米远。这真是“菩萨保佑”，当时伤口只要稍往下移一点，左眼便会出大问题。此事对我教训极大，自己骑车，无人撞我，居然能平地摔跤，对于我这个78岁老人来说，岂非太可怕乎？今后必须接受教训，小心骑自行车，再不能有任何失误。

近日请了两位友人来帮我摆弄电脑，增加电脑功能，其效果甚好。目前，我的电脑除了可以储存和打印各种资料，还可以发贺信、贺片到各地。今日上午，在朋友帮助下，发了贺卡给在智利的我的孩子全家。屏幕上有许多图片供我选用。我选了最好的一个，还配上音乐，打上贺词，一发指令，几秒钟后便送到了。友人建议我可以设一个个人资料“主页”，自己的姓名、简历、各种照片、文章、信件等都可储存，通过电脑还可以阅读文学、历史和各种科学书籍和文章，比去图书馆还方便。事实上，我现在用的还不及我电脑功能的万分之一。我一直认为电脑的发明，是人类有史以来最大的发明，比工业革命还要伟大得多。当然，正如许多新生事物一样，电脑也有问题和缺点，也会出错。举个最小的例子，我打信给友人，请他“暇时来信”拼音之后变成汉字，竟成“下世来信”；又一次我想打“其效果极好”，不料变成汉字却是“妻小国际好”。以上例子严格说来，还全不是电脑的错，按汉字拼音，它一点没错，错在编电脑软件程序这一点上。

近几个月来，我买了近 100 本书，除一套《诸子集成》及一套《汉英对照中国古典文学名著丛书》没有细读之外，其余大都读了。这几年我国确实有一批中青年学者思想敏锐、学有专长、见解深刻、文笔犀利，写了不少很有价值的好书。当然，他们没有过去老一代学者的渊博，也不及后者的著名，但这是时代的关系，不应过多责备他们，更何况他们的成绩很大，确实为我国学术界做出了重大贡献。这些人中，有的是当年上山下乡知识青年，并无煊赫学历，全靠“文革”时“觉悟低”，拼命念书，后来终成了优秀学者，很有影响。此事留在以后再谈。顺颂

大安！

祥麟

1999 年 2 月 28 日

4. 关于选择专业

韦珂小友：

回清华后的最近来信已收到，谢谢。你计划毕业后先读研究生，再出国进行深造，我认为这一设想很好，至于读研究生学什么专业，我认为应决定于两个因素：其一，为个人兴趣；其二，为社会需要。你既然喜欢法律，当然可以学法律。法律这一学科，无论在国内或在国外，都是“热门”，中外社会都非常需要它。除法律外，我还可以为你提供一个学科作为参考，即社会学（Sociology）。这一学科在国外兴起于 20 世纪初，可以这样说，算是一个“新兴的”学科。它的范围很广，研究的目标主要是人的社会行为、社会机构和社会发展。可以这样说，凡是其他社会科学不管的，它全管。例如家庭、宗教等等，它全研究。在我国，新中国成立后由于种种原因，在很长的一段时间，人们把社会学当作“资产阶级反动学科”而取消了，最客气的说法也是说“历史唯物主义完全可以代替社会学”。当时社会学的著名学者，如费孝通、吴文藻、吴泽霖等人，都被错划为右派。党的十一届三中全会以后，社会学才像火里的凤凰一样获得了新生。这门学科

至今还缺人,要很多人来研究。另一门学科为世界历史,也很需要人。英国文艺复兴时的大思想家及散文家培根(Francis Bacon)就说过:“Histories make men wise ”(历史使人明智),历史是一门极为重要、极为有趣的学科,我不知你喜欢不喜欢。如果我能再活一次,选择自己的专业顺序是:一中国文学;二外国文学;三历史。当然,我谈的只是我个人的兴趣和爱好,仅供你参考。各人情况不同,不能生搬硬套,请根据你自己的爱好和具体情况做出选择。

这里还有一个问题,如你选文科,必须有一个重要前提,那就是你必须有比较广阔的中外文化背景,人文科学的常识要丰富;另外,外语的要求也要比学理科的高。学法律就是这样,要学识广博,要英语成绩好。学自然科学,40 岁甚至 30 岁便能有重大发明,闻名世界;但学文科,要成为真正的大学者,总要在五六十岁时,甚至更晚。当然,如果学法律当律师,那便比较容易做出成绩,至少比研究法学、文学、历史等取得的成绩要快些。还有,你现在的理科知识,对你将来学法律,也会有很大的帮助。

以上只是我个人的很不成熟的意见,请考虑一下你的具体情况,并征求你爸爸、妈妈的意见后,再做决定。

我工作很忙,此信为临时赶写的。祝

好!

祥麟

1999 年 3 月 21 日

5. 报界及商界的一些错误

肖化部长大鉴：

您好！您来南宁后，我原来说去看您的，旋因百事羁身，以及不知如何找您，乃一直未能做到。直至今日，甚以为歉，请谅。

今有一事相陈：我订阅了《南宁晚报》，该报为中共南宁市委所办，办得不错，内容丰富多彩，深受群众欢迎。但另一方面，由于一些编辑同志年龄较轻，过去受的教育有限，文化水平也不很高，因此，报纸常有错误。我将最近几天该报的错误剪贴了下来，随此信奉上给您，请代为转交有关单位。

另外，南宁有一造纸厂，其产品有一卫生纸的商标竟为"沙皇牌"，令人吃惊。"沙皇"是帝俄的最高统治者，不仅压迫当时俄罗斯人民，且为俄罗斯帝国主义的最高统治者，曾侵占中国领土100多万平方公里，是俄罗斯和中国人民的死敌。现南宁的这一造纸厂竟以"沙皇牌"命名，而一般群众竟然也购买这一商标的卫生纸，南宁始终未发现也无人管这件事，可否请您过问一下此事，要该厂更改这一商标，以正视听。

以上之事为小事，本来不应该麻烦您。但如果我把此信寄到《南宁晚报》，他们很可能不理。这一点顾虑，我是有根据的。《参考消息》把美国空军"少尉"错译为"二级准尉"，错得如此厉害，我写信去，他们根本不回信。另外，那个造纸厂由哪一部门来管，我也不清楚。因此，只好把信拜托给您，请代转，十分感谢。

我家的电话为南宁市5885806号，如有事找我，请打电话给我。此致

敬礼！

贺祥麟

1999年3月21日

6. 生活情趣

小岚：

今天(3月28日)上午刚与你通电话,中午又收到你3月20日的来信,非常高兴。你的信送来时是夹在报纸中的,你妈妈未发现,我吃完午饭才发现,可谓喜出望外,看完立刻给你妈妈看。我们对你在学校的学习成绩好,特别兴奋。希望你百尺竿头,更进一步,不断地前进。

殷承宗是我国著名钢琴家,根据《中国人名大辞典》的材料,他的简历大致如下:1941年生,福建厦门人。1960年入苏联彼得格勒音乐学院学习,1965年毕业于中央音乐学院钢琴系,后任中央乐团独奏演员。1959年获第七届世界青年联欢节钢琴比赛金质奖章。1962年获第二届莫斯科柴可夫斯基国际钢琴比赛银质奖章。参加创作钢琴协奏曲《黄河》、《中国民歌》五首等。我的《中国人名大辞典》上关于他的条目内容就这么多。他可能是我们国内现在活着的最优秀的钢琴演奏家。你能听他演出,也算不容易了。你现在喜欢钢琴,很好。音乐能使人感情高尚,能陶冶人的心性。西方古典音乐是个大海洋,内容极为丰富,你可以多听听,一提高自己的音乐欣赏和文化水平。

很高兴知道你养了只Hamster,这种小动物极为可爱,是人类的好朋友。丹沁、汴沁养了两只,非常好玩,我在智利时经常和它们玩,可惜,打开笼子给跑了一只,以至只剩下一只了。我很担心跑掉了那一只在外面没东西吃,会饿死的。还有些小动物也很好玩,例如松鼠,1986—1987年我在威克森林大学(Wake Forest University)教书时,我们的房子就在森林中,小松鼠多得很,也不怕人,与我们和平共处,极为可爱。1987年暑假,我和你妈妈由北卡州(North Carolina)经纽约等地去洛杉矶然后回国,路过爱荷华州,在美国诗人安格尔(Paul Engles)和美籍华人女作家聂华玲夫妇家住了近20天。他们家也在森林中,每天有小动物浣熊(raccoon)和大动物梅花鹿去他们家后门口吃东西。我们和这些大小动物都成了朋友。过去说,“人为万物之灵”,这句话当然说得很好,但还应补充一句,即:人也是万物之友。大自然既然生了这么多动物,只要它们不危害人类,我们都应该爱护它们,和它们友好相处。

我四月份要去北京开会,是外国文学方面的会议,开完会后,归途经桂林市,我将下车在桂林停留数日。大概最迟四月底以前回到南宁。我当年念大学时有位老师,今年已快90岁了,他在纽约,邀我和他同去智利玩。看样子我无法去,一是我去年刚去了智利,不能马上再去;二是用钱太多,不应浪费旅费。

目前我在翻译东西,另外每天玩电脑,还有读书。总之,一直在忙忙碌碌,没有闲过。我和你妈妈每天都休息得很晚,大约每天半夜12点才睡觉,各忙各的。你妈妈除每天指导小保姆做饭外,其余时间主要是看报纸杂志。我订了20种报刊,此外还零买了许多,根本看不完。我的英文书比较多。可以这样说,我写文章,家里的书基本够用,不需要向图书馆借。

平常给众亲友的信,常常是用电脑打好后,一印几十份,现寄给你的这一封,则是我专门打给你的,而且,只给你一个人,只印一份。此信已打得很久,余下次再谈。代我问候一叶好。并祝

安好!

爸爸、妈妈

1999年3月28日

7. 旅行见闻

敬致诸亲好友：

“一日不见，如隔三秋”，我已一个多月未与亲友通信。主要因为这期间我都在旅行。现在首先还不能谈个人生活，因为5月7日晚以美国为首的北约悍然轰炸我驻南联盟大使馆一事，已成为中国人压倒一切的话题，不能不谈。

此事的严重性，在于它不是“误会”或一般偶发事件，而是（我的友人都这样看）美国某些人蓄谋的罪行。美国有关方面解释说因为用的是“旧地图”，又说轰炸目标是南联盟的一个“供应与采购大楼”。这种弥天大谎，连小孩也骗不了。以美国为首的北约摆开阵势用最先进的武器进攻南联盟，能用1992年的地图作战吗？而且，即使是“旧地图”，中国驻南盟大使馆是四年前建造的，在此之前，那里只是一片空地，根本无任何建筑，何来“供应与采购大楼”？我的友人们都一致认为，这次美国以导弹袭击我国使馆是故意的，是精心策划的。其目的在于通过这一事件，摸清中国对这样突发事件的反应力度、中国政府和中国人民的态度，以及所采取的决策，等等。然后，北约便可以根据此次事件中国的反应，制定21世纪它的战略方针。此次袭击我使馆，用的是一架B-2隐形飞机，由美国本土出发，轰炸完又立即飞回美国，就是说，它完全避开北约的监视和控制。我认为此事给我们的教训很大，我们必须增强国力，加强国防，随时准备应付突发事件，以保卫祖国及世界和平。

下面我回顾一个多月来的旅行生活。自4月16日起，我又回到两年前的“游牧生活”，去郑州—北京—桂林—北海等地。4月16日离邕北上。17日抵郑州看望我的表妹母女，表妹刚刚不幸丧夫，他们夫妻感情极好，可谓“举案齐眉，相敬如宾”，我担心她受不了这一严重打击，幸而她以顽强意志经受了考验。在极度悲痛中硬撑了过来。目前，母女二人相依为命，重新开始她们新的生活。

18日我去北京参加一个学术会议，在京停留一周。除开会外，还拜亲访友，并去了御花园遗址。会议名称为：“与巨人对话—纪念歌德、巴尔扎克、普希金、海明威学术讨论会”。会议开得很不错，特别是开幕式，除了我国外国文学界许多学者参加外，有关国家的大使文化参赞都出席了，是我多年来参加学术会议中之最隆重者。有的人不了解“何以只纪念这四位巨人”，其实很简单，今年分别是他们四位诞生的250周年、200

周年、150 周年及 100 周年纪念。奇巧的是,这个按四人诞生时间先后次序的排列,刚好(我个人认为)与他们在文学上的成就大小相适应。歌德太伟大了,他是全世界公认的最伟大的四大诗人之一,与荷马、但丁、莎士比亚并列。歌德的巨著长篇诗剧《浮士德》以精湛的诗歌艺术反映了人类千百年来不断追求知识、永不满足、永远前进的精神,总结了西方启蒙运动的整个时代,真是仰之弥高,钻之弥坚。其伟大若巴尔扎克者,在此也只能屈居第二了。我们这个学会,虽只是一个外国文学教学研究会,却有一非常光荣传统,即:团结、严谨、重视学术,每年必开会,开会必郑重,会后必有一质量甚高的论文集出版。这样严谨的"会风",在今天我国许多学术团体中是十分难得的。

在京期间,趣事甚多,今举其一件而言。4 月 23 日中午,西南联大外文系老同学许渊冲学长邀请我们另一位老同学、当年的"梅大小姐"在北大吃饭,我和陈羽兄陪客。那天中午梅大小姐、她妹妹、她弟弟夫妇,还有几位老同学都出席了。提起梅大小姐,西南联大校友无人不知,她是我们大家敬爱的梅校长(我国大教育家)的女公子。当年亭亭玉立、为所有女同学中之佼佼者。她多年来一直定居美国,此次与妹妹分别由美、英两国回来,与弟弟欢聚。我一见到她时,第一句话便是:终于见到了您,十分高兴。以前在联大时,看您高不可攀,从来没有和您谈过话。她当即问我:"何以高不可攀?"我答曰,一是因为她是梅家大小姐,出身名门;二是因为她的英文好,学习成绩优秀;三是因为她个子在全校女同学中最高(这时,渊冲兄马上补充一句:"鹤立鸡群"),确实"高不可攀"。我的答复众皆满意。但是,恕我直言,我上面说的三条都不是真正原因,真话我没敢说,我年轻时真正对她顶礼膜拜,敬佩得五体投地的原因是:她长得太美了,她在我心目中是标准的"东方古典美女",倾国倾城。记得法国 19 世纪象征主义诗人波德莱尔在他的诗集《恶之花》的第一首《致读者》中称读者为"虚伪的读者——我的同伴——我的兄弟!"(hypocrite lecteur-mon fre're!)现在我终于懂了,原来波德莱尔这句诗就在讲我,因为我不敢讲真话,我也虚伪!当然,直至今日,我还衷心感谢渊冲兄的邀请,圆了我半个多世纪前想与梅家大小姐说一句话之梦!

4 月 25 日,我离京南下,次日抵桂林,主要是为了给我系办的一个讲习班。我住在敝校"留学生部招待所",一日吃饭时遇见一对澳大利亚夫妇,与他们闲谈起来。谈及北约轰炸南斯拉夫时(当时我国大使馆尚未被炸),我说,塞尔维亚人是个苦难的民族,几百年来一直受残酷迫害。不料这位澳大利亚中年男子(是个物理教授,来我校讲学者)立刻质问我:"您的意思不是说凡是几百年来一直受迫害的民族,现在就可以迫害别人?"我说:"当然不是这样,我今天不和您争论北约与南斯拉夫间的纠纷谁对谁错的问题,这个问题我们一下争论不清。我要谈的是不管争论什么,北约动武是绝对错误的。”他无话可说，便说他从未站在北约立场上，他是“中立”的。第二天我们在餐厅又遇到了，他先问我：“照您的意见看，北约与南斯拉夫间的纠纷应该如何解决呢？”我说：“应该通过谈判来解决。”真没想到他的答复竟是：“如果通过谈判谈来谈去，还没谈完，阿尔巴尼亚族人已经给杀光了！”此时，我才恍然大悟，知道我们二人的看法相距十万八千里，再争论下去是没意义的。谁知他不知是为了礼貌，还是为了缓和一下气氛，居然说：“我完全是为了和您辩论而辩论，因为您站在南斯拉夫人立场，我就站在北约立场上讲话。如果您一开始帮阿尔巴尼亚人说话，我就会站在南斯拉夫人立场上反对您。”他这一圆场，我自然无须再和他争论，于是，双方哈哈大笑，“化干戈为玉帛”。我提此事，是为了说明西方传媒的宣传非常厉害，连澳大利亚这样的非北约国家的人，成见都如此之深，更遑论其他西方国家的“芸芸众生”乎？

五一国际劳动节我回到了南宁。在邕数日，赶写了两篇文章，旋即偕内子前往北海度假。此次北海之行为广西老干部局所组织，纯属休养。老干部局安排我们在北海最漂亮的“银滩”居住，我的房间窗户及“阳台”（严格来说，应叫“廊台”，因为上面有屋顶），正对着大海，距海不到200米。白天我坐在“廊台”眺望大海，只见外面碧波万顷，水天一色，海边不少儿童嬉戏其间，看不尽的自然景色；晚上醒来，我倾听海涛阵阵，天籁声声，不绝于耳。我一向认为，世界上最美的大自然音乐，便是大洋里的海涛和高山上的松涛，它们哗哗哗哗响个不停，美妙无比。当然。我也“下了海”，虽不会游泳，但总可以在海水里泡水或玩水。

此外，我们还去了合浦县的星岛湖，乘快艇像流矢一样在湖上飞驰，然后，登上一小岛，去参观著名的“梁山泊”山寨。据说这里是电视连续剧《水浒传》的某些拍摄处，因此，上面不但有“聚义厅”，而且，还有梁山泊108个好汉的蜡像，它们个个栩栩如生，恍若真人。这些我们都看了，明知其假，然而也有一好处，即：它使我们至少对梁山泊的大概情况有一个感性认识。美国19世纪著名散文家、美学家腊斯金（John Ruskin）提出过一个理论，原文是“pathetic fallacy”，此名不大好译，有人译作“感情的误置”，指的是由于有了感情，便对一些无生命的东西拟人化，明知其假，却硬相信其真。我漫游星岛湖的“水浒城”，就有这种感情：把它当作真的。这样可以欺骗自己说：“我已经去过梁山泊了，而且还与宋江、吴用等好汉攀谈过，非常激动！”

此信暂写至此。祝

好！

祥麟

1999年5月18日

8. 谈语文滑坡

敬致诸亲好友：

也许，我最近给亲友的信繁杂了一点，这是因为我国群众语文滑坡问题严重，“心有所感，不得不言”，使人无法不忧心忡忡。前两年，我曾在《人民日报》发表一文，专谈此事，编辑部对那篇拙文甚为欣赏，给了我该报最高的稿费。近几个月来，我又搜集了一些病句，随便举几个例如下①：

1.“林滴娟家属按台湾风俗，在林遇害地点举行招魂仪式，身着道袍的法师振振有词，香火缭绕。”（见《报刊荟萃》1998 年第 12 期《台湾议员林滴娟遇害始末》）

按：“振振有词”本为形容辩论或争论时用的，现和尚念经或道士念咒，只能是“念念有词”，哪能振振有词”呢？

2.（本书）“在全球倾销 5000000 册，46 个国家同步发行。”（内蒙古出版社《神话背后的莱温斯基》一书广告）

按：“倾销”源出于英语“dumping”一词，根据《现代汉语词典》解释，指的是“在市场上用低于市场价格的价格，大量抛售商品，目的在于击败对手，争取市场”。内蒙古出版社的这本书定价高昂，并未压低价格，如何能叫“倾销”呢？更何况“倾销”在当前世界贸易界已成为一个意味着“不择手段打败对手”的贬义词，从来没有人写自己经商为“倾销”的。而该出版社这位编辑把“倾销”误认为“大量销售”，可见其文化水平之低。

3.“偷渡船搁浅，六人淹死，台湾籍元凶蹲二十年。”（《环球时报》新闻标题，1998 年 12 月 13 日第 8 版）

按：“蹲”什么呢？是蹲茅坑呢，还是他站久了，需要蹲一下休息休息？

4.“直击大熊猫生产。”（《南方周末》1999 年 1 月 29 日 14 版头条文章大标题）

按：“直击”，不知所云。“直击”，是指“直接打击”，用棍子直接打正在生产的大熊猫吗？太残酷了！作者这个“直击”应改为“目击”才对。

5.“刘进荣被击毙了！人们奔走相告，弹冠相庆。”（《中国作家》1999 年 2 月号第 5 页）

---

① 黑体字为我加的——祥注。

按:和“沐猴而冠”一样,“弹冠相庆”也是贬义词。“弹冠”原出于《汉书·王吉传》,“弹冠相庆”一般指某一个人(多半是坏人如贪官污吏或汉奸—当年日本侵略军卵翼下的傀儡政权的伪官吏等)当了官或升了官,其同伙的“哥儿们”也与他一同掸去官员帽子上的尘土,相互祝贺。此句的“人们”,指人民群众,他们是老百姓,根本不是“官”,手里也没有“官帽”,如何“弹”法?拿“弹冠相庆”来形容人民,是对群众的侮辱。

6.“一元撕两半,投假币游戏牌。这些乘客太无良。”(《南宁晚报》1999 年 3 月 4 日第 1 版)

按:“无良”不通,可以叫“不良”,如“不良少年”;也可以叫“无良心”,却不能叫“无良”。

7.“师傅出山当防长。”(《环球时报》1999 年 2 月 5 日第 5 版文章标题)

按:“防长”一词,确实新鲜。我无论如何也看不懂。后来读了里面的文字,才知是指以色列的阿伦斯当了“国防部长”。这“国防部长”又如何能省略为“防长”呢?

类似的例子我还可以举很多,这里不再多举。上述诸例共同说明这些作者以至有关编辑语文水平太低。除了上面已说的外,另外还有不仅语文水平低,而且工作极端不负责任的例子:某出版社出版的一书中,引用了新中国成立前有一位民主党负责人于我人民解放军收复被国民党军队强占了的延安后,致电毛主席祝贺,电文仅 160 字,竟有三处大错:电文一开始应该是“往昔共事北大,相失交臂”意思是说:“当年我与您一同在北京大学工作,却因我们互相不认识,竟从未相见,失之交臂”,不料,排字工人误排成(而校对与编辑均未发现错误)“相交失臂”,“相交失臂”这一错,变成“当年我与您一同在北京大学工作,和您一认识,我就丢了一只臂膀”。请允许我破例用“文革”语言,这不是在“恶毒攻击”吗?可见有时排字错误,不止是个技术性问题,而是政治问题。同一电报的另一处,该书引的是“兹闻延安收复,殊慰喁喁,民赋瞻寒,宇内动色”。这“民赋瞻寒”四字,使我百思不得其解。我遍查自己一切工具书,都查不到。我认为必然是我才疏学浅,不谙这一古典文学偏僻而又深奥的典故,乃打长途电话请教桂林一位 82 岁之老学者,他也查不出来。他又去请教广西师大中文系一位资深教授,竟把专家也难住了。后来他再三琢磨,最后终于得出结论,原来又是排字工人、校对人员和编辑同志的错误。“民赋瞻寒”者,实际上是“民贼胆寒”之误也!“民贼”指蒋介石,这里是说我军收复延安,蒋介石丧胆,人们欢声雷动,盖“贼”与“赋”字形状相似,而繁体字的“胆(膽)”又与“瞻”相似,排字工人不负责任,文化水平又低,随便捡来类似的字排版,校对与编辑同志同样“马大哈”,乃有这样的错误。

上述各种错误,简直令人触目惊心,可见我们这些年来的“语文大滑坡”已发展至如何程度。像上述这些例子,如在任何国家或者在新中国成立初期,都是不可想象的事,然而今天此类事件天天大量发生,不少人习以为常,见怪不怪,另我大惑不解。我对“语文大滑坡”这一现象,一直非常关注,忧心忡忡,永无宁日。我到处大声疾呼,希望大家采取措施,逐步解决这个问题。但不幸至今收效极微,相反地,滑坡现象至今仍在发展。

余下次谈。此祝

夏安!

祥麟

1999 年 6 月 15 日

*9. 从澳门回归说起

——在民进市委会上的发言

两年以前香港回归,今年 12 月 20 日澳门又将回归祖国,这是我国政治生活上的头等大事,可谓举国同庆、薄海同欢。我会市委会要我来谈谈回归及其他问题,要谈的问题很多,全部是我个人的看法,不代表任何人。现在先讲澳门回归问题。

一、关于澳门回归

为了说明葡萄牙如何占领我国澳门,我想谈谈我们祖先对国家大事的一些问题的传统看法,特别与西方不同的看法。

1.我们老祖宗千百年来认为中国是世界的中心,是“天朝”,其他一切国家都是“夷狄”是“番邦”。华夏之邦,泱泱大国,万方来仪,皇恩浩荡。这种狂妄自大、唯我独尊的思想,千百年来根深蒂固,很难更改。这种思想有它的产生的客观条件。古代中国文化灿烂,国力强大,附近许多国家远不如我们,很多向中国“天朝”称臣纳贡,更何况汉唐时代中国确实强大富有。例如唐代,西安是世界第一个进入有百万人口的大城市。唐朝时,日本派了许多“遣唐使”来中国学习。元朝时,意大利人马可波罗前来中国,在大都(北京)住了多年,回去说中国“遍地黄金”,佩服得不得了。问题是我们后来比西方先进国家大大地落后,自己根本不知道,相反的,还在继续夜郎自大,目空一切。

2.中国人和西方人有个观念根本不同,即中国人保守,西方人激进;中国人因循守旧,西方人富于开拓精神。远在汉朝时苏武牧羊北海,当时的“北海”就是今天的贝尔加尔湖。但中国从来不想占领西域大块土地,中国人自古以来就没有西方人的殖民主义思想。“金窝银窝,不如家里的狗窝”,“父母在,不远游”,留恋家乡,不想向外开拓:这是中国人过去的传统观念。至于19世纪时广东“四邑”人大量去美国,福建老百姓大量去南洋群岛(即今天的印度尼西亚),那是因为国内这时无法生存,为了活命,才被迫漂洋过海。明朝时三宝太监郑和七次下西洋,最远到达非洲,却从不想在那里殖民或占领。中国皇帝只满足于藩属国家称臣纳贡从不干涉别人内政。西方帝国主义则相反,沙皇俄国派人东进,骑了大马,一路跑到西伯利亚东部太平洋边,跑到哪里,那里就成了帝俄的领土,后来它强占大量中国领土,全部划入帝俄版图。

3.欧洲资本主义先进国家经过文艺复兴启蒙运动、工业革命,科学文明日益发达,国力强大。中国人不但不知道,反而照样自高自大,唯我独尊。更荒唐的是把别人的科学进步、科学发明认为是“奇技淫巧”,不屑一顾。这一错误观念一直到清朝末年,依然如此,这国家如何能不弱?

4.儒家思想一向重农轻商。重农是对的,轻商则绝对错误。社会一向称“士农工商”,最看不起商人和商业。清朝末年外国人要求来经商,被一律拒绝。再加上闭关自守思想及政策,除非是后来被迫得着实无法,决不和外国人通商。

上述四点,可以说是葡萄牙占领澳门的时代背景和中国人的文化背景,了解这一背景,就可以了解小小的一个葡萄牙为什么能占领我国的澳门了。

整个中国近代史是一部国耻史,是帝国主义侵华史。但葡萄牙侵略澳门还要早些。澳门于明朝正德十三年(1518)被占到今年共481年,比英帝国主义占领香港要早得多。先从明朝正德十二年(1517)说起,当时葡萄牙王国派使臣到广州,带来国王曼纽尔一封信,准备到北京朝见正德皇帝。当时中国人对葡萄国印象很坏,因为几年前葡萄牙人以海盗行为强占明朝保护国满剌加(马六甲),乃拒绝他进京,奉诏“给方物值”,并要他立即回国。此人不听,贿赂了明朝负责在广州通商的太监,先到南京,又去了北京,但始终未见到皇帝。当时中国人对西方知之甚少,对卷发、猫眼、鹰鼻、赤须的欧洲人一律称之为“番人”。对葡萄牙人和西班牙人又不分,一律称为“佛郎机”人。

1521年,正德皇帝病死,嘉靖皇帝即位。葡人又携来土特产求售。帝下令拒绝交易。葡人先率舰队用大炮攻打满剌加国,又破苏门答腊岛上一小国巴西。次年,葡人以舰队攻我广东新会,与中国海军激战。明朝军队俘葡将领、军官、士兵42人,斩首35级,缴敌战舰2艘。明朝把俘获的巨炮运至北京,不知如何使用,只好陈列起来,叫作

"佛郎机"。

葡军失败后,不敢再动武,乃采取走私、贿赂、混入沿海,巩固地盘等办法,以待时机。

嘉靖十四年(1535),葡人贿赂了明朝驻广州指挥黄庆,以"岁课二万两"允许葡萄牙船队在澳门码头停泊。这"船队",实际上就是走私和贩卖人口的黑船。葡人利用这些船只,骚扰我国沿海城市,并在浙江宁波抢劫了十几家农户,劫走了不少财物和妇女,还杀死了十几个农民。

嘉靖皇帝决心清除海盗,令浙、闽军水陆夹攻海盗。葡船 35 艘被击毁,匪徒 2000 人被击毙,其中 800 人为葡匪。

嘉靖二十七年(1548),葡人又集结海盗劫台州、宁波等地,被明朝官兵击毙 500 人。

葡人后来还贿赂广东海道副使汪柏,每年贿赂他 500 两白银。他允许葡萄牙黑船人员上岸,在澳门暴晒货物,并搭窝棚居住。

嘉靖三十六年(1557),葡人在澳门大兴土木,建造永久性房屋,并建教堂、修筑炮台,实际上等于占领了澳门。葡人不按指定地点停泊船只,偷税漏税,逃避检查,进行各种非法活动。

嘉靖四十三年(1564),御史庞尚鹏奏议《抚处濠镜澳夷疏》说葡人擅自在澳门修城墙、筑炮台、增建工事,"剑光耀日,火炮震天";"雄踞海畔,若一国然";"筑屋不知几许,而夷众殆万人矣"。为了防患于未然,他主张将葡人迁至另一处贸易。而抗倭名将俞大猷主张驱逐葡人出境。他说:"若以水兵攻之于水;路兵攻之于陆,水陆并进,彼能何逞?"然而,由于嘉靖之子隆庆在位六年,一事无成,澳门问题他根本没有过问。直到 1563—1620 年时,才采取允许葡人留居澳门贸易,但专门设机构严加防范。

明神宗万历元年(1573),葡人正式租赁澳门居住,岁纳银 500 两,此时澳门仍属中国。葡人无权买卖土地,未经中国许可,不准擅自建房屋。同时限制他们出关,禁止内地人入澳。5 日开关一次,运粮食蔬菜互市。澳门归香山县管辖,重大事件由两广总督处理。

万历朝代,对澳门管理较严,葡人不敢违抗。如万历三四十年(1607)葡人擅自在青州岛上建教堂,广州巡抚派人拆之,葡人不敢抗拒。

管制与隔离政策产生负面影响,葡人被围在关卡之内,盘踞一方。自行组织自治机构议事局。组建警卫队,并征收关税。万历四年(1576)罗马教皇派来了澳门主教,从此,澳门成了天主教的东方教区。葡人从海盗变成了传教士,有了身份。

明神宗死后，明朝对澳门的隔离政策未变。明光宗、熹宗、毅宗（崇祯）先后三个皇帝都无力解决澳门问题。天启（熹宗）三年（1623）葡萄牙驻印度总督任命了葡萄牙驻澳门总督，这是第一任葡萄牙驻澳门总督。中国的澳门被葡萄牙正式列为殖民地。

清道光二十五年（1845）普女王公然宣布澳门为自由港，接着，葡萄牙驻澳门总督竟然驱逐中国海关官员，并攻占附近两岛。1874 年（同治逝世前一年），葡人又拆毁关卡。1883 年（即光绪九年）完全占领了澳门半岛。总之，明清两朝历届政府均无暇又无力解决澳门问题。清政府当时正忙于镇压太平军，竟与葡萄牙签了《中葡和好通商条约》，将澳门拱手让给葡萄牙。

1928 年，此《中葡和好通商条约》期满，国民政府与葡签了新约，内容与前大致相同。

新中国成立初期，人民政府尚来不及处理澳门问题，葡萄牙政府竟公然宣布澳门为葡萄牙的“海外省”。

1974 年 1 月，葡萄牙军队发动政变，旧王朝被推翻。政变领袖 Antonio deSpinola 作为葡萄牙政府领导人，宣布葡萄牙政府放弃一切殖民地，澳门问题自然解决。1975 年葡萄牙新政府承认中华人民共和国。于 1979 年与我国开始讨论澳门问题，最后终于解决了澳门回归祖国的问题。①

二、祖国的统一大业

香港和澳门的回归，洗雪了我国自鸦片战争一百多年来的国耻。普天同庆，举国欢腾。在党中央的正确领导下，我们正在加快我国现代化的进程，我们必须建立一个非常强大的中国。另一方面，正因为香港和澳门的回归，祖国统一问题更加突出。也就是说，台湾问题的解决，已成为全党全国的突出问题。新中国成立以后，最初叫“解放台湾”，后来有段时间叫“台湾回归祖国”，但这口号其实是错误的。因台湾已在 1945 年日本投降时，由国民党政府接收已正式回归祖国，现在正式的提法是“统一祖国”，或者是“和平统一祖国”。可是，“和平”与否，不决定于我们，而决定于台湾当局。如果他们坚决要搞台独，我们只有动用武力统一祖国。我们希望能做到和平统一祖国，可是我们不排除必要时使用武力。我们任何时候对任何人都不能做不动武的承

① 澳门简况：澳门为澳门半岛及附近三个小岛构成。面值为 16.9 平方公里，人口据 1999 年调查为 441691 人，其中中国人占 95%，葡人占 3%，其他人占 2%。在葡人的统治下，总督之外，另有助理秘书长 5 人，全由葡萄牙总统任命。负责立法议会有议员 17 人。由于种种原因，澳门经济不及香港发达。治安也较差，黑社会势力猖狂。解决澳门顺利回归祖国问题，我国政府经过长期的准备，已选出新的特首何厚铧，制定了《澳门基本法》准备工作做得非常之好，预计澳门一定可以平稳过渡，顺利回归。

诺。正因为我们坚持了这一条,才使我们取得了主动权,才使台独分子不敢轻举妄动。

台湾目前的情况是国民党政府和美国造成的。40年代末,国民党军队兵败如山倒,国民党反动派逃到台湾。50年代初我们准备解放台湾,不料朝鲜战争突然爆发,美国总统杜鲁门出面干涉我国内政,不但要“遏制中国”,而且还要阻挠我们解放台湾。美国国会甚至通过了所谓“与台湾关系法”,造成了目前我们暂时未能统一的局面。台湾的“民进党”在搞或曰想搞台独,而李登辉事实上也很想搞台独。

李登辉与日本记者司马辽太郎的谈话突出说明了他一心向往当年军国主义统治下的日本,他怀念过去,他的日本情结永远也不会消失。李登辉在前几年台北市选举时故意把一个全无威信的二流角色提名为国民党候选人,目的就是让民进党当选。因此,我一向认为李登辉真正支持的是台独分子,也可以说他是台湾的“地下民进党人”。他在不久前又提出了“七个板块”的谬论,更是“司马昭之心,路人皆知”。想在搞台独的同时,分裂祖国。

我认为祖国统一是历史发展的必然趋势,全国人心所向,不可阻挡。统一祖国,祖国必须富强起来。只要我们真正强大了,就一定能统一祖国。当然我们还必须多做这方面的工作,加强两岸交流,为统一祖国铺平道路。在这方面,我会作为民主党派,有许多工作可以去做。

三、关于南斯拉夫

南斯拉夫停战了,和平可以实现。南联盟付出了很高的代价,损失惨重。当以美国为首的北约轰炸南联盟后,我们全力在道义上支持南联盟,我个人一样,没有说一句不利于米塞洛维奇的话,现在停战了,而且是在我们民进内部,我觉得可以敞开来谈谈我的看法和感想。

首先,民族问题再加上宗教问题是个很复杂的问题,一两句话说不清楚。巴尔干半岛的民族问题非常复杂。第一次世界大战以巴尔干半岛这一导火线开始的。多年来,塞尔维亚民族与阿尔巴尼亚民族一直是世仇,双方冤仇极大。其次,塞尔维亚民族是个苦难的民族,几百年来受压迫受迫害,被屠杀。可谓灾难重重,血泪斑斑。我曾于1980年和1987年两次访问南斯拉夫,比较了解情况。下面谈谈南斯拉夫历史和塞尔维亚民族的苦难历史。

南斯拉夫国家原来并不存在,古代这块地方属于罗马帝国,它于公元1世纪时被并入罗马帝国,是帝国的一个省。1389年科索沃战役时,塞尔维亚人被奥斯曼帝国土耳其人残酷统治,生活在水深火热之中。早在1876年法国伟大作家雨果就愤怒抗议过，他说："有一个民族正在被屠杀，在哪里？在欧洲。有人能证明么？只有一个证人，他就是全世界。各国政府呢？它们看见了吗？它们看不见！"

1877 年俄国伟大小说家陀思妥耶夫斯基在日记中写道：

> 有一个塞尔维亚女孩子，才八九岁，经常昏倒。因为她去年夏天目击了自己的父亲被土耳其人剥了皮。这件事的记忆一直伴随着她，将来恐怕永远是这样。文化啊！欧洲啊！如果你们再不制止土耳其人在孩子面前剥他们父亲的皮，你们就会被自己的利益所毁灭。但是让欧洲文化的利益滚他妈的蛋吧，如果它是靠剥人们的皮而得以保存的。

到了 20 世纪初，塞尔维亚人还没有脱离苦难，还在奥匈帝国下受着奥地利军队的残酷屠杀。19 世纪俄罗斯著名作家安德烈耶夫于 1914 年写过，他说奥地利"讨伐军"说他们对塞尔维亚"决无领土要求"，"他们只要塞尔维亚人的血，只要塞尔维亚人恐怖，只要塞尔维亚的悲剧。他们有一句玩世不恭的格言，那就是：'我们打败多少人就消灭多少人。'"

这是第一次世界大战前后的情况。第一次世界大战中间奥匈帝国崩毁。1918—1919 年，战胜国强行把许多民族凑合起来，人为地制造南斯拉夫这个国家。到了第二次世界大战，塞尔维亚人民的苦难接踵而至。1941 年希特拉入侵南斯拉夫，塞族人在铁托元帅领导下，对德国、意大利法西斯开展了游击战，而克罗地亚人却认侵略者为"解放者"，热烈欢迎德国法西斯，并且组织了傀儡政府疯狂屠杀塞族及其他敢于反抗的人民。仅仅在克罗地亚一处，因政治、宗教或民族而被屠杀的塞尔维亚和犹太人就有 10 万人之多。第二次世界大战结束时，南斯拉夫这个全国总人口仅 1500 多万人的国家，竟有超过 200 万人死亡，其中大多数为塞尔维亚人，牺牲之大可想而知。

第二次世界大战胜利前后，1945 年在以铁托元帅为首的南斯拉夫共产党领导下，成立了南斯拉夫联邦人民共和国。全国有六个加盟共和国（塞尔维亚、克罗地亚、斯洛文尼亚、波斯尼亚—黑塞哥维耶、马其顿、黑山）和两个自治省（伏伊伏丁那、科索沃）。这个国家民族情况复杂、矛盾极多；宗教按不同民族又分成东正教、天主教、伊斯兰教，历史上传统冲突很多；再加上 1948 年南斯拉夫与苏联公开决裂，被开除出共产国际，被当时的社会主义阵营视为"铁托—兰科维奇叛徒集团"，说铁托是"德国间谍机关的走卒"和"美帝国主义的走狗"。南斯拉夫同时要顶住来自美国和苏联的压力，始终保持了国家独立性，很不容易。在国内，由于铁托采取了比较正确的民族政策（但也只是"比较正确"而已。因为民族问题太复杂，不是一两句话能说得清楚的。例如，1945—1946 年，他曾强迫塞尔维亚迁出波黑共和国，引起塞族人很不满），在那样困难的情况下，南斯拉夫各民族总的来说是团结的，同时，在经济上南斯拉夫得到很大的发展。

1980 年铁托死后，最初几年，采取六个共和国总统轮流执政，社会安定，一切都不错。到了 1989 年，由于苏联瓦解、东欧剧变，南斯拉夫不但政治出现不稳，民族问题也出现了。1990 年选举，四个加盟共和国先后独立，只有塞尔维亚、黑山两个共和国坚持共产党领导成立新的南斯拉夫联盟共和国，简称"南联盟"。

米洛舍维奇原来是塞尔维亚共产党中央主席，南联盟成立后，他成为南联盟的国家总统。他的民族政策有问题，他依靠塞族，压制其他民族。波黑的民族冲突演变为内战，经过国际调停终于解决。不久，科索沃问题暴露。科省的民族问题极为复杂。该省的阿族认为科索沃自古以来是阿族人的地方，而所有的塞尔维亚人都认为科省是一切塞尔维亚人的发祥地—就好像陕西、河南被认为是炎黄子孙的发祥地一样。可是，科省 90%居民为阿族，而塞人只占 10%。米洛舍维奇的政策是依靠塞族压迫阿族。加上这两个民族一向世仇，于是，便火上加油，民族矛盾日益尖锐。客观看来，双方都有理，都有错。一个巴掌拍不响，不论塞族、阿族都有错误。然而，西方媒体，出于西方政治利益的考虑，尽量夸大或歪曲事实，强调所谓的米洛舍维奇"种族清洗政策"，而根本不谈后来成立的"科索沃解放军"的暴行。我甚至怀疑西方特别是美国，是不是依旧认为南斯拉夫是欧洲的最后一个"共产主义国家"，所以才引起西方这么大的仇恨。

不能低估西方传媒片面宣传对他们人民的影响，美国和北约其他国家人民受西方宣传的影响，不用说了，即使地域较偏僻和北约沾不上边的理应中立和客观的澳大利亚人，也同样受西方传媒的影响，看法很不正确。我们应加强国际友好往来，使各国人民了解我们，赞成我们的观点。

北约轰炸南联盟，影响极坏，人天共怒。它开了国际上一个极坏的先例，即一个国家或国家集团可以借口"种族清洗"而悍然干涉一个主权国家的内政。它还开了一个极坏的先例，即：北约自成立之初，即标榜自己是个"防御性组织"，决不主动侵略别国。它成立将近 50 年，甚至在冷战最剧烈时起，也没有动用过武力。没有侵略任何国家，没有一兵一卒走出本国过境，只是在一个省里处理本国事务。今年，竟然以美国为首的北约悍然轰炸了，而且北约还公然胆敢不经过联合国，不考虑自己侵略行为合法与否，无视国际法，甚至违反它自己的《北大西洋公约》条文，去轰炸南联盟。北约是当今世上最强大的军事集团，南斯拉夫是非常弱小的国家。北约轰炸南联盟，打个比方，很像一个身强力壮的大汉拿起大棍，猛打一个五六岁小孩。北约狂轰滥炸，在天上飞，连一个人都不牺牲，而南联盟许多地方成了瓦砾，死伤几千人，损失惨重，这公平么？能算"勇敢行为"么？能叫"费厄普赖"么？人类就要进入 21 世纪了，但是在国际关系上仍然是“强权即公理”，“弱国无外交”，可以说是让人悲愤交加，欲哭无泪。

北约轰炸南联盟，事情虽已过去，但其影响远远超过轰炸南联盟本身，在国际上造成极坏的影响。主要是两个问题：

1.国际公法从来认为是一国领土、主权神圣不可侵犯，但北约轰炸南联盟后，这一条国际准则已被彻底破坏。美国和北约借口所谓“人权超过国家主权”，可以以此为先例，以后不论哪国有民族矛盾斗争，他们均会以此为理由，干涉别国内政，后果极其严重。

2.国家间发生纠纷，应该通过联合国来解决。现在以美国为首的北约竟然绕过联合国，而且不用协商或其他和平手段，而直接出兵侵略别人，这又开了一个很坏的先例，这使美国和北约以后随便可以找一个借口，就自己出兵，侵略主权国家。对此，我们必须严重警惕，因为事实上美国已经和日本勾结，妄图以所谓“周边事件”干涉我们统一祖国的大业。从这一点来说北约轰炸南联盟的恶劣影响是长期的，我们不能认为“事情已经过去”，而掉以轻心，丧失必要的警惕。

至于以美国为首的北约轰炸我驻南联盟大使馆，又使人义愤填膺，怒不可遏。因时间关系，今天无法详谈这一问题，我只在此说一句，美国至今没有做出可以说服我们的解释。所谓“旧地图”议论，根本不值得一驳。6 月 16 日，美国派出副国务卿皮克林来京向我们报告调查结果，所谓三大失误(“目标定位方面失误”“数据库存在缺陷”、和“审查程序失误”)都是搪塞之词，毫无说服力。我国政府已严正声明，拒绝接受美国的所谓“调查结果”。

现在回头看美国为首的北约轰炸南联盟一事，北约是侵略者，不论于法(国际公法)于理，它都毫无道理。这我在上面已经说过，从南斯拉夫这一方面来看，南联盟英勇抵抗侵略者，令人钦佩。但是，米洛舍维奇在决策上也有失误：

1.他的民族政策有问题。铁托时代，科索沃早已是自治省，他上台后，压制科省阿族，取消了科索沃自治省的地位，是错误的；2.双方都有“暴行”，这我在上面已经讲过；3.既然决定抵抗，又无法坚持下去，使南斯拉夫受到经济、军事、生命财产重大损失，而且后来他所接受的北约停战条件比原来他拒绝的要苛刻得多。例如，原来拟议中，他拒绝了的条件规定南斯拉夫可以保留一万军警，现在只能保留极少人。南联盟主权丧失很多，这是他在决策上的重大失误。

还有一个问题，必须一谈，即南斯拉夫和北约虽然停战了，但问题不但没有解决，而留下后患无穷。科索沃是南斯拉夫的一个省，又是塞尔维亚人的发源地甚至“圣地”。按理说，必须保证南联盟的主权和领土完整，但现在根本无法保证。停战以前是南联盟军警迫害阿族人,现在倒过来了,由所谓的“科索沃解放军”疯狂地迫害塞族人民,塞族人房子被烧,财产被抢夺,生命被枪杀。甚至连普里什蒂那大学教授都被正在进行新的“种族清洗”被“科索沃解放军”杀死。最近在普里什蒂那大学的地下室里发现三具塞族男性教授尸体,引起塞族教授的极大恐慌。两天后,塞族教师乘40辆汽车集体逃亡。现在科省的塞族人在科索沃的生命财产毫无保障,只有离乡背井,纷纷逃亡,向北方逃命。

尤其严重的是,“科索沃解放军”名义上同意解散,实际上不但对塞族人大屠杀,它将改为自治省的正式军警。“科索沃解放军”是一批亡命之徒和分裂主义者,这些人梦寐以求的是科省独立,或者最后与阿尔巴尼亚合并。因此,今后科省势必动乱不已,永无宁日。真的独立了,塞尔维亚人自古以来的“圣地”没有了,如何能甘心,如何能咽得下这口气,如何能忍受这种民族奇耻,祖国大辱?

这样一来,科省、南斯拉夫以至整个巴尔干半岛将永无宁日,巴尔干半岛成了地地道道的火药库,星星点点的火花都会使火药桶爆炸。欧洲和平又如何能保障?我认为,以美国为首的北约在南斯拉夫问题上,对南斯拉夫人民犯下了滔天大罪,无可饶恕。

最后,谈谈我们在以美国为首的北约轰炸南联盟一事应取得的经验教训,我认为:

1.是我国政府必须在经济、国防和科学技术更加强大,落后就挨打,中国必须富强。而富强就必须继续坚持党领导的改革开放政策,就必须用一切努力确保安定团结的政治和社会局面。民主党派在这方面有许多工作可做,我们民进一定要与全国人民一道,以江泽民同志为核心的党中央领导下做好自己的工作,起好参政党的作用。

2.民族团结非常重要,要严防分裂分子分裂祖国,也要严防帝国主义利用民族问题来干涉我国内政。经过这次南斯拉夫事件,我个人更清楚了,大汉族主义是错误的,地方民族主义也是错误的。但二者相比,地方民族主义更危险。民族主义今天除了在反对外敌侵略还有一点积极意义外,它在很大程度上是反动的。我们对它必须提高警惕。我们必须强调党的领导,强调民族团结,强调整个中华民族大团结,而少强调一些民族间的差异。

宗教问题与民族问题纠缠在一起,更是十分敏感的问题。必须小心处理,万万不可粗心大意。另外,国家越富强,人民生活越提高,民族问题越容易解决。为什么我们的内蒙古自治区和延边朝鲜族自治州人民的向心力特强?为什么新疆附近境外的敌对势力颠覆组织几十个,邻国的语言文字宗教与新疆的少数民族相同,维吾尔族广大群众却一心向往我们社会主义祖国,不受外面的恶劣影响?除党的民族政策正确外,还有一个原因,就是我们的经济发达,人民生活比周边国家的生活水平高得多。小平同志说的另一方面我们必须提高警惕,帝国主义亡我之心不死,它想和平演变我们,还想找机会借口民族和所谓人权问题,干涉我国内政。

3.对美国的看法,应该承认,近来由于国际气氛的改善,不少人对美国本质是认识不够的。大家对美国霸权主义有认识,对美国到处推行其价值观念有所认识。但是,在此次美国为首的北约轰炸南联盟以前,很多人对美国霸权主义竟可以发展到如此疯狂程度不够认识;对美国为推销其价值观念不惜冒天下之大不韪、不惜发动战争屠杀南联盟人民,也认识不足。美国轰炸南联盟、轰炸我国大使馆,给我们打开了眼界,使我们深入地认识了它的真面貌。这些年来,由于种种原因我们一些青年确实对美国很不认识,有的甚至认为美国样样都好。这次它轰炸我们大使馆打开了这些青年的眼界,使他们认识了美国的真面貌。有个青年一向崇拜美国,对政治无任何兴趣,经过美国飞机轰炸我大使馆,他认识了美国的面貌,也提高了爱国主义思想,决心参军,保卫祖国。类似例子很多,不多说了。

4.不论是海湾战争或者是北约轰炸南斯拉夫的战争,一个共同的经验是,要保卫祖国、要打现代化战争,没有高科技不行。现代化战争就是科技战。党中央提出的口号是"科教兴国",绝对正确,教育是科技的基础,没有非常高的教育质量,发展科技谈不到。与此同时,必须两个文明一起抓。现在"一手硬一手软"的现象仍然严重,国民素质急待提高。俄罗斯近年来经济一团糟,政治也有不少问题,它的经济实力只有1990年的1/3,看来问题严重。但是它有一条比我们优越得多,即国民素质高。它只要把经济政治问题一理顺,发展将比我们快得多。所谓"国民素质",主要指三条:一为身体素质;二为文化素质;三为思想道德素质。我们的群众总体来说身体素质可以,但文化教养和道德素质较差,必须狠抓才行。

祖国现在空前统一和强大,这是中国历史上所没有的,但是必须居安思危,必须有忧患意识和危机感,必须随时准备应付突发事件,这是此次北约悍然轰炸南斯拉夫和美国轰炸我驻南使馆使我们得到的血的教训。古人说,"生于忧患,死于安乐"。又说:"无敌国外患者国恒亡"。认识了美国的横行霸道,提高警惕,加强国防,随时准备消灭来犯之敌,随时准备应付突发事件,就能使我们永远立于不败之地。反腐倡廉问题、治安问题、民族问题,都必须高度重视。党的民族政策是正确的,必须坚决执行。

有些具体问题也要处理好。例如新疆生产建设兵团最初为王震同志所开创,几十年来立下了赫赫战功,只能加强,不能削弱。新中国成立以后的几十年至今,新疆建设兵团不仅对新疆的生产建设做出了重要贡献,而且对保卫祖国西北边疆、稳定新疆秩序,维护新疆各民族间团结,反对极少数民族分裂分子败类的分裂祖国的阴谋活动,起了不可替代的作用。再回顾历史,新疆生产建设兵团实行的是屯垦制度,即:让军人或现役或转业下来的,一律在当地屯驻,集中开垦。这屯垦制度原是清朝皇帝发明的,非常有效。当年左宗棠在新疆立下汗马功劳,"左公柳拂玉门晓,塞上春光好",没有当年左宗棠远征新疆和他在新疆屯垦,哪有后来的祖国大西北领土完整?另外,新中国成立前夕,国民党新疆省主席陶峙岳也同样为祖国立下了功勋。当时国民党要他逃至台湾,他拒绝了,坚持留下来。全力以赴压住了民族分裂主义者,把一个完整的新疆交给了中央人民政府。前几年我们对民族分裂主义者柔软了一点,使得民族分裂主义者气焰万丈,极为嚣张,后来中央下了文件,态度一强硬,马上见效。可见,除了党的民族政策正确外,还要有具体的措施。

总之,以美国为首的北约轰炸南联盟是大坏事,但我们从中吸取了经验教训,坏事变成了好事。我们一定要使祖国更加强大,要继续坚持党的改革开放路线,人人在自己的岗位上努力工作,做出贡献。这样,祖国的前途非常光明,中国人民将高视阔步,走向21世纪,并且屹立于21世纪世界之林。

今天我这篇发言已经很长了,就谈到这里。

祝我们的社会主义祖国更加繁荣富强!

祝桂林民进的工作不断发展!

祝同志们一切都好!

1999年6月25日晨7时于南湖之滨

6月27日上午11时修改

7月1日下午6时30分最后修改定稿

10. 再谈语文滑坡

敬致诸亲好友：

上一封信谈到语文滑坡之事，不料，半个月天天碰见这类事，令人浩叹。例如，有某晚报同一天同一版上出现了两个这样的标题：

1.修车时请注意啦！我市机动车维修业发票开法有变。

2.各位，叹茶时请注意咯！

报纸标题，总应该雅典一些，哪能像街上小贩挨家挨户沿街叫卖那样吆喝“注意啦”“注意咯”，大喊大叫不止？而且，上述第二个标题“叹茶”，究竟是什么意思，令人十分费解，反正我看不懂。老一代学者一再教导我们，写文章不能太“学生腔”，所谓“学生腔”，就是爱用“大白话”。每一句话都是“的了吗呢”，非常幼稚。而且，听了令人讨厌。我怀疑这位编辑是否念过初中，如何会创造出这种粗野、鄙俗和没有文化的标题？此种低下文风，对我们下一代的孩子们又会有什么恶果？

同样荒唐的是，不少人对中国语文的传统名词术语、成语根本不懂，胡乱使用。前天，有位女青年来找我，说有个男青年追求她，对她说：“我几年来一直对你耿耿于怀，你怎么无动于衷呢？”女的不客气回答说：“你既然对我耿耿于怀，我哪能再和你好？”男的大惑不解，回答说：“耿耿于怀是很爱你的意思啊！”女的事后对我说，就凭他连“耿耿于怀”一词都不懂得，“我根本不可能爱他”。

南宁市电信局出了一本装潢华丽、印刷精美的《电话卡业务使用手册》，里面几次提到拨完几个号码后，“请稍候”都写成“请稍后”！我附近许多商店、摊贩门口牌子上写的“零售”错写为“另售”。

近来，我读了一些书。读了唐浩明的《曾国藩》，目前，正在读二月河的《雍正皇帝》。这两本书都写得很不错，基本上忠于历史，人物形象鲜明生动，更难得的是，两位作者古典文学与历史知识修养都很高。写历史人物，用的是当时的语言，对清朝当时的社会、历史、风俗、典章制度、官场和民间情况均十分熟悉，绝无某些所谓“历史小说”让古人讲现代话、甚至讲外国话的弊病。有人写明朝或清朝历史小说，竟让书里的人物用起了新中国成立后我们才翻译介绍到中国来的英国成语“一石双鸟”（To kill two birds with one stone）来，使人读了啼笑皆非。

我的河南老乡姚雪垠抗日战争时写了《差半车麦秸》，是他的成名之作。这一作品很有水平。但是，后来他写的长篇小说《李自成》，却无法叫人欣赏，不但把李自成和高夫人刻画的天样高，完全违背了历史唯物主义和历史事实，而且甚至连人物的语言也不是当时的。他后半生全力以赴写《李自成》这一长篇巨著，花的心血可谓多矣，怎奈他缺少起码的历史唯物主义观点，古文功底也不是很雄厚，浪费了他的"大好青春"，实在可惜。如果他像沈从文那样，去研究古代服饰或古代典章制度，在学术上做出卓越贡献，就比花那么大的心血在写《李自成》上要好得多。即颂

夏安！

祥麟

1999 年 7 月 2 日

11. 浮生百态

敬致诸亲好友：

我刚由成都归来。最近，我先后去了成都与北海。7 月 15 日去北海开会，18 日返回南宁。当天下午，马不停蹄又与小女一同前往成都，今天（7 月 26 日）上午刚刚回到南宁。在北海曾下海去"冲浪"（指在浅海滩嬉戏），一个又一个浪冲来，其欢乐非语言能形容。可是"乐极生悲"，没想到我全无经验，第一，不应该带任何东西到海边，以免遗失。第二，更错误的是，我把鞋子、浴巾和汗衫（即现在摩登用语"T 恤"，此为英文"T-Shirt"音译，我极为反感，因为它是殖民地语言的残余，破坏了中国语言的纯洁性）放在离海水十几米处，我以为够远了，谁知等我"冲浪"回来，海水涨潮，把我的衣物冲到大海。费了很大力气我虽然在水里找到汗衫，但皮鞋与浴巾全无踪影。浴巾是宾馆的，我照价赔偿。鞋子呢，只有临时买一双拖鞋由北海一直拖回南宁。此事虽小，但教训很大，一是自己缺乏常识，没想到海边潮水会随时涨落；二是古人有云："人无远虑，必有近忧。"虽说只在海边放衣物，也得考虑周密一些。

女儿最近由美国回来，回来前向她的工作单位请假。老板说找不到人代她，如果真的要走，只有辞职。这吓不倒她。她当即辞去工作，马上赶往附近一家银行求职。银行领导立即与她谈话（实际上是口试），先问她一些银行有关业务知识，又问她会说哪几种语言。她说她会英语、中国普通话和广东话，想不到马上被录用了，而且，同意

她请假一个月,回国探亲。我听了很高兴。

在成都与舍妹一家相聚甚欢,只住了四天便匆匆返邕。归程颇顺利。我在火车上与一位列车员交谈,他说列车员整天在外跑,生活不安定,更大的问题是老年退休之后,由于一辈子跑车,过的都是集体和流动的生活,习以为常,一退下来,根本无法适应退休后的蜗居生活,于是,很容易生高血压与心脏病,不要多少年,便会死去。这话是否有点夸张,我不知道,但列车员的苦恼则是明显的。后来,我又认识一位浪漫气息很浓的列车机修人员,他刚与我相识,不久路过我房间,竟直接问我:"我喝您点可乐,行吗?"我说:"请喝吧!"他一看是瓶尚未打开的大瓶百事可乐,乃说:"还没打开呢。"我说:"没关系,您只管喝吧!"他便不客气地喝了。这种事情,表面上看,他似乎缺少礼貌,过分率直,但我认为各人均有自己的脾气和习惯,我应该理解他,应该在与我交往的人们中,创造一种宽松和谐的环境,责人以宽,律己以严,因此我真诚地欢迎他喝。此人是一个大大咧咧的人,不拘小节,对生活观察力也甚差,他竟然问我:"您有 90 多岁了吧?"我答曰:"不,我才 78 岁。"这位先生今年 36 岁,尚未结婚,又一直为自己当年没考上大学而抱恨终天。我只能安慰他努力工作,快些成家,在事业上有所成就。

一回到南宁,即收到几封亲友从各地的来信,其中一封是我的一位大学同学的女儿的,其内容既使我沉思,也令我吃惊。

她今年约 45 岁。1988 年入厦门大学助教进修班,先后学完了所有物理与化学专业的研究生课程。以后,在一个职工培训中心一直讲授九门化学和化工专业的大学课程。但是,她所工作的单位,不承认她这一段学历,要她参加专科升本科的成人高校入学考试,再念三年书。入学后,她发现所有专业课程她早已学过并教过,可谓滚瓜烂熟,重新学习等于浪费时间,却又别无他法。她在班上,年龄比老师大得多,乃自称为"太学生"(比大学生还高一级)。由于她的成绩太好,一到考试,同学都喜欢与她坐一起,以便抄她的。后来,干脆在考试时派一位神通广大者坐在她旁边,考试时,与她"单线联系",由她先把答案写在一张纸上,递给那位"舞弊专家","专家"收到后,就把答案传遍全班,人人乐不可支。她在信中说,她偷偷朝后面一看,"乐坏了一大片"。1999 年她终于"本科"毕业了,拿到了文凭。然则,这张文凭和这三年的学习对她有何用处呢?请看她的自述:

从学问上看,这三年是劳民伤财,根本什么也没学到,只是换了一张纸而已,早知如此,我就在厦门买一张文凭,当时,只要二三百元就可以了。花近十倍的钱,效果还不如那个好(指那张假文凭)。因为,那个上面写明哪年哪月毕业,由我自己写,那我早就评上副教授了。如今,这张纸对我个人起不了什么作用,因为 1999 年才毕业,评职称根本赶不上用了。我们系统明年要大裁员，提前多少年退休，我就下岗了。想想真令人恶心，你再拼命干活也没用。

从她的信看来，情况竟如此复杂，文凭可以买，假文凭比真文凭管用，使我百感交集。最后，她在信里说：

我的学生对我说："老师，您不要骂我，我对您不如对我上级中层干部那样好，这是形势所迫。将来我可能会当官，但我一定是个贪官。这是形势所迫，您别骂我，您千万别骂我啊！"我听了这话真是很感动。

现在看来，我是远远"落后"于时代了。当时，我们念小学、中学、大学时，努力学习、考试从不作弊（当然，也有人作弊，但我从未作过），学生时代既未想将来"当官"，更不可能想当贪官。我们想到的是救国雪耻。打败日本帝国主义，后来则是打垮国民党反动派。我们一向认为做人要诚实，要守信用，重然诺，做个正直的人。今天的中青年人生活及学习环境比我们好百倍，又经常学习马列，怎么有些人会变成这样？他们又如何这样无理想、无节操、玩世不恭、自甘堕落至如此程度？

写得多了，余下次谈。祝

好！

祥麟

1999年7月26日

12. 手足情深

二嫂：

在这二哥不幸去世的悲痛日子里，我远在南宁，遥望故乡云天，给您写这封信，和您分担一点失去亲人的悲苦。

我想简略谈谈我与二哥几十年来的手足之情。二哥生于民国八年(1919)阴历十一月二十二日，和我恰巧是同一天生日(我生于民国十年阴历十一月二十二日)。这一巧合，我母亲早就对我说过，妹妹佩君一直清楚记得此事。二哥乳名贺淦，童年时伯父母唤他时都只叫一个"淦"字。他自幼聪明、老实，长得少年英俊、身体健康。小时候，我与他同在故乡博爱县许良镇念小学，记得有一次他因病在家，没有去上学，我看到他一个人在我家"新院"西屋用许多椅子、凳子摆成一串"开火车"，我羡慕极了，感到还是"有病好"。后来，伯父去河南汲县蚕桑局(后改为"农林试验场")任局长。我与二哥都随伯父去了汲县(即卫辉)，而且，都在"河南省立第五师范附属小学"读书。他念五年级，我读四年级。当时，大哥也在汲县，佩琪、佩珍妹妹都已出生(佩琪比我小两岁)。卫辉城北有个"望京楼"是当地一名胜，城南郊外有个"苗圃"，伯父单位管，这两个地方我们都常去玩耍。那时，包括大哥在内，我们全都是小孩，无忧无虑、天真无邪。

1931 年我随父母去了南京，大哥仍在开封念中学，而二哥以后也去了南京读书。我们家在南捕厅街一个叫作"鹿鸣大旅社"的旅馆后院居住。二哥就在距家仅几百步远的、同一条街的"钟英中学"读高中一年级，而我则在比他稍远一点的"南京市立第一中学"，比他低一年级。晚上回家，我与他一同在灯下自修，可以说是朝夕相处，亲密无间。他高中二年级念完后，1937 年暑假，日本帝国主义大举侵略中国，7 月 7 日爆发"卢沟桥事件"，接着，8 月 13 日日军又进攻上海，当时局势紧张，传说日本飞机即将轰炸南京，父亲采取紧急措施，决定全家除他一人外，全部于 8 月 15 日乘津浦铁路(由天津至南京长江对岸的浦口镇)火车经徐州转往郑州、新乡回故乡去。不料，当天下午当我们在浦口车站等车时，日本 16 架飞机列队前来轰炸。附近高射炮连声轰鸣，到处都是敌机投弹之声，我们经历了有生以来第一次的敌机轰炸。回到故乡后不久，为了继续学习，我与二哥、佩珺等人又到了焦作，在焦作中学"借读"，在焦作念书不到两个月，日军由平汉铁路(北平即现在的北京到汉口的铁路)大举南下侵略，而国民党政府的

"战区司令"刘峙(上将)不但根本不抵抗,反而吓破了胆,一夜之间从保定退到石家庄,退了700里。他嫌走路逃跑得太慢,竟坐了火车逃命,丧心病狂地把打仗用的高射炮调到火车上,以防日本飞机。河北省大沦陷,焦作危急,焦作中学被迫解散,我们匆忙中又乘刚刚被日本飞机轰炸过的火车由焦作跑回博爱县。火车车厢已被炸烂,死者的白色脑浆挂在车厢的木头壁上,真是惨不忍睹。

不久,安阳失守,豫北危急,由父亲的一位副官护送我们全家(我奶奶、我母亲、二哥、我佩珺、瑞麟、兆麟,还有一位老年亲戚朱婆婆)一同由博爱县流亡至湖南醴陵县农村。在湖南住了三个月,我们又迁往武汉居住,大哥也去了武汉,和我们一同住在旧日本租界西小里一座楼房里。后来,敌军进攻武汉,我们只好溯江而上,在湖北宜昌住了下来。宜昌敌人飞机轰炸很厉害,于是,全家又乘了一艘运伤兵的轮船到了四川万县。在万县,祖母和母亲一共住了七八年。但我与二哥不能不上学,我们二人乃一同写了一份"呈文"(今天叫"报告")给当时的"教育部"要求念书,很快便被分配到四川江津县白沙镇红豆树"教育部战区中小学教师四川服务团附设中学班"念书。二哥读高中三年级,我读高中二年级。可以说,我与二哥从小到1939年基本上一直同在一起。红豆树不但环境极好,而且,生活也不错。校园附近沿长江一带都是橘子林,橘柑甘美异常,果园主人非常开明大方,规定我们青年学生人人可以进去随便吃水果,只能吃、不能带走。于是,天天下了课,我们学生人人到橘子林坐在树上吃橘子,直到吃饱才离开。那年8月,我考取了四川大学,乃与二哥分手,在去峨眉山川大路上(1939年四川大学因日本飞机在成都狂轰滥炸,便迁往峨眉山办学)经过乐山武汉大学,却有机会和大哥见面。大哥当时在该校化学系念书,那一年中,我与大哥经常见面。

1940年暑假,二哥考入重庆中央农业学院病虫害系读书,我刚去了西南联大外国语言文学系学习。我们一个在重庆,一个在昆明,相隔虽远,仍然通信不断。而且,我还好几次到重庆看他。1942年,我因经济太困难,无法继续求学,遂退了学,去"战地服务团"任翻译,被分配到云南最北部的昭通工作,而二哥也因经济不济,休了学去四川南部的高县教中学。我们相距不太远,经常通信,却因工作羁身,没有互相拜访。

抗日战争胜利后,我与二哥于1946年同时参加当时教育部组织的自费留学考试,并都考取了。次年,我先出国,在美国南方亚特兰大城的艾莫黎大学念英国文学的研究生,二哥不久也去了美国田纳西州诺克维尔的田纳西州立大学念病虫害学的研究生。真是奇巧,这两地距离很近,大约等于北京到石家庄的距离。我们坐上美国"灰狗"的长途汽车,几个钟头便可到达对方所在的城市,因此,曾多次互访。我们曾一同在诺克维尔参观罗斯福时代修建的巨大水利工程"田纳西河谷计划"(T.V.A.),看了那里的大水电站，还一块儿自己驾驶了快艇在那人工湖上飞驰。在亚特兰大，我们同游了全美著名的“大石山”（Great Stone Mountain），参观了当地著名的动物园，并且，观看了描写美国南北战争的圆形大壁画。

取得硕士学位后，我于1950年2月动身回国，在桂林当时的广西大学教书，并代二哥在西大农学院找到了工作，由西大聘他为病虫害学系副教授。不久，他也毕了业，回国到西大教书。

1953年全国高等院校调整，二哥要求回河南，乃调往郑州河南农学院工作。此后的情况您都知道，这里不再多说。这些年来，我们一直密切交往，凡是去北京开会，我都尽量设法在郑州下车探望二哥和大家。往事如云，往事如烟，回忆每次在郑州与大家欢聚情况，一切历历在眼前，孰料几天前二哥猝然逝世，噩耗传来，五内如焚。彼苍者天，何以如此残酷，顷刻夺去二哥生命，使我们大家都失去亲人，逝者已矣，唯愿二嫂及小万、小乐等大家同心协力，继承二哥遗志，把每人的事业及生活搞好。我匆匆中写下上面的信，“临表涕泣”，不知所云。

三弟祥麟

1999年8月10晚南宁

13. 读书报

敬致诸亲好友：

近来一头扎在杂志堆里，读文章读得我头昏眼花。特别昨晚读了一篇文章，一边是它确实使我有发聩震聋之感，大开眼界，甚至震撼了我的灵魂；另一边却是越想越糊涂，感到不可思议。我无论如何也无法接受文章的结论。我陷入极大的矛盾，扑朔迷离、无法自拔。请看下面这两段文字：

> 从前有一位国王与象棋冠军下棋，国王问他：“如果你赢了，希望得到什么奖赏？”冠军回答说：“希望陛下赏我大米。”国王又问：“你想要多少呢？”冠军说：“请陛下叫人在棋盘上放米粒，第一格放一粒，第二格放两粒，第三格放四粒，第四格放八粒……就这样后一格比前一格多一倍的规律放下去，一直放到最后一格为止。”国王心想，小小棋盘一共才那么几十格，能放下多少粒米？就爽快地答应了。几盘下来，国王输了，马上令人抬一袋米来，对冠军说：“你赢得也不容易，多给你

一点算了,就免掉在棋盘上放米的麻烦吧。”冠军不同意,坚持要按原先讲好的办。国王不能当众食言,只好叫人数着米粒往棋盘的格子里放,不多久一袋米就用完了。国王命令一位懂数学的大臣算算看到底需要多少米。算出来的结果把国王吓坏了,不要说一袋米不够,就是将全国粮仓中的米都搬来也还差得很远!国王顿时满面愁容,不知所措。这时冠军挥手笑着说:“我宣布放弃国王陛下的奖赏,其实,我并不在乎这点米,只想借此机会显示一下指数的威力!”

指数是什么?实际上就是同一数的连乘积。例如,国际象棋棋盘共有64格,在这些格子里按指数律放米粒,除了第一格一粒以外,其余格子里的米都是2的连乘积:第二格的米数是2,第三格是2乘2=4,第四格的里是2乘2乘2=8……以此类推,最后一格(即第64格)是2连成63次,大约等于922亿粒。如一斤米以两万粒计算,就合461万亿斤!将全中国的耕地都拿来种稻米,要好几百年才能收这么多。如果将前面63格里的米粒也算在内,总数还要增加一倍!这就是指数的威力,难怪国王不知所措。

——见《读者》1999年第9期《指数的威力》一文

看完这两段后,自昨晚到今天,我陷入极大矛盾之中。一方面是我很有自知之明,知道自己对数学是外行,这篇文章上述论断肯定绝对正确,可是,另一方面,我的愚钝头脑顽固地作怪,坚决不相信上述论断。我想,这“指数”是啥玩意儿?它既非三头六臂,又非齐天大圣孙悟空,一个翻跟斗十万八千里,哪能有如此本事呢?不说别的,即使凭常识来判断,64个格子,一共乘63次,每次乘以2,并不是每次乘平方,更不是每次乘立方,怎么可能最后变成922亿?这文章的说服力实在不强,我的理智无论如何也不敢相信这一个结论。我有一位数学家友人,我准备哪天老老实实、认认真真向她请教。看看我究竟错在哪里。为何白纸上印了黑字、明明一个是正确的结论,我却始终无法接受?

不错,“人是万物之灵”,单说这一发明“指数”规律的人就很了不起。然而,动物有时也很厉害。举个例子,老鼠搬鸡蛋,这在我们看来是不太可能的。但事实上老鼠确实搬动了鸡蛋。不信,请看下列的报道:

南京消息:南京盐都秦南镇花扬村8组村民张某近来发现,家中鸡窝里的鸡蛋频频奇怪失踪。于是,他便留心观察,终于在8月19日中午发现了偷蛋贼——两只老鼠。

当时,他发现两只老鼠迅速溜进鸡窝里。只见两只老鼠一俯一仰。仰着的背靠着地,四爪朝天,四爪紧紧地抱着蛋;俯着的则张嘴咬着同伴的尾巴,拖着同伴往外跑。仅一会儿工夫,两只老鼠就拖着鸡蛋逃进稻草堆里。

张某扒开一看,发现里面堆有十多个鸡蛋,都是老鼠偷来的。

——《南宁晚报》1999 年 8 月 25 日 B2 版

读到这则新闻时,我们全家老小(指夫妻二人加上小保姆)个个笑得前仰后合,乐不可支,对两位耗子佩服得五体投地。试想,这样的奇妙构思,这样天衣无缝的设计,除老鼠在求生本能下能够做到外,有谁还会如此神通呢?再说,老鼠做这件工作,要比人做难得多,老鼠能思想吗?它有语言吗?没有语言,这两只小耗子又如何互相商量呢?真是不可思议!可见,“实践出真知”,小老鼠只要开动脑筋,就能想出我们有些人(我便是其中之一)挖空心思也不一定能想得出来的计谋。

上述二则两个故事,都是我工作之余与茶余饭后阅读报刊所看到的。下面再谈一些更为严肃的社会问题。本月中旬收到远方友人一信,里面有一段令我震骇:

前几天一位领导同志来敝省考察,省妇联找了一些人去跟她座谈,讨论妇女理论研究的事。我说:你们是否该研究一下社会转型期妇女的牺牲问题。自从盘古开天地,三皇五帝到如今,社会每一次转型,都是牺牲妇女。现在社会上又有两种版本的顺口溜流行,一种说:“老婆老,小姐贵,只有下岗女工最实惠!”另一种说:“小蜜贵,情人累,唯有下岗女工最实惠!”不管怎么说,都是说下岗女工成了大大小小资本家玩弄的廉价物品。前天看报,上面说,有个老板看中了一个下岗女工,叫他的马仔去谈价,那个女工大概也是实在没有出路了,像《悲惨世界》的芳汀说的“什么都卖了吧!”狠了狠心,开了个自以为很大的价钱,说是陪一晚二百元。谁知开价太便宜了,人家连价都不讲,就定了下来,按这个价包她一段时间!

我不知道大家看到上面这段文字有何感想,在我读时,我感到义愤填膺,欲哭无泪。我们国家是工人阶级领导的国家,下岗女工全部是我们每人的亲姐妹,这个资本家怎能如此丧心病狂,乘人之危,去玩弄下岗女工呢?我不想再对那位女工过分苛责,她也许真的实在走投无路,只好出此下策了。原谅她吧!她是一个令人既万分同情又恨其不争的弱者。

但是,也就是在今天,有个相反的例子非常感人。我最近一直在“博览群书”读了许多报刊文章。其中一篇谈到有一次在一辆长途汽车上,三个歹徒逼迫那辆汽车的女司机下车,供他们侮辱。一位乘客见义勇为,愤怒抗议,被歹徒痛打了一顿,其余乘客,个个噤若寒蝉,连大气也不敢出。就这样女司机被三个歹徒轮奸了。再上车后,司机当然必须继续开车。她对那个被歹徒痛打的乘客说:“你下去!”这个乘客很气,说我帮了你,你忘恩负义,竟然要我下车!司机反问一句:“你帮了我什么?”全车旅客闻之哄笑。司机坚持她的要求说："你若不下去，我就不开车！"此时，众旅客有点像莫泊桑小说《羊脂球》里的那些贵族大老爷和贵妇人一样，为了自己的利益，居然也动员这位旅客下车，有的甚至把他的行李丢下了车。这位倒霉的旅客只好乖乖地下了车。接着司机继续开车，走到一处左边是悬崖绝壁、右边是万丈深渊的地方，她用力猛地加大油门，全力冲向深渊，于是全车旅客连同三个歹徒与女司机一同死去。我认为女司机死得悲壮，她有为了维护自己的人的尊严，为了对歹徒报仇雪恨而采取了"及尔偕亡"的精神，尽管这样的牺牲不一定值得。她与其他旅客的矛盾是"人民内部矛盾"，众旅客不敢"拔剑而起，挺身而斗"，当然是错误的，但司机竟也让他们陪死，确实做过了头。另外，她爱憎分明，有耻必雪，有仇必报，有恩也必报，对那位仗义执言者，她"赶他下车"，救了他一命。不管怎样，女司机正气凛然，用她唯一能采取的有效办法惩罚了歹徒，不惜牺牲自己生命。

上述这位司机的死使我回忆起另一位司机——一位真正的民族英雄。1931 年，日本帝国主义悍然在我国东北发动了震惊世界的"九一八"事变。强占了我国"东三省"（吉林、辽宁、黑龙江），次年（1932 年）元月，又在上海发动了"一·二八"事变，大举进犯我上海，当时以蔡廷锴将军为首的十九路军，不顾蒋介石不许抵抗的命令，奋起抗战，掀起了闻名世界的"淞沪抗战"。日本侵略军占领闸北后，抓住了一个卡车司机胡阿毛，逼迫他开车为他们运兵。那一天，胡阿毛车上载了约 40 个日本兵，司机热爱祖国，痛恨侵略者，车子开到黄浦江边时，他猛地加大油门，使汽车一下冲入江中。此事闻名全国，人人都知道民族英雄胡阿毛。胡阿毛文化水平并不高，但他气吞山河，与顽敌同归于尽。我国历史上像胡阿毛这样的"小人物"爱国英雄何止千千万万，他们是中华民族的灵魂，其伟大精神永垂不朽。写到这里，我不禁想起文天祥《正气歌》的最后四句诗：

哲人日已远，典型在夙昔。
风檐展书读，古道照颜色。

写得多了，余下次谈。此问

安好！

祥麟

1999 年 8 月 28 日

14. 忘不了的友情

贺康甥女并请转蓉寓家人：

上月初10月6日我去桂林，直至25日才回到南宁。在桂停留20日，最初是接待外宾——我的荷兰老朋友马丁·莫伊（Martin Mooij）夫妇由荷兰驻广州总领事夫妇陪同来广西访问，我与民进现任广西区委会主委、广西大学副校长俞曙霞同志一同在桂林接待。之后，在桂林访亲会友及参加广西师大55级中文系同学联谊会欢聚。

这20天我过得既繁忙又愉快，其中还不乏潇洒自如。但我这封信要谈的不是愉快的事，而是伤心事。

离桂前夕（即10月24日晚），我从友人中惊悉我的中学同学，我的整整60年的好友马明龙老弟由南宁赴长沙开会，猝然于10月24日上午10时半因心肌梗死在长沙病逝。这一噩耗，对我来说，不啻晴天霹雳，使我悲痛莫名。60年来的往事，一幕幕像银幕上的画面一样，出现在脑海中。

话得从60年前说起，我在四川江津白沙镇红豆树读高中二年级，当时正是抗日战争时期，我们的校名很长，叫作"教育部战区中小学教师四川服务团附设中学班"，校址在有美丽建筑、茂林修竹的一座别墅大院里。学校在长江边上，沿江是大片的橘子林。

那时，四川民风淳朴，当地橘子林不管主人是谁，有一个不成文的共同规定，即：橘子熟了，任何人可进去随便免费吃，吃多少都不要紧，只要不带出去就行。由此可见，我们这些由敌占区远道来到后方的流亡学生，生活虽然清苦，但还有很愉快的一面。我们这些孩子们经常进入橘子林，爬到树上，坐在那里摘了一个又一个橘子大嚼，好不自在！

我从小不喜欢吃猪肉，少年时已发展到根本不吃的程度。幸好学校有食堂特别为回族学生设了一个"回教桌"。全部为清真食物，我便参加了"回教桌"。这一桌有五六个学生，其中便有马明龙，另外还有一位与我同班的张纯之同学，他也和我一样，是个只不吃猪肉并无回族血统也不信回教的"假回族"，由于我们三人天天一同吃饭，久之乃成为莫逆之交。

那年我将近18岁，张大约20岁，明龙年纪最幼，比我和张低三年级，才15岁。真没想到仅仅由于这极其偶然的"同桌之谊"，竟使我们三人此后成了终生好友。此后60

年中，我们三人不论在天南海北，都始终保持联系。打个不恰当的比方，我们三人成了红豆树的“三剑客”(“三剑客”的典故出自大仲马的同名小说)。后来我在美国读研究生毕业之后来到广西工作，就是由于马、张的关系。

张一向思想进步，早在40年代初，就在重庆参加农工民主党，他参加的动机说纯洁，又不是完全纯洁。说“纯洁”，是因为他追求进步，拥护共产党，一心投入民主革命的洪流，志在救国救民，反蒋抗日；说“不完全纯洁”，是因为他同时有机会参加共产党，但他认为“如果参加农工民主党，在重庆可以见到章伯钧，参加共产党却见不到周恩来”，于是就加入了前者。

明龙的情况不同，他是“小弟弟”，跟着“大哥哥”走，很自然就参加农工民主党。1947年我在美国读书，曾动员他们两位赴美求学，继续深造。他们以革命工作为重，婉谢了我的邀请，毅然接受农工民主党党中央的派遣，去桂林从事反蒋救国地下活动。二人一无钱财，二无经验，但却居然与同志们一同在桂林重建了遭到国民党反动派严重破坏了的地下组织，创办了“人民文化服务社”，并开了一间“文化沙龙”为掩护，既出售进步书刊，卖冰淇淋、咖啡、糕点，又作为农工民主党的地下联络点。还不止此，他们甚至还在富川县成立了游击队，有一百多人和枪。为了争取到中共的领导，他们还千方百计去找当时还处于地下的中共华南局，始终未成功。时间一久，他们的活动当然会引起国民党特务的注意。一次，特务去抓他们，他们消息灵通，明龙匆匆出走，差一点被特务逮捕。就这样，他们坚持到桂林解放。

新中国成立以后，张、马二人在广西主持农工民主党、广西区(省)工作。由于政治运动频繁，二人分别遭到不同的坎坷际遇。

张于1957年被错划为右派。虽三年后脱帽，但仍算是“脱帽右派”，头上仍有“紧箍咒”。他一直含冤22年，直至十一届三中全会才得到改正。张的家庭生活也极为不幸。其妻某女士与他的感情很坏，不但经常与他争吵，而且态度恶劣，手段也作得很绝。凡一争吵，她都要把争论上升到“反击右派”的政治高度。这时的张有口难言，永远处于被动挨打地位。更有甚者，他们那位尊夫人还善于利用“大字报”的形式进行战斗，满房子里，甚至蚊帐里面都贴满了骂老张的大字报。还有件事，我不知道该不该说。即有一次二人吵架，夫人在“河东狮吼”之后，竟将痰盂内的尿水，淋头盖脑倒在老张头上。像此情况，老张如何能忍？因此，他终于和她离了婚，然后，和一位姓周的女士结了婚。附带说一句，80年代，我曾与张的原配夫人(当时已离了婚)恳谈，指出其错误，她痛哭流涕，承认错误，后悔之极。“文革”期间，张因说话过于坦率，被再次戴上右派分子的帽子。直至后来的“改正”。张后来调到北京出任农工民主党中央宣传部长，又先后三届担任全国政协委员，于1998年病逝。

明龙在新中国成立后的情况远比纯之为好，只在“文革”中因批评了江青，一度被戴上“现行反革命”的帽子，受害不大，时间不长。然而，五六十年代时，由于他的孩子太多（五男一女），生活负担太重，夫妻工资又低，物质生活十分困难。纯之调往北京后，明隆继任为农工民主党广西区委会主委，旋又担任广西政协副主席。近年来他患有严重的冠心病，虽然他已经离休，退了下来，但依然热心于公益，积极参加各种社会活动。10月下旬，在长沙召开南方回族古籍整理协会会议，医生不准他去，但他认为此会议很重要，自己又是会议主持人坚持前往。终于因心肌梗死病突发，医生回天乏术，不幸去世于长沙旅次。

10月27日我参加了明龙的葬礼。回族葬礼甚为简朴，按伊斯兰教教规为土葬，不用棺材，禁止有鲜花，因此也不收任何花圈。死者不穿任何衣服，全身用布缠紧，即可入土。吊唁者只围了明龙遗体走一圈，向他告别，再与家属握手慰问，便算结束了告别仪式。

我因与明龙有长达60年的深厚友谊，乃于告别仪式之后又参加了葬仪。众亲人用几条布带轻轻地将他放入水泥制的墓穴，他的夫人子琴把香料一片片地撒下去，然后由专人盖上了水泥板，众亲人一铲铲把泥土盖上。等过些日子正式把墓地修建好。

我也铲了土，这时好像万箭穿心，痛苦之极，我热泪千行，不能自已。明龙病逝后几天以来，不知为什么我脑子里出现的一直是1939年初见到他时的形象。当时他只15岁，完全是个孩子，天真无邪，一脸的稚气。脸上连一根胡子都没有，这样幼稚、纯真、少年英俊、生气勃勃的孩子今天怎么会猝然亡故呢？更想不到的是“黄梅不落青梅落”，我比他大三岁，按理说应该是他送我，怎么会是我来送他呢？呜呼，彼苍者天，何以竟如此残酷？往者已矣，来者不可追。明龙安息吧，安息吧，安息吧！葬礼结束后，我实在不忍撇下老友就此离去，乃对着业已睡在地下的明隆，恭恭敬敬地鞠了三躬，与老友沉痛告别。

应明龙公子之请，我为明龙起草了《马公明龙墓志铭》，其最后一段为：

公毕生好学不倦，为政清廉，正直无私，孜孜以求，致力民族团结，服务于人民，理想远大，德行高超，严于律己，宽以待人，心地善良，秉性质朴，金玉不琢，美珠不画。仰不愧天，俯不愧地，中不愧人，内不愧心。丈夫志四海，黄鹤飞于天。壮哉马公，高山仰止！今哲人其萎，薄海同悲，音容虽渺，典范犹存。赞曰：

明龙之风，山高水长。
明龙之德，享誉四方。

有此贤人，亲人敬仰。

唱我马公，百世流芳！

上面我写了我与纯之明龙60年之友谊，本信本应就此结束，不料刚才收到南斯拉夫一位友人来信，我决定再写一下她的情况。

她名叫兰卡·库苡奇(Ranka Kuic)是南斯拉夫的著名学者、贝尔格莱德大学英文系首席教授，前年方退休。她不但精通英国文学，而且还是一位了不起的语言学家。她除了一国语言不懂外，通晓欧洲其他一切国家语言。我与她相识于1980年我去贝尔格莱德参加“十月国际作家会议”时，多年来屡次邀请她来广西讲学，她欣然同意。却因她无力自购飞机票而我校又无能力为她购买机票而未果。这两年我校经济实力增强，可以代她出往返机票，谁知她非常倒霉，前年误食无知农民用灭老鼠的剧烈毒药喷洒过的苹果，经医院紧急抢救，直到前年我再访南斯拉夫时，她仍然身体很弱，医生禁止她吃正常的餐饭，于是依然无法来华。北约轰炸南联盟之后，我给了她一封信。下面是她这次回信的中文译文：

亲爱的贺教授：

收到您令人欢迎的来信，我真高兴极了。您是多么体贴关心人，又多么厚道啊！在我国巨大灾难(按：指北约轰炸南联盟——祥注)中，可爱的中国人民始终是我们最忠实的朋友，我国已经差不多完全被摧毁了。当然，您对这一事件非常熟悉，在有一次仁慈的空袭(按：“仁慈的”—merciful一词她连引号都没打，读到这里，我不禁流泪)中，我房子对面落了一个重磅炸弹。炸弹爆炸时，我实实在在被从床上远远抛到阳台上面，擦伤了皮肉。可是，最糟糕的是这猝然而来的恐惧使我休克，心脏受到损害，我经过急救并注射以针液。我一直在床上躺了两个月之久，仅仅到了现在我才能起床和在室内走动，至今仍然不准单独出外。一位护士每天来为我量血压。由于我从来心脏健康，现在依靠药物仍能使我恢复正常血压。我的血糖也再次恢复了正常状态。

您对我个人及我国人民的同情真是令人感动，到现在为止，中国人民是我国人民唯一真正的朋友。

从物质方面来说，我国现状确实非常严重。我们缺少许多东西，但是，当您看到我国人民在没有任何外援的情况下以多大的热情在重建桥梁、房屋、学校等等时，您会大大惊异的。我们的人民与你们的人民很相像，对未来充满希望。但要想达到目的需要时间、耐心和艰苦的工作。那些给我们带来最大灾难的人，是“盟国”、科索沃“维和”部队和北约，他们不是帮助我们，而是帮助那些在科索沃继续屠杀和摧毁塞尔维亚人的阿尔巴尼亚族的恐怖分子，这有多么丑恶！

但是，靠了上帝的帮助，我们总有办法活下去。我希望您和您全家都好。您的朋友我再次谨向您致以最良好的祝愿，并且一万次地感谢您！

兰卡·库苡奇博士

1999 年 10 月 14 日于南斯拉夫贝尔格莱德

以上是这位友人的来信，我读了此信多少遍，都是满腔悲愤，满腔同情，也热泪奔流。南斯拉夫人民是英雄的人民、受苦受难的人民，他们平白地被人欺负，被人干涉内政，被人轰炸、炸死，同胞被屠杀，家园被夷为平地。我不禁问天，世界上的公理何在？人间正义又何存？就那位教授来说，她在北约狂轰滥炸中，没有被炸死，故属万幸，可是她的身心都受到极大的摧残和伤害。这位大学者的英语造诣很高，但经过这次灾难后，她来信拼错了好几个字，大学者出了不应有的错误，说明她的精神已经受到很大的损伤。她能不能完全恢复呢？南联盟人民的苦难又将何时结束呢？

此信写得太长了，不说了吧！祝好！

祥麟

1999 年 11 月 1 日

又：此信由于说的大事太多，我竟忘了说一件事：我的文集已经由漓江出版社出版，共两卷，分别是《散文随笔卷》和《外国文学卷》，仅此奉告。——祥麟又及

15. 读杂志后感

敬致诸亲好友：

不知你注意到否，我国出版界近年有一种现象，即：新的杂志越出越多，而且新杂志一般均为十六开，纸张好，印刷精良，图片很多，文图并茂（这个成语一向叫作“文图并茂”而非“图文并茂”），用句流行语言，叫作做到了“与国际接轨”。内容呢，一般也还可以，但真正精彩、出类拔萃的文章并不很多。我除了订阅不少报刊外，还经常去买些杂志看。在众多朋友中，鄙人自订、自买、自阅的杂志之多，应属冠军，可拿“金牌”无疑。近一两个月来，我读了不少杂志文章，有些感想，拟在此信中略谈数语。

一

有个新杂志，叫作《今日东方》，为商务印书馆主办，今年 10 月刚刚创刊。商务印书馆新中国成立前是我国规模最大、声誉最高的一家出版社，它于 1904 年在上海创办了《东方杂志》，是近代中国历史最悠久的大型综合性杂志，影响极大，至 1948 年 底停刊。今天它又以《今日东方》名字出现，使我颇有“故友重逢”之感，倍感亲切。这个刊物的第二期有篇《旷世大劫难——商务印书馆被毁记》一文，把我带回了 67 年前日本帝国主义飞机轰炸商务印书馆的惨痛记忆中，使我的心灵受到极大的震撼。

日本关东军于 1939 年 9 月 18 日在沈阳悍然发动了九一八事变，在蒋介石“不抵抗”政策的恶劣影响下，不出五个月，鬼子军占领了我整个东北三省。次年初，日本帝国主义军队竟又于 1 月 28 日进犯我上海闸北，蔡廷锴将军领导第十九路军激于爱国义愤，奋起抗敌。第二天，日本空军即狂轰滥炸商务印书馆，把该馆彻底炸毁。敌机轰炸引起建筑物起火，而风势又大，大火波及与总厂只有一街之隔的商务印书馆所属的东方图书馆和编译所，二者也全部被焚毁。当时我年龄太小，只 10 岁多一点，然而，我那小小心灵也义愤填膺、怒不可遏。只是我毕竟太年幼了，对商务印书馆及东方图书馆等机构被毁，仅仅模糊认为是一般的战争灾难，没有想到此事为日军处心积虑故意所为。

前几天读了上述文章，才知道是日本鬼子有意炸的。因为商务印书馆当时是整个亚洲最大的民办出版机构，日本帝国主义仇恨中国文化，决定炸毁该馆。请看当时日本侵略军于轰炸后写给商务印书馆的信：

商务印书馆敬鉴：

尔中国败孔道、立学堂，读些国语、三民主义、兴立共和、打倒帝国主义，恶劣之道行于天下，腐败尔国青年子弟，敌我日货，使我损款，修尔吉海，绝我南满。尔馆独销学校之书，印些腐败之物。上海毁坏尔馆，尔馆还是恶习不改，仍印三民之书，党部之语。我国不忍旁观，所以毁尔书馆，今若不速改恶习，我军到处，是商务印书馆尽烧毁。我日国有言在先，那时莫悔。尔国若立圣道，读孔孟之书，不敌我日本之货，仍是好国。若不然，我日本虽小。将决一死战。请大国度之，并问宝馆大安。请大国早回玉音。

癸酉年中历二月十六日

日本国军署缄

杂志上影印的上述信件最后落款是“日本国军”，但是上面并无印鉴，也无任何日本军队番号或印章，因此，我认为不能算正式信件。然而这封信，不论从内容上或语气上看，均为日本军队所写无疑，其立场观点更完全是日本侵略者的。且不谈此信内容的颠倒黑白和文字不通，只从此信件作者对轰炸商务印书馆态度和动机来看，已不难看出，日军这次轰炸，纯属精心策划的一次暴行，商务印书馆总厂彻底被毁，东方图书馆荡然无存。全馆 43 万余册书付之一炬，其中善本书 3700 多种，3.5 万余册，全部是宋元明版及抄本。这是多么大的损失！

日本帝国主义自甲午战争以来，侵我国土、杀我人民，真是血海深仇、罄竹难书。但是，我国这些年来确实有些人、甚至有些单位领导，完全是“好了伤疤忘了痛”，忘记了当年我国的奇耻大辱和深仇大恨。最使我震惊和不解的是前年（1997 年）7 月 31 日我在南京参观了“日军侵华南京大屠杀死难者纪念馆”，看到了反映日军骇人听闻暴行的各种照片和实物，目睹了死难者的累累白骨，悲愤满腔，无法排遣，却万万没想到在观看完一场纪录侵略者暴行的电影片之后，影片最后一句话如是：“愿中日两国人民世世代代友好下去！”若把它孤立看，这句话并没有错，然而，刚刚放映过日本侵略军在南京的大量兽行实况，我们悲痛欲绝，此时此地，怎能突然堆出满面笑容，高呼“世世代代友好”的口号？影片制作者的这种心态，令人难以理解！

中日两国人民应该也必须世世代代友好下去，但必须有一个重要前提，即“日本人、特别是日本政府必须对中国所犯下的滔天罪行认罪服罪，离开这一前提，根本无法谈到中日两国“世世代代友好下去”。多年来，日本政府许多内阁阁员、部长对日本侵略中国拒不认罪，他们有些人甚至连南京大屠杀这一铁的事实都不承认。日本国内的极右翼反动势力，经常蠢蠢欲动，妄图继续做他们的“大东亚新秩序”的美梦。对此，中国人民必须提高警惕，严密注视，决不允许日本的军国主义复活。

近年来，围绕着联合国常任理事国名额扩大问题，日本政府和不少日本人已经表示，希望让日本担任常任理事国。我的看法是：德国政府和人民对过去纳粹罪行的认识较好，我们可以同意德国为将来常任理事国，但是在日本现在的认罪很差的情况下，我们绝对不能允许日本为联合国常任理事国的候选者。原因很简单：我们对日本不放心！

顺便多谈两句有关商务印书馆的事情。照我个人看法，新中国成立前我国出版社按其规模、声誉和影响的大小来排名次，大体是：商务印书馆、中华书局、世界书局、开明书店、正中书局。以上五家全国最大的出版社，除正中书局一家是国民党官办的以外，其余全部为民营。当时所有这些出版社均可以出版大、中、小学的教科书，而且总的来说，质量都不错。各有自己的特点。商务印书馆在出版教科书上，也同样是首屈一指。该馆被日本帝国主义炸毁后，经过全体职工的艰苦奋战，恢复极快，只几个月后，教科书便大量供应读者，而且其他书籍也出得很多很快。轰炸后出版的教科书后面，一律加上“某年某月国难后第几版”。所谓“国难后”即指被敌机轰炸后，我当时看了这一标志，非常感动，因为这个“国难后第几版”短短几个字，既表示了对日本帝国主义暴行的抗议，也反映了商务印书馆是敌人炸不倒、压不垮的。它像是传说里的凤凰一样，在烈火里获得新生。

二

另一本杂志甚新奇，它是国内很有权威性的中国新闻社办的，尚未正式创刊，目前只是试刊，杂志名称是《中国新闻周刊》。每期有一个总名称，我买的是“试刊第二号”，其总名称叫作《新感觉》。这不算奇，最奇者是本期有一个总封面，说明印的是《中国新闻周刊——新感觉》。里面又分为三个分册，各自装订成独立的一本。我所买的这一期封皮内三册分别是：1.A 版为新闻：总题目是《全球地震大趋势》；2.B 版是“娱乐生活”，总题目是《全球音乐人最新大行动》；3.C 版是“专题”版，总题是《北京建筑批判》。

我刚在报刊摊上拿到这一杂志时，一看每本是三册，简直不敢相信世界上会有这种杂志看。这一刊物，还有一大特点，便是除了文字不少外，图片特多，没有一页无图片者，而且，每幅图片均为彩色。三册将近 100 页，装帧华丽，印刷精美，每期售价 6.8 元，实在不算贵。我无法详细介绍每册内容，只想谈谈《北京建筑批判》。“批判”一词，原先来自日语，刚传到我国时，此语仅仅是客观评定的意思，如郭沫若《十批判书》。后来不对了，由于新中国成立后，阶级斗争的大规模开展，原先中性的词语“批判”竟发展为“揭露和批判错误”的意思。但《北京建筑批判》这一小册子中的“批判”，据我看来，有贬有褒。虽然它对北京建筑实际上仍以批评为主。建国 50 年来。我认为北京建设成就很大。目前北京已经成为一个非常现代化的大城市。杂志对北京的很多建筑如人民大会堂、中国革命历史博物馆、军事博物馆、民族文化宫、北京火车站、国家图书馆、长城饭店、国际饭店、中国人民抗日战争纪念馆等许多建筑都做了肯定，对另外许多建筑作了一些批评。我认为主要问题还不在于一个个具体建筑上，而在我国一开始便不应该把准备的新北京与我国古都旧北京城建在一起，即不应该把政府机关、新的高楼大厦与古老的北京混在一起。印度独立后建都时，就在德里旁边另外弄了一个新城新德里。南斯拉夫对贝尔格莱德古城不动，另外建了新城，这样就很好地保存了古都。而我国呢，建国初期，著名建筑师梁思成与陈占祥力争旧城不动，在西部公主坟和月坛之间另建行政中心，既可以保护旧城，又可以使新城建设不受羁绊。可惜梁、陈二人的正确意见未被采纳，错误意见占了上风，加上苏联专家又有人支持错误意见，终于发展成古都北京受到“现代化”的严重破坏，明清两代的“皇家园林”，被高楼大厦掩盖了，充满诗情画意的小胡同、四合院不见了，北京城一向引以为骄傲的传统文化独特性愈来愈模糊不清，作为文化古都北京的历史传统风貌在当前迅猛的城市发展中，已经受到了有意、无意的许多伤害。

这一期杂志特别提到毛主席纪念堂设在天安门广场的问题。首先，毛主席在生前早已明确表示，包括他自己在内的所有中央领导人逝世后都应实行火葬。但是，“两个凡是”的倡导者公然违背了这一遗嘱。其次，即使不火葬，葬在哪里？当时有三种意见：其一，葬在天安门城楼上以表示“毛主席永远活在我们心中”；其二，葬在香山，建一个像南京中山陵一样有着长长甬道的陵墓；其三，在天安门广场。正如大家所知道的，最终选定的地点是天安门广场。

文章说：“设计方案由谁选定？结果不是由建筑界权威组织决定，而是由对建筑一窍不通的个别领导人即兴拍板。”由于把纪念堂建筑在城市中心，使庄严的天安门显得不和谐，还毁掉了原广场南侧的绿草与古树。撇开其他各种因素不谈，只就事论事谈老人家应葬何处，我个人认为最佳地点应为北京的香山。中国一向传统认为把各时代的最高人物葬在山上，像孙中山的陵墓一样，有很高很长的甬道，使人产生伟大感、崇敬感，气魄又非常浩大。

这篇文章还说，已建成的毛主席纪念堂与美国的林肯纪念堂十分相似，有抄袭嫌疑。总之，纪念堂建得不甚理想。一篇叫作《大争议建筑》的文章另外还批评了一些建筑，如东方广场、北京西客站、凯旋大厦、香山饭店等，只能算一家之言，不多说了。

三

我想谈的另一个问题，是目前汉语中所谓“流行语言”问题。我看到的这篇文章，并非登在新出版的杂志上，而是刊登在一本叫作《书摘》的传统刊物上。对于我们这些七老八十的老头子、老太婆说，时下一些青少年所发明和使用的“流行语言”听不懂，听起来比听外语还难。此种语言，是汉语外国语、香港和台湾的时髦口语，再加上我国青少年自己发明的词汇共同构成的杂七杂八的“混血儿”语言。今举一例如下：

我在 shopping 时顺手买了一份《南方周末》，哇塞！真是帅呆了，特别是《新生活》好 yeh 好 in 啊。Show 给老婆看，也说酷毙了，难怪人气急升。要不是晚上 high 了，一定给编辑部发一个电邮。

且让我来解释一下上面的语言，“shopping”是英语，意思是购物。“哇塞”是感叹词，类似“我的天”或“乖乖”，为 70 年代是台湾青少年集体创作者。“帅呆”是港台流行语，意思是非常漂亮，“酷毙”也一样，指“好极了”。“酷”源于英语“cool”一词，指“冷”或“凉”之意，60 年代是成为美国青少年的流行语，最初是指一种冷峻的、反主流的行为或态度，后来则指“极好”（excellent）。70 年代是台湾同胞把“cool”一词翻译成中文谐音“酷”。实际上“酷毙”与“帅呆”含义差不多，均指“非常好”的意思。“yeh”我怀疑是“yes”的非正式说法。意思是“是的”。但到了港台，变成了“yeh”，而且意思也改变为“时髦”或“入时”。“in”的含义与“yeh”相仿佛，指“时髦”。“人气”在日本占领台湾时流入台湾，并融入当地的闽南方言，指的是某人或某地方受人欢迎的程度。“high”在英语里本为“高”的意思，到了港台变成形容吸毒后身体反应，非常兴奋。传到内地后，多用来形容正常、合法的精神兴奋，北京人把醉酒鬼称为“喝高了”。“电邮”是“电子邮件”的简称。根据上面的说明，前面那段话的普通话含义是：

我在购物时顺手买了一份《南方周末》，我的天！真是妙极了。特别是《新生活》好精彩、好美妙啊！拿给老婆看，她也说太好了，难怪这份报纸大受欢迎。要不是今天晚上喝酒多了有些醉意，一定给编辑部发一个电子邮件。

从上面这一例子，可以说明目前青少年有些语言之难懂。这当然也会加深中老年与某些青少年间的“代沟”。问题的严重性还不在此，而在上面所举的例子中有些词语（并非所有词语）带有浓厚的殖民地色彩。它们是日本侵占我台湾时或英国占领我香港时的“殖民地语言”，极大地败坏了祖国语言的纯洁性。当然，我们大家都知道，只要是社会变革时期,语言的变化就会很大。举个例子,“小姐”一词新中国成立前是一个很高贵的称呼,用来称呼未结婚的、有身份的女孩子。我40年代时在国外给女朋友写信,信封上必然写“某某某小姐收”。新中国成立后,形势大变,“小姐”成了贬义词,专指地主资产阶级养尊处优、不事劳动者家里的女儿。改革开放以后,“小姐”又“复活”,而且重新开始“吃开”了,变成对年轻女子的尊称。可是,近来情况又变了,由于“三陪女郎”甚至妓女都被人称为小姐,很多地方的女同志对被人称为小姐十分反感,有的营业员对称她为“小姐”者,干脆拒绝答应。在此情况下,“同志”一词再次吃香,受到女售货员的欢迎。说到“三陪小姐”,想起来了,鄙人不敏,对这一名词,只知其大概含义,至于究竟是哪“三陪”?我始终不甚了了。查了最近出版的《辞海》竟然无此条目。不久前,我偶尔在一本小说里。看到一个关于“三陪小姐”的顺口溜,文曰:“见面笑嘻嘻,搂着像夫妻,小费一给过,去他妈的×!”这当然不是十分科学的定义,而且出口骂人,过于粗鲁,但却真实反映了今天某些大款对“三陪女郎”以及对生活的态度。人与人的关系成了巴尔扎克小说里的纯粹金钱交易关系,真叫作世风日下。令人浩叹!话再说回来,“小姐”一词的演变与前面所说的有些词语不同,“小姐”一词含义的演变是汉语内部的变化,是正常的,与外国不健康语言的侵蚀不同,我们不反对在正常情况下吸收外来语,如“俱乐部”、“咖啡”、“摩托车”、“激光”等都是我们当时并无这些词,经过汉语改造或创造的。而“人气”“shopping”等词,则是从外国(而且是占领国)生搬硬套来了,强加给汉语的。对殖民的气息很重的词语,不以为耻反以为“时髦“,此风决不可长。应该对青少年加强语文教学和爱国主义教育,也应该对目前社会上使用汉语中的混乱采取措施,予以纠正。

看杂志有人是为了增长见闻,扩大知识,有人为了真正学习,有人为了了解社会,有人为了怡情益智,也有人则纯粹消遣。目的不同,所选杂志也不相同。这真是“萝卜白菜,各有所爱”,不管怎样,读书看报,总是好事,应予提倡。余再谈,顺颂

时绥!

祥麟

1999年11月19日

16. 考察

李汀、燕云同志：

与您通了话，十分高兴。前些时，我曾与几位老同志一同去广西南部三个滨海城市考察，回来写了一封信给诸亲好友。现在为您在电脑中调出该信。加印一份给您，使你们二位了解我的近况。下面为我去广西南部旅行后写的这封信：

最近11月26日至12月3日，由广西老干部局组织我们一些离退休老同志分别赴广西各地考察。这封信我主要谈一谈我此次南方之行的情况。此次考察共分为四个小组：第一组去钦州市、防城港和北海市；第二组去桂林和柳州二市；第三组去河池、百色及南宁地区；第四组去贵港、玉林、梧州三市。我在第一组，任务为考察钦州市、防城港和北海三市的港口经济、海洋产业及高新技术产业。到了防城港的东兴镇，与越南芒街市只隔一条小河，我们乃顺便访问了芒街市。我们这一组成员六人(老干部)，另外有秘书、医生、司机等工作人员四人。我原先主观认为我今年已78岁，在全组肯定年龄最大，后来才知错了。有一位老红军今年83岁，比我大5岁，我只能屈居“亚军”，值得骄傲的是我们六人尽管都是七八十岁之人，但在这次考察中，每日紧张工作，马不停蹄地奔波着，却无一人生病或掉队。在整个考察的一星期里，无一人找医生看过病。

一

首先，我对钦州、防城港和北海这三市在改革开放后新成立的市(均为“地级市”，即与南宁、桂林、柳州同等的城市)，认为很了不起。他们都在海边，都发展得很快，不但高楼巨厦林立，高速公路畅通，而且都在建成或正在建筑万吨以上的巨轮码头，有航船可通向全世界。这三个市都是祖国大西南的出海口，有铁路直通我国西南诸省。将来西南、西北的货物，均可由此运到世界各地，前景极为辉煌。早在70年前孙中山先生的《建国方略》中，即倡议在钦州建立“南方大港”。现在，孙先生的伟大理想正在实现。我们在钦州港附近山上的孙中山先生铜像前肃立致敬，并摄影留念。这三个市都有第一流的海湾，港阔水深，漂亮的黄色沙底，无回淤。钦州港还三面环山，形成天然的防风屏障，可谓前途无量。在我国五个少数民族自治区中，只有广西壮族自治区是濒临大海的。

说到这里，我便不能不谈谈海洋。我一向热爱大海。在海边观浩渺无际的大海，看海水滔滔，听海浪哗哗。百看不厌，百听不烦，此中乐趣，妙不可言。大海给人以宽阔的胸怀，大海远离尘嚣，使人忘记尘世的种种烦恼，大海可以清心，可以净化人的灵魂。我家墙壁上挂了两幅油画，均为请画家朋友临摹欧洲19世纪艺术大师所画的大海名画。我经常对着它沉思冥想，陶醉其中。

使我感慨的是，自从喷气式巨型客机问世后，人们洲际旅行，不再坐轮船了，这当然十分便捷，万里之间，朝发夕至，比《水浒传》里的神行太保戴宗日行800里快多矣。可是，另一方面，有得必有失，这快捷是以牺牲了享受遨游海洋的巨大乐趣为代价的，代价非常高昂。回忆半世纪前我去美国留学和回国时，去时由上海到旧金山，海上航行凡15日，归程由旧金山回国绕道马尼拉至香港，加上在马尼拉停留三天共走了19天，这先后一个月的大海航行，或风平浪静，或狂风暴雨，白浪滔天，都是乐趣无穷。这一个多月的海上生活，虽然没有英国19世纪浪漫主义诗人柯尔律治（Samuel Taylor Colerideg，1772—1834）在他的著名诗篇《老船夫之歌》（The Rime of the Ancient Mariner 旧译为《古舟子咏》）里叙述的信天翁鸟随着船飞行，但几十只海鸥则经常在我们的轮船上空盘旋翱翔，使我神驰，使我魂荡，使我沉醉，使我忘记自己，飘飘欲仙。

古今中外有多少诗人讴歌赞美大海，有多少不朽的名句供人们吟诵不辍！在我国，被追赠魏武帝称号的曹操和隋炀帝杨广，这两个帝王都写过观沧海或望海的诗。而尤以曹操的《观沧海》在我国所有些大海的诗歌中，最为精彩和著名。

东临碣石，以观沧海。
水何澹澹，山岛竦峙。
树木丛生，百草丰茂。
秋风萧瑟，洪波涌起。
日月之行，若出其中。
星汉灿烂，若出其里。
幸甚至哉，歌以咏志。

曹操以后，用大海抒发自己情怀写得最好的诗，可能还是文天祥的《出海》，诗曰：

一团荡漾水晶盘，四畔青天作护阑。
著我扁舟了无碍，分明便作混沦看。
水天一色玉空明，便似乘槎上太清。
我爱东坡南海句，“兹游奇绝冠平生”。

奇怪的是，在中国古典文学描写大海的，远比外国文学的为少，这是否因为与中华民族中汉族发祥于黄河流域，以后又以长江和黄河流域为主要生活地带有关呢？欧洲有些诗人和作家，他们写海洋者比我国多得多，篇幅也长得多。荷马的《奥德赛》写俄狄修斯由特洛伊航海回家的艰苦历程；笛福的《鲁滨逊漂流记》写主人公鲁滨逊的海上漂泊；美国人海明威的《老人与海》，也同样是写海洋的。外国诗人写海洋者更多，莎士比亚不知多少次描写大海，拜伦、丁尼孙等有关海洋的诗歌一直脍炙人口。法国象征主义诗人波德莱尔，是一位对人生持悲观态度的诗人，但他在《人与海》中却有两句歌颂大海的精彩诗句：

自由的人，必将永爱大海！
大海是你的镜子，在浩瀚的
汪洋中凝视着你的灵魂……

说到这里，我必须顺便提一提我在钦州北海一带海边看见的"红树林"这一奇观。所谓"红树林"，其颜色并不红，而是绿色，与一般树木似无不同。它是生长在热带或亚热带等海岸泥滩上的一种常绿灌木和小乔木群落。

有一天上午我在钦州一座滨海的小山顶上俯视下面正在涨潮的大海，但见大片大片的树木被潮水淹了，每棵树只剩下树顶一点点尚未被淹。"恻隐之心，人皆有之"，我担心这些树会被淹死，或被海水中的盐分侵蚀致死。问了陪同我们的当地人，他们笑了。说这是"红树林"，它正需要海水浸泡。吸收海水中的养分。潮水落后，它们一棵棵全身露在泥滩上，开始吸收空气和阳光的滋润，茁壮成长。果然，当天下午我们乘船去观赏海景，潮水一退，又见一大片红树林已经全部露出了水，株株枝叶茂密，欣欣向荣，一派兴旺景象，微风吹拂，这些红树林在太阳下向我摇曳点头，婆娑起舞。我认为"物竞天择，适者生存"（英语原意：Natural selection, survival for the fittest）这个达尔文的伟大定律，在红树林身上得到了最好的体现。

二

现在，我可以为您神游越南做一次导游了。如前所述，芒街与我国防城港的东兴镇仅一河之隔，此河名北仑河，非常窄小，平日水小时只 10 米宽，即使下雨涨水，也不过 20 米宽。北仑河两岸居民不仅鸡犬相闻，而且可以隔着河（亦即国界）谈天说地。

由东兴去芒街旅游，方便之极，只需要去派出所办个领取中越边境通行证手续即可。1 月 28 日有旅行社来人为我们在自己的房间里照个相片，我们 29 日上午便领到通行证，于上午 10 时出发，走过北仑河河桥，就进到越南国门。这中越两国的国门很有意思，前几年，双方各自修建了自己的国门。我们的，高巍漂亮；越南由于经济困难，大门低而且建筑质量不高，有点寒酸。但是咱们对面河的"芳邻"自尊心极强，一定要超过我国的大门，于是便在原有的国门外重建一个新的国门。果然，他们的国门比我们的高，上面的越文字比我们国门上的大字鲜艳。我看了对朋友们说，不要和人家比大门，由他去吧，由他去吧，何必争大门的高低呢？风格高岂不比大门高好一些？

芒街市真不错，其主要特点为法国式的建筑很多，群芳竞艳，各有自己的风格，不像我国有的地方全是“火柴盒”式的楼房。另外，所有房子都没有防盗网。据导游说，芒街治安好，原因是越南对贼惩罚极严。小偷在芒街很难活动，他们都跑到我国东兴去作案了。这当然说明了芒街治安比东兴好，可是我们认为东兴治安也不算坏。

还有一点，芒街的摩托车特多，自行车反而甚少。这里市面上都是中国货，商店轻工业产品，基本上悉为我国商品。更使我想不到者，任何商店店员或摊贩，无人不会讲我国普通话，至于会广东话的想必更多。我国的京族和越南的主要民族实际上为一个民族。因此，那些店员、小贩，究竟是越南人还是中国人，很难区分。到了越南，总得买点纪念品吧，然而，可买之物不多。只有越南的美术工艺品、木筷（既便宜又好）和塑料软拖鞋（导游说越南拖鞋质量很高）。我找到一间纪念品商店，一问女服务员，才知道她是百分之百的炎黄子孙。找她买了 80 元的“越南纪念邮票”，十分高兴。谁知回到东兴我住的宾馆仔细一看，全是非洲、拉丁美洲一些小国家的邮票，连一张越南邮票都没有，我颇为失望。货币方面，想不到在越南的芒街购物，压根儿不需要兑换越币。所有交易，全部可以直接用人民币。而且店员或摊贩直接讲商品的人民币价格。

我们一行十人，在芒街的大街上悠闲地信步着，观看街景，还逛了一间很大的市场，与越南市民摩肩接踵。优哉游哉，正闲逛时，忽然有个越南男孩跟上了我，要为我擦皮鞋。这孩子身体瘦弱，满脸稚气，我看他如此可爱，便与他攀谈起来。我问他“你几岁了？”他的回答出乎我的意料，真想不到他看来只有七八岁，实际已经 12 岁了。我说：“你为什么不去念书？”他说家里没有钱，只好擦皮鞋。我问他多少钱擦一双，他说一元（人民币）。这太便宜了，我当然想擦，但与大家一同走路，如何能让大家等着我，我自己坐下来擦皮鞋呢，只好对他说出我的苦衷。我与他边走边谈，真想送他一块零钱，但恰好口袋里无零钱，他陪我走了一段很长的路，看看再无机会为我擦皮鞋，乃用当前最通用的国际语言对我说“拜拜！”与我告别了。我心里十分不好过，感到对不起这位可爱的越南孩子，既耽误了他的时间，又未能照顾他擦一次皮鞋。

这时，我想起三年多以前（1996 年 3 月）去东兴时，街上有许多擦皮鞋的越南孩子，小得只有五六岁，见到外地游客就抱着客人的腿擦皮鞋。而这次再到东兴，越南的擦皮鞋孩子一个不见了。问了本地人，他们说因为去年江西水灾，来了许多江西成年人难民擦皮鞋，把越南男孩子赶到对岸了。我甚以为怪，乃又询问当地领导人，他说东兴从来未赶过越南孩子，而是江西人来了之后，擦鞋服务质量高，收费又低，越南孩子每擦一次人民币二元，而江西人只要一元，在互相竞争中，江西人胜利了，乃有此结果。

以上种种说法互异，究竟真相如何，我无法考证，只好将二说并存如上。不管怎样，我对于那天没给那个越南擦皮鞋的孩子几元零钱，甚以为憾，只感到对不起孩子。

在芒街市只闲逛了两三个小时，对岸我们的居停主人打手机催我们回去吃午饭，我们乃匆匆离开，打道回国。

三

此行还有一大收获，即对高新科技的重要性有了进一步的认识。我们在北海市参观了银河电子有限公司，这个公司为北海市银河公司下属的一个子公司。专门生产电子工业需要的一种元件，叫作“片式电阻器”，所谓“片式电阻器”是一比大米还小得多的一种小不点零件。肉眼看来，像一粒沙子。

我们看了整个生产过程的每一环节：先是把一张比名片稍大的一张长方形陶瓷片共印七次，印成上面有一个小格子，小得无法数清究竟有多少个字。凡印刷不均匀时，电脑自动控制调整。然后在电脑控制下，机器又将陶瓷片撕开成一条条细丝，上釉之后烘干，经摄氏800度高温烧结。这一条条极细的“陶瓷棒”，便自动由另一机器为之涂上两道银浆，加热后“陶瓷棒”的外表乃被烧成纯银。这些“银棒”经机器一压，乃变成一颗颗银色的微粒。每张陶瓷片可压成2160块或6080块微粒。这以后再经电镀和清洗，微粒一颗颗由漏斗里掉下来，便成为半成品。之后，一颗颗微粒纷纷调进好像“无限长”的塑料细带上的小槽中，每颗微粒一律黑色朝上，被固定在塑料细带上。塑料带像电影胶片一样，被卷成一大盘又一大盘，经过检测及包装，乃成为成品。

最令我惊叹不止的是我通过显微镜观看一颗颗微粒成品，真想不到每粒只有一颗大米八分或九分之一的大小的微粒，在显微镜下竟是一颗颗整整齐齐的长方形元件。每一颗上均规规矩矩地印有鲜明的黑字“104”（型号）。如此繁琐杂的生产过程，如此精密的产品，出厂后每一粒电阻售价仅为人民币1分钱！这高科技威力之大、作用之强、经济效益之高，由此可见。

此次旅行，我们还多次参观了各地海边的水产养殖场，也参观了北海著名的“南珠”生产。水产养殖场主要生产对虾。养殖对虾，也必须依靠科技。现代化养殖对虾来说为高密度养殖，得靠经常在海边的养殖池里注入氧气，氧气不足，便会使大批对虾窒息而死。这种科技养殖，亩产每造可达1000斤对虾，每年可生产二至三造，产量比无科技的旧式养殖多好几倍。北海市中信、国安水产养殖公司的刘总经理说，他们明年三月将进行710亩的对虾养殖和虾苗孵化，预计年收入6000万元，利税1900万元。将来全部3800亩的旧虾池改造好后，预计可实现年销售收入2.1亿元，利税1.2亿元。钦州一位个体户胡老板在海边租了农民的荒地，只一个池子（十一二亩大），每年即可收入 20 万元，为过去种稻子收入的 100 倍。胡老板说对虾生产了，根本不愁卖不出去。一到收获季节，全国各地商人都蜂拥而来抢购，有多少要多少。

至于珍珠养殖，几千年来亚洲的珍珠，一向以合浦（现属北海市）的“南珠”最好，“东珠”、“西珠”皆远不及“南珠”质量好。“东珠”为日本珍珠，近年来由于日本沿海海水污染严重，已无法采珠。按理说此时正是“南珠”大显身手之时，实则不然。只因不注意质量，只重视产量，“南珠”的养殖期越来越短，产量年年增加，质量年年下降。日本人到广东沿海收购珍珠，只要最好的，差的流入广西，“南珠”质量乃愈益降低。日本人拿广东最佳的珍珠买了回国加工，他们的科技水平比我们高，珍珠漂白光泽度耐久，而且要做成什么颜色，就是什么颜色，可保持十年不变色。我们的“南珠”现在颗粒小，颜色单调，以黄、白色居多，只有少数为黑色，光泽温度差，且不能耐久。结果是，我们的珍珠论公斤卖，不值钱。日本的，论颗卖，每颗买 100 元或更多。由此可见现代工业、农业、渔业以至任何产业，必须重视高科技。“科教兴国”绝不仅仅是一个口号，而是我们必须身体力行的金科玉律。

在广西南部三个市考察，看的东西很多，这封信无法样样都写，只能谈其荦荦大者，挂一漏万，在所难免。

此信于 12 月 5 日写起，今天已是 12 月 10 日，一封信拖延了五天之久，皆因杂务太多，经常干扰之故。这五天中，我还参加了三次活动，一为应邀去参加广西中专英语演讲比赛颁奖大会；二为出席了著名画家、友人阳太阳先生的 90 大寿庆祝宴会；三为与内子同去观看刚刚出台的大型壮族歌舞剧《妈勒访天边》的演出。中学生英语演讲比赛，获奖者个个英语讲得正确流畅，使人听了犹如夏天吃了冰淇淋一样痛快淋漓。一个 17 岁的女孩子，天真活泼，英语讲得仿佛是高山流水，一泻千里，而且笑容满面，好似一朵盛开的鲜花。我在那天讲话中说，“广西外贸学校的那个女孩子，像燕子一样轻轻地飞上了舞台，给广西中专英语带来了第一个春天”，全场欢声雷动，为这个女孩子鼓掌。阳老的生日宴会，规模很大，有各界 100 多人参加。《妈勒访天边》一剧的演出，内容非常精彩，场面宏大，表演艺术精湛，参加演出的舞蹈演员多达 100 余人，我认为是当年刘三姐以后又一根据壮族民间传说而改编的出色舞剧演出。我们老年人，出席一些这样的社会和文艺活动，对身心健康都有好处。顺颂

大安！

祥麟

1999 年 12 月 10 日

2000 年

*1. 元旦试笔，吉祥如意

李汀、燕云二位好：

恭贺新禧！2000 年已经像一列奔驰的列车轰隆隆地到来，祝您事业发达，生活幸福！我对 2000 年的看法，和有些人稍有不同。即：我认为 2000 年是 20 世纪的最后一年，而非 21 世纪的第一年。道理很简单，每个世纪为 100 年，如果 2000 年是 21 世纪的第一年，那么一直往上推，推到公元第一世纪就只有 99 年了，这又如何说得过去？目前此事尚有争论，两者不同意见都有，可谓仁者见仁，智者见智。打个比方，这有点像“衡阳东站”与“衡阳站”的关系。你说衡阳东站是不是衡阳？说它不是吧，它明明是衡阳的一部分；说它是吧，人们都不在那里下车，而在衡阳站下车。就我而言，我始终认为：2000 年是旧世纪的最后一年，而非新世纪的第一年。

新年伊始，万象更新。我在此元旦之日，写这封信，叫作“元旦试笔，吉祥如意”。新年写信，必写与新年有关者。我想起贺年片来。我近年发出的贺年片很多（约 140 张），收到的也同样多。友人东南西北、海内海外都有。因此，他们的贺年片也是五花八门，种类繁多。但真正漂亮者，恐怕还是日本的贺卡，其次是印度的。原因是这两个国家的贺卡，民族风味极为浓厚，而且印刷精美，张张皆为非常精致的艺术品。例如一张日本的贺卡上，上面印的是一个年轻的日本妇女对着湖水和充满日本情调的一座日本建筑欣赏风景。她全身和服，五彩缤纷，背上还有一个小小的袋子，而和服是用真丝绸做的，使人有逼真之感。至于欧美的贺年卡，大都没有什么民族特色。

最近我收到的贺年卡片，其中最值得一提的有几个。其一：是一位美国教授和他的来自中国大陆的妻子由美国东北方农村寄来的。教授是学者兼诗人，他夫妇俩每年都给我寄来一张大贺年片，上面印一首唐诗原文和他们夫妇共同翻译的英文译文，十分典雅，且深富教益。

今年不同了，是丈夫写的英文诗歌，而妻子则把它译成中文。教授去年与儿子一同去西藏游历，写了首“The road toRikaze”（去日喀则之路）的诗。内容不错，诗意葱茏，这是贺年片里面两页。至于外面则是他和儿子一同以布达拉宫为背景的一张彩色照片，上面有英语“Potala Palace, Tibe, 1999”（1999年于西藏布达拉宫）“Millennium Holiday Greeting”（千禧年之节日祝贺）和中文“千年普庆”字样。父子二人好像各自拿了一杯蛋卷冰激凌在吃。这样的贺年片便很有个人特色与情趣。看了使我不禁回忆起前几年我先后两次去他们家与他们相聚的情景。

其二，是一对美国夫妇由北卡罗拉纳州寄来的贺年卡，也非常别致。贺卡是特制的。长长一大张叠成三折，这三折里面有三页，上页和下页分别为医生夫妇的女儿与儿子结婚照的“全家福”，中间用英语印了绿色草体字：

Ginny and Preston Gada
Have added to their family
Kathy and David 12.27.98
Kssie and Will Gada 4.17.99
Merry Christmas to all!

以上文字的中文译文是：

金妮与普莱斯通—噶达（指医生夫人和医生）
一家已增添人口
凯蒂与大卫（结婚于）1998年12月27日（指女儿与女婿）
凯茜与威廉—噶达（结婚于）1999年4月17日（指儿子与儿媳）
祝大家圣诞快乐

这一对夫妇，丈夫是医生，妻子是家庭妇女。多年来他们一直寄贺年卡给我，而且每年寄的都是专门特制的彩色照片贺卡。十几年前他们仅仅是来我国旅游，在桂林偶然认识我的男孩。当时我在美国一所高校教书，而且正和他们夫妇一同住在北卡罗拉纳州。男孩把我的地址告诉他们，于是医生夫妇回美后，便一再邀请我们到他们家里做客，久之，大家成了好朋友。

另一张贺年卡尤其值得一提：是我的满族小朋友邸乃苏由徐州寄来的。我于去年（1999年）7月偕我的女儿小岚同往四川成都，在火车硬卧车厢认识了她，她当时才5

岁半，在徐州一所幼儿园念大班。除了非常聪明伶俐外，还画得一手好画。在我的要求下，她趴在卧铺上铺当场给我画了一张彩色粉笔画赠我。去年12月她生日时，我为她寄去一张生日卡祝贺。不久她即回信，由于她不会写汉字，只好用汉字拼音写成那封信，由她妈妈翻译成中文。同时她还寄了一张她自己特制的贺年片给我，贺年片上她用彩色蜡笔画了男女孩子各一人在玩气球。气球飞满天空，全用彩色纸张张贴者。除了原有的贺词，她还歪歪斜斜地写了"贺爷爷：乃苏制作"等字。尽管这个孩子目前才刚刚满6岁，而我已超过78岁，我与这个孩子仍然成了朋友。我们这种纯真的忘年交友谊诚可珍贵。存在于我们之间的是最纯洁的真情挚意，一尘不染。靠了这种友谊，我可以帮助她成长；她可以使我长期"幼稚"下去，赤子之心永不磨灭。她与那些口蜜腹剑的假"朋友"相比，那些为了自己向上爬而不择手段、不惜捏造谣言，陷害朋友的人相比，不啻天渊之别。事实是，有些伪君子、真小人的成年人所作所为，是与卑鄙紧密相连的，他们两面三刀、厚颜无耻。而孩子则不然，他们是"天使"，是纯洁的化身，心地纯良，像荷花一样纯净。我之所以特别喜欢孩子，原因即在于此。

朋友间交换贺年片，有的人还同时寄封信给我，以进一步交流心声。前两天一位远在江西的老同学夫妇向我贺年，除去那张精美的贺卡外，还有一封感人良深的信函，全文是：

祥麟兄：

别后忽逾一年，年来有幸不断读到来信，每封信都写得洋洋洒洒，虎虎有生气，毫无衰飒气象。古稀之年，壮心不已，保有如此豪情，着实令人钦羡。

两地通讯原应"鱼雁往还"，而我们之间竟有来无往，几乎走了单行车道，实感愧疚。为因老来疏懒成习，蜗居寡欢，也实在乏善可陈，望能谅宥。

暑假期间小儿其望应邀到昆明讲学，我和老伴趁便前往，后来还一同去了丽江、大跳峡、大理等地。八十年代我们去过一次昆明，那时市容变化不大。这次昆明下了大力气，拆迁扩建，现在俨然成了一个现代化的小上海了，这自然是好事。只是珍藏在我们记忆中那个宁静秀美的小山城却是连影子也难见到了。

天寒风劲，请多保重。

弟某某

1999年12月25日

我这位朋友是将近60年前在昆明西南联大外文系的同窗好友。1945年我大学毕业后即与他断了联系。新中国成立后我只知道他在江西，却不知道他工作的具体单位，直至前年(1998年)10月我去南昌开会，花了很大力气才终于找到他。上面他最近这封信我认为写得很好，好在全部讲实话，发自内心，出于胸臆。绝无一句不必要的套话或“豪言壮语”，同样难得者是他的文笔自然和典雅畅达，有如天空行云，小溪流水，笔走龙蛇，水到渠成，信手拈来，皆成文章。他是学英国文学的，而中文写作水平如此之高，反观今日之大学生、甚至中文系毕业的某些学士、硕士以至博士，文笔生硬幼稚，错别字不断，相比之下，真令人感慨系之。我不是鲁迅先生说的“九斤老太”，不认为“一代不如一代”，而是有感于当前我国国民语文水平的大滑坡，向朋友们谈一点我自己忧国忧时的肺腑之言。至于信内这位老友对我作了谬奖，我则愧不敢当。只能说感谢他对我的鼓励，并以此为方向，勉力前行耳。

几天之前，即12月28至29日，我陪一位朋友去他的故乡广西横县。见到农村一片兴旺发达景象，心里甚是高兴。横县在南宁东面70公里，车行一小时许即到。童年时读地理书看到，邕江的下游是郁江，对郁江可谓“久闻大名，如雷贯耳”，想不到这次终于得睹这条河的“芳容”。公路有一段沿郁江走，只见一湾碧水，缓缓地流，给人以宁静悠远之感。不幸的是，前不久南宁一带遇到多年未见过的严寒，这一带热带农作物如甘蔗、芭蕉等全部被冻死。一路上我们看到公路两旁一大片又一大片死去的甘蔗，心痛无比。农民们为了抢救受灾的农作物，忙着砍甘蔗，砍了赶快运去糖厂去榨糖。广西为全国最大的产糖基地，然而由于近年来国际糖价严重下跌，种甘蔗乃经常赔钱，而今又遇到天灾，更是雪上加霜。

友人的故居，在横县农村一个镇上。我三年前曾陪他来过。当时他妈妈还健在，我在院子里和她亲切交谈，但去年她已仙逝，我见到空院子，还有前些时候被大雨冲倒后如今开始重建的地基，真是百感交集。想起60年前在西南联大一年级时读过一篇英文文章“Evolution”(演化)——世上万事万物一切都在演化，慢慢地变着。农村的风车、水车不见了，变成机器磨坊，等等。我们也一样，从幼年到青年、成年、然后成了老人。另一方面，我们的下一代、再下一代却一步步地成长了起来。这样循环往复，以至无穷。这就是人类社会，就是万事万物，就是唯物辩证法。总之，一切都在生长着、衰亡着，又生长着、又衰亡着，唯有辩证法万古长青，永远不变。我与友人开玩笑说，应该在这里修建一个“某某某教授纪念馆”，使他“永垂不朽”。

我们还去了一个很富有的村庄，全村家家都建有非常漂亮的楼房，家家都有十分宽敞的大院子，院子里有果树和花园，每家都有六七百平方米的院落，这在城市如何能找得到？我们去拜访的那家女主人特别好客，为我们从树上专门摘下许多阳桃。杨桃树甚高，女主人拿了一根长竹竿去摘。竹竿最顶上则有一铁丝做的钩子，钩子下面捆了一个铁丝网兜。她拿竹竿一扭，把夹子用力一夹，阳桃果子即自动掉入网兜之中，真是奇妙无比。这阳桃为长长的五角星形状,我于1952年在合浦县参加土改时吃过,但远不及这次刚从树上摘下的清新可口。吃完之后,女主人还格外为我们摘了些带回去。她们的盛情,深深地感动了我们。参观了这些农民住房后,我们这三个“城里人”都感到这里住房舒适、空气清新,院里繁花似锦,气氛宁静悠远,宜室宜家。拿这些和城市的喧嚣、污染、堵车、小偷猖獗等一比,不得不甚为羡慕这些潇洒自在的农民。

元旦试笔,与您海阔天高地谈了这些鸡零狗碎的琐事,我的“话匣子”一经打开,便很难收得住。余下次再谈。

祥麟

2000年元旦

2. 邮电局的风波

诸亲好友:

庚辰龙年即将到来,再次向您拜年!正像荷兰人有两个首都(阿姆斯特丹和海牙)一样,中国人每年过两个年——元旦以后还有春节。送贺年片晚一点不要紧,直到二月初还可以送,只要在春节以前送即可。今年初,我给友人们寄出“元旦试笔”之信一封,也算是贺年。其中一封出了问题:1月5日我给舍弟瑞麟向他处居住的台北市寄出该信,不料三天以后(1月8日)原信退回,说我的邮费欠资,需要补缴1元5角的邮资。我大为惊讶,因为我先问了邮局小姐后才照贴邮票的。舍弟对我的信寄递日期一向特别注意,不向他说清楚不行。我乃顺便在被退回的原信信封正面加上几行说明:

> 四弟:这封信我于本月5日在南宁市新城邮局分局寄出。投邮前问了该局营业员小姐,她称了信后对我说:“贴2元8角邮票。”谁知今日此信被退了回来。邮局要我再补贴欠资之1元5角邮票。现将经过说明如上。胞兄祥麟 元月8日

当天下午,我赶往新城邮局去拜访局领导。我认为此事责任不在我,而在邮局。我得与他们辨明是非。谁知我“流年不利”,当天恰好是星期六,邮局领导不办公。我乃问营业小姐有人值班么?答曰:“有。是局长助理朗女士。”我乃登上该局办公楼二层,只见整层楼个个房间紧闭,全楼鸦雀无声。我一间间房门猛敲着,像擂鼓一阳,但却全无回声,不得已,我只好又跑下楼,东问西问,终于问到一位在外面巡逻的中年女

士。她说，朗助理不知何故尚未来到，“真可惜，我们有一位局长刚才还在这里，您没有碰到，现在他已回家。”我说：“能不能找他？”她说：“可以。我带您去他家，他家住得不远，就在附近。”我正要与她同去，她仔细一想，说：“不行，局长刚睡午觉，现在打扰他不好。”正好这时有一位女同志骑了一辆摩托车进入邮局大院，我一看，这位女同志我好像见过，我的印象她是一位副局长，果然她们二人谈了起来，为了回避我，她们向远处走了几十步，在叽叽喳喳低语着。谈完后中年妇女对我说：“您给您弟弟在信封上那样写，不妥。寄到国外影响不好。”我说：“不对，台湾是中国的一部分，是国内，不是国外，不存在国外影响问题。而且，你们对那么多的贪污分子都不怕影响不好，为什么偏偏对邮局营业员这点小错却怕影响不好呢？”她为之语塞。我又接着说：“这件事的责任在邮局，我没有错，我只是想过来向你们讨个说法。”这“讨个说法”，是从《秋菊打官司》影片里向秋菊学来的，鄙人不敢掠美。她说：“今天是星期六，您要等答复，得下星期一上了班才行。”我说：“不要紧，这封信反正已经耽误了三天，再耽误两天也可以，反正我的信没有急事，请您把它拿去处理。下星期再答复我。”星期一上午 11 点，一位局里领导给我打来电话，说他们已将我的信（我已补贴了欠资邮费）替我加了个透明塑料信封套寄出去了。于是，这一件“公案”终于圆满地画上了句号。

说到这里，我便不能不谈谈我多年来与邮局的关系，为了节约篇幅，这里只谈最重要的。20 世纪最后 40 年我基本上住在 G 市，和该城邮电局（当时邮政与电信未分家统称为“邮电局”）打的交道甚多。大概 20 年前，该市邮电局工作非常差，效率很低，群众意见很大。例如，营业员架子大。对顾客不礼貌，有一天晚上我们去打电报，看见一位青年营业员根本不理众多在排队等发电报或打长途电话的顾客，而是自己公开用公家电话给浙江的女友打长话，卿卿我我，说个不停。顾客无人敢管，我修养差，忍不住，便抗议了。他居然跑出柜台，口出恶言，甚至想打我。又如另一次我去发一封国际电报，那位中年女营业员居然连我用印刷体写的英文字母也不认识，要我自己替她写。我心里极为难过，心想这位营业员是管国际电报的，竟然不懂外文，诚属匪夷所思。再退一万步说，她小学总上过吧，只要念过小学，就应该懂得汉字拼音，会了汉字拼音，也应该会英文正楷字母。这样的例子，我积累了很多，乃写一篇杂文投寄到当地报纸，想在副刊上借得一席之地发表。

不料稿子寄出去后，直如石沉大海，渺无音讯。之后我问了知情人，得悉原来是报社顾虑多端，怕我的稿子登出去之后，得罪邮局，影响双方关系，因此不敢发表。这以后我在街上偶尔遇见 G 市专管宣传的市委副书记，便向他倾诉衷肠，我说：“如果报纸连个小小邮政分局也不敢批评，那还怎能搞四个现代化？”真没想到我这一着还顶灵验,三天之后,我那篇拙文不仅登载了,而且"规格"大大提高,不在副刊发表,而在报纸显著地位发表,改为"读者来信",以大字标题刊登在该报第二版头条新闻的地位上。

这一登不打紧,立刻造成邮电局的八级地震,或十二级台风。邮电局不但马上组织营业员学习讨论,而且那个营业所的营业员全月奖金全部被扣除,据说不少女同志都为之哭鼻子。后来,我还听说,报纸刊登拙文之日,那天早晨,某一位局长在办公室一看到文章,勃然大怒,立即找来办公室主任痛骂了一顿,说:"你是怎么搞的?邮电局营业所出了这么大问题,你负不负责任?"办公室主任牢骚满腹,有苦难言,事后他对人说:"我们这位局长平常只管两件事,一为别人请吃饭,另一为请别人吃饭。除此以外,他百事不管。"以前办公室主任曾几次向他汇报局里各种问题,局长根本无动于衷。我听了这反馈给我的消息后,只感到对不起那些营业员们,使他们被扣发奖金,以后再不敢随便乱提意见。

但我的好提意见,已经在邮局出了名,那个营业所的工作人员,几乎无人不认识我。记得多年之前有一次我去该营业所买信封,当时每封信的邮资仅为 8 分钱,有一种印好了邮票的信封,每个售价 9 分钱。我问柜台一位老营业员:"请问您,有没有 9 分钱一个的信封?"这位老太太正在埋头填写什么表格,她头也不抬,立即很不耐烦地回答说:"没有,没有!"说完之后,她忽然把头一抬,看见了我,真是"奇迹"出现,她立刻化怒容为笑容,满面春风,一脸笑容,连声大叫说:"有,有,有!您要多少有多少!要是我说没有,您向上级一反映,我的全月奖金不是就完了么?"此事虽小,给我的印象极深,可谓刻骨铭心,永难相忘。同样这件事又使我极为难过,我一向自认为待人宽厚,与人为善,怎么一下子成了令人害怕、可以威胁别人生活的"魔鬼"了呢?

再回到前面说的那桩"公案"。自从上次我找南宁邮局新城分局讨过"说法"以后,该局营业员对我更加注意了,不料事情却走向反面。过去我寄信去国外,如信封内只装一张信纸,每次去秤,皆为贴邮票 5 元 4 角。现在不同了,营业员小姐怕万一退回来加邮资我找他们算账,一律"宁左勿右",对我说:"10 厘米多了一点点,得贴 6 元 4 角。"我问道:"为什么以前每次都是 5 元 4 角,现在却突然多了一元呢?"答曰:"没办法,超过了 10 厘米一点点。"我想起了毛主席一句名言:"搬起石头砸自己的脚",看来,我真的搬起石头,不偏不倚地砸上了自己的脚,好不痛也!余再谈。祝

好!

祥麟

2000 年 1 月 20 日

3. 走南闯北

敬致诸亲好友：

真正是“倦游归来”，自从3月中旬起，我最近一个半月来，一直在旅行中，焉有不“倦游”之理？我旅行的具体路线是：南宁—桂林—郑州—新乡—安阳—洛阳—郑州—邯郸（在河北南部，为春秋战国时赵国的首都）郑州—博爱（我的故乡）—郑州—南昌—井冈山—南昌—南宁。这一行几千里路，除在郑州附近的短途旅行有亲友陪同外，凡是长途旅行，我一律自己一个人奔跑。在上面这些地方，我有时为大学生讲课，有时在故乡参观，有时访问名胜古迹，发思古之幽情，有时以虔诚心情朝拜革命圣地（井冈山），而最后在南京和井冈山则是参加一个学术会议，我以80虚岁的高龄，带了四件行李和六种慢性病，走南闯北，到处流浪，过着“快乐的单身汉”的愉快生活，既潇洒、又浪漫，还交了些新朋友。此次旅行时间长、内容丰富，只能将自己所见所闻选其荦荦大者，简要叙述如下：

一

先从我国古代文明谈起。我国古代中原文化灿烂辉煌，这是尽人皆知之事。但是，当我到达现场看了安阳殷墟文化的种种实物时，仍然惊叹不已，叹为观止。商汤自建国以后多次迁都，第五次也是最后一次，为商代第20位国王盘庚把国都从奄（今山东曲阜一带）迁来“殷”地（即今河南安阳）。自盘庚迁“殷”起至帝辛（纣）覆亡，为公元前1300—前1027年（据陈梦家先生考证）共273年，商朝均以此为首都。历史上称这段时间为“商殷”。商朝灭亡后，“殷”地日渐荒芜，被夷为废墟一片，后人乃称之为“殷墟”。19世纪末，人们在安阳小屯一带发现了大量刻有甲骨文的甲骨，乃引起考古学家的重视。在1899至1928年这30年间，私人挖掘出土的甲骨文达10万片之多，绝大部分被毁，或被帝国主义分子盗往国外。1928年中央研究院历史研究所对殷墟发掘工作开始，新中国成立以后，中国科学院考古研究所派人专门在殷墟工作，我国对殷墟的发掘与研究才愈益深入。

所谓“殷墟”即殷商的故都，指的是今天的河南省安阳市西北郊小屯村一带，地跨洹水（即今天的安阳河）两岸及其附近的20多个村落。我国著名考古学家夏鼐先生说商代殷墟文化实在是一个灿烂的文明，具有都市、文字和青铜器三个要素。夏先生这一论断非常精彩，概括了商殷文化的最大特色。

“殷墟”是中国历史上最早的一个长期稳定的都城。我去参观殷墟博物苑时，该苑门口红色围墙上便刻着巨大的金字“中华第一都”，这一光荣称号我认为对殷墟来说，极为恰当。

至于文字，商代的文字是甲骨文，即刻在龟甲或牛的肩胛骨上的文字。1899年至今，殷墟出土的甲骨文多达15万片。甲骨文是我们今天使用的汉字的“老祖宗”，它与埃及的象形文字、巴比伦的楔形文字、古印度文字并列为世界最著名的四种古文字，是人类文化宝库中的瑰宝。没有甲骨文，就没有后来的汉字。想想吧，3000年前，我们的祖先就使用了这样精美的文字，到今天只要把它破译了，一个个字念出来，我们仍然可以懂得，这是其他许多外国文字所没有的。甲骨文单字共4500余个，目前已认识的2000余个。有了它，我们不仅可以深入研究商朝文化，而且还可以用它来研究夏朝的史料。殷墟甲骨文的发现与研究，证实了司马迁《史记·殷本纪》所记载的商朝世系切实可信。它也可以证明《史记·夏本纪》的可信性。

再说青铜器，殷商的青铜器驰名中外，已发现的殷代铸铜器的作坊遗址有四处，其中最大者在10000平方米以上。我在安阳的殷墟博物苑和郑州河南省博物馆看了许多殷商的青铜器，其制作的精美，工艺之高超，确实难以想象。在郭家庄出土的一个大铜鼎，里面还放有煮好了的猪肉。殷王陵出土的司母戊大方鼎高达133厘米，重875公斤，被学者誉为“世界青铜鼎之冠”。试想，铸造这么大的铜鼎，上面还有美丽的花纹。需要预先制作多大的泥模，需要多精美的雕刻艺术，需要多高的冶炼水平！试想三千多年前的英、法、德、俄等国还压根儿不存在，那里的人们还在过着穴居和茹毛饮血的野蛮生活，而我们的先人却早已进入文明社会，能生产出如此先进的用品，岂非中华民族的极大骄傲！再补充一句，殷墟青铜器中所含锡与铅，皆为人工有意加入，当时人们已经能够从矿石中冶炼出铜、锡、铅三种金属，且已掌握了它们的合金性能。

我是2000年3月30日去殷墟参观的，陪同我前往的有民进安阳市金耀林主任和郭旭东副主委等人。郭为我国殷墟文化和甲骨文研究专家，对自己专业了如指掌，靠了他们帮助，我得以参观一个对外不开放的殷墟文物宝藏，大开了眼界。我看了3000年以前的名贵陶器和青铜器，件件都是国宝。以陶器论，无论陶斝或者陶簋，均制作极为精美。我还看了3000年前商朝人制作的地下排水陶器管道，和我们今天的水泥排水管一样，接头处都是一头大，一头小，便于连接，不会漏水，只是直径比今天的地下管道略小而已。更令人惊奇者，为当时人已经能制造出类似云南“飞锅鸡”那样的青铜气锅,锅的中心有一个中空的小管,可以通气,利用上升的热空气,煮熟食物。这殷商人的文化,你说能有多发达!

使我同样赞赏的是盘庚把自己的宫殿选在小屯,实在很有眼光。洹水河面广阔,正是在这里转了一个大弯,风景极为美丽,殷商王朝的宫殿就在这洹水的拥抱中,取水及交通都非常方便。

殷墟博物苑内有甲骨文的碑林,郭旭东先生为我将碑上的文字一一解释。原来殷人非常迷信,任何事都要通过甲骨占卜吉凶,他们占卜时,先用火来烤龟甲或牛骨,甲骨加热后必然龟裂,人们凭裂纹的形状来判断吉凶。然后再在甲骨上把占卜结果用文字记录下来,叫作卜辞。郭教授将占卜内容说出,我们简直像听故事一样有趣。

博物苑内有个妇好墓,值得介绍。妇好为殷王武丁的一个配偶(殷王配偶甚多,她是其中之一),此女的"庙号"是母辛(殷商人常按天干的次序来排定国王配偶的名次,既然"辛"在天干——即甲、乙、丙、丁、戊、己、庚、辛、壬、癸中居第八位,因此,我猜想她可能是武丁第八位夫人),此女为一军人,曾为国家建立了赫赫功勋,被认为中国历史上第一个女将军,可谓"巾帼英雄,当之无愧"。她死后,武丁特地为她修筑一座"王室墓",其上还修建了享堂,以便祭祀。我们下了三层石级,才终于进入墓穴。她的墓内不但各种殉葬物器极多,而且还有不少临时被杀害而被迫殉葬的男女奴隶。白骨累累,非常残酷。我过去由于无知和偏见,总是对我国汉族古代有无奴隶社会有些怀疑,此次看了妇好墓,遂坚信汉族古代同样有奴隶制。

国内一位旅行者参观了殷墟甲骨文展览后,在留言簿这样写:"假如我有一个上中小学的孩子,我一定带他到安阳去参观殷墟,看看殷墟出土的甲骨文,让他见识一下曾经震惊世界的中国古代最早文字;假如我是一个教师,我一定组织我的学生去安阳,上一堂最生动活泼的语文课,讲解汉字的起源。"这段话说得多好啊! 拿我来说,此次参观,使我受益极大,我亲眼看到了我国古代中原文化是如何之发达,殷墟文化是中国人的光荣,也是中国中原人的光荣。可惜后来河南落后了,直至今日,我的故乡河南省不论在经济、社会或文化教育方面,都大大落后于许多先进兄弟省份,使人不禁唏嘘。

二

这次旅行,我还看了其他许许多多地方和东西,例如,在洛阳参观了中国古代佛教石窟三大宝库之一的龙门石窟和中国佛教第一寺白马寺;在邯郸看了吕洞宾的古"观"(此"观"字为去声,专指中国道教的寺庙)吕仙祠和卢生祠。这卢生祠极为有趣,因为唐代传奇中有一著名短篇小说《枕中记》,说的是卢生黄粱一梦的故事。可能是由于这一故事引起，邯郸真有一个“黄粱梦镇”，镇上建有卢生祠，再现了卢生故事。顺便说起，黄粱梦镇有个校舍漂亮、设备完善，办得很好的私立“中原外语专修学校”，受友人邀请，我在此校为同学讲了两次课，还会见了几位新朋旧友，做了三天浪漫气息极浓的“黄粱美梦”。

另外，我还与几位至亲好友一同去了故乡河南博爱县，访问了我童年时离开故乡后六七十年来梦魂萦绕的道教圣地屹档坡（“档”左边偏旁应为“山”字），和其他一些名胜古迹。我的故乡情一向极浓，难以排遣，任何时候能回故乡一次，对我来说均为极大的诱惑与乐趣。在博爱县，我又一次见到老朋友孙凤鸣兄（县政协原主席），看到他风光依旧、英俊依旧、潇洒依旧、幽默依旧、“青春”依旧，一点也不减当年。博爱县的方言很土，土得流油，但对我来说又非常入耳，一听到老乡们讲博爱县土话，我便感到无比亲切自在，一下子回到了自己的童年时代。

“大事”不谈了，下面只谈旅途花絮，以供亲友欣赏。去洛阳参观龙门石窟那天，天公不作美，下雨不止。我当年带的研究生“小郭”（现为河南师大教授和该校科研处副处长）和洛阳工学院马教授与我同行。进了石窟大门后，我们看见两个男子带着三个年轻女子由山上下来。马教授说，这三个女孩因为龙门石窟门票太贵（每人45元），乃由当地农民带她们翻山越岭，绕过石窟大门下山，她们每人需给农民20余元，门票便省去了。他又说很可能是农民与龙门石窟售票处合作，赚了公家的门票费。三位女青年下来后，正与我们碰上。小郭和我乃问她们路滑不滑，每人付了多少钱？谁知这三人毫无礼貌，态度恶劣，竟回答说：“你自己上一次山就知道了！”我对小郭说：“这人态度太差，不理她们。”

这一路买火车票，我总是时运不济，每次买软席卧铺，都只买到上铺，而无下铺。鄙人年近80岁，睡上铺如何可以呢？所幸每次遇到列车长帮忙或者好心乘客愿意照顾我，与我换铺，但最后一次由南昌前往桂林，却遇到了困难。由于今年“五一”节一连放假七天，各地群众纷纷外出旅游，火车爆满，据说卧铺票已全部售出，下铺更不用说。送我上车的一位江西师大研究生乃问3号铺旅客，对他说我年已80，又有慢性病，可否请他与我换换铺。这位中年人面色冷漠，干巴巴地回答了一句：“我也有病！”研究生无奈，只好说：“换换吧，我们补些钱给您，赔您20元！”由南昌至桂林软席卧铺上下铺正常差价是9元，给他20元已经多了一倍不止，更何况是“见义勇为，助人为乐”，谁知这位老兄竟回答说：“不行，得给30元！”我因自己无法攀登上铺，迫于“形势”，只好同意。可是我当时零钱不够，就说等换了钱再给他。不料此人的劣行犯了众怒，他因事刚一出房，同房旅客便骂了起来，说：“真是混蛋，和老年人换个铺，居然还要报酬，而且20

元还嫌不够，还要30元！”此时，刚巧列车员也在旁边，她听了众旅客的议论，也同样义愤，忍不住骂起那个中年人来。我就“趁热打铁”，对她说：“那您就帮我找个下铺吧。”列车员被我打动了，居然像魔法师一般，给我在另外一间客房里“变”出一个空余的下铺。她嫣然一笑说：“下铺是有一个，只不过那个房间孩子太多，吵得很。”我说，不要紧，遂欣然迁往。一进那个房间，便看见除了好几个大人，还有四个孩子，大的九岁，小的五六岁，正在打成一团。我说：“这不是幼儿园嘛，好热闹呀！”众人大笑。我一向喜欢孩子，而且有“遗传基因”可以很快和孩子们交朋友。搬入这个房间不出五分钟，就和一个九岁的女孩子变成“莫逆之交”。她当即把大把糖果糕点送我，拒绝根本不可能，她妈妈劝我接受孩子的馈赠。我只好收了三块山楂糕，一块果冻。这还不算，不久，这位女孩开始对我进行“智力测验”，问我：“什么布不能缝衣服穿？”我傻了脸，回答不出，她说：“瀑布！”我大为敬服。她又问我：“小明在路上看见一张100元的钞票，旁边有一块骨头，把骨头拿去了，100元钞票没有动，为什么？”我说：“因为小明不爱钱，但是，她的环保意识很强，为了保持马路清洁，就把骨头拿走了。”她说：“不对，不对，因为小明是一条狗的名字啊！”就这样，我被这个小女孩问得晕头转向，狼狈不堪，没有答对任何一个问题。总之，火车上乐趣多得很，说不完。

三

需要谈谈江西之行的情况。此次去江西参加“全国高校外国文学教学研究会”，会议先后在南昌、井冈山二地举行。因为是常务理事会，人数不能太多，只40余人。会议议题是“外国文学教学中的素质教育问题”。这“素质教育”，我以为至少应该包括德育、智育两方面，或最多加上美育。我还认为德育是灵魂，是极端重要的，但灵魂是看不见的，它必须借助智育“肉体”才能表现出来。事实上德育与智育不可分，任何孤立、片面空谈德育，而不同时进行智育，必然导致德育的落空。对德育的理解往往只想到“有理想”、“有奉献精神”、“热爱祖国”、“热爱社会主义”、“正直无私”、“集体主义”等中国传统道德（这些都是正确和重要的，应该大力弘扬），却忽略了欧洲文学里所强调的人文精神、民主思想、法制观念、个人独创、进取精神、竞争意识以及对金钱和腐化的严厉批判等。会议在这方面做了认真的探讨，使我澄清了自己过去的一些模糊思想。从这次会议，我看到来自全国各地高等学校的教师们是如何热爱自己的专业，充满敬业精神，对外国文学理解和钻研也深，令人敬佩。这个学会是个非常“可爱”的学会，它自一成立以来，就十分严肃认真、一丝不苟地从事学术活动，每次开会，都认真宣读和讨论论文，会后，不管经济多么困难，都必须出版论文集一册，获得了同行们的普遍赞扬。江西师范大学是此次会议的东道主和组织者,他们为会议做了大量工作,功不可没。

最后我想集中谈谈井冈山。井冈山是革命圣地,1927 年中国共产党领导在此建立了第一个农村革命根据地,在中国革命史上光芒万丈。此次能前往井冈山"朝圣",使我兴奋不已。但有一点却是我所从未料到者,即:除革命文物外,井冈山的自然风景也极为秀丽,景点多得不可胜计。山门口大路上竖立着朱德写的一块巨碑"天下第一山",我认为这"第一"二字,既指革命又指风景。山上革命烈士陵园不但建筑雄伟,而且地势很高,好像与南京中山陵不相上下。一般情况下,以我现在的年龄,已不可能登上(医生再三叮嘱我不可登高),可是,如此伟大的革命先烈陵园我怎么能不去亲自瞻仰、顶礼膜拜呢?我走走歇歇,歇歇走走,气喘如牛,以"一定要上去"的决心,终于攀登上陵园之顶,到达了革命先烈纪念碑下。在"雕塑园"里,我看见许多先烈的塑像,他们无一不是为革命献出了自己年轻生命,牺牲时只 20 余岁或最多 33 岁,想起这些革命先烈的伟大精神,想起当年革命的艰苦,我不禁潸然泪下,肃然伫立良久。另外。我还去了名震遐迩的黄洋界,亲自看了黄洋界之险、之奇、之悬崖陡壁,真是"一夫当关,万夫莫敌",在脑海里再现了红军当年与国民党反动派军队鏖战时的情景。红军以不足一团兵力,击败了敌人四个团的进攻,终于使敌人溃退。

井冈山风景极佳,处处皆名胜。水口景区大瀑布,进入大门后要步行好几里才到。大雨滂沱中,我乘一肩舆(滑竿,)又穿雨衣又打伞,终于抵达了这个号称在我国仅次于贵州黄果树的大瀑布,正是由于下雨,更为壮观,大水分三级而下,若万马奔腾,震人心弦。我还乘坐索道缆车游览了龙潭景区,一路尽是青山绿水,与世隔绝,真仿佛是洞天福地,人间天堂。沿途小溪一条,连接五个瀑布和深渊,古木参天,郁郁苍苍,鸟语花香,沁人心肺。此外,我还与大家一同游览了主峰区,但见五座山峰,连绵起伏,无限雄壮。这就是 100 元钞票背面上印刷的图像,我们人人拿出百元钞票与眼前风景相比,确实一模一样,丝毫不差。最后,井冈山风光宜人,市容美丽整洁,一尘不染,完全无愧于"井冈山"这一美名。

以上写了这么多,仍感到挂一漏万,不能满意。其实,说穿了,这封信只不过是"压缩饼干"而已,我特制这块饼干。压得太紧,又烘得太干,食之固然无味,却又聊胜于无。正是这样,正是这样。顺颂

大安!

祥麟

2000 年 5 月 8 日

4. 感悟

敬致诸亲好友：

我们家在南宁市一个很大的园林式院子里。院内种植了许许多多亚热带树木、瓜果。绿树成林，芳草如茵，空气也很清新，有个适宜于居住的好环境。南宁为了争取成为全国“园林城市”，中央派人来考核时，市里总是把考察团带来我们院子里，于是，很快这个广西壮族自治区首府，便成了“全国园林城市”之一。漫步于院子内的林荫小道上，除了鲜花异树外，还有各种瓜果。例如葡萄、木瓜、荔枝、石榴、芒果、香蕉、黄皮果等累累果实吊在树上，有时低了头，才不至于碰到上面的葡萄。

您也许会问我：“你把你们院子说得那么好，请问你们院子里有没有丑陋现象？”有，最突出的就是每一家的防盗网和防盗门。我们的院子里，低的是两层楼房，稍高的四层或七层，没有一家无这种“防盗”装置的。院子大门口设有守门的保安人员，尽管小偷很难进来，住户仍然感到需要装防盗门和网，每一家都把自己锁在笼子里，实在不好看。南宁市甚至全广西的治安应该说在全国都是第一流的，但是，人们仍然要装它。这又有什么办法呢？

一

上面我谈到院子里漫步的事。遗憾的是，我却很少散步。原因不仅是我太忙，尤其重要的是自从80年代中期我在桂林停止每日早晨爬叠彩山起，已十六七年未锻炼矣。不是不想锻炼，而是早晨经常头昏，必须卧床休息一下，才能开始工作。于是，我便“为了眼前利益，牺牲了长远利益”（这是马克思主义关于现代修正主义的定义），多年来置健康于不顾。这两年许多疾病纷纷向我袭来，使我简直难以相信，也难以招架，再加上老朋友、老同学“走”的太多，触目惊心。严酷的客观形势逼使我决心恢复锻炼，自前两天起，我就开始每日早晚各在院子里散步半个小时。这一来不打紧，我很快发现了原来除我以外，这个院子的老人们似乎个个都在锻炼。奇怪的是，老头子都是单独锻炼，而老太太则大多是集体锻炼。她们开了录音机放音乐，大家随着乐曲悠扬，翩翩起舞。我原先总是主观以为老人们的胳膊腿硬了，锻炼起来姿势必然很难看。谁知不然，经常锻炼的人，即使是老人，四肢仍然非常柔软。这些老太太除了“腰大膀圆”早已失去当年的苗条,仅就锻炼来说,真是舞姿婀娜、风韵犹存。我这个人有个特点,即:还算有恒心。既然下了决心要锻炼,就“吾道一以贯之”,决不半途而废。有时天下雨,或者我睡过了头,时间已晚,我照样散步不误(在自己房子里散步)。这是我一大发明,房里散步也有它的优势:我可以一边走,一边和内子、保姆谈天说地,毫无寂寞之感。缺点也很明显,即:房子再大仍然不够散步之用,我得经常“向后转”、“向左、向右转”。转得多了,难免有些头昏眼花,进退失据。这使我联想起童年时候在故乡磨坊里见到的小毛驴拉磨。驴子被主人蒙了眼睛拉磨,一圈又一圈地拉,不停地转圈子,从早到晚,天天如此,这有多枯燥乏味,负担又如此沉重,有谁想过驴子“苦难的历程”?现在好了,科学昌明,有了电磨,驴子再不需要拉磨,牲畜的劳动强度大为减轻。

说起“恒心”,最能说明问题的是我的戒烟。鄙人自 1942 年抗日战争时开始抽烟。“烟龄”凡 50 年之久,到 1992 年彻底戒绝。1991 年秋,我在美国新英格兰学院任教,刚到镇上租房子时,美国房东与我“约法三章”,头一条就是不许在他家抽烟,因为他有过敏症,绝对闻不得烟味。我答应了,从此改在我办公室抽。上班时间(美国大学规定老师每周至少要在办公室坐班 10 小时,为同学解答问题),我把门一关,一本书、一杯冰水或可乐,再加上一支香烟,真是奇妙无比,大有飘飘欲仙之感。不料有一天我去教务长办公室与他谈天(我们是好朋友),他突然问我:“您在自己办公室抽了烟,是吗?”我大为惊诧,首先承认了确有其事,然后反问他:“是谁告诉您的?是你们的联邦调查局特务,还是中央情报局的人?”他说:“谁告诉我的没有关系。问题是这整座楼都是木头建筑的,非常容易失火,所以不准抽烟。”我说:“我每次抽完烟都把烟头熄灭得干干净净,而且放在裤子袋里带走,不是很安全吗?”他说:“不行,不许抽烟这一规定定得很死,不能违背。”我当时当机立断,马上对他说行了,我保证以后不再在办公室抽烟。这样便下决心戒烟,而且居然成功了,至今八年来,我再没有抽过一根烟。有人问我何以有如此大的决心,能够戒烟成功?我说:“方法很简单,就是决不抽第一根烟。我以一个处女保卫自己贞操的决心,保卫自己不抽第一根烟的记录。”众人闻之捧腹大笑。有人说我说的“保卫自己贞操”这一观点,过时了。

现代社会生活,有一大苦恼和乐趣,即:接电话。至亲好友在万里之外,一线相通,铃声一响,顷刻间,便能听到对方的声音,大家畅叙别情,交流心声,诚人生之一乐也。可是,另一方面,当我正紧张工作之时,突然,被一些不重要的电话打扰,也是一种苦恼。尤其是我性格特别急躁,电话铃声一响,我根本等不及家人去接,而是自己抢先去接,结果呢,小保姆在我家电话最多,很多次一接,竟是她的电话,使我的工作备受干扰。舍弟瑞麟家居台北,他打电话有个特点,即用磁卡与大陆亲友通话,每次只打一分钟。好几回我接到了话筒“喂,您好！您是谁呀?”他回答:“三哥,你好,我是瑞麟呀。”下面我还没有来得及再问,他便说“对不起,时间到了。”那边他已经把电话挂了！使我手足失措,怅然若失。这是“快速电话”,也有相反的另一种“特慢电话”,慢得你急死了也没用。有一次我打电话给我那位在河南的堂兄仲麟,他老兄耳朵重听,动作缓慢,反应也很迟钝,我与他通话已两分钟,他还不断问我:“我是贺教授,您是谁呀?”我已忍无可忍,火气来了,马上回答说:“我也是贺教授。二哥,请你赶快找二嫂来接电话,免得白耽误时间!”可见,天下任何事都是“过犹不及”,太快太慢都同样不行。

二

这几年来,有一件事使我颇为沮丧。即:亲人、老师、朋友们纷纷谢世。每次都是“猝不及防”,死神突然降临,噩耗传来,灵魂为之震撼。例如,1939年我在四川江津县白沙镇红豆树读高中二年级时,同班友人张纯之、初中二年级的马明龙和我,我们三人是“亲密战友”,就像大仲马里的“三剑客”一样,另外还有高中三年级的我的堂兄贺仲麟。我们四人几十年来始终是“好朋友”或“亲兄弟”。可是,前年纯之兄突然病故,去年,我的堂兄和明龙老弟又先后逝世。当年红豆树的四个人,而今,只剩下我一个人形影相吊、孑然一身,好不凄凉！这些年来,我的故旧病逝的太多了,使我一而再、再而三地经受了“惊闻噩耗”的严重考验,逐步受到了锻炼,对“死”的看法逐步改变,也逐渐想得通了,不只是理论“想得通”(譬如说,“死是辩证法的胜利”,“凡人必死”,“人固有一死”,等等),甚至感情上也逐渐适应,没有以前那么怕了,或者说比较看得开、看得淡了。前几天刚刚病故的民进中央名誉主席、中国佛教会会长、我国现代大诗人赵朴老(赵朴初同志)在遗嘱上就说:“生固欣然,死亦无憾;花落照开,水流不断”,这句话说得非常精彩。我国诗圣杜甫写过:“死别已吞声,生别常恻恻”,以为生离之痛苦甚于死别。晋朝的陶渊明则看得更开,他说:“亲戚或余悲,他人亦已歌;死去何足道,托体同山阿。”这种“视死如归”的豁达精神在陶渊明是一贯的,他在另一首诗中还说:“纵身大浪中,不喜亦不惧。应尽便须尽,无复独多虑。”不论生或者死,他都是随遇平衡的。至于英国“玄学派”诗人约翰·童恩(John Donne, 1573—1631)在他的一首题作《死亡》的十四行诗里说得更加干脆,他说:

> One short sleep past, we wake eternally,
> And Death shall be no more: Death, thou shalt die!

这两句,我暂且把它译为:

> 只需要一个短暂的睡眠,我们就永远醒来,

那再没有了死亡，死神啊，你必将死去！

可见我们对死亡需要有正确的看法。我近来便多次想过，自从有地球亿万年以来，自己原本并不存在，后来来到这个大千世界，实际上只不过是极为短暂的停留而已，“百年以后”，自己更是永远不复存在，在此前前后后的亿万年中，又何必偏偏只看重这短暂的几十年，而舍不得走向永恒呢？一个人一生必须经过几个“大关”，如“金钱关”、“名利关”、“美人关”、“贫困关”、“富贵关”、“生死关”等等，其中最大、也最难过的可能就是生死关。解决这最后一个“难关”，有人靠宗教，有人靠唯心主义哲学，有人靠封建迷信，而我们只能靠辩证唯物主义。当然，我还不敢说这一问题我已彻底解决了，但是，目前至少可以说比之过去，自己有了很大的进步，如此而已。

上面提到许多“关”，关关不容易过，即使是一般人羡慕的“富贵”，这一关也并不轻松。所谓“富”，指的是有钱；“贵”指的是当官。我接触的“富人”甚少，“贵人”很多。积数十年之经验，深知与富人打交道固然不易，而与贵人打交道则尤其艰难。几年前，我有事想向领导反映情况，我找我的秘书与他的秘书联系了好几个月，对方的秘书态度非常客气，每次都说：“对不起，这两天领导很忙，没有时间。”如此者，一而再、再而三，不知多少次，最后我“大彻大悟”了，下决心不再找他。不知何故，正如鲁迅说的，“人一阔，脸就变”，有些人一当了官，马上连性格也改变了。我有一个学生，后来官运亨通，当上了“正厅级”，有一次我去向他反映情况，谈了许多他的单位的不良现象，使我再也想不到的，是他听完之后，面无表情，只说了六个字：“谢谢你，某老师”，下面是什么话也没有了。其“修养”之高，“道行”之深，真使我佩服得五体投地。这样的人，永远也不会犯错误。即使再搞什么政治运动，他也是“永远正确”，无懈可击，因为他对任何事没表过态，你根本抓不到他任何小辫子。还有一位我一向很熟的老同事，当上了副厅级的官，使我惊异骇怪的是，自从他第一天走马上任以后，其语言我便听不懂了。只要一说话，他就给你转弯子、磨角子、兜圈子，语言内容空虚，模棱两可，不着边际，而且阴阳怪气，叫人如“丈二和尚，摸不着头脑”。我对他失望之极，认为自己与他今后不可能再交朋友，谁知不然，几年后，年龄一到，退了下来，真是奇迹出现，此人马上又“还原”了，架子没有了，语言通俗易懂了，“朦胧诗”成了“明白诗”，我们大家居然又恢复旧情，再次成为好朋友。记得改革开放初期，文艺界曾辩论过社会主义社会究竟有无人的“异化”问题，我的理论水平不高，当时未敢胡乱发言，现在回头一看，“异化”对某些人说，是明摆着的，无可争论。

最后再说两句闲话，我家窗前种了四棵树，是我亲手所种。两三年前，我先种了两棵小小的棕榈树，不料虫子非常猖獗，把那两棵娇嫩、柔弱的树苗吃得遍体鳞伤，惨不忍睹。我以为它们已不可能成活，乃又种了两棵杉树。谁知，那两棵棕榈树生命力极强，居然大难不死，活了下来。而后来种的两棵杉树，更是茁壮成长，美丽无比，长得比我还高，现在已是亭亭如盖矣。我一向不喜欢用太多的时间种花草，免得因此而玩物丧志。现在竟不费什么力气，只是偶尔给它们浇些水，便有四棵小树从“幼年”长成“少年”，像十三四岁的孩子，正处在“豆蔻年华”，千姿百态，向我婆娑起舞，舞姿妙曼，惹人喜爱，再过几年，它们必将长成大树，为我的窗户遮阴并增添风光。

目前正是南宁盛夏酷暑之际，我忙里偷闲，同时挥汗如雨，在电脑前噼噼啪啪，打成此信，与大家谈天说地，交流思想感情。余再谈。此祝

暑安！

祥麟

2000年6月1日

5. 医疗事故

敬致诸亲好友：

我每次早晨或者晚上在院子里散步时，都会碰到一位中年保姆带着一个 8 岁的女孩一同散步，女孩子长得活泼可爱，也很聪明，但却是个残疾的孩子。她走路时向左右两边不停地摇摆，像个拨浪鼓。我问了保姆，她说这孩子是双胞胎之一，她的姐姐生下来一切正常，她刚生下来，由于缺氧，医院没有及时抢救，给耽误了，脑子受到损害，乃造成走路摇摆。这孩子每天要散步锻炼四五个钟头，非常努力也十分辛苦，可是收效甚微。我看了感到非常可怜，这孩子可谓人见人爱、人见人怜，长大了怎么办呢，能念书吗，能找工作吗，能找到爱人成家立业吗？凭什么由于医院和医生的不负责任，剥夺了她一生的幸福？我不禁想起《以赛亚书》里的几句诗来：

那时瘸子必将跳跃，像鹿一样，
哑巴的舌头必能引吭歌唱：
旷野必有水喷发而出，
沙漠里也必有江河涌流。

英译本为：

Then shall the man leap as an hart,
And the tongue of the dumb sing:
For in the wilderness shall waters break out,
And streams in the desert.

这个女孩会不会有一天会像梅花鹿一样灵活地跳跃呢？我们只能为她祈祷了。

问题是，重大医疗事故在我们医院里绝非个别事件，而是经常发生。例如，有一位我熟悉的老教授的爱人，因为白细胞过少而住院，医院化验她的血确实如此，可是，化验室工作人员极端不负责任，竟在她的白细胞数目后面加了个零，于是白细胞过少成了“白细胞过多”，医生根据化验报告开出处方，将她的白细胞进一步降低，病人终于死亡。又如，我妻子的嫂嫂因糖尿病住院，本来并不严重，却因医院误诊，胡乱给病人开药,病人也被治死了。类似的例子尚多,可谓不胜枚举。

医院治死了病人,家属怎么办?据我所知,上述三例中,前面两个死者的家属根本没有告状,他们清楚知道,告也无用(当时是80年代,老百姓还不懂得可以状告医院),只好自认晦气。最后一例发生在90年代,死者的女儿中就有医务人员,懂得医学,也知道用法律保护自己,乃首先去找医院申诉,医院说:“我们完全正确,整个医疗过程无任何错误。”此种厚颜无耻的文过饰非又如何能使家属信服?于是他们又向医院的上级领导即地区卫生局告状。不料,卫生局和医院是一家,答复完全相同。家属当然不服,决定向本省医疗卫生最高机构即省卫生厅告状,不是为了要求赔偿损失,也不是为了严惩肇事医生,而是为了像电影里的秋菊一样,“讨个说法”,还我一个公道。然而,“公道”谈何容易。为了保证卫生厅能公正处理问题,我的内侄女(也是死者的女儿)找到了我,求我帮她找找熟人。我问了一两位友人,他们说:“放心吧,卫生厅医疗事故处理小组是由一二十个专家组成,这些专家绝对公正,而最后要靠专家投票决定,非常科学,根本无须托人。”我放心了,完全相信这些专家和他们的鉴定小组。谁知事实并非如此。卫生厅鉴定的结果竟是:医院医疗一切正常,没有错误。我们全部傻了眼,怎么也想不通,全省最高、最有权威的医学专家们会得出如此荒谬的结论,最后经内行人指点,才知道医院法力无边,比“齐天大圣”孙悟空还要厉害,他们早已偷天换日,把整个病历改写了,弄得天衣无缝,专家们又如何发现问题?

医疗事故古今中外,任何时代、任何国家都有,这是不争的事实。我手边刚好有一份关于美国医疗事故的资料,可以随便谈谈美国的情况。这篇文章刊登于今年六月号的英文《读者文摘》大字本,文章题目触目惊心,叫作“你的医院如何杀死你”,副标题更加可怕,是“今年有12万病人死于医疗错误——这个数字等于每天有一架巨型喷气式飞机失事机毁人亡!”下面,我介绍一些美国医院的“医疗错误”(即我们说的“医疗事故”)情况。

宾州大学是美国一所著名的高等学府,此校我曾去过,印象不错。它有一个附属的教学医院,在美国也甚负盛名。一个病人因要做心脏搭桥手术住院,手术后出现多种并发症:剧烈药物反应,疝气和伤口发炎。经医生处理后,情况稍有好转,但是又出现了呼吸困难,最后终于死去。医院对死者的儿子说,他们已经尽了最大努力,终于回天乏术,挽救不了病人。儿子对医院这一说法有怀疑,乃于次日要求查病历,医院拒绝了,说不行。两天以后,他再次提出这个要求。并且说,如果医院不给看病历,他将请律师诉诸法律,医院让步了,要他缴90美元,这样,他才拿到他爸爸的病历。真是“不看不知道,一看吓一跳”,病历上竟写,经胸部作CT检查,发现病人心脏附近有一条主要血管里有血栓。如此重要情况医院竟然完全没有告诉病人家属。更有甚者，经调查，在病人死去之前，没有一个医生看过这一CT检查结果。医生不负责任，一至于此！文章还说，上述医疗事件，是过去十年间，这家医院由于医疗错误而导致病人死去的最低统计数目66个死者之一。至于因医疗失误致使病人伤残者更达好几百人。

这样的医疗事故在美国是否只是个别例子，并不典型呢？恰恰相反，据这篇文章说，不幸的是，宾州大学附属医院的这些情况，在现代美国医院中是十分具代表性的。据哈佛大学公共卫生学院的健康保险专家路西盎·李普（Lucian Leape）说，美国每一年因医疗错误而伤残的病人共计约100万人，致死者为12万人。这个数字是美国因每年交通事故而死亡人数的3倍。文章还附了一个图表，分别列举每年非正常死亡的各种数字：

失火烧死	3700
淹死	4100
中毒而死	8400
跌死	16600
交通事故	41200
医疗错误	120000

上面的数字已十分惊人，但文章作者并不以此为满足。他继续追问道：医疗错误还有其他各种复杂原因，例如医护人员换班留下病人没有人管或者医生护士疲劳、工作过度、饥饿、烦恼、惊恐、匆忙以及受到精神压力等等。还有，不同的药装在相同的纸袋内、药物不同但名称相似，医生处方字迹潦草难以辨认等，都足以造成医疗错误。宾州保健系统的生物伦理学中心的主任阿瑟·凯朴兰甚至这样说："病人由于字迹（医生的处方）潦草而死亡。"

但是，上述诸种还不是最重要的因素，医疗错误中最重要的因素是当今美国医疗界人士不现实、不诚实的医德（原文为"culture"，直译为"文化素养"，我把它译成"医德"）。文章指出，还在医学院念书时，这些美国未来的医生们便被劝阻，不要随便承认错误、不要随便找别人帮助自己，不要表现自己的弱点和质问自己的领导。医生在医院里非常不愿谈论自己的领导或下属的任何负面的东西，因为惧怕报复。统计显示，美国医院里90%到95%的失误，从来没有向各级领导报告过。

1991年美国《新英格兰医学杂志》发表了一篇重要的科研文章，作者说他和他的同事们曾经研究了纽约州30121份住院病人的病历，发现每200个病人中有一个人由于医疗错误而死去。外伤病人中有69%由于医疗原因而延长住院或者在出院时，导致残废。作者慨叹说,美国保健的最大问题便是医疗错误。洛杉矶加州大学内科教授罗伯特·布鲁克博士说:“我们的医疗制度已完全失控。”“每当一架飞机坠地时,我们适当地焦虑着而且采取行动。可是,具有讽刺意味的是,我们对那些每年在医院里不必要死去的成千上万人,既不担心,又不采取什么行动。”

下面是宾州大学附属医院自1989年1月至1998年6月这九年半中发生的医疗事故情况:1.有4个病人因用药量过多、用错药或者没有用药而致死;2.由于外科的手术过失而导致病人器官切除或血管穿孔者多人;3.一个18岁的青年车祸后输血,输错了血型,引起溶血反应,导致病人死亡;4.有8个动手术的病人,由于体内遗留纱布、棉花团或金属医疗器械而第二次开刀,取出体内异物。

在由于医疗事故而引起的276个案件中,有76例由保险公司代替这家医院赔偿了大约三千万美元给受害的病人或其家属。尽管如此,宾州大学附属医院的律师们依然不断否认对这些事件有任何责任,这样的事在美国医院算是例外吗?不!据波士顿一家非营利机构“保健改善研究所”的所长唐纳德·白威克博士(Dr.Donald M.Berwick)说,他认为宾州大学附属医院发生的一切,绝没有超过美国医院医疗事故的平均数。

然则,拿上述美国医院的情况和我国医院相比,哪一个更差一些呢?我认为是我国。为什么?理由很多。随便列举几个:1.我国医院的财力无法与对方相比,设备和医疗条件与美国医院有很大差距。2.就总的医疗水平和医生业务水平来说,差距也非常大。这个问题,我下面还要专门谈。3.两国谁的医德较高,我不敢说,因为我没有把握。可是国情不同,我国医院一些显而易见的特殊情况,置我们于不利地位。例如,各单位发奖金,美国绝对没有。它的医院也没有靠赚病人的药费来“充实”自己。美国没有“红包”,病人住院和动手术无须送医生红包。美国医院“医”与“药”分家,医生只管开处方,开了以后病人自己去外面买药,绝对拿不到什么“回扣”。因此,医生不会故意给病人开假冒伪劣药品或病人根本不需要的贵重药。此外,美国没有农民住院几个月,病治好了病人突然逃之夭夭这种怪事。医院也不会碰到危急病人,见死不救,必须等病人缴了钱才进行抢救。还有,美国发生了医疗事故,由法院审理,它没有卫生局负责鉴定这回事。而我国医疗事故,一向由卫生局鉴定。县、市卫生局是医院的“爸爸”,省卫生厅是医院的“爷爷”,出了事,哪有爸爸和爷爷不为儿子着想的?还有,美国医院不敢偷偷改病历,它没有这样的胆量,甚至连做梦也想不到去干这种缺德的、断子绝孙的丑事。

这一比之下,谁的医疗事故更多呢,不是明摆着的吗?如果美国医院每年有12万病人被医疗事故冤死,那我们的又有多少呢?

最后，我想专门谈谈医生业务水平的问题。英文里“医生”和“博士”是一个词，二者完全一样，都是“Doctor”。这不奇怪，因为，所有发达国家的医生一向必须在医科大学读八年，拿到医学博士学位，才有资格当医生。我国的医学院，一般只有五年就毕业了，成了医生。这八年与五年的差距能有多大？更有甚者，建国初期，由于医生短缺，我们设立许多“医专”，只三年便毕了业，短短三年究竟能学多少东西呢？这样的半“赤脚医生”的医术又怎样能和人家的医学博士相比呢？我不否认这些人中，有一些后来经过长期实践和自修，业务上有了很大的提高，终于成为真正的专家。然而，我们同时也不能否认，确实有一些（或很多）专科毕业生，毕业后业务水平一直平平，甚至较差，其中有的人后来竟然被评上“教授”，用“专家”的名义堂而皇之地招摇起来。我多年来对某些“大专”很有看法。譬如师专，在有关专科里只读两三年便可以教初中，这怎么行呢？50年代，原广西师院刚开办时，居然还有“一年制”的专科，学生只一年便毕业，即可去教初中。今天看来，这个玩笑岂非开得太大了吗？近年来，我国社会上语文大滑坡，原因当然很多，但其中一个恐怕与中学语文教师的水平大有关系，这里面有多少人是专科毕业、业务根本不合格的？新中国成立50年了，我以为必须大大减少甚至停办师范专科和医专，大大增加师范大学本科院校，大大延长医科大学的学生学习年限，不如此又如何能提高中学教学水平和医院的医疗水平呢？这是关系到中华民族的整个文化教育和医疗水平的大事，绝对不可以掉以轻心。

说实话，我们几十年来积累的医疗卫生问题太多了，已到了非改不可的时候。可是，真正改起来，一些群众很不容易承受，医药费用不断涨价，公费医疗范围不断缩小，许多比较贵重的药品，不断“退出”公费医疗。年老体弱的干部可能愈来愈多。我的一位表妹，年70，在徐州一个剧团工作了50年，突然生了重病，只因所在单位经济效益太差，她个人又没有积蓄，最后干脆不住医院，硬是在家躺着等死了，这是多么大的悲剧！当然，我们国家实在太穷，无力承受如此沉重的干部公费医疗的压力。然而，有人会问，为什么穷得叮当响的朝鲜有能力全民实行公费医疗，而我们却连国家公职人员的公费医疗都难以保全呢？面对当前的困境，是否可以想一些办法来补救呢？内行者可能认为我这一想法太天真幼稚、太浪漫主义了，如果真的这样，可否请你提出一个不天真幼稚的、成熟的“现实主义”的、切实可行的灵丹妙药来，治治咱们公费医疗的顽疾呢？

祥麟

2000年7月12日

6. 容县之行

敬致诸亲好友：

我由容县归来。最近与内子希和一同去了柳州和容县，前者是去列席民进广西壮族自治委员会的一次常委会，无疑应是“公事”，后者则是去访亲问友，完全为私事。柳州我已去过几十次，叫作“不可数计”，一些风景名胜如柳侯祠、白龙潭公园等地，已无必要再去，但我却和与会同志们一起利用一点空闲时间去“八桂奇石馆”和奇石市场，欣赏了许许多多奇石。“奇石馆”依山傍水，风景绝佳，更重要者为馆中所藏珍奇石头质量甚高，千姿百态、琳琅满目。这些石头，全是“美”的化身，看了它们，可以怡情，可以清心，可以净化灵魂，可以充分发挥人的无穷想象力，使幻想插上翅膀，遨游于九虚之上。看了它们，心旷神怡，融入造化，与大自然打成一片，使人心灵纯洁，趣味高雅，一扫尘世之庸俗气氛。尤其是一些可以叫作“国宝级”的奇石，使我旌移魄荡、忘我无我、流连忘返，全部身心浸沉于一片沉思默想之中。

去容县，按我们原先的计划完全是私人旅行，对当地任何单位“秋毫无犯”。谁知事实大谬不然，由于各地民进组织的大力安排，一路都有当地民进同志们的热情接待和无微不至的关怀照顾，甚至有时还麻烦当地地方领导。另一方面，事实也教育了我，使我终于明白了像我们夫妇这样七老八十的人，即使他胸怀经国济世大志、学富五车、才高八斗，然而由于体力衰退，已经丧失了“独立自主、自力更生”的能力，如果真的完全“私人旅行”，必将“寸步难行”。因为，排队买火车票和汽车票，临时找旅馆，挤公共汽车，等等，已经不是我们这个年龄的人所能办到者。靠了民进或当地政协的同志们精心照料帮助，我们才能到处有人呵护，才能上下山有人搀扶，不致滑倒，不致迷途，不致被坏人欺负，这才使我真正体会到“在家靠父母，出门靠朋友”的真正含义。

在容县，我们参观了著名的都峤山风景区。容县为广西最大的侨乡，又是自古以来人才荟萃之处。单是民国时期，就先后出了省主席 5 人、上将 3 人、中将 13 人、少将 58 人，还有大学校长、教授、专家无数。新桂系领袖之一的黄旭初就是容县人。

但容县又是穷县，除了发展南方水果如荔枝、桂圆、橘橙等外，还需要发展旅游业。可是，县里古迹文物不多，尤其是没有一大型风景区。县领导很有魄力，近年来下决心兴建都峤山风景区。在都峤山山上兴建一所颇有特色的庙宇庆寿岩以及有关的各种旅游设施。都峤山风光秀丽，景色极佳，置身其中，有如蓬莱仙境，世外桃源，附近群山环抱，到处一片碧绿。石山上镂刻了赵朴初先生写的硕大无比的一个"佛"字。山对面为庆寿岩。这是全国绝无仅有的一座奇特庙宇：奇在何处？在于它没有一般佛寺庙的巨大围墙和庄严山门，而是顺着石山，因地制宜，一层层修建了诸多佛像。一进门最下一层为地藏王菩萨，再顺石级盘旋而上为大雄宝殿，内有泥塑金身的如来佛等三尊大佛像，其旁另外一处为观世音菩萨，对面则为韦驮和弥勒佛。再往上攀登新的石级，直到山顶之处，则为五百罗汉，更是噫欤盛哉，蔚为大观。所有佛殿，悉为开凿岩石而成：所有佛像无不是全新金身，闪闪发光，而佛像皆造型庄严慈祥，栩栩如生。据说是特地从浙江请来的能工巧匠，雕塑成这一尊尊金身佛像。

我们去的那天(7月22日)下午，正碰上庙里众僧尼在诵经，这又一次使我大开眼界。根据我的"传统观念"，"夫男女者，人之大防也"。我国自古以来和尚与尼姑都是在不同地点修行、生活及做法事的。和尚在"庙"里，叫"和尚庙"；尼姑在"庵"里，叫"尼姑庵"。二者区分极为严格，绝对不能混淆。然而，"时代不同了，男女都一样"，我真想不到如今和尚和尼姑居然可以共同诵经做法事。更令我惊诧者，为我发现了这里的"和尚"和"尼姑"，除了一位坐在"第一把交椅"上的年高德劭的老僧之外，其他所有僧尼，个个都是一头乌发，光可鉴人，无一人头上剃光及有戒斑者。我询问了当地的朋友，才知道这些人大都是男女"居士"，并未出家。后来，甚至又听说我国佛教已取消了"削发为僧"或"削发为尼"的规矩，改为出家而不削发。我想，这是哪一位高人的发明，就像当年欧洲的马丁·路德那样，进行了大胆的"宗教改革"？此外，还有一样，就是这些善男信女的"居士"们诵经，和我在旧社会所见的僧尼很不相同。过去我们所见到的"和尚念经"，个个都是呢呢喃喃，倒背如流，全凭背诵来念经的，而今这些人完全不同，他们每人面前皆放一本印刷、装帧极为精美的佛经，仍然照书来念，好像咱们的小学生在课堂齐声朗诵语文课本一样。由此，我得出启发，认为现在当和尚不难，就连我这样鲁钝的人虽然至今四大不空，六根未净，但若出家为僧，只要事前稍稍准备一两个钟头，第一天便可以参加佛事，和大家一同敲了木鱼念经。听说经过我国的"宗教改革"以后，如今的和尚也有了不同的"级别"，但不知这些人哪个是"科级和尚"，哪个又是"办事员级"尼姑？

在黎村，我们去参观了容县珊翠中学。此校自创办迄今，已将近一个世纪，当年是黄家创立的私立学校，凡是黄家子弟，皆可免费入学。新中国成立后学校改名为黎村中学，在容县颇负盛名，前几年又恢复原名，这所学校至今仍有一首师生们都在唱的古色古香的校歌如下：

壮哉我珊中，
枕都桥，带绣江，
欲与南岭比峥嵘，
欲与西江竞豪雄！
缔造何艰难，
使命何光荣！
愿我同志勿忘，
勿忘诚实坚毅，读书用功
勤劳朴素，爱国奉公，
发扬传统，以进大同！

这所中学的现任校长是我60年代时在广西师大中文系教过的学生。他几十年来献身教育，极富敬业精神，把学校办得虎虎有生气。他对容县的历史掌故非常熟悉，古典文学修养不错。此人为一位“奇人”，写了一本“奇书”，叫作《容县名人风水探秘》，由香港天马有限公司出版。书里全部为研究名人宅第“风水”的。内容十分深奥玄妙，我看不懂。除了分析包括杨贵妃（容县人认为杨贵妃是该县人，因为她生前爱吃荔枝，而该县盛产荔枝，县内十里乡杨外村金牛岭上有她家的祖坟）在内的容县古今名人的住宅或祖坟的风水外，这本书还作为附录分析了孙中山故居、毛泽东、刘少奇、蒋介石、李宗仁等人祖宅或祖坟的风水，所有分析，全部附有图解，由于我对“风水”一窍不通，不敢妄加评论，只介绍情况如上。

我们还专程去附近的珊萃村访问了黄绍竑故居。黄绍竑（1805—1966）是新桂系中的著名人物，也是内子的族叔。抗战胜利后曾任浙江省政府主席，1949年曾任国民党政务院和平谈判代表团代表去北京参加国共和谈，后来又去香港，与43名国民党著名人士一同通电起义，新中国成立后任政务院政务委员和全国政协委员等职，反右运动中被错划为“右派分子”。

黄家宅第，墙高院深，气势恢宏，恰好在珊萃中学后面。我们去时，见黄家大门口悬有容县人民政府颁发的铜牌“黄绍竑故居”，金光闪闪，异常漂亮。然而门上有“铁将军”把门，一把大锁把门锁了，无法入内。幸而有内行者带领我们绕道由后门进入大院。我们在整个大院里巡行了一遍，使我吃惊的是这座“故居”败落的程度。几进院落里所有房间全部空空如也，没有任何家具和任何物品。此时，我才领略了古语所说“家徒四壁”的真实状况。每间房子的砖地上都长了青苔，院子里满是杂草，野草丛生，高可盈尺，可谓一片荒凉。如果说这里还有什么可以看看的东西的话，那便是正厅的墙上几十年前(估计是“文革”时间)书写的类似“大字报”或“墙报”一类的对黄绍竑一家“罪行”的介绍与批判。批判文字对房子主人的称呼是“全国臭名昭著的大官僚、大军阀、大地主、大右派、大资本家黄绍竑”,一人而五个头衔焉。而且,顶顶帽子大得吓人!姑且先不讲这些头衔是否完全合乎实际情况,但是,若单从历史的角度来看,我倒认为黄家由当年的发家和极盛时期走到今天的破败,完全符合历史发展规律。

纵观古今中外,历史上哪一个著名家族不是先发家然后极盛、最后不可避免地走向衰落灭亡?抗日战争时,我在昆明有一次听艺人说书,他歌唱的就有一句涉及世事之无常:“新坟头上烧钱纸,旧坟头上长黄蒿。”个人如此,帝王的朝代也一样。我想起元代诗人萨都剌(约 1272—1355)的《满江红 · 金陵怀古》:

但荒烟衰草,乱鸦斜日,
玉树歌残秋露冷,
胭脂井坏寒螿泣。
到如今、只有蒋山青,秦淮碧。(按“蒋山”即钟山,又名紫金山)

“旧时王谢堂前燕,飞入寻常百姓家”,这是再正常不过的现象,不足为奇,不必为它大惊小怪。试看那个曾经称霸一时的蒋介石,或者蒋、宋、孔、陈“四大家族”,当时无一不是“固一世之雄也”,如今他们又安在哉?君不见,那个曾经是碧眼金发、可人楚楚的苏联姑娘而今已是疾病缠身老态龙钟的蒋经国遗孀蒋方良,此刻的晚景又何等凄凉!黄绍竑当然和蒋介石以及四大家族都不相同,可是,他的家族也同样无法逃脱历史上由盛而衰的铁律。再说,今天不仅当年黄家的声势煊赫、车水马龙的盛况早已灰飞烟灭,甚至连“文革”初期能使地动、能叫山摇、大声疾呼批判黄家的红卫兵“革命小将”也已踪影全无,不知何往。时间之大浪淘沙、冲洗尽千古风流人物,横扫了不可一世的千军万马,竟一至于斯!

这一路上我们夫妇每到一处,均受到各方面朋友的热情帮助,限于篇幅我无法在此一一提及,但我应该特别感谢者,为容县当年在广西师大中文系读书的一个学生。我于抗日战争时去峨眉山四川大学念书时,他刚刚呱呱坠地,来到人间,1959 年他 20 岁考入敝校中文系,成了我的学生。他天性纯良,好学深思,对老师非常尊敬,差不多每星期都要去我家帮我整理书籍,我们之间师生情谊久而弥笃,多年来一直鱼雁不断。进大学时,他纯粹是个天真烂漫、充满稚气的大孩子。然而,人生易老、岁月无情,如今转眼间他竟然已经当了祖父,而且业已退休。我们在容县时,尽管他近年来连遭不幸,妻子病故,又响应上级号召全家拿出巨资参加某公司的所谓“集资”,结果群众的全部集资 300 多万元都“落花流水春去也”,顷刻化为乌有,他一家平白丢失 6 万余元,索赔无处，求告无门，其遭遇可谓惨矣，其损失可谓重矣。在此情况下他心情当然不好，但他仍然每天都陪我们，十分亲热，也倍极辛劳，实在难为他了。在此我向他、也向这次旅行中我们所见的一切诸亲好友表示诚挚的感谢。

回到南宁后，收到家人和朋友们的许多来信，都还来不及回复，却因日前去医院与医生谈病，医生命令我次日即住院检查，于是我于昨天(7月29日)住进了医院，这封信是向主治医师作揖、磕头，请准了假回家来“见缝插针”赶打字出来。我的病为二尖瓣关闭不全，因而经常气短，呼吸不畅。古人说对了，这叫作英雄“气短”，儿女情长，有何办法？估计10天后当能出院。此祝

夏安！

祥麟

2000年7月30日

7. 谈小说创作

某某老弟：

久疏笺候。未悉您近况若何，一切均好否？至以为念。我于今年9月下旬由北京飞旧金山，在美停留三日，于9月28日飞抵智利，探望我男孩一家。智利在南美洲之西，滨太平洋，风光宜人、气候极佳。我住在智利首都圣地亚哥以北120公里之一风景城市维尼亚，此城依山傍水，冬暖夏凉，四季如春，终年阳光普照，阴天很少，是属于地理学上的“地中海气候”。南美洲人总的来说，民风淳朴醇厚。智利治安很好，我们这一带民居的围墙甚矮，孩子们可以随便爬墙到邻居家，居家安全，绝少盗窃，而全国极少听说有恶性案件。我准备在此住将近三个月，今年12月至迟年底返国。

我在南宁市因百事羁身，尊稿看了一小半即停止，再无时间续读。来智利前，我特地将它带来，来此后再重新看起，现已阅读完毕。总的印象是前面写得不错，阅读起来，十分亲切有味。中间略有逊色，但仍有不少地方写得很好。如罗盛教舍身救朝鲜儿童等段落，后面似乎弱了些，文学性不足，艺术技巧亦弱，好像在记流水账，只是叙述事实，一件接一件叙述(如在电影制片厂那些电影剧本之写作和发表过程)，给读者印象不深，也比较枯燥。以上只是我的“印象”，不一定正确。

还可以谈得再具体些。作品之最大优点，为通过您个人几十年来的经历，从一个

角度反映我们的时代。这当然很好,应予充分肯定。但另一方面也有一些问题:一是您在尊稿上写明这是一部长篇小说,而实际上不是小说,而是一部自传(虽然用的是第三人称),这便产生矛盾,并且是很大的矛盾。写小说必须主题鲜明突出、人物性格深刻、艺术性很强,而您这一部“长篇小说”,而实际上是自传。严格按事实来写,局限性很大,加上您经常只是罗列事实经过,未作认真之选择及取舍,艺术上便会被削弱。由于您舍不得舍弃一些次要的、与主题无关的素材,乃写了许多不必要写的东西,使作品杂乱了一些,好像是一个花园,虽然繁花似锦,但同时又是杂草丛生,影响花园之美。例如,有一些短暂的一时的男女间的偷情,写了不仅大大冲淡了主题,而且也败坏了主人公的形象,起了很大的负面影响。当然,您如果像卢梭一样写一部《忏悔录》,忏悔过去自己的错误。就可以有事必录,样样都写上去,并痛自悔恨。但您不是这样,因此便无须写这些。关于写抗美援朝那段经历,志愿军英勇战斗和日常生活,如小说主题为写志愿军,当然可以。然而,您的小说为“自传”,有些志愿军战斗和生活场面与自己无密切关系,则可以不写,写了给人以庞杂、冗长之感。要写,就应该与自己紧密联系起来,写自己当时之情况与感受。

另外,还有一两处事情虽小,但我必须强调提出,即:作品有时写男女关系,用了非常粗野之词来称男女性器官,这是一切印成文字的书面作品之大忌,即使有些黄色小说也不会那样称呼,请务必删去。写性生活,即使有些作品再大胆一些,也只能用比喻间接来写,而不能赤裸裸直接描写。“真善美”三者是统一的,太露骨写,则不是美,而是丑了。丑了,就不可能是“善”,而变成淫秽了。

综上所述,我个人认为您这一稿应大大修改,注意集中主题,加强对人物性格和内心之刻划及表现,大力删去与主题无关之处,要写得精练集中、环环相扣、突出主题,加强思想性与艺术性。如果您有决心,恐怕要考虑全部重写,精益求精。大作原稿,请等我回国后再用挂号信寄给您。此外,尊稿上笔误造成错别字的,绝大多数我已经代为更正,如“雄纠纠”之“纠”是别字,应为“雄赳赳”,等等。

由于我们是几十年的朋友,我才敢本着“知无不言,言无不尽”精神率直提了上述意见。提得不对的,请予指正。

欢迎您回信,谈谈您的意见。即颂

撰安!

祥麟

2000 年 10 月 5 日于智利

*8. 结伴云南行

前不久，一些离退休同志去云南旅游，我与内子躬逢其盛，与大家一起结伴云南行。

参观世界园艺博览会，是此行的目的之一。世博园占地面积共 318 公顷，整个园内风景如画，花木成林，花卉之多、之好，令人叹为观止。真好像全世界的鲜花一下子聚拢于昆明。同样使人满意者为凡有空地，全部铺上了优质草皮，到处一片碧绿，令人赏心悦目，心旷神怡。园内植被覆盖率高达 76.7%。

它的室内展览馆有：1.中国展览馆；2.人与自然馆；3.大温室；4.科技馆；5.国际馆。

室外展区面积为 17 万多平方米，有：1.国外展区（不同国家各有自己的展区）；2.国内展区（各省、市、自治区均有自己的展区）；3.专题园区：如竹园、兰花园、药草园、盆景园、树林园、茶园、蝴蝶园等；4.企业展区；5.公共服务设施区。

这样大的规模，这样广阔的面积，这么多的大大小小展馆和展区，任何人不可能在一天内看完，何况我们这些行走不便的老人，因此，我们只能看很小的一部分。

这里只谈一个蝴蝶园。中国人对蝴蝶有一种特殊的感情，庄周曾做蝴蝶梦，翩翩起舞。梁山伯与祝英台的恋爱和罗密欧与朱丽叶一样，都是大悲剧。但罗欧二人双双殉情，抱恨终生，而梁祝二人死后化为一对美丽的蝴蝶，终于成了眷属。这是传说，而现实中的蝴蝶园，色彩缤纷，惹人喜爱，成了“美”的象征和化身。我国自古以来的多少诗人热爱自然，例如陶渊明就唱出了“采菊东篱下，悠然见南山”的千古名句，而法国 18 世纪的著名启蒙运动思想家卢梭也特别强调“回归自然”，我觉得我们这些在城市住久了的人，特别是老人，应该多接触自然。今日有此机会与鲜花、绿树和蝴蝶一起，真是神清志爽，其乐陶陶。蝴蝶园旁，还有一个蝴蝶园展览室，里面陈列了各种五色缤纷的不同品种的蝴蝶，对于我这个外行来说，有如“刘姥姥进大观园”，简直是眼花缭乱。其中有一只非常大的蓝色蝴蝶，蓝光灿烂，比手掌还大一些，让我印象极为深刻。

在昆明我们还看了金殿。所谓“金殿”者，实铜殿也。此殿全部建筑均为铜制，包括屋顶、墙壁、梁柱斗拱、瓦楞、顶檐、神像罗幔、桌案瓶器、扁楹旌旗等，无一不是铜制。它位于昆明东郊鸣凤山麓，距城 8 公里，是我国名震遐迩的一座铜制殿堂。此殿为吴三桂所建，总重量为 250 吨。从金殿再往上走，有一钟楼。此楼共四层，顶屋悬有明朝永乐二十一年所铸之大钟。登楼远眺，但见四处一片碧绿，到处皆为青青绿树覆盖着整个昆明。真令人身心欢畅，衷心钦敬昆明市绿化之好。

除新疆之外，云南是中国少数民族最多之省，连汉族共有26个民族。25个少数民族分布于全省三分之二的土地上。此次云南之行，很深的一个体会便是，少数民族之多和他们各自历史、文化和风习的源远流长，独具特色。此次旅行，我们先后参观了昆明的民族文化村和纳西族聚居地丽江，以及白族聚居的大理。在参观民族文化村时，我与另外两位同志忙里偷闲，脱离大队去听了一阵“纳西古乐”，十位男女乐师在舞台上演奏民族古典音乐，曲声悠扬，妙不可言。我们坐在下面的藤椅上一边喝茶，一边侧耳倾听，倾听这美妙悦耳、令人陶醉的古乐。这些乐曲之所以珍贵，不仅因为它本身优美动听，更为它保留了我国唐宋以来许多词曲音乐的原型，被认为是“活的语言化石”。

还有一事必须一提，即纳西族的摩梭人是我国迄今仍为母系社会的一个民族小小分支。摩梭人每一家当家者为外婆，其次为母亲。他们的青年男女从不结婚，男女成了朋友后，双方各自白天在自己家劳动，晚上同居一下，生了孩子，一律归母亲家养活，孩子的教育由舅舅负责。对此，我很有兴趣，感到这种20世纪末居然还能一直保留下来的母系社会，值得研究。

我们整个云南之行的真正高潮，是在纳西族聚居的丽江县。我们参观了丽江地区首府所在地的大研镇，又名丽江古城，印象之深、之好，可谓终生难忘。丽江古城始建于南宋，迄今已有800年历史，整个城镇全部房屋建筑、街道等一律保留了古代面貌。家家住房的正门堂屋门窗和牌楼上，大都有双凤朝阳、八个鸟、山茶花、水波等各种图案。镇内主街靠河，小巷邻水，绿树依依，鲜花覆堤。人工建筑与自然环境浑然一体，和谐幽雅，美不胜收。1997年2月，它被联合国定为世界文化保护遗产，前不久各国还集中于此开会，专门研究丽江古城，对它评价最高。认为这是中国的骄傲，是中国和世界人民的共同财富。当年我国著名地理学家和旅行家徐霞客（1586—1641）曾游此。说丽江古城“居庐骈集，萦坡带谷”“民房群落，瓦屋栉比”，我漫步在古城街巷之中，即有这种感觉。

这天上午，我们一行30余人漫步在古城街上，在一条条古色古香的街巷中徜徉。这里街巷的路面全是用丽江特产的五花石铺的，给人以宁静悠远、古趣盎然之感。所有的居民房子悉为中国传统格式，还有四合院。更精彩的是街上淌流着一条美丽的小河，约两米宽，河水清澈，水流湍急，一泻数尺，奔流向前。街间的跨河小桥均为明清时期的大小石拱桥或石板桥，共300余座。可以这样说，这里的户户均为“小桥流水人家”。漫步在这样的古城小街巷中，使我仿佛回到了三四百年前的古代城镇。我不禁想起杜甫《江村》里的诗句：

清江一曲抱村流，长夏江村事事幽。
自来自去梁上燕，相亲相近水中鸥。

我说，这地方实在太美丽了，美丽得不像是真的，而像是一个梦，一首抒情诗，一首“梦幻曲”，一支“归去来兮，田园将芜胡不归”的歌曲。我曾经去过欧洲和南北美洲的一些国家；在我国，我只有六个省（包括台湾）未去过。我认为全世界我去过的小城镇，以丽江古城最美，去云南不去丽江古城，最多只能说去了一半云南。

丽江古城还有一个我们原先绝对意想不到的精彩去处，即：明朝纳西土司府第的“木府”。土司姓“木”，据说为明太祖所赐。朱元璋当时赐了两家的姓，一家姓“和”，另一家姓“木”，合起来为“和睦”之意。这位木姓土司，一心学习汉族先进文化，修建了一所非常雄伟的府第，其规模之宏伟、气象之浩大、建筑之华丽，较之皇宫，毫不逊色。在我国除北京故宫外，我尚未见过。

院内有“光碧楼”，过了此楼又有一个大院，为“玉花园”，园中有“玉亮楼”。楼前种有三棵古树，其中一棵为紫薇树，已400多年，虽然树干上的皮已全部脱落，但树枝依然是绿叶茂密，生机勃勃。据导游同志介绍说，此树甚怪，只要人们轻轻用手摸一下它的树干，替它“搔痒”，树就会“笑”，轻轻抖动。我试一下，果然如此，此事怎样解释，还得请教植物学家。

当然，如果我们愿意还可以继续攀登，直至山顶，山顶上还有一个巍峨的大楼，一路回廊，盘旋而上，到处雕梁画栋，金碧辉煌。但因我们时间有限，加上年老体衰，只好告辞。临别之时，我一步三回头，留恋不已，想把这“木府”的壮丽建筑和景象，一一存入我的“活电脑”中，永志不忘。

另外，我们还去了大理。大理崇圣寺三塔为我国著名古塔，值得一看。大理的苍山和洱海举世闻名，限于篇幅，不多谈了。

2000年10月8日

9. 智利生活

敬致诸亲好友：

光阴荏苒，我来智利瞬已一月余矣，生活中花絮甚多，现缕述如下：

一

首先，刚来不久，我即于 10 月 4 日晚在瓦泊拉伊索市（Valparaiso）剧院观看了中国扬州市木偶剧团的演出。瓦市与我居住的维尼亚市比邻。最初，二市相距极近，后来，双方都发展了，乃基本上连成一片。其关系有点像我国的汉口与武昌、武汉与汉阳。在国外能碰巧看上祖国文艺团体之精彩演出，为人生一大乐事。

对木偶剧，我过去了解甚少。小时候在街头观看过民间艺人表演之木偶戏，只一人主持。用蓝布围一预先制好的竹框内，蓝框仅仅二尺见宽。木偶很小，穿了男女服装，轮流在幻想之“舞台”上演出。木偶的五官和四肢，均不会动，靠躲在下面的艺人模仿男女间讲话，设备简陋、剧情简单乏味，观众寥寥无几。这一别 70 年来，我未再看过木偶戏。“士别三日，当刮目相看”，真没想到经过几十年的沧桑变化，它已成长得如此出色，简直是出神入化，千姿百态，“征服”了整个拉丁美洲。

此次木偶戏的舞台，为一般舞台，木偶活动范围很大，可谓“海阔凭鱼跃，天高任鸟飞”，比我儿时见的二尺幻想“舞台”大得无可比拟。不但有舞台，而且还有布景和道具。布景美丽而逼真，木偶本身也很大，有真人三分之一或甚至一半。木偶会说话、会笑，笑时有表情，嘴还会动。跳起舞来，婀娜多姿，与真人差不多。我们先后看了“狮子舞”、“武松打虎”、“鹤与龟”、“胖子与蚊子”、“长绸舞”、“车技”、“龙舞”、“小熊和小猩猩”等十余个精彩节目，个个节目精彩绝伦，极富生活情趣，而且，非常幽默，妙趣横生。例如：“胖子与蚊子”一剧，胖子工作了一天，在野外露天睡眠，一只巨大的蚊子来叮他，咬得他不停挥手驱赶，竟毫无效果。他生气之极，决定与蚊子“宣战”，拿了各种工具扑打蚊子，均无作用。最后，他恼羞成怒，干脆拿了杆快枪，扣动枪机，连续射击，只见天空火光四射，似闪电雷鸣。此时，我想，蚊子肯定早已呜呼哀哉，命归西天，再也无法肆虐，谁知不然。“高射炮打蚊子”，白费力气，胖子一觉醒来，蚊子依然嗡嗡叫拼命叮他。演员操纵木偶，技艺甚高，把木偶人与动物，全演活了。此外，木偶戏还有一大优点，即：它本身基本上不用翻译，一看便懂，可谓老幼咸宜，无人不爱。大人看了，能益智清心，一扫胸中之郁闷；儿童看了，更是全神贯注，如醉如狂，或惊呼或大笑，整个会场，一片欢呼。试想，木偶竟可以骑自行车，左右前后，操纵自如，好像在演杂技，技术如此高超，还有什么动作能难倒它们？

回家后，看了剧团印发的演出简介，才知道此次“扬州市木偶剧团2000年拉美行”要在拉丁美洲许多国家演出，这一次演出为我国文化部主办。扬州市木偶剧团表演艺术诞生于唐朝，至清末时它已成为一种独特的艺术形式。该团为我国规模最大、名声最响之木偶剧团。现有三百多名演员及工作人员，可以上演十二出大型木偶人戏及四十余套中小型节目。

演出结束后，我们全家人曾在戏院门口见到演员们，我们与该团国家一级女演员颜育握手，向她祝贺，并说我们来自广西，她说：“我一看就知道你们是国内来的。”

这一切都非常好，但仍有白璧之瑕，“小小”憾事，即：该团印发的说明书中，尽管印刷精美，其中简介只七八百字，竟有三个错别字。该简介为繁体字印刷，把繁体字“複”杂的动作的“複”，误写为“復”，把成语“美轮美奂”错写成“美轮美幻”。把繁体字“齣”写成简体字的“出”。我实在不明白，这样重要的出国演出说明书中，何以一再出现错别字，这扬州市木偶剧团三百多名演员及工作人员，为什么印发如此重要之宣传品竟无一个合格的文字秘书为他们在文字上把关？这样的错别字对海外华侨或华裔，能有多大的不良影响？为什么语文界多年来对当前社会上语文滑坡严重现象屡次大声疾呼，竟没有任何效应？

二

这一个月来，我参加了一些新朋旧友的酬酢活动，去友人家访问及吃饭，也了解了当地的风习与人情。不少人家均住在海边，坐在房里便看见一片大海，一片碧蓝，水天一色，浩渺无际。此时也，天朗气清，阳光普照，室内明窗净几，室外蓝天白云，海浪滚滚、碧波滔滔，人与自然融为一体。我顿感心胸为之开阔，精神为之一振。念天地之悠悠，忘世事之纷扰。无忧无虑、无牵无挂，其乐何极！有一次，一位友人专程来邀我去此地一个“最幽静的餐厅”吃饭，友人开车带我到一非常漂亮的旅馆，名叫“海洋宾馆”（Hotel Oceanic），其餐厅名字十分浪漫，曰“游憩餐厅”或“欢聚餐厅”（Restaurant Rendezvous），这“Rendezvous”无论在英文或法文都指朋友间的约会或欢聚场所，充满诗情画意。餐厅建筑美丽，布置高雅且极幽静。友人特定选了早上11时前往，这在智利算是绝对早的时间。饭馆只我们二人，无任何喧嚣干扰。尤为难得者，是餐厅不仅濒临大海，而且紧接大海。我们餐桌旁之巨大玻璃窗，距海水只一尺远，拍岸浪花，不断袭来，仰首眺望，除大海外，还可见到远处维尼亚市楼房林立，可谓风光无限，风景绝佳。我们先要了一盘海鲜开胃菜，里面有各种海鲜，然后是主菜。我们要了一盘三文鱼，其味鲜美。之后，服务员又端来一精致之糕点，另外，还有红茶及冰淇淋。我们边吃边谈，畅叙别情，友人谈了许多智利风俗人情，饶有趣味。例如：这里一些小学生喜欢拿同学之东西（请注意，这不叫"偷"而叫"拿"），一个中国孩子的饮料被人拿去喝，孩子只好忍着，没有水喝。家长事后将此事反映给老师，老师很有意思，只在班上教育孩子各人看好自己的东西，"要学会保护自己"，却从来不批评偷东西的同学。据说这里人们有一普遍看法，即认为穷人没钱，买不起东西，但穷人也要生活，因此，他们顺手牵羊"拿"别人点东西不算什么，甚至还值得同情。许多人"拿"别人一点小东西，不但不犯法，而且，道德上不算错，良心不惭愧，心安理得地争取自己的"权利"。这种人生哲学，东方人很难理解，当地人反而认为天经地义。但他们有严格的标准及界限，即：只限于小拿小摸，决不能超过范围。用句我们的说法，叫作"大错不犯，小错不断"。正因为如此，此间小偷"盗亦有道"，原则性极强，只偷东西，绝不伤人。偷错了人家的证件和钥匙，还要设法送还。所以，我多年来认为智利的小偷比中国小偷素质高多了，绝不会像近年来我国小偷偷了东西不说，甚至还要行凶杀人。

前些时，我参加一次生日晚会，颇有特色，不妨在此略为介绍。这家主人为智利一水产商，那天晚上在他家为他的胞兄（一位大胖子）庆祝 50 岁生日，宾主共 20 余人。智利人有一习惯，即性格爽朗豁达，优哉游哉，动作慢，吃饭迟（入境随俗，我们也学会了，早饭每日上午 8 点半，午餐为下午 2 点半，晚餐则是晚上八九点），而且，不太遵守时间。那天约好是晚上九时吃饭，并祝贺生日，实际上客人姗姗来迟，来了大家谈天及喝酒，到 10 时半还未正式开始吃饭并祝贺生日。吃饭时，每人先吃一小盘开胃海味，精美异常，接着为主菜，每人一盘"西班牙海鲜饭"，这是智利名菜。然而，不知何故，不合我的口味，我认为它非常一般。每盘有海味二三种，数量不多，另外为腊肠、鸡以及两块猪排，味道均平常。倒是最后之巧克力生日蛋糕，非常之好，味美质高。

饭后，大家继续谈天。中间我谈到年轻时在大学念书，由于封建思想作怪，整整大学四年中，与女同学谈话不超过十句。至于恋爱，当然更不敢谈。我再也料不到我这句话引起了水产商母亲（70 余岁）的注意，她立刻说："不要紧，你现在恋爱还来得及，可以来找我呀！"（其夫已病故）。于是，众人哄笑，更惊人的是连老太太的妹妹（约 70 岁）立刻抢着说话，并批评其胞姐说："姐姐，你太自私了，你忘记我也是寡妇，同样需要爱情呀！"这时，我意识到此间妇女"侵略性"之强，自己已不小心闯了祸，引起这两位老太太开这么大的玩笑,太可怕了。当我正神色紧张,一心考虑如何"保护自己"时,没想到水产商兄弟二人也参加进来,对大家说:"这下好了,我们又多了一位兄弟(指我的男孩,当时也在场)了。"接着他们母子提出和我们父子合照"全家福"照片,把生日晚会推向高潮。儿子可以开妈妈的玩笑,而且开到如此放肆程度,令我震惊。这样的玩笑,在我国是绝对不可想象的。我当时已噤若寒蝉,再不敢说任何话了。事后,老太太对我儿媳妇说:"这样的玩笑,中国人能接受吗?请勿误会。我们只是开玩笑而已,绝无其他意思。"

接下去便是跳舞和唱歌,轻歌曼舞,男子们在喝啤酒。这跳舞是拉丁美洲的特长和"专利",他们从小就会跳。我的小孙子是纯粹的中国血统,而整个文化背景都是智利的,他才六岁,可是跳起舞来都是第一流的。在家里随便一扭一跳,都是舞姿妙曼,不可企及。晚会一般都要开到凌晨3点,当晚凌晨2点时,我儿媳妇代表全家告辞,说:"爸爸(指我)累了,需要回家。"老太太说:"什么,才两点就走?他身体怎么会这么差?"老人家硬挽留我们,死活不许走。一直折腾到凌晨快3点时,我们才得以"逃命"。那天赴宴之前预先睡足了,才奔赴"战场"。拉丁美洲人好客、好舞、好热闹,于此可见。

三

下面谈一位智利的"中国迷"、"中医迷",他名叫Jorge。用西班牙发音,大体读为"好而黑",但他为人虽然极好,却一点不黑,而是纯粹的白种,再加上西班牙语"好而黑"极难发音,我只好用英文称呼他为"乔治"。他是我新认识的朋友。职业为经商,然而,酷爱中医、中药和中国文化,简直着了迷。他请我的男孩夫妇、亲戚和我同去他家作客,使我眼界一再大开。

首先,是他的住房与众不同。他住在海边山顶上,家门口很像我国当年"备战备荒为人民"和"深挖洞、广积粮"年代之防空洞,门口除了一个建筑得十分精巧美丽的"防空洞"洞门外,其余一无所有。我们先按电铃,与主人通了姓名,主人在房里念念有词,说:"芝麻,开门"(这是我的猜想),于是洞门自动打开。一进门就是一个"迷你"电梯,小得仅可容二人,这时,主人已从地下走了上来,说:"咱们人太多,不乘电梯,走楼梯算了。"一般楼梯和电梯都是由地平面朝上走,他家的却相反。

我们循梯阶由地面之"一楼"盘旋而下,至"四楼"为他家。他家房子共三层,"四楼"为大客厅餐厅,很大的卧室及晒台,下面一层"五楼"为游泳池(里面装满碧绿晶莹的水)、工作室、娱乐室等,而下一层即"六楼"为"地下室",放各种杂物。一进家门,我们便知道这家很富有,所有房间均布置得高雅整洁,一尘不染。大海就在下面,躺在床上不用起身就可看到海洋。

乔治是中医迷，当然也是中国迷。他的工作室内，墙上有人体穴位及针灸挂图，地上放有人体解剖和针灸经络两个“模特儿”，书架上基本全是英文版的中医、中药用书，另外还有各式各样、种类繁多的中医成药、丸散膏丹。作为中国人，我过去还真不知道我国(也有少数国外的)竟然出版如此众多的英文本中医、中药书籍，简直蔚为大观，令人惊叹！此外，他还有各种中医、中药的影碟和录像带以及中国书法字画、纪念品等等，不胜枚举。即使他家餐厅，也有各种中国茶叶，红茶、绿茶、砖茶、袋茶、普洱茶以至王老吉凉茶。我很好奇，问了他，原来几年前他在昆明一家医学院学了仅一个月的中医，然后回智利刻苦自学，学按摩推拿、学针灸、学太极拳，虽然不是也不可能深入，却样样都学，刻苦自励，大有当年苏秦“头悬梁、锥刺股”之苦学精神。从昆明回来后，他此后每年都去云南一次，巩固学习成果。此外，他还去了美国，拜访当地的中国医生；智利各个城市的中医，他都认识。一个智利人，对中医、中药，中国文化花了这么大的精力去学习。他还利用业余时间为智利病人针灸、按摩，甚至给他们中药。这一切，全是义务的，分文不收！他这种精神，确实使我非常敬佩。

最后，我利用剩下的一点信纸，感谢不远万里给我回信的亲友。我一谢曙霞教授之传真信，情义深厚，并为我解答数学题；二谢文孝教授远在云南，传授电脑输入中文之技术；三谢萍踪老弟不但来信，还寄了许多大作来；四谢令闻老兄由宾州来信，主动建议我返国途中去旧金山与我相会——我们是初中三年的老同学，同窗之谊，永相难忘，67年之友情，弥足珍贵；五谢舍弟瑞麟与弟妹自宝岛来信，字字珠玑，手足情深；六谢还有其他许多朋友的鱼雁传书，包括一些尚在中途的信件；等等，感人良深。纸短情长，这封信就此结束。祝

好！

祥麟

2000年11月3日下午于智利“海上葡萄园市”

10. 归途所见

敬致诸亲好友：

“归去来兮，田园将芜胡不归！”①我去美国和智利将近三个月，现在已回到南宁。此信想谈谈我这归途一路情况。

一

12 月 14 日，我从智利的维尼亚（Vina del mar）市由我的男孩夫妇和外甥女母女陪同到智利首都圣地亚哥，在机场与亲人告别，飞往美国的迈阿密，然后再飞往旧金山。在旧金山待三天，除了与女儿一家欢聚外，还由女儿陪我在加州做了一日之游。

我们原定于 12 月 16 日晨 6 点由我们居住的“胡桃小镇”（Walnut Creek）出发，前往奥克兰镇搭上旅行社的专车。谁知那天女儿的闹钟“罢工”，拒绝响铃，她睡过了头，到 6 点半才醒。女儿冲下楼叫我起床。说，迟了，只能不洗脸、不刷牙，马上动身。这比当年的“备战、备荒、为人民”的战备活动还要紧张。于是，我由床上一跃而起，飞速穿衣，我系左脚鞋带，女儿同时蹲下为我系右脚鞋带，二人一同奔上女儿的汽车。迎着弥天大雾，我替女儿擦汽车前的玻璃，我们冒了很大的危险，在高速公路的大雾中飞速前进。多亏“菩萨保佑”，我们终于平安抵达奥克兰，而且赶上了旅行社的汽车。一辆面包车仅旅客 4 人，加上司机兼导游，我们 5 人一同上路。

车行很久，上午 11 点抵达第一个旅游景点，即靠近圣克鲁斯（Santa Cruz）的“神秘点”（Mystery Spot），“神秘点”在深山老林之中，它名不虚传，果真神秘。丛林之中有一座木屋，一走进去我便感到头晕眼花、天旋地转，乃赶紧扶住了栏杆，以免跌倒。一位美国女孩任讲解员，为大家导游讲解。她将一个小球由一根斜木上滚下，至斜木的最下端。球竟不掉下地，而是相反地重新由下向上滚，众人皆惊异万分。木屋另一门外，有一横木，两个同样高的人，永远是站在那一端的人比这一端的人高。整个房子歪歪斜斜，好像要倒的样子，可是用水平仪一量，则横直完全正常。导游小姐说，在这里牛顿“万有引力”完全不能适用，可见样样事均有例外。据说，这一切秘密全在于就在这

---

① 按：田园者，余之电脑也。

一小块土地下面蕴藏了大量的磁铁矿,磁力极强,乃产生上述各种怪异现象。

汽车又继续开行,经过一大片红木森林,我们在镇上一家中餐馆吃午饭。为中餐自助餐,客人自己随意选取食物,其菜肴均美味异常,而酸辣汤尤佳,我一连喝了两碗。这一餐由旅行社“免费供应”,分文不收。

接着,我们去参观芒特利海湾水族馆(Montery Bay Aquarium)。最初我对此并无兴趣,因为,我年轻时曾于1947年参观过当时甚负盛名的夏威夷水族馆,“曾经沧海难为水”,心想这个“小不点儿”的芒特利镇,能有什么了不起的水族馆?事实是,“不看不知道,看了吓一跳”,这个镇上的水族馆,不但规模宏大,水族众多,而且内容极为丰富,甚至还有高科技,使我大开眼界。比我当年看过的夏威夷水族馆和后来在国内看的同样展出,不知超过多少倍。此馆所占地方极大,上下两层楼,水族种类之多,奇形怪状鱼类之多,设备之先进可谓使人叹为观止。例如,几百条鱼在一足有几层楼高的“巨无霸”大水箱中任意游弋,蔚为壮观。还有一条水獭,在游泳池中游泳嬉戏,可爱之极,它大小像一只大狗,性格像个顽童,在水里一直猛翻跟斗,翻了一个又一个,简直是个杂技演员,而且悠然自得,旁若无人,根本没有把我们这些参观者放在眼里。我爱孩子,也爱动物,真想跑上去抚摸它一下,和它交个朋友。馆内还有商店,出售各种纪念品。我用了40余美元买了两本画册,一本赠给我那个聪明绝顶、少年英俊、品学兼优、曾在他读书的小学获得英语阅读课全校第一名奖励的小外孙,另一册留着自用。

这以后,我们驱车去著名的“十七英里车道”(17 Mile Drive)游览,这一车道(“车道”此处指的是较小较偏僻的道路),一直沿海滩走,景物漂亮,一路有许多野鹿成群结队在路边玩耍,与游客和平共处,互不干扰。不久,又进入古木参天的大树林中,一边是汪洋大海,另一边则是像童话一样美丽的许多别墅,千姿百态,是大自然与人工美景的奇妙结合。

我们还去了以艺术家众多而驰名的卡梅尔(Camel)市,限于篇幅,不多说了。回家路上,由旧金山来的两位旅行社职员搭便车去奥克兰,都是中国大陆来的,大家一谈便熟。我讲了几个无害有益的笑话,直乐得他们前仰后合,乐不可支。就这样,我们过了非常愉快的一天。

二

12月18日,我由旧金山飞北京,19日抵首都机场。在京住了4天,与一些亲友欢聚。22日应西南联大老同学许渊冲兄贤伉俪之约,在北京大学附近一家饭馆小酌。同去者还有陈羽纶兄和刚由美国回来的袁可嘉父女二人。渊冲为我国当代翻译大师,长于以中、英、法三种文字的诗歌互译。人皆知诗歌难译,而渊冲深解译诗三昧,他把中文古典诗歌译成英文或法文,得心应手,以至出神入化的境地。此兄凡事皆不同凡响,甚至自己的名字,用汉语拼音,也与众不同"许渊冲"①三字,他不叫"Xu Yuanchong"而叫"Xu Yuanzhong",这样一来,他的姓名缩写,便成了数学上的"XYZ"了,你说妙不妙?可嘉年轻时候工于写诗,为"九叶派"诗人之一,后来在外国文学的研究上成就更大,是我国研究西方现代派文学的权威。而羽纶兄则尤为独特,他在联大时读的是经济系,其英文造诣很高,多年来主持我国最优秀的英文杂志《英语世界》,驰名海内外。正如一位学者说的那样,羽纶兄办《英语世界》,为商务印书馆赚了几百万元,而自己却始终书生本色,两袖清风。由此可见中国知识分子之"价廉物美"也,举世无双。这次聚会,十分难得,以可嘉兄而论,他已随他的女公子定居纽约,此次回国,原来专程来参加我们的老师卞之琳先生的九秩华诞庆祝者,不料,卞先生猝然逝世,可嘉竟未能见到恩师。就在可嘉父女留京的"一瞬间"里,我们见缝插针,得以与他父女相见,我们老同学欢聚一堂,不拘形式,不讲客套,把酒临风,其乐融融。北大附近的饭馆个个饭菜精美绝伦。这一家极为可口。屡次来京,渊冲兄多尽东道主之谊,使我不安。但羽纶兄事后对我说:"这次吃渊冲兄的饭,不管多贵,心里比较踏实。因为他最近去香港讲学,中文大学给他的报酬非常之高。"听了此话,连我也感到"心里踏实"多矣。

在京数日,有一件事必须一提,即我应中国作家协会范宝慈同志和她先生孙家嵩同志之邀,我们三人一同去参观"中华世纪钟"和"中华世纪坛"二名胜。20世纪马上就要过去,这是一个极其伟大的世纪,拿中国来说,我国从世纪初清朝末年以及民国初年的"东亚病夫"历经无数灾难,终于打败了日本帝国主义,打垮了国民党反动派,成立了中华人民共和国,屹立于世界强国之林。该拿什么纪念这一伟大的世纪呢?这"中华世纪钟"和"中华世纪坛"的兴建,正是20世纪之最佳纪念品。二者均在北京木樨地,建筑雄伟,构思超群,其上镂刻了20世纪中国的十大事件,历史意义深远,极富教益。此之谓"千年沧桑,百年荣辱,钟以载道,字字皆音"也,表现了即将过去的20世纪里中国人民从内忧外患、遭受帝国主义侵略、经过五四运动、中国共产党成立、土地革命,到抗日战争胜利和解放战争胜利,直到建国、"文革"以及改革开放的艰难历程。

而纪念坛之规模则尤为宏大,内容更加丰富,意义更加深远。它坐南向北,其南面入口处,有一巨大的汉白玉碑石,上面刻了江泽民主席写的"中华世纪坛"五个贴金大字,碑石北面为低于地面一米之圆形圣火广场,用960块花岗岩石铺成,面积为960平方米,象征着我们伟大祖国960万平方公里的疆土。广场中心有"圣火"长燃不熄,两

---

① 渊冲兄大名来自老子《道德经》第四章:"道冲,而用之或不盈。渊兮,似万物之宗。"

边各有28个涌泉，共同象征着56个民族创造的伟大文明，代代相传，永无止境。再向北为巨大草地，草色青翠欲滴。其中间有一条宽3米，长达262米的青铜甬道。这是世纪纪念坛的主要景点。它从南向北镌刻了中华民族的历史，从距今300万年前人类出现在中华大地上开始到公元前3000年一直到今年即2000年的时间纪年，记载了我国几千年来科技、文化、教育等方面共7000条重大事件，总计18万余字。例如，公元819年柳宗元卒；987年《太平广记》出，南唐李后主李煜卒；1125年张择端创作《清明上河图》；1669年同仁堂开业；1999年钱钟书逝世等。青铜甬道纪年的最后一年为今年即2000年，甬道在此留下空白，准备将来补刻。再往北至最北部也是最高处，为纪念坛的"坛"本身。它是用现代科技制作的时空探针耸立于一个旋转体之中央，长27米，呈45度角直指天空，表现了中华民族对未来不断探索进取的精神。纪念坛南端大门内镌刻了一篇精彩的赞词，我匆匆间抄了一部分如下：

大风泱泱，大潮滂滂。洪水图腾蛟龙，烈火涅槃凤凰。文明圣火，千古未绝者，唯我无双；和天地并存，与日月同光。中华文化，源远流长；博大精深，卓越辉煌。信步三百米甬道，阅历五千年沧桑。社稷千秋，祖宗百世；几多荣辱沉浮，几度盛衰兴亡。圣贤典籍，浩如烟海；四大发明，寰球共享。缅怀漫漫岁月，凝聚缕缕遐想。……

由于时间不够，我没有抄完。更可惜者，同样由于时间关系，世纪坛室内还有世纪艺术馆，内藏有中华文化名人肖像雕塑40尊以及巨大壁画等，我们都没有时间去看，实在可惜。整个纪念坛回顾了中华民族历史，寓意深刻，充满人文精神，可以弘扬我民族精神，使人对斯土斯民无限热爱。纪念钟和纪念坛是我们这个时代给后世留下的两个极有意义、极有价值的永久性纪念物。

三

由北京乘火车南下，详情无须多说，但有一件小事，应该一提。我的软席卧铺，对面有一位老太太，为北京某部桥梁专家。对她的桥梁工程业务之精通，我深信不疑。可是，从谈话中，我隐隐约约感到她为人琐屑，人文文化甚差。虽然是搞工业的，但是既然是高级工程师，便应该有较高的文化素养，否则，又何以与人交往，洒扫应对？果然，有一次我去卫生间，看见她刚刚走出来，发现她大便过后，竟扬长而去，没有冲水。这使我大为惊诧，一个人道德水平如此之低，又如何能工作？我想起另外一件与此恰好成为尖锐对比的事情：我国对外经济贸易部部长龙永图谈及有一次他在瑞士一公园厕所中，听见隔壁卫生间砰砰作响，心里甚为纳闷，不知何事，出来见一位女士非常着急问他，是否在男厕所见到一个小男孩，因为她的儿子进去已十几分钟，不知何故，始终没有出来。龙急忙去查看,发现那个七八岁的小男孩,正在修理抽水马桶。盖他大便之后,马桶抽不出水,急得满头大汗,一直在修理马桶水箱。龙永图说:“那个男孩觉得自己上厕所不冲水,是犯了规则。这就是一种社会责任感,一种遵守规则的习惯,这样的品质非常可贵。”拿这两件事相比,我感到无比伤心、无比难过。瑞士的七八岁儿童,公德心如此之强,而我们那位年逾花甲的高级工程师反而无公德心,这二人间素质之差距,能有多大!我认为国民素质问题,是个带有根本性的问题。鲁迅的许多小说(《故事新编》例外,它们为鲁迅游戏之作,尽管写得同样精彩),如《阿Q正传》、《祝福》、《故乡》、《狂人日记》、《孔乙己》等,之所以写得那样精彩,那样震撼人心,除了其他许多原因外,还有一重要原因,即:鲁迅抓住了国民性这一根本问题来写。我们某些国民,即使是受了高等教育,却缺少公德心,缺少同情心,缺少公民责任感,更缺少人文精神,这是一个极其严重的问题,不能不引起全国人民的深刻关注。

今天是不平凡的一日——20世纪的最后一天,21世纪的前夜。新世纪和新千年的光芒已经浮现在天边,霞光万道,令人神驰目眩。正是:

新年新春,除旧布新;千禧之岁,瞬即来临。回顾前尘,心潮翻滚;展望未来,前程似锦!此祝

安好!

祥麟

2000年12月31日

2001年

*1. 八十初度迷惑

——在广西师大外语系在邕朋友们为我庆祝生日会上的讲话

非常感谢大家今天为我举行的这次欢聚会。同志们的这份深情厚谊,使我万分感动和感谢。

现在,社会上假冒、伪劣产品到处充斥,防不胜防。就拿我的生日会来说,我诞生于1921年12月20日,现在明明是79岁,从这个意义来说,这年代是假的。但从另一个角度来说,年代又不假,中国一向称生日为"初度","八十初度",指刚刚到八十那一年的第一天,这就对了,一点也不假。我这次生日,出于谦虚谨慎和怕麻烦朋友,我于去年特别去智利躲避生日,归程飞机票是女儿代为订的。由于今年"圣诞节"与春节相距过近,旅客过多,飞机票无法更改,我于12月19日到达北京,一个人悄悄在北京过了生日。我总以为生日已经躲过,不再警惕,谁知,"躲过初一,躲不过十五"。前几天,民进同志又为我补了一次生日会,今天,在座诸位再次替我做生日。两次躲避都没有躲掉,这叫作盛情难却,在数难逃。

一般人总以为80岁是很老的了,其实,80岁并不算老。英国有句谚语,叫作"Life begins at forty"。按照这一说法,我现在才40岁,年正青青。回顾这几十年来的生活,我感到自己无比幸运,经历了抗日战争、解放战争这两个伟大战争的胜利,看到了日本帝国主义的失败,国民党反动派的垮台,中华人民共和国的建立,祖国的强大。如今又恭逢改革开放的盛世,享有了高寿,再加上50年从事教育工作,能说这不是最大的幸福吗?我认为个人幸福和时代与祖国联系起来才有意义,才是真正的幸福。

我们大家都是外语和文学教师,担负了培育新一代的光荣任务。希望大家一同努力,认真教书育人和从事外语及外国文学的研究工作,出色完成自己的任务。外语教师不但要精通外国语文,同时,还要有扎实的文化和中国语文功底。要成为通才,然后,再在这一基础上成为专才。只有博学多才,才能更好地做好教师工作。我借这次生日会机会,给大家顺便说些心里话如上。

再一次衷心地感谢大家!祝大家健康长寿!

2001年月1月6日于南宁

*2. 人生多坎坷

敬致诸亲好友:

为了便于事后查考,自这一封信起,每信前面均加一标题。

几个月来,我走南闯北,写了几封信向友人报道自己的旅行概况。有朋友问:"为何老兄来信都谈国内外的愉快生活,不谈不愉快的事情。这有报喜不报忧之嫌?"我的回答是:问得好!问得好!善哉斯言!人生多坎坷,我几个月的旅行生活中,不快之事当然有,但每次写信,均因这些事与信的主题不合,只好暂时不谈。而这封信一反常规,专谈不愉快之事。

一、圣何塞蒙难记

鄙人毕生庸碌,胸无大志。新中国成立前"苟全性命于乱世,不求闻达于诸侯",有革命之心而无其胆,于是,乃逃过了国民党的牢狱。新中国成立后紧跟大局,在政治运动中谨小慎微,乃能于"文革"中逃过了"四人帮"之牢。然而,"在数难逃",我真没料到去年11月我由智利飞古巴途中,却在拉丁美洲一个"名不见经传"的小国,平地栽跟斗,被当地移民局武装警察扣留了一夜,坐了哥斯达黎加的"牢"。

这哥斯达黎加(Costa Rica)为中美洲一小国,面积51100平方公里,人口300万,国家贫穷,经济非常落后,其首都为圣何塞(Santa Jose)。我在2000年11月16日由智利首都圣地亚哥飞古巴中间按航班规定,只在圣何塞机场略事停留,便将直航哈瓦那。谁知我乘坐的飞机属于拉丁美洲极落后的一家地区性航空公司(叫作"塔卡集团"Groupe Taca),飞到圣何塞后,飞机出现故障,一再延迟起飞时间。最后,公司宣布干脆今晚不走了,明天再起飞。这样我们便被迫在圣何塞过夜。拉丁美洲各国,除古巴外,均互相订有免签证协议,因此,这些国家的旅客,便由航空公司派汽车接到城里吃饭和住旅馆。只有五个人由于所谓没有签证(飞机临时决定在圣何塞过夜,我们不是刘伯温,如何想到预先申请哥斯达黎加的签证?)无资格享受这一优待:一对古巴夫妇、一位拿了马来西亚护照的台湾同胞、一位由深圳某大公司派往拉丁美洲工作的女同胞王小姐,以及在下本人。

吃晚饭时,航空公司分别安排我们五人在机场大楼一家小快餐店吃饭,每人只给"热狗"(即面包夹香肠)一个,可口可乐一杯,如此而已,再无其他食品。我的政治敏锐性尚称锐利,由此小事,嗅出了问题。当即赶往航空公司柜台,要求与他们领导谈话。一个中年职员站了出来。此人"望之不似人君",我一看便知他水平不高。我郑重其事地用英语对他说:"我是这一航班的中国旅客,今晚在圣何塞停留,是你们公司的责任,现在我声明我的立场。"真没想到这位职员英语水平很低,竟不懂得英语"立场"(Standpoint)的含义。他说:"是的,我知道您现在是站立着的。"(Yes, I know you are now standing)我说:"不对,立场一词是表明我对一些重大问题的态度。我向你声明我的三点立场:(1)我和任何其他旅客一样,出了同样的飞机票价,我要求食住和其他旅客享受同等待遇,不得歧视;(2)你们如果对我们歧视,我将在法院控告你们;(3)除了控告之外,我还将受到的不公正待遇,诉诸报端。"没想到他的水平低到如此程度,居然回答我说:"飞机停开,不是我的责任,与我无关。至于您想控告我们公司,那是您的权利,您可以去法院告。"他竟然忘记了他是代表他的公司的,他无知无畏,浑身是胆,敢说任何不负责任的大话,真令我大为震惊。我问他他们怎样处理这个问题,他要我去找哥斯达黎加机场的移民局官员。我找到一个移民局官员,那人滑头之极,竟然指着旁边一个移民局警察欺骗我说:"您跟他走,他会为您解决一切问题。"我不知这是他的阴谋诡计,便跟着那警察走。谁知那警察给了我们每人两条薄得像餐巾纸一样的棉毯,要我们就睡在候机大楼地面的木板平台上(比地板高出半尺)。这人比移民局那个混蛋官还要混蛋,他装着慈眉善眼模样,对我说:"我非常同情您,现在我有件急事待办,请您稍微等一下,我马上就回来帮您解决困难。"于是,他便溜之乎也,从此再没回来。

等我发现自己上了当时,一切已经太晚,因为不但我们五个人的护照已被移民局骗去(他们说,要住旅馆,必须缴了护照才行),更糟糕的是,移民局已经派了两名警察看管我们。我拒绝睡觉,拒绝接受那两条"餐巾毯",气得七窍冒烟,不知如何是好。此时,那位台湾同胞来了,劝我赶快休息。他说:"您看,古巴人很气,王小姐也很气,而且还同移民局官员大吵了一顿，现在人家全都安静了，您又何必生闷气呢？”我环顾四周，看见他们几人确实都认命了，知道自己再闹也无用。只好接受台湾同胞为我拿来的“餐巾毯”，卧薪尝胆，睡了下来。可是，我的修养很差，满腔义愤，无从发泄，加上“餐巾毯”太薄，不仅腰酸腿痛，而且半夜寒冷，一身老骨头，给冻麻木了。不知何故，我想起了当年孙中山先生被清朝驻伦敦公使馆设计扣留的窘境，历史上称之为“伦敦蒙难”。中山先生是大人物，在大地方蒙难；我们是小人物，只配在圣何塞这样的小地方蒙难。

我一夜未眠，积愤难平。我想我是中国公民，又是这家航空公司的旅客，为什么平白受这种侮辱和不公正待遇？作为国际旅客，我在候机大楼的“禁区”停留，完全合法。“禁区”理论上是国际的，我根本没有进入你哥斯达黎加境内，你有什么资格扣留我的护照，还派警察看管我们？愈想愈气。次日一早，我即刻去找看管我们的移民局警察，对他们说，我们受到你们极不公正的待遇。现在，我打电话给中国驻这里的外交机构，请你们代为拨通号码。两个警察傻了眼，想不到我还有这一招。他们赶快向上级电话汇报。谁知我们这一招还相当灵验，不久，警察便把我和王小姐的护照还给我们，而且解除了对我们二人的看管。但移民局对两个古巴人和一位持马来西亚护照的台湾同胞，却一直扣留他们的护照，并派警察看守他们，直至登机。

总结一下，我认为这次在哥斯达黎加“蒙难”，从全局看，我是打了大败仗，只是在最后，经过斗争，才获得了一点点小胜利。

二、向美国驻北京大使馆投诉

去年8月我在南宁打电话给北京美国大使馆签证处，受到该处接电话的一个中国雇员的侮辱。当时，我的看法是：“阎王好见，小鬼难当”，“假洋鬼子比真洋鬼子还要坏，汉奸比帝国主义还要坏”，我下了决心，发誓说：“此仇不报，誓不为人。”等我后来一到智利，我便立即写信给美国大使馆投诉。信是用英文写的，翻译成中文便是：

中国北京

美国驻北京大使馆

签证处：

我是广西师范大学的一个教师。在这封信里，我想向你们投诉我在南宁时给贵处打电话的遭遇。今年8月12日上午9点10分，我由广西南宁打电话给贵馆010—6532—5305，申请赴美国的签证。你们的一个中国雇员回答了电话。他问我以前是否申请被拒绝过，我回答说：“我已经去过美国许多次。”当我正想继续回答说“从来没有被拒绝过”时，他突然粗暴地打断了我的话，用中文向我吼叫：“说那么多话干吗?"而且立刻挂断了电话。我对他的粗暴行为极为震惊,立即又打电话回去,想向他质问。然而,当时那个电话占线,我无法找他谈。我感到自己作为一个年龄已经79岁的中国公民和学者遭到了很大的侮辱与伤害。我认为他的上述行为不论对贵馆的形象或者对中美两国人民的友谊,都是严重的损害。此外,他作为贵馆的一个雇员,这种态度是一种极大的失职。为了纠正他的错误,我希望贵馆能够对他的粗暴态度和失职行为采取纪律处分。

我在今后三个月内都将住在智利。请将你们的回信寄到这封信前面我的智利通讯处,在此,我预先感谢你们对上述那个教养极差的中国雇员的严重错误所采取任何处分措施。

贺祥麟

2000年10月6日

使我想不到的是,美国大使馆始终没有回信。这有两个可能:其一,是他们处分了那个"汉奸",但没有回信给我;其二,他们根本未采取任何措施。从我自己来检查,我感到我写这封信是对的,可是在方法上却犯了一个错误:我根本不该写信给大使馆签证处,而应该直接寄给大使馆,甚至寄给大使本人。签证处的范围很小,该处的美国人很可能与上述的那个"汉奸"是好朋友,因而包庇了他。假如我直接写给大使,就不存在包庇问题。后来我因事情很忙,乃对此事未作进一步追究。

三、狼狈的春节,患了重感冒

应舍妹一家之约,我今年春节去成都过节。然而,不料我"流年不利",在南宁时染上了重感冒,潜伏而未发作。元月22日一到成都,感冒咳嗽一下爆发,不可收拾。年轻时,抵抗力强,不知感冒之为何物。中老年起,开始伤风感冒。当时,我鼠目寸光,急功近利,不懂得用抗生素之危险,咳嗽一来,即用抗生素,而且专用猛药。不论赤、橙、黄、绿、青、蓝、紫、花、灰、黑、白等各种霉素,以至先锋霉素,我全用过。于是,便有了抗药力,再用抗生素,乃无效验。此次咳嗽,来势凶猛,锐不可当,一下便把我击倒。咳嗽起来,直咳得山摇水动,天崩地裂;直咳得屋瓦震撼,闪电雷鸣;直咳得我死去活来,活来死去;直咳得我的五脏六腑,全部吐了出来。成都医院为我开了比先锋霉素还要贵重的药品"西力欧"片剂,吃了百余元,不见半点效果。2月1日我回到南宁来,当天下午便住进了医院。

现在谈谈住院的事。我住的这家医院,为广西第一流的,医生医德都不错,设备总的来说也很好,可是,我住的呼吸科干部病房设备甚差。它的中文名称叫"干部病房",

英文译名非常吓人,叫作“Officials Ward”(“文官病房”)。我当了50年的教书匠,现在突然变成了“文官”,不胜惶恐之至。这“文官病房”是什么样子呢?破旧异常,且不说了。抽屉关了拉不开,房门下坠,不论开或关,都要摩擦了地板才能推动。卫生间马桶常年损坏,水漏得一塌糊涂,而且愈修愈糟——未修时水箱是满的,可以冲水,修了后水箱干了没有一滴水。而马桶却成了洪水泛滥,波涛汹涌,白浪滔天,大水哗哗作响,成为音乐里的“无标题伴奏”。窗帘呢,居然远远盖不住窗户,旁边留了五六寸的玻璃,毫无遮拦。我最初大惑不解,不知何以窗帘如此之窄小。后来才发现其妙用:这裸露的五六寸的玻璃,正好给晚上查房的护士方便。半夜我正睡时,护士隔着玻璃用手电筒猛照我的眼睛,照得我神经紧张,心慌意乱。次日,我只好对护士说,您饶了我吧,半夜不要再照我了,鄙人神经脆弱,经不起刺激。更糟糕的是,病房冬天无暖气,冻得我无法忍耐。特别是病房的电话不装在病人的床头,而装在卫生间门口。友人打电话来,我得从床上一跃而起,站在厕所门口接电话,浑身发抖。在此情况下,无病的人也会感冒,更何况病人乎?

后来,我转到心脏科。该科设备非常之好,明窗净几,一尘不染,到处赏心悦目,宜室宜家。中央空调系统为病人昼夜输送暖气,房里温暖如春。电话就在我床头,即使正在打吊针,也可以躺在床上接电话。还有床头灯、吸氧器等各种设备,便利异常。刚一进去,大有从“三家村”迁入纽约五星级宾馆之感。附带说一句,上述呼吸道疾病“文官病房”即将全部重新装修,据说几个月后可实现现代化。

经过上述两个科医务人员的精心治疗,我的咳嗽感冒症已基本痊愈,大约再过几天可以出院。此信为每天打完吊针后,向医生请假回家,见缝插针写成。顺颂
安好!

祥麟

2001年2月9日

*3. 希罗多德与司马迁

敬致诸亲好友：

在大学念书时，我对各门学科，最爱的当然是自己的专业英国文学，其次为中国文学，再次则为历史。我们的“西洋通史”老师是当时西南大学第一流的教授皮名举先生，他不但学问渊博，而且讲课的艺术级高。当时为抗日战争最艰苦的时期，“西洋通史”采用的教材是美国海斯和梦氏（Hays and moon）二人合著的《世界历史》，这教材连英文原文带中译本全校图书馆只有十几册，文科选修这门课的学生一百余人，全靠去图书馆“抢书”，轮流阅读，以解决课本奇缺的问题。就这样，我总算把教科书通读了不止一遍。

一

这里想谈的是古代希腊伟大历史学家希罗多德（Herodotus，前484？—前430与前420之间），他所著的关于希腊与波斯战争的《历史》一书，是西方古代世界第一部记叙体的伟大史书。他的成就很大，举世景仰，名垂千古。古罗马政治家、雄辩家和哲学家西塞罗（Cicero，前106—前43）称他为“历史之父”，但是，也有人称他为“谎言之父”。这两种截然相反的评价究竟哪一种对呢？我在大学时读他的作品很少，不敢妄加评论。去年在智利空闲时间较多，我认真阅读了希罗多德《历史》的一些篇章，结论是：以上两种说法都对。

希罗多德是西方“历史之父”，同时又确实是不折不扣的“谎言之父”。他的伟大功勋，尽人皆知，这里不谈了，我想专门谈谈他的“谎言”。首先，他喜欢夸张。最典型的例子是他说薛西斯大帝（Xerxes，旧译作泽尔斯大帝，约前519—前425）率领波斯500万大军远征希腊，事实上呢，据后人认真核对，估计实际人数只有38万人。“历史之父”成了世界上最大的吹牛大王！其次，希罗多德写《历史》，所根据的绝大部分资料，既非史书，亦非文字记载，而是口头传说传闻，这些资料的科学性和可信性很值得怀疑。第三，《历史》里，有许多荒诞不经的故事，其神奇程度超过了我们的任何丰富幻想。甚至连希罗多德本人也不得不承认，“我认为自己的职责就是记录下人民所说的（一切），可是，我并不时常感到自己必须相信它们”。由此可见，希罗多德获得“历史之父”美名的同时,被称为“谎言之父”绝非冤假错案。根本无反可平。

不过,凡事皆有两面性:从另外一方面来看,如果我们把希罗多德的《历史》中某些荒唐透顶的故事,当作童话来读,则它是世界第一流的童话,比《天方夜谭》还要天方夜谭。这类例子极多,我这里只举一个最精彩的:在一篇叫作《拉姆普西尼都与窃贼》的文章里,希罗多德谈到一位古代埃及国王拉姆普西尼都,他富甲天下,举世无双,命令石匠在自己居室旁边,靠近他的墙建造一所石屋。石匠富于心计建筑墙时选了一块较轻的石块,一两个人即可搬动。将此石嵌在许多石头中间不露痕迹,石匠临死前把这一秘密告诉自己的两个儿子说,这块石头何在,距离两边多远等,以便儿子需要钱时去偷,偷了保证可以终生富裕。

两兄弟后来去偷了几次,顺利异常。后来,国王终于发现了宝库内财宝丢失很多,乃命令下人在宝库内设陷阱,以捕捉窃贼。一天晚上,兄弟二人又去偷盗,哥哥先钻进去,掉进了陷阱,就对他弟弟说,不行了,自己已经掉进了陷阱,无法逃脱,请弟弟进来,把自己的头砍去带走。这样案发后谁也认不清死者是谁,就救了弟弟。于是,弟弟在万般无奈中只好钻进去把哥哥杀了,把活动石板还原,带着死者的头溜了出去。

次日,国王发现了此事,勃然大怒,就下令把尸首悬挂在墙上示众,派卫兵守卫,只要见到有来凭吊之人,或者脸上有悲哀表情者,一律立即捉拿归案。谁知那个弟弟手段非常高强,他于一天晚上赶了几条驴来,驴背上驮了许多皮囊的酒。走到这里,他把三个皮囊的绳子弄松,皮囊略微下垂,一些酒便流了出来。酒一流出,他便用力痛打自己的脑袋,大哭大叫,装着不知先抢救哪头驴子背上的酒。卫兵见此,马上在地上舀酒来喝。窃贼马上假装愤怒,大骂士兵不止。卫兵赶快来安慰他。而他也装作慢慢不生气了。卫兵进一步与他开玩笑,他也顺水推舟,送了一皮囊酒给士兵。这一来,士兵与小偷成了朋友,请他进房里一同痛饮。他乃再送一皮囊酒给众士兵,终于士兵们被弄得烂醉如泥。窃贼先把尸首取下,又开玩笑地把每个士兵的右脸用剃刀刮得干干净净,带了尸首,赶着驴回家去了。

次日,国王发现了这一情况,下决心一定要捉住窃贼。就叫自己的女儿在房里接待一切男子,与之发生男女关系,条件是这个男子必须首先对公主交代自己毕生作过的最聪明以及最恶毒的事各是什么。只要遇见窃贼,就抓住他不放。公主遵命。谁知窃贼更厉害,把一刚刚死去的人的臂膀割下,藏在斗篷中去见公主。公主提出上述的问题。他的回答是:“我最恶毒的一件事是割下了陷入国王宝库里陷阱的亲哥哥的头;最聪明的事是让卫兵喝醉了酒,我偷走了哥哥的尸首。”公主立即抓住了他的手不放。谁知在黑暗中他早已把死人的手递了过去,公主紧握不放,以为抓住了贼。他再次逃脱。

次日，国外知道此事，大为震惊，同时，极为佩服这个年轻人的智慧与胆量，在全国城市张贴布告，宣布赦免此窃贼之罪，只要他出来自首，当给他一笔重奖。窃贼相信国王不会骗人，真的去见国王。国王对他极端钦佩，便把公主嫁给他。国王说："埃及人的聪明才智胜过其他一切人，而这个人的聪明才智胜过其他一切埃及人。"

这个故事非常引人入胜，其情节之曲折离迷令人拍案叫绝，把它放在《天方夜谭》中，绝不比任何一篇逊色。可是作为历史典籍，收入这样的海外奇谈，是否合适？

二

这便使我想起了我国古代伟大历史学家司马迁（生于公元前145或前135年，卒年不详）。我认为如果拿司马迁和希罗多德二人在历史学上的成就来比，司马迁要伟大得多。理由如下：(1)司马迁的巨著《史记》记叙的时间长，自黄帝至汉武帝天汉年间，前后共有3000多年的历史。而希罗多德的《历史》自传说的特洛伊战争（约从公元前11世纪）至他生长之公元前5世纪，包括著名的马拉松战役（前490年）、萨拉米斯战役（前480年）和希腊联军大破波斯侵略者的普拉提亚战役（前490年），一共只有六七百年时间。(2)司马迁的《史记》为严格的史书，科学性强，他的治学态度也非常严谨，忠于历史事实。当然，他的工作条件可能比希罗多德的好，他埋头阅读和整理"石室金匮"（皇家图书馆）的藏书，占有丰富的史料，终于完成了我国第一部纪传体通史，赫赫功勋，彪炳千秋。至于希罗多德。当然也是伟大的历史学家，开西方历史之先河，功不可没。他在《历史》中记载了古代希腊、埃及等国的历史、社会、风习、宗教以及战争，博大精深。此外，他还写了巴比伦与波斯的历史，甚至还写了巴尔干半岛和南俄罗斯野蛮部落的活动。他既写了古代，也写了他所生长的当代，既写了他的故乡希腊，也写了埃及、巴比伦与波斯的"东方文化"。但是，他的史学态度有时不够严谨，《历史》里写了大量的传说和听闻，而不是历史。他在讲述一些传闻故事时，甚至说："连我自己也不相信此事"。拿他这方面与司马迁相比，差距很大。(3)希罗多德与司马迁写史书的着眼点不同：前者最初只想写一部战争史，后来改写一部波斯帝国历史。事实上，以后希罗多德接触到整个社会、文化，并总结出一些规律性的东西。例如，他从薛西斯远征失败中得出一个重要的历史结论，即：骄者必败。而《史记》呢，则是我国第一部纪传体通史，以传记为主。它共包括十二"本纪"、十"表"、八"书"、三十"世家"、七十"列传"。这些内容错综复杂的文章，共同构成了一部"究天人之际，通古今之变"的巨著。司马迁的《史记》是一部批判性的历史著作，即使是对他当时生长的汉朝历史，他也是用冷峻的眼光来看待的。书里反映了他对人类与社会的独到见解与独特看法,很了不起。司马迁写历史人物,慧眼独具,他刻画了许多栩栩如生、有血有肉、生龙活虎的历史人物。今以《项羽本纪》为例,这一不朽名篇不但记叙了项羽一生的重大事件和他建立的功勋,更重要的是,通过描写项羽性格中的一些严重缺点,以及项羽在处理重要问题的一系列不可原谅的失误,写出了项羽终于用自己的手,铸造了自己的灭亡。项羽"疏于战略,黯于用人,刚愎自用却又当断不断,企图以一夫之勇,一己之智来统一天下,终于不可避免地被雄才大略而机巧多诈的刘邦击败"①,霸王别姬,乌江自刎,演出了历史上震撼人心的巨大悲剧。悲剧人物的悲剧,永远是他性格上的悲剧。司马迁通过塑造项羽这一历史人物,为我们揭示了项羽失败的历史必然性。太史公既是伟大的史学家,又是伟大的文学家,他的《史记》里对众多历史人物的描绘,个个有声有色,感人良深。因此,即使仅从两部书在文学上的成就来比较,我认为司马迁的成就可能比希罗多德要更大些。

把东西方这两位古代历史学家的生平经历比较起来,司马迁显然是个很大的悲剧人物。希罗多德一生比较平稳安定,而司马迁则否。他个人的遭遇非常悲惨,他所受到的挑战考验之严重,是希罗多德所完全没有的。大家都知道,由于司马迁在汉武帝面前为李陵作了一些解释,便被汉武帝误认为他在为李陵投降匈奴辩解,一怒之下,判了司马迁死刑。按当时惯例,犯死罪者有两种情况可以免死:一为出钱赎罪;另一则为受腐刑即为宫刑。司马迁无钱赎罪,又因完成《史记》的责任心很强,不能自杀,乃接受了宫刑。刑余之人,他忍受了多大的羞辱,含垢忍辱,终于完成了《史记》这一伟大著作。这些他在《报任安书》中有详细的记述,写出了他自己的巨大悲剧,以及他为了完成《史记》而忍辱负重,震撼了我们的灵魂。

也许,我写得太严肃了,气氛太沉闷了一些。为了变换气氛,我愿意把希罗多德请出来给我们讲一个有趣的故事。吕迪亚国王克罗伊斯(Croesus)建立了吕迪亚帝国,占领了许多地方后,认为自己是世界上最幸福的人。有一天,他把雅典政治家梭伦(Solon,前630—前560年?,是所谓雅典"七贤人"之一)、著名的"梭伦改革创始人")请来参观自己的宝藏,然后问梭伦:"谁是您所见过的最幸福的人?"梭伦答曰:"一个叫忒尔斯(Tellus)的人。""为什么?""因为一,他所在的城市(雅典)非常繁荣,他有五个儿子,每个儿子又都有孩子,所有儿孙全部成人并健在;二,此人死得光荣。在与邻国城邦战斗中,他为同胞而战,英勇破敌,并英勇牺牲,成为英雄,雅典人民在他倒下的地方,为他举行盛大的葬礼,倍极哀荣。""那么,您见过第二个最幸的人是谁呢?""是阿戈

① 引自钱伯城主编《〈古文观止〉新编》上册,上海古籍出版社,1988年12月第1版,第190页。

斯(Argos)城邦的两兄弟克勒奥庇斯(Cleobis)和庇同(Biton)。”这两兄弟生活富裕舒适,孔武有力,不但在竞技中获胜,而且,还有一件事更说明问题:一天,阿戈斯人庆祝神后赫拉(Hera)节,这兄弟二人必须乘牛车去神庙参加盛典,可是,临时因为牛在田里耕种,回来迟了,二人乃于匆忙间自己做牛,拉了车送妈妈去神庙。群众看了,敬佩之极,围着二人赞美。群众愈集愈多,母亲在极度欢乐中祈祷神后给自己两个儿子以“凡人能有的最大幸福”。祭神和欢宴之后,二人在庙里睡着了,再也没有醒来——神后真显灵了,给兄弟二人以凡人最大幸福即在欢乐中不知不觉地睡着及死去。国王听了大为失望。认为梭伦根本不懂得富人的幸福。梭伦回答说:“您诚然很富有,还统治了众多人民。但我在确实知道您快乐死去前,不能回答您这一问题。”国王后来的遭遇非常悲惨。其两个儿子,一是残疾人,另一个被人误杀,他本人呢,在统治了14年后,被波斯军队包围及俘虏。波斯人把他放在一堆干柴上准备烧死他。临死前他想起梭伦的警告,追悔莫及,一连叹了三口气,然后不断呼喊梭伦的名字。波斯王问他梭伦是何许人,他据实以告。波斯王听了极为感动,乃命令灭火救人。孰料火已烧得很大,无法扑灭。克罗伊斯于惶急之中,热泪满脸,大呼阿波罗神救救自己。就在这时,天上突然乌云密布,暴风雨立刻降临,大雨很快熄灭了火。于是克罗伊斯终于得救。

这类荒谬绝伦的故事,在希罗多德的《历史》一书中到处皆是。“历史之父”同时也“谎言之父”。然而,希罗多德毕竟是西方第一位历史学家,他的极端浪漫主义的写作,被后人谅解了,西方“历史之父”的这顶桂冠仍然一直牢牢地戴在他的头上。他头上的光环依然闪闪发亮,照耀万里,虽说有人不服气,又有什么办法!敬祝

安好!

祥麟

2001年2月22日

又:这封信中的所有古代希腊人名地名译名和人物生卒年代全部核对过中国大百科全书出版社1999年出版的《不列颠百科全书》国际中文版,以昭慎重。

*4. 西南联大精神永留人间

近年来，写文章赞扬西南联大可谓多矣，例如说，抗日战争的西南联大为中国教育史上的奇迹：它只存在8年，却培养出后来获诺贝尔物理奖者两人；说新中国成立后成为科学院院士者有当年西南联大学生多少人，占全部院士的三分之一；说我国原子弹、氢弹这"两弹之父"就是在西南联大毕业的邓稼先；说联大教授中大师如云，其水平在世界上应属一流；等等。这些话都讲得不错。可是有一点，即大家都只谈联大教授的业务水平非常高超，却很少有人谈到他们的道德和人格力量也是第一流的。对此，我补充一些情况。

抗日战争时，由于国民党滥发钞票，造成物价飞涨，通货膨胀，致使联大师生生活非常困难。1937年上半年(即战前)一个教授平均月薪为350元法币[①](按物价指数计算，这350元约等于今天的人民币11000元)。到了1943年下半年，联大教授平均月薪为3697元法币，但物价比战前上涨了150倍，因此收入只等于1937年的8.3元法币。依靠这菲薄的工资，怎样能维持一家几口的生活呢？唯其如此，才发生了一件让我目睹并且震撼我灵魂的事情：一天晚上，我去当时昆明最繁华的商业街正义路一家拍卖行闲游时，居然见到我的法文老师，联大法文专业的首席教授拿了师母的游泳衣去卖，这一幕使我震惊骇怪，赶快逃走。还有，闻一多先生迫于生活，每天上午在联大授课，下午到中学兼课，晚上批改学生作业后，半夜还得帮人刻图章卖钱。请看名震海内外的著名教育家梅贻琦、冯友兰、朱自清、罗常培、潘光旦、沈从文等硕学鸿儒为先生所写的"闻一多教授金石润例"[②]：

> 浠水闻一多教授，文运先进，经学名家，辨文字于毫芒，几人知己；谈风雅之原始，海内推崇。斫轮老手，积习未除；占毕余闲，游心佳冻。唯是温馨古泽，仅激赏于知交；何当琬琰名章，共榷扬于艺苑。黄济叔之长髯飘洒，今见其人；程瑶田之铁笔恬愉，世尊其学。爰缀短言为引，公定薄润于后。

闻一多先生如此，那吴晗先生呢？当时抗战已经胜利，因妻子久病，医药费与去上

---

① 法币是当年国民党政府发行的通用纸币名称，意思是"合法的货币"。

② 金石润例指刻石收费的价目。

海的旅费无法筹措，乃于1946年4月写报告给校长梅贻琦，向学校借钱。报告说“九年[①]困境，债台高筑，旅费、医药费及最少5个月的生活费，一无着落”，只好提出先向学校借款，然后以自己16大箱书籍变卖还债。书籍是知识分子的“命根子”，进行科研必须有大量的参考书，而教授们为了生活，居然决定出售自己最心爱的书籍，此中苦况，可想而知。

当时，教授中拖儿带女，家属人口众多，负担沉重者甚多。例如：六口之家者有王力、冯友兰、杨武之（杨振宁之父）等15人之多；七口之家者有闻一多、罗常培、马约翰等14人；而中外闻名的大学者朱自清则全家有十口人之多。像朱自清先生家庭负担如此沉重，他仅靠这每月8.3元大洋又怎样生活呢？

老师如此，学生的生活也不好过。以我为例，说明经济困难对我个人学习的影响：我当时是外文系学生，由于物价飞涨，联大学生食堂不仅伙食质量差，而且，每天只能吃两顿饭。上午10点和下午4点各吃一餐，也就是说要在早晨上完两堂课后再吃早餐。经济状况好些的同学可在上课前到街上摊贩处买早点吃，而我无钱买早点，肚子又太饿，无力气去上课，有时只好干脆不去上头两堂课，在床上睡觉。今天讲起来好像是“逃学”，很丢人，可是，当时实在没办法，肚子空空如也，委实无力上课。

当时，“教授会”因教授们经济困难，写给当时教育部（或联大学校领导）的报告，可说是字字血、声声泪，感人肺腑。以1941年“教授会”写给当时教育部的报告为例（节录）：

> ……同人等昔已为涸辙之鲋，今更将入枯鱼之肆矣。……姑无论市井奸商操纵物价，转手之间便成巨富，即同为政府机关，而亦有司书录事[②]之职。其薪金亦多于教授者，至于自有收入之机关，其人员举动之豪奢尤骇听闻，一宴之资可为同人等数月之薪金……同人等上不能执干戈以卫社稷，下亦不忍用国家之锱铢视为泥沙，固不望如前线忠勇将士之多得实物，亦不愿如后方豪奢机关之滥耗国帑，唯望每月薪金得依生活指数及战前之十分之一二，无论数目之多少，总期其购买力能及战前之五十元，俾仰视俯蓄，免于饥寒。庶几风雨如晦，鸡鸣不已，以求国家之胜利。

然而，就是在如此极端艰苦的情况下，竟然出现了这样的“奇迹”：1942年10月，联大有25名教授，全部是各系的系主任，联名致函校领导，拒绝接受教育部发给自己的

---

① 九年是指八年抗战再加上胜利后一年。

② 司书录事为国民党政府中最低级的职员。

特殊办公费（即今天系主任的“岗位津贴”），其呈文感人肺腑，使我的灵魂受到强烈的震撼。用咱们今天的眼光来看，教授兼系主任，其工作量增加了，工资补贴一点是天经地义的。多劳多得，有什么好说，更何况是教育部统一规定，但是联大这些教授就是不要，宁愿继续过自己的贫困日子。固然，他们全家饥寒交迫，可是，他们一想起其他教师同样那么困苦，就不忍心单独拿这笔钱了。在呈文中还提到“九儒十丐”一词，真令人心酸。在抗日战争时期知识分子的薪水太少，地位低下，其社会地位名次排于国民党兵痞之后，人们把国民党兵痞叫“丘八”，而大中学生则被称为“丘九”。知识分子地位之低下，于此可见矣。正是在这种家庭生活极度贫困的情况下，联大 25 位担任系主任的教授们，毅然拒绝接受特别办公费，真是高风亮节，彪炳万里，正气凛然，令人景仰！

西南联大是由北大、清华、南开三校老师和行政人员临时组成的，不论常委会、教务处、总务处以及各系和各个学院，均由三校的人员共同组成，他们却团结得像一个人一样，从来没有出现相互排斥、互相争斗之事。三校老师和行政人员都以大局为重，和衷共济，亲密无间，只此精诚团结这一点，在中国教育史上就非常罕见，极为难得，能够做到这一点，最重要的一条，就在于三校的传统好，联大教授们和行政人员素质高、思想品德高尚。在那战火燃遍全国的抗日战争时期，国难当先，谁也不愿当亡国奴，所以，仍然以民族利益为重，以学校前途为重而精诚团结，绝不计较个人或小团体的荣辱得失。

虽然，联大已于半世纪前解体，不复存在。然而，当年联大精神却依然芬芳扑鼻、永留人间。

今天，当年我在联大时的老师绝大多数已经作古，甚至我的同窗砚友已大半去世，思念及此，不禁黯然。谨以此文，献给业已逝世的联大师友们的英灵，也献给依然健在的老师和同学们。

贺祥麟

2001 年 3 月 20 日

*5. 《外国语言文学与教学专辑》卷首语

新世纪伊始,广西师范大学学报出版《外国语言文学与教学专辑》,这是我校学术史上一个喜讯,令人振奋。我校外语学院的前身外语系自20世纪50年代末成立以来,不断成长,如今已是年逾不惑,一片欣欣向荣现象。外语学院为广西培养了许多外语人才,可喜可贺。本届新的领导班子就任以后,继承该学院优良传统,锐意革新,狠抓教学与科研,取得了不少成绩。这个专辑的出版,就是一个有力的证明。

此期专辑共有论文75篇。举凡语言学、应用语言学、文学、比较教育学以及外语人才的培训与管理研究等方面,靡不具备。这些论文都是老师们和部分研究生孜孜耕耘、辛勤劳动的成果,可以说是洋洋大观、美不胜收。我一向认为,一所大学、一个语系的学术水平,在很大程度上取决于它的科研质量。“学如逆水行舟,不进则退”,一个教师,不管他的教学水平多高、学术造诣多深,都必须永远在学问的汪洋大海中乘风破浪、扬帆疾驶,不断前进,攀登一个又一个耸入云天的科学高峰。教师提高自己学术水平的最好办法,就是进行科研,就是写论文。写论文可以“逼迫”教师去看书、钻研,像古人那样“头悬梁、锥刺股”,拼命提高自己,或者像唐僧去西天取经那样,经历了九九八十一难,终于取得了真经。这方面,国学大师王维有一段著名论述:

> 古今之成大事业、大学问者,必经三种之境界:“昨夜西风凋碧树。独上高楼,望尽天涯路”,此第一境也;“衣带渐宽终不悔,为伊消得人憔悴”,此第二境也;“众里寻他千百度,回头蓦见,那人正在灯火阑珊处”,此第三境也。

上述静安先生的意思是,做学问,首先必须站得高、看得远,认清前人所走过的路,吸收前人的宝贵经验,不可盲目去做。其次,要艰苦执着,用尽心思,抓住不放,好像是热恋一样,为对方罹得自己形销骨立,也不后悔。只有这样坚持不懈、孜孜以求,才能最终达到第三境界,登上学术高峰。有如费尽心血,终于在万家灯火、人潮如流的夜晚,突然发现找到了自己的心上人。献身学问、搞科研的代价就是如此之高,而它的报酬同样也是如此之大。不登高不足以望远,不积跬步也无法完成万里之行。做学问、搞科研是一个学人的毕生事业。让我们以万里长征的坚韧不拔精神努力攀登外国语言、外国文学和外语教学研究的珠穆朗玛峰!

(刊于《广西师范大学学报》2001年第3期)

*6. 闲话社会学

敬致诸亲好友：

此信所要谈的，是关于社会学的曲曲折折的故事。社会学兴起于19世纪中叶，我年轻时，它也勉强算得上是一门“新兴学科”。我在大学念书时，曾选过这门课，对它略知一二。新中国成立以后，由于受到苏联错误观点的影响，社会学一下遭到厄运，被认为是“资产阶级反动学科”，在大学里连根拔起，社会学被取消了，国内一些社会学大师、著名学者如吴文藻、潘光旦、费孝通、吴泽霖等人，全部人仰马翻，被划为右派。吴文藻是谢冰心的丈夫，五十年代应周总理邀请，全家由日本回国，1957年他的公子吴平与他本人先后都被错划为右派。而潘光旦这位世界知名的大学者，尽管是残疾人，断了一条腿，“文革”时仍然被红卫兵勒令劳动，慢慢地移动屁股，在地上割草。十一届三中全会以后，社会学也获得了平反。二十多年来，我国社会学欣欣向荣，取得了很大的成绩。

一

社会学是一门“从社会出发，通过社会关系和社会行为来研究社会的结构、功能、发生、发展规律的综合性学科”①。它的“开山鼻祖”是18世纪法国学者孔德（Auguste Comte，1798—1587），就连“Sociology”（社会学）这一词语也是孔德创造的，依照国外社会学界的看法，孔德以后，第二位“祖师”就是英国哲学家斯宾塞（Herbert Spencer，1820—1903），第三位“祖师”，您再也不会想到，居然是革命导师马克思。这还不说，马克思在所谓“资产阶级社会学”中的地位如此之高，以至美国大学社会学教材中，称他为“19世纪第三位同时也是最伟大的一位社会学思想家”。请允许我从美国伊安·罗伯特孙主编的一部《社会学》教科书中翻译一段如下：

> 马克思生于德国，由于他的革命活动，他被许多国家驱逐出境，最后定居于英国。作为一个飘忽不定的天才，他才华横溢地在诸如哲学、经济学、政治学与历史等众多宽广而多样的学科中进行写作，他并不认为自己是一个社会学家，但是，他

① 见新版《辞海》，1999年9月第1版，第4489页。

的著作是如此富于社会学的洞察力，以至于他现在被认为是最有独创性的几位社会学思想家之一。千百万人以差不多是宗教般地接受了他的理论，而现代社会主义、共产主义运动更直接从他那里吸取灵感。

社会学的范围非常宽广。我在大学念书时曾说过："凡是社会科学中的其他学科如政治学、法律学、经济学等学科所不管的知识，一律属于社会学的范围。"这话不一定很准确，但大体不差，说明了社会学范围之宽广。举例来说，文化与社会传统、阶级、宗教、财富、两性、种族、劳动就业、失业、老龄、教育、医疗卫生、疾病、社会福利、家庭、婚姻、恋爱、生育、堕胎、人口、环保、舆论、传媒、救济、天灾人祸、财产、税收、死亡、移民、自我、社会心理、价值观念、语言、艺术等等，所有这些五花八门的不同门类的知识，无一不属于社会学的范围。社会学范围如此广阔，岂是其他任何一门学科所能代替的？

二

然而，再回到原来那个老问题，社会学"反动"吗？这个问题，其实前面我们已经部分回答了：把马克思奉为自己开山祖师之一的社会学，有可能是"反动"的吗？但我们还要进一步研究。马克思主义强调阶级分析，那我们不妨来看看社会学是怎样看待阶级的。我曾经有过一本美国大学的社会学教材，此书对阶级的看法大致如此：阶级论是马克思发明的，是绝对正确的理论。是什么样的阶级，就会用什么阶级观点来看问题。阶级是客观存在，不容否认。美国全国最富裕的一千家，他们不论婚姻和交友都在这一千家内进行。甚至连俱乐部，也是排外性的，只能由这一千家的人参加。他们占有了美国政界、军界的最高位置，退休了则到大公司担任董事长。他们把持了美国社会的最高层，实际上统治了整个国家。这本书以上观点，我认为基本上与马克思阶级论相同。不同的地方在于，马克思划分阶级，主要是根据财产：即以经济力量来划分阶级。马克思主义同时又承认，经济上居统治地位的阶级，借助国家政权，在政治上也占统治地位。而我的那本社会学教材是根据德国社会学家马克斯·韦伯（Max Weber，1864—1920）的理论，认为划分人的阶级，要看三条：一为经济地位；二为是否有权力；三为在社会上是否有威信。如大学者、著名作家和艺术家，也应该列入上层阶级中去。

再看另一部美国大学社会学教科书，即上面提过的伊安·罗伯特森著的《社会学》①，书里面有一单元（分为三章），叫作"社会之不平等"。它用了很大的篇幅讨论阶级，由于内容太多，我无法在此照抄原文，只能摘要翻译该书第10张的提纲如下：

① Ian Robertson, *Sociology*, Worth Publishers, Inc. New York 1987.

马克思说那些占有和统治生产资料的人就是统治阶级；不占有和统治生产资料的人是被剥削者，是被统治阶级。美国是一个高度不平等的社会，以收入和财产为表现形式的财富的分配非常不平等，权力看起来高度集中于政府和公司经济的上层。美国的阶级系统包括下列五种基本层次：上层阶级、中产阶级、下中产阶级、工人阶级以及最下层阶级。每个阶级都有其明显的不同的生活方式。阶级属性与其他一些不同的特点互相作用。例如政治行为、婚姻的稳定性、宗教教派、教育水平、价值观念与对教育的态度、生育观念以及犯罪行为的类型。贫困（在美国）有两种：一种是相对贫困（无法维持风俗习惯上的标准）；另一种是绝对贫困（缺少基本的社会必需品）。美国有14%的人口的收入在贫困线下。

上面这一段引文看起来有点像国外进步书刊上的文章，可是它却千真万确地是美国“资产阶级”大学教材白纸上印的黑字。我手边还有一本美国大学的社会学教科书，作者为罗德尼·斯塔克，书名是 *Rodney Stark*, *Sociology* (Fifth Edition, Wadsworth publishing Company, Belmont, California, 1994)。这部书用了大量篇幅介绍了马克思的阶级论，观点大致和前面两部书相同，不再重复。由此可见，美国大学的社会学教科书，没有一部不承认阶级的存在，没有一部不基本同意马克思对阶级论的某些论述。当然，这些教材不可避免地有各种资产阶级观点，可是，如果说社会学整门学科是“反动”的，则完全站不住脚。当年对社会学彻底否认和“一棍子打死”是绝对错误的，它正像当年在遗传学上对孟德尔和摩根的学说的否定一样，使我们在学术上走了一大段弯路，损失之大，无与伦比。历史的教训十分沉痛，我们必须接受。

三

社会学内容非常丰富，也非常有趣。但是，正像其他许多门学科一样，它不容易掌握。学好社会学，我认为除了一般文化背景以外还需要两样东西：其一，是理论知识要高深；其二，这一条也许更重要，即必须作好社会调查，“没有调查研究，就没有发言权”。调查研究对社会学来说，正如做实验对自然科学同样重要。说到这里，我想顺便考您一下，看看您对下面的20个问题回答对几个，这些问题全部是“辨真伪”式，即回答时只打加减号。凡您认为正确的陈述，就打加号；反之，则打减号。20个问题是：

1.人类有一个自然的本能：与异性结偶。

2.下层社会的人比上层社会的人更容易犯罪。

3.里根当年曾被过半数的选民选举为美国总统。

4.在一个社会的情况持续非常坏时，比社会上坏的情况迅速变好时，更容易发生革命。

5.上大学时选择自己将来想做的工作同样的专业是明智的,因为大学毕业生的绝大多数在自己的专业范围内就业。

6.对一个学校投资多少,极大地影响了这个学校学生们的成绩。

7.美国有相当大一部分领救济金的人是能够工作的,只要他们真想工作的话。

8.在任何一个社会里,都可以找到浪漫主义的爱情。

9.常去教堂做礼拜的人,比不常去教堂的人较少有种族偏见。

10.获得正确的舆论估计的最佳办法就是让投票参加民意测验的人越多越好。

11.近几年来美国黑人与白人的收入差距缩小了。

12.近几年来美国男工与女工的收入差距明显缩小了。

13.在夫妻殴斗中,丈夫杀死妻子的可能性大于妻子杀死丈夫。

14.所有的社会都禁止与亲子间或亲兄弟姐妹间的男女关系。

15.专家们预见,在美国经济中收入丰盛的“高科技”职业将大大增加。

16.根据宗教信仰的不同,绝大多美国天主教徒反对堕胎,他们的离婚率比新教徒要少。

17.发展中国家的人口爆炸是由于这些国家的高出生率。

18.你在大学里的成绩越好,毕业后事业成功的可能性便越大。

19.病人诉说了自己的病况后,医生就可为他们中的绝大多数人开处方。

20.像地震那样的自然灾害会在有关的地区中造成恐慌,并且使它们的组织力、凝聚力受到影响。

对于上述20个问题,你的回答是什么呢?我相信老兄大概在绝大多数问题上回答了“加号”,即认为上述论述大体上符合事实。错了,事实是上述20个问题全部陈述错了,没有一个正确。这个结论,是社会学家经过大量社会调查得出结论,经得起考验。可见,有时候,社会学范畴捉弄人,它使得原先您认为属于“常识性”的问题,答案全部颠三倒四,混乱不堪。现将正确答案翻译如下:

1.人类并没有与向异性求偶的本能,我们的喜欢异性是后天学习到的。如果本能指的是遗传基因而获得的综合的行为方式,则人类根本无任何本能。

2.没有任何证据可以证明穷人比富人更容易犯罪。事实是,穷人犯的罪与富人不同(例如小偷小摸,而不是巨大的诈骗罪),而且,穷人犯了罪,比富人更容易被抓住和判刑。

3.1984年里根当选时,投他票的人不到合格投票人的三分之一。他在参加投票的人中，获得 59%的选票，可是有 47%的选民没有参加投票。

4.革命更容易在社会情况坏却开始迅速好转时发生。当情况很坏而且一直坏的时候，人们对自己的不幸认了命，可是，情况突然改善时，人们的要求更高，因而感到沮丧。

5.大学毕业生的绝大多数人毕业后找到的职业与自己的专业无关，能找到与自己的专业相同工作的人的比例将愈来愈少，因为人们越来越喜欢变换工作。

6.对学校投资多少，看起来对学生的成绩没影响多少。学生表现的好坏，主要决定于他的家庭和他所在的阶级背景。

7.美国领社会福利金的人，只有不到 2%的人是刚失业才几个月的成年男子，其他 98%的人差不多全部都是儿童、老人、残疾人，或者是必须在家照顾孩子而自己又没有其他收入的妇女。

8.对于我们来说，浪漫主义的爱情好像是"人性"的一部分，可是在许多社会中，人们根本不知道它，而在另外一些社会里，它被认为荒谬可笑，或者带悲剧性的。

9.一般来说，经常去教堂做礼拜的人的偏见并不比不去做礼拜的人少，事实上，他们的偏见更多。

10.参加民意测验人数多少与民意测验大体无关。重要的是样本（指从总体中选出供典型调查的那一部分）要选取有代表性的人们，需要的是这些人的意见。从几千人当中按正确方法选出的样本，可以给全国民意测验提供非常准确的民意测验；而另一方面，300 万甚至 3000 万选得很糟糕的样本会离题万里。

11.尽管有人权法案和其他立法，近几年来黑人与白人的收入差距是扩大了。黑人个人的工资比白人低，其失业率又远比白人为高。

12.男人与女人的工资差距改变不多，很少妇女有高工资职务，她们中绝大多数属于低工资群体。

13.在夫妻殴斗中，男女杀死对方的可能性相等。虽说丈夫的力气一般比妻子大，妻子更有可能去用致命的其他武器，例如刀子等。

14.不同社会以不同观点看待乱伦，有少数社会在一定情况下，允许与亲子间或者同胞兄弟姐妹间的乱伦。

15.现在看不出高收入的高科技职业有扩大的迹象。虽然，将有更多的人会采用"高科技"的设备，如信息处理机，但他们的工作种类未变，工作也与以前一样。

16.美国 80%的天主教徒赞成节育，美国天主教徒的离婚率比新教徒要高。

17.导致发展中国家人口爆炸的原因，不是出生率提高了，而是死亡率降低了。这些国家的生育率降低了,但人们活得更长了,因此总人口乃膨胀了。

18.大学生在校成绩与毕业后的工作表现二者没有固定的、一成不变的关系。学习成绩好所应具备的才能与毕业后在实际工作中所需要的才能并不一样。

19.医生在去向他们诉说了自己病痛的病人中,有一半以上的病人,找不到他们有任何病,尽管医生不会把这样的事告诉病人。

20.像地震这样的自然灾害很少会使人惊慌失措,事实上,地震一般来说能够在灾区产生更大的组织力与凝聚力。

以上20个问题和答案,跟您开了个小小的玩笑,让您被捉弄了。但这不是我的错,是《社会学》向您开了这个“国际玩笑”。此事虽少,却说明了单从“想当然”不行,要靠科学、靠调查研究才行,近来,我愈来愈感到自己知识的不足,需要认真读书。庄子在他的《养生主》一篇中说得好:“吾生也有涯,而知也无涯。以有涯随无涯,殆已。”我们当然不能在意庄子在这句话最后的悲观结论,但是,他尖锐地指出了人生之短促知识的无限。唯其如此,我们更应该拼命学习,努力掌握更多的知识,未知您以为然否。祝

好!

祥麟

2001年3月24日

7. 祭母

维公元 1999 年 1 月 1 日，长男祥麟偕妹佩君及弟瑞麟、兆麟并蓉寓全家，仅以香花美酒敬献于母亲韩氏坤化太夫人之灵曰：

母亲于 1903 年农历八月十二日诞生于河南博爱县西王封村，于 1998 年公历 12 月 30 日不幸病逝于四川成都市四川省人民医院，享年九十有五。

母亲的一生，是平凡、艰难而又感人深深的一生。母亲的幼年，由于中国社会的贫困、教育不发达以及外祖父家传统的重男轻女思想，只受完小学教育，便辍学在家，从事女红及家务劳动。17 岁时，母亲嫁到本县许良镇东街贺家，与父亲结缡。当时，贺家为典型的北方农村封建地主家庭，家族很大，各房矛盾重重。我们这一房因祖父早逝，祖母寡居，无权无势，备受长辈及同族其他人之欺凌。母亲虽读书无多，但为人贤淑，深明事理，与祖母一同茹苦含辛，在夹缝中艰难生活。母亲与祖母数十年相处，尽心竭力，侍奉祖母，婆媳间同心同德、融洽无间，从无任何不和睦之事发生。自 1921 年到 1930 年母亲先后生子女四人，多年来历尽苦难，把我们培养成人。母亲之恩，恩深似海，母亲之德，德被全家。

抗日战争开始后，为了逃避日寇，母亲侍奉祖母并携我们姐妹四人及堂兄钟麟，开始漫长的流浪生活，由故乡南下湖南醴陵，旋又至武汉，再由武汉而宜昌，由宜昌而万县。先是敌机狂轰滥炸，接着便是通货膨胀，物价飞涨，祖国沿海及内陆大片国土被日本帝国主义强占，国难家难，接踵而至。国命家命，不绝如缕。为了躲避敌机轰炸，我家由万县城内迁往农村高粱铺住。当时全家生活维艰，祖母有高血压、偏头风等症，只靠硬顶，完全无医药治疗。母亲上奉祖母，下育儿女，以养猪来补贴家用，砍猪草、煮猪潲，起早摸黑、工作不息。养猪不足以维持生活，她同时又用双手卷纸烟（香烟），自晨至暮。

抗日战争胜利后，我家因经济困难，父亲失业，母亲与祖母仍滞留在万县农村。旋祖母于 1947 年夏病故，母亲护送祖母之灵柩，乘一小木船由万县顺流而下武汉，又乘铁路货车护送祖母之薄棺到郑州，将祖母在郑州安葬。

新中国成立以后，我于 1950 年初离开美国，投入新生祖国之怀抱，在原广西大学任教。母亲于 1953 年 9 月与亲戚朱婆婆由成都到达桂林，和我住在一起。由于妹妹一家经济特别困难，再加上他们夫妇工作很重，无法照料众多孩子，母亲乃于1956年只身回到成都，接妹妹的两个幼女去桂林生活。当时乘的是军用飞机便机，在武汉下机后到机场大门路途遥远，且无人照顾，母亲一人手拉年仅两岁之贺康，怀抱才一岁之贺平，且携带大小行李，在难以想象的艰苦情况下，走出机场，并进城搭火车。抵桂后十余年间，直至"文革"开始后两年，母亲又是外婆又当"妈妈"，将她的两个外孙女由牙牙学语的婴儿，抚养成亭亭玉立的十二三岁少女。1958年，我外甥女贺平年仅三岁，在桂林误将大头针吞下，由嘴内坠入支气管，母亲千里迢迢抱了孩子去武汉动手术。由于怕大头针进一步下滑，母亲一路上将贺平头朝下脚朝上倒抱，一刻不敢怠慢，使贺平在手术后终于获救。没有母亲，哪有贺平今日？与此同时，她老人家还要照顾我以及60年代初出生之黄河、小岚等众多孙辈，这需要多大的毅力，需要付出多少心血与精力！

特别是"困难时期"整三年中，母亲患了肝炎，不但要以带病之身照料全家老小，还在经常挨饿、饥肠辘辘，自己浮肿之时毅然一人开荒，在叠彩山中文系院内空地种豆子与红薯。而红薯刚长成，又被邻居一恶妇蛮不讲理、颠倒黑白，诡称红薯是她姓冯之所种，竟将母亲种的红薯硬行抢去！往事历历如绘。这些苦情，令人永难忘却。

母亲自从到桂林后，40年来不但全力以赴照料我和全家人的生活，而且在历次政治运动中，与我风雨同舟，相依为命。1955—1956年，全国开展对"胡风反革命集团"的斗争。我当时被误认为有"胡风分子"嫌疑，停职反省，在家中软禁达九个月之久，母亲受我牵连，被免去家属小组长职务，再加上我受审查，母亲精神负担极重，她除了操持家务外还要经常替我去办公室送我的交代材料，及为我发信和购物。后来到了"文革"时期，我与母亲俱被打入"另册"，我进了"牛棚"，母亲在家属小组受到各种歧视与欺侮，默默无言，忍受痛苦。在上述这两次政治运动中母亲困难重重，忍辱负重，既在生活上给我以无微不至的照顾，又在精神上给我以支持鼓励。若非这巨大母爱的庇护，也许早在1955年，我已不在人世矣。

总之，母亲对我们全家老幼，大恩大德，无边无际，至爱至亲，无与伦比，我们儿辈孙辈，无论怎样努力，也无法回报母亲生我、养我、育我、教我，呕心沥血终生呵护我们、为儿孙服务的恩德。

母亲幼年时读书不多，但德行高尚，思想品质优秀，深明大义，严于律己，宽以待人，在诸亲好友及广大群众中享有很高威信，有口皆碑。新中国成立后她受到党的教育，拥护中国共产党、热爱祖国。生活上她克勤克俭，自奉俭约，吃苦耐劳，堪称模范。在原广西大学生活时，她每次由将军桥进城，往返二十余里，全部步行，从不坐车。她性格坚强，坚韧刚毅，一向能吃大苦、耐大劳。多年前有一次将烧红的铁丝烙穿竹片，不慎将铁丝误伤眼睛，疼痛难忍，为了怕影响我的工作，她一直隐忍，从未告诉我此事。还有一次与我同去看戏，她先进入会场，不慎滑倒在水泥地上，右臂骨折，折断之骨穿破了肉，流血不止，但考虑到我工作太忙，多年来未曾观剧，为了怕影响我，她用力按住伤处，强忍剧痛，陪我看戏。后来，还是旁边观众指出，我才发现母亲受伤骨折，陪她去医院治疗。再如有一次，她在医院进行肝穿刺，表现极为冷静沉着和勇敢，被医生誉为"从未见过的最勇敢的病人"。在公益事业中，母亲不仅工作努力任劳任怨，而且处处为别人着想，群众关系极好。正因为如此，前年广西师大校庆纪念举行校史展览时，几十年的历届家属工作，只展出她与另一家属一同工作的照片，照片的标题是"优秀妇女"。

近几年来，母亲在桂林及成都多次住院，几次病危，都能化险为夷，康复出院。但她毕竟年事已高，体力衰弱，这次患病，照医生的说法，已是"油尽灯枯"，回天乏术。尽管医院及我们家人都竭尽全力挽救，终成不治。

回顾母亲 95 年来走过的道路，她平凡而又杰出，普通而又伟大，在她身上体现了中国老一代妇女的美德。她懿德高超、风范永存，永远活在我们的心中。

现在，母亲已撒手人寰，永远永远地离开我们，我们众子女及孙辈泣血稽首，热泪千行，痛悼母亲之仙逝。巴山蜀水，哀思如潮。天苍苍，野茫茫，世界之大，我们何处去寻找母亲？别了，别了，我们最亲爱、最亲爱的母亲，伏唯尚飨。

妈妈，您安息吧！

2001 年 4 月 29 日重新打字输入电脑

8. 学术会议

敬致诸亲好友：

今年8月中下旬，我在南京参加“全国高校外国文学教学研究会”2001年年会暨学术讨论会。去时坐火车经过上海，停留一日，归程由南京飞桂林拜访友人，在桂停留凡四日，然后乘火车返回南宁。这次旅行，我仍然一如既往，一路皆为单枪匹马，独来独往。

一、会议

“全国外国文学教学研究会”（以下简称“学会”），在全国千百个学会中，是个“小弟弟”——他由120所高等学校作为“团结会员”组成，但却是十分健康、英俊。是自1985年成立迄今16年中，始终雄姿英发、茁壮成长的学会。他的最大特点是认真办会，一丝不苟，敬业精神特强。他每年都开年会和学术讨论会，开起会来，一本正经地讨论学术问题，会议质量很高。每次年会之后，都要出版一部论文集。这些在全国学术团体中，是十分难能可贵甚为罕见的。

会长季羡林先生，是一位“国宝级”的人物，为全国人民所敬仰。前不久，北京有个学术团体，要求隶属于我们学会。我会批准后，他们立刻刻了自己学会的公章，写信到国外，报告这一喜讯。阿拉伯某大国知道后，当即去函祝贺说：“贵会为季羡林先生领导下的一个学术团体，很了不起，敝国一定努力支持你们。”（大意）

该国是阿拉伯国家中盛产石油的一个富到流油的“大款”，这里的所谓“支持”，实际上是指一定的捐款赞助。可见季羡林先生影响之大，威信之高。

这次年会，还进行了换届的选举工作。我与南京师大中文系和北京大学俄语系的一位教授，均以年事已高，一同由副会长职务上退了下来，改任名誉理事。我特别对会议负责人说：名誉理事的要害是“名誉”不是“理事”，今后学会的工作我不再过问了。那位负责人说：“不对，我会的名誉理事与别的会不同，我会的名誉理事等于常务理事。今后凡是开年会或常务理事会都一定请您来参加，而且您都得管事。”态度之真挚诚恳，溢于言表。

这一位领导人，言必信，行必果，本次年会闭幕式，他找了我这个“下台干部”致闭幕词，使我既惶恐万状，又非常感动。惶恐的是自己已经退下来不再担任领导职务，如何能担此重任？感动的是学会对我的信任，已经超乎常规打破了“不在其位，不谋其政”的铁律。

尤其使我感动的是，在此次年会上，学会授予季羡林先生、许汝祉先生（南京师范大学教授、我国外国文学前辈，现年87岁）和我以荣誉奖，奖励三人对外国文学和对本学会的贡献。我一向颇有自知之明，深知自己的学术水平有限，对本学科及学会的贡献非常微薄，学会对我的谬奖，使我感愧交加。特别是授奖后新华社总社专门为此发了电讯，全国各大报纸立即登载，我认为这完全是因为季羡林先生、许汝祉先生巨大名声和崇高威信，我“仿佛是一个年老体弱的步行者，在自己长期跋涉中，碰巧搭上了季先生的便车”。如此而已，如此而已。

二、“上海的童话”

在上海我只住了一天，蜗居于表弟的斗室中，其他任何地方一概未去。提及亲戚家的房子，可以用“说来话长”一语概括之。

我的表弟在上海一个小工厂任低级职员凡数十年，过去长期在类似贫民窟的“曹杨新村”居住，全家老小三代（我的表弟、她妈妈即我的舅母以及表弟的男孩），有时还有从外的来沪的客人，大家共同挤在一间屋子里住。这一家人无自己的厕所，甚至没有厨房，大小便到附近的公共厕所去，做饭则在房间里，连下几天大雨，房里进了水，排不出去，积水盈尺，苦不堪言。

后来儿子长大，进了一间工厂，按理说，当时可以申请房子了。可是且慢，他儿子是个小小的工人，无权无势，分房子绝对轮不到他。幸而遇到“高人指点”，给他们想出一个万试万灵的“锦囊妙计”。“高人”说：老兄，分房轮不到你们，托人情你没有经济能力，无法送礼，只有像流氓那样耍无赖才行。于是他给我表弟如此这般，“面授机宜”，表弟心领神会，依计行事。

他用自己和他妈妈（当时已经90岁）名义写了报告说：你们厂如果不给房子，我们反正已无法生活，干脆一死了之，自杀算了。我们母子俩说到做到，不想活了。厂领导惊惶万状，怕出人命案子，无法交代，乃赶快把一套二室一厅的新房分给表弟的公子。后来，公子结了婚，又生了孩子，理所当然地住了一间，其他所有人则住另一间。这“其他所有人”，平常指表弟、舅母、他们家的保姆，那天还包括在下我本人。

我说太挤了，我应该住在旅馆。表弟为人热情有余，理智不足，不但坚持要我住在他家，还建议我把痰盂放在床边，免得晚上上厕所麻烦，这我当然不同意。于是，小房间成了不分男女老幼的“软席卧铺包房”，最靠窗户睡的是我舅母，其后依次为表弟、湖南保姆，然后是我。试想，盛夏溽暑，天气闷热，一位三四十岁的大保姆睡在我身边的沙发上，叫我如何不紧张恐慌。我慌得大气也不敢出，度过了空前绝后的“恐怖之夜”。

表弟与我讲了一些悄悄话，泄露了一件“绝密”之事。他说他住的这一带群众，家家偷公家的自来水、电和煤气。我问他怎样偷，他说很简单，只要把临时性的电线、水管或煤气管绕过电表、水表和煤气表就行了，这里家家都会，毫不困难。我说：“如果查表的人来了发现了咋办？”他说，没关系，临时塞给查表人员200块钱就行了。我又问：“这样的事难道有关的公司一点也不知道？”他说，公司也知道，他们睁一只眼闭一只眼，平常装不知道，每隔一两年换一个查表员，以便大家都轮流赚一点外快。我再问：“那么，这一带有没有不偷公家水、电和煤气的人呢？”他说：“不知道。即使有，也非常少。俗话说，撑死胆大的，饿死胆小的，不偷的人胆小，自己倒霉。”后来，我为此事专门询问了一个出租司机，司机说这种事他早就知道，这一带是穷人区，基本上家家偷公家的水电和煤气，尤其可怕的是他们理直气壮来偷盗，他们有“理论根据”：“那么多的贪官污吏贪污，他们大量贪污，我们老百姓无权无势，只能小偷小摸，偷点水电煤气。”

这种论点，使我震惊骇怪。我认为当社会上某些错误行为被某些群众所接受、所认可，而且还创造了为它辩护的“理论”时，当公然偷盗公共财产成为风气，人们对他不以为耻反以为荣，反以为理所当然时，应当立即为这个民族敲起警钟，对他们大喝一声：中华民族到了最危险的时候！

三、金陵忆旧和重游扬州

1933至1937年，我在南京念中学，对南京印象很深。可能在全中国，没有任何一个其他城市像南京一样在历史上改名次数之多，因而“别名”也特别多。例如，金陵、秣陵、建邺、建康、白下、上元、集庆、庆天府、江宁等，还不连太平天国时之天京，和清凉山之一度被称为石头城。巍巍钟山，泱泱大江，龙盘虎踞，气象万千。

南京的名胜古迹，我在童年时大都去过，中山陵、明孝陵、灵谷寺、夫子庙、五台山（不是山西的五台山）、莫愁湖、台城（梁武帝饿死于此）、狮子山、燕子矶等，都是我旧游之地。“王谢堂前双飞燕，乌衣巷口曾相识”，旧南京给我之印象，可谓深矣。

而印象最深的则是1937年8月淞沪会战爆发后两日，即8月15日，我们一家未雨绸缪，为了预防日本飞机轰炸，赶快乘火车回故乡去。谁知就在我们在浦口车站等车时，正碰上敌机第一次来炸南京。16架涂了膏药旗的鬼子重型轰炸机编好队伍，轰轰隆隆向我们飞来，到了浦口车站上空，又是扫射，又是投弹。附近我国的高射炮很多，向鬼子飞机猛烈轰击。这是我一生第一次经历的敌机轰炸,至今依然像昨天那样清楚。这一景象,可谓刻骨铭心,永难忘记。

新中国成立以后,特别是改革开放以来,南京的建设日新月异,许多街道,我完全无法辨认。尽管如此,我仍然能够从不少地方找到我当年留下的"影子"。

我青少年在南京时,那里的小吃精美绝伦,而且种类繁多,样样俱为精品。例如:南京板鸭、南京咸水鸭、油炸臭豆腐干、糖粥藕、糖芋头、糖芋苗,夫子庙的干丝、鸡丝面、蒸饺,金钰兴的熏鱼面等,这些或在商店、饭馆中卖,或由小贩挑了担子沿街叫卖,无一不是鲜美异常,脍炙人口。新中国成立以后在当时极"左"路线下,多年不注意保持这些传统小吃的美名和质量,认为"不为资产阶级老爷服务",强调所谓"大众化",传统美食质量严重下降,甚至失传。改革开放以后,虽然努力设法恢复,却为时已晚,很难达到当年的水平。

我这次曾专门去夫子庙一家叫"晚晴楼"的著名饭馆品尝南京的各种传统小吃,结果甚为失望,不知是我的口味比当年大大提高了,还是"晚晴楼"的小吃比我童年时候相差甚远,总之,给我的感觉是,味道大不如前。

会议期间,我们去游历了扬州。扬州的瘦西湖为扬州第一风景,十几年前,我曾慕名前往,此次我再次游览它。瘦西湖像个苗条的少女,婀娜多姿,千媚百娇。我特别喜欢环绕湖边的柳树,树枝摇曳,倒影连连,非常漂亮。贺知章《咏柳》一诗中说:

> 碧玉妆成一树高,万条垂下绿丝绦。
> 不知细叶谁裁出,二月春风似剪刀。

中国文人一向钟情于柳树,而且喜欢把春风与杨柳并提。白居易的《杨柳枝词》一开始"一树春风千万枝,嫩于金色软于丝",干脆把春风来指杨柳,杨柳与我国传统诗歌和传统文化联系起来,便使得它有特殊的意义和内涵,造成许许多多美丽的梦幻一样的联想。毛泽东也写过"春风杨柳万千条,六亿神州尽舜尧"的名句。扬州以柳树作为它的"市树",是很有见识的。

四、桂林行

我在桂林的友人很多,这里只提美国俄勒冈州太平洋大学的巴娄(Jeff Barlow)教授一家。巴娄先生是我的老朋友,长期担任历史教授。由于他是学历史的,看问题比较客观,乃能超越和跳出美国目前一些人的偏见,公正地看待世界大事。他对小布什意见很大,说小布什上台后严重破坏了美中两国的友好关系,非常不得人心。他甚至说,小布什的智商很低,什么也不懂,担任总统后一系列措施都是错误的。他寄希望于明年国会选举，认为选举以后，民主党在议会取得多数，可以大大牵制布什。他妻子克丽斯丁(Christine)和他一同带了女儿来桂林，夫妻二人都说上海大变了样，现在“比纽约还好”(这是他的原话)。他们的女儿克莱尔(Clare)上次我在桂林见她时，才六七岁，现在已是十五六岁的大孩子了，金发碧眼，亭亭玉立，而且洒扫应对，知书识礼，有乃母的风格。

在桂林也遇到一件不愉快的事。一天下午，广西师大办公室小梁陪我去交通银行看我的存款余额，机器每次拒绝，说“交易失败”。我百思不得其解，拿了我存款的“太平洋”信用卡和身份证去问柜台，一位职员代我查了电脑，才知道广西师大财务处把我的身份证号码竟然抄错，身份证号码不对，机器自然拒绝我查询余额。这个财务处的年轻工作人员办事马虎，前两年竟把我的工资，错汇至南京(她把“广西南宁”写成“江苏南京”)，使我收不到工资。去年又把我的身份证抄错，使我这次无法查询存款余额。工作如此不负责任，令人震惊！

回到南宁后，我特地写了一封信到财务处，说过去他们工作错误，我为了息事宁人，没有要求处分失职人员。事实证明了，姑息不可能使人改正错误，必须给犯错误者以必要的处分，才能使她接受教训，改正错误。是不是我过分迂阔、对别人太苛求了呢？敬请大家评论。

桂林还有许多事可谈，限于篇幅，省去了吧。此问

安好！

祥麟

2001年9月4日

9. 谈广西师院54级与55级

葆珍：

昨天接到您之电话，天南海北与您谈了很久，欢愉逾恒。中文系54级是我毕生教学生涯中最难忘的一个班级。你们是我在中文系所教的第一个班级，是我最熟悉也最有感情的一个班级。直至今日，事隔将近50年，我仍可以背诵出你们班至少一半同学的名字。这一半人中的每位同学的性格、爱好、音容笑貌，我都依然记得。所可惜者，你们班上几个最优秀的同学都没能留校任教，而是劳燕分飞，各自东西南北去了。但是，不管怎样，我的壮年时代与你们的青年时代息息相通，紧密相连。你们把每个人的可贵身影留给了我，铸入了我的心田。虽说几十年相互间没有通信，我们的师生情谊和友谊始终存在，而且久而弥笃。

您在电话里谈的有一件事，给我的印象特别深刻。1957年"鸣放"的时候，您写了两张大字报：一张为萧厚德先生鸣不平，另一张向李××同学提意见。您做得多么正确，令人钦佩！萧老师是我西南联大的同学，他在教育方面是专家，造诣很深；他不仅"学富五车"，而且讲课娓娓动听，教学效果极好；他的英文、法文和德文俱属一流。像他如此学问渊博、精通三门外语的学者，至今已很难找，可以说人才十分难得，但师院那时却十分粗暴地待他。

至于李××，我不想多说，她是时代的产物，她的人性已被扭曲。从某种意义来说，她也是当时极"左"路线的牺牲者。

您在这两件事上做的都完全对，不对的是当时的学校领导。子在川上曰："逝者如斯夫！"过去的已成过去，不去谈它吧。英语里有句成语，叫作"let by gongs be by gongs"(让过去的成为过去吧)，这话说得多好！

往事如云，往事如烟，转眼间四十年过去。您刚到美国时，一口气在异国社会的最底层拼命劳动了19年，终于把您的先生和孩子都培养成硕士，造就了你们家今天的辉煌和灿烂，您真是当了"人梯"，为你们家两代人建立了赫赫功勋！现在，即使步入了老年，您也没有虚度年华，而是将自己在国内几十年的经历写成小说，在华文出版社出版。目前您正在写第二本书，记叙您在美国拼搏的艰苦历程。可谓"一步一个脚印"，扎扎实实，大步前进。愿早日读到您的第一本小说，并祝第二本小说尽快问世。

我有一个给各地亲朋写长信的习惯,近年来已写了好几十封,都存入电脑。等过几天稍有余暇,当为您印选几封寄去,以互通信息,交流友谊。

顺便说一句,贵年级(54级)是中文系历届毕业生中最没有组织的年级之一。这些年来,它始终没有成立任何校友会或联谊会之类的机构。55级则不同,不但成立了同学会,差不多年年都有活动,而且还出版了刊物《砚友信息》,每月必定按时出刊。我曾经好几次参加他们的年会,有一次还参加他们在广州举办的盛大的联欢活动。会长是“大右派”唐萍踪,此人有大将风度,组织能力很强,新诗和旧体诗都写得非常之好,甚至在退休之后,还在湖南岳阳自己开办了一所中学。他在广州要我题词,我大笔一挥,写了四个大字,曰“右派翻天”,引得全体同学哈哈大笑。

希望收到您的来信。余再谈。顺颂

安好!

祥麟

2001年10月11日

10. 缅怀与勉励

李汀世兄：

收到长信、诗集、诗碟以及你们贤伉俪合著之电影剧作集，本应为万分欢乐的事（对这些我确实也愉快逾恒，深深为您和燕云的巨大成就而高兴和骄傲），但在读信中惊悉令堂大人和令弟的噩耗，不胜震骇和哀痛。半年之内，府上连遭巨变。令弟和令堂先后去世，这两大灾难打击之大，可以想见。

令弟英年早逝，同样使我万分难过。我见过李岗，对他印象很好。他成就很大，事业正在日中天时，竟遽尔长逝，真是天道不公，莫此为甚。再说"黄梅不落青梅落"，令堂大人白发人送黑发人，是人生的大悲剧。我很难想象您如何承受这样的两大打击。彼苍者天，为何竟然残忍至此！

从您个人来说，您的成功与成就是巨大的，非常难能可贵，值得您自豪和我们热烈称赞。评上"正高"，负责电视剧作中心的领导任务，出版了《活的石头》诗集，还与小贺一同出版了电视剧作集。《活的石头》我大部分读过了，写得很好，有诗情，有画意，有哲理，有深度。新诗很难写好，您能写到如此程度，非常不容易。诗要内涵丰富，耐读耐嚼，"余音绕梁，三日不绝"，您的诗基本上做到了这一点，希望您继续努力，创造出更多更好的诗歌来。您的诗碟我尚未去听，原因是我要追求最佳的朗诵效果，用电脑听自然不行，想用 DVD 听以求最佳效果，可是，惭愧得很，我自己虽有 DVD，但因长期不用，现在忘记如何使用了，需等朋友来帮忙才行。

令尊的信件，也许我还有，我的旧信全部在桂林，等何时回去找到了，当为您寄去。

我近年来写的长信很多，今随此信寄去我在上海、南京、桂林旅行的经过一信，等过些时候稍有空闲时，当为您再寄去一些。

顺便提起，来信说"同他一起渡过的童年"，应该是"度过"而不是"渡过"。因为"度过是用了一些时间"的意思，不是指"坐渡船经过"。未知以为然否？小贺请代为问候。即颂

安好！

祥麟

2001 年 10 月 24 日

*11. 谈历代尺牍

敬致诸亲好友：

在我国文学宝库中最容易为大家忽略的一个门类，可能就是历代尺牍。所谓尺牍，即书信，古时书信之所以被称为尺牍，是因为当时所用的竹简或绢帛长约一尺，故名。根据我国文学传统，过去人们对尺牍一向极为重视，例如，著名的《古文观止》一书内就选了许多名人书信。我童年时，坊间书肆售卖的历代书信就不少，包括供读者模仿的《秋水轩尺牍》，甚至还有《曾文正公家书》……只是由于我当时思想幼稚，简单地认为曾国藩是“汉奸”，对他的书信嗤之以鼻，根本不屑一顾。

一

我始终认为尺牍是中国文学宝库的一枝奇葩，香飘四季，芬芳扑鼻。在历代名人书信的大海洋里，最使我感动的，便是夏完淳就义前写的《狱中上母亲》和《遗夫人书》。夏完淳（1631—1647）生长于明朝末年，自幼才华横溢，明亡，他以14岁之幼龄随父兴兵抗清，父亲夏允彝兵败自杀，他仍在江南坚持战斗，被明宗室鲁王封为中书舍人，后被捕，他大骂清军统帅洪承畴，从容就义，牺牲时年龄不满17岁。他临死前的《狱中上母亲》一开始便说：“不孝完淳今日死矣！以身殉父，不得以身报母矣！”沉痛之情，溢于言表。在谈了许多国事家事以后，他最后慷慨陈词曰：

> 人生谁无死，贵得死所耳！父得为忠臣，子得为孝子。含笑归太虚，了我分内事。大道本无生，视身若敝屣，但为气所激，缘悟天人理。噩梦十七年，报仇在来世。神游天地间，可以无愧矣。

真是凛然正气，浩浩荡荡，令人肃然起敬。再看他给妻子的信，虽然谈的都是家事，却同样感人良深。此信不长，我想把全文抄录如下：

> 三月结缡，便遭大变（按：指明朝灭亡）而累淑女，相依外家，未尝以家门盛衰，微见颜色。虽德曜齐眉（德曜指东汉时著名之贤妻孟光，孟光侍奉丈夫梁鸿非常周到，举案齐眉，夫妻恩爱之极），未可相喻！贤淑和孝，千古所难。
>
> 不幸至今吾又不得不死；吾死之后，夫人又不得不生。上有双慈（夏完淳之生

母陆氏，他同时还有嫡母盛氏，故曰“双慈”），下有一女，则上养下育，托之谁乎？然相劝以生，复何聊赖？芜天废地，已委之蔓草荒烟；同气连枝（指同族兄弟），原等于隔肤行路（形同路人）。青年丧偶，才及二九之期（古人称18岁为“二九”，夏完淳牺牲时，妻子才18岁）；沧海横流，又丁百六之会（古人凡称“百六阳九”，都是指厄运来到）。茕茕一人，生理迟矣（你孤单一人，很难谋生）。

呜呼！言至此，肝肠寸寸断，执笔心酸，对纸泪滴。欲书，则一字俱无；欲言，则万般难吐。吾死矣！吾死矣！方寸已乱。

平生为他人指画了了，今日为夫人一思究竟，便如乱丝织麻。身后之事，一听裁断，我不能道一语也！停笔欲绝。去年江东储贰（储贰指储君即皇太子，这里具体指明太祖九世孙鲁王朱以海）诞生，各官封典俱有，我亦曾得（编者按：另一说法是“我不曾得”）。夫人，夫人！汝亦先朝命归也。吾累汝，吾误汝！夫复何言？（编者按：另一说法是：“复何言哉？”）呜呼，见此纸如见吾也。

外书奉秦篆细君（“外书”，指丈夫手书，夏完淳之妻名钱秦篆，“细君”即妻子，这里是说丈夫手书敬致吾妻秦篆）。

一个十六七岁青年，在自己殉难之前，与年轻的妻子诀别，这封信字字血、声声泪，读了令人肝肠寸断。他热爱生活，热爱自己的妻子、家人，但是，在民族大义和大是大非面前，他毅然选择了成仁取义的道路，走向死亡。古人说“慷慨赴死易，从容就义难”，夏完淳做到了从容就义，成了万世不朽的民族英雄！上面这两封信，已经成为我国尺牍文学中的千古绝唱，永远为后人诵读，百代流芳。

同样感人的书信，在我国历代尺牍中，尚有很多。例如司马迁的《报任安书》、李陵的《答苏武书》，司马迁和李陵都没有“成仁”，而是相反地忍辱负重，活了下来。拿司马迁来说，他是汉朝的一个很大的悲剧人物，仅仅因为他对李陵兵败降匈奴一事有所辩解，就因此而获罪下狱，遭受宫刑。他怀了满腔悲愤，给好友任少卿写了这封长信。信中说：“故祸莫憯于欲利，悲莫痛于伤心，行莫丑于辱先，而诟莫大于宫刑。刑余之人，无所比数，非一世也。”司马迁之所以含垢忍辱，承受巨大的精神压力，就是为了一个极其伟大的事业：完成《史记》，为了“究天人之际，通古今之变，成一家之言”。他说，他的《史记》“草创未就，适会此祸（指被汉武帝下令逮捕入狱治罪），惜其不成，是以就极刑而无愠色。仆诚已著此书，藏之名山，传之其人，通邑大都。则仆偿前辱之责，虽万被戮，岂有悔哉？”司马迁大智大勇，悲壮无比，真是高山仰止，景行行止，丰绩伟业，光耀百世！

二

我国古代尺牍中，写得最幽默、最生动有趣也最轻松的，应属东方朔(前154—前93年)的《上武帝书》。汉武帝初即位，诏书天下征集贤士，许多人在上书中都大谈治国之方，或吹嘘自己，武帝看了，大都不予置理，而东方朔则与众不同，他以“幽默小品”笔调上书自荐，文曰：

> 臣朔少失父母，长养兄嫂。年十二，学书三冬，文史足用。十五学剑术，十六学诗书，诵十二万言。十九学孙、吴兵法，战阵之具，钲鼓之教，亦诵二十二万言。凡臣朔已诵四十四万言，又常服子路之言。臣朔年二十二，长九尺三寸，目若悬珠，齿若编贝，勇若孟贲，捷若庆忌，廉若鲍叔，信若尾生，若此可以为天子大臣矣。臣朔昧死再拜以闻。

真是绝妙文章，不可多得。上书皇帝，却无一句阿谀逢迎，而是用幽默语言描写自己，亦庄亦谐，妙趣横生。钱钟书在《管锥篇》中对此评论说：“朔此篇干进而似匈屑乞怜，大言不惭；后世游士自炫自媒，或遥师，或暗合，遂成上书中一体。”东方朔这一《上武帝书》，影响之大，由此可见。

古代尺牍中，夫妻或情人之间通信，恩恩爱爱，难舍难分，情意绵绵，相思无限，姑举一例。清朝之陈凤仙，才貌双绝，与表兄周旭春相互爱慕，下面是她给周旭春之信：

> 周郎足下：妾守香闺，一任春色年年，不解着看花眼(指当时自己年轻，不解风情)。不意天台之洞未扃(东汉刘晨、阮肇二人在天台山桃源洞遇仙女)，使我刘郎(“刘郎”，借用上面之典故，实指她和周旭春)直入，百炼钢竟化作绕指柔矣(指爱情经过艰苦锻炼而终于成熟，此暗喻男女欢娱)。数宵恩爱，一旦分离，使妾落落难言，念兄之姿貌也，六郎似莲花也(“六郎”原指武则天宠臣张昌宗，张极为美貌，排行第六，这里陈凤仙以“六郎”喻自己的意中人周旭春)。忆兄之才华也，李白唾珠玉也；想兄之笑语也，萧郎吹凤箫也(传说为春秋时人，善吹箫。翌日吹箫引凤，夫妻二人一同升天成仙)。早知相会倍相思，何似当初不相识。
>
> 向者所赠金鱼扇坠、金蟆戒指，然扇坠在手，玉人在心；戒指在指，情人在握。睹物兴怀，心如舂杵；是岂金鱼金蟆，在吾心之跳跃耶？此虽表记，实作愁端。嗟哉愁乎！泪流扬子江中。妾不知离恨天如此其高也！妾不知相思海如此其深也。妾无他愿，苍穹有意，后土有情，两姓有缘，三生有幸，使妾得与兄作并头莲、比翼鸟，吾愿足矣。纸短情长，略书数语，伏唯心照。荷荷(“荷荷”怨恨之声)。

这封信并不长，却叙述了很多东西，把她和周旭春从相识到相爱、对他的思念以至想和他永结连理的热望，都表述得淋漓尽致。作者是一个勇敢大胆的女性，她敢于如此直言胸臆，倾吐爱情。信里对周郎之才、之貌、之音容，形容得非常精彩。情深意切，感人深深。

又如明朝的淑女刘秀华，为明神宗之宠妃刘秀媛之胞妹，后来也被明神宗宠幸，封为昭妃。但秀华幼时与表弟任芝卿青梅竹马，两小无猜，后来二人并相约为连理。秀华入宫后仍思念任芝卿，下面为她暗中写给情人的信：

> 姊一陋姿，获亲吾弟，且喜居同梓里，更欣地接芳邻。夙托茑萝之谊（见《诗经》"茑与女萝，施于松柏"，按：茑、女萝同为寄生植物，此处比喻二人的亲戚关系），幸分砚席之辉，文字商量，疑难互晰。熟年相处，两小无猜。虽在幼稚之年，已切景行之志。及夫叙交久深，愈觉情投意恰。欢苗爱汁，赖阿母而栽培；凤侣鸾俦，幸蹇修志撮合。
>
> 方谓终身有托，宿愿堪偿，不图好事多磨，良缘易阻。乃姐以进妃奉召，遽尔辞家，滞迹都门，未由谋面。记得频行之际，辱承吾弟远道送行。临歧分袂（路上分手），言与涕零。嗟乎吾弟！从此山川遥阻，寒暑几经，所恨问闻难通，竟尔鳞鸿莫达。然当时与弟小别，意谓越岁定可重逢。盖姊入宫探姊后，原拟早日西还，得以欢偕白首，讵料即遭幸御，且又册封昭妃。姊虽荷殊恩，实未尝忘弟。所恨阿姊鬼蜮，皇上昏淫，致使姊于吾弟一片真情，翻成虚意。
>
> 回忆花前斗草，月下联吟，一种相亲相爱之情，虽菡萏（荷花之别名）之并蒂，比翼之双飞，未足方其情谊也。追昔抚今，不胜怅怅；思母念弟，曷任依依！虽宫闱邃密，殿宇深沉，而新愁耿耿，幽恨茫茫，断非重门深锁所能限也。所谓"钟鼓于宫，声闻于外"（指身心分离）。姊心身两地，而室迩人遥。亦莫可奈何而已。此间耳目繁多，防范严密，正如身在樊笼，奋飞无由，虽亦有弟之心，而岂能遽尔解脱。亦唯有含忍须臾，而俟万一之冀而已。则夙昔之期，其俟诸来世之酬欤！鸣呼痛哉！顷得来问，披读之下，觉行间字里，无限悲怀。弟心若此，姊恨何如，悠悠此情，未知何极。

请看这一对恋人，爱得多么真挚，如胶似漆；而宫内戒备森严，环境如此险恶，刘秀华一个弱女子，竟敢与她的情人通信，而且在信上怒斥"皇上昏淫"，此种精神，十分难得，整封信里，洋溢着一派真情，语言哀婉，动人心弦。

最后，我再举一例，为南朝时宋文学家鲍照的《请假启》，这是鲍照写给皇帝的请假便条，全文如下：

臣启：臣家居乏治，上漏下湿。暑雨将降，有惧崩压。比欲完葺，私寡功力，板锸绹涂，必须躬役。冒欲请假三十日，伏愿天恩，赐垂矜许，手启复追悚息。谨启。

鲍照虽为朝廷大臣，却非常贫穷。家里房子漏了，还要他亲自出马，自己用各种工具，修整破屋。其清贫和清廉也，竟一至于此！

以上我从读古人尺牍中，选取几个例子，供亲朋阅读欣赏。

历代尺牍，真如汪洋大海，我只是艺海拾贝，挂一漏万。写到这里，我真有点小小感想，即上面这几封信，可以清心，可以益智，可以增长见闻，也可以培养高尚情操。这里，德育、智育、美育三者全都有了。我总觉得，对青少年应该让他们多读一些优秀文学作品，潜移默化，使爱国主义、高风亮节、遵法守纪、正直无私、为人真诚、助人为乐等优秀品质溶入血液中去，成为他们人格的一部分。这种潜移默化的效力，比抽象说教，可能要强得多。当然，多读古代优秀文学作品，还可以提高青少年的文学修养，提高他们的文化与写作水平。我的这些点滴意见，卑之无甚高论，供君参考。此祝

安好！

祥麟

2001 年 11 月 18 日

*12.《东京新闻》的幽默、老年痴呆等

敬致诸亲好友：

首先声明一点，上述“《东京新闻》的幽默”与“老年痴呆”是两回事，二者没有任何关系，仅仅是因为我把它们一同放在这封信里，才有这一标题。

一

不知道足下注意到没有，上月 28 日的《参考消息》头版头条登载了一条《东京新闻》的报道，它不同凡响，简直是一篇绝妙的幽默小品，使人忍俊不禁。报道说，美国悬赏 2500 万美元，以奖励任何提供信息使本·拉登被捉拿的人。如此一大笔悬赏，我过去没有听说过。可是，这则报道说阿富汗人民对此没有兴趣。为什么呢？因为“阿富汗人没有充分理解 2500 万美元的价值”。报道接着说：

> 据 23 日《华盛顿邮报》的分析，2500 万美元相当于一名普通的阿富汗人 50 万年的生活费用，换成阿富汗“尼”，大约为一万亿阿富汗“尼”。但是，几乎没有哪个阿富汗老百姓了解一万亿是什么概念。因此，并没有出现“搜索本·拉登”热。

这真是“奇文共赏，异义相与析”。阿富汗人民居然因为悬赏的数目太大了，不理解 2500 万美元的含义，因此对它没有兴趣。此种石破天惊的宏论，足以和马克·吐温的幽默相媲美，记得马克·吐温曾说过，做父母的人之所以那样心疼自己的孩子，纯粹因为子女太少，如果一个人有成千上万个孩子，那么即使死去几个，做父母的决不会在意。旧社会时四川军阀杨森(1884—1977)以小老婆非常之多著名，据说他的子女多达一营人，绝大多数子女他都不认识，凡有青少年去找他，喊他爸爸时，他一律照应。可见“物以稀为贵”，什么东西太多了，就不值钱。但是，此次美国悬赏 2500 万美元捉拿本·拉登应该不同，阿富汗人不可能因为奖金太大、太多，反而对它没有兴趣。上述报道还补充一个没有人去抓本·拉登的原因：“在目前缺衣少食的情况下，阿富汗人没有闲工夫去搜索本·拉登的下落。这似乎是至今没有本·拉登下落的一个现实因素。”这一论断，也许可以成立，因为，阿富汗人穷得没有饭吃，饿得头昏眼花，四肢乏力，甚

至身上还有一大堆病痛,哪有心思和力量去劳神捉拿本·拉登?奖金太多,不能解眼前之饥渴。用文学语言来形容,阿富汗人都是“现实主义者”,不是“浪漫主义者”。幻想的前景再美,毕竟不现实。倒是一位31岁的阿富汗男子说得好:“如果先给100万美元,我可以去寻找本·拉登的下落。”

二

现在进入老年痴呆的话题。我年轻时,听人说老年痴呆症,感到一片渺茫、虚无缥缈,与自己完全无关。自己步入老年后,才吃惊地发现,原来老年痴呆就在自己身边。我有一位几十年的老同事,是个古典文学的老教授,学问渊博,人人景仰。80年代时,我目睹他一步步痴呆。先是记忆力衰退,每况愈下,不但人名、地名他全忘了,连一些最普通的日常用语他也逐渐忘记,有一天他问我“请问,那本大大的书叫什么书?”我一时“丈二和尚摸不着头脑”,无法回答他的问题。他又补充说:“就是可以翻查的那种大书。”我恍然大悟,回答说:“叫作字典。”他高兴极了,说:“是的,是的,叫字典。”又隔几个月,他又问我:“那个比讲师高一级的职称是什么?”我说:“是副教授。”半年以后,我在路上再次碰见他,问他:“您还认识我么?”他的回答令我震惊:“好像见过。”我与他同在一个系任教,是四十多年的老朋友了,他居然说:“好像见过。”再往后他头脑愈益衰退,竟至完全不认识人,竟至连电视也看不懂。终至老成凋谢,驾鹤西去。

另一位老先生,是位著名的生物学家,美国实验胚胎学和遗传学大师摩尔根(Thomas Hunt Morgan,1866—1945)的弟子,在遗传学上造诣很深。“文革”初期,他与我多次在全校大会上一同接受批斗。使我极为钦佩的是,他不论哪一次被批斗,也不论批斗大会规模有多大,永远是穿着整齐,态度从容潇洒,面带笑容,有时还拿一把阳伞,其修养之高,简直不可攀。而我呢,每次批斗会,都吓得面无血色,惊慌失措,和他一比,我如此经不起考验,真当愧死。可是,我当时无论如何也不知道他的那些高雅风度全是装出来的,他内心受的创痛比我要大得多。更为严重的是,生物系学生专门为他开办了一个展览会,把他的许多实物和实验室的名贵仪器一同展出,而且还让他本人参加展览,现身说法,当面认罪。这一切对他的打击是如此之重,他后来得了老年痴呆症我想与此有关,最后,他离开了人世。

还有一位先生,最近我有一次见到他,寒暄起来,问他今年贵庚多少,他说是96岁。我说不可能,因为他比我只大几岁,应该是80多岁。他坚持说是96岁,后来,我一点点帮他计算,他生于1916年,今年实足年龄是85岁。即使按这个传统算法,虚岁也只有86岁。他无话可说,乃说:“对不起,是我记错了。”一个人如何能把自己年龄记错

10岁之多呢？我劝他必须多动脑子，以免脑子迅速退化。我劝他不仅每天看报，还要写日记，锻炼脑子。这里有必要对我的中年朋友劝告，希望大家早预防老年痴呆症，平日多用脑子，常写文章，既可以练笔，可以增进智慧，又可以经常保持头脑清醒。千万勿大意，大意了，到老年便会出问题。

三

下面谈点我的生活近况。前不久，即11月底我再次去了桂林，应邀前往参加漓江出版社成立21周年及该社新办公大楼落成典礼。在桂林期间，有几件事值得一谈。

其一为坏消息，我在80年代中期代表广西师大与美国一所办得很不错的大学订了协议，由师大每隔两年派出一位老师去那所美国大学教授中文和中国文化，工作二年，再轮换其他人去。计划顺利执行了十几年，最近，广西师大突然收到对方来信，信上大力赞扬了广西师大对他们的帮助，满纸尽是颂扬之词，但是，在一片吹吹打打的洋鼓、洋号声中，隐藏了一句轻描淡写、很客气、很不显眼的话，说："由于经费困难，不得不暂停一下两校长期合作计划，一俟将来情况好转，即可恢复合作。"师大有一些老师不懂美国外交辞令之奥妙，天真地以为对方把每二年轮换一次的教师改为短期邀请。我看了来信，就尖锐指出，不对，这封信的实质就是完全终止两校的合作。看来，此事已成定局。有朋友劝我写封信去商量商量，看看能否挽救。我认为根本没有可能，因为对方是经过深思熟虑才做出这一决定的，更何况他们已经决定在全国公开聘请中文和中国文化教师。

另一件事，非常之小，小到不值一提，可是，作为生活的花絮，不妨写在这里。有一天，我与一位友人和我们的司机前往一家高级宾馆，在楼下每人要了一杯红茶，三人谈天说地，甚为安闲，而周围环境尤佳，茶座幽静舒适，设备高雅，令人赏心悦目，我猜此红茶必然很贵，大约总得每人5元。谁知不然，我太落后了，落后到根本不知今天高级宾馆收费之价目，服务员拿来账单，三人一共54元！我目瞪口呆，无论如何也无法想象一杯红茶要18元。"吃一堑，长一智"，从此，我懂得了，高级宾馆的茶是喝不得的。

又一件事，是我最近收到一封瑞典来信，我想，瑞典这个斯堪的纳维亚国家我素来没有朋友，何以信从那里来。打开一看，原来是瑞典科学院来信要我推荐2002年诺贝尔文学奖候选人，我不加思索便想起了我国一位作家，乃写了复信，推荐了他。来信要我对自己推荐的人保密，因此，这里也不能泄露。我觉得这种推荐作用不大，全世界那么多人推荐，如何轮到我推荐的这位中国作家？

再一件事，即我有一个朋友是印尼华侨，现在广西师大与我是同事，由于印尼政治混乱,经济状况又差,他妹妹带了自己的女儿,不远万里到了桂林经商,她们在师大校园开了一家咖啡馆,出售糕点、西餐等。女儿是个很出色的美女,20多岁,亭亭玉立,惹人喜爱,制作的西餐和糕点都非常精美。她完全像个西方美女,脸型和皮肤都是印欧人种的。我始终认为她必然有白种血统,众人皆曰没有。后来问了我的友人,才知我的猜测很有根据,她的曾祖母是欧洲人。可见遗传基因如何顽强,它在自己处于劣势时,可以躲在生物体内“闭门思过,韬光养晦”几十年,等几代以后机会来到,它一下跳了出来,大喊大叫,显示自己的威风。她名叫“芬芬”,咖啡馆以她名字命名,也叫“芬芬”,但是可能是用闽南话拼音,到了英文,却成了“Pen pen”。朋友要我为咖啡馆题词,我不加思索地写了八个大字:“‘芬芬’芬芳,万里飘香!”

一天晚上,我们去“芬芬”咖啡馆吃西餐,其牛排做得非常精彩,众人赞不绝口。饭后,一位老师带了外语系十几个研究生来看我,我与同学们海阔天空地闲谈,大家一同过了一个极为愉快、诗意葱茏的晚上。

附带说一句,此次去桂林,我们来回皆乘自己的汽车。过去坐火车,430公里单程要走六个半小时,现在坐汽车走高速公路,只需三个半小时,比火车将近快了一倍。公路上的“大巴”,座位舒适,价格低廉,还赠送矿泉水和当天的报纸,旅客趋之若鹜。由于有了竞争,火车和铁路这个几十年来的“铁老大”,在新的形势下,居然也开始放下架子对顾客满面春风,努力改善服务态度,还降低了价格。可见在商业上任何行业,皆不应垄断,只有引进竞争机制,商业才有前途,消费者才能成为真正的“上帝”。

此信暂写至此,余下谈。顺颂

安好!

祥麟

2001年12月4日

2002年

*1. 新年好

敬致诸亲好友：

2002年翩然来临，一元复始，万象更新。新年的南宁，一派艳阳天，阳光普照，暖人心胸。回想过去的一年，我总觉得2001年是个很不平常的一年：在我国，申奥成功，我国参加了世界贸易组织，是两件突出的喜事；在全世界，使人惊心触目的“9·11”事件从此改变了世界，国家间许多事情难以预卜，我们这个“地球村”愈加不稳定。

2000年我为了逃避生日，特地去智利居住，等生日过了才回国。不料一到北京，一对友人夫妇就为我“补过生日”，宴请了我。回到南宁，民进同志们又再次给我“补过生日”，开了一个非常隆重的生日宴会。这以后，各方友人、故旧、我的中文系学生、外语系学生先后相继为我祝寿。祝过来，又祝过去，甚至一直祝到2001年年底。甚至年底生日已过，我以为这“八十大寿”已经绝对祝完，谁知过了几天，我被邀请参加一项临时任务，吃午饭时，会议同人偶然发现我的生日刚刚过去，又特别定制了一个精美蛋糕送我。我的“八十大寿”一共作了八九次之多，打破了世界纪录，足见各方至亲好友对我的一片热诚，感人良深。尤其值得提的是我“整八十”的那天，一位好友给我送来一株碧绿鲜艳的圣诞树来，接上电源，树上五颜六色的小灯泡闪闪发光，美丽异常，使我立刻联想起50多年前我在美国读研究生时去北方友人家过圣诞节的情景，因而便回到了青年时代，却仍然认为自己还“年轻”，可见年老年轻都是相对的，不能把它绝对化。

每年年底，我大约总要向国内外各方亲友故旧寄出贺年片百余张，去年年底则一共寄出150张，可谓懿欤盛哉，洋洋大观。收到的贺年卡当然也非常之多，其中最令我感动的，是我在西南联大念书时的一位同窗好友的。他在贺年卡上除了对我恳切祝贺外，还专门写了一首诗：

你的贺卡
是第一枝报春花，
带来新的一年
春的信息。

你的贺卡
是一片阳光，
来自遥远的南方。

你的贺卡
一片鲜红，
那就是
一片赤诚
燃烧着的热情。

你的贺卡
象征着友谊，
啊！多么值得珍贵，
多么稀罕，多么真挚，
它是永恒的，
直到时间
把一切磨灭。

多美的诗啊！有热情，有画意，有意境，有丰富的想象，有谁能想到这朝气蓬勃的诗的作者竟是一位年过80的老先生，又有谁能想到他几十年来从事的事业竟是石油化工方面的翻译，西南联大的同学大都多才多艺，能文能武，左右开弓，我这位老朋友便是其中之一，他的古典文学修养甚高，古诗、古词非常熟悉，评起文学作品来，头头是道，令人折服。

我收到的贺卡中，还有电子邮件贺信。一位友人从北方大草原上发来一封信，十分精彩：

您那里冷吗？我们这里是寒冷的冬季，您带给我的是暖流；我给您的是清凉的雪花，让您感到沁人心脾的雪香湿润和清新，使您一扫疲倦。大自然中，最美妙的时光，莫过于下雪，飘飘洒洒的雪花仙境梦般从天而降，洁如玉、细如丝、密如织，如诗如画，户外赏雪如尝美酒，如读好诗，令人心醉，使人神往。这美妙的雪景可让人才思泉涌，心旷神怡。我们这里下了很大的雪啊！非常洁白。祝您圣诞快乐！幸福！美好！

短短数语，感人至深。雪！内蒙古大草原的雪！千里冰冻，万里雪花，茫茫大地，一片皑皑白雪！就在这个雪白的童话世界里，一位友人通过电脑传来了她的心声。她用诗的语言叙述了她对雪的感受，对生活的感受。

更有意思的是这封电子邮件发出的日子刚好我的生日，这位友人无意间祝贺了我的生日。我自幼酷爱冰天雪地，成年以后，我一般都在南方，与雪无缘。唯其如此，我才更加向往于梦里的雪，也更加怀念我几次冬天在国内外北方遇到的令人难忘的大雪。古今中外多少诗人写过雪，例如雪莱就写过“我爱雪，还爱这/灿烂白霜之各种形体”（I love snow, and all the forms/Of the radiant frost）。至于我国骚人墨客，在诗里咏雪的也很多。杜甫、韩愈、柳宗元、欧阳修、苏东坡、陆游等赫赫有名的大诗人都写过咏雪的诗，不去说了，我只想提一个清朝不著名的广西诗人和画家王恩祥所写的《尧山积雪》一首诗：

闻说严关雪不度，何来积雪遍山巅。
山从五岭分屏障，雪为三农兆瑞年。
银海楼台光激射，玉龙鳞甲势蜿蜒。
茅庵昼掩疏钟断，城郭人家起夕烟。

我在桂林居住近50年，上面诗里的尧山和严关等地我都熟悉，而且都去过，因此，读起这首诗来，乃倍感亲切。

为现代中国人所熟悉的咏雪作品应该是毛泽东的《沁园春·雪》。我一向认为这首词是毛泽东最佳的诗词，甚至是整个20世纪中国文学最佳的旧体诗词。这首词上阕把北方的雪景写得淋漓尽致，生动鲜活，是我读过的我国诗词对雪景表现得最好者。而下阕一开始便说“江山如此多娇，引无数英雄竞折腰”，则总结了上面整个雪景，并且立即很自然地转向历史人物。最后，“数风流人物，还看今朝”，则从历史转向现在，画龙点睛，点出了这首词的主题。整首词气魄浩大，气壮山河，意境高雅，浑然一体，不愧为一首诗词杰作。

再回到贺卡上来。今年我接到的贺卡中，有几张电子邮件贺年片。张张五颜六色，异常艳丽，上面的花朵盛开着，可以说是活灵活现，栩栩如生。我甚至差不多闻到了鲜花的香味和气息，甚至恨不得把鲜花摘下来插到花瓶里去。这样的“活”贺卡，比诸传统的纸张贺卡漂亮多矣。可是且慢，此种贺卡有个不可克服的缺点，即上面的花卉只“生长”在电脑的显示器屏幕上,“只许看,不许动”,它看得见,却摸不着,而且无法像普通贺卡那样放在书桌上审视欣赏和把玩,这叫作“镜中花,水中月,竹篮打水一场空”。尽管如此,我依然万分感谢给我发电子贺卡的亲友们,感谢他们的真情厚意,也感谢他们通过现代科技不但为我送来了友情,而且也使我获得了极大的美的享受。英国19世纪浪漫诗人济慈有句名言:A thing of beauty is a joy forever(美的事物是永恒的欢乐)。谢谢所有赠我以各种贺卡的亲人和朋友们。

此信已太长,应该立刻结束,但是欲罢不能。今天下午我刚刚又收到一份别致的贺卡,是美国马萨诸塞州一对夫妇寄来者。丈夫是一个著名大学的教授,妻子是我国大陆女子。他俩每年送我一张精美贺卡,每次都是印上一首中国古代诗词,附有他们夫妇自己翻译的英文译文。这次不同了,改成一首由这位教授写的英文诗,附上中文翻译。教授是个学者而兼诗人,诗写得很好,出版过几部诗集,他这样的贺卡不仅很有个人特色,而且非常高雅。每次我接到这些朋友的贺卡,都感到友情之温暖,友谊之可贵。“但愿人长久,千里共婵娟”,祝诸亲好友健康长寿,祝大家事业兴旺,阖第康养!

新年新岁,这是为2002年给诸位的第一封长信。谨再次祝您新年好!

祥麟

2002年元月3日

*2. 社会新闻一束

敬致诸亲好友：

说句老实话，我不是“孔夫子的门徒——大闲（贤）人”，而是一个与此相反的“老忙人”。但即使在百忙中，自己每天都要匀出时间，去阅读许多书报，包括阅读其中的社会新闻。所谓“社会新闻”，指的不是世界大事或国家大事，它只是社会上发生的一些次要的事件。阅读社会新闻的作用，是它可以补充国家大事，了解社情民意，跟上时代。

由于时代背景不同，今天某些社会新闻与我小时候的大不相同，它们各自具有自己的时代特色。例如，我童年时报上刊登的社会新闻，是“电影明星阮玲玉自杀，香消玉殒”，“北平市市长出布告，严禁少妇携带雄犬，以免有伤风化”，“褚民谊为美人鱼杨秀琼赶马车”（按：褚民谊为国民党中央委员，后来随汪精卫当了汉奸；杨秀琼是当时著名的女游泳运动员，被称为“美人鱼”），等等。今天，有了电脑、电视、喷气飞机、乙型肝炎、艾滋病等，社会新闻也就有了新内容。仅以最近几天我读过的为例，就使我对这些事件很有感慨，必欲把自己的看法一吐为快。现缕述几则如下：

> 社会新闻之一：六年前，年仅两岁的女孩夏青因肠坏死手术在河南睢县人民医院输了100毫升血，自此之后，不断出现发烧、腹泻、夜晚大汗淋漓等症状。经河南省皮肤性防治研究所检验，其HIV初筛为阳性，证明是艾滋病毒携带者。眼看女儿一天天衰弱下去，家境贫困的父亲张建启走上了寻求社会救助之路。去年9月，在一位到河南合作社考察的学者支持下，他带着女儿来到北京，终于在11月26日开始治疗。但支撑了一个月就撑不下去了。他所租住的房东看到北京电视台（晚间新闻报道）播出的节目后，竟马上让父女搬出去。经历了种种困难，在社会舆论推动下，8岁的夏青得到了治病的机会。但每月五、六千元的医药费对这个全年收入只有3000元的农村家庭而言，还是无法承受的。一般治疗尚且如此，更不用说接受一些深入且更有效的办法，如鸡尾酒疗法等。

夏青不幸遭遇只是成千上万个无辜被传染上艾滋病人的悲剧之一，罪魁是河南睢县那间医院。但问题的实质远不止此。我是河南人，说来惭愧，敝省几百年来，一直是全中国最不幸也最落后的省份之一。太远的且不去说,仅就抗日战争时来说,“水旱蝗汤”四大灾难(即水灾、旱灾、蝗灾,“汤”指国民党高级军官汤恩伯蹂躏人民造成的灾难)把河南人民弄得苦不堪言。五六十年代又有吴芝圃的极“左”政策坑害人民。改革开放以后,河南省虽然大有进步,可是由于河南的某些农村仍然很穷,农民文化又低,许多农民靠卖血来增加家庭收入。卖血时,许多人共用一根针头,于是,敝省不仅成了“卖血大省”,也成了“艾滋病大省”。这个问题非常复杂,也很不容易解决。

> 社会新闻之二:东北有一位胡先生,去年11月带了自己的漂亮妻子和8岁女儿,专程去武汉探他的妹妹。12月1日胡妻徐爱香和女儿宇琪在装有燃气热水器的卫生间洗澡,胡先生在外面看报纸,好像听见女儿喊了一声“妈”,没有在意。他看完报纸,时间已经过了一个半小时,发现妻子和女儿还没有出来,他呼喊她们,里面也没有答应。他马上撞门冲入浴室,发现她们母女二人仰卧在冰冷的地上。已经没有了呼吸,经多方抢救,终于因为二人煤气中毒过久,不治而亡。

尽管煤气中毒事件常有发生,我仍然想不通,这位胡先生有多么冤,全家三口欢欢喜喜去武汉探亲,仅仅是洗了个澡,妻女二人便立刻双双死去,胡先生家破人亡!这巨大悲剧,我认为卖热水器的厂商难逃罪责。尽人皆知,燃气的热水器必须安装在浴室之外,为什么这家厂商却把它安装在浴室里面?就在胡先生的妻女出事那一周,而且就在她们死亡的同一个武汉市洪山区,同样发生了两起煤气热水器洗澡中毒事件,死了两个人!据报载,类似的悲剧,在全国许多地方频频发生,因此除了厂商以外,各地的有关当局例如工商管理部门有没有责任?为什么不做出严格规定并经常检查?为什么某些地方的工商管理局工作人员对于向群众罚款那样积极,而对上述人命关天的大事却不闻不问?

> 社会新闻之三:天津“扎针”事件:近二三周来,天津街道呈现出罕见的冷清,天津市民的眼中增添了从未有过的警惕。就连最繁华的商业区也是行人稀少。一个出差来天津的山东客说:“如果光看街上的行人,决不会相信这是一个大城市。这里简直就同我家乡的小县城差不多。”一个有900万人的大城市,如何出现这种令人不安的气氛?问题出自广泛流行于天津的一个传闻:据说,有一批来自河南艾滋病人到了天津,他们在超级市场、商场、路边等公共场所,用装有艾滋病毒血液的注射器乱扎市民,报复社会。在真真假假传闻面前,人们选择了“宁可信其有,不可信其无”的谨慎态度,尽量减少外出活动。目前,“扎针”一词,已成为天津市民口中出现频率最高的词语。大家描影绘声地叙述某某人“被扎了”,使得人人自危,草木皆兵。可是,经记者和有关方面反复调查,发现这些都是传闻,没有

找到一个真正被“扎针”的受害者。天津电视台为此请了专家在电视上解释说，艾滋病毒离开人体一分半钟就会死亡，除非病毒携带者现场抽血后立即大量注射给他人。否则，用所谓“扎针”的办法不可能传播艾滋病毒。

天津“扎针”事件，纯属空穴来风，竟然会传播得如此之广，令人惊诧。有人说，传闻为何满天飞？因为缺乏一个权威、主流的声音。这话很对，如果一开始电视台便请出专家解释和辟谣，谣言就不会造成如此大的声势。我同意这个说法。可是，事情还有另一方面：我觉得许多人的科学知识太贫乏、判断力也太差了，他们既不知道艾滋病的真实情况，也不懂得那种在“街上乱给人扎针”，根本不可能传染艾滋病病毒。于是，乃造成“风声鹤唳，草木皆兵”，自己吓唬了自己。古人说，“谣言止于智者”，就是说，谣言遇到文化水平高的人，便会不攻自破，不会再继续传播。当然，谣言有时候会造成很恶劣的影响，它甚至会使头脑原本清醒的人也被欺骗。例如，当年孔夫子的徒弟曾参母亲正在家里织布，有人对她说：“曾参杀人！”做母亲的当然最了解自己的儿子，对此压根儿不相信，继续织布。接着又有人来报告她同一事件，老太太仍然不信不理，第三次又有人来报告“曾参杀人！”这位老太太对儿子便没有了信心，立刻放下织布的梭子，逃之夭夭。可见谣言之厉害。关于谣言，莎士比亚也说过这样的话：

谣言是一支
靠推测、猜忌和臆度吹响的笛子，
它是那样容易上口，
即使那长着无数头颅的妖怪，
那永不一致的动摇的芸芸众生，
也可以把它来信口吹奏。①

谣言明明是假的，却像是真的；它不但容易炮制，而且，有莎士比亚所说的“芸芸众生”为它传播，为它作义务宣传员。其危害之大，竟至于此！正因为如此，我们遇到谣言，就更应该保持头脑冷静，认真分析辨别，不为它所动。更重要的是提高整个国民素质，普及科学知识。科学是战胜愚昧无知的灵丹妙药，应当大力提倡。

社会新闻之四：某些地方，大学和中学考试作弊现象，愈来愈严重。奇怪的是，居然有人出来为自己作弊辩护，而且沾沾自喜，非常得意。请看《南方周末》1月24日的一篇短文：

---

① 见莎士比亚《亨利四世》下篇“楔子”。

作弊的背后

我初中就读于家乡一重点中学。能走进这所学校,多亏了任校长的老爸“作弊”给我入学成绩加一分才达线。同村报名参加考试的伙伴现在打工务农,娶妻生子,在那片浸满辛酸的土地上,一代代演绎着同样的辛酸。就是老爸那微妙的一分“作弊”,今天,我才能坐在电脑前,大侃老爸考试作弊。“一分之差”,从此人各天壤。我们还有理由去谴责这“一分作弊”吗? 这是我对考试作弊最远的印象。

平生最成功的作弊是在大二时的《西方经济学》考试。当时任课老师讲的实在不敢恭维。我就自己看教材,并对其中一课题产生了兴趣,课下有空就往图书馆钻,借阅相关书籍。临近考试前,我洋洋洒洒万言的学术论文终于脱稿(当然,这里面自有秘诀)。后来,让我惊喜的是,论文发表了。

为“一分之差”录取线,身为老师、校长的爸爸替我“作弊”;为了真正学点东西,我实施了一次完美的作弊。如果这也是诚信、道德的沦丧的话,那么就让“一分之差”的孩子从此埋没在社会底层,让一群渴望求知、渴望创新的孩子整天淹没在照抄、照搬的考试丧失的又是什么呢?“作弊”与诚信、道德无关。它的背后是错误的考试和落后的教育模式。

这是一篇署名的文章,我在这里略去作者的姓名。这位作者是个典型的功利主义者。他在他这篇短文里,毫无遮掩、也毫不惭愧地在为他的两次作弊辩护甚至宣传。在他看来,只要目的是“崇高”的,采取任何手段都可以。他对他爸爸与他共同作弊,不仅没有一丝一毫的羞愧感,反而沾沾自喜。然而,正因为这个作弊,一个原本应该被录取入重点中学的孩子,被无辜剥夺了应该入学的权利。文章作者能够上重点中学的“幸福”,明明白白是建筑在别人的痛苦上面。他惭愧了吗? 他良心不安了吗? 没有,相反地,他竟然还厚颜无耻地夸耀自己,为自己今天能坐在电脑前面“大侃考试作弊”而洋洋自得! 他甚至还拿我们考试制度的缺点和所谓“落后的教育模式”做盾牌,公然为自己作弊开脱。如果他的这种“作弊有理”混账逻辑可以成立,那么世界上便没有什么真理与谬误的界线,那么,即使贪官污吏也可以公开在报刊上写文章,吹嘘自己的“凌云壮志”,“报效国家”。我一向认为自己的思想并不落后,我承认“代沟”的存在,承认现在年轻人与我们这一代人的看法有不同。可是,我怎么也无法想象这篇文章的作者竟然会以作弊为光荣,以剽窃别人的文章为得意。在他看来,只要能够给自己带来好处,就是正确的,就应该努力争取。呜呼,真不知人间犹有羞耻在!

社会新闻之五:西安有一位名叫邓宇的老兄,在南门外遇见一个乞丐。乞丐蹲在地上,面前放了一个盛满零钱的碗,身边靠着一个五六岁大的男孩。乞丐正用自己唯一的手捧了书本,在教自己的孩子认字。邓宇出于好奇,乃问乞丐道:“大哥,从哪儿来的?”

乞丐回答说:“樟树。”

“江西樟树么?”

“是的。”

“那是个药都呀!”

乞丐见有人居然知道他的故乡的情况,非常感动,于是二人交谈起来。乞丐说,自己原先有个幸福家庭,两年前在一次交通事故中断了一只膀子,妻子也离开了他和孩子。村里给的一点救济金不能维持生活,他自己身无分文,最后流落为讨饭者,来到西安。邓宇感动之余,拿出一张一百元大钞送给乞丐。不料,乞丐说他不能要这个钱。邓宇问他为什么,乞丐说:“我不能要这大面额的钱,我只能要这样的钱”,说着,他指了指面前的碗。里面摆的全是两元以下的零钱,邓宇大为感动,而且明白了乞丐的意思:乞丐只能拿乞丐的钱,多拿了就逾越乞丐的“本分”。

读了上述新闻。我感动异常。试想一个乞丐,穷得无立锥之地,可是,他一没有忘记争分夺秒去教育自己的儿子认字,二没有忘记自己作为乞丐的“本分”。他对什么钱该拿,什么钱不该拿,区别得一清二楚,毫不含糊。他的精神境界很高,比起那些见钱眼开、巧取豪夺、贪污受贿、寡廉鲜耻的人,可谓高风亮节,是后者无法比拟的。

祝

好!

祥麟

2002年1月29日

3. 送书

葆珍：

您的一位亲戚回国，说今天来我家看我，我乘她到来之前，赶写这封信给您。

首先，感谢您去年12月13日托贵亲戚带给你们夫妇的照片以及您惠赠给我的《美丽的亚美利亚》（America, The Beautiful）风景册。照片非常好。你们二人风度翩翩、神采奕奕。照片中的您，容貌依稀尚有当年的影子。但是，若是我在街上遇到您，就绝对想不出这是当年活泼少女陈葆珍。至于那本风景册，也同样很有价值。美国大多数州我都去过，我在许多州、许多地方留下自己青年时代的身影。我将好好珍藏它们。

其次，这次令亲戚回美，我托她带给您两本书：一本为河南（我的故乡）作家张平写的长篇小说《软弱》，这是一部写得很不错的、惊心动魄的小说，我相信你们夫妇都会喜欢它。另一本是《外国文学人文精神论集》，里面有我的文章两篇。“卑之无甚高论”，请您提意见指正。

再其次，下次您若有亲戚回来，请提前告诉我，以便及早为您准备一些好书。我还希望您告诉我，您喜欢哪方面的书，是小说还是诗歌，或者学术论著？我可以早一些给您在坊间寻找您喜欢的好书。

最后，我在前不久又给众亲友写了一封题为《社会新闻一束》[①]的长信，现随此信也奉上一份给您。祝

新春欢乐，全家幸福！

祥麟

2002年2月11日（除夕）

---

① 此信即上文，见本书第395-399页。

4. 给《李国香文集》写序言

（一）

李汀世兄：

嘱写之序言已竣稿，今随此信奉上。由于我大学毕业后与令尊大人分别太久（四五十年），长期不在一起，因而《序》中对他在兰州的工作和生活除了参考您寄来的资料外，便只能从分析判断来写，不一定完全符合实际情况。请您仔细阅读看看我有哪些地方写得不符合事实，或者不够妥当，以便修改。您也可以直接提出你您的修改意见，我一定认真考虑。此外，文章措辞上有无不妥之处，都请提出意见。

给《李国香文集》写序言，不是您或我个人的事，而是一件非常严肃的工作，应该对令尊在天之灵负责，对他生前好友负责，对西北民族学院负责，对我国学术界负责，最后对历史负责。再说一遍请您仔细阅读，并且认真提意见。谢谢。

我写文章，一向认真核对引文和资料，写这一序言也同样。“一二·一”运动是1945年昆明发生震惊世界的爱国运动，发生于12月1日。但是，西北民族学院的《名流采风录》第55页第3行却错误地印成“一·二一”运动，成了1月21日发生的运动。这一错误我已在拙文中更正了。“四烈士”名字也已核对过。文中联大著名教授姓名我已查了七卷本《国立西南联合大学史料》，核对无误。另外“九叶派”九位诗人的姓名尚未全部查过，只是根据自己记得的写了五人。尚有陈敬容，由于不敢肯定她是否联大学生，故暂时未写。另有三人姓名我还没有查出来，暂付阙如。好在我文章里说的是“等九人”，是“模糊数字”，不一定要求写完全。同时我已托人代为查找。如找到时，当为补齐。

我拟于2月21日由南宁去桂林和我的台湾弟弟夫妇会面，26日返回南宁。在桂林停留仅四五天，估计不会影响我收到您的回信。当然，如果求快，您也可以直接打电话给我，与我交换意见。小贺请代为问候。祝

全家好！

祥麟

2002年2月15日

（二）

李汀世兄：

日前我将《李国香文集》序修改完毕，正准备寄出，刚好收到您寄来的特快专递邮件，乃根据您的信、您初步修改了的《序》稿子以及这次您又寄来的资料再次修改，终于最后完成了修改任务。现随此信，将一再修改的“定稿本”奉上，请您看看还有什么错漏或不妥之处，如有，请您直接修改即可，无须再寄回给我修改。

关于《左传》“三不朽”那一句，我原先是根据最新版的《辞海》中“三不朽”的条目而引用的，谁知，《辞海》居然也有错，竟漏掉了一个“三”字。经我专门查了《左传》原文，才改正过来。另外，这次“定稿本”中，我强调了《维吾尔文学史》一书，为它专门写了一段。

您在党校学习，机会难得，希望您能很好地完成这次学习任务，并适当休息休整。

马佳小友前天来了封信，我已经回了信给她。这个孩子很不错，有志气，努力学习，其前途正未可限量也。

小贺请代我问候。祝

好！

祥麟

2002年3月13日

*5. 《李国香文集》序

盼望已久的《李国香文集》即将付梓,作为李国香教授的挚友,我怀着无比虔敬的心情为文集写这篇序言。

一

李国香(1921—1900)是我国著名的维吾尔学专家,同时还是卓有成就的翻译家和外国文学研究者。他的一生,既反映了现代中国从旧社会苦难重重走向新中国繁荣昌盛的时代精神,也表现了他自己艰苦奋斗不断攀登学术高峰的个人特色。我与国香在抗日战争中均为当时国立西南联合大学外文系的同窗砚友,二人情长谊深,堪称莫逆之交,终生好友。回忆挚友的往事,我感到心潮起伏,不能自已。

李国香是一个看似平凡而实际上是非常不平凡的"奇人"。他的"奇",首先"奇"在他特出的语言能力。他除了中文和维吾尔文有很高的造诣外,还精通英、法、俄和波斯四种外国文。一个汉族人,一直生活在祖国西部地区,甚至没有出过国门,却能精通里六种语文,这简直是奇迹!过去我国却是有极少数大学问家例如陈寅恪、刘文典先生都是掌握了许多种外国语,但是他们是"大师"级的学者,他们的外语都是在外国著名大学学的。而李国香则不同,他掌握这么多种语文,全部是在国内大学、甚至是靠自学学得的。这一情况在我国极为罕见,非常难得。李国香之"奇",就"奇"在这里。

然则,他又如何能创造出这样的"奇迹"?是靠他的语言天才么?不错!国香的天分确实不差,他很有语言才能。但是,国香之所以能够取得如此大的成就,主要还不是靠天分,而是靠他惊人的毅力和拼搏精神。他非常"平凡",而又非常不平凡,他是我所认识的一切学者中最顽强、最能吃苦、最刻苦钻研的人。他虽然没有在形式上像我国古代苏秦那样"头悬梁、锥刺股"来强迫自己读书,但他的勤学苦读精神,却是我见过的一切同辈人所无法比拟的。他每天自黎明至深夜,除了吃饭和睡觉等必要的生活节目外,几乎把其余全部时间用在做学问或工作上。他是一头不知疲倦的老黄牛,不停在耕耘着;他是一个不畏艰险的老水手,一年四季乘风破浪,航行在学问的大海上。他每天工作十几个小时,一年 365 天很少休息,几十年如一日,一心一意做学问和教书。他长期严重耗损自己的体力,夙夜匪懈,废寝忘食,直至 1990 年 12 月患脑出血而逝世。

国香之“奇”，也“奇”在这里。

尽管我不能同意他这种“超级”刻苦、完全不知爱惜自己身体的拼命精神，但我却无法不由衷地深深敬佩国香的这种为了祖国的教育和学术事业，鞠躬尽瘁的崇高品质和奉献精神。伟哉中华，五千年来英雄辈出，乃使中华民族始终屹立在世界上，国香在平凡中见伟大，我认为他就是中华民族的这种民族精神、民族魂的千千万万个具体体现者之一。

二

李国香于1921年6月诞生于甘肃省武山县龙泉乡百泉村的一个农民家里。由于家庭贫苦，他自幼便养成了吃苦耐劳的品质。六七岁时，他开始上私塾，一连七年在私塾里接受中国传统文化教育。这对他有很大的帮助，使他掌握了坚实的国学基础，毕生受用不尽。虽然还只是一个孩子，他好学深思，白天在私塾学习，晚上在家里一盏昏黄的豆油灯下自习。之后，他才进入正式小学，读了两年书，就毕业了，升入酒泉的一所中学。初中以后，他又于1939年夏，考入抗日战争时重庆的一所著名高中部，于三年后毕业。

1942年暑期，李国香以优异成绩考入了我国当时第一流大学——国立西南联合大学外国语言文学系，简称为外文系。这是他一生从事学问的转折点。西南联合大学是抗日战争时北大、清华和南开三所大学临时在长沙组成、不久即前往昆明的著名学府。这个学校有全国第一流的学者和名师，其中不少人还是“大师”级的硕学鸿儒。例如前面提过的陈寅恪、刘文典，还有朱自清、闻一多、唐兰、罗常培、王力、冯友兰、吴宓、陈岱孙、杨振声、冯至，以及英国学者和诗人白英(Robert Paine)等，个个都是学富五车，才高八斗。至于当时的西南联大学生，例如杨振宁、李政道后来都去了美国，成为物理学诺贝尔奖的获得者，邓稼先则于新中国成立后成了我国的“两弹之父”。文科学生如穆旦(真名查良铮)、袁可嘉、郑敏、杜运燮和辛迪这五个当时已是全国闻名的诗人，全部都是西南联大外文系的学生，他们连同另外四位诗人，后来一同被文学史家统称为“九叶派”，载入了中国现代文学史。西南联大之人才辈出，由此可见。正是在上面这些名师指导、启发下，在这些有突出成绩的同学的鼓舞下，在整个学校浓厚的学术气氛的熏陶下，李国香茁壮成长。

我是1940年进入西南联大外文系的，按年级说比他高两班，本来不容易和他认识，可是事有奇巧。联大的学生宿舍是不分系别也不分年级混住的。国香在三年级时，正好和我住在同一个宿舍同一个“小房间”里。我们住的是茅草棚大间房子，每所宿舍住

40 人,睡的是双人架床,共 20 个架床。这 40 人同睡一个大茅草棚“统舱”宿舍,实在太不雅观,也不方便。于是同学们乃将每副架床中间放书桌,一边是窗户,另外三边统统用被单或毯子挡起来,使得每四个人的两副床共同组成一个“小房间”。我与国香即一同住在一个“小房间”里,二人都在下铺,都坐在床上(没有椅子)面对面自修,久之乃成为挚友。

国香的刻苦自励、拼命学习的顽强精神使我震惊。除了上课、吃饭、睡觉外,他每日黎明五点多钟起床(一般学生都是七点才起床),像一根钉子一样,钉在自己的座位上,刻苦学习,雷打不动,直到深夜熄灯。他是如此全神贯注,以至任随什么也难以干扰他。他真正做到了古人说的“泰山崩于前而色不变,麋鹿兴于左而目不瞬”。

西南联大名师如云,我们的法文课程,共有五个组,分别由不同的五位老师主持:吴达元先生是当时的法文界泰斗;闻家驷先生是闻一多先生的胞弟;林文铮先生是蔡元培先生的女婿;陈定民先生是法国语文专家;而李赋宁先生则精通英文,兼及法文。总之,个个都是第一流的权威学者。这五个组当中教学最严、最难读的是吴达元先生的那一组。国香偏偏选了吴先生教的那个班学习。说来惭愧,我当年选的也是吴先生的法文课,比国香早两年,但是我每次的法文成绩都是平平,叫作胸无大志,只求及格而已。国香则不然,他每样功课都是出类拔萃。法文在吴达元先生多年来教过的班上,为成绩最高、打破了历年纪录的学生。只此一点,也雄辩滔滔地说明了国香超人的勤奋和他罕见的语言才能。

欧洲有句格言,说“罗马城不是一天造成的”,国香的博学多才也同样如此,是几十年寒窗,一点一滴堆积而成的,真是“铁杆磨绣针,功到自然成”。就是他这“拼命三郎”精神,第一步是从小开始,然后是从西南联大从事英文文学和法文开始,一步一个脚印,终于成了“大器”,“修炼”成了一个学有专长的大学者。

他的人生又一个转折点,是他于兰州新中国成立后不久在兰州大学任教时,改弦更张,重新扬帆远航,学习维吾尔语文。有一次偶然之间,他翻译了一个英国学者写的《鞑靼千年史》,书里说中国学者对于少数民族的文化研究等于零,这句话震撼了他的灵魂。像当年鲁迅下决心弃医就文一样,李国香这一位中国的青年学者,激于民族自专心和忧患意识,又激于工作需要,下决心做出重大牺牲,暂时放下自己多年来从事的英国文学专业,从头开始学习维吾尔语文。俗话说“60 岁学吹鼓手”,形容老年时重新学习一种新技艺之困难。可是,李国香当时年近 30,这 30 岁学习维吾尔语文又容易么?我真不知道国香在这样的年纪如何能重起炉灶开始向维文进军,后来竟能取得那么大的成就!

为了掌握国外的科研资料，加深自己对维吾尔文学的研究，他又自学了俄语和波斯语并翻译了大量的国外的维语资料。他孜孜不倦，泛舟学海，终于在60岁时写成并出版了我国第一部《维吾尔文学史》。在西北民族学院，他还开设了《维文文选》、《维汉翻译与实践》、《维语语法》等课程，培养了一批又一批的青年学子。他的学生遍布中国的大西北，他为我国的维吾尔语言文学的研究和教育献出了自己的全部心血，丰功伟绩，光耀万里。

应该大书特书李国香在撰写《维吾尔文学史》上的功绩。在我国维吾尔文学的研究上，这是一部里程碑式的著作，被我国学术界认为是“我国第一部系统论述维吾尔文学发展史里程的专著”，具有重要的历史意义。这部书于1992年出版，新华社曾专门发了电讯，报道该书的出版，《人民日报》和我国许多重要报纸均刊登了这一消息。新华社的电讯说：“《维吾尔文学史》是李国香先生倾注毕生心血获得的重要成果。三十多年来，他查阅了大量汉文、古维文的古籍史料和英、法、俄、波斯文的文献资料，并精心考辨，为维吾尔文学的发展断代分期阐述渊源、梳理脉络，评述作品和作者。”①

由于维吾尔的历史及语言、文化的形成和发展里程非常复杂，资料零散，再加上古维文的拼写迭有变动，便给维吾尔文学的研究带来很大的困难。另外，编写这部文学史，必须同时精通古代维文和现代维文，其困难之大，可以想见。更有甚者，维吾尔文学里有一个诗歌的大海，要把这些古代和现代的诗歌翻译成中文诗，真是谈何容易。李国香是这方面的拓荒者，他把艰涩难懂的维吾尔诗歌，翻译成忠实、传神、典雅的中文诗，呕心沥血，字斟句酌。这需要多坚强的毅力，他的贡献又多么巨大！筚路蓝缕，创业艰难，念及李国香这一位先行者在维吾尔学研究方面的巨大功勋，我愈益感到国香的可敬可佩，感人良深。

李国香有着高超的道德品质和人格魅力，他用自己全部身心拥抱了学问，但他又绝不是一个只知死啃书本不问外事的书虫。他的思想从来都应合着时代的节拍，不断前进。早在西南联大时期，他就关心国家大事，追求进步，反对国民党反动派。抗战胜利以后，国民党反动派镇压民主运动，李国香积极投身于“一二·一”爱国运动，参加了当天昆明市三万学生的大游行。游行中国民党反动派残酷杀害了青年教师于再和西南联大学生李路连、潘琰、张华昌等“四烈士”，李国香义愤填膺，参加了罢课、示威和“四烈士”的出殡仪式。新中国成立后，他拥护中国共产党，热爱党的教育事业，忠贞不二地献身教育，做出了重大的贡献。他品格端方，为人刚正不阿，诚挚感人。他忠于职守，甚至在逝世前一小时，还在全力以赴撰写一篇文学评论，终于猝发了脑出血，阖然

① 《我国第一部〈维吾尔文学史〉出版》，见《人民日报》海外版1992年2月12日。

长逝。国香真正身体力行,做到了古人说的“鞠躬尽瘁,死而后已”。

三

毫无疑问,李国香是个多面手。所谓“多面手”,极而言之,就是中国旧小说里形容的“十八般武艺,件件精通”;就是我国古人说的“上马杀贼,下马草露布”;就是能文能武,左右开弓;就是“双枪老太婆”(或者“双枪老公公”)式的人物。欧洲文艺复兴和我国五四运动时的许多人,都是多面手。例如文艺复兴时的米开朗琪罗(Michelangelo,1475—1564),这位意大利的大艺术家既是画家,又是雕塑家,又是建筑师,同时还是诗人。我国五四运动时代,几乎个个作家同时都兼为学者,其中许多人还是诗人。到了我们这一代人,由于种种原因,比起五四运动时期的前辈来,已经差了许多。然而,我这一代人自幼受的教育毕竟比较扎实,因而也仍然产生了一些优秀的多面手知识分子,李国香就是其中一个。如前所述,李国香精通六种语文,他是我国著名的少数民族文史专家和翻译家。他从英文、俄文、维文中翻译了不少文学作品、评论,他写了许多维吾尔族文学有关文史研究的论文。此外,他还有中文的文学创作,如诗歌、散文和小说。他的中西文化功底非常雄厚,这一条很重要。这是他多才多艺、能够成为“多面手”的根本原因。没有渊博的综合文化知识,要成为能文能武、多才多艺的“多面手”是不可能的。反观今天某些年轻的“学者”,甚至连文字关还没有过;某些“书法家”,居然写出一个又一个错别字,真使人不胜感慨。

李国香学问、道德、文章三者都属上乘,是我们的楷模。古人所谓“三不朽”之说,即“大(太)上有立德,其次有立功,其次有立言,虽久不废,此之谓不朽”①。国香立德、立功、立言三者靡不具备,真可谓不朽矣。

际此《李国香文集》即将出版之时,拉拉杂杂写出我所知道的国香兄如上,是为序。

贺祥麟

2002年3月12日于邕江之滨

① 见《左传·襄公二十四年》。

6. 向李汀、小贺二位小友致谢

李汀、小贺二位小友：

3月25日我曾将令尊大人的遗稿寄给小贺,想来早已收到。昨天我接到你们两位由邮局寄来的包裹,内有非常漂亮的布鞋两双,你们的深情厚谊使我十分感动,鞋子大小适宜,也很漂亮。谨此向两位致谢。

前些时日,我把自己3月8日给众亲友的一封长信寄给你们,最近,我由桂林回来,又写了一封长信给诸亲好友。现随此信再将它也寄给你们,和你们交流思想感情和心声。小李去中央党校学习,必有收获和体会,下次请来信谈谈您的近况。小贺近来生活如何,也请告知。

下星期我将赴广西南部沿海城市北海一行,去看看那里的一些朋友。尽管我们已步入人生的“慢车道”(指退休了),生活依然甚为忙碌。此信匆匆打字。余再谈。祝好!

祥麟

2002年4月19日

7. 关爱

葆珍、明慧：

在我校中文系本科第一届所有毕业生（即1954年入学的）中，目前只有你们两位与我通信不断，为方便计，我决定这封信同时写给你们二人。回忆1954—1958年那段难忘的岁月，我们大家有许多共同的记忆，而且互相非常了解，因此，同时写信给你们，正是顺理成章之事，未知你们两位以为然否？

葆珍最近寄来的两封信，内容丰富深刻，两首近体诗写得很不错。我已将信的部分内容存入电脑，以为纪念。葆珍近年来文思如潮，又非常勤奋，始终坚持笔耕不辍，硕果累累，可喜可贺。仅以无比兴奋的心情，衷心祝贺葆珍取得的巨大成绩，我更以有这样的同学而骄傲。

一个月来，我一直在编辑自己的文集，现已竣工，希望能在今年年底出版。我平日除读书、写文章、写信（写信也是写文章）外，有时候也忙里偷闲，上街闲逛。我与附近的邮局职员、商店售货员、理发师、书报摊摊主等各色人等结下深厚友谊，叫作"我们的朋友遍天下"。另外，我有许多"坏习惯"，看见乞丐总忍不住要给他点钱，交个"小朋友"。有的朋友对我这样做，颇不以为然，他们说"那些讨饭的全部都是骗子，假装贫穷，你千万不可上当"。我无法同意这种看法。当然，我不敢担保乞丐个个都是"真的"，没有一个人假装。但是，请想想看，如果不是真正困难，无以为生，哪个人愿意低三下四去"假装"乞丐。日前我在菜市门口见到一个十一二岁的女孩，衣服破旧，面有菜色，蹲在地上"告地状"，她面前那张"地状"上写的大意是："我因父母严重超生，共有兄弟姐妹六人，家里生活困难，自己没钱念书，敬请过路仁人君子给点钱，使我能够上学。"我看了心酸之极，我国少年儿童应该受义务教育，念书是这个孩子的神圣权利。如今，她想念书居然还得俯伏在大庭广众之前求爷爷、告奶奶，恳求社会帮助，有此道理乎？我给了她钱，她居然怕羞得连"谢谢"都说不出，只是轻轻向我点了一下头。这样的穷苦孩子，难道有人忍心说她"假装"的么？

谈到我与小朋友的关系，我自幼喜欢孩子，每次在路上遇到三四岁的孩子，便感到异常兴奋，感到孩子的纯真和可爱。因此，我经常招呼不认识的孩子，和孩子们以及他们的父母交朋友。前天，我正好在一家糕饼店门前，遇到一个老奶奶带领她的两个孙子在玩，这一老两小（孩子一个两岁多，一个仅一岁），从他们的衣着一望而知便可看出他们家境贫寒。我与老奶奶谈，得知她的儿子和媳妇都在广东打工，由老奶奶照料孙子。出于爱心，我买了一块奶油蛋糕给两个孩子，老奶奶赶忙为两人分了，孩子吃得津津有味。这些小事，给我以极大欢乐。前几年，有一次我在火车上遇见一个五岁的女孩，竟然与她成了朋友，几年来每年与她交换贺年卡，送她生日卡片。这些都给我很大的乐趣，使我感到生活可爱，应当无限珍惜才是。

南宁有一家北京某书店的代理商，专门出售豪华本的书籍，他们不知怎样打听了我，甚至连内人的姓名也都知道，于是便来我家推销书籍。两个推销员先不谈卖书，而谈给我带来一件礼物——用类似金箔做成的"八骏图"，聊表他们的"敬意"。我固辞无效，最后只好收下。然后，他们才向我推销"豪华本"书籍，鉴于他们的盛情难却，我终于买了两套古典文学书。其中一套为《插图本中国古代十大手抄本》，为一共十本古典小说（如《归莲梦》、《锦绣衣》等，均为明清长篇小说），是专门为葆珍购买的。这一套书籍，是用高级"米色道林纸"用大字精印的，装帧华贵，虽然并非第一流的古典文学作品，但总的来说，内容尚可，读了可以了解当时社会与风习，可以作为茶余酒后消遣之用。此外，它们的文字俱属一流，其浅近文言文，颇富文采，可以提高读者运用语言的功力。我将于日内把书送到您外甥女处，请她父母返美时带给您。此外，我还写了信到杭州替葆珍邮购一部一般精装本的《宋代传奇集》，为中华书局用繁体字直行排印者，内容也不错。中华书局一向出书态度严谨，不会有错漏之处。而那部"豪华本"（《插图本中国古代十大手抄本》）则不同，它的"时代特色"甚浓——由于出版社编辑和校对人员的素质普遍下降，不可避免地会有一些错别字，但是它们不难识别，因此也勉强可以忍受。葆珍夫妇二人于方便时，回南宁一次，届时我当稍尽东道主之谊，带你们去外县参观访问。明慧希望多多保重，并请代问候凤高。此信兴之所至，信笔写来，语无伦次，余再谈。顺颂

安好！

祥麟

2002 年 5 月 27 日

*8. 歌声不断

敬致诸亲好友：

这封信的标题不叫“歌声悠扬”，也不叫“歌声飘荡”，而叫歌声不断，是因为这歌声来自鄙人自己，而鄙人颇有自知之明，知道唱歌是我的弱项，谈不上“悠扬”，也“飘荡”不起来。鄙人自幼酷爱唱歌，却又唱不好，五音不全，节奏不稳，音色不佳，音域不高，有点像徐州人说的“拉魂腔”，听了令人恐怖。因此，只好自己一个人偷偷地唱，聊以自娱而已。

但是，另一方面我却会唱许许多多多歌曲，多得惊人。记得小时候，大概才五六岁时，就开始学唱爱国歌曲。我最先会唱的两支歌，一支是大革命时传遍全国的革命歌曲《打倒列强》，另一支则是人人会唱的爱国歌《苏武牧羊》。前首是用一首外国儿歌的曲子改写的，歌词简洁明快、慷慨激昂，极大鼓舞全国人民，真正起到了“洋为中用”的作用。后者影响更为深远，拿我自己来说，它几十年一直回荡在我的心中：

> 苏武留胡节不辱。雪地又冰天，苦忍十九年。渴饮雪，饥吞毡，牧羊北海边。心存汉社稷，旄落犹未还。历尽难中难，心如铁石坚，夜在塞上时听笳声，入耳痛心酸。转眼北风吹，燕群汉关飞，白发娘，望儿归，红妆守空帏。三更同入梦，两地谁梦睡。任海枯石烂，大节不稍亏。终叫匈奴心惊胆碎，拱服汉德威。

这歌词写得多么好！真是千古绝唱，铿锵有声，感人肺腑，催人泪下。有趣的是，当时有人用《苏武牧羊》的曲子，另外谱写了半首儿歌：

> 我家有个胖娃娃，正在三岁时，伶俐会说话。不吃饭，不喝茶，整天吃妈妈。（按：“吃妈妈”为河南土话，即“吃奶”。——祥麟注）头戴小洋帽，身穿红粉纱，见人先带笑，好似海棠花。爷爷奶奶爹爹妈妈谁能不爱他！

以上一个曲子，两首歌词，我都会唱，而且唱得滚瓜烂熟。我敢保证，即使在睡梦中，我亦能一字不漏地把它唱出来。

一

小时候我学了一首让自己终生受用不尽的爱国歌曲，就是岳飞的《满江红》。岳飞这一首词，中国人几乎无人不知，兹不赘述。需要指出的是这首词有两个曲子，非常不同。一个深入群众，人人会唱，调子比较平和深沉，把岳飞忧国忧民的心情很好地表达了出来。另外一个曲子知道的人不多，会唱者当然更少；可是它的特点却异常突出。它情感高昂，声音粗犷，节奏快速，大起大落，很好地表达了岳武穆的满腔悲愤心情。这二者比较，我自然更喜欢后者，因为它表现了“燕赵多慷慨悲歌之士”，表现了河南人豪放直率，敢于大胆嬉笑怒骂，坦诚显示自己内心深处思想感情的性格特征。尽管这两个曲子的歌词完全一样，可是由于二者曲调不同，唱出来效果也非常不同。一个比较含蓄，另一个比较显露；一个哀怨悲苦，另一个义愤填膺；一个充满压抑之感，另一个大喊大叫撼天震地；一个像小河流水，汩汩地流淌着，另一个像高山飞瀑，一泻千里。我觉得同样一首歌词，谱写了两个不同的曲子，差异如此之大，可谓极为罕见。

感谢我初中时的音乐老师周玲荪先生，他在对我们进行音乐教学中，非常注意同时培养我们的文化素养。他把我国著名音乐家萧友梅先生(1884—1940)等人为我国古典诗词谱写的歌曲，都教给我们唱。因此我会唱不少古代诗词。例如南北朝时期著名的《花木兰》、唐代诗人岑参(约717—770)的《走马川行》、元朝诗人萨都剌(1272—1340)的《金陵怀古》等等。这样，我们不但受到了很好的音乐教育，同时还提高了自己的古典文学修养。周先生还教了我们一些英文歌曲和几个国家的国歌，都用原文唱，大大丰富了我们的文化素养。

学会英国国歌后，我才发现一个绝无仅有的奇怪现象，即英国国歌中有几个字并不固定，而是随情况而改变。如果是男性当政时，国歌便唱“神佑我王”(God Save the King)；但如果是女王当政时，那就得改唱“神佑我后”(God Save the Queen)。下面歌词里国王和王后的代名词“他”或“她”也得跟着改。神圣的国歌歌词可以根据不同情况而随时改变，这是我始料不及的。

再如，九十年代初，我在美国波士顿附近旅行，一位美国老人开车接我到他家玩。路上，他惊奇地发现我会唱美国参加第一次世界大战的军歌。他简直无法相信，这一首“老掉了牙”的军歌，美国人百分之九十几的人根本没听说过，更不会唱。而一个像我这样的中国人，却居然能把它唱得如此完整和熟练，他认为简直不可思议。于是，我们二人一路引吭高歌，齐唱着：

> “Johnny get your gun, get your gun, get your gun, take it on the run , on the run, on the run ……”(中文大致意思是：拿起你的枪，快快儿，上前方。)

我们一连唱了几十里路。

二

《西南联大校歌》是我最喜欢唱的歌曲，这不仅是因为我怀念当年用它的丰富乳汁哺育我的母校，而且还因为它的歌词和曲子都非常精彩。歌词作者为罗庸先生，谱曲者为张清常先生。

歌词用《满江红》词牌写出了西南联大创办的艰苦历程，写出了西南联大师生们的万里长征，由北京天津出发，遍历艰辛，到了昆明。在强敌压境，祖国到处狼烟四起、烽火连天之时，联大同学弦歌不辍，为祖国努力学习的动人场景。这是上阕，其基调为悲愤。而到了下阕，笔锋马上一转，写出了“千秋耻，终当雪”“楚虽三户，亡秦必楚”的抗战必胜信念。我们一定要返回北平和天津，收复家园，其基调为壮烈。回想80年代末，西南联大当年的师生，回到昆明，庆祝校庆，大家齐声高唱校歌，人人热泪千行，不能自已的动人景象，真是终生难忘。请听，请听：

> 万里长征，辞却了五朝宫阙。暂驻足衡山湘水，又成离别。绝徼（按：“绝徼”指边防重镇，即昆明。——祥麟注）移栽桢干质，九州遍洒黎元血。尽笳吹弦诵在山城，情弥切！
>
> 千秋耻，终当雪。中兴业，须人杰。便一成三户，壮怀难折。多难殷忧新国运，动心忍性希前哲。待驱除仇寇复神京，还燕碣！

从《西南联大校歌》想起了我在“南京市立第一中学”的校歌。这首校歌写得甚为典雅庄严，寓意深刻，内容是：

> 大哉汉都秀毓淮钟，巍巍我校金城之中。乐群敬业，朝气葱茏。涵三德兮智仁与勇，做生活兮曳曳融融，愿春风广披兮天下为公！

上面的歌词，可能除了把首都称为“汉都”不恰当外，其余不论思想内容或语言文字都还不错。他先歌颂南京有美丽的秦淮河和紫金山，然后又赞美学校的优良校风，最后，则祝愿春风广披，普育英才，并且用中国古人的“大道之行也，天下为公”的思想来表达自己的思想。歌词创作于20世纪30年代，完全没有国民党的党八股，应该说是难得的。

抗日战争开始后，全国人民奋起御敌，许许多多的抗战歌曲，传遍全国。我可以十分自豪地说，凡是当时“大后方”流行的抗战歌曲，我都会唱。不但像《流亡三部曲》、《大刀进行曲》、《游击队歌》、《八百壮士》等广为流传的著名歌曲，我一律背得滚瓜烂熟，而且甚至一些偏僻的歌，我也会唱。记得一次在一本音乐杂志上，我看了一首并不精彩的歌，居然学会了。直到今天依然倒背如流，歌词是：

冲冲冲向前冲冲冲。
牺牲要奋勇,
不怕它的那飞机盘旋掷弹在半空中,
不怕它的炮弹凶,
不怕它的机关枪弹火力猛,
不怕它的毒瓦斯气雾蒙蒙,
我们只管冲,冲冲冲,
我们只管攻,向前攻。
填平黄海攻过东海东,
尽杀倭寇海水血染红。
全国人民为我民族争光荣,
谁说我大中华民族没有好英雄?

老实说,尽管这首歌的歌词文字还不错,它却不是一首好歌。因为它写得很浅薄,没有任何思想深度,只鼓励人们蛮干,不论敌人的火力如何强大,我们只管向前冲就行了。“填平黄海攻过东海东”,这拿同胞的生命去填平黄海,这需要死多少人呀!作者全不去管,他只管做啦啦队,鼓励大家去冲冲冲和攻攻攻。这样的歌词当时就没有人唱,64年后的今天,可能全国只有我一个人会唱了。连我自己也不理解,自己何以经过60余年,记得这一首并不出色的歌。

三

这里我想专门谈一谈美国的军歌。抗日战争时期,我在昆明,和美国“飞虎队”的后身即美国第14航空队的官兵有接触,学得了一些美国军歌。我认为,美国军歌的最大特点就是“非政治化”。他很少有政治术语和标语口号,也从不说“英勇杀敌”“为国争光”之类的豪言壮语,这样的军歌如何能鼓舞士气动员群众呢?例如“二战”时美国的炮兵弹药运输队的军歌:

Over hill, over dale,
As we hit the dusty trial,
as the caissons go rolling along.
Then in hi hihee, in the fields artillery,
Shout out your numbers loud and strong,
For wherever you go,

You'll always know,

That the caissons are rolling along.

Keep them rolling,

as the caissons are rolling along.

歌词之中文大意是：

翻山越岭，越岭翻山，

我们正在灰尘四扬的小道上，

弹药车滚滚向前。

咳咳嗬！咱们来到了炮兵阵地。

大声报出你开炮的数字吧，

因为不论你走到哪里，

你总会知道，

弹药车在滚滚向前，

让它们一直滚动吧，

弹药车正滚滚向前。

这一首歌尽管没直接说"努力开炮打击敌人吧"，却总算拐弯抹角地谈到了运送弹药，支援炮兵。因此，我们比起其他军歌来，这一支歌的"政治性"（请容许我用我们的术语说话）仍然比较强的。

让我再举个例子，保证你将大吃一惊。不相信美军军歌会如此"脱离政治"。请注意，这是美军在整个第二次世界大战中最有名、最受人欢迎的一首军歌，现在，它已成为美国"二战"中的"经典军歌"，地位非常之高。歌的内容是：

I've got six pence,

Jolly, jolly six pence,

I've got six pence to last all my life.

I've got two pence to spend, two pence to lend,

And two pence to send home to my wife,

Poor wife!

No cares have I grieve me,

No pretty little girl to deceive me,

I'm happy as a king, believe me,

As we go rolling home.

Rolling home, rolling home,

By the light of the silvery moon.

Happy is the day when we line up for our pay

As we go rolling home.

歌词之中文大意是:

我有六个铜板的钱,

好啊好啊六个铜板儿,

这六个铜板我得用整整一辈子。

我把两个铜板自用,两个铜板借出,

剩下两个铜板寄回家给自己的老婆,

我那可怜的老婆呀!

我再无忧愁来烦恼自己,

也没有漂亮的姐儿们来欺骗我,

请相信我,我像个国王那样开心,

当我们车轮滚滚回家时。

车轮滚滚,车轮滚滚,

在银色的淡淡月光下……

排队领军饷,就是最快乐的日子,

当我们车轮滚滚回家时。

天啊!这哪里是雄赳赳气昂昂的军歌,分明是美国大兵唱的谐趣歌!怎么会成为"二战"时正式的美国军歌呢?奇怪的是,正是这样照我们看来"严重脱离政治"的"军歌",在全世界美军里传唱。它不但没有影响美军的士气,反而唱出了美军"二战"的胜利。究竟如何解释这奇怪的现象,我希望听听诸亲好友的意见。

四

新中国成立以后,我"系统地"学唱了许多革命歌曲,受益非常之大。这些革命歌曲,并非在音乐课堂上正式学来的,而是通过各种不同的方式学到的。

新中国成立初期,有年轻的教师教我们,还比较正规,效果也特别好。后来没有人专门教了,我便从收音机甚至从孩子们那里学。例如《红梅赞》我是从收音机里学来的,而《王杰的歌》则是从幼儿园里我的男孩那里一句句"偷"来的。很可能我的男孩已忘记了它，但我却清楚地记得歌词："王杰枪，我们扛，王杰的歌，我们唱！一不怕苦，二不怕死，一心为革命，永远跟着党！"

近年以来，大事不妙！因为现在时兴的所谓"流行歌曲"，我听不懂，看不惯，完全不喜欢。请原谅我说一点外行并且落后的话：我认为许多流行歌曲的内容荒谬怪诞，感情苍白无力，无病呻吟，歌词文理不通，唱法又非常古怪。难听难懂，使我极为反感。前几年在位时去县里出差，当地领导几乎每次都组织卡拉 OK，我每次都奉陪，真是活受罪也。一些文化不高的人，唱流行歌曲，错别字连篇。歌词内容抽象古怪，简直是折磨人。

最后，我特别推荐一首老歌，是我认为所接触的全世界一切军歌中最精彩绝伦的军歌，即半世纪以前的《八路军进行曲》，后来改名为《中国人民解放军进行曲》，现在正式命名为《中国人民解放军军歌》。歌词的作者是诗人公木。由郑律成谱曲。歌词是：

向前！向前！向前！
我们的队伍向太阳。
脚踏着祖国的大地，
背负着民族的希望，
我们是一支不可战胜的力量。
我们是工农的子弟，
我们是人民的武装。
从无畏惧，
决不屈服，英勇战斗，
直到把反动派消灭干净，
毛泽东的旗帜高高飘扬。
听，风在呼啸军号响，
听，革命歌曲多嘹亮！
同志们整齐步伐奔向解放的战场，
同志们整齐步伐奔向祖国的边疆。
向前！向前！
我们的队伍向太阳，
向最后的胜利，
向全国的解放。

这里，中国人民热爱祖国、憎恨敌人、保卫祖国的激情溢于言表；这里，解放军战士的大无畏精神和凛然正气跃然纸上。这样的军歌威武雄壮,是我们民族魂的体现者,是正义和真理的化身。歌词写得非常出色。但是,写得尤其好的则是作曲家郑律成所谱的曲子。我认为郑律成是大师级的作曲家,他把这支歌谱写得出神入化,神奇地表现了中国人民解放军的威武和爱国精神。听这首歌的演唱或演奏,我们听见了马蹄得得,军号嘹亮;我们看见了千军奔腾,万马嘶鸣,解放大军,浩浩荡荡,驰向战场。我们每次听这首歌曲,都感动得热情激动,心胸鼓荡,其兴奋之程度,简直无法形容。郑律成同志才 63 岁,不幸于 1977 年因心脏病突发而逝世。真是英年早夭,令人悲痛!

上面我拉拉杂杂地写了自己唱歌的历程,和对一些歌曲的看法,完全是外行人说外行话。错误必然很多,敬请亲友们认真教正。顺颂

安好!

祥麟

2002 年 6 月 6 日

9. 谈于右任

葆珍、明慧：

这封信再次合写给你们二人，这等于三人一同开“电话会议”，更加亲切。葆珍寄来的6月6日的打印信、手写信、复印剪报、《家传于右任草书真迹》和照片等都收到，非常感谢。你们毕了业劳燕分飞，40余年后，我们还能互相间，鱼雁往还不断，互通心声，很不容易。谢谢葆珍提醒，我遵照您所嘱，把资料夹在您赠我的大书 *One Nation* 里面，这样可以避免遗失。

于右任先生是我一向认为的20世纪中国最大的书法家，是“第一名”，而第二名、第三名的书法艺术和他相比，相差很远。例如我国大陆现在最有名书法家启功先生，恐怕只能做于右任的学生。广西有一位“小有名气”的书法家，错别字连篇，令人“惨不忍睹”。

纽约“9·11”事件是人类历史上的大悲剧，那些无辜的死难者值得我们永远记忆。但是最令人感动的还是纽约那次为救人而慷慨赴死的救火队员，它们是真正的英雄，别人逃生，他们却相反地直面死亡。

我已与林山碧电话约好，她日内来我家取《中国古代十大手抄本》(共十册)，葆珍收到后，可做茶余饭后消遣之用。葆珍在《家传于右任草书真迹》中花了那么多的心血，认真注解，除了精神可嘉外，还足见您中文根底的雄厚。尤使人想不到的，您还叫女儿把杜甫的诗用英语翻译出来，以帮助从小读英语而不熟悉中文的孙辈。

你们两位全家代为问候，顺颂

时绥！

祥麟

2002年6月27日

*10. 我的回顾、我的祝贺

这一切都如此,清晰明丽,如在昨日:1949 年 10 月 1 日,毛主席在天安门升起了第一面五星红旗,当时,我正在美国留学,隔了太平洋的亿万顷巨浪,我感动得热泪千行,涌流不止。只几个月后,我便冲破了重重困难,丢下自己正在热恋中的女友,跨越重洋,投入祖国怀抱,并且直奔桂林将军桥广西大学(即现在广西师范大学的前身)。当时,我才满 28 岁。

时光如流,一晃 52 年过去了,我已经从一个少不更事的青年成为满头白雪,连眉毛也白了的老人,我将自己的青春、壮年和老年都献给了我所热爱的党的教育事业,献给了广西师范大学。在过去半个多世纪中,我与师大全体师生一同度过了多少或者是满天彩霞遍地阳光的日子,或者是风风雨雨的日日夜夜。我与众多老师们一道用自己的心血浇灌了一株株幼苗,使之茁壮成长,成为祖国教育战线的栋梁之材。我看到一批又一批本科、专科毕业生以至研究生劳燕分飞,走向社会,在广西和祖国各地甚至在海外生根开花,结出丰硕的果实。我目睹这所学校由小到大、由专科、本科到研究生,由一个地方性的学校发展成为与国外许多院校进行人员与学术交流甚负盛名的师范大学。

几十年的教学生涯,不仅培育了我对学问的执着追求和对自己专业的热爱,同时也培育了我作为教师对自己的严格要求和良好习惯。不论是刮风下雨,不论自己有多少私事要办,也不论我当时有无病痛,这几十年来我上课从未迟到过一分钟。好几次狂风暴雨中,我由城里骑自行车去尧山或三里店分部上课,大雨如注,我即使穿了雨衣也浑身湿透,中途有两段积水,水深盈尺,我像一艘轮船那样在水里“航行”,我“鼓翼疾飞”,开足马力向前冲刺,最后像落汤鸡一样提前到达了教室。就是这种忠于职守、热爱教育事业的“堂吉诃德精神”,使我以后在任何时候一回忆起这些往事,都感到心里热浪翻滚、激动不已。

前面谈到了对外交流,改革开放以后,我一直参加了这项工作。整个 80 年代,凡是全国文联或者中国作家协会有外宾去桂林,每次都派我担任筹备和接待工作。我像堂吉诃德一样,单枪匹马(所谓“马”,指的是我的破单车——四川人新中国成立前把自行车叫作“洋马儿”),在市里找外办或宾馆,恳求他们帮忙。我比堂吉诃德还要困难,因为我没有助手桑乔・潘扎(Sancho Panza)。自己一个人,忙得像陀螺一样不停地转。改革开放以后这20年中,我曾去过好几个国家和地区访问,参加各种国际学术活动。1986—1987年以及1991—1992年,我先后两次以广西师大教师身份去美国威克森林大学和新英格兰学院任教。然而,不管我跑到世界任何天涯海角,直至跑到靠近南极的智利南部城市,我在睡梦中都在想广西师大这个我为之工作了大半生的"母校"。正因为对师大有了这份浓郁的深情,不论哪一次出国,我都按时提前归来,从不耽误自己在师大的工作;不论在哪里任教或开会,我都兢兢业业地工作着,从不沾污"广西师大"这个光彩夺目的名字。

欣逢广西师大建校70年之时,仅点燃心香一瓣,为广西师大祝贺:祝她鹏程万里,在当前百舸争流、万帆竞发祖国教育事业中做出更大的贡献!祝她永葆青春,在中华人民共和国教育史上万世流芳!

2002年6月28日于南宁

*11. 将莎剧改编为中国新旧歌剧上演，善莫大焉！

一

自学生时代到现在,我看到多少莎剧的演出,深感这几十年来莎剧演出变化之大,令人眼花缭乱,目不暇接。我认为最正统的演出,应该为英国大师演员劳伦斯·奥利维叶(Laurence Olivier)编导并主演的《哈姆雷特》,可谓“原汁原味”,使人神往。

1950年初,我于取得学位后离美前夜,为了再过一次“莎士比亚瘾”,特地在旧金山观看了一次《恺撒大将》的演出。震撼我灵魂的是,在那次演出中,布鲁特斯穿的衣服竟然是纳粹的军服！我当时完全无法接受这大胆的“创新”,认为这简直是不伦不类,乱了套。

回国后,在那锁国政策盛行一时的与外国文化基本隔绝的30年中,我像瑞普·凡·文克尔(Rip Van Winkle)一样,一睡几十年,对外国文化茫然无知,真像陶渊明老先生说的那样:“不知有汉,无论魏晋。”究竟莎士比亚戏剧发展到什么程度,在我纯属一片空白。

“四人帮”被打倒,改革开放轰轰隆隆地来到。1986年4月,我有幸在北京民族文化宫观看了被改编成京剧的《奥瑟罗》演出,那次演出,对我来说可谓大开眼界,有发聩震聋的作用。京剧大师袁世海一出场,由于我对他过去扮演鲁智深的印象太深,已经变成“成见”,加上京剧居然也可以演出莎士比亚悲剧,我认为“荒谬绝伦”,无法接受。因此,一开始我就有强烈的抵触情绪。

男主角一出场,我的第一个感觉便是:这哪里是《奥瑟罗》,分明是《野猪林》嘛！再看女主角,我又火冒三丈,心想这真是“怪事年年有,今年特别多”。奥瑟罗的情人居然不是苔丝德梦娜,而是《西厢记》里的崔莺莺。总之,我的“不伦不类”感非常强,感到《今古奇观》的乔太守复活了,又一次乱点鸳鸯谱,让鲁智深和崔崔莺莺“拜天地”,成为夫妻。再说,16世纪的英国悲剧主人公,竟可以用京剧唱腔来唱,再加上锣鼓、胡琴等中国乐器来伴奏,越发使我感到非驴非马。尽管如此,我还是忍住了气,慢慢观看下去。

真没想到,奇迹出现了。随着剧情深入,我不知不觉丧失了原来的“警惕性”,并且一步步被演员精湛的演技所“俘虏”。

首先,袁世海对奥瑟罗这一悲剧英雄性格的塑造,十分精彩。他出神入化地表现了奥瑟罗的勇敢、豪迈、正直、轻信、痛苦、愤怒等多种复杂感情,博得满场的热烈掌声。其次,京剧的独唱非常适于演唱莎剧里悲剧人物的长篇独白。尤其是奥瑟罗那段“永别了”独唱,一连串排比句排山倒海,抒情气氛极为强烈,充分表现了人物的悲剧感。另外,京剧的手势、动作所表达的“身体语言”非常细腻深刻,是任何西方戏剧所不能望其项背者。

演出结束后北京市副市长上台慰问演员,全场观众起立鼓掌。正是袁世海这一场《奥瑟罗》的演出,仿佛是一只报春的燕子,不仅为京剧演出莎剧带来了第一个春天,同时也改变了我在莎剧改编上原先顽固不化的观念。

二

1994 年 9 月,上海举行了盛大的“上海国际莎士比亚戏剧节”。我躬逢其盛,从头到尾参加了。在这次戏剧节中,我除了观看外国剧团的好几部莎剧演出外,又先后两次看了莎剧改编为我国歌剧的演出。

一次是观看了《王子复仇记》,人民大舞台剧场很大,坐满了观众。舞台上人物悉为中国古装,连剧中人的名字也中国化。然而剧情基本上还是按《汉姆莱特》原剧,没有多大变动。我理解改编者的苦心,他知道越剧的特点,也了解观众的文化水平不高,他们只习惯于看古装戏和欣赏越剧里他们所喜闻乐见的唱腔与表演方式。越剧的一般观众,很多没有西方的文化修养,因此要向他们“推销”莎剧,首先必须把莎剧中国化和越剧化。

在演出中,我充分感到越剧的优越性在于它的悠扬动人的唱腔,这种唱腔所表现的思想感情特别细腻深刻,动人心弦。用越剧来演《王子复仇记》,正好充分发挥了越剧的优点,丝丝入扣,深深地感染了观众。果然,演出结束时,观众掌声如雷,声震屋瓦。许多女孩子观众,在剧场门口等待她们所倾心热爱和迷恋的男主角赵志刚,以满足她们对英雄崇拜的心理。可以说,通过演出《王子复仇记》,越剧向广大观众献上了他们从没有见过和听过的《哈姆雷特》。

上海国际莎士比亚戏剧节的高潮在最后一天晚上,由哈尔滨歌剧院演出的《特洛伊罗斯与克瑞西达》。这是我毕生所看过的莎剧演出中之规模最宏大者,也是最使我感动和激动的一次表演。(感动和激动还不是由于演出本身,而是其他原因,这我在下面还要说。)

在中国,凡是被命名为“歌剧”的,指的都是以西方传统形式演唱的,它又被称为

"新歌剧",以区别于中国各地的地方戏或"旧歌剧"。

舞台上展示希腊与特洛伊两军交锋的伟大场景,再现了我自幼崇拜的英雄人物阿加门农、帕力斯、赫克托、阿喀琉斯等《伊里亚特》中的名将名人,还有绝代美女海伦和克瑞西达。我由衷地钦佩哈尔滨歌剧院的宏大气魄,他们敢于并且能够在舞台上再现如此宏伟的战争场面,他们的演员群星灿烂,歌喉嘹亮,演唱绝佳。这一次演出真真正正成了整个戏剧节的压轴戏,在观众的心里留下永不磨灭的印象。

哈尔滨歌剧院的这次演出,还有更加悲壮的一面。他们组织了如此庞大的演员队伍,并且准备了许多布景材料和道具。然而,他们的经费奇缺,根本没有从哈尔滨到上海的旅费。为了参加这次戏剧节,歌剧院领导以壮士断腕的精神,把剧团里必不可少的公共汽车出卖,卖了人民币 30 万元,用这笔辛酸钱支持演员去上海演出。有人说,这次演出后,回到哈尔滨,歌剧院可能因为经费短缺而解散。

这个悲壮的故事深深感动了我,歌剧院全体同仁的敬业精神、献身精神和牺牲精神震撼了我的灵魂。我想,哈尔滨歌剧院确实是传说里的美丽天鹅,天鹅在临死前要演唱一出千古绝唱,然后告别人世。在我的有生之年,我将永远不会忘记他们为我演出的这首无比美妙、精彩绝伦,同时又使我这样伤心和感动的"天鹅之歌"。

三

内容决定了形式,由于内容关系,我这篇文章,与其说是论文,不如说是给大家讲故事。不管是故事也吧,论文也吧,总该有一个结论。我的结论是:中国的各种歌剧,特别是旧歌剧,亦即京剧及各地方的地方戏,具有它无比的优越性。因为在世界上所有戏剧中,也许只有中国的地方戏,最适合于刻画莎剧人物的一系列隐藏于内心深处的非常细腻而深刻的感情,最适合于它的舒徐缓唱、千曲百折、回肠荡气、感人肺腑的拖长了的独特唱腔,表达莎士比亚的人物独白。

把莎剧改编成中国各种歌剧是个了不起的创造发明,把它搬上舞台与中国观众见面,是伟大的尝试,也是不朽的事业。中国有 13 亿人口,在 13 亿芸芸众生中通过我国的新旧歌剧来普及莎士比亚,善莫大焉,善莫大焉!

2002 年 7 月 7 日于南湖之滨

*12. 保健知识点滴

敬致诸亲好友：

常有年轻朋友要我谈长寿之道，我每次都诚惶诚恐地回答说，不敢不敢。古人曰“人之患在好为人师”，我才40公岁，又不是医生，哪里敢板起面孔冒充内行，向人传授长寿之道？当然，保健知识，我也略知一点点，于是乃决将自己过去在这方面的经验教训，缕述如下，谦虚一些，叫作“保健知识点滴”，供您参考。

一、每天喝牛奶一杯，几十年如一日，很少间断。这是我自20世纪40年代起由不自觉到养成良好习惯，受益匪浅。人到中年以后，容易缺钙。人的所有细胞都需要钙。细胞缺钙，乃向骨髓中取钙，久之，遂造成骨质疏松症。老年人得了骨质疏松症，走路一跌跤，便很容易骨折。若小腿骨折，尚容易接好，但如大腿骨折，则很难接骨。我的法文恩师陈教授，在北大西语系任教，在自己房间里散步，不慎摔倒，竟然股骨折断，医生用铁钉固定了断裂处，又让他脚向上头向下卧床纠正，痛苦不堪。即使如此折腾，仍然无法拯救老师性命，三年后老师病故。此事教训极大，说明平时必须注意补钙。而补钙最佳途径为喝牛奶，因为，牛奶中之钙不但最丰富，而且最容易吸收。许多人吃钙片，用处不大，钙片虽是货真价实，然而，很难吸收。牛奶里的钙极容易吸收，更何况牛奶的营养非常全面，除了补钙外，还有其他许多作用。

我的性格天生急躁，鲁莽灭裂，经常“平地栽跟斗”。50多岁时，在桂林骑自行车跌下来滑了将近一丈；66岁时，在美国骑车跌倒在修路工人刚刚挖掘的柏油碎石“尖刀”上，每块都像锋利无比的小刀子，一跌下来，我马上血如泉涌，受伤甚重；78岁时，在南宁骑车，我想学飞机起飞那样用尽平生之力向前猛冲，一下跌倒，鞋子飞上了天。这样的“交通事故”，不知凡几，可是，每一次我都是“天上下雨地下滑，自己跌倒自己爬”，从未骨折过。可见牛奶之功效大矣。

二、每日必午睡。午睡为中国人的优良传统，西方人不午睡，因为他们一向喝牛奶、黄油和肉类，营养充足，可以不午睡。中国人过去主要吃米面和青菜，营养差，需要午睡。午睡除了使我们精神好以外，还有一个好处，它使人不至透支体力。长期透支体力，到老年必然百病丛生。午睡以每次一小时为宜，如实在没有时间，半小时甚至20分钟假寐也好，对保健帮助很大。

三、要心胸开阔,不要小心眼,更千万不要生闷气。我性格开朗,说话率直无隐,心里喜怒哀乐全部摆在脸上。有什么情绪,必欲一吐而后快。因此,我从来不生闷气。生闷气,尤其是长期生闷气,害处很大,成年累月积郁于心,日久导致生癌症。我有几位性格内向的亲友都因为生闷气过多而得了癌症,英年早逝,后悔莫及。这好像是一个皮球,你不断朝里面打气,结果皮球必然爆炸。心胸要宽广,度量要宏大,凡事看得开些,与人争论时,后退一步,天地皆宽。要从"哲学家"的高度待人接物,站得高,看得远,不与俗人一般见识。个人修养方面,应该向苏格拉底学习。苏格拉底的妻子是个出名的悍妇,脾气极坏。有一天,她向丈夫大发雷霆,声音之大,震动屋瓦。可是,苏格拉底是个哲学家,修养极高,始终不生气,一任妻子发怒。这更加激怒了悍妇。她一气之下,拿起一大壶冷水,浇向丈夫头上。这时,成了"落汤鸡"的苏格拉底依然保持心平气和,他轻轻一笑说:"打雷(指他妻子咆哮)之后,雨终于来了。"当然,苏格拉底的高超德行与涵养我们都做不到,但是应该向他学习。

四、饮水和用水问题极端重要。许多人不知道现在城市的日常用水都有问题,不可大意。先说自来水,在很多国家,城市自来水消毒和过滤很好,可以直接喝生水。我们的自来水,迄今尚未做到这一步。南宁的自来水质量相当好,在国内应属一流。即使如此,仍然有一个问题难以解决,即二次污染问题。所谓"二次污染",指的是即使自来水非常干净,可是许多单位或高楼大厦,最近有蓄水池,蓄水池难以清洗,十分肮脏,乃造成二次污染。这样的自来水绝对不可靠。有些家庭用矿泉水、纯净水或者太空水,实际上都不行。它们除了售价贵,不经济外,更大的问题是:(1)目前假冒伪劣商品充斥市面,它们是否真正"纯净",不知道。(2)最好的水是"新鲜水",即刚从自来水水管流出来的,瓶装的矿泉水、纯净水或者太空水出售前已经放了很久,根本不新鲜。(3)我认为宾馆和某些办公室里的大瓶太空水最"可怕",特别是宾馆房间的,不知放置了多久,早已成了"陈旧水",里面毒质不少,如何能饮用?我每次住宾馆,除非是刚刚换新的满瓶太空水,否则,宁可自己买矿泉水或可乐饮用。

然则,什么是最理想的水?根据我近年来的实践经验和阅读有关资料的知识,我认为最佳用水有下面两种:

一是电离子水。电离子水是这样一种水:将原水(自来水或地下水)经过净化装置滤除水中的余氯、铁锈等多种有机毒物和无机杂质,再经矿化,使许多人体必需的矿物质及微量元素进入水中,然后进入电解槽进行电解,在电场的作用下,大水分子被整理为小水分子,提高了水的溶解和渗透性。电解时,所有的菌类已被杀死,而带正电的矿物质则集于阴极成为碱性离子水,带负电的矿物集于阳极成为酸性离子水。

从医学角度说，健康的人体是呈弱碱性的（PH7.35—7.45），碱性离子水有利于消除体内酸性代谢物和毒素，增强肌体抵抗力，并对由于酸性食物摄取过多、运动量不足所引起的各种疾病（如胃酸过多、慢性腹泻、消化不良等）均有疗效。同时，对糖尿病、结石病、高血压、失眠、过敏性疾病也有一定疗效。此外，由于这种水非常卫生，就可以避免许多传染病。近年来我们全家都是直接喝自己家制造的碱性离子水“生水”，效果极佳。

酸性离子水有较强的清洁、漂白作用，是最佳的美容收敛剂，可用来洗脸、洗发，它对皮肤特别好，对烧伤、烫伤、擦伤、皮肤感染等有消炎止痛作用。酸性离子水也是清洗水果蔬菜餐具的最佳用水。

二是臭氧水。臭氧水是用臭氧水机制造的水，它特别适合于对蔬菜、水果、肉类的清洁和消毒，并且适宜于美容及消灭皮肤病的洗澡。其作用为：（1）蔬菜、果品、鱼、肉解毒：可祛除蔬菜、果品、鱼、肉等的农药残毒，消除率达 99.3%；祛除鱼、肉腥味、肉中抗生素及荷尔蒙残留物。（2）洁净饮水：纯臭氧杀菌力比氯强 600 倍以上，可清除水中余氯及各种有机化学毒素，使水质变成人体所需的碱性水，口感清新，可直接饮用。（3）杀菌消毒：可对食物用具杀菌消毒，其效果胜过消毒柜，对被污染的蔬菜、水果杀菌率达 99.8%。（4）养生美容：用于沐浴、洗脸、消除一天疲劳、促进肌肤洁白、光滑柔嫩、防止老化、臭氧半身浴（水疗法），可治多种疾病。用臭氧水洗米，有不少灰尘被洗去。有次我们用来洗死去的鱼，谁知不久以后，死鱼全活了。

五、坚持身体锻炼。80 年代初期以前，我在桂林坚持每天早上爬叠彩山，风雨无阻，效果非常好。80 年代后期，我逐渐放松锻炼，一直后来完全停止。何以故？原因是，我在困难时期（1959—1961 年）不顾当时营养极差，学校（广西师大）号召大家休息，我却因为答应了一家出版社，拼命写书，体力透支很厉害，我浑然不知，反而以鲁迅那句名言来标榜自己：“我吃的是草，吐的是奶。”于是，终于患了头昏症，每天黄昏头晕。后来，此病随着我年龄增长而加重，发展成每日三餐之后，必头昏，需要睡一下。由于早晚饭后都头昏，就压根儿没了锻炼身体时间。一连 17 年无任何锻炼，身体必然衰退。以前我可以一口气在高层建筑上顺着楼梯由地面飞奔上十楼，近年来不行了，容易喘气。甚至前不久我去成都，吃惊地发现自己连一般短途走路，也气喘吁吁，难以忍受。此事虽小，却给我敲响了警钟，使我意识到今后不管多头昏，散步绝对不能少。许多医生都说，散步是老年人的最佳运动，可以锻炼体魄、延缓衰老，还可以降低血压，延年益寿。有一位专家说，人类用了 100 万年学会了用两条腿走路，现在人体构造就是为直立走路而“设计”的，走路是最好的运动。真是“奇迹”出现，我只开始散了几天步，马上气喘消失了,可见其功效之大。

六、年轻力壮时,千万不可长期吃大苦,或者长期透支自己的体力。年轻时不注意身体,透支了体力,到了老年,没有不发病的。年轻时长期住在潮湿的房屋里,中老年时会生风湿性心脏病;女青年生理期不休息,会生妇科病。

七、要防微杜渐,不可忽略“小事”。例如,不可长时间坐在椅子上不活动,那样会形成脑血栓,危险很大。洲际飞行时,在飞机上一坐十几小时,应该每隔几个钟头,离开座位走一下,以免形成血栓。脑力劳动者不要整天坐着写东西,因为长期低头或弯腰会造成脊椎增生、腰椎增生或腰椎间盘突出,老年时发病,悔之晚矣。1964—1965 年我在北京学习一年,住在一座大楼五层楼的单人房里。那房子位于大楼最边上,中央空调系统“鞭长莫及”,冬天,房里气温低,我当时天天伏案看书和写作,根本没想到应该活动活动,结果,生了“凉腿病”。所以,“防微杜渐”很重要。

八、多吃蔬菜和水果,多吃鸡鸭鱼,少吃猪肉,少喝酒,不抽烟。不知何故,我从小不喜欢吃猪肉,青少年时曾有 12 年完全拒绝吃猪肉,对吃猪油更是极端厌恶。这个说不出原因的“怪”习惯,不料,竟产生了极为良好的效果。到了青年时,我发现我的血压较低,一连几十年,都是 66—110,心跳也慢,每分钟 56 次。长期低血压,到了老年血压稍增,就刚好是 75—135,正合适!我对自己的心跳慢有个看法,即:每人一辈子的心跳的总次数大体固定,好比上帝发给你一本“粮票”,用完了就没有了,就到了生命的尽头。我的心跳慢,正好像我用“粮票”节省,就会长寿。我这个“谬论”不知医生是否会认可,但我觉得很有道理。不吸烟非常重要,吸烟会生肺癌。烈性酒危害极大,长期大量喝高度烈性酒,很容易得肝硬化和肝病故。昨天还有一位友人生癌症逝世,年仅 39 岁。

以上拉杂写了这么多,鸡零狗碎的,不能登大雅之堂。祝君
健康长寿,幸福无疆!

祥麟

2002 年 7 月 14 日

13. 关于《20年一觉纽约梦》

葆珍：

您7月14日的大札我因诸事纷繁，一直没有正式回信，甚以为歉。现在专门回复一下您那封信。

首先我以极大感动和敬佩之情看待您这几年工作的巨大热情与成绩。您“健步如飞”，出版了长达35万文字的自传体长篇小说后，马不停蹄，人不下鞍，立即投入《20年一觉纽约梦》的写作，现在已经完成。然后又计划下一部作品（《印尼公主招驸马》），此种精神，很了不起。但是，您毕竟年事已高，应当注意劳逸结合，千万不要过度劳累。

《20年一觉纽约梦》的纲目我已经看过，感到内容不错，自己写自己，应该是得心应手，左右逢源。要等看了具体作品，才能作更进一步评论。

《20年一觉纽约梦》一书稿，在北京出书如有困难，可以寄给我，我在广西试试看。好在您业已有了《情感沧桑》的良好成绩，为以后出书打下了良好的基础。

前不久，我写了一篇关于莎士比亚剧本改编为中国歌剧（主要指京剧和地方戏）的文章，准备9月份去河南大学开“莎士比亚在中国”国际学术讨论会上宣读之用，现随此信把该文也寄一份给您，请提意见。

此信匆匆写成，余再谈。顺颂

撰安！

祥麟

2002年8月22日

14. 河南之行

敬致诸亲好友：

久疏笺候，罪过罪过。之所以如此怠慢各位至亲良朋，全因为我与内子前些日子赴河南作逍遥游。先经郑州去开封开会，又返回我的故乡博爱县，此外，还在郑州亲戚家居住，拜访亲友，忙得不亦乐乎，无时间写信，直至今日。真是“洞中方七日，世上已千年”，太对不起大家了。不周之处，诸希鉴谅。

一、开封盛会

河南大学9月18日举行90周年校庆，其外语学院借此机会组织了一次“莎士比亚国际学术讨论会”，我应邀前往参加。会议开得非常好，海内外莎学界专家学者欢聚一堂，短短数日，大家已成为亲密朋友。河大外语学院实力很强，学生除本科和硕士班外，还有博士生多名。刘炳善教授以七旬高龄，单枪匹马（他夫人协助作了一些技术性工作），穷八年之功，完成了编纂国家“九五”重点图书《英汉双解莎士比亚大词典》的浩大工程。全书凡550万字，包括莎士比亚所有作品中一切需要注解的古旧词语、外国词语、典故、方言、特殊人名、地名和莎士比亚时代的特殊单词与成语的中英文释义，应有尽有，弥不具备。我在会内外再三赞扬曰：“此书的英文名称可以叫作 The Dictionary，与18世纪时的约翰逊（Dr. Samuel Johnson）博士的《词典》媲美！”惹得众人欢笑，乐不可支。此外，河大外语学院的博士生也给我以深刻印象，他们水平不错。广西师大硕士生周建新在河大读博士学位，会上宣读了自己的论文，很有见地。还有几位女博士生，英文和文学造诣都较高。有些英语讲得十分流畅地道。外语学院同学用英语为我们演了几出戏，英语说得都很好，表演也颇精彩。

这次会议我国学者有一个共同感觉，认为总的来说，国外学者（包括美籍华人）以及台湾大学的学者莎学水平都比我国大陆学者为高，原因是他们掌握的资料多，发言旁征博引，左右逢源，而我们国内的学者，由于学校经费短缺，买不起外国图书，不了解国外莎学发展近况，知识老化现象严重，水平比人家就差。可见即使发展文化，也必须有经济基础才行。

开封是我童年时代旧游之处，我在开封小学毕业，因此，此次故地重游，非常亲切。开封为七朝的古都，古代人文景观异常丰富。龙亭和铁塔我近年去过多次，这次又第一次参观了新建的“清明上河园”。此园为参照北宋张择端的名画(清明上河图),占地500多亩,集中再现了当年的街道和风景。园内街市、河流(汴梁河)、商店悉仿宋朝风格,人物均着北宋服装。我登上虹桥,俯视汴河美丽风光,还有当年的鸿福寺、古画舫、韵古轩,仿佛回到了一千年前的古都东京,思古之幽情,油然而生。此外,我还像一只小船,游弋在自己儿时常去的书店街、马道街、相国寺一带,找到了自己当年不少留在那里的身影。

开封会议还有“一绝”:一般学术会议参加者都是教师、学者,这次莎士比亚国际学术讨论会的正式代表中,竟有一位政府机构人员,而且此人来自广西。他是北海市人民政府下属某机关的办公室主任,莎士比亚爱好者。国内凡有莎学集会,他必参加,而且他还出版了一部莎士比亚研究和欣赏的著作,《人民日报》曾专门为文报道他。自然,我与他一见面就成了朋友,因为大家都来自广西。

二、博爱县的故事

博爱县除了是我的故乡以外,还有我的好友原县政协的孙主席,不可不去。孙兄为人忠厚正直、飘逸潇洒、出语不凡,饶有风趣。他说的一口故乡方言,像唱歌一样动听悦耳,尽管土音很重,却令人百听不厌,百闻不烦,甚至在他用口头禅“骂人”时,却叫人感到非常亲切可爱。

此次返乡,我明确提出要去他府上“朝山进香”,礼拜一番。他家在一个和河南省会名称完全相同的村庄里,一进大门,便看见他在院子里亲自栽培的瓜果、蔬菜和花木。房子不算很大,却高巍无比。客厅里悬挂一幅诸葛亮训子名言:“淡泊明志,宁静致远”,这生动鲜活而且极为准确说明他的志向。他对我说,自从他退了下来后,就在此种菜休养,每日练剑,自己做饭,自得其乐(孙大嫂因要照顾孙子上学,暂时在县城住)。这种生活,“羲皇上人”式的朴素生活,使人不但羡慕,而且神往。使我想起了美国19世纪著名散文家、诗人和思想家梭罗(Henry David Thoreau),几年前我曾经去过梭罗的故居,深感孙兄今天的生活与梭罗的同样质朴无华,也同样逸趣盎然。

我们还去了博爱县的一些名胜古迹,如日月山寺和青天河水库。我们乘游艇航行在青天河中,两岸为万仞高山(太行山),河流穿行其间。走过了名副其实的“小三峡”,但见水鸭成群,嬉戏于河上,水库清洁明净,一片碧绿,清风徐来,水波荡漾。

水库之后,我们登岸步行,沉醉于大自然的一派良辰美景之中。步行久了,有倦意,乃乘骡车。旋过羊肠小桥,桥极为窄狭,几乎和我们的骡车同样宽,又无栏杆,我真担心车子只要歪一点点,则“一失足成千古恨”,我们都得坠入河中,必然受伤,不禁惊呼起来。车主人说,不要怕,我这骡子,极通人性,它一看路窄,就会主动慢慢拉车,小心谨慎,来保护客人。我问他是哪村庄的,他说:“俺是卢桥人。”我说:“那么你一定姓刘。”他大为惊异，何以如此料事如神。我说，我是博爱县人，从小知道卢桥村的人全姓刘。这样，我与他顷刻成了“老乡”，双方距离缩短为零。我看他这匹骡子实在太漂亮了，不仅“牛高马大”，非常健壮，而且浑身上下，棕色的毛到处闪光，像个“运动员”，甚至还有“曲线美”。我便问他：“你这匹骡子为啥这样漂亮？谁是它妈，谁是它爹？”车主说：“骡子是一匹公驴和母马一同生的，非常优秀。一般骡子卖1000元一头，这一匹却卖到2500元。虽说价钱贵多了，却值得。一般骡子不好好劳动，还经常踢人，这一匹老老实实，干活极好，通人性。”他还说：“有一次我从王屋山（在山西）赶车回来，自己太累了，就躺在车上睡觉，完全不管骡子，它从王屋山走回来200多里路，路过多少村子，都不停留，只有到了卢桥村，它才把车子一直拉到家门口。”听了他的话，我感慨良多，一时深感这匹骡子真正可爱，劳动态度极好；二是自己大梦初醒，突然间省悟到古人说的老马识途原来并非仅仅是一种比喻，而是千真万确的事实。

三、郑州与南宁

郑州与南宁相同，都是省会所在地，又都缺少浓厚的历史文化景物，可看之处不多。但对于我来说，郑州与南宁又都非常亲切。南宁是我工作、居住并养老之地，与我息息相关；郑州则有我的好几位至亲好友，永难相忘。先妣共有堂姐妹十人（连她自己），如今多已凋零，只剩下两人。其中我的九姨住在郑州，我们夫妇前往拜访，蒙她老人家赐饭，与她一同共话别情，其乐陶陶。我还另有一表妹和她的爱女，都在郑州。我此次在郑，即住在她们家中。表妹和我，一向亲如同胞，她母女二人，对我做了第一流的款待，好像接待王子一般，规模盛大，无微不至。刚到郑州那天，她们就请我们夫妇俩去全河南省最佳饭店晚宴，除吃饭外，还有四位中青年女提琴手为客人演奏古典名曲。其中大提琴、中提琴手各一人，小提琴手二人，四重奏乐声悠扬，给我以梦幻感，真是“此曲只应天上有，人间哪得有几回”。

返邕以后，我又陷入忙碌之中。只是时运不济，电脑更新换代，换了硬件和软件，不幸被病毒侵入，把我的许多文件一扫而光。损失最大的一个文件，是我几个月前编辑的自己的文集，20万字顷刻化为乌有。我对制造病毒者十分不解。有的人做事损人利己，还可以说是为了他自己的切身利益，干了坏事，可是制造病毒，损人不利己，对他本人也毫无好处，他为何如此混蛋？

纸已尽，我不久将赴无锡和桂林，此信就此强行刹车。祝

好！

祥麟

2002年10月8日

15. 云游四海

敬致诸亲好友：

您好！鄙人上次河南之行以后，再次云游四海，先去无锡和常州，然后又去桂林。现将有关情况缕述如下：

一、无锡之旅

10 月 2 日，我与内子一同乘南宁至无锡之直达火车前往无锡参加原“江西省立教育学院”校友无锡联欢会，我与这所学校毫无任何关系，只因内子新中国成立前在该校读书而且还被国民党反动派关入监狱，与她结婚后，我便成了这个校友会的“家属”，这次是以“家属”名义参加盛会的。鄙人一向颇为知趣，深知“家属”就是随属人员，在会上应该保持低姿态，不抛头露面，不大声喧哗，循规蹈矩，做个不显眼的“旁听生”。谁知事实大谬不然，校友会衮衮诸公，对我非常重视，不但经常向我嘘寒问暖，关怀备至，而且在大会上还特别邀我讲话。会议开得非常成功，充满祥和之气，直至圆满结束。

我一向认为江南为我国鱼米之乡，百业兴旺，文化发达，人文积淀雄厚，真可谓“物华天宝，人杰地灵”。此次在无锡，又进一步加深了这一认识。听友人说，全国上缴税款最多者为江苏省，而江苏缴税款最多者为无锡。

别的不谈，仅以饮食文化一项而言，无锡和江南其他地方在全国也是第一流的。我们到无锡一下火车，民进无锡市委会的同志就请我们去品尝无锡小吃。“三兴记”是一家著名的老字号饭馆，它的馄饨、蟹黄包子味道鲜美，精彩绝伦，其小笼包子尤其与众不同，是用吸管来吸吮的。由于包子里汤水极多，其味又极美，为了不使汤水损失，当地人乃用一只细小吸管先把水吸干，然后才吃肉。我还去过一家小不点的饭馆，要了一碗最廉价的阳春面，此面纯素，每碗仅一元二角人民币，却做得味美异常。

无锡一向以产面筋和泥人著称于世，我这次特地去买了许多泥人，其中一对大的泥娃娃，一个男孩，一个女孩，生动逼真，憨态可掬，非常可爱。另外一对老年夫妇泥人，都是年逾古稀，满头白雪，每人戴了自己的老花眼镜，老太太抱了只小狗，老头子还留了八字胡须，二人各自坐了一把摇椅，怡然自得，全然一副无所事事、安享晚年的样子。看着二人如此悠闲潇洒、怡然自得的模样，着实令人喜爱，遂买回家去，与我做伴。

抵达无锡那天午饭时，在餐桌见到两位来自常州的校友，我忽然想起自己 50 多年前与我同在美国艾莫黎大学(Emory University)生活的一对友人杨医生夫妇,他们是常州人,回国后应在常州工作,多年来我一直想念他们,不知他们的情况。但因不知道二人的单位和通讯处,乃始终不通音信。于是,我试问这两位校友:"常州我有个老朋友杨堃医生,你们知道他吗?"真没想到,那位男校友立刻回答说:"当然知道,他长期是常州市第一人民医院院长,著名外科医生,胸腔手术非常高明,无人不知。"我问杨医生现在怎样。回答是:"他于1995年病故了。""那么他爱人呢?""他爱人还健在。"我听了既难过又高兴。难过的是当年好友杨医生不幸逝世,我与他再无法相见,高兴的是杨太太还在,我当立即去看她,与她重叙旧谊。

我在午饭后立即偕内子出发,直奔常州。到了常州第一人民医院,随便抓住一个医生询问,他说,杨院长夫人家在何处自己也不知道,可是不要紧,他们的公子杨伟伦此刻正在楼上外科门诊部值班,马上可以找到他。我上楼一问,果然就是杨医生的儿子,与他爸爸非常相像,只是儿子比当年的父亲老多了。1949年我与杨医生分手时他才三十七八岁,现在他儿子已60多岁,焉能看起来不老?小杨医生听说我们是他父母当年的好友,喜形于色,他略事处理了自己的工作后,马上带我去他妈妈住处。我与杨太太相见,双方都极为高兴,她看到我从几千里以外跑来看她,十分感动和感谢。我们畅谈别后,欢乐逾恒。她说她虚岁90,但是在我看来,她童颜黑发,面色红润,最多也只像70岁的人。她说她丈夫杨医师是"江苏第一刀",其心脏手术之精妙,在全江苏首屈一指。又说:"老杨当年在美国艾莫黎大学医院时,生活多苦呀!作为实习医生,除伙食免费外,每月只有20美元的生活费,他的Supervisor(主管)对他要求严极了,一年里面,他一共解剖了300具尸首,苦不堪言。"我说:"正是因为他解剖了这么多尸首,才使他练出了技术过硬的本领,后来成了江苏第一刀。"我问她在我国找尸首解剖那么困难,为什么美国能有那么多尸首可以解剖呢?她回答说:"医院有规定,病人死了,个个都必须解剖。"总之,我们天南地北,无所不谈,无比愉快地重温了旧谊。当天晚上,他们母子又在附近一家像花园一样美丽的饭馆宴请了我们夫妇。她的公子特别热情,专门骑自行车去火车站为我们购买了返回无锡的车票,还亲自送我们去车站。

二、在桂林

10月18日,我们乘火车到桂林,参加广西师范大学70周年校庆纪念盛典。此次校庆,规模宏大,海内外校友纷纷前来参加,据说连在校师生职工在内,总共有两万多人。全校包括体育场在内没有一个场所可以容纳这么多人,于是,学校号召老师们尽量在家看现场直播的闭路电视。我们忝属"贵宾",被邀请在主席台上参加典礼。典礼盛大隆重而热烈,除了校领导、教育部领导、自治区领导和各方面代表人物讲话外,还举行了一系列报告会、座谈会。此外,体育场有各种大型文体表演,一两千身穿运动服的男女青年做大型体操和跳腰鼓舞，彩旗缤纷、腰鼓喧天、队伍壮观、气氛热烈。学校成立迄今，70年来，共培养学生10万人，为祖国教育事业做出了重大贡献。

顺便谈谈桂林市的建设。桂林为我国历史文化名城，其风景优美、山水甲天下早已闻名于世。但是，由于多种原因（例如广西省会于新中国成立初期自桂林迁往南宁等），桂林市建设严重滞后，有人把它比作“穿了破烂衣服的美女”。三年多以前，当时的市长李金早胸怀大志，锐意革新，采取断然措施，对全城进行彻底改造。主要马路拓宽，大部分街道房屋重建，整个城市旧貌换新颜，目前已成为全国第一流的漂亮城市。

位于城中心改造后的步行街正阳路宽阔明朗，建筑新颖别致，引人入胜，比之美国波士顿那条素负盛名的市场步行街有过之而无不及。与此同时，市内还兴建了“两江四湖水系”，把位于市中心的四个湖泊（杉湖、榕湖、桂湖、木龙湖）沟通，并于漓江和小东江连接起来。过去，我看过苏州城内的小河，也看过南京的秦淮河、荷兰的阿姆斯特丹市的诸多运河，它们虽然都很美丽，然而，都不及桂林的四湖水系。

10月19日晚，我们乘艇游览这条人工河流，由杉湖出发向西，杉湖内新建了两座耸入云天的日月宝塔。日塔全部由黄铜所建，月塔似为铝质，二塔一个金光闪闪，一个银光灿灿，灯火通明，照得我们心花怒放。进入榕湖后，岸上景物更多，直游得我们神晕目眩，恍如梦中。不久，听说我们已经先后到了广西师大附中后门口和叠彩山旁，我与内子都绝对不敢相信。因为平日在陆上行走，由杉湖到叠彩山，弯弯曲曲，不知要走多远的路，如今换了水道，如何转瞬即到，岂非太神奇乎？更有趣者，为游艇到了木龙湖后，即将进入漓江，而木龙湖的水位比漓江的高3米，这3米落差，将如何处置？游艇旋进入一个闸门，闸门下有一个“水箱”，把整艘游艇托起，“水箱”像电梯那样下降了3米，直至闸门内的水位与外面的漓江水位同样高时，管理人员按了电钮，前面闸门打开，游艇顺利开入漓江。接着，我们航行于漓江之上，饱览两岸风光，穿解放桥，至环球大酒店码头上岸。此时，我们愈加体会到，今日桂林再也不是当年“穿了破烂衣服的美女”，而是一位亭亭玉立、装束入时、婀娜多姿、风光无限的国色天香少女。难怪许多离开桂林多年的“老桂林”，乍一返回桂林，惊喜交集，业已压根儿不认识她了。

近来，我的活动特别频繁，去开封和郑州之后，又去了无锡、常州和桂林，后天（28日）将去北京参加母校西南联大65周年校庆集会。当年联大我的学长如今都是80岁以上的老人，难得再见几次。有此机会重新欢聚一堂，十分难能可贵。我大约11月4日可以回到南宁。顺颂

大安！

祥麟

2002年10月26日

*16. 西南联大 65 周年

敬致诸亲好友：

千秋耻，终当雪，
中兴业，须人杰，
便一成三户，
壮怀难折。
——西南联大校歌

上面我引用了西南联大校歌中间几句，一边打字一边吟唱。60 多年前抗日战争时期，在昆明西南联大弦歌不辍的动人情景立刻浮现在脑海里。今年 11 月 1 日，是联大建校 65 周年纪念日。联大当年的三个组成部分北大、清华、南开三所大学共同在北京大学举行庆祝大会，我赶往参加，现将有关情况缕述如下。

一、参观校史展览

北京的冬天，天朗气清，一片晴明。11 月 1 日晨，我与当年许多老同学一同由车公庄旅邸乘车到北大去，见到许多故旧学长，兴奋不已。不久，我们即去北京大学校史展览馆参观。北大历史悠久，展览馆内容极为丰富，我无法全看，乃重点参观其中西南联大部分。联大的校训是“刚毅坚卓”，这短短四个字，确实恰如其分地概括了西南联大广大师生在大后方，面对敌寇侵略、物质生活极度困难的情况下坚贞不屈、教师专心教书育人和学生拼命学习的顽强战斗精神。展览馆展出西南联大当年用土坯筑成的图书馆巨幅照片，唤起了我当年在图书馆门口等候“抢书”（参考书不够，学生早在开馆前排队，等一开馆，立即飞奔至柜台借书，晚上阅读，还可以带回宿舍与同学轮流看，直至天亮）和在馆内端坐、聚精会神读书的情景。回忆当年，恍若隔世。我还看见重庆新中国成立前夕在渣滓洞集中营壮烈牺牲的西南联大三烈士的照片，不禁肃然起敬。馆内还展出了闻一多先生于 1944 年致友人的一封信，内有：“弟之经济更不堪问，两年前，时在断炊之威胁中度日，乃开始在中学兼课，犹复不敷。经友人怂恿，乃挂牌刻图章以资弥补。最近三分之二收入端赖此道。”读了这封信，我百感交集，不禁黯然神伤良久。

还有，朱自清这位鼎鼎有名的文学家和学者，由于经济困难，买了一身云南马帮的粗质白毡斗篷，白天当衣服穿，晚上铺在床上当被褥用。对我来说，朱先生的斗篷当时我不理解，想不出为什么这一位闻名天下的大作家，却如此"浪漫"和"古怪"，竟然穿起"奇装异服，招摇过市"。我哪里想到这里面有这样大的辛酸，饱含了斑斑血泪！

那么，学生又如何呢？由于通货膨胀，物价飞涨，学生每天只能吃两餐，吃的是"八宝饭"，即霉大米，掺以沙土、老鼠屎、稗子等（这是因为国民党政府人员贪污，故意在米里掺上各种杂质）。菜是"无缝钢管"（即蕹菜）和发臭的豆腐。教室和寝室都是用土坯筑墙，屋顶覆以茅草。窗户则是纸糊的，难以挡风雨，真叫作"八月秋高风怒号，卷我屋上三重茅"，杜甫《茅庐为秋风所破歌》一诗中描绘的图景，我们有深刻的体会。再如，昆明经常遭受敌机轰炸，1941 年 5 月，敌机轰炸了西南联大，校总办公处屋顶被掀去一半，一根巨椽落下，直插入常委（西南联大由北大、清华、南开三个校长任常委，行使校长职权）蒋梦麟之办公桌中。

然而，不可思议的是，正是在这难以想象的艰苦中，西南联大的人才辈出。理科为后来培养出的杨振宁、李正道两位诺贝尔物理得奖者，和我国"两弹一星之父"邓稼先以及朱光亚；文科出了以后被称为"九叶派"9 位诗人中的 5 人。解放初期，联大教师共有学部委员及院士 76 人；本科学生及研究生在科学院任院士者 75 人，任工程院士者 10 人；另外，师生中还有外籍院士 4 人。真是成绩辉煌，令人赞叹。

西南联大最初是于 1937 年卢沟桥事变后，由北大、清华、南开三校在长沙合建的"长沙临时大学"，一学期后，学校迁往昆明，改称国立西南联合大学。抗日战争胜利后，三校分别迁回平津，西南联大乃于 1946 年 5 月 4 日正式结束。在世界各国办学史上，这一所仅仅存在八年多的大学，创造了如此辉煌业绩，举世瞩目。国外有学者专门研究西南联大校史，这门学问被称为"西南联大"，联大办学成就之伟大，于此可见。

二、校庆纪念大会

当天下午三时，在北大"英才国际交流中心"举行盛大的纪念会，大厅里座无虚席，一派喜庆气氛。主席台上有西南联大时期的老教授马大猷（1915—）、芮林（1908—），有西南联大学生现任国家领导人的朱光亚、王汉斌等人，还有联大校友、美国麻省理工学院终身教授林家翘，另外还有教育部副部长周济以及现在北大、清华、南开三校和云南师范大学领导人，以及西南联大校友会会长梅贻琦先生（西南联大常委、清华大学老校长）的大公子梅祖彦。

教育部副部长周济首先讲话，他说，在抗日战争和抗战胜利以后一共 8 年多的时间里,"联大师生始终高举爱国主义的伟大旗帜,艰苦奋斗、自强不息,为新中国的革命和建设事业、为世界科学文化事业培养了众多人才,创造了20世纪中外教育史上的一个奇迹"。

接着,北大的一位领导代表三校讲话,说他对西南联大无比自豪,培养了一流人才,西南联大环境之恶劣和成绩之伟大,二者反差极大。现年87岁的老教授马大猷也即席讲话,十分动人。美国林家翘教授的讲话使我十分感动,他说他在西南联大与马大猷在任之恭先生下面工作,同时工作的还有周培源和王竹溪。他自称后来未能参加新中国的建设事业"是个逃兵"。他一直在美国麻省理工学院任教,后来,他由美国回国访问,听钱伟长对自己谈了建国初期大家之艰苦情况,感慨良多。他说,现在清华大学的理科不如北大,希望北京大学帮助清华办好理科。最后三校学生代表讲话,他说,西南联大已经成为历史丰碑,载入了中华史册。

下面是文艺表演,总题叫作"西南联大赞歌",共有序曲和九个乐章:

第一章,万里长征;第二章,救亡歌声;第三章,艰苦岁月;第四章,民主堡垒;第五章,反对内战;第六章,告别云南;第七章,最后一次演讲;第八章,辉煌业绩;第九章,重整河山待后生。

这次的文艺表演,可谓精心设计、准备,表演认真,使得全场人人满意、个个赞赏。节目由原西南联大剧艺社、"高声唱"歌咏队(全部为老头子、老太婆)集体创作,北大艺术系研究生任导演、舞台监督、舞台设计,北京老同学合唱团及北大、清华、南开三校师生文艺团体联合演出。电视主持人陈铎、电影演员朱琳、男高音歌唱家王秉锐友情演出。除了令人百听不厌的西南联大校歌外,我们还听了当年大家非常熟悉的《八百壮士》、《毕业歌》、《嘉陵江上》等著名抗战歌曲,还有母校同学当年民主运动和反内战运动中高唱的《民主是哪样》、《茶馆小调》(描写联大同学坐茶馆情景并且讽刺国民党反动统治者)、《我们反对这个》(反内战歌曲)、《送葬歌》(哀悼一二·一运动牺牲的四烈士歌)。《最后一次演讲》由一位青年学生化装成闻一多先生,他满腔悲愤地再现了闻先生临牺牲前所做的那次著名演说。总之,文艺表演使我们回顾了西南联大八年多的辉煌历史,表演出色,动人心弦。

西南联大前后共有学生8000人,毕业3800人,后来都成了国之干城,和各行各业的中坚。这使我想起了另一位联大常委梅贻琦先生的名言:"所谓大学者,非谓有大楼之谓也,乃大师之谓也。"我还想起了西南联大另外一位常委蒋梦麟先生的话,他早在1929年担任北大校长时,就提出了办学的16字方针:"教授治学,学生求学,职员治事,校长治校",这几句看起来好像是一般的"大实话",却是我们走了多少弯路后,才终于认识的至理名言。

西南联大精神万古长青！

三、沿途花絮

我这次赴京开会，在京见了许多西南联大的校友。不论是新交或故知，互相间都非常亲热。在北京时，我曾拜访师母林先生，她是先师赵诏熊先生的夫人，过去我每次进京，都要拜见恩师夫妇，后来，赵先生不幸病故，我仍坚持每次上京都去探望师母。师母见到我时，欢娱逾恒，立刻吩咐我打电话给沈师光学长，邀请她和她的丈夫（二人都是西南联大同学）也来聚会。于是，我们师徒四人欢聚一堂，师母中午赏饭，菜肴美味可口，谈话四座生风，大家一同度过幸福时光。

秦光荣老兄也值得一提。他是我1940—1941年在四川西南联大分校的挚友，也是我在联大"布谷文艺社"的战友（"布谷文艺社"是西南联大的一个进步文艺团体，直到改革开放以后，我才知道它是由西南联大地下党直接领导成立和开展工作的），青年时候，他品学兼优、卓异超群，新诗散文都写得漂亮。新中国成立后在《人民中国》杂志社工作，潜心研究李白和杜甫，有专著出版。我们海阔天高，无所不谈。告别他时，我与他握手再见，谁知他说不行，"得互相拥抱"。我真没想到，光荣兄那样热情过人，我们都拿出吃奶的力气紧紧拥抱着，我感到这是我一辈子最热烈的一次拥抱。一股暖流，流遍我全身，深感此种真情挚谊，诚足珍贵。

我参加的西南联大44级同学会是联大所有同学会中最活跃的一个。领导人许冀闽大姐和何宇老弟热心公益事业，领导能力特强，有大将风度。何宇是我们全年级同学中之最幼者，入学时才15岁。由于他年龄太小，只身去叙永分校他妈妈不放心，乃干脆陪他同去，甚至还租了一间房"伴读"。他聪慧过人，据说在初中毕业后，高中一天也没读，便考取了西南联大的"先修班"，以后直升联大地质系本科。在校时他每次考试都是名列前茅，毕业后终于在中国地质学院任教，成为该校的名教授。11月2日，我们44级同学在北京大"勺园"聚会时，我开玩笑问他："听说您上大学是穿了开裆裤去的？"他含笑不语。后来，我才知道他双耳失聪，无法听到我的话。

若论个人在学术成就之大，许渊冲兄可谓首屈一指，他的中、英、法三种文字造诣均很高，特别工于翻译诗歌，是我国现代唯一可以用中、英、法文互译诗歌的人。他被台湾学术界公认为翻译界"大师级"人物。他翻译诗歌有两大特点：一为押韵，使得译出的诗易读易记，朗朗上口，诗意特浓；二为强调在忠于原文基础上掌握原文精髓，进行意译，鬼斧神工，使译文意味无穷，妙不可言。北大近年来授予8位教授为对北大杰出贡献者，第一名是季羡林，第二名是黄昆，渊冲兄居其中焉。校庆那天，我午饭后没有地方休息，灵机一动，想到何不去渊冲家沙发上躺躺，乃欣然前往。渊冲兄嫂为我放映了中央电视台的“中华之子”录像,专题报道渊冲兄的巨大成就。之后,我在他家一张小床上睡了个又香又甜的美美午觉,然后与他一同去开大会。

最后,我在归途火车上遇见一位“奇女子”,此处不可不谈。返邕途中,火车至一大站,我的软卧房里进来一位年轻的女客,一见我她便堆了满脸笑容,主动招呼我。与她一谈,才知道她年仅23岁,在国内某著名大学为行政人员,笃信佛教,曾向某法师要求出家。法师说:“你尘缘未了,六根未净,可暂缓出家。”没有剃度她。还对她说:“菩提树下无菩提,心如明镜心中坐。”她为人正直善良,认为一个人应该以孝为先,服膺于忠、义和爱。她从来不去酒吧,不泡酒吧,不去卡拉OK,不与年轻人一同“疯”。她每月工资2000元,月月都给希望小学1500元,剩下的500元给妈妈,自己用钱时,问妈妈要,但每月自用从来不超过200元。我非常钦佩她的这种牺牲自己奉献社会的精神,她下车时,我们互相珍重告别。

纸已尽,余下次谈。祝

好!

祥麟

2002年11月12日

*17. 妙哉,地下旅馆!

敬致诸亲好友:

首先得声明,这地下旅馆的“地下”二字,指的是在地面以下,不是指“地下工作”之“地下”,更与“黑旅馆”“非法旅馆无关”。这些年来,我漂流五湖四海,住过好几个地下旅馆,印象均为之极佳。近日闲来无事,乃决定写一封谈地下旅馆之信,与君交流经验。地下旅馆有些共同特点,颇值得称道。除了均在地面之下外,房租皆比较低廉,而且都十分幽静,幽静得像古井、大漠一样,简直万籁俱寂,了无声息,与喧嚣的尘世完全隔绝,成了真正的“世外桃源”。

一

我曾经住过好几个地下旅馆,这里只谈两个。一个是在太平洋的旅游胜地,即夏威夷群岛的首府火奴鲁鲁。1998年夏,我由智利经美国回国,当天晚上抵达檀香山,需要在彼停留一夜,次日一早飞东京和上海。这一晚住何处,成了问题。进城太远,也不方便,机场附近并不好找,而且晚上 9 点多,我东西南北中方向不辨,连如何走出机场都不知道,真使我作难。后来灵机一动,心想何不去找联合航空公司问问,乃立即找机场大楼里航空公司的柜台。值班小姐对我说:“机场里面就有一个微型旅馆(Mini Hotel),条件不怎么好,但可以住。”我大喜过望,便推了自己的行李小车前往。不知走了多少冤枉路,终于找到了它。

旅馆筑在地面之下,确实很小,称“微型”二字,当之无愧。管事者只有一位老太太,她先让我缴纳大约 40 美元的房租费,然后带我到房间。

居然是单人卧室,房间极小,一进门就是床,床边有一尺宽的羊肠小道,可通里面的卫生间。床上卧具极为干净,洁白若新。卫生间里一切设备应有尽有,一样不缺。热水 24 小时供应,我很满意。

忽然,看见墙上贴有一张告白。内容很不平常,文字生动幽默,令人解颐。文曰:

> No! It's not an earthquake! The “shuttle bus” road overhead……
>
> When they hook on lots of cars the vibration can be felt in your room……Sorry! But we cannot do anything about it.

上述告白的中文意思是:

> 不对!这不是地震!载客登机的班车马路就在头顶。当列车挂了很多车厢时,您在房里便会感到震动。对不起呀!可是我们对此毫无办法。

读了这个幽默的告白,我不禁哑然失笑。果然,不久之后,远方有雷鸣之声,由远而近在我头上地面响起来,声音绝对没有告白上写的那样可怕。再说,本人自幼适应环境很强,青年时坐海轮在太平洋里乘长风破万里波涛。遇见九级大浪,轮船一下被推上浪峰,一下又沉入波底,最可怕的是船头船尾轮流“磕头如捣蒜”。全船旅客皆昏天黑地大口呕吐,我与平时一样顽健安适,除有一点心悸害怕轮船出事自己小命难保以外,其余一切如常。再如航空,我乘洲际航行飞机遨游世界,飞行十余小时到达目的地,自己身上的生物钟马上可以调整为当地时间,继续蹦跳,有如“生猛龙虾”,绝无“时差病”(Jet lag)困扰。空中大风和海上巨浪都经过了,如今区区这点地面上的轰隆之声,又何足道哉!

那天夜里,我洗澡、看书如同往日,至午夜乃倒在床上就睡,度过了一个自得其乐、非常愉快的夜晚。次日,一早起床漱洗完毕,推了手推车离开。“微型旅馆”门口竟无人值班,但却有一个纸盒,上写“自动丢小费箱”,本人既有善心,又有觉悟,遂付了两美元小费，高唱陶渊明“归去来兮”之歌，意气昂扬地走向候机大楼。

二

还有一个地下旅馆，更有意思。1990年我去上海，在一位交通大学的友人家谈天过久，出来后找不到旅馆，惶急之中“慌不择路”，随便找一间小不点的旅馆。这旅馆的店名甚怪，叫作“上海市徐汇区人防招待所培青分所”。看了这一连串朦胧诗式的名词，我知道这招待所必然很小，更不可能有星级宾馆之豪华设备。

一进门更怪，整个“招待所”好像只有小小一间房子，一个小青年坐在一张单桌后面，此之谓“总服务台”也。客人住哪里呢？我满腹狐疑问了这位“大堂经理”，他说：“由这里顺台阶一直往下走。”果不其然，只见一转弯就有一溜向下走之楼梯，底下别有洞天。原来这里是当年号召全民“深挖洞，广积粮，不称霸”时上海人民修建的深藏于地下的防空洞。改革开放以后，为了“废物利用”和解决一些待业青年的就业问题，乃在此地开办了招待所。“培青”者，培育青年也。

我住的房间还相当漂亮，被褥干净、桌椅齐全，甚至还有地毯和彩电。“墙壁”就是大地，要多厚就有多厚，比陕北窑洞的墙壁还厚。没有窗户，照明悉为电灯，不分日夜，房间里外灯火通明，与白昼无异。若说不足之处，只有一点：就是南方潮湿，这里无吸潮设备，房里略有霉气。但是好处却说不完：其一，不仅“明墙净几”（当然不是成语里的“明窗净几”），而且灯光极亮；其二，地下室冬暖夏凉，胜似人间的空调机多矣；其三，地下充满浪漫主义气息，令人浮想联翩，神驰天外；其四，尤为难得者是地下特别清洁安宁，一尘不染，万籁俱寂，有古刹之幽雅，无尘世之喧嚣，声色货利难以诱惑，宾客亲戚无从打扰，此处有菩提达摩面壁十年之幽静，诚读书、写作之最佳场所也。于是，我的“烟丝逼泪行”（Inspiration，英语“灵感”之音译），若弥天大风，呼啸而至。敝人大笔一挥，当即写下《在“培青”地下招待所居住有感》打油诗一首：

怪哉此旅店，
营业地下面，
盛夏三伏夜。
凉快赛神仙。
五岭皆炎热，
此处凉一片，
众人暑难耐，
为我独欢颜。

妙哉此旅邸，
美妙实难言，
虽有霉湿味，
但无酷暑煎。
神爽耳目新，
玉骨又冰心，
为学当钻研，
夜读正宜人。
驾扁舟一叶，
学海万里行，
立下凌云志，
珠峰可攀登。
吁嗟也斯室，
有恒温之舒宁，
无空调之嗡嗡，
蚊蚋绝迹，
灯火通明。
赞我缪斯，
助我文兴，
百忙中草此打油之诗，
颂此小不点招待所“培育”。

诗虽打油，不能登大雅之堂，却二三十行一挥而就。是时，余虚岁已年届古稀，老年气盛，豪情不减当年，而文思之敏捷，亦与弱冠时相仿佛。今日略有余暇，回顾前尘，心潮鼓荡，不能自已。旋翻出12年前之日记，重温旧梦，写成此文如上，满纸荒唐语，一派胡乱言。游戏文字，何能登大雅之堂；信口开河，安得不贻笑大方。如有悖谬不当之处，尚请诸位高朋良友，不吝指正，则敝人幸甚矣。顺颂
大安！

祥麟

2002年12月16日

18. 关于国际法学研究会

洁琼先生赐鉴：

在此 2003 年新年即将到来之际，仅向您致以节日祝贺，祝您新年快乐、幸福、健康、万事如意！

最近，漓江出版社出版了广西当代作家丛书一套，里面有拙作一卷，今为另函挂号寄上，向您汇报，并请指正。

我们的国际法学研究会，原定于 8 月份成立，旋因有关单位提出，希望等他们换届以后，挂靠的各研究会再成立。于是，我会的成立乃延迟下来，直至今日。此事完全出乎我们意料，只要研究会一经成立，我们当随时向您汇报。您对研究会的支持，同志们始终万分感动。我们一定努力工作，办好研究会，加强国际法研究，为社会做出更大的贡献。

请费心代为问候高秘书，尽管过去我与她只有几次工作接触，她却在我心里留下深刻的美好印象。谨祝

大安！

愚晚贺祥麟敬上

2002 年 12 月 23 日

2003年

1. 繁琐手续

葆珍：

来信收到，得悉您第二本书刚写好不久，便马不停蹄又开始写第三本。此种精神，令人感动之至。愿您第二部长篇小说迅速问世，第三部尽快写好。

接到您信后，我去了离我家最近之“中国工商银行南宁市民族路第二储蓄所”查询，他们说国外汇款一律在该行的国际部，我去国际部，终于查到您的汇款（我说过这买书钱您不用寄来），该行居然收到汇款后一个半月，根本不通知收款人。如此不负责任，诚属不可思议。后来，我请国际部把款转至民族路第二储蓄所，到了该所后，又遇到一些繁琐手续，要我更换新的存折。我抱怨说国外银行工作如何好，为每个存款人专门指定一个 Personal Banker（私人银行家）主动帮你解决任何困难，使人有“宾至如归”之感。不料该所一个女子竟说，那是美国，不是中国，中国有中国的国情。我反问她：难道你们不该改进工作，向人家学习吗？她说：“中国就是中国，美国银行职员几千美元一个月工资，我们才拿 500 元人民币。”我说：“你怎么可以替落后解释开脱，甚至以落后为荣呢？”总之，我与她是“聋子对话，各说各的”，没有共同语言。

您三月份回来，很好。到了春暖花开之时，我当倒屣去欢迎您。您若不想来南宁，我以为不用勉强，可直接去桂林，我在桂林与您相会。桂林不仅有我工作单位，有我的无数朋友，而且，我的工资在桂林领，每隔两三个月，我必须回去一次，去银行领取工资。因此，我去桂林见您，是“一举两得”，毫无困难。希望您回来之前预先通知我，以便我去桂林。

前不久，我在家里的废纸堆里，奇迹般发现了我托人在全国图书馆没有找到的我

的一篇旧文章,现将该文复印赠给您一份。我明天又去桂林开会,此信匆匆写成。余再谈。赵先生并全家请代为问候。即颂
安好!

祥麟

2003 年元旦

又:我前几个月已经为您买了些书,等您回来时再给您。这些书是送您的,无可争论。

2. 关怀

葆珍:

原先不知您有电子邮件信箱,今从令外甥女处得知您的电子邮件地址,乃临时打这封信给您。我于今年元旦日寄一航空信给您,料已收到。您决定何时归来,盼告知。前些时日我又给您买了一些书,其中有很精彩的,等您回来后交给您。我买的书都是我看过后认为有价值才又买给您的,绝对可靠,可以省去您选择书的时间。我们既是师生更是朋友,万勿客气和见外。祝
全家好!

祥麟

2003 年 1 月 14 日

*3. 新年即景

敬致诸亲好友——李汀、燕云两位小友：

光阴荏苒，岁月如流，转眼间2002年已成陈迹，2003年翩然来临。际此新年到来之时，我想对诸位高朋良友谈一些自己对新年的观感，名之曰“新年即景”，翻译成白话文，就是“当场绘张新年的风景画”。这个“风景画”我只画自己周围的小天地，向大家报告一下我的近况，质言之，即竹报平安也。

一

根据我自己的记录统计，去年一年我一共给各方亲友发出1318封信，另外还有贺年片大约170封，可谓多矣。收发信函及贺年片，给了我莫大乐趣，使我真正感受到了“海内存知己，天涯若比邻”和“但愿人长久，千里共婵娟”的幸福。这里原先想只专门谈谈我收到的贺年片，但因我的生日接近新年，我乃又想把生日卡与贺年片同时谈。我最近收到的贺卡最漂亮也最有意义者，为我女儿小岚寄来的生日卡。虽说上面的文字是现成的，然而它毕竟是经过了小岚的精心选择，内容非常精彩：

> Dad, I don't always tell you what a great model you've been or how your example helped shape the way I look at life....And I don't always tell you how your courage in tough times has been mystregth through the years.Even though I may not always say what I really feel inside...I want you to know how very proud I am to have a Dad as great as you. Happy Birthday!

中译大意如下：

> 爹：我不常对您说在帮助我形成自己对人生的看法上面，您起了多大的示范作用，对我有多大的影响。我也不常对您说您在逆境时的勇气多年来给了我以多大的力量。尽管我不常说我内心的真实感受，我想让您知道我对于有您这样一位了不起的爹爹，自己是如何的骄傲。祝您生日快乐！

女儿的过奖我愧不敢当，可是她对我的一片赤诚却使我感动。

同样使我感动的是我的两个孙子和一个外孙寄来的贺卡和礼物。两个孙子的贺卡特大,比大16开的杂志还要大一些,里面是他们二人各自用彩笔画出的两张画。大孙子丹沁画了一个蓝色的大海洋,隔开了我们祖孙二人,海洋的一边写了英语“中国”,“爷爷”(我)站在那里,另一边写了英语“智利”,丹沁自己站在那里,嘴里唱着“生日快乐”。小孙子的贺卡画了一片草地,我们祖孙二人站在草上,汴沁拿了一大包礼物送给爷爷。两幅画上都写了中文和英文的祝词。外孙一叶则除了给我寄来贺卡,还赠我以一本精美日记册,一支钢笔和一把裁纸刀。日记之页背三面悉为烫金,闪闪发光,里面每页都印有许多历史文化名人的逸事。

此次新年我收到的贺年片,共约100张,琳琅满目,美不胜收。其中制作最美丽者,厥为五年前我在火车上认识的一个当时才五岁的女孩邸乃苏之贺年片,封面画了个小熊双手举了一棵向日葵,对我微笑,里面则是八只小熊与一层又一层的葵花,还有点点繁星,银光四射。此外,这孩子还附了一封信给我,说她在班上当了副班长,并且说,“爷爷,您有时间一定要来(徐州)玩”,真情挚谊,十分感人。

最别致的贺年片,应为美籍华人电影女明星卢燕所寄的,上面有她的外孙女一对双胞胎的照片和另一张她本人的剧照,还有文字详细报告了她自己的近况:

> 2002年即将过去,对我来说,这是充满了宝贵历程与愉快旅行的一年。首先,我的女儿汉琪在今年的2月21日生了一对美丽的小公主,现在她们已11个月大了。Sabrina和Sophia爬得很快,而且已经试图学步。她们给我们带来最大的快乐。我在去年的新年祝福信上寄上了我在中国参与拍摄的电视连续剧《乾隆王朝》的剧照,现在电视剧已经完成了后期制作,并会在2003年2月全国的各大电视台播放,我在这部戏上投入了近半年的时间。令我兴奋的是,我应北京国际票房的邀请,在京剧《沙桥饯别》中初次尝试了老生的角色,于2002年9月9日在北京人民剧院举行了演出。中央电视台录制整出戏,并将在2月22日下午4点在专门播放传统戏曲节目的11频道进行转播。我于11月间参与了由香港舞蹈团主办的大型剧目《大地之歌》的排练,15至17日公开演出,受到了广泛的欢迎,据说有关方面正在接洽欧洲与美国公演事宜。在香港期间,我早期的一部电影《倾国倾城》(发行于1973年)用数码技术重新录制,在《大地之歌》开幕之日,该电影重新发行并进行了首映,并在香港的许多剧院继续放映。我更高兴的是根据该片的DVD版已制作完成并将在12月份开始发行,同时发行的还有我的另外两部与邵氏兄弟电影公司合作的影片《瀛台泣血》与《十四女英豪》。一年不参与电影节是绝对不完整的,我于今年6月参加了上海国际电影节,并于10月参加了在无锡举行的金鸡与百花奖盛会。在无锡与上海的日子非常愉快,我与很多老朋友们会面畅谈。上海是购物天堂,可惜我没有时间买东西,但是两地的佳肴都是美妙绝伦的。

真对不起，卢燕女士的这封贺年信确实太长了，我虽然在中间删去很多，却仍然无法把它抄完，只好就此暂停。即使如此，我还得补充一句：我对卢燕印象非常之好，而且非常深刻。究其原因，除了她的艺术造诣高超、为人诚挚正直这些重要理由之外，还有两个次要原因：一是她的一口纯正京腔，无懈可击；二是她驻颜有术，虽然已是老年，可是只稍微一打扮，看起来只有30岁左右，充满魅力。此之谓“电影明星”之所以为明星也，使你不能不佩服。

还有一封贺年片，应该提提，是美国某大学的一位教授和诗人发来的。他们夫妻，每年向我贺年，都是在一张彩色贺卡上印了中文唐诗和他们翻译的英文。这次不同，贺卡上印的是一首诗人自己游历意大利西西里岛时写下的英文诗，同时附有中文译文和意大利当地的彩色风景照片。此外，他还用钢笔手写了几句话，译成中文是：“每次收到您的贺卡都使人如此高兴。舍弟罗兰在长期患病后于去年春天病故。我们相信您依然像往常一样健康，谨给您以最良好的祝愿！”我与他兄弟二人都很熟识，几年前他弟弟罗兰曾邀请我去了他自己的农庄玩，一路上我们一同高歌猛进，异常快乐，真没有想到罗兰已经作古，令人不胜悲悼。

我的老同学、九叶派诗人之一、我国著名的外国文学学者袁可嘉由纽约寄来贺年片，上面的附言是：“值此东西方三大佳节——圣诞、新年、春节——即将先后降临的快乐时刻，谨向你们全家致节日的祝贺，祝你们幸福康乐！万事如意！托老天之福，我们粗安，但岁月无情，可嘉已日渐衰老，心神不济，许多事已力不从心，但求安度晚年，自得其乐为已足。岁暮地冻，多多保重！”我当年在西南联大时的同窗友人，大都是80岁以上之人，身体衰弱，步履维艰，正像可嘉这里所谈的一样。这是人生的规律，不可逆转，我辈只有面对现实，顺应自然法则，善自珍重，颐养天年。如果精力允许，则适当做一些工作，就很好了。

二

今年新年期间，发生一件趣事，极富浪漫主义情调，有必要一谈。

去年年底，一位家住在南宁的诗人前来看我。他说他有一个长辈，收藏了一些每张100万美元的大钞，要我代为鉴定，判断其真伪。我知道美元从来没有发行过百万大钞，因此压根儿不相信此事。他拿出十大张美金兑换券，我一看就吓了一跳，果真是百万美元一张，丝毫不假。这钞票比一般美元大，印刷精美，颜色也与美元一样，上面赫然印着英语的“美利坚合众国”“银币卷”（Silver Certificate）字样，而且还有“此卷永远可以兑换现金”等字。我再仔细观察，认为纸质、手感、印刷等都与美元一样，不像是赝品。我就对友人说，这兑换券像是真的，可是美元绝对没有100万元一张的票子。友人说，他已经找过银行专业人员的鉴定，认为纸质和印刷与真美元无异。他想托我代为在美国问问银行，以辨别其真伪。

我答应写信去询问美国友人。接着我开始查考我的有关资料，查到美国《纽约时报》出版的2001年的《年鉴》，说美国过去确实发行过几种大钞，每张分别为500元、1000元、5000元、10000元以及100000元，但是每张10万元的钞票按规定只能联邦银行与财政部之间流通，民间市面不得使用，而所有这些每张500元以上的大面额钞票于1969年停止使用。至于100万元一张的票子，则根本没有。

那位友人说，他也查过了，100万元一张的兑换卷发行于1923年，以后不再发行。我说，我认为这不可能，因为如果确实在1923年发行过如此惊人的大额钞票，那么这个在当时值100万元一张的纸币，按照美国几十年来通货膨胀的比例和每张钞票长达80年的利息计算，今天每张应该值15倍的钱，即每张应值1500万美元，"您的友人共有10张，就是1亿5000万美元，折合人民币就是12亿元。中国人任何私人不可能有这么多钱"。他说，他的友人是过去国民党政府高官，完全可能有这么多钱。我说不对，即使是新桂系的李、白、黄三人本人，即使他们三人拼命对人民苛征暴敛、穷凶极恶地贪污，三个人加起来也不可能有这样大的财产，因此我倾向于认为这种纸币不是真的。

为了弄清事实真相，我给一位在美国长期定居的友人写了封信，信内附有该巨额钞票的复印件，请友人代为查询。那位友人非常负责任，亲自直接向美国财政部查问，并立即回了我一封英文的电子邮件，大意是说他"询问了财政部，答复是该钞票不是美国的货币，是在加拿大印制的，美国联邦调查局曾专门做了调查，结论认为该钞票不算违法制造的伪钞，而算精美的艺术品。当时每张值1美元，现在肯定升了值，但绝对不会值100万美元"。

于是，一场悬案就此结束。我们生长的时代是浪漫主义时代，有许多比梦幻还要美丽的浪漫主义事件，这个每张面值号称为100万美元的大钞，就是现代浪漫主义的杰作。它看起来逼真，制作又精美绝伦，挑动了多少持有者的"凡心"，使他们浮想联翩，春心荡漾，未坐怀而心已乱。其魔力之强，可以与马克·吐温的著名短篇小说《百万英镑》中的情节相比。德国19世纪大诗人海涅写过《德意志：一个冬天的童话》，我们今天也出现了上述这个"冬天的童话"，读了令人发出会心的微笑。

新年新岁，我谨在祖国南疆，向您献上我这封"幽了他一默"的长信，聊博君之一粲耳。顺颂

羊年幸福！

祥麟

2003年1月19日

4. 健康之道

（一）

葆珍：

新的电子邮件收到。得悉您回来确期，甚喜。来信用简体字，字字清楚无乱码。下面是我回复王晚霞的信，供你参考。

晚霞是你在学校时校医王医生之女公子，她大姐是60年代时全国女子体操冠军王维俭女士。

祥麟

2003年1月21日

（二）

晚霞：

你好。来信收到，非常高兴。承询以健康之道，其实我在这方面也没有什么经验，但既然您问了我，总得谈一点才好。长话短说，我过去几十年来坚持下列习惯，也可能对保持身心健康有所裨益。谨缕述如下，供您参考：

一、我自1943年起，迄今60年来，坚持每天必喝牛奶，至少每日一杯。这样我便不缺钙，不会有骨质疏松症。多年来我许多次跌跤，不论跌得多重，每次都是"跌倒爬起来"，没有一点事。

二、自1937年起，我65年来坚持每日午睡，雷打不动，甚至在根本没有地方可以午睡时，我每天午饭后就到西南联大新校舍大院子外面的野坟堆上睡眠半小时。由于坚持了午睡，即使工作再累，也不会透支体力，慢性病就比别人迟得多，也少得多。

三、从小不爱吃猪肉，更绝对不吃猪油和任何肥肉，这就保证了我几十年来血压不高，血脂不高，甚至到了70岁以后，血压也不高。

四、童年时酷爱踢小皮球，直至初中时候。踢小皮球运动量极大，乃使得我从小血压低。70岁以前，血压一直是低压66、高压110，心跳每分钟55次。我认为大自然规定了每个人一辈子心跳的总次数，好像是发给你一大沓"粮票"一样，你把"粮票"用完了，就再也没有了。心跳得慢，"粮票"就使用得慢，寿命当然长。

五、我从小心胸开阔，乐观开朗，性格爽快，若有任何喜怒哀乐情绪，马上把它发泄出来，决不生闷气。这就是所谓“心广体胖”，可以保持精神健康。癌症发病的原因很多，其中一个便是经常生闷气，好像是一个皮球，你一直往里面打气，它最后必然爆炸。闷气生久了，日积月累，癌症乃乘虚而入。

六、我基本不喝酒，更绝对不饮烈性酒。我自 1942 年开始抽烟，至 1992 年彻底戒了。抽烟当然不好，但是我即使当年抽烟，也有我的特点，即只抽好烟，不抽劣质烟，抽烟时马上又从嘴里把烟吐出，从来不把烟吸入肺里。这样，烟的危害性就少得多。

七、我睡眠很好，很少失眠。此外，我的适应环境能力特强，不管是变换到任何国家或者地方，我照样睡得好。由于我自幼打秋千、玩“荡船”、玩“游梁”（一根很粗的木质大梁，悬空吊起来，人站在上面拼命晃动，保持自己的平衡），乃从小锻炼好了自己耳朵里的“平衡木”，不会生“晕动病”。我坐汽车、轮船和飞机，不管风浪滔天，从来不晕车、晕船或晕飞机，而且在车上、船上和飞机上照常睡觉。从国内出国作洲际飞行，飞上七八或十几小时，我没有“时差病”（Jet lag），到了任何国家，可以马上把我的“生物钟”调整为当地时间。

八、我几十年来一直在作紧张的脑力劳动工作，不只是一般的看书，更重要的是一直在做科研，写论文，写文章，这样脑子就愈锻炼愈加灵活。写论文是高度的脑力劳动，对脑子的锻炼特别大。正因为如此，我直到现在 82 岁，脑子仍然反应很快。我近年来有给朋友们写长信的习惯，每封信三四千字，只需要三段时间（每段时间为两小时）就可以完成。外出开学术会议，像我这样 80 高龄的人，会议不要求写论文，但是我严格要求自己，每次一定有比较高质量的论文。锻炼脑子，不能单靠看书，单是阅读书籍，锻炼的不够，必须写文章，特别是写论文。当然，我现在写文章全部用电脑，由于我青年时代用惯了英文打字机，老年学习用汉字拼音打字一点也不困难。

以上我拉拉杂杂写了这些，谨供您的参考，谈错了时，请指正。

您来信问候小岚、黄河和小任，我已经通过发电子邮件替您转达了。他们都感谢您。余再谈。祝

好！

祥麟

2003 年 1 月 21 日

5. 栋梁之材

李汀世兄：

寄来的特快专递信(1月9日)我方才看到,原因是我本月14日去桂林,回来后立接连开了四天会,住在宾馆并未回家,没有及时读到您的来信,以至回信迟了,请原谅。

昨晚我由宾馆回家来,今天早晨乃赶快打电话至您家里,电话里居然说:这个号码不存在,我只好放弃打电话,而改写此信。电脑自动讲话固然很好,但有一巨大缺点,即它武断专横,说一不二,根本不给我任何申诉和抗辩的机会。于是,面对电脑的自动讲话,我只有甘拜下风,举起白旗投降。

读来信得悉您爸爸文集可以出版的佳音,非常高兴。令尊大人的一生,是光辉的一生。他的学问、道德和文章,都可以为世之楷模。为他的文集写序言,在我是义不容辞的,也是我的光荣任务,是我对老朋友应尽的最后一次快乐的义务。我当努力争取把它写好,以安慰令尊的在天之灵。估计最迟今年三月底以前可以写好,不知是否能赶得上编辑和印刷。

您为令尊文集出版之事,做了极大的努力,使我感佩交加。在您身上,我看到了中国老一代优秀传统的继承(正直善良、孝顺父母、忠于职守等),也看见了新一代的进取精神。你们几兄弟对爸爸的无限热爱和崇敬(例如,为纪念您爸爸而设立奖学金),使我极为感动。您爸爸的高风亮节和伟大人格表现在许多方面,其中一项就是对你们诸兄弟的无微不至的关怀和极其严格的教育,使你们兄弟个个成为栋梁之材。这是非常了不起的,令人肃然起敬。他的许许多多优良品质,从某种意义上说,是我们中国人的民族之魂,极为可贵。

我的工作很忙,下学期还要回桂林为研究生上课。此信匆匆赶写,余再谈。请代我问候小贺,并祝

合家安康!

祥麟

2003年1月28日

6. 接待南宁市孤儿

李汀、燕云二位小友贤伉俪如晤：

昨日与二位通话，知道你们全家一切都好，非常高兴。特别是得悉令尊大人国香兄文集即将出版和你们两位工作出类拔萃后，犹使我兴奋异常，为你们的成就而骄傲。燕云荣任著名学校北京市舞蹈学校常务副校长之重要职务，足见你工作之出色，谨向你们祝贺。并希望你们百尺竿头，更进一步，争取更大的胜利。

关于电影剧碟事，请您根据自己的判断把贵台最佳而又容易找到的影碟给我几个即可，您比我内行得多。您选的电影剧既然是全国之精华，我当然一定欢喜。至于我在电话中说的我家在春节接待南宁市孤儿的新闻，是在中央电视台大年初二（即2003年2月2日）新闻联播节目里面，由于我没有观看，不知道我自己是否在里面，只知道我爱人黄希和和孤儿（实际上是“弃儿”，即被残忍父母抛弃的孩子）院柳彬（这个女孩现年七岁，由于不知她姓名，福利院乃叫她姓福利院的“院”字），两人被摄入镜头。您如果找到本月2日的新闻联播固好，十分感谢。找不到也不要紧，不要花太大力气。

现随此信奉上我给友人的长信两封。另外，今天早晨我已将我不久前出版的又一本文集用挂号寄给你们，相信过几天即可收到。

余再谈。顺颂

合家安康！

祥麟

2003年2月8日

7. 关于“情景”和“情境”

葆珍：

真对不起，今天下午才看到您的2月10日之电子邮件，其中旧信过去早已读过，而2月9日关于“情景”和“情境”者则是刚才见到者。现将您的问题答复如下：

“情景”和“情境”两个词语汉语里都有，都可以用，但是也有区别。我查了很有权威的《古今汉语词典》，内容为：“情景：情形，景象。例：‘母女姊妹深叙些久别情景，及家务私情。’（《红楼梦》第十八回）”

“情境：情景，境地。例：夫妇之情境，虽已为幻为虚，不可复得，而叙述梦中情境之我，固俨然犹在也。”（清刘鹗《老残游记》二集自序）

按照上面《古今汉语词典》所述二词的区别好像并不明显，但是我认为二者仍有细微差别。我认为“情景”感情色彩浓厚，人情味多，而“情境”则是中性的词语，感情色彩甚轻。也就是说，我大体同意您的意见。以上答复，未知能否使您满意。

另外，今天回信迟了，还有一个原因，即友人来帮我更改电脑软件系统，占用时间太多，也使我暂时无法打字和上网。再告诉您一件事，你们班上的杨怀武也于最近与我恢复联系，他在报刊上经常发表旧体诗。

余下次谈。

祥麟

2003年2月11日晚上10时

*8. 家居咏叹调

敬致诸亲好友:

此信想谈点家居生活,名曰家居咏叹调。“咏叹调”者,歌剧中之一种独唱也。有的朋友一谈家居生活,便说“在家生活十分平淡,乏善可陈”。我说否,事在人为,老人在家里生活,只要自己处理得当,照样可以把生活安排得五光十色,艳丽无比。我在家读书和阅读报刊,骑自行车上街逛马路,收发各方亲朋的电子邮件和普通信件,打电话,与朋友欢聚,等等,无不愉快异常,何来“乏善可陈”乎?

一、阅读书刊

先说读书和阅读报刊。此为我辈念书人毕生之一大乐趣。时代在进步,报刊上许多新闻令人振奋,例如,我昨天看《光明日报》,读到一则报道,谈的是我国在水稻生产上的喜讯。文章说我国“一系列农业科技攻关,不但实现了耕地不断减少的条件下的粮食增产,而且还为世界上20多个国家送去了粮食增产技术,国际上的权威媒体这样评论:中国的杂交水稻填满了亚洲人的饭碗。2002年,我国的超级杂交水稻更实现了每公顷12吨的高产纪录,国际上提出的超级稻指标首先在中国实现”。

这使我想起了湖南的水稻专家袁隆平,他对祖国、对人类的贡献多大!新中国成立以后,我国彻底改变了19世纪和20世纪初叶在世界上造成的“东亚病夫”的形象,成为东方巨人。在科技方面,我们也逐渐走在世界的前列。当然,报刊上也有各种“坏消息”,它们是客观存在,我们应该知道它。“秀才不出门,能知天下事”,多读书读报,见多识广,赶上时代,更新知识,提高自己的文化素质,是件大好事。

谈起读书,我首先读名著。前些时我认真阅读了美籍华人历史学家黄仁宇的《万历十五年》,受益匪浅,了解了明朝的许多事情。但是,非名著也需要读。举个例子:我买了一套共十册线装本的《明清十大禁书》,全部为“名不见经传”的小说,我不用看也知道这些书的思想性和艺术水平,与《红楼梦》、《聊斋志异》等我国第一流文学作品根本无法相比,但是我仍然买了而且乐于去读它们,因为我的目的在于:(1)进一步了解明清两代的社会情况,增长知识;(2)这些书既然是“禁书”就必然有它为当时统治者所不能容忍的地方,我要看看它们的“问题”究竟出在哪里;(3)尤其重要的是,我知道这些书的作者文化水平及他们的文字功底都相当雄厚,其文字必有可以借鉴之处。

有趣的是，读了两本以后，我发现这些书完全不够“禁书”的资格，书里面色情的描写很少，即使有一点，也比较含蓄。至于主题思想则纯粹是宣扬封建道德的，与统治阶级的利益完全一致。这样的书，又如何能成为“十大禁书”呢？令人大惑不解。最后，我只有“以小人之心，度君子之腹”，大胆怀疑很可能是今天出版该书的那个出版社为了“轰动效应”而故弄玄虚，故意冠之以“十大禁书”之头衔的。另一方面，这些书的文字功夫，确实很高，不仅文笔优美典雅，而且书里人物“出口成章”，引经据典，随口皆是文学和历史典故。

此外，小说里一些描写，非常生动，例如一部叫作《凤凰池》的小说里，描写一个精于剑术的姓万书生的舞剑：

> 此时万生渐渐的舞出手段来了，但见那：光飞耀眼，神色摇空，剑助人威，人随剑转。慢一回，紧一回，仿佛是神龙出海；横一架，直一架，依稀是猛虎奔林。耳根边只听得呼飕飕，如万里风涛从天下；眼睛里只看见一闪闪，如千条电影盖地来。纷纷乱舞梨花，点点横飘瑞雪。左盘右旋，一步一步紧一步，分明手掣金蛇；前开后合，去来去来复去来，端的身翻云海。人撒手，瀑布飞泉，一片天衣无缝，猛回身，催云急雨，千林紫雾消痕。真个丰城宝剑冲霄汉，飞入延津水底神。

你看，这位万生的剑，舞得多么出神入化，而作者对舞剑的描写，又多么活灵活现！上述这一段描写，不但文字优美，描绘生动，而且用的都是对仗句或排比句，每句话前后对仗得十分工整，仿佛和对联一样。这样漂亮的文笔，在我们今天的中青年作者中，已甚为罕见。

我推荐大家读一些旧小说，就是希望我们的中青年作家在运用文字上，认真向过去的作家学习。有时候读书还会有意想不到的特殊收获。

昨天我从杭州三联书店邮购到一册美籍华人学者夏志清所著《文学的前途》一书，书里有一篇文《悼诗友卢飞白》。我想，抗日战时我在西南联大外文系读书时同班同学有卢飞白其人者，难道夏志清是写我的这位同学吗？不大可能，因为卢在班上学业成绩平平，各方面都表现一般，而夏志清如今是“大师”级的著名汉学家，我的同学卢飞白如何可能受到夏氏如此的尊重呢？可是我一读该文，马上就发现夏志清哀悼的正是我的这位老同学。

文章说卢由西南联大外文系毕业后，和杨振宁、何炳棣（杨、何二人后来都成了世界著名学者）一同考取了留美庚款考试，在美国芝加哥大学获文学博士，是研究艾略特的专家，中英文学术水平均很高，又是诗人，为中国人争了光。

当年“其貌不扬”的卢飞白居然能有如此伟大的成就，令人惊叹敬服。只可惜飞白的寿命太短了 1972 年即因患食道癌而不幸逝世，享年仅 52 岁，可谓英年早夭，抱恨终天！

爱管闲事是我的一大缺点，不论是报刊上出现错别字或者是路见不平，我都忍不住要管一管。这个毛病对我来说，已经是病入膏肓、不可救药矣。

前不久，有一天我骑自行车去邮局送信，遇到一个推三轮板车卖卫生纸的中年妇女，与她讲好了价，购买10卷卫生纸。我说我先去邮局寄封信，再回来买她的纸。她说不行，她马上要回家了，要我立刻就买。我说我保证两分钟就回来，请她一定等我。

谁知“天有不测风云，人有旦夕祸福”，就在她等候我的这两分钟时，正巧来了工商局检查人员，说她非法经营，要罚她款。我从邮局回来，见到她被工商局的人抓住，一直在哭，说自己没有钱，又说她这一星期都没有来这里卖东西，今天初次被抓，请原谅。

我这时内疚于心，认为她的这场“祸事”完全是我造成的，如果她不是等我，哪里会被抓住？乃替她向工商局人员求情。我说，她讲的是实话，我近来天天想买卫生纸，路上都没有见到她，今天好容易看见了她，才决定向她购买。我还说，你们工商局对老百姓应该宽大一些，多一些同情，她谋生很不容易，你们不要动不动就罚款。

正在此时，工商局又来了一位小不点领导，对我说：“老人家，您何必管这些闲事？这种事与您有何关系？”我说：“这是我的坏毛病。我一向爱管闲事，喜欢打抱不平。”那位小领导马上说：“您不要以为她是弱势群体，她实际上是不法分子，又偷又抢。”我大为惊异，不懂得何以一个弱女子竟会又偷又抢。不料这位工商官员是位雄辩专家，立刻说：“她没有营业执照，偷税漏税，算不算偷？她自己根本不纳税，却在人行道上占了很大的位置，阻碍交通，把附近合法商人的生意抢走了，算不算抢？”我虽然明知这“又偷又抢”是大大地夸张了，但为了援救这个弱女子，我知道不能与他们硬顶，只能“迂回前进”，见机行事。于是我说，“她当然有错，可是她是初犯，生活又困难，你们就原谅她一次吧！”我反复磨破了嘴皮，最后工商局三人中一位胖子说：“好吧，那就由她写个书面材料，承认错误，并且保证不再重犯。”可是那女子又不会写字，胖子建议由我代她写，我只好同意。我乃向他们借了张纸，写了一张自己一辈子还没写过的“悔过书”如下：“我犯了错误，非常悔恨，决心改正错误，并保证今后再也不在这里摆摊售货，如有违背，甘愿受重罚。”胖子说，错了，不能说保证不在这里卖东西，要保证今后不在南宁任何地方卖东西。我只好修改了这份“悔过书”，把它交给“悔过人”签了名（幸而她会写自己名字），呈送给工商局人员。

不料胖子此时又有了新的主意，要我留下自己的电话号码，以便下次再抓到这个女的时，证明她是“屡教不改”。我慌了，因为南宁许多人都知道我，如果由于这个中年女子的错误，连累到我，我必然非常狼狈。乃说：“我不想留电话号码给你们，难道就因为这点小事，你们就把我粘住了，使我再也无法脱身？”胖子也算通情达理，不再坚持。

正在此时，没想到旁边又有人与工商局干部冲突了起来，胖子等三人为了“救火”，顾不到再与这个女子纠缠，赶快去帮助他们的伙伴去了。

事情还没有完。这以后，我去附近菜市门口修理自行车，坐在一条板凳上休息。就在我身旁有一二十个无证小贩摆了地摊卖东西——卖鱼、卖伪劣蜂蜜、卖酸菜和甜酒等等，一片嘈杂之声，不绝于耳。忽然间一个小贩看见远处工商局干部来了，乃大叫一声，说：“快跑呀！工商局的人来了！”于是，立刻“奇迹”出现，一二十个男女小贩，人人拿起自己的东西（脸盆、瓦罐、木桶等），向四面八方奔跑，一边跑，一边笑（毫无畏惧之情，因为他们肯定工商局人员绝对抓不住他们），顷刻之间，全部作鸟兽散，街上的人行道马上多了一大片空地。

修自行车的师傅对我说：“他们是游击队，工商局的人是正规军，你正规军哪里抓得住游击队？”众人皆大笑。正在此时，忽然间附近又有人与工商局的人冲突起来，吵闹之声震天，我因自行车已经修好，不想再“深入生活”，打道回府去也。

二、电脑生涯

“鸟枪换炮”，我用电脑代笔，迄今已六年矣。尽管我操作电脑的水平不高，除了打字和收发电子邮件外，其他方面只是“幼儿园大班”水平，但是如果仅就用电脑打字写文章来说，我的水平尚属差强人意。几年以来，自己每天大概总有一半的工作时间用在电脑上。每隔一段时间，就用电脑打一封长信，印刷约 70 份，分寄给海内外的诸亲好友，与大家互通信息，交流友谊。这些信件，得到了许多友人的谬奖，使我既感动，又惭愧，同时也受到很大的鼓舞。

摘录一些勉强可以示人的句子如下：南方一位朋友来信说“大函已成为我全家美好的精神食粮”；北京一位著名歌唱家来信说“你的心毫不含糊地展示爱心和难得的童心，拥抱生活，给别人带来希望和劲头”；美国宾州大学一位老朋友语多诙谐，寄来一张明信片，背面是一幅彩色的农庄谷仓照片，友人在明信片正面谈到我最近由北向南给他写的几封信，说“老兄从河南唱到无锡、常州，再回广西做打油诗，可谓年轻力壮，何日来宾州买一农房如图，教我唱戏，发扬中国文化”。这些信起到了增进友谊、联络感情的作用，使我与这些居住在天南海北的亲友们成为亲密无间的“比邻”。

每隔三四年，把信件集中起来，掐头去尾稍事改装，就可以出版成一部新的文集。但这只是“副产品”，真正重要的还是与朋友交流。

收发电子邮件也是电脑的一大功绩，过去写航空信到国外，除了邮费昂贵不说外，需时太久，很不方便。如今有了电子邮件，自己足不出户，只几秒钟就可以把信发至收件人家里。

如我把唁电用“电邮”发至广西师大外语学院一位负责人家中,半小时后再打电话给这位友人,提醒他此事。接电话者是友人的夫人,她对我说:“唁电刚收到,而且我们老张已经出门帮您送去了。”这使我大为惊异和感动,因为这份电子邮件,简直比电报局的加急电报还要快得多!

再如日前北京一位退休老人朋友通过电子邮件发给我一份题名为“养生保健”的讲话稿,是著名保健医生齐国力的一篇长篇讲稿,内容精彩绝伦。我阅读后感动之余,特地请了一个年仅10岁、精通电脑的小友来,给我把文件作为“附件”,从网上发至智利、美国,成都、南京等四处的5个收件人,每份稿子共15页,5份电子邮件不到10分钟全部发出。电脑之伟大,于此可见。唯其如此,我才下了决心,于前天以10000元另外购买笔记本电脑一台,以备今后旅行、出差或者住院时使用。

三、其他

有些老人朋友总是向我抱怨自己疾病多,体力弱,我说:“错了,体弱多病在老人是最自然不过的事,七八十岁的人,有病是正常的,无病反而奇怪。您必须正视现实,承认现实。您应该懂得目前是您今后有生之年身体最好的时候,今后肯定还要继续衰退,能保持现在的状况已经很难得了,应该知足才好。”正是这样,我对自己目前的状况很满意,身体尚过得去,精神面貌与年轻时一样,童心依然,爱心依然,朝气依然,向上之心依然。尽管有一些慢性疾病,都能控制住,更何况我的医疗条件不错,医生每两星期来我家巡回看病和送药一次,需要住院时,也毫无困难。出门用车亦甚方便,不存在“长铗归来乎,出无车(音居 jū)!”的问题。但是我很自爱,能不用车,就不用车,节假日为了照顾司机,更不用车,自己雇出租车,或者搭公共汽车。

然则,我的生活上有无苦恼之处?答曰:有。最大的苦恼是保姆常换,去年9月至今的半年中,我家共换了15个保姆。保姆一走,经常好多天我得“打游击”吃饭。好在我的适应环境能力很强,没有保姆,我照样生活愉快,自得其乐,工作学习绝对不受影响。我时常这样想,生活中“完美”是没有的,总得有些缺陷才好。不是有的美人脸上不幸生了个黑痣吗?那叫作“美人痣”,益增其美。我家常换保姆,就是我这张丑脸上的“美人痣”,唯我独有,我以此自豪。余下次谈。祝

好!

祥麟

2003年3月2日

9. 说“非典”传染病

葆珍：

收到您发来之电子邮件,得悉您决定目前不回来。原先一直以为我们可以在 4 月初见面的,现在已无法做到,不免令人失望。但是,我认为您这是正确的决定。非典型性肺炎是很厉害的传染病,不但广州等地发现,即使我们这里因为距离广州较近,也难免不发生问题。安全第一,此时您留在纽约不动,绝对正确。我早已给您买了几部书,只好等您回来时再给您。明君正在住院,仍然是老毛病,她善自珍摄,颐养天年,延缓疾病进程。您也进入了老年,请多多保重。祝

好!

祥麟

2003 年 3 月 20 日

10. 美国新英格兰学院授予名誉文学博士学位

敬致诸亲好友：

昨天我在家整理书籍，无意间发现1992年5月时美国新英格兰学院授予我名誉学位的证书等件。此事我过去还没有对朋友谈过，现在顺便写在下面。

1992年5月10日为新英格兰学院全校师生举行该学年毕业典礼之日，庆典非常隆重，所有教师和毕业同学均穿了正式的学院服装（即人人戴了黑色方帽子和穿了黑色袍子，这是自欧洲中世纪起西方高等学校重大庆典时的规定服装），在一派悠扬的奏乐声中进入会场。上午11点，由校长宣布大会开始。然后先由一位副校长带领祷告，再由一女学生领唱《亚美利加》歌。

校长先向美国在学术界或艺术界有杰出成就的三位人士授予名誉博士学位——例如，三人中有好莱坞著名女演员格琳娜·戴维斯（Greena Davis），她曾于1989年获美国"最佳配角女演员"奖，1992年又被提名为奥斯卡金像奖最佳女演员候选人。

我原以为那天被授予名誉博士学位者就是上述三人，孰料校长突然说："现在我宣布一件事，即一件使本校客座教授贺祥麟先生想不到的事：经董事会决定授予他名誉文学博士学位。"此时一位教授拥我走上主席台，由校长授给我名誉文学博士证书和头巾，并同时致辞。校长讲完话，由我致答词。

由于许多师生对我熟悉和非常友好，我一讲话，全场一千多人起立，欢声雷动，向我致敬。有老师后来告诉我说，像这样热烈的场面，该校很少有过。典礼结束后，我们在夹道欢送中退出会场，路旁的老师和学生纷纷向我热情祝贺，还有人与我热烈拥抱。

现将会上小奥康乃尔校长授予我学位时的致辞全文翻译如下：

> 您是人的精神生活之深沉欢乐的榜样。您实践了古代罗马戏剧家泰伦斯（Terence）的格言："任何人文的东西对我来说都不陌生。"生活里没有任何东西能够逃脱您的精力充沛的好奇心。您对每个人的工作和生活表明了自己的热烈的兴趣。您由中国桂林广西师范大学著名的英语教授岗位上来到新英格兰学院担任我校1991—1992年的客座教授。您从1953年起即在广西师范大学担任教师，在此以前您于1950—1953年在广西大学任副教授。您早期在国外的生活包括了您在美国的一段时间，当时您于1949年在艾莫黎大学（Emory University）获得了文

学硕士的学位，以及以后您1986年在威克森林大学（Wake Forest University）任客座教授，此外，您还在荷兰的伊拉斯谟大学（Erasmus University，按：伊拉斯谟是文艺复兴时期荷兰的杰出思想家，被《不列颠百科全书》称为"16世纪欧洲最伟大的学者"伊拉斯谟大学为荷兰著名大学，我于20个世纪80年代时被该校邀请去作过报告）以及美国的其他一些教育机构讲过学。您有五部著作，其中包括1984年出版的一部论述莎士比亚的专著、1988年出版的《西方现实主义文学》。此外您还在专业刊物、报纸和杂志上发表了200余篇文章。在今年您来到新英格兰学院以前，您还在您担任的广西师范大学教学领域以外担任了许多职务，包括贵校出版社的总编辑、广西外国文学学会会长、广西翻译工作者协会会长，以及中国外国文学学会常务理事。您已经成为新英格兰学院我们生活中的一个重要组成部分。您多次在本学院的正式与非正式的集会和庆典上讲话，在自己的班上授课，并且在学院的一些其他教师的课程中担任兼职教师。您从中国替我们请来著名的学者来我校访问，而最重要的是，您还把您的机智、知识，以及您对人民、对文学和文化的极大的尊重赐给了我们。您向我们挑过战（按：指我有时向该校师生坦率指出美国社会存在的一些问题和不合理地方），与我们一同分享故事（按：指我常与该校老师或朋友谈古今中外文学和历史上的遗闻和逸事），特别是与我们一同欢笑。对于我们所思考、想象和梦想的每一件事您全都表现了最活跃的兴趣。由于您在汉尼克镇的存在，本校全体同学、职工和教师生活都大为丰富了。我们中间的许多人现在都把您视为自己的一个亲爱的朋友，您将永远生活在我们的心中。综上所述，新英格兰学院董事会出于对您为我们服务的欣赏，特授权给我，由我愉快地授予您以名誉文学博士学位，同时享有这一学位的一切权利和本学位应尽的义务。兹特授予您以博士头巾和为这一学位作证的正式证书。

校长威廉·R·小奥康乃尔

1992年5月10日

这些日子我一直在忙，目前是忙着准备为一位友人的《罗马文学史》写序言，需要看全部稿子。此信即写至此，余再谈。顺颂

安好！

祥麟

2003年4月1日

*11. 林肯与肯尼迪二人被刺之一系列偶合

亚伯拉翰·林肯总统与约翰·费兹杰拉尔德·肯尼迪总统二人的被刺为一系列令人吃惊的偶合事。林肯第一次被选入国会担任议员为1846年。肯尼迪于整整100年后跟着进入国会。

林肯被选举为美国第16届总统的日子是1860年月6日。肯尼迪被选为合众国第35届总统的日子是1960年11月8日。

他们两人被刺身亡后,继任总统的两个人都是美国南方人,都名叫约翰逊。安德鲁·约翰逊出生于1808年,而林顿·约翰逊则出生于1908年。刺杀林肯的凶手约翰·威基斯·布斯生于1838年,而刺杀肯尼迪的凶手李·哈维·奥斯伍德则与101年后诞生。二人都是南方人,而且都在被审判以前被子弹打死。布斯是在剧院里犯罪然后逃往谷仓里去。奥斯伍德则是先从一个仓库的窗户向肯尼迪开枪,然后奔向一个剧院。两位总统被刺前都有预兆:林肯于自己被刺那天告诉他的警卫人员威廉·H·克鲁克说:“我相信有人想行刺我……我决不怀疑他们会干的……如果事情真是如此,那就不可能防止它。”肯尼迪也毫不怀疑地告诉他的妻子杰基和他的私人顾问肯·奥当乃尔说:“如果有人要从一个窗户里用步枪向我射击,没有人能制止他,那么还担心什么呢?”他上面这句话是1963年11月22日说的,这话说过几小时后他被子弹击中。

林肯和肯尼迪二人都是以人权为口号参加总统竞选的,二人被刺都在星期五,而且都是被人从头的后部开枪的,被刺时二人的妻子都在自己身边。林肯被刺于福特剧院;肯尼迪则被刺于福特汽车公司制造的汽车中——汽车正好是林肯牌。

最后一个不愉快的偶合是:肯尼迪有个女秘书名叫伊芙林·林肯,她曾经再三忠告肯尼迪不要去达拉斯城(Dallas,按:即肯尼迪被刺身死的城市)。

2003年4月13日翻译及打字输入电脑

*12. 荒谬绝伦的真实故事

敬致诸亲好友：

最近我阅读英文的历史资料，发现历史上有许多荒诞不经的事件，情节比“荒诞派戏剧”还要荒谬，但却又是绝对的真实。在这里我想翻译出其中的两则，和大家一同欣赏讨论。

一、冒充普鲁士军官的骗子

这则故事发生在20世纪初的德国（当时为德意志帝国），故事全文如下：

这个普鲁士军官有点怪——但是命令就是命令，就得服从一个老年的普鲁士军官在柏林街上神气活现地走到一排德国兵前面开始专横地高声下命令。他命令一辆开往市郊哥般尼克镇去的公共汽车停下来，把一排士兵赶上汽车。到了镇上，他轻快地把部队带到镇政府前，对镇长说，“你已经被捕！”

一下子被这位军官气势汹汹和具有绝对权威的模样吓昏了的镇长，此时只能胆怯地问：“您的逮捕令呢？”队长怒吼着回答说：“我带领的这一排兵就是逮捕令。”镇长本人就是后备队的军官，这时奇怪为什么队长军帽上的军徽是颠倒的，而且军帽也太旧一些。然而他只敢自己狐疑，哪敢公开询问。队长接着命令镇政府的司库把金库里剩下的全部现金交出来——一共是4000马克，折合今天的美元约为2000美金。拿到现款后，队长还给镇政府开了一个“正式”收据。

这以后镇长和他的妻子、镇政府司库、以及副镇长等人都被命令在镇政府前排好队，由卫兵看守着。队长还命令所有的士兵就地立正半小时——而他本人呢，却带着现款走了。

事实上这个名叫威廉·沃伊特的队长，只是一个鞋匠和一名犯过罪的囚犯。他利用普鲁士人对军官权威的惧怕，乃在1906年10月用上述办法抢劫了哥般尼克镇政府的那点现款。

10天后，当警察来到沃伊特家的小阁楼上时，他们找到了捆成一束的旧军服。沃伊特并不拒捕，他只请求等他吃完早餐后再抓他。沃伊特解释说，他当年在蒂尔西特当学徒为人补鞋时，就专门模仿顾客中的普鲁士军官的说话方式和举止，这次他因上述罪行而被判了4年徒刑。

他的事迹引起了公众的极大同情与关怀，于是在服刑仅两年后，就被当时的德国皇帝特赦。这以后他到卢森堡退休，生活舒适，由一位对他的大胆行为印象极为深刻的柏林老年贵夫人赠给他以终身养老金。

读了上述这段文字后，使我吃惊的还不只是鞋匠的胆大妄为以及普鲁士军人和文官对任何上级权威的绝对盲从，而更是鞋匠犯罪被捕和判刑后居然引起了社会对他的深切同情和钦佩——佩服他干得漂亮，甚至连那位贵族寡妇夫人也同情他，赠送他以终身养老金。

二、另外一则故事

发生在19世纪的美国，其震撼性比上述的德国故事还要强烈。我把它翻译如下：

那个不伤害任何人的皇帝诺顿一世的统治温和而高尚，《旧金山公报》（当时旧金山一家报纸的名称）的编辑是最早听说这件事的人。编辑面前这个潦倒不堪、穿了早已作废了的陆军上校的蓝、金二色制服的人简单地对他说："我是美利坚合众国的皇帝。"编辑被他逗笑了，感到非常有意思，就同意了把这位来访者的上述第一次公告登载在报纸的头版上面。这样约舒亚·亚伯拉罕·诺顿乃开始了他的长达20年的虚构的统治。

诺顿于1819年诞生于伦敦，两年后随着双亲一家人到了南非。在南非他的父亲作为农民和一条船上的小店主，帮助了开发格拉姆斯顿城市的工作。他父亲于1859年逝世后，诺顿卖去家里的一切，到了巴西，此时加利福尼亚州发现了金矿。

诺顿于1849年11月携带了四万美元抵达旧金山，他认为在这座繁荣的城市里经商比淘沙金还要赚钱，他开了一个杂货店并经营房地产。到了1853年他已经积累了25万美元了。可是他太贪心了。囤积大米，整货船地买。米价从每磅4分涨至每磅3角2分，他仍然拒绝卖出。突然间一大队的货船从南美洲来到，船船装满了大米，于是米价暴跌，大米市场崩溃。他遭到灭顶之灾，两年之后他彻底破产。直到1859年9月他发出第一道公告时，他的经济状况依然很糟。

一星期以后，他发出第二道上谕，上面说由于高层的腐败，他宣布废除美国国会，此后他将亲自统治国家。旧金山全市的人都开心极了，诺顿已经成为全市人最喜欢的一个"人物"。

当华盛顿的美国政府没有理会他的第二道上谕时，诺顿皇帝下命令给美国陆军总司令“带领适当数量的部队前进,清理国会大厅”。同时,合众国所有的州都接到命令派代表去旧金山的音乐厅朝拜皇上而且“根据法律的需要进行变革”。

不久他又发表声明说,鉴于墨西哥人明显地不能管理他们自己的事务,皇上决定行使“墨西哥摄政王”之职务。在一所色泽昏暗的分间出租的房子里,诺顿皇帝主持朝政,房子里挂了拿破仑和维多利亚女王的画像。每天下午他带了两只杂种狗在街上闲逛,严肃地对向他鞠躬的子民们点头答礼,检查下水道,并查看街车的时间表。他每星期天都去一个不同的教堂做礼拜。

旧金山的所有剧院都专门给他留下一个位子,每次他进来观剧时,观众就会全体起立,向他默默致敬。有一次有个过于认真的年轻警察将他以流浪罪逮捕,整个城市愤怒抗议。警察局局长亲自释放了诺顿皇帝,并再三向他道歉。当1861年南北战争爆发时,他“深刻关注”战争的进程。他下令召唤林肯总统和美国南部联邦总统杰弗逊·戴维斯二人都到旧金山来,以便他从中调停,可是这两个人谁也没有来。

这段时间以来,诺顿一直依靠旧金山公民供养着,市民给他免费住房、免费吃饭、免费旅行。有一次他乘坐中央太平洋铁路的火车,餐车拒绝给他免费吃饭的优待,他就下令“取消”这家铁路公司。为了平息他的愤怒,公司后来赠给他一张金卡,可以终生在这条铁路上免费用餐。但是他经常没有现款使用,因此他就规定了一种收税制度:一般商店老板每周必须交纳给他2角5分至5角的税,银行每周交纳3元的税。惹得整个旧金山的人都大笑起来——但是绝大多数人都交了税给他。

他的皇帝军服日久褪色和褴褛了,诺顿决定再公告国民一次:“尔等小民知否,常有臣民向寡人诺顿一世面奏,谓朕之御衣橱实为吾国之一大耻辱。”第二天旧金山市政会议即通过了为他制作一套新衣之经费。旧金山市民们是皇帝忠诚而真挚的臣民,当他于1880年月8日病逝时,两日内有一万公民列队环绕他的棺材致哀。1934年在“森林草坪公墓”他的坟墓上树立了一块大理石墓碑,上面写着:“诺顿一世,美利坚合众国皇帝和墨西哥摄政王约舒亚·A·诺顿,1819—1880。”

约舒亚·诺顿之所以具有如此多人拥护,因为人们认为,他比他的同行们(按:指那些真正的皇帝们)中的任何人都要好得多。

上面这个美国皇帝的故事比前面那个德国鞋匠的经历还要神奇。一个狂人,想入非非,自称为皇帝,不算稀奇。稀奇的是公众对此非但不反感,反而将错就错“承认”

他,“臣服”于他。更为荒唐的是连旧金山市政会议也居然会专门为他购置“龙袍”拨了一笔经费,炮制出如此精彩的一幕“荒诞派”喜剧。

这样的事情如果发生在我国20世纪五六十年代极“左”思潮泛滥时期,把这位“诺顿一世”划成“现行反革命”,大概不成问题。可是在一百多年前的旧金山,人们却与他和平共处,甚至努力满足他的“皇帝欲”,在当地群众的社会生活里增添了许多乐趣。我们中国人一向也是富于幽默感的,然而,与旧金山的市民一比,咱们的幽默感似乎就大大落后了。

这里面有一个重要的文化因素,即中国人的幽默只表现在日常生活中,而不能干预到重大的道德和政治领域中。中国文化从古代起,就把道德和政治原则放在首位。《左传》里面谈到人生的“三不朽”时,次序是立德、立功、立言,把道德放在第一位。“孔曰成仁,孟曰取义”,把伟大的政治理想、舍生取义作为生活的最高原则。儒家的教导,“诚意正心,修身齐家,治国平天下”是一个人毕生修养和成长的规范。这些至高无上的道德原则美国人当然不懂,旧金山人则更无论矣。

拿幽默来说,西方一些芸芸众生可以“无限”幽默,中国人则不行,必须遵守一定的道德标准,幽默不能侵犯伟大的道德原则和道德领域。也就是说,当幽默和道德原则发生冲突时,只能放弃幽默,成全道德。这是中西方文化的根本不同,二者各有道理,不能说哪个对,哪个错。

我很欣赏上面故事结尾对诺顿的评价,即诺顿是个好“皇帝”,这个皇帝既不杀人,也不抢夺人民的财富,这就是旧金山人民喜欢他的原因。旧金山人民对自己的这个“皇帝”,恩爱备至,甚至在皇帝死后,还为他树碑立传,在“森林草坪公墓”上,为他留下了一块长眠之地,也为旧金山留下了一个令人发思古之幽情的、充满浪漫主义气息的名胜古迹,给人凭吊,给人怀念——怀念这一位无限风趣、无伤大雅的有趣人物——“美利坚合众国皇帝、墨西哥摄政王”诺顿一世。

就写到这里吧。顺颂

安康!

祥麟

2003年4月23日

13. 关怀与鼓励

葆珍：

欣接5月21日之电邮，不胜欢快！此信要谈的事情较多，缕述如下：

一、自从与您通讯以来，对您的性格特征和优点，愈“发现”愈多。当年在叠彩路院子里您还是小丫头时，由于与您直接交流不多，只知道您是绝对的优秀学生，出类拔萃，给我以深刻印象。但却不知您的个性特色如此之突出和强烈，疾恶如仇，是非分明，正义感极强，更不知道您有后来那样的坚强毅力，吃大苦，耐大劳，发挥伟大的母爱与妻爱，甘当人梯，做苦工二十年，使丈夫与儿子终于学业有成，出人头地。您的吃苦，有如苏秦的苦读（这个比喻不甚恰当，因为你们的老赵对您体贴入微，而苏秦的妻子则在他最困难时对丈夫百般嘲笑）；您的20年劳工生涯，使我想起孟子的那句名言“天将降大任于斯人也，必先苦其心志，劳其筋骨，饿其体肤，空乏其身，行拂乱其所为，所以动心忍性，曾益其所不能”。当然，您在校时我只知道您的作文非常之好，但却绝对想不到您的小说写得那样精彩。

二、你们的老赵为您作“人梯”，替您排版，使我佩服之极。你们两位一个是标准妻子和妈妈，贤妻良母；一个是绝对的好丈夫。祝你们举案齐眉，永远幸福，五世其昌，百年好合。

三、每人的“命运”一般说来决定于两种因素：一是他（她）自己的才能、品质等等；二是有无好的机缘（即英文 opportunity）。这二者缺一不可。您十分幸运，二者都有了，乃能终于“大器晚成”。

四、关于您参加作家协会的事，我想作两点建议如下：其一，是我愿介绍您参加香港的“世界华文文学家协会”。此会的副会长是香港诗人和作家王一桃，真名叫黄寿延，是师大中文系1957年级的高才生，从小生长于马来亚，应该说是您的“师弟”。他出版了几十册诗集和散文集，诗写得很不错，活动能力也很强。写了大量优秀诗篇，并组织香港文艺家协会，后来又与人一同组织世界华文文学家协会。国内许许多多著名诗人作家均为该会会员，我忝属该会顾问，您如愿意参加，我可以介绍。其二，不知您是否仍旧保留了中国护照，如果您仍持有中国护照，我可以介绍您参加中国作家协会。如您已经有了美国护照，则我需要查查规定，看看您能否参加。

最后,我早已替您买了一些书籍,其中大型的有《唐诗宋词元曲》和《四库全书精华》,其规模与以前给您买的《古代十大手抄本》相同,都是一大函四册。本来是想等您回来就给您,却因 SARS 给耽误下来。此外,还有一部长篇小说《沧浪之水》,是我这些年来所阅读过的当代中国小说中之最佳者,当初也是准备等您回来给您,现在想干脆由海运寄给您,等两天可以寄出。写得长了,余再谈。祝
好!

祥麟

2003 年 5 月 25 日晨

附:下面再送您一个我刚刚翻译好的小故事:

天鹅在临死前唱歌

天鹅在一般情况下不会发出声音,关于天鹅在临死前要唱一支美丽的歌的信仰,只是诗人和哲学家们所喜欢的一个古代传说而已。古代希腊人认为天鹅是音乐之神阿波罗造出来的。柏拉图在他的一篇名为"斐多"的对话录里叙述了苏格拉底的说法,苏格拉底认为天鹅不是由于苦恼和忧伤而唱歌,而是由于阿波罗神的启示。莎士比亚在他的戏剧和诗歌里提到了"天鹅之歌",拜伦在《堂璜》里面也使用了天鹅的形象,丁尼荪(英国 19 世纪著名诗人)在《亚瑟王之死》里也谈到了它。

爱尔兰有一种会发出咝咝啸鸣的天鹅,这种天鹅可以发出模糊的音乐声音,而这一成就是全世界其他任何天鹅所无法做到的,不管是在死时或者在其他时候。在整个北半球有一种最常见的天鹅物种,也只有在它们发怒或者为了保护幼小天鹅时(一般来说这是它们发动进攻的前奏曲),充其量也只能发出一种狂暴的咝咝声而已。这种天鹅不会发声,于是就被起名为哑巴天鹅。

2003 年 5 月 25 日下午 5 时翻译同时打字

14. 谈朦胧诗

（一）

葆珍：

发来之电子邮件早已收到。作协事正询问友人中。今随此信附上我昨晚给友人秦光荣兄的信，谈我对一些难懂的现代派诗歌的看法。秦为我在大学时同年级的同学，原先在《人民中国》日文版工作，前几年已离休。

祥麟

2003年5月30日上午

（二）

光荣老兄：

真对不起，老兄上次来信问我如何看待那些语言晦涩、含义模糊、令人"看不懂"的诗歌，我因为俗务纷繁，百事羁身，一直未能回信，衷心歉疚，难以名状。不周之处，务请谅解并海涵。

现在就上述问题，谈谈我的鄙见。我在这个问题上，可能比老兄稍微开放一些。诗歌"看不懂"一事，是个复杂问题，需要一个个具体情况，具体分析，不能一概而论。

改革开放之初，我国诗坛上"朦胧诗"异军突起，许多人说"看不懂"。可是事实上绝大多数朦胧诗并不那么"朦胧"，也不是非常难懂。当时我就提出一个论点：诗歌必须含蓄，含蓄的诗歌必然比较"朦胧"。含蓄的诗歌耐读，容量大，有比较深刻的含义甚至哲理，这正是这种诗歌的宝贵之处，不可随便否定。由于现代派的影响，诗歌（特别是西方诗歌）到了20世纪，愈来愈倾向于朦胧，也愈来愈难懂。所谓难懂，有时候责任不完全在诗歌本身，而在读者不习惯。我认为我们对"看不懂"的诗，不要先否定，而要先努力钻研，使自己能逐步"看得懂"。

以英、美两国的现代派大师T.S.艾略特而言，他的《荒原》和其他许多诗歌确实都非常难懂，一般英美大学生如果不看注解，绝对看不懂。艾略特的诗，除了隐晦朦胧外，还有一大特点，即典故太多，多得使人难以忍受。典故一多，你就得不停地翻看注解，当然会影响读者的情绪。有一种说法我非常同意，即"艾略特的问题在于他的学问太渊博了，渊博得使他永远也不能成为第一流的诗人”。

试将莎士比亚与艾略特比较一下：莎士比亚的最高学历是小学生，却成了当之无愧的全世界第一流诗人，而艾略特则是哈佛大学的本科高才生，差一点拿到哈佛的博士学位（仅仅因为第一次世界大战爆发，他虽然写好了毕业论文，却因为当时他在欧洲，无法返回美国参加毕业论文答辩，结果乃没有获得博士学位）。同时又是20世纪赫赫有名的大诗人、剧作家和文艺理论家，学问渊博，才华盖世，可是和莎士比亚一比，却只能屈居为第二流的诗人。

艾略特的诗固然难懂，但一旦读者借助于注释看懂了，仍然会感到他的诗是真正的好诗，它深刻、有哲理，而且诗意葱茏。再如美国现代派另外一位诗人华莱士·斯蒂文思（Wallace Stevens，1879—1955），他的诗有些也极为难懂。他的“冰淇淋皇帝”一诗我开始时根本看不懂，后来查了资料，弄懂了其深刻含义，乃感到它是一首好诗。

可见一首诗开始时看不懂，并不一定是“坏诗”。评论诗歌的标准，不是一开始是否看得懂，而是它本身的艺术水平。《古诗十九首》是两千年前汉朝时的民间诗歌，非常通俗易懂，当然是好诗。现代派许多诗人的诗非常难懂，可是弄懂了后，其中的好诗仍然是好诗。

说起诗歌创作来，我始终为当年我们的母校西南联大而骄傲。我们不但有老一代的大诗人闻一多、冯至和卞之琳等先生，还有属于“九叶派”的青年诗人穆旦、杜运燮、袁可嘉、郑敏等学长。他们在抗日战争时开一代诗风，写出了不少优秀的诗篇，而且个个为人正直、热爱祖国、道德高尚而又才华横溢。他们是我们民族的精英，是中华民族之魂，是英文成语里说的“The cream of the nation”（国之精华）。我有幸认识所有上面几位学长，特别对穆旦的才华盖世和杜运燮为人之赤诚，佩服得五体投地。

再回到原题目上来。上面我已经说了诗歌不能以“易懂”或者“难懂”为标准来评论高下，“易懂”和“难懂”的诗歌里都有好诗和“差诗”。但是，如果一首诗确实难懂之极，难到根本没有人能懂，那它就决非好诗，也不可能是好诗。甚至可以说这样的诗不是诗，而是“天书”，是“符咒”，是催眠曲，是“眠尔通”，催人昏昏入睡。

光荣兄，上面我胡言乱语，说了这么多“胡话”，敬请老兄批评指正。顺颂

大安！

弟祥麟敬上

2003年5月29日晚在电脑前噼噼啪啪一挥而就

*15. 一个谦卑的伪钞制造者

情报部门对有人制造一元假钞大惑不解。1938 年 11 月,专门负责执法查处伪造货币的美国情报部门开始调查一个很快就使他们大惑不解的案件。

纽约市的某一位银行出纳员检查出一张一美元的伪钞,一个月内又陆续出现同样的 40 张伪钞。情报部门习惯于对付那些伪造大面额钞票而且大量推向市面的聪明而贪婪的人,可是在这个案件里,查出的一元的伪钞直到年底也只有 585 张。

有谁听说过哪个伪钞制造者会满足于每天只赚不到两美元呢? 同样使情报部门困惑的是制造伪钞者的无能。这些假票子是在劣质纸张上印刷的,票面上的数字和字母东倒西歪,很难成形,而修饰过的华盛顿像又模糊不清——更有甚者,后来上市的钞票上,连华盛顿的英文名字也给拼错,变成了“Wahsington”。这样一种制作粗劣的产品简直令人捧腹大笑,可是纽约的商店店主很少检查小额钞票的真伪,假钞的绝大部分都是被银行里有经验的出纳员发现的。

上述这个谦卑而无能的伪钞制造者的案件被情报部门正式登记在案,其档案编号为第 880 号,负责这个案件的侦察员们开始称呼这个伪造者为“老八百八”。整整五年以后,情报部门一共搜集了 2840 张“老八百八”制造的一元钞票,同时告知纽约的 10000 名店主如何鉴别伪钞,此外还发出 20000 张传单描绘伪钞的样子。但是老八百八仍然照旧发行他的伪钞,后来终于被捕——警察抓到他,也只是“瞎猫碰见死老鼠”,侥幸成功。

他的被捕与儿童帮助有关。1948 年 1 月有 7 个孩子在纽约曼哈顿西区的一块空地上玩耍,发现了一大堆五花八门的废品,其中包括两个锌雕版和大约 30 张一元钞票。他们以为那是一些在舞台上演戏用的钞票。一个孩子的父亲把几张钞票交给了警察,警察又把钞票转交给情报部门。三个特工人员开始调查,发现了这些锌版和钞票是救火队员最近在一座公寓的顶层房间里救火时丢下来的。特工们进入顶楼房间,找到了更多的钞票、一架小印刷机,以及“老八百八”本人。

老八百八的名字叫艾德华·穆勒,是个 73 岁的老人,和蔼可亲。他愉快地承认自己一连九年制造和使用伪钞,每星期大概用 10—12 张,以维持自己的省吃俭用的生活。他的妻子于 1937 年逝世,他的子女俱已结婚并迁往别处,他早已辞去了自己原有的作为楼房管理员、负责用手推车在街上搜集和运送垃圾的工作。他自己做饭，自己洗衣，自己上街遛狗——当他需要现款时，就“自力更生”自造钞票！

“我做的钱只是一元钞票。”他高兴地说。

“我每次使用只用一张，绝对不给任何人两张票子，因此没有一个人会损失超过一元的。”

艾德华·穆勒认为自己是个老实人，当他被同情他的特工逮捕时，他真正感到吃惊。1948 年 9 月他面对一个联邦的地区法官认罪服罪，然而，由于考虑到他年事已高，只被判了一年徒刑，而且只服了四个月的刑。在入狱以前，老八百八必须缴纳一个微不足道的罚金——一美元，货真价实的一美元。

2003 年 6 月 3 日

16. 谈罗素

葆珍：

收到您的电子邮件，非常感谢您对我的关怀。人应该善于处逆境，用逆境来锻炼和磨炼自己，养成坚强和高尚的人格。来信所引罗素的那段话，十分精彩并富于哲理。Bertrand Russell 是 20 世纪英国最大的思想家和哲学家。我在大学一年级时读过他的英文原著，受益匪浅。他是数学家、哲学家，这不奇怪，可是他在 1950 年居然获得了诺贝尔文学奖，可见他的智广才高。他活了 98 岁，晚年致力于世界和平事业，猛力攻击美国的越南政策，并与法国的萨特一道组织国际战争罪犯审判法庭。他是欧洲甚至全世界的良心，是知识分子的光辉楷模，令人景仰。您喜欢罗素，说明您的思想境界和趣味之高。祝您一切都好，并祝我们的共同朋友也幸福！

祥麟

2003 年 6 月 11 日晚 11 时

*17. 浪漫生活，春意葱茏，诗意盎然

敬致诸亲好友

就我的年龄而言，“浪漫生活，春意葱茏，诗意盎然”，这个题目太离奇。有的朋友会说：“人贵有自知之明，我今年82岁，正在向90岁狂奔，而届耄耋之年，而且行将就木。有何浪漫之言可言？”我说：不然。“浪漫”非年轻人的专利品，浪漫是一种气质，一种特征，一种因素，一种高尚的生活方式，它同时还是生活里的“维生素”和调料，并不完全受年龄限制。年轻人是小浪漫，中年人是中浪漫，我是老浪漫，三者互不冲突，各有千秋。现以我这两天的生活为例来说明我上述论点如下。

前天上午，有一位好朋友来探我。她虽是“人到中年”却依然楚楚可人，富于魅力，而且事业非常成功，可以说是卓有成就的大美人。为了表示对我的尊敬，她抱了一大束五颜六色盛开的鲜花来献给我。我们谈得十分愉快，气氛之融洽，无与伦比。临告别时，我送她出门，从背后看她一头长长的乌发，披过肩膀，像一条瀑布飞奔而下，美丽得无法形容。我忍不住夸奖了她：“你的这一头长长的秀发真是太漂亮了！”她回头向我嫣然一笑，愉快地说：“很多人赞扬我的头发。”

上面是一件事，再说第二件。当天晚上，我接到一位陌生女子的电话，说她从北京来。是我的朋友L君的朋友，她来南宁出差，L君嘱咐她来看我。她还说，她名叫×××，是电影演员，扮演过《红楼梦》里的一个著名的丫鬟。我马上肃然起敬，说失敬失敬，原来您是电影明星！她与我约好次日下午来拜访我。到了第二天下午，她偕了一位男朋友翩然来临，给了我不少礼物。大家都知道，电影明星除了漂亮之外，还特别会化妆，这位女士自然也不例外。她天生丽质，装束入时，尽管年近40，看起来芳龄不过20多岁，叫作青春长在，驻颜有术。我们谈话时，她特地给我的朋友打了个手机电话，我对朋友开玩笑说：“上次您派来了个‘天下第一美女’来看我，这次您又派了个‘天下第二美女’，您那里真是‘美女如云’呀！”由于我和×××都是“外向型”的人，我们的话匣子一打开，就谈得异常投入，大家上下古今，无所不谈，可谓一见如故。总之，大家都十分愉快，并且相约她返回北京前她再来看我。

就是这样，我退而未休，“朋友遍天下”，而且新朋友还在不断增加。

浪漫是一种情调，生活里浪漫的机会很多，只是你能否及时捕捉它。正像人世上

一切东西那样，浪漫有一点固好，可是不能过头。我的浪漫主义是“有节制的浪漫主义”，指的是有原则、有范围、有理性、有礼貌。我虽然浪漫，却永远不会逾越界限，不会过头，总是“适可而止”。此外，浪漫是手段，不是目的，我的生活目的是严肃认真、一丝不苟。因此，即使这两天我“浪了它一漫”却仍然不是整天如此。例如，近来我每天晚上都在紧张地学习，阅读“圣贤书”非常认真。我每日晚饭后假寐片刻，然后，便学当年的苏秦，用心苦读。我虽然没有“头悬梁，锥刺股”，却总是正襟危坐，目不斜视，正心诚意，苦苦钻研，做到了古人说的“泰山崩于前而色不变，麋鹿兴于左而目不瞬”，一直学习到深夜11点半。我认为我这种发奋精神，绝对与浪漫主义无关，而是地地道道的“古典主义”精神。

一言以蔽之，这就是我的生活：严谨而又适当地放松；大方向是“古典主义”，但有时又适当地浪漫一下；立足于地上，而让幻想的翅膀翱翔于天空；坚持原则，老老实实作个良好的公民，却又让自己生活里充满诗情画意和青春气息。活到老，学到老，永无止境，永远追求，前进不息。我非常欣赏清华大学的校训：自强不息，厚德载物。这个校训的典故出自《易经》，含义深刻，多年来差不多成了我的座右铭。

请大家给我提意见，批评指正。

顺祝

大安！

祥麟

2003年6月21日

*18. 桂西北旅行记

敬致诸亲好友：

7月中旬，盛夏溽暑，我们“全家”（实际上只有二人）偕了我的外甥女小文前往广西西北部的河池市、南丹县以及贵州省荔波县小七孔风景区旅行。去河池是列席一个会议，去南丹和小七孔则纯粹为了旅游。河池市的市政府所在地为金城江，原来叫作河池地区（专区），两年前废“地”设“市”，辖有金城江区和罗城、环江、南丹、天峨、东兰、巴马、凤山、都安、大化等九个县，并代管宜州市。全市总面积为3.35万平方公里，总人口为378万人，其中壮、瑶、仫佬、毛南、苗、侗、水等少数民族占总人口的83%。河池一向被人们认为是广西最穷的地方，例如联合国曾派人去都安调查，结论是“此处不适于人类居住”（因为都安县不少地方不但没有耕地，甚至没有水）。再如有一首民歌形容天峨县：

小小天峨县，
三间米粉店，
县长骂老婆，
全县都听见。

但是，且慢，河池过去确实落后和贫穷，可是另外一方面，它不但有光荣的革命历史和丰富的宝藏，而且在改革开放以后，成了中国大西南出海通道上的一颗明珠。

河池素来享有“六乡”之美誉：1.中国有色金属之乡；2.中国水电之乡；3.世界长寿之乡；4.世界铜鼓之乡；5.歌仙刘三姐的故乡；6.红七军韦拔群的故乡。

河池物华天宝，全市江河密布，主要河流有50多条，其中落差最大的红水河贯穿全境。龙滩水电站装机容量为630万千瓦，仅次于长江三峡水电站。它拥有世界最高的碾压混凝土大坝，最大的地下厂房，最高的升船机。河池境内的有色金属矿产资源非常丰富，矿种齐全、分布广、质量好、含量高、储量大、生矿多、综合利用性强。锡矿目前储藏量为全国第一，左右世界锡矿的价格。已经探明的锡、锑、锌、铅、铜、铁、金、银、锰、铟、砷等43个矿种，铟的储量占全国第一。

河池生态环境保持良好，气候宜人，绿色食品极为丰富，造就了世界上第五个长寿之乡巴马。巴马县80岁至99岁的老人有3160人，百岁以上的寿星有74人，其中最长者为116岁。巴马县每10万人中有百岁以上老人30.98人，居世界第一。

以铜鼓而论，目前全世界传世铜鼓共有2400多面，河池即有1400多面，故有“世界铜鼓之乡”的美称。

当然，河池也有它的不光彩的一面，其中最著名的，一是在“大跃进”时浮夸风盛行一时，河池的环江县虚报产量，声称亩产粮食13万斤；二是前年（2001）7月17日南丹特大矿难，死去矿工81人。河池市领导人在向我们介绍情况时，对河池的光荣和不光荣两面都如实陈述，使我感到他们的务实精神，与过去很多地方“报喜不报忧”的坏习惯非常不同。

7月18日晨，我们离开金城江镇驱车前往贵州荔波县的小七孔风景区。这小七孔名称来自当地的小七孔桥，是一座连接贵州和两广间的交通要道桥梁，桥身不大，有七个桥孔，故名。小七孔风景区已经成为国家级的自然保护区和著名风景区。

到达风景区时，一位当地的导游小姐上了我们的汽车，为我们讲解和导游。我们的车子走走停停,每到一个景点就停下来让我们下车步行去游览。我们先去了卧龙潭瀑布,又游览了“水上森林”,然后至龟背山游。由于我毕竟年龄大了,脚步有时不稳,一路险情不断。我得经常跳行在四面皆水、散布于水上的石头上,稍一不慎,就会失足落水。为了保证我的安全,经常有一位男青年在前面牵着我的手,一位女青年在后面拉住我缓缓前行,另外还有几个女孩子在旁边助威呐喊,替我壮胆。这样的“前呼后拥”,终于保证了我的安全,使我多次化险为夷,平安无事。之后,我们又游览了跨越樟江的铜鼓桥,立在桥上远眺风景。但见四面都是青山绿水,繁茂森林,樟江江水清澈见底,周围空气无比清新,此种没有污染、远离尘嚣的净洁环境,真是神仙居住的洞天福地,一尘不染,令人流连忘返。

这以后我们又步行至小七孔桥和“六十八级跌水瀑布”,瀑布共几十级(我没有认真数它是否确实为68级,只好大而化之,称之为“几十级”),奔流而下,蔚为壮观。同行的好几位漂亮姑娘,都穿上瑶族妇女的盛装,在瀑布前照相留影。最后,我们到达“鸳鸯湖”,然后乘车去广西南丹县过夜。陪伴我们的当地领导,一再赞扬我,说我以82岁高龄,能够随大家一路步行,很不简单。

南丹矿难,闻名全国。矿难以后,县里关闭了所有未能通过安全标准的矿厂,对南丹经济上的打击自然很大。然而,我始终认为南县前景辉煌,一定能够克服当前困难,继续发展经济。因为南丹有色金属矿产极为丰富,是个很大的“聚宝盆”。前年“7·17”矿难以前,南丹县一直是全国“百强县”之一,经济基础异常雄厚,今后只要注意安全问题,就能继续开采各种有色金属,前途正未可限量也。去也匆匆,来也匆匆,我们此次旅行仅用了四天多,可谓短促矣。

这封信就写到此处。顺颂

大安!

祥麟

2003年7月23日

*19. 师生谊与赤子情

——致友人书

某某：

你好！

“别时容易见时难”。如你所知，葆珍今日上午飞往广州。她此次回国，于本月12日下午由广州飞来南宁，当天晚上10点偕她的外甥女林山碧来看我。

如果从她在我校中文系毕业的1958年算起，我与她已45年没有见面。但是，师生之谊是联系我们两人的强大纽带，它使我们相隔如此久以后，友谊仍然这样浓密馥郁。见到她，我真高兴，不仅为我们之间的深情挚谊和幸福重逢而欢乐，同时也为她这些年来顽强战斗、奋力拼搏终于取得重大胜利，在生活和文学创作上都卓有成就而感到无限欣慰。她是女中的强者，她之所以获得如此巨大的成就，绝不是偶然的。

12日晚上，由于时间已晚，加上她还有许多事情，我们只谈了半小时。

昨日（即13日）下午大约4点钟时，她再次偕外甥女林山碧翩然来临。她一进门，就向我规规矩矩地行90度的鞠躬礼。说一鞠躬代表王一桃向我致敬，二鞠躬代表她自己拜见老师。葆珍如此郑重多礼，使我感动异常。

我们谈了大约两个小时，她主要是谈她自己的艰苦历史。她说在“反右”运动中，系里内定了班级中四个右派名额，必须完成这个指标。她是第四名，但是只因她在群众中威信高（例如她一向工作积极，思想先进，成绩优秀，她在全校第一个带头不领助学金，她每个月拿出钱来帮助困难同学等等），在全班“公民投票”时绝大多数同学不举手，不赞成把她划成“右派”。后来，不知谁临时将班上某个有一次误入女厕所（但他一发现错了立刻退了出来）的男同学作为“坏分子”顶替葆珍的名额，葆珍的“右派竞选”乃告失败。

至“文革”时期，许多学校把本校的优秀教师赶往农村，后来发现这种做法错误，中央即将发文制止，而葆珍所在的某中学却抢在文件到来之前，把葆珍等全校的“反动学术权威”赶下农村劳动，私下对农民说要对葆珍等人监督改造。此时葆珍患有严重肠疾，大便出血，外科医生怀疑她有直肠肿瘤，要剖腹检查。经人介绍，她向校方请假到广州诊断，而该校竟不准假，坚持要她带病下放农村。

身上的隐患，加上在农村又怀孕，又不能冒险作人工流产。她坚持劳动，从未缺过一次工。怀孕八个月还得上山砍柴，捆柴时要用膝盖顶着柴枝去捆的。这样，捆了又散，散了又捆，天黑了，仍独自行走在山路中。临盆那天，她仍在田里。

1982年，她到了美国，她父兄在纽约有经济实力，可她坚持自力更生，连续当了20年的缝衣工人。她计件取工资，每缝一个袖口，仅得工资7美分。一般女工每天只能缝六七百个袖口，葆珍每天工作12小时，竟可以缝3400只袖口，成了“劳动模范”！由于工作太累，一次不小心被机器轧断了一只手指。

在美国，她始终乐于助人。有个中国女留学生因贫困而辍学，葆珍再三劝她继续学习，并答应每个假期替女学生找工作。结果有一年工作难找，葆珍乃将自己的报酬高的工作让给女学生，自己另外干一个报酬低的工作。类似情况，不胜枚举，葆珍之侠义行为可谓多矣。

14日上午10点，政协黄副队长开车前来，我乘车到民族大道南宁市检察院接了葆珍一同去广西大学附近的三联书店。我们登上书店二楼，先去里面茶点厅要了一壶乌龙茶。厅里窗明几净，幽雅宁静，同时还有音乐声悠扬，是个读书的好地方。我们稍微品茗和谈天后，就一同去大厅看书。

南宁市三联书店硕大无比，到处整整齐齐地陈列了各种各样的新书，简直是一个书籍的海洋。我与葆珍各人看自己爱看的书，像两只小船，游弋在书籍的大海洋里。

书店一位青年女店员，工作十分负责，一看我手上拿的准备购买的书多了，便主动提出替我把书送到前面柜台寄存。后来我干脆又选了些书，拿到我们喝茶的座位上阅读。不久，葆珍回来了。我把山东出版社出版的老照片精选本《尘埃拂尽识名人》一书给她看，说：“您一定喜欢这本书。”果然，葆珍翻看了几页，就对这本书爱不释手，决定也买一本。

乌龙茶味道鲜美、清香扑鼻，周围环境又如此幽雅，我和葆珍这位老朋友能够在相隔四十多年后、相距万里外，如今重新欢聚在一起，真是万分难得。我们且读书且谈心，话虽不多，点点滴滴渗透入心头。葆珍出了个深奥的谜语让我猜，我猜不出，我也出了个非常有趣的“卷帘格”谜语请她猜，她也未猜到。在三联书店我和葆珍都买了好几本书，满载而归。

午饭时我们请司机开车去全市最佳的饭馆“海鲜仔”去，吃了一顿美味可口的午餐。午餐时，葆珍谈了她想在广州住宅区买一座房子，以备将来回国住。她说她拿不定主意，征求我意见，我说应该买。

我送葆珍到她外甥女家，与她相约在她离开南宁前，我和她再聚会一次。

15—16日葆珍去了龙州。17日下午四点她如约前来我家，我与她畅谈了一个半小时。她说她在中文系时，因病在桂林开刀。手术后医生竟少缝了一针，导致大出血，血流如注，生命危殆。当时她无钱买血，男友（即后来之丈夫）赵天宇找到广西师院党委书记杨江同志，说需要72元买血。杨书记急功好义，二话不说，立刻从自己口袋里掏出72元现金，给了葆珍的男友，这样才救了她一命。

还有一件事很有趣，1955年反胡风运动时，他们年级要选一个学生批判逻辑学某教授，一个“左”得可爱的女同学为了邀功取宠，一上讲台就脱离讲稿胡言乱语，胡说某教授专门培养一些走“白专道路”的学生，精心培养了“白专”学生陈葆珍。事情的发展往往出人意料，女学生以为这样就丑化了某教授和葆珍，孰料某男生听了以后，反而促进了他对葆珍的追求，后来二人终于成了夫妻。这种故事，在极“左”思潮泛滥成灾时，并不罕见。

5点半时，葆珍应邀去附近的“新湖滨山庄饭店”吃饭，我便步行送她到饭馆门口，与她再三握手告别。

今天上午9点多，葆珍来了电话说马上出租车要来，她即将前往去机场，向我道别。于是，我们这次好几天的欢聚，乃划上一个完美的句号。

上面我大略叙述了葆珍此次来南宁与我一起的情况，仅记述如上。祝
好！

祥麟

2003年9月18日下午

（本文原载于《珠海侨联》第27期，2004年元月出版）

20. 致锦天小友

（一）

锦天小朋友：

上次查找的人名 Chidiock Tichborne 资料，由于我在纽约的友人因事离开纽约，直到最近他才回来，因此耽误了时间。今天收到他的电子邮件，说 Chidiock Tichborne 的生卒年代是：1558—1586。但是他还没有查到此人的国籍，等他查到以后，我再发电子邮件给你。

贺祥麟

2003 年 10 月 15 日中午

（二）

锦天小友：

昨天刚给你一封信，告诉你那个诗人第希琼恩的生卒年代。方才我又接到纽约的友人发来电子邮件，说已经查明，这个诗人是英国人。这样，我这次就完成了你爸爸交给我的任务。请你转告你爸爸，并请代我问候你爸爸和妈妈。又我马上就要去住院，疗养一下身体。住院期间，可能周末回家来收发电子邮件。祝

你好！

祥麟

2003 年 10 月 16 日

21. 住院及其他

敬致诸亲好友：

我于今年10月16日住院，医院名称是广西医科大学附属第一医院，科室名称叫作“心血管疾病研究所干部病房”，简称为“心干科”。其英文译名尤为怪异和惊人，令我非常不安，为“Ward for VIPs”（重要人物病房）——病人实际上是某一级以上的干部。等级制度当然不好，违背了“人是生而平等”（Men and born equal）的伟大理想和原则。但是，在我们这样较之发达国家物质生产很不丰富、所有干部职工薪水普遍偏低的“社会主义初级阶段”，从实际出发，暂时也只能这样。这封信我固然要谈自己住院的经过和体会，可是同时也想更敞开一些，回顾一下人类医院的发展和谈谈我自己经历过的医院生活。

一、19世纪的英国医院

人类现代意义上的“医院”起源于欧洲，英国更是最早设立公共医院的国家之一。然而，英国19世纪的医院情况却非常糟糕，糟糕得使人难以置信。据塞西尔·伍德姆·史密斯的Florence Nightingale（《南丁格尔传》）一书介绍的：

> 1884年（英国的）医院就是悲惨、堕落和肮脏，所谓“医院气味”，就是肮脏与不卫生的结果，这种气味是如此强烈，以至于人们只要第一次进入病房，就会给呛得头晕目眩，病房里挤满了床铺，病人根本无法讲究礼仪。
>
> 病人皆来自被称为“贫民窟”的贫民公寓，来自茅屋或棚户，以及来自霍乱病菌到处潜伏的地下室。杜松子烈酒和白兰地等酒被偷偷带进病房，于是，可怕的景象屡次发生，其结果就是那些半死的动物①互相疯狂咒骂和一阵阵“尖叫恐怖”声中殴斗翻滚。
>
> 病人入院时污秽不堪，护士不替病人洗身；“通常总是新病人来了，睡的被褥是同一病床老病人使用过的旧卧具。垫褥则尤其极少洗涤”。②

① 指病人。

② 引号内文字为南丁格尔自己的原话。

但是，真正的障碍还不是医院环境的极差，而是医院护士的臭名昭著的不道德。南丁格尔写道："医院优先雇用的护士，是那些被认为已经丧失了自己个性的妇女，即已经生过一个孩子的妇女，护士同自己照料的病人同睡在一个病房里，男病人病房里的护士与男病人同床共枕并不罕见。酗酒是医院护士的祸害，也是病人的祸害。"①

19 世纪 80 年代英国医院差到这样程度，令人吃惊。当时在医院当护士压根儿不需要任何专业训练，"全世界普遍认为，有资格照顾病人的人，只需要一个条件，即：必须是女性"。今天看来简直是开"国际玩笑"。然而，在 19 世纪，它确实是千真万确的事实。

二、20 世纪 40 年代的美国医院

正如大家所知道，南丁格尔在克里米亚战争后，作了根本的改革，对英国和全世界的革新产生了极大的推动作用。再加上以后整个人类社会的进步和发展，医院的设备愈益先进，彻底改变了 19 世纪的落后状况。我于 1949 年在美国亚特兰大市艾莫黎大学(Emory University)读研究生，在该校附属医院艾莫黎大学医院(Emory University Hospital)打工，开了两年电梯，使我对美国医院多了一些了解。

当时的艾莫黎大学医院，是美国南方著名的医院，在亚特兰大城则是首屈一指的"贵族医院"，因此，我所见到的该院情况只是美国的"贵族医院"情况，还不能代替美国的一般医院。这所医院有第一流的医生和设备，有第一流的病房，有自己的护士学校，名声极好。我不是医生，谈不出该院医生的医疗专业情况，只能以一个"电梯工"的身份，谈谈自己的见闻。

照我的外行眼睛所见，艾莫黎大学医院的病房舒适程度等于当时的高级宾馆，每个病人都有自己的单人房间，房间非常大，设备华贵而齐全。美国医学院学制为 8 年，对学生进行了严格的专业训练，医术一般都不错。一个实习的外科医生一年要解剖尸体 300 多具，经验如此丰富，医术焉不精湛？开电梯每天要接触许多病人和家属，他们对医院的反应很好。电梯的乘客与我也很熟，有时也和我攀谈。一个乘客曾经开玩笑但同时也充满哲理地对我说："乘电梯正如人生一样，充满了上上下下"(Riding an elevator is like life itself，full of ups and downs)，说得多好啊！在工作中，我还结识了一些病人朋友，例如，一个五岁的女孩普瑞西拉就成了我的"忘年之交"。

① 以上翻译自 Great Biographies reder's Digest Association, Inc. Pleasantville ,New York 1987,P.253，祥麟自译。

医院的民主作风也给我以深刻印象。我到医院开电梯，上班的第一天就出了事故，一个女客人正要走出电梯，我按错了开关，电梯门把她挤了一下，她大为震怒，发誓说要去找院长和我算账。果然，不久后，院长来了，对我微微一笑，说："您刚才是不是手滑了一下？"我说："是的，手一滑，按错电钮，把客人挤住了。"他笑着说："不要紧，以后注意就行了。"再如，不论医生护士或者工人，凡工作一天，都可以在医院餐厅免费吃饭。我每天只工作四小时，在餐厅免费吃一餐。餐厅是自助餐，各人选取自己喜欢的食物。食品不但质量非常之好，而且上自院长，下至勤杂工，所有人的伙食完全一样，做到了一切员工伙食平等，值得称道。

医院的电梯甚多，我轮流开其中的三部：一是病人、家属和医护人员共同使用的，是美国奥蒂斯公司出产的名牌 Otis 电梯，与今天的先进和优质的电梯一样；一部是产科病房使用的，也同样先进；另一部是运货的，非常落后，它完全没有自动化的按钮，而是铁闸门式的，每次开门关门都需要用力去拉。我最常开的是第一架，不仅舒适，而且可以接触众多客人。第二架也不错，特别是有时候运送婴儿时，七八个以至十几个初生儿哇哇哭叫，可爱极了。运货电梯虽然落后，需要用力拉门，却也别有风味。再说，干一行爱一行，常开这个电梯，我也没有意见。但有一个非常恐怖的场面，使我害怕，即医院总会死人，运送死尸，一般都用很少有客人来搭乘的电梯，于是，就用这架电梯。领导给我的指示是，凡是碰有手推平车，上面的"病人"全身用白布覆盖者，电梯一路不停，一直开到地下室。我过去很少见过死尸。遇到此种"乘客"，便感到毛骨悚然，异常恐怖。

开电梯的乐趣很多，不仅可以接触社会，认识三教九流的客人，而且，我与同事的关系也极好。本科学生奥尔（Orr）也半工半读，与我一样为电梯工人。他当时只十六七岁，乳臭未干。有一次我交班给他，顺便问他本学期选了哪些课程。他说"我选了……"，正要回答我时，忽然一位中年妇女来乘电梯，他顺势改口说："我选了马上送这位太太上楼。"于是，我们一起大笑，然后各奔前程。这里妙的是英文"选课"和"运送"是同一词语 take，奥尔正利用这个特点，一语双关，妙不可言。为了使熟悉英语的亲友了解其中奥妙，我将我的问话与奥尔的回答都写在下面，我问的是："What courses are you taking this quarter?"他的答话是："I am taking……well, I am taking this lady up。"他后面用的仍然是 take 这个词，可是意思却根本改变了，多有意思呀！生活里乐趣无穷，是个取之不尽、用之不竭的巨大宝藏，关键是看你能不能发掘它。

三、住院

我此次住院不平常。过去多次住院都仅仅为了调养调养，疏通一下血管，叫作"例行公事”，敷衍一下而已。更何况由于自己工作忙时间太紧，近两三年来我一直在推延这例行公事，压根儿不去住院。这次不同了，上个月体格检查，超声波查出我肝脏有细密小点（类似阴影），有点“大事不妙”，令人怀疑。这样，形势逼人，逼得我必须住院，还未入院心里就浮现出一个大字和问号：“癌？”我赶快查我的英文医学书籍，知道了肝脏是人类器官中之最大者，一个肝大约重1.4公斤。肝脏是人体内的“化工厂”，一切食物都要经过它过滤加工，任务繁重。肝脏即使切除十分之九，剩下的十分之一依然可以照常工作，此外，肝脏的再生能力很强，切去一部分，还可以再生出来。

诸位至亲好友可能感到奇怪，说你这个人为何如此神经紧张，还没有进一步检查就想到“癌”，就赶快查资料？我的答复是：我多年来生活上服膺于一句英语格言“Hope for the best，prepare for the worst”（作最好的希望，作最坏的打算），只有这样我才能遇事不惊，胸有成竹。可以应付一切突发事件，不至于手足无措。再说，这次发现的“细密小点”，即使真的是“癌”，也只是最初期，动动手术罢了，何惧之有？

长话短说，入院后经过磁场共振仔细检查，结论是：早期肝硬化。医生给我打气，说不用担心，肝硬化是个长期过程，需要十几年时间，您今年已经82岁了，怕什么？肝脏问题澄清以后，又查出我的肾脏有问题，要我照彩色超声波。于是，“那个字”在我脑际再次浮现，挥之不去。反复考虑，我想通了，做最坏的打算。即使真是癌症，无法医治，那么，司马迁和毛泽东都说过“人固有一死”，古往今来有多少英雄豪杰、出类拔萃之人都免不了这一关，那么，我向那个神秘世界“潇洒走一回”，又有何不可？而且，自从家母五年前见背以后，五年来我日思夜想，思念着她老人家，现在有机会去与妈妈团聚，该是如何幸福！想到这里，我畏惧之情，一扫而光，甚至欢迎这个“幸福时刻”的到来。

再长话短说，彩色超声波检查以后，结论是我的两个肾脏囊肿很多，年龄大了，不宜开刀，听之任之可也。昨天下午泌尿科专家和肝脏科专家都来会诊，肝脏科医生当面对我说：“您没有生过肝炎，因此没有肝炎病毒；您不喝酒，又从来没有输过血，目前的肝功能又这样好，怎么会肝硬化？虽然，磁场共振说您有肝硬化，但我们不能当机器傀儡，因此，还需要继续观察，才能下结论。”而多年来为我治病而且早已成为我的好友的一位医生更再三夸我的心脏，说我的心脏五六年没有变化，很不容易，说明心脏可以。同时他还说我的身体“不错，很好”！答应我说打完一个疗程吊针，本月底即可出院。更使我兴奋莫名的是，我问他说，我明年三月想经过欧洲去智利，可以吗？他说：“可以！”

就是这样，正如莎士比亚说过的那样“All’s well that ends well”（结果好的就一切都好)。我这次住院,在众多竞争的病人中,拿了一块"银牌"——也就是说,我在"广西医科大学秋季奥运会"中,我是单项比赛的第二名,多么光荣!

下面该谈一谈一些我住院生活的"花絮"以飨诸君。我是一个外向型的人,从来乐观开朗,天生幽默,非常容易交朋友。住院以后,很快和医务人员熟了,和他们成为朋友。一天,有个护士来给我送药,说她患了感冒,我顺便告诉她:"我不怕艾滋病,就怕感冒。"她问我何以故,我说:"我年纪大了,生了感冒后,一咳就是三个月,不论先锋或是落后霉素,任何'霉素'都治不好,咳得我死去活来,实在可怕。而艾滋病则完全不同,它单单是潜伏就有十几年,我已经82岁了,我怕什么!"我这一套"谬论"说得她大笑不止,无法辩驳,最后只有"投降",同意我的观点。

广西医科大学第一附属医院是全广西最好的医院,也是全国"百佳医院"之一,设备医疗技术和服务态度都非常好。我的病房,明窗净几,设备齐全,护工每天来打扫卫生及擦家具多次,不论墙壁或者家具无不闪闪发光,一尘不染。医护人员的工作和服务态度都是一流的。若说其不足之处,可能是病人伙食不够理想。一日三餐,病人预先订了菜,由工人把饭菜直接送到病房。食堂菜单上食品种类多至100余种,但味道一般,米粉、面条均甚为难吃,炒菜油腻太大,令人生畏。我每天的午饭不吃医院的,而是由小保姆足踏"风火轮"(脚踏车)送来。我对任何环境的适应能力特强,因此一点小困难绝对难不倒我。这在物理学上叫作"随遇平衡",首先,有了心理平衡,然后其他平衡便不难做到。

很久未给大家写信,一写便是"老太婆的裹脚布,又长又臭",真是难为您了,敬请原谅。并祝

阖第康吉!

祥麟

2003年10月26日于"有惊无险"病室

22. 谈《万里寻师》

葆珍：

来信敬悉，只因我正在住院，医生不许我回家，只能偶尔恳请医生恩准我回家，才能回去几个小时。这样，给您的回信便拖了下来，直至今天。但我在医院并非虚度时光，而是把自己的笔记本电脑带去，每天下午打字不停。

大作《万里寻师》写得十分好，文情并茂，感人良深。特别是“我有口难辩，既难辩休再辩，让吾师问那无情的岁月吧”尤其精彩至极，一句说明了一切，“潜台词”含义之丰富，无与伦比。说实话，我是流了泪读了这一句的。我把这句话读给我们共同的挚友，她同样击节赞赏，认为是“千古绝唱”，动人心弦。感动之余，我把全文打字输入电脑，印刷出寄给她一份。

我们同在南宁聚会的那封信，我也已完全照你修改的改了，一字未再动，寄给了一桃，同时遵嘱把《万里寻师》一文日前一并寄给他。

我认为目前正是您的创作高潮，“江郎梦笔生花”，您的灵感如云，当然会写出更多更好的佳作。希望努力笔耕，让您的笔端大放光明。

余下谈。顺祝

安好！

祥麟

2003 年 10 月 28 日于家中

*23. 为奇人陈葆珍女士和她的奇书祝贺

陈葆珍女士是我将近半个世纪以来的好友。20 世纪 50 年代时，我有幸在南中国一所高等院校的中文系执教，更有幸教了葆珍所在的这个年级，忝为她的老师，与她结下了深厚的友谊。她是全班最年幼的学生，品学兼优，出类拔萃，是我 50 多年来认识的男女同学中之佼佼者。她是一位传奇式的人物，性格坚强，无与伦比。大学四年，多次政治运动没有能把她击倒。毕业以后，下乡劳动和“文革”风暴，她依旧像在火里重生的凤凰一样特异独立。改革开放以后，她到了纽约，甘为丈夫和儿女作“人梯”，拼命做苦工凡 20 年，把一家两代人培养起来，使全家在美国立定脚跟，欣欣向荣。然后她又马不停蹄，开始了自己的创作生涯，出版了一部又一部长篇小说。她还工于写诗，旧体诗歌写得非常之好。这真是“古有江郎梦笔生花，今有陈女胜过江郎”。我多年来一直认为一个人之能否成功，决定于三个因素，曰：个人才能、毅力和机遇。而这三者中，我又一向以为最后起决定作用的还是机遇。现在看来，不对了，葆珍用自己的亲身经历否定和打破了我的这个“机遇决定论”的“定律”。几十年来她长期身处逆境，没有机遇，一直是逆风行驶，开的是“顶风船”，然而，不管是九级巨浪或十二级台风，她都始终破浪前进，甚至鼓翼疾飞，战胜了人们无法想象的一连串艰难险阻，终于攀登上了成功的巅峰。葆珍以非凡的才华、顽强而不懈的拼搏与超人的意志，为我们立下了一个光辉无比的活榜样，使我为自己能有这样一位传奇式的友人而骄傲，其前途正未可限量也。葆珍，奇人也；她的自传体长篇小说《20 年一觉纽约梦》者，奇书也。际此奇人之奇书即将问世之时，谨书感怀如上，为葆珍贺，也为当代华人文学贺。

贺祥麟

2003 年 11 月 11 日

*24. 南行记

敬致诸亲好友：

最近我偕内子希和及外甥女小文一同前往广西边界城市东兴市、然后转往越南北部的下龙湾(指海湾)和广宁省省会下龙市(指城市)旅游,归途在广西的北海市访问,再返回南宁我们于7月31日乘自己的车子去东兴,次日由东兴乘船在下龙湾航行,在下龙市停留凡三日,在北海市停留一日,于8月5日回到南宁。现将一路情况向亲友缕述如下。

一、进入越南

说来有趣,此次旅行动身以前,我一直计划到东兴以后,只去位于东兴旁边的越南芒街(Mong Cai)一游,不去其他地方,去下龙湾更根本不在考虑之列。因为过去我听说过有人坐船去下龙湾,因轮船失事而丧生;坐汽车去下龙市更不安全,公路弯曲太多,越南司机开车过快,经常出事,造成旅客伤亡。不料这次旅行,家人和朋友们坚持要去下龙湾,我势力孤单,说不过大家,只好勉强同意经水路去下龙湾。但心里依然是“十五个吊桶,七上八下”,很不踏实。

一般旅行团有七八人至十几人,而我们这个“团”却只有三人,是个“空前绝后”的“小团”。“团”小有个最大的好处就是导游照顾容易,再加上东兴市有关方面特别交代,要求派最好的导游给我们,于是我们便受到了旅行社最佳导游的最佳照顾。中越边境旅游,异常方便,只需要通知旅行社,凭身份证办理两国间的通行证。旅行社派人到宾馆我们住处为我们照相,次日即可领到可以代替护照的通行证。

进入越南后,我们乘坐旅行社的面包车去芒街市的一家五星级宾馆餐厅休息。刚一下车,迎接我们的是位越南妙龄女郎。她穿了一身绛色的越南“国服”,完全是一个标准的东方美女,眉目如画,端庄秀丽,光艳照人,美丽得无法形容。

出于好奇,我注意了她的服务员名牌,真想不到她的英文芳名竟然是“Alas”!这“Alas”的中文意思应该是“哎哟”,用来表示遗憾或者悲痛。我注意到其他女服务员的名字都是一般的英文女子名字,如“劳拉”“玛丽”之类,可是偏偏这样一位应属国色天香、超级美女的越南旷代佳人,如何竟取名为通常只能用来表示遗憾和悲痛的“哎哟”

呢？这岂非太荒唐了么？

我忍不住问了她本人何以会以“哎哟”为名，她嫣然一笑，用中文说：“我也很不喜欢这个名字，名字是老板给我起的。”

我反复琢磨这个问题，终于得出自己的结论：这个五星级宾馆的香港老板不仅是个巨富，而且是个语言和幽默大师，他大概认为这位越南小姐是东方第一美人，不论用什么名字都无法表达她的神美，于是干脆从反面做文章，使任何人一见到她，就惊呼一声：“哎哟，天啊！世界上竟有这样艳丽无比的绝色美女！”请注意，这绝不是我的瞎猜或胡乱分析，而是我的科学论断。须知人到极大悲痛时候，他表达悲痛的方式决非痛哭，而是狂笑；相反地，人到极端快乐时候，不是大笑，而是高兴得热泪千行，痛哭无声。“物极必反”，这就是辩证法，是科学，因此香港老板给越南美女起名时，从反面做文章，用“哎哟，天啊”这样通常表示失望和恐惧的惊呼来称呼她，是完全正确的。香港这位老板是个“大手笔”，他真正掌握了语言的奥秘，敢于和善于运用惊世骇俗的语言准确无误地表达自己的思想感情。

二、美丽的下龙湾和下龙市

下龙湾是越南北部的著名海湾，总面积为 1553 平方公里，湾内有岛屿 788 个，此海湾已被列入世界自然遗产名录，成为旅游胜地。下龙湾被人们亲切地称为“海上桂林”，这个称呼非常恰当。

我们由芒街乘游艇出发，一路全部在下龙湾航行，但见两岸尽是遗世独立的奇峰，高耸入云，青翠欲滴，正好像把精美绝伦的桂林山水从陆地搬到了海上一样。但下龙湾的山水又与桂林的很不相同。桂林漓江只是一条河流，两岸群山林立，河在山中流，山的倒影映在水中，非常美丽。而下龙湾是海湾，水域宽广，像十几条漓江汇集在一起奔流着，声势更大，气魄雄伟，上面白云蓝天，两岸碧绿山峰连绵不断，而海水又是一片碧绿，风景之美，空气之清新，较漓江有过之而无不及。

更有趣者，为我们乘的是现代化的气垫船，船不是在水里破浪前进，而是在水面以上飞行，迅速无比。当年我去美国留学，乘的大轮船每小时时速仅 30 海里（约 45 公里），而今天我们乘坐的小小气垫船（载客 150 人左右）时速为将近 90 公里，比大轮船还快一倍。这使我想起初次童年时乘坐火车，但见两边树木一直向后奔走，这次我第一次乘坐气垫船，我们乘长风，破万里浪，迅猛前进，简直是在“飞行”。我们“鼓翼疾飞”，神驰天空，心旷神怡，其乐无极。

我爱大海。我想起古今中外许多著名的咏大海的诗来。有个奇怪现象，欧洲诗歌中，歌唱大海者如汗牛充栋，不可胜计，反观我国古代诗歌，以大海为主题者很少，其著名的好像只有曹操、杨广、李商隐、苏轼、文天祥等人的几首短诗。而英国诗人中，歌颂大海的诗歌极多，单是莎士比亚、拜伦、柯尔律治等人，他们每人都写过不少歌唱大海的名篇。莎士比亚是描写海洋的能手，他的那支生花妙笔只要一触及海洋，就立刻绽出一朵朵万紫千红的花朵，使人沉醉。拜伦写大海，浪漫而热情洋溢，叫读者引吭高歌，义气昂扬。柯尔律治的长诗《古舟子咏》(Rime of the Ancient Mariner，今译作《老船夫之歌》)更是从头到尾写大海的。英国维多利亚时期著名诗人斯温伯恩(Algernon Charles Swinburne，1837—1909)热爱大海，他曾经如此充满激情地歌唱大海：

I will go back to the great sweet mother,
Mother and lover of man, The sea.
I will go down to her,I and no other,
Close with her, kiss her and mix her with me.

中文大意是：

我将回到我伟大而甜蜜的母亲那里，
她是人类的母亲和情人，她就是大海。
我要到她那里去，是我独自一人，
去亲近她，吻她，与她在一起。

至于下龙市，在下龙湾之滨，它实际上由两个城市组成，中间隔着小小的"绿门"海峡。海峡的西面为拜寨，主要是新兴的旅游区；东面是有着悠久历史的鸿基，鸿基老城、住宅区以及政府机关都设在这里。现在这东西两部分合在一起，统称之为下龙市。

我们由旅行社安排住在拜寨一家滨海旅馆"仙龙饭店"里，附近就是名震遐迩的拜寨海滩，风景优美，赏心悦目。

一天下午，我与外甥女小文和越南导游小姐阿香一同在海滩上一家冷饮店的露天座位上，每人要了一大杯冰冻的新鲜椰子汁，且谈且饮。这新鲜椰子汁是我一生从未领略过的最佳饮料，其味甘美清香，冰冰凉，透心凉，加上附近在海边游泳的越南少男少女，和在我们头上婆娑起舞、枝叶摇曳的热带松树，异国风光，扑面而来，此种感受，真是妙不可言。我实在抵御不住这大自然良辰美景和新鲜椰汁无比味美的诱惑，乃特地又要了一大杯椰汁，独自一人品尝着这一生里难得的悠闲自在和心胸欢畅。

三、导游小姐阿香

我们的越南导游小姐名叫阿香，现年27岁。不但美丽，中文讲得非常漂亮，而且为人诚挚热情、和蔼亲切、工作认真负责、性格坚毅刚直、很有个性。她全心全意为我们这三个客人服务，对任何事情，她都事先安排得妥妥贴贴，有条不紊，准备工作做得无懈可击。她一路照顾我不遗余力，上车上船以前，她提前到达，为我们占位子，每次步行上下台阶时，她马上跑到我跟前扶着我走。她甚至用心打听我喜欢吃什么菜，每餐预先点好、配好菜，使我们吃得满意可口。她坚决捍卫我们的利益，为了替我们省钱，多次与当地见到外国客人就胡乱喊价的小贩和摩托车工人争执。

在越南，可以直接使用人民币，而无须兑换越南盾。一元人民币大约等于 1700 或者 1800 越南盾。由于当地人认为中国游客“有钱”，本地人用越币时只需 3000 盾的摩托车车费，中国人给人民币便需要给一倍甚至更多的钱。有一次我的外甥女向一个小贩购物，阿香用越币代为付款，小贩不同意，坚持要收高价的人民币，与她吵了起来。这一吵不打紧，小贩神通广大，立即招来一大群摩托车工人替自己呐喊助威，气势汹汹，咄咄逼人。阿香有大将风度，她遇事不惊，临危不惧，马上用手机打电话给自己的友人，请他们赶来支援。最后，小贩和他的摩托车工人哥儿们在具有“大无畏精神”一身正气、寸步不让的阿香面前，知难而退，阿香终于获得了彻底的胜利。

8 月 1 日下午，我们刚到达下龙市仙龙饭店吃完晚饭，阿香即提出建议，问我们是否愿意去她家里看看她的家人。她说，她担任导游两年来，从来不邀请旅客去自己家，她不喜欢随便与生人深入交往。但是，她感到我们“为人高尚，品质高超”，乃愿意与我们做朋友，请我们去看看她一家人。这样宝贵的接触越南普通群众的机会十分难得，我们欣然同意。

当天晚上，我与小文和阿香一同先乘出租车去过海轮渡码头，渡海到了鸿基后，又分别改乘三辆摩托车前往阿香家。摩托车一开，我才发现越南摩托车的“厉害”，确实与众不同。在中国，乘摩托车必须头戴“钢盔”，越南无此规定。另外，我认为越南的摩托车工人个个都是“敢死队”队员，他们光了头在大街小巷横冲直撞，飞速开车，如入无人之境。我坐在后面心惊胆战，随时准备出现事故甚至“光荣牺牲”。事实上一路都是有惊无险，我们终于平安到达。

越南群众的生活水平，大约相当于我国的 80 年代初期，一般商店和居民家里夏天只有电扇，没有空调，群众收入较低，住房也比较差。阿香家贫穷，一走进大门，便是一小间“客厅”，家具陈旧简陋。“客厅”右边直通一间小房（“客厅”与小房之间没有门或墙），只放了两张床，就再无任何多余地方。从“客厅”往后面走，里面一间同样狭小，可能有一间卧室和厨房、卫生间等。

但是，她一家人对客人非常友好亲切，我们见到了阿香的父母亲、祖母和妹妹，个个对我们热情相待。她的90岁高龄的老奶奶听说我们要去她家，特地换上了新衣服、坐在床上等候我们到来。特别令人感动的是阿香的妹妹阿红，她现年24岁，在一所旅游中专毕业，中国普通话也讲得流畅自然。她拿出自己的两大本相册给我们看，为我们解释一张张照片的内容。她还为我写了她的中、越文姓名和电话号码，以便以后联系。虽说她和阿香是亲姊妹，二人性格却很不一样，阿香有些内向，也比较成熟，不苟言笑，而阿红则相反地非常开朗，经常咯咯大笑，敞开胸怀与大家交流。她们还有一个弟弟，可惜当晚不在家，我们无缘与他相见。我们与阿香全家共同照了不少相片，今天看到这些相片上他们全家人人笑容可掬，一片真情挚谊，当时的情景宛然在目，倍感亲切。

四、到了北海

我们此次旅行的最后一站为北海。广西是全国个少数民族地区唯一有海洋的省区，而北海则当之无愧地是广西的"海上明珠"。它风景秀丽，港阔水深，同时还是整个祖国大西南通道的出海口。当年它只是一个非常不显眼的渔村，如今早已成为一个繁荣异常的滨海城市。

北海有规模宏大的"海底世界"（水族馆），给我以深刻印象。它的"银滩"，是我所见过的所有海滩中砂质之最佳者。它的砂为纯白色，细腻若雪花膏，海滩广大，慢慢倾斜向大海，是最好的游泳和冲浪场所。

此次去北海，我们还特地去参观了刚成立不久的贝类和珊瑚展览馆，里面展品之丰富多彩，令人眼花缭乱，使我大开眼界，受益匪浅。此外，我在北海有许多好朋友，这次前往，就受到有关单位的关主席和他领导的一位卢科长的热情招待，给我以很大的温暖。

但是，事物总是一分为二的，此次北海之游，我们也遇到一些很难算得上是愉快的事情。我们想去涠洲岛旅行，负责接待我们的旅行社某工作人员是个"宰客专家"，他完全不顾有关单位领导的反复交代，要他照顾好我们，而是见钱眼开，狠狠地赚我们的钱。

去涠洲岛的票价（包括车船票、午餐、路上景点门票和其他一切费用）过去是每人100余元，现在自8月1日起涨为200多元，我们每人平均交纳了210元，三个人一共交了630元，不料其中两人只有座位票，而无卧铺。蒙旅行社开恩，给了我一张卧铺票，却是上铺！旅客的双层床，床架上只钉了一个小小的木头，作为踏脚，我得像杂技演员一样纵身一跃冲向上铺。这在十几年以前我还可以做到，今天"吾老矣，无能为也矣"，已经绝对无法攀登上铺。没办法中，我们只有在上船之后另外多买了两张下铺票。

更麻烦是，登上涠洲岛后，其他旅行社的汽车都有空调，唯独我们(共20人左右)乘坐的这辆车没有。那一天赤日炎炎似火烧，气温高达38摄氏度，盛夏酷暑，高温难耐。车行到一个景点，旅客下车去潜水，停车两小时，我因年纪大，不想穿上厚潜水衣下水去受洋罪，乃干脆留在车上休息。谁知烈日当空，停车处一棵树也没有，太阳直接晒在铁皮车顶上，车内完全像蒸笼一样，我被整整“烤”了两小时，成了“糊烧鸭”，汗流浃背，衣服湿透。所幸贱躯顽健，总算没有生病。

还有一件事，尤其令人惊怖。8月5日早晨6点多，我正在北海迎宾馆卧室里睡眠，突然祸从天降，挂在我床头墙壁上的一幅画的木框太轻，又没有钉牢，承受不住画上的那一大块玻璃，木框开裂并下滑，一大块玻璃立刻垂直飞了下来，砸在我枕头边缘上，离我的头只有两三厘米远。这块玻璃边缘锋利得像刀刃一样，如果我不是只枕了枕头的一小部分，因而逃掉了这场飞来的横祸，那么即使我能逃脱“遗体告别仪式”，也绝对逃不了重伤住院。此事发生后，我当即通知了服务员，她只是连声说对不起，但是发生了这样的大事，事后并没有宾馆的任何领导出面致歉。

和越南一比，愈加使我感慨万端。越南是小国，国力不强，改革开放也比我们迟(他们自1986年起实行开放政策)，但是由河内至下龙湾旅客可以乘直升机；芒街和下龙湾之间有最现代化的气垫船，而现在我们的北海和涠洲岛间的交通工具则是老掉了牙的旧轮船。越南的旅游汽车都有空调，而在北海我坐的车子的则是“抗日牌”，对烈日只能硬挺。至于服务态度，阿香全心全意为旅客服务，北海的导游则对我们无任何关照，甚至压根儿见不到人。看来北海的旅游业需要改进的地方甚多，与越南对比的差距很大。

窃以为我们的官员单是在上面指挥远远不够，必须下到基层，了解民情，大刀阔斧，厉行改革。果尔，则北海的旅游业，有厚望焉！

此信已太长，余再谈。顺颂

大安！

祥麟

2003年11月19日

25. 关于中文系刊物《百花亭》

葆珍：

收到您11月18日电子邮件（给我的信、《风雪百花亭》和您给一桃的信）。关于《百花亭》问题，我完全站在您的一边，即正确的一边。您严正指出，刊物是您和杨怀武二人发起和创办的，与某某人无关，而且不可能与他有关，因为你们为《百花亭》在反右运动中为此付出惨重代价，一个被毁了青春，另一人则“脸上被刺了林冲式的金印”，而某某人当时与《百花亭》在立场上不沾边，在业务上他也无此能力和水平，论点鲜明，论证充实，铮铮铁言，掷地有声。我完全支持您的论点。今天上午与我们共同的友人通话，把《百花亭》事件说给她听，并且向她读了您给我的这一封信，她当场严正宣称“葆珍说的全部是事实，我可以作证。（编者按：具体细节从略。）《百花亭》的负责人是葆珍和杨怀武，某某人如何能把功劳据为己有？”这就是历史，就是事实，也就是真理，无可争论，不能摇撼。

您的文章《风雪百花亭》写得很好，它还历史以本来面貌，义正词严，铁证如山，文情并茂，感人良深。这样的文章应该写，也必须写，否则真理便被蒙上尘垢，正义便无从显示。

祥麟

2003年11月20日

又：我11月15日去桂林，19日（即昨天）下午回来。收到您的电子邮件迟了，因此回信也慢了一步，请谅。

26. 介绍郑燮《板桥道情十首》

葆珍：

今将清朝大学者和作家郑板桥之《板桥道情》奉上，供您参考。《板桥道情》经作者反复修改，千锤百炼，成为我国文学上不朽之作。您过去必定接触过它。这样的杰作，可以清心，可以再三诵读，其乐无穷。祝

好！

祥麟

2003 年 11 月 25 日

板桥道情十首

郑燮

开场白

枫叶芦花并客舟，烟波江上使人愁；劝君更尽一杯酒，昨日少年今白头。

自家板桥道人是也。我先世元和公公，流落人间，教歌度曲。我如今也谱得道情十首，无非唤醒痴聋，销除烦恼。每到清山水绿之处，聊以自遣自歌。若遇争名夺利之场，正好觉人觉世。这也是风流世业，措大生涯。不免将来请教诸公，以当一笑。

道情词

1.老渔翁，一钓竿，靠山崖，傍水湾，扁舟来往无牵绊。沙鸥点点轻波远，荻港萧萧白昼寒，高歌一曲斜阳晚。一霎时波摇金影，蓦抬头月上东山。

2.老樵夫，自砍柴，捆青松，夹绿槐，茫茫野草秋山外。丰碑是处成荒冢，华表千寻卧碧苔，坟前石马磨刀坏。倒不如闲钱沽酒，醉醺醺山径归来。

3.老头陀，古庙中，自烧香，自打钟，兔葵燕麦闲斋供。山门破落无关锁，斜日苍黄有乱松，秋星闪烁颓垣缝。黑漆漆蒲团打坐，夜烧茶炉火通红。

4.水田衣，老道人，背葫芦，戴袱巾，棕鞋布袜相厮称。修琴卖药般般会，捉鬼拿妖件件能，白云红叶归山径。闻说道悬崖结屋，却教人何处相寻。

5.老书生，白屋中，说黄虞，道古风，许多后辈高科中。门前仆从雄如虎，陌上旌旗去似龙，一朝势落成春梦。倒不如蓬门僻巷，教几个小小蒙童。

6.尽风流,小乞儿,数莲花,唱竹枝,千门打鼓沿街市。桥边日出犹酣睡,山外斜阳已早归,残杯冷炙饶滋味。醉倒在回廊古庙,一凭他雨打风吹。

7.掩柴扉,怕出头,剪西风,菊径秋,看看又是重阳后。几行衰草迷山郭,一片残阳下酒楼,栖鸦点上萧萧柳。撮几句盲辞瞎话,交还他铁板歌喉。

8.邈唐虞,远夏殷。卷宗周,入暴秦。争雄七国相兼并。文章两汉空陈迹,金粉南朝总废尘,李唐赵宋慌忙尽。最可叹龙盘虎踞,尽销磨燕子、春灯。

9.吊龙逢,哭比干。羡庄周,拜老聃。未央宫里王孙惨。南来薏苡图兴谤,七尺珊瑚只自残,孔明枉作那英雄汉。早知道茅庐高卧,省多少六出祁山。

10.拨琵琶,续续弹,唤庸愚,警懦顽,四条弦上多哀怨。黄沙白草无人迹,古戍寒云乱鸟还,虞罗惯打孤飞雁。收拾起渔樵事业,任从他风雪关山。

尾白

风流家世元和老,旧曲翻新调,扯碎状元袍,脱却乌纱帽,俺唱这道情儿归山去了。

跋语

是曲作于雍正七年。屡抹屡更。至乾隆八年。乃付诸梓。刻者司徒文膏也。

(2000年6月17日借彭庆山老师之《郑板桥全集》影印真迹本打字并输入电脑。该书为中州古籍出版社1992年9月第1版,中州古籍出版社在河南郑州市农业路73号;据世界书局1935年本影印。)

2000年6月24日(星期六)上午,樊篱兄托人带来手书,他根据北京中国书店1985年6月据扫叶山房1924年版影印的《郑板桥全集》,及南京大学古典文献研究所专刊《郑板桥全集》二书,为我上面的打字做了订正,并加上了标点符号。我乃又根据樊兄之订正,再次修改了我上面的打字本。另外,樊兄在我的打字稿后还附有下列一段说明:

据齐鲁书社1985年出版的《郑板桥全集》编者卞孝萱先生著曰,裴本(裴景福《壮陶图书画集·清郑板桥书道情卷》)跋语与刻本不同:"雍正三年,岁在乙巳,予落拓京师,不得志而归,因作《道情》十首以遣兴。今十二年而登第,其胸中犹是昔日萧骚也。人于贫贱时,好为感慨。一朝得志,则讳言之,其胸中把鼻安在!西峰老贤弟弟从予游,书此赠之。异日为国之柱石,勿忘家风也。乾隆二年人日,板桥居士郑燮书并识。"

祥麟再打字于2000年6月24日上午

27. 谈《凭吊忠魂》

葆珍：

感谢您的三封电子邮件和三篇文章(《回国旅游杂记》、《一张绿色的情网》和《凭吊忠魂——祭黄花岗72烈士》)。三篇俱属佳作,文情并茂,但真正出类拔萃者,应该是第三篇。黄花岗72烈士之壮烈事迹,惊天地而泣鬼神,万古不朽。我童年时候也受到72烈士事迹的极大影响,对先烈顶礼膜拜,心向往之。感谢您写了这篇文章,使我重温了烈士事迹,念兹在兹,感动万分。读了您这篇大作,我也陪您洒下了满脸的热泪。这篇文章,应为我所看到过您的短文中之最佳者,可谓精彩绝伦。其精彩程度,可以收入中小学课本作为范文学习。中山先生的“浩气长存”手书,自幼鼓舞着我,读了您的文章乃更感亲切。一言以蔽之,您写了一篇极好的文章,功不可没。我已经将您这篇大作下载,并存入我的电脑文件夹,以长期保存它。感谢您,感谢您,再一次感谢您！希望您在注意身体健康的前提下,继续努力,不断前进,攀登文学的高峰!

祥麟

2003年12月1日

*28. 遇骗记

敬致诸亲好友：

前些时我翻译了不少外国骗子的故事，并将其中一些分别寄赠各方友人。我万没有想到，骗子正在向我袭来，使我猝不及防。

我的电脑上网，需要改装宽带，乃请本市电信局派人来装。来了两位青年技工，把我的电脑主机打开，摆弄了良久，终于把宽带装好。一切好像都很正常，谁知事实大谬不然。我的一位电脑专家朋友有一次来指导我使用电脑，发现我的电脑程序运转甚慢，他感到不解，说“我不久前刚刚帮您更换了新的‘内存’，电脑运转非常快，怎么现在会这样慢呢？”他把主机打开，吃惊地发现我的“内存”已经被人换去。他取下了我电脑上的两个劣质“内存”，对我说：“您看，我原先帮您装的优质‘内存’，只有一片，容量是256兆，现在换成两片‘内存’，一共加起来才有85兆，您的‘内存’被人换了。”

我说：“他们打开了我的主机，这是最近我的电脑主机唯一被打开的一次。”友人说：“这就对了，一定是那两个人换的，他们把质量极差的‘内存’给了您，把我代您装的优质‘内存’换走了。”遇到这样的问题，我感到非常棘手，因为我没有任何证据，而要告发这两个窃贼是需要证据的。我只好又花了260元，请友人为我买了一个新的“内存”。

也就是那两天，我工作室的空调机坏了，完全不能运转。我打电话给当初购买空调机的商店，请他们派人来修。来了一个师傅，他观察了我的机器后，先是说没有什么大问题，后来他跑到楼下去查看空调机的主机，回来说“您的空调机的压缩机坏了，得更换一个压缩机才行”。

我虽然生性愚钝，对机器彻底外行，但有一点是知道的，即不论冰箱或者空调机，其压缩机是整个机器的心脏，在所有部件中，压缩机最贵。我问师傅换个压缩机多少钱，他说1100元。我想，目前一般空调机也不过是1000多元一台，现在单单更换一个压缩机就要1100元，未免太贵。我又问他，“那手工费又需要多少钱呢？”他说，连手工费在内一共这么多钱。我说：“等我考虑好了再说，如果需要更换压缩机，我再打电话找你。”

他走后，我反复思考，感到这里面“有鬼”，这个师傅先说没有什么大问题，后来朝楼下一跑，回来就说我的压缩机坏了，令人生疑。我决定请内行朋友先检查一下，看看是否压缩机真的损坏了。朋友带来了两位空调机专家，专家反复检查后说：压缩机非常好，没有任何问题，问题只是空调里的"雪种"（即氟利昂）漏完了，需要更换一个新螺帽，再注入新的"雪种"即可。结果是我总共只花了50元，就把空调机修好。机子一开，凉风阵阵，把酷暑淫威一扫而光，使我浑身舒坦。

还有更危险的遭遇。今年七月初，我在桂林上街去交通银行某储蓄所取钱。储蓄所规定顾客应该在柜台前地上黄色横线外排队，轮到了谁，谁就走到柜台前办理取款或存款手续。等轮到我时，非常奇怪，我刚刚走到柜台前，排队在我后面的一个中年妇女就违背规定，挤到我旁边，好像也在等待办手续。不久，她旁边又上来一个中年男子，离我很近，我全无警惕，不以为意，只顾自己取款。取完款，上了汽车，谈及此事，司机说："刚才那在您旁边那一男一女，非常可疑。实际上女的在用计算器记录您的存款账号，而那个男的则是在记下您的密码。"我与友人和司机一讨论，他们都认为现在假造存折甚至身份证非常容易，这一男一女如果有了我的存款账号和密码，私自取我的钱毫不困难。我必须马上回银行更换密码，否则存款极可能被偷领去。于是，我们马上掉转车头，重新回银行，更换了我的密码，这样才躲过了一场可能到来的灾难。

这以后，我又发现了一个女骗子，其行骗手段之恶劣，较之上面所说的几个绝不逊色。我家附近街上有一家小型超级市场，为夫妻二人所开。老板娘是个中年妇女，负责收款。我购物一向有"马大哈"作风，看见东西就买，买了，付了款就走，不认真数钱，更从来不辨认（老实说，也实在不懂如何辨认）钞票之真伪。有一天我去一家杂货店买东西，店主说我给他的五十元一张的钞票是伪钞。我大为惊诧，全没想到自己会有伪钞。仔细回想，认为伪钞只可能是那家超市找给我的。可是，事情已经过了几天，去找老板娘，她绝对不会承认，我何必自找这个苦恼，乃像过去一样，把伪钞作为"纪念品"收藏起来。

以后有一天，我又去该店购物，买了一共9元的三瓶饮料，老板娘说22元。我当时有点心不在焉，加上惯性，以为老板娘说多少，就顺手照付了款。一两天后，我进行"思想反刍"，突然想到饮料只有9元，为何老板娘收了我22元，想去找她质问，忽然想起老板娘那天根本没有给我收款机打印的小小发票。自己全无任何凭据，又怎样找人家"算账"？怎么办呢？

我想出两条对策：一是下次再去购物，故意买很多饮料，如果老板娘收款骗我时，当场抓住她；另外一条是从此与这家超市"绝交"，再也不去那里购物。结果由于自己太忙，前面那个办法耗时太多，"工程太大"，得不偿失，乃自然演变为与该超市"绝交"，永远不再去那里买东西。当然,我缺乏阿Q精神,不会用“精神胜利法”来安慰自己,如果采用阿Q的办法,我可能会说:叫她生重病,拿骗来的钱去买药吧!

近日来我常常想到一个问题:制造劣质商品算不算行骗。我认为从根本上说,制造劣质商品事实上就是行骗。这方面我受害的次数很多,略举几个例子如下:有些拉链质量很差,使用不久就会失灵,使拉链无法关闭。一年前我在国外生活,有一次我的外甥女的女儿用她一向惯用的四川方言对我说:“舅爷,你的大门开了。”我感觉迟钝,压根儿没有听懂她的意思,乃也模仿四川话问她:“啥子大门?”这个孩子聪明绝顶,回答说:“南大门!”我的脑子也不笨,马上懂得了她的意思——“南”与“男”同音,“南大门”者,“男子之大门也”。立即去检查自己的裤子“大门”,发现果然是敞开的。原来拉链坏了,致使“大门”无法关闭,我竟浑然不知。幸而“灾难”发生在家里,没有引起重大事故,如果在外面被外国人发现,岂不闹了“国际笑话”,给中国人丢人?

另外一例是我家的淋浴莲蓬头使用不久,就出了问题,整个喷水器全部向上和向远方喷水,唯独不向下喷水。结果是水喷到我头顶上的四个大取暖灯上,然后落了下来,把我的头发彻底弄湿,身上却全是干的!更糟糕的是,我好容易用脸盆接水,勉强洗完了澡,用毛巾揩干全身,一摸挂在远方墙角的衣裤,竟全部被疯狂了的莲蓬头射水湿透。在没有办法之时,我只好穿了一身水淋淋湿透了的衣服,走出浴室,回到卧房,再一次擦干衣裤,换了衣服。这种“灾难”,虽然不大,却使我吃尽苦头,啼笑皆非。

再一个例子,是我家存了一瓶自己“珍藏”了两年的药酒,最近儿子由国外回来,问我有什么好酒,我乃把这瓶药酒给他。谁知他拆开非常漂亮的包装后,居然发现玻璃酒瓶里面爬着几十条细小的蛆虫,不停地蠕动,其景象之可怕,简直无法形容。遇到这样的事,本来应该持劣酒前往“消费者协会”投诉,但是这药酒遍布了几十甚至几百条蛆虫,令人惊怖和恶心,而且发出一股恶臭,奇臭难闻,我又如何能抱了它去找“消费者协会”?最后只有“三十六计,走为上策”,赶快把酒瓶丢到远处的垃圾箱中,自己仓皇遁逃。

上述许多例子,说明了在我们周围,确实有一些骗子,人们稍一不慎,就会吃亏上当。我认为一切骗子及其骗术都是短命鬼,不论他们多么“高明”,最后都必将暴露,使之无所遁藏。我想起了林肯的一句名言:“你可以欺骗所有的人于一时,或者欺骗一些人于长久,但是你不能欺骗所有的人于长久。”(You can fool all the people some of the time, and some of he people all the time, but you can not fool all the people all the time。)善哉斯言!

这就是说,骗子和他的骗术总是要露马脚、要被揭穿的,对他的惩罚必将到来。

“不是不报,时候未到,时候一到,立刻就报”,“天网恢恢,疏而不漏”,中外的格言,完全一致,正直的人只要坚持正义和公理,最终能将骗子揭穿,使他无法售其奸计。

可是,我以为单靠正直人士坚持正义还远远不够,更重要的是在法律和制度上的努力,制订严格的反诈骗法规,认真执行,并对公民进行道德教育,从根本上提高国民素质,树立良好的社会风气,移风易俗,根除诈骗者产生的土壤。

这当然是不容易的,但却极端重要,可谓任重道远,需要全社会长期不懈的努力。以上我的这些意见,虽然是“卑之无甚高论”,但正如古人说的,愚者千虑,必有一得。愿我们整个社会一起努力,向诈骗者开火! 专此即颂

安好!

祥麟

2003 年 12 月 2 日

*29. 来自传统，反对传统

——我看后现代主义

后现代主义与现代主义一脉相承,难分难舍。提后现代主义不能不提现代主义。《不列颠百科全书》说,现代主义“是 19 世纪末、20 世纪初西班牙语文学中的一次文学运动”①,这话只能用在狭义的现代主义上。现代主义在欧洲兴起后,影响很大,许多非西班牙语国家的文学,也出现了现代派的作品,而且,还有大师。如何能将现代主义局限于“西班牙语文学”这个较小的范围呢?《不列颠百科全书》又说“现代主义作为一次文学运动,于 1920 年结束”②,因此,“后现代主义”就当然以 1920 年以后为它的开始。可是,现代主义不少大师同一个人的杰作,1920 年前后都有,以 1920 年“一刀切”划限便非常勉强,而且很不方便。因此,笼统提后现代主义可以,但是以 1920 年划限便生硬了些。

我认为后现代主义是现代主义的延续和发展,二者之间没有很大的差别。这与绘画上的印象主义和后印象主义的关系非常不同。后印象主义与印象主义有明显的不同,因为,后印象主义既继承了印象主义,又明确反对印象主义风格中的局限性。塞尚、高庚、梵·高等后印象主义大师都极力反对印象主义的束缚,形成了富有自己特色的鲜明的艺术风格。可是,后现代主义却只是继承和发展了现代主义,与现代主义没有太大区别。此外,后现代主义范围非常广泛,流派众多,如后象征主义、未来主义、表现主义、意识流小说等,一言以蔽之,现当代西方很多文学创作,都可以属于后现代主义范畴。

尽管后现代主义作品千差万别,非常不同,为它归纳出几条适用于任何作品的统一的规律并不容易,但大体上说,后现代主义来自传统又反对传统,是它的一大特点。绝大多数后现代主义作者都具有浓厚的传统文化背景,这不论从它的作家个人历史或者从后现代派作品都可以得到印证。例如,艾略特、斯特林堡、卡夫卡、伍尔芙、乔伊斯等文学大师,无一不具有深厚的传统文化背景。其中最突出的是艾略特,他自称他“在

---

① 见《不列颠百科全书》国际中文版第 11 卷,第 280 页。

② 见《不列颠百科全书》国际中文版第 11 卷,第 280 页。

诗歌上是个古典主义者，在政治上是个保皇党，在宗教上是个英国天主教徒”。艾略特在政治思想、宗教和文学上的传统意识之浓厚和强烈，于此可见，事实是，没有这样的雄厚的传统文化背景，这些后现代主义大师也不可能创作出那些震撼一个时代的现代派杰出的作品的。

可是，有趣的是，正是这些来自传统、与传统文化有着千丝万缕血缘关系的现代派作家们，在文学创作上揭竿而起，打着反叛的旗帜，公开反对千百年来文学创作上的传统。拿诗歌来说，传统诗歌一向是内容“清清楚楚”“明明白白”（当然，传统诗歌并不因此而排斥含蓄），可是，现代派诗歌却常常写得十分隐晦难懂，甚至“神秘”。英国19世纪五位浪漫主义主要诗人中，最为“神秘”的要算柯尔律治。然而，即使他的以“神秘”著称的《古舟子咏》（Rime of the Ancient Mariner，今译作《老船夫之歌》），其故事情节也是有开始、有发展，最后又有结束的，一切清清楚楚。可是，现代派戏剧的《等待戈多》却恰恰相反，没有什么故事情节，直到戏剧结束，不但戈多没有出现，甚至连戈多是谁，也无法知道。现代主义在创作上反对传统，至此可谓达于极点。

现代派之反传统，表现在作品内容上的，卡夫卡的《变形记》可谓典型。作品主人公由人变成了一条大甲虫，终于郁郁以终。这与我们在19世纪现实主义作品中所习惯了的写实文学，相差何止十万八千里！你说它反传统么，不错，是反传统；说它反对现实主义么，也不错，因为它的故事太荒诞不经；说它不真实么，诚然，因为生活里绝对没有这样的事情。可是且慢，现代派是“用歪曲客观事物的方法来曲折表现自己的思想感情”①的。从本质上看，《变形记》正是通过这个荒谬绝伦的故事来折射生活某些最真实的事物的。主人公格里高尔·萨姆沙在生活的重负压抑下，变成了虫子，被社会和家人遗弃，成为社会中的“另类”，最后，连他的妹妹也与他“划清界限”，这与我国20世纪50年代的“右派分子”又有什么不同？卡夫卡这一作品写于20世纪初叶，却如此真实地“预言”了几十年后我国政治和社会中的某些情况，能不令人惊讶与震动乎？

现代主义反传统，表现在这些作家对一系列问题的看法上。例如，他们写了人的异化、嘲弄了传统文学作品中被认为至高无上的神圣爱情等等。艾略特在他的许多作品中一而再、再而三地嘲笑了爱情，这在《荒原》《J.阿尔弗列德·普鲁弗洛克的情歌》等诗歌里，都得到淋漓尽致的发挥。以《荒原》为例，作品一开始就是惊人之笔：

> 四月是最残忍的一个月，荒地上
> 长着丁香，把回忆和欲望

---

① Wolf Bernard Fleischmann, Encyclopedia of Literature in the 20th century, Frederick Unger Publishing Company. 1967, Vol.1, p.325.

掺合在一起，又让春雨
催促那些迟钝的根芽。

令人目瞪口呆的是，这位自称为“在诗歌上是个古典主义者”的艾略特，在这里竟然与英国古典主义伟大诗人乔叟（按：乔叟一向与莎士比亚、弥尔顿一同被认为是整个英国文学史上的三大诗人）大唱反调。乔叟在他的著名诗作《坎特伯雷故事集》开宗明义第一句就讴歌赞美四月的美丽、温暖和滋生万物，而艾略特却说“四月是最残忍的一个月”，与乔叟和整个英国文艺界的传统看法针锋相对。这以后，艾略特在《荒原》的“火诫”一节里通过那个有“一双色胆包天的眼”的一个小公司职员、“一个下流家伙”对一个庸俗的中年妇女的做爱，尽情地嘲笑了“爱情”。诗人把上述这个一向找女人寻欢作乐的男子比做“这血肉制成的引擎在等候/像一辆出租汽车那样颤动而等候时”，实在是太残酷了。然而，还不止于此，诗人还竭力揭露和哀叹泰晤士河的被严重污染：“长河流汗/流油与焦油。”为了加强效果，诗人特地拿英国文艺复兴初期大诗人斯宾塞（Edmund Spenser 约 1552—1599）的《结婚曲》（Prothalamion）里面的名句“可爱的泰晤士，轻轻地流，等我唱完了歌”来对比，造成读者心理上的强烈反差。我记得自己青年时在大学读到斯宾塞上述极为感人的美丽诗句时，反复吟唱，对泰晤士河有多么大的好感和向往。可以说，念兹在兹，心向往之。可是，如今的泰晤士河却成为充满焦油、污秽不堪的丑恶河流，如何能不使我震惊骇怪！但是，诗人也正是通过他大胆地反对传统（传统观念），鞭辟入里地表现了自己强烈的思想感情，起到了震撼人们心灵的巨大作用。

现代派反对传统，主要是反对欧美两洲的文学的传统表现方法，特别是 19 世纪欧洲的现实主义传统。例如意识流小说、荒诞派戏剧，它彻底地摈弃了 19 世纪现实主义的传统写法。在诗歌创作方面，它日益趋向于写意识和潜意识，写自由联想、暗示以及结构上的突兀变化等。一个典型例子是美国后现代主义诗人华莱士·斯蒂文斯（Wallace Stevens，1879—1955）的《冰淇淋皇帝》（The Emperor of Ice—Cream），这是一首难懂的诗，题目是《冰淇淋皇帝》，实际上却是写一个女人的死。全诗只 16 行，开始写一个厨司在制造冰淇淋，然后写青年男女穿上了日常衣服，带了用旧报纸包裹的鲜花来了（暗示来为死者送葬，但并未明写），接着，写人们从破旧的衣橱里取出旧床单，“把她的脸盖住”，“如果她长了老茧的脚露了出来/那表示她太冷了，而且，哑口无言”（暗示她死了，尸体冰冷），最后，结尾是“唯一的皇帝就是冰淇淋皇帝”。这首短诗，艰涩难懂，可是，却被诗人自己认为是他最喜欢的一首，因为这首诗“穿了一身精心描绘的平常服饰,而对我来说,却包含了一些诗歌必需的花俏”。[①] 这样的表现方法,这样的构思,对于“传统诗”来说,简直不可思议。

当然,我们不该忘记,现代派之反对传统,并不是反对一切传统观念,而只是反对其中的一些。比如说从古代希腊罗马以来几千年中根植于欧洲文化核心的人文主义精神,它从来不反对,相反地,它坚决保卫它。正是由于现代派对当今欧美社会上人文主义精神的沦丧痛心疾首,它才在文学作品里大张旗鼓地揭露人的异化,并且嘲笑资本主义文明中的各种弊端。至于现代派之倡导新的变形方法,则是因为时代进步了,社会上各种矛盾不断产生,运用 19 世纪现实主义、浪漫主义传统表现手法已经远远不够,它才揭竿而起,打出了现代主义的旗号。

2003 年 12 月 8 日于南湖之滨

① 袁可嘉:《外国文学现代派作品选》第 1 册(上),社会文艺出版社,1980 年 10 月第 1 版,第 12 页。

*30. 昆明会议

敬致诸亲好友：

我由昆明回来。昆明是我年轻时游学之地，也是我的第二故乡，它物华天宝，人杰地灵，一想起昆明，就使我心暖如春，无限依恋。这次我去昆明，是为了参加"全国高校外国文学教学研究会 2003 年年会"。

上述"全国高校外国文学教学研究会"是个奇妙的学会。会长是我们敬爱的前辈、我国著名学者、大师季羡林先生。研究会有一批学术水平高、富于敬业精神、为人正派、公正贤良的学者为领导人和中坚，坚持年年必定开会，开会必然认真，每两年必有一部学术论文集出版。"小学会，办大事"，在全国所有学会中享有极高的信誉。我每次参加这个学会的年会，都有似乎是在与家人欢聚一堂的欢乐、幸福和温暖的感觉。与新朋旧友在会上谈文论学，在会外促膝谈心，海阔凭鱼跃，天高任鸟飞，上下古今，无所不谈，快何如之！更何况此次年会是在昆明召开。啊，奇妙的学会，奇妙的年会，令人神往！

一、我的开幕词

开会前夕，研究会常务副会长、南京大学的杨教授就下了命令，要我在次日开幕式上代表学会致开幕词。我想，我在研究会早已从领导岗位上退了下来，成了"下台干部"、平头老百姓，如何能代表学会领导层致辞呢？然而不行，杨教授说："我们研究了，认为这次在昆明开会，贺先生您当年在昆明西南联大求学，对昆明、对云南省特别熟悉，您又有激情，这个开幕词非您莫属！"等等。

俗话说"胳膊扭不过大腿"，我扭不过杨教授，只好从命，当晚赶写了一篇开幕词，内容如下：

全国高校外国文学教学研究会 2003 年年会现在开幕了。首先，我谨代表与会全体同志感谢东道主云南大学和云南民族大学，感谢两校领导今天郑重光临来指导会议，感谢两校有关部门和人员为这次会议做了大量工作，提供了如此好的条件，使会议得以圆满召开。我个人作为在研究会只担任名誉理事、未担任实职的一个会员，也应该感谢研究会本届领导，感谢这个坚强有力、求实务实、团结一致并且具有很高的效率的集体领导层,他们继承了本会的光荣传统,为研究会的前进和为这次会议,殚精竭虑,作了极好的准备工作。

这里顺便给大家报告两个好消息:一是中国高教学会已正式评定我会为2003年优秀学会;二是我会副秘书长董晓先生也由中国高教学会评为优秀学会工作者。上述荣誉来之不易,是上级学会对我会工作的充分肯定和褒奖。请大家一同鼓掌,祝贺研究会的成功。

能在昆明这个西山巍巍、滇池泱泱、风光明媚、四时如春的春城举行这次年会,使我们大家都十分振奋。我个人尤其如此,因为云南,特别是昆明,是我在抗日战时求学之地,留给我永难磨灭的美好印象,留下了我年轻的身影,使我以后不管走到祖国和世界的哪里,只要一想起云南和昆明,就有一股暖流,流遍全身。在我一生求学的最关键时刻,是昆明的父老养育了我,西南联大哺育了我,这种哺养之恩,大恩大德,我永远不敢忘记。此外,我还在昆明、羊街(寻甸县)和昭通等地飞机场的战地服务团招待所工作过,与当时盟军美国空军第14航空队,特别与它下属的"中美混合联队"(Chinese-American Composite Wing)一同生活和工作过,当时担任轰炸机驾驶员的我的好几位友人,都为了保卫中国、抗击日本侵略者而英勇牺牲,埋葬在云南的红土地上。缅怀先烈,我心中无限崇敬和无穷遐思,油然而生。还不止此。当年我在西南联大新校舍居住和上课,就在现在的这一条"一二一大街"。联大距云大极近,我也常来云南大学吸取精神营养。当时云大校长是熊庆来先生,他是我国著名的教育家和数学家,是他独具慧眼,推荐华罗庚先生到清华大学任教。抗日战争时,我与西南联大几位同窗好友在西南联大地下党领导下,成立了"布谷文艺社",聘请了李广田先生任顾问。我们经常向李先生请教受益,而李先生新中国成立后担任了云大的校长。从这些事情看来,我与云大的关系也非常密切。

一晃60年过去了,回忆这些往事,令人倍感亲切。今天我又一次步入"一二一大街"的云大校园,内心如何能不万分激动?

这次年会学术讨论的主题是后现代主义与传统。这是一个十分重要而且经常引起争论的题目。我们大家能在这里进行学术讨论,砥砺学行,机会难得,我相信大家一定能够认真讨论,取得学术和友谊双丰收。

此次年会,本来预定于今年8月在昆明召开,但因当时正碰上"非典"爆发,会议被迫延期,直至今天才能召开。由于目前正是年终,一些兄弟院校的同仁们工作太忙,不能来参加会议,令人遗憾。"但愿人长久,千里共婵娟"。

昆明是绿城,是花都,那年"世博园"展览在全国出了名。花好、月圆、人寿,西山、滇池、翠湖的美丽山水激励了我们，使我们灵感如云。祝年会开得成功，祝论文宣读和学术讨论成功，祝大家身心康泰，学术与友谊双丰收！

二、会议概况

会议于2003年12月21日上午八时半在云南大学科学馆开幕。首先由我致了开幕词，然后云南大学副校长倪慧芳和云南民族大学副校长张桥贵先后讲话，接着将近两天时间举行大会发言和讨论。

我在开幕词中谈到云南省时，兴奋之中，曾脱离讲稿即兴发表感想。我说：如果允许我说一点个人感受，我认为云南样样都好。云南民风醇厚，云南人是全中国所有省份最老实的人，老实得像块璞玉。说句也许不算过头的话，甚至于连旧社会盘踞各省的军阀，也是云南的最好。全国各省军阀中，只有云南的龙云不反共。相反地，他扶持进步力量，保护中共地下党。皖南事变后，国民党当局在昆明下了黑名单，准备逮捕几十名中共地下党员，是龙云给这一大批地下党员开了通行证放行，国民党特务和宪兵们知道后，地下党员早已脱险，去少数民族地区隐蔽了。我说的这个"连军阀也是云南的最好"，逗得全场哄笑。

大会发言和小组讨论在热烈气氛中进行，会议的中心议题是后现代主义和传统的关系。可是，后现代主义非常复杂，许多问题尚无定论，甚至连后现代主义开始于何时，大家意见还未统一。在学术界颇有权威的《不列颠百科全书》说现代主义结束于1920年，而对后现代主义则一字不提，给人的印象好像是它压根儿不承认后现代主义。如果现代主义确实结束于1920年，则后现代主义应开始于20世纪20年代，但目前国内外许多人似乎倾向于认为后现代主义开始于第二次世界大战结束以后。

后现代主义的特点何在，大家意见也很不相同。我个人以为后现代主义是现代主义的继续和发展，它与现代主义没有根本的区别。可是，有的朋友却说这个说法"等于什么也没有说"。南京大学一位教授说，二者的不同在于现代主义反对传统，而后现代主义只是解构传统。他还说，现代主义表现了现代社会，而后现代主义则放弃了对社会的整合。他的结论是："只有等许多年以后，才能为后现代主义定位。"华东师大一位老师引用一个外国作家的话说，后现代主义是"Intellegent without meaning; Plot without structure"(没有含义的智力，没有结构的情节)。后现代主义的突出观点是"The age of a clear answer is over."(有着清楚答案的时代已经过去了)中国人民大学一位教授谈后现代主义中的荒诞派戏剧，他认为荒诞派是现代主义与后现代主义的交叉点。荒诞派与新小说派在"二战"后同时产生。荒诞派与新小说派不同，新小说派更加接近于平面化,它颠覆了戏剧形式。荒诞派认为对于不可解释的东西,你硬要解释,于是就产生了戏剧。荒诞派反人物,反性格,反语言逻辑。厦门大学一位教授从“生态文学”的角度出发,认为有了生态文学,许多过去我们深信不疑的东西现在被质疑了。例如:《圣经》中的“创世纪”上帝赋予人类那么大的权力去统治万物,是反生态的;歌德的《浮士德》移山填海、征服自然,违反了自然规律,也是反生态的;人文主义以人为本,人成了宇宙的中心,奴役万物,破坏环境,同样反生态。这时马上有一位老师质问他:“请问,照您的观点来看,我们还怎么讲世界文学史?您自己如何在课堂上讲外国文学?”“生态文学”教授的答复是:“我仍然按传统的内容讲世界文学,但是同时要补充以生态文学的观点。”争论很剧烈。

我不是“和事佬”,不想也不可能调和矛盾,可是我认为每个参加争论的人千万不要以为自己掌握了“绝对真理”,只有自己是正确的,对方完全错误。我说:任何人不能“垄断真理”,有时候辩论双方各有各的道理,要能理解对方。请允许我讲个与现代派或者后现代派没有任何关系的例子,作为大家的参考,就是军歌问题。我国军歌一向强调政治,强调爱国主义,强调英勇杀敌、保卫祖国,这完全正确。可是,奇怪的是,美国绝大多数军歌却恰恰相反,它们完全不谈政治,不谈爱国主义,只谈生活甚至谈爱情和吃喝玩乐等等,例如二战时美国的著名军歌“I' ve Got Sixpence”(《我有六个铜板》)。中美两国军歌强调的如此不同,可是奇怪,二者都同样管用,都能鼓舞士气,都能打胜仗。你说怪不怪?我的一席话说得全场捧腹大笑,并且同意了我的意见。其实,美国海军的军歌可能更为典型。二战以后,我看过美国海军招兵的巨幅广告画,上面的文字大意是:你想周游世界么?请参加美国海军!美国海军的军歌非常有意思,原文是:

I joined the Navy
To see the world,
And what did I see?
I saw the sea.

I joined the Navy
To see the girls,
And what did I see?
I saw the sea.
I joined the Navy
To see the sea,
And what did I see?

I——saw——the——sea!

中文译文是：

我参加了海军
为的是见世面，
我看见了什么来？
看见了大海。

我参加了海军
为的是见姑娘们，
我看见了什么来？
看见了大海！
我参加了海军
为了见大海，
我看见了什么来？
看——见——了——大——海！

这首歌很美，很朴质，而且充满诗情画意，但却唯独没有政治。美国军歌和中国军歌截然不同，各有各的道理。我们坚持爱国主义教育当然绝对正确，可是我们不能因为自己的军歌坚持爱国主义教育，就认为美国军歌是错误的，因为中美国情不同，文化不同，在学术讨论中也应该发扬这种尊重别人不同意见的作风。

闭幕式上常务副会长杨正润教授对讨论作了总结，说会议开得非常成功，大会发言丰富多彩。学术讨论的成功不在于大家的观点和意见完全一致，而在于各抒己见，意见有一致之处，而更多的却是不同观点的争论。老中青三代学者一同交流对话，成绩很大。

三、友谊长存

“以文会友”，每次年会，我都既与同行们进行了学术对话，也和朋友们交流，增进了友情。最令人感动的是深圳大学一位好友，我们这次会议时间与他的时间冲突，使他无法来参加会议。可是，他竟然硬是坐飞机于会议结束后赶来，与大家会面。会上我有许多新老朋友，都像兄弟姐妹一样。云南大学的杜东枝教授与我一别 17 年，这次重逢，倍极亲热。大会结束后，他邀请我和几位友人在他带领和导游下，一同参观云大校园。

云南大学是我 60 年前旧游之地,重游这个无比美丽的校园,使我怀旧之情,油然而生。20 世纪 40 年代时,我在昆明西南联合大学学习,茅草房子“干打垒”,校舍异常简陋,而云南大学就在附近,建筑富丽堂皇,与西南联大形成鲜明对比。此次故地重游,深感云大校舍愈益美丽。云大个个建筑整洁雅致,融优美、壮美、庄严、和谐于一炉。我们特别参观了云大最古老的建筑、办公大楼所在地的“会泽楼”。此楼为法式建筑,在云大大门入口处,现被修整一新。由云大大门进来,拾级而上,共攀登 95 个石级,才到达大楼的第一层。大楼正面墙上书有“会泽百家,至公天下”八个大字。盖云南会泽县为后来担任云南都督唐继尧(1883—1927)之故乡,唐于 1923 年创建东陆大学,此为云南大学的前身。这里的“会泽”二字一语双关,既代表了会泽县和唐会泽,又有“汇集恩泽”之意。我们在此游览,依依不舍,决定照相留影。

正在此时,忽然间楼前的喷泉大放异彩,喷出一丈多高的水花,云大的友人说,是云大副校长倪慧芳教授看见我们来到,特地命工作人员打开了喷泉。果然,很快我们即看见倪副校长驾临。我对她说云大校舍真美啊,胜过了哈佛大学。她诚恳邀请大家登楼参观,我们登上三楼远眺,昆明市风光,尽在眼底,60 余年前之昆明市容,仿佛梦幻一样浮现出来,宛然在目。

我们周游校舍一周,参观了包括清朝末年的贡院在内的许多地方,在历史的长河里徜徉着,流连忘返。云南师范大学的刘文孝教授夫妇,是我的老朋友。80 年代起我即与他一同编写《西方现实主义文学》一书,以后多年来一直与他往来十分亲密。他夫人张教授倾心研究民俗学,成就很大。

他们特别邀请我和广西师大美国教授山姆去他们府上做客,给我们看了张老师在丽江少数民族地区拍摄的许多储存于电脑上的精彩照片。照片使我大开眼界,既了解了丽江少数民族的风习和人情,又享受了当地大自然的美丽风光。

之后,他们又邀我们去极富云南风味的“一品滇”饭馆品赏典型的滇菜。其中凉拌宽米粉、瓦罐炖鸡和宣威火腿,都是极品的美味,妙不可言。张老师还专程去为我们买了昭通绿豆糕送我们,高情隆谊,感人良深。总之,这次云南之行是一次难忘的旅行,谨简单记述如上。

祥麟

2003 年 12 月 30 日

2004年

1. 介绍《林焕平文集》

葆珍：

2004年到来，祝您新年快乐，阖第康吉！我方才打开电脑，看到了您发来的电子邮件贺年信，非常高兴和感谢。

昨天我专程去南宁苏州路邮局（寄往国外的书籍或包裹必须在该局办理手续），给您挂号发出一个小包，内有两本新书：《林焕平纪念文集》（里面有我写的序言，群众反映甚好）和《林焕平文集》第10卷（全部为回忆录）。回忆录分两部分：前面为林老回忆文化名人者，后面为他的自传体回忆录，里面内容异常丰富，可以帮助你回忆起您在广西师大年代的许多事情，很有价值。估计您可以于两个月以后收到。再次向您祝贺新年！

祥麟

2004年元旦

2. 谈错别字

葆珍：

叠函均悉,《西行拾趣》和《游九寨沟》都写得不错。您的旧体诗意境高雅,诗味浓郁,希望以后多写,将来集成诗集出版。《游九寨沟》娓娓动听,内容生动新鲜,刻画了九寨沟之美、之险、之富于诱惑力。有个小小问题,即您把“羌笛”“羌人”“羌寨”的“羌”(音 qiāng)字都误写成“姜”,请将这些“姜”字全更正为“羌”。《书友》稿费一事,是这样的:《书友》向我要海外华人作家名单,我介绍了您,乃顺便将您的《万里寻师》一文寄给他们。他们在刊物上登载了,遂汇了 50 元稿费来给您。我当把款暂存我这里,等下次见面再交给您。此信匆匆写成,余再谈。此祝

新春欢乐!

祥麟

2004 年元月 7 日

3. 鼓励与指导

（一）

葆珍：

我于本月9日去桂林，昨天（17日）晚上回到南宁来。今天早晨收到堆积得像小山一样的报刊、贺年片和信件。报告您几个好消息：（1）您的大作《万里寻师》已经在《香港文艺家》今年一月号发表；（2）我谈您由美返回南宁、在南宁经历的长信已经由《珠海侨联》杂志今年元月号刊载，标题为《师生谊与赤子情—致友人书》；（3）您的《西行拾趣》诗歌，我寄给广西著名女词人、我在原广西大学的学生黄素芬教授看了，并请她提意见。她回了信，对您的大作大为赞赏，同时也提了一些意见，等过两天我由邮局把她的来信及意见寄给您。由于没有事前征求您的同意，因此我就没有把您的姓名告诉她，只说您是师大中文系50年代毕业的高才生。祝

春节快乐！

祥麟

2004年1月18日

（二）

葆珍：

下面为黄素芬教授为您的诗写的评论和她在平仄上提的意见。她第一次为您的大作写了详细评论和意见，但是由于我患了严重之“老年健忘症”，尽管特别重视，专门把素芬的信珍藏起来，准备复印和邮寄，不料等邮寄时，便根本找不到——至今仍未找到。无奈之中，只好写了封“认罪书”，承认自己错误，并将您的诗歌再次由电脑上找到印好，请素芬再重新写评论和提意见。她终于写好又邮寄给我。我接受了上次惨痛教训，并且为了处分自己（像小学老师惩罚学生罚他写100个字一样），今天一收到她的信，立刻把她的评论和意见全部用电脑打字如下。①

祥麟

2004年2月9日晚

① 编者按：黄教授之信从略。

*4. 家居闲情

敬致诸亲好友：

这封信之题目，可以叫作“家居闲情”，是仿效清朝文人沉复（字三白）的《浮生六记》中之“闲情记趣”而写者，只写家居趣事、小事，不写大事，以此与挚友共娱生活。

一

沉三白的“闲情记趣”写到他童年时在家里花园玩耍，“一日，见二虫斗草间，观之正浓忽有庞然大物拔山倒树而来”，这“庞然大物”吓了我一跳，以为必然是什么狮虎巨蟒、凶禽猛兽，谁知下面句子竟是“盖癞蛤蟆也”（“蛤蟆”音 há ma）。作者之闲情逸趣、童心不泯和浓厚之幽默感，跃然纸上。还有，他成年之后，“夏月荷花初开时，晚含而晓放。芸（他的夫人）用小砂囊撮茶叶少许，置花心。明早取出，烹天泉水泡之，香韵尤绝”。多么闲适的家居生活，多么浪漫的情趣，多么美丽的散文！

我不敢和沉三白比，只想模仿他写点日常家居生活之一鳞一爪而已。日前邮递员同志为我送来一张稿费汇票，说“您的一千元稿费单”，我正在忙工作，只漫应了她一声，看也未看就把汇票收起。今天去邮局兑换汇票，1000 元竟变成了 100 元！原来邮递员一看汇票，数目为用阿拉伯数字写的 100.00，就主观以为是 1000.00 元，无意间开了我一个玩笑。

二

我到邮局，先存自行车，发现今天下午自行车特少，乃问保管车子之人何以故，对方答曰：今天是情人节，年轻人都去郊外玩耍了，谁还来邮局！我觉得有道理。可是，接着我去附近一家杂货店买电话磁卡，店里竟充满顾客，我购物还得排队。我问老板娘说，何以有这么多顾客，她的答复是“今天是情人节，年轻人来买东西的特别多”。这个说法与邮局门口的自行车保管员的话恰恰相反，弄得我一头雾水，不知他们二人谁的说法对。

现在有个奇怪现象，年轻人对中国的传统节日好像没有多大兴趣，而对“洋节日”却满腔热情。“圣诞节”固无论矣，就连“情人节”他们也劲头十足，兴趣盎然，使我大惑不解。这样发展下去,将来他们是否会对洋“鬼节”(Halloween)也趋之若鹜呢?

三

我在这条街熟人特多,成了“最受欢迎的人”,何以故?除了我本身广交朋友、人缘好之外,还有一个原因,即我经常为别人着想,又比较大方。例如,这条街人行道上有许多擦皮鞋工人,每次只收人民币一元。我想擦皮鞋的生活清苦,收入很少,许多人还是下岗工人,人家帮你擦了那么久时间,又那么认真,只给他一块钱,对得起他们吗?于是我每次给二元。再如存自行车每次一角,可是我的自行车车锁不灵,我每次不锁,增加了看车者的困难,因而我乃改为每次给两角钱。想不到我只多花了一毛钱,就博得看守车者的莫大好感,他们对我特别亲热,也特别负责为我看车子。还有理发店、杂货店,我与店主、店员早已成了好朋友。可见只要自己对人家好,别人同样会加倍回报你。“我们的朋友遍天下”,这个牛皮我不敢吹,但是若说“我的朋友遍布这一条街”,则为完全正确。

四

“大板三区”为一很大的院子,每家户主大概都是离退休的老干部。他们一个个慢慢地返璞归真,成了“貌不惊人,语不压众”的地地道道的“平头老百姓”,老态龙钟,老态可掬,非常可爱。虽说他们平日没精打采,甚至“傻乎乎的”,可是只要对世事一评论,都是有板有眼,鞭辟入里,一套又一套理论出来了,令人瞠目结舌,佩服之至。

有一位现年 91 岁的老同志,经常在大门口闲坐,“傻气十足”(后来我才知道,他之所以看起来很“傻”,只是因为他耳朵聋了,根本无法与别人谈天),好像在发呆。我顺便问了别人,“这位老人是谁?”人家告诉了我,使我大吃一惊,而且惊喜交集。原来他就是“文革”后期 70 年代时广西师院(即我的单位)的“革委会主任”,多年来我非常佩服的那位老领导。

“文革”后期,学校领导仍然非常之“左”,对知识分子冷漠而严厉。可是这位领导却始终是知识分子的贴心人,对老师们关爱备至,所有老师都钦敬他,喜欢他。后来他调往南宁工作,我将近 30 年来想找他,一直不知他在何处。“踏破铁鞋无觅处,得来全不费工夫”,我无意间居然找到了他!于是我特地去拜访他。这以后,我经常和他谈天说地(他耳朵重听,我说话时要对着他耳朵大声喊叫),发给他我的“绿头文件”(敬致诸亲好友复印信),还把我刚购买的报刊借给他看。这样,我竟然成了他的“第一号朋友”,超过了他与过去几十年老战友的关系。

五

除上述这样的“老”朋友外，我还交了许多年龄大约为20—30岁的“小朋友”。最新的一位是刚刚大学毕业的电脑师傅。有次，打印机坏了，我只好骑了我的“风火轮”（自行车）去找电脑公司，公司派了个21岁的小青年来到我家，他像魔法师一样，拿起鼠标东一点，西一点，打印机马上重新焕发青春，运转得很正常。我问他这次修理电脑，收费多少，他说“不要钱”。我说为什么，他说：“数目很小，我在学校刚毕业出来，不在乎收入多少，能帮您个忙就满意了。”我问他在哪里毕业，他说：“广西师大，专业是电子计算机。”这一说，我们互相间成了校友，双方都很高兴，分别给对方留了自己的电话号码，我还用电脑马上把我的《访谈录》印刷了一份送他。就这样，我又增加了一位“小朋友”，不亦乐乎？

当然，更使我心向往之的还是千里、万里之外的老朋友，我与他们主要靠通信和电话联系。这电话的魔力可真大，万里距离，一线相通，与远方亲友谈话，天涯成了比邻，分外亲切。请允许我乱用一句成语，这叫作“千里因缘一线牵”。

写得多了，到此为止。给你以诚挚的问候、无限的温情！

祥麟

2004年2月14日

5. 关于作诗

葆珍：

方才（五分钟以前）令甥女山碧来到我家，取去《珠海侨联》一册、《香港文艺家》一期和一桃《诗的回音壁》一本，这些书刊她当于最近托人带给您。山碧正在准备申请赴美签证，分外忙碌。另外，昨天我收到您的电子邮件两封，今日已经将您写给黄素芬教授的电邮印刷好，由邮局寄给她，并同时打电话给黄，代您向她致以诚恳感谢之意。

您的《斗室闻铃》不论修改前或者修改以后，我认为都是佳作，因为主要是内容好、意境好、感情深刻，平仄问题只是较小的问题。《笔上南天门》也不错，只是气氛暗淡了一些。

谈到平仄，我家乡方言很有意思，它有入声，和我国古代汉语一样，这样写旧诗当然在平仄上容易一些。但是我家乡方言没有卷舌音,因此我对"卷舌"或"不卷舌"经常弄错。我大学念的专业是英国文学,这对我接受外国文化帮助很大,可是我后悔自己读完外文系后,没有再念中文系,我的古典文学基础不足,十分遗憾。

我后天(2月17日)去桂林,大约本月21日返回南宁。祝

好!

祥麟

2004年2月15日星期日

6. 介绍《往事并不如烟》

葆珍:

来信问及我有无回忆录,没有,我曾经想写回忆录,旋因种种原因,没有去写。此外,我想向您推荐章诒和(章伯钧之女公子)最近出版的《往事并不如烟》一书,此书是我多年来看到的回忆录中之最佳者。她写了她爸爸章伯钧的友人(大都是右派)的真实故事,感人至极,写出了中国最高一级的大知识分子在逆境中的真实面貌,也写出了他们的高尚人格和操守。作者写得非常深刻含蓄,"骂人不带脏话",而且温文尔雅,文字清丽典雅,十分难得。此书为目前国内之最畅销书,很难买到。您在纽约书店如看到,请一定购买阅读。余再谈。如买不到,可以来信告诉我,以便设法替您购买。祝

好!

祥麟

2004年3月1日晚

7. 致北京友人

淑子、苏铁二位贤伉俪：

北京相会，快何如之！除了与二位促膝谈心、交流心声外，还参观了令外孙女之“闺房”，看到她室内墙上张贴之婴儿和幼儿饰物图画，亲切之感，油然而生。只可惜这位“格格”①在幼儿园“公务”繁忙，使我无缘一睹芳容，不胜遗憾之至。

这以后又蒙在“宝盛楼”赏饭，烤鸭等菜肴之精彩，难以描述。而最令我欣慰者，厥为苏铁老兄剃去您“后现代派”之披肩长发，于是苏铁乃容光焕发，青春再来，少年英俊。这叫作“走了嬉皮士②，来了苏学士③，哥哥你大胆朝前走啊，乐坏了咱这几十年娇妻黄淑子”！

朝拜尊府之次日，鄙人又前往“美丽西园”之另一友人家与好几位当年的大学同学相会。我们一同在西南联大创办了一个文艺刊物(是当时地下党直接领导的)“布谷”。“布谷”社顾问为李广田先生，“九叶派”著名诗人穆旦、我国英国文学专家王佐良都为我们写稿。那天在北京聚会的四人，除我以外，有一位诗人、一位北京大学的社会学教授，以及新中国成立后担任我国驻希腊大使的老同学。这四人中，教授年龄最大，大使次之，诗人又次之，我年龄最小。回忆当年我们年方弱冠，意气风发，横冲直撞，与反动派斗争，个个胸怀壮志，气吞斗牛，而今天都是耄耋之年，满头白雪，世事沧桑变化之大，令人感慨不已。

同天傍晚，我又应民进毛启玢老兄之邀，去蓟门桥“太月圆”小区探望他们夫妇。毛兄与我纵谈民进中央近事，使我得悉陈舜礼副主席不幸于去年年底病故。郑芳龙由于离休以后，许多事情想不通，压抑过度，身体乃差，现在已经靠轮椅代步。张副主席前些时突然发病，差点中风，所幸抢救及时，得以躲过一场厄运，现正在休养之中。毛兄整天在玩电脑，用电脑写文章和诗。但是恕我直言，他的电脑操作水平，比我还差。如果我的水平属于“幼儿园大班”的话，他只能算小班的幼儿。

---

① 黄淑子之外孙女，今年芳龄两岁半。

② 嬉皮士，英文原文为 hippies，指的是 20 世纪 60—70 年代时，美国一些抗议美国社会的青年，留了长发，穿着奇特，以表示自己反抗传统，与众不同。

③ 苏学士，指苏铁，“学士”为对读书人的尊称。明朝时著名学者解缙(解音 xie)少年时有一次下雨，在街上不慎滑倒，路人纷纷大笑，他马上诵出一首诗来骂众人：“春雨贵如油，下得满街流，滑倒解学士，笑杀一群牛！”他自称为“解学士”。

由北京回南宁,旅途耽搁凡30小时,一切均好。刚回到家里,积累的信件和邮件堆积如山,此信匆匆写成,余再谈。顺颂

俪安!

祥麟

2004年3月20日

8. 谈《一封无法投递的信》

葆珍:

您的《一封无法投递的信》收悉。使我万分感动的,一是您接到我寄去有关林老师的书后,竟然一口气把两本书全部阅读,您的热情之高,于此可见;二是您迅速写了长篇纪念文章;三是文章写得很好,文情并茂,感人深深。您悼念焕平老师的文章是一颗"重磅炸弹",我们的友人看了心里也激起了千层巨浪。朋友说读您的文章时,同样是热泪盈眶,不能自已,于是便托我用电子邮件向您转达心意。概括起来,是"您那篇文章首先充满了情义,即真正感情和对恩师的敬爱,不仅对已经仙逝了的林老师,而且对仍然健在的老师(指我),同样义薄云天。您的拳拳之心,赤子之情,使之感动至极。可以说是文情并茂,一气呵成,佩服之至。其次,您的文章唤起了许多记忆,恩师恩重如山,文章表现得恰到好处。第三,读了这篇文章,对您的坎坷经历,了解得更深了,文章写出了当时的绝望、痛苦和凄凉,引起人深深同情。第四,读了文章后,想到您现在的成功,已经扬眉吐气,而且在继续前进。前景如此美好,为您高兴,向您祝贺!希望您的伤口愈合,让过去的过去吧。现在已经是21世纪,换了个新的世纪,希望能走出阴影,在新时代生活得愈加美好"。

祥麟

2004年4月9日

9. 关于秦似教授之《现代诗韵》

葆珍：

有件小事，我一直忘记告诉您，即您很久之前写信说您买不到《汉语诗韵》一类的书。我想起我有秦似教授编写的《现代诗韵》，乃在自己书房里找，找了不知多少遍、多少地方都找不到。后来乃去书店找，也同样失望。最后专门托朋友查询新华书店的电脑总书目，仍然没有这类书籍。以上是我忘记告诉您的故事。下面是最新发展的故事："踏破铁鞋无觅处，得来全不费工夫"，真没有想到，昨晚我在房里有一个书架的最底层里面找一本书，无意间竟发现秦似教授编著的《现代诗韵》赫然在焉！我大喜欲狂，现发此信给您，准备把该书送给您。请来信告知是直接邮寄给您，还是交给林山碧或者她的家人代为转交给您。

祝

好！

祥麟

2004年4月9日

10. 发行 68 万册的书

葆珍：

4 月 14 日电子邮件收到，您的《赌场游记》写得异趣横生，我当即通过因特网转给明慧一份，但因她不会自己上网，何时才能读到您的大作，则不可知。

来信谈及最近有朋友由南宁回纽约，可以很快把秦似教授之《现代诗韵》带给您，我闻之也非常高兴。关于这本书，有个故事。秦似教授 80 年代时奉中国作家协会之派，去访问瑞士。瑞士作家问他近来有何著作出版，秦说有《现代诗韵》一册出版。瑞士作家又问："这本书发行多少册？"秦据实以告，说一共发行 68 万册。葆珍，您知道当时"文革"刚结束不久，文革"破四旧"以后任何文学书无法出版，只能出版"红宝书"、中医中药或者像《现代诗韵》一类的纯粹技术书籍。大家在书荒之中，饥不择食，任何书都买，于是《现代诗韵》乃得以发行 68 万册。这个数目即使在今天我国，也很吓人，在瑞士更不用说。因为西方发达国家，一本书发行几千册就很不错，几万册更为稀少，68 万册就简直是天文数字，不可想象。瑞士众作家一听"68 万册"，个个瞪大了眼睛，惊奇得无法想象，终于一个人说了："那您不是发了大财，您家里有了私人飞机么？"

其实，那时正在继续破除"资产阶级法权"，根本没有任何稿费，出版社一共只给了秦似教授 200 册《现代诗韵》的菲薄报酬。200 册书，每本售价仅人民币一元，如果每本出版社只赚 5 角的话，68 万册可以赚 34 万元，然而出版社却只给了秦似教授 200 本书，折合成本仅仅 100 元人民币！对于瑞士作家提问的"您家里有了私人飞机"的问题，我不知秦如何回答。如果我在旁边，我可以代他回答"飞机没有，不会飞的鸡子却有两只"——因为秦教授家当时确实养了两只大母鸡！

这样的笑话今天的青年可能压根儿不相信，但却是千真万确的事实。余再谈。祝好！

祥麟

2004 年 4 月 15 日晚

*11.《读者文摘》怒气冲天

敬致诸亲好友：

美国的《读者文摘》是一份世界闻名的杂志，它的发行量居一切刊物之冠，在20世纪末，它在全世界以15种语言出版39种版本，总发行量每期为2800万册。自20世纪40年代起，我一直是它的读者，认为这个刊物是一个适合大众阅览的综合性通俗刊物。近年以来，《读者文摘》专供老年人阅读的"大字本"新增了一个栏目，叫作"That's Outrageous"，这"Outrageous"一词很难翻译，指的是不顾一切道德约束，干了惊人的坏事，令人无法容忍。勉强可以翻译成"无法无天"，可是"无法无天"仍然表达不了讲话者的愤怒情绪。为了省事，我把它暂译为"岂有此理"。

这个"岂有此理"栏目过去专登美国国内一些胡作非为、令人震惊的丑恶事件。例如有一家人全家不从事任何劳动，依靠欺骗福利机关为生，坐等救济，每年领取福利金五万余美元；再如有的医生医术很差，又胆大妄为，疯狂坑害病人等，这些骇人听闻的丑行恶德，都刊登在"岂有此理"专栏。

今年二月号的杂志不同了，"岂有此理"专栏这次刊登的惊人事件，不是美国国内的丑恶现象，矛头所向竟然直指整个欧洲。文章的大标题是《目标对准美国》，副标题则为"在与邪恶进行斗争中，欧洲把目标瞄准了我们"。"奇文共欣赏，异义相与析"，我想把这篇文章摘要翻译如下，供诸君参考：

> "丑恶的美国佬"。这是对美国的陈旧的侮辱，可是近来在欧洲的精英中间，这一称呼却有了新的含义。绝大多数美国人如果知道了他们的欧洲盟友们认为美国人如何丑恶，会大为震惊的。请读读那边的报刊吧，你就会发现美国是一个彻底种族主义的国家，是一个既贪得无厌又贫困不堪的地方，在那里成百万的穷人被人因寻开心而压迫着。在欧洲报刊上，你还会读到，美国人民是一群半文盲的家伙，在文化方面只是一堆贫瘠的愚侏病患者（按：愚侏病是一种疾病，病人身体矮小而愚蠢）。你还会看到他们把美国的外交政策描绘为一种精心策划的统治世界的计划。而上述这些还是对美国相对友好的评论。在今日欧洲，只要是用来否定美国和美国政府，差不多没有任何夸张会被认为是非法的。去年秋天布什去

英国旅行之前,伦敦市市长肯·里温斯通说美国总统“布什正在推行的政策必将注定把我们带向毁灭”。里温斯通并没有具体谈到布什的哪一个政策可能使整个人类毁灭。他不需要谈具体。在欧洲,他的指责不需要解释。欧洲共同体最近举行的民意测验询问哪些国家对世界和平造成威胁,美国排名第二,第一名是朝鲜和伊朗。这种对美国的憎恨的原因,有一些是明显的,它开始于对美国愈来愈大的力量的反感。我们比欧洲任何国家要更加富有和有影响,这就使得那些欧洲国家热衷于让美国变小,即使不是让美国受到侮辱的话。当我们派兵去科索沃阻止杀人和流血冲突时,我们就是战争狂人;当我们在国外建立一个迪士尼乐园或者麦当劳时,我们就成了文化的污染者……

人们对2001年9月12日的法国《世界报》的一条大标题谈了很多。“9·11”事件发生不到两个月,一个法国作家和著名的知识分子若望·波德里拉尔对这次恐怖主义袭击这样写道:“人人都无例外地梦想这样的事件,因为没有人不梦想任何一个已经变成如此巨大规模的霸权(按:指美国)的毁灭……采取行动(按:指炸毁世界贸易中心的行动)的是他们(按:指恐怖分子),而需要这次行动的则是我们。”难道这仅仅是一种个别孤立的情绪吗?有人会这样想。但是,恰恰是欧洲的一个权力机构即英国国会一位名叫迈克尔·米切尔?(Michael Meacher)的议员,此人一连六年是布莱尔的内阁成员,他去年曾在一部业已售完的书里攻击美国政府,说美国政府欢迎“9·11”事件。米切尔指控说美国军队曾经训练过劫机犯中的某些人,而且当劫机犯接近目标时,美军很可能故意忽略那几架飞机。米切尔写道,整个事件是个阴谋,“是一个最理想的借口,以便美国用武力去统治世界”,并且去控制世界的石油供应。如果哪里有一个血口喷人的典型例子的话,那么这个例子就是。可是这篇文章在英国好像几乎完全没有引起任何疑义,这很可能是因为文章作者的指控并不被认为是远离事实。根植于所有这些对美国的攻击中,至少有一个件颇具讽刺意义的事情。那就是:这些欧洲精英们的被激怒,并不仅仅是因为美国的强大,它同时也因为欧洲的衰弱。巴黎和伦敦曾经是整个世界的中心。如果你是一个欧洲的知识分子,对此你会感到十分沮丧。可是憎恨美国并不能使欧洲变得更为强大,这样只能够使欧洲更加落后。

“岂有此理”栏目里的这篇文章大致如此。读了它之后,我百感交集。

首先,我认为文章的作者火气极大,他确实是愤怒了。但是,愤怒的绝不止是该文的作者个人,而是《读者文摘》编辑部。本来,杂志上的文章一般说来只能代表作者自己,并不一定能代表杂志社的观点。但是,这篇文章不同,《读者文摘》把它特地放在

“岂有此理”栏目里,可见编者的愤怒程度已经达到了“义愤填膺”的程度。因此,我认为这篇文章实际上代表了《读者文摘》的观点。唯其如此,我才在这封信前面加上我的标题:“《读者文摘》怒气冲天”。

其次,我以为这篇文章一方面固然谈了一些确实存在的事实,可是另外一方面,文章根本无视美国的横行霸道,因而导致欧洲人反美。文章有许多主观和夸张的成分,并不客观。它没有正确和客观地报道欧洲的反美情绪,而是选取了一些个别和极端的事例,以偏概全,误导了读者,激化了欧美间的不和,把作为“世界宪兵”的美国打扮成纯粹的受害者,有欠公允。

第三,关于“9·11”事件,我始终认为是人类历史上的大悲剧。一小撮穷凶极恶的恐怖分子,为了发泄其仇恨情绪,用卑劣手段劫持飞机,害死大量无辜群众,是可忍,孰不可忍?事实已经证明,恐怖分子是人类的大敌,对于恐怖主义必须坚决反对,要动员全世界各国团结一致反对恐怖主义,使之成为“过街老鼠,人人喊打”,无处可以容身。历史将永远纪念“9·11”事件的无辜受害者,也将永远怀念纽约那些为了救人而勇敢登上即将倒塌的世界贸易中心大厦的救火队员,他们以大无畏精神直面死亡,慷慨赴死,献出了自己的宝贵生命。至于世界有些地方有极少数人对“9·11”事件幸灾乐祸,则是根本错误的。任何有良知的人,都应该深刻同情和真诚悼念“9·11”事件的一切牺牲者。

第四,我不同意《读者文摘》这篇文章把整个欧洲作为一个不可分割的整体来发泄作者气愤的做法。文章的副标题说“欧洲把目标瞄准了我们”,这个说法很不科学,难道全欧洲都在仇恨美国和美国人吗?以英国而论,英国首相布莱尔对美国言听计从,百依百顺,使得英国成了美国的小伙计,难道他和英国政府都在反美吗?文章还责骂欧洲说欧洲人“把美国形容为法西斯分子,而欧洲自己就是极权主义政权的发源地”,这就更加荒唐了。试问,如果这样笼统地谈欧洲,那么当年德国产生了希特勒法西斯政权,难道也要由被德国占领、并且坚决抵抗法西斯的法国人民负责吗?不分进步与反动,不分是和非,在这个问题上把欧洲笼统地作为整体来谈,可谓荒谬绝伦。

第五,关于欧洲人的反美问题,应该如何看待,是个非常重要而复杂的问题。欧洲某些人有没有反美情绪?当然有。事实上又何止欧洲,许多其他国家的人民中,都或多或少有某些反美情绪。问题是《读者文摘》作为美国人办的杂志,应该如何看待这件事。中国有一句古话,叫作“物必自腐而后虫生之,人必自侮而后人侮之”,为什么世界上有那么多人有那么大的反美情绪?难道美国没有错误、没有责任?为什么美国人不反躬自省问问自己的国家犯了错误没有呢?美国的霸权主义、单边主义以及美国在全世界横行霸道、仗势欺人激怒了许多国家的人民,这才是人们反美情绪的主要根源。布什可以不经过联合国,甚至可以捏造消息,说伊拉克有大规模杀伤武器,以此为借口发动战争攻打伊拉克,伊拉克的人民能不反美、全世界人民能不反感吗?台湾是中国神圣而不可侵犯的领土,美国对中国内政横加干涉,搞了个“与台湾关系法”,用这来阻挠中国的和平统一,这一口气中国人民能够咽下去吗?甚至在香港回归祖国时,美国也炮制了一个有关香港的法律,想以此来干涉香港的事务,这公道合理吗?为什么《读者文摘》不考虑一下美国自己的横行霸道、欺人太甚,而只是责怪欧洲等地的反美情绪呢?我说,《读者文摘》,你发怒了,请冷静一些吧。夸大、漫骂、给别人扣帽子以至暴跳如雷都不是解决问题的办法,最好的办法是冷静下来,摆事实,讲道理,以理服人。

一般说来,《读者文摘》是一个比较客观的杂志,记得抗日战争胜利前夕,我在昆明读了《读者文摘》一篇标题为《Too much wishful thinking about China》(《对于中国过多的主观幻想》)的文章,里面以大量事实揭露了蒋介石政府的腐朽反动,也赞扬了八路军的英勇抗敌和解放区的政治清廉,使读者耳目一新,影响很好。但这一次却完全相反,它对欧洲进行了错误的报道和判断,令人遗憾之至。

我希望这个杂志能够改正错误,从善如流,以挽回不良的影响。上面是我对《读者文摘》“岂有此理”栏目这篇文章的介绍和评论,谨此向诸亲好友请教,并欢迎大家对我上述意见的批评指正。顺颂

大安!

祥麟

2004年4月26日

12. 谈诗歌创作

（一）

葆珍：

我想谈谈诗歌的格律等问题。各国和各种文字的诗歌，大都讲究格律，这是对的。诗歌必须有强烈的音乐性，就应该有格律，没有格律的“自由体”诗歌如果随便怎么写都可以，完全不讲格律，只不过是“分行的散文”，严格说来并不是诗歌，它完全没有音乐美，又如何能朗朗上口，如何能成诗歌呢？

我国新诗自五四运动后至今80余年来，成绩很大，但是新诗有一个“致命伤”，多年来始终没有解决的问题，即它的内容虽然非常丰富多彩，深入人心，但是它始终没有找到一个固定的载体即形式。新诗是有魂无体，魂不附体，这样它就不容易为人们普遍接受，就很难背诵和吟唱。

而旧体诗则不然，中国旧体诗词，一向强调格律，易读易背，生命力极强。我国传统诗词，讲究格律，是正确的，这也正是它的强大的生命力之所在，总的来说，必须遵守。有的人，压根儿不懂平仄，居然填起词来，结果闹了天大的笑话。邓拓曾批评这些青年说（大意），作诗填词，一定要遵守格律，如果你不懂格律，不讲平仄，只凑足字数，那就不能叫“满江红”，不如干脆叫“满江黑”好了。善哉斯言！

所以我们首先强调写旧体诗歌必须遵守格律。但是，事情总有两面性，不可以绝对化。在某些特定场合中，如果格律、平仄与内容冲突，为了诗歌的内容，个别地方必须用不合平仄的某个词时，那么，我认为可以作为例外，坚决牺牲平仄规律，成全诗的内容。当年陈毅同志写诗，请赵朴初先生修改润色，赵用的就是这个原则。要承认规律，同时也要承认例外。在音乐上有一个不成文规定，即全音阶的七个音do、re、mi、fa、so、la、xi里面，re绝对不能作为歌的开头，可是，日本国歌一开头偏偏是个re音。

再以英文诗歌为例，英文诗歌除押韵外，一般还必须讲究诗句本身的格律。每一行诗都得由一定的音组组成，叫作“音步”（foot，复数叫feet），为每一句诗中音乐上的最小单位。每个“音步”有一个至三个“音节”（syllable），这些音节又必须按照轻音和重音的一定格式排列。排列的方式叫作“格”（meter），一般说来分为四种“格”，即“抑扬格”“扬抑格”“抑抑扬格”和“扬抑抑格”。“抑”为轻音，“扬”为重音。而每一行诗又因长短不同而分为由一个音步至最多的八个音步的诗句，莎士比亚最常用的诗句叫作“无韵诗”或“素体诗”(blank verse),即每一行都有五个音步,每个音步都是“抑扬格”,一般不押韵。而他的十四行诗则除了按“素体诗”规律写作外,另外每行还有严格的押韵规律。格律如此严格,可是仍然有例外。例如,英文诗一般都得按照抑扬轻重的固定格式来写,很少有两个重音连在一起的。可是,19 世纪大诗人丁尼孙有一首著名悼亡诗,却彻底违背了这个规律,于诗的一开始接连用了三个重音 Break、break、break,这在英文诗歌里绝对没有,甚至是犯了大忌的。

可是正因为诗人违背了规律一连用了三个重音,这首诗才不同凡响,一鸣惊人,开头以雷霆万钧之力,警世骇俗,给读者以极大的震撼,使这首诗成为一首震动读者灵魂的千古绝唱。

总之,纵观古今中外诗歌,可以这样说,写格律诗必须遵守格律,不要随便逾越雷池。但是另一方面,格律也不是绝对的,在特定条件下,它可以有所变通。运用之妙,存乎一心,全看诗人的高妙技巧和灵感了。上述这些,卑之无甚高论,仅供参考,说错了的,尚请批评。

祥麟

2004 年 5 月 2 日下午

(二)

葆珍:

5 月 5 日三封电子邮件均悉。您对写诗的执着精神,您全神灌注,为一首诗、一句诗、一个字日思夜想念兹在兹,“语不惊人死不休”的顽强精神,实在令人感动至极。《天涯》一诗改得不错,改了以后,最大特点是有了浓厚的个人特色和个性特点,您与林焕平教授间的浓密的师生挚情突出了,原先的某些“套话”淡出以后成为出自肺腑的真情,而且全诗洋溢了诗情画意,使我吟诵再三,击节赞赏。“牯岭”本来容易被误为实指庐山之牯岭,经过您解释,含义乃非常清楚。

顺便说一句与您这首诗没有直接关系的话,“五四”新文学运动,提出写诗不许用典的要求,这个口号是错误的。写旧体诗词,必要时必须用典,用了典故才能使诗歌不仅更加精练,而且容量更大,含义更为深刻,文句更加典雅,作品更加诗意葱茏。

出于对您执着精神的感动,我想把您给我的这封信也给素分教授一份,使她知道您修改的过程,好吗?此外,我也想把您给我的信通过电子邮件也发给您的同窗一份,让她也分享您创作的欢乐和甘苦。祝

好!

祥麟

2004 年 5 月 6 日下午

（三）

葆珍：

这封信已经写好一遍，旋因电脑故障，它先警告我说我“即将丧失新储存的资料”，紧接着所有今天下午给您打的信内容，乃全部丧失。现在我只好重新再打字一次，下面我将自己要说的话，缕述如下：(1)5月7日您的电邮收到，阅读后十分感动，得悉您是在身体有病的情况下，坚持修改“天涯”一诗。您不仅是非常执着而且非常富于顽强战斗精神，忍受了身体病痛，咬住牙去完成诗的修改的。这件事进一步说明了您这些年来的巨大成功，主要决非靠“机遇”胜利，而是靠大无畏的拼搏精神艰苦奋战得来的。(2)但是，您毕竟业已步入老年，必须注意身体健康。有病不能硬挺，一定要去医院看病和治疗，千万不能拖延。(3)您给黄素芬教授的电子邮件，我已经连同我给她的信以及您给我的信，一同于今晨用挂号信发出给黄教授，估计她明天可以收到。余再谈。祝

好！

祥麟

2004年5月7日晚10时

*13. 评忠扬的《“断奶”奇闻》

最近我读《香港文艺家》今年第12期上忠扬的《‘断奶’奇闻》,感到这篇文章短小精悍,含义深刻,妙趣横生,妙不可言,乃写点感想如下。

忠扬的文章,是一篇童话或者寓言。出生才两个月的婴孩润儿居然要自己断奶,拒食母亲华嫂子之乳,也拒食米糊,只对羊奶情有独钟。邻居王大婶和三姑对此惊异万分,二人一同议论,认为这个婴儿中了“洋邪”,只要洋大夫和羊奶,“将来没准儿长个羊儿似的”,太可怕了!怎么办呢?王大嫂气愤之余,提出“治重病用猛药”,釜底抽薪的办法:“打今儿个就让他娘喂,他不吃,拉倒!让那小子饿个够呗!也别瞧什么洋大夫,咱们骑驴儿看唱本儿,瞧他有多大能耐?”

这是文章的“高潮”,读到这里,我仿佛是盛夏溽暑中吃冰淇淋,痛快极了!在这里,作者对那些心中没有母亲,崇洋媚外,急于“断奶”,急于喝“洋奶”的人大喝一声,促使他们清醒。忠扬的这篇童话或寓言,有马克·吐温之幽默,有拉封登之深刻简练,有我国《笑林广记》之令人捧腹大笑,真是寓庄于谐,在笑里深刻体会人生哲理,不亦快哉,不亦快哉!

2004年5月4日

(此文刊于《香港文艺家》——编者注)

14. 全国第 14 届书市

葆珍：

我在桂林，参加了全国第 14 届书市，此次书展，全国各地来参加者共计六万多人，桂林市所有中高档旅馆全部客满。展出书籍之多，根本看不完。我参加了我校出版社举办的大型酒会，会见了一些海外和港澳台的出版商和文化界人士，昨日返回邕城。今日上午去医院进行例行之体格检查。

您近来发来之电子邮件都编排整齐，容易阅读，再无 140 个字之现象。此信百忙中匆匆打字，祝

好！

祥麟

2004 年 5 月 15 日

15. 王一桃来访

葆珍：

刚才把忠扬先生的来信发给了您，该信全部乱码，无法阅读。可否请您用您的电脑把乱码改正为标准的简体字，再发回来给我，非常感谢。昨天晚上 8 时，一桃君突然来到，一进门便向我三鞠躬：一鞠躬代表他自己；二鞠躬代表葆珍；三鞠躬代表忠扬。

他来南宁开会，开完会去北海，然后去越南游览，这以后经南宁返回香港。我们谈到当年中文系被人认为“典型”“走白专道路者”，例如您和他，实际上在过去几十年来被事实证明为真正的爱国者，令人钦敬。

“疾风知劲草”，“日久见人心”，向你们两人祝贺！

祥麟

2004 年 5 月 18 日

16. 关于《中国—东盟合作协定与东盟商务实用指南》

洁琼先生您好：

久疏笺候，未悉先生近来尊体一切均好吗？十分系念。在您的教导和鼓舞下，我们和广西国际法学界同人们一直努力工作，不敢稍有懈怠。当前，际此“中国—东盟自由贸易区”正式启动和首届“中国—东盟博览会”即将于今年 11 月上旬在广西南宁举行之时，我们在今年“五一”劳动节前夕主编并出版了两卷本大型书籍《中国—东盟合作协定与东盟商务实用指南》，以应社会急需。日前我们携带该书参加了 5 月 12 日在桂林开幕的第十四届我国书市，获得了全国众多同行和与会者的高度赞扬。今随此信将《中国—东盟合作协定与东盟商务实用指南》（上下两卷）一书奉上给您，向您汇报我们的这一工作，并请您批评指正。谨致

敬礼并祝

尊体康泰、万事胜意！

贺祥麟

2004 年 5 月 18 日

17. 谈尊师重道

(一)

介山书记大鉴：

今天我收到友人电话，惊悉我在西南联大外文系求学时的老师、北大教授李赋宁先生最近不幸仙逝，我悲痛之极。李先生是我这一辈子最后辞世的一位恩师。而今我的所有老师，均已作古，茫茫人海，何处去寻觅自己当年的恩师？我于今日下午给师母发去唁电一份如下。另外，随此信还附上赋宁师三年前给我的一封手示（我打字输入电脑）。从赋宁先生来示的措辞和称谓，您可以看出老一辈学者和大师为人之谦虚谨慎（当然，恩师称我为“兄”，并自称为“弟”，是我作弟子者万万不敢接受的）。再从我给师母的唁电中，也可以看到我这一代人对自己老师的无比景仰和敬重。我的格言是“一日吾师，终生吾师”，任何时候对自己的老师，都是“执弟子礼甚恭”，从来不敢稍有怠慢。反观现在一些（不是全部）中青年学者，春风得意，自高自大，目无师长，将我国几千年来尊老爱幼的优秀传统道德弃之于脑后，令人不胜慨叹。我在邕虽然家居，依然工作繁忙，百事羁身，爰于百忙中匆匆写此信给您，顺颂

时绥！

祥麟

2004 年 5 月 19 日

(二)

给师母之唁电：

北京海淀区蓝旗营教师住宅小区 10 号楼 3 单元 402 号徐述华教授

师母大人：顷接桂林友人电话，惊悉赋宁师不幸病逝，噩耗传来，直若晴天霹雳，使生震骇万分，五内欲裂。赋宁师为我国著名教育家和外语界泰斗，60 余年来对我国教育和外语事业做出卓越贡献，一代宗师，仰之弥高。今哲人其萎，薄海同悲，念及赋宁师之伟大成就和对后辈教育提携的无限恩情，生衷心哀痛，莫可名状。际此艰难时刻，尚请师母节哀顺变，保重尊体，努力实现恩师之遗志。

学生贺祥麟泣电

2004 年 5 月 19 日

附：下面为赋宁师 2001 年来信摘引

祥麟兄：

您好！

我和老伴徐述华教授都很爱读您的书信体散文随笔。您的文笔生动，书信内容丰富，思想活跃，发人深省。这些文章收集成册、出版、发行，必将受到广大读者的欢迎。”……

迁来新居已逾一月，但一切尚未就绪。清华校庆，九十年华诞，我和老伴拟往参加庆贺。我于 1935 年入清华外文系，1939 年在昆明毕业。上了两年清华研究院，于 1941 年毕业，留校教书，任清华专任讲师四年。1946 年赴美留学，1950 年回国，在清华任教二年。1953 年院系调整后来到北大。1987 年退休。此生大部时间都生活在北京，和清华、北大、西南联大从未分开。谢谢您的来信，并贺我们的新居。祝

好！

弟赋宁上

徐述华问候

2001 年 4 月 27 日

18. 谈写回忆录注意事项

葆珍：

您的《天生犟质难自弃》中的两章读过，写得不错，回忆往事、特别是回忆童年，分外亲切。“天井”南方人可能不熟悉，北方人则妇孺皆知，无须另外专门解释。“天井”事实上就是我国旧式建筑的院落，亦即院子中间的那块露天的空地不要求真的有一口井。希望您继续写此书，但应注意内容要生动活泼，引人入胜，文字要优美，要有文采。

祥麟

2004 年 5 月 24 日

19. 要做学者型的作家

葆珍：

把您和我们的友人目前的情况一比，不难看出，您简直是生活在天堂上，您享有健康、幸福、事业蒸蒸日上、青春朝气始终焕发等各种幸福。请珍惜这来之不易的幸福，继续努力，不断前进，同时注意锻炼，保持身心康泰。此外，还得挤时间读书，不断充实自己。不能只做一般意义上的作家，要做“学者型”的作家，这样的作品才更加深刻。我国五四运动时期的作家，几乎没有一人同时不是学者。只有学者型的作家写的东西才更为丰富、深刻、高雅、耐读、内容充实和具有更高的思想和艺术水平。我的字打得很快，匆匆打成此信，如有错误，尚请批评。祝您在文学上继续前进，不断攀登高峰，建功立业，取得更大胜利！

祥麟

2004 年 5 月 25 日

20. 收到《李国香文集》后

李汀世兄：

我于7月6日赴广西南部沿海城市参加一个会议，9日回到南宁惊喜地看到刚出版的令尊大人国香兄之文集三大卷和您的来信，高兴和感动得涕泪交流，不能自已。

国香是个名副其实的伟大人物。他的坚强刚毅的性格，博学强记和博学多才天分、惊人的语言文学才能，都是绝对的佼佼者。我同时还流着涌泉般的热泪读了您的来信。有国香兄这样出类拔萃的大学者和好爸爸，才有你们几位学有专长、在各人事业上卓有成就的兄弟们。有您这样的孝子和社会活动家，《李国香文集》这样洋洋大观的巨著才能出版。真难为您了，谢谢您。

您不仅为令尊大人，同时也为社会做了一件大好事。关于拙《序言》没有能编排在全书目录中，虽是一个小小的缺点，我仍然希望您不要介意。因为现在许多年轻人责任心缺少，类似事件经常发生，不足为奇。敝校曾经发生过一件怪事：我的友人某教授的公子在桂林市某单位工作，正在申请入党。他所在单位请求敝校介绍该入党申请人的父亲即我的友人某教授的政治历史情况。某教授新中国成立前思想进步，于1948—1949年被国民党反动派逮捕入狱，差点被枪毙。而敝校人事处开的正式公函却说某教授“新中国成立后被我人民政府逮捕关押”，使申请人单位负责人大惊失色，认为申请人隐瞒其父亲重大政治问题，不许入党。此类荒谬绝伦事发生得可谓多矣，和敝校人事处上述事件相比，出版社那位同志的小小错误实在算不得什么。这是整个社会问题，是整一代或几代青年问题，不仅是那位编辑个人的问题。

我仍然很忙，今年8月下旬可能去智利探望我的男孩和他的一家。在智利大约停留三个月，然后回来。此信匆匆写成。请代我问候燕云和锦天。顺颂
夏祺！

祥麟

2004年7月10日

又:西南联大以至新中国成立前和解放初期所有大学的外国语言文学系,都一直简称为外文系,而不是外语系。“外语系”是后来在“极左思潮”下否定文学,只让学生学习外国语言后错误改成的称呼。

西南联大光盘也已收到,尚未来得及看。谢谢。

21. 介绍彭庆山教授

葆珍:

经过我与彭庆山教授联系,他已同意将他的长诗发给您一份,并且已经成功发给了您。请打开电子邮箱,当能看到他的大作。

他的诗歌我认为至少有两大优点:1.知识面广博,经常用典故,使得诗歌容量大,含蓄,而且非常典雅;2.正如他为人一样,他的旧体诗生动活泼,充满生活情趣,又十分幽默,读了令人解颐。

他明天早上就要飞往北京开会,我今天加了压力,“逼”他必须在去北京前把长诗和另外三首七律《谒青羊宫》由电子邮件发出给您。他已欣然同意,而且方才与我通话,说他已实践了自己对我的诺言。至于我为挚友李国香教授文集写的序言,不知何故,已在电脑中消失,如找不到,则只好把刚出版的《李国香文集》序言复印了通过邮局寄给您。

祥麟

2004 年 7 月 11 日晚 7 时

22. 评彭庆山的诗

明慧：

适才通话，快何如之！此信发出同时，我将另函挂号奉上彭庆山教授之长诗《新春湘岳行》一首、七律《谒青羊宫》三首和新诗《题湖边一棵老树》一首及文字说明。彭是我多年来的挚友和助手，他对我始终执弟子礼甚恭（这你从他给我的信上便可体会到），但是实际上我从来没有任过他的教师。彭的诗歌，除了内容深刻、诗意葱茏外，至少还有另外两大特色：其一，是他的古典文学修养很高，学问渊博，知识丰富，因此他的诗歌知识性很强。他在自己的旧体诗里用了许多典故（附带说一句，五四运动反对诗歌用典故，是错误的），这样他的诗便特别典雅，特别含义深、容量大，充满了想象的空间，使人读了，浮想联翩，受益良多。其二，他的诗歌充满幽默感，常常是妙语连珠，读了令人忍俊不禁，与诗人一同发出会心的微笑。

由于他的诗歌内容丰富、文字典雅，加上用典较多，诗歌可能难懂一些，再加上彭教授写作态度严谨，于是他就在《新春湘岳行》后加添了许多注释。据我所知，全世界诗人中，为自己诗歌加上注解最多者，厥为20世纪英国著名诗人T.S.艾略特（他最初是美国人，后来改入英国籍），艾氏学富五车，才高八斗，精通英国及欧洲古典文化，他的诗典故特多，必须注解，否则就非常难懂。正因为如此，有的评论家刻薄地说："艾略特的学问，渊博到如此程度，使他永远不能成为第一流的诗人。"这话有一定道理，例如莎士比亚只有小学文化水平，却创作了大批千古不朽的诗剧。但是，另一方面，这话又不对，艾略特诗歌的深刻，恰恰在于他的博学和用典。更何况艾氏本来就应该属于第一流的诗人（当然，比起巨人莎士比亚来，艾氏确实矮了一头）。

诗歌创作，允许百花齐放，个人发挥自己的特点，不能强求一律。彭教授的诗，也有他自己的特点，读他的《新春湘岳行》，你首先得认真阅读，包括认真读他的注释，然后再通读全诗，慢慢体会，就能使你感到乐趣无穷。我除了喜欢彭氏的旧体诗外，同时还特别欣赏他的为人，他的诚恳老实，他的多才多艺，他的机智诙谐，和他的谦虚谨慎。

写得多了，就此搁笔。顺颂

夏祺！

祥麟

2004年7月12日上午

*23. 防城港之行

诸位至亲好友：

前段时间是我的“旅行月”，6月份先赴柳州，又往北京，归途在桂林逗留数日，7月初则去防城港市。马蹄哒哒，军号嘹亮，意气风发，高唱决胜之歌，每到一处，顺便看望朋友或者观赏景物，比著名的地理学家徐霞客旅行方便多矣。徐老先生或步行，或乘肩舆（轿子），或骑马骑驴，雨淋日晒，风餐露宿，日行几十里，辛苦备至，速度又慢。我“骑”的是火车或者汽车（上面所谓“马蹄哒哒，军号嘹亮”纯粹只是象征说法，实际上与马蹄和军号压根儿不沾边），车上空调一开，凉风习习，日行千里，朝发夕至，效率之高，速度之快，是徐霞客所根本不敢想象者。即使是《水浒传》里的那个“神行太保”戴宗，号称“日行800里”，他虽然已经被宋江、卢俊义等梁山泊好汉羡慕死了，却仍然无法体现我们现在这“时代的优越性”。

为了“主题集中”，这封信一不谈北京之行，二不谈桂柳之游，只谈防城港。这防城港市，原先仅仅是广东一个很不起眼的小小县份，是粤系著名军阀陈济棠的故乡。它在20世纪50年代与钦州、合浦等地一同划归广西，依然是个“小不点”的县。60年代末，不同了，在抗美援越战争中，防城成了著名的“胡志明小道”的起点，地理位置十分重要，国家决定在这里先建码头，然后建市。改革开放以后，这里再升了一级，成了“地级市”，即和南宁、桂林、柳州等市同一级别的市，正式名称为“防城港市”。

“防城”而加上“港”，这就突出了“商港”的身份，表示这是沿海口岸、通都大邑，与过去的防城县迥然不同。昔日的“防城”县城，如今仅仅是“防城港市”小小的一个“区”而已。今日之防城港市也确实大变样了，有了现代化的港口和码头，市内高层大楼拔地而起，新式公寓鳞次栉比，好一派兴旺景象。

防城港市得天独厚，形势天成，面向北部湾大海洋，背靠十万大山，既有与越南搭界的边界线，又有很长的海岸线，是我国走向“东盟”的前沿阵地，集山、边于一体。港口可以建立万吨级以上的泊位100多个。有“香”（玉桂、八角）、“甜”（甘蔗）、“苦”（药材）、“鲜”（水产品：其中海鱼有500多种，虾200多种，以及其他生猛海鲜）等多种资源。工业方面，有特殊钢厂、火电厂等，此外还即将修建一座大型钢厂。总之，防城港市发展很快，前景辉煌，充满了诱人的机会。俗话说“机会与挑战并存”，诚然，防城港最突出的挑战,来自越南。据当地友人说,近年来我们的这个南方邻国向中国学习不但十分努力,而且异常“到家”,改革开放的某些政策比我们的还宽得多(例如,越南政府规定凡是芒街市的海关关税收入,他们国家分文不要,与之相邻的东兴的海关收入则必须上缴国家),因此据说芒街的发展就比东兴快。听说越南扬言要在三年内把东兴镇(属防城港管辖)变成“死城”(意思是,只成为过路城市)。此外,咱们的这个“芳邻”样样都要占上风,甚至连电线杆都要比我们的高。对此我颇有感触,对朋友们说:就让它的电线杆比咱们的高吧,中越两国山连山,江连江,是好邻居,我们不和人家比电线杆。

7月8日我们去参观国境线,到了竹山村。此处为我国边境海陆交叉之处,也是最西南沿海海岸线的起点。我参观了清光绪十六年(1890)钦州知府建立的界碑。过去我一直误以为界碑大约与公路上的里程碑同样大小,这次看了才知不然:这块界碑有一人高,硕大无比,正中间刻了巨大的红色颜体字:“大清国钦州界”。我国海岸线由此向东再向北,直至丹东(原名安东)的鸭绿江,共长18400公里。北仑河(中越边界河流)两岸到处一片青山绿水,河水碧绿,树木枝叶扶苏,与倒影一起婆娑起舞,美丽极了。

应该特别提起的是,我们在防城港市郊区访问了名震遐迩的“护鸟世家”陈老伯一家。这一家人自从20世纪50年代起就自动自觉地保护白鹭鸟,卓有成效。50年代时,最初这里只有几只白鹭飞来,由于陈家四代人对白鹭精心保护,白鹭爱上了陈家,与他们成了好友,每年清明节前后由越南飞来,在陈家的“庄园”安家落户,欢度夏天。秋天九月时天气转凉,再飞去越南。目前在这里栖息的白鹭已多达五六万只。我们专程去参观了陈家后面的“万鹤山”,但见到处都是绿树和青草,白鹭早出晚归,出去觅食,傍晚回来。有的白鹭受伤了,陈氏全家精心护养,为伤者提供食物和医疗服务。至今还有20多只早已痊愈的白鹭留恋陈氏一家人,不愿离去,乃干脆定居于此,不再飞往别处。有时候白鹭的“口粮”不够,陈氏父子就出海捕鱼捞虾,回来喂养白鹭。陈家附近自己的海滩地共1000亩左右,全部为雪白的沙滩,他们为了保护白鹭,在沙滩上种草种树,硬是把沙滩改造成一片草地和森林,为白鹭创造了一个良好的生存环境。

改革开放20余年来,许多人下海经商,都发了财,而陈家则一心护鸟。他家经济并不宽裕,竟能一连几十年全心全意扑在白鹭上,有如此强烈的保护鸟类和保护环境意识,诚属难能可贵之至矣。

最后,说一点我个人的近况。我准备今年8月下旬偕内子去智利探望我们的男孩一家,医生叫我出发前住院,打打吊针,清洗一下血管,增强自己的体力,以免出国途中换飞机时搬运行李负担过重，或者旅途劳顿出问题。于是，我便于前天开始住院，每日打点滴，调理一下身体，估计7月底以前出院。比起许多同龄人来，我也许算是幸运的，头脑尚还清醒。这封信就是用笔记本电脑在病房里噼噼啪啪打字写成者。念及诸亲好友或在天之涯，或在地之角，大家各在一方，益增我思念之情，纸短情长，何能尽意。余再谈。即颂

夏祺！

祥麟

2004年7月19日于广西医科大学第一附属医院

24. 女孩的英勇事迹

葆珍：

昨天傍晚由医院“偷偷”跑回家（医院规定病人不得回家，但不告诉他们，自己回去，则医院可以不管），打开电脑，看见您的来信。您在电子邮件上说还有一篇文章，但不知何故文章我并未收到，也可能是我的邮件堆积过多（共20封未阅读之信件），加上时间太紧，我没有仔细查找之故。

来信谈到保护环境问题，使我想起美国有一个名叫朱丽娅（Julia Hill）的少女，为了保护一株巨大的被称为“月亮”的红杉树，从1997年12月10日起，竟然在这棵足有18层楼高的大树上栖居了738天，直到树的所有者太平洋木材公司承诺不砍伐该树为止。这个女孩的先进事迹，感人深深。这又使我联想起苏联卫国战争时候，彼得格勒被法西斯军队围城，城内缺粮，缺食物，很多人都饿死或者被冻死了，一个年龄只13岁的女孩，知道自己在极度的饥寒交迫中，只要一睡着了，就必然从此长眠不起，绝无生望。她以极端坚强的毅力，背诵托尔斯泰《战争与和平》中的章节，坚持到底，结果居然生存了下来。可见“有志不在年高”。

法国的爱国少女圣女贞德（Jean d Arc）才15岁，当时英国军队侵略法国，她奋起抗敌，领导人民痛击侵略者。我国的刘胡兰也一样，她已经是全国家喻户晓的英雄。

日前与明慧通话，她对您给我的那封谈老同学的信非常欣赏，您谈莫正鉴坐在您旁边之事，令人忍俊不禁。至于陈育彰，她说陈与她的关系非常好，英年早逝，太可惜了。她还托我顺便告诉你，当年陈育彰曾经追求一位文艺界的女孩子，最后终于成功，二人结了婚。明慧说葆珍知道陈育彰追求文艺女孩之事，但不知道追求之喜剧结局。

我订于本月30日出院，出院后有一大堆工作要做，主要是处理这里翻译工作者协会内部的纠纷，并尽快进行换届选举。8月初我的女儿将和我的外孙一同由旧金山飞北京，先后游览北京和西安，然后于8月中旬来广西，届时我将陪他们去桂林。我的外孙（今年15岁），是我见过还算聪明的孩子，在美国中学获得美国总统奖。

我今天在医院匆匆打字打成此信，随便闲谈如上，祝

好！

祥麟

2004年7月27日（此信将带回家里上网发出）

25. 语病

葆珍：

昨天(7 月 27 日)回家上网，始收到您本月 24 日之信。“此乃为前车之鉴”一句话，“为”字确实多余。电子邮件发送时手续较多，时间又仓促，难免笔误。我昨天给您的电邮中，谈到明慧说“一定要回复您信”，匆忙之中，就把“要”字误成“的”字，结果全句成了“一定的回复您信”，语无伦次。至于“中方从来没有……”一句，您提的意见很对，应该是“中方从来没有要也不需要……”才对。这些年来，由于种种原因，整个社会语文滑坡，报刊上甚至正式文件上语言文字和语法错误，不知凡几，令人慨叹，但又毫无办法。

前天我看到某报纸文章中有一句话叫“不自由，我宁死”，就是乱弹琴，乱改成语。此成语出自美国独立战争时，著名爱国者帕垂克—亨利(Patrick Henry)在议会中作了一篇著名演说，最后一句话是：“Give me liberty, or give me death。”我国当时第一位翻译家把这句话翻译成“不自由，毋宁死”，可谓翻译得极好，好到这句话的中文译文变成了中文中家喻户晓的名言和成语。可是现在文章的作者，却把它错写成“不自由，我宁死”，只能说明该文作者的无知。类似例子很多，不再一一列举。

语文上的问题，一向比较复杂，不能一概而论。有一些说法，一开始就错了，可是大家都沿用惯了，本着“约定俗成”原则，也就不认为它错。例如，说某人“生前”怎样怎样，逻辑上就讲不通。因为“生前”字面上只能指“诞生以前”，那么，他尚未诞生，能够做些什么呢？另外一种情况，是很多人都讲错了，我们应该努力改正，不能听任大家错下去。

例如：“在今天还没有开会之前，我先宣布一件事情”，“还没有开会之前”的说法明显错误，应该是“开会之前”。再如，现在许多年轻人乱用中文，经常把不及物动词当及物动词用，是错误的。不及物动词后面不能跟宾语，但这些年轻人偏偏让不及物动词后面直接连接宾语。如“甲挑战乙”，错了，应该是“甲向乙挑战”。更荒唐的是某些年轻人居然可以把名词当动词用：“某人激情香港”。这样的话，我根本看不懂，但是，把“激情”当动词用，报纸上经常出现，可以活活把人气死。

再如，许多人分不出“免于处分”和“免予处分”的区别，而不知道前者指某人自己没有受到处分,而后者则指领导或者法院免去了对某人的处分。因而报刊上时常有这样的错误说法:“组织上对他免于处分”。还有,“其”字指的是:(1)他(她它)的,如“其父”“其母”“其行为”“哀其不幸,怒其不争”等;(2)作宾语的“他”(她、它),如“将其痛打一顿”“令其改过自新”等。一般说来,“其”字不能做主语,可是现在连法院判案的正式判决书都经常把“其”字当主语用,如“其承认罪行”,“其打了人”,这种完全违背中文语法习惯,乱用“其”字,令人无法容忍。再举一例:中文有句成语,叫作“不尽如人意”,就是说不完全使人满意,或者说不完全合乎人们的意思。这五个字任何字也不能少,可是现在报刊上竟大量出现“不尽人意”的句子。“如”字决不可少,少了“如”字,句子就狗屁不通了。报刊上这类错误句子,可以车载,可以斗量,使人感慨万端。

再补充一件事:大型文学刊物《十月》曾经请著名作家贾××为该刊一篇文章写题目,结果这位“大作家”居然把“警察”的“察”字写错了:右边少写一撇;下面的“示”字他居然错写成未来的“未”。我向该刊物提意见指出这一根本不应该出现的特大错字,不料他们竟根本不回信。

翻译界也是一样,许多人不是外文不行,而是中文太差,结果只能开“国际玩笑”。一位优秀的翻译家,把 The Bridge of the Madison County 这部作品创造性地翻译为《廊桥遗梦》,很了不起。而第二个译者说得换个书名,改成《廊桥梦遗》,闹了个大笑话。

总之,问题严重。奇怪的是,现在有的饭馆敢于规定,凡是客人在该店发现一只苍蝇,该饭馆愿意出罚款多少元给顾客,然而报馆或者杂志社却从来不敢规定凡是读者每发现该报刊上一个错误,愿意被罚款一元。现在教育界、学术界、读书界对书籍和报刊上大量语文错误,好像无所谓,无动于衷,见怪不怪。语文滑坡十分严重,这个问题如何引起全社会重视,成为一个很大的问题。这方面我的意见还多,例子更多,不多说了,就此作罢。

祥麟

2004 年 7 月 28 日下午(但不知何时才能回家上网把此信发出)

26. 国内生活

葆珍：

叠函均悉。和您通电子邮件，互相交流心声，愉快无比，这真正是“海内（根据具体情况，似应改为“海外”）存知己，天涯若比邻”。美国国玺和湖畔重逢二文，都写得不错。前者知识性很强，小女回来，我当给她看您的这篇大作。瘦西湖我在80—90年代曾经去游历过两次，都是去参加全国外国文学学会年会时顺便去瘦西湖者。第一次去时，我当年在大学时的，几位年轻老师依然健在，他们新中国成立后基本上都是“大师级”人物。我在西南联大时并不认识他们，但因师生关系不同于一般关系，我与老师们一见面如故，互相间无任何距离。此外，还与季羡林先生一路畅谈，并一同畅游瘦西湖。

关于国内医疗待遇问题，虽然近年来都由公费医疗改为医疗保险，但因各地经济发展程度不同，待遇相差很远。因此不能强求一律，也不能把南宁和广州或武汉比。我个人的情况又比较特殊，因为国家有统一规定，我们这一级的干部，实际大体上是国家“包”了，不论原先的公费医疗或者现在的医疗保险，我们都不成问题。我们的医疗保险，费用用完，不够时公家贴补，无须个人负担。此信匆匆打字，余再谈。

祥麟

2004年8月3日下午

27. 强者

葆珍：

久未通信，驰念时殷。之所以没有给您信，除了忙以外，还因为小女偕她的儿子（将近 15 岁）由加州回来，我陪他们东走西逛之故。

您信上谈了贝多芬耳聋后创作了《第九交响乐》，我有同感，即愈是伟大人物，遇到逆境，愈能战胜不利境遇，取得更大成功。例如太史公司马迁受宫刑后写成《史记》，孙膑受膑刑后完成《兵法》，米尔敦双目失明后写成了《失乐园》等。我的友人王火多年之前写成全文 161 万字的长篇小说《战争和人》（描写抗日战争正面战场和沦陷区的史诗般的巨著）后，把稿子寄给某出版社，该社不慎，竟把稿子全部遗失。王火在不可想象的困难中，硬是从头做起，重新写成这 161 万字的小说，获得了我国长篇小说最高奖"茅盾文学奖"。上面这些人，都是人中的强者，他们无不身处逆境却破浪前进，攀登了成功的顶峰。

您由电脑中发来给我女儿看的文章，我已经告诉了她，但尚未印刷给她阅读，当于日内印出来给她看。她要我向您致谢。等过几天我们将一同去桂林，然后她和我的外孙将由上海飞回旧金山。他们返美后，我将给亲友写一封长信，专谈我女儿的前半生。我还有许多事情可以和您长谈，只是我目前实在太忙，一时不能和您做过多的长谈。此信暂时写到这里。余再谈。

祥麟

2004 年 8 月 21 日晚 10：30

*28. 小女归宁

敬致诸亲好友：

首先得向您提个醒：请千万不要把“小女归宁”误认为是指我的女儿小岚回南宁。“归宁”是中文文言文词语，指的是“回家看望父母”，尤其指已经出嫁的妇女回到自己的娘家。晋朝陆机之《思归赋》中有“冀王事之暇豫，庶归宁之有时”，就是指“回娘家”。小岚回到南宁来是事实，但如果要说她回南宁，就只能说“小女返邕”而不能说“小女归宁”，也不能说“小女返宁”——因为南宁的简称是“邕”，而不是“宁”，“宁”是南京的简称。

小女名小岚，她于不久前偕她的孩子张一叶（15 岁）由旧金山飞西安、上海、苏州、杭州、黄山、广州、桂林等地，最后于 8 月 14 日来到南宁，与我们夫妇欢聚。我们要与她一同欢庆她的生日。

其二，一叶自 5 岁出国后，迄未有机会回来，这次是孩子 10 年来第一次回国，很不容易。我们夫妇都怀着万分兴奋激动的心情，等待着他们的归来。说实话，小岚和一叶，这母子二人不仅是我们的至亲骨肉，而且也是我们的骄傲。

小岚童年时正碰上文革，才四岁时（1968 年）就在“清理阶级队伍”的大风暴中，被诬称“呼喊反动口号”（实际上根本没有这事），由当时的所谓“革命师生”审查她半个月之久。“革命师生”除了逼迫我们做家长的“交代”孩子的“问题”外，还威胁利诱，软硬兼施要小岚“坦白”。也许是因为年龄太小的缘故，小岚在长达半月的高压下，从头到尾一言不发，没有“坦白”任何一句话甚至一个字。经受了这样大的打击，孩子后来竟然没有出现精神病（例如精神分裂），可谓“上帝保佑”的奇迹出现。之后她随丈夫出国，在家操持家务。但是，生活的艰苦锻炼了她，使她一步步认识到为了在国外安身立命，除了必须学好英语外，还应该学一门专业。于是她排除了各种困难，在每天忙于家务劳动和上下午都得开车去接送一叶上学和放学的情况下，用了一年半时间，完成了牙医助理专业的学习，而且取得了优良成绩。目前她正在准备参加美国牙医助理的国家考试，等通过考试后，即可顺利担任牙医助理之职。

这些年来，她在生活的大海洋中乘风破浪，逆风前进，不仅学到了许多知识（包括英语），更重要的是学会了保持头脑清醒，对问题认识深刻，判断准确，性格坚强，处理问题坚定而正确。

回忆1964年孩子在桂林工人医院出生,经历了各种艰难困苦的磨炼,终于非常成熟,这多么令人高兴。小岚天生丽质,幼年时长得像个漂亮的“洋娃娃”,人见人爱,许多学生见了她,都忍不住要抱起她来,逗她玩耍。可是,这些学生一问邻居知道小岚是我的女儿,马上惊惶万状,像中世纪时人们遇到麻风病人一样,赶快把孩子丢下,仓皇遁逃,她和她哥哥就是在这样的环境中长大的。到了少年,她亭亭玉立,愈加美丽,我为了培养她艰苦朴素的生活作风,将一件陈旧的红色灯芯绒上衣给她长期穿,叫作“新三年,旧三年,缝缝补补又三年”。我以为这样就可以训练她节约和朴素,谁知到了青年时代,她嫂嫂嫁到我家,她看见嫂嫂的化妆和穿时装,致使“朴素教育”乃宣布失败。但是,她的性格一直朴质无华,为人老实忠诚,而且越长越漂亮。记得几年之前,有一次我和她一同在旧金山唐人街,一辆美国出租汽车的司机看见了她,立刻大声惊呼:“看,这位女士多么美丽啊!”我当即答曰:“She is bound to be beautiful, for she is my own daughter!”(她必然美丽,因为她是我的亲生女儿!)于是司机和我们大家都一起大笑起来。

上面我说小岚是我的骄傲,不但指她思想品质非常之好,同时也指她美丽出众。然则,我们又何以同样以她的男孩一叶为自己的骄傲呢?一叶在旧金山读中学,个人品德出类拔萃,学习成绩拔尖又拔尖,好学深思,领导能力强,身心健康。初中时候,他在学校荣获美国“总统奖”,由布什总统、美国教育部部长和一叶所在学校校长共同签字发给他奖状。我的外甥女曾说过:“一叶是我一辈子所见过的最聪明的孩子。”

这次他来到南宁,我问了他许多文学上的世界名著,除了托尔斯泰的《战争与和平》他没有读过外,其他所有我提及的著作,他全阅读过。我问他“你读了是用简易英文改写的简写本吗?”他说不是,是全文本。我又问他:“你在学校,是不是那些美国孩子都把你奉若神明,像崇拜偶像一样崇拜你呢?”他谦虚地回答说:“有一些同学这样。”我说:“他们是佩服你的学习成绩样样优秀吗?”他说“不是”。“是佩服你的领导才能吗?”“也不是”。“那么,是什么呢?”他用英文回答我说“My personality”(我的个性)。

中国传统文化一向把一个人的道德放在其他一切的前面,一叶能够如此深刻地懂得思想品德和人格的重要性,使我感动之极。

还有一件小事,也使我异常感动。有天傍晚,我们一同在桂林一家饭馆吃晚饭,饭后走出饭店,我们找不到垃圾桶,他硬是拿着牙签到处找,直到最后找到一个垃圾桶,才把牙签丢入。这种公德心和对环境的爱护精神,是国内一般孩子所望尘莫及的。当然,一叶还是个孩子,也有他的不足之处,例如用钱大方,不知节俭;又如他每天看电视、DVD 和日本动画片,用的时间太多。这些地方,需要加强疏导和教育。

限于篇幅,这封信不能写得太长。总之,此次小岚和一叶回来,对他们来说,是一次很好的参观和游览机会。一叶学到了很多中国历史地理和文化知识,也与我们欢聚多日,值得永远纪念。对我们夫妻来说,和爱女及外孙在一起,共享天伦之乐,其中幸福和乐趣,非言语之所能形容者。现在小岚和一叶都早已返回旧金山,而我们夫妇也正整装待发,准备于本月 12 日与我们的儿媳妇一同去上海,然后飞法兰克福转往智利首都圣地亚哥。到智利后,仍将继续给亲友写信。敬颂

安康!

祥麟

2004 年 9 月 6 日

*29. 再访智利

敬致诸亲好友:

我现在正坐在智利沿海、大西洋之滨与您笔谈。我于 2004 年 9 月 12 日由南宁飞上海,次日与内子希和及我的儿媳小任一同由上海浦东机场起飞。向西又向西,在法兰克福停留并换机然后飞往阿根廷首都布宜诺斯艾利斯。在彼休息凡一小时,再次鼓翼疾飞,终于到达智利首都圣地亚哥。小儿黄河和我的外甥孙女薛晴驱车来迎接我们,大家一同乘车到达"终点站"维尼亚市。

一、旅途略述

这一路在空中飞行长达将近 30 小时,每日吃了就睡,睡了又吃,枯燥无味,乏善可陈。但有两件小事则可略加叙述:一是同机邻座有个女孩,芳龄仅四岁有半,碧眼金发,活泼可爱。她与她父亲同行,是法国和西班牙之间的小不点国家安道尔(Andorra)公国人。她的法语和西班牙语固然无比流畅,在幼儿园还学了英语,英语流畅,发音纯正。我有心考她一下,乃问她"2 加 3 等于几?"她马上回答说"5"。我又问:"那么,1 加 1 呢?"她说"2"。我立即否定了她,说"不对,1 加 1 等于 11"。她先是愕然,接着惊奇,笑了。她爸爸在旁边笑得前仰后合,乐不可支。飞机抵达圣地亚哥时,她恋恋不舍地与我告别。等到我到了机场大厅,又碰到她。只见她爸爸与前来迎接他们的她妈妈正

在互相热情拥抱。而孩子呢,见了妈妈后,却激动得热泪盈眶,一直搂住妈妈流泪。这个场面深深地感动了我,使我感受到这一家三口人间的真情挚谊。

另一件事,是我中途在布宜诺斯·埃利斯机场停留时,顺便在一家商店购买了一册英文杂志阅读。杂志上连篇累牍地刊载了报道车臣那所学校被恐怖分子劫持经过详情,还附有现场照片。看到那些孩子们惨不忍睹的悲剧,我无法描述自己的悲愤与难过。对这一悲剧,普京有句话说得很好:“我们显示了软弱。而弱者是要被击败的。”是的,在邪恶面前不可软弱,对恐怖分子既要根据具体情况讲究策略,又必须狠狠打击。如何根据千变万化的情况,决定策略,掌握分寸,用最小的牺牲获得胜利,是一门很高的斗争艺术。

二、在维尼亚市

维尼亚市的全名是维尼亚·德尔·玛尔(Vina del Mar)在西班牙语中,维尼亚是“葡萄园”,德尔等于中文的“的”字,玛尔是“海洋”之意。整个意思是“海上葡萄园”——多美丽的名字!这个名字它当之无愧,因为它是智利全国最著名也最漂亮的旅游胜地,倚山傍海,风景秀丽,像梦幻一样美丽动人。

还不止这个。它的气候绝佳,在地理学上被称作“地中海气候”,这种气候冬暖夏凉,基本上整年阳光普照,温暖如春。

同样难得的是,维尼亚是个小城市,人口不到30万,没有污染,空气清新,国内来的亲友,无人不说这里的空气太干净了,可谓一尘不染。我的心脏有问题:二尖瓣关闭不全,因而供血不足,氧气不够,呼吸有困难。前两年买了个制造氧气机,用以吸氧。今年氧气机损坏,我就临时用空调机代替。空调机送来阵阵清风,缓解了缺氧造成的困难。此次来智利之前,知道智利气候适宜,一般人家根本不需要空调机,我便决定来了买个电扇吹风,代替空调机输送氧气。谁知来到维尼亚第一个夜晚,我既无空调机,又无电风扇,居然呼吸畅通,感到氧气足够,身体和肺部甚至比使用氧气机还要舒适,可见这里空气之清新、空气中所含氧气负离子之丰富。更使我惊喜者,为次日早晨,我问了儿媳妇,方才发现原来昨大晚上我的整个寝室门窗全部紧闭,压根尔没有室外新鲜空气输入。只此一事,就足以说明维尼亚的空气干净到如何程度。这个城市本身简直就是一个大的氧吧,可以供应我无限吸氧,使我疾病顿除,身心舒畅。

到此才几天,就有多次社交活动。一日,有一位名叫胡安的智利朋友来看我的儿媳妇小任,此人我也认识,于是就邀请他上楼来与我谈天,共话别情。他说他去年离了婚,是他的妻子要求离异的。我大为惊诧,因为他的妻子是我的孙子丹沁的钢琴女教师(俄罗斯人)的妹妹,当年来到智利,生存困难,靠了胡安的鼎力帮助,她终于取得了绿卡,在智利站稳了脚跟,生活日益富裕舒适,现在却背叛了爱情,遗弃了他。我对胡安说,他妻子的行为是典型的忘恩负义,用一句中国成语来形容,叫作“过河拆桥”。他完全赞同我的说法。我又问他:“你们有孩子吗?”他苦笑了一下,神情黯然地说:“我没有孩子,只有两头猫。”我问是公的还是母的。他用西班牙语答复,说是两头雄猫。我的小孙子汴沁(10 岁)翻译说:“是两只男猫。”我儿媳大笑,纠正孩子的错误,对他说:“中文说到动物的性别,只能说公母,不能说男女。”

当天下午,小任又有两位智利友人来访,客人听说我刚由中国来,便要求与我见面。她们是两位年龄在 70 岁左右的老太太。我与它们寒暄了几句后,二人中之一人就拿出她外孙女的一张照片给我看,对我说这个女孩今年 10 岁,将来准备嫁给我的小孙子汴沁,问我意见如何。

我一看照片,这个女孩子长得美丽动人,样子聪明伶俐,惹人喜爱,乃说:“只要汴沁自己和他父母同意,我当然批准。”两人大为开心,继续与我聊天。不久,我就发现了这两位老太太性格极具“侵略性”,我必须提高警惕,保卫自己。

果然,她们两人开始赞美我长得“非常漂亮”,是个“美男子”。我当即否认曰:“你们两位说的话,在语法上叫作‘过去完成时’,不是‘现在时’。”二人并不因此受挫,而是寸步不让,步步进逼,说她们俩现在都没有丈夫,很喜欢我。我不置一词。她们又进一步说小任这次回智利,不该把“贺太太”带来,“您为什么不把妈妈留在中国?”二人真真假假,假假真真,使人根本不知道她们是在开玩笑还是当真。好容易她们告辞了准备离去,还按照智利风俗,亲了我的面颊后才尽兴而去。

这两天我还有一些酬酢,分别接受智利和中国友人的邀请,去他们家吃饭。限于篇幅,此处不再详谈。

“生年不满百,常怀千岁忧”。这些天来,我一直忧虑广西翻译工作者协会的事情。尽管在我离开南宁前夕,广西译协在经过一系列艰苦奋斗后,终于顺利地完成了对会长、副会长和秘书长的选举,但是,选举后新旧两届能否顺利办理移交,很好地完成交接任务,仍然使我担心。希望译协的朋友们能有好消息告诉我。此信写得已经很长,余下次再谈。顺颂

安好!

祥麟

2004 年 9 月 20 日

*30. 教授之庄园

敬致诸亲好友：

岁月似水，时光如流，不知不觉，来到智利已半个月。这半月来，差不多天天都有友人宴请。打个不恰当的比喻，当年关公在曹操那里居住，“三日一小宴，五日一大宴”，较之我今天受到的招待，可谓相差远矣。小儿黄河夫妇在智利朋友甚多，我来到智利，他们出于对黄河夫妇的友情，纷纷邀请我去自己家中做客。对于我来说，“却之不恭，受之有愧”，无法可想，只有于每次被邀请时，自己带些小礼物去送给主人，以聊表我这个客人之寸心耳。

在智利友人的众多宴会中，给我印象最深并最有特色者，厥为一位名叫亨德里克(Hendric)者之接待。此信专谈他邀请我们夫妇和黄河全家去他的一个庄园游览聚会的情况。

亨德里克为智利某大学教授，除了十分富有外，还有一大特点，即好客。他在智利国内和国外，共有巨大家园和庄园10处。9月26日，他和他的女友朵拉·玛丽娅(Dora Maria)邀请我们去位于维尼亚北方150公里外的海边庄园欢聚。

一到庄园，男女主人便喜笑盈盈地上来欢迎我们。我们首先被请往客厅饮茶和谈天。从谈话中，我得悉亨德里克的专业是建筑学和历史，这房子和整个庄园都是他亲自设计建造的。建筑师为自己设计房子，自然不同凡响。客厅里巨大的落地玻璃，通明透亮，面对太平洋，而太平洋到了他家门口，恰好成为一个小小的海湾。于是巨大海洋就变成他家的内湖(附近只有他一家)，一湾海水，波涛荡漾。寝室也一样，躺在床上，透过落地玻璃窗，但见白云蓝天和被缩小了的海洋，潮水起伏，冲击着他家花园，壮观异常。主人不论是坐卧或起居活动，都能与大海为邻为友，听海水扑打礁石，看潮涨潮落，好不自在也。

主人兴致勃勃地建议我们去游览他家俯视太平洋的大花园。我们缓缓地漫步在万花丛中弯弯曲曲的羊肠小道上，只见我一辈子从来没有看到过如此多、如此美的奇花异草，纷呈于眼前，千姿百态，争奇斗艳。到处都是曲径通幽，绿野仙踪。在这一千零一种来自世界各地的植物中，我唯一能够叫出名字的只有那满身是刺、像竹竿一样指向天空的仙人掌。(真是惭愧!)徜徉在如此神美、如此迷人的人间仙境小道上，我简直不敢相信眼前的美景是真实的。我忍不住对主人称赞说:“这是我过去几十年中所见过的最美丽的私人住宅。这里的一切都是如此浪漫,如此充满了诗情画意。这里是梦境,是童话世界,是一首具有无穷魅力的抒情诗,是《天方夜谭》里或者阿丽丝漫游过的奇境!”主人高深莫测,含笑不语。

我们沿着花木间的小道,或左或右,或上或下,有时候需要拾石级而登陡坡,台阶陡峭窄小,险情不断,乃由我的长孙丹沁(13岁)搀扶我走。想当年我灵敏若猿猴,健步如飞,攀登悬崖陡壁,像杂技演员一样,如今双腿竟如此退化,如此不争气,不禁感慨万分。最后,我们终于走到羊肠小道之终点,算是到了天涯海角。我俯视大海,环顾周围,喜不自胜,顿时豪情满怀,真想面对蓝天和大海,仰天长啸,壮怀激烈。

根据传统观念,“庄园”一般说都比较简陋,并且缺少文化气氛,而这里却完全不同。整个庄园和房屋内外,经过主人的艺术构思,与大自然共同构成了一个精致的艺术品。不仅建筑本身独具特色,而且客厅内布置雅洁,墙壁上挂满各种文化饰物:美术雕塑、面具、各色美丽的瓷盘。其中有三尊雕塑头像为仿造智利大诗人聂鲁达珍藏的艺术品。听我的儿媳妇说,教授的所有庄园个个都非常高雅,南方的一个庄园甚至比这个还要漂亮,而且每个庄园长年都有专人照料。主人规定所有庄园必须随时准备迎接他和家人的到来,一切家具和用品都应经常保持整洁。主人的信条竟然和我国少先队队员的口号一样:“时刻准备着!”诚属不可思议。

主人今天对我们的接待,可以说是精心设计,细致入微。我们刚来时,方一进入客厅,就传出VCD里中国民间音乐的演奏,琴声悠扬,令人神往。午饭的设计,尤其精到。在我们周游了这个庄园后,大概是下午1点,主人带领我们到庄园内一个“室外餐厅”小酌。吃的是智利著名食品“大饺子”(Empanada),形状和我国的饺子相似,但却大得多,四五寸长,有油炸和烧烙两种。油炸的馅子是火腿和乳酪,烧烙的馅子是牛肉、洋葱、鸡蛋、橄榄。不论哪种,味道都异常鲜美。当然,除“大饺子”外,酒类和饮料必不可少。酒类中有两种是“开胃酒”,还有一种更为名贵,据说是16世纪时英国女王伊丽莎白所饮用者。

“大饺子”吃完后,我总以为午餐已经用过,乃与主人在庄园内散步。谁知不然,到了下午2点,主人又带我们去另外一个地方(露天餐桌)吃“热狗”(面包夹西式香肠)。餐桌桌面上铺了一个巨大的玻璃板,而桌子腿竟然是用一个又一个缝纫机支架所制,古色古香,古趣盎然。

这“午饭”业已吃了两顿,按理说应该画上一个很大的句号了,孰料事实再次大谬不然。下午3点,主人又请我们到他家客厅旁边的正式餐厅用餐。这次之主菜为鱼,据说是南美洲最名贵的一种鱼，鱼肉细嫩无比，烹调亦佳，另外还有小菜和饮料。我对主人说："教授，我想请您费心帮我解决一个难题。我有高血压，需要于午餐后服药，但是今天您已经安排了三次午餐，请您告诉我，我应该何时服药？"主人笑了，他回答说："等吃过色拉后您就可以吃药了。"可是，后来的事实证明了这又是"误导"。色拉以后，还有两道甜点心，直至吃完甜点后我才服用降压药。当时是下午4点正，你能想象一个午餐可以吃三次，而且每次都变换餐厅，以至从下午1点一直吃到4点么？

下午5点我们向男女主人告辞。汽车在高速公路上疾驰。真没想到就在我们所奔驰的南北美洲国际高速公路上，出现了一个令人不敢想象的奇景：就在公路上紧靠主车道的旁边，经常有印第安人在卖本地特产的甜点心。为了招徕顾客，印第安人一面大声叫卖吆喝，一面举起一根特制的棍棒挥舞着。棍棒酷似我国旧社会时为死者送葬用的"哭丧棒"——一根长长的棍子，上面裹以白纸，棍子末端有白色穗子。这棍子上面像"哭丧棒"，下面却又很像我国的拖把。试想，这样重要的国际高速公路代表了智利国家的形象，上面居然可以允许男女售货员挥舞送殡用的"哭丧棒"或者"拖把"大声吆喝，和旅客随便停车购物，这一奇观，除了在像智利这样的南美洲国家，还能到哪里寻找？① 本来，这次旅行我还有许多事情可谈，但是这封信已太长，只好就此暂停。

顺颂

大安！

祥麟

2004年10月1日

① 智利为一法治国家，但颇具自己特色。一般说来，大家都遵守法律。但是警察在执行法律时则比较宽容，特别是对穷人充满同情心。我认为，在高速公路上出售或购买食物，应该为法律所不许。但是在具体执行上，智利警方对穷人网开一面，睁一个眼闭一个眼，装着看不见，因此乃出现上述奇怪现象。

*31. 智利风情画

敬致诸亲好友：

此次来智利瞬已一月有半，自 1992 年起，我已经来过 4 次，对智利社会也算多少有一些皮毛性的了解。这一封信我想谈谈自己的一些印象，叫作“智利风情画”。

一、近日生活概况

所谓“近日”，指 10 月份这 20 余日。近日生活，不外旅行参观和酬酢。我的旅行也真多，概括来说，就是车轮滚滚，“走南闯北”。先是去北边 450 公里外的一个滨海城市拉-塞润那。La Serena 在西班牙文中的意思是“美人鱼”，多美的名字！以后又去南边 1000 公里之外的湖畔小镇富特罗那(Futrona)，在兰可(Ranco)湖边住了几天，像华兹华斯或者梭罗一样，回到自然，欣赏湖光山色。返回维尼亚市以后，又参观了一所幼稚园，和去一所大学讲课。至于朋友间酬酢往来，则太多了，这里只能一笔带过。

智利目前正是春天，春光明媚，百花盛开。但是奇怪，自本月 10 日开始，智利全国开始实行夏时制，时钟向前拨一小时。更为令人难解的是，天气仍然非常凉爽，我这样的老人还得穿毛线衣，绝对没有我们心目中的“赤日炎炎似火烧”的夏季味道。维尼亚的街道非常整齐，除了最主要的“自由大道”属主干道与众不同外，其余街道一律按照东南西北分，依次命名，如北一街、北二街等，每隔 100 米为一个“街区”。我住在小儿黄河家，为北五街，我外甥女贺平的街名甚怪，为北十三街半。所以如此命名是因为后来市里在北十三街和北十四街之间又建筑了一条街，故名。

在南宁时我天天骑自行车上街，当时并没有想到这除了便捷之外，还有什么安神镇痛止渴化痰之功效。来到智利月余，没有骑自行车，也很少走路，突然发现自己身体严重衰退，连在房子里走动，都感到气喘如牛，气闷如塞，而且有时好像呼吸还有哼鸣之声，异常不好过，乃痛感自己身体衰退程度之严重。于是便痛下决心，今后必须多走路，常散步，否则自己的健康状况将不堪设想矣。

饮食也有问题。在国内我尽量多吃素，少吃荤。来此以后，餐餐都是大盘大盘的肉类，还有牛奶和乳制品以及各种西式饮料，对老人非常不利。这些天来，我每天最向往的食物是白稀饭配榨菜，感到这比任何山珍海味都好得多。而我的两个孙子则不同，他们对稀饭固然甚少兴趣，对榨菜和豆腐乳则尤为“痛恨”，说“臭得很”。据说中餐里面美国人最不喜欢的两种食物是海参和皮蛋，而这两种食物却偏偏是一般中国人之所钟爱者。可见饮食与文化关系密切，在什么样的文化下生长，就会有什么样的爱好。

二、维尼亚街景

维尼亚是个滨海小城，旅游胜地，依山傍海，风景佳丽。市内交通私人汽车之外，还有漂亮的公共汽车、计程车和“公共计程车”（按规定路线走的可以同时搭乘不同乘客的小汽车，价格非常便宜，而且随叫随停，方便异常）。主干线马路的人行道上可以骑自行车，人行道至每条街口，都有斜坡，以省去骑自行车或者坐轮椅者上车下车之麻烦。

近日正碰上市议会选举议员，竞选者纷纷在马路上悬挂自己的巨幅彩色照片，用来宣传自己。照片上个个笑容满面，为自己争取选票。唯一例外是有一个年轻的竞选人的宣传牌，竟是他本人的巨幅彩色全裸体半卧式照片，浑身上下一丝不挂。观看了这一“奇观”，我大吃一惊，这样的“红毛野人”候选人，谁敢选举他？但熟悉情况的友人却对我说，这位裸体竞选人也有可能当选，因为他是“新潮”，而且思想开放，迎合了年轻人的心理，也许会选他。

智利有一种社会现象给我以深刻印象，即人们普遍对别人宽容，特别是同情和照顾穷人。主要街道交叉处，红灯一亮，时常会有卖艺少年临时当街献艺。我有一次乘汽车出行，在路口刚遇上红灯，就看见三个少年当场表演杂技。三人中两个男孩高举一个女孩，女孩猛一跟斗翻上了天，掉下来时立刻被男孩接住。绿灯一亮，三人马上“收摊”，向方才被红灯拦住的几辆汽车主人讨钱。

再如，这里的公共汽车上，可以容许小贩在车上兜售物品。我曾亲眼见过我乘坐的公共汽车，上来一个小贩，在车上吆喝叫卖巧克力糖。这样的小贩搭车售物，司机不但不予干涉，而且还优待小贩免费坐车。小贩乘坐了两站路后，下车扬长而去。

更为“精彩”的是，有一次我的孙子丹沁等三人一同乘坐公共汽车，当时按规定每人票价为 170 比索，三人应该是 510 比索，我的孙子和司机却讲起价钱来，说“三个人一共 300 比索行不行？”司机竟同意了。总之，智利人民宽厚仁慈，富于同情心，尤其是同情穷人和爱护孩子。

但是事物总是一分为二的，同情心如果过了头，有时就会走向反面。舍妹的外孙女在智利读书，有一回在公共汽车上刚打完手机电话，一个智利青年一下便把她的手机抢去。她与小偷争夺，打不过他，便用牙齿咬小偷的手，小偷竟然抗议说：“你怎么可以咬人?”女孩当即回答说:“你抢我手机,我当然可以咬你。如果你还不服气,我们可以找警员讲理,看看是抓你还是抓我?”其他乘客对此居然不满,说:“你手机已经夺回来了,你又把人家手背咬出了血,就算了吧。”司机则更加同情小偷,马上把车门打开,让小偷逃跑了。

三、语言障碍难不倒我

我不会西班牙文,来此后语言困难不少。《圣经》上说,全人类本来有共同语言,只是后来由于人们在巴比伦修建高塔,想上天,使得上帝不悦,上帝遂把人类分散在世界各地,并且让他们说不同语言,于是人类乃难以互相沟通(见圣经“创世纪”第9章)。这当然是无稽之谈,但是语言不通却确实造成了困难。尽管如此,语言障碍难不倒我。

首先,我学会了极少数最基本的西班牙词汇,如谢谢叫“格拉西亚斯”,厕所叫“娃尿”,水叫“阿洼”。有了“基本词汇”垫底,然后见人多说“格拉西亚斯”(谢谢),礼多人不怪嘛。

其次,英文和西班牙文有好些词语差不多,见到像英文的西班牙文,我可以猜,可以“蒙”,蒙他个八九不离十。例如,有一次我走过一家药房,“药房”的西文为pharmacia,英文则为pharmacy,二者基本相同,我一看就懂。该药房的店名是Cruz Verde,我用英文一猜,即可大体猜中:“Cruz”和英文Cross差不多,意思应该是“十字架”,而“Verde”和中世纪英文Verdu一词相似,应为“绿色”之意,两个词合起来肯定是“绿色十字架”之意,那么这家药房的名称就是“绿十字药房”无疑。因为“红十字”为红十字会专用,药房不能冒用,它只能改称为“绿十字”。可是,也有时候我乞求英文帮忙完全不灵,有关的西班牙文我又压根儿不知道,奈何?也有办法。日前在一摊贩处买饮料,老板娘抱了她一岁的孩子,孩子十分可爱。我便逗孩子玩,顺便问老板娘孩子是男孩还是女孩,搜索枯肠,无法表达,乃干脆用手势和“肢体语言”。我用右手直指孩子的“要害部门”,同时假装要脱开孩子的裤子看的样子,老板娘即刻懂了,也回答了我,但我听不懂。忽然间我灵机一动,用手指先指指站在我旁边的内子,又把手指了指我自己。老板娘非常聪明,立刻心领神会,用她自己的手指坚定不移地直指着我,我马上懂得孩子是男的(和我一样)。可见“天下无难事,只怕有心人”,不懂西班牙文难不倒我,照样在智利闯天下。

四、大孙子智勇双全,躲过了一难

要谈的事情太多,限于篇幅,只好仅再谈一件,其余一律“忍痛割爱”了。

我的长孙丹沁(13岁)长得牛高马大,气宇轩昂,思想品德和学习都异常优秀。尤为难能可贵者是他不但智商很高,情商也非常高。就是说,他性格坚强,遇事不惊,能用理智控制感情,善于应对各种突发事件。前些时我们举家去南方1000公里之外旅行,一日他参加骑马活动,骑了一匹骏马驰骋。突然间马不知何故受惊,以每小时40公里的飞速狂奔。他虽然猛勒韁绳也没有用,前面不远处有倒刺铁丝网,如果奔马撞上铁丝网,后果将不堪设想。"To be,or not to be,that is the question",丹沁遇到了汉姆莱特式的重大问题,是从马背上跳下呢还是不跳,他必须在一两秒钟内做出果断决定。孩子在没有任何人帮助的情况下,自己果敢决定"马上跳下!"

他懂得物理学,知道为了适应惯性规律,必须向前跳。乃拼命一纵,安然落地,全身只擦了点皮,平安渡过了难关。之所以能做到这一步,除了心理素质好之外,还有一个重要原因:他长期以来酷嗜多种体育运动,尤其擅长玩橄榄球(他是学校校队的骨干队员,经常代表学校去阿根廷打球)。打橄榄球很"残酷",每场都要不断摸爬滚打,摔重跤,因此他早已练就一身过硬本领,身体承受能力特强。此次他经历危难,终于化险为夷,我们全家额手称庆,向他祝贺。此信已太长,就此搁笔,余再谈。顺颂

大安!

祥麟

2004年10月25日

*32. 收到王火兄来信有感

敬致诸亲好友：

昨天收到远在四川成都之王火老兄寄来之航空信，感动和激动之情，无法形容。火兄为我国著名作家，工作繁忙自不待言，他现已80高龄，不但身体衰弱，而且患有严重眼疾，一只眼已盲，另一只“目光如豆”，视力极差，在此艰苦情况下给我写了两封信，何等困难，又多么令人感动！

这两封信中，他谈了许多事情，其中一再强调了他的好友马骏的逝世。第一封信说他无法摆脱对老友病故的巨大悲伤，第二封信再次强调说“我至今仍在马骏兄去世的阴影中搏斗”，同时还把他哀悼亡友的挽联寄给我：

> 同窗共患难，慕君英才，学运中慷慨激昂是人杰，回首往事，泪泣双行不成声。
> 凄凉别归西，情同手足，出版界开拓创进有功绩，瞻望前路，悲痛满腔缺知音。

我很能体会王火兄对老友病故的悲痛之情，近年来我的同辈亲友也纷纷物故。每念即此，自己都悲痛满腔，万分沮丧，哀知交之零落，痛人生之无常。天苍苍，野茫茫，世界之大，何处去寻觅业已仙逝之亡友？真是天乎人乎，夫复何言！

但是，我这封信要谈的，却不是这一类令人沮丧之事，而是和这完全相反的震撼灵魂、鼓舞人心的事情，我想谈谈王火老兄本人。我与火兄相识于1997年之贝尔格莱德，当时南斯拉夫的塞尔维亚共和国作家协会召开国际作家会议，中国作家协会专门派了一个代表团参加，王火兄为团长。而我则是东道主国家单独邀请的个别中国作家——当然不是“正规军”，而是“散兵游勇”。这“散兵游勇”式的“游击队”，和中国作家协会的“正规军”相差很远，二者萍水相逢，按理说没有什么深刻的“缘分”，更何况会议一开完，大家便劳燕分飞，各自东西。可是，真没有料到，我与火兄不仅在会议期间经常互相切磋来往，会议结束后，我们互相间鱼雁往还，通信不断，我还多次去成都看他，与他竟然成了终生的莫逆之交。一朝相识，终生朋友，这“缘分”岂是一般的么？

火兄毕生从事文学创作，其“杰作”（Masterpiece）则为描写抗日战争时期正面战场和敌占区（当时叫沦陷区）情况的史诗式的长篇小说《战争和人》。这是一部一百六七十万字内容浩瀚无垠博大精深的皇皇巨著，它忠实地表现了中国人民在抗日战争中的可歌可泣的英雄气概和爱国主义精神,当然也表现了战争的残酷惨烈,再现了伟大的民族解放战争,并且当之无愧地获得了我国长篇小说的最高奖“茅盾文学奖”。评奖时候,竞争对手不但都是中国文坛上几十年来声势煊赫的大作家,而且都有一批既会敲锣又会打鼓和吆喝的“啦啦队”为自己呐喊助威。只有火兄一人除作品本身以外,再没有任何人帮忙。感谢参加无记名投票的评委们的锐利眼光和正直无私,最后火兄以压倒多数票获得了胜利。但是,这里我要赞扬的还不是这部长篇小说,而是王火兄的惊人的意志和顽强的毅力。他把稿子送到出版社后,出版社竟把他的全部稿子遗失。火兄在遭受到如此巨大而无情的打击后,丝毫没有气馁,相反地却以超人的坚强意志硬是一个字又一个字重新写起,经过几年艰苦卓绝无比困难的日日夜夜,终于再次完成了《战争和人》这部一百六七十万字的巨著。

在人类历史的长河中,在难以想象的困境中以顽强精神克服困难终于取得伟大胜利的例子不少,例如司马迁受了宫刑后发愤图强,写成了中国第一部重要史书《史记》;英国17世纪大诗人米尔敦在老年体弱多病双目失明而且遭受迫害的情况下用口授的办法完成了伟大史诗《失乐园》;19世纪著名音乐家贝多芬耳朵全聋后写成了多篇名垂千古的不朽的乐章。谁又想到王火兄以同样惊人的毅力在旧稿遗失后,另起炉灶重新写成了他的扛鼎之作《战争和人》?

王火老兄外柔内刚,他不但具有坚忍不拔的顽强意志,而且还是一个具有极大的人格魅力的人。他的人格魅力,表现在许多方面,包括对爱情的忠贞不贰。新中国成立前他与一位L小姐相恋,在内战中他留在大陆,而L小姐则随父母去了台湾。于是隔海相望的这一对爱人就只能用通信来互诉衷情。当时海峡两岸处于军事对抗阶段,关系非常紧张。火兄所在单位组织上正式与他谈话,要他立即与L小姐断绝关系。火兄回答说他与L小姐相爱,他不能放弃爱情。单位领导说:“你必须在革命和爱情间选择一样。”火兄说:“革命和爱情我两个都要,不能放弃任何一个。”组织上经过再三慎重考虑,乃对他说:“这样好吧,你写封信让她回来与你结婚。”

王火大喜,就写信请L女士回来。然而,在当时情况下,她想辞别父母,与情人团聚又谈何容易。除了在感情上辞别父母需要很大决心外,在具体操作上也非常危险和困难。当时台湾一片白色恐怖,查出来谁要偷偷回大陆,犯有死罪,L只能以去香港名义离开台湾。即使是去香港,也必须有两家“铺保”(即两家殷实商号担保)负责保证,到时候她必须回到台湾,否则“铺保”要负刑事责任。火兄靠了父母与国民党元老于右任先生的关系,找到了两家铺保,担保她去香港后一定回台湾。到了香港,为了保护铺保,L小姐乃假装自杀,在旅馆写好遗书,说自己悲观厌世,自寻短见,随身衣物全部留在旅馆，然后到海边放下一双鞋子，表示自己已经跳海，一人回到大陆与火兄团圆。

次日，香港所有大报，都刊登了“L少女投海自尽”的消息，这样才保护了铺保。可是，从此她再也无法与父母通信，以免被台湾当局发现了，父母遭受迫害。我觉得火兄与L小姐的爱情可歌可泣，可以与梁山伯和竹英台、罗密欧和朱丽叶相比，却又比梁祝等人幸运得多。几十年来火兄和L女士恩恩爱爱，相濡以沫，有一个非常幸福美满的家庭。

王火老兄的人格魅力还表现在其他许多地方。例如，前些年成都有一个五六岁的女孩不慎失足掉在一个干井里，火兄为了救孩子，自己跳到井下，把孩子救了出来，但他本人却被竹竿戳入眼睛，从此一只眼全盲。

上面我仅就自己所知，写出了火兄的二三事。我认为王火老兄平凡而又伟大，在他身上我们不仅看见了我国老一代优秀知识分子的高风亮节和特异独行，而且也看到了中华民族的民族魂。火兄不愧为我们的“国之精英”（The cream of the nation），是我们众人的光辉楷模。我诚挚地希望大家都以他为榜样，向他学习，用他的榜样来磨砺我们的志气，和砥砺我们的学行。高山仰止，景行行止，青山不老，翠松长青。我这一代人虽然都已垂垂老矣，但我们的精神依然年轻如恒，老骥伏枥，志在千里，烈士暮年，壮心不已。愿与同龄人以及比我们年幼得多的年轻人共勉之！顺颂

大安！

祥麟

2004年11月21日

*33. 布城

布城者，阿根廷首都布宜诺斯艾利斯(Buenos Aires)之简称也。这个城市的中文译名太长，为省事计，我只好自作主张把它简称为“布城”。

2004年11月21日，我与内子希和及男孩黄河和儿媳小任一同由智利飞阿根廷，专程去游览布城，24日半夜回到智利。这封信里，我想谈谈此次我们颇富浪漫情调的布城之游。

布城是南美洲以至全世界的名城，历史悠久，文化灿烂，里面名胜古迹，著名街道和建筑以及文化教育机构不可胜计，我们在彼逗留仅三日，去过的地方极为有限，写布城游记，只能是蜻蜓点水，或者盲人摸象，挂一漏万，在所难免，尚请诸亲好友原谅。

一、街市一瞥

布城始建于1580年，至今已有400多年历史，整个城市和街道受欧洲影响很深，欧洲式建筑随处可见。它有很多条著名的大街，气势雄伟，建筑高大，许多建筑都是气度不凡，有各种艺术品装饰，具有法国或意大利风格，千姿百态，给人以美的享受。漫步在街上，有如徜徉在欧洲的一些历史和文化名城之中，既古色古香，又非常现代化。其中最突出也最具有阿根廷特色者，是名震遐迩的“7月9日大道”(Avenida 9 de Julio 按:7月9日为阿根廷的独立日)。这条大道除了其他许多特点(如街上有大片森林，有与华盛顿纪念塔相像的方尖塔等)外，还有一大特点：它是全世界各国一切城市中最宽阔的街道。今以我们居住的“共和国大酒店”一带为例，这里马路中线两旁各有汽车道8条，再往外两旁是树林和草地，树林草地之外两边又各有汽车道3条。也就是说，这条街共有汽车道22条，还不连最旁边的两条宽敞的人行道。这哪里像是一条大街，它简直是一条浩瀚无比的长江大河，千百辆奔跑的汽车则像是千百只小船在汹涌奔流的河水里游弋着，景象壮观，无与伦比。

阿根廷在全世界算不上大国，可是它首都的这条林荫大道却无疑地具有泱泱大国的浩大气魄与风度。我坐在旅馆10层楼上自己房间的阳台上，俯视下面，但见千百辆汽车排列得整整齐齐，像是阅兵时的方阵，缓缓前行。远方街对面的高楼巨厦，巍然屹立，外面车水马龙，气象万千，大都市的脉搏不停地在鼓动着。在外面街上应该听得见市声如潮,但我房子的玻璃窗密封严实,室内万籁俱寂。我像是一只遗世独立的闲云野鹤,在独自观赏这全世界最宽阔马路上的奇景。

布城除马路宽广、建筑漂亮外,还有一些特点:

其一,名胜古迹多,文化气氛特浓,剧场、博物馆和著名历史文化建筑很多。其二,绿化特别好,到处街心花园,芳草如茵,给人以美感和愉快感。即使是最繁华的闹市,尺土寸金,也要在高楼巨厦间留有大片绿地,供市民观赏和享受。其三,重视历史人物和民族英雄,城内许多地方,为历史名人建立各种艺术雕塑(塑像),成为人民群众崇敬的对象,而且就让这些英雄们"生活在街头",与老百姓打成一片。其四,国家元首的住宅,居然设在最繁华的闹市,门前车水马龙,行人如鲫。市中心有一座无人不知的建筑,叫作"粉红宫"(Casa Rosada),英文译名为 Pink House,与美国的"白宫"地位相等),是阿根廷的总统府。这座建筑如果算是私人住房,尚称雄伟,但是作为"总统府"则令人无法相信。它不但建筑一般,和国家元首的官邸不相称,而且在全城最热闹的大街,连个围墙都没有。三层楼的建筑就在人行道旁,毫无遮拦。大门内站了两个卫兵,只此而已。为何叫"粉红宫"呢?—这里有个"典故":当年房子建成时,原准备粉刷成红色,但因当时没有理想的红色颜料,乃以牛血代替。长期以来,这座建筑一直用牛血来染色,可是一遇大雨,牛血即被冲淡,成了淡红色,只好再次用牛血来染,于是人们乃称之为"粉红宫"。现在虽然有了质量很高的染色材料,不再使用牛血,但为了尊重历史和传统,颜色仍然用淡红。

为了招徕旅游者,这个城市还有一景:活塑像。有的地方街头,由一些出众的美丽少女,穿上盛装,打扮得像古代希腊女神一样,站在石墩上,让游人欣赏,叫作"街头艺术:活的塑像"(Arte callejero: estatuas vivientes)。

二、科隆大剧院

任何旅游者到了布宜诺斯艾利斯,不可不去参观一下科隆大剧院(Teatro Colon)。此剧院始建于 1857 年,被公认为全世界最著名也最美丽的歌剧院之一。

我们没有时间去观看歌剧演出,然而却必须前往参观一下剧院本身。参观者人山人海,拥挤不堪,我们排队买票,然后由一个导游带领进去参观。导游小姐说,这个剧院为意大利式建筑,工程浩大,标准非常高。例如,单是进门大厅的地面,全部是用一小格又一小格几千万个小格石片由人工来拼成的。二楼大厅金碧辉煌,所有柱子悉为用纯粹黄铜制成,其上有许多艺术雕刻,真可谓雕梁画栋,华贵无比。大厅屋顶为无数片玻璃拼制而成,上面画有基督教的圣画,像一些著名教堂里的圣画一样。

导游带我们进入了剧场本身。仰视剧场屋顶，我心里不禁惊呼：多么壮观！剧场共七层，层层都有座位。这个大剧场共有座位 2500 个，另外还有“站位”1500 个，也就是说一共可以容纳 4000 个观众。

导游小姐说，剧场的传声条件极好，演出歌剧时，任何角落、任何座位的观众都能清晰地听见歌声，完全不需要扩音。因此，这个剧场，只有录音设备，没有扩音器。舞台的屏幕也与众不同，共三层：第一、二层为演出时开幕和闭幕之用，第三层为防火幕，此幕重量为 60 吨，万一发生了火灾，一落下此幕，即可保护整个舞台，使之不受火灾侵袭。导游带领我们在后台各层楼里参观。不久，我们走入一小厅，有一位女青年音乐家为大家演奏小提琴。只听见琴声悠扬悠远，格调低沉，如泣、如诉、如哀、如怨，最后慢慢结束，使人有“余音绕梁，三日不绝”之感。这使我想起英国 19 世纪浪漫主义诗人华兹华斯在“The Solitary Reaper”一诗结尾时的诗句：

I listened, motionless and still,
And, as I mounted up the hill,
The music in my heart I bore,
Long after it was heard no more.

中文大意为：

我谛听着，一动不动，寂然无声，
一直到我走上山顶时，
尽管我早已完全听不见了歌声，
那音乐却依然在心里回荡鼓动。

我们简直像探险家一样在大剧院的各层后台上探索。

走廊上悬挂了不少名家的名画，还有一座玉石雕像，是德国一位著名艺术家的创作：维纳斯与小爱神。小爱神正在对他妈妈的耳朵说非常秘密的悄悄话，神情神秘，引起我极大的好奇心。二人神态，栩栩如生，逼真得无以复加。小爱神背上皮肤的波纹清晰可见，他脚底板上的一道道皱纹，也与真人无任何差异。

大剧院规模宏大，剧场本身之外，有各种各样的附属设施。我们先后参观了两个巨大的排练场，还观看了专门制作布景和道具的工场，制鞋车间缝衣车间刺绣作坊等。在有一层楼的走道上，两旁墙壁贴了过去演出节目的海报。其中有“卡门”、“莎乐美”、“浮士德”、“美丽的俘虏”（La Belle Captive）等，个个都是欧洲古典戏剧的名篇，看了它们，不难想象当年演出时之空前盛况。

三、探戈舞

探戈发源于阿根廷，是阿根廷的“国舞”。来阿根廷游览，可不看探戈乎？当然不可以。

探戈诞生于1870年至1880年之间，它最初是一种黑人和外国移民的混合音乐，社会地位很低，完全不能登大雅之堂，只能在港口仓库或者贫民窟里演奏。早期阿根廷作家阿伯拉多·阿里牙斯(Abelardo Arias)曾经说过：“探戈是这个(布宜诺斯·艾利斯)城市的秘密和有点丢人的武器。”另外一个作家爱里克·桑多斯·底斯塞坡罗(Enrique Santos Discepolo)说这种音乐曾经成功地被摈弃、被赞扬、被讽刺和分析过，直到20世纪开始后，探戈征服了巴黎的贫民窟和跳舞厅以后，才受到大众的喜爱。开始时只有男人在人行道和市场上跳这种舞。第一批跳探戈的妇女是仓库的女管理员和廉价公寓里敢于面对市井流氓而不害怕的人。这以后，是城市里的乐队普及了探戈，并且把它变成正式的城市音乐，由阿根廷推广到全世界。今天，人们普遍认为探戈是阿根廷的“国舞”和民族音乐，受到全世界的欢迎。

我们于11月22日晚上专程去一家著名的饭馆兼剧场观看了探戈表演，舞台上的巨幅大字是savor a Tango(探戈韵味)，自晚上10点一直观看到半夜。探戈音乐明快，旋律特强，可谓琳琅满目，美不胜收。后来，又演出了阿根廷民族舞蹈。男女二人，女的打鼓，男的跳舞，鼓点愈来愈快，愈来愈急促，舞蹈演员双手各拿了一条类似钢鞭一类的“鞭子”，一边跳舞，一边拼命挥舞，随着鼓点的加快，舞步和“鞭子”挥舞也愈来愈快，最后快到只见一道灿烂光圈在飞舞，根本看不见“鞭子”。而每次“鞭子”打到地上，立刻发出一声“噼啪”巨响，不仅清脆无比，而且声光电热混为一体，观众大声欢呼，为之叫好。事后我问了别人，才知道所谓“鞭子”，是把羊肠晒干了，在里面装满碎石，这样一打到地上，便“噼啪”作响。不论是探戈或者是阿根廷的民族舞蹈，都紧紧地吸引了观众，每到表演非常精彩时候，观众欢声雷动，大声呼唤”Bravo！”为演员喝彩。

为了留下纪念，我们都去街头专门拍摄探戈舞镜头的照相摊摄影留念。照相摊有几块木版，上面精心画了男女二人在跳探戈，二人的头部各有一个空洞，顾客只需把头钻入空洞，照成照片，就是顾客夫妇二人在跳舞。真没有想到，我与内子希和所照照片，被公认为整个旅行团照相中之最佳者。同车旅客看了它，无不捧腹大笑，说是“你们两位年龄最大，却照得如此之好！”好在哪里？好在它的浪漫和夸张，好在它与我们的年龄和身体状况完全不般配，好在它把我们描绘成跳舞专家和探戈大师。只见我们两人大步在跳舞，像旋风一样，劲头十足，舞姿豪迈，而且希和以78岁高龄，居然老来俏,袒胸裸腿,是标准的“新潮”。看了这张照片,我开始怀疑什么是真实。这张照片明明是现代科技拼凑出来的假冒伪劣产品,可是看起来却完全逼真,不容有任何怀疑。英文里有一句格言,叫作“Seeing is believing”(眼见为实),而现在亲眼所见,竟然是假的,今后你又如何辨别真伪呢?

来到智利,已经将近三个月。我们决定于12月中旬返回南宁,与南宁友人相见,当在不远。此信可能是我在智利给大家的最后一封信,在此2005年即将到来之时,谨祝

新年快乐,阖第康吉!

祥麟

2004年12月3日

*34. 人物剪影

敬致诸亲好友：

在智利的三个月，已成历史。我和内子希和于12月12日联袂离开智利，由圣地亚哥起飞，向东又向东，先在布宜诺斯·艾利斯作短暂停留，旋即飞法兰克福，然后直飞香港。在香港机场取出托运行李，立即奔赴深圳，由深圳直飞南宁，于14日傍晚安抵家中。

回来后参加了一些必要的社会活动，发现贱体欠安，哮喘、咳嗽、便血等多种疾病纷纷向我袭来，医生嘱我立刻住院，乃于20日早晨入院。现乘住院清闲之天赐良机，打开笔记本电脑，噼噼啪啪，给诸君写这封信。

在智利的三个月，生活内容丰富多彩，许多事情还没有在信内谈完，这里想专门谈谈我在智利结识之几位颇有代表性之友人，名之曰“人物剪影”可也。

一、智利H教授

此人我在过去信内谈过，他是属于恩格斯说的“典型环境中的典型性格”，与众不同，有必要在此再次介绍。

教授年逾耳顺，在智利一所著名大学担任系主任之职，教学任务甚轻，每周只有四五节课程，但会议很多，使他感到不胜其烦。根据我的印象，他的真正重点工作，好像不是教书，而是旅行。不论从哪个角度来看，他都是一个一年四季到处“周游列国”的旅行家。

他极为富有，钱多得可能连他自己也弄不清楚数目。他在智利和外国一共有十几处庄园，每个庄园都布置得精致雅洁，一尘不染，任何时候，都有一批工人在各个庄园工作，将室内室外整理得有条不紊，随时可以接待主人的到来。只要学校一没有事，他便马上和女朋友一同去庄园度假。所谓“度假”，其实很不轻松，因为他有“购物癖”，不停地为各个庄园添置装饰品、艺术品和器具。

我们都觉得他活得太累，为啥不留在家里安享清福，而要如此辛苦，到处奔波，忙些我认为没有意义的杂务呢？令人不解。可惜巴尔扎克早已去世，否则如果把这位教授写入小说，他的压倒一切的单一情欲（匆忙奔波和购物）绝对超过了巴尔扎克《人间喜剧》里的许多典型人物。

但是必须指出，教授是第一流的好人，为人正直无私，不仅有学问，而且有风度，对人诚恳，从来平等待人，决不仗势欺人或者看不起穷人。他穿着随便，衣履整洁，并且绝对不穿“名牌货”。他在群众当中，和任何“老百姓”一样平凡和平常。

许多人都对他的巨大财富来源深感兴趣，但却没有一人真正知道这个奥秘。有个“小道消息”说，教授的财产，来自他母亲的遗产。据说他母亲年轻时为智利的绝色美女，国色天香，嫁给了一位巨富，后来丈夫不幸早逝，把大笔遗产留给了妻子。她又嫁给另外一位巨富，丈夫又死，又把遗产给了她。她第三次结婚，丈夫又是巨富，又死去，又把遗产留给了她。于是她终于成为智利全国极个别富可敌国的富婆，最后把全部财产留给了儿子。上述这个故事传奇性很强，但是可靠性不足，写在这里存疑。

二、俄罗斯 A 教授

我在智利时，有幸结识了当时正好在智利作短暂讲学的俄罗 A 教授。这位 A 先生可不是一般的等闲之辈，他学问渊博，专业造诣极高，是个“大师级”的人物。他的生父于苏联卫国战争中牺牲，母亲改嫁，继父为苏联“原子弹之父”，精心培养了他。他年轻时首先学好了数学，接着学好了物理、化学，然后学习生物，再后来学好了生物化学和生物物理学，终于成为这五门学科的权威。

我问他要名片，他名片上印的职称是“总科学家”，我乃问他何谓“总科学家”，他说苏联的自然科学研究人员共分五种职称，最高一级是“总科学家”，第二级是“资深科学家”，如此等等，“总科学家”等于院士。从他谈话中，我得悉他与欧洲一些国家的顶尖科学家都有来往。然而，自从苏联解体后，由于经济不景气等原因，科学家待遇至今已经低得无可再低，根本无法生活。他对我说，原格鲁吉亚科学院副院长由于生活艰难，只好放弃专业，去莫斯科一家餐馆打工，为餐馆开汽车和打杂，靠餐馆收入养家糊口。

这位教授目前贫困之程度，是我们绝对难以想象者。他和他的女朋友（也是俄罗斯人，入了智利籍）住在智利一个小城市最贫穷的贫民窟里，他们工作的智利大学对教师每日免费供应午餐，二人经常于午餐之后，拿两片面包回去作为晚饭吃。当年的“超级大国”苏联的科学家今天沦落至此，诚属不可思议。

我曾经请他们二人在一个智利著名餐馆吃冰淇淋，由他们挑选最贵的冰淇淋吃。事后教授问我男孩的一位智利好友：“中国的教授，何以如此有钱？”可见只有国家富强，个人才能富足，国家如果贫穷，个人便很难在国外保持自己生活上的尊严。

还有一事值得一提，即：我与 A 教授之交锋。有一天，我与教授谈天，发现他吞吞吐吐,似乎有难言之隐。他说“你们中国人……”,刚说到这里,他就停下了,欲言又止,似有隐衷。我鼓励他继续说下去,他才说:“想不想扩张?”我没有听懂,乃问他“扩张什么?”他想了一下说:“譬如说,(中国人)目前在西伯利亚有200万人……”尽管他还没有说完,我的政治敏锐性已使我完全懂得了他的意思。我知道他大概受到俄罗斯右派舆论的影响,认为中国人在西伯利亚有野心,想扩张领土。我生气了,又控制不住自己,乃直截了当地驳斥了他。我说:“教授,您错了,中国作为一个国家,历史上从来没有扩张主义,中国古代皇帝,即使最强大时,对附近国家也只是满足于它们的朝贡,从来不想占领或者并吞别人。明朝时候,三宝太监郑和7次下西洋,到了非洲,也仅仅与那里的人民交换礼物而已。”下面我话锋一转,立刻说:“倒是帝俄,在清朝时候,强占了我们大片领土。帝俄是当时所有帝国主义中掠夺中国领土最多的。”他这时已经非常被动了,但仍然要替帝俄辩解。他说:“当时你占我一块地方,我占你一块地方,是常有的,不算什么。”我说:“不对,你们俄罗斯在欧洲,我们在亚洲的东方,你们跑这么远来侵略我们,难道能否定得了?”这样,他才真正输了,不再与我辩论。

顺便说一句,A教授除了学识渊博、在多种自然科学门类中建立了功勋外,一般文化素养也很高,他同时还是一位钢琴家和作曲家。有一次我的男孩在家宴客,酒过三巡,大家请教授弹钢琴,他一时兴至,随便演奏了几个古典名曲,弹得如此之好,四座叹服,掌声如雷。还有一次,他和女友一同去复活岛旅游,在一个集会上弹了钢琴,当地音乐界人士立即想聘请他参加演奏,许以极高的报酬,他婉谢了对方的邀请,终于又回莫斯科去了。

三、丽奥拉老太太

丽奥拉老太太为性情中人,酷爱艺术,热恋人生。老太太为智利人,现年60余岁,她的丈夫是奥地利人,艺术家,去年以90余岁高龄病逝,二人并无子女。丈夫病故后,他们家占地一万多平方米的庄园,只有老太太带了两只狗和三只猫居住,万分寂寞。特别难过的是,整个庄园到处都是已故丈夫的遗物和影子,睹物思人,愈增惆怅。

老太太与我国一对台湾同胞夫妇为好友,为了排遣寂寞,遂邀请我们一大群中国人去她家做客。进入庄园后,我们又升堂入室,进入她家客厅及起居室。但见墙上陈列满油画、水彩画和各种美术雕刻,纯粹是个艺术之家。为了做好接待客人的工作,她特地请了一位出租汽车司机替她在超级市场购买了大量食品,而一切烹调均由她一人操持。

智利盛产宝石,她家有许多名贵宝石,就拿出来请大家参观,并赠送一些给客人。

陈太太非常热心,知道她家里还有一宝,即老太太年轻时丈夫给她照的一些全裸体的艺术照片,请她拿出来给大家欣赏。老太太不忍违拂客人盛意,也同意了。看了这些名贵艺术摄影,大家更加同意了人体美是世界上一切美的事物中之最美者这一论断。

丈夫逝世以后,老太太逐步建立了自己每日的生活规律:每天上午一个人打扫整个庄园的卫生,同时整理房间,一共劳动三小时许,下午则从事绘画及写作。一个孤寡老人,如此孤独,又如此富有,竟坚持不用保姆,不雇佣工人,不怕小偷和强盗,一个人住在偌大的庄园里,一个人坚持自己的劳动。此种精神,令人感佩。

要知道,她家并非没有坏人光顾过,几年前她丈夫还在世时,一个吸毒青年绑架了他们的爱犬,勒索赎金折合美金为两万元。由于思念爱犬,四年中间她丈夫忧伤成疾,体重减轻近10公斤。他们本来准备向绑架者交纳赎金,不料绑架者得陇望蜀,欲壑难填,竟又要绑架老太太本人,于是他们只好报案,警方终于逮捕了吸毒青年,并归还了他们的狗。

离开老太太家以后,我特地写了一封感谢信给她,表示我们对东道主友谊的欣赏。事后她夸奖我说那封信写得真好,像是一首动人的诗。我说:"那是因为您本人就是一首美丽的抒情诗歌。"

四、米盖先生

智利人米盖夫妇另是一种典型。他是我的男孩的好友,是智利社会上的真正左派。他的妻子是厄瓜多尔人,二人自幼贫苦,靠了当地左派的帮助,他们夫妇分别被送往苏联读卢蒙巴友谊大学,在大学认识并结婚。毕业后由于皮诺切特发动政变和进行恐怖统治,二人无法回智利。这夫妇二人后来回到智利,经营渔业,现在生意越做越大,经济状况很好,但始终笃信社会主义。最近,米盖50岁生日时,请了许多亲友聚会,我们全家皆往。席上他夫人赛西丽娅即席讲话,详细谈了他们可歌可泣的爱情和感人深深的经历,夫妻二人全都泪流满面,不能自已。我也受到莫大感染,当即发表了我的祝词。这真是一次绝对动人的生日会。

可惜这封信已经写满6页,无法再写,只好就此搁笔。总之,我们刚刚由智利回来,我在医院养病时,利用空闲时间打成这一封信如上。祝

好!

祥麟

2004年12月23日

2005年

1. 卢燕来信

敬致诸亲好友:

最近我收到友人卢燕女士祝贺新年的来信。卢为我1982年与徐迟、理由两位作家一同奉中国作家协会之派前往香港参加香港艺术节中英文化研讨周时认识的朋友,她是著名的美籍华人电影演员,与我们一谈之后,竟成好友。当时差不多每天晚上空闲了,我们与她都要畅谈至半夜,谈话的一个重要内容,为每人必须将自己年轻时候的初恋情况公开出来。

卢的谈话内容具体、真挚,而且深刻,给我以极好印象。我们之间这种浪漫主义色彩特浓的恋爱故事,简直有点像阿拉伯童话《一千零一夜》里的传奇一样,充满魅力,充满神奇,当然也充满了生命的活力,甚至还充满了幼稚,和我们每人的年龄压根儿不相称。这种《天方夜谭》式的思想感情交流,成了我们间真情挚谊的催化剂,使我们从此成为好友,以至于在会议结束我和徐迟与卢燕女士告别之时,我忍不住背诵了莎士比亚悲剧里的著名诗句:"When shall we three meet again, in thunder, lightening, or in rain?"(何时我们三人才能重新会面,在雷声、闪电或者下雨之中?)卢燕女士和徐迟老兄都是第一流的文艺家,文学艺术修养极高,二人反应极快,同时用英文大声回答我说:"In sunshine!"(在阳光之中!)

分别以后,大家仍然保持联系。20世纪90年代,我去洛杉矶还专门与卢燕夫妇相见,并蒙她以盛宴招待。之后,由于大家都在忙,我们充其量只能在每年新年之前交换贺年片,但互相间依然心心相通,友谊如恒。

这次收到她的贺年片和来信,我特别高兴。因为她在信上总结了自己2004年全年的工作和生活，并且展望了新的一年。她的来信信息量特别大，使我看到她生活活力依旧，朝气蓬勃依旧，艺术青春依旧，宝刀不老依旧，这就给了我很大的鼓舞和启示，而且给了我一个鲜活的榜样，向她学习。

不论从哪个角度来看，我都认为这是一封非常有价值、有意义的信，与众不同。因为它用铁的事实说话，打破了我们多年来深信不疑的传统观念：演员的艺术生命是有限的。尤其是女演员，到了一定年龄，她必须退出舞台。莫泊桑写过一篇短篇小说“朱丽叶·罗曼”（“Juliet Roman”），女主人公是个当年红极一时的著名演员，到了晚年年老色衰，被整个社会遗忘了，一个人孤苦伶仃，过着无人理睬、无人过问的枯寂生活，其晚景之凄凉，令人落泪。卢燕女士恰恰相反，用自己活生生的例子，推翻了千百年来人们传统观念里的“铁律”。她今年不是 50 岁，或者 60 岁，甚至不是 70 岁，而是年近八旬。这样的高龄，还一直在艺坛上继续演出，继续“活蹦乱跳”，做出卓越贡献，这难道不是“奇迹”么？

你看她有多忙，一年 12 个月，日程排得满满的，像个陀螺，她在不停地转动着，生命不息，工作不止。她的来信里有一句话大有深意：“我由衷感谢上苍对我的厚爱。”说得多好啊！然而，她这句话只说对了一半，“上苍”对她的关爱可谓厚矣，可谓至矣，但是在她一生事业中起着关键作用的毕竟还是内因，是她自己的执着追求和不懈努力。一个艺术家的成功主要只能够依靠自己的努力，这是决定的因素。正是由于她在艺术上的高深造诣，才能在耄耋之年，依然被观众热爱，被社会热爱。

记得多年前我曾去北京拜访老作家和翻译家叶君健先生。叶老在谈到文学和艺术家时，说了一句非常深刻的话，他说：有些行业的人，只是历史的过客，人们不会记得他们。而文艺家则不同，文学艺术家是永恒的。善哉斯言！作为艺术家，卢燕女士用自己的艺术创作使自己“永恒”了，永远生活在艺术史册中，为后人所景仰。

在我的记忆中，卢燕的形象也是“永恒”的，她给我留下了不可磨灭的印象。她装束入时，浑身衣履整洁之极，一尘不染，连头发也一丝不乱，叫作“无懈可击”。她除了天生丽质外，还看起来非常年轻。更使人难忘的，是她的一口纯正的普通话，京腔京韵，原汁原味，悦耳动听，真叫我这个当了一辈子语文教师却只会说“蓝青官话”的人，羡慕死了。卢燕女士，热情而真诚，她全心全意献身于艺术，气质高雅，一举一动、一言一行都使人感到这是一位真正的艺术家，不同凡响，是为人类创造“美”的人。与她在一起，我感到自己的感情也被陶冶和净化了。

祥麟

2005 年元月 15 日于医院

2. 致王火

葆珍：

今将我给王火兄的信之复印件给你一份，供你参考。因为里面详细叙述了我住院检查情况。祝

好！

祥麟

2005年2月12日

附：致王火兄的信

火兄、起风大嫂：

2月5日来信收到，十分高兴。我已经出院，在家欢度春节。此次住院检查，出现了一个小小“奇迹”：医生怀疑我有冠心病，最可靠之检查办法只有一个，即在右边大腿上割开一口，把一条很细的导管放入，使导管进入心脏，然后在三条主要的冠状动脉内造影。如果动脉粥样硬化达50%，则尚可勉强不动手术；如动脉粥样硬化达到或者超过75%，则必须开刀做个支架，使动脉不至于堵塞。医生通知内子在手术室外等候，如需要做支架，则内子要马上签字才行。我穿了手术衣躺在平床上被推入手术室，腿上打了局部麻醉药，医生和手术师与我亲切谈天，不久我询问他们是否将导管插入血管，需要多久才能完成手术。他们的回答是：已经全部完成任务，而且把导管取了出来（我竟浑然不知！）。更使我惊奇者，为医生说：“多年以来，我们还从来没有见过有像您这样美丽和清晰的冠状动脉，简直和三十七八岁的人的动脉血管一样漂亮！”医生特别把我心血管的巨大造影给我看，我看了果然异常清晰，“美丽”无比！

他们要我介绍经验，我说：“经验很简单，我从小恨猪肉，尽量不吃猪肉，尤其不吃任何猪油。我一辈子从来没有吃过一滴猪油或者一块肥肉。”就这样，我不但不需要在心脏内开刀搭支架，而且彻底排除了冠心病。接着就是兴高采烈地出院，打道回府。再补充一句，没有冠心病并不说明我心脏全无问题，我有二尖瓣关闭不全症。

再说另外一件事。我把火兄之大作《过客蓦然回首》寄给表妹韩和平（她是郑州豫剧团的大提琴师，艺术造诣很高，为人品格高尚，好学深思，读书不倦）后，她像虔诚的宗教信徒读《圣经》一样认真拜读您的这部大作，赞不绝口，再三来电话感谢我给她寄您的这部精彩尊

著。我认为她可能是您这一部书的所有读者中之最严肃认真的读者,我以有老兄这样的朋友和和平这样的表妹而骄傲。

噼噼啪啪在电脑上打成这封信如上,顺祝
新春幸福!

弟祥麟鞠躬
2005 年 2 月 12 日

3. 洪珏

葆珍:

谢谢来信。出院以后,我感到精神不错,现在再次“恢复青春”,工作依然忙碌和有趣。又,洪珏日前来电话拜年,他是过去广西师大中文系几十年中所有毕业生中成绩拔尖又拔尖者,古典文学修养很高,做了多年南宁二中的校长,现在退休在家著作,不知您认识他否? 洪珏当年也是被认为走“白专道路”的,毕业分配时被分到南宁。

祥麟
2005 年 2 月 15 日

4. 推荐好书

葆珍：

近来我用了不少时间读书，都是先看了报刊介绍的优秀图书书目，然后再托人买来读。有两部长篇小说值得向您介绍：(1)姜戎著《狼图腾》长江文艺出版社出版；(2)王海鸰著《中国式离婚》，北京出版社出版。

这两部小说，前者为写内蒙古草原之狼群的，气势雄壮，内容新颖，文笔非常好，缺点是有时候略嫌枯燥，该书最近获得《长江文艺》的"九头鸟文学奖"。后者写当代社会生活、家庭生活、爱情、结婚和离婚，人物性格突出而逼真、栩栩如生，情节引人入胜，充满激情，非常感动人，文笔也很不错，已经拍了电影或电视，受到群众热烈欢迎。

我建议您先把《中国式离婚》找来一读。如果纽约中文书店没有该书，或者定价太贵(国内售价仅为22元人民币)，我可以给您买了寄去。《中国式离婚》将近25万字，我仅用了不到一天时间一口气读完。您读这样的书，一是了解国内文艺和读书界情况；二是欣赏这部名著；三是可以在构思和人物刻画上作为自己写作的借鉴与参考。我给您预先介绍推荐，可以省去您不了解情况买了平庸作品读浪费时间。

祥麟

2005年3月4日下午

5. 师院毕业生

葆珍：

叠函均悉。您的《家“有”杨贵妃》写得很好，充满生活情趣。来信所提问题，逐条答复如下：

一、Nymphaeum 本义为“古代罗马的房间”，与 Nymph（仙女）无关，但是这里既然画的是众多美女在一个房间里，我想您翻译的“仙女洞”当然可以，也许作者在命名时考虑到“nymph”的原义，一语双关，您的翻译非常好。

二、梁超然是我校中文系毕业的高才生，成绩优秀，因为“白专道路”，不能留校，他现在是民盟广西的主委，也是区政协副主席。

三、杨怀武是否已经参加世华文学会，我不知道。此次我去桂林，曾专门邀请他去与我聚会，他经历大难，至今身心健康，一切都好。

我于本月 10 日前往桂林，14 日归来。在桂林除讲课以外，还会见了许多朋友，包括杨怀武和鲁纯。上面拉拉杂杂谈了许多，谈错了时，请指正。

祥麟

2005 年 3 月 15 日

*6. 谈两首“学堂乐歌”

敬致诸亲好友：

首先我得向诸位道歉：几个月来，我由于工作繁忙和其他各种原因，没有能给大家写信，衷心不安，难以名状。现在，下决心写这一封“谈两首‘学堂乐歌’”信，一以稍微弥补自己近来对亲友疏慢之过失，二以借此略抒情怀，与您交流心声。

“学堂乐歌”指的是20世纪开始以及二三十年代在我国国内学校音乐课程中广泛流传的歌曲。这些歌曲歌词含义深刻、曲调高雅，对青少年心灵成长和美育起了良好作用。1992年11月，学堂乐歌《黄河》被评选为“20世纪华人音乐经典”的第一首歌，歌词如下：

> 黄河黄河，出自昆仑山，远从蒙古地，流入长城关。古来圣贤，生此河干。独立堤上，心思旷然。长城外，河套边，黄沙白草无人烟。思得十万兵，长驱西北边，饮酒乌梁海，策马乌拉山，誓不战胜终不还，君作铙吹，观我凯旋。

上述《黄河》一歌，是我在上初中时最喜爱的歌曲之一，自从学得这首歌以后，几十年来我经常吟诵着，从未中断。

此歌歌词为杨度1904年创作，当时署名为杨皙之，次年由沈心工谱曲。杨度(1875—1931)是一个罕见的传奇人物。他早年留学日本，终生为救国而亡命奔走。个人生活很不检点，经常寻花问柳。但他异常爱国，曾把黄兴介绍给孙中山，促成中山先生与黄兴的合作。后来他竟然为袁世凯称帝鼓吹，成了不可救药的保皇派，甚至被袁世凯赐以“旷代逸才”匾额一块。袁死后杨度被当时政府下令通缉。1922年他投向孙中山，为民主革命奔走呼号。1927年李大钊被张作霖逮捕前后，他曾多方设法，努力营救。在国民党白色恐怖最严重时，他于1929年秋毅然参加中国共产党，在白色恐怖下，始终坚持党的工作，直至逝世。像杨度这样的“奇人奇事”，确实少见。

杨度的《黄河》一歌，高度赞扬了我们的“母亲河”黄河，爱国激情，跃然纸上。歌词气势雄浑，义薄云天。歌词从黄河源流写起，突然笔锋一转，说中国自古以来，多少圣贤诞生和成长在黄河两岸，民族自豪心油然而生。最后写作者自己抱负，想率领十万大军，驰赴西北边疆，保卫祖国，战胜敌人，真是浩气凌云，感人肺腑。

作曲者沈心工谱写的曲子，也非常雄壮，激动人心。这首歌的动人之处，在于用形象化的语言和奔放热情,抒发个人感触,表现了中华民族的浩然正气和爱国精神,感染力非常之强。难怪它能在全国校园传唱几十年,并且于 1992 年 11 月被评为“20 世纪华人音乐经典”的第一首歌曲。

我想谈的另外一首“学堂乐歌”,名气可能更大,是弘一法师李叔同填词的《送别》。此歌的曲子为约翰・P・奥德维尔作曲的美国歌曲《梦见家和母亲》,李叔同为它填词并命名为《送别》后,它甚至比《黄河》更加脍炙人口。歌词是:

长亭外,古道边,芳草碧连天。晚风拂柳笛声残,夕阳山外山。天之涯,地之角,知交半零落。一瓢浊酒尽余欢,今宵别梦寒。长亭外,古道边,芳草碧连天。晚风拂柳笛声残,夕阳山外山。

上述歌词作者李叔同(1880—1942),是一位艺术家。他于清朝光绪末年去日本东京学西洋绘画和音乐,创立了“春柳社”,参加话剧《茶花女》和《黑奴吁天录》的演出。宣统二年(1910)回国,在浙江两级师范、南京高等师范等学校担任绘画和音乐教员。他学问渊博,古典文学修养很高,是我国漫画先行者丰子恺的老师。他笃信佛教,于 1918 年在杭州虎跑寺出家,被称为弘一法师。他出家以后,按佛教教规对自己要求极严,除了全部吃素,还规定了每天上午 11 点以后,不吃任何东西。这样长期过着苦行僧生活乃使自己营养不良,以致年仅 62 岁即病逝。

李叔同的《送别》一歌,不仅传唱遍新中国成立以前的整个学校校园,而且传唱遍整个社会,在我国流传极广,可谓家喻户晓,人人皆知。

这首歌的特点是抒情气息特浓,没有说教气味,只是用丰富的感情、艺术形象和美丽的歌词感染大家。十里长亭和古道旁边,是我国传统的送别地方。歌词一开始就营造了一个非常感人的送别亲人或友人的气氛,先说“长亭外,古道边,芳草碧连天”,接着“晚风拂柳笛声残,夕阳山外山”,多美的景色,这无限美丽的风光又进一步烘托了送别的气氛。下面一句以“天之涯,地之角”开始,说明好朋友各在天涯海角,不容易见面,接下去笔锋一转,“知交半零落”,这个“知交”与前面“地之角”的“之角”完全同音,意思却根本不同,一下子说出了老朋友纷纷谢世的惊人事实,惊心动魄,有千钧之力,震撼灵魂。下面“一瓢浊酒尽余欢,今宵别梦寒”,道出了别离之苦,使人心酸。最后,重唱前面的诗句,再次烘托生离死别的辛酸和痛苦,别离之情,绵绵不断,一直回荡在心胸。这首歌,除了感情深刻、文字极为美丽外,还有一大特点,即音乐性特别强,它的音乐性大大地增强了歌曲的感染力。从这首歌看,李叔同作为著名的古典文学家和歌词家不愧为音乐大师,创作了这一首不朽的歌词。

除这两首外,“学堂乐歌”还有很多。我读初中时,音乐老师是周玲荪先生,他自编了一大本音乐教材,里面有许多“学堂乐歌”和世界名歌。当时,我国著名作曲家萧友梅将许多古典诗词谱曲，传唱遍了全国学校。例如《木兰词》和唐朝诗人岑参的《走马川行奉送出师西征》。前者表现了花木兰女扮男装替父从军的英勇事迹；后者颂扬了边塞战将士奋勇西征忠勇敢战的大无畏爱国精神，对我们少年的心灵成长起到了很大的教育作用。与此同时我们还在音乐课中，学得了古典文学。可见当时的“学堂乐歌”对学生确实发挥了很好的影响。这些对今天的年轻人来说，已经是年湮代远的故事了，但“学堂乐歌”留给我们的美好记忆和经验，依然值得我们怀念和记取。

现在正是今年“五一”的中间，我一个人在家回忆往事，与大家写这封信，遥念各方友人，心向往之。谨祝诸亲好友

身心康泰，阖第康吉！

祥麟

2005 年 5 月 4 日

7. 介绍赛珍珠

镇江市赛珍珠研究会并请转 2005 年中国镇江赛珍珠学术研究会：

喜闻“2005 年中国镇江赛珍珠学术研究会”即将在镇江召开，不胜欢欣。赛珍珠是 20 世纪著名美国女作家，自 20 世纪 20 年代初起，即致力于以中国农民为题材，从事长篇小说创作，成绩辉煌。她在作品中深刻地表现了当时中国农民的苦难生活，受到读者的热烈欢迎。她的《大地》、《儿子们》和《分家》三部曲在文学界影响很大，前者获得了诺贝尔文学奖。我今年年龄 84 岁，抗日战争时在大后方上大学。可以这样说，当时在大后方念书的我们这一代大学生，没有一个没读过她的《大地》。因为当时大学一年级英文教科书节选了《大地》的片段。我个人并且阅读了赛珍珠的许多长篇小说英文原著，从里面学习文学和英文写作。对于我们来说，赛珍珠从一方面代表和反映了一个时代。她的作品虽然也有不足之处，可是，始终在我们心目中享有崇高的地位。今天，中国和世界各地学者在镇江欢聚一堂，一同研讨赛珍珠，具有深远的意义。我因百事羁身，未能亲自出席这一盛会，感到万分遗憾。谨向大会致以热烈祝贺，祝大会成功，祝大家对赛珍珠的研究不断发展前进！

广西师范大学　贺祥麟

2005 年 6 月 18 日

8. 怪哉，怪哉！

葆珍：

6月4日电子邮件和关于美国教育方面的来信(附件)都收到了,谢谢。你谈的那些事都很有启发性,我们目前的教育过于强调知识考试和分数,而相对地大大忽略了对学生思想品质的培养。这类问题,令人深思。

我的生活大体上依旧,家务丝毫不管,家务劳动与我完全无关,整日看书、写文章,胡思乱想,想入非非。年龄虽然已经84岁,却依然过着大约是20岁人的浪漫主义日子。

今日早晨应邀去一个单位做报告,受到听众热烈欢迎。下午开始为此间某个学术刊物翻译目录(由中文翻译为英文)。我有一个女学生,现在大约50岁了,当年不好好念书,时间全耽误了。在大学为了更上一层楼,突然发出奇想,要给学生开设"莎士比亚"课程。她去沿海某大学听了几堂莎士比亚课程,回来准备依样画葫芦,自己开设"莎士比亚"。但她知道自己没有基础,乃找我替她拟订讲课提纲。于是我还得硬着头皮为她写提纲,苦不堪言,但也无法可想。总之,我这个"老牛破车"还在慢慢拖车前行。

年轻时候,看见40岁的人,就感到人家是个"老朽",老得无法形容。可是现在自己到了84岁,却仍然觉得青春常在,和20多岁的小青年差不多。真是怪哉,怪哉！祝好！

祥麟

2005年6月19日

9. 关于初中入学考试

葆珍：

6月20日信悉。前天我与友人谈了您最近给我的电子邮件。谈到目前我国的教育问题，她感慨很多，体会也非常深刻。她说她的两个孙子考初中，单是语文模拟考试，就有十几个种类的题目。例如：1.考汉字，按照汉字拼音音序排列；2.正音，列举许多多音字，要学生选择多音中唯一正确的读音；3.成语，要学生写出几个成语的反义成语；4.古诗古词句子填空；5.对对联；6.写给友人的临别赠言；等等。

模拟考试的作文题目竟是"欣赏是一种美德"，以这个内容自己拟订一个题目，说明欣赏是美德。

正式考试时作文题目是《自古英雄出少年》。

总之，非常复杂，给我的印象是：假如鲁迅再生，也不一定会考得很好。余再谈。祝

好！

祥麟

2005年6月24日

*10. 一首史诗式壮丽的“人生之歌”和“学者之歌”

——读李赋宁自传《人生历程》

我国外国语言文学界前辈、著名教育家和学者、北京大学教授李赋宁先生(1917—2004)的学术和工作自传《学习英语与从事英语工作的人生历程》(以下简称《人生历程》),是一部值得郑重推荐的好书。

这部书忠实地记录了作者毕生在学问的大海里艰苦航行的经过,也记录了他几十年以来在教师生涯中辛勤教书育人所取得的巨大成就,感人良深。它同时还深刻反映了20世纪与作者有关的一些中外著名高等学校(清华大学、西南联合大学、北京大学和美国耶鲁大学)的教育情况,为我们提供了极其宝贵的资料,给我们参考借鉴。同样重要的是,《人生历程》还给我们展示了李赋宁先生继承了中国老一代优秀知识分子的光荣传统,他具有高超的道德水平和非凡的人格力量,是我们大家学习做人的光辉榜样。

20世纪上半叶的中国,是内忧外患重重、灾难深重的中国,然而正是在这样难以想象的苦难环境中,李赋宁先生以惊人的毅力,从一个少不更事的孩子,把自己培养成一个爱国爱民、有远大志气、通晓多种外语(英语、法语、德语、拉丁语、希腊语和古英语),治学范围涉及哲学、伦理学、文学、美学、语言学、历史学等学科的博古通今的优秀学者。

他在清华大学外文系肄业后,就立定志向,掌握尽量多的学科,服务母校(调整院系后,他调到北大工作,就是服务北大),几十年来,他克服了多少困难,贡献了自己多少时间和精力,先后开设了专业英语、专业法语、英语史、古英语、拉丁语、古代希腊罗马文学、中世纪英国文学、十六七世纪英国文学、莎士比亚研究、欧洲文学史、西方文学批评、英国文学史、法国文学史、英国文学选读、莫里哀专题、英汉翻译等将近20种课程,这需要多么渊博的知识,多么大的毅力啊!本文笔者在我国高等学校任教50余年,在国外大学学习和工作多年,还从来没有见过这样的例子。

大学者和优秀教师二者间既有联系,又有区别,而李赋宁先生在这两方面兼而有之,这同样是非常不容易的。在本书里我们看见李先生除了治学严谨、学问渊博外,几十年来同时还孜孜以求,努力改进教学,做到在教学上精益求精、不断前进。他在北大所讲授的任何课程,都受到听课的中国和外国学生的热烈欢迎。

我国老一代学英语的知识分子不少人虽说文学造诣很高,但由于各种原因(例如,当时没有现在先进的语音设备),其中不少人的英语发音甚差。而李赋宁先生则相反,他在书中说:"1950 年我回到清华教书,我的英语发音是国际上知识分子的共同发音,教给学生的也是这种发音。大致上是英国南部牛津和剑桥大学师生的发音,也是 BBC 广播电台的发音。"①他的英语发音,受到所有学生的普遍赞扬。他在美国留学多年,也掌握了美国英语,可是在发音方面,却坚持了自己英语发音的纯洁性,避免了美国英语发音的干扰。此事虽小,却说明了李赋宁先生在一切方面都用高标准、严要求来要求自己,十分难能可贵。

李赋宁先生毕生热爱教育事业,对我国高等教育事业做出了杰出贡献。新中国一成立,他心系祖国、心系清华,毅然抛弃了正在攻读的耶鲁大学博士学位,于 1950 年 4 月底动身返国,回清华工作。从放弃博士学位这个角度来说,这个损失很大,但是他义无反顾,而且在书里把这样的大事一笔带过,丝毫没有渲染自己的思想斗争,只是简单地说:"我于是告别耶鲁,于 1950 年 4 月底起程回国。"②这种叙事方法,事实上也反映了作者为人的正直和朴质无华,从来谦虚谨慎,不张扬自己。这种例子在书里比比皆是,不胜枚举。

作者几十年来在国内外几所著名大学任教,接触的我国和世界学术大师很多,《人生历程》里提到了许多赫赫有名的大学者和他们的轶事,为本书增添了光彩。例如,书里面提到长沙临时大学文学院在南岳衡山上课,英国著名诗人和文艺批评家燕卜荪(William Empson)教授为学生讲授莎士比亚,但当时正是抗战时期,内地交通困难,北京的图书尚未来得及运到湖南,没有教科书,燕卜荪先生凭了自己的超人记忆,用打字机打出莎剧《奥赛罗》的全文,油印了供学生阅读。这样惊人的记忆力,这样认真负责的老师,目前在全世界大学里究竟能有几人?

《人生历程》的后面一部分,由李赋宁先生的夫人徐述华教授补写了《后续:我写赋宁》,把作者没有写到的作了很好的补充,二者交相辉映,相得益彰。这一部分给我印象最深刻突出、也最感动人的,是李先生夫妻二人感情之深刻。结婚以后 50 多年来,他们夫妇的感情从来融洽无间,相濡以沫,甚至就连二人分离期间,不得已而用"两地

---

① 《人生历程》,第 121 页。
② 《人生历程》,第 102 页。

书”联系，李先生写给夫人的家书“也可以说是情书的续集，因为他的信仍然是温情脉脉”①。确实如此，本书图片上影印李先生的家信，他称呼妻子为“亲爱的述华”，而自称则是“宁哥”。多么亲热，又多么令人羡慕！说到这里，我想顺便转引一点书里徐先生的泄露“天机”，谈到他们间的“罗曼史”。李先生赴美留学前，抓住机会向女友徐述华求婚，徐教授这样叙述：“让我吃惊的是，他极其严肃认真地一个膝盖着地跪着，向我正式求婚，我被他的真情感动了。”跪着求婚，这真是最可爱的性格和真挚的爱情啊！徐先生能够勇敢地把这段秘史公开给读者，同样使人万分感动。

本书还有一个异常突出的特点，即图片特别多，这里面有作者和家人、友人的各种生活照片；有文化名人的题词及作画；有中外学者的信件手迹；甚至还有作者为他的学生修改过的英文博士论文。总之，琳琅满目，美不胜收，使读者看到许多著名学者和大师的风采，也看到作者人生的轨迹，引人入胜，非常亲切。

一言以蔽之，《人生历程》是一部十分难能可贵的好书，是一首史诗式壮丽的“人生之歌”和“学者之歌”。开卷有益，读了它可以益智，可以明目，可以清心，可以砥砺学行，还可以当作一面镜子，用来照一照我们今天大学里的某些不良现象以至令人触目惊心的学术腐败，使我们受到启发、警示而深自猛醒。

2005 年 7 月 2 日于南湖之滨

（详见李赋宁著《学习英语与从事英语工作的人生历程》，北京大学出版社，2005 年 4 月第 1 版）

---

① 《人生历程》，第 253 页。

11. 自我剖析

葆珍：

《贺师》一诗收到，谢谢。多承谬奖，感愧交加。“人贵有自知之明”，我知道自己各方面还非常不够。例如，拿我的英语、法语和日前我在文章中写的李赋宁先生相比，我就不如李先生。李先生另外还懂德语、拉丁语和古英语，而这三种语言我都不懂。“不比不知道，一比吓一跳”，我与那些大学者比，还相差很远。我这一代人，是在战争、动乱和贫困中长大的，再加上古典文学学得非常不够，与“五四”时代那些大师根本无法相比。正如庄子说的：“吾生也有涯，而知也无涯，以有涯随无涯，殆矣！”我再拼命努力，也赶不上他们。这是老实话，我不是与您唱“对台戏”，只是说明事实真相。我愿与您共勉，大家一同努力航行在学问的大海中。

祥麟

2005 年 7 月 7 日

*12. 推荐一本好历史书

——《东亚三国的近现代史》读后

敬致诸亲好友：

又是多日未与大家通信，思念之情与日俱增。当然，之所以疏于笺候，主要原因还是因为忙。但是，另外一面，亲友中收到我信后，回信者往往寥寥。这我理解，大家都在忙，更何况我的同辈人俱已七老八十，东倒西歪，要求这些亲友回信，就未免苛刻一点。譬如怀煦兄（西南联大外文系同窗同寝室学长）大概已超过九秩，正在向 100 岁前进，我能要求他回信乎？曰不能。总之，各人根据自己情况处理，回信固好，不回信也好，只要大家健康就好。

最近我读了一本书，值得向诸亲好友推荐，书名是《东亚三国的近现代史》，由社会科学文献出版社出版。

此书很有特点，它是由中国、日本、韩国三国学者与教师共同编著的三国近现代史。

首先，这本书意义重大，今年是我国抗日战争胜利 60 周年，也是日本侵略者战败并无条件投降 60 周年纪念。日本国内右派势力猖狂至极，根本不承认日本当年的侵略罪行，而且随时伺机反扑，怀念当年的“大东亚新秩序”。在此非常不平凡的时刻，中、日、韩三国人士站在正确立场，编著了自从甲午战争以来三个国家的历史，以教育人民，反击日本的右派，这是很了不起的一件大事。

其次，过去只有个人或者集体编写历史，还没有听说过三个国家学者与教师共同编写三国自己历史的。这一行动可以说是创举，值得大书特书。

第三，三个国家的编辑们的文化和历史背景非常不同，能够在经过认真讨论后，在三国历史一系列重大问题上取得一致意见，很不简单。

第四，本书观点正确，资料翔实，内容深刻，加上图片异常丰富，读了可以增长许多有关三国的近现代史知识。正如培根说的，“读史使人明智”，我相信任何读了这本书的人，都能“开卷有益”，受到莫大的启发教益。

过去，我们读世界史（如威尔斯 H.G. Wells 的《世界史纲》或者我在大学时念的海斯与梦氏 Hays and Moon 合著的《世界历史》),这些教科书都只是强调大国、强国,而对像韩国这样的小国,则很少谈。甚至对日本历史,也只是东谈一点,西谈一点,蜻蜓点水,不成系统。现在读这本三国近现代史,则比较详尽而系统,基本上可以看到全貌。

拿我来说,说来惭愧,以前我对朝鲜的近代历史,所知实在有限,现在看到了“全景画”,系统地学到了许多知识,受益匪浅。以前我甚至对日本占领时代的我国领土台湾,也知道得非常有限,可是读了这本书,就大不相同,对于在日本帝国主义铁蹄下的台湾和当时的台湾同胞,也了解了很多重要情况。再说,以前对于日本帝国主义处心积虑侵略、压迫以中国为代表的弱国,很容易“只见树木,不见森林”,只见日本对各国单独的侵略,而没有注意到全局。读了这本书,我们清楚看到了日本军国主义者自甲午战争以来怀了狼子野心,一步步发展和实现他们的侵略计划直至日本战败的整个过程,真是惊心触目,令人不寒而栗。

读了这本书,我对东亚近现代史愈加清晰,在这方面,好像是比过去任何时候,“聪明”多了。以史为鉴,面向未来,我对于未来我国应该采取什么方针政策来对应东亚和世界的形势,也有了非常坚定明确的看法。这就是:必须在中国共产党领导下,用一切力量,使祖国更加强大,实现现代化,实现祖国统一,以实力做后盾,坚定不移地推行我们的国防和外交政策,反对军国主义,反对霸权主义,促进东亚和世界的和平。做不到这一点,我们就无法完成中国人民的光荣历史使命,也对不起自鸦片战争和甲午战争以来为了中华民族复兴、抵御侵略者而牺牲,以及在敌人铁蹄下死难的千千万万同胞。

本书以大量篇幅描述了日本帝国主义对中韩两国人民的侵略、压迫和剥削,也写了由于日本的发动侵略战争而使得日本人民同样受到极大的苦难。我同情日本人民所受的各种灾难。1950 年初,我从美国回国经过日本,由横滨下船后乘坐汽车去东京,一路 18 英里中,只见一片瓦砾,所有建筑悉被美国飞机炸平,人民生活也非常困难。当时日本人民的苦难生活,令人同情。但是我认为,必须明白无误地认识到,日本人民的灾难,来自日本反动派和他们所发动的侵略战争,而不是其他任何东西。举例来说,“二战”结束前夕,美国在广岛和长崎先后投掷了两颗原子弹,分别造成 14 万和 7 万日本人民的死亡。我反对和谴责原子弹对日本老百姓的伤害,它给日本人民带来了很大的苦难。但是,另一方面,我决不同意日本右派和受他们影响的人们的论点,即只强调日本是原子弹的受害者,好像是血海深仇,无法排遣,而对南京大屠杀、慰安妇和 731 部队用细菌战残酷杀害中国人民却视而不见,听而不闻。为什么对日本加害给别国的更大、更残酷的伤害看不见,不愿谈,甚至根本不承认,而只是反复强调原子弹对日本的伤害呢?如果没有日本侵略者长期、大规模的侵略和屠杀东亚人民,没有日本偷袭珍珠港(附带说一句,日本右派对于日本当年偷袭珍珠港的评论是,“袭击珍珠港的唯一错误,是日本战败了”,多么疯狂!),能有原子弹的投掷吗?再说,如果没有原子弹,战争再继续下去,把战争带到日本本土、朝鲜甚至中国东北继续打,那么,包括日本人民在内的参战各国军民将又会有多少人牺牲呢?我当然不会替原子弹辩护,相反地我严厉谴责它,可是对问题总得全面看,而不能只看到一面,而且是次要的一面。

上面已经提过,本书有大量珍贵图片,用让人们看得见、摸得着、栩栩如生的图像来补充文字叙述之不足。有两张图片对我来说特别使我深思。一幅是战争期间日本裕仁天皇在主持御前会议①。我一向认为对日本天皇裕仁,应该做为战争罪犯来惩办。“二战”结束后,美国出于自己的私利,对有些重大问题作了完全错误的处理,例如除了东条英机等七名甲级战犯外,其余所有战犯后来一律释放。又如对731部队的细菌战战犯全部释放,不对裕仁起诉则是又一个严重错误。本书第126页有下列一段话:

> 1937年中日战争全面开始后,为了指挥扩大战争,在皇宫里成立大本营,也就是陆海军最高司令官——昭和天皇大元帅的总司令部,是指挥战争的最高统帅机关。大本营以参谋总长为幕僚长,陆海军大臣参加,所以等于是军部领导人的会议。

这就怪了,日本天皇昭和在战争中始终是日本最高的军事领导人、大元帅,他亲自主持每次的御前会议、策划战争,而日本战败了之后,昭和却不是战犯,而且和美军统帅麦克阿瑟一同握手言欢和照相,这岂非天下奇闻?这样的处理,能令人心服乎?

另外一张照片同样令我震惊,是汉奸汪精卫与日本首相东条英机和日本在东亚的其他几个傀儡于1943年11月在所谓“大东亚会议”上的照片(第123页)。我年轻的时候,对早年汪精卫有过好感,尤其是他行刺摄政王被捕后,异常激昂地写下了“慷慨歌燕市,从容作楚囚,引刀成一快,不负少年头”的诗句,以及他在孙中山弥留之际,在中山先生病榻之旁笔录下“总理遗嘱”,使我印象极为深刻。当年这样的“英雄”,到了这张照片上面,竟然无耻地投降敌人,与东亚屠夫东条英机和尽人皆知的汉奸走狗、伪“满洲国”的“国务总理”张景惠等人合影,这如何可能?汪精卫由最初的“革命英雄”一步步堕落下去,终于成为狗彘不如的汉奸卖国贼。这真是历史无情!是的,历史无情,它对汪精卫做出了严峻的判决:把汉奸钉到耻辱柱上,使他遗臭万年!

这封信应该结束了,最后,我想列举这本书里文字上一些瑕疵,供大家参考评论:1.书名《东亚三国的近现代史》中的“的”字纯粹多余,根本不需要。请看我国过去出版

① 见《东亚三国的近现代史》,第126页。

的文学史《欧洲文学史》、《美国文学史》或者一般历史书《中国近代史》，哪一本里有个"的"字的？如果说编者想强调此书是由东亚三国历史学家自己编写的三国历史，则可以叫《东亚三国学者自己编著之三国近现代史》，否则即使加上"的"字也毫无作用。2.书的第150页对"汉奸"一词下定义说，"汉奸原意是指汉民族中的奸臣"，这里"奸臣"不妥，应该是"奸贼"，因为"奸臣"是指在朝廷里做大官而投靠敌人出卖祖国利益的人，前提必须是"大官"才行，而"汉奸"则不论是"官"或"民"，不论其社会地位高低，只要为敌人服务出卖祖国的人都是。在这点上，商务印书馆《古今汉语词典》就科学得多，它给汉奸下的定义是："原指汉族的败类，后泛指投靠侵略者，充当其走狗，出卖祖国民族利益的人。"3.第187页："至于731细菌部队及使用毒气的化学战的责任者，也以把技术资料交给美国为条件被免于追究责任。"这里的"免于"应该是"免予"，因为"免于"指的是某人或某些人自己逃避了灾难，如"他在大火中死里逃生，幸免于难"；而"免予"则是"免除给予"的意思，指机关、学校、单位以及上级决定对某人或某些人不予处分，例如："校领导考虑到该生年幼无知，而且是初犯，决定对他免予处分"，"免于"与"免予"二者间有严格区别，不可以弄错。4.第189页："这一款意味着几乎盟国全都放弃了对日要求赔偿的权力。"这里"权力"用错了，应该是"权利"。"权力"指权势和威力，必须有"权"才行，而"权利"则指"公民或法人依法行使的权力和享受的利益"（《古今汉语词典》）。任何公民在法律上都享有他应该有的"权利"，但是却不一定有"权力"。"盟国"在战后都有要求敌人赔偿的"权利"，却不一定有这样的"权力"。从上面列举的这些错误看，我认为上述错误大多数都是近年来有些中青年学者由于文化底蕴不足常犯的错误，但是这样的错误，在这本权威著作中却不应该出现，但却出现了，这使我非常遗憾。

以上我的意见和感想，如有不妥之处，欢迎诸亲好友不客气地指正。顺颂

大安！

祥麟

2005年7月21日

*13. 鸡零狗碎

——说说我的家居生活

敬致诸亲好友：

室外夏日炎炎似火烧，室内空调机送来凉风习习，沁我心肺。此时也，我正端坐在自己刚刚更新换代的簇新电脑之前，噼噼啪啪为君打这封信。此信专谈我近日的家居生活，而家居生活都是些琐事，不能登大雅之堂，故名曰“鸡零狗碎——说说我的家居生活”。

我每日早晨起床洗漱完毕后，第一要事为骑自行车去外面吃早点（米粉），回来后假寐片刻，等当天报纸来到（早晨八点多）就认真阅读报纸。我每日读三份报纸，曰：《光明日报》、《南宁日报》和《参考消息》。这以后，就开始工作直至中午。所谓工作，有各种各样，例如写文章、看书、回复各方信件、上网看电子邮件、与亲友电话联系办理各项事务等等。下午午睡后，大体也是这样。晚上则阅读一些轻松的文学刊物或书籍。上述“日程”看起来好像枯燥乏味，其实不然。歌德说：“生命之绿树常青。”如果生命的主人生机勃勃，那么他的生活只能是五色缤纷，丰富多彩，又何来枯燥乎？

譬如，接收各地亲友发来的电子邮件就是一大乐趣。如果几十年以前，你对友人说，将来写信可以不用纸，不用笔，不用信封，不贴邮票，不出家门，不花钱，通过自己书桌上的一个机器，一分钟之内就把信件发到千里万里之外，别人一定认为这是痴人说梦，或者是科幻小说，根本不可能。但现在依靠电脑，上述一切已经成为事实。阅读友人发来的电子邮件，其乐无穷。举个例子，我远方有两位好友，此二人一在国内，另一在纽约，都曾经是我的学生。几十年日积月累，业已把我们三人的关系升华为知心朋友，莫逆之交。日前纽约友人发来电子邮件，赠我以她刚刚为我们三人所写的诗歌《师徒仨》，诗曰：

> 漫漫彩虹三处光，祥明交映保华堂。尊楼朝旭铺前院，寒舍晚霞罩后厢。
> 日月轮回天地转，师徒执手友情长。雁鱼怜我传音讯，异域难逢苦远望。

这真是情长谊深，使人无限依恋！再有一例，即我另外还有一位友人，与我都住在南宁，可是工作极忙，我们虽然同在一个城市，却很难见面，只有靠电话联系。最近这位友人将自己多年来写的随笔多篇由电脑传送给我，我用 A4 纸打印下来，竟有 62 页之多，将近 10 万字！这又是如何深厚的友谊！

再举一个例子，去年一位在美国某大学工作了一辈子的朋友（美籍华人），他的中文和中国古典文学造诣很高，使用电脑也异常熟练，可是遗憾的是他的电脑无法收发简体汉字文件，于是他发来的电邮只能用英文。他那封来信翻译成中文是：

> 多谢您寄来的如此美丽之作品。我首先在家里读了，然后又把它带到一个植物园一而再、再而三地一个又一个字读了多少遍。它使人异常感动，写得非常之好。在植物园里我面对着许多木兰花：当我读您的作品时，我陷入沉思之中，而且感到连我自己也浪漫蒂克起来。再次谢谢您。三四天前我用航空寄给您我在 25 年前出版的作品。如今我的诗歌年龄早已过去，我甚至已经不能写出来类似诗歌的东西。一笑。Chester（2004 年 4 月 16 日）

我与这位友人都是 80 多岁之人（他比我还大几岁），我们相距几万里，互相间可以如此交换作品阅读，互通心声，这不能不使我想起苏东坡的著名诗句"但愿人长久，千里共婵娟"，这就是生活的乐趣。交流友情，其乐融融，友谊天长地久，暖我胸怀。

有时候我也接受一些来采访我的客人。由于双方的兴趣、爱好相同，又都有较高的文化背景，我与他们乃很容易成为朋友。例如，前不久上海一个单位派了三个记者（二男一女）来贵州和广西采访，到我家后，他们又是与我交谈，又是给我录音录像，忙碌异常。我只是随便讲了一些自己的平凡经历，不料竟引起他们极大的兴趣，而且对我倍加赞扬，他们回上海后，还专门来信感谢我，信里说：

> 非常感谢您支持我馆的工作，此次在邕采访您，您那样激越昂扬，饱含激情的口述历史给我们留下了深刻的印象，也为敝馆增添了珍贵的史料，这对中国文化的积累和延续也做出了一定的贡献。这次初次见面，但您直爽率真的性格感染了我们，使我们感到"一见如故"。

再如，前些时我的学生、好友、香港一个文艺团体的负责人带领了他的部下两个美女特地来看望我，他们三人再加上广西文联的一位陪同人员，四个人一见我就不停地向我鞠躬，而且边鞠躬边说明："一鞠躬，代表我个人；二鞠躬，代表纽约的那位女士（也是我的学生）；三鞠躬，代表世界华文文学家协会。"弄得我既尴尬，又有趣。他们回到香港后，也特地来信反复感谢。

总之，我与所有来访者都相处非常之好，其原因之一，我认为在于我性格外向，待人诚恳。附带说一句，对今天的孩子们，要从小训练他们性格外向，这样他们长大了，才适宜于各种工作。

其实,生活的乐趣,无处不在,只看你能否发掘和享受它。我每天都去附近邮局寄信或购买报纸杂志,由于我生性酷爱孩子,凡是碰见在邮局嬉戏的幼儿,我无不与他们打招呼,孩子的父母一看我这么喜欢自己的子女,便充满自豪和幸福感,与我愉快交谈,像好朋友一样。

再如,有一天我去邮局,途径擦皮鞋摊子,就去擦皮鞋。南宁擦一双皮鞋的价格极低,仅人民币一元。我忍不住对擦鞋妇女开玩笑说:“你们擦一双鞋才要一块钱,未免太少了,下次有人来找你擦,问他要五元!”谁知这个擦皮鞋工人鬼聪明,马上接下话来,将了我一军,笑着说:“那就从您开始,您这次就付五元吧!”我先是愕然,接着一想,古人说“君子无戏言”,擦完鞋付钱时,我真的给了她五元,创造了高价擦皮鞋的记录。那个女工高兴之至,我与她乃愉快告别。

当然,生活里酸甜苦辣都有,我的日常生活也有苦恼。目前最大的苦恼是托我办事的人太多,使我心力交瘁。在下今年 84 岁,正在走下坡路,精力有限,哪能像年轻人一样为朋友们四处奔走效劳?但托我办事的友人常常是一些确实“走投无路”的人,实在无法可想,只能找我。不久前一位朋友的女儿参加今年高考,成绩太差,总分只有 326 分,叫作“录取不沾边”。那位当爸爸的找到了我,说他愿意为女儿出高额学费上自费班,一定要女儿上大学。我只好硬着头皮替他找人帮忙。我为他在南宁和桂林两处打电话,四处求爷爷告奶奶,明知毫无希望,也仍然“死马当活马医”,寄希望于万一。这叫作“知其不可为而为之”,何以故?曰:尽心而已。如今我们的高等学校入学考试,不仅给应届毕业生和他们的父母以极大压力,甚至连我这种不堪“行将就木”的老人也分担了部分压力,真使人感慨万千。现在虽然还不知最后结果,但我的第六感觉是,“大势已去”,看样子这个孩子和我二人的共同失败已成定局,因为她分数太低了,低到任何人都无法帮忙之程度。

和上面所述的这位女孩相比,也有成绩出众的幸运儿。前天我在自己居住的大院内散步,遇见一位 92 岁高龄的离休老干部朋友,他的孙子参加本届高考,成绩高得惊人:总分为整 700 分,为全广西之第七名。这位爷爷高兴得把嘴都笑歪了,对我说分数一公布,北大、清华和复旦大学都来了电话欢迎他孙子入学,专业随便他挑选。对比之下,使我对这个孩子佩服得五体投地。700 分和 326 分,这中间的差别能有多大!此之谓“人比人,气死人”也,没有话说。

也许有朋友会问我:“你在生活里有没有遇到什么危险?”答曰:有,前几天就遇到过。请看我 8 月 1 日的日记:

今晨差点出大事：晨七时，骑自行车去附近一偏僻街道南一里吃米粉。到达米粉店旁，我当即骑车向左转，准备入店。孰料此时正前方马路有一摩托车超我疯狂飞奔而来，其速度之快，给我的感觉好像是喷气式歼击机那样迅猛无比。我意识到自己大祸临头，迫在眉睫，只要稍一不慎，就会送掉这条"小命"。是继续奔向米粉店呢，还是立即后退呢，必须马上决定。我在千分之一秒内当机立断，将自行车紧急刹车，同时下车，把车头向右急转。就在这一刻，摩托车与我的自行车前轮成切线，风驰电掣，绝尘而去，而我则安然无恙。事后想起，毛骨悚然，假如我判断错误，向米粉店急驰，必然被摩托车猛撞，则我绝无生望。这是我一辈子遇到的最大危险，既有大惊，也有大险，幸赖"上帝"保佑，乃能化险为夷，平安无事。

上面我粗线条地勾勒了我近来的家居生活。这些年来，我退而未休，家居生活既平淡又不平淡，可以说是内容丰富，彩色缤纷。应该说，与许多老人相比，上苍之待我也，可谓厚矣。

回忆抗日战时我在四川江津县白沙镇红豆树上高中，同学中我堂兄钟麟，好友张纯之、马明龙，我们四人情同手足，如今他们三人俱已仙逝，只剩下我独自一人留在人间。再看我的同辈友人，已经"驾鹤西去"这不说了，至于生者则大都疾病缠身，西歪东倒，只有极少数仍然在活蹦乱跳，而我则勉强为其中之一。

吾老矣，此刻虽再无鸿鹄之大志，但仍有报国、报民、报效社会之心。愿以自己微薄之力，在这晚霞满天之时，竭尽绵薄，服务人群，为祖国安定团结和兴旺富强出一点力。生命不息，战斗不止，有一分热，发一分光。

附带说一句，我一向不同意一种说法，说离退休老人要"发挥余热"。"余热"指火已经燃烧完毕，仅剩下一点灰烬，奄奄一息，我们如何可以这样看待老人？我认为自己尽管年事日高，但自己的精神状态与年轻人一样，我心里的一把火依然熊熊燃烧，炉火正红，暖烘烘的，完全是"正热"，压根儿不是什么"余热"。即以写这封信为例，我用电脑打这封长信，一共只用了半天多时间，这样的写作速度，比年轻人又相差多少？

写这封信，我的"话匣子"一经打开，便如脱缰之野马，管束不住，以致此信特别长。满纸荒唐言，一片胡乱语，好在大家都是至亲好友，不会怪我。信内若有说错的地方，敬请诸亲好友不吝批评指正。顺颂

大安！

祥麟

2005年8月7日

*14. 浪漫之旅

——访问防城港市

敬致诸亲好友：

鄙人有一颗浪漫之心，所到之处，弥不充满浪漫主义气息。前不久偕智利小友李嘉图(Ricardo，现年 30 岁)去广西南部滨海城市防城港市度假三日，作逍遥游。可记之事甚多，爰将旅途见闻缕述如下，以飨诸亲好友。

一

防城港市和它下属之县级市东兴市，我过去曾多次访问过，但因这里城乡建设和发展太快，可谓日新月异，因此我每次来访，都有新鲜感，都有新的体会。

例如防城港港口，前几年我到钦州、北海和防城港访问，人们还在争论这三个港口，究竟哪个更为重要，需要先开发哪个。而现在这个问题事实上已经彻底解决。即：防城港名列第一，在我国沿海的 150 多个港口中，它已被国务院定为我国沿海 20 个主枢纽港之一。防城港位于广西西南部北部湾北岸，是我国大陆海岸线最西南的深水良港，它的地理位置和地缘条件得天独厚，港湾水深、避风、三面群山环抱，犹如内陆湖泊，航道短而没有淤泥，不论水域或者陆域都非常广阔，可利用的海岸线特长，是我国内部连接大西南，外部连接东南亚的枢纽港口。

2005 年 8 月 16 日一早，在当地东道主陪同下，我们驱车前往港口参观。汽车在码头上缓缓行进，一直走了十几分钟才走完码头。一路但见巨型轮船或停靠在码头边，或停泊在海上，码头上集装箱不计其数。目前，防城港共拥有泊位 28 个，其中万吨级以上者 14 个。我们看了，感到洋洋大观，令人惊叹。智利友人李嘉图说，智利最大的港口都远没有这里大，可是防城港在中国众多海港中还只算“小弟弟”，北方很多人甚至压根儿不知道这个地方，可见中国港口之多和大。

防城港市有著名的海滩“金滩”，主人邀我们去游泳。我在防城港市有一位友人，她自幼即为游泳运动员，是游泳健将，曾得过全国游泳赛冠军，此次特地担任我的“保镖”为我保驾护航。可是那天的风浪特大，大浪由海里向我扑来，咄咄逼人，我背着大海，虽说有“冠军”用手牢牢拉住我，自己竟仍然很不争气，每次都被大浪击倒，饱饮海水。于是我只好再向岸边浅水处走，干脆蹲下来，以保护自己。

游泳之外，我们邀请李嘉图和大家一同在海堤上当地乡民开设的茶桌旁兜风吃椰子。李嘉图有生以来没有吃过椰子，他捧了沉甸甸的椰果，通过乡民为我们在椰子上挖的小孔，用吸管吸着椰汁，椰汁甘美清香，味道极佳，智利客人赞不绝口。我问他：“这样清风徐来，在大海边吸椰汁，你是否感到异国情调特浓？”他说：“妙极了，真是充满异国情调，我将永远不会忘记。”

防城港市是个新兴的朝气蓬勃的城市，城内高楼巨厦像变戏法一样拔地而起，雄伟异常。港口集装箱码头已经开辟了东南亚、东北亚、中东、欧洲、美西、美东、澳洲等地的航线，是我国大西南新崛起的国际集装箱运输“桥头堡”，还即将建成20万吨级矿石专用码头。此外，这个城市有铁路直通云贵川三省，是名副其实的整个大西南出海通道。我国西南各省货物由这里出海，路途最近，可以节约许多里程。

一言以蔽之，这个城市，水路陆路四通八达，又是紧靠越南的边防重镇，可谓形势天成，生机勃勃，前途正未可限量也。

二

8月17日我们到达防城港市下属的东兴。东兴原先仅仅是个小镇，现在也仅仅是个县级市，听起来好像很不起眼，可是由于历史和地理原因，这里非常重要，请千万不要小看它。

东兴镇与越南的北方重镇芒街市紧邻，而中越两国在这里的分界河流北仑河只是一条非常狭小的小河，和芒街鸡犬相闻，隔河相望。东兴市既沿边（与越南搭界），又沿海，边境线长77.25公里，其中陆地边境线长27.25公里，海岸边境线长50公里。它的海岸线是我国大陆漫长海岸线最西南的起点，北靠十万大山，东南濒临北部湾，西南与越南接壤，叫作“背靠大西南，面向东南亚”，它是我国大西南通向越南及东南亚最便捷的水陆门户，其地理位置之重要，可想而知。

近年来我几次去越南芒街和下龙湾，东兴为必经之地。本来计划这次与智利友人一同经东兴去越南旅游，谁知今年起东兴口岸暂时封闭（按：封闭原因是对岸越南城市芒街开了个现代化的大赌场，吸引了众多中国大款前往赌博，我国决心暂时封闭口岸，把赌场拖垮），我们去越南旅游的计划乃被打破。但是，“山重水复疑无路，柳暗花明又一村”，靠了友人和当地乡干部的帮助，我们竟在既无护照，又无签证，甚至没有携带任何证件的情况下，大摇大摆，由东兴的小村庄水口进入越南村庄。入境时候，友人用广东话漫不经心地随便说了一句“我们饮茶去!”越南边防人员一点头(他们都懂广东话和普通话),我们就“过关”了。

步行一二百步,到达越南的一条小街,我们大家一涌而进入一家咖啡馆。两位娇小玲珑的越南少女马上为我们煮咖啡,并且用精致的过滤器把咖啡一点点滴入异常美丽的金属杯子。咖啡味道浓郁芬芳,香味扑鼻。李嘉图说,这咖啡实在精彩绝伦,比桂林的咖啡质量高得无法相比,桂林咖啡每杯 30 元人民币,而这里的高级咖啡每杯仅相当于人民币 3 元。李嘉图乐不可支,说真想不到,一个智利人在中国,居然可以如此不要任何证件进入越南,而且品尝到如此迷人的咖啡,实在不可思议。此事虽小,却生动地说明了中越边境两国人民之友好程度。

在东兴,我们游览了许多地方,应该介绍的是一家农民三代人保护环境、主动保护和喂养鹭鸟的故事。

这家人住在海边,傍依一座小山。40 余年前有四只海鹭由远方飞来,户主以食物喂养海鹭,还给海鹭治病养伤。从此以后,海鹭越来越多,定居于小山上。供养海鹭的开支愈来愈大,这一家三代人节衣缩食“招待”鹭鸟。凡有受伤或患病的鹭鸟,他们一家人为之精心治疗。于是整座山和附近树林都成了鹭鸟之家。现在这里栖息定居的海鹭已达四万余只,此处已成为东兴市旅游的一个著名景点,叫作“万鹤山”。其实,“鹤”是夸张了的,应该叫“万鹭山”才对。

这一家人爱护鸟类和环保意识如此之强,令人敬佩。我们在“万鹤山”和附近树林徜徉着,听鹭鸟歌唱,看它们盘旋空中,感到人与大自然的一片和谐,衷心快慰,莫可名状。

三

广东军阀陈济棠(1890—1954)是东兴人,其故乡当年为广东防城县河洲峒望兴村。20 世纪 50 年代时,原先属于广东的整个钦州地区划归广西,于是东兴便改隶属于广西。陈济棠的历史颇有一些传奇性。他父亲陈谦受是私塾老师,母亲早年去世,他 17 岁时,胞兄陈维周送他去防城小学读书,次年适逢广东黄埔陆军小学招生,这位哥哥送他前往投考。当时,陈济棠曾赋诗一首赠兄长:“男儿立志出乡关,名未成兮定不还;自古英雄三尺剑,人生何处不青山。”

1913 年他毕业于广东陆军速成学校。自此他就步入军旅,从普通士兵一步步升到粤军司令,最后升为国民党政府军队的四星上将。他经历了大小数百个战役,从不负伤,刺客的手榴弹和日寇的炸弹,都丝毫没能伤害他。1936 年他联合李宗仁、白崇禧等桂系军阀,发动著名的“两广事变”,反对国民党南京政府,结果失败,于是乃“出国考察”。回国后一直仍担任国民党政府高官,直至病逝。

他在广东当政时期,对广州建设颇多贡献。例如中山纪念堂、中山图书馆旧馆和海珠大楼等都是他主粤时建成者,小平同志曾赞扬他“主粤八年,确有建树”。我对陈济棠最深刻的印象有二:其一,是他发动的“两广事变”,震动全国;其二,是他的一次特大暴行。且听我一一道来。

“两广事变”又称“六一事变”,1936 年广东和广西实力派因为不满蒋介石对日妥协、对内发动内战消灭异己的反动政策而发动的抗日反蒋事变。当年 6 月 1 日陈济棠和广西的李宗仁、白崇禧联名通电,宣称北上抗日,组成“抗日救国军”,出兵湖南,同蒋介石对抗。但是,殊不知蒋介石有两手绝招,是两广当局所没有预料到的:一是善于耍阴谋诡计;二是有大把的钱。蒋介石收买了陈济棠部下的余汉谋和陈济棠的空军,陈济棠的空军全部飞到南京,陈被迫下野,经香港去欧洲“考察”。9 月,李宗仁和白崇禧也只好与蒋介石妥协了事,事变乃告平息。“两广事变”震惊全国,我当时初中刚毕业,对它印象非常深刻。

陈济棠的“特大暴行”,今天几乎没有人知道。它是我在初中读书时在杂志上看到的报道,至今 70 余年,记忆犹新。报道说,20 世纪 30 年代初期,陈济棠担任广东省主席时,以省政府名义在广东全省各地张贴布告,说要给本省所有麻风病患者治疗,希望病人到某地集中。病人一共去了约 3000 人,不料陈济棠丧心病狂,把他们全部用机关枪扫射杀死。其实,陈济棠这样做,除残酷以外,还表现了他的无知。麻风病虽然可怕,可是极难传染别人,我国群众有所谓“宁可和麻风病人同床,不可和疥疮病人同房”就是证明。以前的人由于无知,才非常害怕麻风病。例如欧洲中世纪时候,凡是生了麻风的人,家里立刻把他扫地出门,在他脖子上悬挂一个铃铛,麻风病人在街上行走,必须摇铃,使别人远离他。上述陈济棠的“特大暴行”,我认为是事实,因为当时的杂志报道得甚为详尽,历历如绘。

这次防城港之行,还有一件事,即上述那位游泳健将替智利友人介绍女朋友。游泳健将多年来培养了许多游泳运动员,其中绝大多数都早已结婚,生儿育女。唯独一个越南归侨的掌上明珠,今年已经 26 岁,依然待字闺中。何以故?原来这位名叫小黄的少女,一向品学兼优,美貌出众,然而自从由游泳队退役以后,转业到铁路,成了列车员,一年四季跑车,根本无机会接触男朋友,于是青春年华一直耽误下来。

上述游泳健将特别关心自己的部下,决定这次把李嘉图介绍给小黄。当天晚上一打电话,小黄说她当时正在南宁,次日下午又要出车。于是游泳健将狠了心下了命令,说“你马上给我乘出租车来,旅费由我出”(按:出租汽车由南宁至防城港市车费整400元)。军令如山,小黄奉命唯谨,当即于晚上快十一点时到达。于是一大帮人马跟随游泳健将出动(包括我在内,都是“啦啦队”,为了替小黄助威)。我们在当地一家十分高雅的咖啡馆聚会,男女双方见面。这样的人为场合,必然有些尴尬,大家努力制造和谐气氛,至少表面上喜气洋洋。李嘉图见多识广,应付裕如,而小黄则难免害羞。李嘉图观察力从来敏锐无比,他用英文对我耳语说:“你看小黄能有多么紧张!”总之,不管怎样,所有人都演好了各自担任的角色,我们过了一个十分愉快的晚上。

我的信写到这里,您一定会充满好奇心问我,二人相遇结果如何。我的答复是中国章回小说里常用的一句话:“欲知后事如何,且听下回分解。”——对不起,在下告辞了。我的朋友,再见!

祥麟

2005年8月22日

15. 谈文学作品如何写死亡

葆珍:

来信和诗文大作都收到,谢谢。

纪念“9·11”事件的诗歌写得很好,很有感情,读了使人悲从中来,无限伤感与同情。

写文章谈死不容易,记得50年代时,我观看越剧《梁山伯与祝英台》,舞台上长久表现死亡,我乃为文提意见,说舞台上应该尽量少直接表现死亡,特别是长时间直接表现死亡的痛苦。因为死神任何时候都不是美丽的。我是从审美角度来谈此问题的。当然,写文章又与舞台表演不同,例如鲁迅就为文写过死。这个问题比较复杂。

我后天去桂林参加中文系55级庆祝入学50周年之欢聚,大约19号回来。祝好!

祥麟

2005年9月13日

*16. 给广西师大中文系55级同学们的信

亲爱的同学们：

欣闻55级即将在桂林举行盛大集会，庆祝同学们入学50周年，我的高兴，难以描述。这是一件大事，我除了将亲自前往桂林参加盛会外，还想写这封信，与55级我的弟弟、妹妹们一同交流心声。

多年来的事实已经证明，55级是整个中文系一切年级中凝聚力最强、最为活跃、最生气勃勃的一个年级。由于各种原因，许多已经毕业的班级无法进行定期的活动，这不奇怪，因为大家早已各自东西，劳燕分飞，加上人事变化太大，召开校友会确实有很多困难。但是，正是在同样困难的条件下，55级始终突破重重艰难困苦，屡次进行全年级的联欢活动，这是绝对的了不起。我谨以中文系剩下不多的老教师的身份，以一半勉强算父辈（因为我毕竟是老师），另外一半是大哥哥（因为我的年龄不比大家大太多，更何况我确实爱大家有如爱自己的亲弟弟和妹妹）的身份向今天到会的全体同学致以热烈的祝贺！祝55级翱翔天上，祝大家幸福健康！

同学们可能没有意识到，54和55级是非常幸运和幸福的年级。幸运和幸福，首先是你们当时有很好的老师，如冯老（曾任无锡国专校长）、彭老（除了为大学问家外，同时坚持真理，有伽利略的伟大风格）、林焕平教授（老左联战士）、林志仪老师、沙少海老师、陈白曙（著名的儿童文学作家）、冯剑南（甦夫，他是中国翻译《尤金·奥尼金》第一人）等著名学者和文学家，当时都是大家的老师。这些老师的学术水平、专业造诣都很高，也许是以后某些大学的老师望尘莫及者。

其次，你们受到政治运动的干扰比较少，相对来说，在1955—1957年暑假间有一个非常安静的学习环境。你们至少认真学习了差不多两个学年，这是后来你们的师弟、师妹们所没有而且不敢想象的。回顾当年，令人不胜依依。真没有想到，一晃50年过去了。这又如何能不使人感慨万端！

再说我和大家的关系。你们入学时，一年级时我根本无法见到大家，可以说在中文系历届刚入学的同学中，我与55级的关系最淡。可是，谁又想得到，到了今天，我与55级的关系最亲密，感情最浓厚。这主要因为55级是最活跃的年级，组织严密，定期开展活动，还出版了可以互通消息的刊物，每期都由陈曾标同学寄给我。此外，还有一点，即当年系里的老教师，基本上都已经纷纷谢世，至今依然健在而且可以正常活动的老师，只剩下我一个人。唯其如此，我感到不管自己多忙，多么离不开南宁，必须回桂林来参加此次盛会。因为我代表的不仅是我个人，而且更是 1955—1959 年你们在校那四年里中文系的所有老师。我代表他们向大家祝福，祝福大家健康长寿，祝福大家 10 年以后再次欢聚，庆祝 55 级入学 60 周年！

我们大家都是毕生从事教育工作的老师，我们以此而自豪。我们每人也最有资格谈论教育的重要和教师工作的神圣。第 21 个教师节刚刚过去，缅怀先贤，我特别景仰古代中国和西方两位伟大的教育家和思想家：孔子和苏格拉底。孔子是所有中国人当中影响最大的人，全世界几乎无人不知。不但中国历史和文化受了他极大的影响，而且他还深深地影响了日本、朝鲜和越南等许多国家。和孔子一样，苏格拉底也是毕生“述而不作”，他是西方空前伟大的思想家和教育家。他从来就主张和实践了启发式教学，他绝不对人进行说教，而是在雅典市场上找人问问题，通过提问和被问者的回答，使对方获得知识，这就是启发式教学。还有，苏格拉底、柏拉图、亚里士多德三代师徒，都是西方文化上的巨人，可谓光芒万丈。不幸的是，苏格拉底最后被雅典法庭不公正地判了死刑，朋友设法帮助他逃走，他坚决拒绝，说尽管法庭的判决错误，可是整个审判程序完全合法，作为雅典的公民，他应该带头守法，接受判决，于是服毒后平静死去。缅怀东方和西方这两位伟大导师，我们愈加感到教师的光荣神圣，和教育工作的重要。

英国历史学家 H.G.威尔斯有句名言：“人类历史就是教育和灾难之间的竞争。”意思是说，教育比一切都更重要，任何国家如果不重视教育，灾难就必然来临。我诚挚希望大家继续重视教育，通过各种途径，继续为教育事业出力。

最后，祝大家健康长寿，祝 55 级更加团结战斗，一往直前。

贺祥麟

2005 年 9 月 14 日

又：我有个习惯，每隔一段时间给亲友们印刷长信一封，分别寄给全世界各地的亲友。现趁这次聚会机会，把最近的两封信印发给同学们，使大家了解我的近况。

17. 寄女儿照片

小岚：

我最近整理电脑中储存之照片，将你的童年和青年时之照片重新印了六张，随此信寄给你留念。睹影思人，想到了你当年一幕幕生活情况，无限依依！这些照片中，你每一张都照得十分可爱，令人喜爱，希望你珍藏之，永久纪念。

这封信信纸用的是中国传统直行书写之“八行纸”，古色古香，情趣盎然。

年底将到，我和你妈妈都在热切盼望你和大家的归来。此问

近好！

附照片六张（略）。

爸爸

2005 年 10 月 2 日

*18. 阳朔

“年轻人旅行，是一种教育；年长者旅行，是一种经验。”

——培根

一

“桂林山水甲天下，阳朔山水甲桂林。”随着时代的推移，事实愈益证明了这句话的正确性。

阳朔的兴坪，早已被公认为漓江沿途最美丽的风景点。然而还不止此。目前的阳朔又何止只是山水超过了桂林，更重要的是，作为全国著名的旅游胜地，阳朔在跨文化交际和中外文化交融方面，已经不仅超过了桂林，也超过了全国许许多多地方。以英语为媒介，阳朔已经建立了一个多元文化共存的“跨文化社会”，在全国的旅游地平线上，创造了一个令人叹为观止的“阳朔现象”。

在名震遐迩的阳朔西街，外国游客业已融入了当地社会，他们构成阳朔社会的一部分，绝大多数西街居民能够用英语与来自世界各地的“老外”进行交流。很多“老外”到了桂林，往往并不停留，而是背了行囊，直奔阳朔，在阳朔一住几个星期，整日徜徉于西街街，或者徘徊于漓江之滨，呼吸着漓江的清新空气，享受着西街的特殊文化和乐趣。有的人深深地“爱上了”阳朔，甚至在阳朔成家立业。如果和阳朔的两三万当地居民数目相比，阳朔的涉外婚姻比例就高得惊人：总共有几百对中外男女喜结连理。

“时代不同了，男女都一样”，梁山伯和祝英台、罗密欧和朱丽叶的悲剧没有了，代替的是一个又一个感人良深的喜剧。例如，一个瑞典小伙子爱上了阳朔姑娘小黎，小伙子的父母本来坚决不同意，可是当他们来到阳朔见到可爱的小黎时，父母二人当场“拍板”欣然同意；再如，有两个“同文同种”的英美姑娘争抢一位阳朔男性农民为丈夫。

阳朔是我的旧游之地，在阳朔我曾经留下自己许多的身影。多年以前，我曾陪伴20世纪英国诗歌界泰斗斯彭德在阳朔的街头漫步，也曾与当代罗马尼亚著名作家基利菲和杜陀朗二人在阳朔“风景道”上闲逛，还和日本的社会活动家和友好人士西园寺公一全家在阳朔的漓江水上漂流。像这样一些美好的往事，不胜枚举。

阳朔西街，令人神往。我曾经多次与友人坐在西街街旁的露天咖啡馆品茗，这种景象，乃使我一再回忆起我在美国波士顿的市场街街头漫游的种种情趣，和我在荷兰鹿特丹市露天饮食店潇洒自在地喝饮料的情景。

阳朔西街是浪漫的，浪漫到像梦一样美丽，像抒情诗一样充满诗情画意。但最使我永远不会忘记的，还是前不久我和我的一个学生、好友和"奇人"某君一同坐在阳朔西街一家茶馆谈天，听这位友人娓娓动听地叙述他大学毕业后四十多年来的奇异经历：他在自己的每个人生阶段都有明确的奋斗目标，不达到目的死不休。第一阶段，他要在学术上有所作为，他以优异成绩留校，从助教一直干到副教授，成为广西某高等学校优秀的外国文学教师。第二阶段，他要在中医方面有杰出成就。他的家庭本来就是中医世家，他拼命钻研中医的理论和实践，终于成了广西的著名中医，不但全区患了各种疑难杂症的病人来找他看病，而且中央一些部门的领导人也纷纷请他去北京治病。他为不远万里慕名而来的日本和美国的一些癌症患者治好了病，成为他们的救命恩人。第三阶段，他潜心研究佛学，为了学好佛学，他居然掌握了世界上最难学的古代印度语言梵语，可以用梵语背诵大悲咒，用梵语演说。他在佛教界享有崇高地位，已经正式拥有"法师"头衔了。海外寺庙和佛教界为他捐了巨额款项，他自己分文不取，全部转捐给我国寺庙。第四阶段，他除了继续行医和崇尚佛学外，还担任了法律界的顾问，把被冤枉的死刑犯从刀下救了出来。他毕生存心济世，为病人为贫苦人民服务，做出了杰出贡献。如此奇人奇事，本来就很不平常，而在这充满浪漫主义情趣的阳朔西街，听这位"奇人"讲述自己充满浪漫主义大无畏献身精神的故事，尤其使我心旷神怡，动人心旌，好不浑身舒畅也。

啊！阳朔，阳朔！你使我想起了英国19世纪伟大诗人拜伦的诗句：

> 它奇异，却又真实：因为真理往往奇异，
> 比小说还要奇异！
>
> ——拜伦《堂璜》

二

旅游学在旅游事业非常发达的今天，已经成为一门重要的科学。可是，像阳朔这样突出的跨文化现象，假若没有人研究，岂非太可惜了么？

感谢桂林工学院英语系田穗文和黄廷慧两位教授，为我们写出了《阳朔旅游跨文化研究》一书。她们二位在繁重的行政工作和教学任务下面，利用工作余暇，结合自己的专业（英语），对阳朔跨文化研究的方方面面，进行了深入细致和科学的调查研究，即将出版这部重要著作。我怀着十分钦敬的心情，拜读了这一部牵涉面广泛、内容深刻的著作，深感她们两位学者为我国旅游界的跨文化研究做出了很大的贡献。

本书涉及面广泛，调查研究和探讨问题均异常深入，确实是一部有关旅游跨文化

研究之杰作。全书首先以高屋建瓴姿态,鸟瞰了阳朔旅游开发、发展情况与前景,然后分别叙述阳朔旅游社会文化的变化、阳朔旅游文化特殊现象的成因,和阳朔社会语言现象的分析研究等。文章列举了许多典型事例,说明阳朔旅游文化的特点。这些具体事例,引起了我极大的兴趣,它们生动地说明了阳朔的旅游文化具有多么强大的生命力,令人振奋。打个可能是不太恰当的比喻,我阅读了书里的这些有趣事例,大有少年时阅读《镜花缘》的奇妙感觉,好像是到了一个全新的童话世界,充满浪漫主义情趣。譬如说,阳朔县有个小不点村庄,里面住了一位诨名叫"月亮妈妈"的农民老太太,她可以用7种外语给"老外"导游,这难道不是《镜花缘》里的奇闻吗?可以这样说,即使我在桂林住了四五十年,对阳朔也算熟悉,可是在瞬息万变的阳朔旅游文化中,我也成了《镜花缘》里的唐敖、多九公或者林之洋,漫游奇境,到处皆碰见"奇遇"。

由于本书的两位编者都长期从事外语专业,她们对语言特别敏感,能够捕捉到一般人体会或捕捉不到的语言细微现象,使读者受到更为深刻的教育和启发。例如阳朔西街商店的中英文名称,简直是一大奇观。从中文招牌来说,在这里你很难找到我国许多城市里商店所常用的庸俗名字,例如"帝豪酒家""泰隆饭店"之类。阳朔商店和饭馆的中文名称都具有高素质、高趣味,甚至非常幽默:例如"自游人餐厅"(Tira Café Too)、"无名咖啡厅"(No Name Coffee)、"红星特快"(Red Star)等。

还有一件事也必须提及,就是你在全国许多地方都看到翻译得狗屁不通的英文招牌,而在阳朔则压根儿没有。阳朔商店、咖啡馆的英文招牌都正确无误,趣味高雅。例如"Solo吧","Solo"在英文中指的是"单一"或者"独自",比如歌唱演员的"独唱"、飞行员脱离教练的"单飞",都叫"Solo"。现在这个酒吧间用"Solo"命名,以表示他们是只卖酒、不卖其他任何食品或饮料的酒吧,岂非精彩绝伦乎?

总之,《阳朔旅游跨文化研究》是一部值得阅读的好书,值得向读者郑重推荐。

三

在我作了上面絮絮不休的陈述后,剩下的问题只有一个了,那便是:如果咱们的整个"地球村"都能像阳朔的中外游客、中外居民和阳朔的旅游跨文化那样和睦相处、祥和自然、乳水交融,那么,世界上还会有战争吗?

我等待着您的回答。

贺祥麟

2005年10月8日

*19. 贺《拾趣》出版

陈氏葆珍者，奇女子也。自童稚之年，即勤奋好学，性格刚毅，长于文学。青年以后，命多乖舛，数十年逆境，始终驾顶风之船，逆流而上，不稍退缩。虽遍历艰辛，困苦不堪，而对生活之信心依然，久而弥坚。旋将夫携子，移居纽约，甘为"人梯"，在彼为苦役者凡二十载，终于供家人完成学业，使之功成名就，步入坦途。此时也，葆珍固已年届耳顺，但壮志不移，乃开始笔耕，夙夜匪懈，迄未稍辍。古有江郎梦笔生花，今有陈女无梦而笔自生花。葆珍于近数年中先后出版长篇、中篇小说三部，并完成旧体诗数百首，琳琅满目，美不胜收。在华人作家中崭露头角，不断攀登创作高峰。

夫诗人之最大乐趣，厥为写诗。生活中情趣无穷，俯拾皆是，落花水面，都成诗篇。葆珍近年来创作诗歌甚多，意境高雅，诗趣盎然，汇集成册，名曰《拾趣》。际此《拾趣》付梓之时，爰略书数语如上，为葆珍贺，为《拾趣》贺，为诗坛贺，更为华人文学界贺。

贺祥麟

2005 年 12 月 18 日

2006年

1. 贺《穆旦传》出版

伯良先生：

正住院时，在医院收到您惠赐之专著《穆旦传》，喜不自胜。于大喜中当天一口气读完，感谢您做了件大好事，撰写并出版了这部好书。

《穆旦传》材料翔实，内容深刻感人，文字生动活泼，忠实地记载了穆旦的一生，表现了诗人的伟大人格和出众才华，勾勒了中国诗坛20世纪一颗灿烂星辰的悲剧，催人泪下，引人同情，并且发人深省。

我只在叙永"布谷社"与穆旦共事半年多，但他却在我的心中留下永难磨灭的美好印象。他当时只二十多岁，穿一身蓝大褂，不仅才智过人，而且是个"美少年"。他是中国现代派诗歌的鼻祖，开一代诗风。这样的旷世奇才，后来，在南开大学受到小人迫害，遭遇如此凄苦。这是多么大的悲剧！缅怀故人，感慨无限，也依恋无限。

专著内容非常精彩，即使文字也非常典雅，绝无时下某些中青年人著作中之语病，十分难得。但由于有些具体情况您不理解，书中也出现了一些瑕疵，谨写于下，供您参考：1.第49页倒数第3行"她死在第二次"，应为"他死在第二次"。2.第53页第6行"只是一个班"，应为"只是一个年级"。因为，"班"通常指在一个教室上课的某系某个小集体，现在您指的是叙永分校整个一年级新生，应为"年级"。同页最后一段第一行"叙永分校这个大一班"，把"班"改为"年级"固然好，不改也勉强可以。因为"大一班"明显指全年级。3.第64页第4段第1行"西南联大和云南大学五万学生"，应为"五千学生"，当时西南联大只有两千多学生，云南大学学生比它少，二者相加，充其量只有四五千人。4.第76页第6行"美国志愿空军大队"，"空军"二字应删去。该队我很熟悉，其英文原名为 American Volunteer’s Group 简称为 A.V.G,其中无“空军”字样,虽然,它确实是“空军”。A.V.G 后来取消,改成“第 14 航空队”(The 14th Air Force)仍由陈纳德领导。只在这时,才正式改称“空军”。5.第 95 页第 7 行“高登将军号”,应为“戈登将军号”原文为 General Gordon,一向译为“戈登将军号”。“戈登将军”为历史人物,不能乱改译法。我 1947 年赴美留学及 1950 年回国,均乘坐此轮船,不会弄错。

以上意见不一定正确,仅供参考。再次祝贺《穆旦传》出版。顺颂
撰安!

贺祥麟

2006 年 2 月 8 日

*2. 住院生活

敬致诸亲好友:

自去年 8 月给亲友发信以后,由于事情太多,工作太忙,一直没写信给大家,心中甚为不安。前天我住进医院,有了空闲时间,于是现在乃给诸位写这封信。

近来深感身体大不如前,1 月 25 日我与全家同去桂林,只要稍微一动,就气喘如牛,上楼时气喘吁吁,胸闷异常,头部晕眩,我怀疑自己患了肺气肿症,一返回南宁便来医院检查。医生说不是肺气肿,因为肺气肿患者不论是否走动,都要气喘,而我只是在行动时才喘,就排除了肺气肿。医生要我立刻住院检查,我只能奉命唯谨,当时便住进医院。经过两天来的初步检查,医生认为毛病出在心脏和肺。昨天我检查自己的肺功能,医生要我吹熄电脑上面的五根电蜡烛。去年我一口气吹熄了四根,受到医生表扬。今年不行了,只能吹熄两根,或最多三根。前后两次相比,完全不可同日而语。

事物总是一分为二的,我的身体还有令人鼓舞的一面:前天住了院,我只吸了两个钟头的氧气,就感到马上不同,简直像是恢复了“青春”一样。再举一个例子,前几天我在家里收到香港一位友人邮寄来之信,要我马上赶写一篇文章,我上午 10 点收到信,中午 12 点零 9 分即完成了稿子,并当即把它用电子邮件发往香港和南宁两处友人(南宁友人对我的稿子十分满意),中间还接了五次电话,效率可谓高矣。由此可见,鄙人虽然有病,身体尚勉强可以。感谢“上苍”,给了我一个比较健康的身体,使我在耄耋之年,依然头脑清醒,反应迅速,工作效率甚高。医院生活,枯燥乏味,乏善可陈。最使我遗憾者,为这里的所谓“病人营养食堂”,办得不好,伙食没有味道。

所幸我的外甥女小文(我表妹之女儿)不远千里由河南来照顾我,每天不但替我做可口的饭菜并亲自送来医院,而且还为我处理各项杂务,例如发信、购买东西,回家打开我的电子邮件,印刷了送来给我看,等等。此外,这里的医生和护士,水平都比较高,而工作态度尤佳。他们工作认真负责,每次见我,都向我嘘寒问暖,像亲人一样,使病人有"宾至如归"之感。设备更不用说,是第一流的。

同一病区中,有几个熟人:一位是99岁的老人,身体依然大体健康;另一位年近90,多年来常住医院,"以院为家",一年365天都住在医院,几年以前我在医院见过他,如今再次相见,他的身体已大不如前,但仍然可以在走廊上散步。最后一位最差,现年88岁,三年前业已完全不认识人,连自己老伴和儿女也不认识,可谓彻底的"老年痴呆"。奇怪的是,他的食欲至今很好,饭量很大,每餐可以吃一海碗米饭。他住在我隔壁,我两次去探视他,他每次都像木偶一样躺在床上,表情钝滞,面色痴呆,看了他使我心酸。今日的他与当年在职时的叱咤风云相比,完全对不上号。在此情况下,他的家人也很少来探望他,家人为他请了一个"全日制"的护工,每月工资800元,负责病人的一切事务。这护工自得其乐,天天享受这个"五星级病房"之种种高级待遇,观看被称为"小电影"的巨大电视,使用不用开关全靠感应自动出温水的脸盆洗手,洗桑拿浴,等等。令我惊异和佩服的是,这位病人尽管已经完全痴呆,依靠护工喂饭,居然照样食欲强大,可以咀嚼、吞咽食物和消化,人类某些本能的强大,可以想见矣。

在医院里,我收到了外甥女为我从家里带来的一封来自浙江的信。发信人我不认识,他前年出版了一册《穆旦传》,里面引用了我的文章,因此乃赠送我该书一册。读了此书,我感慨无限。

穆旦(金庸的哥哥)是我国现代派诗歌的先行者、"九叶派"诗歌的领袖,是我国20世纪成就最大的诗人。他热爱祖国和人民,50年代初期偕夫人周与良专门由美国回来投奔祖国,但后来在南开大学却被小人陷害,被错定为"历史反革命",于是被贬入资料室做资料员。他大半生坎坷,直至死后才获得平反。穆旦才气横溢,开一代诗风,不仅诗歌高妙,而且精通英文和俄文,他在被错戴了政治帽子、职务撤销、工资减成微不足道的"生活费"、生活困难、精神受到极大压力的情况下,白天在资料室工作,晚上坚持翻译,终于翻译出版了拜伦的长诗巨著《堂璜》和不少俄文诗歌,为我国翻译文学做出了杰出贡献。我于1941年和他同在西南联大叙永分校参加了"布谷社",对他印象极为深刻和美好。缅怀故人,不胜依依。拉杂写了这些,余下次再谈。顺颂

大安!

祥麟

2006年2月8日

3. 住院生活杂谈

敬致诸亲好友：

我自2月6日住院以来，瞬已20日矣。对于这20天的医院生活，我自己颇有一些体会，拉杂向亲友们报告如下。首先一个体会，是病人在医院没有行动自由。我刚入院时，医生完全不许我上街或回家，使我感到自己有些像囚徒那样，失去了自由。此时也，我觉得匈牙利诗人裴多菲的那首著名诗歌必须改写才行，于是我灵感来了，当即把它改成下列诗句：

爱情诚可贵，
自由价更高。
若为治病事，
二者皆可抛。

其实，病人和囚徒相似之处还远不止此。有的病人需要开刀，而医生做手术为患者开刀所用的口号与我国"严厉打击刑事犯"的口号完全一样，都是下面这三个字："稳准狠！"不论是病人或者犯人，听到了这个"狠"字，能不心惊肉跳！

监狱里有规定，犯人表现好者可以给予一些优待，例如可以准许回家一次等等，我在医院后来也享受到这样的待遇。有一天，某高等学校老师来邀请我去该校讲课，我说不行，医院严格规定，不许病人外出。友人说，"这事情很重要，我找医生谈谈，看看能否通融一下，放您一马"。真没有想到，友人神通广大，竟然获得了医生的"半恩准"。医生说："按规定病人是不能出去的，可是如果真有事情需要外出，我们可以装不知道。"于是我就在医生"装不知道"的情况下，大摇大摆、堂而皇之地去某校讲了一堂课。教室座位爆满，还有同学站着听，我一口气超时讲了许多分钟，受到听众好评。

不少国家的法院里讲究"前例"，只要有先例，以后判决都可以援例照办。我外出有了讲课的先例，以后再外出，便容易了。这几天我以各种理由，先后回家两次，和外甥女一同去饭馆吃饭两次，还应邀去参加了一回宴会。好在我身体日渐康复，自我感觉良好，走路已不喘气，外出活动游刃有余，毫不困难。

这次住院，另外还有一个"副产品"收获。多年以来，我因工作忙，很少看电视。此次住院以后,时间多了,乃开始看电视。真没想到电视里还有那么多精彩节目,益智清神,教育意义大矣哉。我看过一个有关成思危(我国著名学者、全国人大常委会副委员长、中国民主建国会中央主席)的详细报道,才知道成思危原来是我熟知的我国著名报人成舍我的公子,成舍我后来去了台湾,成思危则放弃当时在香港的舒适生活,没有与父母姊妹商量,就独自一人回到内地,报效祖国。这以后由于家庭出身等问题,他也吃过一些苦,下过乡,当过锅炉工,后来在大学学习化学,有很大成就。改革开放以后他有机会去美国深造,居然毅然放弃了自己已经有很大成就的化学专业,"四十岁学吹鼓手",而开始学习企业管理。他的英语水平不够,在极端困难的情况下,发愤图强,克服困难,拼命读书,终于以优异成绩取得硕士学位,回国后成为我国杰出的经济学家,对我国改革开放做出了重大贡献。成思危是我国优秀知识分子的典型和榜样,值得大家学习。

靠了我外甥女的帮助,我在医院还可以收到外甥女代我在家里接收的电子邮件,基本上每天都有远方朋友的来信。最使我意料不到者,是日前竟突然接到美国一位白种人教授(我的老友)的公子发来的电子邮件。20 世纪 80 年代时我在美国任教,这位公子当时还是十二三岁的少年,乳臭未干,后来我回国来,他到北京学习中文,由于他刻苦自励,努力求学,加上天分聪明,普通话讲得十分流利。事隔多年,他突然发了一封电子邮件给我,居然是用中文写的,文字流畅,大体正确。

一个美国青年,在中国学习中文两年,就能达到如此水平,应属很不错矣。近日我在医院,还收到外甥女小文转来一些友人的书和信,例如今天我即收到李广田先生之女公子(北师大中文系教授)寄来她刚出版的李广田传《岁月、命运、人》,内容甚为精彩。李广田先生为我国著名文学家,1941 年我在西南联大叙永分校学习时,参加了进步文学团体"布谷社"。李先生为当时"布谷社"的导师,每次开会时我都能聆听先生的教诲。此信已写得够长,就此作罢。顺颂

大安!

祥麟

2006 年 2 月 26 日

4. 致《南宁晚报》

《南宁晚报》总编辑同志：

贵报今天即 2006 年 5 月 16 日第 10 版有一则新闻，标题是“百旬老妇成为英国最年长司机”，我看到这标题不胜惊诧。因为，我国古文一向对“旬”的解释是：“十天为一旬”，或“十岁为一旬”。例如白居易诗《喜入新年自咏》云：“白发如五朝臣，又值新正第七旬。”这里的“第七旬”，指的就是第七个十年。汉语中从来没有把一年说成是“一旬”的。贵报标题“百旬老妇”，如果按字面解释就是“一千岁老妇”，哪里有一千岁的老人？

这样的错误很不好，希望贵报编辑今后认真学习古典文学和古汉语，总编辑也应该严格把关，不要再出现类似语文的错误。此致

敬礼！

贺祥麟

2006 年 5 月 16 日

*5.“统考”：我当年的高考

敬致诸亲好友：

我国高等学校招生考试已经成为全世界一大奇观，叫作“千军万马抢过独木桥”。拿今年(2006 年)说，高中毕业生一共 950 万人，组成浩浩荡荡队伍，冲锋陷阵，争取跳上大学的“龙门”。家长比孩子还要辛苦和卖力，他们纷纷成立“啦啦队”、“后勤队”、甚至“督战队”，为孩子保驾护航，运筹帷幄，决胜千里。如果以传说的 90% 的父母参加了“啦啦队”、“后勤队”和“督战队”计算，则家长参战的队伍也有一两千万人。真是懿欤盛哉，令人叹为观止。

这使我想起抗日战争时候我自己在大后方参加过的两次高考，当时叫作“全国高

等院校统一招生考试”,简称“统考”。参加考试的只区区几万人,根本无法和今日的高考规模相比。

1939 年 7 月,大后方举行第一次高校统一招生,鄙人躬逢其盛,虽然自己中学尚未毕业(刚读完高中二年级),然而按规定可以以“同等学力”资格参加报名和考试。当时我是“战区学生”(即家乡被日本侵略者占领的“沦陷区”学生),流亡在四川,远离父母,全部考试都是拉胡琴“自顾自”(“自顾自”是拉胡琴之音乐声,同时又表示自己管自己),不但没有家长照顾,而且整个过程包括选择报考学校和专业都是自己决定,父母无法过问。

考试的时候,我遇到一大难题,就是当时的教育部规定,考生所有课程不得有零分,任何人只要有一门功课为零分,不管总分多高,都不能被录取。我的数学成绩极差,在中学时基本上年年不及格,参加高考,自己数学零分的可能性很大。为了“救亡图存”,我的“战略方针”是考数学时,无论如何也要在卷子上写几个 XYZ 应付。心想但愿“菩萨保佑”,只要数学阅卷老师有一点慈悲之心,哪怕只给我一分,我就有办法了,可以靠总分高来帮忙。放榜之日,重庆《新民报》刊登了所有被录取者的名单,我居然“金榜题名”,考上了四川大学外文系。

正是那一年,四川大学为了躲避日本飞机轰炸,由成都搬迁到峨眉,我就在峨眉山山麓最大的寺庙“伏虎寺”开始了自己的大学生活。川大外文系当时师资很强,首席教授为朝鲜大师级的学者金尤史先生,外文系师生都对他顶礼膜拜,把他奉若神明。另外还有我国著名学者罗念生、周煦良、饶孟侃、卞之琳、刘盛亚等先生,都是全国赫赫有名之人物。

但是,使我万分失望的是,当时的川大是整个国统区反动统治最严密、最黑暗的学校之一,校长程天放是国民党 CC 派头子,在川大实行法西斯统治,疯狂迫害进步学生,使我无法忍受。我乃下决心离开该校,牺牲一年学历,于 1940 年重新参加“统考”,报考西南联大。

尽管西南联大是全国顶尖大学,报考时我也只复习了半个月功课。发榜以前,川大同学朋友开玩笑地预言我一定能考取。他们把英国著名的儿歌“Twinkle, twinkle little star, /How I wonder what you are”改编成中文“统考,统考,西南联大”唱给我听,使我非常不好意思。孰料等到放榜之日,果然是“统考,统考,西南联大”,我居然考上了联大外文系。

亲友们可能会问我,“你何以如此容易,两次考取大学?”我的答复是:我在中学时成绩仅是中上,这当然不能保证我顺利考上名牌大学,但是我有一个特点,即作文好。

就连我自己当时都不知道,作文好成了我考大学“战无不胜,攻无不克”的锐利武器。

首先,当时高考,国文(即语文)和英文两门主课都要考作文,作文占各该科分数的一半,这样,中文和英文作文好,便占了很大的便宜,可以取得高分。然而还不止此,其他文科所有学科考试题目绝大多数都是问答题,可以说是“小作文”,这我又占了大便宜。不管什么课程考试,我的写作能力强都能发挥很大的优势。我答题知道如何抓住重点,如何叙述有条理,如何论点突出、论据充实,如何语言生动活泼等,这样我的分数就可能比该学科和我同样水平的学生分数高得多。“秘诀”就是这样,这个“秘诀”我认为即使今天依然照常灵验。我诚挚希望今天的青少年必须把语文和英语学好,原因即在于此,因为语文和英语是一切学科的基础。

考取西南联大不难,离开川大却大不易。何以故?因为川大的法西斯统治控制学生的思想行动异常严密。川大的法西斯统治可以用“暗无天日”四个字来形容。试想西南联大是当时大后方高等学校中著名的“民主堡垒”,在川大校方看来,一个学生,甘愿牺牲一年学业,前往“民主堡垒”读书,“思想必然有问题”。

就在1940年暑假,也就是那年高考录取放榜前不久,我的一位在川大经济系一年级读书的朋友李昆年任何党派也不是,仅仅因为思想进步,不满国民党统治,平常讲话发了一些牢骚,竟然被川大的国民党特务跟踪。李发觉后,赶忙出走,逃往四川乐山,躲在武汉大学一年级学生宿舍。当天半夜被特务抓住,用绳子勒死,把尸体悬挂在乐山的城墙上示众。事后我们一些同学以“四川大学冀鲁豫同乡会”(李昆年是山东人,算是我们的大同乡)的名义向川大校方抗议,要求学校彻查此案。校长程天放乃派了一个军事教官虚与委蛇,应付了一下,调查结果竟说是“情杀案”,不了了之。

根据这些情况,我认为我离开川大受特务迫害的可能不是没有。如何是好?乃与友人商量,认为最佳方案不是偷偷逃跑(因为我绝对逃不了特务的注意和追踪),而是反其道而行之,找个借口,大摇大摆公开离开峨眉山去乐山,然后转去西南联大。我想起自己有痔疮,乃写了一个“呈文”给校长程天放,说我是战区学生,经济困难,需要去乐山做痔疮手术,请求学校补助医疗费。结果在校医检查以后,我居然领到了20元法币的医疗补助费,以治病名义与另外一个姓杨的河南同学一同去乐山。

峨眉距离乐山100华里,我们步行了一整天,傍晚刚刚过了大渡河,在河岸沙滩上就遇到一个穿绿色军服而没有任何领章、帽徽、符号(“符号”即国民党军队士兵的布质胸章,上面写有佩戴者的姓名、部队单位和军衔)或者其他标志的人来问我们从哪里来,我还没有想到危险,就说我们从峨眉来。同乡杨君警惕性极高,马上意识到此人“来者不善”,赶快补充了一句说:“我们是由西康省雅安经过峨眉来的。”那人望了望我们，没有再说什么。离开那人后，我与杨君紧张极了，感到有可能已经被特务盯梢。于是一到乐山城内，二人立刻选了个“大旅馆”四川旅行社旅馆住，把行李放入房间，两人立即分别逃亡，各自住在武汉大学的两个不同地方。我住在我堂兄玉麟的宿舍内。那整个夜晚，“风声鹤唳，草木皆兵”，我根本无法入睡。次日一早，我与杨君一同雇了个小舢板，顺岷江而下，到达宜宾，总算逃脱了“特务追踪”，兴高采烈去圆我们的“统考，统考，西南联大”之梦。

上述这些往事，历历如绘，如在昨日，不料65年已经过去，抚今思昔，感慨万千。今天，也许有人会问我今日的高考与当年的“统考”相比，二者有何异同。我说，时代大大变了，二者根本不同，很难相比。例如，当年“统考”国统区每年录取人数不过两万人，而今年我们的高考预计录取人数为250万，二者如何相比！再如，现在高考阅卷，许多学科都用电脑阅读选择题卷子，快捷异常，我们那时的“统考”基本上都是问答题，依靠人力慢慢阅卷。再从反面比较，例如以考试舞弊而论，当年考试舞弊方式非常原始，最多只是考生个人密密麻麻地写上蝇头小字的“夹带”，偷偷拿出来看，如果被监考人员抓住，就当场撕毁卷子，作弊者的应考资格立即被取消。而现高考作弊已经完全“现代化”，通过电子科技传递、里外勾结合作，这些是我们当年压根儿不敢想象者。至于考试前夕有人泄露试题，几百个考生被卷入舞弊案，对于我们当年的学生来说，更是天方夜谭，不可思议。清朝的时候，考官舞弊，按照《大清律》，最重者要判腰斩罪，比杀头还要厉害。这种野蛮刑罚，当然错误。但另外一方面，我们今天对考官舞弊的处分是否又太轻了一些？我完全没有把握，仅仅是提出问题而已。

根据新闻报道，今年高考预计录取人数为250万，这个数字大得吓人，但依然远远不能满足需要。只有四分之一之考生可以被录取。我无法安慰这些青年男女考生们，只有说句不科学、不负责任、有点“荒诞派”味道的话：祝每个考生都能金榜题名，一跃而登上龙门！

祥麟

2006年6月17日

6.《雁过留声》序

陈葆珍女士是我半个世纪以上的挚友，也是我的一切友人中最有个性特色、也最具传奇性的“奇人”。几十年来，她在难以想象的艰苦环境中，以自己超人的坚强意志，逆风千里，顶风前进，战台风，斗恶浪，克服了种种困难，终于取得了胜利，成为人中之佼佼者。她在大学读书时，我忝为她的老师，深知她热爱祖国，壮志凌云，品学兼优，聪颖而且勤奋，是一个前途无量的青年。可是后来“命运”捉弄了她，由于当时社会上极“左”思潮流行，她在学校受到了一系列不公正的待遇。她家庭在海外，于是她就被认为是“资产阶级小姐”。她好学深思，被认为是走“白专道路”，受到了批判。当时她坐在同班同学中间接受批判，成了“中央委员”(用她自己的话说)。反右运动时，她所在学校的中文系决定划她为右派，不料由于她在同学中威信极高，全班同学在投票时候，都坚决反对，乃使她奇迹一样获救。以后，她在农村劳动，因怀了孕而劳动过重过累，身罹重病，九死一生，与死神几次擦肩而过。在新的工作岗位上，她又受到各种歧视，苦难之大之多，难以备述。可是，就是在如此难以忍受的逆境中，葆珍女士逆水行舟，奋力前进，她始终热爱社会主义祖国，始终保持高度的敬业精神，出色地完成了自己所担任的各项任务。改革开放以后，她奉侨居美国的父亲之命，举家定居美国，又甘为人梯，以超人的毅力，在纽约夙夜匪懈，整整做了20年的苦工，承受了“地狱”般的考验，工作中一只手指被机器切断，最后终于用自己多年苦役的所得，供她的丈夫和孩子都获得硕士学位，使他们个个都找到了很好的职业。这以后她才重操旧业，拿起尘封了20年的笔，开始文学创作。仅仅在几年里，她就像当年梦笔生花的江郎一样，文思如云，灵感似潮，出版了一部又一部小说、诗歌和散文，成为知名的华人作家。葆珍传奇样的生活经历，雄辩滔滔地说明了我国一句古话，即“有志者事竟成”。葆珍是有志者，她必然可以成功！

现在，葆珍的又一部著作《雁过留声》即将出版。在这部新作里，作者搜集了自己近年来的一些散文作品，含“中国篇”和“美国篇”两部分，分别记录了葆珍女士最近几年的心灵历程。葆珍的散文，不像长江大河，汹涌澎湃，浩浩荡荡，一泻千里，而是潺潺小溪，汩汩地流。它原本是精心制作的散文精品，但是乍读起来，却像是漫不经心的文学随笔。葆珍女士有时低吟，有时高唱，信笔写来，都成文章。她对生活体验深刻，观察敏锐,文字清新活泼。她的文章,不仅思想深沉,感情真挚,而且知识性也很强。例如在“美国篇”内,充满异国风情,读了使人眼界开阔,启迪智慧,可以益智,可以清神,可以怡情,还可以发人深思。书名叫《雁过留声》,我的理解是:从中文成语的角度看,表示作者要像鸿雁那样,飞过后为人们留下点声音,以为纪念;从英文的角度看,中文的“雁”实际上在英文就是天鹅(swan);西方传说里认为天鹅善于唱歌,它总要在最后为世界唱一首美丽的“天鹅之歌”(swan song)。在我的眼里,葆珍女士虽然年逾七旬,可是她宝刀不老,创作青春常在,依然和当年一样,是一只随时能够引吭高歌、唱出美丽歌曲的白天鹅。《雁过留声》是散文集,也是一首首精彩“歌曲”的集锦。此刻,我们的白天鹅正在为我们抒徐缓唱,歌声悠扬悦耳,动人心弦,啊,你听,你听!

余今年痴长85岁,而发苍苍,而视茫茫,而齿牙脱落,健康状况大不如前矣。此次来巴蜀参加一学术会议,在舍妹家中借用电脑匆匆打字草此序言如上,如有错误不当之处,尚祈方家和读者诸君不吝指教匡正。是为序。

贺祥麟

2006年9月19日于四川成都旅次

*7. 回顾与前瞻

——热烈祝贺广西师范大学出版社成立20周年

一

光阴似水,时间如流,转眼之间,广西师大出版社诞生已20年。回顾20年来它走过的光辉和不平凡的历程,以及出版社所取得的巨大成就,我感到心胸鼓荡,激情若泉涌,豪迈之情,油然而生。

往事历历如绘:记得1985年8月下旬有一天,我和后来担任我社第一任社长的党玉敏同志奉师大校领导之命,行色匆匆,由桂林乘飞机赶往南宁,去向自治区党委宣传部申请成立出版社。此事本来我们以前也向有关部门谈过,但是最后没有确定。此次要“一锤定音”,自己实在毫无把握。次日一早,我们与宣传部办公室同志打电话,说我们有事想找领导汇报。不料,领导同志说,他来宾馆探望我们。上午9点,他果然如约驾到,一见面就问我们因何事要找他。我说,为我校出版社成立,请他玉成其事。我再也没有想到，这位同志竟如此果断而有魄力，立即当场同意了我们。更想不到的是，随他而来的秘书同志拿出中央文件来说，不行，上级指示目前一般不再成立出版社，此事只能暂缓办理。秘书的这句话不啻当头一棒，打在我的脑门上，直打得我头昏眼花，不知如何是好。不料部长同志办事非常干脆利落，对秘书说，文件最后有一句话说“个别”单位可以例外，广西是少数民族地区，急需成立出版社，广西师大就是文件里说的“个别”单位，可以破例成立出版社。他要我们立即写报告，由他批了上报中央。听了这句话，我这个“天生的浪漫主义者”简直心花怒放、喜极欲狂，再也控制不住自己，忍不住对秘书同志（他是我师大中文系的学生）开玩笑说：“小 M 呀，你要帮忙办成这件事，我一定为你立一个纪念碑！”弄得这位年轻人满面通红，不好意思。就这样，我们“初战告捷”，打好了出版社成立的第一仗。

我们的申请成立工作，用的是接力赛的办法。第一阶段（请区党委宣传部批准）由我负责；第二阶段（请中央有关单位部批准）则改由我校著名教育家、“左联”老战士林焕平教授等人负责。于是，我就把接力棒交给林教授等同志。林教授等人碰到了不少困难，例如，有的兄弟院校也加入竞赛队伍，与我校竞争。幸运的是，林教授老当益壮，他以 75 岁高龄前往北京，在竞技场的“马拉松”竞赛中遥遥领先，终于取得胜利——中央有关单位最后批准了广西师大成立出版社。

二

根据这个古代风俗，男子满 20 要为他举行冠礼，叫作“年已弱冠”，表示他业已成人。按照此说，广西师大出版社现在已经长大成人，是一个年轻英俊、虎虎有生气的小伙子。回顾它这 20 年走过的道路，从草创时期的人员不足、缺少经验、缺乏资金、步履维艰，到今天它已经长成为全国出版社、特别是全国大学出版社中之佼佼者，真使人无比欣慰。回忆我社草创之时，缺钱少人，仅仅凭着从我校各院系借来的区区 26 万元，便开张了，同人们就依靠这微不足道的一点点钱，开始“打天下”，大家迅速围绕市场，开发出对路产品，打开了局面。只一年之内，出版社就还清了所有借款。五年时间又奇迹般地实现了年发行码洋 5000 万元。有了这个基础，出版社就像滚雪球一样，不断壮大自己，到了 2002 年，我社已经实现了年销售总值多达 5 个亿的“十五”发展目标。与此同时，出版社还在北京、上海、广州、南京和桂林等地成立了自己的下属公司，开发各种有关业务。到现在，广西师大出版社的集团化格局已初步形成，当年“小不点”的师大出版社，如今成了集团化的庞然大物，成了令人肃然起敬的“巨人”，并由此产生非常好的社会效益和经济效益。例如，仅以近年来出版的珍贵典籍而言，举凡明、清两朝的宫廷档案和上谕、中华民国史史料、日本侵华罪证档案、满铁密档、西域考古图记等一系列大型典籍都出版了。这些学术性很高的成套典籍，赢得了国内外学术界的一片赞扬。每次我在社里看到这些印刷精美、装潢典雅、规模宏大的珍贵典籍，自己都情不自禁地感到，广西师大出版社确实为保存和发扬中国文化做出了杰出贡献。

说到这里，我愿再从另外一个角度谈谈自己的感触：这些年来，我在国内各种学术会议上与许多兄弟院校学者见面，甚至在火车上与某些知识分子陌生旅客萍水相逢，只要一提起广西师大出版社，对方无不交口赞誉，说这个出版社了不起，出了许许多多精彩书籍，有的人甚至说，他是师大出版社的忠实读者，对我社的信任已达到这一程度，即“只要是广西师大出版社出版的书籍，我就无条件相信它是好书”。还有的人可以历历如数家珍地列出我社出版的好书书名，这真应验了我国古人说的“桃李无言，下自成蹊”。广西师大出版社同人们都脚踏实地、默默无闻地用自己的实际行动为我社树立了无字丰碑，成绩之巨大，令人惊叹！

在此欢庆我社社庆20周年的喜庆日子里，我不能不提及一件令人悲从中来的事情：出版社成立至今，已经有三位领导同志不幸作古，他们是我社顾问、“建社元勋”著名教育家和文艺理论家、“左联”老战士林焕平教授，我社第一任社长党玉敏同志，以及副社长花放同志，他们都为广西师大出版社的成立和发展建立了不朽的功勋，他们的功绩已载入社史，我们将永远怀念他们。

广西师大出版社成立的20年，是光荣的20年，是值得我们为之祝贺的20年。欢庆我社20周年的大喜日子里，我们不应该忘记古人的另外的一句话：“行百里者半九十。”我们已经取得的成就，比起党和人民对我们的要求来说，还有很大的差距，更何况今天我国出版界正是千帆竞赛，而且，有如逆水行舟，不进则退。同人们任重道远，必须以更大的努力，加强使命感和责任感，不断提高自己，拼命工作，以争取更大的成绩。广西师大出版社应该也一定能够发扬自己的优良传统，继续大步前进，完成党和人民所赋予我们的光荣使命。一言以蔽之，曰：广西师大出版社前途无量，有厚望焉！

2006年10月13日于邕江之滨

8. 致河南博爱县政协的感谢信

廷满主任大鉴：

此次我返回故乡，多承孙主席、牛主席关怀和您的热情接待，使我度过一个十分难得的故乡之行，衷心欢快，莫可名状。故乡水好，故乡人亲，给我的鼓舞很大。这些年来我曾多次返乡，深感博爱县各方面的进步非常之大，令人欢欣异常。尽管我离开家乡已60余年，但自己这一颗“博爱心”依然一直活泼跳动，永远以自己为河南人、博爱人而自豪。多年以来，无论在国内或国外，我都认认真真做人、兢兢业业工作，决不给故乡博爱县丢人。同时，不论在哪里，自己都一心向往故乡，不忘记故乡的父老兄弟、诸姑姐妹在我童年时候对自己的养育之恩。商朝是我国的古代王朝，河南是中华民族的摇篮和发祥地，所有炎黄子孙都应该饮水思源，永远不忘自己的“根”。你们在故乡工作，背负了博爱县全体人民的托付，殚精竭虑，倍极辛劳，把故乡建设得花团锦簇，功劳很大。正因为如此，这些年来，我一直称孙主席为“父母官”，就是有感于你们在故乡的功绩和辛劳，从内心深处表达一个远在异乡的游子对故乡的眷恋和对故乡“公仆”的由衷感谢。

此次返乡，尽管来去匆匆，时间很短，但无论在博爱县城街上或在宾馆，都看到博爱县的巨大进步。您始终全程陪伴我们，对我的接待极为周到，到了“无懈可击”的地步，使我不胜感谢。司机王师傅尽忠职守，为人忠厚，有若一块朴玉，工作一丝不苟，给我以深刻印象。

谨再次感谢孙主席、牛主席对我的关怀和您对我的无微不至的接待。为了表示自己对博爱县政协的感谢，谨将我的一部拙作（文集）另函邮寄给您，请费心代转交县政协。顺颂

大安！

贺祥麟

2006年11月9日

9. 谈公德心

葆珍：

谢谢您发来之你们夫妇与子女的照片和诗文。你们全家现在是走上了幸福大道，大放光明！《三步一回首》写得很好，充满激情。《番邦》是警世之作，我非常有同感。

多年来我都认为我们的国民素质，特别是公德心比一些先进国家的公民差得很远，令人浩叹。荷兰前驻广州总领事是我的朋友，他对我说过，说有一次在广州街上一个骑三轮车运载水果的中国人，三轮车倒地，水果满地皆是，只有总领事一个人出来帮助三轮车车主的，其他所有中国同胞没有人理，这使我感慨万千。鲁迅一辈子哀叹我国国民性之堕落，好像这些年来改善不多，实在可悲。余秋雨最近说过中国从古代以来从来没有强调过注重公德，而只谈忠君爱国，爱国当然绝对正确，但是人民没有公德心，也十分可悲。我刚刚完成了一篇十几大页的长文，利用空余时间，草草回复您这封信如上。

祥麟

2006 年 11 月 18 日

2007 年

*1. 女研究生贿赂香港教授案的启示

敬致诸亲好友：

前几个月，香港发生了一件内地女研究生贿赂教授的案件，非常值得我们注意。

事情的经过大致如此：2006 年 9 月，武汉一位年仅 25 岁的女学生陈某进入香港城市大学数学系攻读博士学位。12 月 16 日该系即将举行一门难度很大的课程“应用分析选论”的考试。陈某从小以来学习成绩一向优秀，这次考试如果失败，不仅“面子”难看，更重要的是她将失去每月大约 12000 元港币的奖学金，于是她决定用 10000 元港币来贿赂老师。

这门课程的老师戴晖辉副教授出生于内地，1984 年在浙江大学毕业后，去英国和加拿大等国留学，1995 年在香港城市大学任教。陈某首先于 12 月初在戴老师的办室的信箱内放了一个信封，里面装了港币现款 10000 元，然后又给戴老师写了一封匿名电子邮件，自称是戴的学生，希望获得这次期终考试的题目和答案，送上的 10000 元是为了表示对老师的感谢。之后，她又接连发出两封匿名电子邮件，催促老师迅速将题目和答案通过电子邮件给她。

戴老师于收到钱和电子邮件后，立刻与系主任商量，然后向校领导汇报，校长决定马上向香港廉政公署举报。廉政公署要求戴老师配合，约好时间和地点与行贿者见面。戴老师于 12 月 13 日中午准时到达了星巴克咖啡馆，身上装了录音机，与对方见面。据戴老师说：“到最后一刻才知道行贿者是谁。”最后的结果是陈某被判立即入狱 6 个月，10000 元贿赂款被充公。

事情就是这样。内地群众对此事反应不一，有人认为戴老师太没有“人情味”，不给学生留一点余地,把陈某的整个前途给毁了;有人认为香港对陈某处理过于严厉,应该宽松一些,等等。我无法同意这些意见,我以为在这个问题上,戴老师做的完全正确,香港的处理也非常对,依法办事。错的只有一个人,就是行贿者本人。她利令智昏,触犯刑律,受到的刑罚公平合理,没有话说。

这里有一个最根本的问题,就是:法治问题。我们究竟要不要维护法律尊严,要不要真正的、不折不扣的法治?我国从古以来,就强调"天理、国法、人情"三者并重,这当然不能说完全错了,可是,把"理、法、情"三者放在一起相提并论,必然会给法律打折扣,损坏了法律的尊严。"天理"和"人情"可以考虑,但必须首先强调法律,依法办事。只有在丝毫不损害法律的情况下,才能次要地适当考虑天理和人情。

过去国民党政府办事就有一套完全不顾法律的"灵活"做法,实际上成了只是按照领导意图随机应变的"变戏法"。他们有一句成语,只要变换一下句子次序,处理就完全不同。例如,对一个触犯刑律或者犯了错误的下级,批文说"事出有因,查无实据",这个人就可以完全不受任何处分,因为"查无实据"嘛!可是如果把句子倒了过来,写成"查无实据,事出有因",就可以根据"事出有因"来处理这个人。因为虽然"查无实据",但究竟是"事出有因"呀,你能不办他吗?这就叫"随心所欲",活活气死你。我们今天有的法院办案,由于强调所谓"民愤极大",就可以离开法律,从严判刑,也是同样错误的做法。

且听听检举人戴老师的意见,他说:"我第一时间向学校汇报,一分钟也没有犹豫。匿名送钱和用匿名电邮索要试题和答案,在香港已构成犯罪事实。若认同这一前提,我所做的,就再正常不过了。"他还说:"作为公民,举报犯罪是责任。作为老师,'传道授业解惑'是职责,但老师没有处理犯罪的权力,那是执法者的责任。老师怎可以代执法者私下处理一件犯罪行为?退一万步讲,送钱和电邮都是匿名,老师不知找谁,男或女,也不确认是否真是学生。而私下处理在香港也是一件犯罪行为。依照某些人的观点,我应该去犯罪来掩盖另一罪行,就因为犯罪者是个匿名学生?纵容犯罪,会对法律制度造成极大破坏,结果是全社会受伤害。"戴老师还说:"我也不愿意看到学生入狱,但她已是成年人,应该为此行为负责的是她自己,而不是她的行贿对象。"这位老师还表示,女研究生作为内地学生,有可能受到法律差异、学术氛围差别等方面的影响,在内地大学作弊后会有不同的处理方式,比如学校内部通报、处分等,但身在香港,就应该严格遵守香港的法律,维护大学的学术氛围。我看戴老师已经把话说得非常清楚了,我认为他是完全正确的。那么,让我们再看看香港法律界人士的看法。

《三联生活周刊》记者贾冬婷访问了廉政公署前副廉政专员郭文纬,郭的看法是:"关于腐败的举报范围,我们称为'零度容忍',无论大贪小贪都是贪,100 元、10 元,甚至1元,都必须绳之以法。‘零度容忍’几乎成了市民生活的一部分,对腐败全民共诛之。内地5000元以下不算贪污罪,只会被行政处理,这样肯定没有阻吓作用。其实,5000元不少,它传递着一个信息——放纵贪污。其实贪污很少是直接送大钱,通常是一步步送来的,先是过年过节送礼,然后请吃海鲜。请卡拉OK,你又去,慢慢就堕入贪污里。对于贪污数额很少的情况,香港的量刑比内地重得多,所以香港人一般不敢下水。”

这里,姑且先不谈香港和内地对于贪污数额很少的不同处理孰是孰非的问题,问题是,女研究生和教授在香港,当然应该服从香港的法律,这是无可争议的。啊,“零度容忍”,说得太好了,这说明了法律的严格,不能打丝毫折扣,也不能有任何让步。

记得纽约法庭有一次审理一个老年妇女偷面包的案件,法官问老太太为什么偷面包,老太太答复说:“我有三个孙子,家里贫穷,没有钱买面包,不能叫孙子饿肚子,于是我只好去偷面包。”法官的回答和判决是:“老人家,我非常同情你,但我只能依法办事,判你罚款多少元,如果你交纳不起罚款,就得被拘留多少天。”就在这时,法庭的旁听席上走出来一位先生,他说:“女士和先生们,我是现任的纽约市市长某某人。我们纽约市居然会出现一个老太太因为贫穷、没有饭吃而不得不去偷面包的现象,这是我们整个纽约市的奇耻大辱。我现在提议在场的每个人捐款若干元给老太太,帮助她一下。”于是他自己首先捐了款,其他包括法官在内的所有人都捐了钱给老太太。这件事情虽小,却生动地说明了法律的尊严,它凛然不可侵犯,在法律面前,人情必须让位于法律,而人情则体现在纽约市市长的一番讲话和他的提议捐款的行动中。

还有一个例子也很能说明问题。美国某条高速公路的一个收费站,有一天一个中年妇女开车来到,对收费人员说:“先生,对不起,我今天忘记带钱出来,请您看看如何帮我一个忙,解决困难。”收费人员二话不说,马上从自己口袋里掏出20美元,替她交纳了过路费。这个收费员在“一切过路车辆必须交费”的规定下,既铁面无私,坚持了原则,充满人情味和善心,帮助过路妇女解决了困难。

我国古代有许多格言,对指导我们如何处世和做人有非常重要的意义,值得我们记取。其中一个是“勿以善小而不为,勿以恶小而为之”,就是要我们不论大事或者小事,都应该坚持原则。只要是好事,都坚决去做,只要是坏事,即使是生活细节,也绝对不可以做。愿我们大家都拿上面我列举的几件事作为经验教训,树德务滋,除恶务尽,这样就能逐步建设一个真正和谐的社会,善莫大焉,功莫大焉!顺颂

大安!

祥麟

2007年1月21日

2. 关于梵高

（一）

葆珍：

谢谢您的来信和来信所写的对梵高的评论。您的评论有深度，而且有新意。刚好我有一个年轻朋友看了我转发给他的梵高绘画和有关音乐及歌曲，说他对梵高知之甚少，我就把您的评论转发了给他，同时我还告诉了他歌曲大意。现将我给他的信也附给您，请打开附件看。

祥麟

2007 年 3 月 29 日

（二）

生英：

您发来的电子邮件已收到，下面是我的友人陈葆珍女士从绘画角度对梵高绘画的解释。我现在再将英文歌曲稍加说明。

这里的歌曲完全是配合梵高的组画而歌唱和发抒感情的。歌词的主题是说梵高"你是如何为自己的清醒而痛苦"，它反复谈到艺术家梵高用爱的手画出了穷苦大众和大自然，歌曲还说"你（梵高）像爱人一样去看生活"，"但是这个美丽的世界不是为你这样的人而打造的"，"你只能为自己的清醒而受痛苦"。

梵高毕生贫困痛苦，他虽然实际上已经是世界一流绘画大师，但在他在世时候，人们并不欣赏他的画，他活着时，没有卖掉一张画。此外，他非常单纯而痴情，他爱上了一个妓女，妓女对他说她很喜欢他的耳朵，梵高因此竟然把自己的一只耳朵割掉送给了妓女。这些画面的颜色主要是蓝色和灰色，也表达了画家的忧郁。我的欣赏水平不高，只能做这样肤浅的解释。上面我没有找到有关梵高的参考书，只是评印象和记忆写了这些。仅供参考。

祥麟

2007 年 3 月 29 日

附：陈葆珍的信

祥麟吾师：

难得您这样高兴。您叫看过您寄出的梵高画作之后写点感想，弟子我首先响应您的号召，把我的观后感呈给您，请您雅正。

我孤陋寡闻，对梵高没多少研究，只知道他是荷兰19世纪一位有名的画家。看了这组画我第一感觉是：这位画家的人物画在这组画中都是劳动者，而且以农民为主，这说明画家的农民情结。在以前无人提出文艺工农兵方向的情况下，能如此以艺术为农民奔走呼号是极不容易的事。无论从田间的劳动或稻谷旁的休息，一切显得那样自然。给人的感觉：这非苦役，而是一种生存的必需。并不夸张也不说教，似乎一切就如此顺其自然。确实，人类社会就如此默默无闻地休养生息，而这正是最底层的人赖以生存的生活方式，只有有良心的艺术家才会去表现他们。37岁就自杀不遂的梵高据说患了"精神病"（曾因"割耳事件"，被阿尔居民勒令住进精神病院），可那些非精神病的艺术家，在以农民为主题方面远远不及梵高。不管他是否患病或患什么病，我爱这种崇尚自然珍惜底层人物的艺术良心。

其次，这组画在视角上给人以极大冲击。那就是过分夸张了的色彩，让人从未有过的对色彩如此重视。一般来说色彩和谐是绘画所必须注意的，然而，梵高的画给人的感觉是色彩极不和谐。如一位戴头巾的女人竟在全红的环境中，红到极点就有恐怖感。如第5幅画，绘的是自然景色，一棵黑色的树直指蓝紫黄白交织着的乱云，云中呈现如圣母、大象、玉兔等的造型。如此夸张了的天空覆盖那蓝色的山、红色的草，确实有点与现实不符。不过，话又得说回来，你说天是蓝色的，但天有时在白天也会全黑的呢；你说土是黄色的，但也有黑土、白土、红土、灰土。大自然就这样变幻莫测，何况是经过艺术家头脑加工过的大自然。

中国国画讲究留白而梵高的画极少留白，再加上色彩的不协调就如此充塞画面，他是藉此从另一角度来反映现实的。我在想，这与艺术家本人的对自然对世界的看法有关，与他特定的审美标准有关。这是一种反传统的表现手法，力求与现实的存在有所不同。他说过："为了更有力地表现自我，我在色彩的运用上更为随心所欲。"

我想把树的绿色变成黑的，把山的黑色变成蓝的，这就是他的随心所欲。以此来表现一种受压抑而不能随心所欲的情绪，这也是现实世界的一种极现实的一种反应。现实中，人的遭遇与其所欲，往往有很大的距离，这样就形成心灵上的莫大痛苦，艺术家往往以比例色彩失调来表现他这种痛苦的情绪。如果说这是反现实的，但现实是多色彩的，不单是一种调子才合乎现实的。有19世纪专写小人物的陀斯妥耶夫斯基，也有写大人物的托尔斯泰，总之，艺术是多元的，和谐协调是一种美，不和谐不协调是另一种美。人体美学亦如此。有人以瘦身为美，而四大美人中的杨贵妃就非瘦的。现在有些国家竟对模特儿的体重有规范，不够重者不能当模特儿。别忘了，赞扬美德是美，但嘲笑丑恶也是另一种美。文学上的讽刺、幽默、怪诞,不是人们喜见乐闻的么?

正等于是牡丹美还是玫瑰花美的问题那样,对不同流派的艺术,贵在欣赏,在欣赏过程中能理解和走进作者的心灵,那更好。

以上浅见,请吾师指正。敬请

金安!

学生葆珍上

2007 年 3 月 28 日于纽约

*3. 老地方，新感受

敬致诸亲好友：

前不久，我再次去外地作逍遥游。首先于4月19日去防城港市和东兴市，20日返抵南宁。21日一早又赶忙前往桂林。在桂滞留凡7日，27日回到南宁。之后，又于5月11日再次车轮滚滚奔向桂林。以上几个地方，都是我旧游之地，对我来说，毫无新奇之处，防城港和东兴，我早已多次去过。至于桂林则是我自1950年长期居住达将近50年的地方。但是，“老地方，新感受”，不管到任何熟地方，我都有新的感受，诚可谓“温故知新，收获丰盛”也。

一

防城港属“地级市”（即“地区”一级），和桂林、南宁同级，而东兴市则属“县级市”，归防城港市管辖。东兴的最大特点，就是与越南紧邻，它和越南的芒街中间只有一条小河相隔，两岸不但“鸡犬相闻”，而且人民互相往来频繁。

多年以来，东兴与芒街之间有通衢大道，为中越两国间重要通道。我国各省游客去东兴，压根儿不用护照，只需要在东兴旅行社办个临时通行证即可，当天即可拿到。可是现在不行了，据说由于芒街几年前开设了一个大赌场，专门吸引中国赌徒前往赌博（这是事实，我以前去芒街，曾多次在那个赌场附近走过），这使我国和广西的有关方面非常恼火，乃下了决心，关闭东兴与越南间的通道，希望以此来“拖垮”那个赌场。孰料事与愿违，虽然通道业已关闭了几年，对岸的赌场完全没有顾客了（越南人不许进入赌场），但赌场老板财大气粗，坚持不关门，与我们较劲。这样一来，我近年来两次去东兴，都无法前往芒街。

越南咖啡据说是世界第二名，它浓郁香醇，质量仅次于海地（Haiti）咖啡，对我有极大吸引力。怎么办呢？“天无绝人之路”，我在东兴有朋友，可以带领我走一条“胡志明小道”去越南喝咖啡。果然不错，朋友找到东兴农村的干部，他们带领我们一行，跨过一条小桥，没有任何证件（连身份证也不需要）就大摇大摆，进入了越南的一个小村。我们经过越南边防管理人员，他们连看也不看我们一眼，就让我们入境。于是我等一行多人乃直接去一家咖啡店享受咖啡。

越南咖啡精彩绝伦，女服务员给我们每人用滚开水冲了一杯，让咖啡汁通过小孔一滴滴流入杯中，然后我们乃一边谈心，一边慢慢品尝这极品异味。桂林和南宁的咖啡要三四十元人民币一杯，味道非常一般，而这里的咖啡清香扑鼻，每杯才合人民币三元，真可谓价廉物美矣！

归程我们经过越南边防岗哨，陪我一同来的一位女士要求与越南边防人员合影留念，这时越南人的“纪律性”突然来了，他们客气地说：“对不起，上级规定，不能和陌生人随便照相。”

这次“出国”，使我感慨甚多，我觉得如果全世界国家的边界线都像这样随便祥和，互相信赖，那不是咱们大家都朝向我国古人理想的“世界大同”大大迈进了一步么？

在东兴住了一夜，次日早饭后，我们立即驱车前往防城港港口。这个港口，本来我两年前刚刚来过，这次再来，以为没有什么可观之处。谁知又大谬不然，“王子去求仙，丹成入九天，洞中方七日，世上已千年”，我在南宁自己的“洞中”修炼，绝对没有想到这防城港港口码头竟然又发生了“千年”的巨大变化。

进入港口区大门后，但见一路大型吊车林立，像巨兽一样，器宇轩昂，令人肃然起敬。再往前走，许多码头上堆满了一座座小山一样的矿砂等待出口。千百个集装箱（货柜）云集，一派兴旺景象。试想，我们由大门坐汽车缓行，竟走了整15分钟才到达码头尽头，这港口规模又如何之大！更令人赞叹者，为这个巨大港口的码头，竟全部是人工填海而造成者，这更需要多么浩大的工程！难怪一位外国友人曾说，在他的国家首都附近全国最大的码头，也根本无法和这里相比。

目前，防城港共拥有泊位28个，其中万吨级以上的深水泊位14个，每年实际通过能力超过2500万吨，一个20万吨级的矿石码头即将建成。一二十年以前，广西沿海三个港口北海、钦州和防城港互相竞争，不分高下，其中钦州港还是孙中山先生设计的“南方大港”。而现在，防城港已经遥遥领先，成为全广西无可争议的最大港口，是祖国大陆沿海20个主枢纽港之一，同时也是连接大西南和东南亚的枢纽港口。

二

再说桂林之游。去桂林是为了接待我的智利友人亨教授，这位亨教授是个传奇人物。他在智利一所著名的理工学院任建筑学和美学教授，可是实际上他的主要精力却不放在教学上，而放在打理他的十几个庄园上。他的庄园，每个大约一万平方米，个个美丽壮观，布置精美，一到周末，他就和他的“女朋友”一同去不同的庄园享受生活。他家财万贯，富可敌国，钱财之多，多到连他自己也弄不清楚数目。

财产从何而来呢？更是极富传奇性：他母亲是智利的绝色美女，其美丽程度，可能与古代希腊的海伦不相上下。如果照中国迷信说法，他妈妈“命中克夫”（我不迷信，我只是诉说客观事实）。果不其然，她与智利一个巨富结婚，婚后丈夫病故。她又与一个富豪结婚，富豪再次死去。她再与另外一个大富翁结婚，婚后丈夫再次死去。这些大富翁，压根儿不懂得中国迷信“剋夫“之说，只知道女人漂亮，自己就拼命追求，“寡妇”也不要紧，只要是美女，就与她结婚。究竟她与多少富翁结过婚，谁也弄不清楚，清楚的只有一点：每个富翁逝世，都把巨额财产留给了她。这就是亨教授发家的秘密，完全合理合法，无可非议。

亨教授不但学问高超，而且非常有教养，他衣着随便，对人随和，从来不炫耀自己的富有，一向慷慨好客，平等待人。他与我和我的男孩子夫妇都是好朋友，经常请我们去他散布在智利各地的庄园居住。为了回报他对我们的友谊，这次他来桂林，我和我的儿媳妇决定认真接待他。

我在桂林的朋友很多，天天有人请亨教授和我吃饭。说句不算过头的话，我们对他的招待，已经超过了当年曹操对关公“三日一小宴，五日一大宴”的规格，是天天盛宴，连绵不断。例如，部队一位业已退了下来的领导，是我的好友，他早晨请我和亨教授吃恭城油茶，少数民族的特殊饮食异香扑鼻，使亨教授迷恋不已。接着又请他到自己家中，领略中国人家居生活的情趣。晚上又在四星宾馆招待他晚餐。这样热情的接待，使他感动之至，认为中国人是世界上最热情好客的民族。

此外，我们还满足了他的要求，带他去广西师大艺术学院参观，与中国美术界同行交流经验。美术学院的领导有鉴于他的博学多才，专门请他给学院师生做报告。他精通欧洲美术史，给大家作了毕加索绘画的专题报告。“蜀中无大将，廖化作先锋”，我临时充当“舌人”，替他翻译。这时，也只有这时，我才深刻感受到亨教授学问的渊博和深刻。

我们临时在网上找到了毕加索的100多幅名画，他居然立刻说出每一张绘画创作的准确年代、时代背景和有关的故事。他对毕加索的熟悉和精通，已经达到了“历历如数家珍”的程度，使人叹为观止。他那样博学，而又那样谦虚，不显山，不露水，对人恭谨，朴实得像一块朴玉，给我以极为深刻的印象。

几天以后，第二次我卷土重来，再去桂林，是应桂林一位友人的邀请，给他的研究生讲课。友人所在学校的外语系找不到英国诗歌的老师，遂找我客串一下，教这门课程。我那天自上午8点半，讲到11点，兴趣一来，毫无倦意。我一向认为，我毕生的最大快乐，为与青年同学一同在教室欣赏文学名著。果然，那天我讲了早期英国诗歌，还特别讲授了英国文艺复兴时期诗剧家马洛的杰作《浮士德博士的悲剧史》。浮士德在靡非斯德的帮助下，第一次见到了古代希腊美女海伦，他的灵魂立刻被海伦的美丽震慑，情不自禁地说出了他出自内心的惊叹：

> Was this the face that launched a thousand ships,
> And burnt the topless towers of Ilium? ——
> Sweet Helen, make me immortal with a kiss.

中文译文大意：

> 难道这就是当年那张曾经挑起千舰之战和烧毁了伊利翁（按：即特洛伊）高耸入云的城楼的羞花之容么？
>
> 甜蜜的海伦啊，给我一吻使我永垂不朽吧。

上面这三行诗句，是当时和莎士比亚同样著名的英国大诗人马洛的传世名句，为后代传诵不辍。有趣的是，浮士德的故事是欧洲中世纪著名的民间传说，16世纪英国的马洛和18世纪德国的歌德都以这个故事作为素材进行创作，结果呢，《浮士德博士的悲剧史》成了马洛三大剧本的最杰出者，而歌德用了整60年才完成了的史诗《浮士德》则更加厉害，它使歌德终于成为全世界公认的三大诗人中的一个，与荷马和莎士比亚齐名。

上面我提到的三次旅行，不论在哪里，我们都受到当地东道主的热情接待，他们的友谊和热情，温暖我心，使我永远不忘。

以上我简略地介绍了自己在防城港市和桂林访问经过，挂一漏万，在所难免。最后，我还得特别声明一点，即我的智利签证虽然已经获得，可是去美国的签证至今尚未申请，何时成功，更不可知。不少友人一直猜测我已经出国，这是误会。他们不了解我如果出国，如何可以不通知大家就去了呢？须知我是一个对朋友非常负责的人，我在出国之前，一定会首先通知友人，然后才动身，绝对不会“不告而别”的。余再谈。顺颂大安！

祥麟

2007年5月18日下午急就章

4. 生活近况

敬致诸亲好友：

此信为短信，主要是向亲友报告我的生活近况。

首先，我已于6月8日住院。并非有什么值得一提的疾病，而仅仅为了预先调养好身体，为不久之后出国的旅途劳顿做好保健准备。这次出国，计划是先去美国作短暂停留，然后去智利我的男孩子家住三个月就回国。

智利的签证早已办好，而去美国的签证则始终尚未办理，原因是我委托广西外办替我在广州办理申请去美国的签证手续，而广西外办想试试看能否设法免去我前往广州面谈的麻烦，因而耽搁了时间，至今尚无消息。

这次出国，对我来说有一大损失，即中国高等教育学会外国文学专业委员会决定于8月中旬在天津南开大学召开理事扩大会议，正好与我出国的时间冲突，这样我便无法参加此次重要会议。上述外国文学专业委员会是全国所有学会中办得最好的学会之一，又是我多年来从事教学和科研的专业学会，去了可以与许多同行进行学术交流，可以见到许多老朋友，此外，会议以后还要组织大家去承德作文化考察，而承德是我几十年来梦寐以求的向往之地，如此好的游览承德机会也丧失了。多么可惜！

这次天津会议主要主办单位是南开大学，我就顺便谈谈南开大学。南开大学是抗日战争时候与北大、清华共同组成的西南联合大学的组成单位之一，因此也可以说是我的母校。南开大学当时的学术水平很高，尤其是它的经济研究所，在全国首屈一指。可是，在我所就读的西南联大外文系，老师则主要是清华或者北大的，那时南开大学老师在外文系的人数不多，而且没有“名教授”。

尽管如此，当时我们外文系内属于南开大学的老师在助教中却有一个出类拔萃的佼佼者，即查良铮先生。他的笔名是穆旦，当时已经是全国闻名的青年诗人，是中国现代派诗歌的领头人。我在大学一年级念书时，他刚刚毕业任助教，和我一同在西南联大四川叙永分校。那时，叙永分校地下党组织了一个进步文艺壁报社，叫作“布谷社”，只有几个成员，我也是该社的成员。穆旦一向不问政治，他没有参加我们的文艺团体，但是我们邀请他为我们写诗，并且邀请他参加我们内部的集会。他的中文和英文俱属一流，中文不用说了，英文也是拔尖又拔尖的，我曾经多次向他请教过英文上的问题。

他不仅才华横溢，而且人长得非常漂亮，好像英国19世纪浪漫主义诗人拜伦那样风流倜傥和富于魅力。他的最大问题是不问政治，同时政治敏锐性又极差。抗日战争后期他参加了杜聿铭的“远征军”，这不说了，问题是由于他的中英文都是第一流的，深受杜的赏识，到了抗战胜利以后，他还在杜聿铭那里担任“上校秘书”。新中国成立后他夫妇二人一同由美国回到母校南开大学教书，不久即被“顺理成章”地划成“历史反革命”，吃够了苦头。

即使处于逆境，他仍然在极端困难中翻译了拜伦的皇皇巨著《堂璜》，而且还从俄文直接翻译了普希金的诗歌和苏联文艺理论著作。后来他于病故后获得平反。

穆旦出自名门，我国著名武侠小说家金庸、著名的老教育家查良钊先生等人都是他的堂弟或堂兄。穆旦目前已经被公认为我国20世纪最大的诗人，彪炳千秋，名垂青史。

顺颂

大安！

祥麟

2007年6月10日于广西医科大第一附属医院

5. 对创作《虎为媒》之意见

（一）

葆珍：

来信以及《日记一则》都已收到，谢谢。我早已出院了，而且刚一出院就立刻去桂林开了一个会（广西翻译协会年会暨学术研讨会），并在会上正式发言。这个会议外省同行来参加的不少。广东的朋友（都是翻译界精英）说广西翻译协会比广东省协会办的好得多，因为我们团结友爱，注重学术，而广东则做不到。

退休以后，我照常蹦蹦跳跳，活跃如常，其中重要原因除了我的身体和脑子都还灵敏外，还有一条，即好朋友多。所到之处，朋友都热烈欢迎和招待我。例如在桂林，我的一个学生（他对老师一向毕恭毕敬，执弟子礼甚恭，尽管他已经获得博士学位，在全国崭露头角）对我特别好，每次我去，他都全部负责我的食宿和一切接待工作。再如部队一位友人，是个政委，多年来与我一直是莫逆之交。为了招待我去桂林附近几个县旅行，他竟然事前把一路所有景点的旅游负责人找来，布置任务，说必须全力以赴，作好接待工作。

您那篇日记非常有吸引力，把您和孙女的亲密关系写活了。关于您的《虎为媒》一书，希望认真去写，写得好上加好。我以前送您那部《清朝十大手抄书》，它本身艺术价值并不太高，可是，宝贵的是，它的文字典雅而纯熟，是今天我国任何作家所无法企及者。您如学好了它的文字，可以受用一辈子。

您在美国的华人文坛一直活跃，使我万分欣慰，并引以为骄傲。您精力旺盛，灵感如泉涌，马不停蹄始终在努力工作，很不容易。我为您祝福，为您叫好，为您鼓吹，为您做啦啦队！前进，继续前进，走向艺术顶峰，葆珍！

祥麟

2007 年 6 月 29 日

（二）

葆珍：

《虎为媒》第一章已读过，我认为写得非常之好。主要好在像中国古典小说，无论内容或者形式都像。从这个角度来看,您这方面的功底很深,也很不容易。尽管如此,仍然有一些在文字上值得商讨之处。谨列举如下:

一、“文攻武卫”一词决不可用。这个词在中国古典文学或者清朝小说中绝对没有,它是江青在“文革”中为了挑动武斗而创造出来的。当时个、各地方两派冲突都很厉害,毛主席特别强调“要文斗,不要武斗”。江青为了挑动武斗,乃创造出这个词语,表面意思是:“文的方面可以攻击对方,武的方面呢,如果是自卫,也同样可以。”表面上好像说“武斗”只是处于不得已的自卫,实际上却挑起了席卷全国的武斗。

二、“心肌梗死”是近现代医学上的专用名词,新中国成立前普通人还不知道它。因此您最好不要用它,因为现实生活(一般人的生活用语)没有人用它,可以改为(例如)“心脏病突发”之类的话。

三、“1681 年”,最好改成当时清朝的皇帝年号和年代。写清朝事情的通俗小说,不宜使用西历年代。

四、“珠江三角洲”也是太时髦的说法,清朝口语中没有这个词。

五、“为了进一步扩充贸易”,“进一步”太现代化了。

六、“印尼一带”,不妥,“印尼”是第二次世界大战结束、印尼独立后才有的名词,二战以前中国人传统对它的称呼一直是“南洋”,或者南洋群岛,建议改为“南洋”较好。

以上意见不一定正确,仅供参考。

祥麟

2007 年 7 月 5 日

6. 对美国领事馆之意见

葆珍：

今日上午同时收到您三封电子邮件，其中您最早写的、即回复我对《虎为媒》提了一些零碎意见的信，我直到今天早上才收到。“独立日”您的感受那篇散文，写得不错。尤其使我印象深刻的是您的孙女儿对事物理解的深入。

我今日主要在忙申请美国签证，但是由于美国总领事馆要求之苛刻和不合理，手续之烦琐，以及时间之紧迫，最后我决定放弃前往美国，只去智利。试想，我在过去半个多世纪中，去过美国不知多少次，从来没有一次不提前离开。1949年我取得硕士学位后，美国国务院规定所有中国留学生只要愿意，都可以留在美国继续读书，由美国政府供给足够的生活费和学费等。当时我根本不考虑留在美国，很快就返回祖国。这样好的记录，为什么还要那样苛刻要求？再如，我把自己的新旧护照都交给广西外办，上面有过去去美国的签证，以及刚刚办好的智利签证，外办还要按照美国的要求要我把申请智利签证的全部证件交给美国总领事馆。这些证件早已全部交给智利使馆，我哪有多余的证件，更何况申请智利签证，要求也非常严格，需要交出一大堆证明文件。我能领到智利签证，说明我已经通过了一系列“证件关”，美国完全没有必要再重复审查。再说，我前几年多次去智利，中途路过旧金山，都是毫不困难就获得了美国签证，而这次还是过境美国，领事馆却规定了即使过境，也必须有美国亲友的邀请书。我的智利签证已经被平白耽误了一个多月，再不动身智利签证就要过期作废，时间如此紧迫，我到哪里去变戏法变出来一个美国的邀请信。还有，原先说80岁老人可以不用面谈，只请代理人去广州就可以了。谁知代替我去广州的友人业已买好去广州的火车票，外办同志突然说不行，真正的规定是68岁至80岁的老人可以不去广州面谈，但是如果超过80岁，则又必须去总领事馆面谈。如此变来变去折腾人，我实在受不了，最后干脆决定放弃去美国，只去智利。此外，他们还有许多奇怪规定，例如必须交验我们夫妇二人的房产证、结婚证、身份证（有了护照为何还要多余的身份证？）、户口册等等，“苛捐杂税”名目繁多，不胜枚举。我真不懂得，经过了一次“9·11”大悲剧后，美国的神经何以变得如此过度紧张？写得多了，余下次谈。

祥麟

2007年7月7日抗日战争胜利70周年

*7. 又访智利

诸位至亲好友：

一

此刻我正隔着太平洋，与诸位写信谈心。我于7月17日上午10点由北京起飞，约十小时后抵达巴黎，在巴黎机场停留九小时，然后直飞智利首都圣地亚哥，于当地时间7月18日晨7点30分到达（北京时间为18日晚上7点30分）。

这一路旅行之顺利，简直难以想象。在南宁动身以前，儿媳妇由智利打电话给我说："你们年纪大了，行李带不动，我建议除了内衣以外，什么也不要带，等你们到了智利一切衣服，我们给你们买。"

我考虑再三，感到尽管行李多了必然困难重重，可是我仍然必须多带一些衣物，以免到达后重新购买，浪费金钱。更何况不管怎样，我总得携带药品、书籍等物，不可能"什么也不要带"。结果是，内子希和带了十几公斤行李，我个人竟然带了30余公斤行李（还不连自己随身携带的手提电脑和零星物品）。我知道以我们的年龄，再加上沿途在机场内都得走很长的路，对于我们两个年龄都超过80岁的老人来说，是个严峻的考验，万一因负担过重而猝发心脏病，后果就不堪设想。

感谢广西驻京办事处，除了派遣三位朋友送我们去首都机场外，还给我们开了证明，要求一路对我们照顾。结果呢，在首都机场就有一位工作人员"包办"了我们的全部大行李、填表以及办理出境手续，他替我们填表和托运行李，把行李直接由北京运往目的地圣地亚哥，还带领我们走"外交通道"，让我们分别乘坐两辆轮椅，不用排队就一直登上飞机。不论是到达巴黎或者圣地亚哥，飞机机舱门口都有法国航空公司人员推了轮椅等待我们"上椅"。广西办事处朋友们一直送我到北京机场的登机门口，才与我们殷切告别。这时候，我才真正体会到我国古话说的"在家靠父母，出门靠朋友"的深刻含义。一路上即使小件行李也有人替我们拿，我只是"天女散花"在国外到处给推轮椅者一点小费而已（在北京机场则按国内规矩不能给小费）。真没有料到，我们在耄耋之年，带了四十几公斤行李进行洲际旅行，居然比年轻时候出游还要轻松愉快。

本来我早已决定这次去智利是我最后一次出国旅行，叫作"告别旅行"或者"天鹅之歌"（Swan song，古代西方传说天鹅要在一生最后唱一曲美丽的歌，向世界告别），现在看来,既然旅行如此方便,今后还要多次出国旅游,去探望万里之外的儿孙们。现在,我已经改变了观点,不想去唱什么“天鹅之歌”了。

世界各地飞机场内的食品都非常昂贵,去年在广州机场,我吃过52元一碗的面条,打破了我吃昂贵面条之记录。这次途经巴黎,想不到自己竟然又破了一次记录。我在巴黎候机大楼一家小吃店里,要了一个色拉和鸡肉冷盘后,想到节省一点吧,不喝果汁和可乐了,只饮一杯“免费”的冷水,谁知结账时候,这小小一杯冷水居然也要收费一美元。在国内,您听说过一杯本来不应该收费的冷水,也要人民币7.5元才行,这岂非拦路抢劫、“宰你没商量”乎?

二

这一回是我第六次来智利,因此可谓轻车熟路,毫不陌生。我的男孩一家住在距离首都圣地亚哥120公里的旅游胜地维尼亚市(西班牙原文为Vina del Mar,意思是“海上葡萄园”)。除滨海傍山、风景绝佳以外,这里还有两大特点:其一,是气候良好,用地理学的专门术语来说,叫作“地中海气候”。基本上白天都是阳光普照,即使下雨也是阵雨,下完后仍然是大晴天。冬暖夏凉,一年四季都不需要空调。其二,是空气清新,没有什么污染。我患有轻度二尖瓣关闭不全症,时常感到气紧,需要深呼吸,但是一到这里,便立刻感到呼吸畅通,舒适异常。这里既有大海,又有森林,是个大氧吧,空气里细菌很少,食物放置多日,也不会发霉。

初来乍到,与智利朋友们互相宴请,酬酢甚多。日前一位智利教授请我们全家吃饭,饮食精美,而气氛尤为热烈。这位教授对人非常热情诚恳,每次见我,都要送我智利的艺术或者工艺品礼物。而我则只送了他一次小礼物,以后再无法回赠他礼物,真使我有“却之不恭,受之有愧”的感觉。

前天晚上,我们宴请一批朋友,客人共七人,除了一名我国云南的女医生,其余全部与苏联或者俄罗斯有关:一个俄罗斯“超级教授”(这是我送给他的头衔),其正式职称为“总科学家”,相当于院士,以及他的俄罗斯女朋友(也是教授);一位技工和他的妻子,二人都是俄罗斯人;我儿媳妇小任的助手、俄罗斯女子柳达和她的智利丈夫。“超级教授”博学多才,精通哲学、艺术和许多种自然科学,音乐与文学修养都异常高超,还弹得一手好钢琴。由于中苏有过一段亲密关系,宴会宾主双方都一同唱许多苏联歌曲。俄罗斯人唱的《莫斯科—北京》比我们中国人唱的熟练得多。而“超级教授”兴致尤高,不论大家唱任何苏联歌曲,他都立刻去弹钢琴伴奏。他可以用音乐来解释数学、物理、化学、生物化学等学科,讲解得头头是道,而且用钢琴琴声来表达,令人叹为观止。后来宴会和歌唱的气氛愈加热烈,所有俄罗斯客人乃一同高唱他们的充满幽默情调的爱情民歌,一边歌唱一边大笑不止,把宴会引向高潮。

我在智利有两个孙子,名字分别叫丹沁和汴沁(按:丹河、沁河、汴梁河都是黄河在我的故乡的支流,以此来表示两个孙子都是我儿子黄河的儿子)。两个孙子在这里一所英国人办的私立学校读书,学习轻松愉快,没有课外作业,整天玩耍。丹沁成绩十分突出,功课门门优秀,思考能力很强,钢琴弹得非常之好,同时又是学校的著名运动员,经常代表学校去阿根廷比赛。

昨天我和黄河一起去观看丹沁球队和刚刚从英国来到的同年级球队比赛橄榄球。比赛以前,我与黄河一致认为丹沁的球队一定失败,你想,英国是老牌帝国主义国家,又是橄榄球等球类的"王国",丹沁他们如何能够战胜"大英帝国"。孰料事实大谬不然,小小玛盖中学(Makay School)高中二年级学生居然大获全胜,彻底击败了"英帝国主义"。

后来我才知道,那个英国队在当地力量就不强,长途旅行来到智利,时差尚未转换过来,也许还有"水土不服"情况,智利学生则以逸待劳,充分发挥了自己的优势,英国孩子们哪里是他们的对手。再说,玛盖中学的这个球队在维尼亚市好歹也算一个强队。比赛中间,丹沁和他的战友们人人能战善战,个个都是令人敬畏的小于菟。

再说丹沁本人,他是他们球队的主力军,智勇双全,勇猛善战。据黄河介绍,比赛橄榄球时,凡是遇到需要动脑筋、用心计的紧要关头,队里总是让丹沁来发球。这孩子今年 16 岁,长得牛高马大,器宇轩昂,身高 1.78 米,体重 80 公斤,比我这个爷爷还要重 11 公斤。看到自己孙子在球场大显身手,为炎黄子孙争了光,我的自豪感油然而生。

橄榄球赛我过去不甚留意,这次认真看了,见到双方队员勇猛互冲,人挤人,人压人,人顶人,实在惊心动魄。黄河对我说,橄榄球表面起来异常残酷和野蛮,实际上却是"绅士们"的高等游戏,因为规矩严格,而且绝对不允许搞小动作。

这次赛球,还有一个细节引起我的注意,即每个英国队员的运动衣上衣上面都印了一个巨大的汉字"长"。我实在看不懂里面有什么"玄机"。黄河对我说,可能是中国某个公司赞助英国球队,替他们制作了运动服,乃在上衣背后印上中文字。他接着说,现在祖国强大了,在海外到处可以见中国的影响。

黄河一向性格内向,寡于言笑,但是在这次观战中,他竟然好几次忍不住连连欢呼,为玛盖队叫好。两场比赛结果,双方比分为 36 比 21,玛盖队胜。就连我也在心里为玛盖队默呼:"Bravo, Makay!"(打得好,玛盖队!)

在此趣事还有许多,但因这封信已经写得太长,余下次再谈。欢迎亲友们回信给我,大家交流心声。此祝

安好!

祥麟

2007 年 7 月 29 日

*8. 炉边谈话：现实生活中的人文精神[①]

敬致诸亲好友：

上面这个标题，给生活在北半球的亲友看了，可能会说："这贺某人是不是得了老年痴呆症，在盛夏溽暑、大汗淋漓的酷暑中，居然胡言乱语，作'炉边谈话'，岂不笑掉人大牙乎？"我的回答是："老兄差矣！小弟此刻正在南美洲，这里的季节恰好与北半球相反，是冬天，而且房子里确实生了火炉，这'炉边谈话'不是很恰当么？"其实，"炉边谈话"(fireside talk)一词的发明者是二战时的罗斯福，我这里只是借用一下而已，不敢掠"罗先生"之美。

我先后六次来智利，发现智利人有个很突出的优点，即在日常生活里贯彻了人文精神。用通俗的语言来说，人文精神就是以人为本，把人放在第一位，尊重人，爱护人，同情人，帮助人；就是热爱生活，珍惜生命，尊重人的人格，维护人的尊严；就是人与人间的平等，让大家都享受幸福生活——这其实这也就是我国现在努力提倡的建设和谐社会的精神。

人文精神不仅起源于古代希腊和欧洲文艺复兴运动，它同时也起源于我国古代。我国古人"大道之行也，天下为公"的理想和"老吾老以及人之老，幼吾幼以及人之幼"的说法，以及孟子的民贵君轻思想等，都说明了中国古代同样具有鲜明的人文精神。智利人在理论上有没有东方或西方系统的人文主义我不清楚，可是在日常生活上，他们却到处都具体实践了高尚的人文精神，令人敬佩，令人感动。

随便举几个例子：我们在智利城市开了汽车旅行，经常遇见卖艺者在十字路口红灯一亮时，立刻为开车者献艺的"奇观"。昨天傍晚儿媳小任开车与我们出行，走到前面十字路口，红灯亮了，当即有一个青年在红灯下面表演杂技，绿灯一亮，他马上停止，跑到每辆汽车前讨钱。不久，我们的车子又被另外一个红灯拦住，当即有一个十二三岁的女孩双手用绳子提了两个火把，为我们迅速舞动火把，表演她的"绝技"。公共汽车上也时常有卖艺者上车献艺，弹吉他，或者唱歌，然后向乘客要钱。乘客慷慨解囊，固不必说，而尤其惊人者，为公车司机从来不干涉他，也从来不要他买票。

说起公共汽车，智利还有一绝，即司机可以完全不管是否到了车站，只要路旁任何

---

① 此次来智利后的第二封信。

地方有旅客招手，他马上停车让客人上来。一切以方便群众为依归，只要便利群众，即使小小"违规"也不要紧。更使人想不到的，是在智利高速公路、而且是国际公路上，印第安土著居民居然可以在路旁出售食品，让旅客停车购买。警察的理论是："他们是穷人，生活困难，给他们一点帮助吧！"

说到这里，我想顺便说说智利的小偷。我认为智利小偷的素质较高，有他们严格的"职业道德"，有很强的原则性。夸张点说，有一定的人文精神，值得称道。大体上说，他们的原则是：其一，他们认为，上帝造人，人与人是平等的，"你有钱，我穷苦，我可以偷你东西。但是，我只是小偷，不是强盗，不能抢劫，更不能杀人"。其二，"我可以偷你的钱物，但却不应该拿你的证件等对你必需而对我无用的东西"。其三，他们一般都是"单干户"，很少结伴行窃。这几项原则就保证了被偷者的人身安全，不至于受到肉体的伤害。

几年以前，我的男孩黄河在街上被偷了提包，小偷一边逃跑，一边检查提包里的东西，发现里面竟然有钥匙和身份证，马上掉头回到黄河跟前，把二者丢还黄河，然后继续逃跑。我觉得这样的小偷简直是"义盗"，是《镜花缘》里"君子国"的公民。

这个城市大街上有个我们称之为"疯子"的人，他并非真正的疯子，只是弱智，同时神经也有一些问题。他既无职业，也无家庭，一个人睡在街上。附近的居民不但餐餐送他食品，而且所有食品都是临时专门给他做的。人们把一盘盘新鲜烤肉、炒菜或者面包送他，因此他的饮食绝对不差，更绝对不缺。他也天性纯良，遇到客人开汽车来，主动给大家指挥停车。一个被称为"疯子"的人，可以生活得如此舒适安详，与邻里和睦共处，这个社会难道不就是我们大家心向往之的"和谐社会"么？

人文精神在智利非常普遍，学校从小就对孩子们进行人文教育。我的孙子丹沁全班同学每个月都得参加社会慈善事业，为穷人施舍食物两次。食品原料由该校低年级学生负责筹措，高年级学生则负责烹饪和分发给穷人。那些穷人大都无家可归，住在桥梁下面，囚首垢面，没有饭吃。到了赈济那天，他们等在那里，每人吃了一份还不够，往往索取第二份，甚至第三份。

该校另外还有一件事给我以深刻印象：三年以前我来智利，玛盖学校有个高年级学生刚由英国旅行回来，便被社会上不良少年杀死。全校师生为之哀悼，学校特地停课一天，为死者召开庄严盛大的追悼会。以后直到今天依然每年这一天，全校师生都要举行哀悼，纪念这位死去的校友。

有个俄罗斯妇女，她的丈夫在智利船务公司工作。到智利一段时间后，朋友们问她对智利印象最深刻的是什么，她说："就是对生命的爱护和珍惜。"她丈夫一到船务公司工作，老板一开始就告诉他人是最宝贵的，过去本厂出过事故，应当引以为教训。如果万一出了事故,保护自己和救人最重要,要不惜一切代价去救人。这个“救人第一”的理念,与这位俄罗斯妇女在苏联受的教育要人们为了保护公共财产不惜牺牲多少人生命都应该的价值观念恰好相反,使她灵魂受到很大的震撼。

关于智利“人”的守法精神,限于篇幅,兹不赘述。这里只谈谈智利狗的“守法精神”:由于长期受到主人的影响,智利的狗养成了一些良好习惯。它们过马路,一定走斑马线,到了斑马线,如果是红灯亮了,它们也决不走,一定要等绿灯亮了才走。这个神奇现象,可以用巴甫洛夫条件反射学说解释。狗过马路,已经跟随主人长期形成了习惯,绝对不会发生错误。

西方人文精神的源头在古代希腊。这种精神在古希腊哲人苏格拉底、柏拉图、亚里士多德的言论中,在三大悲剧家爱斯库罗斯、索福克勒斯和欧里披底斯的著作中,都有所体现。

我在课堂内外,常常对同学举古代希腊的一个故事,以说明我们恪守信用应该守到什么程度:古希腊时候,有一个城邦的国王,判了一个罪犯的死刑。犯人说,他希望自己在死以前能够回家探望一次自己的妈妈,国王说:“那不行,你回了家,如果不回来,我又如何能处死你?”罪犯说:“有办法,我有一个好朋友,他可以作为人质替我坐牢,到时候假若我不回来,您可以把我的朋友处死。”国王认为这个建议可以,就同意了把罪犯的朋友关起来。同时和罪犯约好他必须在某月某日几点钟以前回来,否则就处死他的朋友。可是,到了约定的时间,罪犯并没有回来,国王乃命令将那个人质绑赴刑场执行死刑。就在刽子手举刀准备砍下来时,罪犯骑了快马老远高呼:“刀下留人!”国王问他何以迟到,他说路上遇见大风雪,自己无论如何用鞭子打马,都仍然无法按时赶到。国王大为感动,当即宣布赦免了他和他的朋友。上面这三个人都很典型:罪犯严守自己的承诺,拼命按时赶来受死;朋友代他坐牢,冒了被处死的危险;国王充满善心,被二人的高风亮节和侠义行为所感动,赦免了两个人。这些都是人文精神的具体表现,足资楷模。

文天祥在他的《正气歌》里也赞美古今哲人,说:“哲人日已远,典型在夙昔,风檐展书读,古道照颜色。”最后用牺牲生命实践了自己的爱国主义理想和原则。

说得远了,本来是谈今日智利的,不料话匣子一打开,最后却扯到了元朝初期。原谅我吧,亲友们!即颂

安好!

祥麟

2007年8月3日于智利

9. 看《东京审判》

火兄暨大嫂：

火兄8月20日航信收到，谢谢。多承老兄谬奖，感愧交加。兄在视力严重衰退之极端困难情况下赐函，尤使弟万分感铭。

根据我们此次由北京飞来智利之经验，耄耋老人长途乘飞机旅行，并不困难。只需要临时向航空公司说明，便可享受轮椅待遇。不论前往何处，或在何处转换飞机，地面均有轮椅伺候，而且还有人用轮椅代运行李，优哉游哉，好不自在！国外服务，都需要给小费。我不知当下国际机场"轮椅小费"时价，最稳妥办法便是稍微多给一些。我每次给推轮椅者5美元，到了圣地亚哥，黄河说在智利给5元多了，只给二三美元即可。但我将来回国路上，仍准备给5元，因为我不知道巴黎的"时价"。多比少好，礼多人不怪嘛！

前两天在家里观看了我的男孩黄河购买之影碟《东京审判》，深受教益。此片为我国电影制片厂拍制，内容精彩，忠于历史。尽管法官11人都是盟国，但由于立场观点差异，意见分歧乃很大。本来法官座次是由美国决定，按照美、英、中次序排列的，这当然极为不公平。中国受日本侵略时间最久、受害最大、牺牲最重、抗战时间最长，贡献也最伟大，但座次竟然在对太平洋战争没有什么贡献的英国之后，可谓毫无道理（这里且不谈英国军队在香港不战而投降日军之可耻）。我国法官梅汝敖据理力争，甚至说中国席位如不排在英国前面，他将退出审判（事实上他在那次内部会议上已经愤然退席）。斗争之激烈，可以想见。结果我们胜利了。审判最后之巨大争论，在于是否判战争罪犯死刑。西方国家有的早已废除了死刑，那些法官顽固反对死刑，梅汝敖再次正气凛然，强调必须伸张正义，对那些犯了滔天大罪、十恶不赦的战争罪犯处以极刑。斗争达到白热化程度。经过梅氏艰苦奋斗和努力说服，最后投票，赞成死刑与反对者的比例为6比5，虽然是"险胜"，正义终于得以彻底伸张。老兄当年是新闻系学生和新闻记者，这些您当然都非常清楚。我今天旧事重提，是因为这些重大历史事件对我们这些老人来说，实在太亲切了，重温旧课，得益匪浅。

我和您基本上是"同龄人"，我从来认为我们这一代人非常幸运和幸福，因为我们都经历了中国历史上最伟大的两次战争：抗日战争和解放战争。我们都目睹了中国人民在这两次空前剧烈和伟大的战争中获得了伟大胜利，几百年不遇、甚至千年难遇的机会给我们碰上了。日本投降，中国一百多年的奇耻大辱被一扫而光；在共产党领导下，中国人民又奇迹般地打垮了国民党反动派，打败了人民公敌蒋介石（近年来有人竭力美化他，可是这样的独夫民贼，又有什么可美化的呢？），过去的"东亚病夫"现在成了和平崛起的世界强国的主人。这些历史我们将永远铭记勿忘。英国文艺复兴时代思想家培根（Francis Bacon）说过，"读史使人明智"，信然。附带说一句，我的专业是英国文学，我认为自己选择的专业是正确的，但另外一方面，我一直后悔，年轻时候没有读双学位甚至三学位。我很想在英国文学之外，再念中文和历史两个专业。中国文化和世界历史是两个浩瀚无垠的巨大海洋，里面的宝物太多了，我们即使穷一辈子、两辈子之力量和时间，也仍然不能窥其全貌。

吾辈老矣，幸而咱们两人的精神都始终年轻。回顾过去走过的道路，令人心潮澎湃，热浪翻滚。尤其是你们夫妻，你们贤伉俪的爱情历程是那样感人，那样惊险，那样罗曼蒂克，只要一想起来，都使我沉醉和神往。你们的爱情经历比罗密欧和朱丽叶、比梁山伯和祝英台都幸运得多，你们的爱情以喜剧结束，简直是一首美丽的抒情诗。连"化蝶"都不需要，你们两位本身就是在空中翩翩起飞、动人心弦的彩色蝴蝶。珍惜你们的现在和未来吧。明年去英国探望女公子吧！坐上轮椅，插上翅膀，腾云驾雾，逍遥自在，浪迹天涯，享受天伦之乐，然后回来写回忆录。老兄视力差，不要紧，可以像英国诗人弥尔顿晚年写他的伟大史诗那样，自己口授，由别人代为笔录，把回忆录传之后世，或者藏之名山，不亦快哉，不亦快哉！

写多了，余再谈。此信为了迅速送到，拟用电子邮件发给我的外甥女贺康（她跟她妈妈姓，上次与我同去府上拜访你们，老兄见过她）代为印刷了送去。即颂
俪安！

祥麟

2007年9月7日

10. 关于“9·11”

葆珍：

悼念“9·11”死难者之诗《哀情》已拜读，深受感动。恐怖分子，人类之大敌也，彼等杀害无辜，人性灭绝，应予严惩。死难者中，尤其是那些救火队员，慷慨赴死，浩气长存，永远值得我们尊敬及怀念。

祥麟

2007年9月12日

*11. 毋忘英雄篇章

敬致渚诸亲好友：

“英雄篇章”者，历史上充满凛然正气、爱国主义与英雄主义、为世人传诵不辍之著名诗文也。这些诗文名篇，长期以来激励人们，净化人的灵魂。立道德之楷模，树人生之典范。理想高超，志气恢宏，高山仰止，景行行止。

远的不说，仅以“五四运动”以来多少代知识分子而言，他们自幼受到中国传统道德的最优秀部分以及包括马克思主义在内的西方新学说的熏陶洗礼，胸怀大志，肩负使命，以救国救民为己任，反帝反封，打倒日本帝国主义，打垮国民党反动派，建立和建设新中国。在中国共产党领导下，与全国人民一起，谱写了中国历史上空前伟大的史诗。

其他姑且不论，单以“英雄篇章”而言，我这一代人，就是在它的哺育下成长起来的。这些英雄篇章是我们的民族魂，其精神早已融入我们的血液，成为我们每人灵魂的一部分。

随便举几个例子，例如司马迁的《报任安书》、诸葛亮的《前出师表》、骆宾王的《讨武则天檄文》、范仲淹的《岳阳楼记》、文天祥的《正气歌》、夏完淳的《致妻书》、林觉民的《绝命书》、梁启超的《少年中国歌》、闻一多的《最后一次演讲》,以至于毛泽东的《沁园春·雪》等等,都是我这一代知识分子非常熟悉,甚至大体可以背诵的著名作品。

诵读起这些篇章来,铿锵有声,心潮澎湃,热情鼓荡,不能自已。当然,这些名篇之所以有如此巨大的感染作用,正像古今中外世界上所有经典文学著作一样,都是文情并茂,除了首先内容深刻、感情崇高以外,同时又极富文采,为文学上不朽的传世之作。这"极富文采"也非常重要,如果没有文采,再好的内容也不会产生这样巨大的魅力。

我的专业是英国文学,兼及一点美国文学。这封信我主要谈英国和美国文学里的"英雄篇章"。英国是赫赫有名的诗歌王国,也许是世界各国中最大的诗歌王国。它产生了旷代诗人莎士比亚,还有弥尔敦、乔叟、五大浪漫主义诗人以及无数优秀的其他诗人。莎士比亚创作了千古不朽的悲剧《汉姆莱特》,我认为这个剧本是世界上最伟大的悲剧,而悲剧里主人翁的"生存或者死亡"的独白又是一切悲剧独白中之最精彩者。生死问题是人生哲学中头等重要的问题,汉姆莱特在他所遭遇的极大苦难和困难中探讨了这个问题,想到了人世的不公、世事的艰难、法律的羁延,自己责任的重大等,他的深刻思考震动了读者,给我以极大的震撼。

在莎翁的其他许多悲剧中,同样处处珠玑,光焰照人。例如,在他的《恺撒大将》里,布鲁特斯的演说词就是卓越的名篇,我在中学时曾经把它背诵得滚瓜烂熟。由于长久背诵和演练,自己不仅为这段独白的激情所感染,而且还扎实锻炼了自己的口才和演讲术,不自觉地为多年以后我的讲课艺术奠定了一些基础,这个"副产品"是我当年在四川长江江边那所战时中学学习时所绝对没有预料到者。

在英国五大浪漫主义诗人中,生命最光芒四射的应该就是只活了 36 岁的拜伦。拜伦绝不是一个"会客厅里的革命者"(Drawing room revolutionist,即中文说的"口头革命派"),而是一个脚踏实地、以身许给理想,并为之献身的革命家。他应希腊人的邀请,前往希腊帮助抵御土耳其侵略者,不幸患病,竟以身殉。他的长篇巨著诗歌《堂璜》中的"哀希腊"一歌早已成为不朽的名篇。我国著名学者马君武以水平很高的文言文把它翻译成中文诗歌,至今没有人能超过马氏的译文。请听听这个歌曲的最后一节:

> Place me on Sunium's marbled steep, Where nothing, save the waves and I,
> May hear our mutual murmurs sweep;
> There, swan—like, let me sing and die:
> A land of slaves shall ne'er be mine—
> Dash down you cup of Samian wine!

在整个歌曲里,诗人拜伦所沉痛哀叹的就是希腊过去的光荣和今日的耻辱。他大声疾呼地请求希腊人不要再沉溺于歌舞和美酒，而要立刻武装起来，抵御敌人，赶走土耳其侵略者，拯救祖国。到了这最后一节，他通过歌唱者之口，慷慨激昂地奋臂疾呼："请把我放在苏纽姆的大理石悬崖绝壁，/在那里，除了我和海浪外并无一物，/只有我和它听得见我俩的齐声高唱，/请让我像临终前的天鹅一样唱一支告别之歌：/奴隶的国度将永远不是我的祖国，/掷碎你这个装满萨莫斯美酒的杯子！"

此种英雄气概，惊天地而泣鬼神，是何等感人，何等震撼灵魂！由于我远在智利，手边没有马君武《哀希腊》的精彩译文，只好自己临时翻译拜伦诗句的大意如上。

第二次世界大战纳粹德国先进攻荷兰和比利时，接着攻占了法国，准备进攻英国。此时的英国处于历史上最危险时期，幸赖首相丘吉尔领导英国政府，以大无畏精神，与全国人民一道，奋起抗敌。最后终于与盟国苏联和美国等一同击败纳粹，取得欧洲战场的彻底胜利。丘吉尔不但是卓越的政治家、军事家，而且是优秀的演说家、画家，后来还得了诺贝尔文学奖。他铁骨铮铮，坚韧不拔，又长于演说，他的许多演说词早已成为英国历史上的名篇。他于 1945 年 5 月 13 日，即德国法西斯进攻比利时之后三日，受命于危难之际，就职为英国首相。他在就职演说中有一句千古不朽的名言，即："I have nothing to offer except blood, toil, tears, and sweat。"（我除了热血、辛劳、眼泪和汗水外，没有任何其他东西奉献给祖国。）多么朴质无华、真诚的、令人感动至极的语言！就是说，他发誓要拼头颅，洒热血，马革裹尸，以拯救祖国，打败纳粹侵略者。

再看，1945 年 5 月 8 日，德国法西斯无条件投降，并且于当天在柏林向盟军正式签订了投降书。丘吉尔当即对全世界作了题名为《无条件投降》的演说词。他在最后一段说：

> We may allow ourselves a brief period of rejoicing; but let us not forget for a moment the toil and efforts that lie ahead. Japan, with all her treachery and greed, remains unsubdued. The injury she has inflicted on Great Britain, the United States, and other countries, and her detestable cruelties, call for justice and retribution. We must now devote all our strength and resources to the completion of our task, both at home and abroad. Advance, Britannia! Long live the cause of freedom. God save the king.

中文大意是：

> 我们（在对德国战争胜利以后）可以允许自己有短暂时间的欢乐，但我们一刻也不能忘记摆在我们前面的劳苦和努力。那个充满奸诈和贪婪的日本到现在还没有投降。日本所强加于大不列颠、美国和其他国家的苦难，以及它的令人作呕的残酷，必须给它以正义的裁判和复仇。从现在起我们必须竭尽自己所能和运用

我们国内和国外的一切资源来完成这个任务。前进吧，不列颠尼亚。自由的事业万岁。神佑我王！

应该指出，丘吉尔在提到日本的受害国家时，点名提到的只有英国和美国，完全没有具体提中国之名，是错误的。因为中国受日本的侵略最久，苦难最大，牺牲最重，贡献也最大，在这方面英国根本没有可能和中国相比。如何可以竟然不提中国呢？但另外一方面，我们也应该看到在此最后一段演说里，除了这个明显缺点外，丘吉尔这一段演说词依然十分精彩：他是真正动了感情的。他的语言锋利有力，决心很大，对日本侵略者的谴责也十分严厉。可谓义正辞严，坚强和锐利无比。还有，请注意他最后称呼自己祖国，不再用“大不列颠”这个通用的名词，而是用了“不列颠尼亚”这个许多外国人不懂的名字。须知“不列颠尼亚”是诗歌里对不列颠的称呼，不但诗意葱茏，而且在英国人听来分外亲切。这样称呼表示丘吉尔先生内心深处的深刻感情，正如我们中国人有时候不称中国而称“神州”、不称“中国人”而称“炎黄子孙”一样，充满了热爱自己祖国的赤子之情。演说词的最后四个字（不论英文原文或者中文译文都是四个字）“神佑我王”不知者也许会认为宗教气味太浓，殊不知这四个字是英国国歌的题目，它意味着保卫祖国、祖国万岁，只要一提到“神佑我王”，就能激励起英国人民的爱国激情。

在二战的时候，丘吉尔还发表过一个著名演讲，歌颂英国皇家空军（R.A.F.）的丰功伟绩。想想看，纳粹德国占领法国后，下一步就是进攻英国。英国的空前危机，迫在眉睫，国命危殆，不绝如缕。希特勒和德国空军司令戈林为了侵略英国，首先是用强大空军进行轰炸，每天派遣1000架次飞机狂炸英国。英国皇家空军奋起应战，正是依靠了空军的英勇顽强，英国奇迹般地保卫了英伦三岛，以后盟军又登陆法国，取得战争的最后胜利，皇家空军之功劳可谓大矣。丘吉尔在这篇演说词里有一句名言，叫作：“（人类历史上）从来没有如此多的人（按：指英国人民）欠如此少的人（按：指皇家空军）如此大的债。”这话说得太深刻、太真实、也太感人了，它已经成为千古名言，永垂不朽。

美国也有它自己的“英雄篇章”。林肯在他的葛底斯堡纪念南北战争死难战士时的演说中着重谈到了“民有、民治、民享”，这早已为世人所熟知，此处不再重复，我只想列举美国独立时候的一些著名篇章。当时有一个名叫汤姆·潘恩的法国人同情美国革命，前往新大陆全力支持美国独立。一个时期，华盛顿领导的军队接连失败，人心惶惶，起义军大批士兵逃亡。就在这异常危急的时候，潘恩挺身而起，写出一系列鼓动性很强的文章发表，而且到处呼号奔走，结果终于稳定了军心，挽救了危局，也稳定了战局。他的最有名一篇，一开始就石破天惊地说：“这是考验人们灵魂的时代！”（These are times that try men's souls！）接着指出“夏天的士兵”（按：指投机者，革命高潮时来参军，低潮时就开小差）可以在革命遇到苦难时逃跑，但真正的勇士经受得起严峻的考验，坚持斗争直至胜利。

还有一个英雄人物巴垂克·亨利（Patrick Henry），在美国议会发表了著名演说词，鼓励人们坚持反对英国殖民主义者，我在中学时曾认真背诵过这篇演说词。其最后一句成了脍炙人口的名句：I know not what course others may take but as for me: Give me liberty, or give me death!（我不知道其他人会选择什么道路，但是对于我来说：不自由，毋宁死！）

当然，美国文学和历史中还有许多英雄篇章。例如，19世纪美国思想家、学者爱莫生的《美国学者》，以及罗斯福在二战中的一些演说词都是。

英雄篇章，光耀万代。中国的英雄篇章是中国文化中的精华，是中民族的灵魂和脊梁骨。许多国家的英雄篇章，都是他们国家的瑰宝，以至于全人类的瑰宝。如果用目光如豆的实用主义观点来看问题，英雄篇章既不能像咳嗽糖浆那样止咳化痰，也不能像灵芝仙草那样防癌抗癌，于是乃难免不够重视。错了，英雄篇章是精神食粮，其威力和作用比物质的药品和保健品要强大得多。它可以培育美丽的心灵与崇高的理想，鼓励人们热爱祖国，热爱人类，一心向上，是一个国家和人民的生命线。

苏联卫国战争时候，彼得格勒被德国纳粹匪徒长期围城，当时正值严冬，气温低至摄氏零下几十度，再加上没有粮食，人们饥寒交迫，冻死饿死者无数，只有一个年龄仅十二三岁的女孩子奇迹般地活了下来。她在最寒冷、最饥饿、接近死亡之时，深知只要自己稍微一闭眼睛，就必然死去。她用无比坚毅的决心和勇气，努力背诵托尔斯泰的《战争与和平》，就这样她终于战胜了死神，活了下来。可见英雄篇章能够产生多么强大的精神力量。

在此我呼吁大家：温故知新，历久常新。请熟读英雄篇章，牢记英雄篇章吧。毋忘英雄篇章！毋忘英雄篇章！用英雄篇章哺育我们的下一代，当然也哺育我们自己！

祥麟

2007年9月21日

*12. 三篇短文赠亲友

敬致诸亲好友:

上次我在自己的"第五封信"内说,我即将于10月14日回国,离开智利前是否再给亲友发信,尚未定。现在想来,近来我又写了一些短文或短信,可以发给大家,与您交流心声,乃决定再发此信。这里一共三篇文字:其一,《难忘的午餐》,为专谈饮食者,不能登大雅之堂也;其二,《给南宁一位医生的信》,里面谈到中西方医药观念之差异,有一些参考价值;其三,《再访亨教授的庄园》,为游记性质。三篇都在下面,请阅读指正。余于7月18日抵达智利,今日为9月28日。来智迄今共70日,给亲友书信凡六封,借用一句佛教用语,可谓"公德圆满"矣。顺颂

大安!

祥麟

2007年9月26日

(一)难忘的午餐

儿媳妇小任对我说,她有一位智利老太太友人,名莎拉(Sara),以前是小学老师,现已退休。这位老太太菜做得极好,自己虽然富有,但为了充实自己生活,增添生活情趣,乃在自己家开了个"家庭饭馆"。饭馆有一奇怪规则:只接待熟人去吃饭,吃了付钱,价廉物美。小任已与她约好,9月12日午饭我们去她家就餐。

下午2点半(智利午饭一向为下午3点左右才吃),黄河、小任、汴沁和我四人乘自己的车前往。老太太住在一所公寓院子的四楼,一进门我们即发现她家确实与众不同:不仅整洁之极,一尘不染,而且布置精美,陈设高雅。"精美"与"高雅"可以充分概括她家之一切设施与整个气氛。墙上有大幅海上风景油画,桌子、茶几上面摆有各种艺术珍品,陈列得整洁有序,不多不少。每间房子,包括洗手间,俱布置得精美绝伦。真可谓房间有"灵气",使人赏心悦目,心旷神怡也。

但是,若是看见女主人本人,则又十分普通。她将近70岁,一脸风霜痕迹,且微胖,从她身上看不出任何高雅气息。老太太对人异常热情,接待我们至为热诚,声若洪钟,

笑容可掬，给人以亲切感。

饭前她先招待我们饮樱桃酒，仅六度，其味清醇。主菜为每人一大煲海鲜，内有各种贝壳类食物，贝壳均整齐排列于菜煲内侧周围。另有大块鲍鱼、德国香肠、德国猪排，以及鸡肉等，均在菜煲之内，简直丰盛之极。煲内有浓汤，浓度很高，异香扑鼻，其味至美。有此美味，我们人人均大快朵颐。我个人年事既高，食量又小，今日竟亦破例大嚼，并喝完全部鲜汤。这以后有不同之各色新鲜蔬菜色拉，可惜我们人人业已肠胃饱和，无法再吃。最后则为精致甜点，甜点以后为茶或咖啡。我建议喝茶，孰料这位老太太之茶也与一般茶叶迥异，不是常见的红茶或绿茶，不是花茶，也非普洱茶、铁观音之类，而是我们从未见到过的山林里采摘的野生植物制成者，叶子很大，味美且有异香。无以名之，我仿当年燕京大学命名“未名湖”的办法，姑名之曰“无名茶”。

饭后，小任去付钱，老太太仅收我们 12000 比索，这在智利可谓便宜之极。小任深感歉疚，乃多给了 3000 比索，总共为 15000 比索，约合 30 美元。

这一顿饭，可谓“难忘的午餐”。老太太的家，是我毕生吃过饭的最精美的“餐厅”，其饮食则为我过去几十年品尝过的最美味的食品之一。虽然只是“一饭恩”，却令人刻骨铭心，永难相忘也。下午四点半，我们带着美好记忆，告别老太太，回到家中。

2007 年 9 月 16 日于智利维尼亚市

（二）给南宁一位医生的信

××医师：

谢谢您给我的药。我的儿媳妇小任于本月 8 日回到智利，我服了头孢氨苄缓释胶囊仅三四次（每次两粒）和复方甘草口服液几次，咳嗽马上停止，现在业已彻底痊愈。而我在智利看病用了 200 多美元，却依然咳嗽如故。我的孩子说，智利和美国一样，医生绝对不敢轻易开抗生素给病人。“在美国可以随便购买枪支，但却无法买到抗生素。在中国正好相反，绝对无法购买枪支，可是却可以在任何药房买到抗生素。”东西方观念之不同，如此惊人！他说，智利医生虽然知道抗生素治病迅速，却没有人敢给病人开抗生素药品。于是我只好一直咳嗽，直到我的儿媳妇由南宁带药回来，药到病除。

还有，我的嗜睡症多年来折磨我，使我每天随时想睡觉，自从服用你们开的那两种药（一种每天用四分之一片，另外一种每天用八分之一片）后，逐渐（非常缓慢）有一点好转，现在业已痊愈。我现在精力充沛，心情良好，工作效率非常高。

更为令人鼓舞者，为我刚来智利时，还喘气异常厉害，上个楼梯，气喘如牛，现在已完全不气喘了。感谢您,感谢干部门诊部,使我“恢复青春”,恢复健康。白衣天使,你们当之无愧。谢谢,再谢谢。

祥麟

2007 年 9 月 14 日

(三)再访亨教授庄园

过去我曾多次对亲友说过,智利某大学之建筑学教授亨德利克是我的好友,他在智利和西班牙共有约十处庄园。他曾多次请我去游览他的不同庄园,最近他再次邀请我去北面滨海小镇圣安德莱斯郊外、距离本市最近的一个庄园吃饭。

该庄园距离我们居住的维尼亚市凡 150 公里,开汽车去,两小时可达。9 月 23 日,天朗气清,风和日丽,我的男孩黄河、儿媳小任和我三人一同驱车前往。主人为了欢迎我们,客厅里特地播放中国民间音乐,丝竹之声,悦耳异常。一见面主人即赠送我小礼物,为一彩色精印之折叠画册,书名是 Flora Silvestre de Chile Central(《智利中部野生花朵》)。此书共有 80 种野生花朵彩色照片,奇花异卉,竞相斗艳,婀娜多姿,美不胜收。

午饭在海边露天吃。说是“露天”,其实并不完全准确,因为大家实际上是在庄园里大海边一个亭子下面吃饭的,亭子有顶,如何可以叫“露天”?我们一走出客厅,步行在繁花似锦的大花园里,一路两旁尽是五颜六色的奇花异草,恍若梦境,又仿佛是绿野仙踪,美丽得令人难以置信。饭桌,是一个硕大无比的大石板,石板厚约两寸,比乒乓球桌还大,安放在亭子下面。亭子也非常不寻常,其顶覆盖以类似“头发”之褐色干草,茅草随风飘动,诗意盎然。

午饭时我们边吃边谈,上下古今,天南海北,落花水面,都成文章。碧海,蓝天,再加上无边无际的闲谈,真可谓“天比海大,心比天大”矣。让幻想插翅膀,翱翔于宇宙之内,大海之上,任意驰骋,岂不快哉!

饭后,大家又回到客厅,继续饮茶和谈天。亨教授几个月前首次去我国旅游,没有带他的女友朵拉前往,朵拉满腹“苦水”,心戚戚焉。为了安抚她,教授一个月以前特地带了朵拉,一同参加了智利的一个旅行团前往我国。归来智利后,朵拉意气风发,兴致高昂,精神抖擞,像个初生的婴儿一样,充满生命的活力。

我们的谈话,集中在她的中国“朝圣之旅”方面。她是个浪漫主义色彩特浓的中年女子,想象力丰富,说话夸张,坐着说不足以表达她的火热激情,她干脆站起来大声宣讲。她反复强调说,中国好,中国人好,中国的样样都好。特别是谈到桂林时,她兴奋得手之舞之，足之蹈之，满口西班牙语念念有词，言辞疾若飞矢，而且以感叹语气连声叹息，“Oh，Oh！”——仅仅这一个赞扬桂林的语气词“Oh”，她可以拖延到半分钟以上，以表示她对桂林景物赞叹之强和感动之深。她面色狂喜，激情高昂，并佐以被某些女性“垄断”了的、极富魅力的眼神和手势。我相信她的真诚，因为这是她第一次去我国，桂林的山水和《印象刘三姐》绝对“征服”了她。记得亨教授上次去桂林，第一次观看《印象刘三姐》就情不自禁地感动得流了眼泪。性格冷静和十分内向的科学家亨教授尚且如此动情，更何况他的热情奔放的女友朵拉？

我们与亨教授和他的女友，都住在维尼亚市，互相往来非常容易。可是，为了开心，大家各自开车，来回走了300公里。下午6点，天色已晚，我们乃告别教授和朵拉，尽兴而返，驱车回到家里。

2007年9月26日于智利维尼亚市

13. 波士顿

葆珍：

读了您的波士顿游记，非常欣赏。这一篇文章之所以写得很好，最主要的优点：它有丰富的文化内涵，使人读了长知识——增长历史和文化知识。

波士顿是我非常喜爱的美国城市之一。我喜欢它的悠久历史和文化，喜欢它的古老建筑，喜欢哈佛和MIT两所大学，尤其是哈佛大学。我还特别喜欢它的那条“步行街”，古色古香，除了市场外，旁边还有一个雄伟而美丽的教堂。

波士顿是北美洲的骄傲，它能够引起我们的无穷遐思，发思古之幽情。您在文章中记叙了这个城市的历史，也是美国的历史。那些Puritans远渡重洋，到达了新大陆，怀着极大的勇气和美丽的理想，高举义旗，终于战胜了英国。我作为研究生在年轻时候读美国早期文学和历史，就对那一段历史异常神往。

所以说，写文章除了必须有感情有内容有文采，有时候还应该有浓厚的文化底蕴。向您祝贺，希望您继续前进，百尺竿头，更进一步！

祥麟

2007年10月4日

14. 介绍书籍

葆珍：

给您介绍两套书籍：1.《古代希腊悲剧喜剧全集》，书内包含古代希腊三大悲剧家、一大喜剧家以及《米南德喜剧》等一共 8 册书籍，皮面精装，双色套印，译林出版社出版，总定价 690 元。2.《十大才子书》，内有《三国演义》、《水浒传》、《西厢记》、《琵琶记》、《好逑传》、《玉娇梨》、《平山冷燕》、《花笺记》、《捉鬼传》、《驻春园》等古代十大著名小说，邓加荣集校，线装书局出版。

以上两套书，古代希腊戏剧，您早已知道，其重要性无须我再说。后面一套书值得我略为介绍：我国《十大才子书》是金圣叹首先批注，加上清朝其他人努力，乃终于合成十大才子书。不幸的是，《十大才子书》因种种原因，被历史淹没了，以至现在人们只知"四大名著"，不知十大才子书。邓加荣先生，有心人也，他用了 10 年时间，披星戴月，有时动员全家老少，背着干粮，去北京各大图书馆抄写考校各种稀缺版本辛苦十年，才完成这个工作。《光明日报》曾发表专文，称赞《十大才子书》的出版为"不平凡的文学抢救"。您不论是为了增强自己的文化和文学背景，或者为了向这些文学大师学习，都应该阅读它。书价我不知道。由于这部书刚刚出版不久，在美国也许难买一些，如有困难，请告诉我，我当托人去买。

目前您正在广州开会，备极辛劳。望多多保重，保持身心康泰。祝

好！

祥麟

2007 年 11 月 22 日

2008年

1. 问候英铭

Dear Ying ming:

I just received your e—mail with great pleasure, but all the Chinese characters in your e—mail are not readable. It's all in a mess. Would you please be kind enough to re—send your email in regular simplified Chinese character so that I can read it without difficulty? Or, please send it in English so that I can understand it easily.

I miss you very much. I am anxious to know your health condition after your hospitalization in Shanghai. I wish you most ardently a complete recovery and good health.

Happy New Year to you and to your family!

Hsianglin on New Year's Day

英铭先生：

收到您再次发来之电子邮件，得悉您即将前往上海，甚以为慰。这次您的来信，又是乱码，一个字也认识不出。经过我在电脑上多处点击，居然歪打正着，把收到时乱码的来信变成规规矩矩的正规繁体汉字，字字清楚，没有一个错误。尊恙治疗需时，请保持良好心态，安心治疗。古人说，“吉人自有天相”，您是非常好的人，我们是非常好的朋友，我们在等待着您的康复。

祥麟

2008年元月2日

2. 关于杨怀武之死

（一）

葆珍：

新年已经到来，祝您在新的一年，生活幸福愉快，万事如意！昨天接到明慧电话，她告诉我一个使我震惊之噩耗：杨怀武跳漓江自溺身亡。其他详情不知。此消息是鲁×告诉她的。人生无常，令人浩叹。余再谈。即颂

大安！

祥麟

2008年元月2日

（二）

葆珍：

幻灯片"Let It Snow"，《男儿泪》《绿色的情网》和来信都收到，谢谢。两篇文章都不错，幻灯片亦好，这些我都下载到我的电脑中的文件夹，以长期留存。

怀武自戕，令我震惊哀痛。他在一、二年级时，与我经常来往，改革开放后，我们也时有往来。他的古文基础很好，旧体诗词功底也深。为人老实，温柔敦厚，待人诚恳，胸无城府。不管用什么标准，他都是一个好人。反右那样巨大的考验他都经受住了，到了老年，特别是在目前国泰民安、生活比较富裕安定之时，有何理由去学投江自尽？为此，我方才专门打电话询问鲁×。鲁说，怀武有病住院（前列腺病和心脏病等疾病），后来在医院失踪，家人见他多日不在医院，也没有回家，乃报了警。公安局不久即在漓江上发现无名死尸，乃请他家人去辨认，果然是他。此事约发生于半个月以前。据鲁×说，他猜想怀武之烦恼，一是疾病缠身（但是决不存在付不起医疗费问题），二是怀武性格浪漫，生活随便，不大照顾家庭，与家人关系处理得不大好，心情大概很差，于是乃走上绝路。杨一辈子道路崎岖曲折，到了老年应该安享晚年平静生活，不料却步屈原之后尘，纵身一跃，走向永恒。他的悲剧，令人浩叹不已！近年来，由于自然规律，友人中物故者多矣，但像怀武这样自戕，却没有见过。我们在太息、垂泪之后，只能为他祝祷，祝他在天国安息，安息！

祥麟

2008年元月3日

*3. 谈学会做人

敬致诸亲好友：

前不久，遇到一件小事使我困惑异常，感慨万端。当时，我正因为一些不大不小的疾病住院检查和治疗。一天晚上，在医科大学大门口遇见一位年龄约 70 岁的老人，他是我多年前在中文系教过的学生。他问我："老师您住在哪个医院？"还没有来得及等我回答，他就马上补充了一句惊天动地的话："住在肿瘤医院吧！"这句话使我震骇，因为这句话等于说"您生了癌症吧！"

我当时十分气愤，心想世界上哪里有这种不通人情世故的人，"哪壶水不开他提哪个壶"，公然咒骂我生癌症。一气之下，我差点想用更厉害的话来呛他："我住在太平间！"可是我终于勉强控制了自己，依然很有礼貌地对他说我住在某保健中心某层楼某病房。

类似的例子还有，例如：多年前我有个学生（很遗憾，又是中文系的）到我家看我，口口声声称呼我"某老师"，可谓彬彬有礼，无懈可击。当时家母还健在，母亲进门，我乃介绍曰："这是我母亲。"使我绝对预料不到的是，他竟然立刻向我母亲致敬说："师母好！"压根儿不懂得按照我国传统风习，老师是学生的父辈，老师的妻子就是师母，老师的妈妈则是学生的"太师母"。

为了说明问题之严重程度，再举一个同样惊人的例子。我在初中时候，有个同班同学，比我年长两岁，今年应该是 88 岁的耄耋老人。他受过高等教育，而且是一位在专业上造诣颇深的钢铁工程师。前几年，他由北方不远千里来广西游览，还专程到我家探望我。使我震撼了灵魂的是，他的"餐桌礼仪"（英文叫"table manners"）却差到极点。他在我家吃饭时，不但"啪啪啪啪"把嘴拍得特别响，而且放着我家准备的公筷不用，用他自己的"私筷"在菜盘里拨来拨去，挑选食品。更使我震惊的是，他居然把他业已选中并已经放在自己饭碗里的肉类，由于不喜欢，乃把肉重新放回菜盘。我对这位"高级知识分子""总工程师"的反感大到如此程度：从此与他绝交，断绝一切关系。

上述三件事前面两件都发生在大学中文系学生身上，其中前面一人还是已经毕业而且在社会上担任语文教师 40 年的老教师，而后面那位老同学则是受过传统教育的老知识分子。他们都理应对中国传统文化和礼仪相当了解，却闹出了如此大的笑话，甚至出了丑，令人震惊。

问题究竟出在哪里？我认为其中一个重要原因，是这些人从小没有受过最基本的如何做人的教育。我国儒家传统重视做人，所谓“诚意、正心、修身、齐家、治国、平天下”，就是要人们自幼先学会做人，然后才能从事伟大的事业。而做人又是从“洒扫应对”这些小事开始，“洒扫应对”指的是一个人早在童稚之年即学习洒水扫地和待人接物——学习做人的基本功。

《朱子格言》一开始便告诉人们：“黎明即起，洒扫庭除，要内外整洁，既昏便息。关锁门户必须亲自检点，一粥一饭当思来之不易。”古人还说，“一室之不治，何以天下国家为？”（如果一个人连自己的房间都整理不好，他又如何去做好国家大事？）可见要做大事，首先必须学会做人，而做人又必须从小事开始。“洒扫应对”之重要性，于此可见矣。记得几年前我准备在某出版社出版一部书，书里有两个地方提到“洒扫应对”之重要性。不料该社那位毕业于某著名大学中文系的编辑同志，不但压根儿不懂“洒扫”的意思，而且无知无畏，居然不征求我意见，擅自大笔一挥，就把我说的“洒扫应对”改成“洒脱应对”——牛头不对马嘴，莫名其妙之极。甚至在印刷以前，她也不告诉我她擅自更改（实际是全部错改）了我稿子的多处地方。直到书籍出版后，我才大惊失色地发现拙稿文字已经被她改得错误百出，面目全非，惨不忍睹，其恶劣影响业已无法挽救。这位“斗胆包天”的编辑，除了不知道“洒扫应对”的含义外，更严重的是，由于她从小没有学习过“洒扫应对”，因而不懂得做人最基本的原则，不知道编辑修改作者的文稿，必须征求作者同意才行。

日常生活里我遇到的“不会做人”的人物和事例很多。例如，一个人在与许多人握手时，他明明在与某甲握手，但眼睛却望着某乙，与乙嬉笑寒暄。事情虽小，给某甲的伤害却很大，因为这意味着这个人根本没有把某甲放在眼里。再如，有人因为比较重要的事情给另外一个人写信，商量事情，收信人竟根本不回信。还有，有人写信给别人，在信封上只直呼收信人姓名“某某某”三个字，而没有在名字后加上称呼“同志”或“先生”。即使是与自己的学生写信，也应该尊重收信人，称呼他为“某某某同学”或者“某某同志”。书信里面一开始称呼收信者，一般说来，不可以称呼对方的三个字全名，而应该只称呼姓或者只称呼名字，下面加上“同志”“同学”“学兄”“学长”“老师”“女士”等。偶尔间我也有个别无知学生竟不懂中国的这个几千年来通行的传统风习，赠送我书籍，扉页上写的是“某某某（即我的全名）老师惠存”，使我十分反感。因为这首先表示他文化修养有所欠缺，居然不懂中国传统礼仪；其次表示他和我的关系疏远，相距十万八千里之遥。尤其使我震惊者，为我国五四时代某著名作家之女公子，把她写的书送给我,扉页错误地用我的全名来称呼我,我在回信上委婉地告诉她,她错了,只能称呼我为"某某(我的名字,不带姓)先生"或者"某(我的姓)先生",而不可以用我的全名三个字一起称呼。不料她收到我的信后,从此不再理我。估计是她非但没有认识自己的错误,反而不高兴,认为我伤了她的自尊心。孔子说"闻过则喜",对别人指出自己错误十分感谢和高兴。可是真正做到闻过而喜悦,谈何容易!今天这个修养就有许多人做不到。

中国自古以来就以文明古国和礼仪之邦著名,今天我们的这个光荣传统业已大为减退,以至于影响到我国的形象。许多人举止不文明,其中一个重要原因就是不会做人,不懂得做一个现代人应有的修养。我诚挚希望我们整个社会认真关注此事,对青少年进行如何做人的教育。这也关系到我们是否能够顺利建设和谐社会的问题,不可不予以高度重视。

最后,我略微谈一下自己近日的生活。我于去年 10 月 14 日离开智利,在巴黎换机,于 16 日一早抵达北京。之后乘火车于 20 日返抵南宁。到邕不久即被医生"强迫"住进医院,总共住院凡一月有半。在医院时使用电脑上网异常不便,用电脑印刷信件更加不可能,于是乃没有与许多朋友联系,至深歉疚。现在我已恢复健康,每日照常工作。

2007 年一晃即过去了,2008 年业已到来。一元复始,万象更新,祖国强大,人民幸福。在此新的一年之"2008 号列车"轰轰隆隆来到之时,我愿祝贺各位至亲好友

身心康泰,事业精进,家庭和睦,阖第幸福!

祥麟

2008 年元月 3 日

4. 谈马路上作画

葆珍：

感谢您发来的马路立体画幻灯片。这位艺术家不仅艺术高超，而且有很强的执着精神和毅力，他在马路上作画，需要多少精力和时间？他热爱生活，热爱人们，用独特的方式从事艺术活动和为人民服务，令人敬佩。南宁天气空前严寒，我的电脑房无暖气空调(只有冷气空调)，于是我只好整天蜷伏在另外一间有暖气空调机的房子里“冬眠”。这样，来电脑房发电子邮件，邮件即无法写得太长。再次感谢，并祝

安好！

祥麟

2008 年元月 23 日

5. 幻灯片

葆珍：

柬埔寨风景和世界十大风景区幻灯片都收到，谢谢。我把它们下载并储存入专门的文件夹，作为永久保存的资料。您是我所有友人中赠送我幻灯片最多而且总的来说质量也最高的人。原因除了您对我的关心外，同时还因为您在纽约的“舞台”大，接触面广，因而幻灯片的来源也多之故。向您致谢！我把您发来的幻灯片转发给许多友人，受到了热情的欢迎、感谢与赞扬。这些当然必须归功于您。我把一些幻灯片转发给明慧，他们全家都欣赏了，甚至她年龄仅仅两岁多的外孙女也着了迷，甚至明慧还嘱咐她的孩子把幻灯片再转发到新疆给明慧的妹妹。用句佛教语言来说，您是“功德无量”。

再次感谢您。

祥麟

2008 年 2 月 17 日

6. 介绍洪珏

诸位至亲好友：

广西师范大学中文系1959年入学、全系杰出的学生、毕业后几十年来在南宁从事中等教育工作和教育研究工作、卓有成绩的洪珏同志，制作了系列幻灯片《传统语文教学的启示》（下面简称《启示》）。《启示》系统整理了我国传统语文教学之内容、方法，进行分析讲解，使读者对我国传统语文教学有比较全面和深入的认识，并且起到引人深思的巨大作用。在编辑制作上，洪珏同志花了很大力气，搜集资料，进行整理和评论，而且还附有相关的图片。文图并茂（按：这个成语应该是"文图并茂"，我国语言千百年来这个成语都是"文图并茂"，只是近年来作为"出土文物"被人们挖掘出来后错误地改成"图文并茂"，成语不能随便改动，如此改动，令人遗憾），相得益彰。我谨郑重向大家推荐这一部幻灯片，请大家认真阅读评论，作我们语文教学的参考借鉴。请打开附件看。

祥麟
2008年2月18日

*7. 戊子春节记事

敬致诸亲好友：

我这里的所谓“戊子春节”，指的并非2008年2月7日戊子年新年这一天，而是泛指这个春节前后若干天。戊子鼠年春节，令人难忘。难忘之处，首先在于气候特色：半个多月来华东和华南大雪成灾，到处严寒冰冻，举国上下，万众一心都在抗灾。就连南宁这样号称为“亚热带”地方（附带说一句，北纬23度半的北回归线就在南宁以北不远地方），也冷得无法忍耐。我自幼畏寒成性，到了老年尤为如此。我的卧室和工作室只有冷气空调，寒气逼人，怎么办？鄙人只好整日蜷伏在另外一间有暖气空调的房间里，像某些动物一样“冬眠”。所谓“冬眠”，当然不是整日睡觉，不食不动，而是在家看书看报，沉思冥想，甚至有时候无所事事，偶尔坐在椅子上发呆，叫作“准老年痴呆”。

我订的报纸杂志很多，再加上零星购买的，大概总有20种之多。书就更不用说，共有“顶天立地”的巨大书架15个。读书乐趣，其乐陶陶。举个例子：自己年轻时候就喜欢梭罗（Henry David Thoreau，1817—1862）的散文随笔。他的随笔恬淡优雅、娓娓动人。但是，我那时太年轻，少不更事，对梭罗的理解其实非常肤浅。只有到了老年，自己的阅历丰富了，积淀了几十年的经验和尘埃，才能更加深刻地理解和欣赏这位美国19世纪著名思想家和他的文章。

梭罗除了受超验主义大师爱默生的影响外，还特别欣赏大自然的良辰美景：他认为“生命十分宝贵，不应为了谋生而无意义地浪费掉；树林和溪流的世界是好的”（见《不列颠百科全书》中文版第17卷39页）。

春节期间，我再次阅读了自己青年时读过的梭罗的文章，理解更加深入。他在《散步》一文中说：“我信仰森林，信仰草地，信仰那使玉米得以生长的夜晚。”（I believe in the forest, and in the meadow, and in the night in which the corn grows。）他在文章中反复强调散步的重要性。他说，“你必须像骆驼那样散步，据说骆驼是唯一在步行时反刍的动物。有一位旅行者曾请求华兹华斯的女仆带他去看看她的主人的书房，女仆回答说，‘这里是他的图书室，至于他的书房则在户外’。”（you must walk like a camel, which is said to be the only beast which ruminates when walking。When a traveler asked Wordsworth's servant to show him her master's study, she answered, “Here is his library, but his study is out of doors。")以户外的茂林、芳草和大地作为"书房",从中吸取精神养分,此梭罗心目中典型之华兹华斯也。

说起华兹华斯,我觉得还有好几位与他有类似想法的名人。无论是华兹华斯或者梭罗,以至中国的陶渊明和法国的卢梭,这些人虽然各不相同,却都是大自然的爱好者。

另外还有一个人也值得谈谈,那就是我国清朝的郑板桥。此人虽说较少像上面提到的中外作家那样对大自然讴歌赞美,但是在追求自然上,他也很有自己的个人特色,即他对仕途厌倦,而向往渔樵耕读的乡居生活。这突出表现在他的《板桥道情十首》中,在《道情》序言里,他说他非常喜欢自己创作的这十首歌,"每到青山绿水之处,聊以自遣自歌",认为"这也是风流世业,措大生涯"。《道情》一开始就歌唱渔翁,说"老渔翁,一钓竿,靠山崖,傍水湾,扁舟来往无牵绊。沙鸥点点轻波远,荻港萧萧白昼寒,高歌一曲斜阳晚。一霎时波摇金影,蓦抬头月上东山",这以后他分别歌颂了下层人民许多行业的人。最有趣者是,他竟然热情赞美了没有人会羡慕的小乞丐的乞讨生涯:"尽风流,小乞儿,数莲花,唱竹枝,千门打鼓沿街市。桥边日出犹酣睡,山外斜阳已早归,残杯冷炙饶滋味。醉倒在回廊古庙,一凭他雨打风吹。"这里,他无疑大大地美化了小乞儿的生活,可是从另外一个角度看,诗人所描绘的乞儿生活除了也有某些真实外,更重要的是,诗歌反映了郑板桥放浪形骸歌唱乡村乞儿自由自在生活的浪漫主义情怀。在这一点上,他与上面我列举的中外作家有一些共同之处。

春节时期我家居生活之其他方面也值得一谈。人老了,难免糊涂,我也不例外。为了摆脱生活琐事干扰,我把自己的衣食全部委托小保姆代管,我只是"饭来张口,衣来伸手"而已。春节期间,小保姆无意间拿了最糟糕的一双袜子给我穿。此袜子糟糕之处,在于它"年久失修",患了严重的"老年退化症",我一穿上去,它就会自动下滑,不断后退。那天早晨,我穿上了这双"自动"袜,由寝室走到工作室,只一二十步路吧,竟发现左脚早已光秃秃,袜子与我"拜拜",不知何往矣。我说怪了,自己一共只走过两间房子,那只滑脱的袜子肯定就在附近,谁知我找遍楼上包括卫生间的每个房间,失踪的袜子始终不见踪影。不巧的是,那几天小保姆正好请假回家过年,我当时正急于上街吃早点,找不到另外的袜子,慌乱之中,只好仅仅在右脚穿了一只"单亲"袜子,左脚赤脚,换上皮鞋,骑上自行车,直奔米粉店。

说起骑车子,多少友人都劝我说我年龄大了,再也不可骑车上街。我无法同意他们的意见,因为骑车上街不仅迅速,节省时间,更重要的是,步行太辛苦,骑车节省精力。此时也,我像是驾驶了一叶扁舟,游弋于行人之中,清风徐来,水波荡漾,我与芸芸众生，比肩而行，自我感觉，无比良好。此时也，我心如明镜，浑身舒畅，诗情画意，不禁涌上心来。

在街上骑车缓缓前行，还有一大好处，就是可以东西张望，左右逢源，欣赏马路旁的多种景色。我住的这条街，两旁有各种店铺，名称千奇百怪。例如："涟漪"包子店，"东方月皇"糕点店（鄙人孤陋寡闻，只知月亮上有嫦娥和吴刚，却从未听说还有什么"月皇"，真不知他是何方大神），"甜蜜蜜"婚姻介绍所，等等，店铺名称大都诗意盎然，好不令人陶醉。至于怪异店名，古人说，"见怪不怪，其怪自败"，我对这些早已见多了，习以为常，并不惊奇。

可是，日前我突然发现对面街上新开了一个绝对奇怪的店铺，叫作"礼品回收商店"。再看它大门上还有斗大的大字说明，"香烟、五粮液、茅台"等名贵烟酒都在该商店收购之列。初看之下，我大吃一惊，想到"怪事年年有，今年特别多"，难道朋友送的礼物也可以拿到商店里出卖"回收"？难道宝贵的挚友情谊也可以论斤来卖？如果把朋友送自己的礼物，也送到商店里换钱，岂非亵渎神圣、出卖友谊，纯属太卑劣乎？但如今这个专门收购礼物之商店确实开了，而且生意兴隆，可见出卖礼物的人不在少数。再推理下去，我觉得事情还没有这么简单，因为如今各单位逢年过节发给职工的礼品不少，礼品多了，收礼者自己吃用不完，于是就拿去出卖，这就使得问题愈加复杂化。可是说到底，不管怎样，我始终认为，此风不可长，大规模发放礼品是错误的，出卖礼品更加错误。这样的"回收商店"，应该让它关门大吉，压根儿不允许其存在。

冬日严寒，我的电脑房并无暖气空调，这封信是在鄙人双手冰冷、两腿冻得像两根僵硬冰棒之情况下打字完成的。遥望远方白云蓝天，忆及诸位至亲好友，不胜驰念。此信已过长，到此为止。顺颂
大安！

祥麟

2008 年 2 月 19 日

*8. 七彩缤纷，浪漫旅程

——1950 年回国记

敬致诸亲好友：

一

往事如云,彩色斑斓。我当年由美国返回祖国的许多细节,清晰得如在目前,然而,58 年过去了,回首前尘,不胜感慨。

我于 1947 年前往美国留学,就读于亚特兰大城的艾莫黎大学(Emory University)研究生院,专业是英国文学。1949 年 8 月毕业并获得硕士学位。10 月 1 日毛主席在天安门升起第一面五星红旗,我万分兴奋,感动得热泪盈眶,恨不得插上翅膀立刻飞回祖国。当时经友人介绍,我已经联系好在桂林广西大学任教,该校聘请我为外文系副教授,等候我去上课。可是我阮囊羞涩,没有旅费,遥望太平洋滔滔巨浪,只有干着急,无法成行。

美国政府看到新中国成立,三四千中国留美学生在美国,它举棋不定,不知该如何处理。不久,美国国务院终于做出决定,所有中国留学生,凡是愿意继续念书者,一律由美国政府发给足够的生活费,供给他们继续深造;凡是愿意返回中国者,则由美国国务院发给免费乘坐车船证件,使之得以回国。

我立刻申请回国,由美国国务院发给一张由亚特兰大到旧金山的火车乘车证和一张由旧金山乘轮船回国的轮船乘船证。我也预订了船票,订于 1950 年 2 月中旬乘"戈登将军号"轮船归国。

那时候我的一个"难题"是如何处理自己的恋爱问题。因为我正在热恋一位浙江女学生 S,她和我同学,1927 年出生,比我小六岁,在艾莫黎大学攻读生物化学硕士学位,为人单纯,正直,聪明,温柔而且非常美丽,可以当之无愧地叫作"秀外慧中",楚楚可人。我确实舍不得离开她。可是,爱情与爱国不能两全,我只有舍爱情而取爱国可也。此外,我也有幻想,以为我回国了,可以争取她回国,到那时我们就双双比翼齐飞,喜结连理。当时已经有朋友"警告"我,问我和 S 有没有"超友谊"的行为。我说绝对没有,因为我把她当成"女神"一样尊敬甚至顶礼膜拜,哪里敢亵渎神圣,有"超友谊"行为。朋友接着说,“如果你真的和她没有超友谊的关系,那你就必须做好思想准备,准备你回国后恋爱垮台。”我说:“是的,我做好了这个准备。”可是,另外一方面,和她分别,感情上的千丝万缕联系,哪能一下就割断。我在离开亚特兰大以前,认真写了一首一千多行的长诗,恭恭敬敬用最高级的道林纸抄写并装订成册,再装上非常漂亮的棕色封面,奉献给她。长诗最主要的一句话是:

亲爱的,如果
我不更爱
自己的祖国,
我又如何配得上
爱你?

离开亚特兰大那天,她和许多朋友都到火车站送我。她给了我一个礼品包,对我说:“现在不许看,只有等火车开了才可以打开看。”火车开行了,我与她和大家热诚挥手告别。打开礼品包一看,居然是一个金光闪闪的“爱尔琴”(Elgin)手表。我的感情火山立刻爆发,千行热泪奔流出来,无法控制。附带说一句,我在美国留学两年多,一直没有手表,而是用一个闹钟,甚至考试时也带了闹钟去应试。不是买不起手表,而是“不拘小节”,从来没有想到应该买个手表。

火车到了芝加哥,需要等候几个钟头,然后更换上开往旧金山的火车。我抓紧时间,在冷风刺骨的严寒中,一个人再次单独游历了芝加哥,参观了工业展览馆,也逛了书店。

美国火车旅客一向很少,我登上了开往旧金山的列车,发现自己乘坐的车厢,一共只有六七个人。再仔细一看,有一位黄种的青年旅客,不知是哪国人。我就走到他面前,用英语问他是中国人,还是日本人。他说是中国人。我立即开始用普通话与他交谈。问他“您到哪里去?”他说:“去旧金山。”我马上说:“我也是去旧金山。”然后,我又问他旧金山以后还去哪里,他说他要回国。我问他搭哪条轮船,他说:“戈登将军号。”我说:“太好了,那我们同船。我再问他在哪个学校念书?”他说:“在密西根大学(现在通译为密执安大学)学物理,已经获得了学位(他很谦虚,只说自己获得了学位,却没有说是博士学位。那一年他才25岁,真可谓少年英俊)。”我又问他:“大学本科在哪里读的?”他说:“在西南联大。”

我高兴极了,说世界上哪有这样的巧合,我也是西南联大毕业的,我们是同学。这样我们立刻就成了朋友,决定一同到旧金山,并且一起回国。我与他互通姓名,知道了他的全名。这里姑称他为Z学长。我们既然是同学,大家又都思想进步,马上就好像旧社会时两个地下党同志联络成功了一样,于是在火车上交流思想感情,谈时事政治,谈西南联大,谈回国后各人的打算,等等。总之,上下古今,无所不谈。我还提议,到了旧金山,咱们两人一同住在唐人街的基督教青年会招待所,那里我住过,房间干净舒适,价廉物美,他也欣然同意。

到达旧金山后,我们一同乘了一辆出租汽车,住进唐人街的基督教青年会招待所。当时距离轮船起航时间还有两三天,乃一同上街吃饭,逛马路,然后各人在旧金山忙自己的事情。等到开船前一天,Z 学长突然来告诉我说,他不能与我一起坐“戈登将军号”回国了,因为他的朋友(一位进步学生)被美国国务院发现是共产党员,取消了这个同学的船票。Z 兄认为这是迫害和歧视我国进步学生,万分气愤。为了表示抗议,他决定自己也放弃美国国务院的免费船票,另外自费购买“蓝烟筒公司”的轮船船票返国。我对他的这种正气凛然行为,非常佩服,同时对我们不能同船回国,又异常遗憾,只好一个人回国。等到开船那天,学长亲自去轮船码头送我,我在轮船甲板上望着码头上的这位老同学,互相微笑致意。不久,轮船汽笛鸣响,高音喇叭里奏着美丽乐曲,“戈登将军号”缓缓离开码头,连接码头和轮船的千百根彩色纸带一一被拉断了,我与友人热情挥手告别。再见了,我的学长!再见了,美国!

二

我在“戈登将军号”轮船上住了 20 余日。我们那艘轮船本来说是由旧金山去上海的,但是由于当时中美没有建交,而且两国关系很坏,轮船开航后,还无法肯定能否停靠上海。经过轮船公司和我国有关方面反复交涉,才知道不论上海或者北方的大沽口都不能停靠,于是轮船乃临时决定改往香港停靠。此外,这一趟轮船还有一个特点,即它主要为运送日裔的美国公民和日本旅美侨民数百人返回琉球岛和日本本土。既然绕道琉球岛,航行时间便必然延长,于是原先走上海只需要半个月的旅程,现在则需要 20 天以上。整个轮船只有 20 多个华侨和华人,而“正宗”的中国公民(即讲普通话的中国人)只有我和比我年长十几岁的中国学者张之毅先生。张先生我原先并不认识,但我们在船上一结识了,就成朋友。一路上我与他天天聚会谈天,交流心声。我知道了他是我国的一位资深学者,回国后将在中国科学院工作,对他十分敬佩。

对我来说,这是一次典型的浪漫主义海上旅行。首先,我这个“爱国青年”,投奔新生的祖国,内心无限兴奋,充满浪漫主义情趣和思想。在船上我意气风发,兴高采烈,天天都像是过年一样高兴。其次,那次航行海上气候恶劣,风急浪大,轮船像一片树叶那样在巨浪中被抛来抛去,颠簸得吓人。最“恐怖”时船头和船尾不停地前后“磕头如倒蒜”,全船华人个个呕吐不止,简直要把肠胃都倾倒出来。只有我和张之毅先生经得起巨浪考验,我们两人吃得好(船上的伙食特别精彩,冰淇淋味道很美,苹果也甘美无比），睡得香，后来在香港上岸时，个个华人都像是生了一场大病，体力严重衰退，而我却更加健壮，体重增加了两磅。第三，我的浪漫主义性格与生俱来，不仅天天早晨起来观看海上日出，而且同时继续谈恋爱，其中乐趣，无法形容。

如何"继续"谈恋爱呢？我早已与S约好，要求她必须经常给我写信，我一路经过檀香山（火奴鲁鲁）、菲律宾的马尼拉、日本横滨等地，她应该每次提前把她给我的航空信寄往我沿途各个停靠点，写明由当地"美国总统轮船公司"转交"戈登将军号"转交给我。轮船一收到我的信，即通过高音喇叭呼唤我，我马上去办公室取信。倒过来也一样，我经常给她写信，把信贴上美国邮票，交给轮船的办公室代为发出。这样我一天到晚都处在精神高昂状态，亢奋异常。然而，还不止此。轮船有无线电设备，与美国任何大城市的花店都有业务联系。旅客只需交纳很少的费用，就可以向自己在岸上的亲人送鲜花。我仅仅花了两美元，即预订了一大束康乃馨鲜花，写上我的姓名，由亚特兰大的一个鲜花商店直接送到S的"闺房"门口。这是如何浪漫的旅程，如何浪漫的生活！

轮船先后经过马尼拉和琉球岛，都停靠了。在马尼拉一共停留了将近三天，我试图登岸游玩，到了轮船门口，菲律宾的出入境管理人员挡住了我，说"您的护照在美国没有去菲律宾大使馆签证，无法登岸。"我再三和他理论，都没有用。正发愁时，那个菲律宾人突然问我："您能够帮助我购买一条美国香烟么？"我立刻懂得他在和我做交易，如果我能给他在船上的小卖部买条香烟，他就可以放我上岸。这种舞弊行为我当然绝对不能做，于是我只好放弃登岸的想法，乖乖地回到船舱里面忍受闷热和无聊。

琉球岛山明水秀，风光美丽，但我也因没有签证，只好待在船上。到了横滨，情况大不相同，当时日本处于美国军管之下，美国轮船上的旅客游览日本没有任何困难，每人只需交纳8美元，即可去东京游览一次。我随轮船组织的旅客参观团，由横滨乘坐长途公共汽车前往东京。一路18英里（54华里）旅途，给我最深刻难忘的印象，一是当时日本人民的贫困，二是美国飞机对日本轰炸的彻底。日本军阀，作恶多端，战争后期，人民贫困之极，食品甚至肥皂都没有。我去东京时，战争停止已将近5年，可是横滨到东京路上的汽车，绝大部分都是燃烧木炭的（没有汽油），上坡时候，汽车动力不够，只好停下来，在汽车后轮用两块木头挡住，以免汽车下滑，然后司机拼命用风箱吹木炭炉子，加大动力，车子才能继续开动。更为惊人的是，从横滨到东京的公路上，一眼望去，两边全部为残垣颓壁，一片瓦砾，没有任何一座完整的墙壁。可见战争中美国飞机对这里轰炸得彻底。我发现当时东京人民极为贫困，人人衣服褴褛，脸黄肌瘦，面有菜色。我们在一家高级宾馆吃了茶点，然后游览东京市容，参观了日本皇宫外景，还去了仍然十分繁华的银座。

下面我得像卢梭在《忏悔录》里忏悔自己错误一样，"坦白"一下我在轮船上的错误。旧社会时,我喜欢赌博,积习难改。登上"戈登将军号"以后,我发现船上有"吃角子老虎"(slot machine)赌钱机器,大喜若狂,遂开始玩它。最初有输有赢,后来"形势"急转直下,对我不利,一直输钱,而且越输越多,竟至不可收拾。长话短说,轮船到达横滨时,我已经把自己的那一点积蓄基本输光,全部"财产"只剩下不到20美元。那时我颓丧已极,也极度后悔,不知应该如何才好。当时张之毅先生已经成为我的朋友,轮船离日本开往香港时,他建议说:"你输的非常厉害,再赌下去,更加危险,可是就此罢手也不是办法。这样好吧,你再拿出两美元来,用来翻本。如果赢了当然很好,如果输了就认命了,决不再赌。"我认为他的建议很好,乃给了他一美元,由他替我赌;另外我自己也留下一美元,准备"翻本"。此时也,我胆战心惊,如临深渊,如履薄冰,每次拉一下"吃角子老虎"的把柄(拉一次5美分),都反复考虑,万分小心。"失败是成功之母",经过历次惨败,我也终于发现了那个机器的"奥秘":要轻轻地、慢慢地拉,使机器平稳旋转。果然不错,一下子"奇迹"出现,机器哗啦一声,里面的全部辅币都掉了下来,我居然得了一个"满罐"(最高奖)。之后,我又小心翼翼,如法炮制,真没有料到,更大的"奇迹"出现,我再次获得满罐。这两次满罐,使我不但全部翻了本,而且倒过来一共赢了七八十美元。旁边观看的黑人,为我大声欢呼,引得许多华侨也一片欢呼。我在高兴之余,立刻宣布赠送给全船的华人每人一瓶可口可乐。这时候,自己感到真正的"扬眉吐气",认为这不仅是我个人的胜利,更是我"代表中国人民战胜了美帝国主义"。

再补充说一句:这是我毕生最后一次赌博。回国以后,直到今天我不但从来没有再赌过任何麻将或者扑克牌,而且甚至1995年到了美国最大的赌城拉斯维加斯,自己也没有赌博。那次我与广西师范大学出版社同仁们一同去美国访问,我既是当然的"翻译",又因为年龄最长,成了那个访问团大家默认的"名誉团长"。到了赌城,我说了一句话:"国内规定凡是党员赌博的,一律开除党籍。大家这次参观赌城不管是不是党员,应该如何办事,自己考虑好了。"结果所有的成员没有一个人赌博的。这叫作"浪子回头金不换",我真的"改恶从善,重新做人"了!

三

次日上午,"戈登将军号"抵达香港,停泊于港口的海面上。当时香港还非常落后,群众生活也比较苦。轮船停在那里,需要办理入港手续,旅客还不能登岸。许多旅客把一只只美国硬币丢在海里,立刻有香港儿童像杂技演员一样由小划子上飞跃入水中,用嘴衔住钱,以此谋生。我看到这些穷孩子如此冒生命危险去抢钱,心里十分难受,这就是殖民地人民的痛苦,英国绅士作为殖民地的"主人",作威作福,养尊处优,而香港的中国儿童却自幼忍受如此苦难,成为外国旅客的"玩物"。

终于可以登岸了，一上码头，又出现了我预想不到的事情。六七个人力车(即所谓"黄包车")工人，一拥而上，来抢我的行李，争抢着要我乘坐他们每人的车子。总之，贫困落后现象，到处可见。我当时还有钱，住进了"六国饭店"的一个房间。这"六国饭店"名字很气派，在20世纪50年代初的香港，应该属于比较"高档"的旅馆，但如果以今天的标准来看，则是设备很差的低级旅店。除了房间内有脸盆和洗浴设备外，一切都很陈旧。每天房租为15元港币。

在香港街上，我也遇到过使我气愤填膺的事情：我看见一个英国水兵，公然走到一位中国中年妇女面前，摸她的脸。这种殖民地的丑恶现象，使我愈加痛恨英国殖民主义。那些日子，我对香港印象之坏，无以复加。我真想马上离开这个鬼地方。可是，我事前与农工民主党广西省和桂林市的负责人、我在高中读书时的老同学和好友张纯之约好，要去探望在香港住院生孩子的他的夫人仇女士，并且与她一同返回内地。在医院见到张太太，才知道她刚刚生下一对双胞胎女儿，身边还带了她的年仅三四岁的大女儿。这母女四人，都需要我陪她们回内地，我这个"浪漫主义者"一介书生又如何照顾得了。她说，她必须等候纯之的侄子前来护送她们，请我一起等候，然后大家一块走。我以为侄子很快即可到达，孰料那个侄子一直不来，我在"六国饭店"快要付不起房租了，乃赶快由旅馆搬迁至他们夫妇的友人那里居住。新住处在九龙一条偏僻的街道上，条件之恶劣，简直难以想象。我住在那家厨房门口的一个过道中，过道只放了一张供我睡眠的"行军床"(即帆布做成的折叠床)，即很难再走人。我床头的厨房不但炒菜味道特浓，烟尘滚滚，更可怕的是，厨房地面有一条很浅的排水沟，所有臭水全部由那条沟排出，就连我们的小便也得由那里排出(大便则需要去街上的公共厕所解决)，臭气熏天，无法忍受。我就是在那样的恶劣环境中居住了大约半个月，非但长期忍受臭气和污水臭味的折磨，而且连自己"战胜美帝国主义"的"战利品"(美元)也消耗殆尽。好容易等到纯之的那个侄子来到，我剩余的钱仅够购买由九龙经广州去桂林的硬席座位火车票了。

我们一行六人(三个大人，一个女孩，和两个双胞胎婴儿)于四月初"浩浩荡荡"离开九龙市内，到达九龙火车站。想不到"奇迹"出现，竟然恰巧遇见Z学长和我搭同一趟车也去广州。朋友重逢，我与Z都格外欢欣。更为巧合的是，我与Z学长在火车上分离时并未约好双方何时从广州搭火车北上，没有想到等到我三天后到了广州火车站，准备去桂林时，居然又巧遇Z学长于车站，他去北京，我去衡阳然后转往桂林，又是同一趟火车。这种好像不大可能发生的一次又一次巧合，使我理解了小说里说的"无巧不成书"和佛教所谓"缘分"的含义。好像是"上帝"有意安排，我和他从来不约会下一次在哪里聚会上车，却每次比约好的还要准确，大家不约而同地在新地方见面。不同的是，Z 学长的经济条件比我优越得多，他去北京乘坐的是软席卧铺，而我则只能坐硬席座位。

到了衡阳，我还得重新买票去桂林。衡阳到桂林，是我这次“浪漫主义”长途旅行最艰苦的一段旅程。我 4 月 8 日上了去桂林的硬席座位车厢，发现那列火车设备极差，所有窗户玻璃全部损坏，叫作“四面透雨，八方通风”。当时天气极冷，又密雨连绵，列车开行，车厢里里外外狂风呼啸，雨水扑面打来，冰冷刺骨。旅客只有用打开的雨伞放在车窗口挡风，却又抵挡不住风雨。我的两腿冻得僵硬犹如两条冰棒，已经麻木不仁。火车又走得出奇的慢，再加上它在任何小站都要停车，旅客之痛苦情况，实在无法形容。由衡阳至桂林的这辆“老牛破车”，整整走了 24 个小时才到达。

到了桂林，一切都异常顺利。我首先住在农工民主党友人的机关里。次日去将军桥广西大学报到，很快就见到校长杨东莼先生。他热情欢迎和接待了我，嘘寒问暖，还问我在香港是否去《大公报》社领取了他留在报社给我的旅费。我说，《大公报》社我去过了，只是替友人订阅报纸，压根儿不知道领取旅费一事。当时广西大学已经开学，我很快就在外文系上课，开始了自己以后一连 50 年永生难忘的教书生涯。

剩下只需交代两件事情：其一，我这整个“浪漫旅程”中的旅伴 Z 学长是当之无愧的“人中豪杰”“国之精英”和“社会栋梁”，回国后他长期领导我国原子弹和氢弹的研制工作，成了我国的“两弹元勋”，为祖国建立了赫赫功勋，万人景仰；张之毅先生在学术上也有很大成就，可惜后来因病而英年早逝。其二，我回国后，浪漫主义积习未改，每星期都和女朋友 S 卿卿我我，互通航空信，鱼雁往还不断。抗美援朝战争开始后，我受到外文系同事和友人安淇生教授好意劝告说：“您必须马上停止和她通信，否则您和敌国通信，问题就非常严重。”对于他给我扣的大帽子，我当然不能接受。可是，当时的政治气氛确实十分严峻。“形势比人强”，经过“惨烈”的思想斗争，我终于以“壮士断腕”的悲壮心情和 S 停止通信。不久她来信质询，说：“是不是因为看我落后，你不理我了？”我当时难过之极，询问安教授我可否回她一封信，告诉她说因为朝鲜战争，无法和她继续通信。安教授说：“绝对不能再写信，你越是解释，情况就越复杂。”于是，我竟不敢回信向她说明原委，连与她告别一下都不敢，使自己成了彻底的、不光彩的“负心人”。

顺颂

大安！

祥麟

2008 年 3 月 15 日

9. 说自己的感情故事

介山、明非老师：

来信敬悉，谢谢。我的感情故事，几乎都受到当时“大气候”的干预，因而失败。这样的题材，写信够了，写小说我以为没有必要，更何况我不适于小说创作。感谢二位的关心，与朋友交流心声，足矣！再次感谢。

祥麟

2008年3月16日

附：我曾是个蜘蛛

余于1986年在美国北卡州威克森林大学任教，是年冬，乘赴亚特兰大参加美国南太平洋比较文学学会之便，于该市郊东克列佛顿路访问当年女友S氏“闺房”旧址，心潮鼓荡，不能自已。回忆往日情景，一切宛然在目，唯独不见伊人倩影，激动之中，泪若雨下。旋成诗一首如下：

我曾是个蜘蛛，
朝夕织网吐丝，
织成情网一面，
献给他乡新知。

姑娘感我情深，
与我心心相印，
情意缠绵曲折，
已属难舍难分。

我曾是个蜘蛛，
朝夕织网吐丝，
吐出千行长诗，
写我少年情痴。

祖国巍然崛起，

慈母频频唤儿。
告别我心上人，
留下一片情痴。

关山大洋阻隔，
万里一线情丝，
何来风云突变，
鱼雁戛然而止。

三十六载飞逝，
如今复来旧地，
异国风景依然，
故人莫知所之。

死灰岂能复燃，
只为此情固执，
点起心香一瓣，
奉献蚌妮S氏。①

蜘蛛吐丝如故，
孰料物换星移，
何处绿衣邮人，
为我投递此诗？

① S姑娘之外文芳名曰Bonnie，为爱尔兰语，中译作“蚌妮”。爱尔兰语中之“Bonnie”者，“美丽”之谓也。

10. 希腊深蓝与各国王妃

葆珍：

今日一早起床，打开电脑上网，即收到您发来之两封电子邮件，十分高兴。两组幻灯片俱属精品。《希腊深蓝》展示了希腊古代神庙遗址，古色古香，发人幽思。小镇店铺，风光无限，引人入胜，对于我这个外国文学专业者尤其如此。《各国王妃》，可以增长知识，益智清神，给人以美的享受。不但我个人感谢您，我的众多友人也将同样感谢您，而且他们还感谢我，这就使我无功受禄，不好意思。总之，谢谢，再谢谢。

祥麟

2008 年 4 月 2 日

11. 关于“评估”

介山、明非二位老师：

谢谢来信。对于“评估”，大家意见基本一样。按照现在的“评估”标准，我的母校西南联合大学的那些破教室、茅草棚宿舍和简陋的实验室肯定会被评为不及格。而某些刚刚由师专猛提升上来的“师范学院”则肯定被评为“优秀”。碰巧昨天“愚人节”我收到网友发来的一张报纸，上面刊载了有关“评估”的“消息”。今随此信附上，请打开附件参看。当然，报纸只是“愚人节”一些人的“幽他一默”而已，不必认真看待。另外，再发一份幻灯片给你们。

祥麟

2008 年 4 月 3 日

12. “老”字用法

葆珍：

两篇文章我都读了，写得不错。《清明节》一文感情深刻真挚，异常感人。另外一篇，我更有同感：西方人的风习最恨别人说自己“老”。于是“老”成了忌讳。于是，“老兵”不叫“old soldier”而叫“veteran”，社会上称呼“老人”不叫“old man”，而叫“senior citizen”。这与中国的风俗刚好相反。你说的那个电视台记者或者主持人对西方文化完全无知，乃至大错特错，竟毫不自知。这些不应该发生的事情发生了，令人感慨万端。

您发来的新幻灯片，都非常好。巴比伦为人类文明发源地之一，看了幻灯片不禁发思古之幽情。挪威风光也很有特点，特别是我在研究生时代，认识了一位挪威的好朋友，更使我怀念他。

一桃来了信，要我为他即将出版的书写序言，我正酝酿中。余再谈。

祥麟

2008年4月8日

13. 我国传统称谓

介山、明非同志：

前不久，我给中文系三位“老教师”发了一封信，表示对他们直接用我的全部姓名三个字称呼我之震惊。他们都是我的学生，而且是一进广西师大中文系就由我“启蒙”（我是他们“现代文选及习作”课程的任课教师）的学生，出现这样错误，乃更加使我吃惊。最初我的信对三人的斥责相当严厉，后来征求友人意见，乃改为稍微缓和的批评。现将那封口气改缓和了的信奉上，供二位参考。

祥麟

2008 年 4 月 13 日

附：下面为我给他们的信

×××、×××、×××三位同志：

谢谢你们赠给我之尊著《×××××××》，你们为编写×××××做出重大贡献，功不可没，可喜可贺。谨向你们祝贺！不知何故，尊著为去年 12 月签名赠送我者，但我直到最近方才收到。

有一件“小事”，想和三位谈谈。即我看到你们在赠送给我的书籍上册扉页上，写了“贺祥麟先生教正”，不胜惊诧。按照两三千年来我国的传统礼仪和称谓习惯，在这样的场合，对被赠书者（更何况他是你们的老师）绝不可把对方姓与名三个字一起称呼的。从古代司马迁到现代鲁迅、茅盾以至毛泽东，他们写信称呼对方时，一定只称名字或者字、号，而决不会连姓三个字一起称呼的。例如，司马迁称呼任安为“少卿足下”，而不是“任安足下”或者“任少卿足下”。毛主席的友人写信称呼他老人家，一般均为“润之先生”，而决不会在信内称呼他为“毛泽东先生”（全名）。查阅一下中国传统的尺牍选，即可知道几千年来从来没有人写信直呼收信人全部姓名者。日前我曾与历史系钟文典教授在电话中顺便谈及此事，钟老师听了同样大为惊异，说“怎么可能有这样的事情？”我听了无言以对。我说话喜欢直言直语，不善于转弯抹角，上面这番话，可能过于率直了一些，如有冒犯之处，尚请诸位海涵。说错了时，则请批评指正。顺颂

安好！

祥麟

2008 年 4 月 6 日

14. 再谈“评估”

明非、介山二位贤伉俪：

谢谢张老师发来之有关评估的文章。我认为不论怎样说，评估总是害大于利。“劳民伤财”是大家基本上一致的评论。以我区高校而论，我认为无论哪所学校，大家都心里有数，都对它们的教学和学术水平估价差不多。例如某个师院，根本不用评估，我也可以肯定它们的水平不高（因为我们是同行，大家互相了解），难道还用你花吃奶的力气去评估吗？更荒唐的是，这些学校，评估的结果基本上竟都是“优秀”，实际上却是“中不溜儿”，离“优秀”还差十万八千里。这样非常不准确的评估既劳民伤财，又结果错误，还浪费了全校师生大量的精力和时间，究竟有何好处呢？还不说评估组本身的问题，例如有个别全国名牌大学，大家都知道它很优秀，可是由于它不在乎，不认真接待评估组，成绩竟被评的较低。这又如何解释？我认为出现评估这样的“喜剧”，根本原因在于领导主观任性，没有发扬民主，没有了解社情民意，只由某些领导“一言堂”决定。一言以蔽之，应该对“评估”进行一次认真的“评估”才好。上面说错了的，尚请批评指正。

祥麟

2008年4月13日

*15.《见证人民中国》序

故事得从半个世纪以前说起。1957 年秋天的一个傍晚，一位满脸稚气的归侨青年来到当时我在桂林广西师范学院中文系的家看我。他拿了一封正式的介绍信给我，我一看原来是我当时隶属的广州作家协会介绍他来的，并且知道了他是一位很有才华的青年诗人，立刻肃然起敬，热情地接待了他，和他促膝谈心。就这样，从此开始了我和这位小伙子半个多世纪的友谊。这以后多年以来，我一直把他当作自己的一个挚友，甚至在 1960 年我结婚时，还专门邀请他参加了我的既隆重又寒酸（“寒酸”是事实，因为当时正值“三年困难时期”）的婚礼。

这个青年就是王一桃。从某种意义上说，我认为一桃是一个非常富有传奇性的不平凡人物。你看，他出生于 20 世纪 30 年代的英国殖民地马来西亚，40 年代时日本侵略者占领马来西亚，他随家人四处流浪逃亡，吃够了苦头。“二战”胜利以后，他还是一个十几岁的孩子，就因为思想进步，被英国殖民者逮捕入狱，坐了两年的牢。18 岁时他被殖民地当局遣返回国，然后他在广州上了中学，以后又考取广西师范学院中文系，毕业后在南宁从事文学教学和组织工作垂 20 年。1980 年由广西去香港办理继承遗产手续，接着便“下海”经商。这“下海”是一桃的“曲线救国”之“妙计”，为的是给自己打好经济基础，以便以后终生从事文学创作和文艺事业。在有了比较雄厚的经济基础后，一桃就毫不犹豫，正式“归队”，从此展开了他一连 20 年辉煌而火红的文艺事业。过去这些年中，一桃除了组织“香港文艺家协会”和“世界华文文学学会”团结了海内外一大批作家之外，还“奇迹”般地创作了大量诗歌、散文以及文艺理论文章，成为文艺界的一大“奇观”，成为人们津津乐道的“王一桃现象”。现在，一桃又将自己在内地生活许多年所写的散文随笔辑成一册，名之曰《见证人民中国》。我认为不论对于一桃或者对于他的许多读者来说，这都是一件十分有意义的事情。英国 19 世纪浪漫主义诗人华兹华斯说过，每个人的过去经历，都由许多“时间的点”组成，把这些“点”连成一串，就可以看到这个人的思想和行动的“轨迹”。一桃新书里的这些文章，既为我们提供了他在那些年代中生活和思想的“轨迹”，也像一滴水反映太阳的光辉那样反映了那个时代，因此是很有意义的。我虽然比一桃痴长十几岁，但毕竟我们还同属于同一个时代，他的许许多多经历我也都经历过。那些年代，我们共同经历了既有灿烂阳光又有疾风骤雨的日子。往事如云，应该把它们记录下来，不仅是作为纪念，更重要的是“温故知新”，从往事吸取经验教训。

记得一桃在我校中文系毕业时，我们许多老师都想把这样一个出类拔萃的优等生留下来担任助教，但是不行，因为当时中文系极“左”思潮肆虐，系领导把凡是成绩优秀的学生一律视为“走白专道路”、“只专不红”的学生，他们所喜欢的那些所谓“又红又专”的学生大多数人都是些“听话”而又碌碌无为的平庸者。于是就出现了如此荒谬的现象：整个中文系多年来品学兼优、拔尖又拔尖的三个毕业生王一桃、陈葆珍和洪珏，毕业时先后都受到不公正待遇，陈葆珍和王一桃被认为是走“白专道路”的典型，根本不能留校；洪珏毕业时由于全系老教师拼命争取，虽然破例勉强留校任助教，但是好景不长，不久以后，1965年“四清运动”来到，把洪珏留校作为“资产阶级反动教育路线”来批判，于是又将他一脚踢出校门，下放到中学里去。多年之后，我曾经戏称他们三人是中文系赫赫有名的“三剑客”，为母校争光，为祖国和社会建立了功勋。今天，这“三剑客”的贡献早已为社会所公认，王一桃在香港是爱国文艺界的一面旗帜；陈葆珍是纽约的华人女作家；而洪珏则是广西研究中等教育专家中的佼佼者。“是黄金，总是要发光的”，“三剑客”以古稀之年，至今仍然是学术、教育或文艺界的中流砥柱，大放光明，可喜可贺。他们三人都经历了各自的逆境，但他们总是在逆境中鼓翼疾飞，终于成功，并获得了全社会的承认。由此可见，说到底，咱们的社会还是公正的，它不会平白埋没一个真正的人才。

际此《见证人民中国》即将出版之时，谨略抒一些卑之无甚高论的感想如上，是为序。

贺祥麟

2008年4月14日

16. 保健

某某同志：

你问我的保健“经验”，现概述如下：1.从小不喜欢吃猪肉，更绝对避免吃猪油，同时从来不吃任何肥肉。这样我的血管便十分清洁，心血管没有粥样硬化。前若干年进行冠状动脉造影检查后，医生当场称赞说：“从来没有看见老年人有这么美丽的冠状动脉！”2.自16岁开始，每天坚持午睡，雷打不动。抗日战争时我有一段时间工作单位无法午睡，我就到附近野外坟堆上面午睡。最无法午睡时，我就在厕所坐在抽水马桶上打盹五分钟。这样，无论工作多忙多重，一般说来，我不会透支体力。3.自23岁起，我坚持每天必喝牛奶，因此不缺钙，以后几十年来严重跌倒过多次，“跌倒爬起来”就是了。例如1992年在美国骑自行车，突然一转弯，到了因修马路而用机器打碎的、布满路上的一个个像利刃一样的水泥尖上而跌倒，血流如注，到医院一检查，骨骼依然完好如故，只把伤口缝了4针。总之，不论每次跌得多重，我从来没有骨折过。4.自从进入大学以后，直至今日，除了天天必定读书写文章用脑子外，更重要的是，我坚持“重脑力劳动”，这样自己的脑子始终很灵，反应非常快（即使现在以耄耋之年，反应也绝不比年轻人慢）。所谓“重脑力劳动”不是指写一般文章或者记日记，这样的劳动太轻松，不算重劳动，而是指写大型学术论文，需要查资料，做卡片，分析资料，考虑自己的论点和论据，考虑谋篇布局，还要使论文有“新意”，这些都需要大动脑筋，锻炼脑子。直到现在，我每年都要参加各种学术会议，发表质量比较高的学术论文。5.从少年时代起，我就热爱文学，大学以后的专业是英国文学，受欧洲古代希腊人文主义和19世纪浪漫主义影响甚大。这样我的人文精神和浪漫主义气息就非常浓厚，充满激情，热爱人类，热爱祖国，热爱生活，感情充沛而年轻。现在我的心态和精神状态，与20多岁的年轻人一样。当然，优点同时也是缺点，我幼稚，主观，容易冲动，好像是永不成熟。6.心胸比较开阔，生性乐观开朗、大方慷慨，对金钱从不斤斤计较，助人为乐，不让琐碎小事影响自己的感情。我从来不生闷气，凡是心里不愉快有情绪时，一定尽快把它宣泄出来，使得心理恢复平衡。要知道，千万不可生闷气。有个亲戚，与妻子关系极坏，而他自己又非常内向，被妻子欺侮后，一个人关起房门、紧闭窗户猛力抽烟生闷气，结果才50多岁，就生肺癌病故。7.我的性格外向，乐于与人交往，充满幽默感，容易和大家做朋友，一同嬉笑,享受生活的乐趣。例如,有一次在邮局,邮局一位年轻女职工与我熟悉,托我代她找男朋友。我当即回答她:“这太容易了,不要说介绍个把男朋友,就是介绍十个八个,也毫不困难。”女孩子开心极了,不料我突然话锋一转,对她说:“可是,有一点我应该提醒你,就是:我为你介绍的朋友全是年龄与我差不多的80岁以上的老头子,你要不要?”女孩子马上给吓得“落荒而逃”,而旁边的人听了则无不捧腹大笑。还有一次,在桂林某大饭店吃饭,蓦地饭店一楼失火,浓烟滚滚,几个青年拼命往楼下逃跑,可是因为黑烟太厉害,把人呛得无法呼吸,根本出不去,他们只好又回到楼上。这时,为了保护大家,我提议我们去一个很大的包厢里面,紧闭门户,以抵御浓烟。暂时安全了,我的乐观情绪和幽默感马上来到,就与大家开玩笑说:“现在请每人写遗嘱,和家人告别。”这样的玩笑尽管似乎不太合乎时宜,但我判断救火车肯定即刻可以来到,我们的安全绝对有保障,才敢于在如此危险时候,还“幽他一默”,缓和了大家的紧张情绪。后来我们终于在二楼找到一个“太平门”,沿着门外的简易楼梯,安然脱险。附带补充一句,由于火灾突发,饭店一片混乱,所有的客人都没有付款(也无处付款),那是我一辈子唯一不论东道主或者我自己吃饭都不掏钱的“白吃”。

改革开放初期,我当时已经将近60岁。正是如此高龄,我才开始“大展宏图”,一边教书,一边在全国和全世界奔跑,大约整整干了20年才退休。这都得益于自己的身心健康,否则就不可能有如此充沛的精力。

但是我也有反面教训,即:1.困难时期,单位动员大家休息,我不休息,反而更加努力用脑子,为一个出版社写书,非常艰苦,叫作“枵腹写作”,还自鸣得意,以为“我吃的是草,吐的是牛奶”,可谓非常愚昧,严重透支了脑力。结果造成脑子受了损伤,容易疲劳。2.以前还每天早晨锻炼身体,一早在桂林爬山,这是对的。90年代以后就停止了锻炼,身体乃开始衰弱。这些都是教训。

以上是我不成熟的经验教训,仅供参考。

祥麟

2008年4月21日

17. 师生关系

明非老师：

我最近给广西师大中文系毕业的一位学生和朋友的谈论同学与同学以及师生关系的信，供参考。

祥麟

2008 年 4 月 28 日

附：给某学生的信

某某同学：

来信敬悉。来信谈及师大中文系往事，使我感到异常亲切。老同学之间、师生之间之感情，非常牢固。我们西南联大外文系的老同学见面，不管各人毕业后如何（指社会地位），互相都直接称呼名字。甚至对已经担任“党和国家领导人”的同学，最多也只是称呼“某某学长”，而无人对他称“官衔”者。即使当年在校时压根儿不认识的同学或师生，现在初次见面，也马上成为亲人，相互间没有任何隔阂。例如我与西南联大外文系老师李赋宁先生（前两年他病故以前，一直是北大教授，我国英语界泰斗）在大学时我没有选过他的课程，他也完全不认识我。几十年后，在北京一见面就成“好朋友”。他写信给我，每次都非常谦虚地称呼我为“某某兄”（这当然使我惶恐之极，决不敢当），而信的末尾他的落款竟是“弟赋宁”。我自幼受到我国传统教育，知道“天地君亲师”（民国后改为“天地国亲师”），“一日为师，终身为父”，对赋宁师从来“执弟子礼甚恭”，不敢有丝毫懈怠。例如对师母，她年龄比我还小，但每次见面或写信，我都恭恭敬敬地称呼她为“师母”，自称“学生”。老师病故以后，我第一次去北京探望师母，一看见房里悬挂的老师遗像，我立刻向遗像三鞠躬致敬，而且热泪满面。传统优秀文化对我们的影响就是如此深刻，它一直深入我们的骨髓和灵魂。

从另外一个角度看，当年我们的老师对学生也有这样感人的事例：我们外文系大师级学者吴宓先生（我选过他的《欧洲文学史》一学年），在课堂上公开承认自己的学问不如他的学生钱钟书。这是如何难得的尊重学问、尊重知识，如何感人深深！我国传统的师生关系就是这样。

反观“文革”的时候，中文系有个姓萧的学生，居然在大批老教师被批斗时，跑上舞台打了每个老师的耳光（真不知他如何下得了手！）。“文革”后期，“社教运动”时，我们到农村劳动和参加运动，被同学严厉“管制”，老师们动辄得咎，被痛加训斥。改革开放以后，中文系有个年级举行聚会，那些当年“专”我们“政”的男女学生，尽管我们都原谅了他们（因为他们也是受害人，年幼无知），他们还是羞愧万状，开会躲藏在最后一排，不敢会见我们。这些“内伤”，受伤的不只是那几个学生，而是一代青年和整个国家的文化、文明和风气。有些情况，真有点像孔子说的“礼崩乐坏”的模样，令人感慨万端。写得多了，不说也罢，不说也罢。祝好！

祥麟

2008 年 4 月 23 日

18. 一些语文错误

明非老师：

您对语文错误有兴趣，现将我今天发给清华大学校友总会的信附上，请参看。

祥麟

2008年5月10日

附：给清华大学校友总会的信

清华校友总会负责同志：

有件事情我早就想向你们反映，只因工作忙碌遂耽搁下来，即校友总会每次给我发来的信封上对我的称呼格式有严重错误。信封上写的是："某某某(学长)收"。"学长"两个字前后加上括弧，令人震惊。因为根据中文习惯，括弧的作用是解释和说明上面的文字，例如豫(河南)、鲁(山东)、鄂(湖北)等。哪有在学长前后加上括弧的呢？当然，近年来，由于我们社会长期对语文不够重视，出现了语文大滑坡现象，确实有不少人写信在信封上把"先生""女士""同志"等称谓前后加上括弧，甚至把"收"字前后都加上括弧。但是这是文化低的人的错误，清华大学这样全国著名的大学如何可以出现如此低级的错误呢？我国语文界权威杂志《咬文嚼字》曾把这个错误列为"2006年全国语文10大错误"之一，对这些错误进行了严肃批评。母校又如何会犯这样的错误呢？令人百思不得其解。请你们费心改正这个错误，并教育年轻的工作同志不要再犯同样的错误。

顺致

敬礼！

贺祥麟

2008年5月10日

19. 对“飞天”的翻译

李汀贤侄：

来信收到。由于我不懂佛教,“飞天”的翻译我不敢妄加胡言,乃专门请教一位对佛学很有研究的同志。蒙他很快回信,现将他的答复发送给您如上,请查收。如果还有疑问,请发电子邮件给我,当再请友人回答。你爱人和孩子都请代为问候。

祥麟

2008 年 5 月 20 日

附:我摘录的友人发来有关“飞天”的文字资料

窃以为,“飞天”就是“诸天”,就是“诸天”在听法时产生吉祥圆满喜悦之境界化身。如从佛教经典中找依据可谓俯拾即是,经变(文字)中则更多。《净土五经》中就有多处,所谓“诸天法喜”“人天法喜”“天人法喜”者都是。和希腊的天使不同,佛教中的“飞天”不是神的使者,不具有代神护佑,传达神旨,代神行事等意思,而是指法界的一切,是法界蒙受佛的教诲所产生的美妙吉祥之境界。从这个意义上说,印度考古学者的说法无疑是正确的。其他诸如“天仙”、“天人”、“天女”、“天部”均不确。从造型艺术角度上说,“飞天”形象确实如向达先生所说,是印度以及中亚、南亚犍陀罗艺术借鉴希腊艺术的再创造之一(其实,佛像、菩萨、力士等形象都是)。所谓“抄袭”就是指这种再创造而言的。可它又不是“天使”,不是“爱神”,翻成“诸天”又太抽象,直译“犍闼婆”又不通俗,故从 Celestial Attendants 的意思考虑,“为诸天服务”或者“飞翔的诸天”,于是“飞天”“Flying Deva”,这个既符合形象的表现力,又不违背佛教教义的词就成立了。至于“Flying Figures”,那确是完全符合佛教教义的,但确实显得空泛了些。关于“飞天”形象由印度始创到中国化、汉化的过程问题,我下载了两个网页,随信呈送您,请打开附件看。

*20. 汶川大地震

敬致诸亲好友：

首先，让我们一起肃立，为汶川大地震死难同胞默哀一分钟。

今年上半年是我国多灾多难、多事之秋的半年：年初有许多省份发生冰雪灾害；接着有胶济铁路火车出轨造成重大伤亡的灾难；3月有一小撮藏独分子在拉萨等地打砸抢烧和在各地破坏奥运圣火传递的骚乱；5月则是多年来没有见过、震动了半个亚洲、震惊了全世界的四川汶川的8级大地震。特别是汶川大地震，给我们带来了极大的灾害。天摇地动，举国震撼，全国上下，共此国殇。巴山蜀水，齐声呜咽，天苍苍，野茫茫，我们的多少同胞，从此离开他们的亲人、离开了我们大家而去。流不完的眼泪，若江河滔滔；数说不尽的哀思，滚滚涌出。但是，中华民族是坚强的民族，我们不能一直沉溺于哀痛，更重要的是痛定思痛，化悲痛为力量，救死扶伤，重整家园，走向未来。

任何事情都有两重性，坏事可以变成好事。一小撮藏独分子的骚乱，反而从反面激发了中国人民像火山一样爆发的爱国热情和民族精神。全世界第一次万分惊叹地见到了我们的民族魂，改变了国外一些受到西方媒体过去长期歪曲报道而造成的他们对中国的错误看法，我们不论在道义上还是在实质上都获得了很大的胜利。而汶川地震则是，大灾难让整个世界瞪大眼睛看到了中国政府、人民和人民解放军的万众一心、齐心协力，以最高的效率和最快的速度救灾，实在难以想象。要知道，凡是生活太优裕，没有敌国和外患来警惕和磨炼自己的，那国家就一定会灭亡。抗日战争时，我始终牢记在心灵深处的成语和口号是“灭此朝食！”（把这个敌人——指日本帝国主义消灭了，然后再吃早饭。）真是气壮山河，浩气如虹！当然，还有孟子的名言：“天将降大任于斯人也，必先苦其心志，劳其筋骨，饿其肌肤，空乏其身，行拂乱其所为，所以动心忍性，增益其所不能。”上述这些，都是我年轻时的励志格言，正是在这些格言的熏陶感染下，我们这一代人在苦难中成长了起来。

近年来，我听到社会上不少人对现在的年轻人纷纷议论，说什么“1980以后出生的青年都是独生子女，小皇帝或者小公主，太幸福了，娇生惯养，所以只有自我，没有远大志气”，这话也许有一部分是对的，因而引起了我的忧虑，心想：这些孩子生于安乐，将来怎样接班呢？于是，余心戚戚焉。可是经过了藏独分子的骚乱和这次汶川大地震的洗礼,我觉得我们的年轻一代人逐渐成熟了,在敌人和灾难面前,他们毫不犹豫,“挺身而起,拔剑而斗”,以主人翁姿态,立即站在战斗第一线,冲锋陷阵,义无反顾。他们在海内外奔走呼号,守护了奥运圣火的传递,也参加义工工作,战斗在抗震救灾第一线,成长为令人刮目相看的成熟的一代,成为我们为之骄傲的一代。老一代人的接力棒,可以放心地交付给他们,使我们的社会主义建设事业后继有人。

这次汶川大地震中,我读到一些与地震有关的感人诗篇。其中最使我感动的,是北京一位无名作家撰写的诗歌《为地震死去的孩子而作》:

自从,倒塌的墙,把阳光夺走,
我再也看不见,你柔情的眸。
孩子,你走吧。
前面的路,再也没有忧愁。
没有读不完的课本,和爸爸的拳头。
你要记住,我和爸爸的模样,
来生还要一起走。
妈妈,别担忧。
天堂的路有些挤,有很多同学朋友。
我们说,不哭。
哪一个人的妈妈都是我们的妈妈,
哪一个孩子都是妈妈的孩子。
没有我的日子,你把爱给活着的孩子吧。
妈妈,妈妈,你别哭。
泪光照亮不了,我们的路。
让我们自己,慢慢地走。
妈妈我会记住你和爸爸的模样。
记住我们的约定,来生还要一起走。

汶川大地震,全世界都在关注我们,国外有许多文章赞扬中国人民万众一心抗灾救灾的伟大精神。下面是俄罗斯新闻社站编辑部 5 月 17 日发表题为《中国,挺住!》的文章概要:

汶川地震让半个亚洲震动,让整个世界震惊。中国经历的磨难太多,但从没在磨难中倒下。面对灾难,中国展现出坚韧与顽强;珍视生命,中国赢得了全世界的敬意和赞扬。

在这个生死交织、人神共泣的时刻,我们愿共同分担这份痛楚,愿共同祈祷生命的希望。

中国不需要同情,中国需要理解;中国不需要安慰,中国需要支持。我们愿以杯水之力,尽寸尺之能,和中国人民站在一起。我们知道,一个总理在两小时内就飞赴灾区的国家,一个能够出动十万救援人员的国家,一个企业和私人捐款达到数十亿的国家,一个因争相献血、自愿抢救伤员而造成交通堵塞的国家,永远不会被打垮。

希望必将与中国同在。

让我们为生者祝福,为死者祈祷。中国,走好。

这次地震给我国造成的损失太大、创伤太重了,但是“多难兴邦”,中国人民是打不倒、压不垮的。中华儿女正在用自己的实际行动谱写出一首当代最伟大的史诗。汶川将像烈火中的凤凰一样重生,而且更加美丽多姿。奥运会将如期胜利召开,中国将永远屹立在世界的东方。我在痛悼汶川地震死难者的哀痛中赶写此信,给各地的至亲好友们诉说自己的心声如上。

顺颂

大安!

祥麟

2008 年 5 月 24 日

21. 谈翻译

李汀世兄、燕云：

你们好！

关于“飞天”的来信，我收到后由于深感自己对佛学的无知，实在不敢随便回答（因为如果因无知而胡乱回答，必然错误），乃赶快发电子邮件给我的一位对佛学有深刻研究的友人彭庆山先生，请他帮忙回答。彭是这里师范学院中文系的教授，古文修养很高，对佛学又很有研究。他的回信一到，我立即转发给你们，该信想来早已收到。只因当时我正在赶写一篇香港友人约我写的文章，非常忙碌，遂没有另外详细再写信给你们。现在我有了一些空闲，就写这封信给你们。

进行翻译，必须在精通中外两种文字外，还必须精通与翻译文件内容有关的专业知识。这次你们来信确实难倒了我，因为我对佛学完全是门外汉。近日我又一再阅读了你们的信，仍然觉得你们提出的问题不容易回答。综合彭教授来信和你们来信，我觉得向达先生根据“Celestial Attendants 而翻译成“飞天”，应该是可以的。你们说得很对，“约定俗成”实际上久之就成为权威，应予承认。有时候翻译确实非常难，意大利格言说“翻译家就是叛徒（Tradoctor, tradictor）”（指翻译必然背叛原著），很有道理。不要说你们两位提出的佛学名词难译，即使某些日常用语，有时也很难翻译。例如中文“撒娇”一词就很难翻译成英文。记得当年第一个人翻译但丁《神曲》第二部题目“Purgatory”，把它翻译成“炼狱”，我认为这是绝对的错误翻译。因为“炼狱”在中文中指的是非常痛苦的地狱，但是但丁的意思是说许多人诞生在耶稣之前，没有机会信奉基督教，这样，他们死后进入天国前，就必须进入介乎地狱与天堂之间的那个 Purgatory 先洗去自己的罪恶，然后才能进入天国。Purgatory 正确的翻译应该是“涤罪所”，而不是“炼狱”。可是，现在连天主教都把 Purgatory 错译成“炼狱”。我们对这个错误的翻译毫无办法。我以为你们提出的“约定俗成”理论用在“飞天”上很对，因为首先，翻译没有绝对的正确，可以模糊一些，让步一些，其次，既然大家都用了“飞天”一词，而且用得那么广泛和自然，那么我们就应该承认它。即使这样，我仍然没有很大把握，因为我是“外行”，不敢冒充“内行”。

非常高兴知道锦天已被九所美国大学录取，而且他已经决定去罗彻斯特大学。可见锦天成绩之优秀。来信谈到你爸爸没有机会留学，我非常同意您的看法。你爸爸不是一般人，而是出类拔萃的优秀知识分子和学者。他的语言和文学天才都非常高，而他的艰苦钻研和苦读精神更是人中豪杰，无人能比，我一直认为你爸爸是“国之精英”（Cream of the Nation）、“社会栋梁”（Pillar of Society），他不但志气远大，品格高洁，而且天分极高，再加上他还有异常可贵的“拼命三郎”精神，读书之刻苦，可以和古代苏秦相比。他当时只差一样，就是机遇。仅仅是因为他没有适当的机遇，乃使他无法去国外进一步深造，以翱翔于更高的天空。这个遗憾可谓终生憾事，无可弥补，令人抱恨终天。你爸爸是我们那一代人的骄傲，是中国知识分子的楷模。无论对他作多高估价，都不为过火。我从内心深处景仰他，怀念他。现在，他的未竟之志有你们的孩子来完成了，我诚挚地为锦天祝福，祝他拿好爷爷的接力棒，勇往直前，走向胜利！

前不久，我收到已故恩师李赋宁先生的夫人、师母徐述华女士由北京寄来的有关李先生的资料，异常精彩，等过两天我把它复印邮寄给您（师母不用电脑，无法用电子邮件）。另外，我前几天给众亲友写了一封有关汶川大地震的信，现随此信发给您，请打开附件看。顺祝

安康！

祥麟

2008 年 6 月 7 日

22. 关于《清明上河图》

明非老师：

谢谢您发来之《清明上河图》幻灯片。《清明上河图》是我国珍贵的名画，无价之宝。我对它特别有深刻感情，因为我童年在河南开封读书，在汴梁河畔生活多年，对它有难分难舍的感情。北宋时候，我国的东京有如此高的生活水平和文化，如此繁荣的城市，是中国的骄傲。这样的名画，应当毕生珍藏。再次感谢！

祥麟

2008 年 7 月 1 日

*23. 成都、北海和湛江行

敬致诸亲好友：

今年四五月间，我先去四川成都，又去广西北海市开会，最近还去了广东湛江市。由成都回来后本应写信给亲友报告在蓉经过，但不料5月12日发生了震惊世界的汶川大地震，死难同胞数以万计，举国哀悼，抗震救灾，任务繁重，在此情况下，我觉得未便和亲友谈论一些欢乐事情，因此乃将写信事搁置下来，直至今日。尽管如此，向亲友报告自己在成都和北海之经过，依然必要，遂写此信，回忆去成都和北海情况。

一

5月下旬，我只身乘火车前往成都，目的有二：其一，是探望舍妹佩珺一家和友人王火夫妇；二是参加荷兰友人马丁的婚礼。

一上火车，就碰见一件“怪事”：我乘坐的包厢来了两位中年夫妇，我与他们打招呼，不料二人竟不理我。这便一下激怒了我。我想，这对夫妇如此无理，我决定“以眼还眼，以牙还牙”，发誓一路决不搭理这两个人。不久，又上来一个旅客，他很快就发现了问题。对我说：“您看，这对夫妇是聋哑人，他们两人一直在用手语讲话。”这才使我恍然大悟，认识到自己冤枉了好人，错怪了这对聋哑夫妻。

于是我便主动和二人笔谈。“不谈不知道，一谈吓一跳”。我这一辈子第一次和聋哑人笔谈，使我大开眼界，很快便发现聋哑人（至少是这一对聋哑夫妇）与普通人确有不同：第一，他们很少有机会和正常人笔谈交流，因此一有这样的机会，就非常兴奋，表现出异常的热情；第二，他们（至少是与我笔谈的女子）的面部表情特别强烈，不论是喜怒哀乐，都立刻在脸上强烈表现出来。何以故？我认为是因为正常人交谈时用语气的轻重缓急和抑扬顿挫来表达自己的感情，而聋哑人压根儿不会说话，失去了这个优势，只好用强烈以至夸张了的表情来表现自己；第三，更为有趣的是，我发现这一对聋哑人夫妻对人比正常人更为开放坦率，胸无城府，也就是说，他们比一般人更加“单纯”，不设防，原因大概是由于他们日常生活接触的范围小，只限于和他们同样的残疾人，想不到社会上有许多他们所无法想象的坏人和坏事，于是就异常纯洁。

我与聋哑女笔谈，问她家庭情况，只问一点，她就像所谓“竹筒倒豆子”一样，彻底

“坦白”。例如，她告诉我他们夫妻二人的姓名、年龄（男60岁，女52岁）、工作单位、退休后各自的工资（男1060元，女900元）。她还告诉我说她姊妹三人全是聋哑人（可见遗传对后代影响之大）。他们夫妻对目前生活非常满意，二人有一个女儿，现年27岁，身体完全正常而无残疾（我认为这是因为“隔代遗传”，要到再下一代将会有聋哑人再度出现），已经大学毕业，在重庆市劳动局任秘书。和这对夫妇笔谈，我感到异常愉快，尽管我们原先互不相识，可是只一开始交谈，他们就与我推心置腹，好像多年知交一样。

去成都的两个目标，其中第一个即探望舍妹佩珺和好友王火兄，很快即顺利完成。妹妹刚动手术，手术成功，恢复迅速，即将出院。火兄多年来生活一直非常美满幸福，近年来夫人凌大姐患病，需要火兄照顾。我曾询问火兄何以不请一个保姆帮忙，火兄说几十年来他们夫妻二人相濡以沫，大姐病了吃药和生活等事，只信任和依赖他，因此只有他才能照顾。火兄以耄耋老人之高龄，写作和阅读以及社交等工作如此繁重，竟然摆脱其他一切工作，把照料夫人生活放在首位，使我无比感动和钦敬。他们当年的爱情经历与波折，比梁山伯与祝英台、比罗密欧与朱丽叶这些驰名世界的恋爱故事还要曲折动人。火兄这些数十年如一日坚贞不渝忠于爱情的精神，使他成为“模范丈夫”，当之无愧。我此次赴蓉，见到火兄夫妇一家，与他促膝谈心，互相倾诉衷肠，诚我生活中之莫大幸福也。

二

参加友人马丁的婚礼，是我这次旅行的又一重要任务。其实，说“友人马丁”并不十分准确，马丁是我友人、荷兰朋友、荷兰原驻广州总领事的公子，我的“真正”友人应该是他的父母。马丁在成都与成都姑娘小彭结婚，他父母郑重邀请我去参加婚礼，我想到自己去成都，可以探望王火老兄、探视舍妹以及参加婚礼，一举而三得焉，我又何乐而不为？遂欣然同意前往。

马丁的恋爱和婚姻，极富浪漫主义情趣。这个青年本来在上海经商，一次机会偶然去广州出差，碰巧遇见在广州工作的小彭，灵魂立刻被震撼，心里对自己说：“这正是我找了多年没有找到的理想爱人，我要不惜一切代价去娶她！”姑娘经单位同意，已经决定去美国留学。尽管马丁已经开始他的“春季攻势”，姑娘仍坚决按原计划，前往美国。马丁不但陪她前往，而且以后还多次去美国看望她，逢年过节必定不远万里去探望姑娘，向她敬献鲜花，假期则带她去欧洲各国旅行，这种绝对忠诚、锲而不舍的精神终于感动了女郎，于是检察官乃变成了新娘子。

婚礼非常隆重，在成都一个五星宾馆举行，来宾共计约200人，其中由欧洲各国赶来参加的有60人。我曾询问过几个欧洲来宾，知道他们是专程前来参加婚礼的，婚礼之后，立即返回欧洲。想想吧，这些欧洲的客人，乘飞机跨越半个地球，不远数万里来到成都，只为了参加半天婚礼，不亦感人之至乎？和这些“万里长征旅客”一比，我这个从南宁赶来的客人就不算稀奇了。但我也有自己的绝对优势，鄙人现年87岁，在一切参加这次婚礼的客人中年龄遥遥领先，是绝对的“冠军”。唯其如此，伊姆在他的正式致辞中，他再三感谢并且唯一提到具体名字的客人，就是在下。

婚礼隆重异常，既有古典主义的庄严气概，又有浪漫主义的浓郁欢乐气氛，中西合璧，情趣盎然。使我预想不到的是，婚礼的主持人竟然不是新郎或新娘的父母，而是一位气宇轩昂声若洪钟、精通21世纪时代潮流的“婚礼专业人士”。在整个两个小时的婚礼中，他像个久经百战的大将军一样，发号施令，运筹帷幄，决胜疆场。他旁边配备了一位英语非常流利的翻译，算是他这个“司令员”的“参谋长”。“一切行动听指挥”，参加婚礼的所有人员，包括新郎、新娘、傧相和伴娘、双方家属以及一切来宾，全部都得听命于主持人和他的助手。

婚礼开始时，通道上烛光融融，闪闪发光，一派祥和气氛。此时也，傧相和伴娘各二人，手捧蜡烛，缓缓步行而下。新郎先由楼上下来，至“主席台”，引吭高唱中文爱情歌曲(新郎的普通话非常流利)，紧跟着新娘也下楼至“主席台”。新郎立即对新娘下跪，表示爱情。二人由“主席台”携手沿楼梯而下，互相长吻。与此同时许多电火花立刻迸发，响声噼啪，光芒四射。一对新人站在梯阶上，两边墙壁上的投影屏幕显示出新郎之巨大身影，由新郎发表“投影演说”，叙述他对新娘的无限恩爱和眷恋之情，情深意切，感人至极。新娘也用英语说：“You are my inspiration。I love you。”(你是我的灵感。我爱你。)接着墙壁上投影屏幕上出现巨幅画面，由新郎为大家弹钢琴。新郎琴艺高超，给大家留下了异常深刻的印象。之后，屏幕放映新娘的录像和录音，她也有自己专长，善于绘画，她很快为新郎画了一张肖像画。新娘接着在屏幕上讲述他们的恋爱经过，二人在世界各地作逍遥游。屏幕上的新娘还一往情深地说：“两年以来，不论我去哪里，都有先生陪伴我。”这以后新娘又亲自现身说法向来宾致辞(请注意，是新娘本人说话，不是录音和录像)，谈他们的恋爱经过，她最后说：“是马丁的诚恳感动了我，于是我才结束了自己的检察官生涯。”她还说，马丁对她的关怀无微不至，帮助极大，于是就改变了她的整个人生。

这以后，主持人担任了西方婚礼中牧师的角色，开始分别询问新郎和新娘：“今后一生不论在疾病或者健康中，不论在逆境或者顺境，你都能始终如一地爱她(他)么?”

等到两人都做了肯定的答复后，二人交换戒指。主持人还特别交代戒指要戴在左手的无名指上，因为左手无名指直通心脏。交换戒指后，还有一些节目，如双方家长讲话和合影等，兹不赘述。婚礼之后为吃午饭。下午和晚上还要举行盛大的歌舞会，我因年龄关系，下午的歌舞会没有参加。

这次婚礼是由成都市专门的婚庆公司设计和操办。据说，现在社会上比较隆重的婚礼，都由专业公司设计和主持。1980 年以后诞生的青年男女婚礼要讲“个性”，强调“个性化”。为了显示排场，有的人租了 10 匹英国良种骏马参加婚礼游行，这些马每头售价 10 万元以上，一次婚礼租马费用最少要 4000 元。

三

成都以后，我又于 5 月中旬，去广西著名的滨海城市北海参加莎士比亚学术讨论会，会上会见了许多新朋旧友。本来每次参加学术会议我都要在会上宣读新的论文，这次由于时间来不及，而会议主持人又坚持向我索取论文，我只好拿一篇旧作来充数，十分不安。会议中间，我一时兴至，给大家朗诵了莎士比亚悲剧《恺撒大将》里面布鲁特斯的演说词。这篇演说词 70 年前我在中学时候曾背诵得滚瓜烂熟，多年以来没有复习，忘记了一些字句，此次朗诵只好“照本宣科”。所幸自己豪情不减当年，也算为会议添了一点花絮。

由北海归来后，我又于 7 月初与友人一同去广州湛江探望一位老同学。在湛江除了游览市容外，还驱车前往广东徐闻县一行。徐闻是我国大陆陆地上最南端的一个县，与海南岛隔海相望，由于行程匆匆，我竟没有时间详细游览，至以为憾。这样，我这次前往徐闻县，说句粗话，只能像《西游记》里孙悟空那样在“五指山”下做个纪念，写上“齐天大圣到此一游”而已。此信已写得太长，余再谈。

顺颂

大安！

祥麟

2008 年 7 月 12 日

24. 致谢及致敬

李汀世兄您好：

本月14日东方闻樱女士由她在南宁工作之胞兄陪同光临寒舍，与我再次欢聚、畅谈并合影。东方者，美女并美制片人也，品质高尚、谈吐高雅，在她光艳照射之下，我家蓬荜生辉，不胜荣幸。东方者，有心人也，蒙她以大包小包礼物相赠，使我感愧交加，我一介书生，无以为报，只好将最近给亲友报道自己去成都、北海和湛江旅行经过的信件送给她一份，与她交流心声。中央电视台电视剧创作中心实为藏龙卧虎之地，李汀将军麾下，强将之下无弱兵，制片人、编剧人均为大笔如椽、梦笔生花之写作与电视剧制作能手，令人钦敬。家居之中，乏善可陈，谨抒发一点感想如上，向您致谢及致敬，并请费心代为向东方女士敬致诚恳之谢意。小贺同此，不另。

祥麟敬上

2008年7月16日

25. 情报员阎宝航

介山、明非二位贤伉俪：

谢谢电子邮件来信及发来之“鸟巢”照片。前些时我在北京时，一个朋友专门开车送我去参观“鸟巢”。可惜当时“鸟巢”尚未开放，我们只能站在外面领略一下它的风光。下个月的北京奥运盛会，不但门票难求，而且即使有了门票，住旅馆辗转乘车去参观之辛苦也决非我们老人之所能胜任者。我始终认为参观奥运会开幕式最佳方式为在自己家里观看电视，这不但省去舟车之劳累，而且比在现场看得还更加清楚，内容也丰富得多。应该感谢电视机、电脑等现代尖端科技的发明者，他们对整个人类做出了重大贡献，赫赫功勋，万世景仰。

你们两位不久前去华东作逍遥游，令人羡慕。这是离退休老人的特殊幸福，在职者无法享受。顺便说一句,阎宝航先生我虽然不认识他本人,但对他非常熟悉。我在初中读书时,他在当时的“新生活运动促进会”工作,名字经常出现在报纸上。新中国成立前他对党的事业做出了巨大贡献。例如,德国法西斯即将进攻苏联,就是他最先知道并汇报党中央的,党中央通知了斯大林,可惜斯大林一味相信苏联和德国订的那个臭协议,完全丧失了应有的警惕,以至没有任何准备,在战争初期遭受惨重损失。阎宝航的功勋,将永远记录在史册上。

夏日炎炎,你们二位如何生活,甚以为念。顺颂

俪安!

祥麟

2008年7月26日

26. 谢礼物

李汀世兄您好:

以特快专递形式发来的包裹今天上午收到。您花了如此大工夫与精力购买礼物并投邮,使我十分感谢、感动。现将前些时我的一位友人和学生为我制作的保健经验幻灯片发给您,供您欣赏,并请提意见。请打开附件看。小贺请带为问候。祝

好!

祥麟

2008年7月28日

27. 诈骗电话

2008 年 7 月 31 日　星期四　晴

上午我个人的专用电话铃响,录音讲话说我欠柳州招商银行国际长途电话费 2380 元,如不马上缴费,今天下午就要切断我的电话线。

我非常惊讶,立即按照录音电话指示按照他们的要求按了“请按 2”电键,然后与对方谈话。我说这简直是天方夜谭,我按照规定已经刚刚交纳了整整一年的电话费和宽带联网费用,此外我还另外有 400 元的电话费余额存在账上,根本不可能欠费。再说,我与柳州招商银行从来没有来往,何以会有这个欠账。

对方说,他查了一下,知道我在今年 5 月 15 日到柳州市电信营业厅注册了电话,申请书上我的住址是柳州中山路 103 号,用的是我的名字。我说,这根本不可能。他说,如果您说的是事实的话,那么,就是你不当心在哪里把自己的身份证号码让人家偷走了,或者你存款在某个银行,被银行个别坏行员把你的身份证号码出卖给罪恶团伙。我抗议了说这简直是无法无天,不能忍受。他说,不要急,我马上通知柳州市公安局,你和他们直接谈。

很快他帮我接通了“柳州市公安局”,对方说他是柳州公安局的,说:“您这个案子比较严重,牵涉到刑事犯罪,我们马上就查。”我说,我的身份证从来自己收着,没有给别人看,坏人如何能假造?他说,现在高科技厉害得很,身份证丝毫不难假造。坏人假造你的身份证,连公安局也发现不了,仅仅相片不是您的。我说,那怎么办?他说,不要急,为了保护您的存款安全,免得坏人继续作案,您把您在银行的存款单全找出来,我们保护您。

于是我就翻箱倒柜,找出所有存款单。他逐一询问了银行名称和存款数目,然后要我携带银行取款卡去附近工商银行营业处,听候他的电话。他还对我说:“贺先生,为了保证安全,您必须低调处理这件事,不要惊慌,不要张扬,这件事您对谁也不要谈,以免泄密。”我同意了。于是我赶到了工商银行营业处。他来电话说,首先,您要留心,旁边没有人。我说,我旁边没有任何人。他说您现在去柜员机前面,把取款卡输入机器。虽然过去我在美国教书时,经常使用银行卡自己取款,但是回国后一直只用存折取款,从来没有使用过银行卡,所以完全不懂如何使用银行卡。到了柜员机前面,竟然找不到银行卡的入口处。折腾半天,最后还是银行营业所的女经理看到我的无能,出来帮我把银行卡输入机器,接着输入密码。这以后不料我不知怎样按错了什么地方,柜员机竟然“吞吃”了我的磁卡,再也取不出来。回到银行大厅,才知道要想取出银行卡,必须拿出身份证申请。幸而我带了身份证来,经过许多手续,终于取出银行卡。以后又由于我按错电键,柜员机两次吞没我的银行卡。每次出了事故,“柳州公安局”干部都要我寻觅一个没有人的地方,向我发出新的“指示”。他反复吩咐,旁边要绝对没有人,以免被坏人窃听。如此反复折腾,后来我对“公安局干部”说,这太麻烦了,有没有其他简单办法。他说,有,您去银行大厅要一份汇款单,我教您填写。拿了汇款单,我问他,收款人填写我的名字么?他说,不,要填张某某。张是柳州市公安局长,他收到您的钱后,马上给您更换一个新存折号码,换上一个新的存折号码,这样就安全了,然后由张局长派人把存折送到您家。

这时,我感到有问题,我如果把钱平白汇给张某,那么如果万一出了差错,我这四万多元存款不是完全泡汤了么?我乃说,不好,还是用柜员机好。对方同意了,谁知不行了。银行人员说,您的银行卡错误输入次数太多,机器开始拒绝它,您的银行卡根本输不进去。我用电话询问对方该怎么办,他说您赶快去附近工商银行找到另外一个柜员机,在那里输入。

这时,银行一位干部问我究竟发生了什么事,我非常害怕他干预,影响了“公安局”工作,于是说,这与你们绝对无关。是有人在柳州假造了我的身份证,打长途电话用了很多钱,要我赔偿。我报了案,“公安局”介入了,与我一同解决问题。

他说,不对,这里有问题。于是他帮我查找我的小灵通上面显示的“柳州公安局”刚才电话的号码,一看就说公安局绝对没有这样奇怪的号码,他对我说,“您让我和他谈话”,于是,银行干部就在电话里与对方谈,问他您是谁呀,对方说,我是柳州市公安局的。银行干部说我也是柳州人。接着他马上用柳州话与对方谈,可是对方根本不会说柳州土话。对方问:“你是谁呀?”银行干部说:“我是老人家的男孩,贺先生是我爸爸。他的问题我们全帮他解决好了,不用麻烦您了。”这样对方才停止了。

此时整个银行大厅都在听我们的故事。银行干部说,以后您千万不可相信任何假冒的电话,您要相信我们银行。旁边许多观众七嘴八舌议论纷纷,都说,好险呀,你差点被骗。

回到家里,午饭以后,我再次收到“柳州市公安局”的电话,他自称是“柳州市公安局”犯罪调查科的高主任，说“您要再不办理手续，我们就要冻结您的存款”。我说：“我已经在银行办理好一切手续。你们如果要冻结我的存款，只好让你们冻结了。”这样才最后把骗子打发走。

这次事件，对我来说教训很大。我不应该一听说对方是“公安局”就彻底相信他，更不应该把自己身份证号码、银行存款单和存折甚至钱数都告诉他。这些是绝对不可随便告诉别人的。今天之所以最后没有被骗，一是恰恰因为我不会使用柜员机，耽误了许多时间，反而救了我，使骗子来不及进一步摆弄我使我上当；二是骗子要我把四万多元汇给所谓“公安局长”，引起了我的警惕；三是工商银行的两位职工一直在注意我，怕我上当，最后拆穿了骗子们的真面貌。真是好险呀，好险呀！但是，我现在仍然害怕骗子们在知道我的身份证号码后，会不会假造我的身份证，用我的名义去干坏事，当然更不知道我当如何去防备。

莎士比亚名剧《奥赛罗》里，主人公奥赛罗的悲剧就在于轻信。我在课堂上能够滔滔不绝地分析轻信的错误，可是一碰到社会现实，自己竟然也这样轻信，以至差一点就坠入坏人为我设下的圈套里。这就叫“书生气十足”，不足为训也。

2008 年 7 月 31 日下午 5∶30

28. 哀悼林志仪教授

（一）

明非老师：

奥运鲜花和奥运开幕式照片都收到了，精彩异常，谢谢。特别是开幕式照片，不但蔚为大观，而且非常清晰美丽。我们在电视上看开幕式，由于场景太大，电视摄像机距离拍摄目标过远，只看得眼花缭乱，而看不见具体的壮观景物。现在看照片，仿佛亲临其境，一切历历在目，令人叹为观止。我已经把它全部下载，再次谢谢。另外，我佩服您有如此众多来源，收到各种幻灯和风景片，等等。

今晨惊悉林志仪老师不幸于昨晚病故之噩耗，哀痛异常。我与林老师认识和同事 50 余年，二人友情甚笃，对他了解也深。林老师之最大优点是为人老实本分，待人诚恳，像块朴玉，而业务上则除了他的专业中国现代文学非常熟悉外，对古典文学、我国

传统文化也有高深造诣。今天早晨我在匆忙和悲痛中,给他的家属发了一份唁电,现将电文转发给您,看看您是否同意我的意见。顺颂

大安!

祥麟

2008 年 8 月 13 日

附:唁电一份

校办公室请转林志仪教授家属:

惊闻林志仪教授不幸病逝,不胜哀痛。我与志仪兄于 1952 年即一同在原广西大学工作,两年后更一同在广西师院中文系任教,半个多世纪在工作与生活中凝结之友谊,可谓厚矣。而今志仪兄一旦遽尔长逝,我校从此失去一优秀教师和卓越学者,当年中文系同学失去一可敬师长,我个人也从此丧失一位毕生知交,这个重大损失,将永远无法弥补。

志仪教授毕生献身教育,新中国成立前曾任平乐中学校长,思想进步,工作极端认真负责,培养了众多青年学生。由于他追求进步,曾被国民党反动当局拘捕,先生陷身牢狱长达一年之久,出狱后反动派已准备再次抓捕他,然后判处死刑。幸而他躲避及时,乃侥幸逃脱厄运,直至广西解放。新中国成立以后,他热爱党和我国社会主义事业,继续从事教育工作,在原广西大学及我校中文系工作数十年,桃李遍天下,为祖国和广西教育事业立下赫赫功勋。志仪教授为人忠厚笃实,品质优秀,学问渊博,是我校中文系非常难得的一位老教师,在中国现代文学和古典文学知识方面造诣尤高,长期担任中文系现代中国文学的教学工作,茹苦含辛,备极辛劳,培育了无数青年学生和教师。先生工于写作,文字功底非常雄厚,并擅长旧体诗词,有不少诗词作品。古人说,“学高为师,身正是范”,志仪先生不论道德或者学问均属上乘,成为中文系师生学习的典范。今先生溘然长逝,是我校和广西教育界的重大损失。可以这样说,在今天我国高等学校中文系,要找到像志仪先生在专业和文化修养上有如此成就的老教师,已经很不容易。

桂山苍苍,漓水茫茫,先生已离别我们而去,在此悲痛时刻,尚请志仪先生家属节哀顺变,化悲痛为力量,继承先生遗志,为祖国和人民建功立业!

贺祥麟

2008 年 8 月 13 日

(二)

明非老师:

今天收到林志仪老师之次公子千柯发来的电子邮件,里面详细叙述了林老师生

病、住院及病故情况，和他晚年的生活状况。我看了感到深受教益，特别是他《八十初度》一诗，总结了他自己一生，尤为感人。诗歌里有四句话特别重要，由于您不了解他的历史，我愿对这四句话略微解释："南冠磨砺同仇志"指他新中国成立前被国民党反动派逮捕坐牢；"北国昂扬少壮情"指的是他于抗日战争时参加广西地下党领导的"学生军"，驻守在河南南部，准备奔赴抗日前线；"检点人生归绛帐"两句不用注解，指的当然是他新中国成立后决定终生献身教育事业。这几天我与一些老师通话，都一致认为林老师的最大特色是他的为人忠厚老实，像块璞玉，不图名，不图利，淡泊明志，把一切献给祖国社会主义教育事业。例如，钟文典、向丹和外语系的张叔宁老师（向丹的丈夫）全部都这样认为。在老实做人、勤恳工作方面，林老师非常典型，足资楷模。我以为林家公子的来信写得很好，现随此信转发给您，供您参考。顺颂

大安！

贺祥麟

2008年8月13日

附：林志仪教授《八十初度》诗

岁月匆匆晋八旬，花开花落总堪珍。
南冠磨砺同仇志，北国昂扬少壮情。
捡点人生归绛帐，优游学海继征尘。
窗前馥郁盆栽盛，坐拥书城天地春。

29. 谈世交王正义先生

（一）

正义兄：

收到兄之电子邮件，得悉尊著出版，不胜欢悦。您的古文造诣很深，知识渊博，文笔流畅，散文诗歌均写得异常出色，大作必然十分精彩。收到以后，弟定当认真拜读，然后写出自己之体会感想。由于您的电脑没有中文软件装置，而我如果由南宁发航空信给您，中途必然耽搁很久，我才决定把这封中文信用电子邮件发给我在纽约的友人陈葆珍女士，请她于收到后打印了，从纽约用航空信寄给您。这就迅速得多。葆珍女士是我20世纪在广西师院中文系的学生，也是我的知交，她在纽约从事写作，出版了长篇小说、散文和诗歌集不少，成绩卓著。如果可能，我建议您不妨把尊著也赠送她一册，大家都是文化人，志同道合，可以互相交流作品与心声。

我们都已步入耄耋之年，尚请注意保健，保持尊体康泰。余再谈。顺颂

大安！

祥麟

2008年5月10日

（二）

葆珍：

来信敬悉。王西艾先生为我的世交，西艾为笔名，本名为正义。我曾发电子邮件向您介绍过他，说他将要赠送诗集给您，可能您忘记了。我外公和他父亲都是河南同乡，又都是当年的同盟会会员，一同追随中山先生进行民主革命。他比我长一岁，当年在大学为历史专业，文学修养很高。长期在美国大学工作，业余写诗。他写新诗，而他的新诗古文气味重，有深度，有文采。您回信给他，不可用电子邮件，因为他虽然有电子邮箱，但他的电脑没有中文装置，无法接受汉字。于是，我与他通信只能用两种形式：其一，为通过邮局发中文信给他；其二，如果要迅速，那就上网发英文信给他。因此，您一定要通过邮局回复他。即颂

时绥！

祥麟

2008年8月19日晨

30. 关于复旦大学

明非老师：

来信收到，谢谢。那篇《三十年代大学故事》很好，我阅读了特别亲切，因为许多事情我都亲身经历，里面谈到的人物许多人我都知道，他们有的还直接为我上过课。但该文个别地方也有错误，即把新中国成立前复旦大学与北大、清华等学校并列。复旦大学新中国成立前是个办理得非常一般的普通而又普通的大学，只能算二三流。新中国成立后，由于我国规定外国教会不能在中国办大学，把全国所有教会大学全部撤销，归并入我国自己的大学。在华东，上海的圣约翰大学、苏州的东吴大学、南京的金陵大学、金陵女子文理学院、杭州的之江大学等教会大学，全部取消而合并入上海的复旦大学。这样，复旦“发了大财”，加上以后一直受到中央和上海的照顾，乃成为华东甚至全国的重点和名牌大学。再次谢谢您。祝

好！

祥麟

2008 年 8 月 25 日

31. 退休生活

黄河、小任：

最近对生活各方面有一些感想，说给你们。我和你妈妈都已经 80 岁开外，所幸身体健康，不用麻烦你们和妹妹等人。但是事实上还不止这个，我在这里生活上有许多便利，得到照顾。例如，医疗卫生和保健由自治区卫生厅负责，平常每两周就有医生和护士专门巡回来我们家量血压、听诊和送药，以及询问我的身体健康情况，根本不用出门。生病住院基本免费。每年详细检查身体一次，检查完有非常详尽的体格检查报告单给我们。交通用车有专车，随时可用，而且可以开到广西全区，甚至深圳和广州。日常生活各项杂务由民进负责，不论办理什么证件或者手续、买车票，都可以找民进。尽管已经退休，某些重要会议还邀请我们参加，例如每年的东盟会议和国际民歌节，我和你妈妈都去参加。会议每次发给我两张入场券，有你妈妈一张。另外，逢年过节，区党委、区人民政府、区政协、统战部、老干部局、区民进，以至南宁市机关都来先后慰问。这样周到的照顾，在外国简直不可想象。在国外，老人退休了，除了社会福利（即养老金）外，其他任何事情也没有哪个单位管你。例如民进前几天专门派了两个干部给我送来了新电脑，这在国外简直就是“天方夜谭”，根本不可能。现在你妈妈又增加了工资，她的每月收入，已经超过了我。这些应该说是社会主义的优越性。正因为有了这些（而不只是我和你妈妈身体健康），我和你妈妈才生活安乐，完全不用你们担心。此外，小保姆小周工作认真负责，为人也非常灵活，都大大帮助了我们。我准备在家里安装一个电铃，按钮在我床边，直通小周房间，我万一有急事，按了铃她就可以马上上楼来。把这些写给你们，使你们了解情况，同时也放心了。

爸爸

2008 年 8 月 29 日

32. 对诗歌翻译的意见

葆珍：

读了 Sally 翻译的诗歌，感到她翻译得很不错：一是忠实于原作；二是译文“洋气十足”，没有很多中国人的“中式英文”的气味；三是有“诗味”。不足之处可能是没有押韵。但是，翻译诗歌押韵十分困难，因此不应对译者做过高要求。照片也非常好。感谢 Sally，同时也向 Becky 的腾飞祝贺！请看附件。

祥麟

2008 年 9 月 9 日

附：陈葆珍的信

祥麟吾师：

呈拙诗的英文翻译给您看，是小女儿译的。她在南宁只读小学五年级就出国，在大学读的是土木工程，不知她的翻译水平如何，请吾师批示。赏析王老前辈的那篇拙文，他老人家看了很高兴，同意向外投稿。编辑来电说十月份的《新世纪诗刊》会登。敬请
钧安！

学生葆珍上

2008 年 9 月 7 日

感怀

——送孙女贝棋上华盛顿医科大学

陈葆珍　二〇〇八年八月廿日

雏燕离窠众鸟嘤，声犹在耳到天明。
今朝飞去路途远，他日归来羽翼盈。
谁说千山难奋越，我祈双翅易鸿征。
茫茫银汉气流急，不畏狂风万里程。

Reflection

——To Becky on her entrance to Washington University.

Sounds of chirping as their little chick leaves the nest.

Echoing through the darkness until dawn, she flies through this long voyage.

Full—feathered she shall return one day and say the mountains are too high.

I pray thou shall conquer them all.

Through rough waters, through howling wind, fearlessly spread thy wings and fly little chick……fly.

33. 忆陈香梅

葆珍：

与陈香梅女士合照之相片及诗均早收到，由于工作特忙，未能即时回信，请谅。香梅女士，我这一代人对她特别熟悉，而且很有感情。抗日战争时期我在昆明对陈纳德和“飞虎队”熟悉（当然，我私人并不认识他），当然也对陈香梅熟悉（也不认识她）。“飞虎队”和后来的美国第14航空队抗日战争后期保卫了整个大后方，与日寇进行殊死战，立下赫赫战功。我当时在空军招待所工作，认识一些美军军官和士兵，甚至在抗战胜利后我去美国留学，也是当年我在昆明的好友、美国友人帮助介绍学校的。今天您在纽约又结识了陈香梅女士，可谓有缘。如有机会，请代为问候她。此祝

安好！

祥麟

2008年9月30日

又：我10月份有好几个活动：上旬去北京开会，中旬去江苏镇江参加赛珍珠纪念会，下旬去玉林参观及讲课。在此情况下，上网可能不易，如果您来信我没有及时回复，则请原谅。

34. 最近活动安排

葆珍：

谢谢您发来的三次电子邮件。方才收到幻灯片 Voyager，非常满意。再次感谢！我于 10 月 8 日北上，先在北京开“外国文学”会议，然后去秦皇岛、北戴河，游览“天下第一关”(山海关)，之后去江苏镇江参加赛珍珠获得诺贝尔文学奖 70 周年纪念会。归程经上海回来，23 日返抵家中。不久当去玉林访问。堆积了许多工作，先写这封短信给您。祝

好！

祥麟

2008 年 10 月 26 日

35. 谈与王正义先生交往

葆珍：

来信敬悉。您寄来的正义先生给您的信已收到。正义先生为人正直，学识广博，值得尊敬，您与他进一步交往，是件大好事。我的朋友太多，自己又很忙，没有办法专门告诉他我的近况和行踪，甚以为憾。您把我这次给您的短信转给他，非常正确，我没有任何意见，还得感谢您帮了我的忙，帮我与正义先生联系。祝

好！

祥麟

2008 年 10 月 26 日

*36. 北京和华东行

敬致诸亲好友：

上月(2008年10月)我出门远行参加两个会议：其一，为10月10至12日由首都师范大学主持、在北京召开的中国高等教育学会外国文学专业委员会2008年会；其二，是10月17日至20日由镇江市人民政府主持、在江苏镇江召开的赛珍珠获得诺贝尔文学奖70周年纪念会和学术研讨会。两个会议之间，我前往秦皇岛和北戴河参观访问，和那里的亲戚欢聚。

先说第一个会议。中国高教学会外国文学专业委员会是一个历史悠久、朝气蓬勃的学会，它成立将近20年来，始终坚持进行高水平的学术活动，团结奋斗，把学会越办越好。参加这样的学术会议，首先是人人撰写论文，努力学术交流，使大家了解本专业国内外发展情况；其次，以文会友，在会上交接新朋旧友。朋友间的情谊，像陈年老酒一样，久而弥香，久而弥笃。承同人厚爱，近年来每次会议，都由我代表致开幕词。这次我的开幕词内容是：

> 在这风和日丽、秋高气爽的今天，在这2008北京奥运会和残奥会两个盛会胜利举行以后以及“神七”载人宇宙飞船圆满发射和返回地面以后不久的今天，我们中国高等教育学会外国文学专业委员会2008年会在首都师范大学开幕了。专业委员会同人们和我国高等学校外国文学老师们再次欢聚一堂，一同讨论外国文学问题，实在令人兴奋和激动。
>
> 首先，我国高等院校中文系和有些外语系几十年来开设外国文学课程，不仅在全世界比较罕见，而且在我国确实取得了伟大成绩，这是我们大家都应该引以为骄傲的。其次，由于历史原因，人文主义诞生并且成长于欧洲，它正好是外国文学课程的主要内容之一。外国文学课程特别强调、也特别适合于对学生进行人文精神的教育，这就刚好与我国当前举国上下强调人文精神、努力建设和谐社会的精神完全一致。我们所有外国文学教师都以自己负担了如此光荣而艰巨的任务而充满自豪。在这个大好形势下，我们愈加感到自己任重道远，也愈加增强了自己的责任感和使命感。第三，我们的学会是一个具有优良传统、会风朴质严谨、学风扎实正派的学术团体。每次举行年会都是认真讨论，一丝不苟，开完会以后，出

版具有比较高的质量的论文集。学会自从成立以来,始终充满敬业精神,众志成城,团结一致,人心齐,效率高,受到广大会员和我国学术界的承认和赞扬。这个光荣传统是我们学会的灵魂,我们一定要坚持和发扬光大。

这次会议讨论的主题是“近三十年来外国文学史研究及教学”,在这个总题目下面有以下几个论题:

百年外国文学史教学和研究历程中的新时期三十年(总体的、国别的);

新时期外国文学研究和教学的学科制度史问题;

新时期的外国文学史编纂问题;

新时期(全球化时代)需要怎样的文学史观;

外国文学教学和研究对中国文学认识的启示;

多元文化背景下的外国文学教学与研究;

外国文学翻译与外国文学研究和教学。

对于我国高等院校的外国文学史的教学和研究来说,今年还有特别重大的意义。今年是改革开放的30周年,也是1978年开启的思想和社会解放运动的30周年。回忆当年“文革”开始,外国文学课程被视为“封资修毒草”,被完全打倒。后来“复课闹革命”,招收“工农兵学员”入学,为了装点门面,表面上也恢复了外国文学课程,但是内容是什么呢?别的学校我不知道,只知道我所在的学校的所谓“外国文学”课程的全部教学内容,只有两篇课文:高尔基的《海燕》和恩格斯的《在马克思墓前的讲话》。拿短短两篇作品作为全部“外国文学”教材,这不是在开国际大玩笑吗?

我记得当时有个非常有思想、非常聪明好学的女学生要我介绍真正的外国文学作品,我斗胆地偷偷把我自己的《双城记》和《巴黎圣母院》两部书借给她,她躲在上铺的被窝里,如饥似渴地像清朝作家金圣叹说的那样偷偷读禁书,既无比紧张,又无限快乐。“文革”结束后,她说她这一辈子终生感谢我介绍外国文学书籍给她,终生感谢我在精神大饥荒的年代冒了极大危险送精神营养给她。

改革开放以后,30年来外国文学的路子越走越宽广,无论在教学内容或者教学方式方法上,我们都取得了很大的进步。我们这次会议就是要回顾和总结过去30年的成就以及经验教训,展望将来,开拓更为宽广的道路,使外国文学的教学与研究更上一层楼。

这次会议的主办单位是首都师范大学。东道主单位为筹备这次会议,做了大量艰苦细致的工作,使我们会议顺利召开。我们大家都应该衷心感谢首都师范大学和首都师大文学院，没有他们的全力支持、精心筹划和努力工作，就不可能有我们会议的圆满召开。谨再次由衷地感谢东道主，并且向他们致以崇高的敬意！

祝会议成功，祝同志们身心康泰、万事如意！祝中国的外国文学的教学和研究腾飞！

大会发言和小组讨论都进行得很好，我在会上宣读了自己的论文，题目是《高校文科学生都应学习外国文学》。论文中，我举了生活中一个真实事例，以说明学习外国文学之重要性。我说："有一位大学校长，一次对全体师生做报告，号召大家'热爱祖国，必须有强烈的恋母情结'，热爱祖国当然是非常正确的，但是'恋母情结'则是错误的。这位校长压根儿不知道所谓'恋母情结'（Oedipus Complex）来自古代希腊神话，指的是俄狄浦斯在完全不知道的情况下，不幸娶了自己的生母为妻。那么，这位校长号召学生有'恋母情结'，难道是要学生都去乱伦么？可见必要的知识和外国文学知识的重要性。"我这篇论文，引起了与会人员的共鸣。

除了会议中大家互相进行学术交流以外，会外大家的交流友谊，也同样令人神往。老朋友久别重逢，备极欢欣。唯一遗憾，为在北京逗留时间短暂，这次会议大部分时间又移至远郊区开会和居住，无法去探望北京的众多友人。结果我只与师母（恩师陈定民先生的夫人）作简短通话，其他朋友，一概未能联系，罪过罪过。不周之处，务请海涵。

镇江会议同样开得非常之好。赛珍珠是中国人民的老朋友，镇江是她的"中国故乡"，她在镇江一共生活了17年之久。镇江市领导很有眼光，专门成立了赛珍珠学会，把赛珍珠作为镇江的"女儿"来纪念。使得镇江这个历史和文化名城，因赛珍珠而增添了光彩，在国际上知名。此次会议，国内外专家学者（美国、日本、德国、韩国都有人参加）和赛珍珠的亲属参加者共200余人，济济一堂，纪念和讨论赛珍珠，并且交流友谊。我在大会发言中也作了题为《我这一代人和赛珍珠》的简短发言，内容是：

这里所谓"我这一代人"指的是抗日战争时期在我国大后方读大学的人们。他们今天都是八九十岁的耄耋老人，这些人不但都知道赛珍珠，而且都熟悉她的作品，因为当时大学一年级新生人人必修一门课《大一英文》，而《大一英文》课本里选了赛珍珠的作品。我个人对赛珍珠的认识还要早一些。我1933—1936年在南京读初中时，经常走过当时南京最繁华的商业街"太平路"的商务印书馆，在这家书店的橱窗里看见赛珍珠翻译的《水浒传》的（The Water Margin）精装本，非常羡慕。1940年我考入西南联大外文系，在陈嘉先生任教的"大一英文"班上学习了赛珍珠作品的节选文章"The Barren Spring"（《荒芜的春天》）。作品里描写的中国农村的贫困使我震惊，并促使我寻找赛珍珠的大部头作品。我如饥似渴地阅读了

> 《大地》(Good Earth)等书原著,又自己在重庆旧书店购买到《母亲》(Mother)原著,如获至宝。
>
> 我是从赛珍珠的长篇小说里认识到旧中国农村的贫困和农民的苦难的。我从她的作品里学到了许多东西,了解了中国农村和农民,熟悉了作品里的人物,深深地爱着他们,同情他们,和他们同呼吸共命运。同样重要的是,我还从赛珍珠的作品里学了英文,学了作者的简洁明快、生动感人的文笔,受益匪浅。可以这样说,我这一代人,至少也是部分地在赛珍珠作品的哺育下成长的。
>
> 建国初期,由于当时中美关系和其他诸多因素的影响,赛珍珠和中国读者疏远了,她毕生那样热爱中国和中国人民,可是竟至在后来我们邀请她来中国访问,她也没有能来,真可谓叫人"抱恨终天"。
>
> 改革开放以后,情况完全不同了,赛珍珠研究在中国如火如荼展开,镇江甚至成立了赛珍珠研究的专门学会,真是形势大好,形势喜人!际此赛珍珠获诺贝尔奖70周年到来之时,谨代表我自己和我这一代人,略谈感怀如上。

使我想不到的是,我这篇简短的、卑之无甚高论的发言竟然引起了"经久不息的热烈的掌声"。我发言后,一些听众,包括美国驻上海总领事馆的文化领事都前来与我握手祝贺。后来才听人说,由于其他发言都是些套话,只有我一个人谈了自己的切身感受,因而感动了大家。

离开镇江去上海的路上,我有生以来第一次乘坐高速的"动车"(又名"子弹头列车"),由镇江到上海只用了不到两小时,使我深切地感到时代的进步和科技的发达。记得我在读初中时,当时国民党政府的大官们一到星期六下午或晚上,就要乘坐沪宁铁路的特快火车去上海"欢度周末",灯红酒绿,狂歌曼舞。他们嫌"特快"火车还不够快,于是就特别制造一种基本上全部为木质的超轻列车,命名曰"飞快车"来回于沪宁之间,供他们享受。然而,即使"飞快车",由南京到上海也需要四五个钟头,而现在一般老百姓都可以乘坐"动车"来往于沪宁之间,时间只需要两小时多一点。二者比较,我们能不感叹于祖国和时代的巨大进步么?

在上海,我住在广西驻沪办事处宾馆,并请他们帮助我购买了回南宁的车票(软卧车票非常难买,办事处同志是专门请上海站站长本人帮忙才买到我的车票),轰轰隆隆,车轮滚滚,回到了南宁。

写得多了,余再谈。

祥麟
2008年11月7日

*37. 玉林纪事

敬致诸亲好友：

最近我与友人、部队的杜政委等一同去了广西玉林市。目的有二：其一，为参观玉林柴油机公司（简称“玉柴”）；其二，为给玉林师范学院外语系讲课。

“玉柴”是“世界企业500强”之一，闻名全国。我们于今年12月3日午前一到玉林市，立即驱车前往该公司参观。邀请我们的是“玉柴”主要负责人之一的副老总夫妇。公司范围很大，而我们的时间有限，只能坐了汽车走马观花。此外，我们专门去公司的重型机制造厂内步行参观，感到设备非常先进，厂房也硕大无比，给人以深刻印象。

次日上午，我去玉林师范学院外语系为师生讲课。该院现任书记张鹏同志多年来是广西师大的副校长，与我互相间非常熟识和友好，他亲自带领我们参观校园。学校的新校园风景绝佳，有青山绿水、茂林修竹，其建筑绝大多数为近年来新建者，高楼巨厦，多姿多彩，共同编织成了一首美丽的抒情歌，一曲难忘。外语系主任汤教授是一位十分能干、热情和漂亮的女老师，主持了我的报告会。

我讲课的内容是关于英国诗歌的。我提出自己的观点，说中国是世界上巨大的诗歌王国，英国也是，二者比较，可能英国是更大的诗歌王国。这不仅因为英国产生了世界上最伟大的诗人莎士比亚，而且还因为英国有不朽的史诗——弥尔顿的《失乐园》，有无数震撼人心的长诗，而我国汉族没有史诗，我国尽管有唐诗、宋词、元曲，有李白、杜甫、白居易等一系列伟大诗人和他们的诗歌彪炳万世，光耀千秋，但始终缺少真正的长诗。我国古典文学中最长的诗歌例如《木兰诗》或者《长恨歌》，用国际标准来看，都不能算是长诗。我的这个观点，曾与西南大学外语学院的罗益民教授谈过，他完全同意。与此同时，我还强调诗歌教学，必须重视朗诵。因为诗歌之所以区别于其他文学体裁，其最大特点除意境高雅、文字精练外，就在于它的强烈感情和高度音乐性，如果只是简单地默诵作品而缺少有声有色、有感情、有抑扬顿挫的精彩朗诵，又如何充分体现诗歌的这些特点呢？为了说明问题，我做了示范朗诵，受到了听讲师生们的热烈欢迎。

在讲课中，我还谈了一些有趣的花絮。例如：我谈到大学生必须具有雄厚的综合文化背景，只有这样才能应付工作和生活中的各种挑战。遇到紧急情况，一个人必须有机智，才能应付突然而来的事件，否则就会手足失措，而机智则来自一个人多年来从读书和生活中大量积累的雄厚的文化背景。我举了自己亲身经历的一件事情为例子说：我有一对白种的美国夫妇朋友，后来丈夫不幸病故，多年以后他的妻子海伦打长途电话给我（我在南宁），电话中她忽发奇想，要求我说“我爱你！”她的原话是：“Say ‘I love you.’”我当即拒绝。我说，“No, I won't say it.”（“不，我决不说这样的话”）。可是她坚持要我说，我则坚持不说，因为中国有个重要传统，叫作“朋友妻，不可妻”（请注意，是“不可妻”，而不是很多人弄错了的“不可欺”。“不可妻”的妻“字是动词，意思是不可娶朋友的妻子为妻子）。“朋友妻，不可妻”是我的坚定原则，决不能退让一步，于是我一直拒绝她的要求。不料她突然说，如果我不答应说她要我说的话，她就不挂断电话，一直和我顶牛，看我怎么办。这时我看出了问题的严重性，感到遇到了难题。不料正在无计可施之时，忽然灵感出现，想起苏联作家爱伦堡的一段故事。有一次爱伦堡问苏联的一个大学生说：“‘我爱你’和‘我很爱你’这两句话，哪个更强烈些？”大学生回答说“我很爱你。”爱伦堡以后对别人说，这个大学生根本不懂得爱情，他不懂得“我爱你”的这个“爱”就是一切，它是无限的，无条件的，是最大和最强烈的，而“我很爱你”则差远了。有了爱伦堡的帮助，我灵机一动，立刻用英文说：“I love you very much。”（我很爱你）海伦听了高兴之极，认为我回答的比她原先的要求还要强烈，却不知道实际上我“糊弄”了她，我的实际意思是“我不爱你”。这个笑话生动地说明了人类语言的奇异和奥妙。感谢爱伦堡，他的这个故事居然在紧急中救了我的这条“小命”。

在玉林我还与许多新朋旧友欢聚一堂，非常愉快。友人中杜政委妙语连珠，众人报以一阵阵笑声。此次整个在玉林期间，多承民进玉林市委会热情招待，民进几位领导同志给了我们无微不至的关怀照顾，使得我们感动异常。现在我虽然已经回到了南宁，但玉林所留给我的美好记忆却始终长留在我的脑海里。

广西壮族自治区成立50周年纪念，即将到来。这些天南宁市到处张灯结彩，鲜花满街，大红灯笼高高悬挂，彩色旗帜随风飘荡，一派节日气氛。顺颂

大安！

祥麟

2008年12月6日

2009年

*1.《虎为媒》序

写此序言,我应该先介绍本书作者陈葆珍女士。这位作者与我缘分甚深。20世纪50年代时,我与她有师生之谊;后来随着时间的推移,我们互相成了终生挚友,直至今日。概括葆珍过去之大半生,用最简练的语言压缩来说,就是“葆珍者,奇女子也!”奇在何处?奇在她性格之极端顽强坚韧,其程度简直难以想象。数十年来,她经历了巨大的苦难折磨,即使在最艰苦的环境里,她每次都始终是逆水行舟,逆风而上,一往直前,取得胜利。她屡次面对“命运之神”之巨大挑战,都以超人的顽强意志,决不服输,全力搏斗,拼命克服各种艰难险阻,一次又一次夺取了胜利。她的感人事迹,我曾在自己的文章里多次叙述。此处限于篇幅,兹不赘述。

说到葆珍的这部长篇小说,应该说和葆珍之为“奇人”相适应,《虎为媒》也是一部“奇书”。首先,它的故事情节具有异常强烈的传奇性:书里的主人翁是个风度翩翩的华裔青年,为异国建功立业,除了虎患,于是遂成为该国的驸马爷。以后他在异国又经历了一系列事件,曲曲折折,跌宕起伏,演绎成了这一部动人的故事。其次,这部长篇小说一反当今文坛通例,用的是早已进入“博物馆”了的章回体形式。试想,如今已经是21世纪了,国内外盛行的是现代派作品,葆珍竟如此“不合时宜”,搬出了“老祖宗”的文体,岂非又是逆潮流而动么?我的看法是,章回体是历史上中国长篇小说的主流,它是广大人民群众所喜闻乐见的地道的民族形式,例如“四大名著”全部都是章回小说,在广大读者中有崇高的地位。《虎为媒》的原故事出自民间传说,根据“内容决定形式”的原则,其最好的表现形式应该就是章回体。这叫作内容与形式的统一,太棒了!第三,时至今日,我国一般中青年作家的传统文学知识和技能均不够雄厚,他们习惯于运用流行语言,甚至在作品里还要夹带两句英文(例如 OK 和拜拜之类),很少有人能够并且敢于硬碰硬,去写被他们认为“吃力不讨好”的章回小说。这叫作“难度太大,咬不动!”葆珍以古稀之年,再次逆流而上,大胆地采用章回体作为自己的小说形式。再次证明了她的“奇”。第四,为了写好这部小说,葆珍尽了极大的努力,她重新阅读大量的章回小说,苦苦钻研了许多历史典籍以及中外文化等书籍,为创作这部作品打好扎实基础。事实上也只有这样,才能创作出语言典雅、气氛和谐、韵味十足、“货真价实”的章回小说。最后,“十年磨一剑”,葆珍自 2001 年完成本书初稿起,以百折不挠的毅力,一次次修改书稿,至 2009 年一共 10 次修改稿子。打个不一定恰当的比方,这使我联想起当年孙中山先生领导同盟会同志们,10 次起义,终于推翻了大清皇朝,建立了民国。葆珍之毅力可谓大矣,她的认真负责、一丝不苟的严肃精神亦可谓至矣。

《虎为媒》是葆珍的力作。上面我列举了本书的五大特点,供读者参考。小说内容深刻,文字典雅,刻画人物栩栩如生,行文如高山流水,自然而畅达。一言以蔽之,曰:这是一部难得的好小说,我愿向读者郑重推荐。

贺祥麟

2009 年 4 月于邕江之滨

2. 改标点符号

葆珍:

欣接来信,快何如之!我写的《〈虎为媒〉序》中有一个标点符号错误,请更正。即“大胆地采用……形式”,这里的“形式”后面之句点应该是逗号,请改成逗号,谢谢。

祥麟

2009 年 4 月 9 日

3. 谈陈香梅

葆珍：

谢谢电子邮件两封。陈香梅女士为您写之贺词内容深刻，字也写得很好。我正在住院，医生不许病人回家，因此我无法用电脑。方才偷跑出来，回到家里上网，才看到您的来信，并匆匆回信如上。

祥麟

2009 年 4 月 25 日

4. 读《人妖》

葆珍：

有关《人妖》之文已收到，文章出奇制胜，最后才点出奥秘，大有画龙点睛之妙。有一件事请您帮忙，即北京一位友人需要我去年写给大家的有关汶川大地震的那封信，该文由于我的电脑文件大部流失，我这里已经无法找到，请您费心在您的文件夹中找找，如果找到，则发给我，十分感谢。祝

好！

祥麟

2009 年 5 月 16 日

5. 近况

敬致诸亲好友:

很久没有给亲友写信,非常不安。尤其不安的,是去年底至今年初,不少友人给我寄来贺年片以至信件,我都无法回复。原因是我于去年(2008年)12月突然生病住院,直到今年3月方才出院。几个月里无法给任何亲友写信,衷心愧疚,无可名状。事非得已,敬请原谅。感谢医生,也感谢上苍,经过几个月住院治疗,疾病总算一步步好转,直至出院。目前我的健康状况尚可,只是体力较弱,不能走远路。在此情况下,看样子今后不大可能再像过去那样每隔一短时间就给亲友写一封长信。以后如与亲友联系,估计很难再"批量生产"整齐划一的信件,而只能用打电话方式与个别亲友单独通话。这叫作"形势比人强",我们个人只能承认现实,服从"形势"了。

尽管体力衰退,但我依然乐观如旧,欢快如旧,开朗如旧,浪漫主义如旧。这是我自幼养成的性格特征,不会改变。我愿与诸位至亲好友继续咱们的友谊,以各种方式交流心声,大家共同享受生活的乐趣。"但愿人长久,千里共婵娟"! 向您致敬!

祥麟

2009年12月20日

又:我的电话:(771)5863671。

电子邮件:hoho3013@yahoo.com.cn。

2010年

*1. 恭贺新禧

谨录清朝作家叶燮《迎春》诗一首，与您共同欢庆新年：

律转鸿钧佳气同，
肩摩毂击乐融融。
不须迎向东郊去，
春在千门万户中。

Wishing you
Joy and Happiness
not only at Christmastime
but everyday of the New Year!
Ho Hsiang—lin

敬祝

新年幸福，万事如意！

贺祥麟鞠躬敬贺

2010年元旦

2. 住院疗养

黄河、小任：

我因走路有些气喘，决定住院疗养若干天。昨天已经住入医科大学附属第一医院干部保健治疗中心，贺康陪我住院。估计春节前出院。我在大楼9楼8床，我病房专用电话号码为86—771—5359510，小灵通号码为86—771—2035806。

贺康给我购买了手提电脑专用的无线上网卡，我在医院用自己的笔记本电脑上网发电子邮件很方便。贺康订于1月31日乘飞机回成都。你们和孩子们都好？问候他们。

爸爸

2010年1月23日

3. 谈《虎为媒》

葆珍您好：

春节好！

久未通信，不知您一切都好吗？甚念。大作《虎为媒》早已收到，正拜读。这些年来，您在文学创作上不断前进，硕果累累，成绩很大。除了诗歌和一般长篇小说外，现在又进入“章回体小说”这个“禁区”，写人之所未能写，做人之所不敢做，而且由作家出版社出版，非常难能可贵。为您祝贺！谨祝成功，更大的成功！

顺便送你您一组幻灯片，请打开附件看。

祥麟

2010年2月20日

4. 读《拜谒美国阿灵顿国家公墓》

葆珍：

读了来信和大作，非常感动。这不仅因为这篇文章内容丰富翔实，文情并茂，而且更因为写的是硫磺岛战役。那次战役震动世界，美军英勇顽强，牺牲巨大惨烈，为全世界反法西斯人民复仇雪恨，狠狠打击了日本侵略者，在我心中留下永不磨灭的深刻印象。Io Jima 战役和战死的英雄们永垂不朽！以后几十年来，任何时候听到"Io Jima"，我都是肃然起敬的。因此，这次读了您的文章，我感到非常亲切，内心异常激动，心潮鼓荡，汹涌澎湃，回到了当年悲壮事件的记忆中。感谢您，再次感谢您！

至于那句英文（"Here Rests In Honor And Glory An American Soldier Known But To God"）的中文翻译，是这样的：首先，中文与英文差别很大，自不待言，同时由于文化差异，在墓碑行文上不论格式或者表现方式都根本不同。因此，这样典雅庄严的英文句子很难翻译成令人满意的中文。要忠实于原文，要简洁典雅，又要"像中文"，当然非常困难。我把它试译为："此处光荣地长眠了一位美国军人（请注意，英文 soldier 指军官和士兵，不能简单地只翻译成士兵），其英名除上帝外无人知悉"。或者"一位美国军人光荣长眠于此，其英名唯上帝知之"。英文 soldier 必须包括军官，甚至连五星上将也属于 soldier 的范围。我国传统把 soldier 简单地翻译成"士兵"，是错误的。以上意见不一定正确，仅供参考。本文打字完毕，正要发出，偶然把鼠标点错，导致回信文字全部消灭，于是我只好从新打字如上。祝

好！

祥麟

2010 年 3 月 11 日晚

5. 谈美国国会图书馆

葆珍：

祝贺尊著被收入美国国会图书馆！该馆为世界最大的图书馆，自从20世纪40年代开始，我即多次去过。可惜每次来去匆匆，我只随旅行团走马看花看了几眼，从未深入参观过。昨天给您的电子邮件中有乱码，而乱码地方正是黄君盛赞您的一句话。我在电子邮件中向她介绍了您的情况并摘录了您参观阿灵顿公墓后写的文章，她读了您的大文，非常感动地回信说："葆珍师姐才华横溢，硕果累累，令人钦佩。"可惜这一句非常重要的话，由于乱码，您竟没有看到，现补充如上。这次您翻译国会图书馆来信，译得不错。余再谈。

祥麟

2010年3月15日

6. 出院回家

黄河、小任：

从黄河电话中得悉黄河一路顺风平安返回智利，非常高兴。我于昨日（4 月 12 日）出院，回到家中。

"Home, Sweet Home, There is No Place Like Home"，现在看来，回家在家就是好，尽管现在南宁的家是个"空巢"，你们兄妹以至孙辈都远在天边。

这里老干部局组织我们本月 28 日去游览参观上海世博园，我因目前不能走远路，乃请假不去，在家休养。

回来以后，看到家门口那块绿地，林木参天，绿树成荫，芳草如茵，感到身心舒畅，异常快乐。特别是你妈妈在大约 10 年前种的一株枇杷树，如今不但已经长成一棵硕大无比的大树，而且还结了一千多枚饱满酸甜的枇杷果子，一片金黄，漂亮极了！想起你妈，不禁黯然，悲从中来。古人说，"浮生若梦，为欢几何"，确实是至理名言，希望你们珍惜生命和生活，永远保持身心康泰，工作之余努力享受生活。

我在这里一切都好，只是有时候小周一边陪我，一边还要做许多事情，忙不过来，我就找她的朋友小农帮忙。小农不但思想品质好，而且一心向上，在极端困难中，她半工半读，不仅已经读完了大专，还供给自己弟弟读书。现在还要进一步完成大学本科的课程。

你们一切都好？请代我问候两个孩子。

爸爸

2010 年 4 月 13 日

7. 与莫斯教授的友谊

黄河、小任：

莫斯教授来了一封电子邮件，写得非常热情友好，还特别感谢黄河对他们父子的照顾。现将莫斯的信转给你们，希望黄河仔细阅读后，回他一封电子邮件，感谢他特地来南宁看我们，也可以适当回忆一下以前在桂林与莫斯的友谊，希望黄河重视此事。他这次来信附了几张照片，你们也可以打开看看。代我问候孩子们。

爸爸

2010 年 4 月 19 日

8. 体验生活，考察社会

2010 年 4 月 21 日　星期三　晴

多日来一直蜗居家中，今日天朗气清，风和日丽，阳光温暖，遂坐在轮椅上与小周一同出行，去附近一家店里“姜疗”洗头。轮椅缓缓前行，我看到四处阳光普照，心里一片祥和明净，仿佛自己已经恢复健康，像初生婴儿那样，充满生命活力。

这个理发和洗头店的名字颇为浪漫，叫作“三原色美发沙龙”。店里明窗净几，陈设雅致，大门内还有一个魁梧奇伟、与真人同样大小的关公塑像，充任“门神”角色。关公面貌严肃，杀气腾腾，身穿战袍，全身披挂，右手还握了一把“青龙偃月刀”，令人敬畏。这样，不论是何方妖魔、大鬼小鬼，统统不敢进来。

一个男青年服务员告诉我说，姜疗洗头是用生姜磨成粉，然后加上水与肥皂一同洗头，可以使脑子活血，增进脑子的血液循环。但是，生姜很辣，“不知道您受得了吗？”我因为近年来脑子供血不足，经常头晕，走路不稳，正需要脑子活血，就说“不要紧，试试看”。

于是，他让我躺在床上，进行姜疗。他用姜汁给我冲头，同时按摩头顶，这时我才体会到姜汁辣的程度。好像是用口吃“朝天椒”(一种辛辣到人们吃了无法忍受的小辣椒)那样,但不是嘴辣,而是整个头部剧辣,头上到处都“吃”了“朝天椒”,辣到发烧,辣到剧痛难耐。我全部忍住了,直到半个多小时以后洗头完毕,我起身坐在椅子上休息,依然满头皆辣。我认为如果长期进行姜疗,自己的脑供血不足症有可能缓解。

洗头时候,服务员忽然问我,小周是我的什么人。我根据惯例答复曰:“她是我的外孙女——我女儿的女儿。”近年来,我与小周一同外出,凡有问到这个问题时,我都是如此回答。这样回答,提升了小周的地位,拉近了我们的关系,小周当然高兴,这叫作“以人为本,人文关怀”。

归程我们转向大街,看到路旁一家冰淇淋店,名字和“三原色美发沙龙”同样浪漫,叫作“巴厘岛风情”。在下对印尼的巴厘岛之美丽风光向往久矣,却从来没有去过,这回路过“巴厘岛风情”冷饮店,不妨进去一下,领略一下巴厘岛的异国风光。店里只有一个女孩子服务员,我看了食品单上有“酸梅汤”,马上兴奋起来。年轻时候,一向对北京特产的酸梅汤非常喜欢,就与小周每人要了一杯。喝了后觉得味道比北京的酸梅汤相差甚远,“不正宗”。可是不管怎样,总还有点酸梅汤的味道。于是一饮而尽。

回到我住的大院,正好碰见值班的门卫小L,他与我极为熟悉,热情问我健康情况。我说自己近来身体大不如前,并且开玩笑地说:“真没有想到过去一直活蹦乱跳的我,现在竟然堕落到坐轮椅。”小L安慰我说,到了这一步,“您就安心坐轮椅吧”!

这个小陆非常有趣,他和一般保安很不相同。首先,他“博览群书”,读了许多书,知识面宽广,也善于思考,绝非等闲之辈。其次,保安工作只是他的门面工作,为的是好歹有个“单位”,说起来好听。他真正的生财之道和“看家本领”是炒股。他脑子灵,又有炒股天才,炒起股票来,十次总有八九次赢,因此也赚了些钱,生活不错,自得其乐。拿他做例子,我感到这社会上芸芸众生,各有特点,只要去深入发掘,就会感到趣味无穷。

此次“体验生活,考察社会”,总共用去两小时,可谓收获丰盛,值得回忆。

9. 给全家的信

黄河、小岚并小任：

本月（7 月）26 日为妈妈逝世一周年。我建议那一天全家人人都在各自所在的地方肃立，面对桂林方向悼念妈妈。悼念方式可以是三鞠躬，也可以是默哀三分钟，或者这两种（既鞠躬又默哀）都举行。内容包括三个方面：（1）感谢妈妈十个月怀胎之恩和养育之恩；（2）哀悼妈妈逝世，追思妈妈恩情；（3）祝愿妈妈在天之灵安息。这些并不是要求大家口头把哀思、感谢和祝愿的语言读出来，而是在心里想到即可。那一天我也用同样方式悼念。

当然，除悼念以外，更重要的是每人把自己的工作、生活以及家庭的事做好，使得个人生活美满，全家生活幸福，用实际行动寄托哀思，报答妈妈恩情。

黄河和小岚不论谁最先看到爸爸现在发的这一封电子邮件，请及时用电话通知哥哥或妹妹赶快上网查看。上面我的建议，如有疑问或者意见，都可以预先和我商量，以达成共识。此问

大家好！

爸爸

2010 年 7 月 20 日

10. 友人陈先生

黄河、小任：

接陈先生电话，知道你们在维尼亚招待他非常之好，使他十分感动。我对他说，我们全家都感到他为人极为诚恳，很难得，因此我们都愿意和他交朋友。我对他的病逐渐减轻，异常满意，认为这很难得。希望他注意保健，把身体弄好。你们近来如何，一切都好吗？甚念。

爸爸

2010 年 7 月 22 日

11. 悼念亡妻

2010 年 7 月 26 日晨 7 时 50 分，余肃立室内，面对东北桂林方向，遥望希和之墓，向希和三鞠躬致意致哀。热泪盈眶，不能自已。之后，端坐沉思，陷于深刻遐思冥想之中。浮生若梦，为欢几何？回忆当年（1960 年 7 月）与希和结缡转瞬已整 50 年。今儿孙满堂，我全家老幼都在过幸福生活，而唯独希和不幸作古，儿孙失去妈妈或奶奶（外婆）。近年来，希和一直满怀无限热情，等待于今年今日举家欢庆我们结婚 50 周年纪念。孰料苍天无眼无情，旦夕间夺去希和生命，纪念聚会再也无法举行。天苍苍，野茫茫，抚今思昔，感慨万端。寄语黄河、小岚两家人，盼望你们大家和孩子们一同携手前进，共创美好未来，我在万里之外给你们以最良好的祝愿！加油，孩子们！

爸爸

2010 年 7 月 26 日妈妈逝世一周年

12. 观看《大地飞歌》演出

昨天(2010年10月20日)晚上,我在新落成的广西体育中心大厦观看了《大地飞歌:2010》的演出,而所谓《大地飞歌:2010》也就是第12届南宁国际民歌艺术节暨第7届中国—东盟博览会二者的开幕晚会。这样的演出,近年来我已参加过多次,这次再次参加,感到依然亲切。广西体育中心是个最近才建成的巨大建筑,硕大无比,而且非常先进,它是全国所有同类建筑中之最大者,单是体育馆就有座椅58547个,真是庞然大物,无与伦比。大厅里面,黑压压的全是人,除了个别零散的座位空着外,其余全部满座。

为了能使我们这些老人顺利观看演出,自治区老干部局为大家做了周密的安排。我于下午5点30分从家里乘坐单位的车子动身,先到老干部局集中,然后和大家一起乘老干部局的大车前往体育中心。晚会于当晚8点40分以后才开始,直至半夜结束。如果从我动身时刻算起,等到回到家里,整整用了七个小时。这对高龄的我来说,应该说是个小小的考验了。

《大地飞歌》今晚演出的节目大约有50个,在所有节目中最使我动情的,还是俄罗斯功勋演员奥列格·库斯塔演唱的《共青团员之歌》。何以故?原来此歌我在20世纪五六十年代时常听到,而且也是自己常常歌唱的一首歌。它是一首感情真挚强烈的歌,是反法西斯战争(在苏联被称为卫国战争)时青年们上前线与父母分别时唱的歌。歌里面感人的句子很多,例如:“再见吧,妈妈,别难过,别悲伤,祝福我们一路平安吧!”这句话表达了父母和孩子在生离死别时异常悲壮的告别的话。事实上这些青年中有很大一部分后来都牺牲在战场,再也没有能够回来。今天我又听到这首英雄之歌,极为感动,不能不为之热泪盈眶。

这次晚会按计划应该于晚上8点半开始,可是却拖延到8点40分以后才开始,我问坐在我后面的一位老干部,他说不按时开会肯定是因为“领导”迟到了,必须等“领导”来。他说,现在的“领导”,在开会时迟到成风,他们根本不知道老百姓对他们迟到的看法。

这件事使我回想起多年以前我陪作家徐迟去广西某市访问的情况。当时该市为徐老准备了盛大的欢迎会,有几千群众参加。所有群众以及徐老本人都准时到会,唯独“领导”没有按时来，他竟迟到了 40 多分钟，让大家等他。等到过了开会时间 40 分钟时，徐老一怒而起，对我说：“老×，咱们走！”拉了我就走。正在此时，“领导”来了。吓得那些工作人员慌成一团，急忙追上我们，请求徐老回去开会。徐老像一尊神，面色凝重，一身正气，拉了我一直朝前走，压根儿不理那些来劝说的工作人员。就这样，我们在众目睽睽下，演出了一场严肃认真、凛然不可侵犯的“罢会”剧，发扬了浩然正气。

从徐老身上，我看见了中国老一代知识分子的脊梁骨。写得多了，就此搁笔。

2010 年 10 月 20 日

13. 收到孙子照片后

Dear Dan Chin：

Many thanks for your wonderful pictures and your beautiful letter. I was fascinated by the three pictures sent by you, and was overwhelmed with joy to seeRocio on those photos. She is both beautiful and noble. Congratulations to you for having such a good girl friend, Be a good young man, and go straight forward to your bright future, I wish you and Rocio great happiness. Please convey my kindest regards to Bien Chin, Grandpa

黄河、小任：

收到丹沁发来的三张照片，非常高兴。看了第一张照片（接吻照），我大为惊奇，因为它是我从来没有看过的“黄色”热恋照片。第二张照片更为精彩，是朦胧照，非常高雅，充满浪漫主义情调。第三张（海边）照片，使我看到丹沁和他女友的全身，并且看到智利美丽的海滨风景，引起无暇遐思。请把上面我的话转达给他，并祝他和那个女孩子幸福！

爸爸

2010 年 11 月 1 日

2011 年

1. 真情挚谊连绵两代

李汀世兄并小贺：

感谢发来之精美贺卡及诗歌。到了您这个年龄，您还能写出像《孤光及其他》以及《海的文字》这样文情并茂而且感人的诗歌，非常难得。我一向认为，由于新诗没有传统的格律因而也就没有适当的载体，它比旧诗难写得多。您写得如此优美的新诗，很了不起。希望继续努力，精益求精，写出更多更好的新诗。

我们间之真情挚谊连绵两代，可以说是传统性的佳话，久而弥笃，弥足珍贵。在此兔年春节即将到来之时，谨向你们敬致春节祝贺，祝你们兔年幸福，阖家康吉！天长地久，我将永远记住咱们间两代的宝贵情谊，并为之歌唱！今后仍请继续加强联系，经常互通心声！

祥麟

2011 年 2 月 1 日

2. 贺儿子生日

黄河、小任：

今天是黄河的50岁生日，爸爸向你们祝贺！你们在智利生活幸福，事业成功，两个孩子茁壮成长，对此爸爸非常满意，并祝贺你们今后幸福无疆，前途无量！智利社会繁荣安定，人的素质高，Vina del Mar气候良好，风光美丽，居住条件优越，爸爸对你们定居Vina尤其高兴。希望你们继续努力，生活更加美好。爸爸今年整90岁，身体健康，精神愉快，也算很难得了。小任爸爸也同样健康幸福，可喜可贺。再次向你们祝贺！

爸爸

2011年9月27日

3. 对儿孙的叮咛

黄河、小任：

日前与黄河正在通话，电话突然中断，不知何故。你们在智利生活，除了应该努力把生意做好外，最重要的是身体健康，家庭和睦。"家和万事兴"，只有全家团结和睦，才能同心协力搞好生意和生活。我国传统的家庭美德是"父慈子孝"，即做父母的对孩子慈爱，做儿女的孝敬父母。黄河是"家长"，就必须起到表率作用，当好丈夫和父亲，做到夫妻恩爱，父子和睦，这样才能达到"家和万事兴"的目标。对两个孩子要慈爱，要关心他们，呵护他们，使他们感受到父亲的亲爱和温暖。丹沁和汴沁二人都是好孩子，丹沁善于思考，对生活理解较为深刻，十分难得。汴沁则非常单纯，同样是个好孩子。做父母的不仅要爱孩子，同时还要尊重孩子。例如丹沁，他今年20岁，已经成人，是非感很强，看问题也比较深刻，做父母的，应该尊重孩子的独立和正确的见解。我们大家都是"凡人"，任何人都有自己的优点和缺点，做父母的应该鼓励和尊重孩子的优点，甚至学习孩子的优点。黄河和小任在家里都应该起到"好爸爸"和"好妈妈"的作用，而小任同时还可以起到调节关系的作用。希望你们二人努力,带头建立和睦家庭。我国传统的做人原则是“诚意正心,修身齐家,治国平天下”,就是说,要先把个人修养做好,把家庭弄好,然后才能治理国家,办好大事。以上我的这些意见非常重要,,如果你们认为这些意见是正确的话,则请努力实行。祝
好!

爸爸

2011 年 9 月 30 日

4. 家和万事兴

黄河、小任:

今晚和你们通话,知道你们全家生活幸福,我非常高兴。“家和万事兴”,你们全家和睦恩爱,就是幸福的基础,可喜可贺。你们在智利生活稳定,再加上夫妇相亲相爱,对孩子慈爱,就保证了家庭的和谐和幸福。这非常宝贵,十分难得,爸爸向你们祝贺!

智利社会安定,客观环境很好,Vina del Mar 风景美丽,气候温和,民风淳朴醇厚,还有你们事业成功,能在那里定居,是很幸福的。希望你们珍惜这来之不易的幸福,继续努力,过好生活,使幸福天长地久。我和小任爸爸都身体健康,也免除了你们的后顾之忧。我对你们在 Vina del Mar 定居,一向非常满意,认为你们选择对了地方。希望你们继续努力,巩固和发展已经取得的胜利,使生活过得更好。爸爸为你们鼓劲加油。今日为国庆日,给你们写这封短信,向你们祝贺。请代为问候两个孩子。

爸爸

2011 年 10 月 1 日

附录:悼念文章

1. 悲怀慈父

家父离我们而去已近两年。失去父亲这种切肤之痛是让人难以忍受的,愿他的灵魂与我同行。

人的精神中如果有纯洁、无私的部分的话,那么就是父母之爱。所以尽管希望父母之爱是稳固、永存的,但现实是不可能的。

父亲从我面前消失了,他骑马去了天国。死亡如此来临,仿佛你平静的午休,如此奇特的安宁。我要为你献上几束紫丁香,为你倾撒。对于我,现在好像你的心还在我胸膛里跳动。我看见我们的思想在一起交融、消失,仿佛天边两朵漂浮的彩云。父亲你远在天涯、你近在身旁。我将永远保留我对于你的记忆,我的头脑将顽强地搜索着你的容貌,眼睛努力寻觅你的身影。

爱的认知,直到分别之际才知道其深沉。因为生命无法倒流,也不会滞留于昨日。生与死一体相连,就像河与海。在希望与渴望的深壑里,躺着我们对来世的默默理解;宛如冰雪中美梦的种子,我们的心也憧憬着春天。

家父的思想和他的言语,是从我尘封的回忆中涌出的海潮,那回忆记载了我的往昔。他给了我对生命更深沉的企盼。安息吧!我的慈父。

儿

黄河

2014 年元月 15 日

2. 忆父亲

父亲逝世至今已近两年。我对父亲的思念常常停留在往事的记忆中，此时此刻父亲的身影又一一呈现在我眼前。

“文化大革命”那场可怕的政治运动不仅摧残了人性，也造成了许多妻离子不散，家破人不亡的人间悲剧。在那场运动中，我和我的家人无疑也成了千千万万受迫害者之一。那时我父母已被隔离审查，不让回家；我和哥哥跟着奶奶一起生活。搞运动及相互批斗是当时每个人每天的生活核心；其次，就是防空演习。举行大规模防空演习是那时学校的一项政治任务。

有一天，在一阵刺耳的防空警报声催促下，我和同学马上放下课本，手拉着手一起冲向独秀峰下的防空洞。这是一个黑乎乎的岩洞，一阵阵刺骨的寒气从洞内渗出，洞内显得漆黑异常。我一进入洞内，立刻感觉到一种无穷无尽的黑暗包住了自己，大家肩并肩地相互挤在一起。此时的洞里空气稀薄，使人难以呼吸，我的脑子一片空白，不知道下一刻会发生什么？

在我的眼睛慢慢适应洞内的黑暗时，我仿佛看见一个高个子的人向我这边慢慢移动。在我还没有判断出此人是谁时，他已走到我跟前。他没说任何话，只是迅速地将一包用纸包着的东西塞到我手中，然后匆匆地消失在人群里。“爸爸！是爸爸。一定是我想念、久不相见的爸爸。”我在心里喊着的同时并用手紧紧地捂住那个小纸包，唯恐它从我手里掉去。父之厚爱如天降甘霖，我的心将永远珍藏这一最美好的时刻。长大后酥饼成了我最喜欢吃的甜点。

在我的成长经历中，父亲对我的影响至关重要。他对人生和人性的看法，总是揉入美好的感情与良知理性。他的道德品质与智慧已融入了我的心灵，陶冶了我的性情，融贯了我的思想，使我对己、对人都胸怀开朗，并因而使我更幸福，更完美。

如今失去的一切都不能得到补偿，所有的痛苦都得不到安慰。只剩下美好的事物永远留在心中，成为一种美好的记忆。虽然在天地之间，我时常看见父亲的身影，可是他永不再返回！安息吧，父亲！

女儿

贺岚

2014年2月15日

3. 深切缅怀贺祥麟先生

2012年5月12日，广西政协原副主席、广西民进原主委、广西师范大学教授贺祥麟先生走完了他91年不平凡的人生。在过去近十个月的日子里，我们不仅时时怀念着他，甚至难以相信这样一位精神矍铄、思维敏捷的前辈已经离开了我们。每每想到学术界失去了一位学识渊博、才华横溢的学者，教育界失去了一位德高望重、为人师表的教育家，我们失去了一位值得崇敬和信赖的良师益友，心情的沉重实在难以用语言来表达。贺老的音容笑貌，与他交往几十年的往事也一一浮现在眼前。

我们夫妇是80年代初到广西师范大学工作的，拜识贺老也始于此时。尽管当时他已经从中文系转到外语系任教，但或许是因为我俩毕业于北京大学中文系，同二十多年前毕业于西南联合大学的贺老是校友的缘故，初识他便对我俩勉慰有加，也由此开始了我们与贺老近30年的交谊。

几十年来，不论贺老的职务和地位如何变化，我们一直亲切地称呼他"贺老师"，直到近些年才随其他人改称"贺老"。但在我们心目中，从来没有将他与"老"字联系在一起。他行动办事仍是那么干脆利落，风风火火；讲话聊天仍是那样滔滔不绝，谈笑风生。爱国爱民的情操，正直不阿的品格，热情率真的个性，幽默浪漫的气质，这就是贺老在我们心目中始终如一的形象。

贺老早年毕业于西南联合大学外语系本科，后远赴重洋深造，获美国艾莫黎大学研究生院英语专业硕士学位。回忆起在海外求学的经历，2007年8月，贺老在给友人的一封信里这样写道："从少年时代起，我就热爱文学，大学以后的专业是英国文学，受欧洲古代希腊人文主义和19世纪浪漫主义影响甚大。这样我的人文精神和浪漫主义气息就非常浓厚，充满激情，热爱人类，热爱祖国，热爱生活，感情充沛而年轻。"

正是这种爱国情怀，使他在听到中华人民共和国成立的消息时，"万分兴奋，感动得热泪盈眶，恨不得插上翅膀立刻飞回祖国"。经友人介绍，他联系好到当时在桂林的广西大学任教，被聘为外文系副教授。当时贺老正处在热恋之中，女友是他的同学，一位单纯正直、聪明美丽的浙江姑娘。生离死别的痛苦自然是刻骨铭心的，但贺老毅然舍弃爱情选择了回归祖国。临别前，他写了一首一千多行的长诗献给心爱的女友，其中写道："亲爱的，如果我不更爱自己的祖国，我又如何配得上爱你？"字里行间流露出对祖国的眷恋与忠诚。回国后他俩依然保持密切的联系,每周都有书信往来,互诉衷肠。1950年10月抗美援朝战争爆发,两人通讯被迫中断,一对恋人从此天各一方,杳无音信。这一爱国与爱情难以两全的人生悲剧,完全是当时特定的国际政治环境造成的。直到晚年,每当回忆起这段往事,贺老仍不胜感慨,不能忘情。而当时贺老面对两难抉择,能够将国家民族的利益看得高于一切,割舍儿女之情,毅然回国,这样高尚的爱国情操,着实令人钦佩!回国后的几十年里,贺老虽历经坎坷和磨难,仍痴心不改,无怨无悔,把自己毕生的精力献给了祖国的教育事业。他多次说过:“我毕生的最大快乐,为与青年同学一同在教室欣赏文学名著。”

贺老情感丰富,热情率真,不论对师长、友人,还是学生,他都真诚相待,一片热忱。赵朴初先生生前是民进中央名誉主席、中国佛教协会会长、著名的社会活动家、诗人、书法家,惊闻赵朴老逝世的噩耗,贺老马上撰文表达哀悼之情,对朴老的“德行高超,风范永存”表示景仰。北京大学李赋宁教授是贺老的老师,贺老自云“对赋宁师从来‘执弟子礼甚恭’,不敢有丝毫懈怠”,称扬他“具有高超的道德水平和非凡的人格力量”。著名作家徐迟是贺老的多年好友,徐迟不幸去世后,贺老悲痛之极,写下《缕缕哀思忆徐迟》一文,回顾他们交往的二三事,在文章的末尾,他无限深情地写道:“作为你的好友,徐迟我兄,只要我活着一天,在我内心的最深处,将永远为你留一块地方。我的缕缕哀思,剪不断,理还乱,即令是人天阻隔,黄泉无路,我也要把这一瓣心香和缕缕哀思敬献给你的英灵。”可谓一字一泪,感人肺腑。

贺老为人正直,好恶分明。对人对事喜欢开诚布公,直言不讳。哪怕是面对上级领导,他也敢于直言,不留情面。了解他的朋友、同事和学生都知道贺老的这一性格特点,因此,尽管他的看法有时失之偏颇,仍能得到大家的理解和尊重。介山至今清晰地记得这样一件事:90年代,我校育才校区门前的道路因年久失修,十分狭窄破旧,遇上大雨,低洼地段积水没膝,给出行带来极大的不便。校领导多次向政府有关部门提出修路要求,都没有下文。贺老有次去学校,恰遇下雨,出租车车轮陷在水中,他只好下车蹚水走路。一到学校他马上写信给市领导,批评政府不关心群众疾苦,敦促有关方面尽快解决此事。贺老在担任桂林市政协副主席期间,还有这样一件事:他工作上有些意见希望与市委某主要领导面谈,专门写了一封求见信并亲自送到市委值班室,却如石沉大海,毫无回音。他对此十分不满,并“耿耿于怀”。事后,当他提起此事时,介山宽慰他说,可能是秘书没有把信送到,或者领导太忙疏忽了。贺老斩钉截铁说道:“这不可能!完全是高高在上的官僚主义!”

贺老学识渊博,在外国文学研究与翻译方面有很深的造诣,新时期以来曾任中国外国文学学会常务理事，中国翻译工作者协会副会长等职。在贺老卓有成就的外国文学研究中，对英国文艺复兴时期伟大的戏剧家和诗人莎士比亚的研究尤为深湛，我国第一部研究莎翁的专著——《莎士比亚研究文集》就出自贺老之手。贺老对外国文学的浓厚兴趣和深厚修养不仅体现在他的著述里、授课中，在平日聊天和给友人的信件中也无不可见。从18世纪法国伟大的哲学家、文学家卢梭，到美国19世纪著名思想家梭罗，以讴歌自然著称的英国诗人华兹华斯……每每谈到这些文学巨匠的事迹及作品，他都信手拈来，如数家珍。

贺老在外国文学方面的深厚学养和功力，人所共知，不必多说。令我们惊讶和钦佩的是他在中国传统文化及中国语言文学方面同样有广博的知识和深厚的功底。无论是东晋的陶渊明还是清朝的郑板桥，他都有深入的了解，独到的见解。他常常教育学生要努力学习、博览群书以拓宽知识面，否则以后会捉襟见肘，甚至闹出笑话。他举例说，一位大学校长给全体师生做报告，要大家热爱祖国，竟然提出"必须有强烈的恋母情结"。贺老引经据典，指出"恋母情结"来自古代希腊神话，指的是俄狄浦斯在完全不知道的情况下，不幸娶了自己的生母为妻。贺老用这个极端荒谬的例子告诫学生如果缺乏起码的文学常识会犯怎样低级的错误。正因为如此，贺老对粗制滥造的文风和语言文字的错误极为不满，批评起来义正词严，毫不留情面。比如他看到一篇文章中有"从容赴死""慷慨赴义"和"慷慨赴难"的说法，立刻给编辑部写信，指出这是对成语的乱用和生造。对近年来外国文学翻译工作的现状贺老尤其感到忧虑，他多次撰文尖锐指出某些翻译工作者水平下降和粗制滥造，使得不少劣质译文泛滥成灾。如把19世纪俄国思想家赫尔岑翻译成"赫尔珍"，把"莫斯科国家剧院"翻译成"波尔素依剧院"，把美国的爱荷华州译为"依阿华"等等。尤为荒谬绝伦的是把蒋介石毕生通用的英文名字 Chiang Kai—shek 翻译成"常凯申"。贺老辛辣地讽刺某些缺乏文学修养的作者或译者是"无知无畏"。在学术界批评缺席、吹捧之风盛行的今天，类似贺老这样目光敏锐、一针见血的批评并不多见。这些既反映了贺老耿直的个性，也折射出他治学的严谨。

贺老讲话幽默风趣，富有激情，是典型的诗人气质。尽管我们没有机会聆听贺老讲课，但完全可以想象得到它有多么精彩。我们有幸在一些会议上听过他的演讲或发言，他准备非常认真，多半念自己事先写好的稿子，有时兴致一来，中途也会插进自己创作的小诗或西方著名诗人的名句。他的讲稿内容新颖，文采斐然，加上他声音洪亮、富有激情的朗诵，常常赢得听众的喝彩及共鸣。与同事和朋友相聚，只要有贺老在场，气氛就格外活跃。他见闻广博，生动诙谐，谈天说地，纵论古今，在座的人无不听得津津有味，受益匪浅。

受19世纪西方浪漫主义影响，贺老身上的浪漫气息很浓，直到耄耋之年，他还这样“检讨”自己说：“现在我的心态和精神状态，与20多岁的年轻人一样。当然，优点同时也是缺点，我幼稚，主观，容易冲动，好像是永不成熟。”贺老曾提到这样一件事，他的一位朋友到家里做客，吃饭时，不但嘴“吧唧”得特别响，而且放着公筷不用，用他自己的“私筷”在菜盘里拨来拨去。更让贺老不能容忍的是，他居然把已经夹进自己碗里的菜，因为不喜欢吃，重又放回菜盘。就是这样几个不够检点的细节，使贺老对这位“高级知识分子”大为反感，以至于“从此与他绝交，断绝一切关系”。有人或许认为贺老这样未免太小题大做了，但眼里揉不进砂子，不能容忍自己看不惯的言行，是贺老处事的原则，虽不免偏激，却也表现了他为人坦诚，不违心，不虚与委蛇的可爱品格。可以说，浓厚的诗人气质是贺老非常可爱的一面，也是他始终保持年轻心态的因素之一。

自贺老赴南宁任广西政协副主席、广西民进主委，我们同他见面的机会相对少了，但一直保持了书信的往来。他因公或因私回到桂林，也常常邀我们相聚。尤其是贺老使用电脑以后，我们经常会收到他群发给友人的信件，如今我们手里保存的他用E-mail发来的信件就有六七万字之多。贺老的书信内容丰富，情趣盎然，不论叙事议论，都诗情浓郁，风趣幽默。读来，如沐春风，是一种难得的享受。这些书信亦如他对徐迟的评价：“他的信，一如其人，内容充实，热情感人，用语自然亲切，身边琐事以至脑里遐思冥想，信手拈来，都成文章。亦叙亦议，亦散文亦诗，抒情气息之浓，跃然纸上。”这里，不妨摘引几段以飨读者：

> 冬季来临，鄙人只好整日蜷伏在另外一间有暖气空调的房间里，像某些动物一样“冬眠”。所谓“冬眠”，当然不是整日睡觉，不食不动，而是在家看书看报，沉思冥想，甚至有时候无所事事，偶尔坐在椅子上发呆，叫作“准老年痴呆”。人老了，难免糊涂，我也不能例外。为了摆脱生活琐事干扰，我把自己的衣食全部委托小保姆代管。我只是“饭来张口，衣来伸手”而已。春节期间，小保姆无意间把我最糟糕的一双袜子给我穿。此袜子糟糕之处，在于它“年久失修”，患了严重的“老年退化症”，我一穿上去，它就会自动下滑，不断后退。那天早晨，我穿上了这双“自动”袜，由寝室走到工作室，只一二十步路吧，竟发现左脚早已光秃秃，袜子与我“拜拜”，不知何往矣。
>
> 说起骑车子，多少友人都劝我说我年龄大了，再也不可骑车上街。我无法同意他们的意见，因为骑车上街不仅迅速，节省时间，更重要的是，步行太辛苦，骑车节省精力。为了安全，马路上汽车一多，我就在人行道上骑。此时也，我像是驾驶

了一叶扁舟，游弋于人行道的“湖水”之上，清风徐来，水波荡漾，我与芸芸众生，比肩而行，自我感觉，无比良好。此时也，我心如明镜，浑身舒畅，诗情画意，不禁涌上心来。

一些生活琐事在贺老笔下竟是如此生动精彩！读了这几段文字，谁能不像我们一样忍俊不禁？谁又能不真切感受到一位年过八旬的老者对生活的由衷热爱？

贺老仙逝后，我们不止一次打开他的书信，反复诵读，感慨万千。眼前仿佛又浮现出贺老亲切的面容，耳畔仿佛又听到贺老亲切的话语。我们坚信，贺老的高尚情操、渊博学识和不凡才情，必将长留人间，沾丐后人。

可敬可爱的贺老，请安息吧！您永远活在我们的心中。

黄介山① 张明非②

2013 年 3 月 10 日

（此文刊于《广西文史》和《广西师范大学校报》）

① 广西师范大学原党委书记、教授。

② 广西师范大学文学院教授、广西文史馆员。

4. 尺牍情深六十年

——回忆贺祥麟先生与我们两代人的友情和书信交往

一

2012年5月,我是在美国探亲时得知贺祥麟先生去世的。一种巨大的哀伤和空虚感一齐袭上心头……我的思绪久久地盘桓在这位睿智、率真、博学的老人的身影上,起伏无尽。

之后两年时间已然过去了,我却依然常常追念先生,于心扉里与他对话,并未因他的离世而觉得遥远。只是那种难以言表的空虚和怅然感难以褪去,有时淡淡的,有时又会变得浓烈起来。

祥麟先生是我父亲在国立西南联大外文系的同学,一辈子的莫逆之交。因父亲的关系,20世纪70年代我和祥麟先生认识了,继而也成为一辈子的忘年之交。从20世纪40年代算起,两代人相继结下的友谊缱绻绵绵,竟持续了近70年时光。

祥麟先生同家父和我多有书信往来。先生去世后,我搜集整理这些书信,发现尚存有六十多封!信中倾吐心声,既谈个人经历和生命见识,也谈社会变迁和学问体悟,更有浓浓的友情。我以为书信是两代人友谊的真实记录,也珍留了时代际遇的深刻印记,同时保藏着难得的学养含量和人文品格。

读尺牍而见斯人。我感念这些弥足珍贵的书信。父亲和祥麟先生的音容笑貌跃然纸上,字里行间处处都能感到他们的体温与呼吸。

我恍然又回到那些流逝的岁月,享受着与父亲和祥麟先生在一起的温暖。

二

父亲李国香①是1942年考入国立西南联大外文系的,祥麟先生则是1940年入校,两人同校同系却不同届、不同班级。按说他们本不易熟悉和认识,但事有奇巧,缘分使

① 李国香(1921—1990),1946年毕业于国立西南联合大学外文系,先后在兰州大学、西北民族大学任教,是著名的维吾尔语言文学专家、外国文学翻译家,撰写了国内外第一部《维吾尔文学史》,并有诸多外国文学和维吾尔古典文学翻译著作。曾任中国少数民族文学会理事、中国民族语言学会理事、中国突厥语研究会常务理事等职,西北民族大学语文系教授。

两人不期相遇。祥麟先生曾回忆,当年联大学生宿舍是不分年级混住的,40 人同住一间干打垒的大茅草棚的"统舱",每间宿舍共有 20 个上下架子床,条件相当简陋艰苦。同学们觉得大统舱生活不够雅观方便,就自动搭起了室内"小隔间",每两副架子床中间置放着书桌,一面靠窗,另外三面则用被单之类遮挡起来,自成一体。在父亲大学三年级时,恰好与师兄祥麟同住在一个小隔间,且都住在下铺,"坐在床(没有椅子)上面对面自修,久之乃成为挚友"。

西南联大乃是当时国内第一流的大学,大师云集,精英荟萃。陈寅恪、刘文典、朱自清、闻一多、唐兰、罗常培、冯友兰、吴宓、王力、陈岱孙、冯至等,个个硕学鸿儒,学富五车。有名师指点,受浓郁的学术氛围熏陶和人文精神影响,祥麟伯伯和父亲确立了崇高的人生志向和学问境界,发愤读书。

祥麟伯伯这样回忆我的父亲:"国香的刻苦自励、拼命学习的顽强精神使我震惊。除了上课和吃饭、睡觉等,他每日五点多起床(一般学生都是七点才起床),像一根钉子一样钉在自己的座位上,雷打不动,直到深夜熄灯,他是如此全神贯注,以至于任随什么也难以干扰他。他真正做到了'泰山崩于前而色不变,麋鹿兴于左而目不瞬'……他每样功课都是出类拔萃。法文在吴达元先生多年教过的班上,为成绩最高、打破了历年纪录的学生。只此一点,也雄辩地说明了国香超人的勤奋和他罕见的语言才能。"

我父亲回忆说祥麟先生在大学时代很有趣,说"当年我们都是文学青年,祥麟更凸现出诗人气质,他思维跳荡,激情四射,风神潇洒,文采出众,特别是为人极为坦诚,正义感强,率性十足,耿正而狷介,晶莹透明,不谙城府,甚至显得有几分幼稚"。

一切友情都基于真诚,是心灵与心灵相融结出的果实。父亲和祥麟伯伯在大统舱里小隔房萌发的同窗之谊,是他们青春风帆下共同点燃的一支火炬,熠熠闪光,穿越时空,永生不熄。

1945 年祥麟伯伯先期毕业回到故乡河南,临别前把自己唯一值钱的一条旧毛毯赠予我父亲,两人相互勉励,友情难舍,相约保持书信联系。一年后我父毕业回到故乡甘肃。1947 年祥麟伯伯得到公费资助赴美国亚特兰大市艾莫黎大学读研究生,继续专攻英美文学;父亲则先在一所省立中学教授英文,之后又应聘进入兰州大学任教。在这段前后五年多时间里,尽管国内战争爆发,邮路不畅,但两人仍有书信来往。只可惜这些穿洋渡海辗转万里的书信却未能保留下来。

按说这些信件不该遗失。1955 年 8 月 22 日已在广西师院外文系担任副教授的祥麟伯伯给我父来信,提及希望把"新中国成立前(不论国内或国外)写给你的信,好好找一找,找到全部寄给我"并特意说明缘由是"需要一些证明材料"。不久家父把找到的

21封信全部寄回。祥麟伯伯收到后回函致谢："感谢寄来的旧信二十一封。这对于我的帮助是无限的。现在看那些信，觉得实在是当时生活、心情、思想感情的一面镜子，多少早已忘却的事都一一浮现。很感谢你这样细心珍藏着那些信。我将来或者把原信寄还你，或者最少也抄一封底稿还给你。"

但是这些40年代的信件以后的确丢失了，这不能说不是一个巨大的遗憾。祥麟伯伯当时要旧书信作证明材料，究竟要证明什么？是为了某些政治审查的需要，还是自己要回溯往事做参考，既然如此重视这批信件，为何又未按信中所述，会将原信退回或抄写留底？等等。在两位老人先后谢世后，今天已经无法说明了。

新中国成立不久，在美国刚完成学业的青年祥麟翘首东方，思念祖国和新时代的到来，怀着报效国家的赤子心愿登上了回国轮船。一路上面迎太平洋的波涛，憧憬着未来，他胸中诗情油然而生，喷发，不可自已：

"啊，看天边/是哪里从人海飞腾起/一片欢呼？/是哪里在半空中/有一片红旗在旋舞/像数不清的万千条火龙/在火海里舞动？/而太平洋的巨浪/在和着古国的雷声呼啸/挣脱了锁链的奴隶们/从苦难里站了起来/我清晰地看见远方/祖国的天边/有一个新的太阳在飞升/祖国的兄弟们/正在向我召唤/回来，你中国的青年/再会了，美国！"

……

这是长达931行的长诗《再会了，美国》的开头一段。它发表于1951年初，并出了单行本，表达了青年祥麟的诗情与才华，更为重要的是体现了他向往、热爱祖国和投身社会主义新时代建设的政治激情，如火一样滚烫。

祥麟伯伯把这首诗寄给我父，并急切地询问他的观感。父亲阅后及时回信表示了对诗歌的喜爱和高度赞赏。1951年4月8日祥麟伯伯回信说道："……对我诗歌的批评是过奖了……它的政治水平是够了，但艺术水平有极多地方还太粗糙，原因是我的文学修养还不够高，写诗凭一股奔腾的热情一气写好，后来又没有好好修改，结构也不够严密。我希望能够听到你的一些具体地指出缺点的批评来，那对我此后的写作是大有帮助的。"

坦诚相见，相互砥砺，两位友人的心围绕创作而共振。

阅读祥麟伯伯与我父在五六十年代的书信，可以看到，如何当好一个优秀的大学教师，不辜负新时代赋予的使命，不断地增长自己的学识，并投入到火热的生活中去，成为他们经常交心的话题，真挚而热烈，敞开心扉，无所忌讳。

祥麟伯伯回国后选择留在广西大学，教授外国语言文学（1953年广西大学外文系并入广西师大），成为新中国成立后广西壮族自治区高校外国语言文学教学的开拓者。此时已在兰州大学教授英文的父亲，却另辟蹊径，选择了一个冷门，开始钻研和教授一门祖国少数民族语言文学———维吾尔文，成为新中国这一领域筚路蓝缕的拓荒者。父亲以他扎实的中文和英、法文水平为基础，加之超众的语言天赋和勤奋钻研，在不长的时间里掌握了这门语言，并且开始钻研维吾尔的文学与历史，还编写出了《维文文法》。

祥麟伯伯得知这些消息，极为惊讶！来信说："在兰大教授维吾尔文！朋友，我百思而想不出你在哪里学的这套本领，会精通这个偏僻的文字！"（1951年的信）"朋友，我们说'为人民服务'，但是怎样才叫真正的为人民服务呢？我以为单靠热情是不够的，必须有真正的行动表现出来。因此，朋友，同志，让我在这里对你作衷心的祝贺，祝贺你的《维文文法初稿》的出版，并且预祝你的《维文翻译之理论与实践》即将诞生！"（1955年的信）在同一封信中，他还写道"知道你下月将应科学院邀赴京参加民族语言科学讨论会，不禁雀跃。在我认识的友人中，我以为你在无论语言或文学上都是最有希望的一个，特别使我替你骄傲的是你除了中英文外，另外对几种语文都搞得很有成绩。愿你百尺竿头，更进一步，脚踏实地努力下去（在昆明时我是知你的苦学精神的），为祖国、为人民、为党做出更大更多的贡献来。"祥麟伯伯当时在学校任教外，常有诗歌等文学作品问世，他将自己的诗歌新作《日子过得好啊，俱乐部》、《校园晨读》等寄予我父，让父亲深受激励与感染。

相比较之下，父亲是属于那种闷头做学问、崇尚专业技能，比较远离政治，喜欢走"白专道路"的人，而祥麟伯伯在兼顾教书、研究学问和文学创作的同时，对社会进步、思想进步有更多的激情，对时代的思潮也比较敏感，勤于思考，自觉地置身于社会主义三大革命运动中，努力改造思想，以革命的、进步的思想要求自己。这些特点也清晰地反映在他与我父亲交往的书信中。

"我很忙，没有工夫写分量很重的东西，也没有足够的生活经历——你知道大学里的生活是多么远离工农兵大众的生活。当然念书也一样没有时间，这一年来就是在赶工作，写了许多临时'赶任务'的作品……正如最近一期《文艺报》上一篇论文中说的，在革命急需，工作急需时就一定要'赶任务'。鲁迅过去是这样能够做的，爱伦堡今天也是这样的，大作家都是如此，我们这些刚刚学步的文艺学徒自然更该如此。"（1951年的信）"下一学期一开学，我就去农村参加'四清'运动，至少去参加一期……这很好，在社会主义学院学习一年，初步改造了一些资产阶级思想观点，回去参加'四清'在实际斗争中锻炼改造自己，除了做好工作外，对今后的思想改造也会有帮助。"（1963年的信）

我觉得祥麟伯伯是那种特别虔诚和谦虚的知识分子,他实在是太爱自己的祖国和新时代了!他严于审己,总觉得自己做得不够,取得的成绩也不足以挂齿,而对自己的不足却足以重视。其实祥麟伯伯在夜以继日地忘我工作中,已经取得了优异的成绩。比如编写过整本的外国文学讲义,还著述了一本15万字的励志修养书籍——《责任、知识与苦功——和青年漫谈业余进修与自学》,这本书1956年由中国青年出版社出版。书中论理和文采俱佳,道理深入浅出,闪烁着格言警句的光芒!不少精彩的篇章还充满诗意,激动人心。

也许祥麟伯伯觉得我父对思想进步注意不足,在信中多次谈体会,希望引起老同学的重视。他写道:"你有机会到农村去参加'四清'么?作为老同学,我希望你努力争取去。我们过去受的都是资产阶级教育,不可能没有资产阶级思想观点和资产阶级学术思想,这些,不参加实际斗争到工农群众中,是很难彻底肃清的","单是口头喊学习马列主义是不行的,必须认真地、脚踏实地好好学习才行。"(1955年和1963年的信)。他还写道:"因学习繁忙,我很少写东西。过去一些未完成的稿子既没有带来,也没有必要续写,因为那些稿子还是在学校里'闭门造车'写的,实际上仍是脱离当前革命斗争的,没什么价值。你在工作岗位上写了什么科研论文没有?如写了固好,没写也不要紧。你是搞语言科学的(我不知道你是否也在搞维吾尔文学),语言科学中的阶级斗争反映虽不如文学那么直接尖锐,但如不联系实际,科研价值也不一定大。"(1963年的信)

朋友间的肺腑之言绝非出于某种客套和需要,真实地反映出祥麟伯伯当时的思想认识和对人民、对时代、对革命以及对社会主义文科教育的现实体悟。我不知道友人的赤诚交流,对父亲思想产生过什么触动,家父又是如何回复祥麟兄的。但在父亲档案中,我看到过当年的许多份自我反省和自我批判材料,其思想观点和祥麟伯伯来信的认识相似。在新中国成立后历次知识分子的思想改造运动中,似乎父亲都在检讨自己崇尚专业学术、轻视政治理论学习的问题。

"改造思想",破茧为蝶,做一个符合革命要求的知识分子非一件容易之事,甚至会十分痛苦。祥麟伯伯的一封信详细地表现了这种切肤感悟。

他写道:"回国后几年来用了饱满的热情可以说非常努力地去搞工作,但工作却没有搞好,相反在很多方面搞得一团糟。直到不久前我才懂得了一个很浅显却不容易体会到的道理:单靠狂热(在这方面我是特别丰富的),不但不能做好工作,反而会把工作搞坏。举一个例子,有一个学期我接受了一个突击式的任务教一班同学一门很重的课,在给谈恋爱屡次碰壁的昏头昏脑中,我仍然尽我的一切努力像一根钉子钉住了屁股一样,坐在椅子上写了二十四五万字的讲稿,这不可谓不'狂热'当时自以为写得很好,并且教学效果也不坏。可是结果呢?后来一经检查,只有四个字可以形容它:'错误百出'。实际上却是散布了资产阶级唯心论的毒素!这件事给我教训极大。那些讲稿大部都编成册子出版了(在本校出的),除了给我留下一个惨痛的教训外,只有当废纸包花生了……"

多年之后,祥麟伯伯回顾这段历史,感慨万千,他给我父致信写道:"我辈在当时极'左'路线下,参加了几十年政治运动,半生宝贵年华,付之落花流水,言之心痛。如能专心致志进行学术工作,即使是一条笨牛,也会有较大成就。往者已矣,来者可追,愿与兄共勉,今后能有一些喜人成绩创造出来。"(1989年8月31日的信)。

三

1966年夏天"文革"爆发,风暴席卷全国。祥麟伯伯和我父亲在劫难逃。在最初一两年,受到"横扫一切牛鬼蛇神","清理阶级队伍的"的猛烈冲击,坐"喷气式"、挂牌子、戴高帽子、抄家、挨打遭批斗,进"牛棚"劳动改造,等等,都经历了。特殊情况之下,两人的书信有所中断。到了70年代初,个人情况稍有好转,就恢复了通信。祥麟伯伯虽遭无情打击,但对祖国、人民和社会主义革命的赤子真心却依旧未改,而且万分真诚地从灵魂深处反省自己,批判自己的不足,改造思想。家父似乎比较顽钝,竟然在此种时刻,还在迷恋外语和外国文学(家父虽转向教授维吾尔文,但一生从未疏远英文、法文等外语,翻译了不少外国文学著作)。在牛棚里他让家人送去法文版的《毛主席语录》学习,也遭到批判,说根本目的不是学语录,而是在学外语,妄想继续用资产阶级的那一套统治学校!但父亲似乎有些置若罔闻,批判归批判,仍在偷偷地读书钻研学问。1970年父亲刚"解放"有了人身自由后,即写信给祥麟伯伯,开出了英文版《莎士比亚戏剧集》等外国名著书目,希望能帮他寻找并寄给他。

看到家父的这种情形,祥麟伯伯担心老朋友再犯错误,写信予以提示:"从来信看,可能与你多年来一直搞语言有关系,好像你对资产阶级古典文学名著的看法和我们一向搞文学教学又经过'文革'深刻教育的人的看法还有相当的不同。这方面我就有深刻体会和教训。过去在反革命修正主义路线下,自己把资产阶级'文学名著'当成'艺术高峰'宣扬,无论在教学科研中均毒害了青年或读者。今天自己认识到必须接受教训,认真学习马列主义、毛泽东思想,用无产阶级的观点来正确对待古典文学(包括外国古典文学)。听说现在有的大学中文系仍有讲莎士比亚等的。但主要是当批判材料来讲的。对莎剧如此,对司汤达的《红与黑》或托尔斯泰的《复活》亦莫如此。""我们正在赶编新教材。过去的教材全是封资修一套,现在新教材要从头搞起,也没有什么参考资料。”(1971 年 6 月 4 日致我父的信)

祥麟伯伯绝不是信从极“左”路线与思潮的,在他心目中很矛盾,一方面他希望自己能够按照“无产阶级的世界观”、马列主义毛泽东思想来指导外国文学的教学与科研,同时在强大的极“左”形势和思想压力下,他仍然并不否认此时被统统“打倒”和“批判”、被全面否定的世界文学名著所具有的经典意义和极高的艺术成就。在他婉转地劝慰我父亲时,也会情不自禁地讨论这些问题,力图在学术问题上保持一个历史唯物主义的态度,同时明显地流露出对这些世界名著的尊重与欣赏。在 1972 年 8 月 6 日致我父的信中,祥麟伯伯谈到了英国作家 Scott(司各特)。他写道:“前几天又邮寄给你一本 Scott 的长篇小说 The abbot,收到后希望来信告诉我。Scott 是英国 19 世纪资产阶级小说家中的一个‘巨匠’,其名著 Ivanhoe 想你早已看过,此书清末林琴南曾有节译本《撒克逊劫后英雄略》。Scott 的小说我读过几本,粗浅的体会是:1.他是资产阶级作家,写的历史小说离不开封建贵族、中世纪城堡、骑士和洋‘佳人’,这方面当然有问题。但评价一历史人物、作家,也不能离开当时的时代,拿今天无产阶级革命文学的要求来要求他;2.Scott 对人民群众有一定的同情,他在历史小说中写了不少所谓‘下层人物’的风习、生活、人物,在一定程度上也写了群众;3.他的历史知识极广博,写十五六世纪的生活,信手拈来,毫不费力;4.他的小说几乎每部是故事性极强,有吸引力,刻画人物也刻画得栩栩如生……先给你寄这本书去,过些时候再给你寄两本。”

暴风雨中还思逸神驰,洋洋洒洒,可谓超脱,彻底扫清“封资修”的烽火中,两位老朋友却还在千里寄书,谈文论道,心中不掩的情思如清流汩汩。

关于“文革”受打击的情况,祥麟伯伯和我父亲都没有交流。恐怕引起对方的伤痛联想,而宁可把痛窝在心中。1991 年祥麟伯伯给我来信中第一次也是唯有的一次谈到了当时的残酷形势。他写道:“我结婚晚,孩子出世晚,他们兄妹二人童年正碰上‘文革’。我在‘牛棚’自顾不暇,哪有时间教育孩子?不仅如此,还由于我的牵连男孩在小学备受歧视,老师除了教他‘必须与你爸爸’划清界限外,其他对他一概不闻不问,甚至怕沾边。在我们住的大院里,别人的孩子把工人的鸭子打死了,他们硬赖是我的儿子黄河所为,把他游街示众,当时他才七八岁,心灵受到创伤。女儿小岚四岁时(1968 年)便被诬以‘呼喊’反动口号(根本没有的事)‘审查了’她半个月,威胁利诱无所不用其极,小岚性格也真强硬,始终一言不发,什么也不回答,但精神则受到很大摧残……我在牛棚有段时间不许回家,我怕孩子无人教育,乃提出请求请假回去教育孩子,结果是由一个学生监督,当着学生的面教育男孩,我教育完,那个同学还要补充上一句:‘尽管你爸爸对人民犯了罪行，他刚才的话还是对的'，糟蹋我至此！正因为如此，孩子童年时期我在孩子心目中无任何威信，记得我曾多次邀男孩与我一同去看电影，他从未同意，当时我百思不得其解，后来又懂得他照老师教导，与我'划清界限'！"

看了这种心灵滴血的控诉，令人震撼！它记录了祥麟先生"文革"时期最大的创痛！但愿后人能够永远记忆。

然而祥麟伯伯是胸怀宽广具有崇高信仰境界的学者和诗人，他对祖国、人民的报效之心的热忱是无尽的，能够经历风暴沧桑而不改痴情。"文革"迫害并没有让他一蹶不振，更没有耿耿于怀。党的三中全会后拨乱反正，纠正冤假错案，向社会主义四个现代化奋勇前进，时代的雄风劲吹，他心中又燃起了熊熊烈火，伤痛在身却奋不顾身，抚平伤痕是为了新的希望！1984 年 11 月他参加了中国外国文学年会后给我父亲的信中表达了这种情感和境界。信中说："我还想提及一位使我十分感动和尊重的绿原同志，他是我国著名诗人，早在抗日战争时便活跃在我国文坛，写了不少好诗。50 年代中期，被冤案牵连，多年来蒙受不白之冤……这次会上见到了他，才知道他不但平了反，而且现在担任人民文学出版社副总编。我和他多次交谈，发现他不仅宝刀不老，专业知识愈益精进，为人热情诚挚，更难得的是他有一颗对党对人民数十年坚贞不渝的赤诚的心。他与我谈工作，谈学习、谈外国文学、谈对祖国大好形势的深刻认识，却唯独只字不提自己当年的冤案。这表现出多高的思想境界、多宽广的胸怀、多高的个人修养啊！从他的身上，我看出在党的教育和培养下，我国老一代知识分子的优秀思想和优秀道德品质。"（1984 年 11 月 4 日信）祥麟伯伯在说绿原先生的经历而寄托自己的心声，倾诉衷肠，感人至深。

今天读祥麟伯伯文革前后的书信，我反复揣摩他几十年的心路历程。从西南联大到从美国归来，他与西南联大校友、理工科的同学钱学森、朱光亚等人走的是同一条道路，就是为了亲爱的祖国和伟大的中华民族繁荣强盛，献身无悔！1986 年 4 月祥麟伯伯作为全国人大代表参加六届四次人大会议，他来信中谈了一段让读者身临其境、热泪盈眶的情景："……彭真委员长宣布开会，唱国歌。多年以来，我们开会一直是'奏国歌'此次改为唱国歌，大厅里一片嘹亮磅礴的《义勇军进行曲》歌声，我一开始唱，便激情澎湃，有若长江大河，心里面热浪翻滚，想起抗日战争全面奋战之伟大景象，也想到今天我们伟大社会主义祖国之繁荣，思绪万千……这时我只有一个愿望：愿我们的党领导全国人民尽快实现'四化'，为了这伟大事业，我愿献出自己的一切……工作至最后一息。"（1986 年 4 月 17 日的信）

必须提到，伴随着解放思想，拨乱反正的深入，以所谓革命文学否定人类其他优秀经典文学的极左思想得到清算，历史恢复了它本来的面目。祥麟先生为祖国为人民为社会主义事业做贡献的赤心和实事求是地深入研究、教授外国文学、充分肯定和继承世界人类一切优秀文化遗产的事业，真正得到了统一，再也不用担心“打棍子”“扣帽子”上纲上限的威胁、迫害，再也不必违心地焦虑、过敏。祥麟伯伯的外语教学、研究，进入了新的时期。

1995年由他任主编的《世界文学名著精缩本》出版。荷马、但丁、莎士比亚、司各特、雨果、歌德、托尔斯泰、马克·吐温等等世界文学巨匠的作品，不是受批判的对象而列入其中，而是需要学习再学习的高耸的“艺术丰碑”！祥麟先生在序言中一吐衷肠。请容许我在下边摘录一段：

“记得是50多年前，更具体地说是1941年，当时正是抗日战争的圣火燃遍祖国大地，我刚开始在昆明西南联合大学外文系读二年级时，我选了一门叫‘欧洲文学史’的课，全课程是用英文讲授和问答的。任课老师是我国比较文学的先行者吴宓教授……第一堂课第一句话就是：‘你为什么要学文学？’我冒冒失失答了一句：‘因为我要了解生活。’真没想到我这句脱口而出的童言，竟博得了吴先生的大大谬奖。不错，文学确实能帮助人更深刻、更真实地认识生活，认识人，但同时它还有一个至少是同样重要的作用，即它可以净化人的灵魂，可以丰富人的想象、培养人的美好理想与感情，可以给人真善美的教育和美的享受……中国文学的作用是如此，世界文学的作用也是如此。由于世界文学在国别、民族、地域和文化风习背景上更多样化及广阔，它便能更加开阔我们的视野，深化我们的文学素养……欧洲有句名言‘没有读过《荷马史诗》，等于没有见过大海。这话绝无夸张……顺便说一句，我个人认为世界上最伟大的长篇小说舍托尔斯泰的《战争与和平》莫属。诗歌方面，我认为全世界第一位大诗人便是莎士比亚，为了这句话60年代曾受到一位年轻助教的严厉批判，但我至今不悔，认为我没有说错。当然我这样说绝不是否认或贬低我国曹雪芹的《红楼梦》和李白、杜甫诗歌的伟大。既然谈的是‘世界文学’，我就不能不举外国伟大的文学作品为例。”

理直气壮地表述，坦坦荡荡的学术观点。

历史就是如此，认识同样如此，不知经过多少次迂回、弯曲和寻找，经过多少岁月的批判、反省和淘洗，方能接近闪光的真谛。

此时，祥麟伯伯的老朋友——我亲爱的父亲李国香，已经离世有五年了。在父亲遗留的藏书中，仍然保留着祥麟先生当年赠送的英文版的《莎士比亚戏剧集》、司各特的小说、弥尔顿的诗歌……

四

时代进入了改革开放的新时期。祥麟伯伯和我父亲都五十开外了，他们加倍珍惜来之不易的形势和岁月，奋力拼搏，几十年的之积累喷泻而发，迎来了人生和事业的黄金阶段，创造出了极为辉煌的业绩！

看这期间他们的书信，气势浩荡，神采飞扬，乘风破浪，令人荡气回肠。

祥麟伯伯80年代出版了我国第一部《莎士比亚研究文集》，之后一篇一篇的研究论文接着发表，英国文学部分有《关于布雷德利的〈莎士比亚悲剧〉》、《〈尼姑教士所讲的故事〉》、《大象死了吗—读奥尔维尔的〈开枪打大象记〉》、《一本用密码写成的文学名著—介绍〈皮普斯日记〉》、《〈芝麻与百合〉刘译本序》……古希腊文学部分有《古希腊神话》、《荷马两大史诗》、《神之破灭的悲剧》、《叶君健译〈阿伽门农王〉序》、《希罗多德与司马迁》……其他国家的文学评论：《但丁的神曲》、《难忘金斯堡》、《伊戈尔远征记简介》、《弗洛斯特诗二首翻译及赏析》……祥麟伯伯还主编了《西方十九世纪现实主义文学》并为之写序——《十九世纪西方现实主义论》，主编了《世界文学名著传统卷》精缩本，等等，可谓硕果累累。

看到老朋友的斐然业绩，父亲倍感振奋和骄傲，为之鼓舞与欢呼，并受到激励。1979年从广西日报得知祥麟伯伯提升为正教授的消息，父亲雀跃不已，致信说："虽未曾给你发过贺电，但却从心底里祝贺！"（1979年5月16日信），每次看到祥麟伯伯寄来的文章，父亲总是认真阅读，致信畅谈感想和收获，并让我们兄弟几人也学习一番。

这一阶段，父亲在维吾尔文学史领域取得了里程碑式的成就。在外国文学作品翻译上同样结出硕果。1982年6月父亲于60岁之年著述并内部出版了专著《维吾尔文学史》，这是国际上第一本论述维吾尔文学历史的著作，比苏联阿拉木图研究院俄文版的《维吾尔文学史》早出了半年，具有里程碑的价值意义。学术领域高度评价这本著作是"我国第一部系统论著维吾尔文学发展历程的专著"，"是李国香先生倾注毕生心血获得的重要成果"。1989年此书正式出版前，家父把此消息告诉祥麟兄，祥麟伯伯来信表达了兴奋喜悦之情和衷心祝贺："《维吾尔文学史》即将出版，在我国少数民族文学史上为一大事，在兄个人学术研究中，为一里程碑、纪念碑式巨著，可贺可喜。"

父亲还发表了一系列维吾尔文史和关于汉维翻译的论文《维吾尔翻译史略》、《十二木卡姆史略》、《维汉翻译之技巧》、《漫谈维吾尔古典文学的传统题材》、《论十八世纪维吾尔的三个抒情诗人》、《维吾尔诗与汉诗之比较》、《维吾尔神话一辩》……外国文学翻译部分有美国现代派黑色幽默小说《万有引力之虹》、《非洲黑人诗选》、《美国诗歌选译》、《论当代英诗》、《结构主义》、《麦克白和邪恶的玄学》、《二十世纪意象派莎评发展史》、《波斯文学史》……维文文学翻译作品有《诺比德诗集》,长诗《爱苦相依》、《热碧娅与赛丁》、《福乐智慧》等等。

1983 年父亲和祥麟伯伯在广西桂林晤面。

38 年过去了,弹指一挥间。他们都老了,但一如当年文学青年,两人依然壮怀激烈,志存高远,对生活和未来充满憧憬。一连多日,抵足畅谈,彻夜难眠。

桂林山水如画。独秀峰下、七星岩岩洞、骆驼山畔,师兄师弟回首昆明“大统舱”中的“小隔间”,感端万千。他们再次合影,感念,留念,不胜依依。

1989 年 8 月 21 日父亲给祥麟兄的信说到了“死”,他这样写:“另附近作两篇,只表示‘烈士暮年,壮心不已’吧。文章虽无高论,但亦如我的《维吾尔文学史》,在它们所涉及的领域,尚属首次,有点‘开风气之先’吧。假如上帝不肯早算我的伙食账,我还想在有生之年,再写两本书:《维吾尔古代神话史》、《维吾尔俗文学史》,此之后,就要在平静中死去了。鲁迅说,不在沉默中爆发,就在沉默中灭亡……”其实当时父亲的身体很好,不知为何他有了如此的预感。

时隔一年多,1990 年 12 月 18 日我亲爱的父亲突发脑出血病逝!

我把父亲的死讯告知祥麟伯伯。他来信痛悼:“来信收到多日。我的心一直很不平静。令尊毕生从事学问,卓有建树,英年病逝,而且如此突然,使我无限哀痛,而且很想不通。老天瞎了眼,让多少庸人活着,甚至让不少蛀虫、坏人活着,而偏偏不让对祖国对人民赤胆忠心、为党的教育事业做出重大贡献之令尊活下去,岂非太不公乎?莎士比亚在《李尔王》中有几句诗哀悼死者,怨恨上天不公,是这样写的:

> 为什么一条狗,一匹马,一只老鼠能有生命,而你却气息全无?你将永不再活了,永不,永不,永不,永不,永不!……
>
> (Why should a dog,a horse, a rat, have life, And thou no breath at all! Thou'lt come no more, Never,never,never,never,never!)

令尊仙逝后你们兄弟的处理十分正确,不但不要分文抚恤金及爸爸遗留的那一点钱,反而每人再捐 1500 元,设立奖学金。这实际上是纪念你们爸爸的最好方式……国香将永远活在我们大家心中。我与国香一样,均为一介书生,两袖清风,有感于国香之精神,我也想稍捐一点钱,献给奖学金,聊表自己之寸心……”(1991 年 1 月 28 日来信)

在我们家人痛不欲生的悲悼时刻,祥麟伯伯的来信极大地安抚了我们。

我不知怎么回复伯伯的信,只是止不住的热泪涌流,热泪涌流……

五

我与祥麟伯伯是1979年夏天认识的。“文革”结束后恢复了高考，我很荣幸地考上了西北师范大学，读历史系。那时我刚24岁，意气风发，受“读万卷书，行万里路”的影响，利用暑期坐着火车硬板凳，去全国四处旅行。

我当时写过一些小诗歌，还有一篇短篇小说《画中的眼睛》发表，因之心高气盛，做着当作家的青春梦，却不安心读历史系，想要转到中文系去。出发前家父叮嘱我一定要去桂林看望贺伯伯，就住在伯伯家里，可以向他请教创作上的问题，听听他的建议。祥麟伯伯当时不仅担任广西师大外文系教授和系主任，还是中国作家协会会员、广西作协副主席。

至今清楚地记得初次见到祥麟伯伯的印象，他头发已经花白了，两眼炯炯有神，听你讲话时神情非常专注地盯着你。伯伯穿着朴素，上衣是一件洗得发白的的确良衬衣，下边是蓝布裤子，一双很旧的皮鞋。伯伯说起话来爽朗而快速，诗意盎然，反应极为敏捷，谈笑风生，知识渊博。他走起路来，风风火火，速度很快，骑着自行车，更是飞快，简直不像一位年过半百的大教授。我想起了父亲给我的介绍，贺伯伯果然还是浪漫诗人气质十足，率性而潇洒，激情四射，闪烁青春光彩。我一下子就喜欢上了敬爱的贺伯伯，我觉得思想上与他毫无隔阂，而且觉得他很像一位亲人和长辈，情感真挚，体贴入微，丝毫不摆架子。

祥麟伯伯当时非常忙，虽值暑期却不休息，每天都伏案写稿件和审教材之类。但他专门抽出时间带我登上了独秀峰，眺望美丽的桂林山水，还盛情地为我购买了去阳朔旅游的船票，硬是不要我出钱。在祥麟伯伯家中我一连住了三天，他就像接待一位久别重逢的老朋友一样热情款待，吃用住行事无巨细一一操心，生怕我受了委屈。

三天里祥麟伯伯多次深情地回顾他与我爸爸的友情，特别询问了我的学习情况，其谆谆教诲令我难忘。

他认真劝我不要随意转系，他说看过我写的小说，很不错，坚持写下去一定会有进步。但当作家不一定要读中文系。在中国文化中其实文、史、哲是常常不分家的。好的史书诸如司马迁的《史记》，也是极好的文学作品，鲁迅评价为“史家之绝唱，无韵之离骚”。他说：“你年轻，有志向，前程远大，即便是将来当作家为职业，现在学好历史，让自己的文化底蕴厚重起来，也只有好处而毫无坏处。如果一方面读历史系，又不好好学专业、心有旁骛，精力不够用，转系又不很容易实现，这样时间久了弄不好会耽误岁月时光的。”

不仅如此,祥麟伯伯还专门为此事去征求广西师大历史系的一位教授(著名的太平天国研究专家)的意见,结果认识是一致的。祥麟伯伯这番真挚的举动,让我感动之极,他的建议也令我信服,由此我改变了放弃历史系的想法。在祥麟伯伯家,他还给我看了刚发表的一篇外国文学作品论文《谈欧·亨利的小说〈麦琪的礼物〉》,直让我看得如痴如醉。他对我说,立志写作,要多体验生活,还要多读经典文学名著,知道了丰碑的位置,方有高远的视野。

从此,我就成了贺伯伯的忘年好友。我把学习上的体会和稚嫩的作品,随时寄信求他指教。伯伯丝毫没有因为我是晚辈而有任何轻视,凡信必复,非常及时,有求必答,或长或短,不少长信竟有六七页信纸,1000 多字。

这些书信对我的指导帮助是巨大的,还让我感受到一种人格的魅力!1980 年夏天我把创作的第一个电影剧本《奔流吧,元江》寄给伯伯指正,他不久就有回信。祥麟伯伯看得非常认真,一丝不苟,不仅有总体上的评价,而且指出了许多细节问题。比如"……16 页讲的三次火车(都是经过昆明的),我特地查对了全国铁路行车表,没有一次是经过昆明的。22 页 3 行袁鹤民挂的牌子'资产阶级知识分子'这样的头衔不够挂牌的资格,欠似真实。还有一些小地方,如 25 页 5 行'是我爱人帮买的',新中国成立以后'爱人即妻子,没有结婚,称为'爱人'恐怕也不恰当……"(1980 年 7 月 27 日的信)祥麟伯伯还告诉我,他已专门找广西电影厂负责人问询了这部片子拍摄的可能性。他如此耗费精力和时间来扶持提携一位远在千里之外的文学青年,而毫无怨言,笃信"为人谋而不忠乎?"(祥麟伯伯的话)身体力行而从不懈怠,这样赤诚的品格让我心灵震撼,体悟到高山仰止之伟!在祥麟伯伯身上我看到了和父亲一样的精神魅力,也许这就是中华优秀人文精神和西南联大校风精神的传承,如火炬燃烧,伟哉!中国优秀知识分子无比高贵的修养和情感世界!

大学毕业后,我先后在《光明日报》、国家部委和中央电视台中国电视剧制作中心工作,当记者写报道、写诗歌,最终实现了我年轻时的梦想,成为一名专业的影视剧作者。在我的成长道路上,一直保持与祥麟伯伯通信,鱼雁传书,心心相印,他始终像一位巨人站在我的身旁,给我力量。正如清代学者、思想家唐甄所说:"学贵得师,亦贵得友。师也者,犹行路之导也;友也者,犹涉险之有助也。"祥麟伯伯是我人生与学问的恩师,也是我最亲爱的朋友!

我写信称他"亲爱的贺伯伯"或"敬爱的祥麟伯伯",他称我:"李汀贤侄",有时又称之"小侄",有时亦以"李汀世兄"或"同志"相称谓。称谓可变,但心中的情感永远不变。

1990年我父亲去世后，祥麟伯伯成了我最值得信赖和倚重的长辈，犹如父亲。我在北京，他在广西，鸿雁传书，时空无隔。

祥麟伯伯70岁以后，似乎更忙碌了。他除了在校教书科研、著书立说，还担任了全国高校外国文学教学研究学会、中国翻译工作者协会和广西许多学术团体的主要负责人，经常赴国外和国内各地讲学，开展学术交流活动。他还担任了全国人大代表、民进中央常委、广西壮族自治区主任委员、广西政协副主席等职务，成为一位享有崇高威望的民主党派领导和社会活动家，四处调研考察，参加各种重要会议，共商国是。作为全国有影响的老作家，祥麟伯伯还多次参加中国作家代表团，出国访问交流，为中外文化交流做出了积极贡献。

"风神潇洒，率性而行"，"炽热信仰、服膺真理"，"书生本色"（是著名作家王火对祥麟伯伯的赞誉）。此时的祥麟伯伯童心不泯，青春不减，且笔耕不辍，下笔有神，在马不停蹄、翼不停飞的"旋风式"的生活、工作节奏中，写下了许许多多的见闻随笔。每隔一段时间，总会把所见所闻所思所想，用信件方式寄给所有亲人和朋友。这些信件针砭时弊，匡正世风，关乎民生、教育、老区建设、环保、慈善、社会道德等等问题，自然还有学术研究……真是五颜六色，海阔天空。贺伯伯的信件写得棒极了，有的幽默而风趣，令人捧腹；有的尖锐而沉重，促人猛醒；有的浪漫飘逸，春意葱茏……"才华像鲜花般开放在纸上，激情在人生之巅峰喷薄如锦！"我不停地接到这种"敬致诸亲好友"的信件，而且是打印的，有时候一封信长达五六千字，还有超过万字的！我知道祥麟伯伯的国内外友人很多，如果让他再执笔书写，恐怕连睡觉的时间都没有了！不过在每次打印信件抬头之处，祥麟伯伯总会写上对我的称谓，并且要特别写一段一对一的心里话。我明白他的情谊，感念他的细腻，每逢读信，我的心都与贺伯伯一齐共振。

进入新千年后，祥麟伯伯80多岁了，但豪情依旧不衰，他思维异常清晰，愈加睿智，感情愈加浓烈深沉，探讨问题愈加深邃肯綮。世事变化至多，思潮多元莫测，而我感到在祥麟伯伯的生命情感世界里，对人间友情的重视和诚挚，始终至纯至真，丝毫未有改变。祥麟伯伯此时竟学会了使用电脑，而且驾轻就熟，每次写信均以电脑写作并打印出来，然后寄出，在落款处签上名，非常漂亮。这种信件专门寄给我的就不下二十封！

2002年经过十多年整理和筹备，我父亲的文集即将出版，我给祥麟伯伯写信，请求他为之作序。伯伯一口答应，以八十有二的高龄在十天内一气呵成，四千多字，蔚为大观，又反复修改了几道。他专门来信写道："得悉你爸爸文集可以出版之佳音，非常高兴。为他的文集写序言，在我是义不容辞，也是我的光荣任务，是我对老朋友应尽的最后一次快乐的任务。"（2002年1月22日来信）他还写道："给《李国香文集》写序言，不是您或我个人的事,而是一件非常严肃的工作,应该对令尊在天之灵负责,对他的生前友好负责,对西北民族学院负责,对我国的学术界负责,最后对历史负责。请您仔细阅读,看看哪些地方不够妥当,给我提出意见,以便修改……谢谢。"(2002 年 2 月 15 日来信)一位严肃学者的科学责任感,令我感念良久又肃然起敬。

2004 年我将《李国香文集》三卷本的第一套样书寄给祥麟伯伯,不日他回信这样写道:"李汀世兄:……惊喜地看到刚出版的令尊大人国香兄之文集和你的来信,高兴和感动的涕泪交流,不能自已……我同时还流着涌泉般的热泪读了你的来信。有国香兄这样出类拔萃的大学者和好爸爸,才有你们几位学有专长、在个人事业上卓有成就的兄弟们……《李国香文集》这样洋洋大观的巨著才能出版。"

我想象着一位眉发银白的老人,激动得涕泪交流的形象,顿时感到地动山摇、电闪雷鸣的分量……

岁月无痕,友情无价,永世长存。

收到祥麟伯伯的最后一封信是写于 2011 年 2 月 1 日,那是春节前夕,我给他寄去了贺年卡和新的诗作《加拿大诗笺——海的文字》之后。

90 岁高龄的祥麟伯伯回信说:"我们间之真情至谊连绵两代,可以说是传奇性的佳话,久而弥笃,弥足珍贵。在兔年春节即将到来之际,谨向你们敬致春节祝贺,祝你们兔年幸福,阖第康吉!天长地久,我将永远记住、永远珍惜咱们间两代人的宝贵情谊,为之歌唱!今后仍请继续加强联系,经常互通心声!"

其实,我赠给伯伯的诗歌《海的文字》是有用意的:

海的文字留在礁盘,
刀镂斧斫
无解。
在大西洋之脚
允你静静地看着,听着
想着,
不要急于作答。
破译一封
永无终结的密码信吧,
即便你经历了沉默与冰海
与太阳一起重生,
也不要急于作答……

在我的心目中,祥麟伯伯是磅礴的大海,他生命的文字,奔腾激荡,留在海的礁盘,如刀刻斧斫，让我们永远读解吧。藏于心，铭于心。

六

如今，父亲和祥麟伯伯都走了。天人相隔，大海无垠。

我想，在大海的那一端，两位老朋友一定又相会了，有笑声，有叹息。

如海涛滚滚，轰鸣着，由远至近，由近至远……

因此我常常见到他们，在心中，在梦里。

在依然延续的岁月里。

七

祥麟伯伯一生爱写信，书信无数。书信是他习惯的文体。无拘无束，心之所想，情之所系，兴之所至，随笔而就。无雕饰而作，浑然天成。

看过祥麟伯伯关于书信的研究文章《谈中国历代尺牍》。他写道："尺牍，即书信，古代书信之所以被称为尺牍，是因为当时书信所用的竹简或绢帛长约一尺，故名。我始终认为尺牍是中国文学宝库里的一枝奇葩，香飘四季，芬芳扑鼻……"

他写道："在这历史名人的书信中，最使我感动的，便是夏完淳就义前的《狱中上母书》和《遗夫人书》……同样感人的书信，在我国尺牍中尚有很多，如司马迁的《报任安书》、李陵的《答苏武书》……"（见广西当代作家丛书《贺祥麟卷》第230页）。

我喜欢祥麟伯伯的书信，深以为这些书信价值逾金，馨香迷人，完全可以载入优秀的中华文化史册。

得知祥麟伯伯任教半个多世纪的广西师范大学将收集编辑出版《贺祥麟书信散文集》，我禁不住欢呼、雀跃。

我不知这部书将有多么大的体量，有多么艰巨的搜集整理工作要做。但我坚信，在信息网络的时代，出版祥麟伯伯的"尺牍"是独具慧眼，功莫大焉。因为这些尺牍不仅感动过历史，同样会感动今天和未来。

我恭敬地期待着。

李　汀①

2014年3月31日写于北京五棵松书寓

---

① 李汀，李国香之子。中国作家协会会员、中央电视台中国电视剧制作中心一级编剧。

5. 最后的笑声

——向天堂投递的信

祥麟吾师:

今年春节,我像往常一样给您拜年。电话传来您那洪亮的声音:“我身体很好,吃得睡得。葆珍,告诉您,我是90后啦!哈哈哈……”放下电话,我整个房间荡漾着您那爽朗的笑声,我被它感染,也在傻笑。直到现在,我还在寻找它!

可谁料到,5月15日晚上11时30分,紧接着急促的电话铃声,那低沉的声音在我耳边响起:“陈阿姨,我是贺祥麟教授的儿子黄河,我父亲在5月12日凌晨0点18分逝世!”

“什么?不可能!”我失声地叫道。

“是的。准备在5月20日出殡。父亲生前常在家里提起您,说您是好学生,我看过您的著作。以前您曾打过电话给我,所以我通知您。……”令公子真懂事,我十分感谢他。

放下电话,十分难过,通宵失眠。以前您对我的教导、关怀,一桩桩、一幕幕,像电影里的蒙太奇,在眼前晃动。……

忘不了,在中文系的讲坛上,您总是那样神采奕奕。虽然您从美国归来,但从未见您穿过西装,那套黑绒中山装给我留下深刻的印象。您精彩的讲课增强我本来就对外国文学有浓厚兴趣的求知欲。您教过我们《现代文选及习作》这门课,您毫不保留地向我们传授写作经验。在作文评讲课上,您拿过我的习作来分析,这对我后来的写作帮助很大。

在一些政治运动中,您被冲击了,而我也没好多少。从那时起,我和您就被无形的墙隔着,自然也就不知道您的动向。

毕业后我在教《外国文学》时,用您当年编的讲义。后来您知道了,还责怪我说:“您既然教《外国文学》,为什么不找我?”

天哪!我虽然站在讲坛上,但我觉得随时会被批斗。这样的我,有何颜面见老师?

在南宁二中执教时,您在《现代文选及习作》这门课传授的知识,派上了用场。我由衷地感谢您及其他教授，让我有能力栽培学生。

在结束教师生涯远赴纽约的时候，虽为日图三餐、夜求一宿不分昼夜地拼搏，但我还试图创作。当我的长篇小说《情感沧桑》在京出版并获得读者认许之后，我才有勇气寻找老师您。况且小说塑造的教授原型，就是您。

2001 年 10 月 10 日这一天，我怀着惶恐的心情，有生以来第一次给您打电话，这时我们分别已 45 年了。当您要我报上姓名之后，我记得您第一句话就是："啊！葆珍，为什么现在才找我？"我说，后来我差点儿当上"右派"，毕业后当教书匠，没有什么建树，不敢找老师。您又问我的丈夫是谁，我说是数学系的赵天宇。您说："为什么不找中文系的，是不是找数学系的就可以不当右派？"这问得我哑口无言。您说了"知道我也找学数学的"这句后，开怀大笑，我眼前霎时重现当年您那健谈、诙谐、风趣的样子。

您的笑声，拉近了时空的距离。此后，您不断寄来致诸亲好友的长信。您曾说："葆珍，您给我留下深刻的印象，您是好样的。在您找到我之前，我在报上发表过的文章提到您。不信，我把原文寄给您看。"长期被人置我于"另类"的那种冰冷的环境被您这股暖流冲击了。特别让我感动的是，无论您来信或打电话，您对我的称呼从来都用"您"。在我惶恐之余，还体会到您是那样的礼贤下士。

这十二年来，您不忘对我进行远程教学。您说："要做一个学者型的作家。"为了充实我的文化底蕴，您送给我的书不下 40 本。您要我不忘祖国的文化遗产，送我《四库全书精华》；您说当代作家张平的现实主义创作十分好，但《张平文集》不易买到，您上网、跑书店、找朋友……终于好不容易把这套书寄给我。您还说要买《古代希腊悲剧喜剧全集》（共八册）及中国的《十大才子书》（共十册）给我，我怕您过于尽心尽力而对您说，我会托亲友在国内买的。

您知道我要找现代诗韵这类书，您赠我您珍藏的秦似教授遗作《现代诗韵》。您告诉我，因藏书太多，反复找都找不到。后来，无意中找到了，欢喜得连夜给我发来电子邮件。我托人从您手上把书带到纽约时，看到书上您的题字："此书寻找不易，而且已绝版，全国没有。送给您，以发挥此书更大作用。"

您每次送书给我都这样说："您记住，不要浪费时间，我们都老了，时间会越来越少的。看一本不值得看的书，就少看一本好书。送给您的书，我都预先审查过的，这就可以省您的时间。"这段话我记住了，也用于实践。更重要的是，我永远记住老师您对弟子的关爱。

您不但指导我看书还亲自指导我创作。我每写一篇，不论什么体裁，您都认真审阅并提出宝贵意见。而每当我进行篇幅较长的创作时，我必预先写第一章，给您审查，得您认许后才敢写下去。如传记体作品《回眸》、章回小说《虎为媒》就是这样写成的。您告诉我:“写回忆录必须有文采”,“写章回小说必须内容与形式统一。”为加强我语言表达能力,您在信中还说:“我还写了信到杭州替您邮购一部一般精装本的《宋代传奇集》。”您出钱、出力、耗精神、花时间,从遥远的广西南宁托人带来一套《明清十大手抄本》(共十册),您还在信中强调“是专门为葆珍购买的。这一套书籍,是用高级‘米色道林纸’用大字精印的,装帧华贵”,并指出书中语言可学。我遵照您的教导,花了一年时间精读这套书之后才执笔写《虎为媒》。后来把第一章草稿寄给您看,您来信说:“我认为写得非常之好。主要好在像中国古典小说,无论内容或者形式都像。从这个角度来看,您这方面的功底很深,也很不容易。”在语言方面您指出有几个词不像古人用语,这促使我又进一步推敲每一个字。为改一个字,有时会花一整天时间。我是在您的指导下边学边写的。

其实,您古典文学修养也非常之好,可您为人谦逊,我请您审阅我的近体诗时,您转给广西名词人黄素芬教授点评。黄教授为拙诗《天涯泣祭》作了精批。其信寄到您处而您不慎遗失,您告诉我“像一个犯了错误的孩子那样认错”,求黄教授再手书。您为了让我及时看到,不辞劳苦连夜把黄教授的信打字输入电脑。看了黄教授一针见血的批评,我花相当长的时间钻研诗词创作理论及唐宋名家的创作技巧,找到了问题的症结所在,对我此后的近体诗创作有深远的影响。

我常对人说:“我是一个幸运的老学生!”花甲之年还有老师调教。您不但让我充实自己,还亲自带我出道,向中国作家协会、世华文学家协会推荐我,让我有机会向文坛老前辈及文友学习。您还拿我的拙作向刊物投稿。您来信说:“《文友》杂志登了您的《万里寻师》,那50元的稿费我代收,等您回来给您。”我说老师您拿去买糖吃。那篇拙作,您看后曾这样说:“《万里寻师》写得十分好,文情并茂,感人良深。特别是‘我有口难辩,既难辩休再辩,唯有让吾师去问那无情的岁月吧!’精彩之极。一句话说明了一切,‘潜台词’含义之丰富,无与伦比。说实话,我是流了泪读这一句的。”

对我不少拙作,您都是这样热情地加以肯定,给我极大的支持和鼓励。我感到有您在,我写作就有了主心骨。

为了扶我上文坛,您为我的散文集《雁过留声》、章回小说《虎为媒》写序;还为我的长篇小说《20年一觉纽约梦》、诗词集《拾趣》写贺文。其中,《雁过留声》的那篇序,还是您2006年9月19日在成都旅社写的。为了不耽误中国文联出版社于2007年1月出版此书的工作,您在旅途还为我操心。

说不尽道不完啊,您对我的关怀与帮助,多像一位慈父,让我深切地领悟到“一日为师,终身为父”的真谛。

记得2007年我被邀出席广州文化节。我和您一样,出外远行都会预先打个招呼。这时您给我的信这样写:“葆珍:电邮收到。我正在住院(肾病),您如来南宁,可以到广西医科大学第一附属医院的老干部保健中心九层楼7号病床看我。我病房的电话号码为0771—5359389,自己的小灵通号码为0771—203—5806。但小灵通信息不好,您最好打我的病房号。祝您旅途顺利,万事如意!祥麟,2007年11月4日。”

接到这样的电子邮件,我心急如焚,赶在文化节召开之前两天,专程飞往南宁,由学生何红兵开车载我到医院探望您。我们还一起照了相呢。分别时您把我和红兵送至电梯门口,您握着我的手,眼里闪着泪光。

在我赴南宁机场准备登机时,我打电话向您告别。我说:“贺老师:我教过的几届学生分别占去我的时间,我本想赶在中午登机前再到医院看您的,不可能了。贺老师,再见,下次回国我再来看您。”您说:“葆珍,我很想见到您但我又不忍见,因为看到您一脸的疲惫,这样风尘仆仆,您太辛苦了。况且,我也应该把您的时间分点给您的学生。再见,我等着您下次回来!”这时,听不到老师您的笑声了。透过机舱的狭小窗口,我俯视南宁,想寻找老师您的身影,心里在念着:“再见,老师,我会回来的!”

可谁会料到,这医院一别,竟是永诀!至今这一幕,常在眼前涌现。啊!这辈子,与老师您最后的近距离接触,看到的竟是您那噙在眼眶的那滴泪;而没听到您那爽朗的笑声!

自从听到您仙逝的噩耗后,为了忍受这巨大的悲痛,我尽量克己。最好的办法就是整理您这么多年来发给我的书信,其中相当一部分是您给包括我在内的诸亲好友的长信。这其实是一篇篇精彩的散文,我曾经建议您收集成册,可您说没精力。现在就让弟子我完成这一工作吧。令公子说会整理您未发表的书信、散文给我提供帮助。我和令公子将会合作做好这一工作,相信您会高兴的。

由于天天在看您生前给我的信,总觉得您还活着。但5月20日这一天,我无法控制自己。我向着东方流着泪低声哼着哀乐的乐谱,在想着自己沉痛地走到您的灵前,向您行最后的敬礼。我似乎感到自己在默默地行走在山路上,我分明听见那挖坟的声音;分明看到撒向您灵柩上的黄土……这时,心里揪痛,有个声音在哭叫:“再找不着贺老师啦!”

天哪!是不是来世又要我再来一次万里寻师?是这样的话,我会的!老师,我永远记得您的音容和那响亮的笑声;我相信您也不会忘记您为之流泪的弟子那篇《万里寻师》,就让它在来世作为我寻找您时做一个文字凭据吧!那时,我还是要进您这位中国文化名人、《外国文学》著名学者的师门求学的。

您在讲课时曾经提到莎士比亚说过:“那死亡后不可知的神秘王国,从不曾有一个旅人回来过。”我知道您不可能再回来了!这样,我还有什么勇气再回南宁!虽然那是我万里寻师的终点,但我怕面对那人去楼空的凄清!我们只有在梦中相见,但愿在梦里再一次听到您那最后的笑声。

唉!这却是天堂里的笑声!

您可能现在正飘向那高深莫测的天堂,贺老师,您停一下,侧耳听听来自赫逊河畔您弟子的哀吟,那是在您殡葬的那天写的:

送祥麟吾师上路

望东泣送泪沾襟,梦至陵园正欲阴。
杜鸟声声啼碧血,悲风阵阵拂幽林。
不归之路海涯尽,再访吾师何处寻。
际遇如斯谁以慰,祭诗唯有对天吟。

祥麟吾师,您听到了吗?我已泪眼模糊了。您放心,我会的,来世我还要万里寻师!望老师您
安息!

您的学生
葆珍泣拜
2012 年 5 月 24 日于纽约

(原刊于《香港文艺家》第 41 期;《新世纪文艺》第 9 期)